文章辨體

（明）吴訥 輯

1

國家圖書館出版社

圖書在版編目(CIP)數據

文章辨體:全四册 / (明)吴訥輯. —北京:國家圖書館出版社,2024.3

ISBN 978-7-5013-5393-4

Ⅰ.①文… Ⅱ.①吴… Ⅲ.①古典文學—文體論—中國 Ⅳ.①I206.2

中國版本圖書館 CIP 數據核字(2014)第 144239 號

書　　名　文章辨體(全四册)

著　　者　(明)吴訥　輯

責任編輯　苗文葉　李莎莎

助理編輯　王　哲

封面設計　程春燕

出版發行　國家圖書館出版社(北京市西城區文津街7號　100034)

(原書目文獻出版社　北京圖書館出版社)

010-66114536　63802249　nlcpress@nlc.cn(郵購)

網　　址　http://www.nlcpress.com

印　　裝　北京華藝齋古籍印務有限公司

版次印次　2024年3月第1版　2024年3月第1次印刷

開　　本　787×1092　1/16

印　　張　155

書　　號　ISBN 978-7-5013-5393-4

定　　價　2980.00圓

序

蹤凡

明吴訥所編之《文章辨體》，既是一部著名的詩文總集，也是一部影響深遠的文章辨體學著作。吴訥（一三七二—一四五七），字敏德，號思庵，蘇州府常熟（今江蘇常熟）人。明永樂年間，因諳熟醫學而被舉薦至京。洪熙元年（一四二五）任監察御史，宣德間出按浙江、貴州，後任南京左副都御史。正統四年（一四三九）致仕。卒謚文恪。著有《小學集解》《文章辨體》《思庵集》等。

《文章辨體》五十卷《外集》五卷，采輯先秦至明代詩文約二千五百篇，按照文體分類編録。至於該書的文體數量，諸家所言不一。明人徐師曾《文體明辨序》、許學夷《詩源辯體》卷三十六説是五十五體；清永瑢等《四庫全書總目提要·文章辨體》説是五十四體，而《四庫全書總目提要·文體明辨》又説是五十九體，前後不一；今人有五十四體、五十八體、五十九體、六十體諸説。衆説紛紜，令人莫衷一是。究其原因，除了所見版本之差异外，主要在於《文章辨體》卷首既有《總目》，又有詳細的《目録》，二者出現齟齬。仔細比較，發現《總目》粗略，且間有遺漏，（或許爲書商所編）不可從。今依照此次影印的國家圖書館所藏明嘉靖三十四年（一五五五）刻本卷首詳目，并結合『序題』（學術界習稱『序説』，原書彭時序稱『序題』，當從之）和正文情況，認定該書實際上分爲五十八體，如下：

《正集》： 一古歌謡辭、二古賦、三樂府、四古詩、五歌行、六諭告、七璽書、八批答、九詔、十册、十一制、十二誥、十三制策、十四表、十五露布、十六論諫、十七奏疏、十八議、十九彈文、二十檄、二十一書、二十二記、二十三序、二十四論、二十五説、二十六解、二十七辨、二十八原、二十九戒、三十題跋、三十一雜著、三十二箴、三十三銘、三十四頌、三十五贊、三十六七體、三十七問對、三十八傳、三十九行狀、四十謚法、四十一謚議、四十二碑、四十三墓碑、四十四墓碣、四十五墓表、四十六墓誌（包括墓記和埋銘）、四十七誄辭、四十八哀辭、四十九祭文；

《外集》： 五十連珠、五十一判、五十二律賦、五十三律詩、五十四排律、五十五絶句、五十六聯句詩、五十七雜體詩、五十八近代詞曲。

共計五十八體。需要説明的是： 一、第五類『歌行』體，于北山校點之《文章辨體序説》、褚斌杰《中國古代文體概論》之附録等，皆將其納入第四類『古詩』之下。今考詳目所列，有『古詩一・四言』『古詩二・五言一』『古詩三・五言二』『古詩四・七言』『歌行』『諭告』『璽書』『批答』等等。顯而可見，由於『古詩』篇數較多，編者將其分爲四言、五言、七言，凡三類，厘爲四卷； 而『歌行』則别爲一體，與『古詩』『諭告』『璽書』『批答』等并列。不標『古詩五・歌行』，而直接標『歌行』，説明該體屬一級分類，并非『古詩』之一體。《總目》遺漏『歌行』二字，遂造成後人誤解。 明人許學夷《詩源辯體》卷三十六云： 『吴敏德《文章辨體》，首古歌謡辭，次古賦，次樂府、古詩、歌行』，將『歌行』與『樂府』『古詩』等并列，所言甚是。 二、第四十六類『墓誌』（墓記、埋銘）體，諸家皆視爲三種文體。今考該體之序題，於『墓誌』之下云： 『埋銘、墓記，則墓誌异名。』是所謂墓誌、墓記、埋銘，异名同實，當視爲一種文體。又考該書《目録》之體例，一般先標示文體名，再作『序題』，最後列舉篇名。偶有將若干文體合并作『序題』者，以便於比較，但對於所選作品，仍分體列目。例如『説』目下之有『序題』十一行，并釋『説』『解』二體；而『説』下列目二十九篇，『解』下列目四篇，又各自獨立。此處雖將墓碑、墓碣、墓表、墓誌、墓記、埋銘合并作『序題』，但其中『墓碑』之下列目九篇、『墓碣』之下列目二篇、『墓表』之下列目七篇，顯然視爲三種文體；而墓誌、墓記、埋銘却合并一處，列目凡二十八篇，據其格式，亦當爲一種文體。這種文體，吕祖謙《宋文鑑》、程敏政《明文衡》題作『墓誌』，蘇天爵《元文類》、徐師曾《文體明辨》題作『墓誌銘』，皆不曾分爲三目。三、此處所謂五十八體，與褚斌杰之五十八體有别。除了將『歌行』體從『古詩』中抽離，將墓誌、墓記、埋銘合并爲一體外，褚先生所遺漏的『一六論諫』體，今亦加以增補。詳目題爲『論』，與『二四論』重複，今據《總目》和正文改爲『論諫』。

吴訥《文章辨體》一書，充分吸收了前代總集的分類方法和編纂思想而總其大成。該書《凡例》云：

> 文辭以體制爲先。古文類集今行世者，惟梁《文選》昭明六十卷、姚鉉《唐文粹》一百卷、東萊《宋文鑑》一百五十卷、西山前後《文章正宗》四十四卷、蘇伯脩《元文類》七十卷爲備。然《文粹》《文鑒》《文類》惟載一代之作；《文選》編次無序，如第一卷古賦以《兩都》爲首，而《離騷》反置於後，甚至揚雄《美新》、曹操《九錫文》亦皆收載，不足爲法。獨《文章正宗》義例精密，其類目有四：曰辭命，曰議論，曰叙事，曰詩賦。古今文辭，固無出此四類之外者。然每類之中衆體并出，欲識體而卒難尋考。

這段話反映了吴訥對前代文章總集成就得失的批判性思考，是其編纂《文章辨體》的理論前提。今考吴訥所能見到的前代總集，祇有《文選》與《文苑英華》通選各代之作。其中《文選》分文體爲三十九類，《文苑英華》

略有調整，分三十八類，二者皆始於『賦』體，終於『祭文』，垂範後世遠矣。其分體排序，正反映了以『賦』爲文壇正宗的時代風尚，吴氏批評其『編次無序』，實有未當。但二者編纂年代較早，《文選》選文迄於梁代，《文苑英華》迄於五代，不能反映宋元明三代的文學實踐和文體新貌。至於《唐文粹》《宋文鑑》《元文類》三書，文體分類逐漸完備，《宋文鑑》更多至五十八體，爲吴氏取資甚多，但三者僅選録一代之文，缺乏貫通意識。

吴氏最爲激賞的是真德秀《文章正宗》，但該書共分四類，極其粗放，不足爲法。吴氏所繼承的，是真德秀『明義理、切世用』的思想，而不是具體的分類方法。真氏《文章正宗綱目》云：『夫士之於學，所以窮理而致用也。文雖學之一事，要亦不外乎此。故今所輯，以明義理、切世用爲主。其體本乎古，其指近乎經者，然後取焉。否則，辭雖工，亦不録。』吴氏《文章辨體凡例》亦云：『凡文辭，必擇辭理兼備、切於世用者取之。其有可爲法戒而辭未精，或辭甚工而理未瑩，然無害於世教者，間亦收入。至若悖理傷教，及涉淫放怪僻者，雖工弗録。』二者所論，如出一轍。吴氏批評《文選》收録揚雄《劇秦美新》、曹操《九錫文》，就是出於這種『辭理兼備、切於世用』的標準，以爲其『悖理傷教』，違背儒家的基本思想。由於《文章正宗》衹收録『其體本乎古，其指近乎經』的作品，對於後代産生的律賦、律詩、絶句、詞曲等作品一概不録；《文章辨體》將這些駢偶聲律之作一概編入外集，附在全書之末，觀點較《文章正宗》有所改進，但選篇較少，亦表現出鮮明的貴古賤今思想和文體正變觀念。

可見，吴訥《文章辨體》批判地繼承了前代詩文總集的編纂思想和分類方法，他將《文選》《文苑英華》貫通古今的氣魄、《文章正宗》『明義理、切世用』的編纂思想和古今正變觀念，以及《宋文鑑》《元文類》所展示的文體分類方法加以融會、提升，集其菁英，弃其未當，編成了一部思想正統、體制宏大、古今兼收、源流判然的詩文總集。

較之前人，吴訥最大的貢獻，恐怕在於他爲每個體類都撰寫了序題。序題『是明代最有特色、影響最大的批評方式之一』〔二〕，編者通過序題，對每一種文體的淵源流變和文體特色進行闡釋。其實早在晋代，摯虞在編纂《文章流别集》時就曾經對不同文體有過簡要介紹，但已散佚不傳；南朝梁劉勰《文心雕龍》亦有關於文體的評説，惜不够系統，且與選文脱節；宋真德秀《文章正宗》分文章爲四體，每體皆有詳細的序題，但僅有四篇，顯然粗略，『欲識體而卒難尋考』。吴訥對五十八種文體進行系統全面的研究，追溯其淵源，分析其特點，辨析其與其他文體的异同，并結合具體作品進行指導，這在文體學史上尚屬第一次，其體例和方法直接影響了徐師曾《文體明辨》、賀復徵《文章辨體彙選》、張溥《漢魏六朝百三家集》等文學總集的編纂，對後世有深遠影響。

不過，吴訥所參考的前代文獻，并不限於以上數種綜合性總集，其所采集的内容，也不限於文體分類一端。試舉一例。元代祝堯編有《古賦辯體》八卷《外集》二卷，是一部專體文學總集，其編纂體例、方法乃至具體篇目都爲吴氏吸收。第一，《古賦辯體》將歷代賦按其時代和體制分爲楚辭體、兩漢體、三國六朝體、唐體、宋體，凡五類；《文章辨體·古賦》分爲七類，前五類照搬《古賦辯體》，然後增加元、國朝（明代）二類。第二，《古賦辯體》爲每一類皆撰寫序題，描述其體制特徵；《文章辨體·古賦》前五類每一類皆引録祝堯論述，幾乎照抄。第三，《文章辨體·古賦》的選篇大都來自《古賦辯體》。該書先秦至宋代部分選賦七十九篇，其中有七十四篇取自《古賦辯體》，占總數的百分之九十四，具體篇目與順序大都依從祝氏。所增補者，不外漢高祖《鴻鵠歌》、蘇軾《服胡麻賦》、朱熹《感春賦》《空同賦》《虞帝廟樂歌詞》數篇而已。需要説明的是，吴訥將《古賦辯體》外集

〔二〕吴承學：《明代文章總集與文體學——以〈文章辨體〉等三部總集爲中心》，《文學遺産》二〇〇八年第六期。

中所收『賦家流別』之作也收入正集，標明『附録』，另外在《文章辨體・外集》『律賦』體下選録三篇律賦作品，説明其雖然接受了真德秀、祝堯等人的古今正變觀念，但也没有完全忽略律賦的存在。

《文章辨體》是明代文體學的開拓之作，直接影響了有明一代的文章辨體之風。徐師曾在《文體明辨序》中説：『（本書）大抵以同郡常熟吴文恪公訥所纂《文章辨體》爲主而損益之。《辨體》爲類五十，今《明辨》百有一；《辨體》外集爲類五，今《明辨》附録二十有六。』可見《文體明辨》是在吴訥《文章辨體》基礎上加以調整、擴充而成的一部文章總集，其文體增至一百二十七類。《文章辨體》分爲正集、外集，《文體明辨》則分爲正編、附録，皆持有文體學的古今正變觀念。至明末賀復徵編《文章辨體彙選》一書，分體更多達一百三十二類。二者分類加廣，但皆對每種文體撰有序題，體例直承吴氏。而《文章辨體》的序題，更成爲明清文人反復徵引的經典，除了徐師曾、賀復徵之外，明程敏政《明文衡》卷五十六，唐順之《稗編》卷七十三、卷七十五，清吴楚材《强識略》卷十九皆有引録，大型類書《古今圖書集成》《淵鑑類函》的『文學部』亦反復加以徵引。儘管《文章辨體》亦有缺陷，如對於唐代以來的律賦、律詩、絶句、詞曲、通俗文學等存有偏見，分類亦偶有蕪雜、失當之處，但其對中國文體學發展的貢獻是十分突出的，許多真知灼見直到今天仍有參考價值。

爲便於讀者使用，此次影印編製了詳細的目録，著録篇名和著者。遇篇名與其他文獻著録不一致時，依此書題名著録；著者信息均依其名著録；著者不詳處，暫付闕如。

二〇二四年一月

總目録

第一册

文章辨體序……三
文章辨體凡例……九
諸儒總論作文法……一三
總目……二七
卷一　古歌謡辭……一三一
卷二　古賦一……一四五
卷三　古賦二……二〇一
卷四　古賦三……二五五
卷五　古賦四……二九五
卷六　樂府一……三三三
卷七　樂府二……三七三
卷八　樂府三……四〇三
卷九　樂府四……四二一
卷十　古詩一……四六九
卷十一　古詩二……四九一
卷十二　古詩三……五三七

第二册

卷十三　古詩四……一
卷十四　歌行……三一
卷十五　諭告……八五
璽書……九九
批答……一〇九

卷十六　詔……一一三
卷十七　册……一四七
制……一五四
誥……一五六
卷十八　制策……一六五
卷十九　表……一九五
附録　露布……二一七
卷二十　論諫……二二五
卷二十一　奏疏一……二六一
卷二十二　奏疏二……二九三
卷二十三　奏疏三……三四七
卷二十四　議……三九七
卷二十五　彈文……四二九
檄……四三五
卷二十六　書一……四四五
卷二十七　書二……四八七
卷二十八　書三……五一三

第三册

卷二十九　記一……一
卷三十　記二……三三
卷三十一　記三……七九
卷三十二　序一……一五七
卷三十三　序二……一八九
卷三十四　序三……二四七
卷三十五　論一……三一三
卷三十六　論二……三三七
卷三十七　説……三九一
解……四二〇
卷三十八　辨……四二九
卷三十九　原……四四七
戒……四七七
卷四十　題跋……四八七
卷四十一　雜著……五三五

卷四十二　箴……五六九
銘……五八六

第四册

卷四十三　頌……一
贊……一八
卷四十四　七體……四五
問對……八六
卷四十五　傳……一一三
行狀……一四二
卷四十六　謚法……一五三
謚議……一六二
卷四十七　碑……一七九
卷四十八　墓碑……二一五
墓碣……二五九
墓表……二六一
卷四十九　墓誌　墓記　埋銘……二七九
卷五十　誄辭……三三一
哀辭……三三三
祭文……三四三
文章辨體外集……三六三
文章辨體外集目録……三六三
卷一　連珠……三八七
判……三九六
律賦……三九八
卷二　律詩一……四〇三
卷三　律詩二……四三三
排律……四七八
卷四　絶句……四九五
聯句詩……五三六
雜體詩……五四五
卷五　近代詞曲……五五五

第一册目録

文章辨體序……三
文章辨體凡例……九
諸儒總論作文法……一三
總目……二七

卷一

古歌謡辭

康衢謡……一三一
擊壤歌……一三一
南風詩……一三一
卿雲歌……一三二
采薇歌……一三二
黄澤謡……一三三
祈招詩……一三三
商歌……一三三
子産歌……一三四
孔子歌……一三四
師乙歌……一三四
獲麟歌……一三四
接輿歌……一三五
滄浪歌……一三五
渡伍員歌……一三五
越人歌……一三六
鄴民歌……一三六
成相　荀況……一三六
佹詩　荀況……一四二

卷二
古賦一
楚
離騷　屈原……一四五
九歌　屈原……一五五
九章　屈原……一六四
遠游　屈原……一八〇
卜居　屈原……一八五
漁父　屈原……一八七
九辯　宋玉……一八八
招魂　宋玉……一九六

卷三
古賦二
兩漢
弔屈原賦　賈誼……二〇一
鵩賦　賈誼……二〇二
惜誓　賈誼……二〇四
子虛賦　司馬相如……二〇六
上林賦　司馬相如……二一二
長門賦　司馬相如……二二一
自悼賦　班婕妤……二二四
擣素賦　班婕妤……二二六
甘泉賦　揚雄……二二八
兩都賦　班固……二三四
鸚鵡賦　禰衡……二五一
附録
鴻鵠歌　漢高祖……二五三
秋風辭　漢武帝……二五三
招隱士　淮南小山……二五四

卷四

古賦三

三國六朝

登樓賦　王粲……二五五

文賦　陸機……二五七

籍田賦　潘岳……二六二

秋興賦　潘岳……二六六

雪賦　謝惠連……二六八

月賦　謝希逸……二七一

舞鶴賦　鮑照……二七二

附録

歸去來辭　陶淵明……二七四

北山移文　孔稚珪……二七六

唐

螢火賦　駱賓王……二七九

大鵬賦　李白……二八一

劍閣賦　李白……二八四

閔己賦　韓愈……二八五

別知賦　韓愈……二八六

閔生賦　柳宗元……二八七

阿房宮賦　杜牧……二八九

附録

弔田横文　韓愈……二九一

訟風伯　韓愈……二九二

弔屈原文　柳宗元……二九三

卷五

古賦四

宋

秋聲賦　歐陽脩……二九五

服胡麻賦　蘇軾……二九七

屈原廟賦　蘇軾……二九七

前赤壁賦　蘇軾……二九九

後赤壁賦　蘇軾……三〇一

屈原廟賦　蘇轍……三〇三
黄樓賦　秦觀……三〇四
大禮慶成賦　張耒……三〇五
感春賦　朱熹……三〇九
空同賦　朱熹……三一〇
附録
秋風三疊寄秦少游　邢居實……三一一
虞帝廟迎送神樂歌詞　朱熹……三一二
延陵懷古辭　楊萬里……三一三
元
太極賦　黄溍……三一四
索居賦　吴萊……三一六
貧女賦　吴萊……三一八
木齋賦　虞集……三二〇
哀三良賦　楊維楨……三二〇
八陣圖賦　楊維楨……三二一
附録
垂綸亭辭　袁桷……三二三
明
少梅賦　胡翰……三二四
蟠桃核賦　宋濂……三二五
附録
弔董生文　胡翰……三二九
招游子辭　王褘……三三一

卷六
樂府一

郊廟歌辭
漢
高帝三侯章　漢高祖……三三三
安世房中歌　唐山夫人……三三三
武帝郊祀歌……三三六
光武廟登歌詩……三四四
唐

貞觀圜丘樂章　褚亮……三四五
貞觀祭方丘樂章　褚亮……三四七
貞觀享太廟樂章　魏徵……三四九
貞觀祭太社樂章　褚亮……三五二
貞觀享先農樂章　褚亮……三五三
享先蠶樂章……三五四
貞觀釋奠文宣王樂章……三五六
貞觀祀風師樂章　包佶……三五七
祀雨師樂章　包佶……三五九
貞觀朝日夕月樂章……三六〇
貞觀蜡百神樂章……三六一
宋
建隆郊祀歌　竇儼……三六二
祀皇地祇……三六五
建隆以來祀享太廟……三六五
祭社稷……三六八
親耕籍田……三六九
景祐祭文宣王廟……三七一

卷七

樂府二

愷樂歌辭

鼓吹鐃歌曲
漢鼓吹鐃歌曲　朱鷺等……三七三
擬作　于濆……三七七
唐鼓吹鐃歌曲……三八二
擬宋鐃歌鼓吹曲　宋濂……三九〇
橫吹曲辭
出塞……三九七
擬作　杜甫……三九八
折楊柳……四〇〇
紫騮馬……四〇一
擬作　梁元帝……四〇一
驄馬　梁車斁……四〇一

劉生　梁元帝……四〇一
卷八
樂府三
燕饗歌辭
晉
四廂樂歌……四〇三
正旦大會行禮歌……四〇四
王公上壽酒歌……四〇五
食舉樂東西箱歌……四〇五
唐
功成慶善樂辭……四〇八
中和樂辭……四〇九
宋
乾德朝會樂章……四〇九
琴曲歌辭
神鳳操　周成王……四一二
幽澗泉　李白……四一二
擬十操　韓愈……四一三
醉翁操　歐陽脩……四一五
醉翁操　蘇軾……四一六
招隱操　朱熹……四一七
續琴操哀江南　謝翱……四一八
思沂操　胡翰……四二〇
卷九
樂府四
相和歌辭
相和六引
箜篌引……四二一
擬作　李賀……四二三
五引　沈約……四二三
相和曲
江南……四二五

擬作 柳惲……四二五
薤露……四二五
蒿里……四二五
擬作 繆襲……四二六
又 陸機……四二六
又 陶淵明……四二六
對酒 魏武帝……四二七
雞鳴……四二八
烏生……四二八
平陵東……四二九
陌上桑……四三〇
擬作 李白……四三一
吟嘆曲
王明君 石崇……四三二
又 歐陽脩……四三二
楚妃嘆 石崇……四三三
王子喬 石崇……四三四
平調曲
長歌行……四三五
短歌行 魏武帝……四三五
擬作 陸機……四三六
猛虎行……四三六
擬作 陸機……四三六
君子行……四三七
燕歌行 魏文帝……四三七
又 魏文帝……四三八
從軍行 王粲……四三八
鞠歌行 陸機……四三九
擬作 高啓……四四〇
清調曲
苦寒行 魏文帝……四四〇
前苦寒行 杜甫……四四一
後苦寒行 杜甫……四四一
董逃行……四四二

擬作　高啓……四四二
相逢行……四四三
長安有狹斜行……四四三
塘上行　魏甄后……四四四
秋胡行　魏文帝……四四四
擬作　傅玄……四四五
又　嵇康……四四六
瑟調曲
善哉行……四四八
擬作　魏文帝……四四九
折楊柳行……四五〇
擬作　魏文帝……四五〇
東門行……四五一
却東西門行　魏武帝……四五一
飲馬長城窟行……四五二
上留田行……四五二
擬作　李白……四五三
野田黄雀行　曹植……四五三
門有車馬客行　陸機……四五四
牆上難爲趨行　傅玄……四五四
日重光行　陸機……四五五
月重輪行　魏文帝……四五六
蜀道難　梁簡文帝……四五六
擬作　李白……四五六
櫂歌行　魏明帝……四五七
楚調曲
白頭吟……四五八
梁甫吟　諸葛亮……四五九
東武吟行　陸機……四五九
擬作　鮑照……四六〇
怨詩行……四六〇
擬作　曹植……四六〇
怨歌行　班婕妤……四六一
擬作　曹植……四六一

班婕妤　陸機……四六二
玉階怨　謝朓……四六二
又　虞炎……四六二
清商曲辭
吳聲歌曲
子夜歌……四六三
春夏秋冬歌……四六三
黃鵠曲　陶嬰……四六四
神弦歌……四六五
嬌女詩……四六五
姑恩曲……四六五
采蓮童曲……四六六
同生曲……四六六
西曲歌
烏夜啼……四六六
莫愁樂……四六六
估客樂　齊武帝……四六七
襄陽樂……四六七
江陵樂……四六七
江南曲
江南弄……四六八
采蓮曲……四六八
采菱曲……四六八
陽春曲……四六八

卷十

古詩一

四言
諷諫詩　韋孟……四六九
朔風詩　曹植……四七一
贈秀才入軍　嵇康……四七一
勵志　張華……四七二
停雲　陶淵明……四七四
榮木　陶淵明……四七四

時運　陶淵明……四七五
元和聖德詩　韓愈……四七六
平淮夷雅　柳宗元……四八〇
貞符　柳宗元……四八三
菊榮　蕭穎士……四八八
雲之祁祁答董傳　王安石……四八九
孔林圖詩集賢待制周侯能修禮于孔林侍讀學士商公圖之史官揭傒斯詩之
揭傒斯……四八九
之子于征美胄監陳生也陳生歸省其母奉養于京師故勗其行以慰其母心焉
胡翰……四九〇

卷十一

古詩二

五言一

古詩十九首……四九一
詩　蘇武……四九六
與蘇武　李陵……四九八
雜詩　魏文帝……四九九
雜詩　曹植……五〇〇
贈白馬王彪　曹植……五〇一
贈徐幹　曹植……五〇三
贈丁儀　曹植……五〇三
贈王粲　曹植……五〇四
三良詩　曹植……五〇四
雜詩　王粲……五〇四
咏史……五〇五
贈從弟　劉楨……五〇五
咏懷詩　阮籍……五〇六
雜詩　張華……五〇八
答何劭　張華……五〇九
贈張華　何劭……五〇九
雜詩　傅玄……五一〇

雜詩　王瓚……五一〇
征西官屬送於陟陽侯作　孫楚……五一〇
咏史　左思……五一一
招隱　左思……五一三
咏史　張載……五一四
招隱　陸機……五一四
贈從兄車騎　陸機……五一四
答張士然　陸雲……五一五
在懷縣作　潘岳……五一五
感舊詩　曹攄……五一六
迎大駕　潘尼……五一六
重贈盧諶　劉琨……五一六
時興　盧諶……五一七
游仙詩　郭璞……五一七
游西池　謝混……五一七
歸田園居　陶淵明……五一九
移居　陶淵明……五一九
和劉柴桑　陶淵明……五二〇
和郭主簿　陶淵明……五二〇
贈羊長史　陶淵明……五二一
始作鎮軍參軍經曲阿　陶淵明……五二一
癸卯歲春懷古田舍　陶淵明……五二二
庚戌歲九月中於西田穫早稻　陶淵明……五二二
飲酒　陶淵明……五二三
擬古　陶淵明……五二五
雜詩　陶淵明……五二六
咏貧士　陶淵明……五二七
咏荊軻　陶淵明……五二七
讀山海經　陶淵明……五二八
桃源詩　陶淵明……五二八
九日閒居　陶淵明……五二九
鄰里相送至方山　謝靈運……五三〇
酬從弟惠連　謝靈運……五三〇

石壁精舍還湖中作　謝靈運……五三〇
王撫軍庾西陽集別　謝瞻……五三一
西陵遇風獻康樂　謝惠連……五三一
擣衣　謝惠連……五三一
五君咏　顔延之……五三二
效古　袁淑……五三三
擬古　鮑照……五三三
蹔使下都至京贈西府同僚　謝朓……五三四
晚登三山望京縣　謝朓……五三四
別范安成　沈約……五三五
雜體　江淹……五三五

卷十二

古詩三

五言二

感遇　陳子昂……五三七
古風　李白……五三九
四皓　李白……五四二
尋陽紫極宫感秋作　李白……五四二
春日獨酌　李白……五四三
春日醉起言志　李白……五四三
自京赴奉先縣咏懷　杜甫……五四三
北征　杜甫……五四五
述古　杜甫……五四八
新婚別　杜甫……五四九
遣興　杜甫……五五〇
劍門　杜甫……五五〇
田家雜興　儲光羲……五五一
渭川田家　王維……五五二
嘆白髮　王維……五五二
南亭懷辛子　孟浩然……五五二
擬古　韋應物……五五三
効陶彭澤　韋應物……五五五
寄全椒山中道士　韋應物……五五五

郡齋雨中與諸文士燕集　韋應物……五五五
南山詩　韓愈……五五六
秋懷　韓愈……五五九
青青水中蒲　韓愈……五六〇
初秋夜坐贈吴武陵　柳宗元……五六一
界圍巖水簾　柳宗元……五六一
南澗中題　柳宗元……五六一
與崔策登西山　柳宗元……五六二
讀書　柳宗元……五六二
長安秋夕　戎昱……五六三
送從叔簡　孟郊……五六三
美人　陸龜蒙……五六三
傷田家　聶夷中……五六四
飛蓋橋翫月　歐陽脩……五六四
獨卧有懷　王安石……五六四
陳季常見過　蘇軾……五六五
妾薄命悼曾南豐作　陳師道……五六五
又同前　陳師道……五六五
贈東坡　黄庭堅……五六六
又　黄庭堅……五六六
述懷　朱熹……五六六
古意　朱熹……五六七
社後一日作　朱熹……五六七
感事有嘆　朱熹……五六八
游密庵　朱熹……五六八
將游雲谷約同行者　朱熹……五六八
卧龍庵武侯祠　朱熹……五六九
陶公醉石歸去來館　朱熹……五六九
頃以多言害道絶不作詩兩日讀大學
誠意章有感至日之朝起書此以自
箴蓋不得已而有言云　朱熹……五七〇
齋居感興詩　朱熹……五七〇
逸民詩　趙孟頫……五七六
早起　虞集……五七七

勉學詩　陳謙……………………五七八
宋學士贈詩用韵以謝　鄭淵……………五八一
賦秦淮送宋仲珩　朱芾……………五八一
冬日何可愛　胡翰……………………五八二
鬱鬱孤生桐　胡翰……………………五八二
游子　袁凱……………………………五八二

文章辨體

文章辨體序

天地以精英之氣賦於人而人以鍾是氣發之全充之盛至於彪炳閎肆而不可遏往往因感而發以宣造化之機述人情物理之宜達禮樂刑政之具而文章興焉三代以下名能文章者衆矣其有補於世教可與天地同悠久者代不數人人不數篇可不精擇而慎傳之歟今傳于世若梁昭明文選唐文粹宋文鑑固已號爲掇其英拔其粹矣然文粹文

鑑止錄一代之作文選雖無備歷代而去取欠精識者猶有憾焉至宋西山真先生集爲文章正宗其目凡四曰辭命曰議論曰敘事曰詩賦天下之文誠無出此四者可謂備且精矣然衆體互出學者卒難考見豈非精之中猶有未精者邪海虞吳先生有見於此謂文辭宜以體製爲先因錄古今之文入正體者始於古歌謡辭終于祭文釐爲五十卷其有變體若四六律詩詞曲者別爲外集五卷

附其後名曰文章辨體辨體云者每體自爲一類每類各著序題原制作之意而辨析精確一本於先儒成說使數千載文體之正變高下一覽可以具見是蓋有以備正宗之所未備而益加精焉者也非先生學之博識之正用心之勤且密詎有是哉先生之孫淳爲監察御史嘗攜是編至京今都憲萬安劉公顯孜昔與淳同官獲一見焉而愛好之不忘至是奉

命巡撫南畿訪求於先生仲子銓曾孫木得之親爲校正訛謬將刻諸梓以廣其傳於是邑人之尚義者爭捐貲爲助而板刻遂成刑部陸員外杲於先生爲邑後進樂聞其書得傳屬予爲之序嗟夫文章天下公器也自昔志勤於集録者孰不欲名當時而傳後世然有不幸或堙没焉者殆未遇知而好之者公其傳於衆也今先生是編家藏之久乃得都憲劉公篤好而表章之豈非幸歟抑非獨先生

之幸實學者之幸也繼自今學者得而誦之
具見諸家之體而力追古作於以黼黻
皇猷恢弘治理使斯文趍兩漢而追三代之盛
端自此始豈不尤爲世道幸哉然則先生是
編雖幸賴公以傳而公之名亦將與先生並
傳於無窮也先生名訥字敏德學行淳正可
方古人著書績文老而不倦官終副都御史
所著有小學集解性理補註晦菴文抄詩抄
草廬文粹祥刑要覽與此並行于世云

天順八年秋九月旣望

賜進士及第嘉議大夫吏部右侍郎兼翰林院

學士知

制誥同知

經筵事

國史總裁安成彭時序

文章辨體凡例

海虞吴訥編述

一文辭以體制爲先古文類集今行世者惟梁昭明文選六十卷姚鉉唐文粹一百卷東萊宋文鑑一百五十卷西山前後文章正宗四十四卷蘇伯脩元文類七十卷爲備然文粹文鑑文類惟載一代之作文選編次無序如第一卷古賦以兩都爲首而離騷反置于後甚至楊雄美新曹操九錫文亦皆收載不足爲法獨文章正宗義例精密其類目有四曰辭命曰議論曰叙事曰詩賦古今文辭固無出此四類之外者然每類之中衆體並出欲識體而卒難尋考故今所編始於古歌謡辭終于祭文每體自爲一類各以時世爲先後共爲五十卷仍宋先儒成説足以鄙意著爲序題録于每類之首庶幾少見制作之意云

一作文以關世教爲主上虞劉氏有云詩三百篇有美有刺聖人固已垂戒于前矣後人纂輯當本二南雅頌爲則今依其言凡文辭必擇辭理兼備切於世用者取之其有可爲法戒而辭未精或辭甚工而理未瑩然無害於世教者間亦收入至若悖理傷教及涉淫放怪僻者雖工弗錄

一命辭固以明理爲本然自濂洛關閩諸子闡明理學之後凡性命道德之言雖孔門弟子所未聞者後生學子皆得誦習若不顧文辭題意槩以場屋經訓性理之說施諸詩賦及贈送雜作之中是豈謂之善學也哉故西山真氏前後文章正宗凡太極圖說及易傳序東西銘擊壤詩等作皆不復錄今亦遵其意云

一古人文辭多有辭意重複或方言難曉晦翁綱目及迂齋疊山古文若賈生政事書之類皆節取要語今亦從之

一歷代制册詔誥盖皆王言文選文章正宗止書世代而已至文鑑文類始列代言名氏今依前例悉皆不書若夫天朝詔誥豈敢與臣庶文辭同録今亦弗載

一洪武之初作者輩出區區孤陋弗能博訪盡載考之文章正宗凡同時及年近諸大老之作皆不敢録以避去取之嫌今循其例以俟後之君子

一卷中文辭凡古帝王所作則稱謚號餘則稱字稱號若於表奏之下及不知其字者則復稱名非敢有所優劣也

一四六爲古文之變律賦爲古賦之變律詩雜體爲古詩之變詞曲爲古樂府之變西山文章正宗凡變體文辭皆不收録東萊文鑑則并載焉今遵其意復輯四六對偶及律詩歌曲共五卷名曰外集附于五十卷之後以備衆體且以著文辭世變云

諸儒總論作文法

易書詩春秋儀禮禮記周禮論語大學中庸孟子皆聖賢明道經世之書雖非爲作文設而千萬代文章皆從是出 文章精義

文有二道辭令褒貶本乎著作者也導揚諷誦本乎比興者也著作者流盖出於書之謨訓易之彖繫春秋之筆削其要在於高壯廣厚辭正而理備謂宜藏於簡冊者也比興者流盖出於虞夏之詠歌商周之風雅其要在於麗則清越言暢而意美謂宜流於謡誦者也 柳子厚

夫文章者原出五經詔誥策檄生於書者也序述論議生於易者也歌詠賦頌生於詩者也祭祀哀誄生於禮者也書奏箴銘生於春秋者也故凡朝廷憲章軍旅誓誥敷暢仁義發明功德牧民建國皆不可無 顔之推

文章與時高下三代之文至戰國而病涉秦漢復起漢之文至

三國而病唐興復起夫政厖而土裂三光五岳之氣分大音不全故必混一而後大振 劉夢得

章表奏議則準的乎典雅賛頌歌詩則羽儀乎清麗符檄書移則楷式於明斷史論序記則軌範於覈要箴銘碑誄則體制於宏深連珠七辭則從事於工豔此修體而成勢隨變而立功者複契會相參節文互雜譬五色之錦各以本采爲地矣 文心雕龍

夫刺美風化緩而不迫謂之風采摭事物摛華布體謂之賦推明政治正言得失謂之雅形容盛德揚厲休功謂之頌幽憂憤悱寓之比興謂之騷感傷事物托於文章謂之辭程事較功考實定名謂之銘援古刺今箴戒得失謂之箴猗吁抑揚永言謂之歌非鼓非鍾徒歌謂之謠步驟馳騁斐然成章謂之行品秩先後序而推之謂之引聲音雜比高下長短謂之曲吁嗟慨歌悲憂深思謂之吟吟咏情性合而言志謂之詩蘇李而上高簡

古淡謂之古沈宋而下法律精切謂之律此詩之衆體也帝王之言出法度以制文者謂之制絲綸之語若日月之垂照者謂之詔道其常而作彜憲者謂之典陳其謀而成嘉猷者謂之謨順其理而廸之者謂之訓屬其人而告之者謂之誥即師衆而誓之者謂之誓因官使而命之者謂之命出於上者謂之教行於下者謂之令持而戒之者勑也言而諭之者宣也諳而揚之者贊也登而崇之者册也言其倫而析之者論也度其宜而揆之者議也别嫌疑而明之者辯也正是非而著之者説也記者記其事也紀者紀其實也書者纘而述焉者也策者條而對焉者也傳者傳而信者也序者緒而陳者也碑者披列事功而載之金石也碣者揭其操行而立之墓隧也誄者累其素履而質諸鬼神也誌者識其名系而埋之壙穴也檄者激發人心而諭禍福也移者自近移遠使之周知也表者布臣子之心致君父

之前也牋者修儲后之間伸宮闈之儀也箚者質言之而畧也啓者文言之而詳也狀者言之公上也牒者用之官府也揭書不緘插羽而傳之者露布也尺牘無封指事而陳之者劄子也青黃黼黻經緯以相承者總謂文也 珊瑚詩話

作文之體初欲奔馳久當撙節使簡重嚴正時或放肆以自舒勿爲一體則盡善矣 歐陽公

孫元忠朴嘗問歐陽公爲文之法公云於吾姪豈有惜只是要熟耳變化之態皆從熟處生也 同

頃歲孫莘老識文忠公乘間以文字問之荅云無他術惟讀書多則爲之自工世人之患在懶讀書又作文字少每一篇出即求過人如此少有至者疵病不必待人指摘多作自能見之 同

意盡而言止者天下之至言也然言止而意不止尤爲極至如禮記左氏傳可見 東坡

凡文字少小時須令氣象峥嶸采色絢爛漸老漸熟乃造平淡其實不是平淡乃絢爛之極也 同

辭氣或不逮初造意時此病只是讀書未精博耳長袖善舞多錢善賈不虛語也 山谷

大凡爲文須要有温和敦厚之氣章疏告君文字盖尤不可無也 楊龜山

作文以理爲主自六經以下至于諸子百氏騷人辯士論述大抵皆爲寓理之具也故學文之道急於明理如爲文而不明理求文之工世未嘗有是也君未明理而欲以言語句讀爲奇反覆咀嚼卒亦無有此最文之陋也 張文潛

作文須是靠實說得有條理不可駕空織巧大要七分實只二三分文如歐文好者只是靠實而有條理如張承業傳者自然好東坡如靈壁張氏園亭記最好亦是靠實秦少游龍井記

之類全是架空說全不起發人意思 晦菴

今人作文好用難字如讀漢書便去收拾三兩箇字曾南豐尚解使一二字歐蘇全不使一難字而文字如此好 同

作文自有穩字古之能文者纔用便用著 同

文章以體製爲先精工次之失其體製雖浮聲切響抽黃對白極其精工不可謂之文矣 倪正父

爲文不關世教雖工何益 葉水心

前輩作文各有入門處退之本孟子東坡亦祖孟子故其議論純正少疵子厚明允皆自言其所得處明允多自戰國策中來視子厚爲不純子瞻亦祖其家學氣焰赫奕人多慕之然少純正要之自六經來則源深而流長人但見其正大温粹不知其所養者有本也此最當謹所習之始若不謹則未可知本既立必學問充就而後識見超詣凡見之議論言語者皆正大純粹

如冠冕佩玉入宗廟之中人自起敬學力既到體製亦不可不知如記贊銘頌序跋各有其體不知其體則喻人無容儀雖有實行識者幾人哉體製既熟一篇之中起頭結尾繳換曲折反覆難應關鎖血脉其妙不可以言盡要須自得於古人 金石例

文章不使事最難使事多亦最難不使事難於立意使事多難於遣辭能立意者未必能造語能遣辭者未必能免俗大抵為文者多知難者少 捫蝨新語

篇中不可有冗章章中不可有冗句句中不可有冗字亦不可有齟齬處 緯文瑣語

為文當要轉常為奇回俗入雅縱横出没圓融無滯乃可與言遠 同

作文須要血脉貫穿造語用事妥帖前世號能文者無不知此 同

文字須要數行整齊處數行不整齊處意對處文却不必對文

不對處意著對 精義

學文切不可學怪句且須明白正大務要十句百句只作一句貫串意脉説得通處儘管説去説得反覆竭處自住所謂行乎其所當行止乎其所不得不止也 同

文章不難於巧而難於拙不難於曲而難於直不難於細而難於麤不難於華而難於質 同

退之自言作爲文章上規姚姒盤誥春秋易詩左氏莊騷太史子雲相如閎其中而肆其外子厚自言每爲文章本之詩書禮春秋易參之穀梁孟荀莊老國語離騷太史公此韓柳爲文之旨要學者宜思之 容齋

作議論文字須考引事實無差忒乃可傳信後世東坡作二疏贊云孝宣中興以法馭人殺蓋韓楊蓋三良臣先生憐之振袂脱屣使知區區不足驕士其立意超卓如此然以其時攷之元

康三年二蹶去位後二年蓋寬饒誅又三年韓延壽誅又三年楊惲誅方二疏去時二人無恙 同

凡學文初要膽大終要心小由麤入細由俗入雅由繁入簡由豪宕入純粹 疊山

聖人立言與庸衆人異貶一人不必多言只一字一句貶之其辱不可當褒一人不必多言只一字一句褒之其榮不可當孔子褒管仲只四句一匡天下民到于今受其賜微管仲吾其被髮左衽矣孟子學孔子者也褒百里奚只三句相秦而顯其君於天下可傳於後世不賢而能之乎韓文公學孔孟者也褒孟子初只兩句然賴其言而今學者尚知宗孔氏崇仁義貴王賤覇而已終只兩句向無孟氏則皆服左衽而言侏離矣與孔子褒管仲之語同歐陽公作蘇老泉墓誌云眉山在西南數千里外公父子一日隱然名動京師而蘇氏之文章遂擅天下亦得

此法同

東坡作史評必有一段萬世不可磨滅之理使吾身生其人之時居其人之位遇其人之事當如何處置凡議論好事須要一段反說凡議論一段不好事須要一段好說文勢亦圓活義理亦精微意味亦悠長同

文以傳道古聖人不得已而爲之謂欲句之難道義之難曉必不然矣詩三百篇皆可以播管絃薦宗廟書者二帝三王之世之文也文之古無出於此則曰惠廸吉從逆凶又曰德日新萬邦惟懷志自滿九族乃離在禮儒行夫子之文也則曰衣冠中動作謹在易則曰乾道成男坤道成女日月運行一寒一暑夫豈句之難道義之難曉耶今爲文而舍六經又何法哉若第取書之弔由靈易之朋合簪者法其語而謂之古是豈所謂之古文哉小畜文集

好作奇語自是文章病但當以理爲主理得而辭順文章自然出群拔萃 困學記聞

文章要有曲折不可作直頭布袋然曲折太多則語意繁碎整理不下反不若直頭布袋之爲愈也 元遺山

文有以繁爲貴者若檀弓石祈子沐浴佩玉莊子之大塊噫氣用者字韓子送孟東野序用鳴字上宰相書至今稱周公之德其下又有不衰二字凡此類則以繁爲貴又有以簡爲貴者若舜典至于中岳如岱禮西岳如初史記事在某人傳凡此類則又以簡爲貴也但繁而不厭其多簡而不遺其意乃爲善矣 文則

文有助辭猶禮之有儐樂之有相也禮無儐則不行樂無相則不諧文無助則不順檀弓曰勿之有悔焉耳矣孟子曰寡人盡心焉耳矣檀弓曰我弔也與哉左氏傳曰獨吾君也乎哉凡此一句而三字連助不嫌其多也左氏傳曰其有以知之矣又曰

其無乃是也乎此二句六字成句而四字爲助亦不嫌其多也檀弓曰南宮縚之妻之姑之喪樂記曰不知手之舞之足之蹈之也凡此不嫌用之字爲多禮記曰言則大矣美矣盛矣此不嫌用矣字爲多檀弓曰美哉輪焉論語曰富哉言乎凡此四字成句而助辭半之不如是文不健也左氏傳曰美哉泱泱乎大風也哉表東海者其太公乎國未可量也此文每句終用助讀之殊無齟齬艱辛之態 同

詩人用助辭多用韻在其上有用也辭若何其處也必有與也有用而辭若俟我於著乎而充耳以素乎而有用矣辭若陟彼砠矣我馬瘏矣有用忌辭若抑磬控忌抑縱送忌有用兮辭若其實七兮迨其吉兮有用之辭若知子之順之雜佩以問之有用止辭如既曰庸止曷又從止有用且辭若椒聊且遠條且又

禮記散文亦有韻協如曰禮行於郊而百神受職焉禮行於社

而百貨可極焉禮行於祖廟而孝慈服焉禮行於五祀而正法則焉 同

結文字須要精神不要閑言語韓文公獲麟解結云麟之所以爲麟者以德不以形若麟之出不待聖人則其謂之不祥也亦宜送浮屠文暢序結余既重柳請又嘉浮屠能喜文辭於是乎書歐公縱因論結是以堯舜三王之治必本於人情不立異以爲高不逆情以干譽皆此法也 同

詩者始於舜皋之賡歌三代列國風雅繼作今之三百五篇是也其句法自三字至八字皆起於此三字句若鼓咽咽醉言歸之類四字句若關關雎鳩在河之洲之類五字句若誰謂雀無角何以穿我屋之類七字句若交交黃鳥止于棘之類八字句若十月之交曰我不敢效我友自逸之類漢魏以降格致寖多自唐迄于國朝而體製大備矣 同

詩以意義爲主文詞次之或意深義高雖文詞平易自是奇作世人見古人語句平易倣傚之而不得其意義便入鄙野可咲同謝朝華之已披啓夕秀於未振學詩者尤當領此陳腐之語固不必涉筆然知求去陳腐而翻爲怪怪奇奇不可致詰之語以欺人不獨欺人而且自欺誠學者之大病也同

文章辨體總目

古歌謠辭 一卷　賦 二卷 三卷 四卷 五卷　樂府 六卷 七卷 八卷 九卷
詩 十卷 十一卷 十二卷 十三卷 十四卷　諭告　璽書　批答 十五卷
詔 十六卷　冊　制　誥 十七卷
制策 十八卷　表　露布 十九卷　論諫 二十卷
奏疏 二十一卷 二十二卷 二十三卷　議 二十四卷　彈文　檄 二十五卷
書 二十六卷 二十七卷 二十八卷　記 二十九卷 三十卷 三十一卷　序 三十二卷 三十三卷 三十四卷
論 三十五卷 三十六卷　說　解 三十七卷　辨 三十八卷

原　戒三十九卷　題跋四十卷　雜著四十一卷
箴　銘四十二卷　頌贊四十三卷　七體　問對四十四卷
傳　行狀四十五卷　謚法　謚議四十六卷　碑　四十七卷
墓碑　墓碣　墓表四十八卷　墓誌　墓記　埋銘四十九卷
誄辭　哀辭　祭文五十卷
外集總類
連珠　判　律賦一卷　詩　二卷　三卷　四卷
詞曲五卷

文章辨體目録

海虞後學吳訥編集

第一卷

古歌謠辭

按西山真氏輯文章正宗凡古文辭之載于經聖人所嘗刪述者皆不敢録獨采書傳所載康衢擊壤歌謠之類列於古詩之前且曰出於經者可信傳記所載者未必當時所作其好古傳疑之意至矣今謹遵其意而以康衢童謠爲首終于荀卿佹詩彙寘卷端以俟考質云

康衢謠　擊壤歌　南風詩
卿雲歌　采薇歌　黃澤謠
祈招詩　商歌　子産歌

孔子歌　師乙歌　獲麟歌
接輿歌　滄浪歌　渡伍員歌
越人歌　鄴民歌　成相荀卿　佹詩

第二卷

古賦一

按賦者古詩之流漢藝文志曰古者諸侯卿大夫交接隣國必稱詩以諭意春秋之後聘問歌詠不行於列國而賢人失志之賦作矣太儒荀卿及楚臣屈原離讒憂國皆作賦以風其後宋玉唐勒枚乘司馬相如下及楊子雲競爲侈麗閎衍之辭而風諭之義沒矣迨近世祝氏著古賦辨體因本其言而斷之曰屈子離騷即古賦也古詩之義若荀卿成相佹詩是也然其所載

則以離騷爲首而成相等弗録尚論世次屈在荀後而成相佹詩亦非賦體故今特附古歌謡後而仍載楚辭于古賦之首蓋欲學賦者必以是爲先也宋景文公有云離騷爲辭賦祖後人爲之如至方不能加矩至圓不能過規信哉

楚

楚國名祝氏曰按屈原爲騷時江漢皆楚地蓋自王化行乎南國漢廣江有汜諸詩已列於二南十五國風之先風雅既變而楚狂鳳兮滄浪孺子之歌莫不發乎情止乎禮義猶有詩人之六義但稍變詩之本體以兮字爲讀遂爲楚聲之萌蘖也原最後出本詩之義以爲騷但世號楚辭不正名曰賦然自漢以來賦家體製大抵

皆祖於是焉又按晦庵先生曰凡其寓情草木託意男女以極遊觀之適者變風之流也叙事陳情感今懷古不忘君臣之義者變雅之類也其語祀神歌舞之盛則幾乎頌矣至其爲賦則如騷經首章之云比則如香草惡物之類興則托物興詞初不取義如九歌沅芷澧蘭以興思公子而未敢言之屬也但詩之興多而比賦少騷則興少而比賦多賦者要當辨此而後辭義不失古詩之六義矣

第三卷

離騷屈原　九歌　九章

遠遊　卜居　漁父

九辯宋玉　招魂

古賦二

兩漢

祝氏曰楊子雲云詩人之賦麗以則詞人之賦麗以淫夫騷人之賦與詩人之賦雖異然猶有古詩之義辭雖麗而義可則至詞人之賦則辭極麗而過於淫蕩矣蓋詩人之賦以其吟咏情性也騷人所賦有古詩之義者亦以其發於情也其情不自知而形於辭其辭不自知而合於理情形於辭故麗而可觀辭合於理故則而可法如或失於情尚辭而不尚意則無興起之妙而於則也何有又或失於辭尚理而不尚辭則無詠歌之遺而於麗也何有二十五篇之騷無非發於情者故其辭也麗其理也則而有賦比

興風雅頌諸義漢興賦家專取詩中賦之一義以爲賦又取騷中贍麗之辭以爲辭若情若理有不暇及故其爲麗也異乎風騷之麗而則之與淫遂判矣古今言賦自騷之外咸以兩漢爲古蓋非魏晉已還所及心乎古賦者誠當祖騷而宗漢去其所以淫而取其所以則庶不失古賦之本義云

弔屈原賦 賈生　鵩賦　惜誓

子虛賦 司馬長卿　上林賦　長門賦

自悼賦 班婕妤　擣素賦　甘泉賦 楊子雲

兩都賦 班孟堅　鸚鵡賦 禰平正

附錄

屈宋之辭家藏人誦兩漢而下祖襲者多晦翁

編類楚辭後語一以時世爲之先後至其體製則若詩若賦若歌若辭若文若操與夫諸雜著之近乎楚者悉皆間見迭書而不復爲之分類也迨元祝氏輯纂古賦辨體其曰後騷者雖文辭增損不同然大意則亦本乎晦翁之舊也是編之賦旣以屈宋爲首其兩漢以後則遵祝氏而以世代爲之卷次若當時諸人雜作有得古賦之體者亦附各卷之後庶幾讀者有以得夫旁通曲暢之助云

鴻鵠歌 高帝　秋風辭 武帝　招隱士 淮南小山

第四卷

古賦三

三國六朝

祝氏曰嘗觀古之詩人其賦古也則於古有懷其賦今也則於今有感其賦事也則於事有觸其賦物也則於物有況情之所在索之而愈深窮之而愈妙彼其於辭直寄焉而已矣後之辭人刋陳落腐惟恐一語未新搜奇摘艷惟恐一字未巧抽黄對白惟恐一聯未偶回聲揣病惟恐一韻未協辭之所爲謦矣而愈求妍矣而愈飾彼其於情直外焉而已矣盖西漢之賦其辭工於楚騷東漢之賦其又工於西漢以至三國六朝之賦一代工於一代辭愈工則情愈短而味愈淺味愈淺則體愈下建安七子獨王仲宣辭賦有古風至晉陸士衡輩文賦等作已用俳體流至潘岳首尾絶俳迨沈休文等出四聲八

病起而俳體又入於律矣徐庾繼出又復隔句對聯以爲駢四儷六簇事對偶以爲博物洽聞有辭無情義亡體失此六朝之賦所以益遠於古然其中有安仁秋興明遠舞鶴等篇雖曰其辭不過後代之辭乃若其情則猶得古詩之餘情矣於此益歎古今人情如此其不相遠古詩賦義其終不泯也

登樓賦 魏王仲宣　文賦 晉陸士衡　藉田賦 潘安仁
秋興賦　雪賦 宋謝惠連　月賦 謝希逸
舞鶴賦 鮑明遠

附録

歸去來辭 晉陶淵明　北山移文 孔德璋

唐

祝氏曰唐人之賦大抵律多而古少夫雕蟲道喪頹波橫流風騷不古聲律大盛句中拘對偶以趨時好字中揣聲病以避時忌孰有學古或就有爲古賦者率以徐庾爲宗亦不過少異於律爾甚而或以五七言之詩四六句之聯以爲古賦者中唐李太白天才英卓所作古賦差強人意但俳之蔓雖除而律之根故在雖下筆有光燄時作奇語然只是六朝賦爾惟韓柳諸古賦一以騷爲宗而超出俳律之外唐賦之古莫古於此至杜牧之阿房宫賦古今膾炙但太半是論體不復可專目爲賦矣毋亦惡俳律之過而特尚理以矯之乎吁先正有云文章先體製而後文辭學賦者其致思焉

螢火賦駱賓王　大鵬賦李太白　劍閣賦
閔己賦韓退之　別知賦　閔生賦柳子厚
阿房宮賦杜牧之
附録
弔田横文韓退之　訟風伯　弔屈原文柳子厚

第五卷

古賦四

宋

祝氏曰宋人作賦其體有二曰俳體曰文體后山謂歐公以文體爲四六夫四六者屬對之文也可以文體爲之至於賦若以文體爲之則是一片之文押幾箇韻爾而於風之優游比興之假托雅頌之形容皆不兼之矣晦翁云宋朝文

明之盛前世莫及自歐陽文忠公南豐曾公與眉山蘇公相繼迭起各以其文擅名一世傑然自爲一代之文獨於楚人之賦有未數數然者觀於此言則宋賦可知矣

秋聲賦 歐陽永叔　服胡麻賦 蘇子瞻　屈原廟賦

前赤壁賦　後赤壁賦　屈原廟賦 蘇子由

黃樓賦 秦少游　大禮慶成賦 張文潛　感春賦 朱晦菴

空同賦

附錄

秋風三疊 邢居實　虞帝廟樂歌詞 朱晦菴　延陵懷古辭 楊萬里

元

元主中國百年國初文學不過循習金源之故步迨至元混一士習丕變於是完顏之粗獷既

除而宋末萎苶之氣亦去矣延祐設科以古賦
命題律賦之體繇是而變然多浮靡華巧抑揚
歸美至末年而格調益弱矣今取黄氏等數篇
附於宋賦之後其他詩文間亦録附各卷云

太極賦 黄晋卿　索居賦 呉立夫　貧女賦
木齋賦 虞伯生　哀三良賦 楊廉夫　八陣圖賦

附録

垂綸亭辭 袁伯長

國朝

聖明統御一洗胡元陋習以復中國先王之治當時輔翊
興運以文章名世者率推承旨宋公濂爲首迨
若太史胡公翰則又宋公之所畏服者也今采
二公所作著之于編以昭我

國家文運之興非若漢唐宋歷世之久而後盛也若夫重熙累洽作者非一尚俟博采而備録云

火梅賦 胡仲申　蟠桃核賦 宋景濂

附録

弔董生文 胡仲申　招游子辭 王子充

第六卷

樂府一

易曰先王作樂崇德殷薦之上帝以配祖考成周盛時大司樂以黄帝堯舜夏商六代之樂報祀天地百神若宗廟之祭神既下降則奏九德之歌九韶之舞蓋以六代之樂皆聖人之徒所制故悉存之而不廢也迨秦焚滅典籍禮樂崩壞漢興高帝自制三侯之章而房中之樂則令

唐山夫人造爲歌辭史記云高祖過沛詩三侯之章令小兒歌之高祖崩令沛得以四時歌舞宗廟孝惠文景無所增更於樂府習常肄舊而已至班固漢書則曰漢興樂家有制氏但能紀其鏗鏘而不能言其義高祖時叔孫通制宗廟樂迎神奏嘉至入廟奏永至乾豆上奏登歌再終下奏休成天子就酒東箱坐定奏永安然徒有其名而亡其辭所載不過武帝郊祀十九章而已後儒遂以樂府之名起於武帝殊不知孝惠二年已命夏侯寬爲樂府令豈武帝始爲新聲不用舊辭也迨東漢明帝遂分樂爲四品一曰大予樂郊廟上陵用之二曰雅頌樂辟雍享射用之三曰黄門鼓吹樂天子宴羣臣用之四

曰短簫鐃歌樂軍中用之其說雖載方冊而其
制亦復不傳魏晉以降世變日下所作樂歌率
皆夸靡虛誕無復先王之意下至陳隋則淫哇
鄙褻舉無足觀矣自時厥後唯唐宋享國最久
故其辭亦多純雅南渡後夾漈鄭氏著通志樂
畧以爲古之達禮有三一曰燕二曰享三曰祀
所謂吉凶軍賓嘉皆主此三者仲尼所刪之詩
凡燕享祀之時用以歌之漢樂府之作以繼三
代因列鐃歌與三侯以下十篇亦無其辭後太
原郭茂倩輯樂府百卷繇漢迄五代蒐輯無遺
金華吳立夫謂其紛亂哤雜厭人視聽雖浮淫
鄙俗不敢芟夷何哉近豫章左克明復編古樂
府十卷斷自陳隋而止中間若後魏楊白花等

淫鄙之辭亦復收載是亦未得盡善也今考五禮以郊廟歌辭爲先愷樂燕饗歌辭次之蓋以其切於世用足爲制作家之助至若古今琴操與夫相和等曲亦附于後以俟好古君子之所考訂焉其或有題無辭或辭雖存而爲莊人雅士之所厭聞者茲亦不得録云

郊廟歌辭 吉禮

樂記曰王者功成作樂治定制禮考之於古禮樂之備莫過於周故詩序謂昊天有成命則郊祀天地之樂歌也清廟則祀太廟之樂歌也我將載芟良耜則又明堂社稷之歌章焉千載之下音樂既亡而其歌詩尚存者以其辭焉爾秦漢以降代有制作然唯漢唐宋爲盛者蓋其混

一既久功德在人雖其道不能比隆成周然其致治制作之懿終非秦魏晋隋南北五季之可比也讀者其尚考焉

漢

高帝三侯章　安世房中歌十七　武帝郊祀歌十九

光武廟登歌詩

唐

貞觀圜丘八　祭方丘五　享太廟十一

祭大社三　享先農四　享先蠶五

釋奠文宣王五　祀風師五　祀雨師四

朝日夕月六　蜡百神三

宋

建隆郊祀歌八　祀皇地祇三　祀享太廟十三

祭社稷三　親耕藉田七　景祐祭文宣王七

第七卷

樂府二

愷樂歌辭 軍禮

周禮大司樂曰王師大獻則令奏愷樂大司馬曰師有功則愷樂獻于社鄭康成云兵樂曰愷獻功之樂也是則軍禮之有愷樂其來尚矣若夫鼓吹鐃歌橫吹之名則起于漢崔豹古今注云漢樂有黃門鼓吹天子所以燕群臣短簫鐃歌乃鼓吹之一章亦以賜有功是則鐃歌與橫吹得通名爲鼓吹曲但所用異爾漢有朱鷺等二十二曲列於鼓吹謂之鐃歌又有橫吹曲二十八解然辭多不傳曹魏嘗改漢鐃歌爲十二

曲而辭率矯誕厥後柳宗元進唐鐃歌洪武中宋濂擬宋鼓吹雖如魏之曲數而辭義殆過之矣今特録附漢曲之後以爲好古學者之助云

鼓吹鐃歌曲

漢朱鷺等十八　擬作巫山高 唐于子倚　唐晉陽武等十二 柳宗元

宋擬啓聖徵等十二 洪武宋景濂

橫吹曲辭

漢

出塞　擬作前後出塞 唐杜子美　折楊柳

紫騮馬　擬作 梁元帝　驄馬 梁車轂

劉生 梁元帝

第八卷

樂府三

燕饗歌辭賓禮嘉禮

儀禮燕禮曰工歌鹿鳴四牡皇皇者華笙入奏南陔白華華黍乃間歌魚麗笙由庚歌南有嘉魚笙崇丘歌南山有臺笙由儀遂歌鄉樂周南關雎葛覃卷耳召南鵲巢采蘩采蘋此則燕饗之有樂也王制曰天子食舉以樂大司樂王大食皆奏鍾鼓此食舉之有樂也漢明帝定樂二曰雅頌三曰黄門鼓吹者皆燕射及宴群臣之所用也又有殿中御飯食舉七曲太樂食舉十三曲然世皆不傳唯晉荀勗所定歌章具存唐貞觀初新定十二和之樂其曰天子食舉及飲酒奏休和受朝奏正和正至禮會奏昭和皇太子軒懸出入奏承和而史亦亡其辭迨宋建隆

中始作朝會樂章載之于史今錄所存晉宋之
辭以俟採擇云

晉

四廂樂歌　正旦行禮歌四　王公上壽酒歌
食舉東西箱歌十二

唐

功成慶善樂辭　中和樂辭
宋乾德朝會樂章八

琴曲歌辭

白虎通曰琴者禁止於邪以正人心者也故先
王以是爲修身理性之具其長三尺六寸象歲
之三百六十日也廣六寸法六合也前廣後狹
尊卑象也上圓下方法天地也今觀五曲九引

十二操率皆後人所爲若文王居憂孔子猗蘭將歸等操怨懟躁激害義尤甚故皆不取而獨載昌黎所擬諸作于後先儒謂深得文王之心者是也西山眞氏又云琴之音以淳古澹泊爲上今則厭古調之希微誇新聲之奇變雖琴亦鄭衛矣此又有志於琴者不可不知也

神鳳操 周成王　幽澗泉 唐李太白　擬十操 韓退之
醉翁操 宋歐陽永叔　醉翁操 蘇子瞻　招隱操 朱晦庵
哀江南四章 謝皐羽　思沂操 洪武胡仲申

第九卷

樂府四

相和歌辭

宋書樂志曰相和漢舊曲也絲竹更相以和執

節者之歌魏明帝分爲二部晉荀勗採舊辭謂之清商三調歌詩唐樂志云平調清調瑟調皆周房中曲之遺聲漢世謂之三調又有楚調漢房中曲也與前三調總謂之相和調張永元嘉技録又有吟嘆四曲亦列于相和歌云

相和六引

箜篌引古辭　擬作唐李長吉　五引梁沈休文

相和曲

江南古辭　擬作梁柳惲　薤露蒿里古辭

擬作魏繆熙伯　又晉陸士衡　又二陶淵明

對酒魏武帝　鷄鳴古辭　烏生

平陳東　陌上桑羅敷　擬作唐李太白

吟嘆曲

王明君 晉石季倫　又 宋歐陽永叔　楚妃嘆 石季倫

王子喬 古辭

平調曲

長歌行 古辭　短歌行 魏武帝　擬作 晉陸士衡

猛虎行 古辭　擬作 陸士衡　君子行 古辭

燕歌行 魏文帝　從軍行 王仲宣　鞠歌行 晉陸士衡

擬作 洪武高李迪

清調曲

苦寒行 魏文帝　擬作前後苦寒行 唐杜子美

董逃行 古辭　擬作 洪武高李迪　相逢行 古辭

長安有狹斜行 古辭　塘上行 魏甄后　秋胡行 魏文帝

擬作 晉傅休奕　又七首 魏嵇叔夜

瑟調曲

善哉行古辭　擬作魏文帝　折楊柳行古辭
擬作魏文帝　東門行古辭　却東西門行魏文帝
飲馬長城窟行　上留田行古辭　擬作唐李太白
野田黃雀行魏曹子建　門有車馬客行晉陸士衡
牆上難爲趨行傅休奕　日重光行陸士衡　月重輪行魏文帝
蜀道難梁簡文帝　擬作唐李太白　櫂歌行魏明帝

楚調曲

白頭吟古辭　梁甫吟漢諸葛亮　東武吟行晉陸士衡
擬作宋鮑明遠　怨詩行古辭　擬作魏曹子建
怨歌行漢班婕妤　擬作魏曹子建　班婕妤晉陸士衡
玉階怨齊謝朓　又齊虞炎

清商曲辭

清商樂一曰清樂清樂者九代之遺聲其始即

相和三調是也並漢魏已來舊曲其辭皆古調晉馬南渡其音亡散宋武定關中收其聲伎南朝文物斯爲最盛後魏孝文宣武相繼南代得江左所傳舊曲及江南吳歌荆楚西聲總謂之清商至於殿庭饗宴則兼奏之後隋平陳文帝善其節奏曰此華夏正聲也乃微更損益以新定律呂因於太常置清商署以管之謂之清樂隋室喪亂日益淪缺唐貞觀中用十部樂清樂亦在焉至武后長安已後朝廷不重古曲工伎廢弛曲之存者僅有子夜上聲歡聞前溪阿子丁督護讀曲神弦等曲俱列於吳聲而西曲則石城樂烏夜啼烏栖曲估客莫愁襄陽江陵共戲壽陽等曲或舞曲或倚歌則雜出於荆郢樊

鄭之間以其方俗故謂之西曲古之樂録曰上聲等辭哀怨不及中和梁武改之無復雅句矣今特録其辭意稍雅者以俟考討云

吳聲歌曲

子夜歌 古辭　春夏秋冬歌　黄鵠曲四 陶嬰

神弦歌 古辭　嬌女詩二　姑恩曲

採蓮童曲二　同生曲二

西曲歌

烏夜啼 古辭　莫愁樂　估客樂 齊武帝

襄陽樂 古辭　江陵樂

江南曲

江南弄　採蓮曲　採菱曲

陽春曲

第十卷

古詩一

詩大序曰詩者志之所之也詩有六義曰風曰雅曰頌曰賦曰比曰興三百篇尚矣以漢魏言之蘇李曹劉實爲之首晉宋以下世道日變而詩道亦從而變矣晦庵先生嘗答鞏仲至有曰古今詩凡三變自漢魏以上爲一等自晉宋間顔謝以後下及唐初爲一等自沈宋以後定著律詩下及今日又爲一等然自唐初以前爲詩者固有高下而法猶未變至律詩出而後詩之與法始皆大變無復古人之風矣嘗欲抄取經史韻語下及文選漢魏古詞以盡郭景純陶淵明之作自爲一編而附三百篇楚辭之後以爲

詩之根本準則又於其下二等之中擇其近於古者各爲一編以爲羽翼輿衛其不合者則悉去之不使接於耳目入於胸次要使方寸之中無一字世俗言語意思則其爲詩不期於高遠而自高遠矣厥後西山眞公編文章正宗上虞劉氏輯風雅翼悉本朱子之意而去取詳畧則有不同是編所收率以二家爲主若近代之有合作者亦取載焉律詩雜體具載外集嗚呼學詩之法子朱子之言至矣盡矣有志者勉焉

四言

國風雅頌之詩率以四言成章若五七言之句則間出而僅有也選詩四言漢有韋孟一篇魏晉間作者雖衆然惟陶靖節爲最後村劉氏謂

其停雲等作寔過建安是也宋齊而降作者日少獨唐韓柳元和聖德詩平淮夷雅膾炙人口先儒有云二詩體製不同而皆詞嚴氣偉非後人所及自時厥後學詩者日以聲律爲尚而四言葢鮮矣今取韋孟以下得十餘篇以備一體若三曹等作見于古樂府者不復再録大抵四言之作拘於模擬者則有蹈襲風雅辭意之譏涉于理趣者又有銘贊文體之誚惟能辭意融化而一出於性情六義之正者爲得之矣

諷諫詩 漢韋孟　朔風詩 魏曹子建　贈秀才入軍五 嵇叔夜
勵志 晋張茂先　停雲 陶淵明　榮木
時運　元和聖德詩 唐韓愈　平淮夷雅 柳宗元
貞符　菊榮 蕭穎士　雲之祁祁 宋王介甫

孔林圖詩　元揭曼碩　之子于征　洪武胡仲申

第十一卷

古詩二

五言一

五言古詩載于昭明文選者唯漢魏爲盛若蘇李之天成曹劉之自得固爲一時之冠究其所自則皆宗乎國風與楚人之辭者也至晉陸士衡兄弟潘安仁張茂先左太冲郭景純輩前後繼出然皆不出曹劉之軌轍獨陶靖節高風逸韻直超建安而上之元嘉以後三謝顔鮑又爲之冠其餘則傷鏤刻遂乏渾厚之氣永明而下抑又甚焉沈休文既拘聲韻江文通又過模擬而詩之變極矣唐初承陳隋之弊唯陳伯玉專

師漢魏以及淵明復古之功於是爲大迨開元中有杜子美之才贍學優兼盡衆體李太白之格調放逸變化莫羈繼此則有韋應物柳子厚發穠纖於簡古寄至味於淡泊有非衆人之所能及也自是而後律詩日盛而古學日衰矣宋初崇尚晚唐之習歐陽永叔痛矯西崑陋體而變之並時而起若王介甫蘇子美梅聖俞蘇子瞻黃山谷之屬非無可觀然皆以議論爲主而六義益晦矣馴至南渡遞相循襲不離故武獨考亭朱子以豪傑之材上繼聖賢之學文辭雖其餘事然五言古體實宗風雅而出入漢魏陶韋之間至其齋居感興之作則盡發天人之蘊載韻語之中以垂教萬世又豈漢晉詩人所能

及哉讀者深味而體驗之則庶有以得之矣

古詩十九　詩四 漢蘇子卿　與蘇武 李少卿
雜詩二 魏文帝　雜詩六 曹子建　贈白馬王彪七
贈徐幹　贈丁儀　贈王粲
三良詩　雜詩 王仲宣　詠史
贈從弟 劉公幹　詠懷詩十 晉阮嗣宗　雜詩 張茂先
答可劭　贈張華 何敬祖　雜詩 傅休奕
雜詩 王正長　征西官屬送陟陽侯 孫子荊
詠史七 左太冲　招隱　詠史 張孟陽
招隱 陸士衡　贈從兄車騎　答張士然 陸士龍
在懷縣作 潘安仁　感舊詩 曹顏遠　迎大駕 潘正叔
重贈盧諶 劉越石　時興 盧子諒　遊仙詩三 郭景純
遊西池 謝叔源　歸田園居三 陶淵明　移居二

和劉柴桑　和郭主簿　贈羊長史
始作參軍經曲阿　癸卯春懷古田舍
庚戌九月穫早稻　飲酒十　擬古五
雜詩二　詠貧士　詠荆軻
讀山海經　桃源詩　九日閒居
鄰里送至方山宋謝靈運　酬從弟惠連　石壁精舍還湖中
王撫軍西陽別謝宣遠　西陵遇風獻康樂謝惠連　擣衣
五君詠顏延年　效古袁陽源　擬古鮑明遠
蹔使至京贈同僚齊謝玄暉　晚登三山望京縣　別范安成梁沈休文
雜體二江文通
第十二卷
古詩三
五言二

感遇十 唐陳伯玉　古風十 李太白　四皓
尋陽紫極宮感秋　春日獨酌　春日醉起言志
自京赴奉先縣詠懷 杜子美　北征　述古三
新婚別　遣興三　劍門
田家雜興四 儲光羲　渭川田家 王摩詰　歎白髮
南亭懷辛子　擬古五 韋應物　効陶彭澤
寄全椒山中道士　郡齋雨中燕集　南山 韓退之
秋懷四　青青水中蒲三　秋夜贈吳武陵 柳子厚
界圍巖水簾　南澗中題　與崔策登西山
讀書　長安秋夕 戎昱　送從叔簡 孟東野
美人 陸魯望　傷田家 聶夷中　飛蓋橋翫月 宋歐陽永叔
獨卧有懷 王介甫　陳李常見過二 蘇子瞻　妾薄命二 陳無已
贈東坡二 黃魯直　述懷 朱晦庵　古意

社後一日作　感事有歎　遊密菴
將遊雲谷約同行　卧龍菴武侯祠　陶公醉石歸去來舘
至日早作　齋居感興詩二十　逸民詩三元趙子昂
早起虞伯生　勉學詩十二陳子平　宋學士贈詩用韻以謝
賦秦淮送宋仲珩朱孟辨　冬日何可愛胡仲申　鬱鬱孤生桐
遊子袁凱

第十三卷

古詩四

七言

世傳七言起於漢武栢梁臺體按古文苑云元封三年詔群臣能七言詩者上臺侍坐武帝賦首句曰日月星辰和四時梁王襄繼之曰驂駕駟馬從梁來音黎自襄而下作者二十四人至東

方朔而止每人一句句皆有韻通二十五句共出一韻蓋如後人聯句而無隻句與不對偶也後梁昭明輯文選載東漢張衡四愁詩四首每首七句前三句一韻後四句一韻此則後人換韻體也古樂府有七言古辭曹子建輩擬作者多馴至唐世作者日盛然有歌行有古詩歌行則放情長言古詩則循守法度故其句語格調亦不能同也大抵七言古詩貴乎句語渾雄格調蒼古若或窮鏤刻以爲巧務喝喊以爲豪或流乎萎弱或過乎纖麗則失之矣

梁栢臺詩　四愁詩四 漢張平子　把酒問月 唐李太白

觀元丹丘巫山屏風　寄裴施州 杜子美　秋風

玄都壇寄元逸人　送孔巢父遊江東　送崔五太守 王摩詰

送費子歸武昌 岑參　喜韓樽相過　酬顔少府 高達夫
畫馬　送陳章甫 李頎　代賀枝令贈沈千運
同張侍御宴北樓 儲光羲　夜歸鹿門 孟浩然　湖中對酒作 張正言
聽笛　漁翁 柳子厚　田家留客
田家　河之水寄子姪老成 韓退之　桃源圖
哭梅聖俞 宋歐陽永叔　虎圖 王介甫　定惠院海棠 蘇子瞻
書烟江疊嶂圖　二月見梅 唐子西　燕思亭 馬子才
虞美人草 曾子固　書磨崖碑後 張文潛　又 黄魯直
雪 歐陽永叔　聚星堂雪 蘇子瞻　松風亭下梅花盛開
再用前韻　花落復次韻　和李伯玉用東坡韻賦梅花 朱晦庵
用東坡韻賦梅花得元韻復賦寄意　丁丑冬在溫陵再和
歸去來圖 元劉夢吉　望峄山 趙子昂　題先天觀山水圖 范德機
銅雀臺 陳剛中　子昂墨竹 虞伯生　送戴真人歸越

武昌舟中觸目楊夏頤　燒筍陸子方　題陳孝子傳後張仲舉
題赤壁圖王在中　題青蓮居士像　岳王墓韓中村
題宗忠簡公誥洪武宋景濂　題馬圖劉子高　登金陵雨花臺高季迪

第十四卷

歌行

昔人論歌辭有有聲有辭者若郊廟樂章及鐃歌竽曲是也有有辭無聲者若後人之所述作未必盡被於金石也夫自周衰采詩之官廢漢魏之世歌詠雜興故本其命篇之義曰篇因其立辭之意曰辭體如行書曰行述事本末曰引悲如蛩螿曰吟委曲盡情曰曲放情長言曰歌言通俚俗曰謠感而發言曰嘆憤而不怒曰怨雖其立名弗同然皆六義之餘也唐世詩人共

推李杜太白則多模擬古題少陵則即事名篇無復倚傍厥後元微之以後人沿襲古題倡和重複深以少陵爲是故今是編凡擬古者皆附樂府本題之内若即事爲題無所模擬者則自漢魏以降迄于近代取其辭義之弗過於淫傷者録之于此云

悲歌古辭　行路難四南宋鮑明遠　沐浴子唐李太白
秋夜長王子安　鬬雞篇魏曹子建篇類　種葛篇
明河篇唐宋延清　文豹篇贈黄介夫宋梅聖俞　君道篇洪武陶中立
步虚詞北周庾子山詞類　同前二唐吳貞節　又二宋朱晦庵
讌客詞唐張文昌　牧童詞　採菱詞儲光羲
精衛詞王仲初　牛宫詞洪武高季迪　張節婦詞
採茶詞　當牆欲高行魏曹子建行類　當事君行

嗚鴈行南宋鮑明遠　同前唐韓退之　悲哉行晉陸士衡
齊謳行　吳趨行　會吟行南宋謝靈運
春日行鮑明遠　少年行唐李太白　古柏行杜子美
高都護驄馬行　渼陂行　驄馬行
白紵行　縛雞行　短歌行
入奏行　洗兵馬行　觀公孫大娘弟子舞劒器行
桃源行王摩詰　嗟哉董生行韓退之　桃源行宋王介甫
二鳳行贈海東之下第元虞伯生　偃松行洪武高季迪
觀曹將軍畫馬圖引唐杜子美 引類　丹青引
桃竹杖引　感古引元于介翁　望仙引洪武宋景濂
四時吟晉陶淵明 吟類　遊子吟唐孟東野　金陵樓月下吟李太白
百舌吟劉禹錫　清夜吟宋邵康節　織女吟洪武劉子高
寄遠曲唐王仲初 曲類　憶長安曲岑參　聽鶯曲韋應物

鴨鳩曲 宋歐陽永叔 採桑曲 洪武宋仲珩 天馬歌 唐李太白 歌類

奉詔賦龍池柳色聽新鶯百囀歌 元丹丘歌

峨眉山月歌 飲中八仙歌 杜子美 劉少府山水障歌

天育驃騎歌 題韋偃畫馬歌 戲題王宰山水圖歌

戲韋偃雙松圖歌 徐卿二子歌 茅屋爲秋風所破歌

李潮八分小篆歌 同谷縣作歌七 古劍歌 郭元振

愛敬寺古藤歌 李頎 韋員外家花樹歌 岑參 衛節度赤驃馬歌

石鼓歌 韓退之 茶歌 盧仝 唐七德舞歌 白樂天

廬山高歌 宋歐陽永叔 牧牛兒歌 張文潛 六歌 文宋瑞

釣臺歌 元范德機 侂工部古松歌 傅與礪 鶴媒歌 洪武高季迪

箜篌謠 唐李太白 謠類 長淮謠 宋馬子才 秋雨歎 杜子美 歎類

歎庭前甘菊花 栟櫚爲風雨所拔歎 秋夜歎 宋朱晦菴

古釵歎 元吳維申 湘弦怨 唐孟東野 怨類 吳宮怨 衛萬

失釵怨 王仲初　商婦怨 元陳子上　金井怨 洪武高季迪

松楸怨 徐天逸

第十五卷

諭告

按西山真氏云周官大祝作六辭以通上下親疎遠近曰辭曰命曰誥曰會曰禱曰誄皆王言也大祝以下掌爲之辭則所謂代言者也以書考之若湯誥甘誓微子之命之類是也此皆聖人筆之爲經不當與後世文辭同錄今獨取春秋內外傳所載周天子諭告諸侯之辭及列國應對之語附焉又按東萊呂氏有曰文章從容委曲而意獨至惟左氏所載當時君臣之言爲然蓋繇聖人餘澤未遠涵養自別故其辭氣不

迫如此非後世專學語言者所可得而比焉

周襄王不許晉文公請隧　襄王止晉殺衛侯

定王使王孫滿對楚子　定王辭鞏朔獻齊捷

景王使詹桓伯責晉　魯季文子語晉韓穿

晉侯使呂相絕秦　子產對晉人問獻捷

衛祝佗爭先蔡　王孫圉對趙簡子

子太叔對范獻子

璽書

按應劭曰璽信也古者尊卑共之左傳魯襄公在楚季武子使公冶問璽書至秦漢臣下始避其稱漢初有三璽天子用玉璽以封故曰璽書文帝元年嘗賜南越尉佗璽書佗愧感頓首稱臣納貢至今讀史者未嘗不三復書辭以欽仰

帝德於無窮也夫制詔璽書皆曰王言然書之文尤覺陳義委曲命辭懇到者蓋書中能盡褒勸警飭之意也故今特取前代璽書載於詔令之前讀者其必有以得之矣

漢文帝賜南越尉佗　答晁錯　武帝賜嚴助

宣帝賜趙充國　成帝諭東平王宇　光武賜馮異

勞馮異　報耿弇　章帝報東平王蒼

和帝報梁王暢　唐太宗賜李大亮　答魏徵

宋哲宗答韓絳　宋神宗獎諭司馬光

批答

按王海唐學士初入院試制詔批答共三篇蓋批答與詔異詔則宣達君上之意批答則采臣下章疏之意而答之也東萊文鑑輯批答詔勑

各爲一類可見矣唐史載太宗之答劉洎謂出自手筆今觀辭意誠然至若宋昭陵之答富弼等則皆詞臣之撰進者也讀者於是其尚考諸

漢宣帝報張安世上侯印不允　唐太宗答劉洎
宋仁宗賜富弼讓恩命不允　賜富弼乞解機務不允
英宗賜歐陽修乞退不允　神宗賜歐陽修乞致仕不允
賜韓絳上尊號不允　賜王安石乞御正殿復常膳不允

第十六卷

詔

按三代王言見於書者有三曰誥曰誓曰命至秦改之曰詔歷代因之然唯兩漢詔辭深厚爾雅尚爲近古至偶儷之作興而去古遠矣東萊呂氏云近代詔書或用散文或用四六散文以

深純溫厚爲本四六須下語渾全不可尚新奇華巧而失大體是編今以漢詔居前附以唐宋諸詔庸備二體西山有云王言之體當以書之誥誓命爲祖而參以兩漢詔冊信哉

漢高祖入關告諭　爲義帝發喪告諸侯　赦天下令

尊太公曰太上皇　獄讞　求賢

文帝議犯法相坐　議賑貸及養老　日食

除誹謗法　勸農　勸農

置三老孝悌力田　除肉刑　增祀無祈

議佐百姓　景帝立孝文廟樂舞　頌繫老幼等

讞獄　令二千石修職　禁採黃金珠玉

武帝復高年子孫　議不舉孝廉者罪　令禮官勸學

察茂材異等　昭帝令民毋出田租　舉賢良文學

宣帝議孝武廟樂　有喪者勿繇事　子首匿父母等勿坐
令八十以上非誣告等勿坐　親奉祀
益小吏祿　元帝議律令　罷擊珠厓
議罷郡國廟　成帝減死刑　諭東平王傅相
光武封卓茂　議省刑罰　命郡國給穀高年
省減吏員　三十稅一　戒厚葬
令太官勿受異味　地震　作壽陵
明帝行養老禮　有司順時勸農　申明車服制度
章帝三公糾非法　講議五經同異　選高才生受學
蠲除禁錮　賜胎養穀　卻貢獻
安帝崇節儉　魏明帝日蝕不許禳祠
唐高祖錄用隋氏子孫　太宗建三師　錄用名臣子孫
死刑五覆奏　謹死刑　諸儒配享

舉縣令　玄宗追封文宣王　代宗却獻祥瑞
武宗毀佛寺復僧尼爲民　宋太祖減吏員增俸
置賢良方正　太宗勸農舉賢　仁宗復給職田
命天下州縣立學　神宗始策試舉人罷詩論賦
理宗改元　贈朱熹太師信國公
追封周敦頤汝南伯張載郿伯程顥河南伯程頤伊陽
伯朱熹徽國公並從祀孔子廟庭
元武宗追封孔子

第十七卷

冊

按漢書天子所下之書有四一曰策晉注曰策
者編簡也其制長二尺短者半之篆書起維年
月日以命諸侯王公若三公以罪免亦賜策則

用一尺木而隸書之又按唐百官志曰王言有七一曰册書立皇后皇太子封諸王則用之說文云册者符命也諸侯進受於王象其札一長一短中有二編之形當作册古文作符盖册策二字通用至唐宋後下用竹簡以金玉爲册故專謂之册也若其文辭體制則相祖述云

漢武帝封齊王　封燕王　封廣陵王

昭帝賜韓福　成帝賜史册　光武策鄧禹爲大司徒

唐太宗哀册　宋英宗尊皇太后　神宗册皇后

制

按周官太祝六辭二曰命三曰誥考之於書命者以之命官君牙冏命是也誥則以之播誥四方君大誥各誥是也漢承秦制有曰策書以

封拜諸侯王公有曰制書用載制度之文若其命官則各賜印綬而無命書也迨乎唐世王言之體曰制者大賞罰大除授用之曰發勑者授六品以下官用之即所謂告身也宋承唐制其曰制者以拜三公三省等職辭必四六以便宣讀于庭誥則或用散文以其直告某官也西山云制誥皆王言貴乎典雅温潤用字不可深僻造語不可尖新文武宗室各得其宜斯為善矣

憲宗除崔群戸部侍郎　德宗除李晟司徒兼中書令

誥

宋仁宗張鑄光禄卿致仕　李碩三司判官

范衮衛尉寺丞　東方辛密州司士參軍

范仲温台州黄巖縣

翰林學士給事中知制誥歐陽脩等可禮部侍郎等官

並依舊職任

英宗王陶皇子伴讀　歐陽脩曾祖贈某官

曾祖母某國太夫人　祖　祖母

父　母　神宗除徐鐸等太學博士

蘇軾禮部郎中　哲宗趙瞻戶部侍郎

除監察御史　除諫官

孝宗除朱熹直寶文閣主管崇福宮

第十八卷

制策

按說文策者謀也凡錄政化得失顯而問之謂之對策考之於史實始漢之晁錯錯遇文帝恭謙好問之主不能明目張膽以答所問惜哉唯

董仲舒學識醇正又遇孝武初政清明策之再三故克罄竭所藴帝因是罷黜百家專崇孔氏以表章六經厥功茂焉迨後唯宋蘇氏之答仁宗制策亦克輸忠陳義婉切懇到君子有所取焉讀者詳之

漢文帝問賢良　漢武帝問賢良　宋仁宗制科

第十九卷

表

按韻書表明也標也標著事緒使之明白以告乎上也三代以前謂之敷奏秦改爲表漢因之竊嘗攷之漢晉皆尚散文蓋用陳達情事若孔明前後出師李令伯陳情之類是也唐宋以後多尚四六其用則有慶賀有辭免有陳謝有進

書有貢物所用既殊則其辭亦各異焉西山云表中眼目全在破題要見盡題意又忌太露貼題目處須字字精確且如進實録不可移於日録若汎濫不切可以移用便不爲工矣大抵表文以簡潔精緻爲先用事忌深僻造語忌纖巧鋪叙忌繁冗是編所録一以時代爲先後讀者詳之則體制亦有以得之矣

出師 諸葛亮　後出師　陳情 晋李密

上高祖請除佛法 唐傅奕　上憲宗論佛骨 韓愈　賀赦

賀冊皇太后　賀慶雲　上仁宗謝知制誥 宋歐陽脩

進資治通鑑 司馬光　進大明律 洪武宋濂　進元史

附録

露布

按通典云元魏攻戰克捷欲天下聞知乃書帛建於漆竿上名爲露布此其始也攷諸文章緣起則曰漢賈洪爲馬超代曹操作露布及世說又載桓温北征令袁宏倚馬撰露布是則魏晋以前亦有之矣文心雕龍又云露布者蓋露板不封布諸視聽近世帥臣奏捷蓋本於此然今考之魏晋之文俱無傳本唐宋雖有傳者然其命辭全用四六蓋與當時表文無異今故録附表後以備一體西山先生嘗云露布貴奮發雄壯少麄無害觀者詳焉

第二十卷

破朱泚 唐于公異

擒劉鋹 宋潘美

論

古者諫無專官自公卿大夫以至百工技藝皆得進諫隆古盛時君臣同德其都俞吁咈見於語言問答之際者考之書可見西山真氏以爲聖賢大訓不當與後之文辭同録今謹取其所載春秋内外傳諫爭論說之言著之于首其兩漢以下諸臣進說有可以爲法戒者間亦采之以附于後云

諫征犬戎 祭公謀父　諫監謗 召公　諫專利 芮良夫
諫不藉千畝 虢文公　諫立少 仲山父　諫以狄伐鄭 富辰
言陳必亡 單襄公　諫寵州吁 石碏　諫觀魚 臧哀伯
諫納郜鼎 臧哀伯　諫晉侯 屠蒯　論梁丘據 晏子
論晉侯疾 子產　論祀爰居 展禽　論成子不敬 劉康公
規申公 左史倚相　對趙簡子問禮 子太叔　賀韓宣子憂貧 叔向

賀趙簡子 壯馳茲　論智氏之室 士茁　論不朽 叔孫豹
論養民致賢 漢蕭何　論項羽弒逆 三老董公　論興復 鄧禹
論復漢室 諸葛亮　論化民 唐魏徵　諫廢立
論姦邪　論節用 司馬光　論守祖宗法

第二十一卷

奏疏

按唐虞禹皋陳謨之後至商伊尹周姬公遂有伊訓無逸等篇此文辭告君之始也漢高惠時未聞有以書陳事者迨乎孝文開廣言路於是賈山獻至言賈誼上政事疏自時厥後進言者日衆或曰上疏或曰上書或曰奏劄或曰奏狀慮有宣泄則囊封以進謂曰封事考之於史可見矣昔人有云君臣相遇雖一語而有餘上下

未乎雖千萬言而奚補爲臣子者惟當罄其忠
愛之誠而已爾信哉

應詔言事 漢賈山　陳政事 賈誼　論積貯
論貴粟 晁錯　言兵事　論守邊備塞
論募民徙塞下　諫代匈奴 主父偃　諫尚德緩刑 路溫舒
諫擊匈奴 魏相　上屯田三 趙充國　論治性正家 匡衡
戒妃匹勸經學　論神怪 谷永

第二十二卷

奏疏

諫十思 唐魏徵　諫任賢　諫十漸
諫不令突厥入仗馳射 呂向　請數對群臣論事 陸贄
請遣使巡撫遭水州縣　請許臺省長官薦屬吏
論災異 宋劉敞　諫天書 孫奭　請斷祆巫 夏竦

論日曆歐陽脩　論杜韓范富宋歐陽脩　進五規司馬光

論本朝百事無事王安石　論治道二蘇軾

第二十三卷

奏疏

論道君程顥　論王霸　上十事呂公著

論十科取士司馬光　論農事范祖禹　論士風游酢

延和奏劄朱熹　己酉上封事　奏行社倉

便殿奏劄　經筵奏議張養浩

第二十四卷

議

周書曰議事以制政乃不迷眉山蘇氏釋之曰先王人法並任而任人爲多故臨事而議是則國之大事合衆議而定之者尚矣今采漢唐宋

諸臣所上議狀次于奏疏以備一體若儒先私議其有關於政理者間一取之而附於中云

禁民挾弓弩 漢吾丘壽王　罷邊備 侯應　罷珠厓 賈捐之
毀廟 劉歆　宗廟加籩豆 唐崔沔　禘祫 韓愈
復讎　改葬服　駁復讎 柳宗元
晋文公問守原　南北郊 宋陳襄　學校貢舉 朱晦庵
治河議 洪武宋景濂

第二十五卷

彈文

按漢書注云群臣上奏若罪法按劾公府送御史臺卿校送謁者臺是則按劾之名其來久矣梁昭明輯文選特立其目名曰彈事若唐文粹宋文鑑則載奏疏之中而已迨後王尚書應麟

有曰奏以明允誠篤爲本若彈文則必理有典憲辭有風軌使氣流墨中聲動簡外斯稱絶席之雄也是則奏疏彈文其辭氣亦各異焉觀者其尚考諸

劾丞相匡衡等 漢王尊　論丞相薛宣 消勳　劾消勳 翟方進

彈李義府 唐王義方　彈王安石 宋呂誨

檄

按釋文檄軍書也春秋時祭公謀父稱文吉之辭即檄之本始至戰國張儀爲檄告楚相其名始著劉勰云凡檄之大體或述此休明或敘彼苛虐指天時審人事筭強弱角[redacted]勢故植義颺辭務在剛徤插羽以示迅不可使辭緩露板以宣衆不可以義隱大抵唐以前不用四六故辭

直義顯昔人謂檄以散文爲得體豈不信乎

喻巴蜀檄 漢司馬長卿　爲袁紹檄豫州 陳孔璋

爲徐敬業討武曌 唐駱賓王

第二十六卷

書

按昔臣僚敷奏朋舊往復皆總曰書近世臣僚上言名爲表奏惟朋舊之間則曰書而已蓋論議知識人豈能同苟不具之於書則安得盡其委曲之意哉戰國兩漢間若樂生若司馬子長若劉歆諸書敷陳明白辯難懇到誠可以爲修辭之助至若唐之韓柳宋之程朱張吕凡其所與知舊門人答問之言率多本乎進修之實讀者誠能熟復以反之於身則其所得又豈止乎

文辭而已哉

與范宣子論重幣 鄭子產　答燕惠王 燕樂毅　報任少卿 漢司馬子長

讓太常博士 劉子駿　上李大夫論古篆 唐李陽冰　與徐給事論文 柳冕

重答張籍 韓退之　後廿九日復上宰相　答李翊

答陳生　上張僕射　與衛中行

答劉正夫　與孟尚書　與韓愈論史官 柳子厚

與崔饒州論石鍾乳　答韋中立　答李生 李習之

第二十七卷

書

上范司諫 宋歐陽永叔　與石推官　答吳充秀才

上歐陽內翰 蘇明允　寄歐陽舍人　與呂微仲 張橫渠

答朱長文 程伊川　上林秀州 陳無已　與秦少游

答李推官 張文潛　寄周子充 張敬夫　與邢邦用 呂伯恭

與陳同父　謝人求哀辭 林子中

第二十八卷

書

賀陳丞相 朱晦庵　與史太保　答梁丞相

與龔參政　與呂伯恭二　與張敬夫

答陳同甫二　與汪尚書　答鞏仲至

答章秀才 洪武宋景濂　答陳伯大論文 朱元會　與秦裕伯 吳曾客

第二十九卷

記

金石例云記者紀事之文也西山曰記以善敘事爲主禹貢顧命乃記之祖後人作記未免雜以議論后山亦曰退之作記記其事耳今之記乃論也竊嘗考之記之名始於戴記學記等篇

記之文文選弗載後之作者固以韓退之畫記柳子厚遊山諸記爲體之正然觀韓之燕喜亭記亦微載議論於中至柳之記新堂鐵爐步則議論之辭多矣迨至歐蘇而後始專有以論議爲記者宜乎後山諸老以是爲言也大抵記者蓋所以備不忘如記營建當記月日之久近工費之多少主佐之姓名敘事之後畧作議論以結之此爲正體至若范文正公之記嚴祠歐陽文忠公之記晝錦堂蘇東坡之記山房藏書張文潛之記進學齋晦翁之作婺源書閣記雖專尚議論然其言足以垂世而立教弗害其爲體之變也學者以是求之則必有以得之矣

漢光武東封泰山　桃花源　陶淵明　縉雲縣城隍神　唐李陽冰

道州刺史廳壁 元次山　汴州東西水門 韓退之　燕喜亭
畫記　新修滕王閣　永州新堂 柳子厚
零陵郡復乳穴　龍興寺東丘　鐵爐步志
游黃溪　始得西山宴遊　鈷鉧潭
鈷鉧潭西小丘　至小丘西小石潭　袁家渴
石渠　石澗　小石城山
柳州東亭　柳州山水近治可遊者
廬山草堂 白樂天　衛公故物 韋端符

第三十卷

記

待漏院 宋王元之　竹樓　庭莎 晏同叔
岳陽樓 范希文　桐廬郡嚴先生祠堂　畫舫齋 歐陽永叔
豐樂亭　醉翁亭　相州晝錦堂

眞州東園　先秦古器 劉原父　諫院題名 司馬君實
獨樂園　信州興造 王介甫　桂州新城
木假山 蘇明允　蘇氏族譜亭　吳郡學六經閣 張伯玉
袁州學 李泰伯　擬峴臺 曾子固　道山亭
學舍　醒心亭　義田 錢公輔
李氏山房藏書 蘇子瞻　靈壁張園亭　蓋公堂
喜雨亭　遺老齋 蘇子由

第三十一卷

記

養魚 程伊川　重修御史臺 曾子開　思亭 陳無已
進學齋 張文潜　婺源縣學藏書閣 朱晦庵　百丈山
雲谷　名堂室　常熟縣學吳公祠
金壇縣丞廳壁 劉潛夫　退齋 元劉夢吉　遊高氏園

蕺隱 戴帥初　疑道山房 吳外清　西陽宮

默齋 趙子昂　古愚齋 胡古愚　此君軒 程鉅夫

克復堂 虞伯生　誠存堂　建都水分監 揭曼碩

圭塘 歐陽原功　沈氏義莊 黃晉卿　耕讀堂 杜子美

秋亭 陳衆仲　雪所　寶經堂 程以文

樂道齋 洪武胡仲申　宋九賢遺像 宋景濂　慈孝菴

知學齋 王子充　遊白鹿洞 王子充　南康六老堂

國子學同官 蘇平仲　芸香樓 謝原功　石經堂 朱伯賢

筆議軒 貝廷臣

第三十二卷

序

爾雅云序緒也序之體始於詩之大序首言六義次言風雅之變又次言二南王化之自其言

次第有序故謂之序也東萊云凡序文籍當序作者之意如贈送燕集等作又當隨事以序其實也大抵序事之文以次第其語善叙事理爲上近世應用惟贈送爲盛當須取法昌黎韓子諸作庶爲有得古人贈言之義而無枉巳徇人之失也

詩大序 卜子夏　泛郎官湖詩 唐李太白　陰陽書 呂才

送孟東野 韓退之　送許郢州　送董邵南

贈崔復州　贈張童子　送浮屠文暢師

送廖道士　送王秀才　又

送幽州李端公　送殷員外　送楊少尹

送石處士　送溫處士赴河陽軍　韋侍講盛山十二詩

送李愿歸盤谷　送薛存義之任 柳子厚　序飲

送詩人廖有方　唐九老詩 白樂天　柳柳州集後 司空圖

第三十二卷

序

重脩說文 宋徐鉉　唐柳先生文集後 楊伯長　集古目録 歐陽永叔
送徐無黨南歸　章望之字　删正黃庭經
送王陶　睢陽五老圖詩 錢明逸　送湖南使君 劉原父
洛陽耆英會 司馬君實　送陳升之 王介甫　送孫正之
故蹟遺文 王深甫　列女傳目録 曾子固　戰國策目録
陳書目録　南齊書目録　新序目録
梁書目録　相國寺聽琴　送周屯田
送江任　譜例　送石昌言北使引
蘇氏族譜引　仲兄郎中字　六一居士集 蘇子瞻
章公南字 章望之　送秦少章赴臨安簿 張文潛　王平甫文集後 陳無己

第三十四卷

序

同安縣學故書目録 朱晦菴　贈徐師表　送郭拱辰
黄子厚詩　贈相士 呂伯恭　序汪漢先生死生 元姚端甫
元學士文藁 吳幼清　莊周夢蝶圖 劉夢吉　李仲淵謏藁 程鉅夫
送屠存博 戴帥初　贈黄彦實　忠史序 歐陽原功
孔氏譜 揭曼碩　劉應文文藁 虞伯生　安先生文集
文丞相傳 許有壬　古詩考録 吳立夫　天隱子注
釋迦方域志　桑海遺録　送俞時中北上 任叔實
金石例 柳道傳　送葛子熙武昌學録 鄭子美
王生歸儒 葉致中　送甘允從北上 陳衆仲　送劉粹衷赴旌德
孟君文集 程以文　書則 韓明善　風水問答 洪武 胡仲申
趙氏合族詩　洪武聖政記 宋景濂　大明日曆

送胡先生還金華蘇平仲 送朱先生赴京考禮謝原功 虞山遊詠圖張以明

第三十五卷

論

按韻書論者議也梁昭明文選所載論有二體一曰史論乃史臣於傳末作論議以斷其人之善惡若司馬遷之論項籍商鞅是也二曰論則學士大夫議論古今時世人物或評經史之言正其訛謬如賈生之論秦過江統之論徙戎柳子厚之論守道守官是也唐宋取士用以出題然求其辭精義粹卓然名世者亦惟韓歐爲然劉勰云聖哲彝訓曰經述經叙理曰論故凡陳政則與議說合契釋經則與傳注參體辨史則與贊評齊行詮文則與序引共紀信夫

過秦 漢賈生　限民名田 董仲舒　春秋

項羽 司馬子長　商鞅　藺相如

異姓諸侯王 班孟堅　游俠 荀仲豫　典論論文 魏文帝

徙戎 晋江統　爭臣 唐韓退之　守道 柳子厚

漢昭 李文饒　文章　論相 杜牧之

張辟強 李文饒

第三十六卷

論

本論上下 宋歐陽永叔　一行傳　伶官傳

朋黨　泰誓　春秋論三

辨惑 石守道　埊 司馬君實　管仲 蘇明允

備亂 鄭毅夫　唐 曾子固　范增 蘇子瞻

荀卿　韓非　論造化之迹 胡明仲

風水 羅大經　釋日 沈顔　六經 洪武宋景濂
又 王子充　四子　養生 梁孟敬　論志 朱伯賢

第三十七卷

說

按說者釋也述也解釋義理而以已意述之也說之名起自吾夫子之說卦厥後漢許愼著說文蓋亦祖述其名而爲之辭也魏晋六朝文載文選而無其體獨陸機文賦備論作文之義有曰說煒曄而譎誑是豈知言者哉至昌黎韓子憫斯文日弊作師說抗顔爲學者師迨柳子厚及宋室諸大老出因各即事即理而爲之說以曉當世以開悟後學繇是六朝陋習一洗而無餘矣盧學士云說須自出已意横說竪說以抑

揚詳贍爲上若夫解者亦以講釋解剥爲義其
與說亦無大相遠焉

師說 唐韓退之　雜說四　原晉亂 楊夔
漢史贊叅弘羊 張或　朝日 柳子厚　捕蛇者
羆說　怪說 宋石守道　雜說二 歐陽永叔
名二子 蘇明允　稼說 蘇子瞻　雜說三
顔眞卿守平原　𡕒說 程正叔　羆說 陳無已
跪坐拜 朱晦菴　觀心　譜諜 呂伯恭
辨說 元許仲平　唯諾 劉夢吉　唯諾後
無極而大極 吳幼清　不敢稱人字 洪武宋景濂

解

獲麟 唐韓退之　命解 李習之　碑解 宋孫何
七儒

第三十八卷

辨

昔孟子答公孫丑問好辨曰予豈好辨哉予不得已也中間歷叙古今治亂相尋之故凡八節所以深明聖人與已不能自已之意終而又曰豈好辨哉予不得已也蓋非獨理明義精而字法句法章法亦足爲作文楷式迨唐韓昌黎作諱辨柳子厚辨桐葉封弟識者謂其文斆孟子信矣大抵辨須有不得已而辨之意苟非有關世教有益後學雖工亦奚以爲

諱辨唐韓退之

桐葉封弟柳子厚

鶡冠子

第三十九卷

正統元楊廉夫

禄命洪武宋景濂

原

按命書原者本也一說推原也義始大易原始要終之訓若文體謂之原者先儒謂始於退之之五原蓋推其本原之義以示人也山谷嘗曰文章必謹布置每見學者多告以原道命意曲折石守道亦云吏部原道原人等作諸子以來未有也後之作者蓋亦取法於是云

原道唐韓退之　原性　原毀

原人　原鬼　原過王介甫

勢原李淸臣　文原洪武宋景濂　晝原

原儒王子充　原諫

戒

按韻書誡者警勑之辭文章緣起曰漢杜篤作

女誡辭已弗傳昭明文選亦無其體今特取先正誡子孫及警世之語可爲法戒者録之于編庶讀者得所警發焉

戒子 漢諸葛孔明　戒子儼等 晉陶淵明　遺戒子孫 唐姚元之

三戒 柳子厚　敵戒　行舟戒 宋江休復

嫌戒 王深甫　女戒 張横渠　戒子孫 柳直清

言戒 司馬君實　事神戒

第四十卷

題跋

按蒼崖金石例云跋者隨題以贊語於後前有序引當掇其有關大體者以表章之須明白簡嚴不可墮入窠臼予嘗即其言考之漢晉諸集題跋不載至唐韓柳始有讀某書及讀某文題

其後之名迨宋歐曾而後始有跋語然其辭意亦無大相遠也故文鑑文類總編之曰題跋而已近世疎齋盧公又云跋取古詩狼跋其胡之義狼行則前躐其胡故跋語不可大多多則冗尾語宜峭拔使不可加若然則跋比題與書尤貴乎簡峭也庸書以俟考訂云

讀荀 唐韓退之　儀禮　鶡冠子

毛穎傳後 柳子厚　書鄭篨傳 宋徐仲車　跋放生池碑 歐陽永叔

書處州孔子廟碑陰 杜牧之　平泉草木記

唐華陽頌　唐仐書楊公史傳記　讀孟嘗君傳 王介甫

書黃子思詩集 蘇子瞻　題唐六家書　書魏鄭公傳 曾子固

題燕郭尚父圖 黃魯直　跋退之送窮文　書洛陽名園記 李格非

郭崇韜卷後 張文潛　布衾銘後 陸務觀　讀唐志 朱晦庵

讀大紀　跋朱翁二公法帖　唐人暮雨牧牛圖
向伯元遺戒　跋程沙隨帖　病翁先生詩
書仁壽廬條約　贈地理卷後張敬夫　讀漢書二黃東發
五賢祠記後語龔非　讀樂書一元劉夢吉　題蘭亭卷柳道傳
讀禹貢洪武朱伯賢　跋三官祠記宋景濂　書穆陵遺骼
讀宋徽宗本紀　讀三命辨後蘇平仲　書蘇御史斷獄記劉伯溫
題蘭亭帖

第四十一卷

雜著

雜著者何輯諸儒先所著之雜文也文而謂之雜者何或評議古今或詳論政教隨所著立名而無一定之體也文之有體者既各隨體裒集其所錄弗盡者則總歸之雜著也著雖雜然必

擇其理之弗雜者則録焉蓋作文必以理爲之主也若夫掛一漏萬尚有俟於博雅君子

詰鳳唐陳黯　跛奚移文宋黄魯直　拜禹言李習之

鞭賈柳子厚　正紀洪武胡仲中　責沈陳了翁

字朱元晦祝祠山劉屏　皇初　尚賢

慎習　史概　師儉訓蘇平仲

文統朱伯賢

第四十二卷

箴

按許氏說文箴誡也商書盤庚曰無或敢伏小人之攸箴蓋箴者規誡之辭若鍼之療疾故以爲名古有夏商二箴見于尚書大傳解吕氏春秋而殘缺不全獨周太史辛甲命百官官箴王

闕而虞氏掌獵故爲虞箴其辭備載左傳後之作者蓋本於此東萊先生云凡作箴須用官箴王闕之意箴尾須依虞箴獸臣司原敢告僕夫之類大抵箴銘贊頌雖或均用韻語而體不同箴是規諷之文須有警誡切劘之意有志於文辭者不可不之考也

周虞人 左傳　大僕 漢楊子雲　廷尉

宗正　大司農　將作大匠

大理　諫大夫　女史 晋張茂先

大寶 唐張藴古　丹扆六 李德裕　五箴 韓退之

四箴 宋程伊川　敬齋 朱晦菴　夜氣 真希元

廉仁公勤四 王實之　夙興夜寐 陳茂卿

銘

按銘者名也名其器物以自警也漢藝文志稱道家有黃帝銘六篇然亡其辭獨大學所載成湯盤銘九字發明日新之義甚切迨周武王則凡几席觴豆之屬無不勒銘以致戒警厥後又有稱述先人之德善勞烈爲銘者如春秋時孔悝鼎銘是也又有以山川宮室門關爲銘者若漢班孟堅之燕然山則旌征伐之功晋張孟陽之劍閣則戒殊俗之僭叛其取義又各不同也傳曰作器能銘可以爲大夫陸士衡云銘貴博約而温潤斯蓋得之矣

大戴禮周武王諸銘　鼎宋正考父　鼎衛孔悝

井漢李尤　小車　漏刻

高祖泗水亭班孟堅　封燕然山　座右崔子玉

劍閣 晉張孟陽　瘞硯 唐韓退之　武岡 柳子厚

井　門 盧仝　陋室 劉禹錫

几 宋晏同叔　擊蛇笏 石守道　盤水 司馬君實

司馬公布衾 范堯夫　徐州蓮華漏 蘇子瞻　三槐堂

邁硯　黄樓 陳無己　家藏古硯 唐子西

講座 朱晦菴　四齋　茅齋 魏華父

第四十三卷

頌

詩大序曰詩有六義六曰頌頌者美盛德之形容以告神明者也嘗考莊子天運篇稱黄帝張咸池之樂焱氏爲頌斯蓋寓言爾故頌之名實出於詩若商之那周之清廟諸什皆以告神爲頌體之正至如魯頌之駉駜等篇則當時用以

祝頌僖公爲頌之變故先儒胡氏有曰後世文人獻頌特效魯頌而已文心雕龍云頌須鋪張揚厲而以典雅豐縟爲貴敷寫似賦而不入華侈之區敬慎如銘而異乎規諫之域諒哉

聖主得賢臣 漢王子淵　趙充國 揚子雲　漢高祖功臣 晉陸士衡

中興 唐元次山　伯夷 韓退之　子產不毀鄉校

錢鄧州不焼褚鏹 宋呂南公　平江漢 洪武宋景濂

賛

按賛者賛美之辭文章緣起曰漢司馬相如作荆軻賛世已不傳厥後班孟堅漢史以論爲賛至宋范曄更以韻語唐建中中試進士以箴論表賛代詩賦而無頌題迨後復置博學宏詞科則頌賛二題皆出矣西山云賛頌體式相似貴

乎贍麗宏肆而有雍容俯仰頓挫起伏之態乃爲佳作大抵贊有二體若作散文當祖班氏史評若作韻語當宗東方朔畫象贊金樓子有云班固碩學尚云贊頌相似詎不信然

文帝 漢班孟堅　武帝　昭帝

宣帝　蒯通等　東方朔畫像 晉夏侯孝若

凌烟閣勳臣二十一 唐呂和叔　河間獻王 宋司馬君實　晉蔡謨 王深甫

嵇紹　王元之畫像 蘇子瞻　無爲 司馬君實

六先生 朱晦菴　書畫像自警　晦菴先生像 趙汝騰

又 元吳幼清　書畫像自警 劉夢吉　魯齋許公 洪武宋景濂

陸秀夫像　宗忠簡公 王子充　婁貞公

第四十四卷

七體

昭明輯文選其文體有曰七者蓋截枚乘七發繼以曹子建七啓張景陽七命而已容齋隨筆云枚生七發創意造端麗旨腴辭固爲可喜後之繼者如傅毅七激張衡七辯崔駰七依馬融七廣曹植七啓王粲七釋張協七命陸機七徵之類規倣太切了無新意及唐柳子厚作晉問雖用其體而超然別立機杼漢晉之間沿襲之弊一洗矣竊嘗考對偶句語六經所不廢七體雖尚駢儷然遣辭變化與連珠全篇四六不同自柳子後作者鮮聞迨元袁伯長之七觀洪武宋王二老之志釋文訓其富麗固無讓于前人至其論議又豈七發之可比焉讀者宜有以得之

七發 漢枚叔　晉問 唐柳子厚　七觀 元袁伯長

志釋 洪武宋景濂　文訓 王子充

問對

問對體者載昔人一時問答之辭或設客難以著其意者也文選所録宋玉之於楚王相如之於蜀父老是所謂問對之辭至若答客難解嘲賓戲等作則皆設辭以自慰者焉洪氏景盧云東方朔答客難自是文中傑出楊雄擬爲解嘲尚有馳騁自得之妙至於班固之賓戲張衡之應問則屋下架屋章摹句寫讀之令人可厭迨韓退之進學解出則所謂青出於藍而青於藍矣景盧所云學者亦所當知

對楚王 楚宋玉　答客難 漢東方曼倩　難蜀父老 司馬長卿
進學解 唐韓退之　設漁者對智伯 柳子厚　推命 宋王介甫

三問對 洪武宋景濂 問刑 蘇平仲 問養生

土偶 貝廷臣

第四十五卷

傳

太史公創史記列傳蓋以載一人之事而爲體亦多不同迨前後兩漢書三國晋唐諸史則第相祖襲而已厥後世之學士大夫或值忠孝才德之事慮其湮沒弗白或事跡雖微而卓然可爲法戒者因爲立傳以垂于世此小傳家傳外傳之例也西山云史遷作孟荀傳不正言二子而旁及諸子此體之變可以爲法𫝊里客談又云范史黄憲傳蓋無事跡直以語言模寫其形容體段此爲最妙繇是觀之傳之行迹固繫其

人至於辭之善否則又繫之于作者也若退之毛穎傳迂齋謂以文滑稽而又變體之變者乎

孟子荀卿 漢司馬子長 董仲舒 班孟堅 黃憲 宋范蔚宗

五柳先生 晋陶淵明 圬者王承福 唐韓退之 大學生何蕃

毛穎 種樹郭橐駝 柳子厚 梓人

六一居士 宋歐陽永叔 趙延嗣 石守道 無名公 邵堯夫

曹氏女 章望之 謝翱 洪武胡仲申

行狀

按行狀者門生故舊狀死者行業上于史官或求銘誌於作者之辭也文章緣起云始自漢丞相倉曹傅胡幹作楊原伯行狀然徒有其名而亡其辭蕭氏文選唯載任彥升所作齊竟陵王行狀一篇而辭多矯誕識者病之今采韓柳所

作載爲楷式云

贈太傅董公 唐韓退之　段太尉逸事 柳子厚

第四十六卷

謚

周禮大史喪事考焉小喪賜謚跡云小喪卿大夫也卿大夫謚君親制之使大史往賜之至遣之日小史往爲讀之又按禮記曰幼名冠字五十以伯仲死謚周道也是則賜謚之制實始於周焉崇文總目載周公謚法一卷又有春秋謚法廣謚等書然皆漢魏以來儒者取古人謚號增輯而爲之也宋仁宗朝眉山蘇洵嘗奉詔編定乃取世傳周公謚法以下諸書定爲三卷總一百六十八謚至孝宗淳熙中夾漈鄭樵復本

蘇氏書增損定爲上中下三等通二百一十謚爲書以進大抵謚者所以表其實行故必由君上所賜善惡莫之能揜然在學者亦不可不知其說故今特載周公謚法于編葢以諸家之說皆祖于此若夫鄭氏之論亦多有可取者今亦録附于後讀者詳之

周公謚法　序論　鄭樵　後論

謚議

按謚法云謚者行之迹大行受大名細行受小名白虎通曰人行始終不能若一故據其終始明別善惡所以勸人爲善而戒人爲惡也繇是觀之則謚之所繫豈不重歟漢晋而下凡公卿大夫賜謚必下太常定議博士乃詢察其善惡

賢否著爲謚議以上于朝若晉秦秀之議何曾賈充唐獨孤及之議苗俊卿宋鄧忠臣之議歐陽永叔是也當時雖或未能盡從其言然千百載之下讀其辭者莫不油然興起其好惡之心嗚呼是其所繫豈不甚重乎哉至若近世名儒隱士之沒門人朋舊有私謚易名之議蓋亦不可不知云

晉太宰何曾秦玄良 賈充

唐楊綰文貞駮議梁肅

唐江陵君呂諲獨孤至之 駮議呂諲奉符令 重議呂諲

重議郭知運 陳執中榮靈宋韓持国 歐陽文忠李清臣

淵潁吳先生私謚洪武宋景濂

第四十七卷

碑

按儀禮士婚禮入門當碑揖又禮記祭義云牲入麗于碑賈氏注云宮廟皆有碑以識日影以知早晚說文注又云古宗廟立碑繫牲後人因於上紀功德是則宮室之碑所以識日影而宗廟則以繫牲也秦漢以來始謂刻石曰碑其蓋始於李斯嶧山之刻耳蕭梁文選載郭有道等墓碑而王簡栖頭陀寺碑亦厠其間至唐文粹宋文鑑則凡祠廟等碑與神道墓碑各爲一類今故亦依其例云

曹娥 漢邯鄲淳　桐栢廟 王延壽　平淮西 唐韓退之

南海神廟　魏博節度使先廟　箕子 柳子厚

梅先生碑 羅隱　畫域碑 王元之　表忠觀 宋蘇子瞻

潮州韓文公廟　雄忠愍節廟 朱晦菴　譚節婦碑 曹裕

汴梁廟學碑 姚端甫 洪武建太學 宋訥

第四十八卷

墓碑

按檀弓曰季康子之母死公肩假曰公室視豐碑注云豐碑以木爲之形如石碑樹於槨前後穿中爲鹿盧繞之綍用以下棺事祖廣記曰古者塟有豐碑以窆秦漢以來死有功業則刻于上稍改用石晉宋間始稱神道碑蓋地理家以東南爲神道碑立其地而名云耳墓碣近世五品以下所用文與碑同墓表則有官無官皆可其辭則叙學行德履墓誌則直述世系歲月名字爵里用防陵谷遷改埋銘墓記則墓誌異名古今作者惟昌黎最高行文叙事面目首尾不

再蹈襲凡碑碣表於外者文則稍詳誌銘埋於壙者文則嚴謹其書法則唯書其學行大節小善寸長則皆弗録近世弗知者至將墓誌亦刻墓前斯失之矣大抵碑銘所以論列德善功烈雖銘之義稱美弗稱惡以盡其孝子慈孫之心然無其美而稱者謂之誣有其美而弗稱者謂之蔽誣與蔽君子之所弗由也歟

郭有道 漢蔡伯喈　河間相張平子 崔子玉　曹成王 唐韓退之

唐故相權公 蘇子瞻　范文正公神道 宋歐陽永叔　梅侍讀 王介甫

司馬温公 蘇子瞻　開平忠武王 洪武宋景濂　故禮部侍郎曾公

墓碣

唐河中府法曹張君 韓退之　故御史周君 柳子厚

墓表

唐故給事中陸文通先生　柳子厚　石曼卿　宋歐陽永叔
太常博士周君　隴岡阡　處士征君　王介甫
程伯淳　程伊川　屛山先生劉公　朱晦菴

第四十九卷

墓誌　墓記　埋銘

劉先生夫人　梁任彥升　貞曜先生　唐韓退之　試大理評事王君
柳子厚　唐尚書左丞孔公　殿中少監馬君
南陽樊紹述　故贈給事中張君　李元賓
施先生　試大理評事胡君　故襄陽丞趙君　柳子厚
覃季子　唐工部員外郎杜甫　元微之　徐文質　宋穆伯長
孫明復　歐陽永叔　黃夢升　蘇子美
梅聖俞　南陽郡君謝氏　葛源　王介甫
陳比部　節度推官陳君　邵康節先生　程明道

壽安縣君錢氏曾子固　皇考遷墓記晦菴　女巳理銘

新安王生元劉夢吉

第五十卷

誄辭

按周禮太祝作六辭以通上下親疏遠近六曰誄魯哀公十六年四月孔子卒公誄之曰旻天不弔不憖遺一老俾屏予一人以在位煢煢余在疚嗚呼哀哉尼父此即所謂誄辭也鄭氏注云誄者累也累列生時行迹讀之以作謚此唯有辭而無謚蓋唯累其美行示已傷悼之情爾是則後世有誄辭而無謚者蓋本於此又按文章緣起載漢武帝公孫弘誄然無其辭唯文選録曹子建之誄王仲宣潘安仁之誄楊仲武蓋

皆述其世系行業而寓哀傷之意厥後韓退之之於歐陽詹柳子厚之於呂温則或曰誄辭或曰哀辭而名不同迨宋南豐東坡諸老所作則總謂之哀辭焉大抵誄則多叙世業故今率倣魏晋以四言爲句哀辭則寓傷悼之情而有長短句及楚體不同作者不可不知

王仲宣 魏曹子建

哀辭

哀陸長源鄭通誠白樂天　獨孤申叔唐韓退之　歐陽生

鍾子翼宋蘇子瞻　過楊忠襄墓游九言　蓉峰宋公哀頌洪武徐大章

祭文

古者祀享史有冊祝載其所以祀之之意考之經可見若文選所載謝惠連之祭古冢王僧達

之祭顏延年則亦不過敘其所祭及悼惜之情而已迨後韓柳歐蘇與夫宋世道學諸君子或因水旱而禱于神或因喪葬而祭親舊眞情實意溢出言辭之表誠學者所當取法者也大抵禱神以悔過遷善爲主祭故舊以道達情意爲尚若夫諛辭巧語虛文蔓說固弗足以動神而亦君子之所厭聽也

祭程氏妹 晉陶淵明　祭顏光祿 宋王僧達　潮州祭神二 韓退之
袁州祭神三　祭柳子厚　祭十二郎
祭郴州李使君　禡牙 柳子厚　禜門
祭石曼卿 宋歐陽永叔　祭歐陽文忠公 蘇子瞻　滄州精舍告先聖 晦翁
焚黃　祭張敬夫殿撰　祭呂伯恭著作
祭朱文公 劉潛夫

文章辨體目錄

文章辨體卷之一

海虞後學吳訥編集

古歌謡辭

康衢謡

列子堯治天下五十年不知天下治歟不治歟億兆戴己歟不願戴己歟乃微服遊康衢聞兒童謡云

立我烝民莫匪爾極不識不知順帝之則

擊壤歌

逸士傳堯時有八九十老人擊壤而歌壤以木爲之長三四寸先側一壤于地遥以手中壤擊中者爲上

日出而作日入而息鑿井而飲耕田而食帝力於我何有哉

南風詩

家語舜彈五絃之琴歌南風之詩

南風之薰兮可以解吾民之慍兮南風之時兮可以阜吾民之財兮

卿雲歌

尚書大傳舜將禪禹歌卿雲八伯稽首和帝再歌云

卿雲爛兮禮縵縵兮日月光華旦復旦兮 此帝倡之之詞

明明上天爛然星陳日月光華弘于一人 此八伯進和之詞

日月有常星辰有行四時順經萬姓允誠於烏予論樂配天之靈遷于賢聖莫不咸聽鼚昌乎鼓之軒乎舞之精華已竭褰裳去之 此帝因八伯之和再歌以示禪禹之意

采薇歌

史記夷齊義不食周粟隱首陽山采薇而食歌曰

登彼西山兮采其薇矣以暴易暴兮不知其非矣神農虞夏忽

焉沒兮我安適歸矣吁嗟徂兮命之衰矣

黃澤謠

穆天子傳天子東遊黃澤使宮樂謠云

黃之陁其馬歕(鋪寬切)沙皇人威儀黃之澤其馬歕玉皇人壽穀

祈招詩

左氏傳穆王肆志周行天下將皆有車轍馬迹祭公謀父作祈招之詩以止王心

祈招之愔愔(音)式昭德音思我王度式如玉式如金形民之力而無醉飽之心(也形者謂量其力而賦役之如制器者各隨其形)

商歌

淮南子曰甯戚困窮飯牛車下擊牛角而商歌桓公聞之曰異哉命後車載之

南山矸(岸)白石爛生不遭堯與舜禪短布單衣適至骭(幹)從昏

飯牛薄夜半長夜湧湧何時旦

子產歌

鄭子產爲政二年民歌之曰

我有子弟子產誨之我有田疇子產殖之子產而死誰其嗣之

孔子歌

孔子爲魯司寇攝行相事三月化行民歌曰

袞衣章甫實獲我所章甫袞衣惠我無私

師乙歌

家語孔子相魯齊人歸女樂沮之孔子遂行師乙作歌送之

彼婦之口可以出走彼婦之謁可以死敗優哉游哉聊以卒歲

獲麟歌

孔叢子魯西狩獲麟以爲不祥棄之夫子往觀泣

曰麟也麟仁獸出而死吾道窮矣歌曰

唐虞世兮麟鳳遊今非其時來何求麟兮麟兮我心憂

接輿歌

論語楚狂接輿歌而過孔子蓋知尊孔子而譏其不能隱去以避亂也

鳳兮鳳兮何德之衰往者不可諫來者猶可追已而已而今之從政者殆而

滄浪歌

孟子有孺子歌云云孔子曰小子聽之清斯濯纓濁斯濯足矣自取之也

滄浪之水清兮可以濯我纓滄浪之水濁兮可以濯我足

渡伍員歌

伍員逃入吳欲渡江後騎追急漁父渡之而歌

日月昭昭兮寖已馳與子期乎蘆之漪日已夕兮余心憂悲月已馳兮何不渡爲事寖急兮將柰何

越人歌

晦翁云楚王弟鄂君泛舟榜枻越人擁棹而歌於周太師六義之所謂興者有契焉

今夕何夕兮搴洲中流今日何日兮得與王子同舟蒙羞被好兮不羞詬耻心幾頑而不絶兮得知王子山有木兮木有枝心説君兮君不知

鄴民歌

史記魏襄王時史起爲鄴令引漳水溉鄴民作歌云

鄴有賢令兮爲史公決漳水兮灌鄴旁終古舄(昔)鹵(魯)兮生稻粱

成相

相助也舉重勸力形於歌也晦翁云此篇雜陳治亂興

亡之效以風時君其意深切矣卿學要爲不醇其言精神
相反爲聖人乃近黄老而復後王君論五者頗出入申商
間此所以傳不一再而爲督責坑焚之禍也可不謹哉

請成相世之殃愚闇愚闇墮賢良人主無賢如瞽無相何倀倀昌○請布基愼同順聖人愚而自專事不治主忌苟勝羣臣莫諫必逢災叶茲○論臣過叶規反其施尊主安國尚賢義叶平拒諫飾非愚而上同國必禍叶虛○曷謂罷皮國多私比周還主黨與施遠賢近讒忠臣蔽塞主勢移○曷謂賢明君臣上能尊主愛下民主誠聽之天下爲一海內賓○主之孽讒人達賢能遁逃國乃蹙愚以重愚闇以重闇成爲桀○世之災妬賢能飛廉知政任惡來卑其志意大其園囿高其臺榭○武王怒師牧野紂卒易鄉啓乃下叶戶武王善之封之於宋立其祖○世之衰讒人歸比干見刳箕子累武王誅之呂尚招麾殷民懷○世之禍惡賢士

子胥見殺百里徙穆公任之強配五伯六卿施○世之愚惡大儒逆斥不通孔子拘展禽三絀春申道綴基畢輸○請牧基賢者思堯在萬世如見之讒人罔極險陂傾側此之疑○基必施辨賢罷皮文武之道同伏戲由之者治不由者亂何疑爲○凡成相辨法方至治之極復後王愼墨季惠百家之說誠不祥○治復一脩之吉君子執之心如結衆人貳之讒夫棄之形當作刑是詰○水至平端不傾心術如此象聖人脫一字而有埶直而用抴必參天○世無王窮賢良暴人芻豢仁人糟糠禮樂滅息聖人隱伏墨術行○治之經禮與刑君子以脩百姓寧明德愼罰國家既治四海平○治之志後埶富叶費君子誠之好以待叶地處之敦固有深藏之能遠思○思乃精志之榮好而壹之神以成精神相反一而不貳爲聖人○治之道美不老君子由之佼以好下以教誨子弟上以事祖考○成相竭辭不蹷君子道之順

以逹宗其賢良辨其殃孽

右一章

請成相道聖王堯舜尚賢身辭讓（平聲）許由善卷重義輕利行顯明（叶芒）○堯讓賢以爲民汜利兼愛德施均辨治上下貴賤有等明君臣○堯授能舜遇時尚賢推德天下治雖有賢聖適不遇世孰知之○堯不德舜不辭（叶去聲）妻以二女任以事大人哉舜南面而立萬物備○舜授禹以天下（叶戶）尚得（當作德）推賢不失序外不避仇內不阿親賢者予○禹勞心力堯有德干戈不用三苗服舉舜甽畝任之天下身休息○得后稷五谷殖夔爲樂正鳥獸服契爲司徒民知孝弟尊有德○禹有功抑下鴻辟除民害逐共工北決九河通十二渚疏三江○禹溥（敷同）土平天下（叶戶）躬親爲民行勞苦得益皐陶横革直成爲輔○契玄王生昭明居於砥石遷于商十有四世乃有天乙是成湯○天乙湯論舉

當身讓卞隨舉牟光道古賢聖基必張○願陳辭世亂惡善不此治隱諱疾賢良由姦詐鮮無災患難哉阪爲先此章有脫誤○聖知不用愚者謀前車已覆後未知更何覺時此上有脫字○不覺悟不知苦迷惑失指易上下叶户忠不上達蒙揜耳目塞門户○門户塞大迷惑悖亂昏莫不終極是非反易比周欺上惡正直○正是惡心無度邪枉辟回失道途叶去聲已無尤人我獨自美豈無故○不知戒後必有恨後遂過不肯悔讒夫多進反覆言語生詐態○人之態不如當作知備爭寵嫉賢利惡忌妬功毀賢下斂黨與上蔽匿叶義○上壅蔽失輔埶任用讒夫不能制孰當作郭公長父之難厲王流于彘○周幽厲所以敗不聽規諫忠是害嗟我何人獨不遇時當亂世○欲衷對言不從恐爲子胥身離凶進諫不聽剄而獨鹿棄之江○觀往事以自戒治亂是非亦可識託於成相以喻意

右二章

請成相言治方君論有五約以明君謹守之下皆平正國乃昌○臣下職莫游食務本節用財無極事業聽上莫得相使一民力○守其職足衣食厚薄有等明爵服利往卬（魚向切）上莫得擅與孰私得○君法明論有常表儀既設民知方進退有律莫得貴賤孰私王○君法儀禁不爲莫不說教名不移脩之者榮離之者辱孰它師○刑稱陳守其銀（垠同）下不得用輕私門（叶民）罪禍有律莫得輕重威不分○請牧祺用有基主好論議必善謀（叶迷）五聽脩領莫不理續主執持○聽之經明其請（當作情）參伍明謹施賞刑顯者必得隱者復顯民反誠○言有節稽其實信誕以分賞罰必下不欺上皆以情言明若日○上通利隱遠至觀法不法見不視耳目既顯吏敬法令莫敢恣○君教出行有律吏謹將之無鈹（披同）滑（汨同）下不私請各以（脫所字）宜舍巧拙○臣謹修

君制變公察善思論不亂以治天下後世法之成律貫

右三章

佹詩 佹與危同

佹詩者荀卿子之所作也晦翁云卿學於孔子門人馯臂子弓尤邃於禮著書數萬言少遊學於齊歷威宣至襄王時三爲稷下祭酒後以避讒適楚春申君以爲蘭陵令春申君死荀卿亦廢遂家蘭陵而終或者又曰卿既爲蘭陵令客有說春申君曰湯以亳武王以鎬皆有天下今荀子賢而君借以百里之勢臣爲君危之春申君乃謝荀子荀子去之趙人又說春申君曰昔伊尹去夏入殷殷王而夏亡管仲去魯入齊魯弱而齊强賢者所在其君未嘗不尊榮也春申君又使人請荀子荀子不

還而遺之賦盖即此佹詩也然此其說又與前異
未知果孰是云

天下不治請陳佹詩天地易位四時易鄉列星隕墜旦暮晦盲幽暗登昭日月下藏公正無私反見縱横志愛公利重樓疏堂無私罪人憼革貳兵道德純備讒口將將仁人絀約敖暴擅强天下幽險恐失世英螭龍爲蝘蜓鴟梟爲鳳皇比干見刳孔子拘匡昭昭乎其知之明也郁郁乎其遇時之不祥也拂乎其欲禮義之大行也闇乎天下之晦盲也皓天不復憂無疆也千歲必反古之常也弟子勉學天不忘也聖人共(拱同)手時幾將矣與愚以疑願聞反辭其小歌也念彼遠方何其塞矣仁人詘約暴人衍矣忠臣危殆讒人般矣旋玉瑶珠不知佩也雜布與錦不知異也閭娵子奢莫之媒也嫫母力父是之喜也以盲爲明以聾爲聰以危爲安以吉爲凶嗚呼上天曷維其同

文章辨體卷之一

文章辨體卷之二

海虞後學吳訥編集

古賦一

楚

離騷　屈原

離遭也擾動曰騷晦翁云原名平與楚同姓仕懷王爲三閭大夫與王圖政鑒察群下應對諸侯同列上官大夫及用事臣靳尚妬其能譛之王疏原原乃作離騷上述唐虞三后下序桀紂羿澆冀君覺悟是時秦使張儀誘懷王俱會武關原諫勿行不聽而往遂爲拘留不遣卒死于秦襄王立復聽讒遷原於江南原復作九歌九章遠遊卜居等篇冀悟君心終不見省不忍見宗國危亡遂赴汨羅之淵自沉而死

帝高陽楚祖之苗裔兮朕皇考曰伯庸原父字攝提星名隨斗柄以指者貞正
于孟始陬隅兮惟庚寅吾以降叶洪皇考覽觀揆度余于初度兮
肇錫余以嘉名名余曰正則兮平之義字余曰靈均也賦紛吾既有
此內美兮又重之以修能叶耐長才也扈被江離音草與辟音僻幽也芷兮
紉秋蘭以爲佩汨余若將不及兮恐年歲之不吾與朝搴音蹇阰
音皮山名之木蘭兮夕攬洲之宿莽草冬生不死日月忽其不淹久兮春
與秋其代序惟草木之零落兮恐美人之遲暮託言君也不撫壯壯年
而棄穢穢行兮何不改乎此度椉乘通騏驥以馳馳通騁兮來吾導夫
先路昔三后禹湯文之純粹兮固衆芳比賢人之所在雜申椒與菌
桂兮豈惟紉夫蕙茝音采彼堯舜之耿介兮既遵道而得路何桀
紂之昌音猖被音披衣不帶皃兮夫唯捷徑以窘步惟黨人之偷樂兮路
幽昧以險隘叶憶豈余身之憚殃兮恐皇輿之敗績已上並賦而比忽奔
走以先後兮及前王之踵武荃不揆余之中情兮喻君反信讒而

齌（齊通）怒（此四句則比而賦也）余固知謇謇之爲患兮忍而不能舍（上聲）也指九天以爲正兮夫惟靈修之故也（此四句又賦而比也）曰黄昏以爲期兮羌中道而改路初既與余成言兮後悔遁而有他余既不難夫離别兮傷靈修之數化（叶花）余既滋蘭之九畹兮又樹蕙之百畮（叶米）畦留夷與揭車兮雜杜衡與芳芷冀枝葉之峻茂兮願竢時乎吾將刈雖萎絶其亦何傷兮哀衆芳之蕪穢（已上比也）衆皆競進以貪婪兮憑（滿也）不厭乎求索（叶素）羌内恕己以量人兮各興心而嫉妒忽馳騖以追逐兮非余心之所急老冉冉其將至兮恐修名之不立（已上賦也）朝飲木蘭之墜露兮夕飡秋菊之落英（叶央）苟余情其信姱（音誇好也）以練要兮（所修精練所守要約）長顑（音坎）頷（音含上聲飢而面黄皃）亦何傷擥（覽通）木根以結茝兮貫薜荔之落蘂矯（舉）菌桂以紉蘭兮索胡繩（香草可作繩）之纚纚（音還好皃比也）謇吾法夫前修兮非世俗之所服（叶入）（屏）雖不周於今之人兮願依彭咸（殷賢臣自沈死）之遺則長太息

以掩涕兮哀民生之多艱余雖好修姱以鞿（音機）羈兮謇朝誶而夕替既替余以蕙纕兮又申之以攬茝亦余心之所善兮雖九死其猶未悔（又賦而比）怨靈修之浩蕩兮終不察夫民心衆女嫉余之蛾眉兮謠諑（音卓愬也）謂余以善淫固時俗之工巧兮偭（背）規矩而改錯（音措置也）背繩墨以追（古隨字）曲兮競周容以爲度（已上比也）忳（音豚）鬱邑（憂皃）余侘傺（音叉熾失志皃）兮吾獨窮困乎此時也寧溘（苦合切奄也）死以流亡兮余不忍爲此態（叶土宜切）也（賦也）鷙鳥之不群兮自前世而固然何方圓之能周兮夫孰異道而相安（叶烟比也）屈心而抑志兮忍尤而攘（除）詢（詬通）伏清白以死直兮固前聖之所厚（賦也）悔相（視）道（路）之不察兮延佇乎吾將反回朕車以復路兮及行迷之未遠步余馬於蘭皋兮馳椒丘且焉止息進不入以離（去聲）尤兮退將復修吾初服（叶屏入）製芰荷以爲衣兮雧（古集字）芙蓉以爲裳不吾知其亦已兮苟余情其信芳（已上比也）高余冠之岌岌兮長余佩

之陸離芳與澤其雜糅兮唯昭質(光明之質)其猶未虧(賦也)忽反顧以游目兮將往觀乎四荒佩繽紛其繁飾兮芳菲菲其彌章(比也)民生各有所樂(去聲)兮余獨好修以爲常雖體解吾猶未變兮豈余心之可懲(叶長)女嬃(音須)之嬋媛兮申申其詈予(叶與)曰鮌婞直以亡身兮終然夭乎羽之野(叶墅)汝何博謇而好修兮紛獨有此姱節(叶即)薋菉葹(音次綠施)以盈室兮判獨離而不服(叶屏入並賦而比也)衆不可戶說(音稅)兮孰云察余之中情世並舉而好朋兮夫何煢獨而不余聽(比而賦也)依前聖以節(度)中兮喟憑心而歷兹濟沅湘以南征兮就重華而敶(古陳字)詞(此下至篇末皆比而賦也)啓九辯與九歌兮夏康娛以自縱不顧難以圖後兮五子用失乎家衖(巷通)羿淫遊以佚畋兮又好射夫封狐固亂流其鮮終兮浞(寒浞)又貪夫厥家(叶狐)澆(堯寒浞子)身被服强圉兮縱欲而不忍日康娛而自忘兮厥首用夫顛隕夏桀之常違(叶道)兮乃遂焉而逢殃后辛(紂名)之菹醢兮殷宗用之

不長湯禹儼而祇敬兮周論道而莫差（音蹉）舉賢才而授能兮循繩墨而不頗皇天無私阿兮覽民德焉錯（置）輔夫維聖哲之茂行兮苟得用此下土瞻前而顧後兮相觀民之計（謀）極（窮）夫孰非義而可用兮孰非善而可服（叶并入）阽（音鹽臨危）余身而危死兮覽余初其猶未悔不量鑿而正枘兮固前修以葅醢曾歔欷余鬱邑兮哀朕時之不當攬茹蕙以掩涕兮霑余襟之浪浪跪敷衽以陳詞兮耿吾既得此中正（叶征）駟玉虬以乘鷖（音翳鳳類）兮溘埃風余上征朝發軔於蒼梧兮夕余至乎縣（音玄）圃欲少留此靈瑣兮（神之門鏤）日忽忽其將暮吾令羲和弭（按）節兮望崦嵫（日入處山名）而勿迫路曼曼其修遠兮吾將上下而求索飲余馬於咸池兮總余轡乎扶桑折若木以拂日兮聊逍遙以相羊前望舒（月御）使先驅兮後飛廉使奔屬（叶赴）鸞皇爲余先戒兮雷師告余以未具吾令鳳鳥飛騰兮繼之以日夜飄風屯其相離兮帥雲霓而來御（叶迓）

紛總總（盛皃）多其離合兮斑陸離（亂皃）其上下（叶戶）吾令帝閽開關兮倚閶闔而望予（叶與）時曖曖（昏昧）其將罷（音皮）兮結幽蘭而延佇世溷濁而不分兮好蔽美而嫉妬朝吾將濟於白水兮登閬風而緤（緤通）馬（叶滿補切）忽反顧以流涕兮哀高丘之無女（如字以神女喻君）溘吾游此春宮兮（青帝宮下遊春宮求虙妃見佚女留二姚皆求賢君之心）折瓊枝以繼佩（叶備）及榮華之未落兮相（去聲）下女之可詒（音異）吾令豐隆乘雲兮求虙妃（伏羲女爲河神）之所在（叶薺）解佩纕以結言兮吾令蹇修（古善媒者）以爲理紛總總其離合兮忽緯繣（音徽畫乖戾也）其難遷夕歸次於窮石（山名）兮朝濯髮乎洧盤（叶蒲延切水名）保厥美以驕傲兮日康娛以淫遊雖信美而無禮兮求違棄而改求（言伏妃驕淫不循禮法故弃之）覽相觀於四極兮周流乎天余乃下（叶音戶）望瑤臺之偃蹇兮見有娀之佚女（契母簡狄有娀氏女帝嚳妃也）吾令鴆爲媒兮鴆告余以不好雄鳩之鳴逝兮余猶惡其佻（音眺）巧心猶豫而狐疑兮欲自適（犯禮）而不可鳳皇既受詒兮恐

高辛即帝嚳之先我欲遠集而無所止兮聊浮游以逍遥及少康之未家兮留有虞之二姚少康妃理弱而媒拙兮恐導言之不固世溷濁而嫉賢兮好蔽美而稱惡閨中既以邃遠兮哲王又不寤懷朕情而不發兮余焉能忍而與此終古索取藑瓊通茅靈草以筳篿音廷專折竹結草而卜曰篿兮命靈氛爲余占之曰兩美君臣兩賢其必合兮孰信修而慕之言難信汝之修潔宜遠去也思九州之博大兮豈惟是其有女如字曰勉遠逝而無狐疑兮孰求美而釋女音汝何所獨無芳草兮爾何懷乎故宇世幽昧以昡曜兮孰云察余之善惡已上靈氛之辭民好惡其不同兮惟此黨人其獨異戶服艾以盈要腰通兮謂幽蘭其不可佩叶備覽察草木其猶未得兮豈珵音呈美之能當叶蘇糞壤以充幃音暉香囊兮謂申椒其不芳欲從靈氛之吉占兮心猶豫而狐疑巫咸古神巫將夕降兮懷椒糈音所而要之百神翳其備降兮九疑繽其並迎叶御皇剡剡其揚靈兮告余以吉故曰勉陞

降以上下兮求榘矱（音矩獲）之所同湯禹儼而求合兮摯咎繇而能調（叶同）苟中情其好修兮又何必用夫行媒（叶迷）說操築於傅巖兮武丁用而不疑呂望之鼓刀兮遭周文而得舉甯戚之謳歌兮齊桓聞以該輔及年歲之未晏兮時亦猶其未央恐鵜鴂之先鳴兮（鵙也夏至鳴草死）使夫百草爲之不芳（巫咸言止此何字以下又原之言）何瓊佩之偃蹇兮衆薆然（蔽之盛）而蔽之惟此黨人之不諒（信）兮恐嫉妬而折（叶制）之時繽紛以變易兮又何可以淹留蘭芷變而不芳兮荃蕙化而爲茅（叶音年）何昔日之芳草兮今直爲此蕭艾也豈其有他故兮莫好修之害也余以蘭爲可恃兮羌無實而容長委厥美以從俗兮苟得列乎衆芳椒專佞以慢慆兮樧（音殺）又欲充夫佩幃（音暉）既干進而務入兮又何芳之能祗（敬守）固時俗之流從兮又孰能無變化（叶花）覽椒蘭其若茲兮又況揭車與江離（叶羅）惟茲佩之可貴兮（此原自況）委厥美而歷茲芳菲菲而難虧兮芬至

兮其猶未沬叶迷和調度以自娛兮聊浮游而求女音汝及余飾之方壯兮周流觀乎上下音戶靈氛既告余以吉占兮歷吉日乎吾將行叶杭折瓊枝以爲羞兮精瓊爢音糜以爲粻爲余駕飛龍兮雜瑤象以爲車何離心言無同心之可同兮吾將遠逝以自踈邅音扇轉也吾道夫崑崙兮路修遠以周流揚雲霓之晻諸上藹兮鳴玉鸞和鸞鈴之啾啾朝發軔於天津兮夕余至乎西極鳳凰翼其承旂兮高翱翔之翼翼忽吾行此流沙兮遵赤水而容與麾蛟龍以梁津兮詔西皇少昊使涉予叶與路修遠以多艱兮騰衆車使徑待叶提路不周山名以左轉兮指西海以爲期屯余車其千乘兮齊玉軑音大而並馳駕八龍之蜿蜿兮載雲旗之委蛇音威移抑志而弭節兮神高馳之邈邈奏九歌而舞韶兮聊假日以媮音俞樂陟陞皇天也之赫戲音熙兮忽臨睨夫舊鄉原託爲此行終無所詣卒返於楚仁之至義之盡也僕夫悲余馬懷兮蜷局顧而不行叶杭亂曰亂者樂節之名篇章之成撮大要以爲亂辭已

矣哉國無人兮莫我知兮又何懷乎故都既莫足與爲美政兮吾將從彭咸之所居亂則賦也

九歌

祝氏曰楚俗信鬼好祀每使巫覡作樂以娛神俗陋詞俚原更其詞以其事神不荅而不忘其敬比吾事君不合而不能忘其忠諸篇皆賦而比然賦比中又兼數義晦翁云比其類則宜爲三頌之屬論其辭則反爲國風再變之鄭衛矣

東皇太一太一天之貴神祠在楚東故曰東皇

全篇賦而比也

吉日兮辰良穆敬將愉樂兮上皇指神撫長劍兮玉珥音餌劍鼻璆音虯鏘鳴兮琳琅玉聲言卜日劍佩以事神瑤席兮玉瑱鎮通以玉壓席盍將把兮瓊芳草枝巫持以舞蕙肴蒸兮蘭藉音謝奠桂酒兮椒漿言設芳饌饗神揚枹音浮兮拊

鼓疏音踈緩節兮安歌陳竽瑟兮浩倡叶昌靈偃蹇兮姣服芳菲菲兮滿堂五音紛兮繁會君欣欣兮樂康

雲中君雲神也

賦而比也

浴蘭湯兮沐芳言巫潔清故神悅而降華采衣兮若英叶央若草木之英靈連蜷音拳長曲皃兮既留爛昭昭兮未央蹇發語辭將憺音淡兮壽宮叶光言神淡然安樂無去意與日月兮齊光龍駕兮帝服聊翺遊兮周章靈皇皇兮既降叶洪猋音飄遠舉兮雲中言神降於巫忽疾去至神所居覽冀州兮有餘橫四海兮焉窮思夫音扶君兮太息極勞心兮爞爞音冲作忡

湘君堯長女舜正妃娥皇也舜崩蒼梧二妃死湘江間黃陵有廟

賦而比也然其中有比之比與興而比之義

君不行兮夷猶怨其未來蹇誰留兮中洲美要眇音杳妙兮宜修飾沛吾乘兮桂舟主祭者自謂令沅湘兮無波使江水兮安流望夫音扶君

兮未來叶釐吹參差兮誰思駕飛龍兮北征邅轉也吾道兮洞庭薜荔拍音博壁也兮蕙綢束也承荃橈楫也兮蘭旌望涔陽浦名兮極浦橫大江兮揚靈揚神光靈揚靈兮未極女嬋媛兮爲余太息指旁觀者橫流涕兮潺湲音爰隱痛思君兮陫音味側側陋之地桂棹兮蘭枻音曳叶音泄斲冰兮積雪采薜荔兮水中搴芙蓉兮木末心不同兮媒勞恩不甚兮輕絕比中之比也石瀨兮淺淺叶戔飛龍兮翩翩交不忠兮怨長期不信兮告余以不閒叶賢暇也又興而比也朝馳鶩兮江皋夕弭節兮北渚徘徊以待鳥次兮屋上水周兮堂下叶戶捐余玦兮江中遺如字余佩兮澧浦采芳洲兮杜若將以遺去聲兮下女旹不可兮再得聊逍遙兮容與雖不可見而心終不忘

湘夫人堯次女舜次妃女英也

與前篇比賦同至沅有芷兮澧有蘭思公子兮未敢言則又屬興矣

帝子降兮北渚目眇眇兮愁予(叶與主祭者自謂)嫋嫋兮秋風洞庭波

兮木葉下(叶戶賦也)登白薠兮騁望(薠草秋生)與佳期兮夕張(音帳陳設也)鳥

何萃兮蘋中罾何爲兮木上(賦而比也)沅有芷兮澧有蘭思公子兮

未敢言慌惚兮遠望觀流水兮潺湲(興也)麋何食兮庭中(皆非其所)蛟

何爲兮水裔朝馳余馬兮江皋夕濟兮西澨(比而賦也)聞佳人兮召

余將騰駕兮偕逝築室兮水中(言將依神而居)葺之兮荷蓋(叶既)蓀壁兮

紫壇(音善)匊(古播字)芳椒兮成堂桂棟兮蘭橑(音老椽也)辛夷楣兮葯(約)

房罔(網通)薜荔兮爲帷擗蕙櫋(聯也)兮既張白玉兮爲鎮(瑱通)疏(疏布也)

石蘭兮爲芳芷葺兮荷屋繚(音了)之(東縛也)兮杜衡合百草兮實庭

建芳馨兮廡門九嶷(疑通)繽兮並迎(去聲)靈之來兮如雲捐余袂兮

江中遺余褋(牒)兮澧浦搴汀洲兮杜若將以遺(去聲)兮遠者(叶褚遠去)

之人時不可兮驟得聊逍遙兮容與

大司命(周禮大宗伯祀司命疏云三台上台曰司命又文昌第四宮亦曰司命故有兩司命)

賦而比也卒章言人生貧富貴賤神實司之非人能爲所以順受其正者嚴矣其又雅之義歟

廣開兮天門紛吾乘兮玄雲（主祭者自謂）令飄風兮先驅使涷（音東）雨兮灑塵君回翔兮以下（叶戶 君與汝皆指神君尊而汝親）踰空桑兮從汝紛總總兮九州（此又爲神之言）何壽夭兮在予（叶與）高飛兮安翔乘清氣兮御陰陽吾與君兮齊速道（導）帝之兮九坑（岡 九州之山鎮）靈衣兮披披玉佩兮陸離壹陰兮壹陽（變化無窮）衆莫知兮余所爲（此又言神既降而遂從往之也）折疏（平聲）麻兮瑤華（叶敷 神麻也）將以遺（去聲）兮離居老冉冉兮既極不浸近兮愈疏（平聲）乘龍兮轔轔高駝（馳同）兮冲天（叶鐵因切 此以上又言神既去而思之也）結桂枝兮延佇羌愈思（去聲）兮愁人愁人兮柰何（叶奚）願若今兮無虧固人命兮有當（去聲）孰離合兮可爲

少司命（此司命其文昌第四星歟）

首兩章與也中間意思纏綿處似風末段正言稱

賛處又似雅與頌然全篇比賦之義固已在風與雅頌之中矣○祝氏曰前篇司命陽神而尊故但爲主祭者之詞此司命陽神而少卑故爲女巫之言以接之篇末言神能驅除邪惡擁護良善宜爲下民所取正則與前篇意合

穐（古秋字）蘭兮蘪蕪羅生兮堂下（叶戶）緑葉兮素枝芳菲菲兮襲予（叶與）夫人兮自有美子（指神自有所美之人）蓀（汝也）何以兮愁苦（上四句興下二句比）穐蘭兮青青（茂盛皃）緑葉兮紫莖滿堂兮美人（至此則神降於巫）忽獨與余兮目成（指巫也）（上二句興下二句比）入不言兮出不辭乘回風兮載雲旗悲莫悲兮生別離樂莫樂兮新相知（言巫與神初善後離徃來飄忽而遽相別悲莫甚焉於是追念始者相知之樂）荷衣兮蕙帶（叶帝）儵而來兮忽而逝夕宿兮帝郊君誰須兮雲之際（以上深情感人又似風）與女（汝）沐兮咸池（女與美人指巫此又爲神語命巫望巫不至而神怳然浩歌也他叶佗）晞女髮兮陽之阿望美人兮未來臨風怳（恍）

兮浩歌孔孔雀蓋兮翠旍旌通登九天兮撫彗星竦長劒兮擁幼艾

荃獨宜兮爲民正叶征

東君迎日之祭也

賦也似不兼別義却有頌體

暾他昆切將出兮東方照吾檻兮扶桑主祭者自謂撫余馬兮安驅夜

皎皎通兮既明叶芒駕龍輈兮乘雷叶纍載雲旗兮委蛇長太息兮

將上心低佪兮顧懷叶胡威切羌聲色兮娛人觀者憺兮忘歸絙古登

切急張絃也瑟兮交鼓簫鐘兮瑶簴鳴篪箎通兮吹竽思靈保神巫兮賢

姱叶戶翾許緣切飛兮翠曾音增與翾通展詩兮會舞應律兮合節叶即靈

之來兮蔽日神恍而來青雲衣兮白霓裳舉長矢兮射天狼操余

弧兮反淪降平聲援北斗兮酌桂漿撰余轡兮高駝翔杳冥冥兮

以東行叶杭言日下杳冥不見其光直東行而復上

河伯

賦而比也晦翁云巫與河伯既相別矣而波猶來迎魚猶來送眷眷之無已也原豈至是而歎君恩之薄乎

與女汝遊兮九河指神此篇乃爲女巫之詞衝風起兮水揚波乘水車兮荷蓋駕兩龍兮驂螭叶丑歌切登崑崙兮四望心飛揚兮浩蕩日將暮兮悵忘歸惟極浦兮寤懷叶虛韋切魚鱗屋兮龍堂叶同紫貝闕兮珠宮靈何爲兮水中乘白黿兮逐文魚叶上聲與女汝遊兮河之渚流澌紛兮將來下叶戶子交手兮東行指神相執不忍別之意送美人兮南浦眷眷不已之意如此波滔滔兮來迎魚鱗鱗兮媵送也予叶與

山鬼

賦而比也○祝氏曰前諸篇皆言人慕神比臣愛君此篇鬼陰而賤不可比君故以人況君以鬼喻巳而爲鬼媚人之語凡言余與我及君有人山中

人之類皆托鬼自喻言子與君及所思靈修美人公子之類則況君也反覆曲折蓋言巳與君始親終疎今君雖未忘我而卒困於讒巳終拳拳不忘君也

若有人兮山之阿被薜荔兮帶女羅被服美比志行潔既含睇音第兮又宜笑容色美比才能高子慕余兮善窈窕言君始者珍巳乘赤豹兮從文貍辛夷車兮結桂旗被石蘭兮帶杜衡折芳馨兮遺去聲所思余處上聲幽篁兮終不見天路險難兮獨後來叶釐表獨立兮山之上雲容容兮而在下叶戶杳冥冥兮羌晝晦東風飄兮神靈雨留靈修兮憺忘歸歲既晏兮孰華予叶與言欲留君而君不畱歲晚無與爲樂矣采三秀芝草兮於山間石磊磊兮葛蔓蔓平聲怨公子兮悵忘歸君思我兮不得閒音閑畱之不得則怨雖怨而不知君之思我但不得閒而來也山中人兮芳杜若飲石泉兮蔭松柏君思我兮然疑作然信也疑不信也言君雖見思而不能無疑信之雜靁填填兮

雨冥冥猨啾啾兮狖夜鳴風颯颯兮木蕭蕭叶颼思公子兮徒離憂至此則窮極愁怨而終不能忘君也

九章

晦翁曰原思君念國隨事感觸輒形於聲後人輯之得其九章合爲一卷非必出一時之言其詞多直致無潤色而惜往日悲回風又其臨絕之音尤憒濇而極悲哀讀之使人太息流涕而不能已董子有言爲人君者不可以不知春秋前有讒而不見後有賊而不知嗚呼豈獨春秋也哉

惜誦

賦也晦翁云此篇全用賦體無他寄託其言明切最爲易曉

惜誦言以致愍兮發憤以抒紓通情所誓辭非忠而言之兮指蒼天

以爲正叶征平其罪令五帝以折中去聲兮戒六神六宗與嚮對服叶屏入服
罪之辭俾山川山川之神以備御侍兮命咎繇使聽直竭忠誠而事君
兮反離群而贅肬音尤叶于其切忘儇媚以背衆兮待明君其知之言
與行其可迹兮情與貌其不變故相去臣莫若君兮所以證之
不遠吾誼先君而後身兮羌衆人之所仇也專惟君而無他兮
又衆庶之所讐也壹心而不豫兮不猶豫羌不可保也疾親君而
無他兮有招禍之道也思君其莫我忠兮忽忘身之賤貧事君
而不貳兮迷不知寵之門叶民忠何辜以遇罰兮亦非余之所志
叶之也行不群以顛越兮又衆兆之所咍叶乎其切也紛逢尤以離謗
兮謇不可釋也情沈抑而不達兮又蔽而莫之白叶彌也心鬱邑
余侘傺音叉熾兮又莫察余之中情當作善惡則惡字可叶固煩言不可結
而詒音怡兮願陳志而無路退靜嘿而莫余知兮進號平聲呼又莫
余聞中重也侘傺之煩惑兮中悶瞀煩亂之忳忳音豚昔余夢登天兮

魂中道而無杭（航通）吾使厲神占之兮曰有志極而無旁（旁輔也）終危獨以離異兮曰君可思而不可恃故衆口其鑠金兮初若是而逢殆（叶地）懲熱羹而吹虀（本作齏）兮何不變此志也欲釋階而登天兮猶有曩之態（叶替）也衆駭遽而離心兮又何以爲此伴也同極（至也）而異路兮又何以爲此援也晉申生之孝子兮父信讒而不好（叶呼鬪切）行婞（通倖）直而不豫兮鮌功用而不就吾聞作忠以造怨兮忽謂之過言九折臂而成醫兮吾至今乃知其信然矰繳機而在上兮罻羅張而在下（叶戶）設張辟以娛君兮願側身而無所欲儃佪以干傺兮恐重患而離尤欲高飛而遠集兮君罔（得無）謂女（汝）何之欲橫奔而失路兮蓋堅志而不忍背膺牉（音判）以交痛兮心鬱結而紆軫擣木蘭以矯蕙兮糳（音作）申椒以爲糧播江離與滋菊兮願春日以爲糗芳（此四句則賦而比也）恐情質（音致）之不信兮故重著以自明（叶芒）矯茲媚以私處兮願曾（音增）思（去聲）而遠身（叶商）

涉江

賦而比也

余幼好此奇服兮（奇服踰高潔之行）年既老而不衰帶長鋏之陸離兮冠（去聲）切雲（冠名）之崔嵬被明月兮佩寶璐世溷濁而莫余知兮吾方高馳而不顧駕青虬兮驂白螭吾與重華遊兮瑶之圃登崑崙兮食玉英（叶央）吾與天地兮比壽與日月兮齊光哀南夷（指楚）之莫吾知兮旦余將濟乎江湘乘鄂渚而反顧兮欸（哀與唉同）秋冬之緒風（叶孚金反）步余馬兮山皐邸（至）余車兮方林乘舲船余上（上聲）沅兮齊吳榜（音謗）而擊汰（水波）船容與而不進兮淹回水而凝滯（叶丑介切）朝發枉陼（渚通地名）兮夕宿辰陽（地名）苟余心之端直兮雖僻遠其何傷入漵浦（地名）余儃佪兮迷不知吾所如深林杳以冥冥兮乃猨狖之所居山峻高以蔽日兮下幽晦以多雨霰雪紛其無垠兮雲霏霏其承宇哀吾生之無樂兮幽獨處乎山中吾不能變心

以從俗兮固將愁苦而終窮接輿髡首兮桑扈臝行忠不必用兮賢不必以（用也）伍子逢殃兮比干葅醢（叶喜）與前世而皆然兮吾又何怨乎今之人余將董道而不豫兮（猶豫不）固將重昏而終身（重複昏昧）亂曰鸞鳥鳳皇日以遠兮燕雀烏鵲巢堂壇（音善）兮露申（未詳）辛夷死林薄兮腥臊並御芳不得薄（音博）兮陰陽易位時不當兮懷信侘傺忽乎吾將行（叶杭）兮

哀郢（楚文王自丹陽徙江陵謂之郢後九世平王城之又後十世為秦所拔而楚徙陳謂之東郢）

賦也有風義

皇天之不純命兮何百姓之震愆民離散而相失兮方仲春而東遷去故鄉而就遠兮遵江夏以流亡出國門而軫懷兮甲之鼂（朝通）吾以行（叶杭）發郢都而去閭兮怊（音超）荒忽其何極楫亝（齊通）揚以容與兮哀見君而不再得望長楸而太息兮涕淫淫其若霰過夏首而西浮兮顧龍門（楚都南關三門）而不見心嬋媛而傷懷兮眇

不知其所蹠（音隻）順風波而流從兮焉（音烟）洋洋而爲客凌陽侯之氾濫兮忽翺翔之焉（音烟）薄心絓（音畫懸也）結而不解兮思蹇產（詰曲皃）而不釋（叶朔）將運舟而下浮兮上（上聲）洞庭而下江（叶工）去終古之所居兮今逍遙而來東羌靈魂之欲歸兮何須臾而忘反背夏浦而西思兮哀故都之日遠登大墳（水中高曰墳）以遠望兮聊以舒吾憂心哀州土之平樂兮悲江介（川也）之遺風（叶音）當陵陽之焉（烟）至兮淼（音眇）南渡之焉（烟）如曾不知夏（夏通大屋）之爲丘兮孰兩東門之可蕪（郢都東關有二門）心不怡之長久兮憂與憂其相接（句韵）惟郢路之遼遠兮江與夏之不可涉忽若去不信兮（此句脫誤）至今九年而不復慘鬱鬱（音鬱）而不通兮蹇侘傺而含感（叶促）外承歡之汋（音綽）約兮諶荏（音稔）弱而難持忠湛湛（音沓）而願進兮妒被（音披）離而障之彼堯舜之抗行（去聲）兮瞭杳杳其薄天衆讒人之嫉妒兮被以不慈之僞名憎慍惀（音韞）之修美兮好（去聲）夫（音扶）人之忼慨衆踥（思葉切）蹀（音葉）而

日進兮美超遠而踰邁亂曰曼余目以流觀兮冀壹反之何時鳥飛反故鄉兮狐死必首丘（叶歟）信非吾罪而棄逐兮何日夜而忘之

抽思

賦而比也所謂少歌倡亂皆是樂歌音節之名

心鬱鬱之憂思兮獨永歎乎增傷思蹇產之不釋兮曼遭夜之方長（比也）悲秋風之動容兮何回極之浮浮（天極之回旋）數（上聲計也）惟（思）蓀之多怒兮傷余心之懮懮（通憂）願遙起而橫奔兮覽民尤以自鎮（平聲）結微情以陳詞兮矯（舉）以遺夫美人昔君與我成言兮曰黃昏以爲期羌中道而回畔兮反既有此他志（叶之）憍（通驕）吾以其美好兮覽余以其修姱（叶戶）與余言而不信兮蓋爲（去聲）余而造怒願承閒（閑）而自察兮心震悼而不敢悲夷猶而冀進兮心怛傷之憺憺茲歷情以陳辭兮蓀佯聾而不聞固切人之不媚兮（言戀不能軟媚）衆果以我爲患（叶魂）初吾所陳之耿著兮豈不至今其庸亡

何獨樂斯之謇謇兮願蓀美之可完（叶蕑）望三五以爲像兮指彭咸以爲儀夫何極而不至兮故遠聞（音問）而難虧善不由外來兮名不可以虛作孰無施（去聲）而有報兮孰不殖而有穫少（去聲）歌曰與美人之抽思兮并日夜而無正（叶征平其是非）憍吾以其美好兮敖（傲）朕辭而不聽（平聲）倡（音唱）曰有鳥自南兮來集漢北好姱佳麗兮牉（音判）獨處此異域既惸獨而不群兮又無良媒在其側道卓遠而日忘兮願自申而不得望北山而流涕兮臨流水而太息望孟夏之短夜兮何晦明之若歲惟郢路之遼遠兮魂一夕而九逝曾不知路之曲直兮南指月與列星願徑逝而不得兮魂識路之營營（猶言煢煢獨往也）何靈魂之信直兮（忠信質直）人之心不與吾心同理弱而媒不通兮尚不知余之從容亂曰長瀨湍流泝江潭（叶尋）兮狂顧南行聊以娛心兮軫石崴（音隈）嵬蹇吾願兮超回志度行隱進（叶薦）兮低佪夷猶宿北姑（地）兮煩冤瞀容實沛徂兮愁嘆

苦神靈遥思兮路遠處幽又無行媒叶酬兮道思作頌聊以自救兮解也憂心不遂斯言誰告叶姤兮

懷沙言懷抱沙石以自沈

賦而比也

滔滔大水孟夏兮草木莽莽茂盛傷懷永哀兮汩徂南土眴瞬通兮杳杳孔靜幽默鬱結紆屈軫痛兮離慜而長鞠叶格窮也撫情效志兮寃屈而自抑叶厄刓方以爲圜兮常度未替易初本廸兮未詳君子所鄙章畫志墨繩墨兮前圖未攺叶已內厚質正兮大人所晟盛通巧倕不斲兮孰察其撥正玄文處幽兮矇瞍謂之不章離婁微睇兮瞽以爲無明叶芒變白以爲黑兮倒上以爲下叶戶鳳皇在笯音奴兮鷄鶩翔舞賈生弔屈純用此格同糅玉石兮一槩而相量夫惟黨人之鄙固兮羌不知余之所臧任重載盛兮陷滯而不濟懷瑾握瑜兮窮不知所示邑犬群吠兮吠所怪也非俊疑傑兮固庸態也

文質䟽(音休)內(訥通)兮衆不知余之異采(上)(叶盩)材朴委積兮莫知余
之所有(叶于彼反)重仁襲義兮謹厚以爲豐重華不可遻(悟逢也)兮孰
知余之從容古固有不並兮豈知其何故湯禹久遠兮邈而不
可慕懲違改忿兮抑心而自強(上聲)離慜而不遷兮願志之有像
進路北次兮日眛眛其將暮舒憂娛哀兮限之以大故亂曰浩
浩沅湘分流汩(音骨)兮修路幽蔽道遠忽兮懷質抱情獨無匹兮
伯樂既沒驥焉(烟)程兮民生稟命各有所錯(音措)兮定心廣志余
何畏懼兮曾(音增)傷爰哀永歎喟兮世溷濁莫吾知人心不可謂
兮知死不可讓願勿愛(叶衣昧)兮明告君子吾將以爲類兮

思美人

比而賦也

思美人兮擥涕而竚眙(音熾平視貌)媒絶路阻兮言不可結而詒(叶異)
蹇蹇之煩冤兮陷滯而不發申旦以舒中情兮志沈菀(鬱通)而莫

達願寄言於浮雲兮遇豐隆而不將因歸鳥而致辭兮羌迅高
而難當值高辛之靈晟兮遭玄鳥而致詒叶欲變節以從俗兮
媿易初而屈志獨歷年而離愍兮羌馮憑通心猶未化叶撝寧隱閔
而壽考兮何變易之可為知前轍之不遂兮未改此度車既覆
而馬顛兮蹇獨懷此異路勒騏驥而更駕兮造父為去聲我操之
遷逡次而勿驅兮聊暇音假日以須時指嶓冢之西隈兮與纁黃
以為期開春發歲兮白日出之悠悠吾將蕩志而愉樂兮遵江
夏以娛憂此章又兼興義擥大薄之芳茝兮搴長洲之宿莽惜吾不及
古之人兮吾誰與玩此芳草叶徂解篇薄與雜菜兮備以為交佩
備叶佩繽紛以繚轉兮遂萎絕而離異吾且儃佪以娛憂兮觀南
人之變態叶替竊快在其中心兮揚厥憑而不竢芳與澤其雜糅
兮羌芳華自中出叶吹去紛郁郁其遠烝兮滿內而外揚情與質信
可保兮羌居蔽而聞去聲章令薜荔以為理兮憚舉趾而緣木因

芙蓉以爲媒兮憚褰裳而濡足登高不說兮入下吾不能（叶泥）固朕形之不服兮然容與而狐疑廣遂前畫兮未改此度也命則處幽吾將罷（音皮）兮願及白日之未暮也獨煢煢而南行兮思彭咸之故也

惜往日

此章賦多而比少

惜往日之曾信兮受命詔以昭時奉先功以照下兮明法度之嫌疑國富強而法立兮屬貞臣而日娭（嬉通）祕密事之載心兮雖過失猶弗治（平聲）心純龐而不泄兮遭讒人而嫉之君含怒以待臣兮不清澂其然否（叶悲）蔽晦君之聰明兮虛惑誤又以欺弗參驗以考實兮遠遷臣而弗思信讒諛之溷濁兮䀌（盛通）氣志而過之何貞臣之無辠兮被讒謗而見尤（叶移）慙光景之誠信兮身幽隱而備之臨沅湘之玄淵兮遂自忍而沉流卒沒身而絕名兮

惜廱壅通君之不昭叶周君無度而弗察兮使芳草爲藪幽焉音烟抒

情而抽信兮恬死亡而不聊叶留獨鄣廱而蔽隱兮使貞臣而無

由聞百里之爲虜兮伊尹烹於庖廚叶醜音呂望屠於朝歌兮甯

戚歌而飯牛不逢湯武與桓繆兮世孰云而知之叶周吳信讒而

弗味兮子胥死而後憂介子忠而立枯兮文君寤而追求封介

山而爲之禁兮報大德之優游思久故之親身兮因縞素而哭

之叶周或忠信而死節兮或訑謾而不疑弗省察而按實兮聽讒

人之虛辭芳與澤其雜糅兮孰申旦而別之何芳草之蚤殀兮

微霜降而下戒叶格諒聰不明而蔽廱兮使讒諛而日得自前世

之嫉賢兮謂蕙若其不可佩叶佩妬佳冶之芬芳兮嫫母姣而自

好叶戲雖有西施之美容兮讒妬入以自代叶地願陳情以白行去聲

兮得罪過之不意情冤見之日明兮如列宿之錯置乘騏驥而

馳騁兮無銜轡而自載叶恣乘氾音汎泭音敷以下流兮編竹木以度水者無

舟檝而自備背法度而心治兮譬與此其無異寧溘死而流亡兮（如不死恐邦喪而介爲臣僕故曰有再）恐禍殃之有再不畢辭以赴淵兮惜廱君之不識

橘頌

此章雖曰頌橘之德其實比賦之義原蓋自比其志節云

后皇嘉樹橘徠服（叶屏入）兮受命不遷生南國兮（意在此）深固難徙更壹志兮綠葉素榮紛其可喜（叶戲）兮曾枝剡棘圓果摶兮青黃雜糅文章爛（叶蘭）兮精色内白類任道（叶徒苟切）兮紛（音墳）緼宜修姱而不醜兮嗟爾幼志有以異兮獨立不遷豈不可喜兮深固難徙廓其無求兮蘇世獨立橫而不流兮閉心自慎終不過失（叶試）兮秉德無私參天地兮願歲并謝與長友（叶以）兮淑離不淫梗其有理兮年歲雖少（去聲）可師長（上聲）兮行比伯夷置以爲像兮

悲回風

此章比而賦賦而比蓋其臨終之作出於瞀亂迷惑之際詞殺而情哀傷無復如昔雍容整暇矣

悲回風之搖蕙兮心寃結而內傷物有微蕙指而隕性兮聲有隱而先倡夫何彭咸之造思兮暨志介而不忘萬變其情豈可蓋兮孰虛僞之可長鳥獸鳴以號群兮草苴音咀比音鼻枯草而不芳魚葺整鱗以自別異兮蛟龍隱其文章故荼薺不同畝兮蘭茝幽而獨芳惟佳人之永都兮更平聲統世以自貺叶平眇遠志之所及兮憐浮雲之相羊介眇志之所惑兮竊賦詩之所明叶芒惟佳人之獨懷兮折芳椒以自處曾增歔欷之嗟嗟兮獨隱伏而思慮涕泣交而凄凄兮思不眠以至曙終長夜之曼曼兮掩此哀而不去寤從容以周流兮聊逍遙以自恃傷太息之愍憐兮氣於邑而不可止糺思心以為纕兮編愁苦以為膺折若木以蔽光

兮隨飄風之所仍存髣髴而不見兮心踊躍其若湯撫珮衽以
案志兮超惘惘而遂行叶杭歲曶曶其若頽兮旹亦冉冉而將至
薠蘅槁而節離兮芳已歇而不比合也憐思心之不可懲兮證此
言之不可聊叶酎寧溘死而流亡兮不忍此心之常愁孤子唫而
抆音吻淚兮放子出而不還叶魂孰能思而不隱痛兮昭彭咸之所
聞登石巒以遠望兮路眇眇之默默入景影通嚮之無應兮聞省
記想思而不可得愁鬱鬱之無快兮居戚戚而不可解懈心鞿
羈而不開兮氣繚轉而自締穆眇眇之無垠兮莽芒芒之無儀
聲有隱而相感兮物有純而不可爲邈漫漫之不可量兮縹綿
綿之不可紆愁悄悄之常悲兮翩冥冥之不可娛凌大波而流
風兮託彭咸之所居上高巖之峭岸兮處雌蜺音齧之標飄上顛據
青冥而攄虹兮遂儵忽而捫天吸湛露之浮涼兮漱凝霜之雰
雰依風穴以自息兮忽傾寤以嬋媛馮音憑崑崙以澂澄通霧兮隱

岐（岷通）山以清江（叶工）憚涌湍之磕磕（音慨）兮聽波聲之洶洶（音凶）紛容容之無經兮罔芒芒之無紀軋洋洋之無從兮馳委（平聲）移之焉止漂翻翻其上下兮翼遙遙其左右（叶矣）氾潏潏（音決）其前後兮伴（娠通）張弛之信期（叶上聲）觀炎氣之相仍兮窺烟液之所積悲霜雪之俱下兮聽潮水之相擊借光景以往來兮施黃棘之枉策求介子之所存兮見伯夷之故迹心調度而弗去兮刻著志之無適曰吾怨往昔之所冀兮悼來者之悐悐（逖通）浮江淮而入海兮從子胥而自適望大河之洲渚兮悲申徒之抗迹驟諫君而不聽兮任重石之何益心絓結而不解兮思蹇產而不釋

遠遊

祝氏曰此篇雖托神遷以起興而實非興舉天地百神以似比而實非比原之作此實以往者弗及來者不聞爲恨悲宗國將亡而君不悟思欲求仙

不死以觀國事終久何如耳故其辭皆與莊周寓
言同有非復詩人寄托之義大抵用賦體也後來
賦家爲閎衍鉅麗之辭者莫不祖此司馬相如大
人賦其辭尤多襲之然原之情非相如所可窺也

悲時俗之迫阨兮願輕舉而遠遊質菲薄而無因兮焉（音烟）託乘
（去聲）而上浮遭沈濁而汙穢兮獨鬱結其誰語夜耿耿而不寐兮
魂營營（一作煢）而至曙惟天地之無窮兮（此四句乃原作此篇之意）哀人生之
長勤往者余弗及兮來者吾弗聞步徙倚而遙思兮怊（音超）惝（音倘）
怳（音恍）而乖懷（叶爲）意荒（上聲）忽而流蕩兮心愁悽而增悲神儵忽而
不反兮形枯槁而獨畱曰惟省（上聲）以端操（去聲）兮求正氣之所由
漠虛靜以恬愉兮澹無爲而自得聞赤松之清塵兮願承風乎
遺則貴眞人之休德兮美往世之登仙與化去而不見兮名聲
著而日延奇傅說之託辰星兮羨韓衆之得一形穆穆以浸遠

兮離人群而遁逸因氣變而遂曾(增)舉兮忽神奔而鬼怪時髣髴以遥見兮精晈晈以往來(叶賚)超氛埃而淑郵兮(舊之尤者)終不反其故都(仙則不反原則未忘故都也)免衆患而不懼兮世莫知其所如恐天時之代序兮(原豈真慕仙哉所可嘆者此也)耀靈曄而西征微霜降而下淪兮悼芳草之先蘦(同零)聊仿佯而逍遥兮永歷年而無成誰可與玩斯遺芳兮長鄉(向)風而舒情高陽邈以遠兮余將焉所程(何也)重(去聲)曰春秋忽其不淹兮奚久留此故居(此豈原心不得已也)軒轅不可攀援兮吾將從王喬而娛戲(叶嬉)飡六氣而飲沆(杭去)瀣(音薤)兮漱正陽而含朝霞(叶胡)保神明之清澄兮精氣入而麤穢除順凱風以從遊兮至南巢(南方鳳巢也)而壹息見王子而宿之兮審壹氣之和德曰道可受兮不可傳(自此以下至此德之門皆王子之言實神仙長生久視之要談廣成之言有不是過)其小無內兮其大無垠(叶訢)毋滑(音骨)而魂兮彼將自然壹氣孔神兮於中夜存(叶旋)虛以待之兮無爲之先庶類以成兮此德之

門（叶綿）闈至貴而遂徂兮（至妙之謂）忽乎吾將行（叶杭）仍羽人於丹丘兮留不死之舊鄉朝濯髮於湯陽（音暘）谷兮夕晞余日兮九陽（九日也）吸飛泉之微液兮懷琬琰之華英（叶央）玉色頩（音娙美皃）以脕（音晚）顏兮精醇粹而始壯質銷鑠以汋（音綽）約兮神要眇（同妙）以淫放嘉南州之炎德兮麗桂樹之冬榮山蕭條而無獸兮野家（同寂）漠其無人載營魄而登霞（同遐）兮掩浮雲而上征命天閽其開關兮排閶闔而望予召豐隆使先導兮問太微之所居集重陽（天也天有九重）入帝宮兮造旬始（星）而觀清都朝發軔於太儀（天帝之庭）兮夕始臨乎於微閭（於音醫周禮云東北幽州山鎮曰醫無閭）屯余車之萬乘兮紛溶與而並馳駕八龍之婉婉（音苑）兮載雲旗之委蛇建雄虹之采旄兮五色雜而炫燿服偃蹇以低昂兮驂連蜷以驕（居召切）驁（傲）騎膠葛以雜亂兮斑漫衍（叶文）而方行（叶杭）撰余轡而正策兮吾將過乎句芒（東方也）歷太皓以右轉兮前飛廉以啓路陽杲杲其未光兮凌天地以徑

度風伯爲余先驅兮氛埃辟音璧而清涼鳳皇翼其承旂兮遇蓐
收西方也乎西皇擘彗星以爲旍同旌兮舉斗柄以爲麾叛音判陸離
其上下兮遊驚霧之流波叶陂旹曖曃其曭莽兮召玄武北方也而
奔屬後文昌使掌行兮選署衆神以並轂路曼曼平聲其修遠兮
徐弭節而高厲左雨師使徑待兮右雷公而爲衛欲度世以忘
歸兮意恣睢許鼻切以担同揭撟音矯內欣欣而自美兮聊媮娛以淫
樂叶五教切涉清雲以汎濫游兮忽臨睨夫舊鄉僕夫懷余心悲兮
邊馬顧而不行思舊故以想像兮長太息而掩涕汜容與而遐
舉兮聊抑志以自弭指炎神而直馳兮吾將往乎南疑南方也覽
方外之荒音恍忽兮沛罔瀁而自浮叶肥祝融戒而蹕御兮騰告鸞
鳥迎虙妃張咸池奏承雲兮二妃御九韶歌叶朞使湘靈鼓瑟兮
令海若舞馮夷玄螭蟲象水之怪龍罔象曰並出進兮形蟉於九切虯巨九
切而逶蛇蟜蜺蟜音嬌便娟音儇以增撓音繞兮鸞鳥軒翥而翔飛音樂

博衍無終極兮焉何也乃逝以徘徊舒并節以馳騖兮逴音趠絕垠乎寒門軼迅風於清涼兮從顓頊乎增冰積水歷玄冥以邪徑兮乘間維以反顧天有六間召黔音箝嬴水神而見之兮為余先乎平路經營四方兮周流六漠上至列缺兮降望大壑下崢嶸而無地兮上寥廓而無天視儵忽而無見兮聽惝怳而無聞叶民超無為以至清兮與泰初以為鄰

卜居

祝氏曰賦也中用比義此原陽為不知善惡之所在假托蓍龜以決之居謂立身所安之地洪景盧云自屈原假為漁父卜者問答之後後人悉見規倣司馬相如子虛上林以子虛烏有先生亡是公楊子雲長楊賦以翰林主人子墨客卿班孟堅兩都賦以西都賓東都主人張平子兩京賦以憑虛

公子安處先生左太冲三都賦以西蜀公子東吳王孫魏國先生皆蹈襲一律觀此則知詞賦之作莫不祖騷矣

屈原既放三年不得復見竭智盡忠而蔽障於讒心煩意亂不知所從往見太卜鄭詹尹曰余有所疑願因先生決之詹尹乃端策拂龜曰君將何以教之屈原曰吾寧悃悃款款朴以忠乎將送往勞來斯無窮乎寧誅鉏草茅以力耕乎將遊大人以成名乎寧正言不諱以危身乎將從俗富貴以媮生乎寧超然高舉以保真乎將哫訾音紫慄斯喔咿嚅唲音如而以事婦人乎寧廉潔正直以自清乎將突梯滑稽如脂如韋以絜楹乎寧昂昂若千里之駒乎將氾氾若水中之鳧與波上下偷以全吾軀乎寧與騏驥抗軛乎將隨駑馬之迹乎寧與黃鵠比翼乎將與雞鶩爭食乎此孰吉孰凶何去何從世溷濁而不清蟬翼為重千

鈞爲輕黃鍾毁棄瓦缶雷鳴讒人高張賢士無名吁嗟嘿嘿乎誰知吾之廉貞詹尹乃釋策而謝曰夫尺有所短寸有所長物有所不足智有所不明數有所不逮神有所不通用君之心行君之意龜策誠不能知事

漁父

賦也格轍與前篇同漁父蓋荷蕢丈人之屬或曰亦原託之也

屈原既放游於江潭行吟澤畔顏色憔悴形容枯槁漁父見而問之曰子非三閭大夫歟何故至於斯屈原曰世人皆濁我獨清衆人皆醉我獨醒是以見放漁父曰聖人不凝滯於物而能與世推移世人皆濁何不淈其泥而揚其波衆人皆醉何不餔其糟而歠其釃何故深思高舉自令放爲屈原曰吾聞之新沐者必彈冠新浴者必振衣安能以身之察察受物之汶汶者

乎寧赴湘流葬於江魚之腹中安能以皓皓之白蒙世俗之塵埃乎漁父莞爾而笑鼓枻而去乃歌曰（此歌即夫子所聞於滄浪孺子者豈楚人皆聞之耶）滄浪之水清兮可以濯我纓滄浪之水濁兮可以濯我足遂去不復與言

九辯　宋玉

玉屈原弟子閔其師忠而放逐故作九辯以述其志先儒謂玉賦頗多然其精者莫精於九辯以屈宋並稱豈非於此乎得之

其一

興而賦也中兼比義

悲哉秋之爲氣也蕭瑟兮草木搖落而變衰憭（音流）慄兮若在遠行登山臨水兮送將歸泬（音瀟）寥兮天高而氣清宋（同寂）廫（同寥）兮收潦而水清憯（音慘）悽增欷（去聲）兮薄寒之中（去聲）人愴怳懭（音曠）悢（音朗）兮

去故而就新坎廩（音壈）兮貧士失職而志不平廓落兮羈旅而無友生惆悵兮而私自憐（叶鄰）無翩翩其辭歸兮蟬寂漠而無聲鴈廱廱而南遊兮鶤雞啁哳而悲鳴獨申旦而不寐兮哀蟋蟀之宵征時亹亹而過中兮蹇淹留而無成

其二

賦兼風也

悲憂窮戚兮獨處廓有美一人兮（指原）心不懌（叶樂）去鄉離家兮徠遠客（叶恪）超逍遙兮今焉薄（止也）專思君兮不可化（叶花）君不知兮可柰何蓄怨兮積思（去聲）心煩憺兮忘食事願一見兮道余意君之心兮與余異車既駕兮朅而歸不得見兮心傷悲倚結軨（音琴）兮長太息涕潺湲兮下霑軾抗（同慷）慨絕兮不得中瞀（音茂）亂兮迷惑私自憐兮何極心怦怦（急皃）兮諒直

其三

賦兼比興之義

皇天平分四時兮竊獨悲此廩秋白露既下百草兮奄離披此梧楸去白日之昭昭兮襲長夜之悠悠離芳藹（繁茂）之方壯兮余萎約（枯窮）而悲愁秋既先戒以白露兮冬又申之以嚴霜收恢台（廣大皃）之孟夏兮然欿（音坎）傺而沈藏葉菸（音於）邑而無色兮枝煩挐而交橫顏淫溢而將罷（音皮）兮柯彷彿而萎黃萷（音捎）櫹（音蕭）椮（音森）之可哀兮形銷鑠而瘀（於去）傷惟其紛糅而將落兮恨其失時而無當掔騑轡而下節兮聊逍遙以相佯歲忽忽而遒盡兮恐余壽之弗將（長也）悼余生之不時兮逢此時之恇攘澹容與而獨倚兮蟋蟀鳴此西堂心怵惕而震盪兮何所憂之多方（此句意妙又風之、義）卬（仰同）明月而太息兮步列星而極明（叶芒）

其四

比而賦也

竊悲夫蕙華之曾重敷兮紛旖旎乎都大房此對何曾華之無實

兮從風雨而飛揚以為君獨服此蕙兮羌無以異於衆芳閔奇

思之不通兮將去君而高翔心閔憐之慘悽兮願一見而有明

叶訐重無怨而生離兮中結軫而增傷豈不鬱陶而思君兮君之

門以九重猛犬狺狺而迎吠兮關梁閉而不通皇天淫溢而秋

霖兮后土何時而得乾塊獨守此無澤兮仰浮雲而永嘆

其五

比而賦也全篇取騏驥鳳為比

何時俗之工巧兮背繩墨而改錯措卻騏驥而不乘兮策駑駘

而取路當世豈無騏驥兮誠莫之能善御見執轡者非其人兮

故跼跳徒聊切而遠去此節說驥鳧鴈皆唼夫粱藻兮鳳愈飄翔而高

舉圓鑿而方枘兮吾固知其鉏鋙而難入衆鳥皆有所登棲兮

鳳獨遑遑而無所集此節說鳳願銜枚而無言兮嘗被君之渥洽太

公九十乃顯榮兮誠未遇其匹合謂騏驥兮安歸謂鳳凰兮安棲（至此將騏與鳳相合作一處說意柔婉）變古易俗兮世衰今之相（去聲）者兮舉肥（古語云相馬失之瘦相士失之肥即舉肥之意）騏驥伏匿而不見兮鳳凰高飛而不下（叶戶）鳥獸猶知褱（同懷）德兮何云賢士之不處驥不驟進而求服兮鳳亦不貪餧而妄食君棄遠而不察兮雖願忠其焉得欲寂漠而絕端兮竊不敢忘初之厚德獨悲愁其傷人兮馮鬱鬱其何極

其六

賦而比也其中賦多而比少

霜露慘悽而交下兮心尚奔（同幸）其弗濟霰雪雰糅其增加兮乃知遭命之將至願徼幸而有待兮泊（汨）莽莽（姥音）與野草同死願自直而徑往兮路壅絕而不通欲循道而平驅兮又未知其所從然中道而迷惑兮自厭（淹入聲）按而學誦誎性愚陋以褊淺兮信未達乎從容竊美申包胥之氣盛兮悲時世之不固（同當作）何

時俗之工巧兮滅規矩而改鑿（叶造）獨耿介而不隨兮願慕先聖之遺教（叶斜）處濁世而顯榮兮非余心之所樂（叶去聲）與其無義而有名兮寧窮處而守高（叶浩。發出固窮之意）食不媮而為飽兮衣不苟而為溫竊慕詩人之遺風兮願托志乎素餐蹇充倔（音掘）而無端兮泊莽莽而無垠無衣裘以御（禦同）冬兮恐溘死而不得見乎陽春

其七

賦也中含比義

靚杪秋之遙夜兮心繚（音了）悷（音戾）而有哀春秋逴逴（音琢）而日高兮然惆悵而自悲（叶非）四時遞來而卒歲兮陰陽不可與儷偕白日晼晚其將入兮明月銷鑠而減毀歲忽忽而遒盡兮老冉冉而愈弛心搖悅而日幸（同倖）兮然怊悵而無冀中憯惻之悽愴兮長太息而增欷（叶噓）年洋洋以日往兮老嵺（廖空也）廓而無處事亹亹而覬進兮蹇淹留而躊躇（音除）

其八

比而賦也首尾專言擁蔽之禍

何汜濫之浮雲兮猋標速也廱蔽此明月忠昭昭而願見兮然霒陰曀而莫達願皓日之顯行兮雲蒙蒙而蔽之竊不自料而願忠兮或黕丁感切點而汙去聲之堯舜之抗行兮瞭冥冥而薄天何險巇之嫉妬兮被之以不慈之僞名彼日月之照明兮尚黯諳上聲黮音黯而有瑕何況一國之事兮亦多端而膠豪加丘加二切加戾也被荷裯音刀之晏晏兮然潢戶廣切洋音養而不可帶旣驕美而伐武兮負左右之耿介憎慍音韞惀詢上聲之修美兮好去聲夫人之慷慨衆踥蹀而日進兮美超遠而逾邁農夫輟耕而容與兮恐田野之蕪穢事緜緜而多私兮竊悼後之危敗世雷同而炫耀兮何毀譽之昧昧今修飾而窺鏡兮後尚可以竄藏願寄言夫流星兮羌儵忽而難當卒癰蔽此浮雲兮下暗漠而無光

其九

賦也其間亦略兼比

堯舜皆有所舉任兮故高枕而自適諒無怨於天下兮心焉（音烟）取此怵惕乘騏驥之瀏瀏（音柳）兮馭安用夫強策諒城郭之不足恃兮雖重介（甲兵也）之何益邅翼翼而無終兮忳（音豚）惛惛（音昏）而愁約（叶要）生天地之若過兮功不成而無效願沉滯而不見兮尚欲布名乎天下（叶戶）然潢洋而不遇兮直怐（遘）愗（茂）而自苦莽洋洋而無極兮忽翱翔之焉薄國有驥而不知乘兮焉皇皇而更（平聲）索寧戚謳於車下兮桓公聞而知之無伯樂之善相兮今誰使乎譽之罔流涕以聊慮兮惟著（着）意而得之紛忳忳（一作純）之願忠兮妒被（音披）離而障之願賜不肖之軀而別離兮放遊志乎雲中乘精氣（日月）之摶摶（音團）兮騖諸神之湛湛（羊戎切厚集皃）驂白霓之習習兮（飛動皃）歷群靈之豐豐左朱雀之茇茇（音旆）兮右蒼龍之躍躍

衙音屬雷師之闐闐兮通飛廉之衙衙（音魚）前輕輬（音涼）之鏘鏘兮後
輜乘之從從（楚紅切）載雲旗之委蛇兮扈屯騎之容容計專專之
不可化兮願遂推而爲臧賴皇天之厚德兮還及君之無恙（叶羊）

招魂

古者人死以其上服升屋而號曰皐某復乃下覆
尸以爲招魂宋玉閔原放逐恐其魂魄離而不還
遂託帝命假巫語以招之其盡愛致禱猶古人之
遺意然其間全是比賦義

朕幼清以廉潔兮身服義而未沬（昧此玉代原之詞）主此盛德兮牽於
俗而蕪穢上無所考此盛德兮長離殃而愁苦帝告巫陽曰有
人在下我欲輔之魂魄離散汝筮予之巫陽對曰（晦翁云巫陽對語不可曉
恐有脫誤）掌寢（夢通）上帝其命難從若必筮予之恐後之謝不能復用
巫陽焉乃下招曰魂兮歸來去君之恒（常也）幹（體也）何爲乎四方些

沉存中云湖湘及獠人禁呪句尾皆稱些西或呪末皆云娑婆訶亦三合爲些也舍君之樂處而離彼不祥些魂兮歸來東方不可以託些長人千仞惟魂是索些十日代出流金鑠石些彼皆習之魂往必釋(釗)些歸來歸來不可以託些魂兮歸來南方不可以止些雕題黑齒得人肉以祀以骨爲醢些蝮蛇蓁蓁封狐千里些雄虺九首往來儵忽吞人以益其心些歸來歸來不可以久淫些魂兮歸來西方之害流沙千里些旋入雷淵靡(音迷)散而不可止些幸而得脫其外曠宇些赤螘若象玄蠭若壺些五穀不生藂菅是食些其土爛人求水無所得些彷徉無所倚廣大無所極些歸來歸來恐自遺賊些魂兮歸來北方不可以止些增冰峩峩飛雪千里些歸來歸來不可以久些魂兮歸來君無上天些虎豹九關啄害下人些一夫九首拔木九千些豺狼從目往來侁侁些懸人以娭(嬉同)投之深淵些致命於帝然後得瞑些歸來歸來往恐危身些魂兮歸

來君無下此幽都些土伯九約（后土之侯伯也）其角觺觺些（此皆形容土伯之狀
皃）敦恢血拇逐人駓駓些參目虎首其身若牛些此皆甘人歸
來歸來恐自遺災些魂兮歸來入修門些工祝招君背行先些
秦篝齊縷鄭綿絡些招具該備永嘯呼些魂兮歸來反故居些
天地四方多賊姦些像設君室靜閒安些高堂邃宇檻層軒些
層臺累榭臨高山些網户朱綴刻方連些（刻門扉為方目如羅網之狀）冬有
突（於叶）廈夏室寒些川谷徑復流潺湲些光風轉蕙氾崇蘭些
經堂入奧朱塵筵些（塵承塵筵薦也）砥室翠翹挂曲瓊（玉鉤）此翡翠珠被
爛齊光些蒻阿拂壁（蒻席替壁之也）羅幬張些纂組綺縞結琦璜些室
中之觀多珍怪些蘭膏明燭華容備些二八（謂美人也）侍宿射（亦厭也）
遞代些九侯淑女多迅眾些盛鬋（鬋鬢也）不同制實滿宮些容態
好比（親也）順彌代些弱顏固植謇其有意些姱容修態絙（亘同）洞房
些蛾眉曼睩（音祿）目騰光些靡顏膩理遺視矊（童子謂之矊）此離榭脩

幕侍君之間些翡帷翠帳飾高堂些紅壁沙版丹沙也玄玉之梁
些仰觀刻桷畫龍蛇些坐堂伏檻臨曲池些芙蓉始發雜芰荷
些紫莖屏風水葵也文緣波些文異豹飾異采之飾虎豹之皮侍陂陁坡陁長陛
也些軒輬軒藩車輬臥車也既低步騎羅些蘭薄戶樹瓊木籬些魂兮
歸來何遠爲些室家遂宗尊食多方法些稻粢穱音捉麥先熟者拏
汝居切黃粱些大苦豉也鹹酸辛甘行些肥牛之腱臑熟爛若芳些和
酸若苦陳吳羹些胹音而鼈炮羔有柘漿些鵠酸臇子兖切鳧煎鴻
鶬些露雞臛蠵大龜之屬厲而不爽些粔籹音汝蜜餌餻也有餦音張餭餳飴
也些瑤漿蠠同蜜勺同酌實羽觴些挫捉也糟凍冰也飲酎醇酒也清涼些
華酌既陳有瓊漿些歸反故室敬而無妨些肴羞未通女樂羅
些敶鐘按鼓造新歌些涉江采菱發揚荷當作阿此美人既醉朱
顏酡些娭同嬉光眇視目曾波重也些被文服纖麗而不奇些長髮
曼鬋艷陸離些二八齊容起鄭舞些衽若交竽撫案下些竽瑟

狂會搷音田鳴鼓些宮庭震驚發激楚些吳歈音俞蔡謳奏大呂些士女雜坐亂而不分些放敶組纓班其相紛些鄭衛妖玩來雜陳些激楚之結歌舞音之飾獨秀先些箟蔽象棊有六簙些分曹並進遒相迫些成梟而牟勝也呼五白簙齒些晉制犀比晉國工作此戲以犀爲飾費白日些鏗鐘搖簴揳音戛梓瑟些娛酒不廢沈日夜些蘭膏明燭華鐙錯措同些結撰至思述深至之情思蘭房假些人有所極同心賦些酎飲盡歡樂先故舊事也些魂兮歸來反故居些亂曰獻歲發春兮汩去兒吾南征菉蘋齊葉兮白芷生路貫廬江兮左長薄倚沼畦瀛兮遙望博青驪結駟兮齊千乘懸火獵火也延起兮玄玄天也顏烝步及驟處兮誘騁先抑鶩若通兮引車右還與王趨夢雲夢兮課後先君王親發兮憚青兕朱明承夜兮時不可淹皐蘭被徑兮斯路漸音尖湛湛江水兮上有楓目極千里兮傷春心魂兮歸來哀江南

文章辨體卷之二

文章辨體卷之三

海虞後學吳訥編集

古賦二

兩漢

弔屈原賦

生漢文時出爲長沙王太傅過湘水投文以弔因以自喻晦翁云後之君子高其志惜其才而狹其量云

恭承嘉惠兮竢罪長沙仄聞屈原兮自湛汨羅造託湘流兮敬弔先生遭世罔極兮廼殞厥身烏虖哀哉兮逢時不祥鸞鳳伏竄兮鴟鴞翺翔闒茸尊顯兮讒諛得志賢聖逆曳兮方正倒植謂隨夷溷兮謂跖蹻廉莫邪爲鈍兮鉛刀爲銛于嗟默默生之無故兮斡棄周鼎寶康瓠瓦盆兮騰駕罷牛驂蹇驢兮驥垂兩耳服鹽車兮章父薦屨漸不可久兮嗟苦先生獨離此咎兮訏曰

巳矣國其莫吾知兮子獨壹鬱其誰語鳳縹縹而高逝兮夫固自引而遠去襲重也九淵之神龍兮沕昧沒也淵潛以自珍偭蟂獺以隱處兮夫豈從蝦與蛭螾所貴聖之神德兮遠濁世以自藏古藏字使麒麟可繫而羈兮豈云異夫犬羊般班反也紛紛其離此郵兮亦夫子之故叶孤也歷九州而相其君兮何必懷此都也鳳凰翔于千仞兮覽德輝而下之見細德之險徵兮遥增擊而去之彼尋常之汙瀆兮豈容吞舟之魚横江湖之鱣鯨兮固將制於螻蟻

鵩賦

生至長沙有鵩鳥入室恐壽不永故爲賦以自廣

單閼遏之歲四月孟夏庚子日斜鵩集余舍止于坐隅貌甚閑暇異物來峷萃同私怪其故發書占之讖言其度曰野鳥入室主人將去請問于鵩余去何之吉虖告我凶言其災淹速之度

余其期鵩乃歎息舉首奮翼口不能言請對以臆曰萬物變化兮固亡無同休息斡管轉也流而遷兮或推而還於也形氣轉續兮變化而蟺蟬相傳與也沕勿穆深微皃無窮兮胡可勝升言禍兮福所倚福兮禍所伏憂喜聚門兮吉凶同域彼吳彊大兮夫差以敗越棲會稽兮句踐伯霸同世斯游遂成兮卒被五刑傳說胥靡兮乃相武丁禍之與福兮何異糾纆墨絞索也命不可說兮孰知其極水激則旱捍同兮矢激則遠萬物回薄兮振盪相轉雲蒸雨降兮糾錯相紛大鈞播物兮坱圠無限齊也無垠天不可預慮兮道不可預謀叶迷遲速有命兮惡音烏識其時且夫天地爲鑪兮造化爲工陰陽爲炭兮萬物爲銅合散消息兮安有常則千變萬化兮未始有極忽然爲人兮何足控揣玩弄愛惜之意化爲異物兮又何足患叶環小智自私兮賤彼貴我達人大觀兮物無不可貪夫徇財兮烈士狥名夸者死權兮品庶每梅貪也生怵迫之徒兮此下一正一反相貫或

趍西東大人不曲兮億變齊同愚士繫俗兮僒(古塊字)若囚拘至人遺物兮獨與道俱衆人惑惑兮好惡積意(憶同)眞人恬漠兮獨與道息釋智遺形兮超然自喪(去聲)寥廓忽荒兮與道翱翔乘流則逝兮得坎則止(更作坻来中小流)縱軀委命兮不私與巳其生兮若浮其死兮若休澹乎若深淵之靚氾兮若不繫之舟不以生故自寶兮養空而浮德人無累兮知命不憂細故蔕芥兮何足以疑(叶牛)

惜誓

史記漢書載賈生弔屈鵩鳥二賦而無惜誓一篇晦翁據洪興祖説謂其間數語與弔屈辭指畧同意爲生作無疑又云黃鵠之一舉兮知山川之紆曲再舉兮睹天地之圜方此語超然拔出言意之表未易以筆墨蹊徑論其高下淺深此比而賦也

惜余年老而日衰兮歲忽忽而不反登蒼天而高舉兮歷衆山而日遠觀江河之紆曲兮離四海之霑濡攀北極而一息兮吸沆瀣以充虛飛朱鳥使先驅兮駕太一之象輿蒼龍蚴(於糾切)虬(渠糾切)於左驂兮白虎騁而爲右騑(叶方無切)建日月以爲蓋兮載玉女於後車馳騖於杳冥之中兮休息虖崑崙之墟樂窮極而不猒兮願從容虖神明(叶謨郎切)涉丹水而馳騁兮右大夏之遺風(叶孚光切)黃鵠之一舉兮知山川之紆曲再舉兮睹天地之圜方臨中國之衆人兮託回飇乎尚(平聲)羊乃至少原之埜兮赤松王喬皆在旁二子擁瑟而調均兮余因稱乎清商澹然而自樂兮吸衆氣而翺翔念我長生而久僊兮不知反余之故鄉黃鵠後時而寄處兮鴟梟群而制之神龍失水而陸居兮爲螻蟻之所裁夫黃鵠神龍猶如此兮况賢者之逢亂世哉壽冉冉而日衰兮固儃(同邅)回而不息俗流從而不止兮衆枉聚而矯直或偷合而苟

進兮或隱居而深藏苦稱量之不審兮同權槩而就衡（叶杭）或推迻（移同）而苟容兮或直言之諤諤傷誠是之不察兮幷紉茅絲以爲索方世俗之幽昏兮眩白黑之美惡放山川之龜玉兮相與貴夫礫石梅伯數諫而至醢兮來革順志而用國悲仁人之盡節兮反爲小人之所賊比干忠諫而剖心兮箕子被髮而佯狂水背流而源竭兮木去根而不長非重軀以慮難兮惜傷身之無功（叶光）巳矣哉獨不見夫鸞鳳之高翔兮乃集大皇之壄循四極以回周兮見盛德而後下（叶户）彼聖人之神德兮遠濁世而自藏使麒麟可得羈而係兮又何以異乎犬羊

子虛賦　　司馬長卿

祝氏曰此賦雖兩篇實則一篇賦之問答體其源自卜居漁父來厥後宋玉輩述之至漢而此體遂盛此兩賦及兩都二京三都等作皆然蓋又別爲

一體首尾是文中間乃賦世傳既久變而又變其中間之賦以鋪張爲靡而專於辭者則流爲齊梁唐初之俳體其首尾之文以議論爲俊而專於理者則流爲唐末及宋之文體性情益遠六義澌盡然此等鋪叙之賦雖遠於情猶是賦之本義若施之臺閣深爲得體故必取天地百神之奇怪使其辭夸取風雲山川之形態使其詞媚取鳥獸草木之名物使其詞贍取金璧綵繪之容色使其詞藻取宮室城闕之制度使其詞壯則詞人之賦吾既盡之然後自賦之體而兼取他義當諷刺則諷刺而取之風當援引則援引而取諸比當假托則假托而取諸興當正言則正言而取諸雅當歌詠則歌詠而取諸頌則詩人之賦吾又兼之矣

楚使子虛使於齋齊王悉發境内之士備車騎之衆與使者出畋畋罷子虛過詫上乂烏有先生亡是公存焉坐定烏有先生問曰今日畋樂乎子虛曰樂獲多乎曰少然則何樂對曰僕樂齊王之欲誇僕以車騎之衆而僕對以雲夢之事也曰可得聞乎子虛曰可王駕車千乘選徒萬騎畋於海濵列卒滿澤罘浮網彌山掩兎轔吝鹿射麋腳麟特其脚騖於鹽浦割鮮染輪射中獲多矜而自功顧謂僕曰楚亦有平原廣澤遊獵之地饒樂若此者乎楚王之獵孰與寡人乎僕下車對曰臣楚國之鄙人也幸得宿衛十有餘年時從出遊遊於後園覽於有無然猶不能徧覩也又焉足以言其外澤者乎齊王曰雖然略以子之所聞見而言之僕對曰唯唯臣聞楚有七澤嘗見其一未覩其餘也臣之所見蓋特其小小者耳名曰雲夢雲夢者方九百里其中有山焉其山則盤紆迂岪弗鬱隆崇嵂崒岑崟吟參差日月蔽虧

交錯糾紛上干青雲罷(皮)池陂(婆)陁(駞)下屬江河其土則丹青
赭堊(惡)雌黃白坿(附)錫碧金銀衆色炫耀照爛龍鱗其石則赤
玉玫瑰(珠也)琳瑉(旻)昆吾(山名出美玉)瑊(針)玏(勒石次玉者)玄厲(黑石)碝(軟)石
碔砆(皆石次玉者)其東則有蕙圃衡蘭芷若射(夜)干芎藭菖蒲茳蘺
麋蕪諸柘(甘蔗)巴苴(平声芭蕉)其南則有平原廣澤登降陁(迤)靡案衍
壇(善)曼緣以大江限以巫山其高燥則生葴(針)菥(斯)苞(包)荔(皆草
名)薛莎(梭)青薠其埤(婢)濕則生藏莨(郎草名)蒹葭東蘠彫胡(菰米)蓮
藕菰(孤)蘆菴(淹)閭(蒿也)軒于(猶也)衆物居之不可勝圖其西則有涌
泉清池激水推移外發芙蓉菱華內隱鉅石白沙其中則有神
龜蛟鼉瑇(毒)瑁鼈黿其北則有陰林巨樹楩柟(南)豫章桂椒木蘭
檗(擘)離(梨同)朱楊樝(查)梨梬(郢)栗(梬棗似柿而小)橘柚芬芳其上則有赤
猨玃猱鵷雛孔鸞騰遠(獸名)射(夜)干其下則有白虎玄豹蟃(萬)蜒(延
衍)貙(區)犴(岸平声皆獸名)於是乎乃使專諸之倫手格此獸楚王乃駕

馴駁之駟乘雕玉之輿靡魚鬚之橈旃曳明月之珠旗建干將之雄戟左烏號（平声）之彫弓右夏服之勁箭陽子（孫陽）驂乘纖阿爲御案節未舒即凌狡獸蹵蛩蛩（皆獸名）轔距虛軼野馬轊（衛）騊駼乘遺風（千里馬也）射游騏（天上獸名）倏（叔）眒（去声）倩（千上声）浰（練）雷動猋至星流霆擊弓不虛發中必決眥洞胷達腋絕乎心繫獲若雨獸揜草蔽地於是楚王乃弭節徘徊翺翔容與覽乎陰林觀壯士之暴怒與猛獸之恐懼徼（梟）𠜱（劇）受詘（屈）殫覩衆物之變態於是鄭女曼姬被阿緆（錫）揄紵縞雜纖羅垂霧縠襞（劈）積（積）褰縐（鄒去）紆徐委曲鬱橈谿谷（言文理有似谿谷之狀）紛紛霏霏揚袘戍（卹）削飛襳（纖）垂髾（梢）扶輿猗靡翕呷（呼甲切衣声）萃（翠）蔡下摩（靡）蘭蕙上拂羽蓋錯翡翠之葳蕤繆（了）繞玉綏眇眇忽忽若神仙之髣髴於是乃相與獠（僚去獵也）於蕙圃媻（盤）姍（珊）勃窣而上乎金隄揜翡翠射鵕（俊）鸃（儀）微矰（增）出纖繳施弋白鵠連駕鵝雙鶬下玄鶴加怠

而後發游於清池浮文鷁揚旌栧曳張翠帷建羽蓋網瑇瑁皆水蟲鉤紫貝摐窗金鼓吹鳴籟榜謗人歌聲流喝餲水蟲駭波鴻沸涌泉起奔揚會磊石相擊硠硠礚礚慨若雷霆之聲聞乎數百里之外將息獠者擊靈鼓起烽燧車案行杭騎就隊纚麗乎淫淫般盤乎裔裔於是楚王乃登陽雲之臺泊乎無爲澹乎自持勺芍藥之和調和也具而後御之不若大王終日馳騁曾不下輿脟剸割輪焠倅即割鮮染輪自以爲娛臣竊觀之齊殆不如於是齊王無以應僕也烏有先生曰是何言之過也足下不遠千里來貺齊國王悉發境內之士備車騎之衆與使者出田乃欲戮力致獲以娛左右何名爲夸哉問楚地之有無者願聞大國之風烈先生之餘論也今足下不稱楚王之德厚而盛推雲夢以爲高奢言淫樂而顯侈靡竊爲足下不取也必若所言固非楚國之美也有而言之是彰君之惡無而言之是害足下之信彰君

之惡而傷私義二者無一可也而先生行之必且輕於齊而累於楚矣且齊東渚鉅海南有琅邪觀乎成山(館名)射乎之罘(浮山名)浮渤澥(蟹)游孟諸邪與肅愼爲鄰右以暘谷爲界秋田乎青丘彷徨乎海外吞若雲夢者八九於其胸中曾不蔕芥若乃俶(踼)儻瑰瑋異方殊類珍怪鳥獸萬端鱗萃充牣於其中者不可勝記禹不能名卨(偰同)不能計然在諸侯之位不敢言遊戲之樂苑囿之大先生又見客是以王辭而不復何爲無以應哉

上林賦

亡是公听(魚謹切)然而笑曰楚則失矣而齊亦未爲得也夫使諸侯納貢者非爲財幣所以述職也封疆畫界者非爲守禦所以禁淫也今齊列爲東藩而外私肅愼捐國踰限越海而田其於義固未可也且夫二君之論不務明君臣之義正諸侯之禮徒事爭遊戲之樂苑囿之大欲以奢侈相勝荒淫相越此不可以

揚名發譽而適足以貶君自損也且夫齊楚之事又焉姻足道乎君未覩夫巨麗也獨不聞天子之上林乎左蒼梧右西極丹水更平声其南紫淵徑其北終始灞滻出入涇渭酆鎬潦潏决紆餘逶迤經營乎其内蕩蕩乎八川分流相背而異態東西南北馳騖往來叶來出乎椒丘之闕行乎洲淤之浦經乎桂林之中過乎泱漭之野叶野汩乎混流順阿而下赴隘陿狹通之口觸穹石激堆埼祈沸拂乎暴怒洶涌滂烹湃滭畢沸宓密汩聿偪逼側泌筆瀄櫛橫流逆折轉騰潎偏入洌列滂濞鼻沆康溉害穹隆雲橈宛婉潬善膠戾踰波趨浥杳涖涖利下瀨批偏入巖衝擁奔揚滯沛外臨坻遲注壑瀺讒灂總入霣殞墜沈沈隱隱砰僻平石声磅烹訇轟礚慨潏潏淈淈骨湁深入潗葺鼎沸馳波跳沫汩聿急邑漂疾悠遠長懷寂漻聊無聲肆乎永歸然後灝浩溔湫潢晃洋漾安翔徐回翯學乎滈滈浩東注太湖衍溢陂池於是乎蛟龍赤螭

魱亘鰽漸離鰅顒鰫容鰬虘魠托禺禺顒鱋鰨榻揵軒鰭耆掉
尾振鱗奮翼潛處乎深岩魚鼈讙聲萬物衆夥禍明月珠子的
皪歷江靡也江邊蜀石黃碝軟皆王名水玉磊砢洛可切磷磷吝爛爛采
色澔浩汗叢積乎其中鴻鷫鵠鴇駕鵝屬玉交精旋目煩鶩庸
渠箴疵貲鵁火交切盧羣浮乎其上沇淫泛濫隨風澹慘淡與波
搖蕩掩薄水渚唼所甲切喋雲菁藻咀嚼菱藕於是乎崇山矗矗
巃力孔切嵸總崔嵬深林巨木嶄上咸岩嵾差九嵕巀截嶭言入南山
峨峨岩陁遲巘言上錡其上崔摧崣委崛屈崎倚振溪通谷蹇產詰曲
也谽呼含切呀蝦豁閜雅阜陵別隝島同叶都果切崴畏嵬偎㟪猥
廆會丘虛堀窟礨石磊隱轔吝鬱壘壘登降陁池靡陂池貏被豸
直尔切沇允溶淫悠鬻育散渙夷陸亭皐千里靡不被築掩以綠
蕙被以江離糅以蘼蕪雜以留夷布結縷皆草名攢戾莎揭愍車
衡蘭槀本射夜干茈紫薑蘘穰荷葴針橙若蓀杜若鮮支黃礫將

芊扦青蘋布濩閎澤大也延曼太原麗迤靡邐廣衍應風披上声靡
吐芳揚烈郁郁菲菲衆香發越肸蠁布寫晻惜薆咇頻入茀勃於
是乎周覽泛觀縝真紛軋芴勿芒芒莽怳忽視之無端察之無
涯日出東沼入乎西陂其南則隆冬生長涌水躍波其獸則㺎
庸旄貘陌犛黎沈牛麈麋赤首圜題窮奇象犀其北則盛夏含
凍裂地涉冰揭歆去河其獸則麒麟角端騊陶駼途橐駞蛩蛩節
驒蟬騱兮駃夬騠題驢騾於是乎離宮別館彌山跨谷高廊四
注重坐明閣華榱璧璫輦道纚屬步櫩周流長途中宿夷嵕築
堂平其山也累臺增成巖窔竅洞房俯杳眇而無見仰攀橑老而捫
天奔星更平声於閨闥宛虹拖徒可於楯秦去軒青龍蚴伊糾切蟉岐酉切
於東廂象輿婉蟬於西清靈圄仙人名燕於閒閑同館偓握佺詮仙人名
之倫暴偃卧也於南榮簷醴泉涌於清室通川過於中庭盤石振
崖嶔瞰平巖倚傾嵯峨嶻捷嶫刻削崢嶸玫瑰碧琳珊瑚叢生瑉

玉名皆玉旁唐玢紛豳文鱗赤瑕駮犖雜插其間朝采名玉琬琰和
氏出焉於是乎盧橘夏熟黃甘橙榛湊枇杷橪橪柿楟亭柰厚
樸梬郢棗楊梅櫻桃蒲萄隱夫薁於六棣答遝李沓似離去支羅乎
後宮列于北園貤迤丘陵下平原揚翠葉抗紫莖發紅華垂朱
榮煌煌扈扈戶照曜鉅野沙棠下皆木名櫟櫧華去声楓枰平櫨留落
胥邪仁頻檳榔也并閭欃讒檀木蘭豫章女貞長千仞大連抱夸
條直暢實葉葰峻楙茂攢立叢倚連卷拳欐邐佹詭崔上摧錯癹
遻骫委坑衡閜哿砢垂條扶疏落英幡纚紛溶箾蕭蔘森猗旖
狔旎從風瀏流莅卉歙吸蓋象金石之聲管籥之音偨差池茈
此虒耻旋還乎後宮雜襲累集被山緣谷循坂下隰視之無端
究之無窮於是玄猨素雌蜼壘玃飛蠝壘蛭蜩蠼鑁蝚猱同獑讒
胡豰啄蛫詭棲息乎其間長嘯哀鳴翩幡互經夭蟜矯枝格木長
兒偃蹇杪顛踰絕梁石絕水也騰殊榛捷垂條踔掉同希間無枝之間牢落

陸離爛熳遠遷若此輩者數百千處娛游往來宮宿館舍庖廚
不徙後宮不移百官備具於是乎背秋涉冬天子校獵乘鏤象
六玉虯拖蜺旌靡雲旗前皮軒後道游皆車名孫叔奉轡公孫叔子衛
公參乘將軍衛青扈户從去声橫行出乎四校之中鼓嚴鏄博大鼓大鐘縱
獠去声者江河為阹虛阹櫓謂欄圈泰山為櫓車騎雷起殷上声天動地先
後陸離離散別追淫淫裔裔緣陵流澤雲布雨施生生執也貔毘
豹搏博豺狼手熊羆足野羊蒙蒙覆而取鶡曷蘇絝袴絡也白虎被班
文跨野馬淩三嵕山名之危下磧歷不平也之坻遲徑峻赴險越壑
厲水椎飛廉獸名弄獬蟹豸柴去格蝦遐蛤皆猛獸名鋋蟬猛氏羂畎騕
杳褭裊射封豕箭不苟害解脰豆陷檻腦弓不虛發應聲而倒
於是乎乘輿弭節徘徊翱翔往來睨部曲之進退覽將帥之變
態然後侵淫漸也促節儵倏夐迥忽也遠去流離故散也輕禽蹵履狡獸
轊衛單軸頭也白鹿捷狡兔軼赤電遺光耀追怪物出宇宙彎蕃弱

弓名滿白羽箭也射游梟惡鳥也櫟歷繫也飛遽神獸擇肉而後發先中去而
命處弦矢分藝殪藝準的也仆然後揚節而上浮凌驚風歷駭猋乘
虛無與神俱藺玄鶴亂昆雞遒酋孔鸞促鵕鸃宜拂翳鷖鳥稍
鳳皇捷鵷雛掩焦朋道盡塗殫迴車而還招搖與逍遙同乎儴襄佯
降集乎北紘率乎疾也直指晻奄乎反鄉反帝鄉蹷石闕歷封巒過
鳷枝鵲皆官名望露寒下棠梨息宜春西馳宣曲宮名濯鷁牛首地名
登龍臺掩細柳觀士大夫之勤畧鈞獵者之所得獲徒車之
所藺吝轢步騎之所蹂揉蹃若人臣之所蹈藉與其窮極踡倦同
谻劇疲敗兒驚憚怛同讋猕伏不被創刃怖而死者他他駝藉藉填坑
滿谷揜平彌澤於是乎游戲懈怠置酒乎顥天之臺張樂乎膠
葛之寓宇同撞千金之鍾立萬石之虡巨建翠華之旗樹靈鼉之
鼓奏陶唐氏之舞聽葛天氏之歌千人唱萬人和平声山陵為之
震動川谷為之蕩波巴俞舞曲名宋蔡二國出歌者淮南于遮古曲名文

成人名善歌顛歌族居遞奏金鼓迭起鏗鎗闛湯鞈塔洞心駭耳荆吳鄭衛之聲韶濩武象之樂陰淫案衍之音鄢郢繽紛激楚結風俳優侏儒狄鞮之倡倡同所以娛耳目樂心意者麗靡爛熳於前靡曼美色於後若夫青琴宓妃之徒絕殊離俗妖冶閑都靚粧刻飾便平嬛許緣坊綽約柔橈閑娟娟或作嫚嫵媚纖弱曳獨繭之褕袘戌眇閻易異衣長大皃以戌削刻削也便平姍先嫳偏大屑與世殊服芬芳漚鬱酷烈淑郁皓齒粲爛宜笑的皪歷長眉連娟微睇緜藐色授魂與美人以色授主上以魂與心愉於側於是酒中去声樂酣天子芒然而思似若有亡曰嗟乎此太奢侈朕以覽听餘閒無事棄日順天道以殺伐時休息於此恐後世靡麗遂往而不返非所以為繼嗣創業垂統也於是乎乃解酒罷獵而命有司曰地可墾闢悉為農郊以贍氓隸頹墻填塹使山澤之人得至焉實陂池而勿禁虛宮館而勿仞發倉廩以救貧窮補不足恤鰥寡

存孤獨出德號省刑罰改制度易服色革正朔與天下爲更始於是歷吉日以齋戒襲朝服乘法駕建華旗鳴玉鸞游乎六藝之囿馳騖乎仁義之塗覽觀春秋之林射貍首兼騶虞弋玄鶴舞干戚載雲罕揜群雅悲伐檀樂去声樂胥修容乎禮園翱翔乎書圃述易道放怪獸登明堂坐清廟恣羣臣奏得失四海之内靡不受獲於斯之時天下大說向風而聽隨流而化卉薰入然興道而遷義刑錯而不用德隆於三皇而功羨於五帝若此故獵乃可喜也若夫終日馳騁勞神苦形疲車馬之用抏翫士卒之精費府庫之財而無德厚之恩務在獨樂不顧衆庶忘國家之政貪雉兎之獲則仁者不由也從此觀之齊楚之事豈不哀哉地方不過千里而囿居九百是草木不得墾闢而民無所食也夫以諸侯之細而樂萬乘之所侈僕恐百姓被其尤也於是二子憱材誘切然改容逡巡避席曰鄙人固陋不知忌諱乃今日見

教謹受命矣

長門賦

祝氏曰以賦體而雜出於風比興之義其情思纏綿敢言而不敢怨者風之義篇中如天飃飃而疾風及孤雌跱於枯楊之類者比之義上下蘭臺遥望周步援琴變調視月精光等語興之義盖六義中惟風興二義每發於情最爲動人而能發人之才思長卿之賦甚多而此篇最傑出者有風興之義也故晦翁稱此文古妙嘗以長卿之子虛上林較之長門如出二手二賦尚辭極其靡麗而不本於情終無深意遠味長門尚意感動人心所謂情動於中而形於言雖不尚辭而辭亦在意之中由此觀之賦家果可徒尚辭而不尚意乎尚意則古

之六義可兼是所謂詩人之賦而非後世詞人之賦矣

夫何一佳人兮步逍遥以自虞（娛同）魂踰佚而不返兮形枯槁而獨居言我朝往而暮來兮飲食樂而忘人心慊（諂平）移（輕薄兒）而不省故兮交得意而相親伊予志之慢愚兮懷貞愨之歡心願賜問而自進兮得尚君之玉音奉虛言而望誠兮期城南之離宮修薄具而自設兮君曾不肯乎幸臨廓獨潛而專精兮天飄飄（飄同）而疾風（下字皆含無盡之意後皆如此）登蘭臺而遥望兮神怳怳而外淫浮雲鬱而四塞兮天窈窈而晝陰雷殷殷而響起兮聲象君之車音飄風迴而赴閨兮舉帷幄之襜襜（此等處皆須以意逆志得之）桂樹交而相紛兮芳酷烈之誾誾孔雀集而相存兮玄猨嘯而長吟翡翠脅翼而來萃兮鸞鳳飛而北南（叶尼心切）心憑噫（平声）而不舒兮邪氣壯而攻中下蘭臺而周覽兮步從容於深宮（婦人之行不遠但上下宮闕以舒憂）

耳正殿塊以造（去声）天兮鬱並起而穹崇閒（去声）徙倚於東廂兮觀
夫靡靡而無窮擠玉戶以撼金鋪兮聲噌（錚）吰（宏）而似鐘刻木
蘭以爲榱兮飾文杏以爲梁羅丰茸（戎衆皃）之游樹兮（邪杜也）離樓
梧（梧欑也衆大皃）而相撐施瑰木（大也）之欂（博）櫨兮委參差以槺梁（虛也）時
髣髴以物類兮象積石（山名）之將將（鏘）五色炫以相耀兮煥爛爗
而成光緻（密也）錯石之瓴甓（辟）兮象瑇瑁之文章張羅綺之幔帷
兮垂楚組之連綱撫柱楣以從容兮覽曲臺之央央白鶴噭（叫同）
以哀號兮孤雌跱於枯楊日黃昏而望絕兮悵獨托於空堂懸
明月以自照兮徂清夜於洞房援雅琴以變調兮奏愁思之不
可長案流徵以却轉兮聲幼（要）妙（細声也）而復揚貫歷覽其中操
兮意慷慨而自卬左右悲而垂淚兮涕流離而從橫舒息悒（長舒
鼻息又於悒也）而增欷（去声）兮蹝履起（足指挂履）而彷徨揄長袂以自翳兮數
昔日之諐（愆同）殃（自咎而不敢怨也）無面目之可顯兮遂頹思（懷也）而就床

搏搏持也芬若以爲枕兮席荃蘭而茝香自修潔而有望也忽寢寐而夢想兮覔若君之在傍惕寤覺而無見兮覔迋迋汪去若有亾象雞鳴而愁予兮起視月之精光含此義觀衆星之行列兮畢昴出於東方望中庭之藹藹兮若季秋之降霜誠然如此夜漫漫其若歲兮懷鬱鬱其不可再更澹偃蹇而待曙兮荒恍通亭亭而復明叶茫妾人竊自悲傷兮究年歲而不敢忘

自悼賦

班倢伃

倢伃成帝時入宮嘗召與同輦辭曰觀古圖畫賢聖之君皆名臣在側三代末主乃有嬖女今無佀之乎上乃止後趙飛燕譖倢伃祝詛考問對曰妾聞死生有命富貴在天修正尚未蒙福爲邪欲以何望使鬼神有知不受不臣之愬如其無知愬之何益故不爲也上善其對重遂釋倢伃恐終見厄

求共養太后因作賦自悼其重曰以上賦也重曰以下且興且風晦翁云其情雖出幽怨而能引分自安援古自慰和平中正終不過於感傷其德性之美學問之力有過人者嗚呼賢哉

承祖考之遺德兮何性命之淑靈登薄軀於宮闕兮充下陳去聲於後庭蒙聖皇之渥惠兮當日月之盛明揚光烈之翕赫兮奉隆寵於增成既過幸於非位兮竊庶幾乎嘉時每寤寐而絫累同息兮申佩離縭同以自思陳女圖以鏡監兮顧女史而問詩悲晨婦之作戒兮哀褒閻豔之爲郵尤同美皇英之女虞兮榮任姒之母周雖愚陋其靡及兮敢舍心而忘茲歷年歲而悼懼惧同兮閔蕃華之不滋痛陽祿與柘館兮二觀名倢伃嘗就産子數月失之仍襁褓而離災豈妾人之殃咎兮將天命之不可求災求俱叶滋白日忽已移光兮遂晻暗同莫暮同而昧幽猶被覆載之厚德兮不廢捐於罪郵奉

共（供同）養於東宮兮託長信之末流共（同供）洒掃於帷幄兮永終死以爲期願歸骨於山足兮依松栢之餘休重曰潛玄宮兮幽以清應（平聲）門閉兮禁闥扃華殿塵兮玉階落（苔同）中庭萋兮綠草生廣室陰兮帷幄暗房櫳虛兮風泠泠（此以上皆與也所以發下之義）感帷裳兮發紅羅紛綷（翠）縩（蔡）兮紈素聲神眇眇兮密靚（靜同）處君不御兮誰爲榮俯視兮丹墀思君兮履綦仰視兮雲屋雙涕兮橫流（綦叶）（此以上皆風有哀而不傷樂而不淫之遺風焉）顧左右兮和顏酌羽觴兮銷憂惟人生兮一世忽已過兮若浮巳獨享兮高明處民生兮極休勉虞（娛同）精兮極樂與福祿兮無期綠衣兮白華自古兮有之

擣素賦

雖賦也而末後一段辭指縝密意思纏綿真有發乎情止乎禮義之風

測平分以知歲酌玉衡之初臨見禽華以麃（庖）色（鹿獸作）忽霜鶴

之傳音佇風軒而結睇對愁雲之浮沉雖松梧之貞脆豈榮凋其異心若乃廣儲懸月暉水流清桂露朝滿涼衿夕輕燕姜含蘭而未止趙女抽黃而絕聲攺容飾以相命卷霜帛而下庭曳羅裙之綺靡振珠佩之精明若乃盼睞生姿動容多製弱態含羞妖風靡麗皎若明魄之升崖煥若荷花之昭晰（制）調鉛無以玉其貌凝朱不能異其脣若雲霞之邇月似桃李之向春紅黛相媚綺組流光笑笑移妍步步生芳兩靨如點雙眉如張頹肌柔液音信閒良於是校香杵扣玟砧擇鸞聲爭鳳音梧因虛而調遠桂由貞而響沈散繁輕而浮捷（散亦音之節也）節疎亮而清深含笙總筑比玉兼金不塤不篪匪瑟匪琴或旋環而紆鬱或相參而不雜或將往而中還或已離而復合翔鸞爲之徘徊落英爲之颯沓調非常律聲無定本任落手之參差（形狀工）從風飈之近遠或連躍而更投或暫舒而長歛清寡鸞之命群哀離鶴之歸

晩當是時也鍾期廢聽伯牙弛琴桑閒絕響濮上傳音蕭史編管而擬吹周王調笙以象吟若乃窈窕姝妙之年幽閒貞專之性符皎日之心甘首疾之病歌采綠之章發東山之詠望明月以撫心對秋風而掩鏡閱紋綫之初成擇玄黃之妙匹準華裁於昔時意工疑形異於今日想驕奢之或至許椒蘭之多術懸陋製之無韻又佳慮娥眉之爲愧懷百憂之盈抱空千里兮飲淚傷長袖於妍袂綴半月於蘭襟此下佳甚表纖手於微縫庶見迹而知心計修路之遐夐怨芬芳之易泄書旣封而重題笥已緘而更結慚行客之無言還空房而掩咽此言非止乎禮義者邪

甘泉賦　　楊子雲

雄仕漢爲給事黃門郎新莽篡位雄遂臣之以耆老久次轉大夫獻劇秦美新文以媚莽得校書天祿閣死于莽朝此賦乃爲郎時獻成帝者雄雅好

奇字人或載酒從問故賦中難字最多厥後靈光江海等賦皆以用此等字爲體然賦之爲古亦觀六義所發何如耳豈專尚奇難之字以爲古哉至其辭則全倣司馬長卿真所謂同工而異曲者益自長卿諸人就騷中分出侈麗之一體以爲賦至子雲此體遂盛不因於情不止於理而惟事於辭而流於淫矣先儒謂雄晚年亦自悔噫

惟漢十世將郊上玄定泰畤擁神休尊明號同符三皇錄功五帝卹（憂也）胤（也）錫（與也）羨（沿去也）拓（託）迹開統於是迺命羣僚歷吉日協靈辰星陳（臣如星陳）而天行（君如天行）詔招搖與太陰兮伏勾陳使當兵屬堪輿以壁壘兮梢夔魖（虛鬼）而抶（丑栗切）獝（獝惡鬼）狂八神奔而警蹕兮振殷（上声）轔（鄰上盛皃）而軍裝蚩尤之倫帶干將而秉玉戚兮飛蒙茸而走陸梁齊總總以撙撙（尊上）其相膠轕兮猋（飄）駭雲

迅奮以方攘（分散皃）駢羅列布鱗以雜沓兮傑（此）傂（耻）參差魚頡
而鳥胻（航如鳥蹕鳥翔也）翕赫曶（忽）霍霧集而蒙合兮半散照爛（分布皃）
粲以成章於是乘輿迺登夫鳳皇兮而翳華芝駟蒼螭兮六素
虬蠖（汪入声）略（龍行皃）蕤綏灕（離）虖（龍汗下皃）惨（參）纚帥爾陰閉霅（歃）
然陽開騰青霄而軼浮景兮夫何旟（余）旐（兆）郅（質）偈（傑）之旖旎
也流星旄以電燭兮咸翠蓋而鸞旗屯萬騎於中營兮方玉車
之千乘聲駍（幷隱車馬声也）以陸離（奔皃）兮輕先疾雷而馺（颯）遺風臨
高衍之嵱（勇）嵷（聳）兮超紆譎之清澄登椽欒而狃（貢）天門兮馳
閶闔而入凌兢（寒京處）是時未臻夫甘泉也迺望通天（臺名）之繹繹
下陰潛以慘懍（凜）兮上洪紛而相錯直嶢嶢以造（去声）天兮厥高
慶（羌）而不可乎彌度（鐸）平原唐（道也）其壇（但）漫（廣大皃）兮列新荑於
林薄攢幷閭與茇（鉢）葀（括草名）兮紛被麗（分散皃）其無鄂（根鄂）崇丘陵
之駊騀（頗我）兮深溝嶔岩（㕁深皃）而爲谷往往離宮般（班）以相燭兮

封巒石關迤靡乎連屬燭於是大廈雲譎波詭摧上声嗺翠而成
觀仰矯首以高視兮目冥面眴縣而無見正瀏劉去濫以弘惝敞高
大皃兮指東西之漫漫徒徊徊心驚遽也以徨徨兮魂魄眇眇而昏亂
據軨檻遴軒而周流兮忽軮坱軋乙而無垠翠玉樹以翠玉為葉之青
葱兮璧馬犀以璧為馬犀之飾之璘㻞音隣彬金人仡銀入其承鐘虡巨兮
嵌岩岩其龍鱗揚光曜之燎爥兮乘景炎去声之炘炘忻配帝宮
之懸圃兮象太乙之威神洪臺崛其獨出兮㰏止北極之嶟嶟
律列宿乃施於上榮兮日月纔經於柍鞅桭真雷鬱律於巖窔
窔深處也兮電倏忽於墻藩鬼魅不能自逮兮半長途而下顛歷倒
景上照也而絕飛梁閣道兮浮蠛蠓蔑蒙游氣也而撇偏入天左欃槍而右
玄冥兮前熛飄赤色也闕而後應門正陰蔭西海與幽都兮涌醴汨聿
以生川蛟龍連蜷拳於東厓兮白虎屯圉盛皃乎崐崘覽樛流長遠
皃於高光官名兮溶勇彷徨於西清前殿崔巍兮和氏瓏玲杭浮

柱之飛振兮神莫莫衆也而扶傾閌抗閬閬郎高也其廖廓兮侶紫宮之崢嶸駢交錯而曼衍音萬衍兮嵈他賄切嶵巍山高皃高乎其相嬰乘雲閣而上下兮紛蒙籠以混成曳虹彩之流離兮颺羊翠氣之宛延襲斑室與傾宮兮若登高耿而遠肅乎臨淵迴猋標肆其盪駭兮此以下至夔牙調琴皆言風送香也翍披桂椒而鬱移夷楊香芬茀拂以穹隆兮擊㯶櫨而將榮薌呹肸香送弼以棍混批兮聲駍隱而歷鐘言春氣與風經於鐘排玉户而颺金鋪兮言風送香發蘭蕙與芎藭帷首弸伻彋宏声也其拂汨聿動也兮稍暗暗上声深空皃而靚深陰陽清濁穆羽相和兮穆然羽声如若夔牙之調琴般倕棄其剞椅劂厥兮王爾古之巧人投其鈎曲尺繩雖方征僑古仙名與偓佺兮猶彷彿其若夢於是事變物化目駭耳迴葢天子穆然珍臺閒閑館琁題玉英蟺蟬蜎蠖汪入濩王入之中惟天所以澄心清魂儲精垂思乃感動天地逆迎釐神二神者廼搜逑索偶臯伊之徒冠去声倫魁能台同

函甘棠之惠挾東征之意相與齊（齋）乎陽靈之宮靡薜荔而為
席兮折瓊枝以為芳吸清雲之流霞兮飲若木之露英（叶央）集乎
禮神之園登乎頌祇之堂建光耀之長旓（梢）兮昭華覆（華蓋）之威
威攀旋璣（北斗也）而下視兮行遊目乎三危陳衆車於東阬（坑東海也）
兮肆玉釱而下馳漂龍淵而還（旋）九垠兮窺地底而上迴風縱
縱聳而扶轄兮鸞鳳紛其銜蕤梁弱水之濎（頂）濙（烏挺切）兮躡不
周之逶迤（移）想西王母欣然而上壽兮屏玉女而卻宓妃（此句諷也）
玉女亡（無）所眺其清矑兮宓妃曾不得施其蛾眉方攬道之精
剛兮倖神明與之為資於是欽（敬也）柴宗（尊也）祈（祭也）燎薰皇天招搖
太乙舉洪頤（旗名）樹靈旗樵蒸焜上配藜（披離也）四施東燭滄海西
燿流沙（叶蘇）北熿（晃）幽都南煬（羊去）丹涯玄瓚觩（虬）髎（流）秬鬯泔（啖）
淡肸蠁豐融懿懿芬芬炎（火光）感黃龍兮熛（標火飛也）訛碩（動）麟選巫
咸兮叫帝閽開天庭兮延群神儐暗（上声）藹兮降清壇瑞穰穰兮

委如山於是事畢功弘廻車而歸度三巒山名兮偈憩棠黎名觀天閶決兮地垠開八荒協兮萬國諧登長平兮雷鼓磕槪天聲起兮勇士厲雲飛揚兮雨霧霈于胥德兮麗萬世亂曰崇崇圜丘隆隱天兮登降峛耻崺迆單蟬埢拳垣兒圜大兮增宮參差駢嵯峨兮岭零嶒嶙鄰峋洞無涯兮上天之縡載杳旭卉也難知兮聖皇穆穆信厥對兮來祇郊禋神所依兮徘徊招搖靈棲遲兮輝光眩燿降厥福兮子子孫孫長無極兮

兩都賦有序　班孟堅

孟堅漢明帝時爲蘭臺令史時帝修洛陽西京父老有怨帝不都長安之意孟堅因作兩都賦以風

其後二京三都大抵祖此

予曰或曰賦者古詩之流也昔成康沒而頌聲寢王澤竭而詩不作大漢初定日不暇給至於武宣之世乃崇禮官考文章內

設金馬石渠之署外興樂府協律之事以興廢繼絕潤色鴻業
是以衆庶悅豫福應尤甚白麟赤鴈芝房寶鼎之歌薦於郊廟
神雀五鳳甘露黃龍之瑞以爲年紀故言語侍從之臣若司馬
相如吾丘壽王東方朔枚皋王褒劉向之屬朝夕論思日月獻
納而公卿大臣御史大夫倪寬太常孔臧大中大夫董仲舒宗
正劉德太子太傅蕭望之等時時間作或以抒臣與切下情而通
諷諭或以宣上德而盡忠孝雍容揄揚著於後嗣抑亦雅頌之
亞也故孝成之世論而錄之蓋奏御者千有餘篇而後大漢之
文章炳焉與三代同風且夫道有夷隆學有粗密因時而建德
者不以遠近易則故皋陶歌虞奚斯頌魯同見采於孔氏列於
詩書其義一也稽之上古則如彼考之漢室又如此斯事雖細
然先臣之舊式國家之遺美不可闕也臣竊見海內清平朝廷
無事京師修宮室浚城隍而起苑囿以備制度西土耆老咸懷

怨思冀上之睠顧而盛稱長安舊制有陋洛邑之議故臣作兩都賦以極衆人之所眩曜折以今之法度辭曰

西都賦

此賦兩篇亦一篇也前篇極其眩曜賦中之賦也後篇折以法度賦中之雅也篇末五詩則賦中之頌有正與則之餘風焉

有西都賓問於東都主人曰蓋聞皇漢之初經營也嘗有意乎都河洛矣輟而弗康寔用西遷作我上都主人聞其故而覩其制乎主人曰未也願賓攄懷舊之蓄念發思古之幽情博我以皇道弘我以漢京賓曰唯唯漢之西都（鋪張其辭夸）在於雍州實曰長安左據函谷二崤之阻表以太華終南之山右界褒斜（耶）隴首之險帶以洪河涇渭之川衆流之隈汧涌其西華實之毛則九州之上腴焉防禦之阻則天地之隩區焉是故橫被六合

三成帝畿周以龍興秦以虎視及至大漢受命而都之也仰悟東井之精俯協河圖之靈奉春建策留侯演成天人合應以發皇明乃眷西顧寔惟作京於是睎秦嶺睋北阜挾澧灞據龍首圖皇基於億載度宏規而大起肇自高而終平世增飾以崇麗歷十二之延祚故窮泰而極侈建金城之萬雉呀（鰕）周池而成淵披三條之廣路立十二之通門內則街衢洞達閭閻且千九市開場貨別隧分人不得顧車不得旋闐城溢郭旁流百廛紅塵四合烟雲相連於是既庶且富娛樂無疆都人士女殊異乎五方遊士擬於公侯列肆侈於姬姜鄉曲豪舉遊俠之雄節慕原嘗名亞春陵連交合衆騁騖乎其中若乃觀其四郊浮遊近縣則南望杜霸北眺五陵名都對郭邑居相承英俊之域紱冕所興冠蓋如雲七相五公與乎州郡之豪傑五都之貨殖三選七遷充奉陵邑蓋以彊幹弱枝隆上都而觀萬國封畿之內厥

土千里卓犖諸夏兼其所有其陽則崇山隱天幽林穹谷陸海珍藏藍田美玉商洛緣其隈鄠戶杜濱其足源泉灌注陂池交屬竹林果園芳草甘木郊野之富號爲近蜀其陰則冠去以九嵕陪以甘泉乃有靈宮起乎其中秦漢之所極觀去淵雲之所頌歎於是乎存焉下有鄭白之沃衣食之源提封五萬疆埸亦綺分溝塍刻鏤原隰龍鱗決渠降雨荷鍤成雲五穀垂穎桑麻敷紛東郊則有通溝大漕潰渭洞河泛舟山東控引淮湖與海通波西郊則有上囿禁苑林麓藪澤陂池連乎蜀漢繚以周牆四百餘里離宮別館三十六所神池靈沼往往而在其中乃有九真之麟大宛之馬黃支之犀條枝之鳥踰崑崙越巨海殊方異類至于三萬里其宮室也體象乎天地經緯乎陰陽據坤靈之正位倣太紫之圓方明堂之制內有太室象紫微宮對中天之華闕豐冠山殿在山上故曰冠山之朱堂因瓌材而究奇抗應龍之虹梁列棼汾橑老

以布翼荷棟桴而高驤雕玉瑱田礎也以居楹裁金壁以飾璫椽頭發五色之渥彩光爓豔同朗以景彰於是左城倉則切城者爲階級平者以文磚相次右平重軒三階閨房周通門闥洞開列鐘簴於中庭立金人於端闈仍增崕而衡閾臨峻路而啓扉徇以離宮別寢承以崇臺閒閑館渙若列宿紫宮是環清涼並殿名宣溫神仙長年金華玉堂白虎麒麟區宇若茲不可殫論增盤崔嵬登降炤爛殊形詭制每各異觀去声乘茵步輦惟所息宴後宮則有掖庭椒房后妃之室合歡亦皆殿名增城安處常寧茝若椒風披香發越蘭林蕙草鴛鸞飛翔之列昭陽特盛隆於孝成屋不呈材牆不露形裛淹入以藻繡絡以綸連青絲授也隨侯明月錯落其間金釭銜璧是爲列錢翡翠火齊劑流耀含英懸黎垂棘夜光在焉於是玄墀釦中切漆墀鏤砌砌以玉鏤之玉階彤朱丹也庭碝軟磩石次玉也綵緻琳珉青熒珊瑚碧樹周阿而生紅羅颯纚纚長袖皃綺組繽紛精曜華燭俯仰如神

後宮之號十有四位窈窕繁華更盛迭貴處乎斯列者盖以百數左右庭中朝堂百寮之位蕭曹魏邴謀謨乎其位佐命則垂統輔翼則成化流大漢之愷悌蕩亡秦之毒螫故令斯人揚樂和之聲作畫一之歌功德著乎祖宗膏澤洽乎黎庶又有天祿石渠典籍之府命夫惇誨故老名儒師傳講論乎六藝稽合乎同異又有承明金馬著作之廷大雅宏達於兹為群元元本本殫見洽聞啓發篇章校理秘文周以鈎陳之位衛以嚴更平声之署總禮官之甲科羣百郡之廉孝虎賁贅衣閹尹閽寺陛戟百重各有典司周廬千列徼叫道綺錯輦路經營修除飛閣自未央而連桂宮北彌明光而亘長樂陵隥道而超西墉混建章而連外屬設璧門之鳳闕上觚稜而棲金爵內則別風之嶕嶢麗巧而竦擢張千門而立萬户順陰陽以開闔爾乃正殿崔嵬層構厥高臨乎未央經駘殆盪而出馺颯娑上声洞枍昝殿名詣以與

天梁宫名上反宇以蓋戴激日景而納光神明鬱其特起遂偃蹇
而上躋軼逸雲雨於天半虹霓迴帶於棼楣雖輕迅與僄飄狡
猶愕眙異而不能階攀幷幹寒而未半目眩轉而意迷捨欞檻
而郤倚若顛墜而復稽竟悅悅以失度巡迴途而下低既懲懼
於登望降周流以彷徨步甬道以縈迂又杳窱小而不見陽排
飛闥而上出若遊目於天表似無依而洋洋前唐中而後太液
覽滄海之湯湯商揚波濤於碣石激神岳之嶈嶈鏘濫瀛洲與
方壺蓬萊起乎中央於是靈草冬榮神木叢生巖峻崷崒金石
崢嶸抗仙掌以承露擢雙立之金莖軼埃壒藹之混濁鮮顥氣
之清英騁文成之丕誕馳五利之所刑庶松喬之羣類時游從
乎斯庭實列仙之攸館非吾人之所寧爾乃盛娛遊之壯觀奮
太武乎上囿因玆以威戎夸狄耀威靈而講武事命荊州使起
鳥詔梁野而驅獸毛羣內闐飛羽上覆接翼側足集禁林而屯

聚水衡虞人理其營表種別羣分部曲有署罘網連紘籠山絡野列卒周匝星羅雲布於是乘鑾輿備法駕帥羣臣披飛廉入苑門遂繞酆鄗歷上蘭六師發胄百獸駭殫震震爚爚藥雷奔電激草木塗地山淵反覆蹂躪藺其十二三乃拗郁怒而少息爾乃期門佽恣飛列刃攢鍭要平趹夬追蹤鳥驚觸絲獸駭値鋒機不虛掎弦不再控叶空矢不單殺中必疊雙颮颮僕紛紛矰繳酌相纏風毛雨血灑野蔽天平原赤勇士厲猨狖失木豺狼懾竄爾乃移師赴險並傍蹈潛穢窮虎奔突狂兕觸蹶許少叶古捷人施巧秦成古壯力折制掎几僄狡扼猛噬脫角挫脰豆徒搏獨殺鑱挾師豹拖上聲熊螭曳犀犛頓象羆超洞壑越峻崖叶宜蹶嶃斬平巖巨石隤松柏仆叢林摧草木無餘禽獸殄夷於是天子乃登屬玉之館歷長楊之榭覽山川之體勢觀三軍之殺獲叶畫原野蕭條目極四裔禽相鎮壓獸相枕藉然後收禽會衆論功

賜胙陳輕騎以行炰騰酒車以斟酌割鮮野食舉烽命爵饗賜
畢勞逸齊大輅鳴鑾容與徘徊集乎豫章之宇臨乎昆明之池
左牽牛而右織女佀雲漢之無涯 宜 茂對蔭蔚芳草被隄蘭茝
發色曄曄猗猗若摛錦布繡爥燿乎其陂鳥則玄鶴白鷺黃
鵠鵁鶄鶬鴰鴇鶂鷖鴻鴈朝發河海夕宿江漢沈浮往來雲
集霧散於是後宮乘輚 棧 輅登龍舟張鳳蓋建華旗袪 虛 黼帷
鏡清流靡微風澹淡浮櫂 同棹 女謳鼓吹震 平声 聲激越謍 轟 厲天
鳥羣翔魚窺淵招白鷴下雙鵠揄文竿出比目撫洪蠵 衝 御繒
繳方舟並騖俛仰極樂遂乃風舉雲搖浮游溥覽前乘秦嶺後
越九嵕東薄河華 去 西涉岐雍 去 宮館所歷百有餘區行所朝
夕儲不改供 恭 去 禮上下而接山川究休祐之所用采遊童之歡
謠第從 去 臣之嘉頌於斯之時都都相望 平 邑邑相屬國藉十
世之基家承百年之業士食舊德之名氏農服先疇之畎畝商

修族世之所譽工用高曾之規矩粲乎隱隱各得其所若臣者徒觀迹於舊墟聞之乎故老十分未得其一端故不能徧舉也

東都賦

東都主人喟然而嘆曰痛乎風俗之移人也子實秦人矜夸館室保界河山信識昭襄而知始皇矣烏覩大漢之云爲乎夫大漢之開元也（收拾辭實）其奮布衣以登寶位由數朞而創萬代葢六籍所不能談前聖靡得而言焉當此之時功有橫（云）而當天討有逆而順民故婁敬度勢而獻其說蕭公權宜而托其制時豈泰而安之哉計不得以已也吾子曾不是睹顧曜後嗣之末造不亦暗乎今將語子以建武之治永平之事監于太清以變子之惑志往者王莽作逆漢祚中闕天人致誅六合相滅于時之亂生民幾亡鬼神泯絶壑無完柩郛罔遺室原野厭（[illegible]入）人之肉川谷流人之血秦項之災猶不克半書契以來未之或紀故下

人號平声而上訴上帝懷而降監平声乃致命乎聖皇光武也於是聖
皇乃握乾符闡坤珍披皇圖稽帝文赫然發憤應若興雲霆擊
昆陽憑怒雷震真遂超大河跨北嶽立號高邑建都河洛紹百
王之荒屯因造化之盪滌體元立制繼天而作系唐統接漢緒
茂育羣生恢復疆宇勲兼乎在昔事勤乎三五豈特方軌並跡
紛綸后辟治近古之所務蹈一聖之險易云爾而已哉且夫建
武之元天地革命四海之内更造夫婦肇有父子君臣初建人
倫寔始斯乃伏羲氏之所以基皇德也分州土立市朝作舟輿
造器械斯乃軒轅氏之所以開帝功也龔行天罰應天順人斯
乃湯武之所以昭王業也遷都改邑有殷宗中興之則焉即土
之中有周成隆平之制焉不階尺土一人之柄同符乎高祖克
己復禮以奉終始允恭乎孝文憲章稽古封岱勒成儀炳乎世
宗按六經而校德眇古昔而論平功仁聖之事既該而帝王之

道備矣至于永平之際重熙而累洽盛三雍之上儀修衮龍之
法服鋪鴻藻申景鑠（爍）揚世廟正雅樂神人之和允洽羣臣之
序既肅乃動大輅遵皇衢省方巡狩窮覽萬國之有無考聲教
之所被散皇明以燭幽然後增周舊修洛邑扇巍巍顯翼翼光
漢京于諸夏總八方而爲之極是以皇城之内宮室光明闕庭
神麗奢不可踰儉不能侈外則因原野以作苑順流泉而爲沼
發蘋藻以潛魚豐圃草以毓獸制同乎梁鄒誼合乎靈囿若乃
順時節而蒐狩簡車徒以講武則必臨之以王制考之以風雅
歷騶虞覽駟驖（叶姪）嘉車攻采吉日禮官整儀乘輿乃出於是發
鯨魚鏗華鐘登玉輅乘時龍鳳蓋棽（林）麗（離）和鑾玲瓏天官景
從寖（浸）威盛容山靈護野屬御方神雨師汎灑風伯清塵千乘
雷起萬騎紛紜元戎竟野戈鋋（蟬）彗雲羽旄掃霓旌旗拂天焱
焱（艶）炎炎揚光飛文吐爓生風欱野歕（噴）山日月爲之奪明丘

陵爲之搖震（真）遂集乎中囿陳師按屯騈部曲列校隊勒三軍誓將帥然後舉烽伐鼓申令三驅（去）輕車霆激驍騎電騖由基發射范氏施御弦不睼（視弟迎）禽轡不詭遇飛者未及翔走者不及去指顧倏忽獲車已實樂不極盤殺不盡物馬踠（苑）餘足士怒未渫（薛）先驅復路屬車按節於是薦三犧效五牲禮神祇懷百靈覲明堂臨辟雍揚緝熙宣皇風登靈臺考休徵俯仰乎乾坤參象乎聖躬目中夏而布德瞰四裔而抗稜西盪河源東澹（紞）海滑北動幽崖（宜）南耀朱垠殊方別區界絶而不鄰自孝武之所不征孝宣之所未臣莫不陸讋水慄奔走而來賓遂綏哀牢開永昌春王三朝（昭）會同漢京是日也天子受四海之圖籍應萬國之貢珍内撫諸夏外綏百蠻爾乃盛禮興樂供帳置乎雲龍之庭陳百寮而贊羣后究皇儀而展帝容於是庭實千品旨酒萬鍾列金罍班玉觴嘉珍御太牢饗爾乃食舉雍徹太師

奏樂陳金石布絲竹鐘鼓鏗鎗管絃爗煜(育)抗五聲極六律歌九功舞八佾韶舞備泰古畢四夷閈(去声)奏德廣所及僸(禁)佅(賣)兜離罔不具集萬樂備百禮暨皇歡浹羣臣醉降烟(田)煴(氳)調元氣然後撞鐘告罷百寮遂退於是聖上覩萬方之歡娛又沭浴於膏澤懼其後心之將萌而怠於東作乃申舊章下明詔命有司班憲度昭節儉示太素去後宮之麗飾損乘輿之服御抑工商之淫業興農桑之盛務令海內棄末而反本背偽而歸真女修織紝(任)男務耕耘器用陶匏服尚素玄耻纖美而不服賤奇麗而不珍捐金於山沈珠於淵於是百姓滌瑕盪穢而鏡至清形神寂寞耳目不營嗜欲之原滅廉耻之心生莫不優游而自得玉潤而金聲是以四海之內學校如林庠序盈門獻酬交錯俎豆莘莘下舞上歌蹈德詠仁登降飫宴之禮既畢因相與嗟歎玄德讜言弘說咸含和而吐氣頌曰盛哉乎斯世今論者

但知誦虞夏之書，詠殷周之詩，講義文之易，論孔氏之春秋，罕能精古今之清濁，究漢德之所由。唯子頗識舊典，又徒馳騁乎末流。溫故知新巳難，而知德者鮮矣。（此以下東西都比並對詰）且夫僻界西戎，險阻四塞（西），修其防禦，孰與處乎土中（東），平夷洞達，萬方輻輳。秦嶺九嵕，涇渭之川（西），曷若四瀆五嶽，帶河泝洛，圖書之淵（東）。建章甘泉，館御列仙（西），孰與靈臺明堂，統和天人（東）。太液昆明，鳥獸之囿（西），曷若辟雍海流，道德之富（東）。游俠踰侈，犯義侵禮（西），孰與同履法度，翼翼濟濟（東）。子徒習阿房之造天，而不知京洛之有制（關鍵在此）；識函谷之可關，而不知王者之無外。主人之辭未終，西都賓矍然失容，逡巡降階，揲（蝶）然意下，捧手欲辭。主人曰：復位，今將授子五篇之詩。賓既卒業，乃稱曰：美哉乎斯詩！義正乎楊雄，事實乎相如，匪唯主人之好學，蓋乃遭遇乎斯時。小子狂簡，不知所裁，既聞正道，請終身而誦之。其辭曰：

明堂詩　於昭明堂明堂孔陽聖皇宗祀穆穆煌煌上帝宴饗五位時序誰其配之世祖光武普天率土各以其職猗歟緝熙允懷多福

辟雍詩　乃流辟雍辟雍湯湯聖皇莅止造舟爲梁皤皤國老乃父乃兄抑抑皇儀孝友光明於赫太上示我漢行洪化唯神永觀厥成

靈臺詩　乃經靈臺靈臺既崇帝勤時登爰考休徵三光宣精五行布序習習祥風祁祁甘雨百穀蓁蓁庶草蕃蕪屢惟豐年於皇樂胥

寶鼎詩　嶽修貢兮川效珍吐金景兮歊梟浮雲寶鼎見兮色紛縕煥其炳兮被龍文登祖廟兮享聖神昭靈德兮彌億年

白雉詩　啓靈篇兮披瑞圖獲白雉兮效素烏嘉祥阜兮集皇都發皓羽兮奮翹英容潔朗兮於淳精彰皇德兮侔周成永延

長亨膺天慶

鸚鵡賦

禰正平

祝氏曰比而賦也中含風興之義蓋以物爲比而寓其羈棲流落無聊不平之情凡詠物當以此爲法

惟西域之靈鳥（鸚鵡出隴右地屬西域）挺自然之奇姿體金精（西方屬金）之妙質含火德（言其丹觜）之明煇性辯慧而能言才聰明以識機（二句尽其能）故其嬉遊高峻棲跱幽深飛不妄集翔必擇林紺趾丹觜綠衣翠衿采采麗容咬咬好音雖同族於羽毛固殊智而異心配鸞皇而等美焉比德於衆禽於是羨芳聲之遠暢偉靈表之可嘉命虞人於隴坻詔伯益（虞舜）於流沙跨崑崙而播戈冠雲霓而張羅（語工）雖綱維之備設終一目之所加（加綱之一目則被獲矣）且其容止閑暇守植安停逼之不懼撫之不驚寧順從以遠害不違忤以喪生（此二句有深意）故獻全者受賞而傷肌者被刑爾乃歸窮委命離羣

喪侶閉以雕籠翦其翅羽流飄萬里崎嶇重阻踰岷越障載罹寒暑女辭家而適人臣出身而事主（運意高妙人所不到）彼賢哲之逢患（亦雅）猶棲遲以羈旅矧禽鳥之微物能馴擾以安處眷西路而長懷望故鄉而延佇忖陋體之腥臊（臭）亦何勞於鼎俎嗟祿命之衰薄奚遭時之嶮巇豈言語以階亂將不密以致危痛母子之永隔哀伉儷之生離匪餘年之足惜愍衆雛之無知背蠻夷之下國侍君子之光儀懼名實之不副恥才能之無奇（尤婉）羨西都之沃壤識苦樂之異宜懷代越之悠思故每言而稱斯（悲哉）若乃少昊司辰蓐收整轡嚴霜初降涼風蕭瑟長吟遠慕哀鳴感類音聲悽以激揚容貌慘以顦顇聞之者悲傷見之者隕淚放臣爲之屢嘆棄妻爲之歔欷感平生之遊處兮（寫今昔之感妙）若壎篪之相須何今日之兩絕兮若胡越之異區順櫳檻以俯仰（即順從遠害處）闚戶牖以踟躕想崑丘之高嶽思鄧林之扶疏顧六翮之殘毀

雖奮迅其焉如（真肺腑流出）心懷歸而弗果徒怨毒於一隅苟竭心於所事敢背惠而忘初託輕鄙之微命委陋賤之薄軀期守死以報德甘盡辭而效愚（依人所憐豈得已耶）恃隆恩於既往庶彌久而不渝（鮑明遠野鵝賦結全效此）

附録

鴻鵠歌　高帝

鴻鵠高飛一舉千里羽翼已就橫絶四海橫絶四海又可奈何雖有繒繳尚安所施

秋風辭　武帝

文中子曰秋風樂極而哀來其悔心之萌乎

秋風起兮白雲飛草木黃落兮鴈南歸蘭有秀兮菊有芳懷佳人兮不能忘汎樓船兮濟汾河橫中流兮揚素波簫鼓鳴兮發櫂歌懽樂極兮哀情多少壯幾時兮奈老何

招隱士　　淮南小山

晦翁云此篇視漢諸作最高古

桂樹叢生兮山之幽偃蹇連蜷兮枝相繚同繆山氣龍巃嵸揔兮石嵯峨谿谷嶄同巉巖兮水曾波猨狖羣嘯兮虎豹嘷攀援桂枝兮聊淹留王孫遊兮不歸春草生兮萋萋歲暮兮不自聊叶畱蟪蛄鳴兮啾啾坱兮軋山曲岪弗亦曲也心淹留兮恫通慌惚罔兮沕勿潛藏也憭兮栗虎豹穴叢薄深林兮人上慄嶔岑吟碕綺礒蟻兮並石皃碅綺矜磳增磈於鬼切硊魚毀切對輪相糾兮林木茷跋骫委青莎雜對兮薠草靃髓靡白鹿麏麚兮或騰或倚狀貌崟崟吟兮峩峩嶬淒淒兮漇漇流綺切獼猴兮熊羆慕類兮以悲攀援桂枝兮聊淹留此句申前意如詩人之末歌虎豹鬬兮熊羆咆禽獸駭兮亡其曹王孫兮歸來山中兮不可以久畱

文章辨體卷之三

文章辨體卷之四

海虞後學吳訥編集

古賦三

三國六朝

登樓賦

魏王仲宣

魏志云王粲字仲宣山陽高平人也少而聰慧有文才仕爲侍中時董卓作亂仲宣避難荆州依劉表遂登江陵城樓因懷歸而有此作述其進退危懼之情後曹操辟爲右丞相掾魏國建爲侍中卒建安七子唯仲宣長於賦云

登茲樓以四望兮聊假或作暇日以銷憂覽斯宇謂樓也之所處兮實顯敞而寡仇匹也挾清漳之通浦兮此下言樓之所見倚曲沮疽之長洲背墳衍之廣陸兮臨皐隰之沃流北彌陶牧陶鄉名郊外曰牧西接

昭丘楚昭王墓華實蔽野黍稷盈疇雖信美而非吾土兮曾何足以少留一賦之意在此遭紛濁而遷逝兮漫踰紀以迄今情眷眷而懷歸兮孰憂思之可任也當憑軒檻以遥望兮向北風而開襟樓在故鄉之南故云平原遠而極目兮蔽荊山之高岑路逶迤而修迥兮川既漾而濟深悲舊鄉之壅隔兮雖言山川壅隔實以興喪亂也涕横墜而弗禁平声昔尼父之在陳兮有歸歟之歎音鍾儀幽而楚奏兮莊舄顯而越吟人情同於懷土兮豈窮達而異心惟日月之逾邁兮俟河清乎其未極冀王道之一平兮假高衢而騁力懼匏瓜之徒懸兮畏井渫之莫食步棲遲以徙倚兮白日忽其西匿比也風蕭瑟而並興兮天慘慘而無色獸狂顧以求羣兮比人求侶鳥相鳴而舉翼原野闃其無人兮征夫行而未息此二句是起興以寄懷心悽愴以感發兮意忉怛而憯慘惻此以下極其憂思風之餘也循堦除而下降兮氣交憤於胸臆夜參半而不寐兮參分也中夜之參曰半之悵盤桓而反側

文賦

晉陸士衡

賦也叙作文之變態以爲賦中曰其爲物也多姿其爲道也屢遷其會意也尚巧其遣言也貴妍蓋當時貴尚妍巧以爲至文也

佇中區以玄覽頤情志於典墳遵四時以歎逝瞻萬物而思(去)紛悲落葉於勁秋喜柔條於芳春心懍懍以懷霜志眇眇而臨雲詠世德之駿烈誦先人之清芬游文章之林府嘉藻麗之彬彬慨投篇而援筆聊宣之乎斯文其始也皆收視反聽耽思傍訊精騖八極心遊萬仞其致也情曈曨而彌鮮物昭晣而互進傾羣言之瀝液漱六藝之芳潤浮天淵以安流(言情思入於高遠)濯下泉而潛(侵)浸(滀)於是沉辭怫悅(怫思未出也)若遊魚銜鈎而出重淵之深浮藻聯翩若翰鳥纓繳而墜曾雲之峻(言速也)收百代之闕文採千載之遺韻謝朝華於已披啓夕秀之未振觀古今於須

吏撫四海於一瞬然後選義按部(按此爲部次)考辭就班抱景者咸叩懷響者必彈(就班類而綴之文物抱光景者叩之有音響者彈之以發文意)或因枝而振葉或沿波而討源或本隱而末見或求易而得難或虎變而獸擾或龍見而鳥瀾(如鳥戲於波瀾)或妥帖而易施或岨(齟上声)峿(語)而不安罄澄心以凝思眇衆慮而爲言籠天地於形內挫萬物於筆端始躑躅於燥吻終流離於濡翰理扶質以立幹文垂條而結繁信情貌之不差故每變而在顏思涉樂其必笑方言哀而已歎(平声)或操觚以率爾或含毫而邈然伊茲事之可樂固聖賢之所欽課虛無以責有叩寂寞而求音函綿邈於尺素吐滂沛乎寸心言恢之而彌廣思(去声)按之而愈深播芳蕤之馥馥發清條之森森粲風飛而飇豎鬱雲起乎翰林體有萬殊物無一量紛紜揮霍(運動皃)形難爲狀辭程才以效伎意司契而爲匠在有無而僶俛當淺深而不讓雖離方而遯圓期窮形而盡相故夫誇目

者尚奢愜心者貴當言窮者無隘論達者唯曠詩緣情而綺靡
賦體物而瀏亮碑披文以相質誄纏綿而悽愴銘博約而溫潤
箴頓挫而清壯頌優游以彬蔚論精微而朗暢奏平徹以閑雅
說煒燁而譎誑雖區分之在茲亦禁邪而制放要辭達而理舉
故無取乎冗長（伏）其爲物也多姿其爲體也屢遷其會意也尚
巧其遣言也貴妍暨音聲之迭代若五色之相宣雖逝止之無
常固崎錡（不安皃）而難便（平）苟達變而相次猶開流以納泉如失
機而後會恒操本以續顛（不見其成也）謬玄黃之迭叙故淟（天上）涊
（鮮上声）而不鮮或仰偪於先條或俯侵於後章或辭害而理比（頻八）
（声有次也）或言順而義妨離之則雙美合之則兩傷考殿最於錙銖
定去留於毫芒苟銓衡之所裁固應繩其必當或文繁理富而
意不指適極無兩致盡不可益立片言以居要乃一篇之警策
雖衆辭之有條必待茲而效績亮功多而累寡（累何火也）故取足而

不易取足於一篇極亦不可易或藻思綺合清麗千眠同芊綿炳若縟繡悽若繁絃必所擬之不殊乃闇合乎曩篇雖杼軸于予懷怵他人之我先苟傷廉而愆義亦雖愛而必捐或苕發穎竪離衆絕致形不可逐響難爲係塊孤立而特峙非常音之所緯心牢落而無偶意徘徊而不能揥石韞玉而山暉水懷珠而川媚彼榛楛之勿剪亦蒙榮於集翠綴下里於白雪吾亦以濟夫所偉或托言於短韻對窮迹而孤興俯寂寞而無友仰寥廓而莫承譬偏絃之獨張含清唱而靡應平或寄辭於瘁音言徒靡而弗華混妍蚩而成體累良質而爲瑕象下管之偏疾故雖應而不和或遺理以存異徒尋虛而逐微言寡情而鮮上愛辭浮漂而不順猶絃么而徽急故雖和而不悲或奔放以諧合務嘈囋攢入声而妖冶徒悅目而偶俗固聲高而曲下寤防露於桑間又雖悲而不雅或清虛以婉約每除煩而去濫闕大羹之遺味同朱絃之清

氾雖一唱而三歎固既雅而不艷若夫豐約之裁俯仰之形因宜適變曲有微情或言拙而喻巧或理樸而辭輕或襲故而彌新或沿濁而更清或覽之而必察或研之而後精譬猶舞者赴節以投袂歌者應絃而遣聲是蓋輪扁所不得言故非華說之所能精發言不能成功謂之華說普辭條與文律良予膺之所服練世情之常尤識前修之所淑雖濬發於巧心或受嗤於拙目彼瓊敷與玉藻若中原之有菽同橐籥之罔窮與天地乎並育雖紛藹於此世嗟不盈於手掬患挈缾之屢空病昌言之難屬故踸踔於短韻放庸音以足曲恒遺恨以終篇豈懷盈而自足懼蒙塵於叩缶顧取笑乎鳴玉若夫感應之會通塞之紀來不可遏去不可止藏若景滅行猶響起方天機之駿利夫何紛而不理思風發於胸臆言泉流於脣齒紛葳蕤以馺遝唯毫素之所擬文徽徽而溢目音泠泠而盈耳及其六情底滯志往神留兀若枯木

豁若涸流覽營魂以探賾頓精爽而自求理翳翳而逾伏思軋軋其若抽是故或竭情而多悔或率意而寡尤雖兹物之在我非余力之所勠留故時撫空懷而自惋吾未識夫開塞之所由也伊兹文之爲用固衆理之所因恢萬里使無閡通億載而爲津俯貽則於來葉仰觀象乎古人濟文武於將墜宣風聲於不泯叶平塗無遠而不彌理無微而不綸配霑潤於雲雨象變化乎鬼神被金石而德廣流管絃而日新

籍田賦

晉潘安仁

賦也祝氏曰晉武帝藉于千畝故作此賦晉書以爲藉田頌文選以爲藉田賦要之篇末雖是頌而篇中純是賦賦多頌少當曰賦馬楊之賦終以風班潘之賦終以頌非異也田獵禱祠涉於淫樂故不可以不風奠都藉田國家大事則不可以不頌

所施各有攸當凡爲臺閣之賦又當知此

伊晉之四年正月丁未皇帝親率群后耤于千畝之甸禮也於是乃使甸師清畿野廬掃路（周禮甸師掌郊野野廬掌道路）封人壝（遺去声）宮掌舍設梐（互）枑（行馬）青壇蔚其嶽立兮翠幕黕（紞）以雲布結崇基之靈址兮啓四塗之廣阼（土階也）沃野墳（上声）腴膏壤平砥清洛濁渠引流激水遐阡繩直邇陌如矢葱犗服于縹軛（厄）兮（帝耕牛）紺轅綴于黛耜儼儲駕（駕牛也）於壘左兮俟萬乘之躬履百僚先置位以職分自上下下具惟命臣襲春服之萋萋兮接遊車（從車也）之轔轔微風生於輕幰（庭上声車上帳帷曰幰）兮纖埃起於朱輪森奉璋以堦列兮望皇軒而肅震（真）若湛露之晞朝陽兮衆星之拱北辰也於是前驅魚麗（平声）屬車鱗萃閶闔洞啓參塗方駟（四）常伯陪乘（去声）太僕秉轡后妃獻穜（仲平声）稑（六）之種司農撰播殖之器挈壺掌升降之節宮正設門閭之蹕天子乃御玉輦蔭華蓋衝牙錚鎗

鐳綃紞綷翠縩蔡金根車名照耀以炯晃兮龍驥騰驤而沛艾馬行皃表朱玄於離坎兮飛青縞於震兌中黃曄以發暉兮方綵紛其繁會五輅鳴鑾九旗揚旆瓊鈒吸入蘂聚也雲罕𪖴諸上声藹繁也簫管嘲哳哲以啾嘈兮鼓鞞皮鞈宏隱以砰抨礚慨筍簴嶷以軒翥兮洪鍾越乎區外震震真填填塵鶩連天以幸乎藉田蟬冕頍炯以灼灼兮碧色也王肅其芊芊似夜光之剖荊璞兮若茂松之依山巔也於是我皇乃降靈壇撫御耦坻池塲染屨洪縻牛轡也在手三推而舍庶人終畝貴賤以班或五或九于斯時也居靡都鄙民無華裔長幼雜遝以交集士女頒斌彬而咸戾祓褐振裾垂髫總髮躡踵側肩掎倚裳連袂黃塵為之四合兮陽光為之潛翳動容發音而觀者莫不抃舞乎康衢謳吟乎聖世情欣樂乎昏作兮慮盡力乎樹藝靡誰督而常勤兮莫躬誤而自勵躬先勞以悅使兮豈嚴刑而猛制哉有邑老田父或進而

稱曰蓋損益隨時理有常然高以下爲基民以食爲天正其末者端其本善其後者慎其先夫九土之宜弗任四人之務不一野有菜蔬之色朝靡代耕之秩無儲稸以虞災徒望歲以自畢三季之衰皆此物也今聖上昧旦丕顯夕惕若慄圖匱於豐防儉於逸欽哉欽哉惟穀之恤展三時之弘務致倉廩於盈溢固堯湯之用心而存救之要術也若乃廟祧有事祝宗諏日簠簋普淖大和也則此之自實縮鬯蕭茅又於此乎出黍稷馨香旨酒嘉粟宜其民和年豐而神降之吉也古人有言曰聖人之德無以加於孝乎夫孝者天地之性人之所由靈也昔者明王以孝理天下其或繼之者鮮哉希矣逮我皇晉實光斯道儀刑孚於萬國愛敬盡於祖考故躬稼以供粢盛所以致孝也勸穡以足百姓所以固本也能本而孝盛德大業至矣哉此一役也而二美具焉不亦遠乎不亦重乎敢作頌曰

思樂甸畿薄採其茅大君戾止言稽其農其農三推萬方以祗耨我公田實及我私我簠斯盛我簋斯齊粢我倉如陵我庾如坻遲念茲在茲永言孝思民力普存祝史正辭神祇攸歆逸豫無期一人有慶兆民賴之

秋興賦

賦也題雖以興名篇而全體多是賦義但其情尚覺春容其辭未費斧鑿蓋漢魏流風猶有存者焉

四運忽其代序兮萬物紛以迴薄博覽花蒔上声之時育兮察盛衰之所託感冬索而春敷兮嗟夏茂而秋落雖末事之榮悴兮伊人情之美惡善乎宋生之言曰悲哉秋之為氣也蕭瑟兮草木搖落而變衰憯慄兮若在遠行登山臨水送將歸夫送歸懷慕徒之戀兮遠行有羈旅之憤臨川感流以歎逝兮登山懷遠而悼近彼四慼之疚心兮遭一塗而難忍嗟秋日之可哀兮諒

無愁而不盡野有歸燕隰有翔隼游氛朝興槁葉夕殞於時乃屏輕箑釋纖絺籍莞（桓翦若蒲席也）御袷（夾）衣庭樹槭槭（生入声）以灑落兮勁風戾而吹帷蟬嘒嘒以寒吟兮鴈飄飄而南飛天晃朗以彌高兮日悠揚而浸微何微陽之短晷兮覺涼夜之方永月朣朧以含光兮露悽清以凝冷熠燿粲於階闥兮蟋蟀鳴乎軒屏聽離鴻之晨吟兮望流火之餘景宵耿介而不寐兮獨展轉於華省悟時歲之遒盡兮慨俛首而自省斑鬢髟（僄）以承弁兮素髮颯以垂領仰群雋之逸軌兮攀雲漢以游騁登春臺之熙熙兮珥金貂之炯炯苟趣（同趨）舍之殊塗兮庸詎識其躁靜聞至人之休風兮齊天地於一指彼知安而忘危兮同出生而入死行投趾於容跡兮殆不踐而獲底闕（同橛）側足以及泉兮雖猴猨而不履龜祀骨於宗祧兮思反身於綠水且斂衽以歸來兮忽投紱以高厲耕東皐之沃壤兮輸黍稷之餘稅泉涌湍於石間

兮菊揚芳乎崖澨渠秋水之涓涓兮玩游儵(稠)之瀲瀲被逍遙乎山川之阿放曠乎人間之世優哉游哉聊以卒歲

雪賦　宋謝惠連

賦也梁孝王好賦鄒陽枚叟當孝王時皆以善辭賦客游於梁故假託焉二歌及亂洮風比興義意味猶古二歌倣招䰟語意亂辭則為一體又騷之變者

歲將暮時既昏寒風積愁雲繁梁王不悅游於兔園迺置旨酒命賓友召鄒生延枚叟相如末至居客之右俄而微霰零密雪下王乃歌北風於衛詩詠南山於周雅授簡於司馬大夫曰抽子秘思騁子妍辭侔色揣稱為寡人賦之相如於是避席而起逡巡而揖曰臣聞雪宮建於東國雪山峙於西域岐昌發詠於來思姬滿申歌於黃竹(周穆王遇雪作黃竹詩)曹風以麻衣比色楚謡以

幽蘭儷曲盈尺則呈瑞於豐年袤(茂)丈則表沴(麗)於陰德雪之時義遠矣哉請言其始若乃玄律窮嚴氣升焦溪涸暘谷凝火井滅溫泉冰沸潭無涌炎風不興北户墐扉裸壤垂繒(不衣之國)於是河海生雲朔漠飛沙連氛累靄揜日韜霞霰淅瀝而先集雪紛糅而遂多其爲狀也散漫交錯氛氳蕭索藹藹浮浮瀌瀌弈弈聯翩飛灑徘徊委積(佳)始緣甍而冒棟終開簾而入隙(後之詠雪未免脫胎于此)初便娟於墀廡末縈盈於帷席旣因方而爲珪亦遇圓而成璧眄隰則萬頃同縞瞻山則千巖俱白於是臺如重璧逵似連璐庭列瑤堦林挺瓊樹(模寫皆工)皓鶴奪鮮白鷴失素紈袖慙冶玉顏掩嫮(護)若乃積素未虧白日朝鮮爛兮若燭龍銜耀照崑山爾其流滴垂冰緣霤承隅粲兮若馮夷剖蚌列明珠至夫繽紛繁鶩之貌皓汗皎潔之儀迴散縈積之勢飛聚凝曜之奇固展轉而無窮嗟難得而備知若乃申娛翫之無已夜幽静而

多懷風觸楹而轉響月承幌而通輝酌湘吳之醇酎御狐貉之兼衣對庭鵾之雙舞瞻雲鴈之孤飛折園中之萱草摛堦上之芳薇踐雪霜之交積憐枝葉之相違馳遥思於千里願接手而同歸鄒陽聞之懣然心服有懷妍唱敬接末曲於是乃作而賦積雪之歌歌曰携佳人兮披重幄援綺衾兮坐芳縟燎熏鑪兮炳明燭酌桂酒兮揚清曲又續而爲白雪之歌歌曰曲既揚兮酒既陳朱顏酡兮思自親願低帷以昵枕念褫風而解紳怨年歲之易暮傷後會之無因君寧見階上之白雪豈鮮耀於陽春歌卒王乃尋繹吟翫撫覽扼腕顧謂枚叔起而爲亂亂曰白羽雖白質以輕兮白玉雖白空守貞兮未若茲雪因時興滅玄陰凝不昧其潔太陽曜不固其節節豈我名潔豈我貞憑雲升降隨風飄零值物賦象任地班形素因遇立汚隨染成縱心浩然何慮何營

月賦

宋謝希逸

賦也假託陳王及王仲宣以設賓主之詞先叙事次詠景次詠題次詠遊賞而終之以歌從首至尾全用雪賦格自是詠物一體所當倣倣篇末之歌猶有詩人所賦之情故隔千里兮共明月之辭極爲當時人稱賞

陳王初喪應劉端憂多暇緑苔生閣芳塵凝榭悄焉疚懷不怡中夜迺清蘭路肅桂苑騰吹寒山弭蓋秋坂臨濬壑而怨遥登崇岫而傷遠于時斜漢左界北陸南躔白露曖空素月流天沈吟齊章殷勤陳篇抽毫進牘以命仲宣仲宣跪而稱曰臣東鄙幽介長自丘樊昧道懵學孤奉明恩臣聞沈潜既義地高明既經天日以陽德月以陰靈擅扶光於東沼嗣若英於西冥引玄兔於帝臺集素娥於后庭朒朓警闕朏魄示冲順辰通燭從

星澤風埏華台室楊彩軒宮委照而昊業昌淪精而漢道融若夫氣霽地表雲斂天末洞庭始波木葉微脫菊散芳於山椒鴈流哀於江瀨升清質之悠悠降澄輝之藹藹列宿掩縟長河韜映柔祇雪凝圓靈水鏡連觀霜縞周除冰淨君王乃厭晨懽樂宵宴收妙舞弛清縣去燭房即月殿芳酒登鳴琴薦若乃良夜自凄風篁成韻親懿莫從羈孤遞進聆皐禽之夕聞聽朔管之秋引於是絃桐練響音容選和徘徊房露惆悵陽阿聲林虛籟淪池滅波情紆軫其何托愬皓月而長歌歌曰美人邁兮音塵闕隔千里兮共明月臨風歎兮將焉歇川路長兮不可越歌響未終餘景就畢滿堂變容廻徨如失又稱歌曰月既沒兮露欲晞歲方晏兮無與歸佳期可以還微霜霑人衣陳王曰善乃命執事獻壽羞璧敬佩玉音服之無斁

舞鶴賦

鮑明遠

賦也形狀舞態極工

散幽經以驗物偉胎化之僊禽鍾浮曠之藻質抱清迥之明心指蓬壺而翻翰望崑閬而揚音（此一段狀鶴之清高）匝日域以迴騖窮天步而高尋踐神區其既遠積靈祀而方多精含丹而星曜頂凝紫而煙華引圓吭之纖婉頓脩趾之洪姱（誇）疊霜毛而弄影振玉羽而臨霞朝戲乎芝田夕飲乎瑤池厭江海而遠澤掩雲羅而見羈（此一段狀鶴之見鑑）去帝鄉之岑寂歸人寰之喧卑歲崢嶸而愁暮心惆悵而哀離於是窮陰殺節急景彫年（此一篇狀將舞之景）凉沙振野箕風動天嚴嚴苦霧皎皎悲泉冰塞長河雪滿羣山既而氛昏夜歇景物澄廓星翻漢迴曉月將落感寒雞之早晨憐霜雁之違漠臨驚風之蕭條對流光之照灼唳清響於丹墀舞飛容於金閣（方出舞字）始連軒以鳳蹌終宛轉而龍躍（此一段狀鶴舞之態）躑躅徘徊振迅騰摧驚身蓬集矯翅雪飛離綱別赴合緒相依（離綱合緒舞之

行列也將興中止若往而歸颯沓衿顧遷延遲暮逸翮後塵翱翥先路指會規鏘臨岐矩步會岐皆舞節態有餘妍貌無停趣奔機逗節止也角睞分形長揚緩步並翼連聲輕迹凌亂浮影交横衆變繁姿參差存容煙交霧凝若無毛質風去雨還不可談悉旣散覓而溢目迷不知其所之此處狀舞罷之態忽星離而雲罷整神容而自持入微處仰天居之崇絶更惆悵以驚思當是時也此結却聚事於此亦是格一燕姬色沮巴童心耻巾拂兩停丸劍雙止雖邯鄲其敢倫豈陽阿之能擬入衛國而秉軒出吳都而傾市守馴養於千齡結長悲於萬里此二句有深意非苟作也

附録

歸去來辭　　晉陶淵明

淵明仕晉爲彭澤令督郵至縣當束帶見之嘆曰吾安能爲五斗米折腰向鄉里小兒耶即日解印

綬去作此辭以見志後以劉裕將移晋祚遂不復仕卒諡靖節徵士晦翁云其辭義夷曠蕭散雖托楚聲而無其尤怨切蹙之病盖沛然出自肺腑如首云歸去來兮中間又云歸去來兮疑爲二篇而了無端緒人不得而窺之耳此篇實用賦義而中亦兼比

歸去來兮田園將蕪胡不歸既自以心爲形役奚惆悵而獨悲悟已往之不諫知來者之可追實迷途其未遠覺今是而昨非舟搖搖以輕颺風飄飄而吹衣問征夫以前路恨晨光之熹微比也廼瞻衡宇載欣載奔童僕歡迎稚子候門三徑就荒松菊猶存比也携幼入室有酒盈罇引壺觴以自酌眄庭柯以怡顏倚南窗以寄傲審容膝之易安園日涉以成趣平中之工門雖設而常關策扶老以流憩時矯首而遐觀雲無心而出岫鳥倦飛而知還

景翳翳以將入撫孤松以盤桓歸去來兮請息交以絕游世與我以相違復駕言兮焉求悅親戚之情話樂琴書以消憂農人告余以春及將有事于西疇或命巾車或棹孤舟既窈窕以尋壑亦崎嶇而經丘六朝人專喜下字陶公亦然但字面平妥自有深意木欣欣以向榮泉涓涓而始流善萬物之得時感吾生之行休已矣乎寓形宇內復幾時曷不委心任去留胡為乎遑遑欲何之富貴非吾願帝鄉不可期懷良辰以孤往或植杖以耘耔登東皋以舒嘯臨清流而賦詩聊乘化以歸盡樂夫天命復奚疑

北山移文

孔德璋

北山者建康蔣山也周顒嘗隱此後為海鹽令欲再經此山德璋以其不能終隱假山靈作移文絕之

鍾山之英草堂之靈馳煙驛路勒移山庭夫以耿介拔俗之標瀟灑出塵之想度白雪以方潔干青雲而直上吾方知之矣若

其亭亭物表皎皎霞外芥千金而不盼屣萬乘其如脫聞鳳吹於洛浦值薪歌於延瀨固亦有焉豈期終始參差蒼黃飜覆淚翟子之悲慟朱公之哭乍廻跡以心染或先貞而後黷何其繆哉嗚呼尚生不存仲氏長往山阿寂寥千載誰賞世有周子儁俗之士旣文旣博亦玄亦史然而學遁東魯習隱南郭竊吹草堂濫巾北嶽誘我松桂欺我雲壑雖假容於江皐乃纓情於好爵其始至也將欲排巢父拉許由傲百氏蔑王侯風情張日霜氣橫秋或歎幽人長往或怨王孫不游談空空於釋部覈玄玄於道流務光何足比涓子不能儔及其鳴騶入谷鶴書赴隴形馳魄散志變神動爾乃眉軒席次袂聳筵上焚芰製而裂荷衣抗塵容而走俗狀風雲悽其帶憤石泉咽而下愴望林巒而有失顧草木而如喪至其紐金章綰墨綬跨屬城之雄冠百里之首張英風於海甸馳妙譽於浙右道帙長擯法筵久埋敲扑喧

囂犯其慮牒訴倥偬裝其懷琴歌既斷酒賦無續常綢繆於結論每紛綸於折獄籠張趙於往圖架卓魯於前籙希蹤三輔豪馳聲九州牧使我高霞孤映明月獨舉青松落陰白雲誰侶澗戶摧絕無與歸石逕荒凉徒延佇至於還飆入幕寫霧出楹蕙帳空兮夜鶴怨山人去兮曉猨驚昔聞投簪逸海岸今見解蘭縛塵纓於是南嶽獻嘲北隴騰笑列壑爭譏攢峰竦誚慨游子之我欺悲無人以赴弔故其林慙無盡澗愧不歇秋桂遣風春蘿罷月騁西山之逸議馳東皋之素謁今又促裝下邑浪栧上京雖情投於魏闕或假步於山扃豈可使芳杜厚顏薜荔無恥碧嶺再辱丹崖重滓塵遊躅於蕙路汙綠池以洗耳宜扃岫幌掩雲關斂輕霧藏鳴湍截來轅於谷口杜妄轡於郊端於是叢條瞋膽疊穎怒魄或飛柯以折輪乍低枝而掃迹請迴俗士駕爲君謝逋客

唐

○螢火賦

駱賓王

祝氏曰比而賦也本取螢自比而又取他物比螢所謂比中之比非不精工但先後複出既繁且塞然猶有發乎情之旨盖得鸚鵡野鵝之微者也

伊玄功之播氣有丹鳥之賦象順陰陽以亭毒資變化而涵養每寒潛而暑出若知來而藏往既發暉而外融亦含光而內朗若夫小暑南收大火西流林塘改夏雲物凝秋忽凌虛而起遠乍排叢而出幽均火齊之宵映如夜光之暗投逝將歸而未返忽欲去而中留入槐榆而焰發若改燧而環周繞堂皇而影遍疑秉燭以嬉遊點綴懸珠之網隱映落星之樓乍滅乍興或聚或散居無定所習無常翫曳影周流飄光凌亂泛灔乎池沼徘徊乎林岸狀火井之沉熒似明珠之出漢值而颸而不烈逢需

雨而逾煥炤灼兮若湛虛之夜飛的皪兮象招搖之夕爛與夜燎而相炫照重陰於巳昏共燐火而齊息避太陽於始旦爾其光不周物明足自資偶仙鼠而伺夜謝飛蛾之赴熺類君子之有道入暗室而不欺同至人之無迹懷明義以應時處幽不昧居照斯晦隨隱顯而動息候昏明以進退委性命兮幽玄任物理兮推遷化腐木而含彩集枯草而藏煙不貪熱而苟進每和光而曲全豈如鎔金而自鑠寧學膏火而相煎陋蟬蜩之習蜕怵蠨蛸之慕羶匪傷蜉蝣之夕不羨龜鶴之年搶榆飛而控地摶扶起而垂天雖小大之殊品豈逍遥之異筌夫何化之斯化無使然而自然若乃有來斯通無去不至排朱門而獨遠昇青雲而自致匪偷光於鄰壁寧假暉於陽燧終徇巳以效能靡因人以成事物有感而情動迹或均而行異響必應之於同聲道固求之於同類始未明其趣同歸舍終詎識其旨意予尚不知魚

水之爲樂吾又安知螢火之所利明兮能遷變兮無窮牛哀倏而化贙衒羽泉忽兮生熊血三年兮藏碧蒐一變兮成虹知戰場之化燐悟冤獄之爲蟲彼翩翻之弱質尚矯翼而凌空何微生之多蹟獨冤頸以觸籠異璧光之照廡同劍影之埋豐覬道迷而可復庶鑒幽而或通覧光華以自照顧形影而相弔感秋夕之殷憂懸宵行之熠燿熠燿飛兮絶復連殷憂積兮明自煎見流光之不息愴鸛蒐之屢遷如過隙兮已矣同奔電兮忽焉儻餘輝之可照庶寒灰之重然

大鵬賦　李太白

比而賦也祝氏曰太白蓋以鵬自比而以希有鳥比司馬子微此題出於莊子寓言本自宏濶而太白又以豪氣雄文發之事與辭稱俊邁飄逸去騷頗近然但得騷人一體耳若論騷人所賦全體固

當以優柔婉曲者爲有味豈專爲宏衍鉅麗之一
體哉

南華老仙發天機於漆園吐崢嶸之高論開浩蕩之奇言徵至怪于齊諧談北溟之巨魚吾不知其幾千里其名曰鯤化成大鵬質凝胚渾脫鬐鬣于海島張羽毛于天門刷渤澥之春流晞扶桑之朝暾燀赫乎宇宙憑陵乎崑崙一鼓一舞煙濛沙昏五嶽爲之震蕩百川爲之崩奔爾乃蹶厚地揭太清亘層霄突重溟激三千以崛起摶九萬而迅征背嶪太山之崔嵬翼舉垂雲之縱橫左廻右旋倏陰忽明歷汗漫以夭矯排閶闔之崢嶸簸鴻濛扇雷霆斗轉而天動山搖而海傾怒無所搏雄無所爭固可想像其勢髣髴其形若乃足縈虹蜺目耀日月連軒沓拖揮霍翕忽噴氣則六合生雲灑毛則千里飛雪邈彼北荒將窮南圖運逸翮以旁擊鼓奔飆而長驅燭龍含光以照物列缺施鞭

而啓途塊視三山杯觀五湖其動也神應其行也道俱任公見之而罷釣有窮不敢以彎弧莫不投竿失鏃仰之長吁爾其雄姿壯觀映背河漢上摩蒼蒼下覆漫漫盤古開天而直視羲和倚日以傍歎續紛乎八荒之間隱映乎四海之半當胸臆之掩晝若混茫之未判忽騰覆以廻旋則霞廓而霧散然後六月一息至于海湄歘翳景以橫翥逆高天而下垂憩乎泱漭之野入于汪湟之池猛勢所射餘風所吹溟漲沸渭巖巒紛披天吴爲之怛慄海若爲之躨跜巨鼇冠山而却走長鯨騰海而下馳縮殼挫鬛黿莫之敢窺吾亦不測其神怪而若此蓋乃造化之所爲豈比夫蓬萊之黄鵠誇金衣與菊裳恥蒼梧之玄鳳耀彩質與錦章既服御于靈仙亦馴擾于池隍精衛殷勤于銜木鶢鶋悲愁乎薦觴天雞警曙于蟠桃踆烏晰耀於太陽不曠蕩而縱適何拘攣而守常未若茲鵬之逍遥無厥類乎比方不矜大而暴

猛毎順時而行藏參玄根以比壽飲元氣以爲漿戲暘谷以徘徊馮炎洲而抑揚俄而希有鳥見而謂之曰偉哉鵬乎若此之樂也吾左翼掩乎東極右翼蔽乎西荒跨躡地絡周旋天綱以恍惚爲巢以虛無爲場我呼爾遊爾呼我翔於是乎大鵬許之欣然相隨此二禽已登于寥廓而尺鷃之輩空見笑于藩籬

劍閣賦

賦也祝氏曰其前有上則旁則等語是揫歛上林兩都鋪叙體格而裁入小賦亦是豪蕩而不傷陋蓋太白才飄逸其爲詩也或離舊格而去之其賦亦然

咸陽之南直望五千里起得奇壯見雲峰之崔嵬前有劍閣橫斷倚青天而中開上則松風蕭颯瑟颸有巴猿兮相哀旁則飛湍走壑灑石噴閣洶湧而驚雷送佳人兮此去復何時兮歸來望夫

君兮安極我沉吟兮歎息視滄波之東注悲白日之西匿鴻別燕兮秋聲雲愁秦而暝色若明月出於劍閣兮與君兩鄉對酒而相憶起結皆妙

閔己賦　韓退之

賦也畧有比義退之才高數黜故作此賦益思古人靜俟之義以自堅其志而終之以無悶云

余悲不及古之人兮伊時勢而則然獨閔閔其曷已兮憑文章以自宣昔顏氏之庶幾兮在隱約而平寬固哲人之細事兮夫子乃嗟歎其賢惡飲食乎陋巷兮亦足以頤神而保年有至聖而爲之依歸兮又何不自得於艱難曰余昏昏其無類兮望夫人其已遠行舟楫而不識四方兮涉大水之漫漫勤祖先之所貽兮此比之義勉汲汲於前修之言雖舉足以蹈道兮哀與我者爲誰衆皆捨而已用兮忽自惑其是非下土茫茫其廣大兮余壹不

知其可懷就水草以休息兮恒未安而既危久拳拳其何故兮亦天命之本宜惟否泰之相極兮咸一得而一違君子有失其所兮小人有得其時聊固守以靜俟兮誠不及古之人兮其焉悲

別知賦

賦也其中山嗽嗽其相軋四句殊覺自在有比興之義存焉退之在陽山別楊儀之作

余取友於天下將歲行之兩周下何深之不即上何高之不求紛擾擾其既多咸喜能而好修寧安顯以獨裕顧阨窮而共愁惟知心之難得斯百一而爲收歲癸未而遷逐侶蟲蛇愈自謂於海陬陽山遇夫人指楊儀之之來使闕公館而羅羞索微言於亂志發孤笑於羣憂物何深而不鏡理何隱而不抽始參差以異序卒爛熳而同流何此歡之不可恃遂駕馬而廻轅山嗽嗽其相軋賦家語如此閑雅故自不多可學樹蓊蓊其相摎雨浪浪其不止雲浩浩其常

浮知來者之不可以數哀此去而無由倚郭郛而掩涕空盡日
以淹留

閔生賦　柳子厚

賦也亦用比義子厚在唐憲宗時坐王叔文黨貶
官永柳歷年不得還悔其年少氣銳不識幾微以
至此遂作閔生等賦其悔厲亦極矣

閔吾生之險阨兮紛喪志以逢尤氣沉鬱以杳眇兮涕浪浪而
常流膏液竭而枯居兮魂離散而遠遊言不信而莫余白兮雖
遑遑欲焉求合喙而隱志兮幽默以待盡爲與世而斥繆兮固
離披以顛隕騏驥之棄辱兮駑駘以爲騁玄虬蹶泥兮畏避鼉
黽行不容之崢嶸兮質魁壘而無所隱鱗介槁以橫陸兮鴟嘯
羣而厲吻心沉抑以不舒兮形低摧而自愍肆余目於湘流兮
望九疑之垠垠波淊溢以不返兮蒼梧鬱其蜚雲重華幽而野

死兮世莫得其僞眞屈子之悄微兮抗危辭以赴淵古固有此極憤兮剟吾生之藐艱列往則以考巳兮揞斗極以自陳登高昂而企踵兮瞻故邦之殷轔山水浩以蔽虧兮路蓊勃以揚氛空廬頹而不理兮翳丘木之榛榛堀窮老以淪放兮匪魍魅吾誰鄰仲兮之不惑兮有垂訓之謨言孟軻四十乃始特心兮猶希勇乎黜貰顧余質愚而齒減兮宜觸禍以阽炎身知徙善而革非兮又何懼乎今之人噫禹績之勤備兮曾莫理夫茲川般周之鄺大兮南不盡夫衡山余囚楚越之交極兮言所貶之地非三代疆域也邈離絶乎中原壤汙潦以沮洳兮蒸沸熱而恒昏戲梟鶴乎中庭兮蒹葭生於堂筵雄虺蓄形於木杪兮短狐伺景於深淵仰矜危而俯慄兮弭日夜之拳攣二句意亦好慮吾生之莫保兮忝代德之元醇孰恥軀之敢愛兮竊有繼乎古先明神之不欺余兮庶激烈而有聞冀後害之無辱兮匪徒蓋乎曩愆

阿房宮賦　杜牧之

賦也祝氏曰前半篇造句猶是賦後半篇議論俊發醒人心目自是一段好文字賦之本體恐不如是以至宋朝諸家之賦大抵皆用此格潘子真載曾南豐曰牧之之賦宏壯巨麗馳騁上下累數百言至楚人一炬可憐焦土其論盛衰之變判於此蓋南豐亦只論其賦之文而未及論賦之體后山談叢云曾子固短於韻語若韻語是其所短則其以文論賦毋恠焉

六王畢四海一蜀山兀阿房出覆壓三百餘里隔離天日驪山北構而西折直走咸陽二川溶溶流入宮墻五步一樓十步一閣廊腰縵迴簷牙高啄各抱地勢鈎心鬬角盤盤焉囷囷焉蜂房水渦矗不知其幾千萬落長橋臥波未雲何龍句複道行空

不霽何虹高低冥迷不知西東歌臺暖響春光融融舞殿冷袖風雨淒淒一日之内一宫之間而氣候不齊此三句意亦好便似文妃嬪媵嬙王子王孫辭樓下殿輦來于秦下字皆不尚朝歌夜絃爲秦宫人明星熒熒開粧鏡也緑雲擾擾梳曉鬟也渭流漲膩棄脂水也煙斜霧横焚椒蘭也雷霆乍驚宫車過也轆轆遠聽杳不知其所之也一肌一容盡態極妍縵立遠視而望幸焉有不得見者三十六年燕趙之收藏韓魏之經營齊楚之精英幾世幾年收掠其人倚疊如山一旦有不能輸來其間晦菴云當作不能有鼎鐺玉石句還金現珠礫南豐云現當作塊棄擲邐迤秦人視之亦不甚惜嗟乎一人之心千萬人之心也句意極好但有韻文耳秦愛紛奢人亦念其家柰何取之盡錙銖用之如泥沙使負棟之柱多於南畝之農夫架梁之椽多於機上之工女釘頭磷磷多於在庾之粟粒瓦縫參差多於周身之帛縷直欄横檻多於九土之城郭管絃嘔啞

多於市人之言語使天下之人不敢言而敢怒獨夫之心日益驕固戍卒叫函谷舉楚人一炬可憐焦土嗚呼滅六國者六國也非秦也族秦者秦也非天下也（此一段理深文婉真可敬服若以賦觀之恐失其本也）使六國各愛其人則足以拒秦秦復愛六國之人則遞三世可至萬世而爲君誰得而族滅之也秦人不暇自哀而後人哀之後人哀之而不鑒之亦使後人而復哀後人也

附録

弔田横文　韓退之

晁氏曰退之有大志不爲由知行經横墓感其義能得士故爲文弔

事有曠百世而相感者余不自知其何心非今世之所稀（四句意在言外第三句意尤深婉）孰爲使余歔欷而不可禁余既博觀乎天下曷有庶幾夫子之所爲死者不可生嗟余去此其從誰當秦氏之敗

亂得一士而可王何五百人之擾擾而不能脱夫子於劍鋋抑所寶之非賢亦天命之有常昔闕里之多士孔聖亦云其遑遑苟余行之不迷雖顛沛其何傷自古死者非一夫子至今有耿光跽陳辭而薦酒覓髣髴其來享

訟風伯

比而賦也晁氏曰旱以喻澤不下流風以比小人實爲此厲雲以比君子欲施而不可得

維茲之旱兮其誰之由我知其端兮風伯是尤山升雲兮澤上氣雷鞭車兮電搖幟雨寖寖兮將墜風伯怒兮雲不得止暘烏之仁兮念此下民閟其光兮不鬬其神嗟風伯兮其獨謂何我於爾兮豈有其他求其時兮脩祀事牲甚肥兮酒甚旨食足飽兮飲足醉風伯之怒兮誰使雲屏屏兮吹使醨之氣將交兮吹使離之鑠之使氣不得化寒之使雲不得施嗟爾風伯兮欲逃

其罪又何辭上天孔明兮有紀有綱我今上訟兮其罪誰當天誅加兮不可悔風伯雖死兮人誰汝傷

弔屈原文

柳子厚

此篇用比賦而雜出風興之義其迹原之心頗得之

後先生蓋千祀兮余再逐而浮湘求先生之汨羅兮擥蘅若以薦芳願荒忽之顧懷兮冀陳辭而有明(叶芒音)先生之不從世兮惟道是就支離搶攘兮遭世孔疚華蟲薦壤兮進御羔袖牦鷄(指楚后)吚嚘兮孤雄(指楚王)束味哇咬環觀兮蒙耳大呂董喙以爲羞兮焚棄稷黍犴獄之不知避兮宮庭之不處陷塗藉穢兮榮若繡黼㩁折火烈兮娛娛笑舞讒巧之嘵嘵兮惑以爲咸池便媚鞠恧兮美逾西施謂謨言之怪誕兮反寘瑱而遠違匿重痼以諱避兮進俞緩之不可爲何先生之凛凛兮厲鍼石而從之仲尼之去魯兮曰吾行之遲遲柳下惠之直道兮又焉往而

可施今夫世之議夫子兮（指揚雄反騷）曰胡隱忍而懷斯惟達人之卓軌兮固僻陋之所疑委故都以從利兮吾知先生之不忍（此四句亦得原之心者）立而視其覆墜兮又非先王之所志窮與達固不渝兮夫惟服道以守義矧先生之悃愊兮滔大故而不貳沉璜瘞珮兮孰幽而不光荃蕙蔽匿兮胡久而不芳先生之貌不可得見兮猶髣髴其文章託遺編而嘆喟兮渙余涕之盈眶呵星辰而驅詭怪兮（意得是從文章說來）夫孰救於崩亡何揮霍雷電兮苟爲是之荒茫耀姱辭之曭朗兮世果以是之爲狂哀余衷之坎坎兮獨蘊憤而增傷諒先生之不言兮後之人又何望忠誠之既內激兮抑衡忍而不長（言其沉湘也）芋爲屈之幾何兮胡爲獨焚其中腸（此二句大妙感憤之意溢於言外）吾哀今之爲仕兮庸有慮時之否臧食君之祿畏不厚兮悼得位之不昌退自服以默默兮曰吾言之不行既媮風之不可去兮懷先生之可忘

四卷終

文章辨體卷之五

海虞後學吳訥編集

古賦四

宋

秋聲賦　歐陽永叔

祝氏曰此等賦自卜居漁父篇來歐陽公專以此爲宗其賦專尚文體以掃積代俳律之弊然於三百五篇吟詠情性之流風遠矣迂齋云此賦模寫工轉折妙悲壯頓挫無一字塵涴自是文中菁翹者

歐陽子方夜讀書聞有聲自西南來者悚然而聽之曰異哉初淅瀝以蕭颯忽奔騰而砰湃如波濤夜驚風雨驟至此喻雖精妙然只是文体其觸於物也鏦鏦錚錚金鐵皆鳴又如赴敵之兵銜枚疾走不聞號令但聞人馬之行聲亦妙予謂童子此何聲也汝出視之

童子曰星月皎潔明河在天語絜四無人聲聲在樹間予曰噫嘻悲哉此秋聲也胡爲乎來哉蓋夫秋之爲狀也鋪叙其色慘淡煙霏雲斂其容清明天高日晶其氣慄冽砭人肌骨其意蕭條山川寂寥故其爲聲也引入声去淒淒切切呼號奮發豐草綠縟而爭茂佳木葱蘢而可悅草拂之而色變木遭之而葉脫其所以摧敗零落者乃一氣之餘烈夫秋刑官也此段又推廣於時爲陰又兵象也於行爲金是謂天地之義氣常以肅殺而爲心天之於物春生秋實故其在樂也商聲主西方之音夷則爲七月之律商傷也物既老而悲傷推測精夷戮也物過盛而當殺嗟夫此下一篇之警策草木無情有時飄零人爲動物惟物之靈百憂感其心萬事勞其形有動於中必搖其精而況思其力之所不及憂其智之所不能文字之妙自不可及宜其渥然丹者爲槁木黟然黑者爲星星奈何非金石之質欲與草木而爭榮念誰爲之戕賊亦何恨乎秋

聲童子莫對垂頭而睡但聞四壁蟲聲唧唧如助予之歎息結佳

服胡麻賦　蘇子瞻

晦翁云此賦近於橘頌故録其篇云

我夢羽人頎而長兮惠而告我藥之良兮喬松千尺老不僵兮流膏入土龜蛇藏兮得而食之壽莫量兮於此有草衆所嘗兮狀如狗蝨其莖方兮夜炊晝曝久乃臧兮茯苓爲君此其相兮我興發書若合符兮乃瀹乃烝甘且腴兮補塡骨髓流髮膚兮是身如雲我何居兮長生不死道之餘兮神藥如蓬生爾廬兮世人不信空自劬兮搜抉異物出怪迂兮槁死空山固其所兮至陽赫赫發自坤兮至陰肅肅躋於乾兮寂然反照珠在淵兮沃之不滅又不燔兮長虹流電光燭天兮嗟此區區何與於其間兮譬之膏油火之所傳而已耶

屈原廟賦

賦也晦翁云蘇公自蜀而東道出屈原祠下嘗爲賦以詆揚雄而申原志然不專用楚語其輯之亂有發於屈之心而其詞氣亦若有冥會者焉

浮扁舟以適楚兮過屈原之遺宮覽江上之重山兮曰唯子之故鄉伊昔放逐兮渡江濤而南遷去家千里兮生無所歸而死無以爲墳悲夫人固有一死兮處死之爲難（此意一篇之骨）徘徊江上欲去而未決兮俯千仞之驚湍賦懷沙以自傷兮嗟子獨何以爲心（妙）忽終章之慘烈兮逝將去此而沉吟吾豈不能高舉以遠遊兮（意反覆處極佳）又豈不能退默而深居獨嗷嗷其怨慕兮恐君臣之愈疏（原之心正是如此）生既不能力爭而強諫兮死猶冀其感發苟宗國之顛覆兮吾亦何愛久生託江神以告冤兮馮夷告予以上訴歷九關而見帝兮帝亦悲傷而不能救懷瑾佩蘭而無所歸兮獨惸惸乎中浦峽山高兮崔嵬故宮廢兮行人哀子孫

散兮安在況復見兮高臺自子之逝今千載兮世愈狹而難存
賢者畏譏而改度兮隨俗變化斵方以爲圓黽勉於亂世而不
能去兮又或爲之臣佐變丹青於玉瑩兮雄乃謂子爲非智惟
高節之不可企及兮（此諷也爲風義）宜夫人之不吾與違國去俗而不
顧兮豈不足以免於後世嗚呼君子之道豈必全兮（此即轉辭）全身
遠害亦或然兮嗟予區區獨爲其難兮雖不適中要以爲賢兮
（意極高）夫我何悲子所安兮

前赤壁賦

謝疊山云此賦學莊騷無一句與莊騷相似非超
然之才絕倫之識不能爲也瀟洒神奇出塵絕俗
如乘雲御氣而立乎九霄之上俯視六合何物茫
茫非惟不掛之齒牙間亦不足以入其靈臺丹府也

壬戌之秋七月既望蘇子與客泛舟遊於赤壁之下清風徐來

水波不興舉酒屬客誦明月之詩歌窈窕之章少焉月出於東山之上徘徊於斗牛之間白露橫江水光接天縱一葦之所如淩萬頃之茫然文爽浩浩乎如馮虛御風而不知其所止眞使人有淩雲氣飄飄乎如遺世獨立羽化而登仙於是飲酒樂甚扣舷而歌之歌曰桂櫂兮蘭槳學騷文擊空明兮泝流光渺渺兮予懷望美人兮天一方客有吹洞簫者倚歌而和之其聲嗚嗚然如怨如慕如泣如訴餘音嫋嫋不絕如縷舞幽壑之潛蛟泣孤舟之嫠婦蘇子愀然整襟危坐而問客曰何爲其然也客曰月明星稀烏鵲南飛此非曹孟德之詩乎西望夏口東望武昌山川相繆鬱乎蒼蒼此非孟德之困於周郎者乎方其破荆州下江陵順流而東也舳艫千里旌旗蔽空釃酒臨江橫槊賦詩固一世之雄也而今安在哉況吾與子漁樵於江渚之上侶魚蝦而友麋鹿駕一葉之扁舟舉匏樽以相屬寄蜉蝣於天地渺滄海之一

粟哀吾生之須臾羨長江之無窮挾飛仙以敖遊爽甚抱明月以長終知不可乎驟得託遺響於悲風蘇子曰客亦知夫水與月乎此段全學莊子意思逝者如斯說水而未嘗往也盈虛者如彼說月而卒莫消長也蓋自其變者而觀之意超文俊則天地曾不能以一瞬自其不變者而觀之則物與我皆無盡也而又何羨乎且夫天地之間物各有主苟非吾之所有雖一毫而莫取惟江上之清風與山間之明月耳得之而爲聲目遇之而成色取之無禁用之不竭是造物者之無盡藏也而吾與子之所共適客喜而笑洗盞更酌肴核既盡杯盤狼籍相與枕藉乎舟中不知東方之既白

篇中如人影在地仰見明月及江流有聲斷岸千尺山高月小水落石出等句是賦景物妙處

後赤壁賦

是歲十月既望步自雪堂將歸于臨皋二客從予過黃泥之坂

霜露既降木葉盡脫人影在地仰見明月顧而樂之行歌相答已而歎曰有客無酒有酒無肴月白風清如此良夜何客曰今者薄暮舉網得魚巨口細鱗狀如松江之鱸顧安所得酒乎歸而謀諸婦婦曰我有斗酒藏之久矣以待子不時之需於是携酒與魚復遊於赤壁之下江流有聲斷岸千尺清雅山高月小水落石出曾日月之幾何而江山不可復識矣予乃攝衣而上履巉巖披蒙茸踞虎豹登虬龍攀棲鶻之危巢俯馮夷之幽宮蓋二客不能從焉劃然長嘯草木震動山鳴谷應風起水涌予亦悄然而悲肅然而恐凜乎其不可留也反而登舟放乎中流聽其所止而休焉時夜將半四顧寂寥適有孤鶴橫江東來翅如車輪玄裳縞衣戛然長鳴掠予舟而西也須臾客去予亦就睡夢一道士羽衣蹁躚過臨皋之下揖予而言曰赤壁之游樂乎問其姓名俛而不答嗚呼噫嘻我知之矣疇昔之夜飛鳴而過

我者非子也耶道士顧笑予亦驚悟開户視之不見其處

屈原廟賦

蘇子由

賦而雜出於風比興之義

淒涼兮秭歸寂寞兮屈氏楚之孫兮原之子伉直遠逝兮誰復似宛有廟兮江之浦予來斯兮酌以酒吁嗟神兮生何喜九疑陰兮湘之涘鼓桂楫兮蘭爲舟横中流兮風鳴厲（即退之碑中語意）忽自溺兮曠何求野莽莽兮舜之丘舜之墻兮繚九州（自此以下中比之義也）中有長遂兮可駕以遊揉玉以爲輪兮斲木以爲輈柏翳俯以御馬兮皋陶爲予參乘慘然愍予之強死兮泫然涕下而不禁道予以登夫重丘兮紛古人其若林梧伯夷以太息兮（此下以古人爲比）焦衍爲予而歔欷古固有是兮予又何怪乎當今獨有謂予之不然兮夫豈柳下之展禽彼其所處之不同兮又安可以謗予抱關而擊柝兮予豈責以必死宗國隕而不救兮夫予舍是而

安去真原之心也予將質以重華兮此下托也乃比而興之義蹇將語而出涕優柔
予豈如彼婦兮夫不仁而出訴慘默默予何言兮使重華之自
爲人所不到處予惟樂夫揖遜兮坦平夷而無憂朝而從之遊兮顧
予使予昌言出而無忌兮暮還處以燕安此等處皆人難到處噫平生
之所好兮既死而後能然意高遠又寓比興風意彼鄉之人兮夫孰知予
此歎忽反顧以千載兮此二句截斷衆流筆有千鈞力喟故宮之頹垣意味默然

黃樓賦　　秦少游

賦也

惟黃樓之瓌瑋兮冠雉堞之左方挾光晷以橫出兮干雲氣而
上征既要眇以有度兮又洞達而無旁斥丹艧而不御兮爰取
法於中央列千山而環峙兮交二水而旁奔岡陵奮其攫拏兮
谿谷效其吐吞覽形勢之四塞兮識諸雄之所存意天作以遺
公兮慰平日之憂勤繄夫河之初決兮狂流漫而稽天御扶搖

以東下兮紛萬馬而爭前象罔出而侮人兮螭蜃過而垂涎儆精神之所貫兮幾孤墉之不全偷朝夕以昧遠兮固前識之所羞慮異日之或然兮復壓之以茲樓時不可以驟得兮姑從容而浮游儻登臨之信美兮又何必乎故丘觴酒醪以爲壽兮旅殽核以爲儀儼雲霄以趍侍兮笑言樂而忘時發哀彈與豪吹兮飛鳥起而參差恨所思之遲暮兮綴明月而成詞噫故變之相詭兮猶傳馬之更馳昔何負而遑遽兮今何暇而遨嬉豈造物之莫詔兮惟元元之自貽將苦逸之有數兮疇工拙之能爲韙哲人之知其故兮蹈夷險而皆宜視蚑蚋之過前兮曾不介乎心思正余冠之崔嵬兮服儒佩之焜煌從公於樓兮聊裴回以相羊

大禮慶成賦

張文潛

祝氏曰賦而雜出於雅頌其間多步驟相如子雲

孟堅諸作脫其意而異其辭中間化腐爲奇處正可學後學知此則謝朝華於已披啓夕秀於未振何患語言之陳腐哉

維宋六世壬申仲冬將有事於南郊於是天子乃翳青雲之屋乘雕玉之輿應龍受轡招搖翼輈建虹霓之修竿兮颻彗星之飛斿太一執節以先驅兮二十八星拱手布武經營而周流（此等長句有甘泉河東賦体）貔貅亡師雷霆萬乘初海沸以雲湧忽山峙而川靜蓋天子粹然玉潤徙然天運望宮門而動色顧執策而命進惟烜赫之靈源兮實鼻祖於神明覽光德而來降兮館玉宇之嚴清張咸英之廣樂備于籥之盛舞景光交徹鸞鶴來下神嬉靈豫醉爵飽俎翼翼清廟觀德之宮七聖在天時降于宗時降于宗世有哲孫豈弟無疆忠我文人瞻祖祏而念功兮顧禰室而感親聖孝油然發中兮在位望而含辛霽陽告旦祥飈掠塵

從我髦士來祇精禋御史肅吏司馬飾兵既逶逶遲遲雲流而日行兮又洶洶業業海運而天聲靈旗洪旆翕赫歘霍兮攫挐龍虎而亂鯤鵬雄鷙愭威而震伏兮柔良化禮而肅清弛威弧戢天戈兮固已熄戚蚩尤而折欃槍執飛廉圉商羊屬之有司兮羲和磨刮晝獻其光明（意常語新）蓋傾都空閭翹首跂足俯窺復綦傍覘佩玉者忽焉不知手之加額口之成祝也於是背都城望帷宮郊坰坦其迤邐兮場圃既寒而畢功頹青雲以連屬粲虹霓之經緯（此一段形容帷宮之制極工）紫微下屬於兩觀勾陳錯施於萬雉扶顛之神仰立而拱翊德之龍下抱而曳凝神夔之歘成兮涌九地而出峙連廡千柱廣殿萬栱飛甍闘桷洞牖屹壁（句琢）酸股之隅眩目之極唐洛執筭而莫計班倕操斤而自惑者類非資材於斲漫而皆機杼之紡績也一室之用足以溫一家一宮之費何啻衣一國驚霆之踔既震洶鏧之聲咸寂儆齋寢之靜

深兮何清虛而邃密天子方端而虛儼而一多儀未舉精意已塞甲夜始晦嚴鼓載作飛歛走伏神讋鬼愕望舒騰精以燭霄兮玄冥收威而布德靈鼉五震軫車將中天子乃被衮鞸玉兮齋明莊栗之誠動于進趨表于形容千燎具揚萬炬畢融上揜熒惑旁爍燭龍近爲朝陽遠爲融風赫赫巇巇煌煌輝輝列次之士野也之師鼎如酌醇而御兼衣黃流汪洋璧玉照徹祥祲衡布協氣下浹音爲樂和形爲人悅白質之獸簫聲之鳥紛披雜沓應奏而舞節陟降既周燎煙始升奔星走虹奉璧薦牲豐隆奔馳而仰驚兮祝融焜煌而上征開閶闔兮闢清都后帝燕兮百神愉圓錫蓋兮方獻輿（本是常語中用錫獻二字便新奇下句亦得）岳輸固兮冥效濡於是禮備樂成整車而旋萬類環極端門闢天賞出千庚恩流百川北包大壤南盡島蠻西越流沙東窮海壖今未脫口雷動風傳野無窮人獄無宿愆破械解縲負帛囊錢車及其

舍士復其伍效伎呈才千鐃萬鼓天子舉酒以屬群公咸曰休哉天子之功系曰於穆聖皇建皇極兮嚴恭精禋帝來格兮柔祇並立儼牲璧兮文祖右坐臨有赫兮於惟祖宗有常則兮諱兵畏刑後貨食兮後貨於食也政有損益茲不易兮帝則鑒之戩穀錫兮兢兢業業日一日兮三載一祀年萬億兮

感春賦　朱晦菴

晦菴朱子著書立言以承絕學之緒文辭特其餘事若楚人之辭則末歲亦嘗爲之注釋辨證以深寓其愛君憂國之誠匪但尚其辭藻而已也今觀感春空同二賦益其少作然辭意高遠雜出風比興之義是豈當世專志辭章者所能及也傳曰有德者必有言信哉

觸世塗之幽險兮攬余轡其安之慨埋輪而縶馬兮指故山以

爲期仰皇鑒之昭明兮眷余衷其猶未替抑重巽於既申兮徇耕野之初志自余之既歸兮畢藏英而發春潛林廬以靜處兮閟蓬戶其無人披塵編以三復兮悟往哲之明訓嗒掩卷以忘言兮納遐情於方寸朝吾屣履而歌商兮夕又賡之以清琴夫何千載之遙遙兮乃獨有會於余心忽嚶鳴其悅豫兮仰庭柯之葱蒨悼芳月之既徂兮思美人而不見彼美人之脩嫮兮超獨處乎明光結丹霞以爲綬兮佩明月而爲璫悵佳辰之不可再兮懷德音之不可忘樂吾之樂兮誠不可以終極憂予之憂兮孰知吾心之永傷

空同賦

何孟秋之玄夜兮心憀戾而弗怡偃予軀之既寧兮神杳杳兮寒闈雲屋掩而弗扃兮壁帶耿而夜光嵓予魄而不得視兮悵竚立其怔營靈脩顧予而一笑兮懽並坐之從容寐將分而不

忍兮旦欲往而焉從眷予衷之廓落兮奄愁結而增忡超吾升彼崑崙兮路脩遠而焉窮忽憑危以臨睨兮蔑廣寒與閶闔声乎風信真際之明融兮又何必懷此夢也矣予詞以自寫兮盍將反予旆乎空同

附錄

秋風三疊寄秦少游　　邢居實

居實恕之子少有逸才其為此時未弱冠晦翁云味其言神會天出如不經意而無一字作今人語同時號稱前輩名好古學者皆莫及使天壽之則其所就豈可量哉與而賦也而賦中亦有比義

秋風夕起兮白露為霜草木憔悴兮竊獨悲此衆芳明月皎皎兮照空房晝日苦短兮夜未央有美一人兮天一方欲往從之兮路瀰茫登山無車兮涉水無航願言思子兮使我心傷○秋

風淅淅兮雲冥冥鴟梟晝號兮蟋蟀夜鳴歲月徂邁兮忽如流星火壯幾何兮老冉冉其相仍展轉反側兮從夜達明悵獨處此兮誰適爲情長歌激烈兮涕泣交零願言思子兮使我心怦○秋風浩蕩兮天宇高群山逶迤兮溪谷寂寥登高望遠兮不自聊駕言適野兮誰與遊遨空原無人兮四顧蕭條猿狖與伍兮麋鹿爲曹浮雲千里兮歸路遠遙願言思子兮使我心勞

虞帝廟迎送神樂歌詞　朱晦庵

桂林郡虞帝廟迎送神樂歌者新安朱熹之所作也熹既爲太守張侯栻紀其新宫之績又作此歌以遺桂人使聲于廟庭侑牲璧焉其詞曰

皇胡爲兮山之幽翳長薄兮俯清流瞰冀州兮何有眷兹土兮淹留○皇之仁兮如在子我民兮不窮以愛沛皇澤兮横流暢威靈兮無外○潔尊兮肥俎九歌兮韶舞嗟莫報兮皇之祐皇

欲下兮儼相羊烈風雷兮暮雨

右迎神三章二章四句一章五句

虞之陽兮灘之滸皇降集兮巫屢舞桂酒湛兮瑶觴皇之歸兮何許○龍駕兮天門羽旄兮繽紛俯故宮兮一慨越宇宙兮無隣○無隣兮柰何七政協兮羣生嘉信玄功兮不宰猶彷彿兮山阿

右送神三章章四句

延陵懷古辭　楊萬里

荆之溪兮澹以幽惠之山兮雲佯思君子兮不見恭草木兮脩脩面句吳兮東而坐背朱方兮北卧齊楚豈不強而大兮吾王以安賢於國其無裨兮不曰季子存而吳賀彼憎者之躗平去声言兮謂兆亡於讓王弗丕承於考心兮用五湖之與三江祀太伯其忽諸兮顧龔譽於子臧曾不知民無讓而不立兮自古皆有亡諏岨岵與棷箕兮疇莫知其重輕若千乘與簞食兮絜豐

約而則明迫躬逢而利怵兮亦幾何而靡爭謂吾札之不懿兮札亦括受而茹聲思復思兮君子乾坤毁而日月息兮則君子之亦死

元

太極賦

黄晋卿

甲寅鄉試江浙以太極命題斯實二氣五行之本繼善成性之原非若一事一物可以鋪張形容旁比曲喻以成賦也故長於辭藻者多悖理而害義專於經訓者率成有韻之文此篇理趣純熟音節爽朗下句命字不失賦家調度且如太極之義自源徂流發明殆無餘藴後之賦性理者不可不知

厥初馮翼以瞢闇兮維玄黄其孰分爰揭揭而中立兮配天地以爲久曩既學而有志兮紛遑遑其求索曰道不可名兮孰無

徵而有獲繄皇羲之神聖兮感龍馬之負圖得妙契於俯仰兮何有畫而無書豈至道之玄遠兮非名言之可摹懿尼丘之降神兮廓人文以宣朗揭日月以中天兮啓羣昏之罔象指道妙於難名兮曰以一而生兩是謂太極兮非虛無與惚恍高下以位兮天尊地卑燥濕以類兮五行順施南乾北坤兮西坎東離萬物錯綜兮殊鉅細與妍蚩孰主張是兮茲一本之所爲歷兩都而江左兮胡論說之紛霏肯清言之弗美兮去道遠而偉先哲之獨詣兮重指掌於無極揭坐右以爲圖兮開盲聾於千億謂斯道之匪他兮在大人而曰誠幾善惡猶陰陽兮茲吉凶之所生嗟奇論之後出兮穴墻垣爲戶牖析同異於一言兮或曰無而曰有猶終不可使薰兮要終不可使黝道惟辨而愈明兮貽話言於不朽昔聖門之多賢兮繽入室而升堂端木氏之穎悟兮僅有覩其文章雖亞聖之挺生兮猶數其前後之無方疇

敢索無聲於窅默兮孰能求無形於溷茫惟下學而上達兮炳聖謨之洋洋諸生之貿貿兮方鈎深而摘隱探賾也之未聞兮誇神奇而捷敏持空言如繫影兮曾不滿夫一哂曰予未有知兮何太極之敢言秉思誠之遺訓兮失顛沛而弗護庶返觀而有得兮明萬理之一原申誦言以自詔兮聊抒意於斯文

索居賦　　吳立夫

粵吾生之寡好兮恒孤陋以索居步中庭以自念兮心抑鬱而不紓阽予身之兀處兮撫萬化之殊塗豈蒙厖之汝陋兮杳不知其所趨惟世氛之溷濁兮尚蓬藋之藏匿將奮迅而激昂兮又邅迴以沉默去衆人之佻巧兮脩泰樸以堅飭紛荆棘之柅行兮謂卭崍其繩直肩重任之迢遥兮囿邪轍之不力儻泛駕之有求兮策罷駑且焉止息巡簷隙而詠歌兮撼戶椽以悲惻何初日之成言兮乃棄予而不我即彼昔游之爲豪舉兮曾同

處乎險艱羌結交以鼓勇兮肯羈圉之遑安抗沙塵而志得兮巍弁晃之星攢既文藹之炳燿兮蚰薜蘿以爲裳仰睇遠而弗及兮莽浮雲之瀰漫俯聽幽而若來兮哀風激夫溪湍汩寥料其無景兮甘崛強以此蟠從離羣以蕭颯兮廢神氣之我完折松枝而拂石兮又植之以青蘭宜道義之糯嚌兮肯肥癯之異觀董生之談王兮且有稱於不遇賈誼之明治兮謫長沙而徑去將屠販之汙下兮恐紛紛而改度逮曲學之肆行兮使吾儒之慾素古固有此渾淆兮矧于今之馳騖寧窮達之措懷兮曰美人之遲暮循自然之天運兮芳草譪其發榮倚嶙岏之絕壁兮臨萬仞之潭泓款淺渚以濬泞兮樂儵魚之不驚構危巢其惴慄兮恍若聞乎鼯鼪非山林之忘反兮奈世務之所嬰手不得以堅措兮目又何能以逃睛因樗散之乏用兮託考槃之遺聲求言抱此幽獨兮庸詎釋夫我怦

貧女賦并序

予春秋二十有二甞偃蹇不得志因讀史記感甘茂貧女分輝隣燭之語故作是賦以廣之

伊大鈞之坱圠兮敷動植於八紘茲女蹇其居貧兮乃困苦而不得生惟室家之蕭索兮屬多難之來并空展轉其寤寐兮竟惕惕如有驚顧儋石之不儲兮支墻壁之欹傾印鼠跡於牀塵兮网蛛絲於門楹胡藍縷而不完兮又機杼之無聲凜寒風之中人兮感促織之宵鳴拂敗奩之殘蠹兮舊鏡黯以羞明銅釵折其半股兮亂鬖髿之縱横拈竹筐之素縷兮箴欲澀而不行亦何心於組紃兮況鴛鴦之能成挾故絮以假寐兮耿寒宵於孤檠誰哀吾之窈窕兮幸自保其堅貞嗟父母之鞠我兮美裳衣而藏匿矧櫛風而沐雨兮身乃罹於荆棘忍須臾於溝壑兮豈敢休乎蠶織欲一眩其盛年兮縱粉黛而無色免鑽穴與踰

垣兮謂善淫之爲惑庶容德之可全兮雖凍餒其奚卹彼隣姬之纖巧兮日靚粧以登樓綴木難之充耳兮插翡翠之搔頭騁兹心之媟冶兮學趙舞與齊謳佩皆蘭以求媚兮祇怨曠之懷憂信怙寵以取樂兮盡夙夜於衾裯飛瓊觴以嬌醉兮秉銀燭而惟遊恨兀兀以獨處兮欲從汝以爲謀細娛幸其可翫兮重桑濮之貽羞寫予心於瀟水兮恐年華之遲暮甘蓬蓧而不耻兮豈蛾眉之見妬且絶世而特立兮逮傾城而弗竆廼蕉萃之或弃兮縱效顰而罔顧紛采彼之桒桑兮輕擲金於行路苟力操乎井臼兮微隱德吾誰慕繄二南之發政兮田夫婦之所推化尚及於草木兮獨不撫乎婷嫠利遺秉與滯穗兮豈年登而啼飢儽卒歲之無褐兮何功裒之足爲慨茲道之愈遠兮指古人以自期聊援瑟而一鼓兮遂聲之以爲詩詩曰有美一人兮東鄰子耀金珠兮列紈綺弄姿飾鬢兮匪桃伊李朝爲春風兮

暮則流水曰妍曰醜兮云誰之使見時決踵兮我樂乎此樂吾之樂兮勿傷吾貧寵之一失兮金屋生塵固榮豔之匪望兮又何必怨夫陽春

木齋賦　虞伯生

奎章閣藝文監秀才方積昔在匡廬讀書羣木之間謂之木齋余愛其高秀而賦之其辭曰

夫何硉矹以嵯峨兮據積水而鬱盤有楩楠與豫章兮翳松柏之丸丸攬芳草之盈庭兮聽呦呦之鳴鹿濯余纓於滄浪兮沐余髮乎飛瀑余潔清以有待兮歎望之而彌高紆余驂以弗馳兮氣緜薄而心勞感春物之芳菲兮又晚實之不食更千歲其未已兮退自脩乎兹室

哀三良賦

訪西戎之覇國兮歷岐豐之故疆過槖泉之古墓兮敬有弔乎

三良曰子車氏之伯叔兮實百夫之稱特既委質以事君兮雖殺身其不惜然君子有不死兮死不以其私貴以義而制命兮胡命亂而不治感一語以自信兮誓九土以同歸哀三仲之稱良兮異乎顆之從違何嗣子之弗君兮又駈良而無遺百七十人之同死兮不啻偏而腐之雖戎索之陋風兮亦秦人之家法傷王靈之不振兮肆諸侯之專殺後驪山之從事兮海鳧鳥以深藏詔後宮以從死兮知秦德之不長嗚呼噫嘻哉古無殉死兮秦實不仁良不可贖兮徒百其身黃鳥兮嚶嚶哀良之死兮不如無生臨深穴兮穴巳乎霜露曆兮天無情此吾文而敬弔兮激天籟而悲鳴

八陣圖賦

遐哉邈乎蠶叢故墟劍閣崢嶸兮石棧縈紆車不得而運兮馬不得以駈非王業之所基兮徒抗險乎中都帝中山之苗裔兮

廼猶厄此手隅黄星射乎宋野兮强禦狺乎江之東偉伏龍之感激兮起左顧乎隆中允識時之俊傑兮吞餘子於一空圖八陣以用武兮必先天而獨得六十四之成筭兮本馬圖之全畫三十二之岐分兮妙陰陽之互宅天地衝軸兮風雲盤辟龍飛鳥逝兮蛇蟠虎翼挠之無跡兮運之無方進退不愆兮出沒靡常奇不失於正正兮怪不越於堂堂伏至動於至静兮寓能柔於能剛喻以常山之蛇勢兮曾未測其望洋巴之水兮砅崕拆壁峽之濤兮風霆礔礰彼箕張而翼布兮曾不轉其磈石非神物之陰衛兮孰萬夫之捍力想貔貅之對壘兮指白羽之一麾運縱擒於掌握兮筭不出於八奇賊之望而走兮甘巾幗之受雌按渭濵之所屯兮實與國之王師自風后之有國兮肆獯蚩之赫伐逮尚父之六韜兮佐牧野之黄鉞孫吳馬之剽掠兮徒生靈之肉血鄙敗事於腐儒兮彼譙生其又何法兹八陣之猶

覺兮軼軒皇與天老曰流馬與木牛兮文神機之所造欻中營之告變兮哀夫人之奪蚤訖黃芒以當天兮掩炎精之皜皜嗚呼西望岷峨兮南泝錦江山川相繆兮地老天荒歌梁父兮釃吾觴招誦鈯兮呼子長訪魚復之砯磧兮弔廣都之戰場繼武無用於今之時兮亦以發吾文之氣剛

附錄番綸亭辭　袁伯長

漢滑流兮日傾東滄浪兮泠泠蹇一士兮沈冥垂芒鍼兮不屑以曾明玕兮貝宮朱柯蔚兮青葱魚戢鱗以為衛兮龍騰草以屏氣謝娟嬛之嘗巧兮口垂沫以縱恣吾寧養之以歲年兮寶祕鬱而不宣豈直鉤以違衆兮守釣道之自然時至而迅舉兮匪荒幻之詭誘保貞志以遂初兮考銘言于耆叟時俗恥其莫同兮求願託依夫前聖之所究

國朝

火梅賦　　胡仲申

夫何一嘉植兮忽肖儀而孰主解余衣以盤薄兮馳余思乎瑤之圃若有人兮獨立乎千古氷爲蒐兮玉雪其度瘖遺世以消搖兮負姱節而不可拔恍瀕然而一見兮若經年之遠别散縞衣於空明兮駕蜚龍以超忽情惝怳以搖曳兮氣漫汗而揮霍欻雲蒸而飈厲兮紛又繼之雨雹撫陽闕與喬如兮齊造化於一指驚建木之旣椔兮眷瑤華其何異靚娙娟而凌波兮浩綽約乎崇阿向北風而含韻兮承南服之冲和春𣸣𣸣兮何其望美人兮天一涯折芳馨兮延佇將以遺兮所思大化不停兮細入無垠高下散殊兮其機孔神服貞白以自嘉兮今胡爲此滋垢也豈隨時而變化兮懼夫人之逐臭也豫章不辨兮樗中繩墨棄厥箘簵兮矢蓬以爲直憫衆芳之蕪穢兮天肅殺以戒寒竊獨揆其中情兮豈云異夫芷蘭何靈均之好修兮結珮纕而

弗聘吾將歛而就實兮和商與以進帝嗚呼曷哉兮保玆令美世莫諒其眞兮尚識其似

蟠桃核賦有序　宋景濂

賦也葢效六朝之賦而篇末則陳雅頌之正焉

洪武乙卯夏五月丁丑

上御端門召翰林詞臣出示巨桃半核葢元內庫所藏物也其長五寸廣四寸七分前刻西王母賜漢武桃及宣和殿十字塗以金中繪龜鶴雲氣之象後鐫庚子年甲申月丁酉日記其字如前之數亦以金飾之所謂庚子實宣和二年字頗疑祐陵所書旣而奉

旨撰賦垂誡方來臣濂謹按王母獻桃事詳見張華博物志第八卷史補類華言桃七枚大如彈丸遺帝五自食其二以今核觀之且十倍於彈丸則其實如斗可知矣豈華言出於傳聞而

想像載之歟抑其言足信而後之好事者假托傅會之歟不然漢武內傳所謂桃如鳧卵形圓而色青者又果何如歟復按蔡京所記尚方有王母蟠桃核頗鉅京嘗相祐陵其見與今相符事當可徵然則傳志所載誠有不可信者歟臣敢忘其固陋撰賦一篇俯伏丹陛以獻初則極其形容終則壹歸於正云其詞曰炎漢六葉實惟武皇闡坤符握乾綱祀汾陽建竹宮叶仁獸在郊赤芝薦芳西海獻續弦之膠弱水來燕卵之香慶諸福之畢集思騎龍於帝鄉幸靈桃之入口傳仙種於下方想其瑤階露寒彤庭秋迥銀燭未掩畫屏斜映啓承華之祕殿眄瑤池而神騁忽王母兮遙臨托青鳥以傳命鬱佳氣之葱蘢覿芳姿之妍靚於是玳席初延霞觴屢傳蘭辭吐兮襲人縹袂舉兮高騫紫雲之輜軿暫駐九微之燈火猶燃乃啓錦幪乃濯翠籩乃出桃實獻于帝前味甘醇而如醴色含腴以不乾鸞刀割蜜神液

流泉上滋華池身輕欲僊將懷核而種之斸上林之寒煙王母微笑壓世易遷儻花實之並見歲屢閱於三千唯紫府之列真視滄海於桑田彼窺烏觜之小兒尚奚測夫幽玄斯核也匪鑄而成非陶而凝藉五行之亭毒資六氣以流形鄙瓠犀之脆薄並玉質之堅貞爪之不入叩則有聲知何年之中折存半璧之晶熒俯貼金盤巢蓮之龜藏穴仰承玉露當滿之桮弗傾銳首聳兮尖峯豐下揣兮墜星衆皺歷背文之籀一窪暈面色之赬荷盤欲展蚌甲未高藏仁之跡猶在含肌之鋍如生函肉好之隱約闋合綫之交層龜鶴軒翥兮顯象寶章絢爛兮金明鳳卣鸞舞同藏真於天府星形月魄挾灝氣於蓬瀛嗟夫自昔仙靈惚恍難憑出無入有變幻莫停橘類盎兮巴園棗如瓜兮漢庭恣燕齊之方士騁詭辨之奔騰躋雲路之咫尺恨凡骨之難登以雄才之蓋世甘昏溺而不醒至若建章月淡甘泉風冷銅莖

中峙仙掌高擎垔飆輪兮不來徒馳情於窈冥若白日之易短兮竟莫制於頹齡核雖存而人則逝兮悲秋風於茂陵矧宣和之繼軌兮慕鼎湖之龍升托青華之帝子設神霄之玄稱何啟鑒之不遠踵覆轍其相仍天啓

皇明真人龍興順堪輿之大化調陰陽之至精道德行兮即龍虎之丹顯忠信昭兮勝鉛汞之功弘以九州爲仁壽之域儕兆民於喬松之朋神機流浹太和薰蒸指佞人兮草生屈軼齊氣朔兮階秀蓂莢視區區之遺核初何繫乎重輕此所以革往古之荒唐法唐虞以作程也詩曰

桃有核兮大逾掌歷千齡兮多惚恍嘅靈仙兮勞夢思誰見崑丘兮紫芝長

真人出兮海寓寧禮樂爲冠兮仁義作纓簫韶九成兮鳳凰鳴青鳥不敢徠兮幻說清千秋萬歲兮永長生

竊記宋徽宗本紀宣和元年己亥二月庚辰改元遂易宣和殿爲保和殿至四年壬寅夏四月丙午詔録三舘書置宣和殿及太清樓秘閣始重稱宣和今核上之字刻于二年庚子之甲申月乃不書保和而猶襲宣和之名此固不可不疑況丁酉日屬庚子歲癸未月之終今復隷之於甲申月之首尤有不可得而致詰者頗意此核非漢武時物字亦非宋祐陵所書雜書所載海外之國多大桃雖不可盡信或者得其遺核持依倣而托之者歟然濂年已邁舊學皆廢忘未必其言之足徵也姑書之於此以俟後之君子云

濂識

附録

弔董生文有序　胡仲申

余自直沽泝流而達于衡漳過陵州故廣川地也

或曰漢江都相董仲舒墓在焉爲文弔之其辭曰

出國門以南邁兮涉衡漳而濟舟波流渾其若何兮道既阻而且脩臨廣川之故墟兮曰夫子之首丘望原隰以懷思兮悵欲去而夷猶嗟王風之不競兮人各鶩其私智道術裂而民散兮世巳久而莫制燕趙固多奇士兮僅有取其伉慨非天降大雅兮繄孰爲之表礪聖晳法於春秋兮志雖微而可即士明經以致用兮義非后而不食徵天人以爲言兮明災異之在辟引君致之當道兮情眷眷於悱側嘉堯舜而樂三代兮得一士而不能用苟不用其亦巳兮國無人而曷重黜質直而見憚兮弘飾詐而取寵用舍倒而莫察兮邪正溷而彌冗騂不中夫犧牲兮執鸞刀而薦犂登褻味以實瓚兮瀝黃流而注茲競刓方以爲員兮攦榘矱而去之徒操末以齊本兮引繩墨而止之下皇皇

而靡所聘兮上詘詘以爲得孰好賢如緇衣兮孰惡惡如巷伯古固難於知人兮詎多欲而不惑庸俟時之見察兮庶師言之允一謂伊尹無以加兮雖管晏弗之企探淵源其尚耿兮又豈游夏之儔類何一低而一昂兮槩未量乎夫子之志曰正誼而明道兮不計功而謀利皦內顧而如斯兮揆王佐亦奚異俾詭遇以獲禽兮固吾心之所羞比柳下之三黜兮由直道以事人百里之飯牛兮豈汙辱而忘身道有時而詘兮亦有時而伸諒天命之未違兮獨奈何乎生民

招遊子辭 并序

王子充

吾宗兄存誠甫名其齋居曰遠遊昔者屈原放逐之餘耿覬宇宙欲制鍊形魂排空御氣浮遊八極後天而終以盡反復無窮之世變故遠遊之歌所爲而作今存誠之有取於遠遊也豈猶原之志歟予因反其意爲辭以招之庶幾其不騖於虛遠而爲

吾聖賢之歸然宋玉景差大小招務爲譎怪之談荒淫夸豔之語今亦無取焉辭曰

遠遊雖樂兮樂不可極只子兮來歸無東無西無南無北只東方弱水舟輙覆溺只西方流沙車不可歷只北方大漠絕人跡只南方炎荒路險以棘只顧瞻四方蹙蹙靡所適只遠遊雖樂將焉止息只子兮來歸反吾故居只居爾之居復爾初只仁以爲宅遂且虛只以禮爲門義爲涂只大中爲室至和爲廚只八珍奇味道之腴只文章燦爛錦繡敷只盛德光華被厥軀只慈儉是寶謹蓄儲只御以棨護乘恕輿只子居其中樂有餘只瞻前無鄰後無虞只天君泰然靜以舒只聖賢與處天爲徒只洞視八荒取一區只坐閱千古猶斯須只子毋遠遊苦馳驅只子兮來歸反故居只

文章辨體卷之五

文章辨體卷之六

海虞後學吳訥編集

樂府一

郊廟歌辭吉禮

漢

高帝三侯章

一曰大風歌又曰風起之詩史記作三侯之章初高祖定天下過沛與故人父老醉酒歡哀作風起之詩令童兒百二十人歌之孝惠時以沛宮爲原廟令歌兒習吹以相和常以百二十人爲員文景之後禮官肄業以祭於原廟云

大風起兮雲飛揚威加海内兮歸故鄉安得猛士兮守四方

安世房中歌

通典曰周有房中之樂歌后妃之德秦始皇二十六年改曰壽人漢書禮樂志曰漢房中祠樂高祖唐山夫人所作凡樂樂其所生禮不忘其本高祖樂楚聲故房中樂楚聲也孝惠二年使樂府令夏侯寬備其簫管更名安世樂宋書樂志曰魏文帝讀漢安世詩無有二南風化之言改曰享神歌云

大孝備矣休德昭清高張四縣（懸同）樂充宮廷芬樹羽林雲景杳冥金支秀華庶旄翠旌七始華始肅倡和聲神矣宴娭（嬉同）庶幾是聽

鬻鬻（兼甲貌）音送細齊（齋同）人情忽乘青玄熙事備成清思聊聊（窈）經緯冥冥

我定歷數人告其心敕身齊戒施教申申乃立祖廟敬明尊親

大矣孝熙四極爰轃

王侯秉德其鄰翼翼顯明昭式清明既矣皇帝孝德竟全大功
撫安四極
海内有姦紛亂東北詔撫成師武侯承德行樂交逆簫勺群慝
肅爲濟哉蓋定燕國
大海蕩蕩水所歸高賢愉愉民所懷大山崔百卉殖民何貴貴
有德
安其所樂終産樂終産世繼緒飛龍秋游上天高賢愉樂民人
豐草葽女羅施善何如誰能回大莫大成教德長莫長被無極
雷震震電耀耀明德鄉治本約治本約澤弘大加被寵咸相保
施德大世曼壽
都荔遂芳窅窊桂華孝奏天儀若日月光乘玄四龍回馳北行
羽旄殷盛芬哉芒芒孝道隨世我署文章
桂華馮馮翼翼承天之則吾易久遠燭明四極

慈惠所愛美若休德杳杳冥冥克綽永福美芳磑磑即即師象
山則
嗚呼孝哉案撫戎國蠻夷竭歡象來致福兼臨是愛終無兵革
嘉薦芳矣告靈饗矣告靈既饗德音孔臧惟德之臧建侯之常
永保天休令問不忘
皇皇鴻明蕩侯嘉德嘉承天和伊樂厥福在樂不忘惟民之則
浚則師德下民咸殖令聞在舊孔容翼翼
孔容之常承帝之明下民之樂子孫保光承順溫則受帝之光
嘉薦令芳壽考不忘
承帝明德師象山則雲施稱民永受厥福承容之常承帝之明
下民安樂受福無疆

武帝郊祀歌

按漢書武帝定郊祀之禮祠太乙於甘泉祭后土

於汾陰乃立樂府以李延年爲協律都尉舉司馬
相如等造爲詩賦畧論律呂以合八音之調作十
九章之歌以正月上辛用事甘泉圜丘使童男女
七十人歌之時新得神馬因次爲歌汲黯進曰王
者作樂上以承祖宗下以化兆民今陛下得馬詩
以爲歌協於宗廟先帝百姓豈能知其音邪觀黯
之言則是歌宗廟亦用之矣然其辭亦多難曉云

練時日

練時日侯有望焫膋蕭延四方九重開靈之斿垂惠恩鴻祜休
靈之車結玄雲駕飛龍羽旄紛靈之下若風馬左倉龍右白虎
靈之來神哉沛先以雨般裔裔靈之至慶陰陰相放悲震澹心
靈已坐五音飭虞至旦承靈億牲繭栗粢盛香尊桂酒賓八鄉
靈安留吟青黃徧觀此眺瑤堂衆嫭並綽奇麗顔如荼兆逐靡

被華文厠霧縠曳阿錫佩珠玉俠嘉夜茝蘭芳澹容與獻嘉觴

帝臨

帝臨中壇四方承宇繩繩意變備得其所清和六合制數以五海內安寧興文偃武后土富媪昭明三光穆穆優游嘉服上黃

青陽

青陽開動根荄以遂膏潤并愛跂行畢逮霆聲發榮壛處頃聽枯槁復產迺成厥命衆庶熙熙施及夭胎羣生啿啿惟春之祺

朱明

朱明盛長旉與萬物桐生茂豫靡有所詘敷華就實既阜既昌登成甫田百鬼迪嘗廣大建祀肅雍不忘神若宥之傳世無疆

西顥

西顥沆碭秋氣肅殺含秀垂穎續舊不廢姦偽不萌妖孽伏息隅辟越遠四貉咸服既畏茲威惟慕純德附而不驕正心翊翊

玄冥

玄冥陵陰蟄虫蓋藏屮木零落抵冬降霜易亂除邪革正異俗兆民反本抱素懷樸條理信義望禮五嶽籍斂之時掩收嘉穀

惟泰元

惟泰元尊媪神蕃釐經緯天地作成四時精建日月星辰度理陰陽五行周而復始雲風雷電降甘露雨百姓蕃滋咸循厥緒繼統恭勤順皇之德鸞路龍鱗罔不肸飾嘉籩列陳庶幾宴享滅除凶災烈騰八荒鍾鼓竽笙雲舞翔翔招搖靈旗九夷賓將

天地

天地並況惟予有慕爰熙紫壇思求厥路恭承禋祀緼豫爲紛黼繡周張承神至尊千童羅舞成八溢合好効歡虞泰一九歌畢奏斐然殊鳴琴竽瑟會軒朱璆磬金鼓靈其有喜百官濟濟各敬其事盛牲實俎進聞膏神奄留臨須摇長麗前掞光耀明

寒暑不忒況皇章展詩應律玥玉鳴含宮吐角激徵清發梁揚羽申以商造茲新音永久長聲氣遠條鳳鳥鷃神夕奄虞蓋孔享

日出入

日出入安窮時世不與人同故春非我春夏非我夏秋非我秋冬非我冬泊如四海之池徧觀是耶謂何吾知所樂獨樂六龍六龍之調使我心若紫黃其何不徠下

天馬

太一況天馬下霑赤汗沬流赭志俶儻精權奇籋浮雲晻上馳體容與迣萬里今安匹龍爲友此元狩三年馬生渥洼水中作

天馬徠從西極涉流沙九夷服天馬徠出泉水虎脊兩化若鬼天馬徠歷無草徑千里循東道天馬徠執徐時將搖舉誰與期天馬徠開遠門竦予身逝昆侖天馬徠龍之媒游閶闔觀玉臺此太初四年誅宛馬作

天門

天門開詄蕩蕩穆並騁以臨饗光夜燭德音著靈寖平而鴻長
生豫太朱涂廣夷石爲堂飾玉梢以舞歌體招搖若永望星留
俞塞隕光照紫幄珠熉黃幡比狘回集貳雙飛常羊月穆穆以
金波日華燿以宣明假清風軋忽激長至重觴神裵回若留放
殣冀親以肆章函蒙祉福常若期寂漻上天知厥時泛泛滇滇
從高斿殷勤此路臚所求佻正嘉吉弘以昌休嘉砰隱溢四方
專精厲意逝九閡紛紅六幕浮大海

景星

景星顯見信星彪列象載昭庭日親以察參侔開闔爰推本紀
汾脽出鼎皇祐元始五音六律依韋饗昭雜變並會雅聲遠姚
空桑琴瑟結信成四興遞代八風生殷殷鍾石羽籥鳴河龍供
鯉醇犧牲百末旨酒布蘭生泰尊柘漿析朝酲微感心攸通修

名周流常羊思所拜穰穰復正直往甯馮觴切和疏寫平上天
布施后土成穰穰豐年四時榮

齊房

齊房産草九莖蓮葉宮童效異披圖按諜玄氣之精回復此都
蔓蔓日茂芝成靈華

后皇

后皇嘉壇立玄黃服物發冀州兆蒙祉福沇沇四塞假狄合處
經營萬億咸遂厥宇

華爗爗

華爗爗固靈根神之斿過天門車千乘敦昆侖神之出排玉房
周流雜拔蘭堂神之行旌容容騎沓沓般縱縱神之徠泛翊翊
甘露降慶雲集神之愉臨壇宇九疑賓夔龍舞神安坐鴹吉時
共翊翊合所思神嘉虞申貳觴福滂洋邁延長沛施祐汾之阿

揚金光橫泰河莽若雲增揚波徧臚驩騰天歌

五神

五神相包四鄰土地廣揚浮雲扢嘉壇椒蘭芳璧玉精垂華光
益億年美始興交於神若有承廣宣延咸畢觴靈輿位偃蹇驤
卉泊臚折奚遺滛淥澤汪然歸

朝隴首

朝隴首覽西根雷電尞獲白麟爰五止顯黃德圖匈虐重鬻殛
闢流離掙不詳賓百僚山河饗掩回轅鬗長馳騰雨師洒路陂
流星隕感惟風籋歸雲撫懷心

象載瑜

象載瑜白集西食甘露飲榮泉赤鴈集六紛員殊翁雜五采文
神所見施祉福登蓬萊結無極

赤蛟

赤蛟綏黄華葢露夜零晝晻濭百尹禮六龍位勺椒槳靈已醉
靈既享錫吉祥芒芒極降嘉觴靈殷殷爛揚光延壽命永未央
杳冥冥塞六合澤汪濊輯萬國靈禗禗象輿轙票然逝旗逶蛇
禮樂成靈將歸託玄德長無衰

光武廟登歌詩

一曰武德舞詩東觀漢記曰明帝永平三年八月
公卿奏世祖廟舞名東平王蒼議以光武皇帝撥
亂中興武功盛大廟樂舞宜曰大武之舞乃進武
德舞歌詩詔曰如驃騎將軍議遂用之於光武廟
焉

於穆世廟肅容顯清俊乂翼翼秉文之成越序上帝駿奔來寧
建立三雍封禪泰山章明圖讖放唐之文休以惟德罔射協同
本支百世永保厥功

唐

貞觀圜丘樂章

唐書樂志曰貞觀二年祖孝孫修定雅樂取禮記大樂與天地同和之文製十二和之樂祭天神奏豫和祭地祇奏順和祭宗廟奏永和登歌奠玉帛奏肅和皇帝行及臨軒奏太和王公出入送文舞出迎武舞入奏舒和皇帝食舉及飲酒奏休和皇帝受朝奏正和皇太子軒懸出入奏承和正至皇帝禮會登歌奏昭和郊廟俎入奏雍和酬獻飲福酒奏壽和六年冬至祀昊天於圜丘樂章並褚亮虞世南魏徵等作大曆十四年改豫和爲元和以避諱也按唐初作十二和樂法天數其後增造非一皆隨時制名而休和等曲無傳

豫和

上靈睠命膺會昌盛德殷薦叶辰良景福降兮聖德遠玄化穆兮天曆長

太和

穆穆我后道應千齡登三處大得一居貞禮唯崇德樂以和聲百神仰止天下文明

肅和

闓陽播氣甄曜垂明有赫圜宰深仁曲成日麗蒼璧烟開紫營聿遵乾享式降鴻禎

雍和

欽惟大帝載仰皇穹始命田燭爰啓郊宫雲門駭聽雷鼓鳴空神其介祀景作斯融

壽和

八音斯奏三獻畢陳寶祚惟永暉光日新

舒和

疊璧凝影皇壇路編珠流彩帝郊前已奏黄鍾歌大呂還符寶曆祚昌年

凱安武舞

昔在炎運終中華亂無象酆郊赤烏見邛山黑雲上大賚下周車禁暴開殷網幽明同叶贊鼎祚齊天壤

豫和

歌奏畢兮禮獻終六龍馭兮神將昇明德感兮非黍稷降福簡兮祚休徵

貞觀祭方丘樂章

樂與冬至圜丘同其大和壽和凱安三章辭與圜丘同

順和 降神

萬物資以化文泰屬昇平易從業惟簡得一道斯寧具儀光玉帛送舞變成英黍稷良非貴明德信惟馨

肅和

至矣坤德皇哉地祇開元統紐合大承規九宮肅列六典相儀永言配命長命無虧

雍和

柔而能方直而能敬厚載以德大享以正有時斯良有馨斯盛介茲景福祚我休慶

舒和

玉幣牲牷分薦享羽旄于鏚遮成容一德惟寧兩儀泰三材保合四時邕

順和 送神

陰祇協贊厚載方貞牲幣具舉簫管備成其豐惟肅其德惟明神之聽矣式鑒虔誠

貞觀享太廟樂章

唐書樂志曰貞觀中享太廟樂迎神用永和九變詞同皇帝行用太和登歌酌鬯用肅和迎俎用雍和獻皇祖宣簡公皇祖懿王同用長發之舞景皇帝用大基之舞元皇帝用大成之舞高祖用大明之舞皇帝飲福用壽和送文舞出迎武舞入用舒和武舞用凱安撤俎用雍和送神用永和其太和凱安詞同圓丘

永和

於穆烈祖弘此丕基永言配命子孫保之百神既洽萬國在茲是用孝享神其格思

肅和

大哉至德允茲明聖格于上下聿遵誠敬嘉樂斯登鳴球以詠
神其降止式隆景命

雍和

粢茲享祀誠敬兼至樂以感靈禮以昭事粢盛咸絜牲牷孔備
永言孝思庶幾不匱

長發舞

濬哲維唐長發其祥帝命斯祐王業克昌配天載德就日重光
本枝百代申錫無疆

大基舞

猗與祖業皇矣帝先翦商德厚封唐慶延在姬猶稷方晉踰宣
基我鼎運於萬斯年

大成舞

周穆王季晉寔帝文明明盛德穆穆齊芬藏用四履函道三分
鏗鏘鍾石載紀鴻勲

大明舞

五紀更運三正遞升勛華既沒禹湯勃興神武命代靈曆是膺
望雲彰德察緯告徵上紐天維下安地軸徵師涿野萬國咸服
偃伯靈臺九官允穆殊域委贄懷生介福大禮既飭大樂已和
黑章擾囿赤字浮河功宣載籍德被詠歌克昌厥後百祿是荷

壽和

八音斯奏三獻畢陳寶祚惟永暉光日新

舒和

聖敬通神光七廟盡心薦祚和萬方嚴禋克配鴻基遠明德惟
馨鳳曆昌

雍和

於穆清廟聿修嚴祀四縣載陳三獻斯止籩豆徹薦人祇介祉
神惟格思錫祚不已

永和

肅肅清祀烝烝孝思薦享昭備虔恭在茲雍歌撤俎祀嘏陳辭
周光武志永固鴻基

貞觀祭太社樂章

唐書樂志曰貞觀中祭太社樂迎神用順和皇帝
行用太和登歌奠玉帛用肅和迎俎用雍和酌獻
飲福用壽和送文舞出迎武舞入用舒和武舞用
凱安送神用順和順和辭同方丘太和壽和凱安
詞同圜丘

肅和

后土凝德神功協契九域底平兩儀交際戊期應序陰墉展幣

靈卑以留俯歆樽桂

雍和

美報崇本嚴恭展事受露疏壇承風啓地絜粢登俎醇犧入饋介福遠流羣生畢遂

舒和

神道發生敷九稼陰極秉仁暢八埏緯武經文隆景化登祥薦祉啓豐年

貞觀享先農樂章

唐書樂志曰貞觀中享先農樂迎神用誠和皇帝行用太和登歌奠玉帛用肅和迎俎用雍和酌獻飲福用壽和送文舞出迎武舞入用舒和武舞用凱安送神用誠和其太和壽和凱安詞同圜丘

誠和

粒食伊始農之所先古今攸賴是曰人天耕斯帝籍播厥公田
式崇明祀神其福焉

肅和

鐏彝旣列瑚簋方薦歌工載登獘禮斯奠肅肅孚祀顒顒纓弁
神之聽之福流寰縣

雍和

前夕視牲質明奉俎沐芳整弁斯儀式序盛禮畢陳嘉樂備舉
歆我懿德非馨稷黍

舒和

羽籥低昂文綴已干戚蹈厲武行初望歲祈農神所聽延祥介
福豈云虛

享先蠶樂章

唐書樂志曰皇后親蠶迎神用永和亦曰頌德

后升壇用肅和登歌奠幣用展敬迎俎用絜誠飲
福送神用昭慶

永和

芳春開令序韶苑暢和風惟靈申廣祐利物表神功綺會周天宇黼黻藻寰中庶幾承慶節歆奠下帷宮

肅和

明靈光至德深功掩百神祥源應節啓福緒逐年新萬宇承恩覆七廟佇恭禋一茲中至懇方斯遠慶臻

展敬

霞莊列寶衛雲集動和聲金卮薦綺席玉斝委芳庭因心罄丹款先已勵蒼生所冀延明福於茲享至誠

絜誠

桂筵開玉俎蘭圃薦瓊芳八音調鳳律三獻奉鸞觴潔粢申大

享庭寓冀降祥神其覃有慶契福永無疆

昭慶

仙壇禮既畢神駕儼將昇佇屬潔祥啓方期歷績凝虔誠資宇内務本勗黎蒸靈心昭備享率土洽休徵

貞觀釋奠文宣王樂章

唐書樂志曰皇太子親奠迎神用誠和亦曰宣和皇太子行用承和登歌奠幣用肅和迎俎用雍和送文舞出迎武舞入用舒和武舞用凱安詞同圜丘送神用誠和詞同迎神

誠和

聖道日用神機不測金石以陳絃歌載陟爰釋其菜匪馨于稷來顧來享是宗是極

承和

萬國以貞光上嗣三善茂德表重輪視膳寢門尊要道高闕崇
賢引正人

肅和

粤惟上聖有縱自天傍周萬物俯應千年舊章允著嘉贄孔虔
王化茲首儒風是宣

雍和

堂獻瑶篚庭敷璪縣禮備其容樂和其變肅肅觀享雍雍執奠
明禮惟馨蘋蘩可薦

舒和

隼集龜開昭聖列龍蹲鳳跱肅神儀尊儒敬業宏圖闡緯武經
文盛德施

貞觀祀風師樂章

迎神

太皥御氣勾芒肇功蒼龍青旗爰候祥風律以和應神以感通
鼎俎修蠁時惟禮崇

奠幣登歌

旨酒告絜青蘋應候禮陳瑤幣樂獻金奏彈絃自昔觧凍惟旹
仰瞻肸蠁羣祥來奏

迎俎酌獻

德盛昭臨迎拜巽方爰候發生式薦馨香酌醴具舉工歌再揚
神歆入律恩降百祥

亞獻終獻

膋薌備玉帛陳風動物樂感神三獻終百神臻草木榮天下春

送神

徹穆敷華能應節飄揚發彩宜行慶送迎靈駕神心饗蜿拜靈
壇禮容盛氣和草木發萌芽德暢禽魚遂翔泳永望翠葢逐流

雲自茲率土調春令

祀雨師樂章

迎神

陟降左右誠達幽圓作解之功樂惟有年雲軿戾止灑露飄煙

惟馨展禮爰列豆籩

奠幣登歌

歲正朱明禮布玄製惟樂能感與神合契陰霧離披靈馭搖裔

膏澤之慶期於稔歲

迎俎酌獻

陽開幽蟄躬奉鬱鬯禮備節應震來靈降動植求聲飛沈允望

時康氣茂惟神之貺

亞獻終獻

奠既備獻將終神行令瑞飛空迎乾德祈歲功乘烟燎儼從風

貞觀朝日夕月樂章

唐書樂志曰貞觀中朝日樂降神用豫和皇帝行用太和登歌奠玉帛用肅和迎俎用雍和酌獻飲福用壽和送文舞出迎武舞入用舒和武舞用凱安送神用豫和其太和壽和凱安豫和五章詞同圓丘

朝日肅和

惟聖格天惟明饗日帝郊肆類王宮戒吉珪奠春舒鍾歌曉溢禮云克備斯文有秩

雍和

晨儀式薦明祀惟光神物爰止靈暉載揚玄端肅事紫幄興祥福履攸假於昭允王

舒和

崇牙樹羽延調露旋宫扣律掩承雲誕敷懿德昭神武載集豐
功表睿文
夕月肅和
測妙爲神通微曰聖坎祀貽則郊禋展敬璧薦登光金歌動映
以載嘉德以流曾慶
雍和
朏晨爭舉天宗禮闢夜典恭秋陰明湛夕有醨斯古有牲斯碩
穆穆其暉穰穰是積
舒和
合吹八風金奏動分容萬舞玉鞘驚詞昭茂典光前列夕曜乘
功表盛明
貞觀蜡　神樂章
鮮同朝日夕月

肅和

序迫歲陰日躔序紀爰稽茂典聿崇清祀綺幣霞舒瑞珪虹起

百靈垂裕萬方受祉

雍和

緹簫勁序玄英晚候姬蜡開儀豳歌入奏蕙馥彫俎蘭芬玉尉

太享明祇永綏多祐

舒和

經緯兩儀文化洽削平方域武功成瑶絃自樂乾坤泰玉鏚長

歡區宇寧

宋

建隆郊祀歌

按宋史樂志建隆二年二月兼太常寺賓儼言聖

宋肇極一代之樂宜乎立名樂章當易新詞因詔

儼改周樂章十二順爲十二安取治世之音安以樂之義祭天爲高安祭地爲靜安宗廟爲理安登歌爲嘉安臨軒爲隆安王公出入爲正安皇帝食飲爲和安皇帝受朝皇后入宮爲順安皇太子出入爲良安王公朝賀爲永安郊廟俎豆入爲豐安祭享酌獻飲福受胙爲禧安有司又奏僖祖室奏太善舞順祖室奏大寧舞翼祖室奏大順舞宣祖室奏大慶舞其後隨世增益不能備載云

降神高安

在國南方時維就陽以祈帝祉式致民康豆籩鬲俎金石絲簧禮行樂奏皇祚無疆

皇帝升降隆安

步武舒遲陞壇肅祗其容允若于禮攸宜

奠玉幣嘉安

嘉玉制幣以通神明神不享物享于克誠

奉俎豐安

笙鏞備樂繭栗陳牲乃迎芳俎以薦高明

酌獻禧安

丹雲之爵金龍之杓挹于尊罍是曰清酌

飲福禧安

絜茲五齊酌彼六尊致誠斯至率禮彌敢以介景福永隆後昆

重熙累洽帝道攸尊

亞獻終獻正安

謂天蓋高其聽孔卑聞樂歆德介以福禧

送神高安

倏兮而來忽兮而廻雲馭杳邈天門洞開

祀皇地祇

降神靜安

至哉厚德陜配天長沈潛剛克廣大無疆資生萬物神化含章同和八變神靈效祥

奠玉幣酌獻嘉安

於昭祀典致享坤儀備物咸秩柔祇格思功宣敏樹日益鴻禧持載品彙率土攸宜

送神靜安

妙用無方倏來忽逝蠲潔寅恭式終禋瘞

建隆以來祀享太廟

迎神理安

肅肅清廟奉祀來諳格思之靈如在之祭克謹威儀載嚴容衛隆福孔皆以克永世

皇帝行隆安

工祝升階賓尸在位祗達孝思允修毖祀顯相有儀克恭乃事儼恪其容通此精意

奉俎豐安

維犧維牲以炰以烹植其鞉鼓絜彼鉶羹孔碩兹俎於穆厥聲肅雍顯相福祿來成

酌獻禧祖室大善

湯湯洪河經啓長源鬱鬱嘉木挺生根本大哉崇基出乎慶門發祥垂裕永世貽孫

順祖室大寧

元鍾九千生於仲呂崇臺九層起於累土赫日之升明夷爲主孝孫作帝式由祖武

翼祖室大順

明明我祖積德攸宜肇繼瓜瓞將隆本支爰資慶緒式昭帝基
於穆清廟永洽重熙

宣祖室太慶

艱難積行繇長鍾慶同人之時得主乃定既叙宗祧乃修舞詠
經武開先永昭丕命

太祖室大定

猗歟太祖受命于天化行區宇功溢簡編武威震燿文德昭宣
開基垂統億萬斯年

太宗室大盛

赫赫皇運明明太宗四隩咸暨一變時雍睿文炳煥聖德溫恭
千齡萬祀永播笙鏞

飲福禧安

嘉栗旨酒博腯牲牷神鑒孔昭享茲吉蠲夙夜毖祀孝以奉先

永錫純嘏功格于天

亞獻正安

已象文治乃觀武成進退可度威儀克明

終獻正安

常武徂征詩人所稱總干山立厥象伊凝

徹豆豐安

肥腯之牲既折既薦鬱鬯之酒已酌已獻祝辭亦陳和奏斯徧

享禮具舉徹其有踐

祭社稷

降神靜安

百穀蕃滋麗乎下土聿崇明祀垂之千古育物惟茂粒民斯普

報本攸宜國章咸覩

奠玉幣酌獻嘉安

於穆太祀功利相宣靈壇美報歷代昭然介以蕃祚祚以豐年
土爰稼穡允協民天

送神　靜安

制幣犧齊正醉無愧樂以送之畢其精意

親耕籍田

皇帝出大次乾安

勤勞稼穡必躬必親爲籍千畝以教導民帝出乎震時惟上春
天顔咫尺望之如雲

親耕

元辰既擇禮備樂成洪縻在手祇飾專精三推一墢端冕朱紘
靡菲辭染履以示黎甿

升壇

方壇屹立陛級而登玉色下照臨觀耦耕萬目咸覩如日之升

成䂓成矩百禄是膺

公卿耕籍

羣公顯相嚴奉齋莊率時農夫舉耜載揚播厥百穀以佑我皇
多黍多稌丕膺農祥

羣官耕籍

畟畟良耜我田既臧土膏其動春日載陽報事有恪于以巾邦
農夫之慶棲畝餘糧

降壇

肇新帝籍率我農人三推終畝祗事咸均陟降孔時粲然有文
受天之祐多稼如雲

歸大次

教民稼穡不令而行進退有度琚瑀鏘鳴言還熉幄禮則告成
帝命率育明德惟馨

景祐祭文宣王廟

迎神凝安

大哉至聖文教之宗紀綱王化丕變民風常祀有秩備物有容神之格思是仰是崇

初獻升降同安

右文興化憲古師今明祀有典吉日惟丁豐犧在俎雅奏來庭周旋陟降福祉是膺

奠幣明安

一王垂法千古作程有儀可仰無德而名齊以滌志幣以達誠禮容合度黍稷非馨

酌獻成安

自天生聖垂範百王恪恭明祀陟降上庠酌彼醇旨薦此令芳三獻成禮率由舊章

飲福綏安

犧象在前豆籩在列以享以薦既芬既潔禮成樂備人和神悅祭則受福率遵無越

兖國公配位酌獻成安 哲宗朝增此一曲

無疆之祀配侑可宗事舉以類與享其從嘉栗旨酒祭薦惟恭降此遐福令儀肅雍

送神凝安

肅肅庠序祀事惟明大哉宣父將聖多能歆馨肸蠁廻馭凌兢祭容斯畢百福是膺

文章辨體卷之六

文章辨體卷之七

海虞後學吳訥編集

樂府二

愷樂歌辭 軍禮

鼓吹鐃歌曲

一曰短簫鐃歌劉瓛定軍禮云鼓吹未知其始也漢班壹雄朔野而有之矣鳴笳以和簫聲非八音也騷人曰鳴篪吹竽是也蔡邕禮樂志曰漢樂四品其四曰短簫鐃歌軍樂也伎録有長簫短簫韻書曰鐃者如鈴無舌周禮以金鐃止鼓蓋鳴鼓吹以鐃止之而歌也然鼓自一物吹自簫笳之屬爾

漢

古今樂録曰漢鼓吹鐃歌十八曲字多訛誤一曰

朱鷺二曰悲思翁三曰艾如張四曰上之回五曰擁離六曰戰城南七曰巫山高八曰上陵九曰將進酒十曰君馬黃十一曰芳樹十二曰有所思十三曰雉子班十四曰聖人出十五曰上邪十六曰臨高臺十七曰遠如期十八曰石留又有務成玄雲黃爵釣竿其辭已亡擁離亦曰翁離而諸篇之辭率多殘缺難曉云

朱鷺

儀禮大射儀曰建鼓在阼階西南鼓傳云建猶樹也以木貫而載之樹之跗也隋書樂志曰建鼓殷所作又棲翔鷺於其上不知何代所加或曰鵠也取其聲揚而遠聞或曰鷺鼓精也或曰皆非也詩云振振鷺鷺于飛鼓咽咽醉言歸言古之君子悲

周道之衰頌聲之息飾鼓以鷺存其風流未知孰是孔穎達曰楚威王時有朱鷺合沓飛翔而來舞舊鼓吹朱鷺曲是也然則漢曲蓋因飾鼓以鷺而名曲焉宋何承天朱鷺篇曰朱鷺揚和鸞翠蓋耀金華但盛稱路車之美漢曲異矣

朱鷺魚以烏路訾邪鷺何食食茄下不之食不以吐將以問誅（一作諫）者

思悲翁　其義未詳

思悲翁唐思奪我美人侵以遇悲翁也但我思蓬首狗逐狡兎食交君梟子五梟母六拉沓高飛暮安宿

艾如張

艾與刈同說文曰芟草也如讀爲而穀梁傳曰艾蘭以爲防置旃以爲轅門謂因蒐狩以習武事

也

乎而張羅異於何行成之四時和山出黃雀亦有羅雀以高飛奈雀何爲此倚欲誰肯礫室

上之回

漢武元封初因至雍遂通回中道後數遊幸其歌稱帝遊石闕望諸國月支臣匈奴服蓋誇時事也

上之回所中益夏將至行將北以承甘泉宮寒暑德游石闕望諸國月支臣匈奴服令從百官疾驅馳千秋萬歲樂無極

翁離 一作擁離其意未詳

擁離趾中可築室何用葺之蕙用蘭擁離趾中

戰城南

此言野死不得葬爲烏烏所食願爲忠臣義士朝出戰而暮不得歸也

戰城南死郭北野死不葬烏可食爲我謂烏且爲客豪野死諒不葬腐肉安能去子逃水深激激蒲葦冥冥梟騎戰鬬死駑馬徘徊鳴梁築室何以南梁何北禾黍而穫君何食願爲忠臣安可得思子良臣良臣誠可思朝行出攻暮不夜歸

巫山高

古詞言淮水深無梁可渡臨水遠望思歸而已後之作者皆涉陽臺雲雨之說非舊意也

巫山高高似大淮水深難以逝我欲東歸害梁不爲我集無高曳水何梁湯湯回回臨水遠望泣下霑衣遠道之人心思歸謂之何

擬作　唐于子猗

何山無朝雲彼雲亦悠揚何山無暮雨彼雨亦蒼茫宋玉侍才者憑虛構高唐自重文賦名荒淫歸楚襄哉我十二峰永作妖

鬼鄉

上陵

漢章帝元和三年自作蓋因上陵而作之也

上陵何美美下津風以寒問客從何來言從水中央桂樹爲君船青絲爲君笮木蘭爲君櫂黄金錯其間滄海之雀赤翅鴻白鴈隨山林乍開乍合曾不知日月明醴泉之水光澤何蔚蔚芝爲車龍爲馬覽遨遊四海外甘露初二年芝生銅池中仙人下來飲延壽千萬歲

將進酒

古詞曰將進酒乘太白大畧以飲酒放歌爲言

將進酒乘太白辨加哉詩審博放故歌心所作同陰氣詩悉索使禹良工觀者若

君馬黄

夾漈云古辭但取第一句以命題未必專在馬

君馬黃臣馬蒼二馬同逐臣馬良易之有騩蔡有赭美人歸以南駕車馳馬美人傷我心佳人歸以北駕車馳馬佳人安終極

芳樹 其義未詳

芳樹日月君亂如於風芳樹不上無心温而鵠三而爲行臨蘭池心中懷我悵心不可匡目不可顧妬人之子愁殺人君有他心樂不可禁王將何似如孫如魚乎悲矣

有所思

其詞大畧言其所思夾漈以漢食舉亦以此樂侑食也

有所思乃在大海南何用問遺君雙珠玳瑁簪用玉紹繚之聞君有他心拉雜摧燒之摧燒之當風揚其灰從今已往勿復相思相思與君絕鷄鳴狗吠兄嫂當知之妃呼豨秋風肅肅晨風

颸東方須臾高知之

雉子班

按樂府解題不過引古詞以釋其名爽潔以爲樂府之題亦如詩題所謂關雎葛覃之類只取篇中一二字以命詩初無義也

雉子班如此之于雉梁無以吾翁孺雉子知得雉子高蜚止黃鵠蜚之以千里王可思雄來蜚從雌視子趨一雉雉子車大駕馬滕被王送行所中堯羊蜚從王孫行

聖人出 解語同前

聖人出陰陽和美人出遊九河佳人來騑離哉何駕六飛龍四時和君之臣明護不道美人哉宜天子免甘星筮樂甫始美人子含四海

上邪 其義未詳

上邪我欲與君相知長命無絕衰山無陵江水爲竭冬雷震震夏雨雪天地合乃敢與君絕

臨高臺 解語同前

臨高臺以軒下有清水清且寒江有香草目以蘭黄鵠高飛離哉翻闕弓射鵠令我主壽萬年收中吉

遠如期

一曰遠期樂録曰漢太樂食舉曲有遠期魏省之

遠如期益如壽處天左側大樂萬歲與天無極雅樂陳佳哉紛單于自歸動如驚心虞心大佳萬人還來謁者引鄉殿陳累世未嘗聞之增壽萬年亦誠哉

石留 其義未詳

石留涼陽涼石水流爲沙錫以微河爲香向始𧭁冷將風陽北逝肯無敢與于揚心邪懷蘭志金安薄北方開留離蘭

唐

唐鼓吹鐃歌十二曲柳宗元作考紀高祖太宗功德一曰晋陽武二曰獸之窮三曰戰武牢四曰涇水黄五曰奔鯨沛六曰苞枿七曰河右平八曰鐵山碎九曰靖本邦十曰吐谷渾十一曰高昌十二曰東蠻按此諸曲史書不載疑宗元私作而未嘗奏或雖奏未嘗用故不被於歌云或類是云

晋陽武

隋亂既極唐師起晋陽平姦豪爲生人義主以仁興武爲晋陽武第一

晋陽武奮義威煬之渝德焉歸氓畢屠綏者誰皇烈烈專天機號以仁揚其旗日之升九土晞訴田坼流洪輝有其二翼餘隋斮梟鷙連熊螭枯以肉勍者羸后土蕩玄穹彌合之育莽然施

惟德輔慶無期

右晋陽武二十六句句三字

獸之窮

唐既受命李密自敗來歸以開黎陽斥東土爲獸之窮第二

獸之窮奔大麓天厚黄德狙獷服甲之櫜弓弭矢箙皇旅靖敵逾麼自亡其徒匪予戮屈贅猛虔慄慄縻以尺組啾以秩黎之陽土茫茫富兵戎盈倉箱乏者德莫能享驅豺兕授我疆

右獸之窮三十二句其十八句句三字四句句四字

戰武牢

太宗師討王充建德助逆師奮擊武牢下擒之遂降充爲戰武牢第三

戰武牢動河朔逆之助圖犄角怒㲉轟抗喬嶽翹萌芽傲霜雹王謀内定申掌握鋪施芟夷二主縛僤華戎廓封畧命之曹畢以斮歸有德唯先覺

右戰武牢十八句其十六句句三字二句句四字

涇水黄

辥舉據涇以死子仁杲左勇以暴師平之爲涇水黄第四

涇水黄隴野茫貿太白騰天狼有鳥鷙立羽翼張鉤喙决前鉅趯傍怒飛飢嘯翾不可當老雄死子復良巢岐飮渭肆翶翔頓地紘提天綱列缺掉幟招搖耀鋩鬼神來助夢嘉祥腦塗原野魄飛揚星辰復恢一方

右涇水黄二十四句其十五句句三字九句句四字

奔鯨沛

輔氏憑江淮竟東海命將平之爲奔鯨沛第五

奔鯨沛盪海垠吐霓翳日腥浮雲帝怒下顧哀墊昏授以神柄推元臣手援天矛截修鱗披攘蒙霧開海門地平水靜浮天根羲和顯耀乘清氛赫炎溥暢融大鈞

右奔鯨沛十八句其十句句三字八句句四句

苞枿

梁之餘保荆衡巴巫竊南越良將取之不以師爲苞枿第六

苞枿黮矣惟根之蟠彌巴蔽荆負南極以安曰我舊梁氏緝綏艱難江漢之阻都邑固以完聖人作神武用有臣勇智奮不以衆校跡死地謀猷縱化敵爲家慮則中浩浩海裔不威而同係縲降王定厥功澶漫萬里宣唐風蠻夷九譯咸來從凱旋金奏

象形容震赫萬國罔不龔

右苞枿二十八句其十六句句四字二句句五字

九句句三字

河右平

李軌保河右師臨之不克變或執以降爲河右平

第七

河右澶漫頑爲之魁王師如雷震崐崘以頹上聾下聰驁不可迴助讎抗有德惟人之災乃潰乃奮執縛歸厥命萬室蒙其仁一夫則病濡以鴻澤皇之聖威畏德懷功以定順之于理物咸遂厥性

右河右平十八句其十一句句四字五句句五字

二句句三字

鐵山碎

突厥之大古夷狄莫強焉師大破之降其國告于
廟爲鐵山碎第八

鐵山碎大漠舒二虜勁連穹廬背北海專坤隅歲來侵邉或傳于都天子命元帥奮其雄圖破定襄降魁渠窮竟窟宅斥余吾百蠻破膽邉氓蘇威武輝耀明鬼區利澤彌萬祀功不可踰官臣拜首惟帝之譽

右鐵山碎二十二句其十一句句三字九句句四字二句句五字

靖本邦

劉武周敗裴寂咸有晉地太宗滅之爲靖本邦第九

本邦伊晉惟時不靖根柢之搖枝葉攸病守臣不任勩于神聖惟越之興翦焉則定洪惟我理式和以敬羣頑既夷廢績咸正

皇謩載大惟人之慶

右靖本邦十一句句四字

吐谷渾

李靖滅吐谷渾於西海上爲吐谷渾第十

吐谷渾盛強背西海以夸歲侵擾我疆退匿險且遐帝謂神武師往征靖皇家烈烈旆其旗雄虎雜龍蛇王旅千萬人銜枚默無譁束刃踰山徼張翼縱漠沙一舉刈膻腥尸骸積如麻除惡務本根況敢遺萌芽洋洋西海水威命窮天涯係虜來王都犒樂窮休嘉登高望還師竟野如春華行者靡不歸親戚讙要遮凱旋獻清廟萬國思無邪

右吐谷渾二十六句句五字

高昌

李靖滅高昌爲高昌第十一

麴氏雄西北別絕臣外區既恃遠且險縱傲不我虞烈烈王者師熊羆以爲徒龍旂翻海浪驛騎馳坤隅賁育博嬰兒一掃不復餘平沙際天極但見黃雲驅臣靖執長纓智勇伏囚拘文皇南向坐夷狄千群趨咸稱天子神往古不得俱獻號天可汗以覆我國都兵戎不交害各保性與軀

右高昌二十二句句五字

東蠻

既克東蠻群臣請圖蠻夷狀如周書王會爲東蠻

第十二

東蠻有謝氏冠帶理海中自言我異世雖聖莫能通王卒如飛翰鵬騫駭群龍轟然自天墜乃信神武功繫虜君臣人累累來自東無思不服從專業如山崇百辟拜稽首咸願圖形容如周王會書永永傳無窮睢盱萬狀乖咿嗢九譯重廣輪撫四海浩

浩知皇風歌詩鐃鼓間以壯我元戎

右東蠻二十二句句五字

擬宋鐃歌鼓吹曲　洪武宋景濂

藝祖生洛陽甲馬營中神光滿室有香郁然經宿不散此聖徵光見者也爲啓聖徵第一

啓聖徵兆載先衮精降爛以鮮破重陰嬀曾玄合之暢神必宣應昌期馭宰權天序叶地䜌甄星游渚白帝廷氣貫月永殷年質徃牒無不然惟皇符𢧐且纂著成烈在不刋

右啓聖徵曲凡二十二句句三字

藝祖將北伐師次陳橋驛諸將以黃袍加上身列拜庭中稱萬歲遂詣崇元殿行禪代禮爲受周禪第二

受周禪崇靈基飛龍在天黃道開躬握乾衡鎮坤機蒼精衰木無文黑光盪日見重輝天人同歷數歸靈承帝祐流鴻滋

若敦神爵集肉角來珉灝灝俗愜愜昭皇威時赫戲

右受周禪曲凡二十二句其十八句句三字四句

句四字

昭義節度使李筠據澤潞弗服上御六師平之爲斮

老雄第三

斮老雄雄勢壓連冦師樹高纛襲邊城施蠆毒王赫斯怒誓加

參百萬貔貅若林矗行視嶕嶢勝平陸升城躋呼山嶽複飛矢

貫臂拔其鏃雄斯窮畀炎熇朱鳥鳴反舌縮反舌縮四海服

右斮老雄曲凡二十二句其十七句句三字五句

句四字

淮南節度使李重進不庭憑恃江淮招集亡命上親

討之爲長淮沸第四

長淮沸沸若湯有蛟下潛石作房腥沫旁灑牙距四張欲鼓孽

浪浸日光貞龍出火鬣明焫暴髓焦毒吭殲厥凶醜如刺狼水安流若鏡平皇威洽濊澤滂建萬寓慶無疆

右長淮沸曲凡二十句其十五句句三字五句句四字

上遣將討張文表假道荆南其主高繼冲懼奉表稱臣爲耀靈威第五

耀靈威奄八紘如山壓卵飆嘘塵大帥率師手握矜策馬飲江江水渾溢摩日月搖星辰孰敢姦命馘以狗蠻荆輿櫬稱妾臣翦拜柯條削其根一朝坐鎮百粤闢南荒帖帖絕妖氛

右耀靈威曲凡二十句其十二句句三字九句句四字

師克南平趨朗州武安節度使周保權拒命討獲之爲鷹之揚第六

我鷹之揚于彼南楚目城無全尚何有險阻虜周惛惛曾莫構思仇孽既殄胡反噬我師梟騎厲華旄旋海水立霄旭昏殺氣回薄蓊若煙灌征斯克功無前王度遠引靡不肩

右鷹之揚曲凡十八句其七句句三字九句句四字二句句五字

諸將伐蜀取劍州蜀主孟昶封府庫請降爲巴蜀平

第七

惟彼巴蜀務靡麗以夸金塊珠礫紈政於邪於鑠王師如虎如彪擒夷凶族使民氣以攄足不加首臂豈大於股啓關迎降崩角無敢後聲明宣派被區有百蠻來同孚至理上鄰三五皇德羨且阜

右巴蜀平曲凡十八句其二句句三字十一句句四字五句句五字

南漢劉鋹據嶺南良將征之鋹教象爲陣以禦我集
勁弩射之奔鋹遂詣轅門降爲象斯奔第八

象斯奔擴南蠻開重昏揭兩曜通粤海接閩徼雺初弗知跳踉以戲敢持厥鷇雛鬭與集俱刀索氣銷始就縛三軍凱旋奏戎樂威神出自天顯彼帝畧千秋萬年燕庥和且延

右象斯奔曲凡十八句其八句句三字七句句四字三句句五字

王師伐江南江南主李煜降時彗出柳歷興鬼爲彗出柳第九

維彗出柳六合布新矧此彈丸何敢不臣琱弓宛轉鐵騎忝渾天塹未度已無江堧帝詔將臣俟其來賓愼毋疾擊以病吾民長蛇成圍不異祥麟孱王既降市無驚塵大宥皇化覃于至仁

右彗出柳曲凡十八句句四字

太宗既繼太統平海節度使陳洪進獻漳泉二州爲

拓閩關第十

閩關屹南紀上應牛女星南將窺瘴海東或帶滄濱五季失羈御藩鎮擅甲兵太阿既倒持僭竊瀆恒經誰歟據二州於此建節旌予奪自己出况復望來庭太宗嗣寶符渙號風霆行稽首歸厥命覆冒仰三靈鞮譯通絶域珪贄集明廷神猷杳難測穆穆臻泰清

右拓閩關曲凡二十句句五字

吳越王錢俶見上　盛盡獻其土地爲吳越歸

第十一

皇王握神契重華叶帝嚳神兵從天下欻忽千萬餘揮戈日爲回投鞭海成枯奮擊人極間建矦飛電如錢氏最先覺方物久內輸終知喬嶽尊丘阜欲何須登名獻天府不煩神戈誅帝德

統同極萬國混車書

右吳越曲凡十六句句五字

海内咸臣唯比漢假恩湯斧上親征之其主劉繼元素服紗帽待罪臺下詔釋之爲克戎逋第十二

汾晋十萬甲數葉僭爲君蟠根欲弗拔毒虐我蒸民聖人攄武師威烈赫然振刀戟夜生火出入動若神方將藏下地忽巳凌高旻有城皆作醢無甲不爲塵戎逋膽巳落舉族悉來臣群氓如流魚挈置瀛海津自兹遂生育陶然履泰淳阪泉著軒德丹浦明堯勛赫赫炎德殷永世同不泯

右克戎逋曲凡二十二句句五字

橫吹曲辭

按樂府集云橫吹其始亦謂之鼓吹後分爲一有簫笳者爲鼓吹用之朝會道路亦以賜有功有陳

角者爲横吹用之軍中馬上奏之解題曰漢横吹曲二十八解李延年造魏晉以來唯傳十曲一曰黄鵠二曰隴頭三曰出關四曰入關五曰入塞七曰折楊柳八曰黄覃子九曰赤之揚十曰望行人後有關山月洛陽道長子道梅花紫騮馬驄馬雨雪劉生八曲合十八曲古辭多亡後人取六朝唐人詩以補觀覽然皆近體殊失古義今皆不録獨采古辭存者數篇幷後人擬作者附之蕭梁時又有横吹等歌三十六曲其辭多亡止存企喻慕容垂木蘭等曲辭義皆無取今亦不載

出塞

晉書樂志曰出塞入塞曲李延年造按西京雜記曰戚夫人善歌出塞入塞曲蓋不起於延年也

候騎出甘泉奔命入居延旗作浮雲影陣如明月弦

擬作　唐杜子美

前出塞

慼慼去故里悠悠赴交河公家有程期亡命嬰禍羅君已富境土開邊一何多弃絕父母恩吞聲行負戈

出門日已遠不受徒旅欺骨肉恩豈斷男兒死無時走馬脫轡頭手中挑青絲捷下萬仞岡俯身試搴旗

磨刀嗚咽水水赤刃傷手欲輕腸斷聲心緒亂已久丈夫誓許國憤惋復何有功名圖麒麟戰骨當速朽

送徒既有長遠戍亦有身生死向前去不勞吏怒嗔路逢相識人附書與六親哀哉兩訣絕不復同苦辛

迢迢萬餘里領我赴三軍軍人異苦樂主將寧盡聞隔河見胡騎倏忽數百羣我始爲奴僕幾時樹功勳

挽弓當挽強用箭當用長射人先射馬擒賊先擒王殺人亦有限立國自有疆苟能制侵陵豈在多殺傷

驅馬天雨雪軍行入高山逕危抱寒石指落層氷間已去漢月遠何時築城還浮雲暮南征可望不可攀

單于寇我壘百里風塵昏雄劍四五動彼軍爲我奔虜其名王歸繫頸授轅門潛身備行列一勝何足論

從軍十餘年能無分寸功衆人貴苟得欲語羞雷同中原有鬬爭況在狄與戎丈夫志四海安可辭固窮

後出塞

男兒生世間及壯當封侯戰伐有功業焉能守舊丘召募赴薊門軍動不可留千金買馬鞍百金裝刀頭閭里送我行親戚擁道周班白居上列酒酣進庶羞少年別有贈含笑看吳鈎

朝進東門營暮上河陽橋落日照大旗馬鳴風蕭蕭平沙列萬

幕部伍各見招中天懸明月令嚴夜寂寥悲笳數聲動壯士慘不驕借問大將誰恐是霍嫖姚

古人重守邊今人重高勳豈知英雄主出師亘長雲六合已一家四夷且孤軍遂使貔虎士奮身勇所聞拔劍擊大荒日收胡馬羣誓開玄冥北持以奉吾君

獻凱日繼踵兩蕃靜無虞漁陽豪俠地擊鼓吹笙竽雲帆轉遼海粳稻來東吳越羅與楚練照耀輿臺軀主將位益崇氣驕凌上都邊人不敢議議者死道衢

我本良家子出師亦多門將驕益愁思身貴不足論躍馬二十年恐孤明主恩坐見幽州騎長驅河洛昏中夜間道歸故里但空村惡名幸脫免窮老無兒孫

折楊柳　古辭

唐書樂志曰梁樂府折楊柳歌即鼓角横吹曲也

上馬不捉鞭反拗楊柳枝下馬吹横笛愁殺行客兒

紫騮馬　古辭

古今樂録曰紫騮古辭盖從軍久戍懷歸而作也

十五從軍征八十始得歸道逢鄉里人家中有阿誰

擬作　梁元帝

長安美少年金絡錦連錢宛轉青絲鞚照耀珊瑚鞭

驄馬　梁車敹

總馬鏤金鞍栢彈落金丸意欲驂驔走先作野遊盤平明發下蔡日中過上蘭路遠行須疾非是畏人看

劉生　梁元帝

遊俠有劉生然諾重西京扶風好驚坐長安恒借名榴花聊夜飲竹葉解朝酲結交李都尉遨遊佳麗城

文章辨體卷之七

文章辨體卷之八

海虞後學吳訥編集

樂府三

燕饗歌辭賓禮嘉禮

晋四廂樂歌

晋書樂志曰魏杜夔傳舊雅樂四曲一曰鹿鳴二曰騶虞三曰伐檀四曰文王皆古聲辭太和中左延年改騶虞伐檀文王三曲更作聲節其名雖同而聲實異唯鹿鳴不改後又改立三篇一曰於赫與鹿鳴同二曰巍巍用前改騶虞聲三曰洋洋用前改文王聲四則復用鹿鳴鹿鳴之聲重用而除古伐檀晋初食舉歌亦用鹿鳴武帝使荀勗等造正旦行禮歌一曰於皇當於赫二曰明明當巍巍

三曰邦國當洋洋四曰祖宗當鹿鳴又製王公上壽酒歌并食舉樂東西箱歌一曰煌煌當鹿鳴二曰賓之初筵三曰三后四曰赫矣五曰烈文六曰猗歟七曰隆化八曰振鷺九曰翼翼十曰既宴十一曰時邕十二曰嘉會兩漢之辭既亡不得已錄之云

正旦大會行禮歌

於皇元首群生資始履端大亨敬御繁祉肆覲羣后爰及卿士欽順則元允也天子

右於皇一章八句

明明天子臨下有赫四表宅心惠浹荒貊柔遠能邇孔淑不逆來格祁祁邦家是若

右明明一章八句

光光邦國天篤其佑上顯哲命顧柔三祖世德作求奄有九土思我皇度彝倫攸序

右邦國一章八句

惟祖惟宗高朗緝熙對越在天駿惠在茲聿求厥成我皇崇之

天固其循往敬用治　右祖宗一章八句

王公上壽酒歌

戩元辰延顯融獻羽觴祈令終我皇壽而隆我皇茂而蕃本枝耆百世休祚鍾聖躬　右戩元辰一章八句

食舉樂東西箱歌

煌煌七曜重明交暢我有嘉賓是應是貺邦政既圖接以大饗人之好我式遵德讓　右煌煌一章八句

賓之初筵譪譪濟濟既朝乃宴以治百禮頒以位敘或廷或陛登儐台叟亦有兄弟胥子陪寮憲茲度楷觀順養正降福孔偕

右賓之初筵一章十二句

昔我三后大業是維今我聖皇焜燿前暉奕世重規明照九畿思輯用光時罔有違陟禹之跡莫不來威天被顯祿福履是綏

右三后一章十二句

赫矣太祖克廣明德廓開宇宙正世立則變化以經民無瑕慝
創業垂統兆我晋國　右赫矣一章八句
列文伯考時惟帝景夷險平亂威而不猛御衡不迷皇塗煥炳
七德咸宣其寧惟永　右列文一章八句
猗歟盛歟先皇聖文則天作孚大哉爲君愼徽五典帝載是懃
文武發揮茂建弘勳脩身濟治民用寧殷弘遠燭幽玄教氛氳
善世不伐服事三分德博化隆道冐無垠　右猗歟一章十六句
隆化洋洋帝命溥將登我聖道越惟聖皇龍飛昌運臨燾八荒
叡哲欽明配蹤虞唐封建厥福駿發其祥三朝習吉終然允臧
其臧惟何總彼萬方元侯列辟四嶽蕃王時見世享率茲有常
旅揖在庭嘉客在堂宋衛既臻陳留山陽我有賓使觀國之光
貢賢納計獻璧奉璋保祐命之申錫無疆　右隆化一章二十八句
振鷺于飛鴻漸其翼京邑穆穆四方是式無競惟人王綱允敕

君子來朝言觀其極　右振鷺一章八句

翼翼大君民之攸暨信理天工惠康不匱將遠不仁訓以淳粹幽明有倫俊乂在位九族既睦庶邦順比開元布憲四海鱗萃協時正統殊塗同致厚德載物靈心隆貴敷奏讜言納以無諱樹之典象誨之義類上教如風下應如卉一人有慶羣萌以遂我后宴喜令聞不墜　右翼翼一章二十六句

既宴既喜翕是萬邦禮儀卒度物有其容晰晰庭燎喤喤鼓鍾笙磬詠德萬舞象功八音克諧俗易化從其和如樂庶品時邕

右既宴一章十二句

時邕斌斌六合同塵往我祖宣威靜殊鄰首定荊楚遂平燕秦亹亹文皇邁德流仁爰造草昧應乾順民靈瑞告符休徵響震天地弗違以和神人既戡庸蜀吳會是賓肅慎率職楛矢來陳韓濊進樂均協清鈞西旅獻獒扶南效珍蠻裔重譯玄齒文身

我皇撫之景命新　右時邕一章二十六句

愔愔嘉會有聞無聲清酤既奠籩豆既馨禮充樂備簫韶九成愷樂飲酒酣而不盈率土歡豫邦國以寧王猷允塞萬載無傾

右嘉會一章十二句

唐

功成慶善樂辭

一曰九功舞殿庭朝會所奏文舞也樂志曰慶善樂太宗所造名九功舞舞蹈安徐以象文德洽而天下安樂冬正享讌及有大慶與七德舞偕奏于庭

壽丘唯舊跡酆邑乃前基粵余承累聖懸弧亦在茲弱齡逢運改提劍鬱匡時指麾八荒定懷柔萬國夷梯山盛入欵駕海亦來思單于陪武帳日逐衛文轅端扆朝四岳無爲任百司霜節明秋景輕冰結水湄笙簧遍原隰禾穎積京坻共樂還誰宴歡

比大風詩

中和樂辭

唐會要曰貞元中德宗自製中和舞舞中成八卦又叙其舞曰朕以中春之首紀爲令節象中和之舞按此曲葢因繼天誕聖樂而作也

芳歲肇佳節物華當仲春乾坤既昭泰煙景含氤氳德淺荷玄貺樂成思治人前庭列鍾鼓廣殿延羣臣八卦隨舞意五音轉曲新顧非咸池奏庶協南風薰式宴禮所重浹懽情必均同和諒在兹萬國希可親

宋乾德朝會樂章

按宋建隆初御殿朝賀用宫懸次御别殿用教坊樂乾德二年冬至御乾元殿受賀羣臣詣大明殿上壽始用雅樂登歌二舞和峴言舜玄德升聞堯

命以位請攺文舞爲玄德升聞舞又周武王一戎衣天下大定請攺武舞爲天下大定舞又荆南等州進甘露嘉禾紫芝緑毛龜白兎請采古朱鴈等義作神龜甘露紫芝嘉禾玉兎五瑞各一曲朝會登歌首奏之後增攺不一今録以備一代之制云

皇帝升坐隆安

天臨有赫上法乾元鏗鏘六樂儼恪千官皇儀允肅王座居尊文明在御禮備誠存

公卿入門正安

堯天協紀舜日揚光淑慎爾止率由舊章佩環濟濟金石鏘鏘威儀炳煥至德昭彰

上壽禧安

乾建爲君坤柔曰臣惟其臣子克奉君親永御皇極以綏兆民

稱觴獻壽山岳嶙峋

皇帝舉酒第一盞用白龜

聖德昭宣神龜出焉載白其色或游于川名符在洛瑞應巢蓮
登歌丹階紀異靈篇

第二盞甘露

天德冥應仁澤載濡其甘如醴其凝若珠雲表潛結顥英允敷
降于竹柏永昭瑞圖

第三盞紫芝

煌煌茂英不根而生蒲茸奪色銅池著名晨敷表異三秀分榮
書于瑞典光我文明

第四盞嘉禾

嘉彼合穎致貢升平異標南畮瑞應西成德至于地皇祇效靈
和同之象煥發祥經

第五盞王兎

盛德好生綱開三面明視標奇昌辰乃見育質雪園淪精月殿著於樂章色含紅練

琴曲歌辭

神鳳操　周成王

古今樂録曰周成王時鳳凰翔舞成王作此

鳳凰翔兮於紫廷予何德兮以感靈賴先人兮恩澤臻于胥樂兮民以寧

幽澗泉　唐李太白

拂彼白石彈吾素琴幽澗愀兮流泉深善手明徽高張清心寂歷似千古松颼飀兮萬尋中見愁猿弔影而危處兮叫秋木而長吟客有哀時失志而聽者淚浪浪而沾襟乃緝商綴羽潺湲成音吾但寫聲發情於妙指殊不知曲之古今幽澗泉鳴深林

擬十操　韓退之

將歸操　孔子之趙聞殺鳴犢作

秋之水兮其色幽幽我將濟兮不得其由涉其淺兮石齧我足乘其深兮龍入我舟我濟而悔兮將安歸尤歸兮歸兮無與石鬭兮無應龍求

猗蘭操　孔子傷不逢時作

蘭之猗猗揚揚其香不採而佩於蘭何傷今天之旋其曷爲然我行四方以日以年雪霜貿貿薺麥之茂子如不傷我不爾覯薺麥之茂薺麥之有君子之傷君子之守

龜山操　孔子以季桓子受女樂諫不從作

龜之氛兮不能雲雨龜之枿兮不中梁柱龜之大兮祇以奄魯知將隳兮哀莫余伍周公有鬼兮嗟余歸輔

越裳操　周公作

雨之施物以孳我何意於彼爲自周之先其艱其勤以有疆宇私我後人我祖在上四方在下厥臨孔威敢戲以侮孰荒于門孰治于田四海既均越裳是臣

拘幽操　文王羑里作

目窈窈兮其凝其盲耳肅肅兮聽不聞聲朝不見日出兮夜不見月與星有知無知兮爲死爲生嗚呼臣罪當誅兮天王聖明

岐山操　周公爲太王作

我家于豳自我先公伊我承序敢有不同今狄之人將土我疆民爲我戰誰使死傷彼岐有岨我往獨處爾莫余追無思我悲

履霜操　尹吉甫子伯奇作

父兮兒寒母兮兒飢兒罪當笞逐兒何爲兒在中野以宿以處四無人聲誰與兒語兒寒何衣兒飢何食兒行于野履霜以足母生衆兒有母憐之獨無母憐兒寧不悲

雉朝飛操　牧犢子作

雉之飛于朝日羣雌孤雄意氣橫出當東而西當啄而飛隨飛隨啄羣雌粥粥嗟我雖人曾不如彼雉雞生身七十年無一妻與妃

別鵠操　商陵穆子作

雄鵠銜枝來雌鵠啄泥歸巢成不生子大義當乖離江漢水之大鵠身鳥之微更無相逢日且可繞樹相隨飛

殘形操　曾子夢狸不見其首作

有獸維狸兮我夢得之其身孔明兮而頭不知吉凶何爲兮覺坐而思巫咸上天兮識者其誰

醉翁操并序　宋歐陽永叔

余作醉翁亭于滁州太常博士沈遵聞而往遊愛其山水歸而以琴寫之作醉翁吟三疊去年秋余奉使契丹沈君會余恩冀

閒夜闌酒半援琴作之有其聲而無其辭乃爲辭以贈之其辭曰

始翁之來兮獸見而深伏鳥見而高飛翁醒而往兮醉而歸朝醒暮醉兮無有四時鳥鳴樂其林獸出遊其蹊伊嚶啁哳於翁前兮醉而不知有心不能以無情兮有合必有離水潺潺兮翁忽去而不顧山岑岑兮翁復來而幾時風嫋嫋兮山木落春年年兮山草菲嗟我無德於其人兮有情於山禽野麋賢哉沈子兮能寫我心而慰彼之思

醉翁操 有序　　蘇子瞻

琅琊山水奇麗泉鳴空澗若中音會醉翁喜之把酒臨聽輒欣然亡歸既去十餘年好奇之士沈遵聞之往遊以琴寫其聲曰醉翁操節奏疎宕而音韻華暢知琴者以爲絕倫然有其聲而無其辭翁雖爲作歌而與琴聲不合又依楚詞作醉翁引好事者

亦倚其詞以制曲雖粗合均度而琴聲爲詞所繩約非天成也後三十餘年翁既捐舘舍而遵亦没久矣廬山玉澗道人崔閑特妙於琴恨此曲之無詞乃譜其聲而請東坡居士補之云

琅然清圜誰彈響應空山無言惟翁醉中知其天月明風露娟娟人未眠荷蕢過山前曰有心也哉此賢（從声同比）醉翁嘯詠聲和流泉醉翁去後空有朝吟夜怨山有時而童顛水有時而回思翁無歲年翁今爲飛仙此意在人間試聽徽外兩三絃

招隱操 有序　　朱晦菴

淮南小山作招隱極道山中窮苦之狀以風切遁世之士使無遐心其旨深矣其後左太冲陸士衡相繼有作雖極清麗顧乃爲隱遁之辭遂與本題不合故王康琚作詩反之雖正左陸之誤而所述乃老氏之言又非小山本意也十月十六夜許進之挾琴過予書堂夜久月明風露悽冷揮絃度曲聲甚悲壯既乃

更爲招隱之操而曰穀城老人嘗欲爲予依末作辭而未就也予感其言因爲推本小山遺意戲作一闋又爲一闋以反之曰授進之併請穀城及諸名勝相與共賦之以備山中故事云

南山之中桂樹之稠枝相樛高拂千崖素秋下臨深谷之寒流王孫何處攀援久淹留○聞說山中虎豹盡嘷聞說山中熊羆夜咆叢薄深林鹿呦呦獮猴與君居山鬼伴君游君獨胡自聊歲云莫矣將焉求思君不見我心徒離憂

右招隱

南山之中桂尌秋風雲冥濛下有寒栖老翁木食澗飲迷春冬此間此樂優游湫何窮○我愛陽林春葩晝紅我愛陰崖寒泉夜淙竹栢含烟悄青葱徐行發清商安坐撫枯桐不問簞瓢屢空但抱明月甘長終人間雖樂此心與誰同

右反招隱

續琴操哀江南 有序

謝皐羽

宋季有以善琴出入宮掖間汪姓忘其名臨安不守大后嬪御

北徃汪從之文丞相被執汪上謁勉丞相必以忠孝白天下子將歸死江南及歸舊宮人十八人釃酒與別援琴鼓再行淚雨下悲不自勝後竟不知所在客有感之者爲續琴操凡四章

我赴薊門四之一

我赴薊門我心何苦我本南人我行北土睠彼翼軫客星光光自陪輦轂久涉戎行靡歲不戰何兵不潰偷生有戚就死無罪莽莽黃沙依依翠華我皇何在忍恤我家

瞻彼江漢四之二

瞻彼江漢截淮及楚起兵海隈亡命無所枕戈待旦憤不顧身我睠王室誰非國人噫嘻昊天使汝縲絏姧黨心寒健兒膽裂黃河萬里氷雪峨峨爾死得死我生謂何

我操南音四之三

我操南音爰酌我酒風摧我裳氷裂我手薄送于野曷云同歸

自貽伊阻不得奮飛持此盈觴化爲別淚昔也姬姜今焉憔悴
山高水遠無相見時各保玉體將死爲期

興言自古四之四

興言自古使我速老麋鹿是游姑蘇荒草起秣我馬襄回舊鄉
江山不改風景忘亡誰觸塵埃不見日月梨園雲散雨林鳥没
吞聲躑躅悲風四來爾非遺民何獨不哀

思沂操 有序

洪武胡仲申

曾氏有居越者睠焉不忘魯之舊鄉余以聖賢之
道不下帶而存也作思沂操以廣其志云

沂之水兮泱泱曷不歸兮以浣我裳我思兮孔長沂之水兮湜
湜曷不歸兮以沐我德我思兮心惻沂可思兮亦可沂兮鼓而
舞兮謂吾之與兮

文章辨體卷之八

文章辨體卷之九

海虞後學吳訥編集

樂府四

相和歌辭

相和六引

古今樂録曰張永技録相和有四引一曰箜篌二曰商引三曰徵引四曰羽引又曰古有六引其宫引角引二曲闕宋爲箜篌引有辭三引有歌聲而辭不傳梁具五引有歌有辭凡相和其器有笙笛節歌琴瑟琵琶箏七種爾

箜篌引

一曰公無渡河崔豹古今註曰箜篌引者朝鮮津卒霍里子高妻麗玉所作也子高晨起刺船有一

白首狂夫被髮提壺亂流而渡其妻隨而止之不及遂墮河而死於是援箜篌而歌聲甚悽愴尚終亦投河而死子高還以語麗玉麗玉傷之乃引箜篌而寫其聲聞者莫不墮淚飲泣麗玉以其曲傳鄰女麗容名曰箜篌引又有箜篌謠不詳所起大畧言結交當有終始與此異也

公無渡河公竟渡河墮河而死當奈公河

擬作　唐李長吉

公乎公乎提壺將焉如屈平沉湘不足慕徐衍入海誠爲愚公乎公乎牀有菅席盤有魚北里有賢兄東隣有小姑隴畞油油黍與葫瓦甒濁醪蟻浮浮黍可食醪可飲公乎公乎其柰居被髮奔流竟何如賢兄小姑哭嗚嗚

宮引　梁沈休文

晋書樂志曰五聲宫之爲言中也中和之道無往而不理焉商之爲言疆也謂金性之堅疆也角之爲言觸也謂象諸陽氣觸物而生也徵之爲言止也言物盛則止也羽之爲言舒也言陽氣將復萬物孳育而舒生也是以聞宫聲使人温良而寛大聞商聲使人方廉而好義聞角聲使人惻隱而仁愛聞徵聲使人樂養而好施聞羽聲使人恭儉而好禮隋書樂志曰梁有相和五引三朝第一奏之唐書樂志曰五郊迎氣各以月律而奏其音葢因隋舊制云

八音資始君五聲興比和樂感百精優游律呂被咸英

商引

司秋紀兑奏西音激揚鍾石和琴瑟風流福被樂愔愔

角引

萌生觸發歲在春咸池始奏德尚仁涊灉以息和且均

徵引

執衡司事宅離方滔滔夏日火德昌八音備舉樂無疆

羽引

玄英紀運冬冰拆物爲音本和且悦窮高測深長無絶

相和曲

古今樂録曰張永元嘉技録相和有十五曲一曰氣出唱二曰精列三曰江南四曰度關山五曰東光六曰十五七曰薤露八曰蒿里九曰覲歌十曰對酒十一曰雞鳴十二曰烏生十三曰平陵東十四曰東門十五曰陌上桑唯江南東光薤露雞鳴烏生平陵東陌上桑並古辭餘多後人所擬也

江南　古辭

江南可採蓮蓮葉何田田魚戲蓮葉間

擬作　梁柳惲

汀洲採白蘋日落江南春洞庭有歸客瀟湘逢故人故人何不返春華復應晚不道新知樂只言行路遠

薤露　古辭

崔豹古今注曰薤露蒿里並喪歌本出田橫門人言人命奄忽如薤上之露易晞滅也亦謂人死魂魄歸於蒿里至漢武時李延年分為二曲薤露送王公貴人蒿里送士大夫庶人後通謂之挽歌云

薤上露何易晞露晞明朝更復落人死一去何時歸

蒿里　古辭

蒿里誰家地聚斂魂魄無賢愚鬼伯一何相催促人命不得少

踟躕

擬作　魏繆熙伯

生時遊國都死沒弃中野朝發高堂上暮宿黃泉下白日入虞淵懸車息駟馬造化雖神明安能復存我形容稍歇滅齒髮行當墮自古皆有然誰能離此者

又　晉陸士衡

流離親友思惆悵神不泰素驂佇轜軒玄駟騖飛蓋哀鳴興殯宮迴遲悲野外寃魎寂無響但見冠與帶備物象平生長旌誰爲旆悲風鼓行軌傾雲結流藹振策指靈丘駕言從此逝

又　陶淵明

芳草何茫茫白楊亦蕭蕭嚴霜九月中送我出遠郊四面無人居高墳正嶕嶢鳥爲動哀鳴林風自蕭條幽室一巳閉千年不復朝千年不復朝賢達無柰何向來相送人各巳歸其家親戚

或餘悲佗人亦已歌死去何所道託體同山阿

又

有生必有死早終非命促昨暮同爲人今旦在鬼録魄氣散何之枯形寄空木嬌兒索父啼良友撫我哭得失不復知是非安能覺千秋萬歲後誰知榮與辱但恨在世時飲酒恒不足

對酒

樂府解題曰魏樂奏武帝所賦對酒歌太平其旨言王者德澤廣被致理人和萬物咸遂

對酒歌太平時吏不呼門王者賢且明宰相股肱皆忠良咸禮讓民無所爭訟三年耕有九年儲倉穀滿盈班白不負戴雨澤如此百穀用成却走馬以糞其土田爵公侯伯子男咸愛其民以黜陟幽明子養有若父與兄犯禮法輕重隨其刑路無拾遺之私囹圄空虛冬節不斷人耄耋皆得以命終恩澤廣及草木

昆蟲

雞鳴　古辭

樂府解題曰古辭初言天下太平次言置酒爲樂終言桃傷而李仆喻兄弟當相爲表裏若後人所擬則但雞鳴而已

雞鳴高樹巔狗吠深宮中蕩子何所之天下方太平刑法非有貸柔協正亂名黃金爲君門碧玉爲軒堂上有雙樽酒作使邯鄲倡劉王碧青甓後出郭門王舍後有方池池中雙鴛鴦鴛鴦七十二羅列自成行鳴聲何啾啾聞我殿東廂兄弟四五人皆爲侍中郎五日一時來觀者滿路傍黃金絡馬頭熲熲何煌煌桃生露井上李樹生桃傍蟲來齧桃根李樹代桃殭樹木身相代兄弟還相忘

烏生

一曰烏生八九子樂府解題曰古辭云烏毋子本在南山巖石間而來爲秦氏彈丸所殺白鹿在苑中人得以爲脯黄鵠摩天鯉在深淵人得而烹煑之壽命各有定分也若後人所擬則但詠烏而已

烏生八九子端坐秦氏桂樹間唶我秦氏家有遊遨蕩子工用睢陽彊蘇合彈左手持彊彈兩丸出入烏東西唶我一丸即發中烏身烏死魂魄飛揚上天阿毋生烏子時乃在南山巖石間唶我人民安知烏子處蹊徑窈窕安從通白鹿乃在上林西苑中射工尚復得白鹿脯唶我黄鵠摩天極高飛後宫尚復得烹煑之鯉魚乃在洛水深淵中釣鉤尚得鯉魚口唶我人民生各各有壽命死生何須復道前後

平陵東　古辭

崔豹古今注曰平陵東漢翟義門人所作也樂府

解題曰義丞相方進之少子字文仲爲東郡太守王莽簒漢舉兵誅之不克見害門人作歌以怨也

平陵東松栢桐不知何人刼義公刼義公在高堂下交錢百萬兩走馬兩走馬亦誠難顧見追吏心中惻心中惻血出漉歸告我家賣黄犢

陌上桑　　古辭

一曰豔歌羅敷行崔豹古今注曰陌上桑者秦氏女子名羅敷爲邑人王仁妻仁後爲趙王家令羅敷採桑陌上趙王見而悅之因置酒欲奪焉羅敷乃彈箏作陌上桑之歌以自明趙王乃止

日出東南隅照我秦氏樓秦氏有好女自名爲羅敷羅敷喜蠶桑採桑城南隅少年相怨怒但坐觀羅敷一解使君從南來五馬立踟蹰使君遣吏往問是誰家姝秦氏有好女自名爲羅敷羅

敷年幾何二十尚不足十五頗有餘使君謝羅敷寧可共載不羅敷前置辭使君一何愚使君自有婦羅敷自有夫解一東方千餘騎夫壻居上頭何用識夫壻白馬從驪駒青絲繫馬尾黃金絡馬頭腰中鹿盧劍可直千萬餘十五府小吏二十朝大夫三十侍中郎四十專城居爲人潔白皙鬑鬑頗有鬚盈盈公府步冉冉府中趨坐中數千人皆言夫壻殊解三

擬作　　唐李太白

美女渭橋東春還事蠶作五馬如飛龍青絲結金絡不知誰家子調笑來相謔妾本秦羅敷玉顔艷名都綠條映素手採桑向城隅使君且不顧況復論秋胡寒螿愛碧草鳴鳳棲青梧託心自有處但怪旁人愚徒令白日暮高架空踟躕

吟歎曲

古今樂錄曰張永元嘉技錄有吟歎四曲一曰大

雅吟二曰王明君三曰楚妃歎四曰王子喬王明君楚妃歎並石崇辭王子喬古辭

王明君　　晋石季倫

一曰王昭君唐書樂志曰明君漢曲也元帝時單于入朝詔以王嬙配之漢人憐其遠嫁爲作此歌

我本漢家子將適單于庭辭訣未及終前驅已抗旌僕御涕流離轅馬悲且鳴哀鬱傷五内泣淚沾朱纓行日已遠遂造匈奴城延我於穹廬加我閼氏名殊類非所安雖貴非所榮父子見陵辱對之慙且驚殺身良不易默默以苟生苟生亦何聊積思常憤盈願假飛鴻翼棄之以遐征飛鴻不我顧佇立以屏營昔爲匣中玉今爲糞上英朝華不足嘉甘與秋草幷傳語後世人遠嫁難爲情

又　　宋歐陽永叔

漢宮有佳人天子初未識一朝隨漢使遠嫁單于國絕色天下無一失難再得雖能殺畫工於事竟何益耳目所及尚如此萬里安能制夷狄漢計誠已拙女色難自誇明妃去時淚灑向枝上花狂風日暮起飄泊落誰家紅顏勝人多薄命莫怨春風當自嗟

楚妃歎

晉石季倫

列女傳莊王以虞丘子爲賢樊姬笑之王問之曰妾充後宮十年所進九人賢於妾二人與妾同列七人虞丘子相楚十年未聞進賢退不肖妾笑不亦宜乎王乃以孫叔敖爲令尹治楚以霸

蕩蕩大楚跨土萬里北據方城南接交阯西撫巴漢東被海涘五侯九伯是疆是理矯矯莊王淵渟岳峙冕旒垂精充纊塞耳韜光戢曜潛默恭已內委樊姬外任孫子猗猗樊姬體道履信

既絀虞丘九女是進杜絶邪佞廣啓令儀割歡抑寵居之不吝不吝實難可謂知幾化自近始著於閨闈光佐霸業邁德揚威群后列辟式瞻洪規譬彼江海百川咸歸萬邦作歌身没名飛

王子喬　古辭

列仙傳子喬周靈王太子好吹笙作鳳鳴遊嵩高三十餘年後乘白鶴駐山頭舉手謝時人而去

王子喬參駕白鹿雲中遨參駕白鹿雲中遨下遊來王子喬參駕白鹿上至雲戲遊遨上建逋陰廣里踐近高結仙宮過謁三台東遊四海五嶽山過蓬來紫雲臺三王五帝不足令令我聖朝應太平養民若子事父明當究天祿永康寧玉女羅坐吹笛簫嗟行聖人遊八極鳴吐銜福翱殿側聖主享萬年悲吟皇帝延壽命

平調曲

古今樂録曰王僧虔宴樂技録平調有七曲一曰長歌行二曰短歌行三曰猛虎行四曰君子行五曰燕歌行六曰從軍行七曰鞠歌行

長歌行　古辭

崔豹古今註曰長歌短歌言歌聲長短非言壽也

青青園中葵朝露待日晞陽春布德澤萬物生光輝常恐秋節至焜黄華葉衰百川東到海何時復西歸少壯不努力老大徒傷悲

短歌行　魏武帝

樂府解題曰短歌行魏武帝對酒當歌人生幾何晉陸機置酒高堂悲歌臨觴皆言當及時爲樂也

對酒當歌人生幾何譬如朝露去日苦多慨當以慷憂思難忘何以解憂唯有杜康青青子衿悠悠我心呦呦鹿鳴食野之苹

我有嘉賓鼓瑟吹笙明明如月何時可輟憂從中來不可斷絕越陌度阡枉用相存契濶談讌心念舊恩月明星稀烏鵲南飛繞樹三匝何枝可依山不厭高海不厭深周公吐哺天下歸心

擬作　晋陸士衡

置酒高堂悲歌臨觴人生幾何逝如朝霜時無重至華不再揚蘋以春暉蘭以秋芳來日苦短去日苦長今我不樂蟋蟀在房樂以會興悲以別章豈曰無感憂爲子忘我酒旣旨我肴既臧短歌可詠長夜無荒

猛虎行　古辭

飢不從猛虎食暮不從野雀棲野雀安無巢遊子爲誰驕

擬作　陸士衡

渴不飲盜泉水熱不息惡木陰惡木豈無枝志士多苦心整駕肅時命杖策將遠尋飢食猛虎窟寒棲野雀林日歸功未建時

往歲載陰崇雲臨岏駭鳴條隨風吟静言幽谷底長嘯高山岑急弦無懦響亮節難爲音人生誠未易曷云開此襟眷我耿介懷俯仰愧古今

君子行　古辭

樂府解題曰古辭云君子防未然蓋言遠嫌疑也

君子防未然不處嫌疑間瓜田不納履李下不正冠嫂叔不親授長幼不比肩勞謙得其柄和光甚獨難周公下白屋吐哺不及餐一沐三握髮後世稱聖賢

燕歌行　魏文帝

樂府解題曰晉樂奏魏文帝秋風別日二曲言時序遷換行役不歸婦人怨曠無所訴也廣題曰燕地名也言良人從役於燕而爲此曲

秋風蕭瑟天氣涼草木搖落露爲霜一解羣鷰辭歸鵠南翔念君

客遊多思腸解二慊慊思歸戀故鄉君何淹留寄他方解三賤妾煢煢守空房憂來思君不敢忘解四不覺淚下沾衣裳援琴鳴弦發清商解五短歌微吟不能長明月皎皎照我牀解六星漢西流夜未央牽牛織女遥相望爾獨何辜限河梁解七

又

別日何易會日難山川悠遠路漫漫解一鬱陶思君未敢言寄書浮雲往不還解二涕淚雨面毁形顏誰能懷憂獨不歎解三耿耿伏枕不能眠披衣出户步東西解四展詩清歌聊自寬樂往哀來摧心肝悲風清厲秋氣寒羅帷徐動經秦軒解五仰戴星月觀雲間飛鳥晨鳴聲氣可憐留連顧懷不自存解六

從軍行　王仲宣

樂府解題曰從軍行皆軍旅苦辛之辭

從軍有苦樂但問所從誰所從神且武焉得久勞師相公征關

石赫怒震天威一舉滅獯虜再舉服羌夷西收邉地賊忽若俯
拾遺陳賞越丘山酒肉踰川坻軍中多飫饒人馬皆溢肥徒行
兼乘還空出有餘資拓地三千里往返一如飛歌舞入鄴城所
願獲無違晝日處大朝日暮薄言歸外參時明政内不廢家私
禽獸憚為犧良苗實已揮竊慕負鼎翁願厲朽鈍姿不能效沮
溺相隨把鋤犂熟覧夫子詩信知所言非

鞠歌行　晉陸士衡

古今樂録曰王僧虔技録平調又有鞠歌陸機序
曰按漢宮閣有含章鞠室靈芝鞠室後漢馬防第
宅卜臨道連閣通池鞠城鞠歌將謂此也

朝雲升應龍攀乘風遠遊騰雲端鼓鍾歇豈自歡急弦高張思
和彈時希值年夙愆循已雖易人知難王陽登貢公歡罕生既
没國子歎嗟千載豈虛言邈矣遠念情愾然

擬作　洪武高季迪

玉蘊彩劒閟鋒牛鐸之音混黄鍾俾神奇作妄庸揚徽察陋世罕逢物有合執必從如魚得水雲與龍夷吾因伊尹農二主舉之享萬鍾嗟古人孰繼踪女子猶爲悦已容

清調曲

古今樂録曰王僧虔技録清調有六曲一苦寒行二豫章行三董逃行四相逢狹路間行五塘上行六秋胡行而古辭多不傳云

苦寒行　魏文帝

北上太行山艱哉何巍巍羊腸坂詰屈車輪爲之摧樹木何蕭瑟北風聲正悲熊羆對我蹲虎豹夾路啼谿谷少人民雪落何霏霏延頸長嘆息遠行多所懷我心何怫鬱思欲一東歸水深橋梁絶中路正徘徊迷惑失故路薄暮無宿棲行行日已遠人

馬同時飢擔囊行取薪斧氷持作糜悲彼東山詩悠悠使我哀

前苦寒行

漢時長安雪一丈牛馬毛寒縮如蝟楚江巫峽氷入懷虎豹哀號又堪記秦城老翁荆揚客慣習炎蒸歲絺綌玄冥祝融氣或交手持白羽未敢釋

去年白帝雪在山今年白帝雪在地凍埋蛟龍南浦縮寒刮肌膚北風利楚人四時皆麻衣楚天萬里無晶輝三足之烏足恐斷羲和送將安所歸

後苦寒行

南紀巫廬瘴不絶太古已來無尺雪蠻夷長老怨苦寒崐崘天關凍應折玄猿口噤不能嘯白鵠翅垂眼流血安得春泥補地裂晚來江門失大木猛風中夜吹白屋天兵斷斬青海戎殺氣南行動坤軸不爾苦寒何太酷巴東之峽生凌澌彼蒼迴軒人

得知

董逃行　古辭

崔豹古今注曰董逃歌後漢游童所作董卓作亂卒以逃亡後人習爲歌章奏爲儆戒辭與題不同

吾欲上謁從高山山頭危嶮大難遙望五嶽端黃金爲闕班璘但見芝草葉落紛紛解一百鳥集來如烟山獸紛綸麟辟邪其端鵾鷄聲鳴但見山獸援戲相拘攀解二小復前行玉堂未心懷流還傳教出門來門外人何求所言欲從聖道求一得命延解三教敕凡吏受言採取神藥若木端玉兎長跪擣藥蝦蟇丸奉上陛下一玉柈服此藥可得神仙解四服爾神藥莫不歡喜陛下長生老壽四面肅肅稽首天神擁護左右陛下長與天相保守解五

擬作　洪武高季迪

史侯稱臣董侯立山東義師烽火急羌兒夾輦奉西遷百姓驅

陵桑村邑華圭苑中高作營千里不復聞鷄鳴舊宮焚燒無片瓦黃金盡出諸陵下長安城頭日欲晡董逃歌残歌布乎

相逢行　古辭

一曰相逢狹路間行一曰長安有狹斜行樂府解題曰古詞文意與鷄鳴曲同

相逢狹路間道隘不容車不知何少年夾轂問君家君家誠易知易知復難忘黃金爲君門白玉爲君堂堂上置樽酒作使邯鄲倡中庭生桂樹華燈何煌煌兄弟兩三人中子爲侍郎五日一來歸道上自生光黃金絡馬頭觀者盈道傍入門時左顧但見雙鴛鴦鴛鴦七十二羅列自成行音聲何噰噰鶴鳴東西廂大婦織綺羅中婦織流黃小婦無所爲挾瑟上高堂丈人且安坐調絲方未央

長安有狹斜行　古辭

長安有狹斜狹斜不容車適逢兩少年挾轂問君家君家新市傍易知復難忘大子二千石中子孝廉郎小子無官職衣冠仕洛陽三子俱入室室中自生光大婦織綺紵中婦織流黃小婦無所爲挾琴上高堂丈夫且徐徐調弦詎未央

塘上行　魏甄后

樂府解題曰晉樂奏魏武帝蒲生篇集録言其辭魏文帝甄后所作歎以讒訴見弃焉

蒲生我池中其葉何離離傍能行仁義莫若妾自知衆口鑠黃金使君生別離念君去我時獨愁常苦悲想見君顏色感結傷心脾念君常苦悲夜夜不能寐莫以豪賢故棄捐素所愛莫以魚肉賤棄捐葱與薤莫以麻枲賤棄捐菅與蒯出亦復苦愁入亦復苦愁邊地多悲風樹木何脩脩從君致獨樂延年壽千秋

秋胡行

舊說魯秋胡納妻五日宦於陳五年乃歸未至家於路傍見美婦人採桑悅之下車謂曰力田不如逢豐年力桑不如見國卿今吾有金願與夫人婦曰婦人採桑力作以養舅姑不願人之金秋胡至家奉金遺母母使人呼婦至乃向採桑婦也婦惡其行因東走投河而死後人哀之而作焉若魏文帝云堯任舜禹魏文帝云晨上散關山各言其事俱題之曰秋胡行而不敢秋胡事也嵇康之作亦然

堯任舜禹當復何爲百獸率舞鳳凰來儀得人則安失人則危唯賢知賢人不易知歌以詠言誠不易移鳴條之役萬舉必全明德通靈降福自天

擬作　晋傅休奕

秋胡納令室三日宦他鄉皎皎潔婦姿泠泠守空房燕婉不終

夕別如參與商憂來猶四海易感難可防人言生日短愁者苦夜長百草揚春華攘腕採柔桑素手尋繁枝落葉不盈筐羅衣翳玉體回目流采章君子倦仕歸車馬如龍驤精誠馳萬里既去兩相忘行人悅令顏借息此樹傍誘以逢卿喻遂下黄金装烈烈貞女忿言辭厲秋霜長驅及居室奉金升北堂毋立呼婦來歡情樂未央秋胡見此婦惕然懷探湯負心豈不慚永誓非所望清濁必異源鳧鳳不並翔引身赴長流果哉潔婦腸彼夫既不淑此婦亦大剛

又　魏嵇叔夜

富貴尊榮憂患諒獨多富貴尊榮憂患諒獨多古人所懼豐屋蔀家人害其上獸惡罔羅惟有貧賤可以無它歌以言之富貴憂患多

貧賤易居貴盛難爲工貧賤易居貴盛難爲工耻佞直言與禍

相逢變故萬端俾吉作凶思牽黄犬其莫之從歌以言之貴盛難爲工

勞謙有悔忠信可久安勞謙有悔忠信可久安天道害盈好勝者殘疆梁致災多招禍患欲得安樂獨有無愆歌以言之忠信可久安

役神者弊極欲疾枯役神者獘極欲疾枯顔回短折不及童烏縱體淫恣莫不早徂酒色何物今自不辜歌以言之酒色令人枯

絶智棄學遊心於玄默絶智棄學遊心於玄默過而悔當不自得垂釣一壑樂一國被髪行歌和者四塞歌以言之游心於玄默

思與王喬乘雲遊八極思與王喬乘雲遊八極凌厲五岳忽行萬億授我神藥自生羽翼呼吸大和練形易色歌以言之行遊八極

徘徊鍾山息駕於層城徘徊鍾山息駕於層城上陰華蓋下采若英受道王母遂升紫庭逍遥天衢千載長生歌以言之徘徊

於層城

瑟調曲

古今樂録曰王僧虔技録瑟調曲有善哉行隴西行折楊柳行西門行東門行東西門行却東西門行順東西門行飲馬行上留田行新城安樂宫行婦病行孤子生行放歌行大牆上蒿行野田黄爵行釣竿行臨高臺行長安城西行武舍之中行鴈門太守行豔歌何嘗行豔歌福鍾行豔歌雙鴻行煌煌京洛行帝王所居行門有車馬客行牆上難用趨行日重光行蜀道難行櫂歌行有所思行蒲坂行採梨橘行白楊行胡無人行青龍行公無渡河行今多不傳

善哉行

樂府解題曰古辭云來日大難言人命不可保當見親友且求長年術與王喬八公遊焉

來日大難口燥脣乾今日相樂皆當喜歡解一經歷名山芝草飜飜仙人王喬奉藥一九解二自惜袖短内手知寒慙無靈輒以報趙宣解三月沒參橫北斗闌干親交在門飢不及飡解四歡日尚少戚日苦多以何忘憂彈箏酒歌解五淮南八公要道不煩參駕六龍遊戲雲端解六

擬作　魏文帝

上山採薇薄暮苦飢溪谷多風霜露沾衣解一野雉羣雊猿猴相追還望故鄉鬱何壘壘解二高山有崖林木有枝憂來無方人莫之知解三人生如寄多憂何爲今我不樂歲月其馳解四湯湯川流中有行舟隨波轉薄有似客遊解五策我良馬被我輕裘載馳載驅聊以忘憂解六

折楊柳行　　古辭

古今樂録曰王僧虔技録去折楊柳行歌文帝西山古默默二篇今不歌

默默施行違厥罰隨事來末喜殺龍逢桀放於鳴條一解祖伊言不用紂頭懸白旄指鹿用爲馬胡亥以喪軀二解夫差臨命絶乃云負子胥戎王納女樂以亡其由余璧馬禍及虢二國俱爲墟三解三夫成市虎慈母投杼趨卞和之刖足接輿歸草廬四解

擬作　　魏文帝

西山一何高高高殊無極上有兩仙僮不飲亦不食與我一丸藥光耀有五色一解服藥四五日身體生羽翼輕舉乘浮雲倏忽行萬億流覽觀四海茫茫非所識二解彭祖稱七百悠悠安可原老聃適西戎于今竟不還王喬假虚辭赤松垂空言三解達人識真僞愚夫好妄傳追念往古事憒憒千萬端百家多迂怪聖道

我所觀四解

東門行　　古辭

樂府解題曰古辭言士有貧不安其居拔劍將去妻子牽衣留之且曰今時清不可爲非也

出東門不顧歸來入門悵欲悲盎中無斗儲還視桁上無懸衣一解拔劍出門去兒女牽衣啼他家但願富貴賤妾與君共餔糜二解共餔糜上用倉浪天故下爲黄口小兒今時清廉難犯教言君復自愛莫爲非三解今時清廉難犯教言君復自愛莫爲非行吾去爲遲平慎行望君歸四解

却東西門行　　魏武帝

古今樂録曰王僧虔技録去却東西門行荀録所載武帝鴻鴈一篇今不傳

鴻鴈出塞北乃在無人鄉舉翅萬餘里行止自成行冬節食南

稻春日復北翔田中有轉蓬隨風遠飄揚長與故根絕萬歲不相當柰何此征夫安得去四方戎馬不解鞍鎧甲不離傍冉冉老將至何時返故鄉神龍藏深泉猛獸步高岡狐死歸首丘故鄉安可忘

飲馬長城窟行　古辭

一曰飲馬行言征戍之客至於長城而飲其馬婦人思念其勤勞故作是也

青青河畔草綿綿思遠道遠道不可思宿昔夢見之夢見在我傍忽覺在他鄉他鄉各異縣展轉不相見枯桑知天風海水知天寒入門各自媚誰肯相爲言客從遠方來遺我雙鯉魚呼兒烹鯉魚中有尺素書長跪讀素書書中竟何如上有加飡食下有長相憶

上留田行　古辭

崔豹古今注曰上留田地名也人有父母死不字其孤弟者隣人爲作歌以風里中有啼兒似類親父子回車問啼兒慷慨不可止

擬作　唐李太白

行至上留田孤墳何崢嶸積此萬古恨春草不復生悲風四邊來腸斷白楊聲借問誰家地埋沒萬里塋故老向余言是上留田蓬科馬鬣今已平昔之弟死兄不葬他人於此舉銘旌一鳥死百鳥鳴一獸走百獸驚恒山之禽別離苦欲去迴翔不能征田氏倉卒骨肉分青天白日摧紫荆交柯之木本同形東枝顦顇西枝榮無心之物尚如此參商胡乃尋天兵孤竹延陵讓國揚名高風緬邈頹波激清尺布之謠塞耳不能聽

野田黃雀行　魏曹子建

置酒高殿上親交從我遊中廚辦豐膳烹羊宰肥牛秦箏何慷

慷齊瑟和且柔解一陽阿奏奇舞京洛出名謳樂飲過三爵緩帶
傾庶羞主稱千金壽賓奉萬年酬解二久要不可妄薄終義所尤
謙謙君子德磬折欲何求盛時不再來百年忽我遒解三驚風飄
白日光景馳西流生存華屋處零落歸山丘先民誰不死知命
復何憂解四

門有車馬客行　晉陸士衡

門有車馬客駕言發故鄉念君久不歸濡跡涉江湘投袂赴門
塗攬衣不及裳拊膺攜客泣掩淚敘溫涼借問邦族間惻愴論
存亡親友多零落舊齒皆凋喪市朝互遷易城闕或丘荒墳壟
日月多松柏鬱茫茫天道信崇替人生安得長慷慨惟平生俛
仰獨悲傷

牆上難爲趨行　傅休奕

古今樂錄曰牆上行荀錄所載今不傳

門有車馬客驂服若騰飛革組結玉佩蘩藻紛葳蕤馮軾垂長纓顧眄有餘輝貧主屣弊履整比藍縷衣客曰嘉病乎正色意無疑吐言若覆水搖舌不可追渭濱漁釣翁乃爲周所諮顔回處陋巷大聖稱庶幾苟富不知度千駟賤采薇季孫由儉顯管仲病三歸夫差耽淫侈終爲越所圍遺身外榮利然後享巍巍迷者一何衆孔難知德希甚美致憔悴不如豚豕肥陽朱泣路岐失道令人悲子貢欲自矜原憲知其非屈伸各異勢窮達不同資夫唯體中庸先天天不違

日重光行　陸士衡

崔豹古今注曰日重光月重輪羣臣爲漢明帝作也明帝爲太子樂人作歌詩四章以贊太子之德

日重光柰何天回薄日重光冉冉其遊如飛征日重光今我日華華之盛日重光倏忽過亦安停日重光盛往衰亦必來日重

光譬如四時固恒相催日重光惟命有分可營日重光但惆悵才志日重光身沒之後無遺名

月重輪行　魏文帝

三辰垂光照臨四海煥哉何煌煌悠悠與天地久長愚見目前聖覩萬年明闇相絶何可勝言

蜀道難　梁簡文帝

樂府解題曰蜀道難備言銅梁玉壘之阻也

建平督郵道魚復永安宮若奏巴渝曲時當君思中巫山七百里巴水三回曲笛聲下復高猿啼斷還續

擬作　唐李太白

噫吁嚱危乎高哉蜀道之難難於上青天蠶叢及魚鳧開國何茫然爾來四萬八百歲乃與秦塞通人煙西當太白有鳥道可以橫絶峨眉巔地崩山摧壯士死然後天梯石棧方鉤連上有

六龍廻日之高標下有衝波逆折之廻川黄鶴之飛尚不得猿
猱欲度愁攀緣青泥何盤盤百步九折縈巖巒捫參歷井仰脅
息以手撫膺坐長歎問君西遊何時還畏途巉巖不可攀但見
悲鳥號枯木雄飛呼雌遶林間又聞子規啼夜月愁空山蜀道
之難難於上青天使人聽此彫朱顔連峰去天不盈尺枯松倒
挂倚絶壁飛湍瀑流爭喧豗砯崖轉石萬壑雷其嶮也若此嗟
爾遠道之人胡爲乎來哉劒閣峥嶸而崔嵬一夫當關萬夫莫
開所守或匪親化爲狼與豺朝避猛虎夕避長蛇磨牙吮血殺
人如麻錦城雖云樂不如早還家蜀道之難難於上青天側身
西望長咨嗟

櫂歌行　魏明帝

樂府解題曰晉樂奏魏明帝辭備言平呉之勳也

王者布大化配乾稽后祇陽育則陰殺晷景應度移解一文德以

時振武功伐不隨重華舞干戚有苗服從嬀解二蠢爾吳中虜憑江棲山阻哀哉王士民瞻仰靡依怙解三皇上悼愍斯宿昔奮天怒發我故昌宮列舟于長浦解四翌日乘波揚棹歌悲且涼太常拂白日旗幟紛設張解五將抗旄與鉞曜威於彼方伐罪以弔民清我東南疆解六

楚調曲

古今樂録曰王僧虔技録楚調曲有白頭吟行泰山吟行梁甫吟行東武琵琶吟行怨詩行等曲

白頭吟　古辭

樂府解題云古辭云願得一心人白頭不相離言良人有兩意故云

皚如山上雪皎若雲閒月聞君有兩意故來相決絕解一平生共城中何嘗斗酒會今日斗酒會明旦溝水頭躞蹀御溝上溝水

西流解二郭東亦有樵郭西亦有樵兩樵相推與無親爲誰驕解三淒淒復淒淒嫁娶亦不啼願得一心人頭白不相離解四竹竿何嫋嫋魚尾何離簁男兒欲相知何用錢刀爲齕如馬噉萁川上高士嬉今日相對樂延年萬歲期解五

梁甫吟　漢諸葛亮

謝希逸琴論曰諸葛亮作梁甫吟然不起於亮也

步出齊城門遥望蕩陰里里中有三墓累累正相似問是誰家墓田疆古冶子力能排南山文能絶地紀一朝被讒言二桃殺三士誰能爲此謀國相齊晏子

東武吟行　晋陸士衡

通典云東武今高密諸城縣是也土風謳吟之曲

投跡短世間高步長生闕濯髮冐雲冠洗身被羽衣飢從韓衆飱寒就佚女棲

擬作　　鮑明遠

主人且莫諠賤子歌一言僕本寒鄉士出身蒙漢恩始隨張校尉召募到河源後逐李輕車追虜到塞垣密途亘萬里寧歲猶七奔肌力盡鞍甲心思歷凉溫將軍既下世部曲亦罕存時事一朝異孤績誰復論少壯辭家去窮老還入門腰鎌刈葵藿倚杖牧雞豚昔如韝上鷹今似檻中猿徒結千載恨空負百年怨棄席思君幄疲馬戀君軒願垂晉主惠不愧田子魂

怨詩行　　古辭

古今樂錄曰怨詩行歌明月照高樓一篇餘不傳

天德悠且長人命一何促百年未幾時奄若風吹燭嘉賓難再遇人命不可續齊度遊四方名繫太山錄當須盪中情遊心從所欲

擬作　　魏曹子建

明月照高樓流光正徘徊上有愁思婦悲歎有餘哀一解借問歎者誰自云客子妻夫行踰十載賤妾常獨棲二解念君過於渴思君劇於飢君爲高山柏妾爲濁水泥三解北風行蕭蕭烈烈入吾耳心中念故人淚墮不能止四解沉浮各異路會合當何諧願作東北風吹我入君懷五解君懷常不開賤妾當何依恩情中道絶流止任東西六解我欲竟此曲此曲悲且長今日樂相樂別後莫相忘七解

怨歌行　漢班婕妤

王僧虔技録曰婕妤失寵托紈扇以作歌云

新裂齊紈素鮮潔如霜雪裁爲合歡扇團團似明月出入君懷袖動摇微風發常恐秋節至涼飆奪炎熱棄捐篋笥中恩情中道絶

擬作　魏曹子建

爲君既不易爲臣良獨難忠信事不顯乃有見疑患周公佐成王金縢功不刊推心輔王室二叔反流言待罪居東國泣涕當留連皇靈大動變震雷風且寒拔樹偃秋稼天威不可干素服開金縢感悟求其端公旦事既顯成王乃哀歎吾欲竟此曲此曲悲且長今日樂相樂別後莫相忘

班婕妤　晉陸士衡

樂府解題曰婕妤美而能文成帝因幸趙飛燕姊弟倢伃乃作賦自悼後人傷之爲作詩也

婕妤去辭寵淹留終不見寄情在玉階託意唯團扇春苔暗階除秋草蕪高殿黄昏履綦絶愁來空雨面

玉階怨　齊謝朓

夕殿下珠簾流螢飛復息長夜縫羅衣思君此何極

又　齊虞炎

紫藤拂花樹黃鳥度青枝思君一歎息苦淚應言垂

清商曲辭

吳聲歌曲

子夜歌　古辭

落日出前門瞻矚見子度冶容多姿鬢芳香已盈路

年少當及時蹉跎日就老若不信儂語但看霜下草

憐君好情懷移居作鄉里桐樹生門前出入見梧子

春歌

碧樓冥初月羅綺垂新風含春未及歌桂酒發清容

昔別鴈集渚今還燕巢梁敢辭歲月久但使逢春陽

夏歌

含桃已中食贈我合歡扇深感同心意蘭室期相見

田蚕事已畢思婦猶苦身當暑理絺服持寄與行人

秋歌

風清覺時涼明月天色高佳人理寒服萬結砧杵勞

仰頭看桐樹桐花特可憐願天無霜雪梧子解千年

冬歌

昔别春草緑今還墀雪盈誰知相思老玄鬢白髮生

白雪停陰岡丹華耀陽林何必絲與竹山水有清音

果欲結金蘭但看松柏林經霜不墮地歲寒無異心

黄鵠曲　　　　陶嬰

列女傳魯陶嬰少寡魯人將求焉嬰聞作歌魯人

不敢復求樂府廣題曰黄鵠本漢横吹曲名

黄鵠參天飛半道鬱徘徊腹中車輪轉君知思憶誰

黄鵠參天飛半道還哀鳴三年失群侶生離傷人情

黄鵠參天飛凝融爭風回高翔入玄闕時復乘雲頽

黃鵠參天飛半道還後渚欲飛復不飛悲鳴覔群侶

神弦歌　古辭

古今樂録曰神弦歌十一曲一曰宿阿二曰道君三曰聖郎四曰嬌女五曰白石郎六曰清溪小姑七曰湖就姑八曰姑恩九曰採菱童十曰明下童十一曰同生存者不多

嬌女詩

北遊臨河海遥望中菰菱芙蓉發盛華渌水清且澄弦歌奏聲節鬖髿有餘音

蹀躞越橋上河水東西流上有神仙下有西流魚衔不獨自三三兩兩俱

姑恩曲　古辭

苕苕山頭栢冬夏葉不衰獨當被天恩枝葉芳葳蕤

採蓮童曲

泛舟採菱葉過摘芙蓉花扣檝命童侶齊聲採蓮歌
東湖扶菰童西湖採菱芰不特歌作樂爲持解愁思

同生曲

人生不滿百常懷千歲憂早知人命促秉燭夜行遊
歲月如流邁行已及素秋蟋蟀鳴空堂感悵令人憂

西曲歌

烏夜啼　古辭

唐書樂志曰宋臨川王義慶嘗得罪大懼伎妾夜聞烏啼聲扣齋閣云應有赦明日果然因此作歌

辭家遠行去儂歡獨離居此日無啼音裂帛作還書
烏生如欲飛二飛各自去生離無安心夜啼至天曙

莫愁樂　古辭

唐書樂志曰石城女子名莫愁善歌謠因有此歌

莫愁在我處莫愁石城西艇子打兩槳催送莫愁來

估客樂

古今樂録曰齊武帝布衣時嘗遊樊鄧後追憶往

事而作此歌

昔經樊鄧役阻潮梅根渚感憶追往事意滿辭不敘

襄陽樂　　古辭

古今樂録曰宋隨王誕爲襄陽郡夜聞諸女歌謠

因作之

爛熳女蘿草結曲繞長松三春雖同色歲寒非處儂

女蘿自微薄寄託長松表何惜負霜死貴得相纏繞

江陵樂　　古辭

陽春二三月相將蹋百草逢人駐步看揚聲皆言好

江南曲

古今樂録曰梁武帝改西曲製江南弄等曲

江南弄

衆花雜色滿上林舒芳耀緑垂輕陰連手躞蹀舞春心舞春心臨歲腴中人望獨踟躕

採蓮曲

遊戲五湖採蓮歸發花田葉芳襲衣爲君儂歌世所希世所希有如玉江南弄採蓮曲

採菱曲

鶩舲馳桂浦息棹偃椒潭簫弄澄湘北菱歌清漢南

陽春曲

芣苡生前逕含桃落小園春心自搖蕩百舌更多言

文章辨體卷之九

文章辨體卷之十

海虞後學吳訥編集

詩

古詩一

四言

諷諫詩　漢韋孟

孟爲楚元王傅至元王孫王戊荒淫不道作詩諷諫云

肅肅我祖國自豕韋黼衣朱黻四牡龍旂彤弓斯征撫寧遐荒
總齊群邦以翼大商迭彼大彭勳績惟先至于有周歷世會同
王赧聽譖寔絕我邦我邦既絕厥政斯逸賞罰之行非由王室
庶尹群后靡扶靡衛五服崩離宗周以隊我祖斯微遷于彭城
在予小子勤唉厥生阨此嫚秦耒耜斯耕悠悠嫚秦上天不寧

乃眷南顧授漢于京於赫有漢四方是征靡適不懷萬國攸平乃命厥弟建侯于楚俾我小臣惟傅是輔矜矜元王恭儉靜一惠此黎民納彼輔弼享國漸世垂烈於後乃及夷王尅奉厥緒咨命不永惟王統祀左右陪臣斯惟皇士如何我王不思守保不惟履冰以繼祖考邦事是廢逸游是娛犬馬悠悠是放是驅務此鳥獸忽此稼苗烝民以匱我王以媮所弘匪德所親匪俊唯囿是恢唯諛是信睮睮諂夫諤諤黃髮如何我王曾不是察既藐下臣追欲縱逸嫚彼顯祖輕此削黜嗟嗟我王漢之睦親曾不夙夜以休令聞穆穆天子臨照下土明明羣司執憲靡顧正遐由近殆其茲怙嗟嗟我王曷不斯思匪思匪監嗣其罔則彌彌其逸岌岌其國致冰匪霜致墜匪慢瞻惟我王時靡不練興國救顛孰違悔過追思黃髮秦繆以霸歲月其徂年其逮耇於苶君子庶顯于後我王如何曾不斯覽黃髮不近胡不時監

朔風詩　魏曹子建

仰彼朔風用懷魏都願騁代馬倏忽北徂凱風永至思彼蠻方
願隨越鳥翻飛南翔
四氣代謝懸景運周別如俯仰脫若三秋昔我初遷朱華未希
今我旋止素雪雲飛
俯降千仞仰登天阻風飄蓬飛載離寒暑千仞易陟天阻可越
昔我同袍今永乖別
子好芳草豈忘爾貽繁華將茂秋霜悴之君不垂眷豈云其誠
秋蘭可喻桂樹冬榮
絃歌蕩思誰與消憂臨川暮思何爲泛舟豈無和樂游非我鄰
誰忘泛舟愧無榜人

贈秀才入軍　嵇叔夜

良馬既閑麗服有暉左攬繁弱右接忘歸風馳電逝躡景追飛

凌厲中原顧盻生姿攜我好仇載我輕車南凌長阜北厲清渠仰落驚鴻俯引淵魚盤于游田其樂只且○輕車迅邁息彼長林春木載榮布葉垂陰習習谷風吹我素琴咬咬黃鳥顧儔弄音感悟馳情思我所欽心之憂矣永嘯長吟○浩浩洪流帶我邦畿萋萋綠林奮榮揚暉魚龍瀺灂山鳥群飛駕言出遊日夕忘歸思我良朋如渴如飢願言不獲愴矣其悲○息徒蘭圃秣馬華山流磻平皐垂綸長川目送歸鴻手揮五絃俯仰自得游心太玄嘉彼釣叟得魚忘筌郢人逝矣誰與盡言○閑夜肅清朗月照軒微風動袿組帳高褰旨酒盈樽莫與交歡鳴琴在御誰與鼓彈仰慕同趣其馨若蘭佳人不在能不永歎

勵志　　晉張茂先

劉氏曰漢魏以下諸詩未有如此篇能以聖賢之學自勵者且逝者如斯一語程子謂漢以來儒者

不識此義今茂先獨能及是豈淺學可得而擬焉
大儀斡運天回地游四氣鱗次寒暑環周星火既夕忽焉素秋涼風振落熠燿宵流○雖有淑姿放心縱逸出般于游居多暇日如彼梓材弗勤丹漆雖勞樸斲終負素質○養由矯矢獸號于林蒲盧縈繳神感飛禽末伎之妙動物應心研精躭道安有幽深○吉士思秋寔感物化日與月與荏苒代謝逝者如斯曾無日夜嗟爾庶士胡寧自舍○仁道不遐德輶如羽求焉斯至衆鮮克舉大猷玄漠將抽厥緒先民有作貽我高矩○安心恬蕩棲志浮雲體之以質彪之以文如彼南畝力耒既勤藨音標蓘致功必有豐殷○水積成川載瀾載清積土成山歊烝鬱冥山不讓塵川不辭盈勉爾含弘以隆德聲○高以下基洪由纖起川廣自源成人在始累微以著乃物之理纆牽之長實累千里○復禮終朝天下歸仁若金受礪若泥在鈞進德修業暉光日

新隰朋仰慕予亦有人

停雲 并序　　陶淵明

停雲思親友也樽湛新醪園列初榮願言不從嘆息彌襟

靄靄停雲濛濛時雨八表同昏平路伊阻靜寄東軒春醪獨撫良朋悠邈搔首延佇○停雲靄靄時雨濛濛八表同昏平陸成江有酒有酒閒飲東窗願言懷人舟車靡從○東園之樹枝條再榮競用新好以拓余情人亦有言日月于征安得促席說彼平生○翩翩飛鳥息我庭柯斂翮閒止好聲相和豈無他人念子寔多願言不獲抱恨如何

榮木 并序

榮木念將老也日月推遷已復有夏總角聞道白首無成

采采榮木結根于茲晨耀其華夕已喪之人生若寄顦顇有時
靜言孔念中心悵而○采采榮木于茲託根繁華朝起慨暮不
存貞脆由人禍福無門匪道曷依匪善奚敦○嗟予小子稟茲
固陋徂年既流業不增舊志彼不舍安此日富我之懷矣怛焉
内疚○先師遺訓予豈云墜四十無聞斯不足畏脂我名車策
我良驥千里雖遙孰敢不至

時運 并序

時運游暮春也春服既成景物斯和偶影獨游欣
慨交心

邁邁時運穆穆良朝襲我春服薄言東郊山滌餘靄宇曖微霄
有風自南翼彼新苗○洋洋平津乃漱乃濯邈邈遐景載欣載
矚稱心而言人亦易足揮茲一觴陶然自樂○延目中流悠悠
清沂童冠齊業閒詠以歸我愛其靜寤寐交揮但恨殊世邈不

可追○斯晨斯夕言息其廬花藥分列林竹翳如清琴横床濁酒半壺黄唐莫逮慨獨在余

元和聖德詩　唐韓愈

黄氏東發云詩中所謂牽頭曳足先斷腰膂揮刀紛紛爭切膾脯等語異於文王是致是附氣象恐於頌德之名不類或云退之欲使藩鎮聞此而知懼耳

臣愈頓首再拜言曰臣伏見皇帝陛下即位以來誅流姧臣朝廷清明無有欺蔽外斬楊惠琳劉闢以收夏蜀東定青徐積年之叛海内怖駭不敢違越郊天告廟神靈歡喜風雨晦明無不從順太平之期適當今日臣蒙被恩澤日與羣臣序立紫宸殿下親望穆穆之光而其職業又在以經籍教導國子誠宜率先作歌詩以稱導盛德不可以詞語淺薄不足以自效爲解輒依

古作四言元和聖德詩一篇凡千有二十四字指事實録且載明天子文武神聖以警動百姓耳目傳示無極其詩曰皇帝即阼物無違拒曰暘而暘曰雨而雨維是元年有盜在夏欲覆其州以踵近武皇帝曰嘻豈不在我負鄙爲艱縱則不可出師征之其衆十旅軍其城下告以福禍腹敗枝披不敢保聚擲首陴外降幡夜豎疆外之險莫過蜀土韋皋去鎮劉闢守後血人于牙不肯吐口開庫啗士曰隨所取汝張汝弓汝伐汝鼓汝爲表書來我師汝事始上聞在列咸怒皇帝曰然嗟遠士女苟附而安則且付與讀命于庭出節少府朝發京師夕至其部闢喜謂黨汝振而伍蜀可全有此不當受萬牛臠炙萬甕行酒以錦纏股以紅帕首有恒其兗有餌其誘其出穰穰隊以萬數遂劫東川遂據城阻皇帝曰嗟其又可許爰命崇文分卒禁樂有安其驅無暴我野日行三十徐璧其右闢黨聚謀鹿頭是守崇文奉

詔進退規矩戰不貪殺擒不濫戮四方節度整兵頓馬上章乞討俟命起坐皇帝曰嘉無汝煩苦荆并洎梁在國門戶出師三千各選爾醜四軍齊作殷其如阜或拔其角或脫其距長驅洋洋無有齟齬八月壬午闢弃城走載妻與妾包裹稚乳是日崇文入處其宇分散逐捕搜原剔藪闢窮見窘無地自處俯視大江不見州渚遂自顛倒若杵投臼取之江中枷脰械手婦女纍纍啼哭拜叩來獻闕下以告廟社周示城市咸使觀覩解脫攣索夾以砧斧婉婉弱子赤立傴僂牽頭曳足先斷腰膂次及其徒體骸撑拄末乃取闢駭汗如寫揮刀紛紜爭刌膾脯優賞將吏折珪綴組帛堆其家粟塞其庾哀憐陣歿廩給孤寡贈官封墓周市宏溥經戰伐地寬免租簿施令酬功急疾如火天地中間莫不順序幽恒青魏東盡海浦南至徐蔡區外雜虜怛威赧德踧踖蹈舞掉弃兵革私習簋簠來請來覲十百其耦皇帝曰

吁伯父叔舅各安爾位訓厥甿畮正月元日初見宗祖躬執百
禮登降拜俯薦于新宮視瞻梁梠戚見容色淚落入俎侍祠之
臣助我惻楚乃以上辛於郊用牡際于國南鱗笋毛簴廬幕周
施開揭磊砢獸盾騰拏圓壇帖安天兵四羅旂常婀娜駕龍十
二魚魚雅雅賓昇于兵奠璧獻斝衆樂驚作轟隆融冶紫焰嘘
呵高靈下墮羣星從坐錯落侈哆日君月妃煥赫婐姽瀆鬼濛
鴻嶽祇嶫峨飫沃饘鄉產祥降嘏鳳皇應奏舒翼自拊赤麟黃
龍逶陁結糾鄉士庶人黃童白叟踊躍歡呀失喜噎歐乾清坤
夷境落褰舉帝車迴來日正當午幸丹鳳門大赦天下滌濯刻
磢磨瓛瑕垢續功臣嗣拔賢任耇孩養無告仁滂施厚皇帝神
聖通達古今聽聰視明一倡堯禹生知法式動得理所天錫皇
帝爲天下主幷包畜養無異細鉅億載萬年敢有違者皇帝儆
勤盥濯陶瓦斤遺浮華好此綈紵勑戒四方侈則有咎天錫皇

帝多麥與黍無召水旱耗于雀鼠億載萬年有富無窶皇帝正直別白善否擅命而狂既剪既去盡逐羣姦靡有遺侶天錫皇帝厖臣碩輔博問遐觀以置左右億載萬年無敢予侮皇帝大孝慈祥悌友怡怡愉愉奉太皇后浹于族親濡及九有天錫皇帝與天齊壽登茲太平無怠永久億載萬年爲父爲母博士臣愈職是訓詁作爲歌詩以配吉甫

平淮夷雅　柳宗元

皇帝命丞相度董師集大功也

皇耆其武于潰于淮既巾乃車環蔡其來狡衆昏囂甚毒于酲狂奔叫呶以干大刑○皇咨于度惟汝一德曠誅四紀其徯汝克錫汝斧鉞其往視師師是蔡人以宥以釐○度拜稽首廟于元龜既禡既類于社是宜金節煌煌錫質雕戈犀甲熊旂威命是荷○度拜稽首出次于東天子餞之罍斝是崇鼎臑俎胾五

獻百篚凡百卿士班以周旋○既涉于淮乃翼乃前孰圖厥猶
其佐多賢宛宛周道于山于川遠揚邇昭陟降連連○我旆我
旂于道于陌訓于群帥拳勇來格公曰徐之無恃額額式和爾
容惟義之宅○進次于郾彼昏卒狂裒兇鞠頑鋒蛸斧螗赤子
匍匐厥父是亢怒其萌芽以悖太陽○王旅渾渾是佚是怙既
獲敵師若飢得餔蔡兇伊窘悉起來聚左擣其虛靡愆厥慮○
載闢載袪丞相是臨弛其武刑諭我德心其危既安有長如林
曾是讙譊化爲謳吟○皇曰來歸汝復相予爵之成國胙以夏
墟度拜稽首天子聖神度拜稽首皇祐下人○淮夷既平震是
朔南宜廟宜郊以告德音歸牛休馬豐稼于野我武惟皇永保
無疆

右皇武十有一章章八句

方城命愬守也卒入蔡得其大醜以平淮右

方城臨臨王卒峙之匪徼匪競皇有正命皇命于愬往舒余仁踣彼艱頑柔惠是馴○愬拜即命于皇之訓既礪既攻以後厥刃王師嶷嶷熊羆是式衛勇韜力日思于殛○冦昏以狂敢蹈愬疆士獲厥心太祖高驤長戟酋矛粲其綏章右剪左屠聿禽其良○其良既宥告以父母恩柔于肌卒貢爾有維彼攸恃乃偵乃誘維彼攸宅乃發乃守○其恃爰獲我功我多陰謀厥圖以究爾訛雨雪洋洋大風來加于燠其寒于邇其遐○汝陰之茲縣瓠之峨是震是拔大殲厥家狡虜既縻輸于國都示之市人即社行誅○乃諭乃止蔡有厚喜完其室家仰父俯子汝水沄沄既清而瀰蔡人行歌我步逶遲○蔡人歌矣蔡風和矣孰類蔡初胡甒爾居式慕以康爲願有餘是究是咨皇德既舒○皇曰咨愬裕乃父功昔我文祖惟西平是庸內誨于家外刑于邦孰是蔡人而不率從○蔡人率止惟西平有子西平有子惟

我有臣疇允大邦俾惠我人于廟告功以顧萬方

右方城十有一章章八句

貞符 并序

負罪臣宗元惶恐言臣所貶州流人吳武陵爲臣言董仲舒對三代受命之符誠然非耶臣曰非也何獨仲舒爾自司馬相如劉向楊雄班彪彪子固皆沿襲嗤嗤推古瑞物以配受命其言類淫巫瞽史誑亂後代不足以知聖人立極之本顯至德揚大功盛失厥趣臣爲尚書郎時嘗著貞符言唐家正德受命於生人之意累積厚久宜享無極之義本末閎闊會貶逐中輟不克備究武陵即叩頭邀臣此大事不宜以辱故休歇使聖王之典不立無以抑詭類拔正道表覈萬代臣不勝奮激即具爲書念終泯沒蠻夷不聞于時獨不爲也苟一明大道施于人世死無所憾用是自決臣宗元稽首拜手以聞曰孰稱古初朴蒙崆侗

而無爭厥流以訛越乃奮鬬怒振動專肆爲淫威曰是不知道惟人之初總總而生林林而羣雪霜風雨雷電暴其外於是乃知架巢空穴挽草木取皮革飢渴牝牡之欲敺其内於是乃知噬禽獸咀果穀合偶而居交焉而爭睽焉而鬬力大者搏齒利者齧爪剛者决羣衆者軋兵良者殺披披籍籍草野塗血然後强有力者出而治之往往爲曹於險阻用號令起而君臣什伍之法立德紹者嗣道怠者奪於是有聖人焉曰黄帝遊其兵車交貫乎其内一統類齊制量然猶大公之道不克建於是有聖人焉曰堯置州牧四岳持而綱之立有德有功有能者參而維之運臂率指屈伸把握莫不統率年老舉聖人而禪焉大公乃克建由是觀之厥初罔匪極亂而後稍可爲也而非德不樹故仲尼叙書於堯曰克明俊德於舜曰濬哲文明於禹曰文命祇承于帝於湯曰克寬克仁彰信兆民於武王曰有道曾孫稽

揆典誓貞者惟茲德實受命之符以奠永祀後之妖淫囂昏好怪之徒乃始陳大電大虹玄鳥巨迹白狼白魚流火之烏以為符斯皆詭譎闊誕甚可羞也而莫知本于厥貞漢用大度克懷于有氓登能庸賢濯痍煦寒以瘳以熙茲其為符也而其妄臣乃下取虺蛇上引天光推類號休用夸誣於無知氓增以騶虞神鼎脅敺縱臾俾東之泰山石閭作大號謂之封禪皆尚書所無有莽述承效卒奮鶩逆其後有賢帝曰光武克綏天下復承舊物猶崇赤伏以玷厥德魏晉而下尨亂鉤裂厥符不貞邦用不靖亦罔克久駁乎無以議為也積大亂至于隋氏環四海以為鼎跨九垠以為鑪爨以毒燎煽以虐焰其人沸涌灼爛號呼騰蹈莫有救止於是大聖乃起丕降霖雨濬滌蕩沃烝為清氣疏為冷風人乃漻然休然相睎以生相持以成相彌以寧琢斲屠剔膏流節離之禍不作而人乃克完平舒愉尸其肌膚以達

于夷途焚圻抵掎奔走轉死之害不起而人乃克鳩類集族歌舞悅懌用祇于元德徒奮祖呼犒迎義旅讙動六合至于麾下大盜豪據阻命遏德義威殄戮咸墜厥緒無劉于虐人乃並受休嘉去隋氏克歸于唐躑躅謳歌灝灝和寧帝庸威栗惟人之爲敬奠厥賦積藏于下是謂豐國鄉爲義廩歛發謹飭歲丁大侵人以有年簡于厥刑不殘而懲是謂嚴威小屬而支大生而孥愷悌祇敬用底于治凡其所欲不謁而獲凡其所惡不祈而息四夷稽服不作兵革不竭貨力丕揚于後嗣用垂于帝式十聖濟厥治孝仁平寬惟祖之則澤久而逾深仁增而益高人之戴唐永永無窮是故受命不于天于其人休符不于祥于其仁惟人之仁匪祥于天匪祥于天茲惟貞符哉未有喪仁而久者也未有恃祥而壽者也商之王以桑穀昌以雉雊大宋之君以法星壽鄭以龍衰魯以麟弱白雉亾漢黃犀死莽惡在其爲符

也不勝唐德之代光紹明濬深鴻厖大保人斯無疆宜薦于郊廟文之雅詩祗告于德之休帝曰諶哉乃黜休祥之奏究貞符之奥思德之所未大求仁之所未備以極于邦治以敬于人事其詩曰

於穆敬德黎人皇之惟貞厥符浩浩將之仁函于膚刃莫畢屠澤熯于爨灪炎以澣殄厥凶德乃敺乃夷懿其休風是煦是吹父子熈熈相寧以嬉賦徹而藏厚我糗粻刑輕以清我肌靡傷貽我子孫百代是康十聖嗣于治仁后之子子思孝父易患于已拱之戴之神具爾宜載揚于雅承天之嘏天之誠神宜鑒于仁神之曷依宜仁之歸濮沿于北祝栗于南幅員西東祇一乃心祀唐之紀後天罔墜祝皇之壽與地咸久曷徒祝之心誠篤之神協人同道以告之俾彌億萬年不震不危我代之延永永毗之仁增以崇曷不爾思有號于天僉曰嗚呼咨爾皇靈無替

厥符

菊榮 并序　　蕭穎士

菊榮酬贈申志也久寓大邑賢宰宋侯惠而好予賦鳴蟬以況別有懷相規備厥卒章于以報焉

采采者菊芬其榮斯紫英黃萼照灼丹墀愷悌君子佩服攸宜王國是毗貽爾子孫百祿萃之

采采者菊于邑之城舊根新莖布葉垂英彼美淑人應家之禎有絃既鳴我政則平宜爾棟崇必復其慶

采采者菊于邦之府陰槐翳柳邇近楹宇彼勞者子喧卑是處慨其莫知蘊結誰語企彼高人色斯遐舉

采采者菊于賓之館既低其枝又弱其幹有匪君子是焉披藹良辰旨酒宴飲無算愴其仳別終然永歎

歲方晏矣霜露殘促誰其榮斯有英者菊豈徵春華懿此貞色

人之侮我混子薪棘詩人有言好是正直

右菊榮一篇五章

雲之祁祁答董傳　宋王介甫

劉氏曰荆公四言又有新田詩不及此篇之簡潔也

雲之祁祁或雨于淵苗之翹翹或稿于田雲之祁祁或雨于野有稿于田豈不自我薈兮其隮其在高郊匪我爲人我歌且謠蔚兮其復南山之側我歌且謠維以育德

孔林圖詩集賢待制周侯能修禮于孔林侍讀學士商公圖之史官揭傒斯詩之　元揭曼碩

我我尼山蔽于魯邦篤生聖人維民之綱尼山之下有洙有泗有蔚孔林在泗之涘維彼聖人教之誘之凢厥有民則而傚之維彼聖人覆之載之凢厥有民敬而愛之旣誦其言亦被其服

孰秣其馬于林之側既誦其言亦履其式孰秣其馬于林之下六轡既同周侯之東薦之侑之聖人之宮其音洋洋其趨蹌蹌其臨皇皇聖人允臧商氏圖之式昭其敬載贈載思罔不由聖

之子于征美胄監陳生也陳生歸省其母奉養于京師故勗其行以慰其母心焉　洪武胡仲申

之子于征有楚者衣翼彼北風翩其以歸豈忘在公爰恤爾私惟皇有命來慰毋思〇之子于征言汎其艫明發于越夕濟西吳薄登于畿安車載驅惟皇有命將毋來居〇之子有毋令儀有愆養則有祿皇斯爾錫曷以報之顧懷罔極竭爾臣節迺殫子職

文章辨體卷之十

文章辨體卷之十一

海虞後學吳訥編集

古詩二

五言一

古詩十九首

劉氏曰詩以古名不知作者爲誰或云枚乘而梁昭明既以編諸蘇李之上李善謂其詞兼東都非盡爲乘詩故蒼山曾原演義特列之張衡四愁之下夫五言起蘇李之說自唐人始然陳徐陵謂十九首本非一人之詞今姑依昭明編次云

行行重行行與君生別離相去萬餘里各在天一涯道路阻且長會面安可知胡馬依北風越鳥巢南枝相去日已遠衣帶日已緩浮雲蔽白日遊子不顧返思君令人老歲月忽已晚弃捐

勿復道努力加餐飯

青青河畔草鬱鬱園中柳盈盈樓上女皎皎當牕牖娥娥紅粉粧纖纖出素手昔爲倡家女今爲蕩子婦蕩子行不歸空牀難獨守

青青陵上栢磊磊澗中石人生天地間忽如遠行客斗酒相娛樂聊厚不爲薄驅車策駑馬游戲宛與洛洛中何鬱鬱冠帶自相索長衢羅夾巷王侯多第宅兩宮遙相望雙闕百餘尺極宴娛心意戚戚何所迫

今日良宴會歡樂難具陳彈箏奮逸響新聲妙入神令德唱高言識曲聽其眞齊心同所願含意俱未伸人生寄一世奄忽若飇塵何不策高足先據要路津無爲守窮賤轗軻長苦辛

西北有高樓上與浮雲齊交疏結綺窗阿閣三重階上有絃歌聲音響一何悲誰能爲此曲無乃杞梁妻清商隨風發中曲正

徘徊一彈再三嘆慷慨有餘哀不惜歌者苦但傷知音稀願爲
雙鳴鶴奮翅起高飛

涉江采芙蓉蘭澤多芳草采之欲遺誰所思在遠道還顧望舊
鄉長路漫浩浩同心而離居憂傷以終老

明月皎夜光促織鳴東壁玉衡指孟冬衆星何歷歷白露霑野
草時節忽復易秋蟬鳴樹閒玄鳥逝安適昔我同門友高舉振
六翮不念攜手好棄我如遺跡南箕北有斗牽女不負軛良無
磐石固虛名復何益

冉冉孤生竹結根泰山阿與君爲新婚兎絲附女蘿兎絲生有
時夫婦會有宜千里遠結婚悠悠隔山陂思君令人老軒車來
何遲傷彼蕙蘭花含英揚光輝過時而不采將隨秋草萎君亮
執高節賤妾亦何爲

庭中有奇樹綠葉發華滋攀條折其榮將以遺所思馨香盈懷

袖路遠莫致之此物何足貴但感別經時

迢迢牽牛星皎皎河漢女纖纖擢素手札札弄機杼終日不成章泣涕零如雨河漢清且淺相去復幾許盈盈一水間脉脉不得語

廻車駕言邁悠悠涉長道四顧何茫茫東風搖百草所遇無故物焉得不速老盛衰各有時立身苦不早人生非金石豈能長壽考奄忽隨物化榮名以爲寶

東城高且長逶迤自相屬回風動地起秋草萋已緑四時更變化歲暮一何速晨風懷苦心蟋蟀傷局促蕩滌放情志何爲自結束燕趙多佳人美者顏如玉被服羅裳衣當戶理清曲音響一何悲絃急知柱促馳情整巾帶沉吟聊躑躅思爲雙飛燕銜泥巢君屋

驅車上東門遙望郭北墓白楊何蕭蕭松栢夾廣路下有陳死

人杳杳即長暮潛寐黃泉下千載永不寤浩浩陰陽移年命如朝露人生忽如寄壽無金石固萬歲更相送賢聖莫能度服食求神仙多爲藥所誤不如飲美酒被服紈與素

去者日以疎來者日以親出郭門直視但見丘與墳古墓犂爲田松栢摧爲薪白楊多悲風蕭蕭愁殺人思還故里閭欲歸道無因

生年不滿百常懷千歲憂晝短苦夜長何不秉燭遊爲樂當及時何能待來茲愚者愛惜費但爲塵世嗤仙人王子喬難可與等期

凛凛歲云暮螻蛄夕鳴悲凉風率已厲遊子寒無衣錦衾遺洛浦同袍與我違獨宿累長夜夢想見容輝良人惟古歡枉駕惠前綏願得常巧笑攜手同車歸既來不須臾又不處重闈亮無晨風翼焉能凌風飛眄睞以適意引領遥相晞徙倚懷感傷垂

涕沾雙扉

孟冬寒氣至北風何慘慄愁多知夜長仰觀衆星列三五明月滿四五蟾兎缺客從遠方來遺我一書札上言長相思下言久離別置書懷袖中三歲字不滅一心抱區區懼君不識察

客從遠方來遺我一端綺相去萬餘里故人心尚爾文彩雙鴛鴦裁爲合歡被著以長相思縁以結不解以膠投漆中誰能別離此

明月何皎皎照我羅牀帷憂愁不能寐攬衣起徘徊客行雖云樂不如早旋歸出户獨彷徨愁思當告誰引領還入房淚下沾裳衣

詩　漢蘇子卿

子卿名武杜陵人武帝天漢元年以中郎將使匈奴被留不屈節徙之北海上使牧羝凡十九年昭

帝時歸拜典屬國年八十餘卒圖形麒麟閣劉氏謂第一詩出使時別昆弟作第二詩別妻作第三詩在匈奴得歸別李陵作第四詩遠遊別朋友作五典之義藹然可見

骨肉縁枝葉結交亦相因四海皆兄弟誰爲行路人況我連枝樹與子同一身昔爲鴛與鴦今爲參與辰昔者常相近邈若胡與秦惟念當離別恩情日以新鹿鳴思野草可以喻嘉賓我有一罇酒欲以贈遠人願子留斟酌叙此平生親

結髮爲夫妻恩愛兩不疑歡娛在今夕嬿婉及良時征夫懷往路起視夜何其參辰皆已沒去去從此辭行役在戰場相見未有期握手一長嘆淚爲生別滋努力愛春華莫忘安樂時生當復來歸死當長相思

黄鵠一遠別千里顧徘徊胡馬失其群思心常依依何況雙飛

龍羽翼臨當乖幸有絃歌曲可以喻中懷請爲遊子吟泠泠一何悲絲竹厲清聲慷慨有餘哀長歌正激烈中心愴以摧欲展清商曲念子不得歸俛仰内傷心淚下不可揮願爲雙黃鵠送子俱遠飛

燭燭晨明月馥馥秋蘭芳芬馨長夜發隨風聞我堂征夫懷遠路遊子戀故鄉寒冬十二月晨起踐嚴霜俯觀江漢流仰視浮雲翔良友遠別離各在天一方山海隔中州相去悠且長嘉會難再遇歡樂殊未央願言崇令德隨時愛景光

與蘇武　李少卿

良時不再至離別在須臾屏營衢路側執手野踟躕仰視浮雲馳奄忽互相踰風波一失所各在天一隅長當從此別且復立斯須欲因晨風發送子以賤軀

攜手上河梁遊子暮何之徘徊蹊路側悢悢不能辭行人難久

留各言長相思安知非日月弦望自有時努力崇明德皓首以爲期

嘉會難再遇三載爲千秋臨河濯長纓念子悵悠悠遠望悲風至對酒不能酬行人懷往路何以慰我愁獨有盈觴酒與子結綢繆

雜詩　魏文帝

李善曰不拘流例遇物即言故云雜也

漫漫秋夜長烈烈北風涼展轉不能寐披衣起彷徨彷徨忽已久白露沾我裳俯視清水波仰看明月光天漢回西流三五正縱横草蟲鳴何悲孤鴈獨南翔鬱鬱多悲思綿綿思故鄉願飛安得翼欲濟河無梁向風長歎息斷絶我中腸

西北有浮雲亭亭如車蓋惜哉時不遇適與飄風會吹我東南行行至吳會吳會非我鄉安能久留滯棄置勿復陳客子常

畏人

雜詩　　曹子建

高臺多悲風朝日照北林之子在萬里江湖迥且深方舟安可極離思故難任孤鴈飛南游過庭長哀吟翹思慕遠人願欲託遺音形影忽不見翩翩傷我心

轉蓬離本根飄颻隨長風何意回飈舉吹我入雲中高高上無極天路安可窮類此游客子捐軀遠從戎毛褐不掩形薇藿常不充去去莫復道沉憂令人老

西北有織婦綺縞何繽紛明晨秉機杼日昃不成文太息終長夜悲嘯入青雲妾身守空閨良人行從軍自期三年歸今已歷九春飛鳥遶樹翔噭噭鳴索羣願爲南流景馳光見我君

南國有佳人容華若桃李朝游江北岸日夕宿湘沚時俗薄朱顔誰爲發皓齒俛仰歲將暮榮耀難久恃

僕夫早嚴駕吾將遠行遊遠遊欲何之吳國爲我仇將騁萬里塗東路安足由江介多悲風淮西馳急流願欲一輕濟惜哉無方舟閒居非吾志甘心赴國憂

飛觀百餘尺臨牖御櫺軒遠望周千里朝夕見平原烈士多悲心小人媮自閑國讎亮不塞甘心思喪元拊劍西南望思欲赴太山絃急悲聲發聆我慷慨言

贈白馬王彪

謁帝承明廬逝將歸舊疆清晨發皇邑日夕過首陽伊洛廣且深欲濟川無梁汎舟越洪濤怨彼東路長顧瞻戀城闕引領情內傷

大谷何寥廓山樹鬱蒼蒼霖雨泥我塗流潦浩縱橫中逵絕無軌改轍登高岡修坂造雲日我馬玄以黃

玄黃猶能進我思鬱以紆鬱紆將何念親愛在離居本圖相與

偕中更不克俱鴟梟鳴衡軛豺狼當路衢蒼蠅間白黑讒巧令
親疎欲還絕無蹊攬轡正踟蹰
踟蹰亦何留相思無終極秋風發微凉寒蟬鳴我側原野何蕭
條白日忽西匿歸鳥赴喬林翩翩厲羽翼孤獸走索羣銜草不
遑食感物傷我懷撫心長太息
太息將何爲天命與我違奈何念同生一往形不歸孤魂翔故
域靈柩寄京師存者忽已過亡歿身自衰人生處一世去若朝
露晞年在桑榆間影響不能追自顧非金石咄唶令心悲
心悲動我神弃置莫復陳丈夫志四海萬里猶比鄰恩愛苟不
虧在遠分日親何必同衾幬然後展慇懃憂思成疾疢無乃兒
女仁倉卒骨肉情能不懷苦辛
苦辛何慮思天命信可疑虛無求列仙松子久吾欺變故在須
臾百年誰能持離別永無會執手將何時王其愛玉體俱享黃

髮期收淚即長路援筆從此辭

贈徐幹

驚風飄白日忽然歸西山圓景光未滿衆星粲以繁志士榮世業小人亦不閒聊且夜行遊遊彼雙闕間文昌鬱雲興迎風高中天春鳩鳴飛棟流猋激櫺軒顧念蓬室士貧賤誠足憐薇藿弗充虛皮褐猶不全慷慨有悲心興文自成篇寶棄怨何人和氏有其愆彈冠俟知己知己誰不然良田無晚歲膏澤多豐年亮懷璵璠美積久德愈宣親交義在敦申章復何言

贈丁儀

初秋涼氣發庭樹微銷落凝霜依玉除清風飄飛閣朝雲不歸山霖雨成川澤黍稷委疇隴農夫安所獲在貴多忘賤爲恩誰能博狐白足禦冬安念無衣客思慕延陵子寶劍非所惜子其寧爾心親交義不薄

贈王粲

端坐苦愁思攬衣起西遊樹木發春華清池激長流中有孤鴛鴦哀鳴求匹儔我願執此鳥惜哉無輕舟欲歸忘故道顧望但懷愁悲風鳴我側羲和逝不留重陰潤萬物何懼澤不周誰令君多念自使懷百憂

三良詩

按春秋左氏傳秦穆公卒以子車氏之三子奄息仲行鍼虎爲殉皆秦之良也國人哀之爲賦黄鳥之詩後人亦因而詠歌焉

功名不可爲忠義我所安秦穆先下世三臣皆自殘生時等榮樂既沒同憂患誰言捐軀易殺身誠獨難攬涕登君墓臨穴仰天歎長夜何冥冥一往不復還黄鳥爲悲鳴哀哉傷肺肝

雜詩　王仲宣

日暮遊西園冀寫憂思情曲池揚素波列樹敷丹榮上有特栖鳥懷春向我鳴褰衽欲從之路險不得征徘徊不能去佇立望爾形風飈揚塵起白日忽已冥回身入空房託夢通精誠人欲天不違何懼不合幷

詠史

自古無殉死達人所共知秦穆殺三良惜哉空爾爲結髮事明君受恩良不訾臨沒要之死焉得不相隨妻子當門泣兄弟哭路垂臨穴呼蒼天涕下如綆縻人生各有志終不爲此移同知埋身劇心亦有所施生爲百夫雄死爲壯士規黃鳥作哀詩至今聲不虧

贈從弟　劉公幹

汎汎東流水磷磷水中石蘋藻生其涯華葉紛擾溺采之薦宗廟可以羞嘉客豈無園中葵懿此生深澤

亭亭山上松瑟瑟谷中風風聲一何盛松枝一何勁氷霜正慘悽終歲常端正豈不罹凝寒松栢有本性

鳳凰集南嶽徘徊孤竹根於心有不厭奮翅凌紫氛豈不常勤苦羞與黃雀群何時當來儀將須聖明君

詠懷詩　晉阮嗣宗

按晉書籍作詠懷詩八十餘篇文選所録者不多李善曰嗣宗身仕亂朝常恐懼謗遇禍故詩有憂生之差雖志在刺譏而文多隱避百代之下難以情測也

夜中不能寐起坐彈鳴琴薄帷鑒明月清風吹我衿孤鴻號外野翔鳥鳴北林徘徊將何見憂思獨傷心

嘉樹下成蹊東園桃與李秋風吹飛藿零落從此始繁華有憔悴堂上生荊杞驅馬舍之去去上西山趾一身不自保何況戀

妻子凝霜被草野歲暮亦云已
天馬出西郭由來從東道春秋非有託富貴焉常保清露被皐
蘭凝霜霑野草朝爲媚少年夕暮成醜老自非王子晋誰能常
美好
平生少年時輕薄好絃歌西遊咸陽中趙李相經過娛樂未終
極白日忽蹉跎驅馬復來歸反顧望三河黃金百鎰盡資用常
苦多北臨太行道失路將如何
昔聞東陵瓜近在東門外連畛距阡陌子母相鉤帶五色曜朝
日嘉賓四面會膏火自煎熬多財爲患害布衣可終身寵祿豈
足賴
炎暑惟茲夏三旬將欲移芳尌垂綠葉清雲自逶迤四時更代
謝日月遞差馳徘徊空堂上忉怛莫我知願覩卒歡好不見悲
別離

灼灼西隤日餘光照我衣迴風吹四壁寒鳥相因依周周尚銜羽蛩蛩亦念飢如何當路子磬折忘所歸豈爲夸譽名憔悴使心悲寧與燕雀翔不隨黃鵠飛黃鵠遊四海中路將安歸

步出上東門北望首陽岑下有采薇士上有嘉尌林良辰在何許凝霜霑衣襟寒風振山岡玄雲起重陰鳴鴈飛南征鶗鴂發哀音素質游商聲悽愴傷我心

湛湛長江水上有楓尌林皐蘭被徑路青驪逝駸駸遠望令人悲春氣感我心三楚多秀士朝雲進荒淫朱華振芬芳高蔡相追尋一爲黃雀哀涕下誰能禁

懸車在西南羲和將欲傾流光耀四海忽忽至夕冥朝爲咸池暉濛汜受其榮豈知窮達士一死不再生視彼桃李花誰能久熒熒君子在何許歎息未合并瞻仰景山松可以慰吾情

雜詩　　張茂先

晷度隨天運四時互相承東壁正昏中固陰寒節升繁霜降當夕悲風中夜興朱火青無光蘭膏坐自凝重衾無暖氣挾纊如懷冰伏枕終遥昔寤言莫予應永思慮崇替慨然獨拊膺

答何劭

吏道何其迫窘然坐自拘纓緌爲徽纆文憲焉可踰恬曠苦不足煩促每有餘良朋貽新詩示我以遊娛穆如灑清風奂若春華敷自昔同寮寀於今比園廬衰疾近辱殆庶幾並懸輿散髮重陰下抱杖臨清渠屬耳聽鶯鳴流目翫儵魚從容養餘日取樂於桑榆

贈張華　何敬祖

四時更代謝懸象迭卷舒暮春忽復來和風與節俱俯臨清泉涌仰觀嘉木敷周旋我陋圃西瞻廣武廬既貴不忘儉處有能其無鎮俗在簡約封塞焉足摹在昔同班司今者並園墟私願

偕黄髮逍遥綜琴書舉爵茂陰下攜手共躊躇奚用遺形骸忘筌在得魚

雜詩　傅休奕

志士惜日短愁人知夜長攝衣步前庭仰觀南鴈翔玄景隨形運流響歸空房清風何飄飄微月出西方繁星依青天列宿自成行蟬鳴高樹間野鳥號東廂纖雲時髣髴渥露沾我裳良時無停景北斗忽低昂常恐寒節至凝氣結爲霜落葉隨風摧一絶如流光

雜詩　王正長

朔風動秋草邊馬有歸心胡寧久分析靡靡忽至今王事離我志殊隔過商參昔往鶬鶊鳴今來蟋蟀吟人情懷舊鄉客鳥思故林師涓久不奏誰能宣我心

征西官屬送於陟陽候作　孫子荆

晨風飄岐路零雨被秋草傾城遠追送餞我千里道三命皆有極咄嗟安可保莫大於殤子彭聃猶爲夭吉凶如糾纆憂喜相紛擾天地爲我鑪萬物一何小達人垂大觀誡此苦不早乖離即長衢惆悵盈懷抱孰能察其心鑒之以蒼昊齊契在今朝守之與偕老

詠史　左太冲

弱冠弄柔翰卓犖觀羣書著論准過秦作賦擬子虛邉城苦鳴鏑羽檄飛京都雖非甲冑士疇昔覽穰苴長嘯激清風志若無東吴鉛刀貴一割夢想騁良圖左眄澄江湘右盼定羌胡功成不受爵長揖歸田廬

鬱鬱澗底松離離山上苗以彼徑寸莖蔭此百尺條世冑躡高位英俊沉下僚地勢使之然由來非一朝金張藉舊業七葉珥漢貂馮公豈不偉白首不見招

吾希段干木偃息藩魏君吾慕魯仲連談笑却秦軍當世貴不羈遭難能解紛功成耻受賞高節卓不群臨組不肯緤對珪寧肯分連璽耀前庭比之猶浮雲

濟濟京城內赫赫王侯居冠蓋蔭四術朱輪竟長衢朝集金張館暮宿許史廬南鄰擊鍾磬北里吹笙竽寂寂楊子宅門無卿相輿寥寥空宇內所講在玄虛言論准宣尼詞賦擬相如悠悠百世後英名擅八區

皓天舒白日靈景耀神州列宅紫宮裏飛宇若雲浮峩峩高門內藹藹皆王侯自非攀龍客何爲欻來遊被褐出閶闔高步追許由振衣千仞岡濯足萬里流

荊軻飲燕市酒酣氣益震哀歌和漸離謂若傍無人雖無壯士節與世亦殊倫高眄邈四海豪右何足陳貴者雖自貴視之若埃塵賤者雖自賤重之若千鈞

習習籠中鳥舉翮觸四隅落落窮巷士抱影守空廬出門無通路枳棘塞中塗計策弃不收塊若枯池魚外望無寸祿內顧無斗儲親戚還相蔑朋友日夜疎蘇秦北遊說李斯西上書俛仰生榮華咄嗟復凋枯飲河期滿腹貴足不願餘巢林棲一枝可為達士模

招隱

按淮南小山招隱士篇謂深山窮谷非所宜處而欲招其來歸今晉人乃以招尋為義欲就與之俱隱其不同者如此

杖策招隱士荒塗橫古今巖穴無結構丘中有鳴琴白雪停陰岡丹葩曜陽林石泉漱瓊瑤纖鱗或浮沉非必絲與竹山水有清音何事待嘯歌灌木自悲吟秋菊兼餱粮幽蘭間重襟躊躇足力煩聊欲投吾簪

詠史　張孟暘

昔在西京時朝野多歡娛藹藹東都門群公祖二疎朱軒曜金城供帳臨長衢達人知止足遺榮忽如無抽簪解朝衣散髮歸海隅行人爲隕涕賢哉此大夫揮金樂當年歲暮不留儲顧謂四座賓多財爲累愚清風激萬代名與天壤俱咄此蟬冕客君紳宜見書

招隱　陸士衡

明發心不夷振衣聊躑躅躑躅欲安之幽人在浚谷朝採南澗藻夕息西山足輕條象雲搆密葉成翠幄結風佇蘭林回芳薄秀木山溜何泠泠飛泉漱鳴玉哀音附靈波頹響赴曾曲至樂非有假安事澆淳樸富貴苟難圖稅駕從所欲

贈從兄車騎

孤獸思故藪離鳥悲舊林翩翩遊宦子辛苦誰爲心髣髴谷水

陽婉孌崐山陰營魄懷茲土精爽若飛沉猖獗靡安豫願言思所欽感彼歸塗艱使我怨慕深安得忘歸草言樹背與襟斯言豈虛作思鳥有悲音

答張士然　　陸士龍

行邁越長川飄颻冒風塵通波激枉渚悲風薄丘榛脩路無窮跡井邑自相循百城各異俗千室非良鄰歡舊難假合風土豈虛親感念桑梓域髣髴眼中人靡靡日夜遠眷眷懷苦辛

在懷縣作　　潘安仁

南陸迎脩景朱明送末垂初伏啓新節隆暑方赫曦朝想慶雲興夕遅白日移揮汗辭中宇登城臨清池涼飆自遠集輕襟隨風吹靈圃耀華果通衢列高椅瓜瓞蔓長苞薑芋紛廣畦稻栽肅千芊黍苗阿離離虛薄乏時用位微名日卑驅役宰兩邑政績竟無施自我違京輦四載迄于斯器非廊廟姿屢出固其宜

徒懷越鳥志眷戀想南枝

感舊詩　曹顏遠

富貴他人合貧賤親戚離廉藺門易軌田竇相奪移晨風集茂林棲鳥去枯枝今我唯困蒙群士皆背馳鄉人敦懿義濟濟蔭光儀對賓頌有客舉觴詠露斯臨樂何所歎素絲與路岐

迎大駕　潘正叔

南山鬱岑崟洛川迅且急青松蔭修嶺綠蘩被廣隰朝日順長塗夕暮無所集歸雲乘幰浮淒風尋帷入道逢深識士舉手對吾揖世故尚未夷崤函方嶮澁狐狸夾兩轅豺狼當路立翔鳳嬰籠檻騏驥見維縶俎豆昔嘗聞軍旅素未習且少停君駕徐待干戈戢

重贈盧諶　劉越石

握中有玄璧本自荆山璆惟彼太公望昔在渭濱叟鄧生何感

激千里來相求白登幸曲逆鴻門賴留侯重耳任五賢小白相射鉤苟能隆二伯安問黨與讎中夜撫枕歎想與數子遊吾衰久矣夫何其不夢周誰云聖達節知命故不憂宣尼悲獲麟西狩涕孔丘功業未及建夕陽忽西流時哉不我與去乎若雲浮朱實隕勁風繁英落素秋狹路傾華蓋駭駟摧雙輈何意百鍊剛化爲繞指柔

時興　盧子諒

亹亹圓象運悠悠方儀廓忽忽歲云暮遊原采蕭藿北逾邙與河南臨伊與洛凝霜霑蔓草悲風振林薄摵摵芳葉零蘂蘂芬華落下泉激冽清曠野增遼索登高眺遐荒極望無崖崿形變隨時化神感因物作澹乎至人心恬然守玄漠

遊仙詩　郭景純

翡翠戲蘭苕容色更相鮮綠蘿結高林蒙籠蓋一山中有冥寂

士靜嘯撫清弦放情凌霄外嚼蘂挹飛泉赤松臨上遊駕鴻乘紫煙左挹浮丘袂右拍洪崖肩借問蜉蝣輩寧知龜鶴年六龍安可頓運流有代謝時變感人思已秋復願夏淮海變微禽吾生獨不化雖欲騰丹谿雲螭非我駕愧無魯陽德迴日向三舍臨川哀年邁撫心獨悲吒

逸翮思拂霄迅足羨遠遊清源無增瀾安得運吞舟珪璋雖特達明月難闇投潛穎怨青陽陵苕哀素秋悲來惻丹心零淚緣纓流

游西池　謝叔源

悟彼蟋蟀唱信此勞者歌有來豈不疾良遊戚蹉跎逍遙越城肆願言屢經過迴阡被陵闕高臺眺飛霞惠風蕩繁囿白雲屯曾阿景昃鳴禽集水木湛清華褰裳順蘭沚徙倚引芳柯美人愆歲月遲暮獨如何無爲牽所思南榮誡其多

歸田園居

陶淵明

少無適俗韻性本愛丘山誤落塵網中一去三十年羈鳥戀舊林池魚思故淵開荒南野際守拙歸園田方宅十餘畝草屋八九間榆柳蔭後園桃李羅堂前曖曖遠人村依依墟里煙狗吠深巷中鷄鳴桑樹顛戶庭無塵雜虛室有餘閒久在樊籠裏復得返自然

野外罕人事窮巷寡輪鞅白日掩荊扉虛室絕塵想時復墟曲中披草共來往相見無雜言但道桑麻長桑麻日已長我志日已廣常恐霜霰至零落同草莽

種豆南山下草盛豆苗稀晨興理荒穢帶月荷鋤歸道狹草木長夕露霑我衣衣霑不足惜但使願無違

移居

昔欲居南村非爲卜其宅聞多素心人樂與數晨夕懷此頗有

年今日從茲役弊廬何必廣取足蔽牀席鄰曲時時來抗言談在昔奇文共欣賞疑義相與析春秋多佳日登高賦新詩過門更相呼有酒斟酌之農務各自歸閑暇輒相思相思則披衣言笑無厭時此理將不勝無爲忽去茲衣食當須紀力耕吾不欺

和劉柴桑

山人久見招胡事乃躊躇直爲親舊故未忍言索居良辰入奇懷挈杖還西廬荒塗無歸人時時見廢墟茅茨已就治新疇復應畬谷風轉淒薄春醪解飢劬弱女雖非男慰情良勝無栖栖世中事歲月共相疎耕織稱其用過此奚所須去去百年外身名同翳如

和郭主簿

藹藹堂前林中夏貯清陰凱風因時來回飇吹我襟息交游閑

棊臥起弄書琴園蔬有餘滋舊穀猶儲今營已良有極過足非所欽春秋作美酒酒熟吾自斟弱子戲我側學語未成音此事真復樂聊用忘華簪遙遙望白雲懷古一何深

贈羊長史

愚生三季後慨然念黃虞得知千載外正賴古人書聖賢留餘跡事事在中都豈忘游心目關河不可踰九域甫已一逝將理舟輿聞君當先邁負痾不獲俱路若經商山爲我少躊躇多謝綺與角精爽今何如紫芝誰復採深谷久應蕪駟馬無貰患貧賤有交娛清謠結心曲人乘運見疎擁懷累代下言盡意不舒

始作鎮軍參軍經曲阿

弱齡寄事外委懷在琴書被褐欣自得屢空常晏如時來苟冥會宛轡憩通衢投策命晨裝暫與園田疎渺渺孤舟逝綿綿歸思紆我行豈不遙登降千里餘目倦川塗異心念山澤居望雲

慚高鳥臨水愧游魚真想初在襟誰謂形跡拘聊且憑化遷終
返班生廬

癸卯歲春懷古田舍

先師有遺訓憂道不憂貧瞻望邈難逮轉欲志長勤秉耒歡時
務解顔勸農人平疇交遠風良苗亦懷新雖未量歲功即事多
所欣耕種有時息行者無問津日入相與歸壺漿勞近鄰長吟
掩柴門聊爲隴畝民

庚戌歲九月中於西田穫早稻

人生歸有道衣食固其端孰云都不營而以求自安開春理常
業歲功聊可觀晨出肆微勤日入負禾還山中饒霜露風氣亦
先寒田家豈不苦弗獲辭此難四體誠乃疲庶無異患干盥濯
息簷下斗酒散襟顔遙遙沮溺心千載乃相關但願長如此躬
耕非所歎

飲酒

衰榮無定在，彼此更共之。邵生瓜田中，寧似東陵時。寒暑有代謝，人道每如茲。達人解其會，逝將不復疑。忽與一觴酒，日夕歡相持。

積善云有報，夷叔在西山。善惡苟不應，何事空立言。九十行帶索，飢寒況當年。不賴固窮節，百世誰當傳。

道喪向千載，人人惜其情。有酒不肯飲，但顧世間名。所以貴我身，豈不在一生。一生復能幾，倏如流電驚。鼎鼎百年内，持此欲何成。

結廬在人境，而無車馬喧。問君何能爾，心遠地自偏。采菊東籬下，悠然見南山。山氣日夕佳，飛鳥相與還。此間有真意，欲辯已忘言。

秋菊有佳色，裛露掇其英。汎此忘憂物，遠我遺世情。一觴雖獨

進杯盡壺自傾日入群動息歸鳥趨林鳴嘯傲東軒下聊復得此生

青松在東園衆草沒其姿凝霜殄異類卓然見高枝連林人不覺獨樹衆乃奇提壺撫寒柯遠望時復爲吾生夢幻間何事紲塵羈

清晨聞扣門倒裳往自開問子爲誰歟田父有好懐壺漿遠見候疑我與時乖襤褸茅簷下未足爲高棲一世皆尚同願君汨其泥深感父老言禀氣寡所諧紆轡誠可學違己詎非迷且共歡此飲吾駕不可回

在昔曾遠遊直至東海隅道路迴且長風波阻中塗此行誰使然似爲飢所驅傾身營一飽少許便有餘恐此非名計息駕歸閒居

故人賞我趣挈壺相與至班荆坐松下數斟已復醉父老雜亂

言觴酌失行次不覺知有我安知物爲貴悠悠迷所留酒中有
深味

羲農去我久舉世少復真汲汲魯中叟彌縫使其淳鳳鳥雖不
至禮樂暫得新洙泗輟微響漂流逮狂秦詩書復何罪一朝成
灰塵區區諸老翁爲事誠殷勤如何絶世下六籍無一親終日
馳車走不見所問津若復不快飲空負頭上巾但恨多謬誤君
當恕醉人

擬古

榮榮牕下蘭密密堂前柳初與君別時不謂行當久出門萬里
客中道逢嘉友未言心相醉不在接杯酒蘭枯柳亦衰遂令此
言負多謝諸少年相知不忠厚意氣傾人命離隔復何有

東方有一士被服常不完三旬九遇食十年著一冠辛苦無此
比常有好容顏我欲觀其人晨去越河關青松夾路生白雲宿

簷端知我故來意取琴為我彈上絃驚別鶴下絃操孤鸞願留就君住從今至歲寒

日暮天無雲春風扇微和佳人美酒夜達曙酣且歌歌竟長歎息持此感人多皎皎雲間月灼灼葉中華豈無一時好不久當如何

少時壯且厲撫劍獨行遊誰言行遊近張掖至幽州飢食首陽薇渴飲易水流不見相知人惟見古時丘路邊兩高墳伯牙與莊周此士難再得吾行欲何求

種桑長江邊三年望當采枝條始欲茂忽值山河改柯葉自摧折根株浮滄海春蠶飢無食寒衣欲誰待本不植高原今日復何悔

雜詩

白日淪西河素月出東嶺遙遙萬里輝蕩蕩空中景風來入房

中衣中枕席冷氣變悟時易不眠知夕永欲言無予和揮杯勸
孤影日月擲人去有志不獲騁念此懷悲悽終曉不能靜
代耕本非望所業在田桑躬親未曾替寒餒常糟糠豈期過滿
腹但願飽粳粮御冬足大布麄絺以應陽止爾不能得哀哉亦
可傷人皆盡獲宜拙生失其方理也可柰何且爲陶一觴

詠貧士

萬族各有託孤雲獨無依曖曖空中滅何時見餘暉明霞開宿
霧衆鳥相與飛遲遲出林翮未夕復來歸量力守故轍豈不寒
與飢知音苟不存已矣何所悲

詠荊軻

劉氏曰此憤宋武弒奪欲求荊軻者報焉觀詩首
尾可見晦翁云人謂淵明詩平淡不覺其豪放惟
詠荊軻一篇始見本相非平淡人所能道信矣

燕丹善養士志在報強嬴招集百夫良歲暮得荊卿君子死知己提劍出燕京素驥鳴廣陌慷慨送我行雄髮指危冠猛氣衝長纓飲餞易水上四座列羣英漸離擊悲筑宋意唱高聲蕭蕭哀風逝淡淡寒波生商聲更流涕羽奏壯士驚心知去不歸且有後世名登車何時顧飛蓋入秦庭凌厲越萬里逶迤過千城圖窮事自至豪主正怔營惜哉劍術疏奇功遂不成其人雖已沒千載有餘情

讀山海經

孟夏草木長遶屋樹扶疏衆鳥欣有託吾亦愛吾廬既耕亦已種時還讀我書窮巷隔深轍頗回故人車歡言酌春酒摘我園中蔬微雨從東來好風與之俱汎覽周王傳流觀山海圖俯仰終宇宙不樂復何如

桃源詩

嬴氏亂天紀賢者避其世黄綺之商山伊人亦云逝往迹寖復
湮來逕遂蕪廢相命肆農耕日入從所憩桑竹垂陰蔭菽稷隨
時藝春蠶收長絲秋熟靡王稅荒路曖交通鷄犬互鳴吠俎豆
猶古法衣裳無新制童孺縱行歌班白歡游詣草榮識節和木
衰知風厲雖無紀曆誌四時自成歲怡然有餘樂于何勞智慧
奇蹤隱五百一朝敞神界淳薄既異源旋復還幽蔽借問遊方
士焉測塵囂外願言躡輕風高舉尋吾契

九日閑居 有序

予閑居愛重九之名秋菊盈園而持醪靡由空服
九華寄懷於言

世短意恒多斯人樂久生日月依辰至舉俗愛其名露凄暄風
息氣澈天象明往燕無遺影來鴈有餘聲酒能祛百慮菊爲制
頽齡如何蓬廬士空視時運傾塵爵耻虛罍寒華徒自榮斂襟

獨聞謠緬焉起深情棲遲固多娛淹留豈無成

鄰里相送至方山　宋謝靈運

方山今在江寧縣東五十里

祗役出皇邑相期憩甌越解纜及流潮懷舊未能發析析就衰林皎皎明秋月含情易爲盈遇物難可歇積痾謝生慮寡欲罕所闕資此永幽棲豈伊年歲别各勉日新志音塵慰寂蔑

酬從弟惠連

分離别西川迴景歸東山别時悲已甚别後情更延傾想遲嘉音果枉濟江篇辛勤風波事款曲洲渚言

石壁精舍還湖中作

昏旦變氣候山水含清暉清暉能娛人遊子澹忘歸出谷日尚早入舟陽已微林壑斂暝色雲霞收夕霏芰荷迭映蔚蒲稗相因依披拂趨南徑愉悅偃東扉慮淡物自輕意愜理無違寄言

攝生客試用此道推

王撫軍庾西陽集別　謝宣遠

祇召旋北京守官反南服方舟析舊知對筵曠明牧舉觴矜飲
餞指塗念出宿來晨不定端別晷有成迅頹陽照通津夕陰曖
平陸榜人理行艫輶軒命歸僕分手東城闉發櫂西江澳離會
雖相親逝川豈往復誰謂情可書盡言非尺牘

西陵遇風獻康樂　謝惠連

靡靡即長路戚戚抱遙悲悲遙但自弭路長當語誰行行道轉
遠去去情彌遲昨發浦陽汭今宿浙江湄

擣衣

衡紀無淹度晷運倏如催白露滋園菊秋風落庭槐肅肅莎雞
羽列列寒螿啼夕陽結空幕宵月皓中閨美人戒裳服端飾相
招攜簪玉出北房鳴金步南階欄高砧響發楹長杵聲哀微芳

起兩袖輕汗染雙題紈素旣已成君子行未歸裁用笥中刀縫為萬里衣盈篋自余手幽緘俟君開腰帶準疇昔不知今是非

五君詠　顔延年

阮步兵

阮公雖淪跡識密鑒亦洞沉醉似埋照寓辭類託諷長嘯若懷人越禮自驚衆物故不可論途窮能無慟

嵇中散

中散不偶世本自餐霞人形解驗默仙吐論知凝神立俗迕流議尋山洽隱淪鸞翮有時鎩龍性誰能馴

劉參軍

劉伶善閉關懷情滅聞見鼓鍾不足歡榮色豈能眩韜精日沉飲誰知非荒宴頌酒雖短章深衷自此見

阮始平

仲容青雲器實稟生民秀達音何用深識微在金奏郭弈已心醉山公非虛覯屢薦不入官一麾乃出守

向常侍

向秀甘淡薄深心託毫素探道好淵玄觀書鄙章句交呂旣鴻軒攀嵇亦鳳舉流連河裏遊惻愴山陽賦

效古　袁陽源

陽源名淑元凶劭將弒逆切諫被害後贈侍中太尉謚忠憲

訊此倦遊士本家自遼東昔隸李將軍十載事西戎結車高闕下極望見雲中四面各千里從横起嚴風寒燠豈如節霜雨多異同夕寐北河陰夢還甘泉宮勤役未云已壯年徒爲空乃知古時人所以悲轉蓬

擬古　鮑明遠

幽并重騎射少年好馳逐氈帶佩雙鞬象弧插雕服獸肥春草短飛控越平陸朝遊鴈門上暮還樓煩宿石梁有餘勁驚雀無全目漢虜方未和邊城屢翻覆留我一白羽將以分虎行

蹔使下都至京贈西府同僚　齊謝玄暉

曾氏曰此詩詞實典麗意亦委折而氣則溢也

大江流日夜客心悲未央徒念關山近終知返路長秋河曙耿耿寒渚夜蒼蒼引領見京室宮雉正相望金波麗鳷鵲玉繩低建章驅車鼎門外思見昭丘陽馳暉不可接何況隔兩鄉風雲有鳥路江漢限無梁常恐鷹隼擊時菊委嚴霜寄言罻羅者寥廓已高翔

晚登三山還望京縣

灞涘望長安河陽視京縣白日麗飛甍參差皆可見餘霞散成綺澄江靜如練喧鳥覆春洲雜英滿芳甸去矣方滯淫懷哉罷

懽宴佳期悵何許淚下如流霰有情知望鄉誰能鬒不變

別范安成　梁沈休文

劉氏曰老年相別故感念顧慮之情有不容已焉

平生少年日分手易前期及爾同衰暮非復別離時勿言一罇酒明日難重持夢中不識路何以慰相思

雜體　江文通

曾氏曰詩自靈運已後氣日益漓下至玄暉漸致巧麗以胚晚唐之風休文輩又多靡淺而文通獨欲追魏晉諸公逸駕其志似亦可尚然古作體製至此極已寄之卷終識者必有感焉

劉太尉傷亂

皇晉遘陽九天下横氛霧秦趙值薄蝕幽并逢虎據伊余荷寵靈感激徇馳鶩雖無六奇術兾與張韓遇寧戚扣角歌桓公遭

乃舉荀息冒險難實以忠貞故空令日月逝愧無古人度飲馬出城濠北望沙漠路千里何蕭條白日隱寒樹投秩既憤懣撫枕懷百慮功名惜未立玄髪已改素時哉苟有會治亂惟冥數

陶徵君田居

種苗在東皐苗生滿阡陌雖有荷鋤倦濁酒聊自適日暮巾柴車路闇光已夕歸人望煙火稚子候簷隙問君亦何爲百年會有役但願桑麻成蠶月得紡績素心正如此開徑望三益

文章辨體卷之十一

文章辨體卷之十二

海虞後學吳訥編集

古詩三

五言二

感遇　唐陳伯玉

伯玉字子昂武后時上書言山陵事擢麟臺正字遷拾遺劉氏曰唐初詩人承陳隋流靡之餘而伯玉獨能追變正雅作感遇詩三十八首時人宗之然其詞旨往往過於深邃故晦翁以物外奇寶爲喻今擇其詞暢理順者冠于唐詩之首葢以其能横制頹波開先作者後學可不知其所自哉

微月生西海幽陽始化升圓光正東滿陰魄巳朝凝太極生天地三光更廢興至精諒斯在三五誰能徵

林居病時久水木澹孤清閑臥觀物化悠悠念群生青春始萌
達朱火已滿龝搖落方自此感歎何時平
聖人不利己憂濟在元元黃屋非堯意瑤臺安可論吾聞西方
化清淨道彌敦奈何窮金玉彫刻以爲尊雲構山林盡瑤圖珠
翠煩鬼功尚未可人力安能存夸愚適增累矜知道逾昏
可憐瑤臺尌灼灼佳人姿碧華映朱實攀折青春時豈不盛光
寵榮君白玉墀但恨紅芳歇凋傷感所思
蘭若自春夏芊蔚何青青幽獨空林色朱蕤冒紫莖遲遲白日
晚嫋嫋秋風生歲華盡搖落芳意竟何成
翡翠巢南海雌雄珠尌林何知美人意驕愛比黃金殺身炎洲
裏委羽玉堂陰旖旎光首飾葳蕤爛錦衾豈不在遐遠虞羅忽
見尋多利信爲累歎息比珍禽
玄蟬號白露茲歲忽蹉跎群物從大化孤英將奈何瑤臺有青

鳥遠食玉山禾崑崙見玄鳳豈復憂虞羅

吾愛鬼谷子青谿無垢氛囊括經世道遺身在白雲七雄方龍鬬天下久無君浮榮不足貴遵養晦時文舒可彌六合卷之不盈分豈同山木壽空與麋鹿羣

朅來豪遊子勢利禍之門如何蘭膏歎感激自生冤衆趨明所避時弃道猶存雲泉既巳失羅網與誰論箕山有高節湘水有清源唯應白鷗鳥可爲洗心言

樂羊爲魏將食子殉軍功骨肉且相薄他人安得忠吾聞中山相乃屬放麑翁孤獸猶不忍況以奉君終

古風　　李太白

太白天寶中爲翰林供奉嘗曰齊梁以來艷薄斯極又尚以聲律將作王道非我而誰故作古風其才氣逸邁有可尚云

大雅久不作吾衰竟誰陳王風委蔓草戰國多荊榛龍虎相啖食兵戈逮狂秦正聲何微茫哀怨起騷人揚馬激頹波開流蕩無垠廢興雖萬變憲章亦已淪自從建安來綺麗不足珍聖代復元古垂衣貴清真羣才屬休明乘運共躍鱗文質相炳煥衆星羅秋旻我志在刪述垂輝映千春希聖如有立絕筆於獲麟

代馬不思越越禽不戀燕情性有所習風土固其然昔別鴈門關今戍龍庭前驚沙亂海日飛雪迷胡天蟣蝨生虎鶡心魂逐旌旃苦戰功不賞忠誠難可宣誰憐李飛將白首沒三邊

郢客吟白雪遺響飛青天徒勞歌此曲舉世誰爲傳試爲巴人唱和者乃數千呑聲何足道嘆息空悽然

越客採明珠提攜出南隅清輝照海月美價傾皇都獻君君按劍懷寶空長吁魚目復相哂寸心增煩紆

世道日交喪澆風散淳源不採芳桂枝反棲惡樹根所以桃李

樹吐花竟不言大運有興沒群動爭飛奔歸來廣成子去入無窮門

鳳飢不啄粟所食唯琅玕焉能與羣鷄刺蹙爭一餐朝鳴崑丘樹夕飲砥柱湍歸飛海路遠獨宿天霜寒幸遇王子晉結交青雲端懷恩未得報感別空長嘆

燕臣昔慟哭五月飛秋霜庶女號蒼天震風擊齊堂精誠有所感造化爲悲傷而我竟何辜遠身金殿傍浮雲蔽紫闥白日難回光羣沙穢明珠衆草凌孤芳古來共嘆息流淚空霑裳

青春流驚湍朱明驟回薄不忍看秋蓬飄揚竟何託光風滅蘭蕙白露洒葵藿害人不我期草木日零落

莊周夢胡蝶胡蝶爲莊周一體更變化萬事良悠悠乃知蓬萊水復作清淺流青門種瓜人舊日東陵侯富貴固如此營營何所求

君平既弃世世亦弃君平觀變窮太易探元化羣生寂寞綴道論空簾閉幽情騶虞不虚來鸑鷟有時鳴安知天漢上白日懸高名海客去已久誰能測沉冥

四皓

白髪四老人昂藏南山側偃臥松雪間宜翳不可識雲窻拂青靄石壁横翠色龍虎方戰爭於焉自休息秦人失金鏡漢祖昇紫極陰虹濁太陽前星遂淪匿一行佐明聖倏起生羽翼功成身不居舒卷在胷臆窅冥合元化茫眛信難測飛聲塞天衢萬古仰遺則

尋陽紫極宫感秋作

何處聞秋聲翛翛北牕竹廻薄萬古心攬之不盈掬靜坐觀衆妙浩然媚幽獨白雲南山來就我簷下宿嬾從唐生訣羞訪季主卜四十九年非一往不可復野情轉瀟洒世道有翻覆陶令

歸去來田家酒應熟

春日獨酌

我有紫霞想緬懷滄洲間且對一樽酒澹然萬事閑橫琴倚高松把酒望遠山長空去鳥沒落日孤雲還但悲光景晚宿昔成秋顔

春日醉起言志

處世若大夢胡爲勞其生所以終日醉頽然臥前楹覺來眄庭前一鳥花間鳴借問此何時春風語流鶯感之欲嘆息對酒還自傾浩歌待明月曲盡已忘情

自京赴奉先縣詠懷　杜子美

子美仕肅宗爲左拾遺以直言失官流離秦蜀嚴武表爲節度參謀檢校工部員外郎學優才贍故其詩兼備衆體而述綱常繫風教之作爲多世號

詩史元微之謂古今詩人未有如子美者也

杜陵有布衣老大意轉拙許身一何愚竊比稷與契居然成濩落白首甘契闊蓋棺事則已此志常覬豁窮年憂黎元嘆息腸内熱取笑同學翁浩歌彌激烈非無江海志瀟灑送日月生逢堯舜君不忍便永訣當今廊廟具構廈豈云缺葵藿傾太陽物性固莫奪顧惟螻蟻輩但自求其穴胡爲慕大鯨輒擬偃溟渤以茲悟生理獨耻事干謁兀兀遂至今忍爲塵埃没終愧巢與由未能易其節沉飲聊自適放歌頗愁絶歲暮百草零疾風高岡裂天衢陰崢嶸客子中夜發霜嚴衣帶斷指直不得結凌晨過驪山御榻在嵽嵲蚩尤塞寒空蹴踏崖谷滑瑤池氣鬱律羽林相摩戛君臣留歡娱樂動殷樛嶱賜浴皆長纓與宴非短褐彤庭所分帛本自寒女出鞭撻其夫家聚斂貢城闕聖人筐篚恩實欲邦國活臣如忽至理君豈棄此物多士盈朝廷仁者宜

戰慄况聞内金盤盡在衛霍室中堂有神仙烟霧蒙玉質煖客
貂鼠裘悲管逐清瑟勸客駝蹄羹霜橙壓香橘朱門酒肉臭路
有凍死骨榮枯咫尺異惆悵難再述北轅就涇渭官渡又改轍
羣水從西下極目高崒兀疑是崆峒來恐觸天柱折河梁幸未
折枝撐聲窸窣行旅相攀援川廣不可越老妻既異縣十口隔
風雪誰能久不顧庶往共飢渴入門聞號咷幼子飢已卒吾寧
捨一哀里巷亦嗚咽所愧為人父無食致夭折豈知秋禾登貧
窶有倉卒生常免租稅名不隸征伐撫迹猶酸辛平人固騷屑
默思失業徒因念遠戍卒憂端齊終南澒洞不可掇

北征

至德二年子美自賊竄歸鳳翔謁肅宗授左拾遺
時家在鄜州所在寇多彌年艱窶孺弱至餓死者
有墨制許自省視八月之吉公始北征徒步至三

川迎妻子故有是詩東坡嘗云北征詩識君臣之大體忠義之氣與秋色爭高可貴也孫莘老嘗謂老杜北征勝退之南山詩王平甫謂南山勝北征終不能相服時山谷尚少乃曰若論工巧則北征不及南山若書一代之事與國風雅頌相爲表裏則北征不可無而南山雖不作未害也二公之論遂定

皇帝二載秋閏八月初吉杜子將北征蒼茫問家室維時遭艱虞朝野少暇日顧慚恩私被詔許歸蓬蓽拜辭詣闕下怵惕久未出雖乏諫諍姿恐君有遺失君誠中興主經緯固密勿東胡反未已臣甫憤所切揮涕戀行在道途猶恍惚乾坤含瘡痍憂虞何時畢靡靡踰阡陌人烟耿蕭瑟所遇多被傷呻吟更流血回首鳳翔縣旌旗晚明滅前登寒山重屢得飲馬窟邠郊入地

底涇水中蕩潏猛虎立我前蒼崖吼時裂菊垂今秋花石戴古
車轍青雲動高興幽事亦可悅山果多瑣細羅生雜橡栗或紅
如丹砂或黑如點漆雨露之所濡甘苦齊結實緬思桃源內益
嘆身世拙坡陁望鄜畤谷巘互出沒我行已水濱我僕猶木末
鴟鳥鳴黃桑野鼠拱亂穴夜深經戰場寒月照白骨潼關百萬
師往者散何卒遂令半秦民殘害爲異物況我墮胡塵及歸盡
華髮經年至茅屋妻子衣百結慟哭松聲回悲泉共幽咽平生
所驕兒顔色白勝雪見爺背面啼垢膩脚不襪牀前兩小女補
綻纔過膝海圖拆波濤舊繡移曲折天吳及紫鳳顛倒在短褐
老夫情懷惡嘔泄臥數日那無囊中帛救汝寒凜慄粉黛亦解
包衾裯稍羅列瘦妻面復光癡女頭自櫛學母無不爲曉粧隨
手抹移時施朱鉛狼籍畫眉闊生還對童稚似欲忘飢渴問事
競挽鬚誰能即嗔喝翻思在賊愁甘受雜亂聒新歸且慰意生

理焉得詭至尊尚蒙塵幾日休練卒仰看天色改旁覺妖氣豁陰風西北來慘澹隨回紇其王願助順其俗喜馳突送兵五千人驅馬一萬匹此輩少爲貴四方服勇決所用皆鷹騰破敵過箭疾聖心頗虛佇時議氣欲奪伊洛指掌收西京不足拔官軍請深入蓄銳伺俱發此舉開青徐旋瞻略恒碣昊天積霜露正氣有肅殺禍轉亡胡歲勢成擒胡月胡命其能久皇綱未宜絶憶昨狼狽初事與古先别奸臣競葅醢同惡隨蕩析不聞夏殷衰中自誅褒妲周漢獲再興宣光果明哲桓桓陳將軍仗鉞奮忠烈微爾人盡非于今國猶活淒涼大同殿寂寞白獸闥都人望翠華佳氣向金闕園陵固有神掃灑數不缺煌煌太宗業樹立甚宏達

述古

赤驥頓長纓非無萬里姿悲鳴淚至地爲問馭者誰鳳凰從天

來何意復高飛竹花不結實念子忍朝飢古來君臣合可以物理推賢人識定分進退固其宜

市人日中集於利競錐刀置膏烈火上哀哀自煎熬農人望歲稔相率除蓬蒿所務穀爲本邪贏無乃勞舜舉十六相身尊道何高秦時任商鞅法令如牛毛

漢光得天下祚永固有開豈惟高祖聖功自蕭曹來經綸中興業何代無長材吾慕寇鄧勲濟時信良哉耿賈亦宗臣羽翼共徘徊休運終四百圖畫在雲臺

新婚別

兎絲附蓬麻引蔓故不長嫁女與征夫不如棄路傍結髮爲妻子席不暖君牀暮婚晨告別無乃太忽怱君行雖不遠守邊赴河陽妾身未分明何以拜姑嫜父母養我時日夜令我藏生女有所歸雞狗亦得將君今往死地沉痛迫中腸誓欲隨君往形

勢反蒼黃勿爲新婚念努力事戎行婦人在軍中兵氣恐不揚自嗟貧家女久致羅襦裳羅襦不復施對君洗紅粧仰視百鳥飛大小必雙翔人事多錯迕與君永相望

遣興

陶潛避俗翁未必能達道觀其著詩集頗亦恨枯槁達生豈是足默識蓋不早有子賢與愚何其挂懷抱

賀公雅吳語在位常清狂上疏乞骸骨黃冠歸故鄉爽氣不可致斯人今則亡山陰一茅宇江海日淒凉

吾憐孟浩然短褐即長夜賦詩何必多往往凌鮑謝清江空舊魚春雨餘甘蔗每望東南雲令人幾悲吒

劒門

惟天有設險劒門天下壯連山抱西南石角皆北向兩崖崇墉倚刻畫城郭狀一夫怒臨關百萬未可傍珠玉走中原岷峨氣

悽愴三皇五帝前雞犬莫相放後王尚柔遠職貢道已喪至今英雄人高視見霸王幷吞與割據極力不相讓吾將罪真宰意欲鑱疊嶂恐此復偶然臨風默惆悵

田家雜興　儲光義

春至倉庚鳴薄言向田墅不能自力作黽勉取隣女旣念生子孫方思廣田圃閒時相顧笑喜悅好禾黍夜夜登嘯臺南望洞庭渚百草被霜露秋山響砧杵却羨故年時中情無所取

梧桐蔭我門薜荔網我屋超超兩夫婦朝出暮還宿稼穡旣自種牛羊還自牧日旰懶耕鋤登高望川陸空山足禽獸墟落多喬木白馬誰家兒翩翩相馳逐

楚山有高士梁國有遺老築室旣相隣同田復同道糗糒常共飯兒孫每更抱忘此耕耨勞愧彼風雨好蟪蛄鳴空澤鶗鴂傷秋草日夕寒風來衣裳苦不早

種桑百餘樹種黍三十畝衣食旣有餘時時會賓友夏來菰米飯秋至菊花酒孺人喜逢迎稚子解趨走日暮閑園裏團團蔭榆柳酩酊乘夜歸凉風吹戶牖清淺望河漢低昂看北斗數甕猶未開明朝能飲否

渭川田家　王摩詰

斜光照墟落窮巷牛羊歸野老念僮僕倚杖候荊扉雉雊麥苗秀蠶眠桑葉稀田夫荷鋤立相見語依依即此羡閑逸悵然歌式微

嘆白髮

我年亦何長鬢髮日已白俛仰天地間能爲幾時客惆悵故山雲徘徊空日夕何事與時人東城復南陌

南亭懷辛子

山光忽西落池月漸東上散髮乘夕凉開軒臥閑敞荷風送香

氣竹露滴清響欲取鳴琴彈恨無知音賞感此懷故人中宵勞夢想

擬古　　韋應物

劉氏曰擬詩如學書當識家數要先得其筆意運規製於胸中然後下筆若展書臨貌雖似亦下矣前人擬古既用其意又用其字是盜之也今觀應物所擬不規規臨倣自成一家語斯可尚矣

辭君遠行邁飲此長恨端已謂道里遠如何中撿艱流水赴大壑孤雲還暮山無情尚有歸行子何獨難驅車背鄉國朔風捲行跡嚴冬霜斷肌日入不遑息憂懼容髮改寒暑人事易中心君詎知氷玉徒貞白

古擬行行重行行

蘭蕙雖可懷芳香與時息豈如凌霜葉歲暮藹顏色折柔將有

贈延意千里客草木知賤微所貴寒不易

右擬庭中有奇樹

春至林木變洞房夕含清單居誰能裁好鳥對我鳴良人久燕趙新愛移平生別時雙鴛綺留此千恨情碧草生舊跡綠琴歇芳聲思將寬夢懽反側寐不成攀衣迷所次起望空前庭孤影中自側不知雙涕零

右擬凜凜歲云暮

有客天一方寄我孤桐琴迢迢萬里隔託此傳幽音冰霜中自結龍鳳相與吟絃以最直道漆以固交深

右擬客從遠方來

白日淇上沒空閨生遠愁寸心不可限淇水長悠悠芳對正妍鬱春禽自相求徘徊東西廂孤棄誰與儔年華逐絲淚一落俱不收

右擬明月何皎皎

効陶彭澤

霜露悴百草時菊獨妍華物性有如此寒暑其奈何掇英泛濁醪日入會田家盡醉茅簷下一生豈在多

寄全椒山中道士

今朝郡齋冷忽念山中客澗底束荆薪歸來煑白石欲持一尊酒遠寄風雨夕落葉遍空山何處尋行跡

郡齋雨中與諸文士燕集

兵衛生畫戟燕寢凝清香海上風雨至逍遙池閣凉煩痾近消散嘉賓復滿堂自慙居處崇未覩斯民康理會是非遣性達形跡忘鮮肥屬時禁蔬果幸見嘗俯飲一杯酒仰聆金玉章神懽體自輕意欲凌風翔吳中盛文史羣彥今汪洋方知大藩地豈曰財賦彊

南山詩　韓退之

按宋承旨濂嘗云退之詩初效建安晚自成家勢若掀雷挾電撑抉於天地之垠今觀南山詩其雄傑奇特誠有掀抉天地之勢若秋懷諸作則法漢魏者也學者不可不知

吾聞京城南茲維羣山囿東西兩際海巨細難悉究山經及地志茫昧非受授團辭試提挈挂一念萬漏欲休諒不能粗叙所經覯嘗昇崇丘望戢戢見相湊晴明出稜角縷脉碎分繡蒸嵐相澒洞表裏忽通透無風自飄簸融液煦柔茂横雲時平凝點點露數岫天宇浮修眉濃緑畫新就孤掌有巉絶海浴褰鵬噣春陽潛沮洳濯濯吐深秀巖巒雖嵂崒軟弱類含酎夏炎百木盛蔭鬱增埋覆神靈日歊歔雲氣爭結構秋霜喜刻轢磔卓立癯瘦參差相疊重剛耿陵宇宙冬行雖幽墨冰雪工琢鏤新曦

照危峨億丈恒高袤明昏無停態傾刻異狀倏西南雄太白突起莫間簉藩都配德運分宅占丁戊逍遥越坤位詆訐陷乾竇空虛寒兢兢風氣較搜漱朱維方燒日陰霰縱騰糅昆明大池北去覲偶晴晝緜聯窮俯視倒側困清漚微瀾動水面踊躍躁猱狖驚呼惜破碎仰喜呀不仆前尋徑杜墅岔蔽畢原陋崎嶇上軒昂始得觀覽富行行將遂窮嶺陸煩互走勃然思坼裂擁掩難恕宥巨靈與夸蛾遠賈期必售還疑造物意固護蓄精祐力雖能排斡雷電怯呵詬攀緣脫手足蹭蹬抵積甃茫然試矯首堛塞生怐愗威容喪蕭爽近新迷遠舊拘官計日月欲進不可又因緣窮其湫凝湛必陰獸魚蝦可俯掇神物安敢寇林柯有脫葉欲墮鳥驚救爭銜彎環飛投棄急哺鷇旋歸道迴睨達枿壯復奏吁嗟信奇怪峙質能化貿前年遭譴謫探歷得邂逅初從藍田入顧眄勞頸脰時天晦大雪淚目苦矇瞀峻塗拖長

氷直上若懸溜褰衣步推馬顛蹶去且復蒼黃忘遐睎所矚繞
左右杉篁咤蒲蘇杲耀攢介胄專心憶平道脫險逾避臭肸來
逢清霽宿顧忻始副崢嶸躋冢頂倏閃雜鼯鼬前低劃澗濶爛
漫堆衆皺或連若相從或蹙若相鬬或妥若弭伏或竦若驚雊
或散若瓦解或赴若輻湊或翩若船遊或决若馬驟或背若相
惡或向若相佑或亂若抽筍或嵲若炷灸或錯若繪畫或繚若
篆籀或羅若星離或蓊若雲逗或浮若波濤或碎若鋤耨或如
賁育倫賭勝勇前購先強勢已出後鈍嗔詬譳或如帝王尊叢
集朝賤幼雖親不褻狎雖遠不悖謬或如臨食案肴核紛飣餖
又如遊九原墳墓包槨柩或纍若盆甖或揭若甂豆或覆若曝
鱉或頹若寢獸或蜿若藏龍或翼若搏鷲或齊若友朋或隨若
先後或迸若流落或顧若宿留或戾若仇讎或密若婚媾或儼
若峨冠或翻若舞袖或屹若戰陣或圍若蒐狩或靡然東注或

偃然北首或如火嘻焰或若氣饋餾或行而不輟或遺而不收或斜而不倚或弛而不彀或赤若禿鬝或燻若柴櫍或如龜折兆或若卦分繇或前橫若剝或後斷若姤延延離又屬夬夬叛還遭喁喁魚闖萍落落月經宿閻閻對牆垣巘巘架庫廐參參削劒戟煥煥銜瑩琇敷敷花披萼闟闟屋摧霤悠悠舒而安兀兀狂以狃超超出猶奔蠢蠢駭不憖大哉立天地經紀肖營腠厥初孰闓張僶俛誰勸侑創茲朴而巧翏力忍勞疚得非施斧斤無乃假詛咒鴻荒意無傳功大莫酬傚嘗鬪於祠官芬苾降歆嗅斐然作歌詩惟用贊報酭

秋懷

牕前兩好對衆葉光嶷嶷秋風一披拂策策鳴不已微燈照空牀夜半偏入耳愁憂無端來感歎成坐起天明視顏色與故不相侶羲和驅日月疾急不可恃浮生雖多塗趨死惟一軌胡爲

浪自苦得酒且歡喜

離離挂空悲慼慼抱虛警露泫秋尌高蟲弔寒夜永歛退就新懦趨營悼前猛歸愚識夷塗汲古得修綆名浮猶有耻味薄眞自幸庶幾遺悔尤即此是幽屏

霜風侵梧桐衆葉著尌乾空堦一片下琤若摧琅玕謂是夜氣滅望舒霣其團青冥無依倚飛輙危難安驚起出戶視倚楹久汍瀾憂愁費晷景日月如跳丸迷復不計遠爲君駐塵鞍

鮮鮮霜中菊既晚何用好揚揚弄芳蝶爾生還不早運窮兩値遇婉孌死相保西風蟄龍蛇衆木日凋稿由來命分爾泯滅豈足道

青青水中蒲

青青水中蒲下有一雙魚君今上隴去我在與誰居

青青水中蒲長在水中居寄語浮萍草相隨我不如

青青水中蒲葉短不出水婦人不下堂行子在萬里

初秋夜坐贈吳武陵　柳子厚

稍稍雨侵竹翻翻鵲驚叢美人隔湘浦一夕生秋風積霧杳難極滄波浩無窮相思豈云遠即席莫與同若人抱奇音朱弦縆枯桐清商激西灝泛灔凌長空自得本無作天成諒非功希聲閟大樸聾俗何由聰

界圍巖水簾

界圍匯湘曲青壁環澄流懸泉粲成簾羅注無時休韻磬叩凝碧鏘鏘徹岩幽丹霞冠其顛想像凌虛遊靈境不可狀鬼工諒難求忽如朝玉皇天冕垂前旒楚臣昔南逐有意仍丹丘今我始北旋新詔釋縲囚采真誠眷戀許國無淹留再來寄幽夢遺佇催行舟

南澗中題

秋氣集南澗獨遊亭午時迴風一蕭瑟林影久參差始至若有得稍深遂忘疲羈禽響幽谷寒藻舞淪漪去國魂已遊懷人淚空垂孤生易為感失路少所宜索寞竟何事徘徊祇自知誰為後來者當與此心期

與崔策登西山

鶴鳴楚山靜露白秋江曉連袂度危橋縈迴出林杪西岑極遠目毫末皆可了重疊九疑高微茫洞庭小迴窮兩儀際高出萬象表馳景泛頹波遙風遞寒篠謫居安所習稍厭從紛擾生同胥靡遺壽等彭鏗夭蹇連困顛踣愚蒙怯幽眇非令親愛疏誰使心神悄偶茲遁山水得以觀魚鳥吾子幸淹留緩我愁腸繞

讀書

幽沉謝世事俯默窺唐虞上下通古今起伏千萬途遇欣或自笑感戚亦以吁縹帙各舒散前後互相逾瘴痾擾靈府日與往

昔殊臨文作了了徹卷兀若無覔夕與誰言但與竹素俱倦極更倒臥熟寐乃一蘇欠身展支體吟咏心自愉得意適其適非願爲世儒道盡即閉口蕭散捐囚拘巧者爲我拙智者爲我愚書史足自悅安用勤與劬貴爾六尺軀勿爲名所驅

長安秋夕　戎昱

八月更漏長愁人起常早閉門寂無事滿地生秋草昨宵西窻夢先入荆門道遠客歸去來在家貧亦好

送從叔簡　孟東野

長安離别道宛在東城隅寒草根未死愁人心已枯促促水上影遥遥天際途生隨昏曉中皆被日月驅北驥繞山岳南帆指江湖高蹤一超忽千里在須臾

美人　陸曾望

美人抱琵琶哀怨彈别鶴雌雄南北飛一旦異栖託諒非金石

性安得宛如昨生爲並蔕花亦有先後落秋林對斜日光景自相薄猶欲悟君心朝朝佩蘭若

傷田家　聶夷中

二月賣新絲五月糶新穀醫得眼前瘡剜却心頭肉我願君王心化作光明燭不照綺羅筵偏照逃亡屋

飛蓋橋翫月　宋歐陽永叔

一本題上有六月十四日夜

天形積輕清水德本虛靜雲收風波止始見天水性澄光與粹容上下相涵映乃於其兩間皎皎挂寒鏡餘暉所照耀萬物皆鮮瑩矧夫人之靈豈不醒視聽而我於此時翛然發孤詠紛昏忻洗滌俯仰恣涵泳人心曠而閑月色高逾迥惟恐清夜闌時時瞻斗柄

獨臥有懷　王介甫

午鳩鳴春陰獨臥林壑靜微雲過一雨淅瀝生晚聽紅綠紛在
眼流芳與時競有懷無與言作立鍾山暝

陳季常見過　蘇子瞻

仕宦常畏人退居還喜客君來輒館我未覺雞黍窄東坡有奇
事已種十畮麥但得君眼青不辭奴飯白
送君四十里只使一帆風江邊千樹柳落我酒杯中此行非遠
別此樂固無窮但願長如此來往一生同

妾薄命悼曾南豐作　陳無已

主家十二樓一身當三千古來妾薄命事主不盡年起舞爲主
壽相送南陽阡忍著主衣裳爲人作春妍有聲當徹天有淚當
徹泉死者恐無知妾身長自憐

又同前

葉落風不起山空花自紅捐世不待老惠妾無其終一死尚可

忍百歲何當窮天地豈不寬妾身自不容死者如有知殺身以相從向來歌舞地夜雨鳴寒蛩

贈東坡　黄魯直

江梅有佳實託根桃李場桃李終不言朝露借恩光孤芳忌皎潔氷雪空自香古來和鼎實此物升廟廊歲月坐成晚烟雨青已黄得升桃李盤以遠初見嘗終然不可口擲置官道傍但使本根在棄捐果何傷

又

青松出澗壑十里聞風聲上有百尺絲下有千歲苓自性得久要為人制頹齡小草有遠志相依在平生醫和不並世深根且固蔕人言可醫國何用大早計小大材則殊形味固相佀

述懷時任同安簿　朱晦菴

夙尚本林壑灌園無寸資始懷經濟策復愧軒裳姿効官刀筆

問朱墨手所持謂言殫蹇分詎敢論居卑任小才亦短抱念一無施幸蒙大夫賢加惠寬捶笞撫已實已優於道豈所期終當反初服高揖與世辭

古意

兎絲附樸樕佳木生高岡弱蔓失所依佳木徒蒼蒼兩美不同根高下來相望相望無窮期相思諒徒爲同車在夢想忽覺淚沾衣不恨歲月遒但惜芳華姿嚴霜萎百草坐恐及茲時盛年不再至已矣不復疑

社後一日作

聖作重品節等殺古所詳里有秦社稷僭差遂無章王綱諒已隳精意尚不忘尚論千載前簡編有遺芳佩佩陳孺子恂恂萬春鄉敬恭事耆老禱賽謹田桑悠悠我里居歲有存故常向來諸老翁敦龎亦端莊交神庶或孚與物同樂康今我胡不樂悵

然下顧岡古人不可見今人自猖狂

感事有歎

榮華難久恃代謝安可量宿昔堂上飲今歸荒草鄉高臺一以傾繐帳施空房繁絃旣闋奏綏舞亦輟行桃李自妍華春風自飄揚戀幄靡遺思更衣有餘芳身徂名亦滅事往恨空長寄語繁華子古今同一傷

遊容菴

弱齡慕丘壑茲山屢遊盤朝隮青冥外暮陟浮雲端晴嵐染襟裾水石清肺肝俯仰未云已歲月如飛翰中年塵務牽引脰空長嘆曠歲一登歷心期殊未闌矧此親友集笑談有餘懽結架廹巒碕徙倚臨奔湍共惜前古秘今爲後來觀落景麗雲木回風馥秋蘭林昏景益佳悵然撫歸鞍諒哉故山好莫遣茲盟寒

將遊雲谷約同行者

躋險擇幽棲搴蘿結茅屋疏泉下石瀨種樹滿烟谷時登北原上一騁千里目雲物下逶迤岡巒遠重複暫辭忽曠歲再往恨牽俗因悲昨遊侶或已在鬼録暄風悟新陽一雨欣衆綠明發君莫遲幽期我當卜

臥龍菴武侯祠

空山龍臥處蒼峭神所鑿下有寒潭幽上有明河落我來愛佳名小築寄幽壑永念千載人丹心豈今昨英姿儼繪事凛若九原作寒藻薦芳馨飛泉奉明酌公來識此意顧步慘不樂抱膝一長吟神交付冥漠

陶公醉石歸去來舘

予生千載後尚友千載前每尋高士傳獨嘆淵明賢及此逢醉石謂言公所眠況復巖壑古縹緲藏風烟仰看喬木陰俯聽橫飛泉景物自清絶優游可忘年結廬倚蒼峭舉觴酹潺湲臨風

一長歎亂以歸來篇

頃以多言害道絕不作詩兩日讀大學誠意章有感

至日之朝起書此以自箴蓋不得已而有言云

神心洞玄鑒好惡審薰蕕云何反自誑閔默還包羞今辰仲冬節寤歎得隱憂心知一寸光昱彼重泉幽朋來自茲始羣陰邈難留行迷亦已遠及此旋吾輈

齋居感興詩二十首 并序

予讀陳子昂感寓詩愛其詞旨幽邃音節豪宕非當世詞人所及如丹砂空青金膏水碧雖近乏世用而實物外難得自然之奇寶欲效其體作十數篇顧以思致平凡筆力萎弱竟不能就然亦恨其不精於理而自託於仙佛之間以為高也齋居無事偶書所見得二十篇雖不能探索微妙追迹前

言然皆切於日用之實故言亦近而易知既以自
警且以貽諸同志云

昆侖大無外旁礴下深廣陰陽無停機寒暑互來往皇羲古神
聖妙契一俯仰不待窺馬圖人文已宣朗渾然一理貫昭晰非
象罔珍重無極翁為我重指掌

吾觀陰陽化升降八紘中前瞻既無始後際那有終至理諒斯
存萬古與今同誰言混沌死幻語驚盲聾

人心妙不測出入乘氣機凝冰亦焦火淵淪復天飛至人秉元
化動靜體無違珠藏澤自媚玉韞山含暉神光燭九垓玄思徹
萬微塵編今寥落嘆息將安歸

靜觀靈臺妙萬化從此出云胡自無穢反受衆形役厚味紛朵
頤妍姿坐傾國崩奔不自悟馳騖靡終畢君看穆天子萬里窮
轍跡不有祈招詩徐方御宸極

涇舟膠楚澤周綱已陵夷况復王風降故宫黍離離玄聖作春秋哀傷實在兹祥麟一以踣反袂空漣洏漂淪又百年僭侯荷辟圭王章久已喪何復嗟歎爲馬公述孔業託始有餘悲拳拳信忠厚無乃迷先幾

東京失其御刑臣弄天綱西園植奸穢五族沉忠良青青千里草乘時起陸梁當塗轉凶悖炎精遂無光桓植左將軍仗鉞西南疆伏龍一奮躍鳳雛亦飛翔祀漢配彼天出師驚四方天意竟莫回王圖不偏昌晋史自帝魏後賢盍更張世無魯連子千載徒悲傷

晋陽啓唐祚王明紹巢封垂統已如此繼體宜昏風塵聚瀆天倫牝晨司禍凶乾綱一以墜天樞遂崇崇淫毒穢宸極虐焰燔蒼穹向非狄張徒熟辨取日功云何歐陽子秉筆迷至公唐經亂周紀凡例孰此容侃侃范太史受説伊川翁春秋二三策萬

古開羣蒙

朱光徧炎宇徹陰耿重淵寒威閉九野陽德昭窮泉文明昧謹
獨昏迷有開先幾微諒難忽善端本緜緜掩身事齋戒及此防
未然閉關息商旅絕彼柔道牽
微月墜西嶺爛然衆星光明河斜未落斗柄低復昂感此南北
極樞軸遥相當太一有常居仰瞻獨煌煌中天照四國三辰環
侍旁人心要如此寂感無邊方
放勳始欽明南面亦恭已大哉精一傳萬世立人紀猗歟嘆日
躋穆穆歌敬止戒獒光武烈待旦起周禮恭惟千載心秋月照
寒水魯叟何常師删述存聖軌
吾聞庖犧氏爰初闢乾坤乾行配天德坤布協地文仰觀玄運
周一息萬里奔俯察方儀靜隤然千古存悟彼立象意契此入
德門勤行當不息敬守思彌敦

太易圖象隱詩書簡編訛禮樂矧交喪春秋魚魯多瑤琴空寶
匣絃絶將如何與言理餘韻龍門有遺歌
顔生躬四勿曾子日三省中庸首謹獨衣錦思尚絅偉哉鄒孟
氏雄辨極馳騁操存一言要爲爾挈裘領丹青著明法今古垂
焕炳何事千載餘無人踐斯境
元亨播羣品利貞固靈根非誠諒無有五性實斯存世人逞私
見鑿智道彌昏豈若林居子幽探萬化原
飄飄學仙侶遺世在雲山盜啓元命祕竊當生死關金鼎蟠龍
虎三年養神丹刀圭一入口白日生羽翰我欲往從之脱屣諒
非難但恐逆天理偷生詎能安
西方論縁業卑卑喻羣愚傳流世代久梯接陵空虛顧盼指心
性名言超有無捷徑一以開靡然世爭趨號空不踐實蹟彼榛
棘塗誰哉繼三聖爲我焚其書

聖人司教化釁序育群材因心有明訓善端得深培天敘既昭
陳人文亦褰開云胡百代下學絕教養乖群居競葩藻爭先冠
倫彝淳風久淪喪擾擾胡爲哉
童蒙貴養正遜弟乃其方雞鳴咸盥櫛問訊謹暄涼奉水勤播
灑擁篲周室堂進趨極虔恭退息常端莊劬書劇嗜炙見惡逾
探湯庸言戒麤誕時行必安詳聖塗雖云遠發軔且勿忙十五
志于學及時起高翔
哀哉牛山木斤斧日相尋豈無萌蘖生牛羊復來侵恭惟皇上
帝降此仁義心物欲互攻奪孤根孰能任反躬艮其背肅容正
冠襟保養方自此何年秀穹林
玄天幽且默仲尼欲無言動植各生遂德容自清溫彼哉夸毗
子呫囁徒啾喧但騁言詞好豈知神鑒昏曰予昧前訓坐此枝
葉繁發憤永刊落奇功收一原

逸民詩　元趙子昂

按草蘆云元氏宅土中神皇主天下書傳三千年未有如此者其爲開闢以來非常之大變明矣至元中嘗聽楊璉真加之言發宋高孝光寧理度諸陵焚其骸骨併瘞行宮故址作石浮圖壓其上以厭之于時東南士夫君子若謝皐羽龔聖予輩痛切至骨窮餓而死子昂四世祖崇憲靖王伯圭實孝宗親兄子昂早以宗室子任真州參軍國亡屛薦仕元官至榮祿大夫翰林承旨前輩嘗題其所寫雪溪圖有曰如此湖山如此景豈無十畝種瓜田今觀逸民諸詩則有以知其好德之心未嘗亡也第弗知其詩作於未仕之時乎抑倦游歸老之時乎庸書以俟知者考訂云

驅車秣駑馬吾將適齊國聞有魯連子倜儻好奇畫一談秦師走再說聊城援功成不受賞高舉振六翮布衣終其身豈復爲世役茫茫千載遠安往訪遺跡躊躇東海上向風長太息

四時相代謝榮耀安足恃瓜田引新蔓不見桃與李知者解其會遇坎當復止邵生故秦吏乃亦睹茲理賢哉感我懷三嘆不能已

塵事非所便田園久見招歸來三徑中蔚蔚長蓬蒿雖有荷鋤倦濁酒且自陶茫茫大化中委運將焉逃唐虞去已遠由來非一朝粲粲霜中菊采采忘其勞

早起

馳騖亦已久淹留竟何成疇昔夢至家屋舍還欹傾晨思理垣墉夕念鉏榛荊唯恐歲年莫惕然心爲驚歸去叶有難納屨斯遄征永言得安居庶無愧平生

陳子平

勉學詩

子平蘇人隱居行義德學充備張士誠兵入城其兄被執子平奔救被害而卒

殘鐙結成花枯木化爲菌凋零如此物秀氣終未盡人心最靈智自棄獨何忍聖門本弘大梯磴多接引曾高愚魯直解配顏閔流年急如箭髮白難再黰及時不努力老大徒惷蠢對木生有枝子弟教有時七年異男女八歲分尊卑二五事書計逢人多禮儀三五學射御四五加冠緌令人漫不省古道當如茲欲成高高臺爲爾覓作基欲求深深井與爾浚爲期不聞鄒魯學還自俎豆嬉人材日衰少善保膝下兒

兒童聚嬉戲不離父母傍父母顧盼之百憂爲爾忘雖此慈愛心比同春日光陽和透地脉草木俱芬芳兒身已長大能不念往常愉色與婉容傾心奉高堂嗟哉力何短父母恩且長

上堂拜父母甘旨手自供入廟羅豆籩祀我祖與宗死者魂魄安生者恩義濃一門無二志謦欬生春容豈惟薰閭里上聞天九重祥雲及膏露滋我庭下松孰云唐虞遠不得身遭逢由來豪傑士世世皆時雍

藹藹桑梓對遲遲杖屨音未瞻父母顔已起恭敬心對木手所植杖屨身所任此物猶足重況彼鍾愛深父愛我亦愛不問獸與禽六親同骨肉何以能相侵

莫驅屋上烏烏有反哺情莫烹池中鴈鴈行如弟兄流觀飛走倫轉見天地情人生處骨肉胡不心和平田家一聚散草木爲枯榮我願三春日垂光照紫荆同根且並蔕藹藹共生成

妻賢弭夫禍子孝寛父心不知何人語相傳猶至今室家兩和好如鼓瑟與琴二親豈不懽花木羅春陰雖云一尊酒共酌還共斟物情動相識安用儲千金家聯在父德彖繫有餘音

内則紀孝養檀弓著哀思寥寥三代音於此猶見之我欲繪作圖豈無丹青師丹青狀形體情性那可爲冬夏適溫凊芳鮮在盤匜二親未飲食如子渴與飢奈何報本心限以百歲期飛禽失其曹尚且鳴聲悲創巨痛亦深衰麻交涕洟聖王爲制禮進退隨天時千人萬人心一人心可知

譙人夏侯氏有女志獨高大家盡蕩滅節義終持操榮華昔共享禍患今同遭妾身偶生存勢已埋黄蒿親戚勿訝我人類異羽毛引刀斷耳鼻見義不見刀至厚莫如地桑田變波濤精金不畏火見此兒女曹

結交須結心取士須取德古交金百鍊古士麟五色如何當世人作事多傾側甘言轉相媚内險不可測青青好禾稼生此螟與螣堂堂美少年化爲狐與蜮

人心天機在利慾日夜昏好苗莫助長惡木先除根斧斤一時

緩惡木何由斷莫畏根株深所憂筋力短
驅車入東洛策馬上西京所遇何表表莫非公與卿旌旄出廣
路百步無人行前驅與後擁不絕如雷聲人生處困阨孰不思
寵榮此途良足樂此任苦不輕丈夫旣許國身作萬里城永懷
蹋足戒毋使公餗傾

宋學士贈詩用韻以謝　洪武鄭仲派

我憂何日消正若塵土積心隨道路長目斷山川碧依依江東
雲卷舒度朝夕皎皎海底蟾升高吐秋色雲月會有時猶可慰
寥寂我人胡睽違不得從公側年來性命乖百病身已瘠鳴鳶
入仙洲孤鳳怜影隻酒淚向公言爲我重悽惻

賦秦淮送宋仲珩　朱孟辨

春漲曉沄沄空明濬孤嶼中流送行舟綠波漱南浦鷗從青鏡
下人立滄溟語素縠漾涼飈圓紋散疎雨桃葉懷舊題後庭歌

弔古因之寄離情前洲采芳杜

冬日何可愛　胡仲仲

冬日何可愛夏日何可畏矯首問羲和羲和不停轡寒燠相代更天運自有常但惜愛日短不及畏日長

鬱鬱孤生桐

鬱鬱孤生桐託根鄒嶧顛皎皎白素絲出自徐畎間一朝奉庭貢妙合良自然桐以爲君琴絲以爲君絃中含希世音置君離別筵征馬慘不嘶僕夫跪當前君行千里道豈惜一再彈南風日湫湫清商動山川和者音已寡聽者今亦難

遊子　袁凱

遊子行萬里毋心亦如之陸行有虎豹水行有蛟螭盜賊凌寡弱霧露乗寒飢誰云高堂安中有萬險危寄言里中子親在勿遠離

文章辨體

(明)吴訥 輯

2

國家圖書館出版社

第二册目録

卷十三

古詩四

七言

柏梁詩　漢武帝……一
四愁詩　張衡……二
把酒問月　李白……二
觀元丹丘坐巫山屏風　李白……三
寄裴施州　杜甫……三
秋風　杜甫……四
玄都壇七言六韵寄元逸人　杜甫……四
送孔巢父謝病歸游江東兼呈李白　杜甫……五
送崔五太守　王維……五
送費子歸武昌　岑參……六
喜韓樽相過　岑參……六
九月九日酬顔少府　高適……七
畫馬　高適……七
送陳章甫　李頎……七
代賀枝令譽贈沈千運　王徽……八
同張侍御宴北樓　儲光羲……八
夜歸鹿門　孟浩然……九
湖中對酒作　張謂……九
聽笛　劉長卿……九
漁翁　柳宗元……一〇
田家留客　王建……一〇
田家　王建……一〇
河之水二首寄子侄老成　韓愈……一一

桃源圖　韓愈……一一
哭梅聖俞　歐陽脩……一二
虎圖　王安石……一三
定惠院海棠　蘇軾……一四
書王定國所藏烟江叠嶂圖王晋卿畫　蘇軾……一四
二月見梅　唐庚……一五
燕思亭　馬存……一六
虞美人草　曾鞏……一六
磨崕碑　張耒……一七
書磨崕碑後　黄庭堅……一七
雪　歐陽脩……一八
聚星堂雪　蘇軾……一九
十一月二十六日松風亭下梅花盛開　蘇軾……一九
再用前韵　蘇軾……二〇
花落復次韵　蘇軾……二〇
和李伯玉用東坡韵賦梅花　朱熹……二一
用東坡韵賦梅花適得元履書因復賦此寄意　朱熹……二一
丁丑冬在温陵陪敦宗李丈和東坡梅花詩昨日見梅追省前事忽忽五年再和一篇呈諸友同賦　朱熹……二二
歸去來圖　劉因……二二
望嶧山　趙孟頫……二三
題先天觀山水圖　范梈……二三
銅雀臺　陳孚……二四
子昂墨竹　虞集……二五
送戴真人歸越　虞集……二五
夏五月武昌舟中觸目　揭傒斯……二五
燒筍　陸文圭……二六
題陳孝子傳後　張翥……二六
題赤壁圖　王瓚……二七
題青蓮居士像　楊維楨……二七

岳王墓　韓信同……二八
題宋忠簡公誥　宋濂……二九
題馬圖　劉崧……三〇
登金陵雨花臺望大江　高啓……三〇

卷十四

歌行

悲歌……三一
行路難　鮑照……三一
沐浴子　李白……三二
秋夜長　王勃……三二
鬥雞篇　曹植……三三
種葛篇　曹植……三三
明河篇　宋之問……三四
文豹篇贈黃介夫　梅堯臣……三四
君道篇　陶凱……三五
步虛詞　庾信……三五
同前　吴筠……三六
又　朱熹……三六
謔客詞　張籍……三七
牧童詞　張籍……三七
采菱詞　儲光羲……三七
精衛詞　王建……三八
牛宫詞　高啓……三八
張節婦詞　高啓……三八
采茶詞　高啓……三九
當墻欲高行　曹植……三九
當事君行　曹植……三九
鳴鴈行　鮑照……四〇
同前　韓愈……四〇
悲哉行　陸機……四〇
齊謳行　陸機……四一
吴趨行　陸機……四一
會吟行　謝靈運……四二

春日行　鮑照……………………四三
少年行　李白……………………四三
古柏行　杜甫……………………四三
高都護驄馬行　杜甫……………四四
渼陂行　杜甫……………………四四
驄馬行　杜甫……………………四五
白絲行　杜甫……………………四六
縛雞行　杜甫……………………四六
短歌行贈王郎司直　杜甫………四六
入奏行贈西山檢察竇侍御　杜甫…四七
洗兵馬行　杜甫…………………四八
觀公孫大娘弟子舞劍器行　杜甫…四九
桃源行　王維……………………四九
嗟哉董生行　韓愈………………五〇
桃源行　王安石…………………五一
三鳳行贈海東之下第南歸　虞集…五二
偃松行　高啓……………………五二
韋諷録事宅觀曹將軍畫馬圖引　杜甫……五三
丹青引贈曹將軍霸　杜甫………五四
桃竹杖引贈章留後　杜甫………五五
感古引　于石……………………五六
望仙引　宋濂……………………五六
四時吟　陶淵明…………………五七
游子吟　孟東野…………………五七
金陵城西樓月下吟　李白………五七
百舌吟　劉禹錫…………………五八
清夜吟　邵雍……………………五八
織女吟贈黄進賢　劉崧…………五八
寄遠曲　王建……………………五九
憶長安曲　岑參…………………五九
聽鶯曲　韋應物…………………五九
鴨鴂曲　歐陽脩…………………六〇
采桑曲　宋璲……………………六一
天馬歌　李白……………………六一

侍從宜春苑奉詔賦龍池柳色聽新鶯百轉歌　李白……六二
元丹丘歌　李白……六二
峨眉山月歌送蜀僧晏入中京　李白……六三
飲中八仙歌　杜甫……六三
奉先劉少府新畫山水障歌　杜甫……六四
天育驃騎歌　杜甫……六五
題壁上韋偃畫馬歌　杜甫……六五
戲題王宰畫山水圖歌　杜甫……六五
戲韋偃爲雙松圖歌　杜甫……六六
徐卿二子歌　杜甫……六六
茅屋爲秋風所破歌　杜甫……六七
李潮八分小篆歌　杜甫……六七
乾元中寓居同谷縣作歌七首　杜甫……六八
古劍歌　郭元振……七〇
愛敬寺古藤歌　李頎……七〇
韋員外家花樹歌　岑參……七一
衛節度赤驃馬歌　岑參……七一
石鼓歌　韓愈……七二
茶歌　盧仝……七三
唐七德舞歌　白居易……七四
廬山高歌贈同年劉中允歸南康　歐陽脩……七五
牧牛兒歌　張耒……七六
六歌　文天祥……七七
釣臺歌　范椁……七九
仇工部古松歌　傅若金……七九
鶴媒歌　高啓……七九
箜篌謡　李白……八〇
長淮謡　馬存……八〇
秋雨嘆　杜甫……八一
嘆庭前甘菊花　杜甫……八一
柟樹爲風雨所拔嘆　杜甫……八二
秋夜嘆　朱熹……八二

古釵嘆　吴炳……八三
湘弦怨　孟東野……八三
吴宫怨　衛萬……八三
失釵怨　王建……八四
商婦怨　陳高……八四
金井怨　高啓……八四
松楸怨　徐天逸……八四

卷十五

諭告

周襄王不許晋文公請隧……八五
襄王止晋殺衛侯　左丘明……八六
定王使王孫滿對楚子　左丘明……八七
定王辭鞏朔獻齊捷　左丘明……八八
景王使詹桓伯責晋　左丘明……八八
敬王告晋請城成周　左丘明……九〇
魯季文子語晋韓穿　左丘明……九一
晋侯使吕相絶秦　左丘明……九一
子産對晋人問獻捷　左丘明……九四
衛祝佗争先蔡　左丘明……九五
王孫圉對趙簡子　左丘明……九八
子大叔對范獻子　左丘明……九九

璽書

漢文帝賜南越尉佗書　漢文帝……九九
答晁錯璽書　漢文帝……一〇一
武帝賜嚴助書　漢武帝……一〇一
宣帝賜趙充國書　漢宣帝……一〇一
成帝諭東平王宇璽書　漢成帝……一〇四
光武賜馮异璽書　漢光武帝……一〇五
勞馮异璽書……一〇五
報耿弇璽書……一〇五
章帝報東平王蒼璽書　漢章帝……一〇六
和帝報梁王暢書　漢和帝……一〇六
唐太宗賜李大亮書　唐太宗……一〇七

答魏徵書　唐太宗……一〇七
宋哲宗答韓絳書　宋哲宗……一〇八
宋神宗奬諭司馬光書　宋神宗……一〇九

批答

漢宣帝報張安世上侯印不允批答　漢宣帝……一〇九
唐太宗答劉洎　唐太宗……一一〇
宋仁宗賜新除宰臣富弼讓恩命不允批答　宋仁宗……一一〇
賜宰臣富弼乞解機務不允批答　歐陽脩……一一〇
英宗賜歐陽脩乞退不允批答　宋英宗……一一一
神宗賜知亳州歐陽脩乞致仕不允批答　宋神宗……一一一
賜宰臣韓絳上尊號不允批答　元絳……一一二
賜宰臣王安石乞御正殿復常膳不允批答　元絳……一一二

卷十六

詔

漢高祖入關諭告　漢高祖……一一三
爲義帝發喪告諸侯　漢高祖……一一三
赦天下令　漢高祖……一一四
尊太公曰太上皇詔　漢高祖……一一四
獄讞詔　漢高祖……一一四
求賢詔　漢高祖……一一五
文帝議犯法相坐詔　漢文帝……一一五
議振貸及養老詔　漢文帝……一一六
日食詔　漢文帝……一一六
除誹謗法詔　漢文帝……一一七
勸農詔　漢文帝……一一八
勸農詔　漢文帝……一一八
置三老孝悌力田常員詔　漢文帝……一一八

除肉刑詔　漢文帝……………………………………一一九
增祀無祈詔　漢文帝…………………………………一二〇
議佐百姓詔　漢文帝…………………………………一二〇
景帝立孝文廟樂舞詔　漢景帝………………………一二一
頌繫老幼等詔　漢景帝………………………………一二二
讞獄詔　漢景帝………………………………………一二二
令二千石修職詔　漢景帝……………………………一二二
禁采黄金珠玉詔　漢景帝……………………………一二三
武帝復高年子孫詔　漢武帝…………………………一二三
議不舉孝廉者罪詔　漢武帝…………………………一二四
令禮官勸學詔　漢武帝………………………………一二四
察茂材异等詔　漢武帝………………………………一二五
昭帝令民毋出田租等詔　漢昭帝……………………一二五
舉賢良文學詔　漢昭帝………………………………一二五
宣帝議孝武廟樂詔　漢宣帝…………………………一二五
有喪者勿繇事詔　漢宣帝……………………………一二六
子首匿父母等勿坐詔　漢宣帝………………………一二六
令八十以上非誣告等勿坐詔
　漢宣帝……………………………………………一二七
親奉祀詔　漢宣帝……………………………………一二七
益小吏禄詔　漢宣帝…………………………………一二七
元帝議律令詔　漢元帝………………………………一二七
罷擊珠厓詔　漢元帝…………………………………一二八
議罷郡國廟詔　漢元帝………………………………一二八
成帝減死刑詔　漢元帝………………………………一二九
諭東平王傅相詔　漢元帝……………………………一二九
光武封卓茂詔　漢光武帝……………………………一三〇
議省刑罰詔　漢光武帝………………………………一三〇
命郡國給廪高年等詔　漢光武帝……………………一三〇
省減吏員詔　漢光武帝………………………………一三一
三十税一詔　漢光武帝………………………………一三一
戒厚葬詔　漢光武帝…………………………………一三一
令大官勿受异味詔　漢光武帝………………………一三一
地震詔　漢光武帝……………………………………一三二

作壽陵詔　漢光武帝……一三二
明帝行養老禮詔　漢明帝……一三三
有司順時勸農詔　漢明帝……一三三
申明車服制度詔　漢明帝……一三四
章帝三公糾非法詔　漢章帝……一三四
講議五經同异詔　漢章帝……一三五
選高才生受學詔　漢章帝……一三五
蠲除禁錮詔　漢章帝……一三六
賜胎養穀等詔　漢章帝……一三六
却貢獻詔　漢章帝……一三七
安帝崇節儉詔　漢安帝……一三七
魏明帝日蝕不許禳祠詔　魏明帝……一三七
唐高祖録用隋氏子孫詔　唐高祖……一三八
太宗建三師詔　唐太宗……一三八
録用名臣子孫詔　唐太宗……一三九
死刑五覆奏詔　唐太宗……一三九
謹死刑詔　唐太宗……一四〇
諸儒配享詔　唐太宗……一四〇
舉縣令詔　唐太宗……一四〇
玄宗追封孔子文宣王詔　唐玄宗……一四一
代宗却獻祥瑞詔　唐代宗……一四一
武宗毁佛寺復僧尼爲民詔　唐武宗……一四一
宋太祖減吏員增俸詔　宋太祖……一四二
置賢良方正詔　宋太祖……一四三
太宗勸農舉賢詔　宋太宗……一四三
仁宗復給職田詔　宋仁宗……一四三
命天下州縣立學詔　宋仁宗……一四四
神宗始策試舉人罷詩論賦三題詔
宋神宗……一四四
理宗改元詔　宋理宗……一四五
贈朱熹太師信國公詔　宋理宗……一四五
追封周敦頤汝南伯張載郿伯程顥河南伯
程頤伊陽伯朱熹徽國公并從祀孔子
廟庭詔　宋理宗……一四五

元武宗追封孔子詔　元武宗……………一四六

卷十七

冊

漢武帝封齊王　漢武帝……………一四七
封燕王　漢武帝……………一四七
封廣陵王　漢武帝……………一四八
昭帝賜韓福　漢昭帝……………一四八
成帝賜史丹　漢成帝……………一四八
光武策鄧禹爲大司徒　漢光武帝……………一四九
唐太宗文武皇帝哀册　褚遂良……………一四九
宋英宗尊皇太后册　歐陽脩……………一五一
神宗册皇后　王安石……………一五三

制

憲宗除崔群户部侍郎　韓愈……………一五四
德宗除李晟司徒兼中書令　陸贄……………一五四

誥

宋仁宗太常少卿張鑄可光禄卿致仕誥　劉敞……………一五六
度支郎中李碩可三司户部判官誥　劉敞……………一五六
前杭州司理參軍范衮可衛尉寺丞誥　歐陽脩……………一五七
登州黄縣尉東方辛可密州司士參軍誥　歐陽脩……………一五七
范仲温可台州黄巖縣尉誥　歐陽脩……………一五七
翰林學士給事中知制誥歐陽脩可禮部侍郎端明殿學士吏部侍郎宋祁可尚書左丞禮部郎中知制誥范鎮可吏部郎中刑部郎中知制誥王疇可右司郎中三司度支判官太常博士集賢校理宋敏求可祠部員外郎并依舊職任誥　劉敞……………一五八

英宗左司諫王陶可皇子伴讀誥　王安石……一五九
參知政事歐陽脩曾祖某贈某官誥　王安石……一五九
曾祖母某氏某國太夫人誥　王安石……一六〇
祖　王安石……一六〇
祖母　王安石……一六一
父　王安石……一六一
母　王安石……一六一
神宗除徐鐸張崇翟思太學博士誥　曾鞏……一六二
朝奉郎蘇軾可禮部郎中誥　王震……一六二
哲宗太常少卿趙瞻可户部侍郎誥　蘇軾……一六二
除監察御史誥……一六三
除諫官誥……一六三
孝宗除朱熹直寶文閣主管西京嵩山崇福宮誥　鄭僑……一六四

卷十八

制策

漢文帝問賢良文學策……一六五
漢武帝問賢良策……一六八
宋仁宗制科策……一八一

卷十九

表

出師表　諸葛亮……一九五
後出師表　諸葛亮……一九七
陳情表　李密……一九九
上高祖請除佛法表　傅奕……二〇一
上憲宗論佛骨表　韓愈……二〇二
賀赦表　韓愈……二〇五
賀册皇太后表　韓愈……二〇六

賀慶雲表　韓愈……二〇六
上仁宗謝知制誥表　歐陽脩……二〇七
進資治通鑑表　司馬光……二〇九
進大明律表　宋濂……二一一
進元史表　宋濂……二一四
附録
露布
破朱泚露布　于公异……二一七
嶺南道行營擒劉鋹露布　潘美……二二一
卷二十
論諫
諫征犬戎　祭公謀父……二二五
諫監謗　召公……二二七
諫專利　芮良夫……二二八
諫不藉千畝　虢文公……二二九
諫立少　仲山父……二三一
諫以狄伐鄭　左丘明……二三一
言陳必亡　單襄公……二三三
諫寵州吁　石碏……二三五
諫觀魚　臧僖伯……二三六
諫納郜鼎　臧哀伯……二三七
諫晉侯　屠蒯……二三八
論梁丘據　晏子……二三九
論晉侯疾　子産……二四〇
論祀爰居　展禽……二四二
論成子不敬　劉康公……二四四
規申公　左史倚相……二四四
對趙簡子問禮　子太叔……二四五
賀韓宣子憂貧　叔向……二四六
賀趙簡子　壯馳兹……二四七
論智氏之室　士茁……二四八
論不朽　叔孫豹……二四八
論養民致賢　蕭何……二四九

論項羽弑逆　三老董公……二四九
論興復　鄧禹……二五〇
論復漢室　諸葛亮……二五一
論化民　魏徵……二五二
諫廢立　李泌……二五三
論奸邪……二五六
論節用　司馬光……二五七
論守祖宗法……二五八

卷二十一

奏疏一

上文帝應詔言事疏　賈山……二六一
陳政事疏　賈誼……二六三
論積貯　賈誼……二七〇
論貴粟　晁錯……二七一
言兵事　晁錯……二七四
論守邊備塞　晁錯……二七六
論募民徙塞下　晁錯……二七八
諫武帝伐匈奴　主父偃……二七九
上宣帝尚德緩刑　路温舒……二八一
諫擊匈奴　魏相……二八二
上屯田　趙充國……二八三
上元帝論治性正家　匡衡……二八七
戒妃匹勸經學　匡衡……二八九
上成帝論神怪　谷永……二九一

卷二十二

奏疏二

諫太宗十思　魏徵……二九三
諫任賢　魏徵……二九四
諫十漸　魏徵……二九五
諫玄宗不令突厥入仗馳射　吕向……二九八
上德宗數對群臣許令論事　陸贄……二九九
謹遣使臣宣撫諸道遭水州縣　陸贄……三〇八

請許臺省長官舉薦屬吏　陸贄……三一一
論災异　劉敞……三一七
上真宗論天書　孫奭……三一八
上仁宗請斷祆巫　夏竦……三二〇
論日曆　歐陽脩……三二一
論杜韓范富　歐陽脩……三二四
進五規　司馬光……三二九
上神宗論本朝百年無事　王安石……三四〇
論治道二　蘇軾……三四四

卷二十三

奏疏三

上神宗論君道　程顥……三四七
論王霸　程顥……三四八
上哲宗十事　吕公著……三五〇
論十科取士　司馬光……三六一
論農事　范祖禹……三六二
論士風　游酢……三六五
孝宗朝廷和奏劄一　朱熹……三六六
己酉上封事　朱熹……三六八
奏行社倉　朱熹……三八五
寧宗朝行宫便殿奏劄　朱熹……三八六
經筵奏議　張養浩……三九一

卷二十四

議

禁民挾弓弩議　吾丘壽王……三九七
罷邊備議　侯應……三九八
罷珠厓議　賈捐之……四〇〇
毁廟議　劉歆……四〇一
宗廟加籩豆議　崔沔……四〇五
禘祫議　韓愈……四〇八
復讎議　韓愈……四一〇
改葬服議　韓愈……四一二

駁復讎議　柳宗元……四一五
晉文公問守原議　柳宗元……四一七
南北郊議　陳襄……四一八
學校貢舉私議　朱熹……四二一
治河議　宋濂……四二四

卷二十五

彈文

劾丞相匡衡等　王尊……四二九
論丞相薛宣　涓勳……四三〇
劾涓勳　翟方進……四三〇
彈李義府　王義方……四三一
彈王安石　呂誨……四三二

檄

喻巴蜀檄　司馬相如……四三五
爲袁紹檄豫州　陳琳……四三七
爲徐敬業討武曌檄　駱賓王……四四二

卷二十六

書一

與范宣子論重幣書　子産……四四五
答燕惠王書　樂毅……四四六
報任少卿書　司馬遷……四四九
讓太常博士書　劉歆……四五六
上李大夫論古篆書　李陽冰……四六〇
與徐給事論文書　柳冕……四六一
重答張籍書　韓愈……四六二
後廿九日復上宰相書　韓愈……四六五
答李翊書　韓愈……四六七
答陳生書　韓愈……四六九
上張僕射書　韓愈……四七一
與衛中行書　韓愈……四七三
答劉正夫書　韓愈……四七四
與孟尚書書　韓愈……四七六
與韓愈論史官書　柳宗元……四七九

與崔饒州論石鍾乳書　柳宗元……四八一
答韋中立書　柳宗元……四八四
答李生書　皇甫湜……四八五

卷二十七

書二

上范司諫書　歐陽脩……四八七
與石推官書　歐陽脩……四九〇
答吴充秀才書　歐陽脩……四九三
上歐陽内翰書　蘇洵……四九四
寄歐陽舍人書　曾鞏……四九八
與吕微仲書　張載……五〇一
答朱長文書　程頤……五〇二
上林秀州書　陳師道……五〇五
與秦少游書　陳師道……五〇六
答李推官書　張耒……五〇七
寄周子充尚書　張栻……五一〇
與邢邦用　吕祖謙……五一一
與陳同父　吕祖謙……五一二
謝人求哀辭書　林希……五一二

卷二十八

書三

賀陳丞相　朱熹……五一三
與史大保　朱熹……五一六
答梁丞相　朱熹……五一六
與龔參政　朱熹……五一八
與吕伯恭二　朱熹……五二〇
與張敬夫　朱熹……五二一
答陳同甫　朱熹……五二三
與汪尚書　朱熹……五三三
答鞏仲至　朱熹……五三五
答章秀才論詩　宋濂……五三七
答程伯大論文　朱夏……五四二

文章辨體卷之十三

海虞後學吳訥編集

古詩四

七言

栢梁詩 說見序題

日月星辰和四時武帝驂駕駟馬從梁來梁王群國士馬羽林材大司馬霍去病總領天下誠難治承相石慶和撫四夷不易哉大將軍衛青刀筆之吏臣執之御史大夫兒寬撞鐘伐鼓聲中詩太常周建德宗室廣大日益滋宗正劉安國周衛交戟禁不時衛尉路博德總領從官栢梁臺光祿勳徐自為平理請讞决嫌疑廷尉杜周修飾輿馬待駕來太僕公孫賀郡國吏功差次之大鴻臚壺充國乘輿御物主治之少府王溫舒陳粟萬石揚箕大司農張成徼道宮下隨討治執金吾中尉豹三輔盜賊天下先左馮翊咸宣盜阻南山爲民災右扶風李成信外家公主不可治京兆尹椒房率更領其材詹事陳掌

蠻夷朝賀常舍其（典屬國）桂枅欂櫨相枝持（大匠）枇杷橘栗桃李梅（太官令）走狗走兎張罝罘（上林令）齧妃女脣甘如飴（郭舍人）迫窘詰屈幾窮哉（東方朔）

四愁詩

漢張平子

我所思兮在太山欲往從之梁父艱側身東望涕霑翰美人贈我金錯刀何以報之英瓊瑤路遠莫致倚逍遙何爲懷憂心煩勞

我所思兮在桂林欲往從之湘水深側身南望涕霑襟美人贈我金琅玕何以報之雙玉盤路遠莫致倚惆悵何爲懷憂心煩傷

我思所兮在漢陽欲往從之隴阪長側身西望涕霑裳美人贈我貂襜褕何以報之明月珠路遠莫致倚踟躕何爲懷憂心煩紆

我所思兮在鴈門欲往從之雪雰雰側身北望涕霑巾美人贈我錦繡段何以報之青玉案路遠莫致倚增歎何以懷憂心煩惋

把酒問月

唐李太白

青天有月來幾時我今停杯一問之人攀明月不可得月行却與人相隨皎如飛鏡臨丹闕綠烟滅盡清輝發但見宵從海上來寧知曉向雲間沒白兔擣藥秋復春嫦娥孤棲與誰鄰今人不見古時月今月曾經照古人古人今人若流水共看明月皆如此唯願當歌對酒時月光長照金樽裏

觀元丹丘坐巫山屏風

昔遊三峽見巫山見畫巫山宛相似疑是天邊十二峰飛入君家綵屏裏寒松蕭颯如有聲陽臺微茫如有情錦衾瑤席何寂寂楚王神女徒盈盈高咫尺如千里翠屏丹崖粲如綺蒼蒼遠尌圍荊門歷歷行舟泛巴水水石潺湲萬壑分煙光草色俱氳氛溪花笑日何年發江客聽猿幾處聞使人對此心緬邈疑入嵩丘夢綵雲

寄裴施州　杜子美

廊廟之具裴施州宿昔一逢無此流金鍾大鏞在東序氷壺玉衡懸清秋自從相遇減多病三歲爲客寬邊愁尭有四岳明至理漢二千石眞分憂幾度寄書白鹽北苦寒贈我青羔裘霜雪廻光避錦袖蛟龍動篋蟠銀鈎紫衣使者辭復命再拜故人謝佳政將老已失子孫憂後來况接才華盛

秋風

秋風淅淅吹我衣東流之外西日微天清小城擣練急石古細路行人稀不知明月爲誰好早晚孤帆他夜歸會將白髮倚庭對故園池臺今是非

玄都壇七言六韻寄元逸人

故人昔隱東蒙峰已佩含景蒼精龍故人今居子午谷獨在陰崖結茅屋屋前太古玄都壇青石漠漠常風寒子規夜啼山竹裂王母晝下雲旗翻知君此計誠長往芝草琅玕日應長鐵鏁

高堅不可攀致身福地何蕭爽

送孔巢父謝病歸遊江東兼呈李白

巢父掉頭不肯住東將入海隨煙霧詩卷長留天地間釣竿笑拂珊瑚樹深山大澤龍蛇遠春寒野陰風景暮蓬萊織女同雲車指點虛無引歸路自是君身有仙骨世人那得知其故惜君只欲苦死留富貴何如草頭露蔡侯靜者意有餘清夜置酒臨前除罷琴惆悵月照夕幾歲寄我空中書南尋禹穴見李白道甫問信今何如

送崔五太守　王摩詰

長安廄吏來到門朱文露網動行軒黃花縣西九折坂玉樹宮南五丈原褒斜谷中不容幰惟有白雲當路冕子午山裏杜鵑啼嘉陵水頭行客飯劍門忽斷蜀川開萬井雙流滿眼來霧中遠樹刀州出天際登江巴字回使君年紀三十餘少年白皙專

城居欲持畫省郎官筆回與臨邛父老書

送費子歸武昌　岑參

漢陽歸客悲秋早旅舍葉飛愁不掃秋來倍憶武昌魚夢著祇在巴陵道曾隨上將過祁連離家十年恒在邉劒峰可惜虛用盡馬蹄無事今已穿知君開館恒愛客樗蒲百金每一擲平生有錢將與人江上故園空四壁吾觀費子毛骨奇廣眉大口仍赤髭看君失路尚如此人生貴賤那得知高秋八月歸南楚東門一壺聊出祖路指鳳凰山北雲衣霑鸚鵡洲邉雨莫嘆蹉跎白髮新應須守道勿羞貧男兒何心戀妻子莫向江村老却人

喜韓樽相過

三月灞陵春已老故人相逢耐醉倒甕頭春酒黃花脂祿米只充沽酒資長安城中足年少獨共韓侯開口笑桃花點地紅班班有酒留君且莫還與君兄弟日携手世上浮名好是閑

九月九日酬顔少府　高達夫

簷前白日應可惜籬下黃花爲誰有行子迎霜未授衣主人得錢始沽酒蘇秦顦顇人多厭蔡澤棲遲世看醜縱使登高只斷腸不如獨坐空搔首

畫馬

君侯櫪上驄貌在丹青中馬毛連錢蹄鐵色圖畫光輝驕玉勒馬行不動勢若來權奇蹴踏無塵埃感茲絕代稱妙手遂令談者不容口麒麟獨步自可珍駑駘萬足知何有終未如他櫪上驄載華轂騁雙飛鴻荷君剪拂與君用一日千里如旋風

送陳章甫　李頎

四月南風大麥黃棗花未落桐葉長青山朝別暮還見嘶馬出門思舊鄉陳侯立身何坦蕩虬鬚虎眉仍大顙腹中貯書一萬卷不肯低頭在草莽東門沽酒飲我曹心輕萬事如鴻毛醉臥

不知白日暮有時空望孤雲高長河浪頭連天黑津吏停舟渡不得鄭國遊人未及家洛陽行子空嘆息聞道故林相識多罷官昨日今如何

代賀枝令譽贈沈千運

相逢問姓名亦存別時無子今有孫山上雙松長不改百家惟有三家村村南村西遠鳥道信宿通舟水浩浩澗中磊磊十里石河上游泥種桑麥平坡塚墓皆我親滿田主人是舊客舉聲酸鼻問同年十人七人歸下泉分手如何更此地廻頭不去淚潸然

同張侍御宴北樓　儲光羲

今之太守古諸侯出入雙旗垂七旒朝覽干戈時聽訟暮延賓客復登樓西山漠漠崦嵫色北渚沉沉江漢流良宵清淨方高會綉服光輝聯皂蓋魚龍恍惚階墀下雲霧杳冥牕户外水靈慷慨行泣珠游女飄颻思解珮蒼蒼低月半遥城落落踈管壽滿

太清不忍開襟悲楚奏願言吹笛退胡兵軒后青丘埋猰貐周王白羽掃攙搶期君武節朝龍闕予亦翱翔歸玉京

夜歸鹿門　孟浩然

山寺鳴鐘晝已昏漁梁渡頭爭渡喧人隨沙岸向江村余亦乘舟歸鹿門鹿門月照開烟樹忽到龐公棲隱處巖扉松徑長寂寥惟有幽人自來去

湖中對酒作　張正言

夜坐不厭湖上月晝行不厭湖上山眼前一樽又長滿心中萬事如等閑主人有黍萬餘石濁醪數斗應不惜即今相對不盡懽別後相思復何益茱萸灣頭歸路賒願君且宿黃公家風光若此人不醉參差孤負東園花

聽笛　劉文房

舊游憐我長沙謫載酒沙頭送遷客天涯望月自霑衣江上何

人復吹笛橫笛能令孤客愁綠波淡淡如不流商聲寥亮羽聲苦江天寂歷江楓秋靜聽關山聞一叫三湘月色悲猿嘯又吹楊柳激繁音千里春色傷人心隨風飄向何處落唯見曲盡平湖深明發與君別離後馬上一聲堪白首

漁翁　柳子厚

漁翁夜傍西巖宿曉汲清湘然楚竹煙銷日出不見人欵乃一聲山水綠迴看天際下中流巖上無心雲相逐

田家留客　王仲初

人客少能留我屋客有新漿馬有粟遠行僮僕應苦飢新婦廚中炊欲熟不嫌田家破門戶蠶房新泥無風土行人但飯莫畏貧明府上來何辛苦丁寧回語屋中妻有客勿令兒夜啼雙井直西有縣路我教丁男送君去

田家

男顏欣欣女顏悅人家不怨言語別五月雖熱麥風清簷頭索
索繰車鳴野蚕作繭人不取葉間撲撲秋蛾生麥收上塲絹在
軸的知輸得官家足不望入口復上身且免向城賣黃犢田家
衣食無厚薄不見縣門身即樂

河之水二首寄子姪老成　韓退之

河之水去悠悠我不如水東流我有孤姪在海陬三年不見兮
使我生憂日復日夜復夜三年不見汝使我鬢髮未老而先化
河之水悠悠去我不如水東注我有孤姪在海浦三年不見兮
使我心苦采蕨于山緡魚于淵我徂京師不遠其還

桃源圖

神仙有無何渺茫桃源之說誠荒唐流水盤迴山百轉生綃數
幅垂中堂武陵太守好事者題封遠寄南宮下南宮先生忻得
之波濤入筆驅文辭文工畫妙各臻極異境恍惚移於斯架巖

鑿谷開宮室接屋連牆千萬日嬴顛劉蹶了不聞地坼天分非所恤種桃處處惟開花川原近遠蒸紅霞初來猶自念鄉邑歲久此地還成家漁舟之子來何所物色相猜更問語大蛇中斷喪前王羣馬南渡開新主聽終辭絕共悽然自說經今六百年當時萬事皆眼見不知幾許猶流傳爭持酒食來相饋禮數不同樽俎異月明伴宿玉堂空骨冷魂清無夢寐夜半金雞啁哳鳴火輪飛出客心驚人間有累不可住依然離別難爲情船開棹進一廻顧萬里蒼蒼煙水暮世俗寧知僞與眞至今傳者武陵人

哭梅聖俞　　宋　歐陽永叔

歐公知聖俞而不薦詩中乃歸之命不識何謂

昔逢詩者伊水頭青山白馬渡伊流灘聲八節響石樓坐中辭氣夌青秋一飲百盞不言休酒酣思逸語更遒河南丞相稱賢

侯後車日載枚與鄒我年最少力方優明珠白璧相報投詩成
希深擁鼻謳師魯卷舌藏戈矛三十年間如轉眸屈指十九歸
山丘凋零所餘身百憂晚登玉墀侍珠旒詩老齏鹽太學愁乖
離會合謂無由此會天幸非人謀顏鬢已白齒根浮子年加我
貌則不歡猶可強閑屢偷不覺歲月成淹留文章落筆動九州
釜甑過午無饙餾良時易失不早收篋櫝瓦礫遺琳璆薦賢轉
石古所尤此事有職非吾羞命也難知理莫求名聲赫赫揜諸
幽翩然素旐歸一舟送子有淚流如溝

虎圖　王介甫

壯哉非羆亦非貙目光夾鏡當坐隅橫行妥尾不畏逐顧盼欲
去仍躊躇卒然一見心爲動熟視稍稍摩其鬚固知畫者巧爲
此此物安肯來庭除想當盤礴欲畫時睥睨衆史如庸奴神閑
意定始一掃功與造化論錙銖悲風颯颯吹黃蘆上有寒雀驚

相呼槎牙死樹鳴老烏向之俛啁如哺雛山牆野壁黄昏後馮婦遥看亦下車

定惠院海棠　　蘇子瞻

江城地瘴蕃草木只有名花苦幽獨嫣然一笑竹籬間桃李漫山總麤俗也知造物有深意故遣佳人在空谷自然富貴出天姿不待金盤薦華屋朱唇得酒暈生臉翠袖卷紗紅映肉林深霧暗曉光遲日暖風輕春睡足雨中有淚亦悽慘月下無人更清淑先生食飽無一事散步逍遥自捫腹不問人家與僧舍拄杖敲門看修竹忽逢絶艷照衰朽歎息無言揩病目陋邦何處得此花無乃好事移西蜀寸根千里不易到啣子飛來定鴻鵠天涯流落俱可念爲飲一樽歌此曲明朝酒醒還獨來雪落紛紛那忍觸

書王定國所藏煙江疊嶂圖王晉卿畫

江上愁心三疊山浮空積翠如雲煙山耶雲耶遠莫知煙空雲散山依然但見兩崖蒼蒼暗絕谷中有百道飛來泉縈林絡石隱復見下赴谷口爲奔川川平山開林麓斷小橋野店依山前行人稍度喬木外漁舟一葉江呑天使君何從得此本點檢毫末分清妍不知人間何處有此境徑欲往買二頃田君不見武昌樊口幽絕處東坡先生留五年春風搖江天漠漠暮雲捲雨山娟娟丹楓翻鴉伴水宿長松落雪驚醉眠桃花流水在人世武陵豈必皆神仙江山清空我塵土雖有去路尋無緣還君此畫三歎息山中故人應有招我歸來篇

二月見梅　唐子西

桃花能紅李能白春深何處無顏色不應尚有一枝梅可是東君苦留客向來開處當嚴冬白者未白紅未紅只今已是丈人行肯與年少爭春風

燕思亭　馬子才

李白騎鯨飛上天，江南風月閑多年。縱有高亭與美酒，何人一斗詩百篇。主人定是金龜老，未到亭中名已好。紫蟹肥時晚稻香，黃鷄啄處秋風早。我憶金鑾殿上人，醉著宮錦烏角巾。巨靈擘山洪河竭，長鯨吸海萬壑貧。如傾元氣入胸腹，須臾百媚生陽春。讀書不必破萬卷，筆下自有鬼與神。我曹本是狂吟客，寄語溪山莫相憶。他年須使襄陽兒，再唱銅鞮滿街陌。

虞美人草　曾子固

鴻門玉斗紛如雪，十萬降兵夜流血。咸陽宮殿三月紅，霸業已隨煙燼滅。剛強必死仁義王，陰陵失道非天亡。英雄本學萬人敵，何須屑屑悲紅粧。三軍散盡旌旗倒，玉帳佳人坐中老。香魂夜逐劍光飛，青血化爲原上草。芳心寂寞寄寒枝，舊曲聞來似歛眉。哀怨徘徊愁不語，恰如初聽楚歌時。滔滔逝水流今古，漢

[illegible]興亡兩丘土當年遺事久成空慷慨樽前爲誰舞

磨崖碑　張文潛

玉環妖血無人掃漁陽馬厭長安草潼關戰骨高於山萬里君王蜀中老金戈鐵馬從西來郭公凜凜英雄才舉旗爲風偃爲雨洒掃九廟無塵埃元功高名誰與紀風雅不繼騷人死水部胸中星斗文太師筆下龍蛇字天遣二子傳將來高山十丈磨蒼崖誰將此碑入我室使我一見昏眸開百年廢興增歎慨當時數子今安在君不見荒凉浯水棄不收時有遊人打碑賣

書磨崖碑後　黄魯直

春風吹船著浯溪扶藜上讀中興碑平生半世看墨本摩挲石刻鬢成絲明皇不作包桑計顛倒四海由祿兒九廟不守乘輿西萬官已作烏擇栖撫軍監國太子事何乃趣取大物爲事有至難天幸爾上皇跼蹐還京師內間張后色可否外間李父頤

指揮南內淒涼幾苟活高將軍去事尤危臣結舂陵二三策臣甫杜鵑再拜詩安知忠臣痛至骨世上但賞瓊琚詞同行野僧六七輩亦有文士相追隨斷崖蒼蘚對久立凍雨爲洗前朝悲

雪　　歐陽永叔

時在潁州玉月梨梅練絮白舞鵝鶴銀等皆勿用

新陽力微初破萼客陰用壯猶相薄朝寒稜稜風莫犯暮雪緌緌止還作驅馳風雲初慘淡炫晃山川漸開廓光芒可愛初日照潤澤終爲和氣爍美人高堂晨起驚幽士虛牕靜聞落酒壚成徑集缾罍獵騎尋蹤得狐貉龍蛇掃處斷復續猊虎團城呀且攫共貪終歲飽牟麥豈恤空林飢鳥雀沙墀朝賀迸象笏桑野行歌沒芒屩乃知一雪萬人喜顧我不飲胡爲樂坐看天地絕氛埃使我胸襟如洗瀹脫遺前言笑塵雜搜索萬象窺冥漠潁雖陋邦文士衆巨筆人人把矛槊自非我爲發其端凍口何

由開一噱

聚星堂雪 有序　　蘇子瞻

元祐六年小雪會飲聚星堂忽憶文忠公作守時雪中約客賦詩禁體物語爾來四十餘年莫有繼者僕以老門生繼公後雖不足追配而賓客之美不減當時公二子又適在郡輒舉前令各賦一篇

窗前暗響鳴枯葉龍公試手初行雪映空先集疑有無作態斜飛正愁絕衆賓起舞風竹亂老手先醉霜松折恨無翠袖點橫斜秖有微燈照明滅歸來尚喜更鼓暗晨起不待鈴索掣未嫌長夜作衣稜却怕初陽生眼纈欲浮太白追餘賞幸有回飈驚落屑模糊檜頂獨多時歷亂瓦溝裁一瞥汝南先賢有故事醉翁詩話誰續說當時號令君聽取白戰不許持寸鐵

十一月二十六日松風亭下梅花盛開

春風嶺上淮南村昔年梅花曾斷䰟豈知流落復相見蠻風蜑雨愁黄昏長條半落荔枝浦卧樹獨秀桄榔園豈惟幽光留夜色直恐冷艶排冬温松風亭下荆棘裏兩株玉蘂明朝暾海南仙雲嬌墮砌月下縞衣來叩門酒醒夢覺起繞樹妙意有在終無言先生獨飲勿歎息幸有落月窺清樽

再用前韻

羅浮山下梅花村玉雪爲骨冰爲䰟紛紛初疑月掛樹耿耿獨與星横昏先生索居江海上悄如病鶴栖荒園天香國艶肯相顧知我酒熟詩清温蓬萊宫中花鳥使緑衣倒挂扶桑暾抱叢窺我方醉卧故遣啄木先敲門麻姑過君急洒掃鳥能歌舞花能言酒醒人散山寂寂唯有落蘂粘空樽

花落復次韻

玉妃謫墮煙雨村先生作詩與招䰟人間草木非我對奔月偶

拄成幽昏暗香入戶尋短夢青子綴枝留小園披衣連夜喚客飲雪膚滿地聊相溫松明照坐愁不睡井花入腹清而暾先生年來六十化道眼已入不二門多情好事餘習氣惜花未忍都無言留連一物吾過矣笑領百罰空罍罇

和李伯玉用東坡韻賦梅花　朱晦庵

北風日日霾江村歸夢正爾勞營魂忽聞梅蕊臘前破楚客不愛蘭佩昏尋幽舊識此堂古曳杖偶集僧家園嵐陰春物未全到遡近只有南枝溫冷光自照眼色界雲艷未怯扶桑暾遙知雲邊溪上路王封十里藏山門自憐塵羈不得去坐想佳處知難言但哦君詩慰岑寂已似共倒花前罇

用東坡韻賦梅花適得元履書因復賦此寄意

羅浮山下黃茅村蘇仙仙去餘詩魂梅花自入三疊曲至今不受蠻煙昏佳名一旦異凡木絕艷千古高名園却憐冰質不自

暖雖有步障難爲温羞同桃李媚春色敢與葵藿爭朝暾歸來只有修竹伴寂歷自掩疎籬門亦知真意還有在未覺浩氣終難言一杯勸汝吾不淺要汝共保山林罇

丁丑冬在温陵陪敦宗李丈和東坡梅花詩昨日見梅追省前事忽忽五年再和一篇呈諸友同賦

江梅欲破江南村無人觧與招芳魂朔雲爲斷蜂蝶信凍雨一洗煙塵昏天憐絕艷世無匹故遣寂寞依山園自欣羗笛娛夜永未要鄒律回春温連娟窺氷墮殘月的皪泣露晞晨暾海山清游記玉面衰病此日空柴門相逢不敢話疇昔能賦豈必皆成言雕鐫肝腎竟何益况復制酒哦空罇

歸去來圖　元劉夢吉

夢吉名因號静修辭官隱居以終

淵明豪氣昔未除翱翔八表凌天衢歸來荒徑手自鋤草中恐

生劉寄奴中年欲與夷皓俱晚節樂地歸唐虞平生磊磊一物無停雲懷人早所圖有酒今與龐通沽眼中之人不可呼哀歌撫卷聲嗚嗚

望懌山　趙子昂

東方巨鎮宗岱宗群山列侍臣妾同西南崛起一萬仞却立石窟如争雄何年天星下天宫墜地化作青芙蓉外如刻削中空同閬風玄圃遥相通我昔東游訪青童群仙邀我游中峰悔不絶粒巢雲松失身誤落塵網中如今可望不可到艤舟空羡冥飛鴻神仙可學事亦晚安用屑屑悲秋蓬吾聞嶧陽有孤桐鳳凰鳴處朝陽紅安得斵爲寶琴獻天子爲民解愠歌南風

題先天觀山水圖　范德機

學仙之人與山爲徒住在匡廬之奥湖江之區張公鍊丹作龍虎丹成御氣遊六虚後來作者絶代無復有逸人住玄都玄都

之壇井角孤上摩萬里之黄鵠下伏千尺之飢鼉陰森檜筠自太古斬種力與開闢俱扶桑朝日挂絶壁照見樓觀青糢糊擘厓控絃寫哀壑秋雲春露芝田腴我亦人間山澤臞偶隨蘷龍賓唐虞興來醉倒黄公壚震風三日撼不蘇折花不得度弱水揮手始識仙凡殊玉堂仙人危與吳遺我玆山之畫圖尋緫數户久歎息無緣置我雙屩蒲獨行幽人不受呼掃葉青澗聽啼烏日暮蘿逕相縈紆相縈紆向何處明朝爲借麻姑鵬我亦騎之上天去

銅雀臺　陳剛中

古臺百尺生野蒿昔誰築此當塗高上有三千金步摇滿陵松栢團鳳綃西飛燕子東伯勞塵閒泉下路迢迢龍帳銀箏紫檀槽怨入漳河翻夜濤人生過眼草上露白骨何由見歌舞獨不念漢家長陵一抔土玉匣珠襦鎖秋雨

子昂墨竹　虞伯生

吳興畫竹不欲工腕指所至生秋風古來篆籀法已絕上有木葉雕蚕虫黃金錯刀交屈鐵大陰作雨山石裂蛟龍起陸真宰愁雲暗蒼梧泣湘血吳興之竹乃非竹吳興昔年面如玉波濤浩蕩江海空落月年年照秋屋

送戴眞人歸越

戴先生日飲五斗醉不得再飲一石不肯眠昨從桃源來兩袖携風煙長安道上小兒女拍手攔道呼神仙馬如游龍花如雨蹴踏春秋作朝暮東方不作窓間戲上帝還令海邊去海邊玉虹夜不收貝宮珠闕皆蛟蚌芝田玉樹久相待天上老仙那肯留戴先生鑑湖之水三千丈不可以鑑可以釀明朝亦脫錦袍去與汝酣歌釣船上

夏五月武昌舟中觸目　揭曼碩

兩髯背立鳴雙艣短簑開合滄江雨青山如龍入雲去白髮何人並汝語船頭放歌船尾和篷上雨鳴篷下坐推篷不省是何鄉但見雙雙白鷗過

燒筍　陸子方

先生朝盤厭苜蓿筍味得全差勝肉蒼頭掃地犀角出赤餤燒空龍尾秃土膏漸渴外欲枯火灰微濕中已熟撥灰可惜衣殘錦解籜猶怜膚濯玉青青無分長兒孫草草爲人供口腹李家烝相蒸葫蘆石家美人煮豆粥去毛留項有何好擣韭作虀空自速不如野人工食淡自辦行厨入脩竹句裏旨參玉版師胸中會著篔簹谷主人不問不須嗔昨夜西風響林屋

題陳孝子傳後　張仲舉

百丈山前妾辭主禮賢鎮中子逢毋三十年餘一日同白髮相看淚如雨阿孥去時未斷乳兒壯得知心獨苦清湖老嫗爲所

留逆旅主人神使語歸來桑竹溪之滸婦前持觴孫起舞雙瓜生祥表秋圃豈待旌書動官府吳人買妾紛莫數歲滿毋歸遺子女巷南巷北不相見況復山川隔脩阻嗚呼千秋復萬古孝子之名在寰宇世上滔滔忘毋人不愧唐昌一抔土

題赤壁圖　王在中

我昔南遊過赤壁留上磯頭訪遺跡吳魏勝負了無聞一曲漁歌楚天碧黃岡仙客峨眉翁道同北海人中龍羇懷得酒逸興發扁舟夜泛空明中江山如許誰賓主醉挾飛仙夢中語直將天地等浮漚三國周郎曾比數神游八極空畫圖開卷彷彿瞻眉須清風千古凛如在悠悠目斷江雲孤

題青蓮居士像　楊廉夫

天人騎龍飛上天一念下謫三千年長庚文章光照地在古無上今無前天台道人一傾倒有如大鵬遇希有鳥紋白苧登闕

庭天子見之如綺皓萬言倚馬真天材酒酣誤觸玻瓈杯忠誠白日不照鑑洗天風雨何時來巳寶宮牀不爲泰夜郎之天豈爲隘八極揮斥列鈇鞭泰山培塿風雷噫人言捉月采石江豈知騎兎長庚傍自非廣寒玉虛貯神彩桂殿何處人間凉周郎尺素間清揚皦如白月照屋梁千金好事摹七字安得筆光千丈强

岳王墓　韓中村

妖星墮地芒角赤龍劒悲吼風蕭瑟中原王氣挽不回將軍一死鴻光擲秦家小兒真戲劇播弄造化搖樞極指讎爲親忠爲逆隻手上遮天眼力九閽茫茫隔天日無由下燭臣愚直臣愚萬死不足惜國耻未湔猶憤激古墳埋冤血空碧風雨年年土花蝕我恐精忠埋不得白日英魂土中泣請將衰骨斲出荒苔痕獻作五色皇補天石

題宋忠簡公誥

洪武宋景濂

忠簡名澤盡忠守汴請高宗還爲汪黃所忌而死

青城妖祲連雲豬犬年在都龍在野百年藝祖舊河山萬騎長驅若氷解京城留守一世豪仰天雪涕風蕭騷起扶白日照河北赤手欲障三秋濤義旂憂天天爲泣四方猛士聞風集自期徇國與天通豈謂忠言反難入披肝上疏留至尊乘輿不顧東南巡拊牀三呼大星落非天棄宋良由人功業無成志可紀古來英傑多如此君侯心事漢武侯偉氣英聲冠千祀我來已恨生世遲不得親覩忠勇姿每過鄉邑髮猶豎綸誥況是當時爲却憶前朝司馬死章蔡羣姦乘間起國雖未亂政先亡萬里蒙塵從此始吁嗟䴏黃真奴臣賊君致寇肥其身姓名汙眼尚欲嘔君侯在位能無嗔侯乎侯乎愼勿嗔誰使彼奴操國鈞君不見汴京禮樂正全盛江南杜宇啼天津

題馬圖　劉子高

天馬西來掠西極萬里君門踏雲入紫塞秋迴玉頰明黃河夜渡拳毛濕高冠圉人不敢騎拄策却立當前墀垂絲韁斷青草明日銀鞍趁班早

登金陵雨花臺望大江　高季迪

大江來從萬山中山勢盡與江流東鍾山如龍獨西上欲破巨浪乘長風江山相雄不相讓形勢爭誇天下壯秦皇空此瘞黃金佳氣葱葱至今王我懷鬱塞何由開酒酣走上城南臺坐覺蒼茫萬古意遠自荒烟落日之中來石頭城下濤聲怒武騎千群誰敢渡黃旗入洛竟何祥鐵鎖橫江未為固前三國後六朝草生宮闕何蕭蕭英雄乘時務割據幾度戰血流寒潮我生幸逢　聖人起南國禍亂初平事休息從今四海永為家不用長江限南北

文章辨體卷之十三終

文章辨體卷之十四

海虞後學吳訥編集

歌行

悲歌　古辭

悲歌可以當泣遠望可以當歸思念故鄉鬱鬱纍纍欲歸家無人欲渡河無船心思不能言腸中車輪轉

行路難　南宋鮑明遠

奉君金巵之美酒瑇瑁玉匣之彫琴七綵芙蓉之羽帳九華蒲萄之錦衾紅顏零落歲將暮寒光宛轉旹欲沉願君裁悲且減思聽我抵節行路吟不見栢梁銅雀上寧聞古旹清吹音

瀉水置平地各自東西南北流人生亦有命安得行歎復坐愁酌酒以自寬舉杯斷絕歌路難心非木石豈無感吞聲躑躅不敢言剉蘗染黃絲歷亂不可治我昔與君始相值爾時自謂可

君意結帶與我言死生好惡不相置今日見我顏色衰意中索寞與先異還君金釵瑇瑁簪不忍見之益愁思

諸君莫歎貧富貴不由人丈夫四十彊而仕余當二十弱冠辰莫言草木委冬雪會應蘇息遇陽春對酒叙長篇窮途運命委皇天但願樽中九醖滿莫惜床頭百箇錢直須優游卒一歲何勞辛苦事百年

沐浴子　唐李太白

沐芳莫彈冠浴蘭莫振衣處世忌太潔志人貴藏煇滄浪有釣叟吾與爾同歸

秋夜長　王子安

秋夜長殊未央月明白露澄清光層城綺閣遥相望遥相望川無梁北風受節南鴈翔崇蘭委質時菊芳鳴環曳履出長廊為君秋夜擣衣裳纖羅對鳳凰丹綺雙鴛鴦調砧亂杵思自傷征

夫萬里戍他鄉鶴關音信斷龍門道路長所在天一方寒衣徒自香

鬪鷄篇 篇類

魏曹子建

遊目極妙伎清聽厭宮商主人寂無爲衆賓進樂方長筵坐戲客鬪鷄觀閒房群雄正翕赫雙翅自飛揚揮羽邀清風悍目發朱光觜落輕毛散嚴距往往傷長鳴入青雲扇翼獨翱翔願蒙貍膏助常得擅此塲

種葛篇

此篇與七步詩同意

種葛南山下葛藟自成陰與君初婚時結髮恩義深歡愛在枕席宿昔同衣衾竊慕棠棣篇好樂如瑟琴行年將晚暮佳人懷異心恩紀曠不接我情遂抑沉出門當何顧徘徊步北林下有交頸獸仰見雙栖禽攀枝長歎息淚下沾羅襟良馬知我悲延

頸代我吟昔爲同漁今爲商與參往古皆歡遇我獨困於今
棄置委天命悠悠安可任

明河篇　唐宋延清

八月涼風天氣晶萬里無雲河漢明昏見南樓清且淺曉落西山縱復橫洛陽城闕天中起長河夜夜千門裏複道連甍共蔽虧畫堂瓊户特相宜雲母帳前初汎濫水精簾外轉逶迤倬彼昭回如練白復出東城接南陌南北征人去不歸誰家今夜擣寒衣鴛鴦機上踈螢度烏鵲橋邊一鴈飛鴈飛螢度愁難歌坐見明河漸微沒已能舒卷任浮雲不惜光輝讓流月明河可望不可親願得乘槎一問津更將織女支機石還訪成都賣卜人

文豹篇贈黄介夫　宋梅聖俞

壯哉南山豹不畏白額虎澤霧毛雖雜鼷鼠朝捋其鬚夜飲乳文章子雲久已許還笑丈夫費五羖天子伏中儀物舉尾與旌

常願看取

君道篇　洪武陶中立

龍飛應景運居中攬乾綱百川宗巨海衆星避太陽股肱者誰伊與傅爪牙者誰叔與虎玉筍班中列衆賢金馬門中登碩輔梧桐生鳳凰鳴四海爲一家於穆皇風清修禮樂正綱紀明后復無爲詒謀千萬祺

步虛詞 詞類　北周庾子山

樂府解題曰步虛詞道家曲也備言衆仙縹緲輕舉之美

渾成空教立元始正塗開赤玉靈文下朱陵眞氣來中天九龍館倒景八風臺雲度絃歌響星移空殿迴青衣上少室童子向蓬萊逍遥聞四會倏忽度三災

道生乃太一守靜即玄根中和練九氣甲子謝三元居心受善
水教學重香園息留報關吏鶴去畫城門更以欣無迹還來寄絕言

同前　唐吳真節

衆仙仰靈範肅駕朝神宗金景相照曜逶迤昇太空七玄已高
飛火鍊生朱宮餘慶逮天壤平和王道融入威清遊氣十絕舞
祥風使我躋陽源其來自陰功逍遥太霞上真鑒靡不通
二氣播萬有化機無停輪而我操其端乃能出陶鈞寥寥天漢
上所遇皆清真澄瑩含元和氣同自相親絳樹結丹實紫霞流
碧津以兹保童嬰永用超形神

又　宋朱晦菴

扉景廓天津空同無圓方丹神儛七氣孕秀東渟旁飡吐碧琳
華仰噏飛霞漿竦轡絕宜外聘目撫大荒策我綠軒輧上際於
滄浪神鈞亦寥朗菴靄晨風翔養翮塵波裏縱神非有亡一樂

無終永千椿詎能當
褰裳大夏外竦轡霄上遊軒觀隨雲起偃駕東渟丘丹黄曜瓊
岡三素粲曾幽躡景遺塵波偶想即虛柔聘目娛貞際不喜亦
不憂宴觀三椿期顛徊翳滄流千載何足道大空自然疇

讌客詞　唐張文昌

上客不用顧金羈主人有酒君莫違請君看取園中花地上漸
多枝上稀山頭樹緑不見石谿水無風應更碧人人齊醉起舞
時誰覺翻衣與倒幘明朝花盡人已去此地獨來空遶樹

牧童詞

遠牧牛繞村四面禾黍稠陂中饑烏啄牛背令我不得戲隴頭
入陂草多牛散行白犢時向蘆中鳴隔堤吹葉應同伴還鼓長
鞭三四聲牛羊食草莫相觸官家截爾頭上角

采菱詞　儲光羲

濁水菱葉肥清水菱葉鮮義不游濁水志士多苦言潮没具區藪潦深雲夢田朝隨北風去暮逐南風旋浦口多漁家相與邀我船飯稻以終日美蓴將永年方冬水物窮又欲休山樊盡室相隨從所貴無憂患

精衛詞　王仲初

精衛誰教爾塡海海邊石子青磊磊但得海水作枯池海中魚龍何所爲口穿豈爲空銜石山中草木無全枝朝在樹頭暮海裏飛多羽折時墮水高山未盡海未平我身雖死子還生

牛宮詞　洪武高季迪

吳地下濕冬寒牛即入欄唐人謂之牛宮

豕豢于苙雞棲于塒嗟爾烏犍何所止斯歲聿云暮雨霜以風乃築環堵以爲爾宮既用爾力宜恤爾寒庇處寧固我心孔安

張節婦詞

誰言妾有夫中路棄妾身先殂誰言妾無子側室生兒與夫似
兒讀書妾辟纑空房夜夜聞啼烏兒能成名妾不嫁良人瞑目
黃泉下

采茶詞

雷過溪山碧雲暖幽叢半吐槍旗短銀釵女兒相應歌筐中摘
得誰取多歸來清香猶在手高品先將呈太守竹爐新焙未得
嘗籠盛販與湖南商山家不解種禾黍衣食年年在春雨

當牆欲高行　行類　魏曹子建

龍欲升天須浮雲人之仕進待中人衆口可以鑠金讒言三至
慈母不親憒憒俗間不辨僞眞願欲披心自說陳君門九重道
遠河無津

當事君行

人生有所貴尚出門各異情朱紫更相奪色雅鄭異音聲好惡

隨所愛憎追舉逐虛名百心可事一君巧詐寧拙誠

鳴鴈行　南宋鮑明遠

雝雝鳴鴈鳴正旦齊行命侶入雲漢中夜相失群離亂留連徘徊不忍散憔悴容儀君不知辛苦霜雪亦何爲

同前　唐韓退之

嗷嗷鳴鴈鳴且飛窮秋南去春北歸去寒就暖識所依天長地濶棲息稀風霜酸苦稻粱微羽毛摧落身不肥徘徊反顧群侶違哀鳴欲下淵渚非江南水濶朝雲多草長沙軟無網羅閑飛靜集鳴相和違憂懷惠性匪他凌風一舉君謂何

悲哉行　晉陸士衡

遊客芳春林春芳傷客心和風飛清響鮮雲垂薄陰蕙草饒淑氣時鳥多好音翩翩鳴鳩羽喈喈倉庚音幽蘭盈通谷長莠被高岑女蘿亦有託蔓葛亦有尋傷哉客遊士憂思一何深目感

隨氣草耳悲詠時禽寤寐多遠念緬然若飛沉願託歸風響寄言遺所欽

齊謳行

纂要曰齊歌曰謳

營丘負海曲沃野爽且平洪川控河濟崇山入高冥東被姑尤側南界聊攝城海物錯萬類陸産尚千名孟諸吞楚夢百二侔秦京惟師恢東表桓后定周傾天道有迭代人道無久盈鄙哉牛山歎未及至人情爽鳩苟已徂吾子安得停行行將復去長存非所營

吴趨行

崔豹古今注曰吴趨行吴人以歌其地趨步也

楚妃且勿歎齊娥且莫謳四至並清聽聽我歌吴趨吴趨自有始請從閶門起閶門何嵯峨飛閣跨通波重欒承遊極迴軒啓

曲阿蔦[illegible]慶雲被泠泠鮮風過山澤多藏育士風清且嘉泰伯導仁風仲雍揚其波穆穆延陵子灼灼光諸華王迹頹陽九帝功興四遐大皇自富春矯首頓世羅邦彥應運興粲若春林葩屬城咸有士吳邑最爲多八族未足侈四姓實名家文德熙淳懿武功侔山河禮讓何濟濟流化自滂沱淑美難窮紀商榷爲此歌

會吟行　南宋謝靈運

崔豹古今注曰會謂會稽也

六引緩清唱三調佇繁音列筵皆靜寂咸共聆會吟會吟自有初請從文命敷敷績壺冀始刊木至江汜列宿炳天文負海横地里連峰競千仞背流各百里滮地旣粳稻輕雲曖松杞兩京愧佳麗三都豈能似層臺指中天高墉積崇雉飛燕躍廣途鷁首虧清沚肆呈窈窕容路曜㜲娟子自來彌世代賢達不可紀句踐善廢興越叟識行止范蠡出江湖梅福入城市東方就旅

逸梁鴻去桑梓牽綴書土風辭殫意未已

春日行　鮑明遠

獻歲發春吾將行春山茂春日明園中鳥多嘉聲梅始發柳始青泛舟艫齊棹驚奏採菱歌鹿鳴風微起波微生弦亦發酒亦傾入蓮池折桂枝芳抽動芬葉披兩相思兩不知

少年行　唐李太白

青雲年少子挾彈章臺左鞍馬四邊開突如流星過金丸落飛鳥夜入瓊樓卧夷齊是何人獨守西山餓

古柏行　杜子美

孔明廟前有老柏柯如青銅根如石霜皮溜雨四十圍黛色參天二千尺君臣已與時際會樹木猶爲人愛惜雲來氣接巫峽長月出寒通雪山白憶昨路繞錦亭東先主武侯同閟宮崔嵬枝幹郊原古窈窕丹青戶牖空落落盤踞雖得地冥冥孤高多

烈風扶持自是神明力正直元因造化功大厦如傾要梁棟萬牛迴首丘山重不露文章世已驚未辭翦伐誰能送苦心豈免容螻蟻香葉曾經宿鸞鳳志士幽人莫怨嗟古來才大難爲用

高都護驄馬行

安西都護胡青驄聲價欻然來向東此馬臨陣久無敵與人一心成大功功成惠養隨所致飄飄遠自流沙至雄姿未受伏櫪恩猛氣猶思戰場利腕促蹄高如踣鐵交河幾蹴曾冰裂五花散作雲滿身萬里方看汗流血長安壯兒不敢騎走過掣電傾城知青絲絡頭爲君老何由却出橫門道

渼陂行

岑參兄弟皆好奇携我遠來遊渼陂天地黤慘忽異色波濤萬頃堆琉璃琉璃漫汗泛舟入事殊興極憂思集鼉作鯨吞不復知惡風白浪何嗟及主人錦帆相爲開舟子喜甚無氛埃鳧鷖

散亂棹謳發絲管啁啾空翠來沈竿續蔓深莫測菱葉荷花淨如拭宛在中流渤澥清下歸無極終南黑半陂已南純浸山動影裊窕沖融間船舷暝戛雲際寺水面月出藍田關比時驪龍亦吐珠馮夷擊鼓群龍趨湘妃漢女出歌舞金支翠旗光有無咫尺但愁雷雨至滄茫不曉神靈意少壯幾時奈老何向來哀樂何其多

驄馬行

鄧公馬癖人共知初得花驄大宛種夙昔傳聞思一見牽來左右神皆竦雄姿逸態何崷崒顧影驕嘶自矜寵兩耳清熒夾鏡懸肉騣碨礧連錢動朝來少試華軒下未覺千金滿高價赤汗微生白雪毛銀鞍却覆香羅帕卿家舊物公能取天廄真龍此其亞晝洗須騰涇渭深夕趨可刷幽幷夜吾聞良驥老始成此馬數年人更驚豈有四蹄疾於鳥不與八駿俱先鳴時俗造次

那得致雲霧晦冥方降精近聞下詔喧都邑肯使麒麟地上行

白絲行

繰絲須長不須白越羅蜀錦金粟尺象牀玉手亂殷紅萬草千花動凝碧已悲素質隨時染裂下鳴機色相射美人細意熨帖平裁縫滅盡針線跡春天衣着爲君舞蛺蝶飛來黄鸝語落絮遊絲亦有情隨風照日宜輕舉香汗清塵汙顔色開新合故置何許君不見才士汲引難恐懼棄捐忍羈旅

縛鷄行

小奴縛鷄向市賣鷄被縛急相喧爭家中厭鷄食蟲蟻不知鷄賣還遭烹蟲鷄於人何厚薄吾叱奴人解其縛鷄蟲得失無了時注目寒江倚山閣

短歌行贈王郎司直

王郎酒酣拔劒斫地歌莫哀我能拔爾抑塞磊落之奇才豫樟

翻風白日動鯨魚跋浪滄溟開且脫劒佩休徘徊西得諸侯棹錦水欲向何門趿珠履仲宣樓頭春已深青眼高歌望吾子眼中之人吾老矣

入奏行贈西山檢察竇侍御

竇侍御驥之子鳳之雛年未三十忠義俱骨鯁絕代無儔如一段青冰出萬壑置在迎風寒露之玉壺蔗漿歸廚金盌凍洗滌煩熱足以寧君軀政用疎通合典則戚聯豪貴耽文儒兵革未息人未蘇天子亦念西南隅吐蕃憑陵氣頗麤竇氏檢察應時須運糧繩橋壯士喜斬木火井窮猿呼八州刺史思一戰三城守邊卻可圖此行入奏計未小密奉聖旨恩應殊繡衣春當霄漢立綵服日向庭闈趨省郎京尹必俯拾江花未落還成都江花未落還成都肯訪浣花老翁無爲君酤酒滿眼酤與奴白飯馬青芻

洗兵馬行

中興諸將收山東捷書夜報清晝同河廣傳聞一葦過胡危命在破竹中秪殘鄴城不日得獨任朔方無限功京師皆騎汗血馬回紇餧肉蒲萄宮已喜皇威清海岱常思仙仗過崆峒三年笛裏關山月萬國兵前草木風成王功大心轉小郭相謀深古來少司徒清鑒懸明鏡尚書氣與秋天杳二三豪俊爲時出整頓乾坤濟時了東走無復憶鱸魚南飛覺有安巢鳥青春復隨冠冕入紫禁正耐烟花繞鶴駕通霄鳳輦備鷄鳴問寢龍樓曉攀龍附鳳勢莫當天下盡化爲侯王汝等豈知蒙帝力時來不得誇身強關中旣留蕭丞相幕下復用張子房張公一生江海客身長九尺鬚眉蒼徵起適遇風雲會扶顛始知籌策良青袍白馬更何有後漢今周喜再昌寸地尺天皆入貢奇祥異瑞爭來送不知何國致白環復道諸山得銀甕隱士休歌紫芝曲詞

人解撰河清頌田家望望惜雨乾布穀處處催春種淇上健兒歸莫嬾城南思婦愁多夢安得壯士挽天河洗洗甲兵長不用

觀公孫大娘弟子舞劒器行

昔有佳人公孫氏一舞劒氣動四方觀者如山色沮喪天地爲之久低昂㸌如羿射九日落矯如群帝驂龍翔來如雷霆收震怒罷如江海凝清光絳脣珠袖兩寂寞晚有弟子傳芬芳臨潁美人在白帝妙舞此曲神揚揚與余問荅旣有以感時撫事增惋傷先帝侍女八千人公孫劒器初第一五十年間似反掌風塵澒洞昏王室梨園弟子散如煙女樂餘姿映寒日金粟堆南木巳拱瞿唐石城草蕭瑟玳筵急管曲復終樂極哀來月東出老夫不知其所往足繭荒山轉愁疾

桃源行　王摩詰

漁舟逐水愛山春兩岸桃花夾去津坐看紅樹不知遠行盡青

溪不見人山口潛行始隈隩山開曠望旋平陸遙看一處攢雲樹近入千家散花竹樵客初傳漢姓名居人未改秦衣服居人共住武陵源還從物外起田園月明松下房櫳靜日出雲中鷄犬喧驚聞俗客爭來集競引還家問鄉邑平明閭巷掃花開薄暮漁樵乘水入初因避地去人間更聞成仙遂不還峽裏誰知有人事世中遙望空雲山不疑靈境難聞見塵心未盡思鄉縣出洞無論隔山水辭家終擬長游衍自謂經過夜不迷安知峰壑今來變當時只記入山深青谿幾度到雲林春來徧是桃花水不辯仙源何處尋

嗟哉董生行　韓退之

淮水出桐栢山東馳遙遙千里不能休淝水出其側不能千里百里入淮流壽州屬縣有安豐唐貞元時縣人董生召南隱居行義於其中刺史不能薦天子不聞名聲爵禄不及門門外惟

有吏日來徵租更索錢嗟哉董生朝出耕夜歸讀古人書盡日不得息或山而樵或水而漁入廚具甘旨上堂問起居父母不慼慼妻子不咨咨嗟哉董生孝且慈人不識惟有天翁知生祥下瑞無休期家有狗乳出求食雞來哺其兒啄啄庭中拾蟲蟻哺之不食鳴聲悲徬徨躑躅久不去以翼來覆待狗歸嗟哉董生誰將與儔時之人夫妻相虐兄弟爲讎食君之祿而令父母愁亦獨何心嗟哉董生無與儔

桃源行　宋王介甫

望夷宮中鹿爲馬秦人半死長城下避世不獨商山翁亦有桃源種桃者一來種桃不記春采花食實枝爲薪兒孫生長與世隔知有父子無君臣漁郎放舟迷遠近花間忽見驚相問世上空知古有秦山中豈料今爲晉聞道長安吹戰塵東風回首亦沾巾重華一去寧復得天下紛紛經幾秦

三鳳行贈海東之下第南歸　元虞伯生

海東之兄弟三人如鳳凰胸臆羽翮皆文章九年三入天門翔伯冲天季驚人一日四海皆知名東之之文五色雲見者眩晃生眸昏三進三已之了若耳不聞二人得之喜未足云東之不慍乃可尊東書江上歸見親君子之樂樂最真君不見匡廬之山嶒崒而嵯峨左界平豫章諸川會爲蠡鄱其陰千源浩浩導岷經潛沱山氣東鬱不得去上衝爲紫蓋直與天相摩爲雲覆八極爲雨漲九河海東之子能觀山以成德其進蓋未易量也偶爾小詘柰爾何

偃松行　洪武高季迪

在天平山西舊文正書院前

龍門西岡魏公祠祠前有松多古枝長身蜿蜒橫數畝巨石作枕相撑拄春泥半封朽死骨凍鮮盡裂皴生皮無心昂聳上霄

漢偃仰獨向荒山陲蟄雷破岳撼不動千載一夢醒何遲政如卧龍未起日深意有待風雲期太湖月出照夜魄天峰雪積埋寒姿濤聲時吼若鼾息野老驚起山僧疑左伸右屈多異態天自出巧非人爲畫師安能把筆寫樵子豈敢持斤窺杜陵枯柟已憔悴蜀相老柏非瑰奇何如此樹恬且壽呵衛定想煩靈祇不知巳閱幾人代游客過盡今存誰明堂廈興不見取得全正愛同支離我嘗來觀忍遽反醉坐其上高吟詩葛陂筇竹亦騰化神物終去可久羈何當一叱使飛起載我萬里游天池他年還訪舊城郭正是白鶴歸來時

韋諷録事宅觀曹將軍畫馬圖引　引類　唐杜子美

國初以來畫鞍馬神妙獨數江都王將軍得名三十載人間又見真乘黃曾貌先帝照夜白龍池十日飛霹靂内府殷紅馬腦盤婕妤傳詔才人索盤賜將軍拜舞歸輕紈細綺相追飛貴戚

權門得筆跡始覺屏障生光輝昔日太宗拳毛騧近時郭家師子花今之新圖有二馬復令識者久歎嗟此皆騎戰一敵萬縞素漠漠開風沙其餘七疋亦殊絕迥若寒空動烟雪霜蹄蹴踏長楸間馬官厮養森成列可憐九馬爭神駿顧視清高氣深隱借問苦心愛者誰後有韋諷前支遁憶昔巡幸新豐宮翠華拂天來向東騰驤磊落三萬疋皆與此圖筋骨同自從獻寶朝河宗無復射蛟江水中君不見金粟堆前松柏裏龍媒去盡鳥呼風

丹青引贈曹將軍霸

將軍魏武之子孫於今爲庶爲清門英雄割據雖已矣文采風流今尚存學書初學衛夫人但恨無過王右軍丹青不知老將至富貴於我如浮雲開元之中常引見承恩數上南薰殿凌煙功臣少顏色將軍下筆開生面良相頭上進賢冠猛將腰間大羽箭褒公鄂公毛髮動英姿颯爽來酣戰先帝天馬玉花驄畫

工如山貌不同是日牽來赤墀下迥立閶闔生長風詔謂將軍拂絹素意匠慘淡經營中斯須九重真龍出一洗萬古凡馬空玉花却在御榻上榻上庭前屹相向至尊含笑催賜金圉人太僕皆惆悵弟子韓幹早入室亦能畫馬窮殊相幹惟畫肉不畫骨忍使驊騮氣凋喪將軍畫善蓋有神必逢佳士亦寫真即今漂泊干戈際屢貌尋常行路人途窮返遭俗眼白世上未有如公貧但看古來盛名下終日坎壈纏其身

桃竹杖引贈章留後

江心蟠石生桃竹蒼波噴浸尺度足斬根削皮如紫玉江妃水仙惜不得梓潼使君開一束滿堂賓客皆歎息憐我老病贈兩莖出入爪甲鏗有聲老夫復欲東南征乘濤鼓枻白帝城路幽必爲鬼神奪杖劒或與蛟龍争重爲告曰杖兮杖兮爾之生也甚正直慎勿見水踊躍學變化爲龍使我不得爾之扶持滅跡

於君山湖上之青峯噫風塵傾洞兮豺虎咬人忽失雙杖兮吾將曷從

感古引 有序 元于介翁

孔明梁父吟深不滿於齊相嗚呼天若祚漢孔明不死天下事未可知吾於此重不滿焉

建安天下如潰瓜一榻之外非吾家黃屋飄颻定何許龍爲魚兮鼠爲虎老瞞詐力敢欺天朶頤羊咼方垂涎紫髯將軍一攘臂控荆引越三千里慷慨山東大耳兒南飛烏鵲棲無枝草廬一語君臣契目中久矣無吳魏堂堂大義凜不磨靈關劒閣爭嵯峨昨夜西南一星落六尺之孤竟誰托渭水旌旗歸故都江上空存八陣圖抱膝長歌出師表古柏蒼蒼爲誰老

望僊引 洪武宋景濂

橫塘風斷愁紅淺舊燕銜春香滿滿鶴馭遙空不可攀繡扆斜

張香裛懶暖簫不到茱萸帳寶露罌薄五雲盌風前白鬢幾人
悲萬里青蘋一時晚銅僊含淚辭青瑣渺渺空嗟西日短弱川
無力不勝航騎龍難到白雲鄉玉棺琢成巳三載欲葬神仙歸
北印

四時吟 吟類　晉陶淵明

春水滿四澤夏雲多奇峰秋月揚明輝冬嶺秀孤松

遊子吟　唐孟東野

慈母手中線遊子身上衣臨行密密縫意恐遲遲歸誰言寸草
心報得三春暉

金陵城西樓月下吟　李太白

金陵夜寂涼風發獨上高樓望吳越白雲映水搖秋城白露垂
珠滴秋月月下長吟久不歸古今相接眼中稀解道澄江靜如
練令人却憶謝玄暉

百舌吟　劉禹錫

曉星寥落春雲低，初聞百舌間關啼花枝滿空迷處所搖動繁英墜紅雨笙簧百囀音韻多黃鸝吞聲燕無語東方朝日遲遲升迎風弄景如自驚數聲不盡又飛去何許相逢綠楊路綿蠻宛轉似娛人一心百舌何紛紜酡顏俠少停歌聽墮珥妖姬和睡聞可憐光景何時盡誰能低徊避鷹隼廷尉張羅自不關潘郎挾彈無情損天生羽族爾何微舌端萬變乘春暉南方朱鳥一朝見索寞無言高下飛

清夜吟　宋邵康節

月到天心處風來水面時一般清意味料得少人知

織女吟贈黃進賢　洪武劉子高

憶昔束髮初嬌倚雲錦機折花事戲劇笑詫身上衣一從十五時學向機中織絲短愁苦長梭緩心轉急永夜蘭燈懸洞房門

前梧葉零秋霜霜寒手凍絲緒亂絡緯悲啼金井牀春花更疊黃金縷花底青鸞蹴烟霧東風何日上天來擬奉瑶池宴歌舞十日滿匹恒苦遲一夕停梭生網絲持刀沉吟剪秋水粉泪欲落愁風吹遠懷素心人邈在千里道何由托交歡持此永相保東隣小姬昔同年至今盛飾爲毋憐幾囘月高鳴杼軸正是他家夜彈曲

寄遠曲　曲類　唐王仲初

美人別來無處所巫山月明湘江雨千回想見不分明井底看星夢中語兩心相對尚難知何況萬里不相疑

憶長安曲　岑參

東望望長安正值日初出長安不可見但見長安日長安何處在只在馬蹄下明日歸長安爲君急走馬

聽鶯曲　韋應物

東方欲曙花冥冥啼鶯相喚亦可聽乍去乍來時近遠纔聞南陌又東城忽自上林翻下苑綿綿蠻蠻如有情欲囀不轉意自嬌羌兒弄笛曲未調前聲後聲不相及秦女學箏指猶澁須臾風暖朝日暾流音變作百鳥喧誰家嬾婦驚殘夢何處愁人憶故園伯勞飛過聲跼促戴勝下時桑田綠不及流鶯日日啼花間能使萬家春意閙有時斷續聽不了飛去花枝猶裊裊還棲碧樹鏁千門春滿方殘一聲曉

鵯鵊曲　宋歐陽永叔

龍樓鳳閣鬱崢嶸深宮不聞更漏聲紅紗蠟燭愁夜短綠窓鵯鵊催天明一聲兩聲人漸起金井轆轤聞汲水三聲四聲促嚴粧紅靴玉帶奉君王萬年枝軟風露濕上下枝間聲轉急南衙促仗三衛列九門放鑰千官入重城禁籞瑣池臺此鳥飛從何處來君不見潁河東岸村陂潤山禽野鳥常嘲哳田家惟聽夏

鷄聲夜夜龍頭耕曉月可憐此樂獨吾知眷戀君恩今白髮

採桑曲　　洪武宋仲珩

桑芽露春微似粟小姑把蠶試新浴素翎頻掃細於蟻嫩葉纖纖初上指朝採桑暮採桑採桑不得盈頃筐差將辛苦向姑語妾命自知桑葉比家中蠶早未成眠大姑已賣新絲錢岸上何人紫花馬郤欲拋金桑樹下

天馬歌 歌類　　唐李太白

天馬來出月氏窟背爲虎文龍翼骨嘶青雲振緑髮蘭筋權奇走滅沒騰崑崙歷西極四足無一蹶鷄鳴刷燕晡秣越神行電邁躡慌惚天馬呼飛龍趨目明長庚臆雙鳧尾如流星首渴烏口噴紅光汗溝珠曾陪時龍躡天衢羈金絡月照皇都逸氣稜稜凌九區白璧如山誰敢沽回頭笑紫燕但覺爾輩愚天馬奔戀君軒駷躍驚矯浮雲翻萬里足躑躅遥瞻閶闔門不逢寒

風子誰採逸景孫白雲在青天丘陵遠崔嵬鹽車上峻坂倒行逆施畏日晚伯樂翦拂中道遺少盡其力老棄之願逢田子方惻然爲我悲雖有玉山禾不能療苦饑嚴霜五月凋桂枝伏櫪銜冤摧兩眉請君贖獻穆天子猶堪弄影舞瑤池

侍從宜春苑奉詔賦龍池柳色聽新鶯百轉歌

東風已綠瀛洲草紫殿紅樓覺春好池南柳色半青青縈烟裊娜拂綺城垂絲百尺挂雕楹上有好鳥相和鳴間關早得春風情春風卷入碧雲去千門萬戶皆春聲是時君王在鎬京五雲垂暉耀紫清仗出金宮隨日轉天回玉輦繞花行始向蓬萊看舞鶴還過茝石聽新鶯新鶯飛繞上林苑願入簫韶雜鳳笙

元丹丘歌

元丹丘愛神仙朝飲潁川之清流暮還嵩岑之紫烟三十六峯長周旋長周旋躡星虹身騎飛龍耳生風橫河跨海與天通我

知爾遊心無窮

峨眉山月歌送蜀僧晏入中京

我在巴東三峽時西看明月憶峨眉月出峨眉照滄海與人萬里長相隨黃鶴樓前月華白此中忽見峨眉客峨眉山月還送君風吹西到長安陌長安大道横九天峨眉山月照秦川黃金獅子乘高座白玉塵尾談重玄我似浮雲殢吳越君逢聖主遊丹闕一振高名滿帝都歸時還弄峨眉月

飲中八仙歌　　杜子美

知章騎馬似乘船眼花落井水底眠汝陽三斗始朝天道逢麴車口流涎恨不移封向酒泉左相日興費萬錢飲如長鯨吸百川銜杯樂聖稱世賢宗之蕭灑美少年舉觴白眼望青天皎如玉樹臨風前蘇晉長齋綉佛前醉中往往愛逃禪李白斗酒詩百篇長安市上酒家眠天子呼來不上船自稱臣是酒中仙張

旭三杯草聖傳脫帽露頂王公前揮毫落紙如雲烟焦遂五斗方卓然高談雄辯驚四筵

奉先劉少府新畫山水障歌

堂上不合生楓樹恠底江山起烟霧聞君掃卻赤縣圖乘興遣畫滄州趣畫師亦無數好手不可遇對此融心神知君重毫素豈但祁岳與鄭虔筆跡遠過楊契丹得非玄圃裂無乃瀟湘翻悄然坐我天姥下耳邊已似聞清猿反思前夜風雨急乃是蒲城鬼神入元氣淋漓障猶濕真宰上訴天應泣野亭春還雜花遠漁翁暝踏孤舟立滄浪水深青溟闊欹岸側島秋毫末不見湘妃鼓瑟時至今班竹臨江活劉侯天機精愛畫入骨髓自有兩兒郎揮灑亦莫比大兒聰明到能添老樹巔崖裏小兒心孔開貌得山僧及童子若耶溪雲門寺吾獨胡為在泥滓青鞋布襪從此始

天育驃騎歌

吾聞天子之馬走千里今之畫圖無乃是是何意態雄且傑駿尾蕭梢朔風起毛爲綠縹兩耳黃眼有紫焰雙瞳方矯矯龍性合變化卓立天骨森開張伊昔太僕張景順考牧攻駒閑清峻遂令大奴字天育別養驥子憐神俊當時四十萬匹馬張公歎其材盡下故獨寫眞傳世人見之座右久更新年多物化空形影嗚呼健步無由騁如今豈無騕褭與驊騮時無王良伯樂死即休

題壁上韋偃畫馬歌

韋侯別我有所適知我憐君畫無敵戲拈禿筆掃驊騮欻見騏驎出東壁一匹齕草一匹嘶坐看千里當霜蹄時危安得眞致此與人同生亦同死

戲題王宰畫山水圖歌

十日畫一水五日畫一石能事不受相促迫王宰始肯留真跡壯哉崑崙方壺圖挂君高堂之素壁巴陵洞庭日本東赤岸水與銀河通中有雲氣隨飛龍舟人漁子入浦漵山木盡亞洪濤風尤工遠勢古莫比咫尺應須論萬里焉得并州快剪刀剪取吳松半江水

戲韋偃爲雙松圖歌

天下幾人畫古松畢宏已老韋偃少絕筆長風起纖末滿堂動色嗟神妙兩株慘裂苔蘚皮屈鐵交錯迴高枝白摧朽骨龍虎死黑入太陰雷雨垂松根胡僧憩寂寞龐眉皓首無住着偏袒右肩露雙脚葉裏松子僧前落韋侯韋侯數相見我有一疋好東絹重之不減錦繡段已令拂拭光凌亂請公放筆爲直幹

徐卿二子歌

君不見徐卿二子生絕奇感應吉夢相追隨孔子釋氏親抱送

並是天上麒麟兒大兒九齡色清澈秋水爲神玉爲骨小兒五歲氣食牛滿堂賓客皆回頭吾知徐公百不憂積善袞袞生公侯丈夫生兒有如此二雛者名位豈肯卑微休

茅屋爲秋風所破歌

八月秋高風怒號卷我屋上三重茅茅飛度江灑江郊高者挂罥長林梢下者飄轉沉塘坳南村群童欺我老無力忍能對面爲盜賊公然抱茅入竹去脣焦口燥呼不得歸來倚杖自歎息俄頃風定雲墨色秋天漠漠向昏黑布衾多年冷似鐵嬌兒惡卧踏裏裂床床屋漏無乾處雨脚如麻未斷絶自經喪亂少睡眠長夜沾濕何由徹安得廣厦千萬間大庇天下寒士俱歡顔風雨不動安如山嗚呼何時眼前突兀見此屋吾廬獨破受凍死亦足

李潮八分小篆歌

蒼頡鳥跡既茫昧字體變化如浮雲陳倉石鼓久已訛大小二
篆生八分秦有李斯漢蔡邕中間作者寂不聞嶧山之碑野火
焚棗木傳刻肥失眞苦縣光和尚骨立書貴瘦硬方通神惜哉
李蔡不復得吾甥李潮下筆親尚書韓擇木騎曹蔡有鄰開元
以來數八分潮也奄有二子成三人況潮小篆逼秦相快劒長
戟森相向八分一字直百金蛟龍盤拏肉屈強吳郡張顛誇草
書草書非古空雄壯豈知吾甥不流宕丞相中郎丈人行巴東
逢李潮逾月求我歌我今衰老才力薄潮乎潮乎柰汝何

乾元中寓居同谷縣作歌七首

有客有客字子美白頭亂髮垂過耳歲拾橡栗隨狙公天寒日
暮山谷裏中原無書歸不得手脚凍皴皮肉死嗚呼一歌兮歌
巳哀悲風爲我從天來
長鑱長鑱白木柄我生託子以爲命黃精無苗山雪盛短衣數

挽不掩脛此時與子空歸來男呻女吟四壁靜嗚呼二歌兮歌
始放閭里爲我色惆悵
有弟有弟在遠方三人各瘦何人强生别展轉不相見胡塵暗
天道路長東飛駕鵝後鶖鶬安得送我至汝傍嗚呼三歌兮歌
三發汝歸何處收兄骨
有妹有妹在鍾離良人早歿諸孤癡長淮浪高蛟龍怒十年不
見來何時扁舟欲往箭滿眼杳杳南國多旌旗嗚呼四歌兮歌
四奏竹林猿爲我啼清晝
四山多風溪水急寒雨颯颯枯樹濕黄蒿古城雲不開白狐跳
梁黄狐立我生胡爲在窮谷中夜起坐萬感集嗚呼五歌兮歌
正長魂招不來歸故鄉
南有龍兮在山湫古木巃嵸枝相樛木葉黄落龍正蟄蝮蛇東
來水上遊我行怯此安敢出拔劍欲斬且復休嗚呼六歌兮歌

思遲溪壑爲我廻春姿

男兒生不成名身已老三年飢走荒山道長安卿相多少年富貴應須致身早山中儒生舊相識但話宿昔傷懷抱嗚呼七歌兮悄終曲仰視皇天白日速

古劍歌　郭元振

君不見昆吾鐵冶飛炎烟紅光紫氣俱赫然良工鍜錬凡幾年鑄得寶劍名龍泉龍泉顔色如霜雪良工嗟咨歎奇絶瑠璃玉匣吐蓮花錯鏤金環生明月正逢天下無風塵幸得用防君子身精光黯黯青蛇色文章片片緑龜鱗非直結交遊俠子亦曾親近英雄人何言中路遭弃捐零落飄淪古獄邉雖復沉埋無所用猶能夜夜氣衝天

愛敬寺古藤歌　李頎

古藤池水盤樹根左攫右拏龍虎蹲横空直上相凌突丰茸離

纚若無骨風雷霹靂連黒枝人言其下藏妖魑　空庭落葉乍開
合十月苦寒常倒垂憶昨花飛滿空殿密葉吹　香飯僧徧南階
雙桐一百尺相與年年老霜霰

韋員外家花樹歌　岑參

今年花似去年好去年人到今年老始知人老不如花可惜落
花君莫掃君家兄弟不可當列卿御史尚書郎朝回花底恒會
客花撲玉缸春酒香

衛節度赤驃馬歌

君家赤驃畫不得一團旋風桃花色紅纓紫鞚珊瑚鞭玉鞍錦
韉黄金勒請君鞴出看君騎尾長窣地如紅絲自矜諸馬皆不
及却億百金初買時香街紫陌鳳城内滿城見者誰不愛揚鞭
驟急白汗流弄影行驕碧蹄碎紫髯胡雛金剪刀平明剪出三
騣高櫪上看時獨意氣衆中牽出偏雄豪騎將獵向南山口城

南狐兎不復有草頭一點疾如飛卻使蒼鷹翻向後憶昨看君朝未央鳴珂擁蓋滿路香始知邊將眞富貴可憐人馬相輝光男兒稱意得如此駿馬長鳴北風起待君東去掃胡塵爲君一日行千里

石鼓歌　韓退之

張生手持石鼓文勸我試作石鼓歌少陵無人謫仙死才薄將柰石鼓何周綱陵遲四海沸宣王憤起揮天戈大開明堂受朝賀諸侯劒珮鳴相磨蒐于岐陽騁雄俊萬里禽獸皆遮羅鐫功勒成告萬世鑿石作鼓隳嵯峨從臣才藝咸第一揀選撰刻留山阿雨淋日炙野火燒鬼物守護煩撝訶公從何處得紙本毫髮盡備無差訛詞嚴義密讀難曉字體不類隸與蝌年深豈免有缺畫快劒斫斷生蛟鼉鸞翔鳳翥衆仙下珊瑚碧樹交枝柯金繩鐵索鎖紐壯古鼎躍水龍騰梭陋儒編詩不收入二雅褊

追無委蛇孔子西行不到秦掎摭星宿遺羲娥嗟予好古生苦晚對此涕淚雙滂沱憶昔初蒙博士徵其年始改稱元和故人從軍在右輔爲我量度掘臼科濯冠沐浴告祭酒如此至寶存豈多氈包席裹可立致十鼓秖載數駱駝薦諸太廟比郜鼎光價豈止百陪過聖恩若許留太學諸生講解得切磋觀經鴻都尚填咽坐見舉國來奔波剜苔剔蘚露節角安置妥帖平不頗大廈深簷與蓋覆經歷久遠期無他中朝大官老於事詎肯感激徒媕阿牧童敲火牛礪角誰復著手爲摩挲日消月鑠就埋沒六年西顧空吟哦羲之俗書趁姿媚數紙尚可博白鵝繼周八代爭戰罷無人收拾理則那方今太平日無事柄任儒術崇丘軻安能以此尚論列願借辯口如懸河石鼓之歌止於此嗚呼吾意其蹉跎

茶歌

盧仝

日高丈五睡正濃，軍將扣門驚周公。口傳諫議送書信，白絹斜封三道印。開緘宛見諫議面，首閱月團三百片。聞道新年入山裏，蟄蟲驚動春風起。天子須嘗陽羨茶，百草不敢先開花。仁風暗結珠蓓蕾，先春抽出黃金芽。摘鮮焙芳旋封裹，至精至好且不奢。至尊之餘合王公，何事便到山人家。柴門反關無俗客，紗帽籠頭自煎喫。碧雲引風吹不斷，白花浮光凝碗面。一碗喉吻潤，二碗破孤悶。三碗搜枯腸，惟有文字五千卷。四碗發輕汗，平生不平事，盡向毛孔散。五碗肌骨清，六碗通仙靈。七碗喫不得也，惟覺兩腋習習清風生。蓬萊山，在何處？玉川子乘此清風欲歸去。山上群仙司下土，地位清高隔風雨。安得知百萬億蒼生命，墮顛崖受辛苦。便從諫議問蒼生，到頭合得蘇息否？

唐七德舞歌　白樂天

七德舞，七德歌，傳自武德至元和。元和小臣白居易，觀舞聽歌知樂意曲終稽首陳其事太宗十八舉義兵白旄黃鉞定兩京擒充戮竇四海清二十有四功業成二十有九即帝位三十有五致太平功成理定何神速速在推心致人腹亡卒遺骸散帛收饑人賣子分金贖魏徵夢見天子泣張謹哀聞辰日哭怨女三千放出宮死囚四百來歸獄剪鬚燒藥賜功臣李勣嗚咽思殺身含血吮瘡撫戰士思摩奮呼乞效死則知不獨善戰善乗時以心感人人心歸爾來一百九十載天下至今歌舞之歌七德舞七德聖人有作垂無極豈徒耀神武豈徒誇聖文太宗意在陳王業王業艱難示子孫

廬山高歌贈同年劉中允歸南康　宋歐陽永叔

廬山高哉幾千仞兮根盤幾百里巀然屹立乎長江長江西來走其下是為揚瀾左里兮洪濤巨浪日夕相舂撞雲消風止水鏡靜泊舟登岸而遠望兮上摩青蒼晻靄下壓后土之鴻龐

試往造乎其間兮攀緣石磴窺空谾千巖萬壑響松檜懸崖巨石飛流淙水聲聒聒亂人語六月飛雪灑石矼仙公釋子亦往往而逢兮吾嘗惡其學幻而言哤但見丹崖翠壁遠近映樓閣晨鍾暮鼓杳靄羅幡幢幽花野草不知其名兮風吹露濕香澗谷時有白鶴飛來雙幽尋遠去不可極便欲絕世遺紛厖羨君買田築室老其下揷秧盈疇兮釀酒盈缸欲令浮嵐曖翠千萬狀坐臥常對乎軒窻君懷磊砢有至寶世俗不辨珉與玒策名爲吏二十載青山白首困一邦寵榮聲利不可以苟屈兮自非青雲白石有深趣其氣兀硉何由降丈夫壯節似君少嗟我欲說安得巨筆如長杠

牧牛兒歌　張文潛

牧牛兒遠陂牧遠陂牧牛芳草綠兒怒掉鞭牛不觸澗邊柳古南風清麥深蔽日田野平烏犍礪角逐草行老牸臥噍飢不鳴

犢兒跳梁没草去隔林應毋時一聲老翁念兒自携餉出門先上岡頭望日斜風雨濕簑衣拍手唱歌尋伴歸遠村放牧風日薄近村牧牛泥水惡珠璣燕趙兒不知兒生但知牛背樂

六歌　文宋瑞

宋瑞名天祥宋狀元右丞相國亡盡節而死

有妻有妻出糟糠自少結髮不下堂亂離中道逢虎狼鳳飛翩翩失其凰將雛一一去何方豈料國破家亦亡不忍捨君羅襦裳天長地遠終茫茫牛女夜夜遥相望嗚呼一歌兮歌正長悲風北來起傍徨

有妹有妹家流離良人去後携諸兒北風吹沙塞草萋窮猿慘淡將安歸去年哭母南海湄三男一女同歔欷惟汝不在割我肌汝家零落毋不知毋知豈有瞑目時嗚呼再歌兮歌孔悲鶺鴒在原我何爲

有女有女婉清揚大者學帖臨鍾王小者讀字聲琅琅朔風吹
衣白日黃一雙白璧委道傍鴈兒啄啄秋無粱隨毋北狩誰人
將嗚呼三歌兮歌愈傷非爲兒女淚琳琅
有子有子風骨殊釋氏抱送徐卿雛四月八日摩尼珠榴花犀
錢絡繡襦蘭湯百沸香如酥欻隨飛電飄泥途汝兄十三騎鯨
魚汝今三歲知在無嗚呼四歌兮歌以吁燈前老我明月孤
有妾有妾今何如大者手將玉蟾蜍次者親抱汗血駒晨妝靚
服臨西湖英英鴈落飄瓊琚風花飛墜鳥嗚呼金莖沆瀣浮汚
渠天摧地裂龍鳳殂美人塵土何代無嗚呼五歌兮歌鬱紆爲
爾迎風立斯須
我生我生何不辰孤根不識桃李春天寒日短重愁人北風隨
我鐵馬塵初怜骨肉鍾奇禍而今骨肉相怜我汝在北兮嬰我
懷我死誰當收我骸人生百年何醜好黃粱得喪俱草草嗚呼

六歌兮勿復道出門一笑天地老

釣臺歌　元范德機

吾慕嚴子陵隱居富春山故人乘六龍身隨魚鳥閒羊裘大澤雪在湏忽來導從入皇都掉頭不受諫大夫高風逸節何代無慎勿滄浪輕釣徒

仇工部古松歌　傅與礪

蒼松在山自奇古灌木翳之人不驚忽然圖向堂上壁滿座歎息長風生交柯崛走森晝晦其下將疑鬼神會霧雨寒霏虎豹毛雷霆怒折蛟龍背乃知巨筆老且神力斡造化雄千鈞皇天不夭棟梁具后土潛回霜雪春爾松已爲人愛惜見尔爲爾生顔色山中豈無材木倚絕壁未逢匠石嗟何益

鶴媒歌　洪武高季廸

鶴媒獨步荒陂水仰望雲間不飛起遠呼過鳥下南汀鼓翼相

迎似相喜共爲羽族生水鄉暫從飲啄無猜防草盾俄開中潛弩弋師讙咲媒矜舞嗟爾高潔非凡禽胡爲徇食移此心受人馴養忘遠舉好陌同類機腸深嗚呼世間幾人號君子得利相傾亦如此

篁簇謚 謚類　唐李太白

攀天莫登龍走山莫騎虎貴賤結交心不移惟有嚴陵及光武周公稱大聖管蔡寧相容漢謠一斗粟不與淮南春兄弟尚路人吾心安所從他人方寸間山海幾千重輕言託朋友對面九疑峰多花必早落桃李不如松管鮑久已死何人繼其蹤

長淮謚　宋馬子才

長淮之水青如苔行人但覺心眼開湘江豈無水魚腹忠魂埋但見愁雲結雨猿聲哀浙江豈無水鴟革漂胥骸但見潮頭怒氣如山來孤臣詞客到江上何以寬心懷長淮之水遶楚流先

生家住淮上頭黃金萬斛浴明月碧玉一片含清秋酒花入面歌一聲淮上百物無閑愁

秋雨歎　歎類　杜子美

雨中百草秋爛死階下决明顔色鮮著葉滿枝翠羽蓋開花無數黃金錢涼風蕭蕭吹汝急恐汝後時難獨立堂上書生空白頭臨風三嗅馨香泣

闌風伏雨秋紛紛四海八荒同一雲去馬來牛不復辨濁涇清渭何當分禾頭生耳黍穗黑農夫田父無消息城中斗米換衾裯相許寧論兩相直

長安布衣誰比數反鎖衡門守環堵老夫不出長蓬蒿稚子無憂走風雨雨聲颼颼催早寒胡鴈翅濕高飛難秋來未曾見白日泥汚后土何時乾

歎庭前甘菊花

庭前甘菊移時晚青蘂重陽不堪摘明日蕭條盡醉醒殘花爛熳開何益籬邊野外多衆芳采擷細瑣升中堂念兹空長大枝葉結根失所纒風霜

柟樹爲風雨所拔歎

倚江柟樹草堂前故老相傳二百年誅茅卜居揔爲此五月髣髴聞寒蟬東南飄風動地至江翻石走流雲氣榦排雷雨猶力爭根斷泉源豈天意滄波老樹性所愛浦上童童一青蓋野客頻留懼雪霜行人不過聽竽籟虎倒龍顛委榛棘淚痕血點垂胷臆我有新詩何處吟草堂自此無顏色

秋夜歎　　宋朱晦庵

秋風浙瀝鳴清商秋草未死啼寒螿幽人幽人起聽歎仰視河漢天中央河漢西流去不息人生辛苦何終極蒼山萬疊雲氣深去鍊形鬼生羽翼

古釵歎

元吳維申

何年美人寶釵失深井沉泥汚珠瓅一朝拾得再揩磨三回五回看嘆息雙鸞匹鳳兩股勻終然汚色難爲新當時光瑩照頭上有似桃李挻青春今人不識古儀狀寶釵雖好非時樣爲君插罷擁髻悲物無貴賤皆隨時

湘弦怨 怨類

唐孟東野

昧者理芳草蒿蘭同一鋤狂飇怒秋林曲直同一枯嘉木忌深蠹哲人悲巧誣靈均入迴流靳尚爲良謨我願分衆泉清濁各異渠我願分衆巢梟鸞相遠居此志諒難保此情竟何如湘弦少知意孤響空踟躕

吳宮怨

衛萬

君不見吳王宮閣臨江起不卷珠簾見江水曉氣晴來雙闕間潮聲夜落千門裏勾踐城中非舊春姑蘇臺下起黃塵秖今唯

有西江月曾照吳王宫裏人

失釵怨　王仲初

貧女銅釵惜於玉失卻來來三日哭嫁特女伴與作粧頭戴此釵如鳳凰雙杯行酒六親喜我家新婦宜拜堂鏡中乍無失髻様初起猶疑在床上高樓翠鈿飄舞塵明日從頭一遍新

商婦怨　元陳子上

嫁夫嫁商賈重利不重恩三年南海去寄信無回言妾身爲婦人不敢出閨門縫衣待君返請君看淚痕

金井怨　洪武高季迪

照水羞見影汲水嫌手冷閑立梧桐陰烏啼秋夜永

松楸怨　徐天逸

萩水歡娱淺松楸感慨長西家白頭嫗門外倚斜陽

文章辨體卷之十四

文章辨體卷之十五

海虞後學吳訥編集

告諭

周襄王不許晉文公請隧

按隧王之葬禮闕地通路曰隧眞氏曰此篇要領在班先王大物以賞私德一語後云余敢以私勞變前大章蓋覆說也晉文定襄王自以不世大功其請隧也蓋窺大物之漸襄王目之曰私德曰私勞所以折其驕矜不遜之意玩其詞氣若優游而實峻烈眞可爲告諭諸侯之法

晉文公旣定襄王于郟王勞之以地辭請隧焉王弗許曰昔我先王之有天下也規方千里以爲甸服以供上帝山川百神之祀以備百姓兆民之用以待不庭不虞之患其餘以均分公侯

伯子男各有寧宇以順及天地無逢其災害先王豈有賴焉內官不過九御外官不過九品足以供給神祇而已豈敢猒縱其耳目心腹以亂百度亦惟是死生之服物采章以臨長百姓而輕重布之王何異之有今天降禍災於周室余一人僅亦守府又不佞以勤叔父而班先王之大物以賞私德其叔父實應且憎以非余一人余一人豈敢有愛也先民有言曰改玉改行叔父若能光裕大德更姓改物以創制天下自顯庸也而縮（引也）取備物以鎮撫百姓余一人其流辟於裔土何辭之與有若由是姬姓也尚將列爲公侯以復先王之職大物其未可改也叔父其茂昭明德物將自至余敢以私勞變前之大章以忝天下其若先王與百姓何何政令之爲也若不然叔父有地而隧焉余安能知之文公遂不敢請受地而還

襄王止晉殺衛侯

温之會晋人執衛成公歸之于周晋侯請殺之王曰不可夫政自上下者也上作政而下行之不逆故上下無怨今叔父作政而不行無乃不可乎夫君臣無獄今元咺雖直不可聽也君臣皆獄父子將獄是無上下也而叔父聽之一逆矣又爲臣殺其君其安庸刑布刑而不庸再逆矣一合諸侯而有再逆政余懼其無後也不然余何私於衛侯晋人乃歸衛侯

定王使王孫滿對楚子

楚子伐陸渾之戎遂至於雒觀兵于周疆定王使王孫滿勞楚子楚子問鼎之大小輕重焉對曰在德不在鼎昔夏之方有德也遠方圖物（圖畫山川奇物獻之）貢金九牧鑄鼎象物百物而爲之備使民知神姦故民入川澤山林不逢不若螭魅魍魎（螭山神獸形魅怪物魍魎水神）莫能逢之用能協于上下以承天休桀有昏德鼎遷于商載祀六百商紂暴虐鼎遷于周德之休明雖小重也其姦回昏亂

雖大輕也天祚明德有所底止成王定鼎于郟鄏卜世三十卜年七百天所命也周德雖衰天命未改鼎之輕重未可問也

定王辭鞏朔獻齊捷

晉侯使鞏朔獻齊捷于周王弗見使單襄公辭焉曰蠻夷戎狄不式王命淫湎毀常王命伐之則有獻捷王親受而勞之所以懲不敬勸有功也兄弟甥舅侵敗王略王命伐之告事而已不獻其功所以敬親暱禁淫慝也今叔父克遂有功于齊而不使命卿鎮撫王室所使來撫余一人而鞏伯實來未有職司於王室又奸先王之禮余雖欲於鞏伯其敢廢舊典以忝叔父夫齊甥舅之國也而太師之後也寧不亦淫從其欲以怒叔父抑豈不可諫誨士莊伯不能對王使委於三吏禮之如侯伯克敵使大夫告慶之禮降於卿禮一等

景王使詹桓伯責晉

周甘人與晉閻嘉爭閻田晉梁丙張趯率陰戎伐頴王使詹桓伯辭於晉曰我自夏以后稷魏駘芮岐畢吾西土也及武王克商蒲姑商奄吾東土也巴濮楚鄧吾南土也肅愼燕亳吾北土也吾何邇封之有文武成康之建母弟以蕃屏周亦其廢隊是爲豈如弁髦而因以敝之先王居檮杌于四裔以禦魑魅故允姓之姦居于瓜州伯父惠公歸自秦而誘以來使偪我諸姬入我郊甸則戎焉取之戎有中國誰之咎也后稷封殖天下今戎制之不亦難乎伯父圖之我在伯父猶衣服之有冠冕木水之有本原民人之有謀主也伯父若裂冠毀冕拔本塞原專棄謀主雖戎狄其何有余一人叔向謂宣子曰文之伯也豈能改物翼戴天子而加之以共自文以來世有衰德而暴蔑宗周以宣示其侈諸侯之貳不亦宜乎且王辭直子其圖之宣子説王有姻喪使趙成如周弔且致閻田與襚反頴俘王亦使賓滑執甘

大夫襄以說於晉晉人禮而歸之

敬王告晉請城成周

王使富辛與石張如晉請城成周天子曰天降禍于周俾我兄弟並有亂心以爲伯父憂我一二親暱甥舅不皇啓處於今十年勤戍五年余一人無日忘之閔閔焉如農夫之望歲懼以待時伯父若肆大惠復二文之業弛周室之憂徼文武之福以固盟主宣昭令名則余一人有大願矣昔成王合諸侯城成周以爲東都崇文德焉今我欲徼福假靈于成王修成周之城俾戍人無勤諸侯用寧蝥賊遠屏晉之力也其委諸伯父實重圖之俾我一人無徵怨于百姓而伯父有榮施先王庸之范獻子謂魏獻子曰與其戍周不如城之天子實云雖有後事晉勿與知可也從王命以紓諸侯晉國無憂是之不務而又焉從事魏獻子曰善使伯音對曰天子有命敢不奉承以奔告於諸侯遲速

衰序於是焉在按周之望晉切矣而范鞅乃曰雖有後事晉勿與知豈誠於圖王室者哉此伯業之所以衰也

右周天子告諭諸侯之辭

魯季文子語晉韓穿

晉侯使韓穿來言汶陽之田歸之于齊魯侯使季文子餞之曰大國制義以爲盟主是以諸侯懷德畏討無有貳心謂汶陽之田敝邑之舊也而用師於齊使歸諸敝邑今有二命曰歸諸齊信以行義義以成命小國所望而懷也信不可知義無所立四方諸侯其誰不解體詩曰女也不爽士貳其行士也罔極二三其德七年之中一與一奪二三孰甚焉士之二三猶喪妃耦而況霸主霸主將德是以用也而二三之其何以長有諸侯乎詩曰猶謀也之未遠是用大簡諫也行父懼晉之不遠猶而失諸侯也是以敢言之

晉侯使呂相絕秦

晉侯使呂相絕秦曰昔逮我獻公及穆公相好戮力同心申之以盟誓重之以昏姻天禍晉國文公如齊惠公如秦無祿獻公即世穆公不忘舊德俾我惠公用能奉祀于晉又不能成大勳而爲韓之師亦悔于厥心用集我文公是穆之成也文公躬擐甲冑跋履山川踰越險阻征東之諸侯虞夏商周之胤而朝諸秦則亦既報舊德矣鄭人怒君之疆埸我文公帥諸侯及秦圍鄭秦大夫不詢于我寡君擅及鄭盟諸侯疾之將致命于秦文公恐懼綏靜諸侯秦師克還無害是我有大造于西也無祿文公即世爲不弔蔑死我君寡我襄公迭我殽地奸絕我好伐我保城殄滅我費滑散離我兄弟撓亂我同盟傾覆我國家我襄公未忘君之舊勳而懼社稷之隕是以有殽之師猶願赦罪于穆公穆公弗聽而即楚謀我天誘其衷成王隕命穆公是以不克逞志于我穆襄即世康靈即位康公我之自出又欲闕翦我

公室傾覆我社稷帥我蝥賊以來蕩搖我邊疆我是以有令狐之役康猶不悛入我河曲伐我涑川俘我王官翦我羈馬我是以有河曲之戰東道之不通則是康公之絕我好也及君之嗣也我君景公引領西望曰庶撫我乎君亦不惠稱盟利吾有狄難入我河縣焚我箕郜芟夷我農功虔劉我邊垂我是以有輔氏之聚君亦悔禍之延而亦徼福于先君獻穆使伯車來命我景公曰吾與女同好棄惡復修舊德以追念前勳言誓未就景公即世我寡君是以有令狐之會君又不祥背棄盟誓白狄及君同州君之仇讎而我昏姻也君來賜命曰吾與女伐狄寡君不敢顧昏姻畏君之威而受命于吏君有二心於狄曰晉將伐女狄應且憎是用告我楚人惡君之二三其德也亦來告我曰秦背令狐之盟而來求盟于我昭告昊天上帝秦三公楚三王曰余雖與晉出入余唯利是視不穀惡其無成德是用宣之以

懲不一諸侯備聞此言斯是用痛心疾首暱就寡人寡人帥以聽命唯好是求君若惠顧諸侯矜哀寡人而賜之盟則寡人之願也其承寧諸侯以退豈敢徼亂君若不施大惠寡人不佞其不能以諸侯退矣敢盡布之執事俾執事實圖利之秦桓公旣與晋厲公爲令狐之盟而又召狄與楚欲道以伐晋諸侯是以睦於晋

子産對晋人問獻捷

鄭子産獻捷于晋戎服將事晋人問陳之罪對曰昔虞閼父爲周陶正以服事我先王我先王賴其利器用也與其神明之後也庸以元女大姬配胡公而封諸陳以備三恪則我周之自出至于今是賴桓公之亂蔡人欲立其出我先君莊公奉五父而立之蔡人殺之我又與蔡人奉戴厲公至於莊宣皆我之自立夏氏之亂成公播蕩又我之自入君所知也今陳忘周之大德

蔑我大惠棄我姻親介恃楚衆以馮陵我敝邑不可億逞我是以有往年之告未獲成命則有我東門之役當陳隧者井堙木刊敝邑大懼不競而恥大姬天誘其衷啓敝邑心陳知其罪授手于我用敢獻功晋人曰何故侵小對曰先王之命唯罪所在各致其辟且昔天子之地一圻列國一同自是以衰今大國多數圻矣若無侵小何以至焉晋人曰何故戎服對曰我先君武莊爲平桓卿士城濮之役文公布命曰各復舊職命我文公戎服輔王以授楚捷不敢廢王命故也士莊伯不能詰復於趙文子文子曰其辭順犯順不祥乃受之冬十月子展相鄭伯如晋拜陳之功子西復伐陳陳及鄭平仲尼曰志有之言以足志文以足言不言誰知其志言之無文行而不遠晋爲伯鄭入陳非文辭不爲功愼辭哉

衛祝佗爭先蔡

劉文公合諸侯于召陵謀伐楚也將會衛子行敬子言於靈公曰會同難嘖有煩言莫之治也其使祝佗從公曰善乃使子魚及臯鼬將長蔡於衛衛侯使祝佗私於萇弘曰聞諸道路不知信否若聞蔡將先衛信乎萇弘曰信蔡叔康叔之兄也先衛不亦可乎子魚曰以先王觀之則尚德也昔武王克商成王定之選建明德以蕃屏周故周公相王室以尹天下於周爲睦分魯公以大路大旂夏后氏之璜封父之繁弱殷氏六族條氏徐氏蕭氏索氏長勺氏尾勺氏使帥其宗氏輯其分族將其類醜以法則周公用即命于周是使之職事于魯以昭周公之明德分之土田陪敦祝宗卜史備物典策官司彝器因商奄之民命以伯禽而封於少皥之虛分康叔以大路少帛綪茷旃旌大呂殷民七族陶氏施氏繁氏錡氏樊氏饑氏終葵氏封畛土略自武父以南及圃田之北竟取於有閻之土以共王職取於相土之

東都以會王之東蒐聃季授土陶叔授民命以康誥而封於殷虛皆啓以商政疆以周索分唐叔以大路密須之鼓闕鞏沽洗懷姓九宗職官五正命以唐誥而封於夏虛啓以夏政疆以戎索三者皆叔也而有令德故昭之以分物不然文武成康之伯猶多而不獲是分也唯不尚年也管蔡啓商惎間王室王於是乎殺管叔而蔡蔡叔以車七乘徒七十人其子蔡仲改行帥德周公舉之以爲己卿士見諸王而命之以蔡其命書云王曰胡無若爾考之違王命也若之何其使蔡先衛也武王之母弟八人周公爲大宰康叔爲司寇聃季爲司空五叔無官豈尚年哉曹文之昭也晉武之穆也曹爲伯甸非尚年也今將尚之是反先王也晉文公爲踐土之盟衛成公不在夷叔其母弟也猶先蔡其載書云王若曰晉重魯申衛武蔡甲午鄭捷齊潘宋王臣莒期藏在周府可覆視也吾子欲復文武之略而不正其德將

如之何萇弘說告劉子與范獻子謀之乃長衛侯於盟

王孫圉對趙簡子

王孫圉聘於晉定公饗之趙簡子鳴玉以相問於王孫圉曰楚之白珩猶在乎對曰然簡子曰其爲寶也幾何矣曰未嘗爲寶楚之所寶者曰觀射父能作訓辭以行事於諸侯使無以寡君爲口實又有左史倚相能道訓典以叙百物以朝夕獻善敗于寡君使寡君無忘先王之業又能上下說（媚也）于鬼神順道其欲惡使神無有怨痛（疾也）于楚國又有藪曰雲連徒洲金木竹箭之所生也龜珠角齒皮革羽毛所以備賦用以戒不虞者也所以共幣帛以賓享於諸侯者也若諸侯之好幣具而導之以訓辭有不虞之備而皇神相之寡君其可以免罪於諸侯而國民保焉此楚國之寶也若夫白珩先王之玩也何寶焉圉聞國之寶六而已聖能制議百物以輔相國家則寶之玉足以庇廕嘉穀

使無水旱之災則寶之龜足以憲臧否則寶之珠足以禦火災則寶之金足以禦兵亂則寶之山林藪澤足以備財用則寶之若夫譁囂之美楚雖蠻夷不能寶也

子大叔對范獻子

是時王室亂尹氏立王子朝

鄭伯如晉子大叔相見范獻子獻子曰若王室何對曰老夫其國家不能恤敢及王室抑人亦有言曰嫠不恤其緯而憂宗周之隕爲將及焉今王室實蠢蠢焉吾小國懼矣然大國之憂也吾儕何知焉吾子其早圖之詩曰缾之罄矣惟罍之恥王室之不寧晉之恥也獻子懼而與宣子圖之乃徵會於諸侯期以明年

右春秋列國往來應對之辭

璽書

漢文帝賜南越尉佗書依綱目節本

皇帝謹問南越王朕高皇帝側室之子也棄外奉北藩于代道里遼遠壅蔽樸愚未嘗致書高皇帝棄群臣孝惠皇帝即世高后自臨事不幸有疾諸呂爲變賴宗廟之靈功臣之力誅之已畢朕以王侯吏不釋之故不得不立乃者聞王遺將軍隆慮侯書求親昆弟請罷長沙兩將軍朕以王書罷將軍博陽侯親昆弟在眞定者已遣人存問修治先人冢前日聞王發兵於邊爲寇災不止當其時長沙苦之南郡尤甚雖王之國庸獨利乎必多殺士卒傷良將吏寡人之妻孤人之子獨人父母得一亡十朕不忍爲也得王之地不足以爲大得王之財不足以爲富服領以南王自治之雖然王之號爲帝兩帝並立亡一乘之使以通其道是爭也爭而不讓仁者不爲也願與王分棄前患終今以來通使如故故使賈馳諭告王朕意上褚五十衣中褚三十衣下褚二十衣遺王王宜受之

答鼂錯璽書

眞氏曰家令小臣而帝賜以璽書詞又温厚如此

豈非隆謙好善之主哉

皇帝問太子家令上書言兵體三章聞之書言狂夫之言而明主擇焉今則不然言者不狂而擇者不明國之大患故在於此使夫不明而擇於不狂是以萬聽而萬不當也

武帝賜嚴助書

君厭承明之廬勞侍從之事懷故土出爲郡吏會稽東接於海南近諸越北枕大江間者闊焉久不聞問具以春秋對毋以蘇秦縱横

宣帝賜趙充國書

眞氏曰宣帝充國君臣間論難往復猶家人父子

唯諾然君明臣忠千載之下猶可師也充國奏見

後奏疏中

皇帝問後將軍甚苦暴露將軍計欲至正月乃擊罕羌羌人當獲麥已遠其妻子精兵萬人欲爲酒泉燉煌寇邊兵少民守保不得田作今張掖以東粟石百餘芻槀束數十轉輸並起百姓煩擾將軍將萬餘之衆不早及秋共水草之利爭其畜食欲至冬虜皆當畜食多藏匿山中依險阻將軍士寒手足皸瘃寧有利哉將軍不念中國之費欲以歲數而勝微將軍誰不樂此者今詔破羌將軍武賢將兵六千一百人燉煌太守快將二千人長水校尉富昌酒泉侯奉世將婼月氏兵四千人亡慮萬二千人齎三十日食以七月二十二日擊罕羌入鮮水北句廉上去酒泉八百里去將軍可千二百里將軍其引兵便道西並進雖不相及使虜聞東方北方兵並來分散其心意離其黨與雖不能殄滅當有瓦解者已詔中郎將卬將胡越佽飛射士步兵二

校尉益將軍兵今五星出東方中國大利蠻夷大敗太白出高用兵深入敢戰者吉弗敢戰者凶將軍急裝因天時誅不義萬下以全勿復有疑

二

後將軍聞苦腳脛寒泄將軍年老加疾一朝之變不可諱朕甚憂之今詔破羌將軍詣屯所爲將軍副急因天時大利吏士銳氣以十二月擊先零羌即疾劇留屯毋行獨遣破羌彊弩將軍

三

皇帝問後將軍言欲罷騎兵萬人留田即如將軍之計虜當何時伏誅兵當何時得決孰計其使復奏

四

皇帝問後將軍言十二便聞之虜雖未伏誅兵決可期月而望期月而望者謂今冬邪謂何時也將軍獨不計虜聞兵可罷且

丁壯相聚攻擾田者及道上屯兵復殺略人民將何以止之又大开小开前言曰我告漢軍先零所在兵不往擊久留得亡校五年時不分別人而并擊我其意常恐今兵不出得亡變生與先零爲一將軍孰計復奏

五

皇帝問後將軍上書言羌虜可勝之道今聽將軍將軍計善其上留屯及當罷者人馬數將軍彊食愼兵事自愛

成帝諭東平王宇璽書

皇帝問東平王蓋聞親親之恩莫重於孝尊尊之義莫大於忠故諸侯在位不驕以致孝道制節謹度以翼天子然後富貴不離其身而社稷可保今聞王自修有闕本朝不和流言紛紛謗自內與朕甚憯焉爲王懼之詩不云乎毋念爾祖聿修厥德永言配命自求多福朕惟王之春秋方剛忽於道德意有所移恐

言未納故臨遣太中大夫子蟜諭王朕意孔子曰過而不改斯謂過矣王其深惟孰思之無違朕意

光武賜馮異璽書

三輔遭王莽更始之亂重以赤眉延岑之酷元元塗炭無所依訴今之征伐非必畧地屠城要在平定安集之耳諸將非不健鬬然好虜掠卿本能御吏士念自修勑無爲郡縣所苦

勞馮異璽書

赤眉破平士吏勞苦始雖垂翅回谿終能奮翼澠池可謂失之東隅收之桑榆方論功賞以答大勳

報耿弇璽書

昔韓信破歷下以開基今將軍攻祝阿以發迹蓋皆齊之西界功足相方而韓信襲擊已降將軍獨拔勍敵其功又難於信也又田横烹酈生及田横降高帝詔衛尉不聽爲仇張步前亦殺

伏隆若步來歸命吾當詔大司徒釋其怨又事尤相類也將軍前在南陽建此大策常以爲落落難合有志者事竟成也

章帝報東平王蒼璽書

丙寅所上便宜三事朕親自覽讀反覆數周心開目明曠然發蒙間吏人奏事亦有此言但明智淺短或謂儻是復慮爲非何者災異之降緣政而見今改元之後年饑人流此朕之不德感應所致又冬春旱甚所被尤廣雖内用克責而不知所定得王深策快然意解詩不云乎未見君子憂心忡忡既見君子我心則降思惟嘉謀以次奉行冀蒙福應彰報至德

和帝報梁王暢書

朕惟王至親之屬淳淑之美傅相不良不能防邪至令有司紛紛有言今王深思悔過端自克責朕惻然傷之王其安心靜意茂率休德易不云乎一謙而四益小有言終吉强食自愛

唐太宗賜李大亮書

朕以卿兼資文武志懷貞忠故委藩牧當茲重寄比在州鎮聲績遠彰念此忠勤無忘寤寐使遣獻鷹遂不曲順論今引古遠獻直言披露腹心非常懇到覽用嘉歎不能已已有臣若此朕復何憂宜守此誠終始若一詩云靖恭尒位好是正直神之聽之介尒景福古人稱一言之重侔於千金卿之此言深足貴矣今賜卿金壺缾金碗各一枚雖無千鎰之重是朕自用之物卿立志方直竭節至公處職當官每副所委方大任使以申重寄公事之閑宜觀典籍兼賜卿荀悅漢紀一部此書敘至簡要論議深博極為政之體盡君臣之義今以賜卿宜加尋閱

答魏徵書

省頻抗表誠極忠欵言窮切至覽忘倦每達宵分非公體國情深啓沃義重豈能示以良圖匡其不及朕聞晉武帝平吳已

後務在驕奢不復留心治政何曾退朝謂其子劭曰吾每見主上不論經國遠圖但說平生常語此非貽厥子孫者也尒身猶可以免指諸孫曰此等必遭亂死及孫綏果爲淫刑所戮前史美之以爲明於先見朕意不然曾之不忠其罪大矣夫爲人臣當進思竭誠退思補過將順其美匡救其惡所以共爲治也曾位極台司名器崇重當直詞正諫論道佐時今乃退有後言進無廷諍以爲明智不亦謬乎顚而不扶安用彼相公之所陳也朕聞過矣當置之几案事等韋弦必望收彼桑榆期之歲暮不使康哉良哉獨盛於往日若魚若水遂爽於當今遲復嘉謀犯而無隱朕將虛襟靜志敬佇德音

宋哲宗答韓絳書

覽所上劄子陳乞致仕事具悉爲天下計則賢者常勞爲人臣謀則老者當逸今朝廷待卿之意酌處其中奉朝請於琳宮所

以係民望釋負荷於留篇所以慰雅懷勉及康和亟還朝著已
降勅命差卿充集禧觀使書到日可發來赴闕夏熱卿比平安
好遣書旨不多及

宋神宗奬諭司馬光書

史學之廢久矣紀次無法論議不明豈足以示懲勸明久遠哉
卿博學多聞貫穿古今上自晚周下迄五代發揮綴緝成一家
之書褒貶去取有所據依省閱以還良深嘉歎今賜卿銀絹對
衣腰帶鞍轡馬具如別録至可領也故茲奬諭想宜知悉冬寒
卿比平安好遣書旨不多及

批答

漢宣帝報張安世上侯印不允批答

将軍年老被病朕甚憫之雖不能視事折衝萬里君先帝大臣
明於治亂朕所不及得數問焉何感而上書歸衛将軍富平侯

印薄朕忘故非所望也願將軍彊餐食近醫藥專精神以輔天年

唐太宗答劉洎

非慮無以臨下非言無以述慮比有談論遂至煩多輕物驕人恐由茲道形神心氣非此為勞今聞讜言虛懷以改

宋仁宗賜新除宰臣富弼讓恩命不允批答

卿有憂國愛君之心而忠以忘其己有經邦濟時之學而用未究其能夫畜之久而積厚則施之不窮慮深而計熟則謀無不獲茲朕所以虛心仄席有望於卿也矧卿正直不回庸邪素忌小人所異君子所同是以在外十年而左右之譽不及履躬一德而縉紳之望愈隆朕內決於心外詢于衆敢謂有得卿其何辭

賜宰臣富弼乞解機務不允批答

夫宰相之事非可以歲月考而一二數也其在朝廷選賢任能而各得其職下俾民俗遷善遠罪而不知其然至於法度脩紀

綱正然後相與慎守而安行之以臻于治此朕所以虛心一意日有望於卿者也今事有緒而卿辭焉豈朕德之不明將顧時之不可中道而止夫何爲哉俾予獲用材不盡之譏而卿涉尚安自便之計予所不取卿其勉焉

英宗賜歐陽修乞退不允批答

夫與政之途蓋天下之責至者叢矣顧雖智勇不能以禦流呰同訾之來前日御史加非於卿朕惟其辭甚悖於義亟令讒者放而疑者釋卿猶欲以去位豈朕所望焉傳不云乎禮義不愆何恤人之言其起眎事毋重朕之不敏也

神宗賜知亳州歐陽脩乞致仕不允批答

卿勳德之舊簡在帝心從容一州足以休養而抗奏至於四五必以田里爲歸豈朕視遇故老有不足於禮乎何其求去之果也欲諭至意莫知所言惟能勉留實副勤佇

賜宰臣韓絳上尊號不允批答

朕聞唐虞之世君臣吁俞相與勑戒以康庶事未聞其自耀功德大爲名稱以動天下之聽朕以涼菲獲承皇緒固已極崇高之位號矣嚮者奉郊宗之祀三事大夫亦屢以徽冊來上而愧不敢從方且嘉與衆賢夙寤晨興以營極治之業要之萬世建無窮之基亦有無窮之聞不猶愈於虛名歟臣之尊君義則勤至朕守弗奪毋煩數陳

賜宰臣王安石乞御正殿復常膳不允批答

垂象之變咎在朕躬内惟菲涼敢不祗懼避朝損膳欽天之渝神休霞動銷去大異而三事庶尹咸造在庭願復舊常至于再三且星降咎德猶賴交修況天畏棐忱固當屢省弭裁嚮福其庶幾焉

文章辨體卷之十五

文章辨體卷之十六

海虞後學吳訥編集

詔

漢高祖入關告諭

眞氏曰告諭之語纔百餘言而暴秦之弊爲之一洗所謂若時雨降民大悅者也

父老苦秦苛法久矣誹謗者族耦語者棄市吾與諸侯約先入關者王之吾當王關中與父老約法三章耳殺人者死傷人及盜抵罪餘悉除去秦法吏民按堵如故凡吾所以來爲父兄除害非有所侵暴毋恐且吾所以軍霸上待諸侯至而定要束耳

爲義帝發喪告諸侯

眞氏曰按此率諸侯王擊楚而曰願從諸侯王所擊者項羽而曰楚之殺義帝者猶有左氏辭命遺

意

天下共立義帝北面事之今項羽放殺義帝江南大逆無道寡人親爲發喪兵皆縞素悉發關中兵收三河士南浮江漢以下願從諸侯王擊楚之殺義帝者

赦天下令

兵不得休八年萬民與苦甚今天下事畢其赦天下殊死已下

尊太公曰太上皇詔

人之至親莫親於父子故父有天下傳歸於子子有天下尊歸於父此人道之極也前日天下大亂兵革並起萬民苦殃朕親被堅執鋭自帥士卒犯危難平暴亂立諸侯偃兵息民天下大安此皆太公之教訓也諸王通侯將軍群卿大夫已尊朕爲皇帝而太公未有號今上尊太公曰太上皇

獄讞詔

獄之疑者吏或不敢決有罪者久而不論無罪者久繫不決自今以來縣道官獄疑者各讞所屬二千石官二千石官以其罪名當報之所不能決者皆移廷尉廷尉亦當報之廷尉所不能決謹具爲奏傅附所當比律令以聞

求賢詔

蓋聞王者莫高於周文伯者莫高於齊桓皆待賢人而成名今天下賢者智能豈特古之人乎患在人主不交故也士奚由進今吾以天之靈賢士大夫定有天下以爲一家欲其長久世世奉宗廟亡絕也賢人已與我共平之矣而不與吾共安利之可乎賢士大夫有肯從我游者吾能尊顯之布告天下使明知朕意御史大夫昌下相國相國酇侯下諸侯王御史中執法下郡守其有意稱明德者必身勸爲之駕遣詣相國府署行義年有而弗言覺免年老癃病勿遣

文帝議犯法相坐詔

法者治之正所以禁暴而衛善人也今犯法者已論而使無罪之父母妻子同產坐之及收朕甚弗取其議又曰朕聞之法正則民慤罪當則民從且夫牧民而道之以善者吏也旣不能道又以不正之法罪之是法反害於民爲暴者也朕未見其便宜孰計之

議振貸及養老詔

方春和時草木群生之物皆有以自樂而吾百姓鰥寡孤獨窮困之人或阽於死亡而莫之省憂爲民父母將何如其議所以振貸之又曰老者非帛不煖非肉不飽今歲首不時使人存問長老又無布帛酒肉之賜將何以佐天下子孫孝養其親今聞吏稟當受鬻者或以陳粟豈稱養老之意哉具爲令

日食詔

朕聞之天生民爲之置君以養治之人主不德布政不均則天示之災以戒不治廼十一月晦日有食之適（同謫）見於天災孰大焉朕獲保宗廟以微眇之身託于士民君王之上天下治亂在予一人唯二三執政猶吾股肱也朕下不能治育群生上以累三光之明其不德大矣令至其悉思朕之過失及知見之所不及匄以啓告朕及舉賢良方正能直言極諫者以匡朕之不逮因各敕以職任務省繇費以便民朕既不能遠德故憪（音閑）然念外人之有非是以設備未息今縱不能罷邊屯戍又飭兵厚衛其罷衛將軍太僕見馬遺財足餘皆以給傳置

除誹謗法詔

古之治天下朝有進善之旌誹謗之木所以通治道而來諫者也今法有誹謗訞言之罪是使衆臣不敢盡情而上無由聞過失也將何以來遠方之賢良其除之民或祝詛上以相約而後

相謾吏以爲大逆其有他言吏又以爲誹謗此細民之愚無知抵死朕甚不取自今以來有犯此者勿聽治

勸農詔

農天下之大本也民之所恃以生也而民或不務本而事末故生不遂朕憂其然故今兹親率郡臣農以勸之其賜天下民今年田租之半

勸農詔

道民之路在於務本朕親率天下農十年于今而野不加辟歲一不登民有饑色是從事焉尚寡而吏未加務也吾詔書數下歲勸民種樹而功未興是吏奉吾詔不勤而勸民不明也且吾農民甚苦而吏莫之省將何以勸焉其賜農民今年租稅之半

置三老孝悌力田常員詔

孝悌天下之大順也力田爲生之本也三老衆民之師也廉吏

民之表也朕甚嘉此二三大夫之行今萬家之縣云無應令豈實人情是吏舉賢之道未備也其遣謁者勞賜三老孝者帛人五匹悌者力田二匹廉吏二百石以上率百石者三匹及問民所不便安而以戶口率置三老孝悌力田常員令各率其意以道民焉

除肉刑詔

蓋聞有虞氏之時畫衣冠異章服以爲戮而民弗犯何治之至也今法有肉刑三（孟康曰黥劓二刖左右指合一凡三也）而姦不止其咎安在毋乃朕德之薄而教不明與吾甚自愧故夫訓道不純而愚民陷焉詩曰愷弟君子民之父母今人有過教未施而刑已加焉或欲改行爲善而道亡繇至朕甚憐之夫刑至斷支體刻肌膚終身不息何其刑之痛而不德也豈稱爲民父母之意哉其除肉刑有以易之及令罪人各以輕重不亡逃有年而免具爲令

增祀無祈詔

朕獲執犧牲珪幣以事上帝宗廟十四年于今歷日彌長以不敏不明而久撫臨天下朕甚自媿其廣增諸祀壇場珪幣昔先王遠施不求其報望祀不祈其福右賢左戚先民後己至明之極也今吾聞祠官祝釐皆歸福於朕躬不為百姓朕甚媿之夫以朕之不德而專享獨美其福百姓不與焉是重吾不德也其令祠官致敬無有所祈

議佐百姓詔

間者數年比不登又有水旱疾疫之災朕甚憂之愚而不明未達其咎意者朕之政有所失而行有過與乃天道有不順地利或不得人事多失和鬼神廢不享與何以致此將百官之奉養或廢無用之事或多與何其民食之寡乏也夫度田非益寡而計民未加益以口量地其於古猶有餘而食之甚不足者其咎

安在無乃百姓之從事於末以害農者蕃爲酒醪以靡穀者多六畜之食焉者衆與細大之義吾未能得其中其與丞相列侯吏二千石博士議之有可以佐百姓者率意遠思無有所隱

景帝立孝文廟樂舞詔

蓋聞古者祖有功而宗有德制禮樂各有由歌者所以發德也舞者所以明功也高廟酎奏武德文始五行之舞孝惠廟酎奏文始五行之舞孝文皇帝臨天下通關梁不異遠方除誹謗去肉刑賞賜長老收恤孤獨以遂群生減嗜欲不受獻不私其利也罪人不帑不誅亡罪除宮刑出美人重絶人之世也朕既不敏弗能勝識此皆上世之所不及而孝文皇帝親行之德厚侔天地利澤施四海靡不獲福明象夫日月而廟樂不稱朕甚懼焉其爲孝文皇帝廟爲昭德之舞以明休德然后祖宗之功德著于竹帛施于萬世永永無窮朕甚嘉之其與丞相列侯中二

千石禮官具禮儀奏

頌繫老幼等詔

高年老長人所尊敬也鰥寡不屬逮者人所哀憐也其著令年八十以上八歲以下及孕者未乳師諸儒當鞠繫者頌(容同)繫之

讞獄詔

獄重事也人有智愚官有上下獄疑者讞有司有司所不能決移廷尉有令讞而後不當讞者不爲失欲令治獄者務先寬

令二千石修職詔

雕文刻鏤傷農事者也錦繡纂組害女紅者也農事傷則飢之本也女紅害則寒之源也夫飢寒並至而能亡爲非者寡矣朕親耕后親桑以奉宗廟粢盛祭服爲天下先不受獻減大官省繇賦欲天下務農蠶素有畜積以備災害彊毋奪弱衆毋暴寡老耆以壽終幼孤得遂長今歲或不登民食頗寡其咎安在或

詐僞爲吏吏以貨賂爲市漁奪百姓侵牟萬民縣丞長吏也姦法與盜盜（顔師古曰與盜盜者言共盜爲盜也）甚無謂也其令二千石各修其職不事官職耗亂者丞相以聞請其罪布告天下使明知朕意

禁采黄金珠玉詔

農天下之本也黄金珠玉饑不可食寒不可衣以爲幣用不識其終始間歲或不登意爲末者衆農民寡也其令郡國務勸農桑益種樹可得衣食物吏發民若取庸采黄金珠玉者坐贓爲盜二千石聽者與同罪

武帝復高年子孫詔

古之立教鄉里以齒朝廷以爵扶世導民莫善於德然則於鄉里先耆艾奉高年古之道也今孝子順孫願自竭盡以承其親外迫公事内乏資財是以孝心闕焉朕甚哀之民年九十以上已有受鬻（治米爲粥也）法爲復子若孫令得身帥妻妾遂其供養之事

議不舉孝廉者罪詔

公卿大夫所使總方略壹統類廣教化美風俗也夫本仁祖義褒德禄賢勸善刑暴五帝三王所繇昌也朕夙興夜寐嘉與宇内之士臻於斯路故旅（顔氏曰加惠耆老若賓旅也）耆老復孝敬選豪俊講文學稽參政事祈進民心深詔執事興廉舉孝庶幾成風紹休聖緒夫十室之邑必有忠信三人並行厥有我師今或至闔郡而不薦一人是化不下究而積行之君子雍（同壅）於上聞也二千石官長紀綱人倫將何以佐朕燭幽隱勸元元厲烝庶崇鄉黨之訓哉且進賢受上賞蔽賢蒙顯戮古之道也其與中二千石禮官博士議不舉孝廉者罪

令禮官勸學詔

蓋聞導民以禮風之以樂婚姻者居室之大倫也今禮壞樂崩朕甚閔焉故詳延天下方聞（方道也聞傳聞也）之士咸薦諸朝其令禮

官勸學講議洽聞舉遺興禮以爲天下先太常其議予博士弟子崇鄉黨之化以厲賢材焉

察茂材異等詔

蓋有非常之功必待非常之人故馬或奔踶而至千里士或有負俗之累而立功名夫泛（音捧有逸氣不循軌轍也）駕之馬跅弛之士亦在御之而已其令州郡察吏民有茂材異等可爲將相及使絶國者

昭帝令民毋出田租等詔

往年災害多今年蠶麥傷所振貸種食勿收責毋令民出今年田租

舉賢良文學詔

朕以眇身獲保宗廟戰戰栗栗夙興夜寐修古帝王之事通保傅傳孝經論語尚書未云有明其令三輔太常舉賢良各二人郡國文學高第各一人賜中二千石以下至吏民爵各有差

宣帝議孝武廟樂詔

朕以眇身奉承祖宗夙夜惟念孝武皇帝躬履仁義選明將討不服匈奴遠遁平氐羌昆明南越百蠻鄉風款塞來享建大學修郊祀定正朔協音律封泰山塞宣房符瑞應寶鼎出白麟獲功德茂盛不能盡宣而廟樂未稱其議奏

有喪者勿繇事詔

導民以孝則天下順今百姓或遭衰絰凶災而吏繇事使不得葬傷孝子之心朕甚憐之自今諸有大父母父母喪者勿繇事使得收斂送終盡其子道

子首匿父母等勿坐詔

父子之親夫婦之道天性也雖有患禍猶蒙死而存之誠愛結於心仁厚之至也豈能違之哉自今子首匿父母妻匿夫孫匿大父母皆勿坐其父母匿子夫匿妻大父母匿孫罪殊死皆上請廷尉以聞

令八十以上非誣告等勿坐詔

朕惟耆老之人髮齒墮落血氣衰微亦亡暴虐之心今或罹文法拘執囹圄不終天命朕甚憐之自今以來諸年八十以上非誣告殺傷人他皆勿坐遣太中大夫彊等十二人循行天下存問鰥寡覽觀風俗察吏治得失舉茂材異倫之士

親奉祀詔

蓋聞天子尊祀天地修祀山川古今通禮也間者上帝之祠闕而不親十有餘年朕甚懼焉朕親飭躬齋戒親奉祀爲百姓蒙嘉氣獲豐年焉

益小吏祿詔

吏不廉平則治道衰今小吏皆勤事而奉祿薄欲其無侵漁百姓難矣其益吏百石以下奉十五

元帝議律令詔

夫法令者所以抑暴扶弱欲其難犯而易避也今律令煩多而不約自典文者不能分明而欲羅元元之不逮斯豈刑中之意哉其議律令可蠲除輕減者條奏惟在便安萬姓而已

罷擊珠厓詔

珠厓虜殺吏民背畔爲逆今廷議者或言可擊或言可守或欲棄之其指各殊朕日夜惟思議者之言耻威不行則欲誅之狐疑辟難則守屯田通于時變則憂萬民夫萬民之饑餓與遠蠻之不討危孰大焉且宗廟之祭凶年不備況乎辟不嫌之辱哉今關東大困倉庫空虛無以相贍又以動兵非特勞民凶年隨之其罷珠厓郡民有慕義內屬便處之不欲勿彊

議罷郡國廟詔

蓋聞明王之御世也遭時爲法因事制宜往者天下初定遠方未賓因嘗所親以立宗廟蓋建威銷萌一民之至權也今賴天

地之靈宗廟之福四方同軌蠻貊貢職久遵而不定令踈遠卑賤共承尊祀殆非皇天祖宗之意朕甚懼焉傳不云乎吾不與祭如不祭其與將軍列侯中二千石諸大夫博士議郎議

成帝減死刑詔

甫刑云五刑之屬三千大辟之罰其屬二百今大辟之刑千有餘條律令煩多百有餘萬言奇請他比日以益滋自明習者不知所由欲以曉諭衆庶不亦難乎於以羅元元之民夭絕亡辜豈不哀哉其令中二千石二千石博士及明習律令者議減死刑及可蠲除約省者令較然易知條奏書不云乎惟刑之恤哉其審核之務準古法朕將盡心覽焉

諭東平王傅相詔

夫人之性皆有五常及其少長耳目牽於嗜欲故五常銷而邪心作情亂其性利勝其義而不失厥家者未之有也今王富於

春秋氣力武勇獲師傅之教淺加以少所聞見自今以來非五經之正術敢以游獵非禮道王者輒以名聞

光武封卓茂詔

前密令卓茂束身自修執節淳固誠能爲人所不能爲夫名冠天下當受天下重賞故武王誅紂封比干之墓表商容之閭今以茂爲大傅封褒德侯

議省刑罰詔

頃獄多寃人用刑深刻朕甚愍之孔子云刑罰不中則民無所措手足其與中二千石諸大夫博士議郎議省刑罰

命郡國給稟高年等詔

往歲水旱蝗蟲爲災穀價騰躍人用困乏朕惟百姓無以自贍惻然愍之其命郡國有穀者給稟高年鰥寡孤獨及篤癃無家屬貧不能自存者如律二千石勉加循撫無令失職

省減吏員詔

夫張官置吏所以爲人也今百姓遭難戸口耗少而縣官吏職所置尚繁其令司隸州牧各實所部省減吏員縣國不足置長吏可并合者上大司徒大司空二府

三十稅一詔

頃者師旅未解用度不足故行十一之稅今軍士屯田糧儲差積其令郡國收見田租三十稅一如舊制

戒厚葬詔

世以厚葬爲德薄終爲鄙至于富者奢僭貧者單財法令不能禁禮義不能止倉卒乃知其咎其布告天下令知忠臣孝子慈兄悌弟薄葬送終之義

令大官勿受異味詔

往年已勑郡國異味不得有所獻御今猶未止非徒有豫養導

擽之勞至乃煩擾道上疲費過所其令太官勿復受明勑下以遠方口食所以薦宗廟自如舊制

地震詔

日者地震南陽尤甚夫地者任物至重靜而不動者也而今震裂咎在君上鬼神不順無德災殃將及吏人朕甚懼焉其令南陽勿輸今年田租芻稾遣謁者案行死罪繫囚在戊辰以前減死罪一等賜郡中居人壓死者棺錢人三千吏人死亡或在壞垣毀屋之下而家貧弱不能收拾者其以見錢穀取傭爲尋求之

作壽陵詔

古者帝王之葬皆陶人瓦器木車茅馬使後世之人不知其處太宗識終始之義景帝能述遵孝道遭天下反覆而霸陵獨完受其福豈不美哉今所制地不過二三頃無爲山陵陂池裁令流水而已

明帝行養老禮詔

光武皇帝建三朝之禮而未及臨饗眇眇小子屬當聖業閒暮春吉辰初行大射令月元日復踐辟雍尊事三老兄事五更安車輭輪供綏執綬侯王設醬公卿饌珍朕親袒割執爵而酳祝哽在前祝噎在後升歌鹿鳴下管新宮八佾具備萬舞於廷朕固薄德何以克當易陳負乘詩刺彼其永念慚疚無忘厥心三老李躬年耆學明五更桓榮授朕尚書詩曰無德不報無言不酬其賜榮爵關内侯食邑五千戶三老五更皆以二千石祿養終厥身

有司順時勸農詔

朕奉郊祀登靈臺見史官正儀度夫春者歲之始也始得其正則三時有成比者水旱不節邊人食寡政失於上人受其咎有司其勉順時氣勸督農桑去其螟蜮以及蝥賊詳刑慎罰明察單辭夙夜匪懈以稱朕意

申明車服制度詔

昔曾閔奉親竭歡致養仲尼葬子有棺無槨喪貴致哀禮存寧儉今百姓送終之制競爲奢靡生者無擔石之儲而財力盡於墳土伏臘無糟糠而牲牢兼於一奠靡破積世之業以供終朝之費子孫飢寒絶命於此豈祖考之意哉又車服制度恣及耳目田荒不耕游食者衆有司其申明科禁宜於今者宣下郡國

章帝三公糾非法詔

比年陰陽不調飢饉屢臻深惟先帝憂人之本詔書曰不傷財不害人誠欲元元去末歸本而今貴戚近親奢縱無度嫁娶送終尤爲僭侈有司廢典莫肯舉察春秋之義以貴理賤今自三公並宜明糾非法宣振威風朕在弱冠未知稼穡之艱難區區管窺豈能照一隅哉其科條制度所宜施行在事者備爲之禁先京師而後諸夏

講議五經同異詔

蓋三代導人教學爲本漢承暴秦褒顯儒術建立五經爲置博士其後學者精進雖曰承師亦别名家孝宣皇帝以爲去聖久遠學不厭博故遂立大小夏侯尚書後又立京氏易至建武中復置顔氏嚴氏春秋大小戴禮博士此皆所以扶進微學尊廣道藝也中元元年詔書五經章句煩多議欲减省至永平元年長水校尉儵奏言先帝大業當以時施行欲使諸儒共正經義令學者得以自助孔子曰學之不講是吾憂也又曰博學而篤志切問而近思仁在其中矣於戲其勉之哉

選高才生受學詔

五經剖判去聖彌遠章句遺辭乖疑難正恐先師微言將遂廢絶非所以重稽古求道真也其令群儒選高才生受學左氏穀梁春秋古文尚書毛詩以扶微學廣異義焉

蠲除禁錮詔

書云父不慈子不祇兄不友弟不恭不相及也往者妖言大獄所及廣遠一人犯罪禁至三屬莫得垂纓仕宦王朝如有賢才而没齒無用朕甚憐之非所謂與之更始也諸以前妖惡禁錮者一皆蠲除之以明棄咎之路但不得在宿衞而已

賜胎養穀等詔

令云人有産子者復勿筭三歲今諸懷孕者賜胎養穀人三斛復其夫勿筭一歲著以爲令又詔三公曰方春生養萬物莩甲宜助萌陽以育時物其令有司罪非殊死且勿案驗及吏人條書相告不得聽受冀以息事寧人敬奉天氣立秋如故夫俗吏矯飾外貌似是而非揆之人事則悅耳論之陰陽則傷化朕甚厭之甚苦之安静之吏悃愊無華日計不足月計有餘如襄城令劉方吏人同聲謂之不煩雖未有他異斯亦殆近之矣閒勑

二千石各尚寬明而今富姦行賂於下貪吏枉法於上使有罪不論而無過被刑甚大逆也夫以苛爲察以刻爲明以輕爲德以重爲威四者或興則下有怨心吾詔書數下冠蓋接道而吏不加理人或失職其咎安在勉思舊令稱朕意焉

却貢獻詔

遠國珍羞本以薦奉宗廟苟有傷害豈愛民之本其勑太官勿復受獻

安帝崇節儉詔

舊令制度各有科品欲令百姓務崇節約而小人無慮不圖久長嫁娶送終紛華靡麗至有走卒奴婢被綺縠著珠璣京師若斯何以示遠設張法禁懇惻分明而有司惰任訖不奉行秋節既立鷙鳥將用且復重申以觀後效

魏明帝日蝕不許禳祠詔

蓋聞人主政有不德則天懼之以災異所以譴告使得自修也故日月薄蝕明治道有不當者朕即位以來既不能光明先帝聖德而施化有不合於皇神故上天有以寤之宜勑政自脩有以報於神明天之於人猶父之於子未有父欲責其子而可獻盛饌以求免也令奏欲遣上公與太史令禳祠之於義未聞也群公卿士大夫其各勉脩厥職有可以補朕不逮者各封上之

唐高祖録用隋氏子孫詔

朕觀近世以來時運遷革前代親族莫不夷絕曆數有歸實惟天命興亡之效豈伊人力其隋蔡王智積等子孫並付所司量才選用

太宗建三師詔

朕比尋討經史明王聖帝曷嘗無師傅哉前所進令遂不覩夫三師之位黃帝學太顛顓頊學録圖堯學尹壽舜學務成昭禹

學西王國湯學成子伯文王學子期武王學虢叔前代聖王未遭此師則功業不著乎天下名譽不傳乎載籍况朕接百王之末智不同聖人其無師傳安可以臨兆民者哉詩不云乎不愆不忘率由舊章夫不學則不明古道而能致太平者未之有也可即著遣三師之位

錄用名臣子孫詔

朕聽朝之暇觀前史每覽前賢佐時忠臣徇國何嘗不想見其人廢書欽歎至於近代以來年歲非遠然其胤緒或當見存縱未能顯加旌表無容棄之遐裔其隋二代名臣及忠節子孫有貞觀以來犯罪配流者宜令所司具錄奏聞

死刑五覆奏詔

在京諸司比來奏決死囚雖云五覆一日即了都未暇審思五奏何益縱有追悔又無所及自今在京諸司奏決死囚宜三日

中五覆奏唯犯惡逆者一覆奏而止

謹死刑詔

比來有司斷獄多據律文雖情在可矜而不敢違法守文定罪或恐有寃自今門下省視有據法當死而情可矜者録狀奏聞

諸儒配享詔

左丘明卜子夏公羊高穀梁赤伏勝高堂生戴聖毛萇孔安國劉向鄭衆杜子春馬融盧植鄭玄服虔何休王肅王弼杜預范甯等二十有一人並用其書垂於國胄既行其道理合褒崇自今有事於太學可並配享

舉縣令詔

朕聞爲朕養民者唯在都督刺史朕嘗疏其名於屏風坐卧觀之得其在官善惡之跡皆著於名下以備黜陟縣令尤爲親民不可不擇其命五品以上各舉堪爲縣令者以名聞

玄宗追封孔子文宣王詔

朕聞弘我王化在乎儒術能發揮此道啓迪含靈則生民以來未有若孔子者也故能立天地之大本成天地之大經美政化移風俗君君臣臣父父子子民到于今受其賜不其偉歟於戲楚王莫封魯公不用俾夫大聖才列陪臣栖遲旅人固可知矣年祀寖遠光靈益彰雖代有褒稱未爲崇峻不副於實人其謂何夫子既稱先聖可追謚爲文宣王南面坐被王者之服釋奠用宮縣贈弟子爲公侯伯主者施行

代宗却獻祥瑞詔

朕以時和年豐爲嘉祥以進賢顯忠爲良瑞如卿雲靈芝之珍禽奇獸恠草異木何益於人布告天下自今有此無得上獻

武宗毀佛寺復僧尼爲民詔

朕聞三代以前未嘗言佛漢魏之後象教寖興勞人力於土木

之功奪人利於金寶之飾壞法害人無踰此道且一夫不作有受其飢寒者今天下僧尼皆待農而食待蠶而衣寺宇招提率雲構藻飾僭擬宫居晋宋齊梁凋瘵澆詐莫不由是而致也我高祖太宗以武定禍亂以文理華夏執此二柄用以經邦豈區區西方之教與我抗衡哉貞觀開元亦嘗釐革剗除不盡流衍轉滋朕博覽前言旁求輿議弊之可革斷在不疑而中外藎臣協予至意條律至當宜在必行懲千古之蠹源成百王之典法濟人利衆予何讓焉其天下所拆寺四千六百餘所還俗僧尼二十六萬五百人拆招提蘭若四萬餘所收膏腴上田數千萬頃於戲前古未行似將有待及今盡去豈謂無時將使六合黔黎同歸皇化尚以華弊之始日用不知下制明庭宜體至意

宋太祖減吏員增俸詔

吏員猥多難以求其治奉禄鮮薄未可責以廉與其冗員而重

數未若省官而益奉西川管内州縣官宜以口數爲率差減其員舊奉月增給五千天下州縣官宜依西川例省減員數

置賢良方正詔

先所置賢良方正能直言極諫經學優深可爲師法詳閑吏理達於教化等三科而自曩及今未有應者得非抱倜儻者耻肩於常調懷讜直者難效於有司必欲與自朕躬乎繼今不限内外職官前資見任布衣黄衣許詣閤門投牒自薦朕當親試焉

太宗勸農舉賢詔

朕祗膺顯命獲嗣慶基懼德不明乘奔是戒其於夙夜罔敢荒寧常念食於民天賢爲國寶當勸農而重本務設爵以延才至於草木效祥羽毛呈瑞顧惟凉薄所不敢當應諸路州府自今以後不得以珍禽奇獸及諸祥瑞來貢獻

仁宗復給職田詔

職田所以惠廉吏而貪者並緣於私侵漁細民滋益爲害比詔有司罷職田如聞勤事吏祿薄不足以自贍朕甚憫焉其復給職田即多占佃夫若無田而令出租者以枉法論

命天下州縣立學詔

儒者通天地人之理明古今治亂之原可謂博矣然學者不得騁其說而有司務先聲病章句以拘牽之則吾豪雋奇偉之士何以奮焉士以純明朴茂之美而無敎學養成之法使與不肖並進則夫懿得敏行何以見焉此取士之甚弊而學者自以爲患夫遇人以薄者不可責人以厚也今朕建學興善以尊子大夫之行更制革弊以盡學者之才有司其務嚴訓導精察舉以稱朕意學者其進德修業無失其時其令州若縣皆立學本道使者選部屬官爲教授員不足取於鄉里宿學有道業者

神宗始策試舉人罷詩論賦三題詔

化民成俗必自庠序進賢興能抑繇貢舉而四方執經藝者專于誦數趍鄉舉者狃于文辭與古所謂三物賓興九年大成亦已盭矣今下郡國招徠儁賢其教育之方課試之格令兩制兩省待制以上御史三司三館雜議以聞

理宗改元詔

春秋謂一爲元謹始也朕以眇身託於萬民之上深惧不德戰戰兢兢自反而思惟日不足中外臣僚宜直言時政毋有所諱布告天下咸與惟新

贈朱熹太師信國公詔

朕觀朱熹集註大學論語孟子中庸發揮聖賢藴奥有補治道朕勵治講學緬懷典刑可特贈熹太師追封信國公

追封周敦頤汝南伯張載郿伯程顥河南伯程頤伊陽伯朱熹徽國公並從祀孔子廟庭詔

朕惟孔子之道自孟軻後不得其傳至我朝周敦頤張載程顥程頤眞知實踐深探聖域千載絶學始有指歸中興以來又得朱熹精思明辨表裏混融使大學論孟中庸之書本末洞徹孔子之道益以大明于世朕每觀五臣論註啓沃良多今視學有日其各加封爵令學官列諸從祀以示崇獎之意

元武宗追封孔子詔

蓋聞先孔子而聖者非孔子無以明後孔子而聖者非孔子無以法所以祖述堯舜憲章文武儀範百王師表萬世者也朕纂承丕緒敬仰休風循治古之良規舉追封之盛典加號大成至聖文宣王遣使闕里祀以太牢於戲父子之親君臣之義永惟聖教之尊天地之大日月之明奚罄名言之妙尚資神化祚我

皇元

文章辨體卷之十六

文章辨體卷之十七

海虞後學吳訥編集

册

漢武帝封齊王

惟元狩六年四月乙巳皇帝使御史大夫湯廟立子閎爲齊王嗚呼小子閎受茲青社朕承天序惟稽古建爾國家封于東土世爲漢藩輔嗚呼念哉共朕之詔惟命不于常人之好德克明顯光義之不圖俾君子怠悉爾心允執其中天祿永終厥有愆不臧迺凶于迺國害于爾躬嗚呼保國乂民可不敬與王其戒哉

封燕王

嗚呼小子旦受茲玄社建爾國家封于北土世爲漢藩輔嗚呼葷粥氏虐老獸心以姦巧邊萌朕命將率徂征厥罪萬夫長千夫長三十有二師降旗奔師葷粥徙域北州以安悉爾心毋作

怨毋作棐德毋廼廢備非教士不得從徵王其戒之

封廣陵王

嗚呼小子胥受茲赤社建爾國家封于南土世世爲漢藩輔古人有言曰大江之南五湖之間其人輕心揚州保疆三代要服不及以正嗚呼悉爾心祗祗兢兢廼惠廼順毋桐好逸毋邇宵人惟法惟則書云臣不作福不作威靡有後羞王其戒哉

昭帝賜韓福

朕閔勞以官職之事其務修孝弟以教鄉里令郡縣常以正月賜羊酒有不幸者賜衣被一襲祠以中牢

成帝賜史丹

左將軍寢病不衰願歸治疾朕愍以官職之事久留將軍使躬不瘳使光禄勳賜將軍黄金五十斤安車駟馬其上將軍印綬宜專精神豫近醫藥以輔其衰

光武策鄧禹爲太司徒

制詔前將軍鄧禹深執忠孝與朕謀謨帷幄決勝千里孔子曰自吾有回門人日親斬將破軍平定山西功效尤著百姓不親五品不訓汝作司徒敬敷五教在寬今遣奉車都尉授印綬封爲酇侯食邑萬戶敬之哉

唐太宗文武皇帝哀冊

惟貞觀二十三年歲次己酉五月甲辰朔二十六日己巳大行皇帝崩于翠微宮之含風殿旋殯于太極殿之西階粤八月庚寅將遷座于昭陵禮也鳳管凝和龍帷將曙溢化同軫綿區縞素哀子嗣皇帝其覽風樹而增感攀銅池而拊膺追宗祧之是寄傷徃駕之無憑奠樽盈而悲緒促靈景翳而愁雲興去劒滋遠清徽方闕爰詔司存傳芳瓊字其詞曰

三徽固社五曜垂文光昭司牧對越唐勛族著玄牝家傳縉雲

高配于天一人有慶大行神武惟幾作聖畏書自得高文成性
夙表餘雄先懷反正蒼兕爰發朱旗首令寰瀛昬墊關洛荒蕪
妖傾地軸盜弄乾樞戎衣光啓霸政宏慕天兵電掃月陣風驅
蚩尤遞翦猰窳咸誅閏位不虔餘分與戾先收秦組次焚商袂
轉圜上畧容光下濟從邑垂仁賓門灑惠脩風順軌凝旨高奉睿
青戾同規玄珠協契發輝三五聲明遐裔沃野休兵靈臺偃革
升巖藏鋭遵河奉璧學肆徐輪丘園散帛就日攸宜如天在斯
刑哀動植化美塡篪樂華曾舉禮藥旁垂沙場釐翦丰極咸羈
狠山入圃潮渚歸池東旃若木西旆條支龍鄉委質鳥服來儀
大矣乘時悠哉利見文龜浮沼應龍在淀滴露飛甘卿雲呈絢
松萸望華瑶華方灩仙册劍術星飛告變凝沴氣於升年掩曜
揮於離殿嗚呼哀哉商管初秋飛紘罷佾驚川悠緬宮車晏出
大隊弗營元龜獻吉展軨效駕端圭司日迫靈輀於將餞[illegible]

情其如失凝秋林於廣路遡悲風於表術輕柏梁而徐轉邁蘭池而從蹕聳輕旆之逶迤動邊笳之簫悲嗚呼哀哉周營甫竁漢啓泉闈殺林搖落喬巖變衰平原淒兮白日遠深渚澹兮秋雲飛覽銅雀而興慕傷昆湖之不歸嗚呼哀哉嶠陵玄壤嵎山窮路虛衛翻英輕馳委素堯門閉而日慘羲庭易而雲冱嗟厚德之長違仰高天而攀慕嗚呼哀哉崇基永煥貽業方昭遺風餘烈天長地遥想神襟而騰茂縱史筆而揚翹籠嘉聲於日月終有裕於唐堯嗚呼哀哉

宋英宗尊皇太后册

維治平二年歲次乙巳十一月丁巳朔十有六日壬申嗣皇帝臣某謹稽首再拜言曰臣聞昔者明王之以孝治天下者非家至而日見也蓋有要道焉推所以行於己者爲天下率盡所以奉其親者爲天下先而四海靡然而承風矣洪惟有宋受命造

邦百年四聖而小子獲承之以繼我仁考之遺休餘烈方與群公卿士夙夜以思勉其不逮庶幾如我仁考付畀之意以申罔極欲報之心此固慄慄祗懼不敢遑寧者也顧惟眇末之資提携鞠育慈仁咻煦至于有成自我聖母嗣位之始哀迷在疚而憂勤艱難一日萬務恊和綏靖保祐扶持功施邦家亦惟我聖母永惟至恩大德無物可稱是以稽參典禮率籲群心合志一辭懇懇惓惓不勝大願謹遣攝太尉具官韓琦司徒具官胡宿奉玉冊金寶上尊號曰皇太后恭惟皇太后聖善明哲柔閑靜專粤自正位中宮內助先帝陰禮修而教行儉德著而下化逮及萬國先於正家夫玉几受遺遭時多難勉徇勤請權同聽決而明識遠慮勤懷謙畏深鑒漢家母后之失訖不踐於外朝及歸政沖人合於易之進退不失其正之聖是惟全節鉅美固已超出前古而垂法後世宜乎盛烈播于聲詩尊名光於典冊惟

末小子獲奉温凊嗚呼殫九州之富以爲養未足盡於孝心享
萬壽之福而無疆期永承於慈訓臣誠懽誠忭稽首再拜謹言

神宗册皇后

維熙寧二年歲次己酉四月丁酉朔二十六日壬戌皇帝若曰
自昔有天下必擇建厥配以承宗廟以御家邦肆朕受命奉循
前烈考愼典册以祈協于神民咨爾向氏懿柔淑恭舊有顯聞
肇功唯祖翊亮帝室流德之澤覃延後嗣是產碩媛比賢姜任
越朕初載來嬪藩邸盥饋在中率禮無違以致嗣朕祇承內事
齋明夙夜罔有曠失宜崇位號表正宮庭今遣攝太尉推忠協
謀同德佐理功臣樞密使光禄大夫檢校太傅行尚書刑部侍
郎上柱國東平郡開國公食邑五千戶食實封一千戶呂公弼
攝司徒朝散大夫右諫議大夫參知政事護軍太原郡開國侯
食邑一千一百戶賜紫金魚袋王珪持節册命爾爲皇后夫惟

興王釐厥士女咸自內始達于四海朕克勤人用弗怠朕克儉人用弗奢朕克正人用無敢側頗僻爾勵相朕乃濟登茲於戲匪初惟艱惟愼厥終爾恍念茲朕以永享天祿爾亦豫有無疆之福豈不韙哉

制

憲宗除崔群戶部侍郎

地官之職邦教是先必選國華以從人望具官崔群體道履仁內和外敏清而容物善不近名從容禮樂之間特達珪璋之表比參密命弘益既多尺貳儀曹升擢惟允邁此令德藹然休聲選賢與能于今惟重擇才經賦自古尤難往謹乃司以服嘉命

德宗除李晟司徒兼中書令

雲雷構屯寓縣興難非山岳降神不生良弼非股肱協契不集大勲故高宗得傅說中興殷邦宣王任吉甫重光周道天實之

季寇陷二京時則先臣子儀翼戴肅宗戡定禍亂再造區夏于
今賴之肆予小子獲纘丕構不克負荷失守宗祧天祚我唐降
生忠烈有社稷之臣曰開府儀同三司檢校尚書左僕射中書
門下平章事充神策軍節度鄜坊等州管內觀察處置等使京
畿渭南渭北商華等州兵馬副元帥上柱國合川郡王李晟沉
肅有謀堅明能斷聞難感憤誓軍徂征誠激于衷義形于色自
河之右萬里濟師殷然雷奔大盜懾駭屬皇家不造戎帥誘姦
重茲播遷郊甸震蕩而晟蓄銳養士深壘固軍以謀吞元兇以
義糾群帥躬擐甲胄率先啓行布忠信爲軍聲持義烈爲戰器
廓清氛沴寧復皇都宗廟載安宇宙斯泰佐予興運時乃茂功
德厚者任崇業盛者報重升以元輔建于上公懋庸績而翼宣
九歌擾兆人而敬敷五教用疇井賦貽厥子孫與國咸休永播
丕烈可司徒兼中書令仍賜食封一千戶餘並如故俟還京後

所司擇日備禮冊拜宣示中外以彰元勳

誥

宋仁宗太常少卿張鑄可光祿卿致仕誥

古者有司年至則致仕所以恭讓而不盡其力也具官張鑄履尚夷粹足以檢俗精力強敏足以濟物而能顧禮畏義願上印韍朕閔勞以官職之煩今聽其請夫佚老之士雖不輸力於朝其矯厲風節不亦過絕保祿持寵不知止者乎俾列九卿以榮其歸祗若休命思底終譽

度支郎中李頎可三司戶部判官誥

財賦大計一出於民取之寡則用不足然而民逸取之多則用有餘然而民困此三司之難也術不能通輕重智不能調盈虛則吾不以爲之僚具官李頎嘗以名字典郡風采奉使敏以爲政精於檢下所到而治有迹可紀使之參計耗登替舉籌策庶

可以不傷財不害民乎往即會府毋乏乃事

前杭州司理參軍范袞可衛尉寺丞誥

朕觀兩漢名臣多或出於丞史小吏非夫丞史之能出名臣也乃知古雖吏屬亦必選用賢材焉今中書丞史之職比古公府曹掾之制吏員已爲簡闕欲任其事豈不釋人故詔銓衡俾其慎選具官范袞有司來上以爾爲材進爾諸丞往率乃職古人可慕無自怠焉

登州黄縣尉東方辛可密州司士參軍誥

朕以信示天下而以禄報有功今爾辛緣死事而命于官然按察者糾失職而來有請按察吾所詔也不從則不自信念功吾所急也不報則無所勸焉是用易爾散秩優爾俸禄免爾吏責俾爾自安庶幾使吾信賞並行而不失

范仲溫可台州黄巖縣尉誥

爾第仲淹忝吾大政方欲輔朕平賞罰推至公以脩紀綱而正庶位爾今所任有士與民惟過與功則有賞罰爾勤厥職可不戒哉

翰林學士給事中知制誥歐陽脩可禮部侍郎端明殿學士吏部侍郎宋祁可尚書左丞禮部郎中知制誥范鎮可吏部郎中刑部郎中知制誥王疇可右司郎中三司度支判官太常博士集賢校理宋敏求可祠部員外郎並依舊職任誥

古之爲國者法後王爲其近於己制度文物可觀故也唐有天下且三百年明君賢臣相與經營扶持之其盛德顯功美政善謀故已多矣而史官非其人記述失序使興壞成敗之迹晦而不章朕甚恨之故擇廷臣筆削舊書勒成一家具官歐陽脩宋祁創立統紀裁成大體具官范鎮王疇宋敏求網羅遺逸厥協

異同凡十有七年大典乃立閎富精覈度越諸子矣朕將據古鑒今以立時治爲朕得法其勞不可忘也皆讐有功遷秩一等布其書天下使學者咸觀焉

英宗左司諫王陶可皇子伴讀誥

自天子至於士未有不待學而成者今朕欲進諸子於學求可與居者而大臣以爾爲言爾久在諫垣有聞於世茲惟慎選可不勉哉

參知政事歐陽脩曾祖某贈某官誥

君子善善之義下及子孫況推而上之至其祖考所以褒美崇寵顧豈可以不稱哉故先王宗廟之制視其爵位之高下以爲世數之遠近而本朝追命之禮亦從其子孫名數之卑尊具官歐陽脩曾祖潛于丘園躬有善行畜積之慶施于曾孫爲時宗工名重天下圖任以登于右府褒嘉當及其前人東宮之孤位

已顯矣進秩一品尚其享哉

曾祖母某氏某國太夫人誥

尊之欲其貴親之欲其富豈特人主有是心哉推是心以施於人臣此人主所以與天下同憂樂之意也祿有厚薄故禮有隆殺位有高下故施有遠近古之道也其可忘哉具官歐陽脩曾祖母含德在躬作嬪令族積善之慶覃其後昆惟時聞孫實朕良弼登于政事人無間言其疏大邦之封以報流澤之施寵靈之極尚克享哉

祖

爲吾政事之臣所以崇寵之者備矣於其尊大前人之志亦宜有以稱焉具官歐陽脩祖某積行在躬潛而不耀畜其善慶以賴後昆厥有聞孫爲朕良弼典司機要海内所瞻追命之榮至于帝傅進登師位以極褒嘉尚其宜靈膺此休顯

祖母

朕疏郡縣以君諸臣之毋欲以稱慈孫孝子之心至於政事之臣則封國及於王毋所以望其功者厚矣則慰其心者顧可薄哉具官歐陽脩祖母來嬪名家克配君子積善之福覃于其孫左右朕躬豫國政事嘉而有後錫以大邦維靈在幽尚克膺此

父

大臣得爵命其先人至乎公師非古也然禮者人情而已矣當於人情而義足以勸士則何必古之有哉具官歐陽脩父其畜其德善不顯於世克生賢佐爲朕股肱東宫一品人臣高位追以命汝用嘉有子尚其享此以稱餽祀之盛哉

毋

古者子爲諸侯大夫而父爲士則其祭以諸侯大夫之禮朕以謂得享其禮而位號不稱則不足以盡孝子之心故今有列於

朝廷皆得追崇其考妣又況於爲吾左右輔弼之臣哉具官歐陽脩母婦順母嚴稱於天下能教其子爲時名臣恊于詢謀進斷國論雖禄養不及而饋享有加啓封大邦於禮爲稱尚其幽窆知享此榮

神宗除徐鐸張崇翟思太學博士誥

博士列於成均以講教爲任爾以經明選用往服厥官蓋尊其所聞以誘率學者汝之守也其尚欽哉

朝奉郎蘇軾可禮部郎中誥

爾議論文章卓然名世而失職浸久所學未伸今命爾爲郎以待不次之選孔子曰如或知爾則何以哉維爾之才不患無位

哲宗太常少卿趙瞻可户部侍郎誥

理財正辭禁民爲非曰義先王之論理財也必繼之以正辭名正而言順則財可得而理民可得而正自頃功利之臣言政而

不及化言利而不及義中外紛然朕益厭之具官趙贍明於吏事輔以經術忠義之節白首不衰爰自秩宗擢貳邦計將使四方之人知予以耆老舊德居此官者蓋有盡徹之意焉

除監察御史誥

憲府置監察御史乃進居言職之漸負中外觀望朝廷重輕其任亦難矣以爾忠信愷悌才識俱優更練事爲所歷可紀俾輟郡寄往冠惠文夫善惡是非出於人之良心自古至今不可泯也然直言不聞毁譽亂眞則爲國家病有甚於三辰失行螟蝗水旱之災朕所深畏也若夫有司簿書錢穀期會之務則有常職耳豈朕用爾之意哉

除諫官誥

古者人臣皆得進諫其君官與世變乃專設一職選之旣嚴則責之尤重得其人乃能置君於無過之地非其人則變是非移

白黑爲患有不勝言者此朕所以原省因任而不苟也具官某乆服諫垣多所陳述蔽自朕志就正大夫之位夫朕躬得失施於有政惟臺諫二三人任耳目之寄聰明蔽塞罔不由之爾當以先正清獻所以事朕祖宗者事朕毋姑求賢於近世之士而足則予之德惟乃之休

孝宗除朱熹直寶文閣主管西京嵩山崇福宮誥

朕惟廉節不立風俗未淳思得難進易退之士表而用之庶幾曠然變其舊習爾之學術遠有淵源其爲操行養之乆矣志在憂世曾未得一日立於朝比以部刺史入奏便殿朕嘉其讜論留寘郎曹蓋將進諸清要之地遽以疾謁祈反初服旣勉從於素志復更請於直祠夫招麾何意於去來仕止不形於喜愠此古之清達之士也朕察爾於是陞職二等聽食優閑之祿身雖在外亦有補於風化云

卷之十七終

文章辨體卷之十八

海虞後學吳訥編集

制策

漢文帝問賢良文學策

皇帝曰昔者大禹勤求賢士施及方外四極之內舟車所至人迹所及靡不聞命以輔其不逮近者獻其明遠者通其聰比善戮力以翼天子是以大禹能亡失德夏以長楙高皇帝親除大害去亂從並建豪英以爲官師爲諫爭輔天子之闕而翼戴漢宗也賴天之靈宗社之福方內以安澤及四夷今朕獲執天子之正以承宗廟之祀朕既不德又不敏明弗能燭而智不能治此大夫之著聞也故詔有司諸侯王三公九卿及主郡吏各帥其志以選賢良明於國家之大體通於人事之終始及能直言極諫者將以匡朕之不逮二三大夫之行當此三道朕甚嘉之

故登大夫于朝親諭朕志大夫其上三道之要及永惟朕之不德吏之不平政之不宣民之不寧四者之闕悉陳其志毋有所隱上以薦先帝之宗廟下以興萬民之休利著之于篇朕親覽焉觀大夫所以佐朕至與不至書之周之密之重之閉之與自朕躬大夫其正論毋枉執事烏虖戒之二三大夫其帥志毋怠

答 依西山刪本　　鼂錯

西山眞氏曰按鼂錯傳有司舉賢良文學錯在選中文帝問者朕之不德吏之不平政之不宣民之不寧觀錯之對終篇之中獨此爲正論若所謂五帝神聖其臣莫及故自親事五伯不及其臣故任之以事皆邪説也至稱文帝大功數十則諛辭也帝以直言極諫求而錯乃以邪説諛辭對吁可罪哉

平陽侯臣窋汝陰侯臣竈潁陰侯臣何廷尉臣宜昌隴西太守臣昆邪所選賢良太子家令臣錯昧死再拜言臣竊聞古之賢王莫不求賢以爲輔翼故皇帝得力牧而爲五帝先大禹得咎繇而爲三王祖齊桓得筦子而爲五伯長今陛下講于大禹及高帝之建豪英也退託於不明以求賢良讓之至也今臣窋等迺以臣錯充賦甚不稱明詔求賢之意臣錯謹昧死上愚對曰

臣聞三王臣主俱賢故合謀相輔計安天下莫不本於人情人情莫不欲壽三王生而不傷也人情莫不欲富三王厚而不困也人情莫不欲安三王扶而不危也人情莫不欲逸三王節其力而不盡也其爲法令也合於人情而後行之其動衆使民也本於人事然後爲之取人以已内恕及人情之所惡不以彊人情之所欲不以禁民是以天下樂其政歸其德望之若父母從之如流水焉

漢武帝問賢良策

朕獲承至尊休德傳之亡窮施之罔極任大而守重是以夙夜不皇康寧永惟萬事之統猶懼有闕故廣延四方之豪雋郡國諸侯公選賢良修絜博習之士欲聞大道之要至論之極今子大夫褎然爲舉首朕甚嘉之子大夫其精心致思朕垂[redacted]而問焉

蓋聞五帝三王之道改制作樂而天下洽和百王同之當虞氏之樂莫盛於韶於周莫盛於勺聖王已沒鐘鼓筦絃之聲未衰而大道微缺陵夷至虖桀紂之行王道大壞矣夫五百年之間守文之君當塗之士欲則先王之法以戴翼其世者甚衆然猶不能反日以仆滅至後王而後止豈其所持操或誖繆而失其統與固天降命不可復反必推之於大衰而後息與烏虖凡所爲屑屑夙興夜寐務法上古者又將無補與三代受命其符安

在災異之變何緣而起性命之情或夭或壽或仁或鄙習聞其號未燭厥理伊欲風流而令行刑清而姦改百姓和樂政事宣昭何修何飾而膏露降百穀登德潤四海澤臻草木三光全寒暑平受天之祜享鬼神之靈德澤洋溢施乎方外延及群生子大夫明先聖之業習俗化之變終始之序講聞高誼之日久矣其明以諭朕科別其條勿猥勿并取之於術慎其所出迺其不正不直不忠不極枉于執事書之不泄興自朕躬毋悼後害子大夫其盡心靡有所隱朕將親覽焉

答 依綱目節本　　董仲舒

陛下發德音下明詔求天命與情性皆非愚臣之所能及也臣謹按春秋之中視前世已行之事以觀天人相與之際甚可畏也國家將有失道之敗而天乃先出災害以譴告之不知自省又出怪異以警懼之尚不知變而傷敗迺至以此見天心之仁

愛人君而欲止其亂也自非大亡道之世者天盡欲扶持而全安之事在彊勉而已矣彊勉學問則聞見博而知益明彊勉行道則德日起而大有功此皆可使還至而立有效者也詩曰夙夜匪懈書云楙哉楙哉皆彊勉之謂也道者所由適於治之路也仁義禮樂皆其具也故聖王已沒而子孫長久安寧數百歲此皆禮樂教化之功也夫人君莫不欲安存而惡危亡然而政亂國危者甚衆所任者非其人而所繇者非其道是以政日以仆滅也夫周道衰於幽厲非道亡也幽厲不繇也至於宣王思昔先王之德興滯補弊明文武之功業周道粲然復興上天祐之爲生賢佐後世稱誦至今不絕此夙夜不解行善之所致也故治亂廢興在於已非天降命不可反也臣聞命者天之命也性者生之質也情者人之欲也堯舜行德則民仁壽桀紂行暴則民鄙夭有治亂之所生故不齊也王者欲有所爲宜求其端

於天天道之大者在陰陽陽爲德陰爲刑刑主殺而德主生是故陽常居大夏而以生育長養爲事陰常居大冬而積於空虛不用之處以此見天之任德不任刑也王者承天意以從事故任德教而不任刑也今廢先王德教之官獨任執法之吏而欲德教之被四海難矣爲人君者正心以正朝廷正朝廷以正百官正百官以正萬民正萬民以正四方四方正遠近莫不壹於正而亡有邪氣奸其間者是以陰陽調而風雨時群生和而萬民殖諸福之物可致之祥莫不畢至而王道終矣今陛下貴爲天子富有四海居得致之位操可致之勢又有能致之資行高而恩厚知明而意美愛民而好士可謂誼主矣然而天地未應而美祥莫至者凡以教化不立萬民不正也夫萬民之從利如水之走下不以教化隄防之不能止也古之王者莫不以教化爲大務立大學以教於國設庠序以化於邑漸民以仁摩民以

誼節民以禮故其刑罰甚輕而禁不犯者教化行而習俗美也聖王之繼亂世也掃除其迹而悉去之復修教化而崇起之教化已明習俗已成子孫循之行五六百歲尚未敗也至秦滅先聖之道而顓爲自恣苟簡之治故立爲天子十四歲而亡然其遺毒餘烈至今未滅使習俗薄惡人民嚚頑雖欲善治亡可柰何法出而姦生令下而詐起譬之琴瑟不調甚者必解而更張之乃可鼓也爲政而不行甚者必變而更化之乃可理也漢得天下以來常欲善治而至今不可善治者失之於當更化而不更化也更化則善治善治則災害日去福祿日來受天之祐德施方外延及群生也

又問

蓋聞虞舜之時游於巖廊之上垂拱無爲而天下太平周文王日昃不暇食而宇內亦治夫帝王之道豈不同條共貫與何逸

勞之殊蓋儉者不造玄黄旌旗之飾及至周室設兩觀乘大輅朱干玉戚八佾陳於庭而頌聲興帝王之道豈異指哉或曰良玉不琢又云非文亡以輔德二端異焉殷人執五刑以督姦傷肌膚以懲惡成康不式四十餘年天下不犯囹圄空虚秦國用之死者甚衆刑者相望烏虖朕夙寤晨興惟前帝王之憲永思所以奉至尊章洪業皆在力本任賢今朕親耕籍田以爲農先勸孝弟崇有德使者冠蓋相望問勤勞撫孤獨盡思竭神功烈休德未始云獲也今陰陽錯繆氣氛充塞群生寡遂黎民未濟廉耻貿亂賢不肖渾殽未得其眞故詳延特起之士今子大夫待詔百有餘人或道世務而未濟稽諸上古之不同考之于今而難行毋乃牽於文繁而不得騁與將所繇異術所聞殊方與各悉對著于篇毋諱有司明其指略切磋究之以稱朕意

又對

臣聞聖王之治天下也少則習之學長則材諸位爵祿以養其德刑罰以威其惡故民曉於禮誼而耻犯其上武王行大誼平殘賊周公作禮樂以文之至於成康之隆囹圄空虛四十餘年此亦教化之漸而仁誼之流也至秦則不然師申商之法行韓非之說憎帝王之道以貪狼爲俗誅名而不察實爲善者不必免而犯惡者未必刑也是以百官皆飾虛辭而不顧實外有事君之禮內有背上之心造僞飾詐趨利而無耻是以刑者甚衆死者相望而姦不息俗化使然也今陛下并有天下海內莫不率服而功不加於百姓者殆王心未加焉曾子曰尊其所聞則高明矣行其所知則光大矣高明光大不在於他在乎加之意而已願陛下因用所聞設誠於內而致行之則三王何異哉陛下夙寤晨興務以求賢亦堯舜之用心也然而未云獲者士素不厲也夫不素養士而欲求賢譬猶不琢玉而求文采也故養

士莫大虖太學太學者賢士之所關也教化之本原也臣願陛下興太學置明師以養天下之士數考問以盡其材則英俊宜可得矣郡守縣令民之師帥所以承流而宣化也師帥不賢則主德不宣恩澤不流今吏既亡教訓於下或不承用主上之法暴虐百姓與姦爲市貧窮孤弱冤苦失職甚不稱陛下之意是以陰陽錯繆氛氣充塞群生寡遂黎民未濟也夫長吏多出於郎中中郎吏二千石子孫選郎吏又以富訾未必賢也且古所謂功者以任官稱職爲差非爲積日絫久也故小材雖絫日不離於小官賢材雖未久不害爲輔佐是以有司竭力盡知務治其業而以赴功今則不然絫日以取貴積久以致官是以廉耻貿亂賢不肖混殽未得其真也臣愚以爲使諸列侯郡守二千石各擇其吏之賢者歲貢各二人以給宿衛且以觀大臣之能所貢賢者有賞所貢不肖者有罰夫如是諸侯吏二千石皆盡

心於求賢天下之士可得而官使也毋以日月爲功實試賢能爲上量材而授官錄德而定位則廉恥殊路賢不肖異處矣陛下加惠寬臣之罪令勿牽制於文使得切磋究之臣敢不盡愚

三問

蓋聞善言天者必有徵於人善言古者必有驗於今故朕垂問乎天人之應上嘉唐虞下悼桀紂寖微寖滅寖明寖昌之道虛心以改今子大夫明於陰陽所以造化習於先聖之道業然而文采未極豈惑當世之務哉條貫靡竟統紀未終意朕之不明與聽若眩與夫三王之教所祖不同而皆有失或謂久而不易者道也意豈異哉子大夫既已著大道之極陳治亂之端矣其悉之究之孰之復之詩不云乎嗟爾君子毋常安息神之聽之介爾景福朕將親覽焉子大夫其懋明之

臣聞論語曰有始有卒者其唯聖人虖今陛下幸加惠留聽於承學之臣復下明冊以切其意而究盡聖德非愚臣之所能具也前所上對條貫靡竟統紀不終辭不別白指不分明此臣淺陋之罪也冊曰善言天者必有徵於人善言古者必有驗於今臣聞天者群物之祖故徧覆包函而無所殊聖人法天而立道亦溥愛而亡私春者天之所以生也仁者君之所以愛也夏者天之所以長也德者君之所以養也霜者天之所以殺也刑者君之所以罰也孔子作春秋上揆之天道下質諸人情參之於古考之於今故春秋之所譏災害之所加也春秋之所惡怪異之所施也書邦家之過兼災異之變以此見人之所爲其美惡之極乃與天地流通而往來相應此亦言天之一端也天令之謂命命非聖人不行質朴之謂性性非教化不成人欲之謂情情非制度不節是故王者上謹於承天意以順命也下務明教

化民以成性也正法度之宜別上下之序以防欲也修此三者而大本舉矣人受命於天固超然異於群生入有父子兄弟之親出有君臣上下之誼會聚相遇則有耆老長幼之施粲然有文以相接驩然有恩以相愛故孔子曰天地之性人爲貴明於天性知自貴於物然後知仁誼知仁誼然後重禮節重禮節然後安處善安處善然後樂循理樂循理然後謂之君子冊曰上嘉唐虞下悼桀紂寖微寖滅寖明寖昌之道虛心以改臣聞衆少成多積小致鉅故聖人莫不以晻致明以微致顯是以堯發於諸侯舜興虖深山非一日而顯也蓋有漸以致之矣言出於已不可塞也行發於身不可掩也言行治之大者君子之所以動天地也故盡小者大慎微者著詩云惟此文王小心翼翼故堯兢兢日行其道而舜業業日致其孝善積而名顯德章而身尊此其寖明寖昌之道也積善在身猶長日加益而人不知也

積惡在身猶火銷膏而人不見也此唐虞之所以得令名而桀紂之可爲悼懼者也夫善惡之相從如景鄉之應形聲也故桀紂暴慢讒賊並進賢知隱伏惡日顯國日亂晏然自以如日在天終陵夷而大壞夫暴逆不仁者非一日而亡也亦以漸至桀紂雖亡道然猶享國十餘年此其寖微寖滅之道也冊曰三王之教所祖不同而皆有失或謂久而不易者道也意豈異哉臣聞夫樂而不亂復而不厭者謂之道道者萬世亡弊弊者道之失也先王之道必有偏而不起之處故政有眊而不行舉其偏者以補其弊而已矣三王之道所祖不同非其相反將以捄溢扶衰所遭之變然也故王者有改制之名亡變道之實然夏尚忠殷尚敬周尚文者所繼之時當用此也孔子曰殷因於夏禮所損益可知也周因於殷禮所損益可知也其或繼周者雖百世可知也此言百王之用以此三者矣夏因於虞而獨不言所

損益者其道如一而所尚同也道之大原出於天天不變道亦不變是以禹繼舜舜繼堯三聖相受而守一道亡救弊之政也繇是觀之繼治世者其道同繼亂世者其道變今漢繼大亂之後若宜少損周之文致用夏之忠者陛下舉賢良方正之士論誼考問將欲興仁義之休德明帝王之法制建太平之道也臣愚不肖述所聞誦所學僅能勿失耳然竊有恠者夫古之天下亦今之天下今之天下亦古之天下共是天下以古準今壹何不相逺之逺也意者有所失於古之道與有所詭於天之理與夫天亦有所分予予之齒者去其角傅其翼者兩其足是所受大者不得取小也古之所予禄者不食於力不動於末與天同意者也夫已受大又取小天不能足而況人虖此民之所以囂囂苦不足也身寵而載高位家温而食厚禄因乘富貴之資力以與民爭利於下民安能如之哉民日削月朘寖以大窮富貴

者奢侈羨溢貧者窮急愁苦民不樂生安能避罪此刑罰之所以蕃而姦邪不可勝者也天子大夫者下民之所視效遠方之所四面而內望也豈可居賢人之位而爲庶人行哉夫皇皇求財利常恐乏匱者庶人之意也皇皇求仁義常恐不能化民者大夫之意也易曰負且乘致寇至乘車者君子之位也負擔者小人之事也此言居君子之位而爲庶人之行者其患禍必至也若居君子之位當君子之行則舍公儀休之相魯亡可爲者矣春秋大一統者天地之常經古今之通誼也今師異道人異論百家殊方指意不同是以上亡以持一統法制數變下不知所守臣愚以爲諸不在六藝之科孔子之術者皆絕勿使並進邪辟之說滅息然後統紀可一而法度可明民知所從矣

宋仁宗制科策

皇帝若曰朕承祖宗之大統先帝之休烈深惟寡昧未燭於理

志勤道遠治不加進夙興夜寐于茲三紀朕德有所未至教有所未孚闕政尚多和氣或盭田野雖闢民多亡聊邊境雖安兵不得撤利入已浚浮費彌廣軍冗而未練官冗而未澄庠序比興禮樂未具戶罕可封之俗士忽皆讓之節此所以訟未息於虞芮刑未措於成康意在位者不以教化爲心治民者多以文法爲拘禁防繁多民不知避叙法寬濫吏不知懼纍纍者衆愁歎者多仍歲以來災異數見六月壬子日食于朔淫雨過節煗氣不效江河潰決百川騰溢永思厥咎深切在予變不虛生緣政而起五事之失六沴之作劉向所傳呂氏所紀五行何修而得其性四時何行而順其令非正陽之月伐鼓救變其合於經乎方盛夏之時論囚報重其考於古乎京師諸夏之根本則王教之淵源百工淫巧無禁豪右僭差不度治當先內或曰何以爲京師政在擿姦或曰不撓獄市推尋前世探觀治迹孝文尚

老子而天下富殖孝武用儒術而海内虚耗道非有弊治奚不同王政所由形於詩道周公豳詩王業也而係之國風宣王北伐大事也而載之小雅周以冢宰制國用唐以宰相兼度支錢穀大計也兵師大衆也何陳平之對謂當責之内史韋賢之士不宜兼於宰相錢貨之制輕重之相權命秩之差虚實之相養水旱蓄積之備邉陲守禦之方圜法有九府之名樂語有五均之義富人彊國尊君重朝弭災致祥改薄從厚此皆前世之急政而當今之要務子大夫其悉意以陳毋悼後害

對　蘇軾

臣聞天下無事公卿之言輕於鴻毛天下有事匹夫之言重於泰山非智有不能明有不察緩急之勢異也方其無事也雖齊桓之深信其臣管仲之深得其君以握手丁寧之問將死深悲之言不能去區區之三豎及其有事且急也雖唐代宗之庸程

元振之用事栁伉之賤且疎一言以入不終朝去其腹心之疾夫言於無事之世足以有所改爲而常患於不信言於有事之世易以見信而常患於不及改爲此忠臣志士所以深悲天下所以亂亡相尋而世主所以不悟也今陛下處積安之時乗不拔之勢拱手垂裳而天下嚮風動容變色而海内震恐雖一事之失常一物之不獲未足以憂陛下也所爲親策賢良之士者以應故事而已豈以臣言眞足感於陛下耶雖然君以名求之臣以實應之陛下爲是名也臣敢不爲是實也伏惟制策云云

臣竊以爲陛下即位以來歲歷三紀更於事變審於情僞不爲不熟而治不加進雖臣亦疑之然以爲志勤道遠則雖臣至愚亦未敢以爲然也夫志有不勤而道無或遠陛下苟知勤矣則天下之事無不畢舉今也循以道遠爲嘆則是陛下未知勤也夫天以日運故健日月以日行故明水以日流故不竭人之四

肢以日動故無疾器以日用故不蠹天下者大物也久置而不用則委靡廢放日趨於弊而已陛下深居法宫之中憂勤而不息耶臣不得而知也宴安而無爲耶臣不得而知也然所以知道遠之嘆由陛下之不勤者臣竊見陛下以天下之大欲輕賦稅則財不足欲威四夷則兵不彊欲興利除害則無其人欲敦世厲俗則無其具大臣不過遵用故事小臣不過謹守簿書此臣所以妄論陛下之不勤也臣又竊聞頃歲以來大臣奏事陛下無所詰問直可之而已臣始聞以爲不信及退而觀其效則臣亦不敢不信也何則人君之言與士庶不同言脱於口四方傳之太祖太宗之世天下皆諷誦其言語以爲聳勸之具今陛下所震怒而賜譴者何人也合於聖意誘而進之者何人也朝夕論議深言者何人也越次躐等召問之者何人也四者皆未聞焉此臣所以妄論陛下之不勤也臣願陛下條天下之事大

者有幾可用之人有幾某事未治某人未用鷄鳴而起曰吾今日爲某事用某人他日又曰吾所爲某事果濟乎所用某人果才乎如是孜孜焉屏去聲色放遠善柔親近賢達遠覽古今凡此勤之實也而道何遠乎伏惟制策云云　凡陛下所憂數十條者臣皆能歷數而備言之然而未敢道也何者陛下誠得御臣之術則嚮之數條者皆可捐之大臣而已不與夫天下所謂賢者陛下既得用之矣古之用人者日夜提策之武王用太公相與問答百餘萬言今之六韜是也桓公用管仲相與問答亦百餘萬言今之管子是也今陛下默默聽其所爲則嚮之所憂數十條者無時而舉矣古之忠臣受任也必先自度曰吾能辨是乎度能辨是也則又曰吾君能忘己而任我乎能無以小人間我乎度其能忘己而任我也能無以小人間我也然後受之則以身任天下之責而不辭今也内不度己外不度君受之而衆

不與也則引身求去夫引身求退者非果廉節有讓也是邀君以自固也是自明其非我之欲留以逃謗也是不能辦其事而以患遺後人也陛下柰何聽之臣故曰陛下未得御臣之術也若天德有所未至教有所未孚者此實不至也德之必有以著其德之之形教之必有以顯其教之之狀德之之形莫著於輕賦教之之形莫顯於去殺此二者今皆未能焉故曰實不至也夫以選舉之重而不取才行官吏之衆而不行考課農末之相傾而平糴之法不立貧富之相役而占田之數無限天下之闕政莫大乎此和氣安得不鬱乎田野闢者民所以富足之道也然天下之民常偏聚而不均吳蜀有可耕之人而無其地荊襄有可耕之地而無其人夫吳蜀之民終不能去狹而就寬者世以爲懷土而重遷非也行者無以相群則不能行居者無以相友則不能居若輩徙饑寒之民則無不聽矣邊境已安而兵不

得撤者有安之名而無安之實也古之制北狄者未始不通西域今之不能通者夏人爲之障也夫夏人不可取者非以數郡能抗吾中國吾中國自困而不能舉也其所以自困而不能舉者以不生不息之財養不耕不戰之兵塊然如巨人之病腫非不枵然大矣而手足不能自舉也莫如稍徙縁邊之民不能戰守者於空閑之地以其地益募民爲屯田屯田之兵稍益則戍卒可稍减使數歲之後縁邊之民盡其耕戰之夫然後數出兵以苦之使之厭戰而不能支則折而歸吾矣不然將濟師之不暇而又何撤乎所謂利入已浚而浮費彌廣者臣竊以爲外有不得已之二虜内有得已金玉錦繡之工其爲費豈勝計哉今不去此等而欲廣求利之門臣知所得不如所喪也軍冗而未練者臣嘗論之曰此將不足恃之過也然以其不足恃故擁之以多兵不蒐去其無用則多兵適所爲敗也官冗而未澄者臣

嘗論之曰此審官吏部與職司無法之過也夫審官吏部是古者考績黜陟之所而特以日月爲斷今縱未能復古可略分其郡縣不以遠近爲差而以難易爲等才者常爲其難不才者常爲其易及其當遷也難者常速而易者常久吏部與外之職司常相關通爲職司者不惟舉有罪察有功必使盡第其屬吏之所堪以詔審官吏部審官吏部常從內等其任使之難易職司常從外第其人之優劣才者常用不才者常閑則冗官可澄矣

庠序興而禮樂未具者臣蓋以爲庠序者所以興禮樂也今庠序不知所以爲教又何以興禮樂乎夫上之所嚮者下之所趨也況從而賞之乎上之所背者下之所去也況從而罰之乎今責在位者不務教化治民者多拘文法臣不知朝廷所以爲賞罰者何也無乃或以教化得罪而以文法受賞歟夫禁防未至於煩多而民不知避者吏以爲市也叙法不爲寬濫而吏不知

懼者不論其能否而論其久近也纍纍者衆愁嘆者多凢以此也伏惟制策云云 臣聞五月二十三分月之二十是爲一交交當朔則食然而或食或不食則陽氣自有彊弱也陛下勿以其未食爲無災而其既食而復爲免咎也夫淫雨大水者是陽氣融液汗漫而不能收也今陛下以至仁柔天下兵驕而益厚其賜戎狄桀傲而益加其禮蕩然與天下爲咻呴温煖之政如人之噓而不能噏此淫雨大水所由作也制策又有五事之失六沴之作云云 此陛下畏天恐懼求端之過而流入於迂儒之說也夫五行之相沴本不至於六六沴者起於諸儒欲以六極分配五行於是始以皇極附益而爲六夫皇極者五事皆得不極者五事皆失非所以與五事並列而別爲一者也吕氏之時令則柳宗元之論備矣其可行者皆天事也其不可行者皆人事也若夫禜社伐鼓本非有益於致災特致其尊陽之意而已書曰

乃季秋月朔辰弗集于房瞽奏鼓嗇夫馳庶人走何必正陽之月而後伐鼓救變乎盛夏報囚先儒已論之矣伏惟制策有京師諸夏之表則王教之淵源百工淫巧無禁豪右僭差不度此在陛下身率之耳後宮有大練之飾則天下以綺紈爲羞大臣有脫粟之節則四方以膏粱爲汙矣伏惟制策云云此皆一偏之說夫見其一偏而輒舉以爲說則天下之說不可勝舉矣自通人言之則曰治內所以爲京師也不撓獄市所以爲擿姦也如使不撓獄市而害其爲擿姦則夫曹參者是漢遁逃主也伏惟制策云云臣竊以爲不然孝文所以爲得者是儒術略用也其所以得而未盡者是用儒之未純也其所以爲失者是用老也何以言之孝文得賈誼之說然後待大臣有禮御諸侯有術至興禮樂則曰未暇故曰儒術略用而未純也若夫用老之失始以區區之仁壞三代肉刑易以髡笞不足懲其罪又從而殺

之用老之失豈不過甚哉且孝武亦不可謂用儒之主也傅延方士而多興妖祠大興宮室而甘心遠略此豈儒者教之今見孝文富殖以爲老子之功見孝武虛耗以爲儒者之罪則過矣此唐明皇之所以溺於宴安撤去禁防而爲天寶之亂也伏惟

制策云云 臣聞豳詩言后稷公劉所以致王業之艱難其後至文王則王業已大成矣然其二南之詩猶列於國風而至于豳獨何怪乎昔季札觀周樂以大雅曲而有直體小雅思而不二怨而不言則大雅小雅所以異者非取其事之小大也伏惟制

策云云 臣以爲宰相雖不親細務錢穀兵師固當制其虛贏利害陳平謂責之内史者特以不當治其簿書多少之數耳昔唐之初以郎官領度支而職事以治及兵興之後始立使額參佐既衆簿書益繁百弊之源自此而始其後裴延齡皇甫鎛皆以此剥下媚上希世用事以宰相兼之誠得防姦之要而韋賢之

議特以其權過重歟伏惟制策云云此六者亦方今之所當論也昔召穆公曰民患輕則多作重以行之若不堪重則多作輕以行之亦不廢重輕可改而重不可廢不幸而過寧失於重此制錢貨之本意也命者人君所出而無窮秩者民力所供而有限以無窮養有限此虛實之相養也水旱蓄積之備莫若復隋唐之義倉邊陲守禦之方莫若依秦漢之更卒周官有大府天府泉府玉府內府外府職內職金職幣是謂九府太公之所行以致富古者天子取諸侯之士以爲國均則市不二價四民常均是謂五均皆所以均民而富國也凡陛下之策臣者如此而於其末復曰富人彊國尊君重朝弭災致祥改薄從厚此皆前世之急政當今之要務臣有以知聖意以爲向之策臣者各指其事恐臣不得盡其辭是以復舉其大而問焉又恐其不能切至也故又詔之曰悉意以陳無悼後害臣是以敢復進其猖狂

之説夫天下者非君有也天命人君主之耳陛下念祖宗之重思百姓之可畏欲進一人當同天下之所欲進欲退一人當同天下之所欲退今進一人則人相與誹曰是出於某也是某之所欲也退一人則又相與誹曰是出於某也是某之所惡也臣非敢以此爲舉信也然而致此言者則必有由矣今無知之人相與謗於道曰聖人在上而天下不盡被其澤者便嬖小人附於左右而女謁盛於内也爲此言者固妄矣然而天下或以爲信者何也徒見諫官御史之言矻矻乎難入以爲必有間之者也徒見蜀之美錦越之奇器不由方貢而入於宫也如此而向之所謂急政務要者陛下何暇行之臣不勝憤懣謹復列於末惟陛下寛其萬死幸甚

文章辨體卷之十八

文章辨體卷之十九

海虞後學吳訥編集

表一

出師表　　漢諸葛亮

東坡蘇氏云孔明二表簡而且盡直而不肆大哉言乎與伊訓說命相表裏非秦漢以下事君爲恍者所能至也迂齋曰規模正大志念深遠詳味乃見吳魏二國未說有此人物有此文章否

臣亮言先帝創業未半而中道崩殂今天下三分益州罷弊此誠危急存亡之秋也然侍衛之臣不懈於内忠志之士亡身於外者蓋追先帝之遇欲報之於陛下也誠宜開張聖聽以光先帝遺德恢弘志士之氣不宜妄自菲薄引喻失義以塞忠諫之路也宫中府中俱爲一體陟罰臧否不宜異同若有作姦犯科

及爲忠善者宜付有司論其刑賞以昭陛下平明之治不宜偏私使内外異法也侍中侍郎郭攸之費禕董允等此皆良實志慮忠純是以先帝簡拔以遺陛下愚以爲宫中之事事無大小悉以咨之然後施行必能裨補闕漏有所廣益也將軍向寵性行淑均曉暢軍事試用於昔日先帝稱之曰能是以衆議舉寵爲督愚以爲營中之事悉以咨之必能使行陣和穆優劣得所也親賢臣遠小人此先漢所以興隆也親小人遠賢士此後漢所以傾頹也先帝在時每與臣論此事未嘗不嘆息痛恨於桓靈也侍中尚書長史參軍此悉貞亮死節之臣也願陛下親之信之則漢室之隆可計日而待也臣本布衣躬耕於南陽苟全性命於亂世不求聞達於諸侯先帝不以臣卑鄙猥自枉屈三顧臣於草廬之中諮臣以當世之事由是感激遂許先帝以驅馳後值傾覆受任於敗軍之際奉命於危難之間爾來二十有

一年矣先帝知臣謹慎故臨崩寄臣以大事也受命以來夙夜憂歎恐託付不效以傷先帝之明故五月渡瀘深入不毛今南方已定兵甲已足當獎帥三軍北定中原庶竭駑鈍攘除姦凶興復漢室還于舊都此臣之所以報先帝而忠陛下之職分也至於斟酌損益進盡忠言則攸之禕允之任也願陛下託臣以討賊興復之效不效則治臣之罪以告先帝之靈責攸之禕允等之咎以章其慢陛下亦宜自謀以咨諏善道察納雅言深追先帝遺詔臣不勝受恩感激今當遠離臨表涕泣不知所云

後出師表

臣亮言先帝慮漢賊不兩立王業不偏安故託臣以討賊也以先帝之明量臣之才故知臣伐賊才弱敵彊也然不伐賊王業亦亡惟坐而待亡孰與伐之是故託臣而弗疑也臣受命之日寢不安席食不甘味思惟北征宜先入南故五月渡瀘深入不

毛并日而食臣非不自惜也顧王業不可得偏安於蜀都故冒危難以奉先帝之遺意而議者謂爲非計今賊適疲於西又務於東兵法乘勞此進趨之時也謹陳其事如左高帝明並日月謀臣淵深然涉險被創危然後安今陛下未及高帝謀臣不如良平而欲以長策取勝坐定天下此臣之未解一也劉繇王朗各據州郡論安言計動引聖人群疑滿腹衆難塞胷今歲不戰明年不征使孫策坐大遂并江東此臣之未解二也曹操智計殊絶於人其用兵也髣髴孫吳然困於南陽險於烏巢危於祁連偪於黎陽幾敗北山殆死潼關然後僞定一時爾況臣才弱而欲以不危而定之此臣之未解三也曹操五攻昌霸不下四越巢湖不成任用李服而李服圖之委任夏侯而夏侯敗亡先帝每稱操爲能猶有此失況臣駑下何能必勝此臣之未解四也自臣到漢中中間朞年耳然喪趙雲陽群馬玉閻芝丁立白

壽劉郃鄧銅等及曲長屯將七十餘人突將無前賨叟青羌散騎武騎一千餘人此皆數十年之內所糾合四方之精鋭非一州之所有若復數年則損三分之二也當何以圖敵此臣之未解五也今民窮兵疲而事不可息事不可息則住與行勞費正等而不及蚤圖之欲以一州之地與賊持久此臣之未解六也夫難平者事也昔先帝敗軍於楚當此時曹操拊手謂天下已定然後先帝東連吳越西取巴蜀舉兵北征夏侯授首此操之失計而漢事將成也然後吳更違盟關羽毀敗秭歸蹉跌曹丕稱帝凡事如是難可逆見臣鞠躬盡瘁死而後已至於成敗利鈍非臣之明所能逆覩也

陳情表

晉李密

臣密言臣以險釁夙遭閔凶生孩六月慈父見背行年四歲舅奪母志祖母劉愍臣孤弱躬親撫養臣幼多疾病九歲不行零

丁孤苦至于成立既無伯叔終鮮兄弟門衰祚薄晚有兒息外無期功彊近之親內無應門五尺之僮煢煢獨立形影相吊而劉夙嬰疾病常在牀蓐臣侍湯藥未曾廢離逮奉聖朝沐浴清化前太守臣逵察臣孝廉後刺史臣榮舉臣秀才臣以供養無主辭不赴命詔書特下拜臣郎中尋蒙國恩除臣洗馬猥以微賤當侍東宮非臣隕首所能上報臣具以表聞辭不就職詔書切峻責臣逋慢郡縣逼迫催臣上道州司臨門急於星火臣欲奉詔奔馳則劉病日篤欲苟順私情則告訴不許臣之進退實爲狼狽伏惟聖朝以孝治天下凡在故老猶蒙矜育況臣孤苦特爲尤甚且臣少仕僞朝歷職郎署本圖宦達不矜名節今臣亡國賤俘至微至陋過蒙拔擢寵命優渥豈敢盤桓有所希冀但以劉日薄西山氣息奄奄人命危淺朝不慮夕臣無祖母無以至今日祖母無臣無以終餘年母孫二人更相爲命是以區

區不能廢遠臣密今年四十有四祖母劉今年九十有六是臣盡節於陛下之日長報劉之日短也烏鳥私情願乞終養臣之辛苦非獨蜀之人士及二州牧伯所見明知皇天后土實所共鑒願陛下矜愍愚誠聽臣微志庶劉僥倖保卒餘年臣生當隕首死當結草臣不勝犬馬怖懼之情

上高祖請除佛法表　　唐傅奕

臣聞佛在西域言妖路遠漢譯胡書恣其假託使不忠不孝削髮而揖君親遊手遊食易服以逃租賦僞啓三塗謬張六道恐愒愚夫詐欺庸品追懺既往之罪虛規將來之福布施一錢希萬錢之報持齋一日冀百日之糧遂使愚迷妄求福德不憚科禁輕犯憲章有造爲惡逆身墜刑網方乃獄中禮佛規免其罪且生死壽夭由於自然刑德威福關之人主貧富貴賤功業所招而愚僧矯詐皆云由佛竊人主之權擅造化之力其爲害政

良可悲矣夫自羲農至於有漢皆無佛法君明臣忠祚長年久漢明帝始立胡神西域桑門自傳其法西晋以上國有嚴科不許中國之人輙行髠髮之事洎于符石羗胡亂華主庸臣佞政虐祚短梁武齊襄足爲明鏡今天下僧尼數盈十萬剪刻繒綵裝束泥人競爲厭魅迷惑萬姓請令匹配即成十萬餘戶産育男女十年長養一紀教訓可以足兵四海免蠶食之殃百姓知威福所在則妖惑之風自革淳朴之化還興矣伏望裁察

上憲宗論佛骨表　　韓愈

臣伏以佛者夷狄之一法耳自後漢時流入中國上古未嘗有也昔者黄帝在位百年年百一十歲少昊在位八十年年百歲顓頊在位七十九年年九十八歲帝嚳在位七十年年百五歲帝堯在位九十八年年百一十八歲帝舜及禹年皆百歲此時天下太平百姓安樂壽考然而中國未有佛也其後殷湯亦年

百歲湯孫太戊在位七十五年武丁在位五十九年書史不言其年壽所極推其年數蓋亦俱不減百歲周文王年九十七歲武王年九十三歲穆王在位百年此時佛法亦未入中國非因事佛而致然也漢明帝時始有佛法明帝在位纔十八年耳其後亂亡相繼運祚不長宋齊梁陳元魏已下事佛漸謹年代尤促惟梁武帝在位四十八年前後三度捨身施佛宗廟之祭不用牲牢晝日一食止於菜果其後竟爲侯景所逼餓死臺城國亦尋滅事佛求福乃更得禍由此觀之佛不足事亦可知矣高祖始受隋禪則議除之當時群臣材識不遠不能深知先王之道古今之宜推闡聖明以救斯弊其事遂止臣常恨焉伏惟陛下神聖英武數千百年已來未有倫比即位之初即不許度人爲僧尼道士又不許創立寺觀臣常以爲高祖之志必行於陛下之手今縱未能即行豈可恣之轉令盛也今聞陛下令群僧

迎佛骨於鳳翔御樓以觀舁入大內又令諸寺遞迎供養臣雖至愚必知陛下不惑於佛作此崇奉以祈福祥也直以年豐人樂徇人之心爲京都士庶設詭異之觀戲翫之具耳安有聖明若此而肯信此等事哉然百姓愚冥易惑難曉苟見陛下如此將謂眞心事佛皆云天子大聖猶一心敬信百姓何人豈合更惜身命焚頂燒指百十爲群解衣散錢自朝至暮轉相倣效惟恐後時老少奔波棄其業次若不即加禁遏更歷諸寺必有斷臂臠身以爲供養者傷風敗俗傳笑四方非細事也夫佛本夷狄之人與中國言語不通衣服殊製口不言先王之法言身不服先王之法服不知君臣之義父子之情假如其身至今尚在奉其國命來朝京師陛下容而接之不過宣政一見禮賓一設賜衣一襲衛而出之於境不令惑衆也況其身死已久枯朽之骨凶穢之餘豈宜令入宮禁孔子曰敬鬼神而遠之古之諸侯

行弔於其國尚令巫祝先以桃茢祓除不祥然後進弔今無故取朽穢之物親臨觀之巫祝不先桃茢不用群臣不言其非御史不舉其失臣實耻之乞以此骨付之有司投諸水火永絕根本斷天下之疑絕後代之惑使天下之人知大聖人之所作爲出於尋常萬萬也豈不盛哉豈不快哉佛如有靈能作禍祟凡有殃咎宜加臣身上天鑑臨臣不怨悔無任感激懇悃之至

賀赦表

臣某言伏奉二月五日制書大赦天下常赦所不原者咸蒙除罪與之更始令得自新恩浹幽明慶溢寰海臣某誠懽誠喜頓首頓首臣聞王者必於嗣位之始降非常之恩所以象德乾坤同明日月伏惟陛下文思聰明聖神睿哲發號出令雲行雨施懼刑政之或差憐鰥寡之重困知事久之滋弊廣法訛之益姦罪人悉原墜典咸舉生恩既及於四海和氣遂充於八紘臣某

誠歡誠喜頓首頓首微臣往因論事獲譴海隅旋沐朝奬待罪山郡未離貶竄之地忽逢曠蕩之恩踊躍欣歡實倍常品限以官守不獲隨例稱慶闕庭無任感恩戀闕之至

賀册皇太后表

臣某言伏承閏正月二十七日皇太后光膺令典受册宫闈歡心始自於内朝孝理遂形於寰海臣某誠懽誠喜頓首頓首皇太后夙賛先皇弼成至化誕生明聖纘繼鴻休華胥實賛於軒圖文毋有光於周道恭惟懿德克配前芳陛下出震承乾垂衣御極式展臣子之志以明教化之源禮命載崇華夷同慶臣待罪外郡不獲稱賀闕廷無任踊躍欣歡之至

賀慶雲表

臣某言臣所領州今月十六日申時有慶雲見於西北至暮方散臣及舉州官吏百姓無不見者五采五色光華不可徧觀非

烟非雲容狀鉅能詳述抱日增麗浮空不收既變化而無窮亦卷舒而莫定斯爲上瑞實應太平臣某誠歡誠喜頓首頓首謹按沈約宋書云慶雲五色者太平之應又據孝經援神契曰王者德至山陵則慶雲出故黄帝因之以紀事虞舜由之而作歌又按季夏六月土王用事其日景戌亦主於土酉北方者京師所在土爲國家之德祥見京師之位既徵於古又驗於今伏惟陛下德合覆載道光軒虞嗣位之初禎祥繼至昇平之符既兆仁壽之域以躋微臣往在先朝以論事得罪身居貶黜之地目覩殊常之慶抃躍欣幸實倍常情伏乞宣付史官以彰聖德所致瞻戀闕廷心魂飛馳無任欣抃踊躍之至

上仁宗謝知制誥表　宋歐陽修

伏以王者尊居萬民之上而誠意能與下通奄有四海之大而惠澤得以徧及者得非號令誥詔發揮而已哉然其爲言也質

而不文則不足以行遠而昭聖謨麗而不典則不足以示後而爲世法居是職者古難其人乃以愚臣而當此選伏惟陛下茂仁聖之資荷祖宗之業日謹一日曾未少懈而自羌戎負固邊鄙用師勤儉率先於聖躬焦勞常見於玉色雖有憂民之志而億姓未蘇雖有欲治之心而群臣未副故每進一善則未嘗不欲勸天下之能每官一賢則未始不欲盡人材之用雖以爵祿而砥礪尚須訓誡之丁寧尤假能言以諭至意可稱是者不又艱歟伏念臣雖以儒術進身本無辭藝可取徒值嚮者時文之弊偶能獨守好古之勤志欲去於雕華文反成於樸鄙本懼不適當世之用敢期自結聖主之知陛下奬之特深用之大過此臣所以懇讓三四至於辭窮而天意不回寵命難止尚慮碩然之未諭更加使者以臨門恩出非常理難屢瀆及俯而受命伏讀訓辭則有必能復古之言然後益知所責之重夙夜惶惑未

知所措伏况文字之職厠于侍從之班在於周行是爲超擢不徒揮翰以爲效自當死節以報恩惟所使之期於盡瘁

進資治通鑑表

司馬光

臣先奉勅編集歷代君臣事迹又奉聖旨賜名資治通鑑今已了畢者伏念臣性識愚魯學術荒疎凡百事爲皆出人下獨於前史粗嘗盡心自幼至老嗜之不厭每患遷固以來文字繁多自布衣之士讀之不徧况於人主日有萬機何暇周覽臣常不自揆欲删削冗長舉撮機要取關國家興衰繫生民休戚善可爲法惡可爲戒者爲編年一書使先後有倫精粗不雜私家力薄無由可成伏遇英宗皇帝資睿智之性敷文明之治思歷覽古事用恢張大猷爰詔下臣俾之編集臣夙昔所願一朝獲伸踊躍奉承惟懼不稱先帝仍命自選辟官屬於崇文院置局許借龍圖天章閣三館秘閣書籍賜以御府筆墨繒帛及御前錢

以供果餌以内臣爲承受眷遇之榮近古莫及不幸書未進御
先帝遽弃群臣陛下紹膺大統欽承先志寵以冠序錫之嘉名
每開經筵常令進讀臣雖頑愚荷兩朝知待如此其厚隕身喪
元未足報塞苟智力所及豈敢有違會差知永興軍以衰疾不
任治劇乞就冗官陛下俯從所欲曲賜容養差判西京留司御
史臺及提舉嵩山崇福宫前後六任仍聽以書局自隨給之禄
秩不責職業臣既無他事得以研精極慮窮竭所有日力不足
繼之以夜徧閱舊史旁采小説簡牘盈積浩如淵海抉擿幽隱
校計毫釐上起戰國下終五代凡一千三百六十二年修成二
百九十四卷又略舉事目年經國緯以備檢尋爲目録三十卷
又參群書評其同異俾歸一塗爲考異三十卷合三百五十四
卷自治平開局迨今始成歲月淹久其間牴牾不敢自保罪負
之重固無所逃重念臣違離闕庭十有五年雖身處于外區區

之心朝夕寤寐何嘗不在陛下左右顧以駑蹇無施而可是以專事鉛槧用酬大恩庶竭涓塵少裨海岳臣今筋骸癯瘁目視昏近齒牙無幾神識衰耗目前所爲旋踵遺忘臣之精力盡於此書伏望陛下寬其妄作之誅察其願忠之意以清閒之燕時賜省覽監前世之興衰考當今之得失嘉善矜惡取是捨非足以懋稽古之盛德躋無前之至治俾四海群生咸蒙其福則臣雖委骨九泉志願永畢矣謹奉表陳進以聞

進大明律表

洪武　宋景濂

臣聞天生烝民不能無欲欲動情勝詭僞日滋彊暴縱其侵陵柔懦無以自立故聖人者出因時制治設刑憲以爲之防欲使惡者知懼而善者獲寧傳所謂獄者萬民之命所以禁暴止邪養育群生者也譬諸禾黍必刈稂莠而後苗始茂方於白粲必去沙礫而後食可飧苟梗化敗俗之徒不有以誅

之雖堯舜不能以爲治夫自軒轅以來代有刑官而五刑之法漸著其詳弗可復知逮魏文侯師於李悝始采諸國刑典造法經六篇漢蕭何加以三篇通號九章曹魏劉劭又衍漢律爲十八篇晋賈充又參魏律爲十二篇唐長孫無忌等又取漢魏晋三家擇可行者定爲十二篇大槩皆以九章爲宗歷代之律至於唐亦可謂集厥大成矣洪惟

皇帝陛下受

上天君師之命登

大寶位保佑臣民孳孳弗怠其訓廸群臣諄複數千言唯恐其有犯慈愛仁厚之意每見於言外是大舜惟刑之恤之義也矜憫愚民無知陷於罪戾法司奏讞輙惻然弗寧多所寬宥是神禹見辜而泣之心也唯貪墨之吏承踵元弊不異白粲中之沙礫禾黍中之稂莠乃不得已假峻法繩之是以臨御

以來屢
詔大臣更定新律至五六而弗倦者凡欲生斯民也今又特
勑刑部尚書劉惟謙重會衆律以協厥中而近代比例之繁
姦吏可資爲出入者咸痛革之每一篇成輒繕書上奏揭於
西廡之壁親
御翰墨爲之裁定由是仰見
陛下仁民愛物之心與虞夏帝王同一哀矜也易曰山上有火
旅君子以明愼用刑而不留獄言獄不可不謹也書曰刑期
于無刑言辟以止辟而民自不敢犯也
陛下聖慮淵深上稽天理下揆人情成此百代之準繩實有易
書之旨行見好生之德洽于民心凡日月所照霜露所墜有
血氣者莫不上承
神化改過遷善而悉臻雍熙之治矣臣惟謙以洪武六年冬

十一月受詔明年二月書成篇目一準之於唐曰名例曰衛
禁曰職制曰戶婚曰廐庫曰擅興曰賊盜曰闘訟曰詐僞曰
雜律曰捕亡曰斷獄釆用已頒舊律二百八十八條續律百
二十八條舊令改律三十六條因事制律三十一條掇唐律
以補遺一百二十三條合六百有六分爲三十卷其間或損
或益或仍其舊務合輕重之宜謹俯伏闕庭投進以聞

進元史表

伏以紀一代以爲書史法相沿於遷固考前王之成憲周家
有監於夏殷蓋因已往之廢興堪作將來之法戒惟元氏之
有國本朔漠以造家用兵戈以爭強并部落者十世逐水草
以爲食擅雄長於一隅逮至成吉思之時大會斡難河之上
始尊位號漸定教條既近取於乃蠻復遠攻於回紇渡黄河
以蹴西夏踰居庸以瞰中原太宗繼之而金源爲墟世祖承

之而宋籙遂訖立經陳紀用夏變夷肆宏遠之規模成混一
之基業爰及成仁之主見稱願治之君唯祖訓之式遵思孫
謀之是遺自玆以降聿號隆平豐亨豫大之言鼓倡於天曆
之世離析渙奔之禍馴致于至正之朝嬖孽蠱惑於中權姦
蒙蔽於外漢網祗因於疏闊周綱遽至於陵遲風憲皆爲不
捕之猫將士盡成反噬之犬由是群雄角逐九域瓜分風波
徒沸於重濱海岳竟歸於
眞主中謝欽惟
皇帝陛下奉天承運濟世安民建萬世之丕圖紹百王之正統
大明出而爝火息率土生輝迅雷鳴而衆響微鴻音斯播載
念盛衰之故即推忠厚之仁僉言實既亡而名亦隨亡獨謂
國可滅而史不當滅特詔遺逸之士欲求議論之公文詞勿
至於艱深事迹務令於明白苟善惡瞭然在目庶勸懲有益

於人此皆
天語之丁寧愈見
聖心之廣大於是命翰林學士臣宋濂待制臣王禕儒士臣汪
克寬臣胡翰臣宋禧臣陶凱臣陳基臣趙壎臣曾魯臣趙汸
臣張文海臣徐尊生臣黃篪臣傅恕臣王錡臣傅著臣謝徽
臣高啓分科修纂故上自太祖下迄寧宗靡不網羅嚴加搜
采恐玩時而愒日每繼晷以焚膏故於五六月之間成此十
三朝之史况往牒舛訛之已甚而它書參考之無憑雖竭忠
勤難逃疎漏自元統已後則其載籍無存已遣使而旁求俟
續編而上進愧其才識之有限弗稱三長兼以紀述之未周
殊無寸補臣忝司鈞軸幸覩成書信傳信而疑傳疑僅克編
摩於歲月筆則筆而削則削敢言褒貶於春秋仰塵乙夜之
觀期作千秋之鑑所撰元史紀三十八卷志五十三卷表六

卷傳六十二卷月錢二卷通計一百三十萬六千五百餘字
謹繕成百二十册隨表上進以聞

附録

露布

破朱泚露布　唐于公異

臣聞春司生榮秋主殺伐若終始殺伐則不能成歲功仁則順成暴則滅絕若一貫邪正則不能建大中是故春秋序行則通元和而充氣毋德刑具舉則叶王道而經彝倫亂由是除兵不可去堯舜禹湯之德統元立極之君或制五兵或張九伐蓋欲攘削奸宄保乂生靈黼雍熙之未洽佐聲教之不暨有以然者抑寔爲何伏惟陛下溥博法於乾坤貞明侔於日月陶埏六籍表正萬邦揚高祖太宗之耿光奉肅宗代宗之丕烈自纂大前緒高居穆清率土承有截之風懷生無不遂之物邉鄙或聳干

戈爰設有征無戰許蔡傒首領之誅陸梁背誕涇原生肘腋之變逆賊朱泚所以委身凶德假翮奸徒熒惑我生人僭賊我神器聚爲起穢之物腥彼宮闈散作旬始之妖孛于躔次先皇懷柔河朔敷佑下人録其率化之績優以登賢之禮恩澤汪濊集允康之門名位薰灼加闒茸之質翼蕐桀驁將馴大和殊不知惡木生槎枿之英猘狗吠豢牢之主項屬鑾輿順動郊圻駐蹕而泚乃嚾兇命醜阻兵安忍長戈指闕流矢射天穿高墉以鼠牙毒王師以蠆尾罪踰羿浞惡貫梟獍是以萬方憤怒九服讋騰思礪劒者投袂而興爭淬刃者不期而會賊伺間釁陰貸兇謀既緩雷霆之誅遂延晷刻之命臣是用祗承睿筭恭行天討攝衣登壇明君臣之大義禡牙饗社假神祗之幽贊以今月二十五日總領師徒直趨都邑略灞滻以揚旆瞰花囿而下營士垈雲舒木棚林植養威蓄銳直殄兇渠卧鼓偃旗猶輕小利賊

初凌犯巴略芟夷謂其氣竭而來歸尚敢尸居而作固敵若可縱師多奚爲至二十七日會諸將於中權召勝風於大旆未鼓而人心粗厲先庚而軍令凝嚴各懷報國之心爭淬伏讐之刃臣知其可用遂此長驅五月二十八日寅時彭光俊等承命於牙旗之下分麾於轅門之外將士等超乘賈勇免冑啓行夾川陸而左旋右抽抵丘陵而浸淫布濩聲塞宇宙氣雄鍾鼓陳兵於光泰門外盡銳於神麚倉東繚垣攉以成塵滋水涸而爲地左廣未離於舊壘前偏已交於賊鋒若降於天如出於地賊將姚令言張雲等志懷僄狡言尚憑陵作忠盡謀力則不及怙亂賊義氣如有餘勢同飈馳衆若螽集橫列堅陣旁連高岡猶張蹭蹬之鱗更舉螳螂之臂史萬頃等自相約誓又合軍聲指麾而貔兕作威感激而風雲動色遂先登進擊深入合攻七擒連發而星馳兩翼旁張而雲合霜刃交光而霍爍鼉鼓騰聲而隱

轔賊方土崩我乃霆擊乘其踣籍遂至於上蘭取彼鯨鯢直逼於中禁毆成諫賊之心膂既已生擒沈厚運賊之羽毛終制死命故其繫頸求活投戈乞降崩騰於莽蒼之間震懾於旌麾之下臣以其雖染汙俗昔是平人推赤心以如初敷王化而如一姚令言等力扞王師退而復合惡鳥將墜尚顧危巢妖狐就擒猶守舊穴自申以及酉來拒而復攻讙譟之聲山傾而河泄鼓鼙之氣霆鬬而雷馳屛翳發向敵之風回祿扇燎原之焰馬逸未止上怒未舒既自北而徂南竟輿尸而折首又使唐良臣等領馬步爲副勢均破浪攻甚決河雖其恃武庫之五兵憑宮垣之萬雉及茲翦滅纔欲乘凌曾乏鑄刃之鋒已失藩籬之固逆賊朱泚與同惡姚令言張芝等輕騎走出臣已遣兵馬使田子奇追躡計即誅夷臣切以此賊包藏逆謀參會凶德祲氛其氣豺虎其心背先皇亭育之恩傷陛下玄默之化漢之莽卓未有

如此之大者也或者上天之意申儆於巨唐中興之期光啓於陛下不然何王師奮發勢無駐於建瓴醜類搶攘功有輕於折箠猶逃密網尚返隻輪誠當盡敵之時更發追亡之騎且稽分體未即燃臍快億兆之歡心蕩宗社之深耻即當梟戮用申刑典今已肅清宫禁修謁寢園鍾虡不移廟貌如故蓋宸極之所垂象列聖之所雄都神扶業業之基天降穰穰之福不然豈免於毁圮之患崩剥之虞者哉此皆上天降鑒睿慮旁施制兵要於事先規雄圖於轂内再造可封之俗因櫜不戢之功左武右文銷鋒鑄鏑澹乎華胥之憂熙然嘗天之風臣謬寄台司幸當統帥乏吉甫之文武缺郤縠之詩書此皆諸將叶心群帥宣力非臣庸鎖敢自矜大不勝慶快之極謹差其官奉露布以聞

嶺南道行營擒劉鋹露布　宋潘美

嶺南道行營都部署潘美副部署尹崇珂都監朱憲等上尚書

兵部臣等伏聞飛霜激電上帝所以宣威伐罪弔民明王以之耀武我國家仰稽玄象大啓洪基將復三代之土疆永泰萬方之生聚西平巴蜀雲雷敷潤物之恩南定衡湘江漢鼓朝宗之浪惟嶺南之獷俗獨恃遠以偷安久背照臨罔遵聲教僞漢國主劉鋹性惟凶惡識本庸愚以虐害爲風化以誅戮爲政事置火床鐵刷之獄人不聊生設剉碓湯鑊之刑古未嘗有恨刀鋒之不快用鋸解以恣情臠割刲屠窮彼殘害一境籲天而無路生民何地以稱冤衆心望明如望皎日我皇帝仁深恤隱義切救焚遂發干戈拯其塗炭臣等上憑神武遥禀睿謀舉軍未及於半年乘勝連平於數郡累逢戰陣無不掃除劉鋹遠懼傾危尋遣人使初則稱臣上表具陳歸化之心後乃設詐藏姦翻作款兵之計臣與將士等仰承睿旨不敢逗留於正月二十七日已到柵口去廣州只及一程劉鋹又頻發佐僚來往商議漸無

憑準固欲淹留兼於諸處收到新出僞命文榜皆是會合逆黨以拒王師至二月四日果遣其弟僞禎王保興等部領舉國軍兵併來決戰臣等憤其翻覆認此狂迷尋結戰以交鋒復揮戈而誓衆行營將士等感大君之撫御咸願竭忠怒逆黨之拒張爭先效命八十里搶旗競進數萬人殺戮無遺尋又分布師徒徑收賊壘其劉鋹知城隍之必陷將府庫以自焚烈焰連天更甚昆岡之火投戈散地甘從涿野之誅劉鋹則尋即生擒廣州則當時平定其在州官吏僧道軍人百姓等乍除苛虐咸遂生全無不感帝力以沾衿望皇都而稽首此蓋天威遠被宸筭遐敷平七十年不道之邦救百萬戸倒懸之命殊方既乂長承日月之廻光鴻祚無疆永荷乾坤之降祐其劉鋹并僞署判六軍十二衛禎王劉保興與太師潘崇徹内太師龔澄樞列聖宮使六親觀軍容使内太師李托内門使驃騎大將軍内侍中薛崇譽

等明耶劉鋹旅拒王師旣就生擒合同俘獻臣等幸陪戎事倍
樂聖功無任忭抃歡呼之至謹奉露布以聞

文章辨體卷之十九

文章辨體卷之二十

海虞後學吴訥編集

論諫

諫征犬戎 國語　　祭公謀父

穆王將征犬戎祭公謀父諫曰不可先王燿德不觀兵夫兵戢而時動動則威觀則玩玩則無震是故周文公之頌曰載戢干戈載櫜弓矢我求懿德肆于時夏允王保之先王之於民也茂正其德而厚其性阜其財求而利其器用明利害之鄉示之以好惡鄉方也以文修之文禮法也使務利而避害懷德而畏威故能保世以滋大昔我先世后稷以服事虞夏及夏之衰也棄稷弗務我先王不窋用失其官不窋棄之子而自竄于戎翟之間堯封棄于邰至不窋失官去夏而遷於邠邠西接戎北近翟不敢怠業時序其德纂修其序修其典訓朝夕恪勤守以惇篤奉以忠信奕世載德不忝前人奕亦前人也至于武王

昭前之光明而加之以慈和事神保民莫不欣喜商王帝辛大惡於民庶民弗忍欣戴武王以致戎于商牧是先王非務武也勤恤民隱而除其害也夫先王之制邦内甸服邦外侯服侯衛賓服蠻夷要服戎翟荒服甸服者祭侯服者祀賓服者享要服者貢荒服者王日祭（日祭祭於祖考謂上食也近漢亦然）月祀（月祀於曾高）時享（時享於二祧）歲貢（歲貢於壇墠）終王（終謂世終也朝嗣王及即位而來見）先王之訓也有不祭則修意（意志意也謂邦甸之内有違闕不供日祭者先修意以自責畿内近知王意也）有不祀則修言（言號令也）有不享則修文（文典法也）有不貢則修名（名謂尊卑職貢之名號）有不王則修德（遠人不服則修文德以來之）修序成而有不至則修刑（序成謂上五者次序也已成而有不至則有刑誅）於是乎有刑不祭伐不祀征不享讓不貢（讓譴責也）告不王（謂以文詞告曉之地遠者皋輕也）於是乎有刑罰之辟（刑不祭也）有攻伐之兵有征討之備有威讓之令有文告之辭布令陳辭而又不至則又增考修於德無勤民於遠是以近無不聽遠無不服今自大畢伯

士（職上犬戎一君）終也犬戎氏以其職來王天子曰予必以不享征之且觀之兵其無乃廢先王之訓而王幾頓（敗也）乎吾聞夫犬戎樹惇能帥舊德而守終純固其有以禦我矣王不聽遂征之得四白狼四白鹿以歸自是荒服者不至

諫監謗　召公

厲王虐國人謗王召公告王曰民不堪命矣王怒得衛巫使監謗者以告則殺之國人莫敢言道路以目王喜告召公曰吾能弭謗矣乃不敢言召公曰是彰之也防民之口甚於防川川壅而潰傷人必多民亦如之是故爲川者決之使導爲民者宣之使言故天子聽政使公卿至於列士獻詩瞽獻典史獻書師箴瞍（無眸子者）賦矇（有眸子不見者）誦百工諫庶人傳語近臣盡規親戚補察瞽史教誨耆艾修之而後王斟酌焉是以事行而不悖民之有口也猶土之有山川也財用於是乎出猶其有原隰衍沃也衣

食於是乎生口之宣言也善敗於是乎興行善而備敗所以阜財用衣食者也夫民慮之心而宣之於口成而行之胡可壅也若壅其口其與能幾何王弗聽於是國人莫敢出言三年乃流王于彘

諫專利

芮良夫

厲王說榮夷公芮良夫曰王室其將卑乎夫榮公好專利而不知大難夫利百物之所生也天地之所載也而或專之其害多矣天地百物皆將取焉胡可專也所怒甚多而不備大難以是教王王能久乎夫王人者將導利而布之上下者也使神人百物無不得其極猶日怵惕懼怨之來也故頌曰思文后稷克配彼天立我烝民莫匪爾極大雅曰陳錫載周是不布利而懼難乎故能載周以至于今今王學專利其可乎匹夫專利猶謂之盜王而行之其歸鮮矣榮公若用周必敗既榮公爲卿士諸侯

不享王流于彘

諫不藉千畝

虢文公

宣王即位不藉千畝虢文公諫曰不可夫民之大事在農上帝之粢盛於是乎出民之蕃庶於是乎生事之共給於是乎在和協輯睦於是乎興財用蕃殖於是乎始敦厖純固於是乎成是故稷爲大官古者大史順時覛（脈同視也）土陽癉（丁佐切厚也）憤（積也）盈土氣震發農祥晨正日月底於天廟土乃脉發先時九日大史告稷曰自今至于初吉陽氣俱烝土膏其動弗震弗渝脉其滿眚穀乃不殖稷以告王曰史帥陽官以命我司事曰距今九日土其俱動王其祗祓監農不易王乃使司徒咸戒公卿百吏庶民司空除壇于藉命農大夫咸戒農用先時五日瞽告有協風至王即齋宫百官御事各即其齋三日王乃淳（沃也）濯（溉也）饗醴及期鬱人薦鬯犧人薦醴王祼鬯饗醴乃行百吏庶民畢從及藉后

稷監之膳夫農正陳藉禮太史贊王王敬從之王耕一墢音鉢班三
之班次也王一墢公三卿九大夫二十七庶人終于千畝其后稷省功太史監之
司徒省民太師監之畢宰夫陳饗膳宰監之膳夫贊王王歆太
牢班嘗之庶人終食是日也瞽帥音官以省風土廪于藉東南
鍾而藏之而時布之于農稷則徧戒百姓紀農恊功曰陰陽分
布震雷出滯土不備墾辟在司寇乃命其旅曰徇農師一之農
正再之后稷三之司空四之司徒五之太保六之太師七之大
史八之宗伯九之王則大徇耨穫亦如之民用莫不震動恪恭
于農修其疆畔日服其鎛不解于時財用不乏民用和同是時
也王事唯農是務無有求利於其官以干農功三時務農而一
時講武故征則有威守則有財若是乃能媚於神而和於民矣
則享祀時至而布施優裕也今天子欲修先王之緒而棄其大
功匱神之祀而困民之財將何以求福用民王弗聽

諫立少　仲山父

魯武公以括與戲見王王立戲樊仲山父諫曰不可立也不順必犯犯王命必誅故出令不可不順也令之不行政之不立行而不順民將棄上夫下事上少事長所以爲順也今天子立諸侯而建其少是教逆也若魯從之而諸侯傚之王命將有所壅若不從而誅之是自誅王命也是事也誅亦失不誅亦失天子其圖之王卒立之魯侯歸而卒及魯人殺懿公而立伯御三十二年宣王伐魯立孝公諸侯從是而不睦

諫以狄伐鄭　左傳

鄭之入滑也滑人聽命師還又即衛鄭公子士洩堵俞彌帥師伐滑王使伯服游孫伯如鄭請滑鄭伯怨惠王之入而不與厲公爵也又怨襄王之與衛滑也故不聽王命而執二子王怒將以狄伐鄭富辰諫曰不可臣聞之太上以德撫民其次親親以

相及也昔周公弔二叔之不咸故封建親戚以蕃屏周管蔡郕霍魯衛毛聃郜雍曹滕畢原酆郇文之昭也邗晉應韓武之穆也凡蔣邢茅胙祭周公之胤也召穆公思周德之不類故糾合宗族于成周而作詩曰常棣之華鄂不韡韡凡今之人莫如兄弟其四章曰兄弟鬩于墻外禦其侮如是則兄弟雖有小忿不廢懿親今天子不忍小忿以棄鄭親其若之何庸勳親親暱近尊賢德之大者也即聾從昧與頑用嚚姦之大者也棄德崇姦禍之大者也鄭有平惠之勳又有厲宣之親棄嬖寵而用三良於諸姬爲近四德具矣耳不聽五聲之和爲聾目不別五色之章爲昧心不則德義之經爲頑口不道忠信之言爲嚚狄皆則之四姦具矣周之有懿德也猶曰莫如兄弟故封建之其懷柔天下也猶懼有外侮扞禦侮者莫如親親故以親屏周召穆公亦云今周德既衰於是乎又渝周召以從諸姦無乃不可乎民

未忘禍王又興之其若文武何王弗聽使頹叔桃子出狄師夏狄伐鄭取櫟王德狄人將以其女爲后富辰諫曰不可臣聞之曰報者倦矣施者未厭狄固貪惏王又啓之女德無極婦怨無終狄必爲患王又弗聽

言陳必亡　單襄公

定王使單襄公聘于宋遂假道於陳以聘於楚火心星也朝覿矣道茀不可行也候不在疆司空不視塗澤不陂川不梁野有庾積場功未畢道無列樹墾田若蓺膳宰不致餼司里不授館國無寄寓縣無施舍民樂築臺于夏氏及陳陳靈公與孔寧儀行父南冠以如夏氏留賓弗見單子歸告王曰陳侯不有大咎國必亡王曰何故對曰夫辰角見而雨畢天根見而水涸本見而草木節解駟見而隕霜火見而清風戒寒故先王之教曰雨畢而除道水涸而成梁草木節解而備藏隕霜而冬裘具清風至

而修城郭宮室故夏令曰九月除道十月成梁其時儆曰收而場功偫而畚挶營室之中土功其始火之初見期于司里此先王之所以不用財賄而廣施德於天下者也今陳國火朝覿矣而道路若塞野場若棄澤不陂障川無舟梁是廢先王之教也周制有之曰列樹以表道立鄙食以守路國有郊牧畺有寓望藪有圃草囿有林池所以禦災也其餘無非穀土民無縣耜野無奧草不奪民時不蔑民功有憂無匱有逸無罷國有班事縣有序民今陳國道路不可知田在草間功成而不收民罷於逸樂是棄先王之法制者也周之秩官有之曰敵國賓至關尹以告行理以節逆之候人爲導卿出郊勞門尹除門宗祝執祀司理授館司徒具徒司空視塗司寇詰姦虞人入材甸人積薪火師監燎水師監濯膳宰致饔廩人獻餼司馬陳芻工人展車百官各以物至賓入如歸是故小大莫不懷愛其貴國之賓至則

以班加一等益虔至于王使則皆官正涖事上卿監之若王巡守則君親監之今雖朝也不才有分族於周承王命以爲過賓於陳而司事莫至是蔑先王之官也先王之令有之曰天道賞善而罰淫故凡我造國無從非彝無即慆淫各守爾典以承天休今陳侯不念胤續之常棄其伉儷妃嬪而帥其卿佐以淫於夏氏不亦瀆姓矣乎陳我大姬之後也棄袞冕而南冠以出不亦簡彝乎是又犯先王之令也昔先王之教茂帥其德也猶恐隕越若廢其教而棄其制蔑其官而犯其令將何以守國居大國之間而無此四者其能久乎六年單子如楚八年陳侯殺于夏氏九年楚子入陳

右周諸臣論諫之辭

諫寵州吁　　石碏

衛莊公娶于齊東宫得臣之妹曰莊姜美而無子衛人所以賦

碩人也又娶于陳曰厲嬀生孝伯早死其娣戴嬀生桓公莊姜以爲己子公子州吁嬖人之子也有寵而好兵公弗禁莊姜惡之石碏諫曰臣聞愛子教之以義方弗納於邪驕奢淫泆所自邪也四者之來寵禄過也將立州吁乃定之矣若猶未也階之爲禍夫寵而不驕驕而能降降而不憾憾而能眕者鮮矣且夫賤妨貴少陵長遠間親新間舊小加大淫破義所謂六逆也君義臣行父慈子孝兄愛弟敬所謂六順也去順效逆所以速禍也君人者將禍是務去而速之無乃不可乎弗聽

諫觀魚　臧僖伯

公將如棠觀魚者臧僖伯諫曰凡物不足以講大事其材不足以備器用則君不舉焉君將納民於軌物者也故講事以度軌量謂之軌取材以章物采謂之物不軌不物謂之亂政亂政亟行所以敗也故春蒐夏苗秋獮冬狩皆於農隙以講事也三年

而治兵入而振旅歸而飲至以數軍實昭文章明貴賤辨等列順少長習威儀也鳥獸之肉不登於俎皮革齒牙骨角毛羽不登於器則公不射古之制也若夫山林川澤之實器用之資皁隸之事官司之守非君所及也公曰吾將略地焉遂往陳魚而觀之僖伯稱疾不從書曰公知魚于棠非禮也且言遠地也

諫納郜鼎　臧哀伯

宋殤公立十年十一戰民不堪命孔父嘉爲司馬督爲太宰故因民之不堪命先宣言曰司馬則然巳殺孔父而弑殤公召莊公于鄭而立之以親鄭以郜大鼎賂公齊陳鄭皆有賂故遂相宋公夏四月取郜大鼎于宋戊申納于太廟非禮也臧哀伯諫曰君人者將昭德塞違以照臨百官猶懼或失之故昭令德以示子孫是以清廟茅屋大路越席大羹不致粢食不鑿昭其儉也袞冕黻珽帶裳幅舄衡紞紘綖昭其度也藻率鞞鞛鞶厲游

纓昭其數也火龍黼黻昭其文也五色比象昭其物也鍚鸞和鈴昭其聲也三辰旂旗昭其明也夫德儉而有度登降有數文物以紀之聲明以發之以照臨百官百官於是乎戒懼而不敢易紀律今滅德立違而寘其賂器於太廟以明示百官百官象之其又何誅焉國家之敗由官邪也官之失德寵賂章也郜鼎在廟章孰甚焉武王克商遷九鼎于雒邑義士猶或非之而況將昭違亂之賂器於太廟其若之何公不聽周內史聞之曰臧孫達其有後於魯乎君違不忘諫之以德

諫晉侯　屠蒯

晉荀盈如齊逆女還六月卒于戲陽殯于絳未葬晉侯飲酒樂膳宰屠蒯趨入請佐公使尊許之而遂酌以飲工曰女爲君耳將司聰也辰在子卯謂之疾日君徹宴樂樂人舍業爲疾故也君之卿佐是謂股肱股肱或虧何痛如之女弗聞而樂是不聽

也又飲外嬖嬖叔曰女爲君目將司明也服以旌禮禮以行事事有其物物有其容今君之容非其物也而女不見是不明也亦自飲也曰味以行氣氣以實志志以定言言以出令臣實司味二御失官而君弗命臣之罪也公說徹酒

論梁丘據　晏子

齊侯至自田晏子侍于遄臺子猶馳而造焉公曰唯據與我和夫晏子對曰據亦同也焉得爲和公曰和與同異乎對曰異和如羹焉水火醯醢鹽梅以烹魚肉燀之以薪宰夫和之齊之以味濟其不及以洩其過君子食之以平其心君臣亦然君所謂可而有否焉臣獻其否以成其可君所謂否而有可焉臣獻其可以去其否是以政平而不干民無爭心故詩曰亦有和羹既戒既平鬷假無言時靡有爭先王之濟五味和五聲也以平其心成其政也聲亦如味一氣二體三類四物五聲六律七音八

風九歌以相成也清濁小大短長疾徐哀樂剛柔遲速高下出入周疏以相濟也君子聽之以平其心心平德和故詩曰德音不瑕今據不然君所謂可據亦曰可君所謂否據亦曰否若以水濟水誰能食之若琴瑟之專壹誰能聽之同之不可也如是

論晉侯疾　子產

晉侯有疾鄭伯使公孫僑如晉聘且問疾叔向問焉曰寡君之疾病卜人曰實沈臺駘爲祟史莫之知敢問此何神也子產曰昔高辛氏有二子伯曰閼伯季曰實沈居於曠林不相能也日尋干戈以相征討后帝不臧遷閼伯于商丘主辰商人是因故辰爲商星遷實沈于大夏主參唐人是因以服事夏商其季世曰唐叔虞當武王邑姜方震（懷胎也）大叔夢帝謂己余命而子曰虞將與之唐屬諸參而蕃育其子孫及生有文在其手曰虞遂以命之及成王滅唐而封大叔焉故參爲晉星由是觀之則實

沈參神也昔金天氏有裔子曰昧爲玄冥師生允格臺駘臺駘能業其官宣汾洮障大澤以處大原帝用嘉之封諸汾川沈姒蓐黃實守其祀今晉主汾而滅之矣由是觀之則臺駘汾神也抑此二者不及君身山川之神則水旱癘疫之災於是乎禜之日月星辰之神則雪霜風雨之不時於是乎禜之若君身則亦出入飲食哀樂之事也山川星辰之神又何爲焉僑聞之君子有四時朝以聽政晝以訪問夕以修令夜以安身於是乎節宣其氣勿使有所壅閉湫底以露其體兹心不爽而昏亂百度今無乃壹之則生疾矣僑又聞之内官不及同姓其生不殖美先盡矣則相生疾君子是以惡之故志曰買妾不知其姓則卜之違此二者古之所慎也男女辨姓禮之大司也今君内實有四姬焉其無乃是也乎若由是二者弗可爲也已四姬有省猶可無則必生疾矣叔向曰善哉肸未之聞也此皆然矣晉侯聞子

產之言曰博物君子也重賄之

論祀爰居　展禽

海鳥曰爰居止於魯東門之外三日臧文仲使國人祭之展禽曰越哉臧孫之爲政也夫祀國之大節也而節政之所成也故慎制祀以爲國典今無故而加典非政之宜也夫聖王之制祀也法施於民則祀之以死勤事則祀之以勞定國則祀之能禦大災則祀之能扞大患則祀之非是族也不在祀典昔烈山氏之有天下也其子曰柱能殖百穀百蔬夏之興也周棄繼之故祀以爲稷共工氏之伯九有也其子曰后土能平九土故祀以爲社黃帝能成命百物以明民共財顓頊能修之帝嚳能序三辰以固民堯能單均刑法以儀民舜勤民事而野死鯀鄣洪水而殛死禹能以德修鯀之功契爲司徒而民輯冥勤其官而水死湯以寬治民而除其邪稷勤百穀而山死文王以文昭武王

去民之穢故有虞氏禘黃帝而祖顓頊郊堯而宗舜夏后氏禘黃帝而祖顓頊郊鯀而宗禹商人禘舜而祖契郊冥而宗湯周人禘嚳而郊稷祖文王而宗武王幕能帥顓頊者也有虞氏報焉杼能帥禹者也夏后氏報焉上甲微能帥契者也商人報焉高圉太王能帥稷者也周人報焉凡禘郊宗祖報此五者國之典祀也加之以社稷山川之神皆有功烈於民者也及前哲令德之人所以爲民質也及天之三辰民所以瞻仰也及地之五行所以生殖也及九州名山川澤所以出財用也非是不在祀典今海鳥至已不知而祀之以爲國典難以爲仁且知矣夫仁者講功而知者處物無功而祀之非仁也不知而不問非知也今兹海其有災乎夫廣川之鳥獸恒知而避其災也是歲也海多大風冬煖文仲聞柳下季之言曰信吾過也季子之言不可不法也使書以爲三筴

論成子不敬　劉康公

公及諸侯朝王遂從劉康公成肅公會晉侯伐秦成子受脤于社不敬劉子曰吾聞之民受天地之中以生所謂命也是以有動作禮義威儀之則以定命也能者養之以福不能者敗以取禍是故君子勤禮小人盡力勤禮莫如致敬盡力莫如敦篤敬在養神篤在守業國之大事在祀與戎祀有執膰戎有受脤神之大節也今成子惰棄其命矣其不反乎

規申公　左史倚相

左史倚相延見申公子亹子亹不出左史謗之舉伯以告子亹怒而出曰女無亦謂我老耄而舍我而又謗我左史曰唯子老耄故欲見以交儆子若子方壯能經營百事倚相將奔走承序於是不給而何暇得見昔衛武公年數九十有五矣猶箴儆於國曰自卿以下至於師長士苟在朝者無謂我老耄而舍我必

恭恪於朝朝夕以交戒我聞一二之言必誦志而納之以訓道我在輿有旅賁之規位宁有官師之典倚几有誦訓之諫居寢有褻御之箴臨事有瞽史之道宴居有師工之誦史不失書矇不失誦以訓御之於是乎作懿戒以自儆也及其沒也謂之叡聖武公子實不叡聖於倚相何害周書曰文王至于日中昃不皇暇食惠于小民唯政之恭文王猶不敢惰今子老楚國而欲自安也以禦數者王將何爲若常如此楚其難哉子亹懼曰老之過也乃驟見左史

對趙簡子問禮　子太叔

子太叔見趙簡子簡子問揖讓周旋之禮焉對曰是儀也非禮也簡子曰敢問何謂禮對曰吉也聞諸先大夫子產曰夫禮天之經也地之義也民之行也天地之經而民實則之則天之明因地之性生其六氣用其五行氣爲五味發爲五色章爲五聲

淫則昏亂民失其性是故爲禮以奉之爲六畜五牲三儀以奉五味爲九文六采五章以奉五色爲九歌八風七音六律以奉五聲爲君臣上下以則地義爲夫婦外内以經二物爲父子兄弟姑姊甥舅昏媾姻亞以象天明爲政事庸力行務以從四時爲刑罰威獄使民畏忌以類其震曜殺戮爲溫慈惠和以效天之生殖長育民有好惡喜怒哀樂生于六氣是故審則宜類以制六志哀有哭泣樂有歌舞喜有施舍怒有戰鬭喜生於好怒生於惡是故審行信令禍福賞罰以制死生生好物也死惡物也好物樂也惡物哀也哀樂不失乃能協于天地之性是以長久簡子曰甚哉禮之大也對曰禮上下之紀天地之經緯也民之所以生也是以先王尚之故人之能自曲直以赴禮者謂之成人大不亦宜乎簡子曰鞅也請終身守此言也

賀韓宣子憂貧　叔向

叔向見韓宣子宣子憂貧叔向賀之宣子曰吾有卿之名而無其實無以從二三子吾是以憂子賀我何故對曰昔欒武子無一卒之田其官不備其宗器宣其德行順其憲則使越于諸侯諸侯親之戎狄懷之以正晉國行刑不疚以免於難及桓子驕泰奢侈貪欲無藝略則行志假貸居賄宜及於難而賴武之德以沒其身及懷子改桓之行而修武之德可以免於難而離桓之罪以亡于楚夫郤昭子其富半公室其家半三軍恃其富寵以泰于國其身尸於朝其宗滅于絳不然夫八郤五大夫三卿其寵大矣一朝而滅莫之哀也唯無德也今吾子有欒武子之貧吾以爲能其德矣是以賀若不憂德之不建而患貨之不足將弔不暇何賀之有宣子拜稽首焉曰起也將亡賴子存之非起也敢專承之其自桓叔以下嘉吾子之賜

賀趙簡子　　壯馳玆

趙簡子問於壯馳兹曰東方之士孰爲愈壯馳兹拜曰敢賀簡子曰未應吾問何賀對曰臣聞之國家之將興也君子自以爲不足其亡也若有餘今主任晉國之政而問及小人又求賢人吾是以賀

論智氏之室　　士茁

知伯爲室美士茁夕焉曰室美夫對曰美則美矣抑臣亦有懼也曰何懼對曰志有之高山峻原不生草木松柏之地其土不肥今土木勝臣懼其不安人也室成三年知氏亡

論不朽　　叔孫豹

穆叔如晉范宣子逆之問焉曰古人有言死而不朽何謂也穆叔未對宣子曰昔匄之祖自虞以上爲陶唐氏在夏爲御龍氏在商爲豕韋氏在周爲唐杜氏晉主夏盟爲范氏其是之謂乎穆叔曰以豹所聞此之謂世禄非不朽也魯有先大夫曰臧文

仲既没其言立其是之謂乎豹聞之太上有立德其次有立功其次有立言雖久不廢此之謂不朽若夫保姓受氏以守宗祊世不絕祀無國無之祿之大者不可謂不朽

右春秋諸賢論說之辭

論養民致賢　　蕭何

初諸侯約先入關破秦者王其地沛公既先定秦項羽後至曰蜀漢亦關中也乃立沛公爲漢王三分關中地王秦降將以距漢王怒欲謀攻項羽周勃灌嬰樊噲皆勸之蕭何諫之曰雖王漢中之惡不猶愈於死乎漢王曰何爲乃死何曰今衆弗如百戰百敗不死何爲語曰天漢其稱甚美夫能詘於一人之下而信於萬乘之上者湯武是也臣願大王王漢中養其民以致賢人收用巴蜀還定三秦天下可圖也王曰善

論項羽弑逆　　三老董公

臣聞順德者昌逆德者亡兵出無名事故不成故曰明其爲賊敵乃可服項羽爲無道放殺其主天下之賊也夫仁不以勇義不以力大王宜率三軍之衆爲之素服以告諸侯而伐之於是漢王爲義帝發喪告諸侯曰天下共立義帝今項羽放殺之寡人親爲發喪兵皆縞素悉發關中兵收三河士南浮江漢以下願從諸侯王擊楚之殺義帝者

論興復　鄧禹

光武初爲大司馬至河北鄧禹杖策追及光武曰我得專封拜生遠來欲仕乎禹曰不願也曰即如是何欲爲禹曰但願明公威德加於四海禹得效尺寸垂功名於竹帛耳因留宿禹進說曰今山東未安赤眉青犢之屬動以萬數更始既是常才不自聽斷諸將皆庸人掘起志在財帛非有忠良明智深慮遠圖欲尊主安民也歷觀往古聖人之興天時人事而已今以天時觀

之更始旣立而災變方興以人事觀之帝王大業非凡夫所任分崩離析形勢可見明公雖建藩輔之功恐無所成立況公素有盛德大功天下嚮服軍政齊肅賞罰明信莫如延攬英雄務悅民心立高祖之業救萬民之命以公而慮天下不足定也

論復漢室　諸葛亮

昭烈初爲左將軍訪士於襄陽司馬徽徽曰儒生俗士豈識時務識時務者在俊傑此間自有伏龍鳳雛因問爲誰曰諸葛孔明龐士元也徐庶亦曰諸葛孔明卧龍也將軍豈願見之乎曰君與俱來庶曰此人可就見不可屈致將軍宜枉駕顧之凡三往乃見因屛人曰漢室傾頽姦臣竊命孤不度德量力欲信大義於天下而智術淺短遂用猖獗至于今日然志猶未已君謂計將安出亮曰今曹操已擁百萬之衆挾天子而令諸侯此誠不可與爭鋒孫權據有江東已歷三世國險而民附賢能爲之

用此可與爲援而不可圖也荆州北據漢沔利盡南海東連吳會西通巴蜀此用武之國而其主不能守此殆天所以資將軍也益州險塞沃野千里天府之土劉璋闇弱張魯在北民殷國富而不知存邺智能之士思得明君將軍既帝室之胄信義著於四海若跨有荆益保其岩阻西和諸戎南撫夷越外結孫權內修政理天下有變則命一上將將荆州之軍以向宛洛將軍身率益州之衆出於秦川百姓孰敢不簞食壺漿以迎將軍乎如是則覇業可成漢室可興矣

論化民　　魏徵

唐太宗初即位曰今承大亂後恐斯民未易化也魏徵曰不然久安之民驕佚驕佚則難教經亂之民愁苦愁苦則易化譬猶飢者易爲食渴者易爲飲也封德彝曰三代以還人漸澆訛故秦任法律漢雜覇道葢欲化而不能豈能之而不欲邪魏徵書

生未識時務徵曰五帝三王不易民而化行帝道而帝行王道而王顧所行如何耳昔黃帝征蚩尤顓頊誅九黎湯放周武王伐紂皆身致太平豈非承大亂之後邪若謂漸致澆訛則今日當悉爲鬼魅矣上從徵言元年關中飢米斗直絹一匹二年天下蝗三年大水民東西就食未嘗嗟怨是歲大稔流散咸歸米斗三錢終歲斷死刑二十九人外戶不閉行旅不齎糧上曰此魏徵勸行仁義之效惜不令封德彝見之

諫廢立　　李泌

德宗欲廢太子立舒王召宰相李泌告之泌曰陛下惟一子柰何一旦欲廢之而立姪得無失計乎上勃然怒曰誰語卿舒王爲姪者曰大曆初陛下語臣今日得數子臣請其故陛下言昭靖（德宗凡）諸子主上令吾子之今陛下所生之子猶疑之何有於姪上曰卿不愛家族乎對曰臣惟愛家族故不敢不盡言若畏

陛下而曲從陛下悔之必尤臣云吾獨任汝爲相不力諫使至此必復殺而子臣老矣不足惜若冤殺臣子使臣以姪爲嗣未知得歆其祀乎因嗚咽流涕上亦泣曰事已如此使朕如何而可對曰此大事願審圖之臣始謂陛下聖德當使海外蠻夷皆戴如父母豈謂自有子而疑之至此乎自古父子相疑未有不亡國覆家者陛下記昔建寧何故而誅上曰建寧叔實冤肅宗性急譖之者深耳泌曰臣昔以建寧之故固辭官爵誓不近天子左右不幸今日復爲陛下相又覩茲事臣在彭原承恩無比竟不敢言建寧之冤及臨辭乃言之肅宗亦悔而泣先帝自建寧之死常懷危懼臣亦爲誦黄臺瓜辭以防讒構之端上曰朕固知之意色稍解乃曰貞觀開元皆易太子何故不亡對曰昔承乾屢常監國託附者衆東宮甲士甚多與宰相侯君集謀反事覺太宗使其舅長孫無忌與朝臣數十人鞫之事狀顯白然

後集百官議之當時言者猶云願陛下不失爲慈父使太子得終天年太宗從之并廢魏王泰陛下旣知肅宗性急建寧爲寃臣不勝慶幸願陛下從容三月究其端緒必知太子之無它矣若果有迹當召大臣知義理者二十人與臣鞫其左右必有實狀願如貞觀之法并廢舒王而立皇孫則百代之後有天下者猶陛下孫也至於開元之末武惠妃譖太子瑛兄弟殺之海內寃憤此乃百代所當戒又可法乎且太子常居少陽院在寢殿之側未嘗接外人預外事安有異謀彼譖人者巧詐百端雖有手書如晉愍懷衷甲如太子瑛猶未可信況但以妻母有罪爲累乎幸陛下語臣臣敢以家族保太子曏使楊素許敬宗李林甫之徒承此旨已就舒王圖定策之功矣上曰此朕家事何豫於卿而力爭如此對曰天子以四海爲家臣今獨任宰相四海之內一物失所責歸於臣況坐視太子寃横而不言臣罪大矣

上曰爲卿遷延至明日思之泌抽笏叩頭而泣曰如此臣知陛下父子慈孝如初矣陛下還宫當自審思勿露此意於左右露之則彼皆欲樹功於舒王太子危矣上曰具曉卿意閒一日上開延英殿獨召泌流涕闌干撫其背曰非卿切言朕今日悔無及矣太子仁孝實無他也

論姦邪

德宗嘗從容與泌論即位以來宰相曰盧杞忠清彊介人言杞姦邪朕殊不覺泌曰人言杞姦邪而陛下獨不覺此杞之所以爲姦邪也儻陛下覺之豈有建中之亂乎杞以私隙殺楊炎擠顏眞卿死地激李懷光使叛賴陛下聖明竄逐之天亦悔禍不然亂何由弭上曰建中之亂術士豫請城奉天此蓋天命非杞所致也泌曰天命他人皆可言之惟君相不可言蓋君相所以造命也若言命則禮樂刑政皆無所用矣紂曰我生不有命在

天此商之所以亡也上曰盧杞小心朕所言無不從對曰杞言無不從豈忠臣乎夫言而莫予違孔子所謂一言喪邦者也

論節用　　司馬光

宋神宗熙寧中執政以河朔災傷國用不足乞今歲親郊兩府不賜金帛司馬光言兩府所賜以匹兩計止二萬未足以救災宜自文臣兩省武臣宗室刺史以上皆減半光與學士王珪王安石同對光言救災節用宜自貴近始可聽兩府辭賜安石曰常袞辭賜饌時議以爲袞自知不能當辭位不當辭祿且國用不足非當今急務光曰袞辭祿猶賢於持祿固位者國用不足眞急務安石曰不足者以未得善理財者故也光曰善理財者不過頭會箕斂以盡民財民窮爲盜非國之福安石曰不然善理財者不加賦而上用足光曰天下安有此理天地所生財貨百物止有此數不在民則在官譬如雨澤夏潦則秋旱不加賦

而上用足不過設法陰奪民利其害甚於加賦此乃桑洪羊欺漢武帝之言太史公書之以見武帝不明爾至其末年盜賊蠭起幾至於亂若武帝不悔禍昭帝不變法則漢幾亡王珪進曰救災節用宜自貴近始司馬光言是也然所費無幾恐傷國體王安石言亦是上曰朕意與光同然姑以不允答之

論守祖宗法

司馬光邇英殿進讀至蕭何曹參事光曰參不變何法得守成之道故孝惠高后時天下晏然衣食滋殖上曰漢常守蕭何之法不變可乎光曰何獨漢也使三代之君常守禹湯文武之法雖至今存可也書曰無作聰明亂舊章漢武帝用張湯言取高帝法紛更之盜賊半天下元帝改宣帝之政而漢始衰由此言之祖宗之法不可變也後呂惠卿進講因言先王之法有一年一變者正月始和布法象魏是也有五年一變者巡狩考制度

是也有三十年一變者刑罰世輕世重是也有百年不變者父慈子孝兄友弟恭是也前日光言非是其意以諷朝廷且譏臣爲條例司官爾光曰布法象魏布舊法也何名爲變若四孟月朔屬民讀法爲時變月變耶諸侯有變禮易樂者王巡狩則誅之王不自變也刑新國用輕典亂國用重典平國用中典是爲世輕世重非變也且治天下譬如居室弊則修之非大壞不更造也三司使掌天下財不可使兩府侵其事今爲制置三司條例司何也宰相以道佐人主安用例今爲看詳中書條例司何也惠卿不能對

右漢唐宋諸臣論諫之辭

文章辨體卷之二十

文章辨體卷之二十一

海虞後學吴訥編集

奏疏

上文帝應詔言事疏　漢賈山

楊文靖公曰孝文之恭儉慈仁而賈山乃借秦爲諭盛言其後靡貪殘暴虐宜若過矣然君臣儆戒正在無虞之時故舜猶以丹朱戒其君則山之借秦不爲過也眞氏曰按漢自高帝以來未有以書疏言事者山實始之豈非文帝開廣言路之故與

臣聞爲人臣者盡忠竭愚以直諫主不避死亡之誅者臣山是也臣不敢以久遠諭願借秦以爲諭秦以熊羆之力虎狼之心蠶食諸侯并吞海内而不篤禮義故天殃已加矣願陛下留意臣聞雷霆之所擊無不摧折者萬鈞之所壓無不糜滅者今人

主之威非特雷霆也勢重非特萬鈞也開道而求諫和顏色而受之用其言而顯其身士猶恐懼而不敢自盡而況於縱欲恣暴惡聞其過乎昔者周盖千八百國以九州之民養千八百國之君君有餘財民有餘力而頌聲作秦皇帝以千八百國之民自養力罷不能勝其役財盡不能勝其求身死纔數月耳天下四面而攻之宗廟滅絕矣秦皇帝居滅絕之中而不自知者何也亡養老之義亡輔弼之臣退誹謗之臣殺直諫之士是以道諛偷合苟容比其德則賢於堯舜課其功則賢於湯武天下已潰而莫之告也今陛下使天下舉賢良方正之士天下之士莫不精白以承休德乃直與之馳驅射獵一日再三出臣恐朝廷之解弛百官之墮於事也陛下節用愛民平獄緩刑天下莫不說喜臣聞山東吏布詔令民雖老羸癃疾扶杖而往聽之願少須臾毋死思見德化之成也今功業方就名聞方昭四方鄉風

而從豪俊之臣方正之士直與之日日獵射擊兎伐狐以傷大業絕天下之望臣竊悼之古者大臣不得與宴游使皆務其方以高其節則群臣莫敢不正身修行盡心以稱大禮夫士修之於家而壞之於天子之廷臣竊愍之陛下與衆臣宴游與大臣方正朝廷論議游不失樂朝不失禮議不失計軌事之大者也

陳政事疏 依綱目節本　賈誼

臣竊惟今之事勢可爲痛哭者一可爲流涕者二可爲長太息者六若其他背理而傷道者難徧以疏舉進言者皆曰天下已安已治矣臣獨以爲未也曰安且治者非愚則諛皆非事實知治亂之體者也夫抱火厝之積薪之下而寢其上火未及然因謂之安方今之勢何以異此夫樹國固必相疑之勢下數被其殃上數爽其憂甚非所以安上而全下也臣竊跡前事大抵彊者先反長沙迺二萬五千戶耳功少而最完埶疏而最忠非獨

性異人也亦形勢然也曩令樊酈絳灌據數十城而王今雖以殘亡可也令信越之倫列爲徹侯而居雖至今存可也然則天下之大計可知已欲諸王之皆忠附則莫若令如長沙王欲臣子勿菹醢則莫若令如樊酈等欲天下之治安莫若衆建諸侯而少其力力少則易使以義國小則亡邪心令海内之勢如身之使臂臂之使指莫不制從諸侯之君不敢有異心輻湊並進而歸命天子割地定制令齊趙楚各爲若干國使其子孫以次受之分地衆而子孫少者建以爲國空而置之須其子孫生者舉使君之一寸之地一人之衆天子亡所利焉誠以定治而已天下之勢方病大瘇一脛之大幾如要一指之大幾如股平居不可屈信失今不治必爲錮疾可爲痛哭者此病是也天下之勢方倒縣凡天子者天下之首也蠻夷者天下之足也今匈奴嫚娒侵掠而漢歲致金絮采繒以奉之夷狄徵令主上共貢是

反居上首顧居下倒縣如此莫之能解猶爲國有人乎可爲流涕者此也今不獵猛敵而獵田彘不搏反寇而搏畜菟翫細娛而不圖大患德可遠施威可遠加而直數百里外威令不信可爲流涕者此也今帝之身自衣皂綈而富民牆屋被文繡天子之后以緣其領者庶人孽妾以緣其履此臣所謂舛也夫百人作之不能衣一人欲天下亡寒胡可得也一人耕之十人聚而食之欲天下亡飢不可得也飢寒切於民之肌膚欲其亡爲姦邪不可得也可爲長太息者此也商君遺禮義棄仁恩并心於進取行之二歲秦俗日敗故秦人家富子壯則出分家貧子壯則出贅借父耰鉏慮有德色母取箕箒立而誶語抱哺其子與公併倨婦姑不相說則反唇而相稽其慈子嗜利不同禽獸者亡幾耳今其遺風餘俗猶尚未改棄禮誼捐廉恥日甚月異而歲不同矣今其甚者殺父兄矣而大臣特以簿書不報期會之

間以爲大故至於俗流失世壞敗因恬而不知怪以爲是適然
耳夫移風易俗使天下回心而鄉道類非俗吏之所能爲也俗
吏之所務在於刀筆筐篋而不知大體陛下又不自憂竊爲陛
下惜之筦子曰禮義廉耻是謂四維四維不張國乃滅亡是豈
可不爲寒心哉豈如今定經制令君君臣臣上下有差父子六
親各得其宜此業一定世世常安而後有所持循矣若夫經制
不定是猶度江河亡維楫中流而遇風波船必覆矣可爲長太
息者此也夏殷周爲天子皆數十世秦爲天子二世而亡人性
不甚相遠也何三代之君有道之長而秦無道之暴也古之王
者太子迺生固舉以禮有司齊肅端冕見之南郊過闕則下過
廟則趨故自爲赤子而教固已行矣孩提有識三公三少明孝
仁禮義以道習之逐去邪人不使見惡行選天下之端士有道
術者使與居處故太子迺生而見正事聞正言行正道左右前

後皆正人也夫習與正人居之不能毋正猶生長於齊不能不齊言也習與不正人居之不能毋不正猶生長於楚不能不楚言也孔子曰少成若天性習貫如自然習與智長故切而不媿化與心成故中道若性夫三代之所以長久者以其輔翼太子有此具也秦使趙高傅胡亥而教之獄所習者非斬劓人則夷人之三族也故今日即位而明日射人忠諫者謂之誹謗深計者謂之妖言其視殺人若艾草菅然豈惟胡亥之性惡哉彼其所以導之者非其理故也鄙諺曰前車覆後車誡天下之命縣於太子太子之善在於早諭教與選左右夫心未濫而先諭教則化易成也教得而左右正則太子正而天下定矣凡人之智能見已然不能見將然夫禮者禁於將然之前而法者禁於已然之後是故法之所爲用易見而禮之所爲至難知也若夫慶賞以勸善刑罰以懲惡先王執此之政堅如金石行此之令信

如四時據此之公無私如天地豈顧不用哉然而曰禮云禮云者貴絕惡於未萌而起教於微眇使民日遷善遠罪而不自知也蓋世主欲民之善同而所以使民善者異或道之以德教或敺之以法令道之以德教者德教洽而民氣樂敺之以法令者法令極而民風哀哀樂之感禍福之應也人之置器置諸安處則安置諸危處則危天下大器也在天子之所置之湯武置天下於仁義禮樂累子孫數十世此天下所共聞也秦王置天下於法令刑罰禍幾及身子孫誅絕此天下之所共見也是非其明效大驗邪人之言曰聽言之道必以其事觀之則言者莫敢妄言今或言禮誼之不如法令教化之不如刑罰人主胡不引殷周秦事以觀之也人主之尊譬如堂群臣如陛衆庶如地故陛九級上廉遠地則堂高陛亡級廉近地則堂卑高者難攀卑者易陵理勢然也故古者聖王制爲等列内有公卿大夫士外有

公侯伯子男然後有官司小吏延及庶人等級分明而天子加焉故其尊不可及也里諺曰欲投鼠而忌器此善諭也鼠近於器尚憚不投恐傷其器況於貴臣之近主乎廉耻節禮以治君子故有賜死而亡戮辱是以黥劓之罪不及大夫禮不敢齒君之路馬蹵其芻者有罰所以為主上豫遠不敬也今自王侯三公之貴皆天子之所改容而禮之者也古之所謂伯父伯舅也而令與衆庶同黥劓髡刖棄市之法然則堂不亡陛虖被戮辱者不泰迫乎廉耻不行大臣無迺握重權大官而有徒隸亡耻之心乎夫望夷之事二世見當以重法者投鼠而不忌器之習也臣聞之履雖鮮不加於枕冠雖敝不以苴履夫已嘗在貴寵之位天子改容而體貌之矣吏民嘗俯伏以敬畏之矣今而有過帝令廢之可也退之可也賜之死可也滅之可也若夫束縛之係緤之輸之司寇編之徒官司寇小吏詈罵而榜笞之殆非

所以令衆庶見也夫卑賤者習知尊貴者之一旦吾亦迺可以加此也非所以尊尊貴貴之化也古者大臣有坐不廉而廢者曰簠簋不飾坐汚穢淫亂曰帷簿不修坐罷軟不勝任者曰下官不職故貴大臣定有罪矣猶未斥然正以諱之也尚遷就而爲之諱也其在大譴大呵之域者則白冠氂纓盤水加劒造請室而請罪耳上不執縛係引而行也其有中罪者聞命而自弛上不使人頸盭而加也其有大罪者北面再拜跪而自裁上不使人捽抑而刑之也曰子大夫自有過耳吾遇子有禮矣遇之有禮故群臣自憙嬰以廉耻故人矜節行化成俗定則爲人臣者皆顧行而忘利守節而伏義故可以託不御之權可以寄六尺之孤此厲廉耻行禮誼之所致也主上何喪焉此之不爲而顧彼之久行故曰可爲長太息者此也

論積貯

筦子曰倉廩實而知禮節民不足而可治者自古及今未之嘗聞古之人曰一夫不耕或受之飢一女不織或受之寒生之有時而用之亡度則物力必屈古之治天下至孅至悉故其畜積足恃今背本而趨末者甚衆淫侈之俗日日以長生之者甚少而靡之者甚多天下財產何得不蹷即不幸有方二三千里之旱國胡以相恤卒然邊境有急數十百萬之衆國胡以餽之兵旱相乘天下大屈有勇力者聚徒而衡擊遠方之能僭擬者並舉而爭起矣迺駭而圖之豈將有及乎夫積貯者天下之大命也苟粟多而財有餘何爲而不成以攻則取以守則固以戰則勝懷敵附遠何招而不至今敺民而歸之農皆著於本使天下各食其力末技游食之民轉而緣南畮則畜積足而人樂其所矣

論貴粟

鼂錯

聖王在上而民不凍飢者非能耕而食之織而衣之也爲開其資財之道也故堯禹有九年之水湯有七年之旱而國亡捐瘠者以畜積多而備先具也今海内爲一土地人民之衆不避湯禹加以亡天災水旱而畜積未及者何也地有遺利民有餘力生穀之土未盡墾山澤之利未盡出游食之民未盡歸農也民貧則姦邪生雖有嚴法重刑猶不能禁也夫寒之於衣不待輕煖飢之於食不待甘旨飢寒至身不顧廉耻人情一日不再食則飢終歲不製衣則寒夫腹飢不得食膚寒不得衣雖慈母不能保其子君安能以有其民哉明主知其然也故務民於農桑薄賦斂廣畜積以實倉廩備水旱故民可得而有也夫珠玉金銀飢不可食寒不可衣然而衆貴之者以上用之故也其爲物輕微易藏在於把握可以周海内而亡飢寒之患此令臣輕背其主而民易去其鄉盜賊有所勸亡逃者得輕資也粟米布帛

生於地長於時聚於力非可一日成也數石之重中人弗勝不爲姦邪所利一日弗得而飢寒至故明君貴五穀而賤金玉今農夫五口之家其服役者不下二人其耕不過百畮收不過百石春耕夏耘秋穫冬藏伐薪樵治官府給繇役四時之閒亡日休息又私自送往迎來弔死問疾養孤長幼在其中勤苦如此尚復被水旱之災急政暴賦朝令暮改有者半賈而賣無者取倍稱之息於是有賣田宅鬻子孫以償債者矣而商賈大者積貯倍息小者坐列販賣操其奇贏日游都市乘上之急所賣必倍男不耕耘女不蠶織衣必文采食必粱肉交通王侯力過吏埶乘堅策肥履絲曳縞此商人所以兼并而農人所以流亡者也方今之務莫若使民務農而已矣欲民務農在於貴粟今募天下入粟縣官得以拜爵除罪則富人有爵農人有錢粟有所渫而貧民之賦可損所謂損有餘補不足令出而民利者也神

農之教曰有石城十仞湯池百步帶甲百萬而亡粟弗能守也爵者上之所擅出於口而亡窮粟者民之所種生於地而不乏使人入粟於邊以受爵免罪不過三歲塞下之粟必多矣

言兵事

臣聞兵法曰有必勝之將無必勝之民繇此觀之安邊境立功名在於良將不可不擇也臣又聞用兵之急者三一曰得地形二曰卒服習三曰器用利兵法曰丈五之溝漸車之水山林積石經川丘阜草木所在此步兵之地也車騎二不當一上山丘陵曼衍相屬平野廣野此車騎之地也步兵十不當一平陵相遠川谷居間仰高臨下此弓弩之地也短兵百不當一兩陳相近平地淺草可前可後此長戟之地也劒楯三不當一萑葦竹蕭屮木蒙籠支葉茂接此矛鋋之地也長戟二不當一曲道相伏險阸相薄此劒楯之地也弓弩三不當一士不選練卒不服

習起居不精動靜不習趨利弗及避難不畢前擊後解與金鼓之音相失百不當一兵不完利與空手同甲不堅密與袒裼同弩不可以及遠與短兵同射不能中與亡矢同中不能入與亡鏃同五不當一故兵法曰器械不利以其卒予敵也卒不可用以其將予敵也將不知兵以其主予敵也君不擇將以其國予敵也四者兵之至要也臣又聞小大異形彊弱異埶險易異備夫卑身以事彊小國之形也合小以攻大敵國之形也以蠻夷攻蠻夷中國之形也今匈奴地形技藝與中國異上下山阪出入溪澗險道傾仄且馳且射風雨罷勞飢渴不困此匈奴之長技也若夫平原易地輕車突騎勁弩長戟射疏及遠堅甲利刃長短相雜遊弩往來什伍俱前材官騶發矢道同的下馬地鬭劍戟相接去就相薄此中國之長技也雖然兵凶器戰危事也以大爲小以彊爲弱在俛仰之間耳跌而不振則悔之亡及也

帝王之道出於萬全今降胡義渠蠻夷之屬來歸誼者飲食長技與匈奴同可賜之堅甲絮衣勁弓利矢益以邊郡之良騎令胡將能知其習俗和輯其心者將之即有險阻以此當之平地通道則以輕車材官制之兩軍則爲表裏各用其長技此萬全之術也傳曰狂夫之言而明主擇焉臣錯愚陋昧死上狂言惟
陛下財擇

論守邊備塞

臣聞秦時北攻胡貉築塞河上南攻揚粤置戍卒焉其起兵而攻胡粤者非以衛邊地而救民死也貪戾而欲廣大也故功未立而天下亂且夫起兵而不知其勢戰則爲人禽屯則卒積死夫胡貉之地積陰之處也木皮三寸冰厚六尺食肉而飲酪其人密理鳥獸毳毛其性能寒揚粤之地少陰多陽其人疏理鳥獸希毛其性能暑胡人衣食之業不著於地其勢易以擾亂邊

境何以明之胡人食肉飲酪衣皮毛非有城郭田宅之歸居如飛鳥走獸於廣野美草甘水則止草盡水竭則移以是觀之往來轉徙時至時去此胡人之生業而中國之所以離南畮也今胡人數轉牧行獵於塞下以候備塞之卒卒少則入不救則邊民絕望而降敵救之纔到則胡又已去聚而不罷爲費甚大罷之則胡復入如此連年則中國貧苦而民不安矣陛下幸憂邊境遣將吏發卒治塞甚大惠也然今遠方之卒守塞一歲而更不知胡人之能不如選常居者家室田作且以備之以便爲之高城深塹要害之處調立城邑毋下千家先爲室居具田器迺募人免罪拜爵復其家予冬夏衣廩食能自給而止胡人入驅而能止其所驅者以其半予之縣官爲贖其民如是則邑里相救助赴胡不避死其與東方之戍卒不習地勢而心畏胡者功相萬也且使遠方無屯戍之事塞下之民父子相保亡繫虜之

患利施後世名稱聖明其與秦之行怨民相去遠矣

論募民徙塞下

陛下幸募民以實塞下使屯戍益省輸將之費益寡甚大惠也下吏誠能稱厚惠奉明法存恤所徙之老弱善遇其壯士和輯其心而勿侵刻使先至者安樂而不思故鄉則貧民相募而勸往矣臣聞古之徙民者相其陰陽之和嘗其水泉之味審其土地之宜然後營邑立城製里割宅置器物焉使民至有所居作有所用此民所以輕去故鄉而勸之新邑也為置醫巫以救疾病以修祭祀男女有昏生死相恤墳墓相從種樹畜長室屋完安此所以使民樂其處而有長居之心也古之制邊縣以備敵也使五家為伍伍十伍一里四里一連十連一邑皆擇其賢材有護習地形知民心者為之長居則習民於射法出則教民於應敵服習以成勿令遷徙幼則同遊長則共事夜戰聲相知則足以相救晝戰

目相見則足以相識驩愛之心足以相死如此而勸以厚賞威以重罰則前死而不還踵以所徙之民非壯有材力但費衣糧不可用也雖有材力不得良吏猶亡功也陛下絶匈奴不與和親臣竊意其冬來南也壹大治則終身創矣欲立威者始於折膠來而不能困使得氣去後未易服也愚臣亡識惟陛下財察

諫武帝伐匈奴　　主父偃

臣聞明主不惡切諫以博觀忠臣不避重誅以直諫是故事無遺策而功流萬世今臣不敢隱忠避死以效愚計願陛下幸赦而少察之司馬法曰國雖大好戰必亡天下雖平忘戰必危夫怒者逆德也兵者凶器也爭者末節也夫務戰勝窮武事未有不悔者也昔秦皇帝任戰勝之威并吞戰國務勝不休欲攻匈奴李斯諫曰不可夫匈奴無城郭之居委積之守遷徙鳥舉難得而制輕兵深入糧食必絶運糧以行重不及事得其地不足

以爲利得其民不可調而守也靡敝中國甘心匈奴非完計也秦皇帝不聽遂使蒙恬將兵攻胡郤地千里地固澤鹵不生五穀乃使天下飛芻輓粟起於負海轉輸北河率三十鍾而致一石男子疾耕不足於糧餉女子紡績不足於帷幕百姓靡敝孤寡老弱不能相養盖天下始叛秦也及至高皇帝定天下略地於邉聞匈奴聚代谷之外而欲擊之御史成諫曰不可夫匈奴獸聚而鳥散從之如搏景今以陛下盛德攻匈奴臣竊危之高帝不聽遂至代谷果有平城之圍高帝悔之廼使劉敬往結和親然後天下亡干戈之事夫匈奴行盗侵敺所以爲業天性固然虞夏殷周固不程督禽獸畜之不比爲人夫不上觀虞夏殷周之統而下循近世之失此臣之所以大恐百姓所疾苦也且夫兵久則變生事苦則慮易周書曰安危在出令存亡在所用願陛下熟計之而加察焉

上宣帝尚德緩刑　　路温舒

臣聞秦有十失其一尚存治獄之吏是也秦之時羞文學好武勇賤仁義之士貴治獄之吏正言者謂之誹謗遏過者謂之妖言譽諛之聲日滿於耳此秦之所以亡天下也方今天下賴陛下恩厚亡金革之危飢寒之患然太平未洽者獄亂之也夫獄者天下之大命也死者不可復生斷者不可復屬書曰與其殺不辜寧失不經今治獄吏則不然上下相敺以刻爲明深者獲公名平者多後患故治獄之吏皆欲人死非憎人也自安之道在人之死是以人血流離刑徒比肩大辟之計歲以萬數此仁聖之所以傷也太平之未洽凡以此也夫人情安則樂生痛則思死棰楚之下何求而不得故囚人不勝痛則飾辭以視之吏治者利其然則指導以明之上奏畏卻則鍛鍊而周内之蓋奏當之成雖咎繇聽之猶以爲死有餘辜何則成練者衆文致之

罪明也故訟語曰畫地爲獄議不入刻木爲吏期不對此皆疾吏之風悲痛之辭也惟陛下除誹謗以招切言開天下之口廣箴諫之路掃亡秦之失尊文武之德省法制寬刑罰則太平之風可興於世天下幸甚

諫擊匈奴　　魏相

臣聞之救亂誅暴謂之義兵兵義者王敵加於已不得已而起者謂之應兵兵應者勝爭恨小故不忍憤怒者謂之忿兵兵忿者敗利人土地貨寶者謂之貪兵兵貪者破恃國家之大矜民人之衆欲見威於敵者謂之驕兵兵驕者滅此五者非但人事乃天道也間者匈奴嘗有善意所得漢民輒奉歸之未有犯於邊境雖爭屯田車師不足致意中今聞諸將軍欲興兵入其地臣愚不知此兵何名者也今邊郡困乏難以動兵軍旅之後必有凶年言民以其愁苦之氣傷陰陽之和也出兵雖勝猶有後

憂今郡國守相多不實選風俗尤薄水旱不時案今年計子弟殺父兄妻殺夫者凡二百二十二人臣愚以爲此非小變也今左右不憂此乃欲發兵報纖介之忿於邊夷殆孔子所謂吾恐季孫之憂不在顓臾而在蕭牆之內也願陛下與平昌侯樂昌侯平恩侯及有識者詳議乃可

上屯田一　　趙充國

臣聞兵者所以明德除害也故舉德於外則福生於內不可不愼臣所將吏士馬牛食月用糧穀十九萬九千六百三十斛鹽千六百九十三斛茭藁二十五萬二百八十六石難久不解繇役不息又恐它夷卒有不虞之變相因並起爲明主憂誠非素定廟勝之策且羌勇易以計破難用兵碎故也臣愚必以爲擊之不便計度臨羌東至浩亹羌虜故田及公田民所未墾可二千頃以上其間郵亭多壞敗者臣前部士入山伐材木大小六

萬餘枚皆在水次願罷其兵留弛刑應募及淮陽汝南步兵與吏士私從者合凡萬二百八十一人用穀月二萬七千三百六十三斛鹽三百八斛分屯要害處氷解漕下繕鄉亭浚溝渠治湟陿以西道橋七十所令可至鮮水左右田事出賦人二十畝至四月草生發郡騎及屬國胡騎伉健各千就草爲田者遊兵以充入金城郡益積畜省大費令大司農所轉穀至者足支萬人一歲食謹上田處及器用簿惟陛下裁許

二

臣聞帝王之兵以全取勝是以貴謀而賤戰百戰而不勝非善之善者也故先爲不可勝以待敵之可勝蠻夷習俗雖殊於禮義之國然其欲避害就利愛親戚畏死亡一也今虜亡其美地薦草愁於寄託遠遯骨肉心離人有畔志而明主班師罷兵萬人留田順天時因地利以待可勝之虜雖未即伏辜兵決可期

月而望羌虜瓦解前後降者萬七百餘人及受言去者凡七十輩此坐支解羌虜之具也臣謹條不出兵留田便宜十二事步兵九校吏士萬人留屯以爲武備因田致穀威德並行一也又因排折羌虜令不得歸肥饒之墬貧破其衆以成羌虜相畔之漸二也居民得並田作不失農業三也軍馬一月之食度支甲士一歲罷騎兵以省大費四也至春省甲士卒循河湟漕穀至臨羌以眎羌虜揚威武傳世折衝之具五也以閒暇時下先所伐材繕治郵亭充入金城六也兵出乘危徼幸不出令反畔之虜竄於風寒之地離霜露疾疫瘃墮之患坐得必勝之道七也亡經阻遠追死傷之害八也內不損威武之重外不令虜得乘間之埶九也又亡驚動河南大开小开使生他變之憂十也治湟陿中道橋令可至鮮水以制西域信威千里從枕席上過師十一也大費既省繇役豫息以戒不虞十二也留屯田得十二

便出兵失十二利臣充國材下犬馬齒衰不識長冊惟明詔博詳公卿議臣採擇

三

臣聞兵以計爲本故多筭勝少筭先零羌精兵今餘不過七八千人失地遠客分散飢凍畔還者不絕臣愚以爲虜破壞可日月冀遠在來春故曰兵決可期月而望竊見北邊自燉煌至遼東萬一千五百餘里乘塞列隧有吏卒數千人虜數大衆攻之而不能害今留步士萬人屯田地埶平易多高山遠望之便部曲相保爲塹壘木樵（與譙同謂爲高樓望敵）校聯不絕便兵弩飭鬬具烽火幸通埶及并力以逸待勞兵之利者也臣愚以爲屯田內有亡費之利外有守禦之備騎兵雖罷虜見萬人留田爲必禽之具其土崩歸德宜不久矣從今盡三月虜馬羸瘦必不敢捐其妻子於他種中遠涉河山而來爲寇又見屯田之士精兵萬人

終不敢復將其累重還歸故地是臣之愚計所以度虜且必尾解其處不戰而自破之冊也至於虜小寇盜時殺人民其原未可卒禁臣聞戰不必勝不苟接刃攻不必取不苟勞衆誠令兵出雖不能滅先零但能令虜絕不爲小寇則出兵可也即今同是而釋坐勝之道從乘危之勢往終不見利空內自罷敝貶重而自損非所以示蠻夷也又大兵一出還不可復留湟中亦未可空如是繇役復更發也臣愚以爲不便臣竊自惟念奉詔出塞引軍遠擊窮天子之精兵散車甲於山野雖亡尺寸之功婾得避嫌之便而亡後咎餘責此人臣不忠之利非明主社稷之福也臣幸得奮精兵討不義久留天誅罪當萬死陛下寬仁未忍加誅令臣數得熟計愚臣伏計孰甚不敢避斧鉞之誅昧死陳愚惟陛下裁擇

上元帝論治性正家　　臣衡

臣聞治亂安危之機在乎審所用心蓋受命之王務在創業垂統傳之無窮繼體之君心存於承宣先王之德而褒大其功昔者成王之嗣位思述文武之道以養其心休烈盛美皆歸之二后而不敢專其名是以上天歆享鬼神祐焉陛下聖德天覆子愛海内然陰陽未和姦邪未禁者殆論議者未丕揚先帝之盛功爭言制度不可用也務變更之所更或不可行而復復之是以群下更相是非吏民無所信臣竊恨國家釋樂成之業而虛爲此紛紛也願陛下詳覽統業之事留神於遵制揚功以定群下之心傳曰審好惡理情性而王道畢矣治性之道必審己之所有餘而強其所不足蓋聰明疏通者戒於太察寡聞少見者戒於壅蔽勇猛剛強者戒於太暴仁愛溫良者戒於無斷湛靜安舒者戒於後時廣心浩大者戒於遺忘必審己之所當戒而齊之以義然後中和之化應而巧僞之徒不敢比周而望進惟

陛下戒之以崇聖德臣又聞室家之道修則天下之理得故詩始國風禮本冠婚所以原情性而明人倫也正基兆而防未然也故聖王必慎妃后之際別適長之位卑不踰尊新不先故所以統人情而理陰氣也適子冠乎阼禮之用醴衆子不得與列所以貴正體而明嫌疑也非虛加其禮文而已乃衆心與之殊異故禮探其情而見之外也聖人動靜游燕所親物得其序則海内自修百姓從化如當親者疏當尊者卑則佞巧之姦因時而動以亂國家故聖人慎防其端禁於未然不以私恩害公義

傳曰正家而天下定矣

戒妃匹勸經學（妃與配同）

陛下秉至孝哀傷思慕不絕於心未有游虞弋射之宴誠隆於慎終追遠無窮已也竊觀陛下雖聖性得之猶復加聖心焉臣又聞之師曰妃匹之際生民之始萬福之原婚姻之禮正然後

品物遂而天命全孔子論詩以關雎爲始言后夫人之行不侔乎天地則無以奉神靈之統而理萬物之宜故詩曰窈窕淑女君子好仇言能致其貞淑不貳其操情欲之感無介乎容儀宴私之意不形乎動靜夫然後可以配至尊而爲宗廟主此綱紀之首王教之端也自上世以來三代興廢未有不由此者也願陛下詳覽得失盛衰之效采有德戒聲色近嚴敬遠技能臣聞六經者聖人所以統天地之心著善惡之歸明吉凶之分通人道之正使不悖於本性者也及論語孝經聖人言行之要宜究其意臣又聞聖王之自爲動靜周旋奉天承親臨朝饗臣物有節文以章人倫蓋欽翼祇栗事天之容也溫恭敬遜承親之禮也正躬嚴恪臨衆之儀也嘉惠和說饗下之顔也舉錯動作物遵其儀故形爲仁義動爲法則今正月初幸路寢臨朝賀置酒以饗萬方傳曰君子愼始願陛下留神動靜之節使群下得望

盛德休光以立基楨天下幸甚

上成帝論神怪　　谷永

臣聞明於天地之性不可惑以神怪知萬物之情不可罔以非類諸背仁義之正道不遵五經之法言而盛稱奇怪鬼神廣崇祭祀之方求報無福之祠及言世有僊人服食不終之藥遥興輕舉登遐倒影覽觀縣圃浮游蓬萊耕耘五德朝種暮穫與山石無極黃冶變化堅冰淖溺化色五倉之術者皆姦人惑衆挾左道懷詐僞以欺罔世主聽其言洋洋滿耳若將可遇求之盪盪如繫風捕影終不可得是以明王距而不聽聖人絕而不語昔周史萇弘欲以鬼神之術輔尊靈王會朝諸侯而周室愈微諸侯愈叛楚懷王隆祭祀事鬼神欲以獲福助卻秦師而兵挫地削身辱國危秦始皇初并天下甘心於神僊之道遣徐福韓終之屬多齎童男童女入海求神僊采藥因逃不還天下怨恨

漢興新垣平齊人少翁公孫卿欒大等皆以僊人黄冶祭祀事鬼使物入海求神采藥貴幸賞賜累千金大尤尊盛至妻公主爵位重絫震動海内元鼎元封之際燕齊之間方士瞋目扼擥言有神僊祭祀致福之術者以萬數其後平等皆以術窮詐得誅夷伏辜至初元中有天淵玉女鉅鹿神人轑陽侯師張宗之姦紛紛復起夫周秦之末三五之隆已甞專意散材厚爵禄竦精神舉天下以求之矣曠日經年靡有毫氂之驗足以揆今唯陛下距絶此類毋令姦人有以窺朝者

文章辨體卷之二十一

文章辨體卷之二十二

海虞後學吳訥編集

奏疏二

諫太宗十思　唐魏徵

臣聞求木之長者必固其根本欲流之遠者必浚其泉源思國之安者必積其德義源不深而望流之遠根不固而求木之長德不厚而思國之安臣雖下愚知其不可而況於明哲乎人君當神器之重居域中之大不念居安思危戒奢以儉斯亦伐根以求木茂塞源而欲流長也凡百元首承天景命善始者寔繁克終者蓋寡豈取之易守之難乎蓋在殷憂必竭誠以待下既得志則縱情以傲物竭誠則胡越爲一體傲物則骨肉爲行路雖董之以嚴刑振之以威怒終苟免而不懷仁貌恭而不心服怨不在大可畏惟人載舟覆舟所宜深慎誠能見可欲則思知

足以自戒將有作則思知止以安人念高危則思謙沖而自牧懼滿盈則思江海下百川樂盤遊則思三驅以爲度憂懈怠則思慎始而敬終慮壅蔽則思虛心以納下思讒邪則思正身以黜惡恩所加則思無因喜以謬賞罰所及則思無以怒而濫刑總此十思弘茲九得簡能而任之擇善而從之則智者盡其謀勇者竭其力仁者播其惠信者效其忠文武並用垂拱而治何必勞神苦思代百司之職役哉

諫任賢

臣聞知臣莫若君知子莫若父父不知其子則無以治一家君不知其臣則無以齊萬國故堯舜文武見稱前載咸以知人則哲多士盈朝是則四岳九官五臣十亂豈惟生於曩代而獨無於當今者哉在乎求與不求好與不好耳何以言之美玉明珠孔翠犀象大宛之馬西旅之獒生於八荒之表萬里之外然重

譯入貢道路不絕者何哉蓋由乎中國之所好也況從仕者懷君之榮食君之祿率之以義將何往而不至哉臣以爲與之爲忠則可使同乎龍逄比干矣與之爲孝則可使同乎曾參子騫矣與之爲信則可使同乎尾生展禽矣與之爲廉則可使同乎伯夷叔齊矣然而今之群臣罕能貞白卓異者蓋求之不切勵之未精故也若勗之以公忠期之以遠大各有職分得行其道貴則觀其所舉富則觀其所養居則觀其所好習則觀其所言窮則觀其所受賤則觀其所不爲因其材以取之審其能以任之用其所長掩其所短進之以六正戒之以六邪則不嚴而自勵不勸而自懲矣

諫十漸

臣侍帷幄十餘年陛下許臣以仁義之道守而不失儉約朴素終始弗渝德音在耳不敢忘也頃年以來浸不克終陛下貞觀

初清靜寡欲化被荒外今萬里遣使市駿馬并訪怪珍昔漢文帝却千里馬晋武帝焚雉頭裘陛下居常議論遠輩堯舜今所爲更欲處漢文晋武下乎此不克終一漸也子貢問治人孔子曰懍乎若朽索之馭六馬子貢曰何畏哉對曰不以道導之則吾讐也若何不畏陛下貞觀初護民之勞煦之若子不輕營爲頃既奢肆思用人力乃曰百姓無事則易驕勞役則易使自古未有百姓逸樂而致傾敗者何有逆畏其驕而爲勞役哉此不克終二漸也陛下貞觀初役已以利物比來縱欲以勞人雖憂人之言不絶於口而樂身之事實切諸心凡有營構輒曰弗爲此不便我身推人之情誰敢復爭此不克終三漸也貞觀初親君子遠小人比來輕褻小人禮重君子重君子也恭而遠之輕小人也狎而近之近之莫見其非遠之莫見其是莫見其是則不待間而疏莫見其非則或有時而昵昵小人疏君子而欲致

治非所闕也此不克終四漸也貞觀初不貴異物不作無益而今難得之貨雜然並進玩好之作無時而息上奢靡而望下朴素力役廣而冀農業興不可得已此不克終五漸也貞觀初求士如渴賢者所舉即信而任之取其所長常恐不及比來由心好惡以衆賢舉而用以一人毀而棄雖積年任而信或一朝疑而斥夫行有素履事有成迹一人之毀未必可信積年之行不應頓虧陛下不察其原以爲臧否使讒佞得行守道疏間此不克終六漸也貞觀初高居深拱無田獵畢弋之好數年之後志不克固鷹犬之貢遠及四夷晨出夕返馳騁爲樂變起不測其及救乎此不克終七漸也貞觀初遇下有禮群情上達今外官奏事顔色不接間因所短詰其細過雖有忠款而不得申此不克終八漸也貞觀初孜孜論道常若不足比恃功業之大負聖智之明長傲縱欲無事興兵問罪遠裔親狎者阿旨不肯諫疏

遠者畏威不敢諫積而不已所損非細此不克終九漸也貞觀初頻年霜旱畿内戶口並就關外攜老扶幼來往數年卒無一戶亡去此由陛下矜育撫寧故死不攜貳也比者疲於徭役關中之人勞弊尤甚雜匠當下顧而不遣正兵番上復别驅任市物襁屬於路遞子背望於道脱有一穀不收百姓之心恐不能如前日之帖泰此不克終十漸也夫禍福無門惟人自召人無釁焉妖不妄作今旱熯之災遠被郡國凶醜之孽起於轂下此上天示戒乃陛下恐懼憂勤之日也千載休期時難再得明主可爲而不爲臣所以鬱結長歎息者也

諫玄宗不令突厥入仗馳射　　呂向

臣聞鴟梟不鳴未爲瑞鳥猛虎雖伏豈齊仁獸今夫突厥正與此類安忍殘賊莫顧君親陛下持武義臨之脩文德來之既慴威靈又沐聲教以力以勢不得不庭故稽顙稱臣奔命遣使陛

下乃令赴封禪之禮叅玉帛之會因夜召入禁仗仰英姿之曲照覩神藝之百發恩意俱極無得踰焉今更賜以馳逐使探力矢競飛鏃於前同獲獸之樂是屑畧太過未敢取也雖聖智豁達與物無情而愚臣徘徊與時加慄儻此等各懷犬吠交肆盜憎荆卿詭動何羅竊至蹔逼嚴蹕稍冒清塵悔將何及

上德宗數對群臣許令論事　陸贄

朝隱奉宣聖旨頻覽卿表狀勸朕數對群臣許令論事辭理懇切深表盡忠聖德廣大俯矜狂愚嘉臣以懇切目臣以盡忠雖甚庸駑實懷感勵夫知無不言之謂盡事君以義之謂忠臣之夙心久以自誓曩逢休明獲展誠願既免罪戾又蒙褒稱疾奉周旋不敢失墜儻陛下廣推此道施及萬方咸獎直以矜愚各錄長而捨短人之欲善誰不如臣自然聖德益彰群心盡達愚衷懇懇實在於斯慮者特深縷宣睿旨固非常識所逮然臣竊

謂天子之道與天同方大不以地有惡木而廢發生天子不以時有小人而廢聽納帝王之盛莫盛於堯雖四凶在朝而僉議靡輟故曰惟天爲大惟堯則之昔人有因噎廢食者又有懼溺自沉者其爲矯枉豈不過哉願陛下取鑒於茲勿以小虞而妨大道也臣聞人之所助在乎信信之所立由乎誠一不誠則心莫之保一不信則言莫之行故聖人以爲食可去而信不可失也又曰誠者物之終始不誠無物物者事也言不誠則無復有事矣陛下所謂失於誠信以致患害者臣竊以爲過矣孔子曰可與言而不與之言失人不可與言而與之言失言智者不失人亦不失言由此論之陛下可審其所言而不可不慎信其所與而不可不誠海禽至微猶識情僞含靈之類固必難誣前志所謂衆庶者至愚而神蓋以蚩蚩之徒或昏或鄙然上之得失靡不辯上之好惡靡不知上之所祕靡不傳上之所爲靡不效

此其類於神也故馭之以智則人詐示之以疑則人偷接不以禮則狥義之意輕撫不以恩則效忠之情薄若響應聲若影從表表枉則影曲聲淫則響邪懷鄙詐而求顏色之不形顔色形而求觀者之不辯觀者辯而求衆庶之不惑衆庶惑而求叛亂之不生自古及今未之有也故惟天下至誠爲能盡其性能盡其性則能盡人之性若不盡於巳而望盡於人衆必紿而不從矣不誠於前而曰誠於後衆必疑而不信矣今方岳有不誠於國者陛下則興師以伐之臣庶有虧信於上者陛下則出令以誅之有司順命誅伐而不敢縱者蓋以陛下之所有責彼之所無故也向若陛下不誠於物不信於人人將有辭何以致討是知誠信之道不可斯須去身願陛下慎守而行之恐非所以爲悔者也臣聞仲虺稱成湯之德曰改過不吝吉甫美宣王之功曰袞職有闕惟仲山甫補之夫成湯聖君仲虺聖輔以聖輔

而贊揚聖君不稱其無過而稱其改過周宣中興之賢主吉甫文武之賢臣以賢臣而歌誦賢主不美其無闕而美其補闕中古巳降淳風浸微臣既尚諛君亦自聖於是有入則造膝出則詭辭之態興矣姦由此滋善由此沮帝王之意由此惑諫臣之罪由此生媚道一行爲害斯甚太宗文皇帝挺秀千古清明在躬再恢聖謨一變流弊有經緯天地之文有底定禍亂之武有躬行仁義之德有理致太平之功其爲休烈耿光可謂盛極矣然而人至于今稱詠以爲道冠前古澤被無窮者則從諫改過爲其首焉陛下所謂諫官論事少能慎密例自矜衒歸過於朕者臣以爲不密自矜信非忠厚其於聖德固亦無虧陛下若納諫不違則傳之適足增美陛下若違諫不納又安能禁之勿傳伏願以貞觀故事爲楷模使太宗風烈重光於聖代恐不可謂此爲歸過而阻絕直言之路也臣聞虞舜察邇言故能成聖化

晉文聽輿誦故能恢覇功大雅有詢于芻蕘之言洪範有謀及庶人之義夫人之常情罕能無惑大抵蔽於所信阻於所疑忽於所輕溺於所欲信既偏則聽言而不考其實由是有過當之言疑既甚則雖實而不聽其言於是有失實之聽輕其人則遺其可重之事欲其事則存其可弃之人于以虧天下之理于以失天下之心故常情之所輕乃聖人之所重圖遠者先驗於近務大者必慎於微將在博採而審用其中固不在慕高而好異也陛下所謂比見奏對論事皆是雷同道聽塗說者臣竊以衆多之議足見必有可行亦有可畏恐不宜一槩輕侮而莫之省納也陛下又謂試加質問即便辭窮臣但以陛下雖窮其辭未盡其理能服其口未服其心何以知其然臣每讀史書見亂多理少因懷感歎嘗試思之竊謂爲下者莫不願忠爲上者莫不求理然而下每苦上之不理上每苦下之不忠若是者何兩情

不通故也下之情莫不願達之於上上之情莫不願求之於下然而下恒苦上之難達上恒苦下之難知若是者何九弊不去故也所謂九弊者上有其六而下有其三好勝人恥聞過騁辯給眩聰明厲威嚴恣彊愎此六者君上之弊也諂諛顧望畏愞此三者臣下之弊也上好勝必甘於佞辭上恥過必忌於直諫如是則下之諂諛者順旨而忠實之語不聞矣上騁辯必勦說而折人以言上眩明必臆度而虞人以詐如是則下之顧望者自便而切磨之辭不盡矣上厲威必不能降情以接物上恣愎必不能引咎以受規如是則下之畏愞者避辜而情理之說不申矣夫以區域之廣生靈之衆獲覩至尊之光景者踰億兆而無一焉就獲覩之中得接言議者又千萬不一幸而得接者猶有九弊居其間則上下之情所通鮮矣上情不通於下則人惑下情不通於上則君疑疑則不納其誠惑則不從其令誠而不見

納則應之以悖令而不見從則加之以刑下悖上刑不敢何待昔龍逄誅而夏亡比干剖而殷滅宮奇去而虞敗屈原放而楚衰臣謂夏殷虞楚之君若知四子之盡忠必不勦弃若知四子之可用必不拒違所以至於忍害而捨絕者盖謂其言不足行心不足保故也然則言之固難聽亦不易趙武吶吶而為晉賢臣絳侯木納而為漢元輔然則口給者事或非信辭屈者理或未窮人之難知堯舜所病胡可以一酬一詰而謂盡其能哉以此察天下之情固多失實以此輕天下之士必有遺才臣是以竊慮陛下雖窮其辭而未窮其理能服其口而未服其心良有以也古昔王者明四目達四聰盖欲幽抑之必通且求聞已之過也垂旒於前黈纊於側盖惡視聽之太察唯恐彰人之非也降及末代則反於斯聰明不務通物情視聽秖以伺罪釁於是相尚以言相示以智相冒以詐而君臣之義薄矣夫趣和求媚

人之甚利存焉犯顏取怨人之甚害存焉居上者易其害而以美利利之猶懼忠告之不甦況有疎隔而勿接又有債忌而加損者乎天生烝人本以爲國人之有口不能無言人之有心不能無欲言不宣於上則怨讟於下欲不歸於善則湊集於邪聖人知衆之不可以力制也故植謗木陳諫鼓列爭臣之位置采詩之官以宣其言尊禮義安誠信厚賢能之賞廣功利之途以歸其欲古之無爲而理者其率用此歟苟有理之之意而不知其方苟知其方而心守不壹則天下之理亂未可知也其又違道以師心弃人而任巳謂欲可逞謂衆可誣謂專斷無傷謂詢謀無益謂諛說爲忠順謂獻替爲妄愚謂進善爲比周謂嫉惡爲嫌忌謂多疑爲御下之術謂深察爲照物之明理道全乖國家之顛危可立待焉耳伏願廣接下之道開奬善之門弘納諫之懷勵推誠之美有犯顏讜直者奬而親之有利口讒佞者疎

而斥之自然物無壅情言不苟進何憂乎少忠良何有乎作威福何患乎妄説是非如此則接下之要備矣其奬善也求之若不及用之懼不周如梓人之用材曲直當分如滄海之歸水洪涓必容能小事則處之以小官立大勞則報之以大利不忌怨不避親不抉瑕不求備不以人廢舉不以已格人聞其才必試以事能其事乃進以班自然無不用之才亦無不實之舉如此則奬善之道得矣其納諫也以補過爲心以求過爲急以能改其過爲善以得聞其過爲明故諫者多表我之能好諫者直示我之能容諫者之狂誣明我之能恕諫者之漏泄彰我之能從有一于斯皆爲盛德諫者有爵賞之利君亦有理安之利諫者得獻替之名君亦得採納之名如此則納諫之德光矣其推誠也在彰信在任人彰信不務於盡言所貴乎出言則可復任人不可以無擇所貴乎已擇則不疑言而必誠然後以求人之聽

命任而勿貳然後以責人之成功是故言或乖宜可引過以改其言而不可苟也任或乖當可求賢以代其任而不可疑也如此則推誠之義孚矣微臣所以屢屢塵黷而不能自抑者蓋以陛下有拯亂之志而多難未平有務理之誠而庶績未乂有堯舜聰明之德而未光宅於天下有覆載含弘之量而未翕受於衆情故臣每中夜靜思無不竊歎而深惜也向若陛下有其位而無必行之志有其志而無可致之資則臣固已從俗浮沉何苦而汲汲如是惟陛下詳省所闕亟行所宜歸天下之心濟中興之業此臣之願也億兆之福也宗社無疆之休也臣其惶怖謹言

謹遣使臣宣撫諸道遭水州縣

右頻得申報霖雨爲災或川瀆泛漲或谿谷奔流淹沒田苗損壞廬舍又有漂溺不救轉徙乏糧喪亡流離數亦非少臣等任

處台輔職調陰陽五行愆度黜責何逃陛下恕人咎已臣等每奉詞旨倍益慙惶前者面陳遣使撫綏陛下謂詢問來人所損殊少即議優卹恐長姦欺臣等旬日以來更審借訪悉與申報符同但恐所聞聖聽或未盡陳事實夫流俗之弊多狥諂諛揣所悅意者則侈其言度所惡聞者則小其事制備失所恒病於斯初聞諸道水災臣等屢訪朝列多云無害於物以爲不足致懷退省其私言則頗異霖潦非可諱之事縉紳皆有識之人與臣比肩尚且相媚況乎事或曖昧人或瑣微以利己之心希至尊之旨其於情實固不易知如斯之流足誤視聽昔子夏問於孔子曰何如斯可謂人之父母孔子對曰四方有敗必先知之斯可謂人之父母矣蓋以君人之道子育爲心雖深居九重而慮周四表雖恒處安樂而憂及困窮近取諸身如一體之於四支其疾病無不恤也遠取諸物如雨暘之於萬類其鑒照無不

均也故國有凶害而人無流亡恃天聽之必聞知上澤之必至是以有毋之愛有父之尊古之聖王能以天下爲一家中國爲一人用此術也今水潦爲敗綿數十州奔告于朝日月相繼若哀其疾苦固宜降旨優矜倘疑其詐欺亦當遣使巡視安可徇往來之浮說忘惠卹之大猷失人得財是將焉用況災害已甚申奏亦頻縱不蒙恩復除自當准式蠲免徒失事體無資國儲恐須速降德音深示憂憫分道命使明勑救災寛息征徭省察寃濫應家有溺死及漂没居產都盡父子不存濟者各量賜粟帛便委使臣與州府以當處官物給付其損壞廬舍田苗者亦委使臣與州府據所損作分數等第聞奏量與蠲減租稅如此則殁者蒙瘞酹之惠存者霑煦嫗之恩霈澤下施孰不欣戴所費者財用所收者人心若不失人何憂乏用臣等已約支計所費亦不甚多倘蒙聖恩允從即具條件續進

請許臺省長官舉薦屬吏

顧少連奉　宣審旨卿先奏令臺省長官各舉屬吏近聞諸司所
舉皆有情故賄賂卿宜並自揀擇臣以闇劣謬當大任祗稟成
命所宜必行恭惟　聖規又合無隱夫理道之急在於得人而知
人之難聖哲所病聽其言則未保其行求其行則或遺其才校
勞考則巧僞繁興而貞方之人罕進循聲華則趨競彌長而沉
退之士莫勝自非素與交親備詳本末探其志行閱其器能然
後守道藏用者可得而知沽名飾貌者不容其僞是以前代有
鄉里舉選之法長吏辟署之制昔周以伯冏爲太僕命之曰慎
柬乃寮罔以巧言令色便僻側媚其惟吉士是則古之王朝但
命其大官而大官得自柬寮屬之明驗也漢朝務求多士其選
不唯公府辟召又有父任兄任皆得爲郎是則古之郎官皆以
任舉充選此其明驗也魏晉已後採擇庶官多由選部唯高位

重職乃由宰相考庶官之有成効者請而命焉國朝之制庶官五品以上制勑命之六品以下則並旨授制勑所命者蓋宰相商議奏可而除拜之也旨授者蓋吏部銓材署職然後上言詔旨但畫聞以從之而不可否者也開元中吏部注擬選人奏置循資格限自起居遺補及御史等官猶並列於選曹未聞常參之官悉委宰臣選擇此又近事之明驗也其後舊典失序倖臣專朝捨僉議而重已權廢公舉而行私惠是用周行庶品苟不出時宰之意者則莫致焉近者每須任使常苦乏人臨事選求動淹旬朔欲令庶績咸熙固亦難矣臣猥蒙任使待罪宰相自揣庸虛終難上報唯廣求才之路使賢者各以彙征啓至公之門令職司皆得自達臣當謹守法度考課百官奉揚聰明信賞必罰庶乎人無滯用朝不乏才爰初受命即以上陳求賢審官粗立綱制凡是百司之長兼副貳等官及兩省供奉之職并因

察舉勞效須加獎任者並宰臣叙擬以聞其餘臺省屬僚請委長官選擇指陳才實以狀上聞一經薦揚終身保任各於除書之內具標舉授之由示衆以公明章得失得賢則進考增秩失實則奪俸贖金亟得則褒升亟失則黜免非止搜揚下位亦可閱試大官前志所謂達觀其所舉即此義也自蒙允許即以宣行南宮舉人纔至十數或非臺省舊吏則是使府佐僚累經薦延多歷事任議其資望既不愧於班行考其行能又未聞於闕敗而議者遽以騰口上煩聖聽陛下勤求理道務徇物情因爲舉薦非宜復委宰臣揀擇其爲崇任輔弼博采輿詞可謂聖德之盛者然於委任責成之道聽言考實之方猶恐有闕所謂委任責成者將立其事先擇其人既得其人愼謀其始既謀其始詳慮其終有疑則勿果於用既用則不復有疑待終其謀乃考其事事愆于素者革其弊而黜其人事協于初者賞其人而成其

美夫如是則苟無其才孰敢當任苟當其任必得竭才此古之聖王委任責成無爲而理之道也所謂聽言考實虛受廣約弘接下之規明目達聰廣濟人之道欲知事之得失不可不聽之於言欲辯言之眞虛不可不考之於實言事之得者勿即謂是必原其所得之由言事之失者勿即謂非必窮其所失之理稱人之善者必詳徵行善之迹論人之惡者必明辯爲惡之端凡聽其言皆考其實既得其實又察以情既盡其情復稽於衆衆議情實必參相得然後信其說獎其誠如或矯誣亦寘明罰夫如是則言者不壅聽者不勞無浮妄亂教之談無陰邪傷善之說無輕信見欺之失無譖潤不辯之冤此古之聖王聽言考實不出戶而知天下之方也陛下既納臣言而用之旋聞橫議而止之於臣謀不責成於橫議不考實此乃謀失者得以辭其罪議曲者得以肆其誣率是以行觸類而長固無必定之計亦無

必實之言計不定則理道難成言不實則小人得志國家所病
[redacted]必由之聖旨以謂外議云諸司所舉皆有情故賄賂者臣請
陛下當使所言之人詳陳所犯之狀某人受賄某舉有情陛下
然後以事質於臣臣復以事質於舉主若使首伏則據罪抵刑
如或有詞則付法閱實謬舉者必行其罰誣善者亦反其辜自
然憲典克明邪慝不作懲一沮百理之善經何必貸其姦贓不
加辯詰私其公議不出主名使無辜見疑有罪獲縱枉直同貫
人何賴焉聖旨又以官長舉人法非穩便令臣並自揀擇伏以
宰輔常制不過數人人之所知固有限極必不能徧諳多士備
閱群才若令悉命群官理須展轉詢訪是則變公舉爲私薦易
明敭以暗投儻如議者之言所舉多有情故舉於君上且未絕
私薦於宰臣安肯無詐所以承前命官罕有不涉私謗雖則秉
鈞不一或自行情亦由私訪所親轉爲所賣今又將狥浮言專

任宰臣除吏宰臣不徧諳識踵前須訪於人君訪於親朋則是悔其覆車不易前轍之失也君訪於朝列則是求其私薦必不如公舉之愈也不如委任長官慎柬寮屬所柬既少所求亦精得賢有鑒識之名失實當闇謬之責人之常性莫[redacted]愛孰肯徇私妄舉以傷名取責所謂臺省長官即僕射尚書左右丞侍郎御史大夫中丞是也陛下比擇輔相多亦不出其中今之宰相則往日臺省長官也今之臺省長官乃將來之宰臣也豈有爲長官之時則不能舉一二屬吏居宰臣之位則可擇千百具寮是以人主擇輔臣輔臣擇庶長庶長擇佐僚所任愈崇故所擇愈少所試漸下故所舉漸輕是故選自卑遠始升於朝者各委長吏任舉之則下無遺賢矣寘于周行既任以事者於是宰臣序進之則朝無曠職矣才德兼茂歷試不渝者然後人主倚任之則海内無遺士矣陛下誕膺寶曆思致理平雖好賢之心

有踰前哲而得人之盛未逮往時蓋由鑒賞獨任於聖聰搜擇頗難於公舉但速登延之路罕施練覈之方遂使先進者漸益凋訛後來者不相接續施一令則謗沮互起用一人則瘡痏立成此乃失於選才太精制法不一之患也人之才行自昔罕全苟有所長必有所短若録長補短則天下無不用之人責短捨長則天下無不弃之士陛下慎選宰臣必以爲重於庶品精擇長吏必以爲愈於末流及至宰臣獻規長吏薦士陛下則但納横議不稽始謀是乃任以重者輕其言待以輕者重其事且又不辯所毁之虚實不校所議之短長人之多言何所不至是將使人無所措其手足豈獨選任之道失其端而已乎臣之切言固非爲己所惜者致理之道所感者見遇之恩輒因陳謝

論災異　宋劉敞

臣伏以聖王所畏者莫如天前古賢聖之君莫不循此而天祐

之竊見朝廷每有吉應嘉瑞則公卿稱賀至於災異非常可怪之事則寂然莫有言者雖歸美將順臣子之常而於儆戒吁俞理似未盡陛下復不自延問以求天意恐非所謂小心翼翼昭事上帝聿懷多福者也臣愚以謂五經災異之說最深最切設四方所上奇物怪變妖孽沴疾宜使儒學之臣據經義傳時事以言若其言是可以當天意若其言非足以廣聖聰如近日雨雪驟寒人有凍死者此亦災變之一端矣惟聰明睿智憂深思遠順時防微不可不慮也臣忝近列切觀前世商高宗周成王畏天威享福祚之盛誠願陛下留意於此臣不勝區區

上真宗論天書　孫奭

臣竊見朱能者姦憸小人妄言祥瑞而陛下崇信之屈至尊以迎拜歸祕殿以奉安上自朝廷下及閭巷靡不痛心疾首反脣腹非而無敢言者昔漢文成將軍以帛書飯牛陽言牛腹中有

奇書殺視得之天子識其手迹又有五利將軍妄言方多不讎二人皆坐誅死先帝時有侯莫陳利用者以方術暴得寵用一旦發其姦誅於鄭州漢武可謂雄材先帝可謂英斷唐明皇得靈寶符上清護國經券等皆王鉷田同秀等所爲明皇不能顯戮休於邪說自謂德實動天神必福我而安史亂離乘輿播越兩都盪覆四海沸騰明皇雖僅得歸闕復爲李輔國劫遷卒以餒終夫以明皇之英睿而禍患猥至曾不知在位既久驕亢成性謂人莫已若謂諫不足聽心玩居常之安耳熟導諛之說內惑寵嬖外任姦回曲奉鬼神過崇妖妄今日見老君於閣上明日見老君於山中大臣尸祿以將迎端士畏威而緘默既惑左道即紊政經民心用離變起倉卒當是之時老君寧肯禦寇竇符安能排難耶今朱能所爲或類於此願陛下思漢武之雄材法先帝之英斷鑒明皇之召禍庶幾災害不生禍亂不作

上仁宗請斷祅巫 知洪州日上 夏竦

按宋史洪俗尚鬼竦斥巫覡千餘家歸農毁其淫祠以聞詔江浙以南悉禁絶之盖其一事之善不可揜也

臣聞左道亂俗祅言惑衆在昔之法皆殺無赦盖以姦臣逆節狂賊末規多假鬼神搖動耳目漢之張角晋之孫恩偶失防閑遂至屯聚國家宜有嚴制以肅多方切以當州東引七閩南控百粤編氓右鬼舊俗信巫在漢欒巴甞翦理爰從近歲傳習滋多假託禨祥愚弄黎庶勦絶性命規取貨財皆於所居塑畫魑魅陳列幡幟鳴擊鼓角謂之神壇嬰孺襁褓已令寄育字曰壇留壇保之類及其稍長則傳習祅法驅爲童隸民之有病則門施符籙禁絶往還斥遠至親屏去便物家人營藥則曰神不許服病者欲飯則云神未聽飡率令疫人死於飢渴洎至亡者服用又言餘祟所憑人不敢留規以自入若幸而獲免家之所

資假神而言無求不可其間有孤子單族首面幼妻或絕戶以圖財或害夫而納婦浸淫既久習熟爲常民被非辜了不爲怪奉之愈謹信之益深從其言甚於典章畏其威重於官吏奇神異像圖繪歲增邪籙袄符傳寫日夥小則雞豚致祀歛以還家大則歌舞聚人餕其餘胙婚葬出處動必求師劫盜鬭爭行須作水蠱耗衣食眩惑里閭設欲扇搖不難連結在於典憲具有章條其如法未勝姦藥弗瘳疾宜須峻典以革袄風當州師巫一千九百餘戶臣已勸改業歸農及攻習鍼灸方脉所有首納袄妄神像符籙神衫神杖魂巾魂帽鍾角刀笏沙羅等一萬一千餘事已令焚毀及納官訖伏乞朝廷嚴賜條約所冀屏除冞害保育群生杜漸防萌少裨萬一

論日曆　歐陽脩

臣伏以史者國家之典法也自君臣善惡功過與其百事之廢

置可以垂勸戒示後世者皆得直書無隱故自前世有國者莫不以史職爲重伏見國朝之史以宰相監脩學士脩譔又以兩府之臣撰時政記選三舘之士當陞擢者乃命修起居注如此不爲不重矣近年以來員具而職廢其所譔述簡略遺漏百不存一至於事關大體者皆没而不書此實史官之罪而臣之責也然其弊在於修譔之官惟據諸司供報而不敢書所見聞故也今時政記雖是兩府臣僚修纂然聖君言動有所宣諭臣下奏議事關得失者皆不紀録惟書除目辭見之類至於起居注亦然與諸司供報公文無異修撰官只據此銓次繫以日月謂之日曆而已是以朝廷之事史官雖欲書而不得書也自古人君皆不自閲史今撰述既成必録本進呈則事有諱避史官雖欲書而又不敢書也加以日曆時政記起居注例皆承前積滯相因故纂録者常務追修纍年前事而歲月既遠遺失莫存至

於事在目今可以詳於見聞者又以追修積滯不暇及之若不革其弊則前後相因史官永無舉職之時使聖朝典法遂成於廢墜矣臣竊聞趙元昊自初僭叛至復稱臣始終一宗事節皆不曾書亦聞修撰官甚欲紀述以修譔後時追求莫得故也其於他事又可知焉臣今欲乞特詔修時政記起居注之臣並以德音宣諭臣下奏對之語書之其脩撰官不得依前只據諸司供報編次除目辭見並須考驗事實其除某官者以某功如狄青等破儂智高文彥博等破王則之類其貶某職坐某罪如昨來麟州守將及并州龐籍緣白草平事近日孫沔所坐之類事有文據及迹狀明白者皆備書之所以使聖朝賞罰之典可以勸善懲惡昭示後世若大臣用情朝廷賞罰不當者亦得以書爲警戒此國家置史之本意也至於其他大事並許史院據所聞見書之如聞見未詳者直牒諸處會問及臣僚奏議異同朝

廷裁置處分並書之已上事節並令修撰官逐時旋據所得録爲草卷標題月分於史院躬親入櫃封鎖候諸司供報齊足脩爲日曆仍乞每至歲終命監修宰相親至史院點檢修撰官紀録事迹内有不勤其事隳官失職者奏行責罰其時政記起居注曆日等除今日以前積滯者不追修外截自今後並令次月供報如稍違滯許修撰官自至中書樞密院催請其諸司供報拖延及史院有所會問諸處不畫時報應致妨修纂者當行手分並許史院牒開封府勾追嚴斷其曆日時政記起居注並乞更不進本所貴少修史職上存聖朝典法此臣之職不敢不言

論杜韓范富

臣聞士不忘身不爲忠言不逆耳不爲諫故臣不避群邪切齒之禍敢冒一人難犯之顔惟賴聖慈幸加省察臣伏見杜衍韓琦范仲淹富弼等皆是陛下素所委任之臣一旦相繼而罷天

下之士皆素知其可用之賢而不聞其可罷之罪臣職雖在外事不審知然臣竊見自古小人讒害忠賢其識不遠欲廣陷良善則不過指爲朋黨欲摇動大臣則必須誣以專權其故何也夫去一善人而衆善人尚在則未爲小人之利欲盡去之則善人少過難爲一一求瑕惟指以爲朋黨則可一時盡逐至如大臣已被知遇始蒙信任者則不可以他事動摇惟有專權是人主之惡故須此說方可傾之臣料杜衍等四人各無大過而一時盡逐富弼與仲淹委任尤深而忽遭離間必有朋黨專權之說上惑聖聰臣請詳言之昔年仲淹初以忠言讜論聞於中外天下賢士爭相稱慕當時姦邪誣作朋黨猶難辯明自近日陛下擢此數人並在兩府察其臨事可以辯也盖杜衍爲人清慎而謹守規矩仲淹則恢廓自信而不疑韓琦則純正而質直富弼則明敏而果鋭四人爲性既各不同雖皆歸於盡忠而其所

見則各異故於議事多不相從至如杜衍欲深罪滕宗諒仲淹力爭而寬之仲淹謂契丹必攻河東請急脩邊備富弼料九事力言契丹必不來至如尹洙亦號仲淹之黨及爭水洛城事韓琦則是尹洙而非劉滬仲淹則是劉滬而非尹洙此數事尤彰著陛下素已知者此四人者可謂公正之賢也平日閒居則相稱美之不暇爲國議事則公言廷爭而無私以此而言臣見杜衍等眞得漢史所謂忠臣有不和之節而小人讒爲朋黨可謂誣矣臣聞有國之權誠非臣下之得專也臣竊思仲淹等自入兩府已來不見其專權之迹而但見其善避權也夫權得名位則可行故行權之臣必貪名位自陛下召琦與仲淹於陝西琦等讓至五六陛下亦五六召之至如富弼三命學士兩命樞密副使每一命未曾不懇讓懇讓之意愈切而陛下用之愈堅此天下之人所共知臣但見避讓太繁不見其專權貪位也及

陛下堅不許辭方敢受命然猶未敢別有所爲陛下見其作事如此乃開天章召而賜坐授以紙筆使其條事然衆人避讓不敢下筆弼等亦不敢獨有所述因此又煩聖慈出手詔指定姓名專責其條列大事而行之弼等遲回近及一月方敢略條數事仲淹老練世事必知凡百難猛更張故其所陳志在遠大而多若迂緩但欲漸而行之以久冀皆有效弼性雖鋭然亦不敢自出意見但舉祖宗故事請陛下擇而行之自古君臣相得一言道合遇事而行更無推避臣方怪弼等蒙陛下如此堅意委任督責丁寧而猶遲緩自疑作事不果然小人巧譛而曰專權者豈不誣哉至如兩路宣撫國朝累遣大臣兄自中國之威近年不振故元昊叛逆一方而勞困及於天下北虜乘釁違盟而動其書辭侮慢至有責祖宗之言陛下憤耻雖深但以邊防無備未可與爭屈志買和莫大之辱弼等見中國累年侵陵之患

感陛下不次進用之恩故各自請行力思雪耻銘山傍海不憚勤勞欲使武備再修國威復振臣見弼等用心本欲尊陛下威權以禦四夷未見其侵權而作過也伏惟陛下睿哲聰明有知人之聖臣下能言洞達不遺故於千官百辟之中親選得此數人驟加擢用夫正士在朝群邪所忌謀臣不用敵國之福也今此數人一旦罷去而使群邪相賀于内四夷相賀于外此臣所以爲陛下惜也伏惟陛下聖德仁慈保全忠善退去之際恩禮各優今仲淹四路之任亦不輕矣陛下拒絶群謗委信不疑使盡其所爲猶有裨補方今西北二虜交爭未已正是天與陛下經營之時而弼與琦豈可置之閑處伏望早辯讒巧特加圖任不勝幸甚臣自前歲召入諫院十月之内七受聖恩致身兩制常思榮寵至深未知報效之所群邪爭進讒巧而正士繼去朝廷乃臣忘身報國之時豈有緘言避罪敢竭愚瞽惟陛下擇之

進五規

司馬光

右臣幸得備位諫官竊以國家之事言其大者遠者則汪洋濩落而無目前朝夕之益陷於迂闊言其小者近者則叢脞委瑣徒足以煩瀆聖聽失於苛細夙夜惶惑口與心謀涉歷累旬乃敢自決與其受苛日之責不若取迂闊之譏伏以祖宗開業之艱難國家致治之光美難得而易失不可以不謹故作保業隆平之基因而安之者易爲功頹壞之勢從而救之者難爲力故作惜時道前定則不窮事前定則不困人無遠慮必有近憂故作遠謀燎原之火生於熒熒懷山之水漏於涓涓故作重微象龍不足以致雨畫餅不足以療飢華而不實無益於治故作務實合而言之謂之五規此皆守邦之要道當世之切務蕘陋任瞽觸冒忌諱伏望陛下萬機之餘游豫之間垂精留神特賜省覽萬一有取裁而行之則臣生於天地之間不與草木同朽矣

保業

天下重器也得之至艱守之至難王者始受天命天下之人皆我比肩也相與角智力而爭之智竭不能抗力屈不能支然後稽顙而爲臣當是之時有智力相偶者則爲二相參者則爲三愈多則愈分自非智力首出於世則天下莫得而一也斯不得之至艱乎及夫繼體之君群雄已服衆心已定上下之分明疆弱之勢殊則中人之性皆以爲子孫萬世如泰山不可揺也於是驕惰之心生驕者玩兵黷武窮泰極侈神怒不恤民怨不知一旦渙然四方靡潰秦隋之季是也惰者沉酒酣色貪淫縱樂崇信姦回誅遠忠正馴致姦臣竊命鼎命遂移漢唐之末是也禍亂相尋干戈日起至于五代生民之類不盡者無幾矣太祖皇帝受命上帝起而拯之躬擐甲冑櫛風沐雨東征西伐掃除海内當是之時食不暇飽寢不遑安以爲子孫建太平之基大

勳未集太宗皇帝嗣而成之凡二百二十有五年然後大禹之迹復混爲一黎民遺種始有息肩由是觀之上下一千七百餘年天下一統者五百餘年其間時時小有禍亂不可悉數國家自平河東以來八十餘年内外無事然則三代以來治平之世未有若今之盛也今民有十金之産猶以爲先人所營苦身勞志謹而守之不敢失墜况承祖宗盛美之業奄有四海傳祚萬世可不重哉可不審哉夏書曰予臨兆民懍乎若朽索之馭六馬周書曰心之憂危若蹈虎尾涉於春冰臣願陛下夙興夜寐兢兢業業思祖宗之勤勞致王業之不易援古以鑒今知太平之世難得而易失則天下生民至於鳥獸草木無不幸甚

惜時

夏至陽之極也而一陰生冬至陰之極也而一陽生故盛衰之相乘治亂之相生天地之常經自然之數也其在周易泰極則

否否極則泰孔子曰日中則昃月盈則食天地盈虛與時消息況於人乎況於鬼神乎是以聖人當國家隆盛之時戒懼彌甚故能保其令問永久無疆也凡守太平之業其術無他如守巨室而已今人有巨室於此將以傳之子孫爲無窮之規則必實其堂基壯其柱石彊其棟梁厚其茨蓋高其垣墉嚴其關鍵既成又擇子孫之良者使謹守之日省而視欹者扶之弊者補之如是則雖亘千萬年無頽壞也夫民者國之堂基也禮法者柱石也公卿者棟梁也百吏者茨蓋也將帥者垣墉也甲兵者關鍵也是六者不可不朝念而夕思也夫繼體之君謹守祖宗之成法苟不隳之以逸欲敗之以讒諂則世世相承無有窮期及夫逸欲以隳之讒諂以敗之神怒於上民怨於下一旦渙然而去之則雖有仁智恭儉之君焦心勞力猶不能救陵夷之運遂至於顛沛而不振嗚呼可不鑒哉今國家以此承平之時立綱

布紀定萬世之基使如南山之不朽江河之不竭可以指顧而成耳失今不爲已迺頓足扼腕而恨之將何益矣詩云我日斯邁而月斯征夙興夜寐無忝爾所生時乎時乎難得而易失也

遠謀

易曰君子以思患而豫防之書曰遠乃猷詩曰猷之未遠是用大諫昔聖人之教民也使之方暑則備寒方寒則備暑七月之詩是也今夫市井稗販之人猶知旱則資舟水則資車夏則儲裘褐冬則儲絺綌彼偷安苟生之徒朝醉飽而暮飢寒者雖與之俱爲編戶貧富必不侔矣況於天下國家者豈可不制治於未亂保安於未危乎詩云迨天之未陰雨徹彼桑土綢繆牖戶今汝下民或敢侮予孔子曰爲此詩者其知道乎能治其國家誰敢侮之迨天之未陰雨者國家閒暇無有災害之時也徹彼桑土者求賢於隱微也綢繆牖戶者脩教其政治也夫桑土者

鴟鴞所以固其室也賢儁者明主所以固其國也國既固矣雖有侮之者庸何傷哉臣竊見國家每邊境有急或一方饑饉則廟堂之上焦心勞思忘寢廢食未嘗不以將帥之不選士卒之不練牧守之不良倉廩之不實追責前人以其備禦之無素也幸而烽燧息五穀登則明主舉萬壽之觴於上群公百官歌太平縱娛樂於下晏然自以爲長無可憂之事矣嗚呼使自今日以往四夷不復犯邊水旱不復爲災則可矣若猶未也則夫幸安可數恃哉陛下何不試以閒暇之時思之不幸邊鄙有警饑饉荐臻則將帥可任者爲誰牧守可倚者爲誰雖在千里之外使之常如目前至如甲兵之利鈍金穀之盈虛皆不可不前知而豫謀也若待事至而後求之則已晚矣夫四夷水旱事之細者也抑又有大於是者陛下亦嘗留少頃之慮乎詩云維彼聖人瞻言百里維此愚人覆狂以喜此言遠謀之難知近言之易

行也夫謀遠則似迂似迂則人皆忽之其爲害至慘也而無切身之急爲利至大也而無旦夕之驗則愚者抵掌謂之迂也宜矣國家之制百官莫得久於其位求其功也速責其過也備是故或養交飾譽以待遷或容身免過以待去上自公卿下及斗食自非憂公忘私之人大抵多懷苟且之計莫肯爲十年之規況萬世之慮乎自非陛下惕然遠覽勤而思之日復一日長此不已豈國家之利哉此臣日夜所以痛心泣血而憂也昔賈誼當漢文帝之時以爲天下方病大瘇又苦跋盭又類辟且病痱陛下視方今國家安固公私富實百姓樂業孰與漢文然則天下之病無乃更甚乎夫今之治必爲痼疾陛下雖欲治之將無及已治之之術非有他也在察其病之緩急擇其藥之良苦隨而攻之勿責目前之近功期於萬世治安而已矣

重微

虞書曰兢兢業業一日二日萬幾何謂萬幾幾之爲言微也言當戒懼萬事之微也夫水之微也捧土可塞及其盛也漂木石没丘陵火之微也勺水可滅及其盛也焦都邑燔山林故治之於微則用力寡而功多治之於盛則用力多而功寡是故聖帝明王皆銷惡於未萌弭禍於未形天下陰被其澤而莫知所以然也周易坤之初六於律爲林鍾於曆爲建未之月陽氣方盛而陰氣已萌聖人謹之曰履霜堅氷至言爲人君者當絶惡於未形杜禍於未成也繫辭曰知幾其神乎謂此道也孔子謂哀公曰昧爽夙興正其衣冠平旦視朝慮其危難一物失理亂亡之端君以此思憂則憂可知矣太宗命昭宣使王繼恩討蜀平之宰相請除繼恩宣徽使太宗不許曰宣徽使位亞兩府若使繼恩爲之是宦官執政之漸也宰相固請以繼恩功大太宗怒切責宰相特置宣政以授之眞宗欲與章穆王后及後宮遊内

庫后辭曰婦人之性見珍寶財貨不能無求夫府庫者國家所以養六軍備非常也今耗之於婦人非所以重社稷也眞宗遂止由是觀之先帝以睿明卓越防微杜漸如此之深可不念哉昔扁鵲見齊桓侯曰君有疾在腠理不治將深桓侯不悅曰醫之好利也欲以不疾者爲功及在血脉在腸胃桓侯皆不信及在骨髓扁鵲望之遂逃去徐福言霍氏太盛宜以時抑制漢宣帝不從及霍氏誅人爲之訟其功以爲曲突徙薪無恩澤焦頭爛額爲上客故未然之言常見弃忽及其已然又無所及夫宴安怠墮肇荒淫之基奇巧珍玩發奢泰之端甘言卑辭啓僥倖之塗附耳屏語開讒賊之門不惜名器導僭逼之源假借威福授陵奪之柄凡此六者其初甚微朝夕狎玩未嘗甚害日滋月益遂至深固比知而革之則用力百倍矣伏惟陛下思萬機之至重覽大易之明戒誦孔子之格言繼先帝之聖志使扁鵲得

早從事毋使徐福有曲突之歎修之於廟堂而德冐四海治之於今日而福流萬世優游逍遥光烈顯大豈不美哉

務實

周書曰若作梓材既勤樸斲惟其塗丹雘此言爲國家者必先實而後文也夫安國家利百姓仁之實也保基緒傳子孫孝之實也辯貴賤立綱紀禮之實也和上下親遠邇樂之實也決是非明好惡政之實也詰姦邪禁暴亂刑之實也察言行試政事求賢之實也量材能課功狀審官之實也詢安危訪治亂納諫之實也選勇果習戰鬪治兵之實也實之不存雖文之盛無益也臣竊見方今遠方窮民轉死溝壑而屢赦有罪循門散錢其於仁也不亦遠乎本根不固有識寒心而道宮佛廟修廣御容其於孝也不亦遠乎統紀不明祭器紊亂而雕續文物脩飾容貌其於禮也不亦遠乎群心乖戾元元愁苦而斷竹數黍敲

叩古器其於樂也不亦遠乎是非錯繆賢不肖渾殽而鈎校薄書訪尋比例其於政也不亦遠乎姦暴不誅寃詰不理而拘泥微文糾擿細過其於刑也不亦遠乎行能之士沉淪草野而考校文辭指抉聲病其於求賢不亦遠乎材任相違職業廢弛而勘檢出身比類資序其於審官不亦遠乎久大之謀弃而不省淺近之言應時施行其於納諫不亦遠乎將帥不良士卒不精而廣聚虛數徒取外觀其於治兵不亦遠乎凡此十者皆文具而實亡本失而末在譬猶膠版爲舟搏土爲檝敗布爲帆朽索爲維畫以丹青衣以文繡使偶人駕之而履其上以之居平陸則煥然可觀若以之涉江河犯風濤豈不危哉伏望陛下撥去浮文悉敦本實選任良吏以子惠庶民深謀遠慮以安保宗廟張布綱紀使下無覦心和厚風俗使人無離怨別白是非使萬事得正誅鋤姦惡使威令必行取有益罷無用使野無遺賢進

有功退不職使朝無曠官察讜言考得失使謀無不盡擇智將練勇士使征無不服如是則國家安若泰山又何必以文采之飾歌頌之聲眩曜愚俗之耳目哉

上神宗論本朝百年無事　　王安石

臣前蒙陛下問及本朝所以享國百年天下無事之故臣以淺陋誤承聖問迫於日晷不敢久留語不及悉遂辭而退竊惟念聖問及此天下之福而臣遂無一言之獻非近臣所以事君之義故敢冒昧而粗有所陳伏惟太祖躬上智獨見之明而周知人物之情僞指揮付託必盡其材變置施設必當其務故能駕馭將師訓齊士卒外以扞夷狄內以平中國於是除苛賦止虐刑廢強橫之藩鎮誅貪殘之官吏躬以簡儉爲天下先其於出政發令之間一以安利元元爲事太宗承之以聰武眞宗守之以謙仁以至仁宗英宗無有逸德此所以享國百年而天下無

事也仁宗在位歷年至久臣於時實備從官施爲本末臣所親見嘗試爲陛下陳其一二而陛下詳擇其可亦足以申鑒於方今伏惟仁宗之爲君也仰畏天俯畏人寬仁恭儉出於自然而忠恕誠慤終始如一未嘗妄興一役未嘗妄殺一人斷獄務在生之而特惡吏之殘擾寧屈已棄財於夷狄而終不忍加兵刑平而公賞重而信納用諫官御史公聽並觀而不蔽於偏至之讒因任衆人耳目拔舉疏遠而隨之以相坐之法蓋監司之吏以至州縣無敢暴虐殘酷擅有調發以傷百姓自夏人順服蠻夷遂無大變邊人父子夫婦得免於兵死而中國之人安逸蕃盛以至今日者此未嘗妄殺一人斷獄務在生之而特惡吏之殘擾寧屈已棄財於夷狄而不加兵之效也大臣貴戚左右近習莫敢強横犯法其自重慎或甚於閭巷之人此刑平而公之效也募天下驍雄横猾以爲兵幾至百萬非有良將以御之而

謀變者輒敗聚天下財物雖有文籍委[redacted]府吏非有能吏以鉤考而欺盜者輒發凶年饑歲流者塡道死者相枕而冠攘者輒得此賞重而信之效也大臣貴戚左右近習莫能大擅威福廣私貨賂一有姦慝隨輒上聞貪邪橫猾雖間或見用未嘗得久此納用諫官御史公聽並觀而不蔽於偏至之讒之效也自縣令京官以至監司臺閣陞擢之任雖不皆得人然一時之所謂才士亦罕蔽塞而不見收舉者此因任衆人之耳目拔舉踈遠而隨之以相坐之法之效也升遐之日天下號慟如喪考妣此寬仁恭儉出於自然忠恕誠慤終始如一之效也然本朝累世因循末俗之敝而無親友群臣之義人君朝夕與處不過宦官女子出而視事又不過有司之細故未嘗如古大有爲之君與士大夫討論先王之法以措之天下也一切因任自然之理勢而精神之運有所不加名實之間有所不察君子非不見貴然

小人亦得厠其間正論非不見容然邪説亦有時而用以詩賦記誦求天下之士而無學校養成之法以科名資歷叙朝廷之位而無官司課試之方監司無檢察之人守將非選擇之吏轉徙之亟既難於考績而游談之衆因得以亂真交私養望者多得顯官獨立營職者或見排沮故上下偷惰取容而已雖有能者在職亦無以異於庸人農民壞於繇役而未嘗特見救恤又不爲之設官以修其水土之利兵士雜於疲老而未嘗申敕訓練又不爲之擇將而久其疆埸之權宿衛則聚卒伍無賴之人而未有以變五代姑息羈縻之俗宗室則無教訓選舉之實而未有以合先王親疏隆殺之宜其於理財大抵無法故雖儉約而民不富雖憂勤而國不强賴非夷狄昌熾之時又無堯湯水旱之變故天下無事過於百年雖曰人事亦天助也蓋累聖相繼仰畏天俯畏人寬仁恭儉　忠恕誠慤此其所以獲天助也伏

惟陛下躬上聖之質承無窮之緒知天助之不可常恃知人事之不可怠終則大有爲之時正在今日臣不敢輙廢將明之義而苟逃諱忌之誅伏惟陛下幸赦而留神則天下之福也

論治道二　蘇軾

道德

人君以至誠爲道以至仁爲德守此二言終身不易堯舜之主也至誠之外更行他道皆爲非道至仁之外更作他德皆爲非德何謂至誠上自大臣下至小民内自親戚外至四夷皆推赤心以待之不可以絲毫僞也如此則四海之内親之如父子信之如心腹未有父子相圖心腹相欺者如此而天下之不治未之有也絲毫之僞一萌於心如人有病先見於脉如人飲酒先見於色聲色動於幾微之間而猜阻行於千里之外疆者爲敵弱者爲怨四海之内如盜賊之憎主人鳥獸之畏弋獵則人主

書曰臨下以簡御衆以寬此百世不易之道也昔漢高祖去秦苛暴約法三章蕭何定律九篇而已至於文景刑措不用歷魏而晉條目滋章斷罪所用至二萬六千三百七十二條而姦益不勝民無措手足唐及五代止用律令國初加以注疏情文備矣今編敕續降動若牛毛人之耳目所不能周思慮所不能照而法病矣臣愚謂當熟議而少寬之人主前旒蔽明黈纊塞聰耳目所及尚不敢盡而況察人於耳目之外乎今御史六察專務鉤考簿書擿發細微自三公九卿救過不暇夫詳於小必略於大其文密者其實必疎故近歲以來水旱盜賊四民流亡邉鄙不寧皆不以責宰相而尚書諸曹文牘繁重窮日之力書紙尾不暇此皆苛察之道也不可以不變易曰理財正辭禁民爲非曰義先王之理財也必繼之以正辭其辭正則其取之也義三代之君食租衣稅而已是以辭正而民服自漢以來鹽鐵酒

茗之禁稱貸榷易之利皆心知其非而冒行之故辭曲而民爲盜今欲嚴刑妄賞以去盜不若捐利以予民衣食足而盜賊自止夫興利以聚財者人臣之利也非社稷之福省費以養財者社稷之福也非人臣之利何以言之民者國之本而刑者民之賊興利以聚財必先煩刑以賊民國本揺矣而言利之臣先受其賞近歲宮室城池之役南蠻西夏之師車服器械之資略計其費不下五千萬緡求其所補卒亦安在若以此積糧則沿邊皆有九年之蓄西夷北邊望而不敢近矣趙充國有言湟中穀斛八錢吾謂糴三百萬斛羌人不敢動矣不待煩刑賊民而邊鄙以安然爲人臣之計則無功可賞故凡人臣欲興利而不欲省費者皆爲身謀非爲社稷計也人主不察乃以社稷之深憂而循人臣之私計豈不過甚矣哉

文章辨體卷之二十二

文章辨體卷之二十三

海虞後學吳訥編集

奏疏三

上神宗論君道　程顥

臣伏謂君道之大在乎稽古正學明善惡之歸辯忠邪之分曉然趨道之正然必君志先定則天下之治成矣所謂定志者一心誠意擇善固執之也夫義理不先盡則多聽而易惑志意不先定則守善而或移惟以聖人之訓爲必當從先王之治爲必可法不爲後世駁雜之政所牽制不爲流俗因循之論所遷惑自知極於明信道極於篤任賢勿貳去邪勿疑必期致世如三代之隆而後已也然天下之事患常生於忽微而志亦戒乎漸習故古之人君雖出入閒燕必有誦訓箴諫之臣左右前後無非正人所以成其德業伏願陛下禮命老成賢儒不必勞以職

事俾日親便座講道義以養聖德又擇天下賢俊使得倍侍法從朝夕開陳善道講磨治體以廣聞聽如是則聖智益明王猷允塞矣今四海靡靡日入偷薄末俗嘵嘵無復廉耻盖亦朝廷尊德樂道之風未孚篤誠忠厚之教尚鬱也惟陛下稽聖人之訓法先王之治一心誠意體乾剛健而力行之天下幸甚

論王霸

臣伏謂得天理之正極人倫之至者堯舜之道也用其私心依仁義之偏者霸者之事也王道如砥本乎人情出乎禮義若履大路而行無復回曲霸者崎嶇反側於曲徑之中而卒不可與入堯舜之道故誠心而王則王矣假之而霸則霸矣二者其道不同在審其初而已易所謂差若毫釐繆以千里者其初不可不審也故治天下者必先立其正志正志先立則邪説不能移異端不能惑而進於道莫之禦也苟以霸者之心而求王道之

成是銜石以爲王也故仲尼之徒無道桓文之事而曾西耻比管仲者義所不由也况下於霸者哉陛下躬堯舜之資處堯舜之位必以堯舜之心自任然後爲能充其道漢唐之君有可稱者論其人則非先王之學考其時則皆駁雜之政乃以一曲之見幸致小康其創法垂統非可繼於後世者皆不足爲也然欲行仁政而不素講其具使其道大明而後行則或出或入終莫有所至也夫事有大小有先後察其小忽其大先其所後後其所先皆不可以適治且志不可慢時不可失惟陛下稽先聖之言察人事之理知堯舜之道備於己反身而誠之推之以及四海擇同心一德之臣與之共成天下之務書所謂尹躬暨湯咸有一德又曰一哉王心言致一而後可以爲也古者三公不必備惟其人誠以謂不得其人而居之則不若闕之之愈也盖小人之事君子所不能同豈聖賢之事而庸人可參之哉欲爲聖

賢之事而使庸人參之則其命亂矣既任君子之謀而又入小人之議則聰明不專而志意惑矣今將救千古深錮之弊爲生民長久之計非夫極聰覽之明盡正邪之辯致一而不二其能勝之乎或謂人君舉動不可不慎易於更張則爲害大矣臣獨以爲不然所謂更張者顧理所當耳其動皆稽古質義而行則爲慎莫大焉豈若因循苟簡卒致敗亂者哉自古以來何嘗有師聖人之言法先王之治將大有爲而返成禍患者乎願陛下奮天錫之勇智體乾剛而獨斷霈然不疑則萬世幸甚

上哲宗十事　　呂公著

臣伏覩皇帝陛下紹復尊極臨朝穆穆有人君之度臣遠從外服召至左右竊思人君即位之初宜講求修德爲治之要以正其始然後日就月將學有緝熙于光明新而又新以至於大治是用罄竭愚誠考論聖道槩舉十事仰替聰明始於畏天終於

無逸皆復隨事解釋以便觀覽伏望陛下留神幸察如有可采即乞置之御座朝夕顧省庶於盛德少助萬一謹列如右

畏天

書曰皇天無親惟德是輔又曰惟上帝不常作善降之百祥作不善降之百殃蓋天雖高遠日監在下人君動息天必應之若脩己以德待人以誠謙遜靜慤慈孝忠厚則天必降福享國永年灾害不生禍亂不作若慢神虐民不畏天命則或遲或速殃咎必至禹湯文武以畏天而興桀紂幽厲以慢神而亡如影隨形罔有差忒然自兩漢以來言天道者多爲曲說以附會世事間有天地變異日月災眚時君方恐懼修省欲側身修行而左右之臣乃據經傳或指外事爲致災之由或陳虛文爲消變之術使主意怠於應天此不忠之甚者詩曰我其夙夜畏天之威于時保之然則有天下者固當飭己正事不敢戲豫使一言一

行皆合天心然後社稷民人可得而保也天人之際焉可忽哉

愛民

書曰撫我則后虐我則讐人君既即尊位爲民父母萬方百姓皆爲巳子父固不可以不愛子君固不可以不愛民若布德施恩從民所欲則民必欣戴欣戴不已則天降之福若取民之財不憂其困用民之力不恤其勞好戰不休煩刑以逞則民必怨叛怨叛不已則國從而危故曰民惟邦本本固邦寧自古人君臨朝聽政皆以赤子爲憂一旦用兵則不復以生靈爲念此盖獻策之臣設姦言以導上意以開邊拓境爲大功以暫勞永逸爲至計世主所以甘心而不悟也夫用兵不息少壯從軍旅老弱疲轉餉伏尸流血勝負得失猶未可知民勞則中國先敝夫何足以爲功兵興則朝廷多事亦不得而安逸故凡獻用兵之策者欲生事以希寵敗公而營私耳豈國家之利哉

脩身

天下之本在國國之本在家家之本在身夫欲家齊國治而天下化莫若修身修身之道以正心誠意爲本其心正則大小臣庶罔敢不正其意誠則天地神明皆可感動不誠則民不信不正則令不行況人君一言一動史臣必書君身有失德不唯民受其害載之史策將爲萬代譏笑故夙興夜寐以自修爲念以義制事以禮制心雖小善不可不行雖小惡不可不去然人君進德修業繫乎左右前後夫習與正人居不能無正猶生長於齊不能不齊言也習與不正人居不能無正正猶生長於楚不能不楚言也故曰僕臣正厥后克正僕臣諛厥后自聖

講學

王者繼祖宗之業居億兆之上禮樂征伐所自出四方萬里所視效智足以窮天下之理則讒邪不能惑德足以服天下之心

則政令無不行自非隆儒親學何以臻茲然天子之學與凡庶不同夫分文析字考治章句此世之儒者以希祿利取科級耳非人主所當學也人之所當學者觀古聖人之所用心論歷代帝王所以興亡治亂之迹求立政立事之要講愛民利物之術自然日就月將德及天下書曰王人求多聞時惟建事又曰念終始典于學厥德修罔覺故傳說之告高宗修德立事而已至漢晁錯以爲人主不可不學術數其意欲人主用機權巧譎以制群下景帝用之數年之間漢懼七國之禍錯受東市之誅蓋由所主者不出於誠信由是觀之擇術不可不審也

任賢

昔成王初涖政召康公作卷阿之詩以戒之備言求賢用吉士之道蓋爲治之要在乎任賢使能能者不必賢故可使賢者必有德故可尊小賢可任以長民大賢可與之謀國若夫言必顧

國家之治行足以服衆人之心夷險一節終始可任非大賢則不能也人君雖有好賢之心而賢猶或難進者蓋君子志在於道小人志在於利志在於道則不爲苟合志在於利則惟求苟得忠言正論多咈於上意佞辭邪説能媚於君心故君子常難進而小人常易入不可不察也自古雖無道之君莫不欲治而惡亂然而治日少而亂日多者蓋其所謂忠者不忠而所謂賢者不賢也書曰有言逆于汝心必求諸道有言遜于汝志必求諸非道人主誠存此心以觀臣下之情則賢不肖可得而知矣

納諫

書稱成湯之德曰從諫弗咈改過不吝湯聖君也不曰無過而曰改過者言能捨己從諫則不害其爲聖也及紂爲天子強足以拒諫智足以飾非紂非無才智也然身滅國亡而天下之惡皆歸之者言愎諫自用則才智適足爲害也前代帝王無不以

納諫而興拒諫而亡著在史冊一一可考蓋貴爲天子富有四海貴則驕心易生富則侈心易動一日萬機則不能無失固當開道而求諫和顏色而受之其言可用則用其言而顯其身言不可用則恕其罪以來諫者夫忠直好諫之臣初若逆耳可惡然其意在於愛君而憂國諂佞阿諛之士始若順意可喜然其情在於媚主而徼寵人君誠能察此則事無過舉身享美名故曰木從繩則正后從諫則聖

薄斂

古人有言曰百姓足君孰與不足百姓不足君孰與足人君恭儉節用取民有制則民力寬裕衣食滋殖自然樂輸租賦以給公上若暴征峻斂侵奪民利物力已屈驅以刑辟勢必流轉溝壑散爲盜賊爲人上者何利於此故善言治道者尤惡聚斂之臣曰與其有聚斂之臣寧有盜臣前代帝王或耽於聲色或盤

於遊畋或好治宮室或快心攻戰於是小人乘間爲之歛財以佐其横費世主不悟以爲有利於國而不知其終爲害也賞其納忠於君而不知其大不忠也嘉其以身當怨而不知其怨歸於上也昔鹿臺之財鉅橋之粟商紂聚之以喪國周武散之以得民由是觀之人主所當務者仁義而已何必曰利

省刑

夫臨下以簡御衆以寬百王不易之道也昔漢高祖去秦苛暴約法三章以順民心遂定王業孝文循之以清淨幾至刑措是則爲治之道莫要於省刑也況刑獄委之臣下故峻推鞫則權在獄吏廣偵伺則權在小人肆刑戮則權在彊臣通請謁則權在近習自古姦臣將欲誅鋤善人自專威柄必數起大獄以揺人心何則獄犴之間其情難知鍛練周緻一繫於獄吏及夫奏成獄具則雖有寃抑人主亦何從而察之哉然則欲姦雄不得

肆其威善良有以安其性莫若省刑而已自三代以還有天下者數十姓惟宋受命逮今一百二十有六年中原無事不見兵革稽其德政所以特異前世者直以誅戮之刑内不施於骨肉外不及於士大夫至於下民之罪一決於廷尉之平而上自天子下至有司不復措意輕重於其間故能以好生之德感召和氣而致無窮之福祖宗所以消惡運遏亂原者嗚呼遠哉雖甚盛德無以加矣

去奢

昔夏禹克勤于邦克儉于家而爲三王稱首漢文帝即位宮室苑囿車騎服御無所增益而幾至刑措然則節儉者固帝王之高致也夫以天子之尊富有天下凡四方百物所奉於上者蓋亦備矣然而享國之日寖久耳目之所寓者習以爲常入無法家拂士出無敵國外患則不期於侈而侈心自生佞諛之臣又

從而導之於是窮奢極侈無不爲已是以先王制法作奇伎淫巧以蕩上心者殺無赦夫竘天下百姓所以相生相養之具而以供人主無窮之欲致人主於喪德損壽之地而以邀已一時之榮雖誅戮而不赦固未足以當其罪也昔紂爲象箸而箕子諫夫以天子而用象箸未爲過侈也然箕子以爲象箸不已必金爲之金又不已必玉爲之故箕子之言所以防微而杜漸也至漢公孫弘相武帝以爲人主病不廣大人臣病不節儉當是時帝方外伐四夷內崇宮室爲千門萬戶由是天下戶口減半盜賊蠭起而弘猶病其不廣大何其不忠之甚哉故人主誠能不以箕子之言爲太過而察見公孫弘之言爲大佞則夏禹漢文之德不難及也

無逸

昔周公作無逸之篇以戒成王其略曰昔商王中宗治民祗懼

享國七十有五年其在高宗不敢荒寧享國五十有九年厥後立王生則逸不閔小人之勞惟躭樂之從自時厥後亦罔克壽或十年或七八年或五六年或四三年嗚呼非愛君之深其言何以至此又曰繼自今嗣王無淫于觀于逸于遊于田無若商王受之迷亂酗于酒德哉小人恐汝詈汝則皇自敬德亂罰無罪殺無辜怨有司是叢于厥身盖人君初務縱逸小人必怨而大臣必諫至乎淫刑亂法以杜言者之口然後流連忘反不聞其過而終至滅亡故曰無逸之書後王之元龜也唐明皇初即位宋璟爲相手寫無逸圖設于帝座明皇勤於政事遂致開元之治其後宋璟死所獻圖亦弊而撤去明皇遂怠於政覩見天寶之亂由是觀之靡不有初鮮克有終人君誠能慎終如始不敢逸豫則德有堯舜之名體有喬松之壽豈不美哉又臣聞孟子曰我非堯舜之道不敢以陳於王前今朝廷始初清明臣雖

學術淺陋惟是前代聖帝明王所以致治之迹可以爲法與夫暴君暗主所以召亂之道可以爲戒者乃敢告于左右古人有言曰舜何人也予何人也夙夜以思夫其不如舜者是亦舜而已矣惟陛下加意無忽則社稷幸甚天下幸甚

論十科取士　司馬光

臣聞爲政得人則治然人之才或長於此而短於彼雖皐夔稷契各守一官中人安可求備故孔門以四科取士漢室以數路得人若指瑕掩善則朝無可用之人苟隨器指任則世無可棄之士臣備位宰相職當選官而識短見狹士有恬退滯淹或孤寒遺逸豈能周知若專引知識則嫌於私若止循資序未必皆才莫若使有位達官各舉所知然後克叶至公野無遺賢矣欲乞朝廷設十科取士一曰行義純固可爲師表科有官無官人皆可舉二曰節操方正可備獻納科舉有官人三曰智勇過人

可備將帥科舉文武有官人四曰公正總明可備監司科舉知州以上資序人五曰經術精通可備講讀科有官無官人皆可舉六曰學問該博可備顧問科同經術舉人七曰文章典麗可備著述科同經術舉人八曰善聽獄訟盡公得實科舉有官人九曰善治財賦公私俱便科舉有官人十曰練習法令能斷請讞科舉有官人應職事官自尚書至給事中中書舍人諫議大夫寄祿官自開府儀同三司至太中大夫職自觀文殿大學士至待制每歲須於十科內舉三人仍具狀保任中書置籍記之異時須材按籍視其所舉科格隨事試之有勞又著之籍內外官闕取試有效者隨科授職仍著所舉姓名若任官無狀坐以繆舉則人人重慎所舉得才矣

論農事

范祖禹

臣近蒙賜告暫至許昌竊見畿内□苦雨澇詢之村民皆云鄉

村安靜公私少事無呼召煩擾唯是年歲未得豐熟不旱則水民常艱食夏麥既薄或全不收秋苗雖茂唯憂澇損臣竊惟陛下哀矜百姓賑恤鰥寡德澤所及可謂至厚然猶和氣未應陰陽隔并欲脩政事以應之願陛下推其心而已矣夫天道不遠在君心所以感之人君愛民則天亦愛人君愛民者在知其勞苦而恤其困窮天下之人至勞苦而常困窮者農民是也周公作無逸戒成王以先知稼穡之艱難又言商之逸王不知稼穡之艱難不聞小人之勞唯耽樂之從夫稼穡之艱難與小人之勞人君不可以不知天生時而地生財自一粒一縷以上皆出於民力然後人得而用人臣之祿受之於君故不可不報皆人君之奉取之於民故不可不愛民天子者合天下之力而共尊養之凡宮室車馬服食器用無非取於天下皆百姓之膏血也其作之也甚勞其成之也甚難安而享之不可不思其所從來

則愛之而有不忍費財之心憂之而有不忍勞民之心以此之心行此之政而天下不安者未之有也天下之大生民之衆雖繫於一人之心君心靜則天下靜君心不靜則天下亦不靜朝廷唯躬儉節用無所營爲常恐煩百姓則天下安息先王豈能人人而食之人人而衣之哉推其仁心修其仁政以及天下則所被者廣矣臣願陛下當食則思天下有飢而不得食者當衣則思天下有寒而不得衣者凡於每事莫不皆然唯推至誠以召和氣庶幾皇天報應降豐年之祥使百姓皆家給人足則太平矣昔漢昭帝耕於鉤盾弄田其事至微史臣書之盖以昭帝欲知稼穡之艱難與周公戒成王之意同也周世宗留心農事常刻木爲耕夫蚕婦置之殿庭欲見之而不忘國家祖宗以來尤重農穡太宗嘗謂近臣曰耕耘之夫最可矜閔春蚕既登併功紡績而繒帛不及其身田禾大稔充其腹者不過蔬糲若風

雨乖候稼穡不登將如之何真宗於內殿植稻麥臨觀種穫欲知田畝之勞至今遵之惟陛下深留意於農政而常以保惠小民爲先則天下幸甚

論士風

游酢

伏惟天下之患莫大於士大夫無耻士大夫至於無耻則見利而已不復知有他如入市而攫金不復見有人也始則衆笑之少則人惑之久則天下相率而效之莫知以爲非也士風之壞一至於此則錐刀之末將盡爭之雖殺人而謀其身可爲也迷國以成其私可爲也草竊姦宄奪攘矯虔何所不至而人君尚何所賴乎古人有言禮義廉耻謂之四維四維不張國非其有也今欲使士大夫人人自好而相高以名節則莫若朝廷之上唱清議於天下士有頑頓無耻一不容於清議者將不得齒於縉紳親戚以爲羞鄉黨以爲辱夫然故士之有志於清議者寧

饑餓不能出門戶而不敢以喪節寧阨窮終身不得聞達而不敢以敗名廉恥之俗成而忠義之風起矣人主何求而不得哉惟陛下留意

孝宗朝廷和奏劄一　朱熹

臣聞昔者帝舜以百姓不親五品不遜而使契爲司徒之官教以人倫父子有親君臣有義夫婦有别長幼有序朋友有信又慮其教之或不從也則命皐陶作士明刑以弼五教而期于無刑焉盖三剛五常天理民彝之大節而治道本根也故聖人之治爲之教以明之爲之刑以弼之雖其所施或先或後或緩或急而其丁寧深切之意未嘗不在乎此也乃若三代王者之制則亦有之曰凡聽五刑之訟必原父子之親君臣有義以權之盖必如此然後輕重之序可得而論淺深之量可得而測而所以悉其總明致其忠愛者亦始得其所施而不悖此先王之義

刑義殺所以維或傷民之飢膚殘民之軀命然刑一人而天下之人聳然不敢肆意於爲惡則是乃所以正直輔翼而若其有常之性也後世之論刑者不知出此其陷於申商之刻薄者既無足論矣至於鄙儒姑息之論異端報應之說俗吏便文自營之計則又一以輕刑爲事然刑愈輕而愈不足以厚民之俗往往反以長其悖逆作亂之心而使獄訟之愈繁則不講乎先王之法之過也臣伏見近年以來或以妻殺夫或以族子殺族父或以地客殺地主而有司議刑卒從流宥之法夫殺人者不殺傷人者不刑雖二帝三王不能以此爲治於天下而況於其繫於父子之親君臣之義三綱之重又非凡人之比者乎然臣非敢以此之故遂勸陛下深於用法而果於殺人也但竊以爲諸若此類涉於人倫風化之本者有司不以經術義理裁之而世儒之鄙論異端之邪說俗吏之私計得以行乎其間則天理民

彛幾何不至於泯滅而舜之所謂無刑者又何日而可期哉故臣伏願陛下深詔中外司政典獄之官凡有獄訟必先論其尊卑上下長幼親疎之分而後聽其曲直之辭凡以下犯上以卑凌尊者雖直不右其不直者罪加凡人之坐其有不幸至於殺傷者雖有疑慮可憫而至於奏讞亦不許輙用擬貸之例又詔儒臣博采經史以及古今賢哲議論及於教化刑罰之意者則其精要之語聚爲一書以教學古入官之士與凡執法治民之官皆使略知古先聖王所以敕典敷教制刑明辟之大端而不敢陰爲姑息果報便文之計則庶幾有以助成世教而仰稱陛下好生惡殺期於無刑之本意取進止

巳酉上封事

按講學至修政事凡十條大全集内缺修政事一條

臣竊惟　陛下有總明睿智之姿有孝友温恭之德有寬仁

愽愛之度有神武不殺之威養德春宮垂二十年一日受命慈皇親傳大寶龍飛虎變御極當天凡在覆載之間稍有血氣之屬莫不延頸舉踵觀德聽風而臣適逢斯時首蒙趣召且屢賜對得近日月之光感幸之深其敢無說以效愚忠之萬一蓋臣聞古之聖賢窮理盡性備道全德其所施爲雖無不中於義理然皆未嘗少有自足之心是其平居所以操存省察而至其懲忿窒欲遷善改過之功者固無一念之間斷及其身之所履有大變革則又必因是而有以大警動於其心焉所以謹初始而重自新也伊尹之告太甲曰今王嗣厥德罔不在初又曰今嗣王新服厥命惟新厥德召公之戒成王曰若生子罔不在厥初生自貽哲命今天其命哲命吉凶命歷年知今我初服肆惟王其疾敬德蓋深以是而望於其君其意亦已切矣今者陛下自儲貳而履至尊由監撫而專聽斷其爲身之變革孰有大於此

者則凡所以警動其心而謹始自新者計已無所不用其極矣而臣之愚竊有懼焉者誠恐萬分有一所以警動自新之目或未悉舉則釁孽之前將有作於眇綿之間出於防慮之外者是以輙忘疎賤而妄以平日私憂過計之所及者深爲陛下籌之則若講學以正心若修身以齊家若遠便佞以近忠直若抑私恩以抗公道若明義理以絶神姦若擇師傅以輔皇儲若精選任以明體統若振綱紀以厲風俗若節財用以固邦本若修政事以攘夷狄凡是十者皆陛下所當警動自新而不可一有闕焉者也臣不勝犬馬愛君憂國之誠輙敢事爲之説而昧死以獻謹條其事如左

其一所謂講學以正心者臣聞天下之事其本在於一人而一人之身其主在於一心故人主之心一正則天下之事無有不正人主之心一邪則天下之事無有不邪如表端

而則直源濁而流汚其理之必然者是以古先哲王欲明其德於天下者莫不一以正心爲本然本心之善其體至微而利欲之攻不勝其衆嘗試驗之一日之間聲色臭味游衍馳驅土木之華貨利之殖雜進於前日新月盛其間心體湛然善端呈露之時蓋絶無而僅有也苟非講學之功有以開明其心而不迷於是非邪正之所在又必信其理之在我而不可以須臾離焉則亦何以得此心之正勝利欲之私而應事物無窮之變乎然所謂學則又有邪正之别焉味聖賢之言以求義理之當察古今之變以驗得失之幾而必反之身以踐其實者學之正也涉獵記誦而以雜博相高割裂裝綴而以華靡相勝反之身則無實措之事則無當者學之邪也學之正而心有不正者鮮矣學之邪而心有不邪者亦鮮矣故講學雖所以爲正心之要

而學之邪正其繫於所行之得失而不可不審者又如此易曰正其本萬事理差之毫釐繆以千里惟聖明之留意焉則天下幸甚

其二所謂修身以齊家者臣　聞天下之本在國國之本在家故人主之家齊則天下無不治人主之家不齊則未有能治其天下者也是以三代之盛聖賢之君能修其政者莫不本於齊家蓋男正位乎外女正位乎內而夫婦之別嚴者家之齊也妻齊體於上妾接承於下而嫡庶之分定者家之齊也采有德戒聲色近嚴敬遠技能者家之齊也內言不出外言不入苞苴不達請謁不行者家之齊也然閨門之內恩常掩義是以雖有英雄之才尚有困於酒色溺於情愛而不能自克者苟非正心修身動由禮義使之有以服吾之德而畏吾之威則亦何以正其宮壼杜其請託

檢其姻戚而防禍亂之萌哉書曰牝鷄之晨惟家之索傳曰福之興莫不本乎室家道之衰莫不始乎梱内惟聖明之留意焉則天下幸甚

其三所謂遠便嬖以近忠直者臣聞蓬生麻中不扶而直泉沙在泥不染而黑故賈誼之言曰習與正人居之不能無正猶生長於齊之地不能不齊言也習與不正人居之不能無不正猶生長於楚之地不能不楚言也是以古人聖賢欲修身以治人者必遠便嬖以近忠直蓋君子小人如氷炭之不相容薰猶之不相入小人進則君子必退君子親則小人必踈未有可以兼收並蓄而不相害者也能審乎此以定取舍則其見聞之益薰陶之助所以謹邪僻之防義理之習者自不能已而其舉措刑賞所以施於外者必無偏陂之失一有不審則不惟其妄行請託竊弄威權

有以家吾之政事而其導諛薰染使人不自知覺而與之俱化則其害吾之本心正性又有不可勝言者然而此輩其類不同蓋有本出下流不知禮義而稍通文墨者亦有服儒衣冠叨竊科第而實全無行檢者是國家之大賊人主之大蜮苟非心正身脩有以灼見其情狀如臭惡之可惡則亦何以遠之而來忠直之士望德業之成乎諸葛亮有言親賢臣遠小人此先漢所以興隆也親小人遠賢臣此後漢所以傾頹也先帝在時每與臣論此事未嘗不歎息痛恨於威靈也本朝大儒程頤在元祐間常進言於朝以爲人主當使一日之中親賢士大夫之時多親宦官宮妾之時少則可以涵養氣質薰陶德性此皆切至之言也然後主不能用亮之言故卒以黃皓陳祇而亡其國元祐大臣亦不能白用頤說故紹聖元符之禍至今言之猶可

哀痛前事不遠惟聖明之留意焉則天下幸甚

其四所謂抑私恩以抗公道者臣聞天無私覆地無私載日月無私照故王者奉三無私以勞於天下者則兼臨博愛郭然大公而天下之人莫不心悅而誠服儻於其間復以新舊而爲親踈則其偏黨之情偏狹之度固已使人惘然有不服之心而其好惡取舍又必不能中於義理而甚則至於沮謀敗國妨亂德政而其害不可勝言者蓋左右厮役横加官賞宮府寮屬例得褒遷固不問前例之是非而或者又不問其有無此固舊事之失而不可以不正况今又有蚤懷姦心預自馮結者又將貪天之功以爲已力而不顧其仰累於聖德娼賢嫉能欺上蔽下而不憂其不害於聖政也苟不有以深抑私情痛加屏絶則何以明公道而服衆心革宿弊而防後患乎唐太宗之責龐相壽曰我

昔爲王爲一府作主今爲天子爲四海作主爲四海作主不可偏與一府恩澤若復令爾重位必使爲善者皆不用心正爲此也又况有國家者常存遠慮若漢高祖之戮丁公我太祖之薄王溥此其深識雄斷皆可以爲後聖法惟
聖明之留意焉則天下幸甚

其五所謂明義理以絕神姦者臣 聞天有顯道厥類惟彰作善降之百祥作不善降之百殃是以人之禍福皆其自取未有不爲善而以諂禱得福者也未有不爲惡而以守正得禍者也而况帝王之生實受天命以爲郊廟社稷神人之主苟能脩德行政康濟兆民則災害之去何待於禳福祿之來何待於禱如其反此則獲罪於天人怨神怒雖欲辟惡鬼以來真人亦無所益又况先王制禮自天子以至於庶人報本享親皆有常典牲器時日皆有常度明有禮

樂幽有鬼神一理貫通初無間隔苟禮之所不載而神之所不享是以祭非其鬼即爲淫祀淫祀無福經有明文非固設此以禁之乃其理之自然不可得而易也其或恍惚之間如有影響乃是心無所主妄有憂疑遂爲巫祝妖人乘間投隙以逞其姦欺誑惑之術其術既行則其爲禍又將無所不至古今以此坐致亂亡者何可勝數其監蓋亦非遠苟非致精學問以明性命之理使此心洞然無所疑惑當有即有當無即無則亦何据以秉禮執法而絕妖妄之原乎先王之政執左道以亂政假鬼神以疑衆者皆必誅而不以聽其慮深矣然傳有之明於天地之性者不可惑以神怪明於萬物之情者不可罔以非類則其爲妄蓋亦不甚難察惟聖明之留意焉則天下幸甚

其六所謂擇師傅以輔皇儲者臣聞賈誼作保傅傳其言有

曰天下之命繫於太子太子之善在於早諭教與選左右教得而左右正則太子正太子正而天下定矣此天下之至言萬世不易之定論也至論所以教諭之方則必以孝仁義禮爲本而其條目之詳則至於容貌詞氣之微衣服器用之細纖悉曲折皆有法度一有過失則史書之策宰撤其膳而又必有進善之旌誹謗之木敢諫之鼓瞽詩史書工誦箴諫士傳民語必使至於化與心成中道若性而猶不敢怠焉其選左右之法則有三公之尊有三少之親有道有充有弼有承上之必得周公太公召公史佚之流乃勝其任下之猶必取於孝弟博聞有道術者不幸一有邪人廁乎其間則必逐而去之是以太子朝夕所與居出入左右前後無非正人而未嘗見一惡行此三代之君所以有道之長至於累數百年而不失其天下也當誼之時

固已病於此法之不備然孝昭之詔則猶知誦習誼之所言而有以不忘乎先王之意降而及於近世則帝王所以教子之法益疎畧矣蓋其所以教者不過記誦書禮之工而未嘗開以仁孝禮義之習至於容貌詞氣衣服器用則雖極於邪侈而未嘗有以裁之也僚屬具員而無保傅之嚴講讀備禮而無箴規之益至於朝夕所與出入居處而親密無間者則不過宦官近習埽除趨走之流而已夫以帝王之世當傳付之統上有宗廟社稷之重下有四海烝民之生前有祖宗垂創之難後有子孫長久之計而所以輔養之具疎略如此是猶家有明月之珠夜光之璧而委之衢路之側盜賊之衝也豈不危哉詩曰豐水有芑武王豈不仕詒厥孫謀以燕翼子惟聖明之留意焉則天下幸甚

其七所謂精選任以明體統者臣聞人主以論相爲職宰相以正君爲職二者各得其職然後體統正而朝廷尊天下之政必出於一而無多門之弊苟當論相者求其適己而不求其正己取其可愛而不取其可畏則人主失其職矣當正君者不以獻可替否爲事而以趨和承意爲能不以經世宰物爲心而以容身固寵爲術則宰相失其職矣二者交失其職是以體統不正綱紀不立而左右近習皆得以竊弄威權賣官鬻獄使政體日亂國勢日卑雖有非當之禍伏於冥冥之中而上恬下嬉亦莫知以爲慮者是可不察其所以然者而反之以汰其所以用而審其所將用者乎選之以其能正己而可畏則必有以得自重之士而吾所以任之不得不重任之既重則彼得以盡其獻可替否之志而行其經世宰物之心而又公選天下直諒敢言

之士使爲臺諫給舍以參其議論使吾腹心耳目之寄常在於賢士大夫而不在於群小陟罰臧否之柄常在於廊廟而不出於私門如此而主威不立國勢不彊綱維不舉刑政不清民力不裕軍政不修者臣不信也書曰成王畏相語曰和臣不忠且以唐太宗之聰明英特號爲身兼將相然猶必使天下之事關由宰相審熟便安然後施行蓋謂理勢之當然有不可得而易者惟聖明之留意焉則天下幸甚

其八所謂振綱紀以厲風俗者臣聞四海之廣兆民至衆人各有意欲行其私而善爲治者乃能總攝而整齊之使各循其理而莫敢不如吾志之所欲者則以先有綱紀以持之於上而後有風俗以驅之於下也何謂綱紀辨賢否以定上下之分核功罪以公賞罰之私何謂風俗使人皆知

善之可慕而必爲皆知不善之可羞而必去也然綱紀之所以振則以宰執秉持而不敢失臺諫補察而無所私人主又以其大公至正之心恭已於上而照臨之是以賢者必上不肖者必下有功者必賞有罪者必刑而萬事之統無所闕也綱紀旣振則天下之人自將各自矜奮更相勸勉以去惡而從善蓋不待黜陟刑賞一一加於其身而禮義之風廉耻之俗已丕變矣惟至公之道不行於上是以宰執臺諫有不得人黜陟刑賞多出私意而天下之俗遂至於靡然不知名節行檢之可貴而唯阿諛軟熟奔競交結之爲務一有端言正色於其間則群議衆排必使無所容於斯世而後已此其形勢如將傾之屋輪奐丹雘雖未覺其有變於外而材木之心已皆蠹朽腐爛而不可復支持矣苟非斷自聖志洒濯其心而有以大警敕之使小大

之臣各舉其職以明黜陟以信刑賞則何以振已頹之綱紀而厲已壞之風俗乎管子曰禮義廉耻是謂四維四維不張國乃滅亡賈誼嘗爲漢文誦之而曰使管子而愚人也則可使管子而少知治體是豈可不爲寒心也哉二子之言明白深切非虛語者惟聖明之留意焉則天下幸甚

其九所謂節財用以固邦本者臣聞先聖之言治國而有節用愛人之說蓋國家財用皆出於民如有不節而用度有闕則横賦暴歛必將有及於民者雖有愛人之心而民不被其澤矣是以將愛人者必先節用此不易之理也國家承五季之弊祖宗創業之初日不暇給未及大爲經制故其所以取於民者比之前代已爲過厚重以熙豐變法頗有增加而建炎以來地削兵多權宜科須又復數倍供輸日久民力已殫而間者諸路上供多入内帑是致户部經

費不足遂廢祖宗破分之法而上供歲額必取十分登足而後巳期限迫促科責嚴峻監司州縣更相督迫唯務自寬巳責何暇更察民情搒撻號呼有使人不忍聞者而州縣歲入多作上供起發則又於額外巧作名色寅緣刻剥此民力之所以大窮也計其所以至此雖云多是贍軍然內自京師外達郡邑上自宮禁下至胥徒無名浮費亦豈無可省者竊計若能還內帑之入於版曹復破分之法於諸路然後大計中外冗費之可省者悉從廢罷則亦豈不能少有所濟而又擇將帥核軍籍汰浮食廣屯田因時制宜大爲分別則供軍不貲之費庶幾亦可減節而民力之寬於是始可議矣此其事體至大而綱目叢細類非一言之可盡今亦未暇盡爲陛下言之惟聖明留意其本如上八者而後圖之則天下幸甚

奏行社倉

臣所居建寧府崇安縣開耀鄉有社倉一所係昨乾道四年鄉民艱食本府給到常平米六百石委臣與本鄉土居朝奉郎劉如愚同共賑貸至冬收到元米次年夏本府復令依舊貸與人戶冬間納還臣等申府措置每石量收息米二斗自後逐年依此斂散或遇小歉即蠲其息之半大饑即盡蠲之至今十有四年支息米造成倉廒三間收貯已將元米六百石納還本府其見管三千一百石並是累年納到息米已申本府照會將來斂散更不收息每石收耗米三升係臣與本鄉士居官及士人數人同共掌管遇斂散時即申府差縣官一員監視出納以此一鄉四五十里之間雖遇凶年人不闕食竊謂其法可以推廣行之他處而法令無文人情難強妄意欲乞聖慈特依義役體例行下諸路州軍曉諭人戶有願依此置立社倉者州縣量支常

平米斛責與本鄉出等人戶主執斂散每石收息二斗仍差本鄉土居或寄居官員士人有行義者與縣官同共出納收息米十倍本米之數即送原米還官却將息米斂散每石只收耗米三升其有富家願出米作本者亦從其便息米及數亦與撥還如有鄉俗風土不同更許隨宜立約申官遵守實爲久遠之利其不願置立去處官司不得抑勒此在今日言之雖無所濟於目前之急然實公私儲蓄豫備久遠之計及今歉歲施行人心願從者衆其建寧府社倉事目謹録進呈伏望聖慈詳察施行

寧宗朝行宮便殿奏劄

臣竊惟 陛下祗膺駿命恭御寶圖正位之初未遑他事而首以博延儒臣討論經藝爲急先之務蓋將求多聞以建事學古訓而有獲非若記問愚儒詞章小技誇多以爲博鬭靡以爲工而已也如是則勸講之官所宜遴選顧乃不擇誤及妄庸則

臣竊以爲過矣蓋臣天姿至愚極陋雖嘗挾策讀書妄以求聖賢之遺旨而行之不力老矣無聞况於帝王之學則固未之講也其可以當擢任之寵而辱顧問之勤乎是以聞命驚惶不敢奉詔然嘗聞之人之有是生也天固與之以仁義禮智之性而叙其君臣父子之倫制其事物當然之則矣以其氣質之有偏物欲之有蔽也是以或昧其性以亂其倫敗其則而不知反必其學以開之然後有以正心脩身而爲齊家治國之本此人之所以不可不學而其所以學者初非記誦詞章之謂而亦非有聖愚貴賤之殊也以是而言則臣之所當用力固有可爲陛下言者請遂陳之蓋爲學之道莫先於窮理窮理之要必在於讀書讀書之法莫貴於循序而致精而致精之本則又在於居敬而持志此不易之理也夫天下之事莫不有理爲君臣者有君臣之理爲父子者有父子之理爲夫婦爲兄弟爲朋友以至於

出入起居應事接物之際亦莫不各有理焉有以窮之則自君臣之大以至事物之微莫不知其所以然與其所當然而亡纖芥之疑善則從之惡則去之而無毫髮之累此爲學所以莫先於窮理也至論天下之理則要妙精微各有攸當亘古亘今不可移易唯古之聖人爲能盡之而其所行所言無不可爲天下後世不易之大法其餘則順之者爲君子而吉背之者爲小人而凶吉之大者則能保四海而可以爲法凶之甚者則不能保其身而可以爲戒是其粲然之跡必然之效蓋莫不具於經訓史冊之中欲窮天下之理而不即是而求之則是正墻面而立爾此窮理所以必在乎讀書也若夫讀書則其不好之者固怠忽閒斷而無所成矣其好之者又不免乎貪多而務廣往往未啓其端而遽已欲探其終未究乎此而忽已志在乎彼是以雖復終日勤勞不得休息而意緒怱怱常若有所奔趨迫逐而無

從容涵泳之樂是又安能深信自得常久不厭以異於彼之怠忽間斷而無所成者哉孔子所謂欲速則不達孟子所謂進鋭者退速正謂此也誠能鑒此而有以反之則心潜於一久而不移而所讀之書文意接連血脉通貫自然漸漬浹洽心與理會而善之爲勸者深惡之爲戒者切矣此循序致精所以爲讀書之法也若夫致精之本則在於心而心之爲物至虚至靈神妙不測常爲一身之主以提萬事之綱而不可有頃刻之不存者也一不自覺而馳騖飛揚以徇物欲於軀殼之外則一身無主萬事無綱雖其俯仰顧盼之間蓋已不自覺其身之所在而况能反覆聖言參考事物以求義理至當之歸乎孔子所謂君子不重則不威學則不固孟子所謂學問之道無他求其放心而已矣者正謂此也誠能嚴恭寅畏常存此心使其終日儼然不爲物欲之所侵亂則以之讀書以之觀理將無所往而不通以

之應事以之接物將無所慮而不當矣此居敬持志所以爲讀書之本也此數語者皆愚臣平生爲學艱難辛苦已試之效竊意聖賢復生所以教人不過如此不獨布衣韋帶之士所當從事蓋雖帝王之學殆亦無以易之特以近年以來風俗薄陋士大夫間聞此等語例皆指爲道學必排去之而後已是以食芹之美無路自通每抱遺經徒竊慨歎今者乃遇 陛下始初清明無他嗜好獨於問學孜孜不倦而臣當此之時特蒙引對故敢忘其固陋而輒以爲獻伏惟聖明深賜省覽試以其說驗之於身蚤寤晨興無忘今日之志而自彊不息以緝熙于光明使異時嘉靖邦國如商高宗興衰撥亂如周宣王以著人主講學之效卓然爲萬世帝王之標準則臣雖退伏田野與世長辭與有榮矣猶必使之勉彊盲聾扶曳跛躄以汚近侍之列而爲盛世之羞哉干冒宸嚴不勝戰慄惟陛下留神財幸

經筵奏議　　元張養浩

君德

剛健篤實輝光日新人君之德也堯之德曰文明禹湯曰祗承于帝曰聖敬日躋皆輝光日新之謂也今夫天所以轉四時括萬物者剛也惟剛故徤惟徤自萬古不息人君上法乎天則宜剛徤厥德使輝光日新而聲色外物舉不能蝕矣夫物之感於人也始則甚微及其盛則遂不可去惟剛與明乃克勝之蓋明則能自知剛則能自斷割愛於所嬖止怒於憤發回心於篤好改行於已然非於人心道心瞭然者不能況人君與天體雖殊而其心則一隱顯之間影響斯應一念之善雖未形諸言天必應之以和一念不善雖未見諸事天必應之以異所以自古帝王遇灾警省發政施仁卒能變而為祥者往往由此舜何人哉顧立志何如耳

君道

天之道即君道也天道無私人君亦無私堯舜禹湯有天下而已不預焉公也桀紂幽厲有天下而民不預焉私也公者以天下爲公一已之奉不計也私者以一身之樂一時之適爲心天下皆失其所不恤也然而數千載之下聞堯舜禹湯之風者莫不感戴如父母聞桀紂幽厲之風者莫不疾恨如仇讐回視當時所樂若傾宮瑤臺今皆蕩爲太空之塵而無毫髮蹤影之可見其昭然而存者貪暴之名萬古如一日嗚呼堯舜禹湯動相規戒不自暇逸其始也若自苦由今觀之乃大安也大樂也桀紂幽厲窮奢極欲人莫敢言其始也若自得由今觀之乃大危也大辱也大戚也嗚呼古聖人立教毋以堯舜禹湯爲天下後世法桀紂幽厲爲天下後世戒者其有以夫

君體

維簡維靜爲人君之體簡非省事謂不侵臣務也靜非無爲謂應物而物不能撓也鑑之空衡之平物有萬殊美惡輕重靡不畢見者得應物之體也故聖人之治天下泊乎無心與衡鑑等爵以待有德不敢私於所舊刑以待有罪不敢貸於所親况人君以一心而應萬機之繁以一身而臨億兆之衆深居九重而欲使天下皆安百官皆舉其職非於賞罰之柄握之堅行之必其何以臻此我世祖皇帝臨御三十餘年而賞罰之柄未嘗一日或失端嚴簡重而天下歸心昔漢高既帝矣擁戚姬騎周昌項慢罵臣下故四皓耻而不仕唐太宗由秦邸而踐天位好勝自矜猶藩王之轍是皆有失乎人君之體也然則得體之道柰何曰以敬

君威

盛飾威儀非君威也專於誅殺非君威也峻其宮闕城郭非君

威也然而爲威者何不殺諫臣以作臺諫敢言之氣此天子之威也古人喻諫者爲批龍鱗又爲犯雷霆幸而見從猶慮不測萬一致怒則杖之重則刃之自非忠懇出於極不得已孰肯捨身爲國甘受如許之禍哉故自古及今人臣以諫聞者百無一二王者知其然故虛己以來之和顏以聽之重賞以勸之人猶畏首畏尾而不至況壓以勢而中之以法孰敢伸其喙哉大抵人臣之納諫也必有拂乎人君之心使其言惟務於順則非所謂諫矣然順心之言多喜逆心之言多怒者亦人主之常情但於其將怒也反而思曰彼所以冒罪而諫者抑爲誰歟苟爲國爲民則是忠於我者而怒之則天下必將懲艾而爲不忠矣嗚呼爲人君而使天下以言爲罪則何弊不生何奸不起何亂不作人主誠能如是思之則凡進言者萬不至於加罪矣故前代以不殺諫臣爲天子家法告之宗廟傳之子孫頒詔天下真後

世人主享國綿遠之計哉

君治

夫人君致治之要有三一曰宰相得人二曰臺諫得人三曰左右侍從得人蓋得人則朝廷尊而君德日盛於斯三者而左右所係尤爲重昔孟子謂左右前後皆薛居州王孰與爲不善左右前後皆非薛居州王孰與爲善夫宰相臺諫進見有時左右之臣則朝夕所親炙苟不嚴示以法使之恒有所警則雖宰相臺諫之職亦將有所不能行矣夫君子多易疎小人多易親君子惟知納君爲善詭隨容悦雖死不爲小人惟知諂佞逢迎百無所顧一或不察則以忠者爲不忠不忠者爲大忠矣三代而下有國家者所以致治致亂大槩不出二途善乎楚共王之言曰常侍筦與我處常忠我以道正我以義與吾處不安也不見不思也雖然吾有所益焉其功不細申侯伯與我處常恣從我

吾所樂者勸吾爲之吾所好者先吾爲之吾與處歡樂之不見
戚戚也雖然吾終無所益焉其罪不細於是重賞筦蘇而遂申
矦嗚呼人君能以是爲心則天下無患乎不治

文章辨體卷之二十三

文章辨體卷之二十四

海虞後學吳訥編集

議

禁民挾弓弩議　漢吾丘壽王

武帝時爲光祿大夫侍中丞相公孫弘言十賊彍努百吏不敢前臣愚以爲禁民毋得挾弓弩便上下其議壽王上是議書奏上以難丞相弘弘詘服

臣聞古者作五兵非以相害以禁暴討邪也安居則以制猛獸而備非常有事則以設守衛而施行陣及至周室衰微上無明王諸侯力政彊侵弱衆暴寡海内抗敝巧詐並生事以知者陷愚勇者威怯苟以得勝爲務不顧義理故機變械飾所以相賊害之具不可勝數於是秦兼天下廢王道立私議滅詩書而首法令去仁恩而任刑戮墮名城殺豪傑銷甲兵折鋒刃其後民

以耰鉏箠挺相撻擊犯法滋衆盜賊不勝至於赭衣塞路群盜滿山卒以亂亡故聖王務教化而省禁防知其不足恃也今陛下昭明德建太平而盜賊猶有者群國二千石之罪非挾弓弩之過也禮曰男子生桑弧蓬矢以舉之明示有事也孔子曰吾何執執射乎大射之禮自天子降及庶人三代之道也詩云大侯既抗弓矢斯張射夫既同獻爾發功言貴中也愚聞聖王合射以明教矣未聞弓矢之爲禁也且所爲禁者爲盜賊之以攻奪也攻奪之罪死然而不止者大姦之於重誅固不避也臣恐邪人挾之而吏不能止良民以自備而抵法禁是擅賊威而奪民救也竊以爲亡益於禁姦而廢先王之典使學者不得習行其禮大不便

罷邊備議　侯應

郅支既誅呼韓邪單于來朝願保塞諸罷邊備以

休天子人民元帝下有司議皆以爲便郎中侯應
習邊事以爲不可許遂弗罷
臣
聞北邊塞至遼東外有陰山東西千餘里草木茂盛多禽獸
本冒頓單于依阻其中治作弓矢至孝武世斥奪此地攘之於
幕北建塞徼起亭隧築外城設屯戍以守之然後邊境得用少
安幕北地平少草木多大沙匈奴來寇少所蔽隱從塞以南徑
深山谷往来差難邊長老言匈奴失陰山之後過之未嘗不哭
也如罷備塞戍卒示夷狄之大利不可一也夷狄之情困則卑
順彊則驕逆前已罷外城省亭隧安不忘危不可復罷二也中
國有禮義之教刑罰之誅愚民猶尚犯禁又況單于能必其衆
不犯約哉三也中國尚建關梁設塞徼置屯戍非獨爲匈奴而
已亦爲諸屬國降民思舊逃亡四也近西羌保塞漢吏民貪利
侵盜其畜産妻子以此怨恨起背畔今罷乘塞則生嫚易分爭

之漸五也往者從軍多沒不還者子孫亡出從之六也邊人奴婢愁苦聞匈奴中樂欲亡者多七也盜賊桀黠亡走北出八也起塞以來百有餘年非皆以土垣也或因山巖石木谿谷水門稍稍平之卒徒築治功費久遠不可勝計議者不深慮其終始卒有他變當更繕治累世之功不可卒復九也單于自以保塞守禦請求無已少失其意則不可測開夷狄之隙虧中國之固十也非所以永持至安威制百蠻之長策也

罷珠厓議　賈捐之

時珠崖反發兵征之待詔捐之以爲不當擊元帝遣王商詰問復上是議帝從之

臣聞堯舜聖之盛禹入聖域而不優以三聖之德地方不過數千里西被流沙東漸于海朔南暨聲教殷周之地東不過江黄西不過氐羌南不過蠻荊北不過朔方是以頌聲並作人樂其

生越裳氏重九譯而獻此非兵革之所能致也以至于秦興兵遠攻貪外虛内而天下潰叛孝武皇帝厲兵馬以攘四夷賦煩役重寇賊並起是皆廓地泰大征伐不休之故也今關東民困流離道路至嫁妻賣子法不能禁義不能止此社稷之憂也駱越之人父子同川而浴與禽獸無異本不足郡縣置也霧露氣濕多毒草蟲蛇水土之害人未見虜戰士自死棄之不足惜不擊不損威今陛下不忍悁悁之忿欲驅士衆擠之大海之中快心幽冥之地非所以救飢饉保元元也且以往者羌軍言之暴師曾未一年兵出不踰千里費四十餘萬萬大司農錢盡乃以少府禁錢續之夫一隅爲不善費尚如此況今勞師遠攻亡士無功乎臣愚以爲非冠帶之國禹貢所及春秋所治皆可且無以爲願遂棄珠崖專用恤關東爲憂

毀廟議

劉歆

哀帝時以武帝親盡宜毁其廟歆上是議帝從之

臣聞周室既衰四夷並侵玁狁最彊於今匈奴是也至宣王而伐之詩人美而頌之曰薄伐玁狁至于太原又曰嘽嘽焞焞如霆如雷顯允方叔征伐玁狁荆蠻來威故稱中興及至幽王犬戎來伐殺幽王取宗器自是之後南夷與北夷交侵中國不絶如綫春秋紀齊桓南伐楚北伐山戎孔子曰微管仲吾其被髮左衽矣是故棄桓之過而録其功以爲伯首及漢興冒頓始彊破東胡禽月氏并其土地地廣兵彊爲中國害南越尉佗總百粤自稱帝故中國雖平猶有四夷之患且無寧歲一方有急三面救之是天下皆動而被其害也孝文皇帝厚以貨賂與結和親猶侵暴無已甚者興師十餘萬衆近屯京師及四邊歲發屯備虜其爲患久矣非一世之漸也諸侯郡守連匈奴及百粤以爲逆者非一人也匈奴所殺郡守都尉畧取人民不可勝數孝

武皇帝愍中國罷勞無安寧之時乃遣大將軍驃騎伏波樓船之屬南滅百粵建七郡北攘匈奴降昆邪十萬之衆置五屬國起朔方以奪其肥饒之地東伐朝鮮起玄菟樂浪以斷匈奴之左臂西伐大宛并三十六國結烏孫起敦煌酒泉張掖以鬲婼羌裂匈奴之右臂單于孤特遠遁于幕北四垂無事斥地遠境起十餘郡功業既定廼封丞相爲富民侯以大安天下富貴百姓其規模可見又招集天下賢俊與協心同謀興制度改正朔易服色立天地之祠建封禪殊官號存周後定諸侯之制永無逆爭之心至今累世賴之單于守藩百蠻服從萬世之基也中興之功未有高焉者也高帝建大業爲太祖孝文皇帝德至厚也爲文太宗孝武皇帝功至著也爲武世宗此孝宣皇帝所以發德音也禮記王制及春秋穀梁傳天子七廟諸侯五大夫三士二天子七日而殯七月而葬此喪事尊卑之序也與廟數相

應其文曰天子三昭三穆與太祖之廟而七諸侯二昭二穆與太祖之廟而五故德厚者流光德薄者流卑春秋左氏傳曰名位不同禮亦異數自上以下降殺以兩禮也七者其正法數可常數者也宗不在此數中宗變也苟有功德則宗之不可預爲設數故於殷太甲爲太宗太戊曰中宗武丁曰高宗周公爲毋逸之戒舉殷三宗以勸成王繇是言之宗無數也然則所以勸帝者之功德博矣以七廟言之孝武皇帝未宜毀以所宗言之則不可謂無功德禮記祀典曰夫聖王之制祀也功施於民則祀之以勞定國則祀之能救大災則祀之竊觀孝武皇帝功德皆廉而有焉凡在於異姓猶將特祀之況于先祖或說天子五廟無見文又說中宗高宗者宗其道而毀其廟名與實異非尊德貴功之意也詩云蔽芾甘棠勿翦勿伐召伯所茇思其人猶愛其樹況宗其道而毀其廟乎迭毀之禮自有常法無殊功異

德固以親疎相推及至祖宗之序多少之數經傳無明文至尊至重難以疑文虛說定也孝宣皇帝舉公卿之議用衆儒之謀既以爲世宗之廟建之萬世宣布天下臣愚以爲孝武皇帝功烈如彼孝宣皇帝崇立之如此不宜毀

宗廟加籩豆議　唐崔沔

臣竊聞識禮樂之情者能作知禮樂之文者能述述作之義聖賢所重禮樂之制古今所崇變而通之所以久也所謂變者變其文也所謂通者通其情也祭祀之興肇於太古人所飲食必先嚴獻未有火化茹毛飲血則有毛血之薦未有麴糵汙樽杯飲則有玄酒之奠施及後王禮物漸備作爲酒醴伏其犧牲以致馨香以極豐潔故有三牲八簋之盛五齊九獻之殷然以神道至玄可存而不可測也祭禮主敬可備而不敢廢也是以血腥爛熟玄樽犧象雖不畢登於明薦矣然而薦貴於新味不尚

褻雖則備物猶存節制故禮云天之所生地之所長苟可薦者莫不咸在備物之情也又曰三牲之俎八簋之實美物備矣昆蟲之異草木之實陰陽之物備矣此節制之文也鉶俎籩豆簠簋樽罍之實皆周人之時饌也其用通於讌饗賓客而周公制禮咸異於毛血玄酒同薦於先晉中郎盧諶近古之知禮者也著家祭禮觀其所薦皆晉時常食不復盡用禮之舊文然則當時飲食不可闕於祠祭明矣是變禮文而通其情也我國家由禮立訓因制範考圖史於前典稽周漢之舊儀清廟時享禮饌畢陳用周制也而古式存焉園寢上食時膳具設遵漢法也而珍味極焉職貢來祭致遠物也有新必薦順時令也苑囿之內躬稼所收蒐狩之時親發所中莫不剖鮮擇美薦而後食盡誠敬也若此至矣復何加焉但當申勑有司祭如神在無或簡怠曷增虔誠其進貢珍羞或時物鮮美考諸祠典有司漏畧皆詳

名目編諸甲令因宜而薦以類相從則新鮮肥濃盡在是矣不必加於籩豆之數也至於祭器隨物所宜故大羹古食也盛於登登古器也和羹時饌也盛於鉶鉶時器也亦有古饌而盛於時器故毛血盛於盤玄酒盛於尊未有薦時饌而追用古器者由古質而今文便於事也雖加籩豆十二未足以盡天下美物而措諸清廟有兼倍之名近於侈矣昔魯人丹桓公之楹又刻其桷春秋書以非禮御孫諫曰儉德之恭也侈惡之大也先君有恭德而君納諸惡無乃不可乎是不以越禮而崇侈於宗廟也又據漢書藝文志墨家之流出於清廟是以貴儉由此觀之清廟之不尚於奢舊矣太請所請恐未可行又按太常奏狀今酌獻酒爵制度全小僅有一合執持甚難不可全依古制猶望稍須廣大臣竊據禮文有以小爲貴者獻以爵貴其小也小不及制敬而非禮是有司之失其傳也固可隨失釐正無待議而

後革然禮失於敬猶奢而寧儉非大過也未知今制何所依准
請兼詳今據文而行

禘祫議

韓愈

右今月十六日勑旨宜令百僚議限五日内奏聞者將仕郎守國子監四門博士臣韓愈謹獻議曰伏以陛下追孝祖宗肅敬祀事凡在擬議不敢自專聿求厥中延訪群下然而禮文繁漫所執各殊自建中之初迄至今歳屢經禘祫未合適從臣生遭

聖明涵泳恩澤雖賤不及議而志切效忠今輒先舉衆議之非然後申明其説一曰獻懿廟主宜永藏之夾室臣以爲不可夫

者合也毁廟之主皆當合食於太祖獻懿二祖即毁廟主也今雖藏於夾室至禘祫之時豈得不食於太廟乎名曰合祭而二祖不得祭焉不可謂之合矣二曰獻懿廟主宜毁之瘞之臣又以爲不可謹按禮記天子立七廟一壇一墠其毁廟之主皆

藏於祧廟雖百代不毀祫則陳於太廟而饗焉自魏晋已降始有毁瘞之議事非經據竟不可施行今國家德厚流光創立九廟以周制推之獻懿二祖猶在壇墠之位况於毁瘞而不禘祫乎三曰獻懿廟主宜各遷於其陵所臣又以爲不可二祖之祭於京師列於太廟也二百年矣今一朝遷之豈惟人聽疑惑抑恐二祖之靈眷顧依遲不即饗於下國也四曰獻懿廟主宜附於興聖廟而不禘祫臣又以爲不可傳曰祭如在景皇帝雖太祖其於屬乃獻懿之子孫也今欲正其子東向之位廢其父之大祭固不可爲典矣五曰獻懿二祖主別立廟於京師臣又以爲不可夫禮有所隆情又所殺是故去廟爲祧去祧爲壇去壇爲墠去墠爲鬼漸而之遠其祭益稀昔者魯立煬宮春秋非之以爲不當取已毁之廟既藏之主而復築宫以祭今之所議與此正同又雖違禮立廟至於禘祫也合食則禘無其所廢祭則

於義不通此五說者皆所不可故臣博采前聞求其折中以爲殷祖玄王周祖后稷太祖之上皆自爲帝又其代數已遠不復祭之故太祖得正東向之位子孫從昭穆之列禮所稱者蓋以紀一時之宜非傳於後代之法也傳曰子雖齊聖不先父食蓋言子爲父屈也景皇帝雖太祖也其於獻懿則子孫也當禘祫之時獻祖宜居東向之位景皇帝宜從昭穆之列祖以孫尊孫以祖屈求之神道豈遠人情又常祭甚衆合祭甚寡則是太祖所屈之祭至少所伸之祭不多比於伸孫之尊廢祖之祭不亦順乎事異殷周禮從而變非所失禮也臣伏以制禮作樂者天子之職也陛下以臣議有可采粗合天心斷而行之是則爲禮如以爲猶或可疑乞召臣對面陳得失庶有發明謹議

復讐議

元和六年富平人梁悅爲父執仇殺人自投縣請

罪詔下集議

右伏奉今月五日勑復讐據禮經則義不同天徵法令則殺人者死禮法二事皆王教之端有此異同必資論辯宜令都省集議聞奏者伏以子復父讐見於春秋見於禮記又見周官又見諸子史不可勝數未有非而罪之者也最宜詳於律而律無其條非闕文也蓋以爲不許復讐則傷孝子之心而乖先王之訓許復讐則人將以法專殺無以禁止其端矣夫律雖本於聖人然執而行之者有司也經之所明者制有司者也丁寧其義於經而深沒其文於律者其意將使法吏一斷於法而經術之士得引經而議也周官曰凡殺人而義者令勿讐讐之則死義宜也明殺人而不得其宜者子得復讐也此百姓之相讐者也公羊傳曰父不受誅復讐可也不受誅者罪不當誅也誅者上施於下之辭非百姓之相殺者也又周官曰凡報仇讐者書於士

殺之無罪言將復讎必先言於官則無罪也今陛下垂意典章思立定制惜有司之守憐孝子之心示不自專訪議群下臣愚以爲復讎之名雖同而其事各異或百姓相讎如周官所稱可議於今者或爲官吏所誅如公羊所稱不可行於今者又周官所稱將復讎先告於士則無罪者若孤稚羸弱抱微志而伺敵人之便恐不能自言於官未可以爲斷於今也然則殺之與赦不可一例宜定其制曰凡有復父仇者事發具其事申尚書省尚書省集議奏聞酌其宜而處之則經律無失其指矣謹議

改葬服議

經曰改葬緦春秋穀梁傳亦曰改葬之禮緦舉下緬也此皆謂子之於父母其他則皆無服何以識其必然經次五等之服小功之下然後著改葬之制更無輕重之差以此知惟記其最親者其他無服則不記也若主人當服斬衰其餘親各服其服則

經亦言之不常惟云緦也傳稱舉下緬者緬猶遠也下謂服之最輕者也以其遠故其服輕也江熙曰禮天子諸侯易服而葬以爲交於神明者不可以純凶況其緬者乎是故改葬之禮其服惟輕以此而言則亦明矣衛司徒文子改葬其叔父問服於子思子思曰禮父母改葬緦既葬而除之不忍無服送至親也非父母無服無服則弔服而加麻此又其著者也文子又曰喪服既除然後乃葬則其服何服子思曰三年之喪未葬服不變除何有焉然則改葬與未葬者有異矣古者諸侯五月而葬大夫三月而葬士逾月無故未有過時而不葬者也過時而不葬謂之不能葬春秋譏之若有故而未葬雖出三年子之服不變此孝子之所以著其情先王之所以必其時之道也雖有其文未有著其人者以是知其至少也改葬者爲山崩水涌毀其墓及葬而禮不備者若文王之葬王季以水齧其墓魯隱公之葬

惠公以有宋師太子少葬故有闕之數是也喪事有進而無退有易以輕服無加以重服殯於堂則謂之殯瘞於野則謂之葬近代以來事與古異或游或仕在千里之外或子幼妻稚而不能自還甚者拘以陰陽畏忌遂葬於其土及其返葬也遠者或至數十年近者亦出三年其吉服而從於事也久矣又安可取未葬不變服之例而反爲之重服歟在喪當葬猶宜易以輕服况既遠而反純凶以葬乎若未重服是所謂未可除而除不當重而更重也或曰喪與其易也寧戚雖重服不亦可也曰不然易之與戚則易固不如戚矣雖然未若合禮之爲懿也儉之與奢則儉固愈於奢矣雖然未若合禮之爲懿也過猶不及其此類之謂乎或曰經稱改葬緦而不著其月數則似三月而後除也子思之對文子則曰既葬而除之今宜如何曰自啓至于既葬而三月則除之未三月則服以終三月也曰妻爲夫何如曰

如子無弔服而加麻則何如曰今之弔服猶古之弔服也

駁復讎議　柳宗元

臣伏見天后時有同州下邽人徐元慶者父爽爲縣尉趙師韞所殺卒能手刃父讎束身歸罪當時諫臣陳子昂建議誅之而旌其閭且請編之於令永爲國典臣竊獨過之臣聞禮之大本以防亂也若曰無爲賊虐凡爲子者殺無赦刑之大本亦以防亂也若曰無爲賊虐凡爲治者殺無赦其本則合其用則異旌與誅莫得而並焉誅其可旌茲謂濫黷刑甚矣旌其可誅茲謂僭壞禮甚矣果以是示于天下傳於後代趍義者不知所向違害者不知所立以是爲典可乎盖聖人之制窮理以定賞罰本情以正褒貶統於一而已矣嚮使刺讞其誠僞考正其曲直原始而求其端則刑禮之用判然離矣何者若元慶之父不陷於公罪師韞之誅獨以其私怨奮其吏氣虐于非辜州牧不知罪

刑官不知問上下蒙冒籲號不聞而元慶能以戴天爲大恥枕戈爲得禮處心積慮以衝讐人之胷介然自克即死無憾是守禮而行義也執事者宜有慚色將謝之不暇而又何誅焉其或元慶之父不免於罪師韞之誅不愆於法是非死於吏也是死於法也法其可讐乎讐天子之法而戕奉法之吏是悖驁而凌上也執而誅之所以正邦典而又何旌焉且其議曰人必有子子必有親親親相讐其亂難救是惑於禮也甚矣禮之所謂讐者葢其寃抑沉痛而號無告也非謂抵罪觸法陷于大戮而曰彼殺之我乃殺之不議曲直暴寡脅弱而已其非經背聖不亦甚哉周禮調人掌司萬人之讐凡殺人而義者令勿讐讐之則死有反殺者邦國交讐之又安得親親相讐也春秋公羊傳曰父不受誅子復讐可也父受誅子復讐此推刃之道復讐不除害今若取此以斷兩下相殺則合於禮矣且夫不忘讐孝也不

愛死義也元慶能不越於禮服孝死義是必達理而聞道者也夫達理聞道之人豈其以王法爲敵讐者哉議者反以爲戮黷刑壞禮其不可以爲典明矣請下臣議附于令有斷斯獄者不宜以前議從事謹議

晋文公問守原議

晋文公既受原於王難其守問寺人㪍鞮以畀趙衰余謂守原政之大者也所以承天子樹霸功致命諸侯不宜謀及媟近以忝王命而晋君擇大任不公議於朝而私議於宫不博謀於卿相而獨謀於寺人雖或衰之賢足以守國之政不爲敗而賊賢失政之端由是滋矣况當其時不乏言議之臣乎狐偃爲謀臣先軫將中軍晋君疏而不咨外而不求乃卒定於内豎其可以爲法乎且晋君將襲齊桓之業以翼天子乃大志也然而齊桓任管仲以興進豎刁以敗則獲原啓疆適其始政所以觀視諸

侯也而乃背其所以興跡其所以敗然而能霸諸侯者以土則大以力則彊以義則天子之冊也誠畏之矣烏能得其心服哉其後景監得以相衛鞅弘石得以殺望之誤之者晉文公也嗚呼得賢臣以守大邑則問非失舉也蓋失問也然猶羞當時陷後代若此況於問與舉又兩失者其何以救之哉余故著晉君之罪以附春秋許世子止趙盾之義

南北郊議　宋陳襄

臣謹按周禮大司樂以圜鍾爲宮冬日至於地上之圜丘奏之六變以祀天神以函鍾爲宮夏日至於澤中之方丘奏之八變以祭地示夫祀必冬日至者以其氣來復于上天之始也故宮用夾鍾于震之宮以其帝出乎震也而謂之圜鍾者取其形以象天也三一之變合陽奇之數也祭必以夏日至者以其陰氣潛萌于下地之始也故宮用林鍾于坤之宮以其萬物致養于

坤也而謂之函鍾者取其容以象地也四二之變合陰陽之數也又大宗伯以禋祀實柴槱燎祀其在天者而以蒼璧禮之以血祭沈貍疈辜祭其在地者而以黃琮禮之皆所以順其陰陽辨其時位倣其形色而以氣類求之此二禮之不得不異也故求諸天而天神降求諸地而地示出得以通精誠而逆福釐以生烝民以阜萬物皆百王不易之禮也去周既遠先王之法不行漢元始中奸臣妄議不原經意附會周官大合樂之說謂當合祭平帝從而用之故天地共犢禮之失自此始矣由漢歷唐千有餘年之間而以五月親祠北郊者惟四帝而已如魏文帝之大和周武帝之建德隋高祖之開皇唐睿宗之先天皆希闊一時之舉也然而隨得隨失卒無所定垂至本朝未遑釐正恭惟陛下恢五帝之述作舉百王之廢墜典章法度固已比隆先王之時矣豈襲後世一切之禮乎是以臣親奉德音俾正訛舛

之禮首宜正其大者大者不正而末節雖正無益也況天地歲祀今亦不廢顧惟有司攝事而已誠未足以上盡聖誠恭事之意也臣以謂既罷合祭則南北二郊自當別祀伏請陛下每遇親祀之歲先以夏日至祭地示於方丘然後以冬日至祀昊天於圓丘此謂所大者正也然議者或謂先王之禮其廢已久不可復行古者齋居近儀衛省用度約賜予寡故雖一歲遍祀而國不廢人不勞今也齋居遠儀衛繁用度廣賜予多故雖三歲一郊而猶或憚之況一歲而二郊乎必不獲已則三年而迭祭或如後漢以正月上丁祠南郊禮畢次北郊或如南齊以正月上辛祠昊天次辛瘞后土不亦可乎臣竊謂不然記曰祭不欲踈踈則怠夫三年迭祭則是昊天大神六年始一親祀無已怠乎記曰大事必順天時二至之郊周公之制也捨是而從後王之失禮可謂法歟彼議者徒知苟簡之便而不睹尊奉之嚴也

伏惟陛下鑒先王已行之明效舉曠世不講之大儀約諸司之儀衛而幸祠官均南郊之賜予以給衛士蠲青城不急之役損大農無名之費使臣得以講求故事參究禮經取太常儀注之文以正其訛謬稽大駕鹵簿之式以裁其繁冗惟以至恭之意對越大祇以迎和格純嘏庶成一代之典以示萬世

學校貢舉私議 依祝氏節本

朱熹

古者學校選舉之法始於鄉黨而達於國都教之以德行道藝而興其賢者能者蓋其所以居之者無異處所以官之者無異術所以取之者無異路是以士有定志而無外慕蚤夜孜孜唯懼德業之不修而不憂爵祿之不至夫子所謂言寡尤行寡悔祿在其中孟子所謂修其天爵而人爵從之蓋謂此也今之爲法其所以教者既不大於德行之實而所謂藝者又皆無用之空言至於其弊則所謂空言者又皆怪妄無稽而適以敗壞學

者之心志是以人才日衰風俗日薄朝廷州縣每有一事之可疑則公卿大夫官人百吏愕眙相顧而不知所出是亦可驗其爲教之得失矣議者不知其病源所在反以程試文字之不工爲患夫空言本非所以教人亦不足以取士而詩賦又空言之尤者其無益於設教取士章章明矣然熈寧罷之而議者不以爲是者非罷詩賦之不善乃專主王氏經義之不善也古者大學之教以格物致知爲先而其考校之法又以九年知類通達強立不反爲大成葢天下之事皆學者所當知而其理之載於經者則各有所主而不能相通也況今樂經亡而禮經缺二戴之記已非正經而又廢其一焉盖經之所以爲教者也不能備而治之者類皆舍其所難而就其所易僅窺其一而不及其餘則於天下之事宜有不能盡通其理者矣若諸子之學同出於聖人各有所長而不能無所短其長者固不可以不學而其所

短亦不可以不辨也至於諸史則該古今興亡治亂得失之變時務之大者如禮樂制度天文地理兵謀刑法之屬亦皆當世所須而不可闕皆不可以不之習也然欲其一旦而盡通則其勢將有所不能而卒至於不行若合所當讀之書而分之以年使天下之士各以三年而共通其三四之一則亦若無甚難者故今欲以易書詩爲一科而子年午年試之周禮儀禮及二戴之禮爲一科而卯年試之春秋及三傳爲一科而酉年試之諸經皆兼大學論語中庸孟子論則分諸子爲四科而分年以附焉策則諸史時務亦然則士無不通之經無不習之史而皆可爲當世之用矣近年以來習俗苟偷學無宗主治經者不復讀其經之本文與夫先儒之傳註但取近時科舉中選之文諷誦摹倣擇取經中可爲題目之句以意扭捏妄作主張明知不是經意但取便於行文不暇恤也蓋諸經皆然而春秋爲尤甚主

司不惟不知其謬乃反以爲工而置之高等習以成風轉相祖述慢侮聖言日以益甚名爲治經而實爲經學之賊號爲作文而實爲文字之妖不可坐視而不之正也今欲正之莫若討論諸經之說各立家法而皆以注疏爲主又接前賢文集策問皆指事設疑據實而問多不過百十字嘉祐治平以前尚存舊體今亦宜爲之禁使但條陳所問之疑略如韓歐諸集之爲者則亦可以觀士子之實學而息其諛佞之心矣若其學校則必選實有道德之人使爲學官以求實學之士裁減解額舍選謬濫之恩以塞利誘之塗夫如是是以教明於上俗美於下先王之道得以復明於世而其遺風餘韻又將有以及於方來矣草茅之慮偶及於此故私記其說以爲當路之君子其或將有取焉

治河議

洪武宋景濂

按景濂此議作於至正間予嘗聞前輩云禹貢曰

導河自積石未窮其源也漢張騫云河有兩源一出于闐一出葱嶺唐薛元鼎云得河源於崐崙益皆傳聞耳迨元起朔漠太祖征西夏至黄河九渡荅在崑崙西南憲宗命旭烈征西域六年拓地四萬里而河源則在域内所謂星宿海得之目覩也

景濂引援示人詳矣若夫治河多分其流亦確論也

比歲河决不治上深憂之既遣平章政事嵬名御史中丞李某禮部尚書泰不花沉兩珪有邸及白馬以祀又置行都水監專治河事而績用未之著乃下丞相會廷臣議其言人人殊濂則以爲河源起自西北去中國爲甚遠其勢湍悍難制非多爲之委以殺其流未可以力勝也何也河源自吐番朶甘思西鄙方七八十里有泉百餘泓若天之列宿然曰火敦腦兒譯云星宿海也自海之西又匯爲阿剌腦兒二澤又東流爲赤賓河而赤

里出之水由西合忽闌之水從南會也里木之水復至自東南於是其流漸大曰脫可尼譯云黃河也河之東行又岐爲九派曰也孫斡倫譯云九渡也水尚清淺可涉又東約行五百里始寖渾濁而其流益大朶甘思東北鄙有大山四時皆積雪曰亦耳麻不莫刺又曰騰乞里塔譯云昆侖也自九渡東行可三千里乃至昆侖之南又東流過闊即闊提二地至哈刺別里赤與納鄰哈刺河合又合乞兒馬出二水乃折流轉西至昆侖北既復折而東北流至貴德州其地名必赤里自昆侖至此不啻三千里之遠又約行三百里至積石從積石上距星宿海蓋六千七百有餘里矣其來也既遠其注也必怒故神禹導河自積石歷龍門南到華陰東下底柱及孟津洛汭至于大伾大伾而不釃爲二渠北載之高地過降水至于大陸播爲九河趨碣石入于渤海然自禹之後無水患者七百七十餘年此無他河之流

分而其勢自平也周定王時河徙砱礫始改其故道九河之間漸致堙塞至漢文時決酸棗東潰金隄孝武時決瓠子東西注鉅野通于淮泗汎郡十六害及梁楚此無他河之流不分而其勢益横也逮乎宣房之築道河北行二渠復禹舊迹其後又流爲屯氏諸河河且入於千乘間德棣之河復播爲八而八十年又無水患矣及成帝時屯氏河塞又決於館陶及東郡金隄泛濫兖豫入平原千乘濟南凡灌四郡三十二縣由是而觀則河之分不分其利害昭然又可覩已自漢至唐平決不常難以悉議至于宋時河又南決南渡之後遂由彭城合汴泗東南以入淮而向之故道又失矣夫以數千里湍悍難制之河而欲使一淮以疏其怒勢萬萬無此理也方今河破金隄輸曹鄆地幾千里悉爲巨浸民生墊溺比古爲尤甚莫若浚入舊淮河使其水流復於古道然後道入新濟河分其半水使之北流以殺其力

則河之患可平矣譬猶百人爲一隊則其力全莫敢與爭鋒若以百分而爲十則頓損又以十各分爲一則全屈矣治河之要孰踰此然而闢闢之初洪水汎濫於天下禹出而治之水始由地中行耳蓋財成天地之化必資人功而後就或者不知遂以河决歸於天事未易以人力強塞此迂儒之曲説最能債事者也濂竊憤之因備著河源以見河勢之深且遠不分其流决不可治者如此倘有以聞于上則河之患庶幾其有瘳乎雖然此非濂一人之言也天下之公言也

文章辨體卷之二十四

文章辨體卷之二十五

海虞後學吳訥編集

彈文

劾丞相匡衡等　漢王尊

司隸校尉臣尊言丞相衡御史大夫譚位三公典五常九德以總方畧壹統類廣教化美風俗爲職知中書謁者令顯等專權擅埶大作威福縱恣不制無所畏忌爲海內患害不以時白奏行罰而阿諛曲從附下罔上懷邪迷國無大臣輔政之義皆不道在赦令前赦後衡譚舉奏顯不自陳不忠之罪反揚著先帝任用傾覆之徒妄言百官畏之甚於主上卑君尊臣非所宜稱失大臣體又正月行幸曲臺臨饗衛士衡與中二千石大鴻臚賞等會坐殿門下衡南鄉賞等西鄉衡更爲賞布東鄉席起立延賞坐私語如食頃衡知行臨百官共職萬衆會聚而設不正

之席使下坐上相比爲小惠於公門之下動不中禮亂朝廷爵秩之位衡又使官大奴入殿中問行起居還言漏上十四刻行臨到衡安坐不變色改容無怵惕肅敬之心驕慢不謹皆不敬

論丞相薛宣　　消勲

司隷校尉臣勲言春秋之義王人微者序乎諸侯之上尊王命也臣幸得奉使以督察公卿以下爲職今丞相宣請遣掾史以宰士督察天子奉使命大夫甚誖逆順之理宣本不師受經術因事以立姦威案浩商所犯一家之禍耳而宣欲專權作威乃害于國不可之大者願下中朝特進列侯將軍以下正國法度

劾消勲　　翟方進

御史大夫臣方進言臣聞國家之興尊尊而敬長爵位上下之禮王道紀綱春秋之義尊上公謂之宰海内無不統焉丞相進見御坐爲起在輿爲下群臣宜皆承順聖化以視四方勲吏二

千石幸得奉使不遵禮儀輕謾宰相賤易上卿而又詘節失度邪謟無常色厲內荏墮國體亂朝廷之序不宜處位臣請下丞相免勳

彈李義府

唐王義方

臣聞天子置公卿大夫士欲水火相濟鹽梅相成不得獨是獨非也昔堯失四凶漢高失陳豨光武失之逢萌魏武失之張邈彼聖桀之主然皆失於前而得於後今陛下撫臨萬邦蠻夷落罪無逃罰況輦轂下姦臣肆兇殺人滅口此生殺之柄不自主出而下移履霜堅冰彌不可長請下有司雜治正義死狀雪寃氣於幽泉誅姦臣於白日三叱義府既下乃讀彈文有曰義府善柔成性佞媚爲心昔是馬周分桃見寵後交劉洎割袖承恩生其羽翼長其光價因緣際會遂階通達不能盡忠端節對敭王休策蹇勵駑祗奉皇眷而反憑附城社蔽虧日月請託

公行交遊群小貪冶容之好原有罪之淳于恐漏泄其謀殞無辜之正義雖挾山超海之力望此尤輕回天轉日之威方斯更劣此如可恕孰不可容金風戒節玉露啓途霜簡與秋典共清忠臣與鷹鸇並擊請除君側少答鴻私碎首玉階庶明臣節伏請付法推斷以申典憲

彈王安石　宋呂誨

臣竊以大姦似忠大詐似信惟其用舍繫時休否伏覩參知政事王安石外示樸野中藏巧詐驕蹇慢上陰賊害物臣畧疏十事皆目覩之實迹一言近無萬死無避安石向在嘉祐中判糾察刑獄因開封府爭鵪鶉公事舉駮不當御史臺累移文催促謝恩倨傲不恭相次仁宗皇帝上僊安石丁憂其事遂已服滿託疾累招不起陛下即位亦合赴闕一見稍存人臣之禮及就除江寧府於私安便善後從命慢上無禮其事一也安石任小

皆每一遷轉遜避不已自知江寧府除翰林學士不聞固辭先
帝臨朝則有山林獨往之思陛下即位乃有金鑾侍從之樂何
慢於前而恭於後見利忘義好名欲進其事二也人主延對經
術之士講先王之道設侍講侍讀常員執經進說非傳道也安
石居職不識上下之儀君臣之分要君取名其事三也安石自
居政府事無大小與同列異議或因奏對留身進說多乞御批
目中而下是則掠美於己非則斂怨於君用情罔公其事四也
安石自糾察司舉駮多不中理與法官爭論刑名常懷忿隙昨
許遵誤斷謀殺公事妻謀殺夫用按問欲舉減等科罪挾情壞
法以報私怨兩制定奪但聞朋附二府看詳亦皆畏避徇私報
怨其事五也安石初入翰林未聞進一事之善首率同列稱弟
安國之才朝廷與狀元恩例猶謂之薄主試者定文卷不優遂
懼中傷小惠必報纖仳必復及居政府纔及半年賣弄威福無

所不至自是畏之者勉意俯從附之者自鬻希進奔走門下唯恐其後背公死黨怙勢招權其事六也宰相不視事旬日差除自專逐近臣補外皆不附巳者妄言盡出聖裁丞相不書勑本朝故事未之聞也意示作威聳動朝著同列依違宰相避忌專威害政其事七也凡奏對殿座之前唯肆強辨向與唐介爭論謀殺刑名遂致諠譁衆非安石而是介介忠勁之人務守大體不能以口舌勝不幸憤懣發疽而死自是同列尤甚畏難雖丞相亦退縮不敢較其是非任性陵轢同列其事八也陛下方稽法唐堯敦睦九族而小人章辟光獻言俾岐王遷居于外離間之罪固不容誅上尋有旨送中書欲正其罪安石堅拒不從仍進危言以惑聖聽意在離間其事九也今邦國經費要會在於三司安石居政府與知樞密者同制置三司條例兵與財兼領之又舉三人者勾當八人者巡行雖名之曰商權財利其實動

揔天下未見其利先見其害其事亡也臣指陳猥瑣煩黷高明誠恐陛下悦其才辨乂而倚毗大奸得路賢者漸去臣究安石之迹固無遠略唯務改作立異於人文言飾非罔上欺下臣竊憂之誤天下蒼生必斯人矣方今天灾屢見人情未知如安石久居廟堂必無安静之理臣所以瀝懇而言不虞横禍陛下志在剛决察於隱伏當質於士論然後知臣之言中否然詆訐大臣不敢苟逭孤危若寄職分難汝當復露章請避怨敵

檄

諭巴蜀檄　漢司馬長卿

告巴蜀太守蠻夷自擅不討之日久矣時侵犯邊境勞士大夫陛下即位存撫天下安集中國然後興師出兵北征匈奴單于怖駭交臂受事屈膝請和康居西域重譯納貢稽顙來享移師東指閩越相誅右弔番禺太子入廟南夷之君西僰之長常效

貢職不敢怠墮延頸舉踵喁喁然皆鄉風慕義欲爲臣妾道里遼遠山川阻深不能自致夫不順者已誅而爲善者未賞故遣中郎將往賓之發巴蜀之士各五百人以奉幣帛衛使者不然靡有兵革之事戰鬬之患今聞其乃發軍興制驚懼子弟憂患長老郡又擅爲轉粟運輸皆非陛下之意也當行者或逃亡自賊殺亦非人臣之節也夫邊郡之士聞烽舉燧燔皆攝弓而馳荷兵而走流汗相屬唯恐居後觸白刃冒流矢議不反顧計不旋踵人懷怒心如報私讎豈樂死惡生非編列之民而與巴蜀異生哉計深慮遠急國家之難而樂盡人臣之道也故有剖符之封析珪而爵位爲通侯處列東第終則遺顯號於後世傳土地於子孫行事甚忠敬居位甚安逸名聲施於無窮功烈著而不滅是以賢人君子肝腦塗中原膏液潤野草而不辭也今奉幣役至南夷即自賊殺或逃亡抵誅身死無名謚爲至愚恥及

父母爲天下笑人之度量相越豈不遠哉然此非獨行者之罪也父兄之教不先子弟之率不謹寡廉鮮耻而俗不長厚也其被刑戮不亦宜乎陛下患使者有司之若彼悼不肖愚民之如此故遣信使曉喻百姓以發卒之事因數之以不忠死亡之罪讓三老孝悌以不教誨之過方今田時重煩百姓已親見近縣恐遠所谿谷山澤之民不徧聞檄到亟下縣道使咸喻陛下之意無忽

爲袁紹檄豫州　陳孔璋

蓋聞明主圖危以制變忠臣慮難以立權是以有非常之人然後有非常之事有非常之事然後立非常之功夫非常者故非常人所擬也曩者彊秦弱主趙高執柄專制朝權威福由已時人迫脅莫敢正言終有望夷之敗祖宗焚滅汙辱至今及臻呂后季年產祿專政內兼二軍外統梁趙擅斷萬機決事省禁下

陵上替海内寒心於是絳侯朱虛興威奮怒誅夷逆暴尊立太宗故能正道興隆光明顯融此則大臣立權之明表也司空操祖父中常侍騰與左悺徐璜並作妖孽饕餮放橫傷化虐民父嵩乞匄攜養因贓假位輿金輦璧輸貨權門竊盜鼎司傾覆重器操贅閹遺醜本無懿德僄狡鋒俠好亂樂禍幕府董統鷹揚掃除凶逆續遇董卓侵官暴國於是提劍揮鼓發命東夏收羅英雄棄瑕取用遂與操同諮合謀授以裨師謂其鷹犬之才爪牙可任至乃愚佻短略輕進易退傷夷折衄數喪師徒幕府輒復分兵命銳修完補輯表行東郡太守領兗州刺史被以虎文獎就威柄冀獲秦師一剋之報而操遂承資跋扈肆行凶忒割剝元元殘賢害善九江太守邊讓英才俊偉天下知名直言正色論不阿諂身首被梟懸之誅妻孥受灰滅之咎自是士林憤痛民怨彌重一夫奮臂舉州同聲故躬破於徐方地奪於呂布

彷徨東裔蹈據無所幕府惟彊幹弱枝之義且不登叛人之黨故復援旌擐甲席卷起征金鼓響振布衆奔沮拯其死亡之患復其方伯之位則幕府無德於兗土之民而有大造於操也後會鑾駕反旆群虜寇攻時冀州方有北鄙之警匪遑離局故使從事中郎徐勛就發遣操使繕脩郊廟翊衛幼主操便放志專行脅遷當御省禁卑侮王室敗法亂紀坐領三臺專制朝政爵賞由心刑戮在口所愛光五宗所惡滅三族群談者受顯誅腹議者蒙隱戮百寮鉗口道路以目尚書記期會公卿充員品而已太尉楊彪典歷二司興國極位操因緣眦睚被以非罪榜楚參并五毒備至觸情任忒不顧憲綱議郎趙彥忠諫直言義有可納操欲迷奪時明杜絕言路擅收立殺不俟報聞梁孝王先帝母昆墳陵尊顯桑梓松栢猶宜肅恭而操帥將吏士親臨發掘破棺裸尸掠取金寶至令聖朝流涕士民傷懷操又特置發

丘中郎將摸金校尉所過隳突無骸不露身處三公之位而行桀虜之態汙國害民毒施人鬼加其細政慘苛科防互設舉手挂網羅動足觸機陷是以兗豫有無聊之民帝都有嘘嗟之怨歷觀載籍無道之臣貪殘酷烈於操爲甚幕府方詰外姦未及整訓而操豺狼野心潛包禍謀乃欲孤弱漢室除滅忠正徃者北征公孫瓚拒圍一年操因其未破陰交書命外助王師内相掩襲會其行人發露瓚亦梟夷故使鋒芒挫縮厥圖不果及大軍過蕩西山屠各左校皆束手奉質爭爲前登於是操師震慴晨夜逋遁屯據敖倉阻河爲固欲以螗蜋之斧禦隆車之隧幕府奉漢威靈折衝宇宙長戟百萬胡騎千群奮中黄育獲之士騁良弓勁弩之勢并州越大行青州涉濟漯大軍汎黄河而角其前荊州下宛葉而掎其後雷震虎步並集虜庭若舉炎火以焫飛蓬覆滄海以沃熛炭有何不滅者哉又操軍吏士其可戰

者皆出自幽冀或故營部曲咸怨曠思歸流涕北顧其餘兗豫之民及呂布張楊之遺衆覆亡迫脅權時苟從各被創夷人爲讎敵若迴旆方徂必土崩瓦解不俟血刃方今漢室陵遲綱維弛絶方幾之内簡練之臣皆垂頭搨翼莫所憑恃雖有忠義之佐脅於暴虐之臣焉能展其節又操持部曲精兵七百圍守宫闕外託宿衛内實拘執懼其篡逆之萌因斯而作此乃忠臣肝腦塗地之秋烈士立功之會可不勗哉操又矯命稱制遣使發兵恐邊遠州郡過聽給與彊寇弱主違衆旅叛舉以喪名爲天下笑則明哲不取也即日幽并青冀四州並進書到荆州便勒見兵與建忠將軍恊同聲勢州郡各整戎馬舉師揚威並匡社稷則非常之功於是乎著其得操首者封五千户侯賞錢五千萬部曲偏裨將校諸吏降者勿有所問而告天下咸知聖朝有拘偪之難如律令

爲徐敬業討武曌檄　唐駱賓王

僞周武氏者性非和順地實寒微昔充太宗下陳曾以更衣入侍洎乎晚節穢亂春宮潛隱先帝之私陰圖後房之嬖入門見嫉蛾眉不肯讓人掩袖工讒狐媚偏能惑主踐元后於翬翟陷吾君於聚麀加以虺蜴爲心豺狼成性近狎邪僻殘害忠良殺姊屠兄弒君鴆母人神之所同嫉天地之所不容猶復包藏禍心窺竊神器君之愛子幽之於別宮賊之宗盟委之以重任嗚呼霍子孟之不作朱虛侯之已亡鷰啄皇孫知漢祚之將盡龍漦帝后識夏庭之遽衰敬業皇唐舊臣公侯冢子奉先君之成業荷本朝之厚恩宋微子之興悲良有以也袁君山之流涕豈徒然哉是用氣憤風雲志安社稷因天下之失望順宇內之推心爰舉義旗以清妖孽南連百越北盡三河鐵騎成羣玉軸相接海陵紅粟倉儲之積靡窮江浦黃旗匡復之功何遠班聲動

而比風起劒氣衝而南斗平喑嗚則山岳崩頽叱咤則風雲變
色以此制敵何敵不摧以此圖功何功不克公等或居漢地或
叶周親或膺重寄於話言或受顧命於宣室言猶在耳忠豈忘
心一抔之土未乾六尺之孤何託儻能轉禍爲福送往事居共
立勤王之圖無廢大君之命凡諸爵賞同指山河若其眷戀窮
城徘徊岐路坐昧先幾之兆必貽後至之誅請看今日之域中
竟是誰家之天下

文章辨體卷之二十五

文章辨體卷之二十六

海虞後學吳訥編集

書一

與范宣子論重幣書　鄭子產

范宣子爲政諸侯之幣重鄭人病之二月鄭伯如晉子產寓書於子西以告宣子曰子爲晉國四鄰諸侯不聞令德而聞重幣僑也惑之僑聞君子長國家者非無賄之患而無令名之難夫諸侯之賄聚於公室則諸侯貳若吾子賴之則晉國貳諸侯貳則晉國壞晉國貳則子之家壞何沒沒也（沒沒沈滅之言）將焉用賄夫令名德之輿也德國家之基也有基無壞無亦是務乎有德則樂樂則能久詩云樂只君子邦家之基有令德也夫（詩小雅）（君子樂美其道爲邦家之基所以濟令德）上帝臨女無貳爾心有令名也夫（詩大雅）（武王爲天所臨不敢懷貳心所以齊令名）恕思以明德則令名載而行之是以遠

至邇安毋寧使人謂子子實生我無寧寧也而謂子浚我以生乎浚取也言取我財以自生象有齒以焚其身賄也焚斃也宣子說乃輕幣

答燕惠王書　燕樂毅

迂齋云此可見昭王樂毅君臣相與之際略似漢昭烈諸葛武侯書詞明白洞見肺腑

臣不佞不能奉承王命以順左右之心恐傷先王之明有害足下之義故遁逃走趙今足下使人數之以罪臣恐侍御者不察先王之所以畜幸臣之理又不白臣之所以事先王之心故敢以書對臣聞賢聖之君不以祿私親其功多者賞之其能當者處之故察能而授官者成功之君也論行而結交者立名之士也臣竊觀先王之舉也見有高世主之心故假節於魏以身得察於燕先王過舉廁之賓客

之中立之群臣之上不謀父兄以爲亞卿臣竊不自知自以爲奉令承教可幸無罪故受令而不辭先王命之曰我有積怨深怒於齊不量輕弱而欲以齊爲事臣曰齊覇國之餘業而最勝之遺事也練於兵甲習於戰攻王若欲伐之必與天下圖之與天下圖之莫若於趙且又淮北宋地楚魏之所欲也趙若許而約四國攻之齊可大破也先王以爲然具符節南使臣於趙顧反命起兵擊齊以天之道先王之靈河北之地隨先王而舉之濟上濟上之軍受命擊齊大敗齊人輕卒銳兵長驅至國齊王遁而走莒僅以身免珠玉財寶車甲珍器盡收入于燕齊器設于寧臺大呂陳於元英故鼎反乎磿室薊丘之植植於汶篁自五覇以來功未有先王者也先王以爲慊於志故裂地封之使得比小國諸侯臣竊不自知以爲奉命承教可幸無罪是以

受命不辭臣聞賢聖之君功立而不廢故著於春秋蚤知之士名成而不毀故稱於後世若先王之報怨雪耻夷萬乘之強國收八百歲之蓄積及至棄群臣之日餘教未衰執政任事之臣修法令謹庶孽施及乎萌隸皆可以教後世臣聞之善作者不必善成善始者不必善終昔伍子胥說聽於闔閭而吳王遠迹至郢夫差弗是也賜之鴟夷而浮之江吳王不寤先論之可以立功故沈子胥而不悔子胥不蚤見王之不同量是以至於入江而不化夫免身立功以明先王之迹臣之上計也離毀辱之誹墮先王之名臣之所大恐也臨不測之罪以幸爲利義之所不敢出也臣聞古之君子交絶不出惡聲忠臣去國不潔其名臣雖不佞數奉教於君子矣恐侍御者親左右之說不察疏遠之行故敢獻書以聞惟君王留意焉

報任少卿書

漢司馬子長

漢書曰遷既被刑之後爲中書令故人益州刺史任安乃與書責以進賢之義遷報之迂齋云反覆曲折首尾相續叙事明白讀之令人感激悲痛

少卿足下曩者辱賜書敎以愼於接物推賢進士爲務意氣勤懃懇懇若望僕不相師而用流俗人之言僕非敢如此也僕雖罷駑亦嘗側聞長者之遺風矣顧自以爲身殘處穢動而見尤欲益反損是獨鬱悒而誰與語諺曰誰爲爲之孰令聽之蓋鍾子期死伯牙終身不復鼓琴何則士爲知己者用女爲悅己者容若僕大質已虧缺矣雖才懷隨和行若由夷終不可以爲榮適足以見笑而自點耳書辭宜荅會東從上來又迫賤事相見日淺卒卒無須臾之間得竭指意今少卿抱不測之罪涉旬月迫季冬僕又薄從上上雍恐卒然不可諱是僕終已不得舒憤

懣以曉左右則長逝者魂魄私恨無窮請略陳固陋闕然久不報幸勿爲過僕聞之修身者智之符也愛施者仁之端也取與者義之表也耻辱者勇之决也立名者行之極也士有此五者然後可以託於世而列於君子之林矣故禍莫憯於欲利悲莫痛於傷心行莫醜於辱先詬莫大於宫刑刑餘之人無所比數非一世也所從來遠矣昔衛靈公與雍渠同載孔子適陳商鞅因景監見趙良寒心同子參乘袁絲變色自古而耻之夫中才之人事有關於宦豎莫不傷氣而况於慷慨之士乎如今朝廷雖乏人柰何令刀鋸之餘薦天下之豪俊哉僕賴先人緒業得待罪輦轂下二十餘年矣所以自惟上之不能納忠效信有奇策才力之譽自結明主次之又不能拾遺補闕招賢進能顯巖穴之士外之不能備行伍攻城野戰有斬將搴旗之功下之不能積日累勞取尊官厚禄以爲宗族交游光寵四者無一遂苟

合取容無所短長之效可見於此矣嚮者僕亦嘗厠下大夫之列陪奉外廷末議不以此時引綱維盡思慮今已虧形爲掃除之隷在闒茸之中乃欲卬首信眉論列是非不亦輕朝廷羞當世之士耶嗟乎嗟乎如僕尚何言哉且事本末未易明也僕少負不羈之行長無鄉曲之譽主上幸以先人之故使得奏薄伎出入周衞之中僕以爲戴盆何以望天故絕賓客之知亡室家之業日夜思竭其不肖之才力務一心營職求親媚於主上而事乃有大謬不然者夫僕與李陵俱居門下素非相善也趨舍異路未嘗啣杯酒接殷勤之歡僕觀其爲人自奇士事親孝與士信臨財廉取與有義分別有讓恭儉下人常思奮不顧身以徇國家之急其素所蓄積也僕以爲有國士之風夫人臣出萬死不顧一身之計赴公家之難斯已奇矣今舉事一不當而全軀保妻子之臣隨而媒孽其短僕誠私心痛之且李陵提步卒

不滿五千深踐戎馬之地足歷王庭垂餌虎口橫挑彊胡仰億萬之師與單于連戰十有餘日所殺過當虜救死扶傷不給旃裘之君長咸震怖乃悉徵其左右賢王舉引弓之人一國共攻而圍之轉鬬千里矢盡道窮救兵不至士卒死傷如積然李陵壹呼勞軍士無不起躬流涕沫血飲泣更張空拳冒白刃北嚮爭死敵陵未沒時使有來報漢公卿王侯皆奉觴上壽後數日陵敗書聞主上爲之食不甘味聽朝不怡大臣憂懼不知所出僕竊不自料其卑賤見主上慘愴怛悼誠欲效其款款之愚以爲李陵與士大夫絶甘分少能得人之死力雖古之名將不能過也身雖陷敗彼觀其意且欲得其當而報於漢事已無可柰何其所摧敗功亦足以暴於天下矣僕懷欲陳之而未有路適會召問即以此指推言陵之功欲以廣主上之意塞睚眦之辭未能盡明明主不深曉以爲僕沮貳師而爲李陵遊說遂下於理

拳拳之忠終不能自列因爲誣上卒從吏議家貧貨賂不足以自贖交遊莫救左右親近不爲一言身非木石獨與法吏爲伍深幽囹圄之中誰可告愬者此正少卿所親見僕行事豈不然乎李陵旣生降隤其家聲而僕又茸以蠶室重爲天下觀笑悲夫悲夫事未易一二爲俗人言也僕之先非有剖符丹書之功文史星曆近乎卜祝之間固主上所戲弄倡優畜之流俗之所輕也假令僕伏法受誅若九牛亡一毛與螻蟻何異而世又不能與死節者比特以爲智窮罪極不能自免卒就死耳何也素所自樹立使然也人固有一死死或重於泰山或輕於鴻毛用之所趨異也大上不辱先其次不辱身其次不辱理色其次不辱辭令其次屈體受辱其次易服受辱其次關木索被箠楚受辱其次剔毛髮嬰金鐵受辱其次毁肌膚斷支體受辱最下腐刑極矣傳曰刑不上大夫此言士節不可不厲也猛虎在深山

百獸震恐及在陷穽之中搖尾而求食積威約之漸也故士有畫地爲牢勢不入削木爲吏議不對定計於鮮也今交手足受木索暴肌膚受榜箠幽於圜墻之中當此之時見獄吏則頭搶地視徒隸則心惕息何者積威約之勢也及已至是言不辱者所謂彊顔耳曷足貴乎且西伯伯也拘羑里李斯相也具五刑淮隂王也受械於陳彭越張敖南面稱孤繫獄抵罪絳侯誅諸呂權傾五伯囚於請室魏其大將也衣赭關三木季布爲朱家鉗奴灌夫受辱居室此人皆身至王侯將相聲聞鄰國及罪至罔加不能引決自裁在塵埃之中古今一體安在其不辱也由此言之勇怯勢也強弱形也審矣何足怪乎夫人不能蚤自裁繩墨之外已稍陵夷至於鞭箠之間乃欲引節不亦遠乎古人所以重施刑於大夫者殆爲此也夫人情莫不貪生惡死念父毋顧妻子至激於義理者不然乃有所不得已也今僕不幸

蚤失父母無兄弟之親獨身孤立少卿視僕於妻子何如哉且勇者不必死節怯夫慕義何處不勉焉僕雖怯懦欲苟活亦頗識去就之分矣何至自沈溺縲紲之辱哉且夫臧獲婢妾猶能引決況若僕之不得已乎所以隱忍苟活幽於糞土之中而不辭者恨私心有所不盡鄙沒世而文采不表於後世也古者富貴而名磨滅不可勝記唯倜儻非常之人稱焉蓋文王拘而演周易仲尼厄而作春秋屈原放逐乃賦離騷左丘失明厥有國語孫子臏脚兵法修列不韋遷蜀世傳呂覽韓非囚秦說難孤憤詩三百篇大抵賢聖發憤之所作也此人皆意有所鬱結不得通其道故述往事思來者及如左丘無目孫子斷足終不可用退而論書策以舒其憤思垂空文以自見僕竊不遜近自託於無能之辭羅網天下放失舊聞略考其事綜其終始稽其成敗興壞之理上起軒轅下至于茲爲十表本紀十二書八世家

三十列傳七十凡百三十篇亦欲以究天人之際通古今之變成一家之言草創未就會遭此禍惜其不成是以就極刑而無慍色僕誠已著此書藏之名山傳之其人通邑大都則僕償前辱之責雖萬被戮豈有悔哉然此可爲智者道難爲俗人言也且負下未易居下流多謗議僕以口語遇遭此禍重爲鄉黨戮笑以汚辱先人亦何面目復上父母之丘墓乎雖累百世垢彌甚耳是以腸一日而九迴居則忽忽若有所亡出則不知其所往每念斯恥汗未嘗不發背霑衣也身直爲閨閤之臣寧得自引深藏巖穴邪故且從俗浮沈與時俯仰以通其狂惑今少卿乃教以推賢進士無乃與僕私指謬乎今雖欲自彫琢曼辭以自解無益於俗不信秖足自取辱耳要之死日然後是非乃定書不能悉意故略陳固陋

讓太常博士書　劉子駿

昔唐虞既衰而三代迭興聖帝明王累起相襲其道甚著周室既微而禮樂不正道之難全也如此是故孔子憂道不行歷國應聘自衛反魯然後樂正雅頌乃得其所修易序書制作春秋以紀帝王之道及夫子沒而微言絕七十子卒而大義乖重遭戰國棄籩豆之禮理軍旅之陳孔氏之道抑而孫吳之術興陵夷至于暴秦焚經書殺儒士設挾書之法行是古之罪道術由此遂滅漢興去聖帝明王遐遠仲尼之道又絕法度無所因襲時獨有一叔孫通略定禮儀天下惟有易卜未有他書至於孝惠之世乃除挾書之律然公卿大臣絳灌之屬咸介冑武夫莫以爲意至孝文皇帝始使掌故鼂錯從伏生受尚書尚書初出於屋壁朽折散絕今其書見在時師傳讀而已詩始萌芽天下衆書往往頗出皆諸子傳說猶廣立於學官爲置博士在朝之儒唯賈生而已至孝武皇帝然後鄒魯梁趙頗有詩禮春秋先

師皆出於建元之間當此之時一人不能獨盡其經或爲雅或爲頌相合而成泰誓後得博士集而讀之故詔書曰禮壞樂崩書缺簡脫朕甚閔焉時漢興已七八十年離於全經固已遠矣及魯恭王壞孔子宅欲以爲宮而得古文於壞壁之中逸禮有三十九篇書十六篇天漢之後孔安國獻之遭巫蠱倉卒之難未及施行及春秋左氏丘明所修皆古文舊書多者二十餘通藏於秘府伏而未發孝成帝愍學殘文缺稍離其真乃陳發祕藏校理舊文得此三事以考學官所傳經或脫簡傳或閒編傳問人閒則有魯國柏公趙國貫公膠東庸生之遺學與此同抑而未施此乃有識者之所歎閔士君子之所嗟痛也往者綴學之士不思廢絕之闕苟因陋就寡分文析字煩言碎辭學者罷老且不能究其一藝信口說而背傳記是末師而非往古至於國家將有大事若立辟雍封禪巡狩之議則幽冥而莫知其原猶

欲保殘守缺挾恐見破之私意而亡從善服義之公心或懷嫉妬不考情實雷同相從隨聲是非抑此三學以尚書爲不備謂左氏爲不傳春秋豈不哀哉今聖上德通神明繼統揚業亦愍此文教錯亂學士若茲雖深照其情猶依違謙讓樂與士君子同之故下明詔試左氏可立不遣近臣奉旨銜命將以輔弱扶微與二三君子比意同力冀得廢遺今則不然深閉固距而不肯試猥以不誦絶之欲以杜塞餘道絶滅微學夫可與樂成難以慮始此乃衆庶之所爲耳非所望於士君子也且此數家之事皆先帝所親論今上所考視爲古文舊書皆有徵驗内外相應豈苟而已哉夫禮失求之於野古文不猶愈於野乎往者博士書有歐陽春秋公羊易則施孟然孝宣皇帝猶復廣立穀梁春秋梁丘易大小夏侯尚書義雖相反猶並置之何則與其過而廢之寧過而立之傳曰文武之道未墜於地在人賢者識其

大者不賢者識其小者今此數家之言所以兼包大小之義豈可偏絶哉若必專已守殘黨同門妒道真違明詔失聖意以陷於文吏之議甚爲二三君子不取也

上李大夫論古篆書　唐李陽冰

陽冰志在古篆殆三十年見前人遺迹美即美矣惜其未有點畫但偏傍模刻而已緬想聖達立制造書之意乃仰觀俯察六合之際於天地山川得方圓流峙之形於日月星辰得經緯昭回之度於雲霞草木得霏布滋蔓之容於衣冠文物得揖讓周旋之體於鬚眉口鼻得喜怒慘舒之分於蟲魚禽獸得屈伸飛動之理於骨角齒牙得擺拉咀嚼之勢隨手萬變任心所成可謂通三才之氣象備萬物之情狀者矣常痛孔壁遺文汲冢舊簡年代浸遠謬誤滋多蔡中郎以豐同豐李丞相將束爲宋魚魯一惑涇渭同流學者相承靡所遷復每一念至未嘗不廢食

雲泣攬筆長嘆焉天將未喪斯文也故小子得篆籀之宗旨皇唐聖運逮玆八葉天生尅復之主人樂惟新之令以淳古爲務以文明爲理欽若典謨疇洛故實誠願刻石作篆備書六經立於明堂爲不刊之典號曰大唐石經使百代之後無所損益仰明朝之洪烈法高代之盛事死無恨矣陽冰年垂五十去國萬里家無宿舂之儲出無代步之乘仰望紫極遠於丹霄若溘先犬馬此志不就必將負於聖朝是長埋於古學矣大夫銜命北闕撫寧南方苟利國家專之可也伏奉處分令題篇牘寒天已暮闇燭之下應命書之霜深筆冷未窮體勢儻歸奏之日一使聞天非小人之已務是大夫之功業可否之事伏惟去就之

與徐給事論文書　柳冕

文章本於教化形於治亂繫於國風故在君子之心爲志形君子之言爲文論君子之道爲教易云觀乎人文以化成天下此

君子之文也自屈宋以降爲文者本於哀艷務於恢誕亡於比興失古義矣雖揚馬形似曹劉骨氣潘陸藻麗文多用寡則是一技君子不爲也昔武帝好神仙而相如爲大人賦以諷帝覽之飄然有凌雲之氣故楊雄病之曰諷則諷矣吾恐不免於勸也蓋文有餘而質不足則流才有餘而雅不足則蕩流蕩不返使人有淫麗之心此文之病也雄雖知之不能行之行之者惟孟荀賈生董仲舒而已僕自下車爲外事所感感而應之爲文不覺成卷意雖復古而不逮古則不足以識古人之意噫古人之文不可及之矣得見古人之心在於文乎苟無文又不得見古人之心故未能亡言亦志之所之也

重答張籍書　　韓退之

吾子不以愈無似意欲推而納諸聖賢之域拂其邪心增其所未高謂愈之質有可以至於道者浚其源導其所歸溉其根將

食其實此盛德者之所辭讓況於愈者哉抑其中有宜復者故不可遂已昔者聖人之作春秋也既深其文辭矣然猶不敢公傳道之口授弟子至於後世然後其書出焉其所以慮患之道微也今夫二氏之所宗而事之者下及公卿輔相吾豈敢昌言排之哉擇其可語者誨之猶時與吾悖其聲嘵嘵若遂成其書則見而怒之者必多矣必且以我爲狂爲惑其身之不能恤書於吾何有夫子聖人也且曰自吾得子路而惡聲不入於耳其餘輔而相者周天下猶且絕糧於陳畏於匡毀於叔孫奔走於齊魯宋衛之郊其道雖尊其窮也亦甚矣賴其徒相與守之卒有立於天下向使獨言之而獨書之其存也可冀乎今夫二氏行乎中土也蓋六百年有餘矣其植根固其流波漫非所以朝令而夕禁也自文王沒武王周公成康相與守之禮樂皆在及乎夫子未久也自夫子而及乎孟子未久也自孟子而及乎楊

雄亦未久也然猶其勤若此其困若此而後能有所立吾其可易而爲之哉其爲也易則其傳也不遠故余所以不敢也然觀古人得其時行其道則無所爲書書者皆所爲不得行乎今而行乎後世者也今吾之得吾志失吾志未可知矣五六十爲之未失也天不欲使茲人有知乎則吾之命不可期如使茲人有知乎非我其誰哉其行道其爲書其化今其傳後必有在矣吾子其何遽戚戚於吾所爲哉前書謂吾與人商論不能下氣若好勝者然雖誠有之抑非好己勝也好己之道勝也非好己之道勝也己之道乃夫子孟軻楊雄所傳之道也若不勝則無以爲道吾豈敢避是名哉夫子之言曰吾與回言終日不違如愚則其與衆人辨也有矣駁雜之譏前書盡之吾子其復之昔者夫子猶有所戲詩不云乎善戲謔兮不爲虐兮記曰張而不弛文武不能也惡害於道哉吾子其未之思乎孟君將有所適思

與吾子別庶幾一來

後廿九日復上宰相書

愈聞周公之爲輔相其急於見賢也方一食三吐其哺方一沐三握其髮當是時天下之賢才皆已舉用姦邪讒佞欺負之徒皆已除去四海皆已無虞九夷八蠻之在荒服之外者皆已賓貢天災時變昆蟲草木之妖皆已銷息天下之所謂禮樂刑政教化之具皆已修理風俗皆已敦厚動植之物風雨霜露之所霑被者皆已得宜休徵嘉瑞麟鳳龜龍之屬皆已備至而周公以聖人之才憑叔父之親其所輔理承化之功又盡章章如是其所求進見之士豈復有賢於周公者哉不惟不賢於周公而已豈復有賢於時百執事者哉豈復有所計議能補於周公之化者哉然而周公求之如此其急惟恐耳目有所不聞見思慮有所未及以負成王託周公之意不得於天下之心如周公之

心設使其時輔理承化之功未盡章章如是而非聖人之才而無叔父之親則將不暇食與沐矣豈特吐哺握髮爲勤而止哉維其如是故于今頌成王之德而稱周公之功不衰今閣下爲輔相亦近耳天下之賢才豈盡舉用姦邪讒佞欺負之徒豈盡除去四海豈盡無虞九夷八蠻之在荒服之外者豈盡賓貢天災時變昆蟲草木之妖豈盡銷息天下之所謂禮樂刑政教化之具豈盡修理風俗豈盡敦厚動植之物風雨霜露之所霑被者豈盡得宜休徵嘉瑞麟鳳龜龍之屬豈盡備至其所求進見之士雖不足以希望盛德至比於百執事豈盡出其下哉其所稱說豈盡無所補哉今雖不能如周公吐哺捉髮亦宜引而進之察其所以而去就之不宜默默而已也愈之待命四十餘日矣書再上而志不得通足三及門而閽人辭焉惟其昏愚不知逃遁故復有周公之說焉閣下其亦察之古之士三月不仕則

則相弔故出疆必載質然所以重於自進者以其於周不可則去之魯於魯不可則去之齊於齊不可則去之宋之鄭之秦之楚也今天下一君四海一國舍乎此則夷狄矣去父母之邦矣故士之行道者不得於朝則山林而已矣山林者士之所獨善自養而不憂天下者之所能安也如有憂天下之心則不能矣故愈每自進而不知愧焉書亟上足數及門而不知止焉寧獨如此而已惴惴焉惟不得出大賢之門下是懼亦惟少垂察焉

答李翊書

生之書辭甚高而其問何下而恭也能如是誰不欲告生以其道道德之歸也有日矣況其外之文乎抑愈所謂望孔子之門墻而不入于其宮者焉足以知其是且非邪雖然不可不爲生言之生所謂立言者是也生所爲者與所期者甚似而幾矣抑不知生之志蘄勝於人而取於人邪將蘄至於古之立言者邪

蘄勝於人而取於人則固勝於人而可取於人矣將蘄至於古之立言者則無望其速成無誘於勢利養其根而竢其實加其膏而希其光根之茂者其實遂膏之沃者其光曄仁義之人其言藹如也抑又有難者愈之所爲不自知其至猶未也雖然學之二十餘年矣始者非三代兩漢之書不敢觀非聖人之志不敢存處若忘行若遺儼乎其若思茫乎其若迷當其取於心而注於手也惟陳言之務去戛戛乎其難哉其觀於人不知其非笑之爲非笑也如是者亦有年猶不改然後識古書之正僞與雖正而不至焉者昭昭然白黑分矣而務去之乃徐有得也當其取於心而注於手也汩汩然來矣其觀於人也笑之則以爲喜譽之則以爲憂以其猶有人之說者存也如是者亦有年然後浩乎其沛然矣吾又懼其雜也迎而距之平心而察之其皆醇也然後肆焉雖然不可以不養也行之乎仁義之途游之乎詩

書之源無迷其途無絕其源終吾身而已矣氣水也言浮物也水大而物之浮者大小畢浮氣之與言猶是也氣盛則言之短長與聲之高下者皆宜雖如是其敢自謂幾於成乎雖幾於成其用於人也奚取焉雖然待用於人者其肖於器邪用與舍屬諸人君子則不然處心有道行已有方用則施諸人舍則傳諸其徒垂諸文而爲後世法如是者其亦足樂乎其無足樂也有志乎古者希矣志乎古必遺乎今吾誠樂而悲之亟稱其人所以勸之非敢褒其可褒而貶其可貶也問於愈者多矣念生之言不志乎利聊相爲言之

答陳生書

今之負名譽享顯榮者在上位幾人足下求速化之術不於其人乃以詰愈是所謂借聽於聾求道於盲雖其請之勤勤教之云云未有見其得者也愈之志在古道又甚好其言辭觀足下

之書及十四篇之詩亦云有志於是矣而其所問則名所慕則科故愈疑於其對雖然厚意不可虛辱聊爲足下誦其所聞蓋君子病乎在己而順乎在天待己以信而事親以誠所謂病乎在己者仁義存乎內彼聖賢者能推而廣之而我蠢焉爲衆人所謂順乎在天者貴賤窮通之來平吾心而隨順之不以累于其初所謂待己以信者己果能之人曰不能勿信也果不能人曰能之勿信也孰信哉信乎己而已矣所謂事親以誠者盡其心不夸於外先乎其質後乎其文也盡其心不夸於外者不以己之得於外者爲父母榮也名與位之謂也先乎其質者行也後乎其文者飲食甘旨以其外物供養之道也誠者不欺之名也待於外而後爲養薄於質而厚於文斯不類於欺歟果若是子之汲汲於科名以不得爲親之羞者惑也速化之術如是而已古之學者惟義之問誠將學於太學愈猶守是說而竢見焉

上張僕射書

受牒之明日在使院中有小吏持院中故事節目十餘事來示愈其中不可者有自九月至明年二月之終皆晨入夜歸非有疾病事故輒不許出當時以初受命不敢言古人有言曰人各有能有不能若此者非愈之所能也抑而行之必發狂疾上無以承事于公忘其將所以報德者下無以自立喪失其所以爲心夫如是則安得而不言凡執事之擇於愈者非爲其能晨入夜歸也必將有以取之苟有以取之雖不晨入而夜歸其所取者猶在也下之事上不一其事上之使下不一其事量力而任之度才而處之其所不能不彊使爲是故爲下者不獲罪於上爲上者不得怨於下矣孟子有云今之諸侯無大相過者以其皆好臣其所教而不好臣其所受教今之時與孟子之時又加遠矣皆好其聞命而奔走不好其直已而行道者聞命而奔走

者好利者也直己而行道者好義者也未有好利而愛其君者未有好義而忘其君者今之王公大人惟執事可以聞此言惟愈於執事也可以此言進愈蒙幸於執事其所從舊矣若寬假之使不失其性加待之使足以為名寅而入盡辰而退申而入終酉而退率以為常亦不廢事天下之人聞執事之於愈如是也必皆曰執事之好士也如此執事之待士以禮如此執事之使人不枉其性而能有容如此執事之欲成人之名如此執事之厚於故舊如此又將曰韓愈之識其所依歸也如此韓愈之不諂屈於富貴之人如此韓愈之賢能使其主待之以禮如此則死於執事之門無悔也若使隨行而入逐隊而趨言不敢盡其誠道有所屈於己天下之人聞執事之於愈如此皆曰執事之用韓愈哀其窮收之而已耳韓愈之事執事不以道利之而已耳苟如是雖日受千金之賜一歲九遷其官感恩則有之矣

將以稱於天下曰知己知己則未也伏惟哀其所不足矜其愚不錄其罪察其辭而垂仁採納焉

與衛中行書

辱書爲賜甚大然所稱道過盛豈所謂誘之而欲其至於是歟不敢當不敢當其中擇其一二近似者而竊取之則於交友忠而不反於背面者少似近焉亦其心之所好耳行之不倦則未敢自謂能爾也不敢當不敢當至於汲汲於富貴以救世爲事者皆聖賢之事業知其智能謀力能任者也如愈者又焉能之始相識時方甚貧衣食於人其後相見於汴徐二州僕皆爲之從事日月有所入比之前時豐約百倍足下視吾飲食衣服亦有異乎然則僕之心或不爲此汲汲也其所不忘於仕進者亦將小行乎其志耳此未易遽言也凡禍福吉凶之來似不在我惟君子得禍爲不幸而小人得禍爲恒君子得福爲恒而小人

得福爲幸以其所爲似有以取之必曰君子則吉小人則凶者不可也賢不肖存乎已貴與賤禍與福存乎天名聲之善惡存乎人存乎已者吾將勉之存乎天存乎人者吾將任彼而不用吾力焉其所守者豈不約而易行哉足下曰命之窮通自我爲之吾恐未合於道足下徵前世而言之則知矣若曰以道德爲已任窮通之來不接吾心則可也窮居荒凉草樹茂密出無驢馬因與人絶一室之内有以自娱足下喜吾復脫禍亂不當安安而居遲遲而來也

答劉正夫書

辱牋敎以所不及旣荷厚賜且愧其誠然幸甚幸甚凡舉進士者於先進之門何所不往先進之於後輩苟見其至寧可以不答其意邪來者則接之舉城士大夫莫不皆然而愈不幸獨有接後輩名名之所存謗之所歸也有來問者不敢不以誠答或

問爲文宜何師必謹對曰宜師古聖賢人曰古聖賢人所爲書具存辭皆不同宜何師必謹對曰師其意不師其辭又問曰文宜易宜難必謹對曰無難易惟其是爾如是而已非固開其爲此而禁其爲彼也夫百物朝夕所見者人皆不注視也及覩其異者則共觀而言之夫文豈異於是乎漢朝人莫不能爲文獨司馬相如太史公劉向揚雄爲之最然則用功深者其收名也遠若皆與世沈浮不自樹立雖不爲當時所怪亦必無後世之傳也足下家中百物皆賴而用也然其所珍愛者必非常物夫君子之於文豈異於是乎今後進之爲文能深探而力取之以古聖賢人爲法者雖未必皆是要若有司馬相如太史公劉向揚雄之徒出必自於此不自於循常之徒也若聖人之道不用文則已用則必尚其能者能者非他能自樹立不因循者是也有文字來誰不爲文然其存於今者必其能者也顧常以此爲

說耳愈於足下忝同道而先進者又常從遊於賢尊給事既辱厚賜又安得不進其所有以爲答也足下以爲何如

與孟尚書書

來示云有人傳愈近少信奉釋氏此傳之者妄也潮州時有老僧號大顛頗聰明識道理遠地無可與語者故自山召至州郭留十數日實能外形骸以理自勝不爲事物侵亂與之語雖不盡解要自胸中無滯礙以爲難得因與來往及祭神至海上遂造其廬及來袁州留衣服爲別乃人之情非崇信其法求福田利益也孔子云丘之禱久矣凡君子行已立身自有法度聖賢事業具在方冊可效可師仰不愧天俯不愧人內不愧心積善積惡殃慶自各以其類至何有去聖人之道捨先王之法而從夷狄之教以求福利也詩不云乎愷悌君子求福不回傳又曰不爲威惕不爲利疚假如釋氏能與人爲祟非守道君子之

所懼也況萬萬無此理且彼佛者果何人哉其行事類君子邪小人邪若君子也必不妄加禍於守道之人如小人也其身已死其鬼不靈天地神祇昭布森列非可誣也又肯令其鬼行胸臆作威福於其間哉進退無所據而信奉之亦且惑矣且愈不助釋氏而排之者其亦有說孟子云今天下不之楊則之墨楊墨交亂而聖賢之道不明則三綱淪而九法斁禮樂崩而夷狄横幾何其不爲禽獸也故曰能言距楊墨者皆聖人之徒也楊子雲云古者楊墨塞路孟子辭而闢之廓如也夫楊墨行正道廢且將數百年以至於秦卒滅先王之法燒除其經坑殺學士天下遂大亂及秦滅漢興且百年尚知修明先王之道其後始除挾書之律稍求亡書招學士經雖少得尚皆殘缺十亡二三故學士多老死新者不見全經不能盡知先王之事各以所見爲守分離乖隔不合不公二帝三王群聖人之道於是大壞後

之學者無所尋逐以至於今泯泯也其禍出於楊墨肆行而莫之禁故也孟子雖賢聖不得位空言無施雖切何補然賴其言而今學者尚知宗孔氏崇仁義貴王賤霸而已其大經大法皆亡滅而不救壞爛而不收所謂存十一於千百安在其能廓如也然向無孟氏則皆服左衽而言侏離矣故愈嘗推尊孟氏以爲功不在禹下者爲此也漢氏以來群儒區區修補百孔千瘡隨亂隨失其危如一髮引千鈞綿綿延延寖以微滅於是時也而唱釋老於其間鼓天下之衆而從之嗚呼其亦不仁甚矣釋老之害過於楊墨韓愈之賢不及孟子孟子不能救之於未亡之前而韓愈乃欲全之於已壞之後嗚呼其亦不量其力且見其身之危莫之救以死也雖然使其道由愈而粗傳雖滅死萬萬無恨天地鬼神臨之在上質之在傍又安得因一摧折自毀其道以從於邪也籍湜輩雖屢指教不知果能不叛去否辱吾

兄眷厚而不獲命惟增慙懼

與韓愈論史官書　　柳子厚

前獲書言史事云具與劉秀才書及今乃見書藁私心甚不喜與退之往年言史事甚大謬若書中言退之不宜一日在館下安有探宰相意以爲苟以史榮一韓退之耶若果爾退之豈宜虚受宰相榮已而冐居館下近密地食奉養役使掌固利紙筆爲私書取以供子弟費古之志於道者不若是且退之以爲紀録者有刑禍避不肯就尤非也史以名爲褒貶猶且恐懼不敢爲設使退之爲御史中丞大夫其褒貶成敗人愈益顯其宜恐懼尤大則又將揚揚入臺府美食安坐行呼唱於朝廷而已耶在御史猶爾設使退之爲宰相生殺出入升黜天下士其敵益衆則又將揚揚入政事堂美食安坐行呼唱於内庭外衢而已耶何以異不爲史而榮其號利其禄者也又言不有人禍則有

天刑若以罪夫前古之爲史者然亦甚惑凡居其位思直其道道苟直雖死不可回也如回之莫若亟去其位孔子之困於魯衛陳宋蔡齊楚者其時暗諸侯不能以也其不遇而死不以作春秋故也當其時雖不作春秋孔子猶不遇而死也若周公史佚雖紀言書事猶遇且顯也又不得以春秋爲孔子累范曄悖亂雖不爲史其族亦赤司馬遷觸天子喜怒班固不檢下崔浩沽其直以鬬暴虜皆非中道左丘明以疾盲出於不幸子夏不爲史亦盲不可以是爲戒其餘皆不出此是退之宜守中道不忘其直無以他事自恐退之之恐惟在不直不得中道刑禍非所恐也凡言二百年文武事多有誠如此者今退之曰我一人也何能明則同職者又所云若是後來繼今者又所云若是人人皆曰我一人則卒誰能紀傳之耶如退之但以所聞知孜孜不敢怠同職者後來繼今者亦各有所聞知孜孜不敢怠則庶

幾不墜使卒有明也不然徒信人口語每每異辭日以滋久則所云磊磊軒天地者決必不沉没且亂雜無可考非有志者所忍恣也果有志豈當待人督責迫蹙然後爲官守耶又凡鬼神事渺茫荒惑無可準明者所不道退之之智而猶恐於此今學如退之辭如退之好言論如退之慷慨自爲正直行行焉如退之猶所云若是則唐之史述其卒無可託乎明天子賢宰相得史才如此而又不果甚可痛哉退之宜更思可爲速爲果卒以爲恐懼不敢則一日可引去又何以云行且謀也今當爲而不爲又誘館中他人及後生者此大惑已不勉已而欲勉人難矣

與崔饒州論石鍾乳書

前以所致石鍾乳非良聞子敬所餌與此類又聞子敬時憒悶動作宜以爲未得其粹美而爲麁礦燥悍所中懼傷子敬醇懿仍習謬誤故勤勤以云也再獲書辭辱徵引地理證驗多過數

百言以爲土之所出乃良無不可者是不然夫言土之出者固多良而少不可不謂其咸無不可也草木之生也依於土然即其類也而有居山之陰陽或近水或附石其性移焉又況鍾乳直產於石石之精麤疏密尋尺特異而穴之上下土之厚薄石之高下不可知則其依而產者固不一性然由其精密而出者則油然而清烱然而輝其竅滑以夷其肌廉以微食之使人榮華溫柔其氣宜流生胃通腸壽善康寧心平意舒其樂愉愉由其麤疏而下者則奔突結澁乍大乍小色如枯骨或類死灰淹頳不發叢齒積纇重濁頑璞食之使人偃蹇壅鬱泄火生風戟喉癢肺幽悶不聰心煩喜怒肝舉氣剛不能和平故君子慎焉取其色之美而不必唯土之信以求其至精凡爲此也幸子敬餌之近不至於是故可止禦也必若土之出無不可者則東南之竹箭雖旁岐揉曲皆可以貫犀革北山之木雖離奇液瞞空

中立枯者皆可以梁百尺之觀航千仞之淵冀之北土馬之所生凡其大耳短脰拘攣踠跌薄蹄而曳者皆可以勝百鈞馳千里雍之塊璞皆可以備砥礪徐之糞壤皆可以封大社荆之茅皆可以縮酒九江之元龜皆可以卜泗濵之石皆可以擊考若是而不大謬者少矣其在人也則魯之晨飲其羊闕轂而輠輪者皆可以爲師儒盧之沽名者皆可以爲太醫西子之里惡而臏者皆可以當侯王山西之月没輕儳沓貪而忍者皆可以鑿凶門制閫外山東之椎駛樸鄙力農桑啖棗粟者皆可以謀謨廟堂之上若是則反倫悖道甚矣何以異於是物哉是故經中言丹砂者以類芙容而有光言當歸者以類馬尾蠶首言人參者以人形黄芩以腐腸附子八角甘遂赤膚之類不可悉數若果土宜乃善則云生某所不當又云某者良也又經註曰始興爲上次乃廣連則不必服正爲始興也今再三爲言者唯欲得

其精英以固子敬之壽非以知藥石角技能也若以服餌不必利已姑務勝人夸辨博素不望此於子敬其不然明矣故畢其說

答韋中立書

始吾幼且少爲文章以辭爲工及長乃知文者以明道是固不苟爲炳炳烺烺務采色夸聲音而以爲能也凡吾所陳皆自謂近道而不知道之果近乎遠乎吾子好道而可吾文或者其於道不遠矣故吾每爲文章未常敢以輕心掉之懼其剽而不留也未嘗敢以怠心易之懼其弛而不嚴也未嘗敢以昏氣出之懼其昧没而雜也未嘗敢以矜氣作之懼其偃蹇而驕也抑之欲其奧揚之欲其明疏之欲其通廉之欲其節激而發之欲其清固而存之欲其重此吾所以羽翼夫道也本之書以求其質本之詩以求其恒本之禮以求其宜本之春秋以求其斷本之易以求其動此吾所以取道之原也參之穀梁氏以厲其氣參

之孟荀以暢其支參之莊老以肆其端參之國語以博其趣參之離騷以致其幽參之太史以著其潔此吾所以旁推交通而以爲之文也凡若此者果是耶非耶有取乎抑其無取乎吾子幸觀焉擇焉有餘以告焉苟亟來以廣是道子不有得焉則我得矣又何以師云爾哉

答李生書　李習之

辱書適曛黑使者立復不果一二承來意之厚傳曰言及而不言失人粗書其愚爲足下答來書謂今之工文或先於奇怪者顧其文工與否耳夫意新則異於常異於常則怪矣詞高則出於衆出於衆則奇矣虎豹之文不得不炳於犬羊鸞鳳之音不得不鏘於烏鵲金玉之光不得不炫於瓦石非有意先之也乃自然也必崔嵬然後爲岳必滔天然後爲海明堂之棟必挐雲霓驪龍之珠必固深泉足下以少年氣盛故當以出拔爲意學

文之初且未自盡其才何遽稱力不能哉圖王不成其弊猶可以霸其僅自見也將不勝弊矣孔子譏其身不能者幸勉而思進之也來書所謂浮艷聲病之文耻不爲者雖誠可耻但慮足下方今不爾且不能自信其言也何者足下舉進士舉進士者有司高張科格每歲聚者試之其所取乃足下所不爲者也工欲善其事必先利其器足下方伐柯而捨其斧可乎哉耻之不當求也求而耻之惑也今吾子求之矣是徒涉而耻濡足也寧能自信其言哉來書所謂汲汲於立法寧人者迺在位者之事聖人得勢所施爲也非詩賦之任也功既成澤既流詠歌紀述光揚之乍作焉聖人不得勢方以文詞行於後今吾子始學未仕而急其事亦太早計矣凡來書所謂數者似言之未稱思之或過其餘則皆善矣既承嘉惠敢自疎息聊復所爲俟見方盡

文章辨體卷之二十六

文章辨體卷之二十七

海虞後學吳訥編集

書二

上范司諫書

宋歐陽永叔

迂齋云此文出於退之諫臣論後亦頗祖其遺意而無一語一言與之重疊眞可與之爭衡

前月中得進奏吏報云自陳州召至闕拜司諫即欲爲一書以賀多事忽卒未能也司諫七品官爾於執事得之不爲喜而獨區區欲一賀者誠以諫官者天下之得失一時之公議繫焉今世之官自九卿百執事外至一郡縣吏非無貴官大職可以行其道也然縣越其封郡逾其境雖賢守長不得行以其有守也吏部之官不得理兵部鴻臚之卿不得理光祿以其有司也若天下之失得生民之利害社稷之大計惟所見聞而不繫職司

者獨宰相可行之諫官可言之爾故學古懷道者仕於時不得爲宰相必爲諫官諫官雖卑與宰相等天子曰可宰相曰不可天子曰然宰相曰不然坐乎廟堂之上與天子相可否者宰相也天子曰是諫官曰非天子曰必行諫官曰必不可行立乎殿陛之前與天子爭是非者諫官也宰相尊行其道諫官卑行其言言行道亦行也九卿百司郡縣之吏守一職者任一職之責宰相諫官繫天下之事亦任天下之責然宰相九卿而不失職者受責於有司諫官之失職也取譏於君子有司之法行乎一時君子之譏著之簡冊而昭明垂之百世而不泯甚可懼也夫七品之官任天下之責懼後世之譏豈不重邪非才且賢者不能爲也近執事始被召於陳州洛之士大夫相與語曰我識范君知其材也其來不爲御史必爲諫官及命下果然則又相與語曰我識范君知其賢也他日聞有立天子陛下直辭正色面

爭廷論者非他人必范君也拜命以來翹首企足竚乎有聞而卒未也竊惑之豈洛之士大夫能料於前而不能料於後也將執事有待而爲也昔韓退之作爭臣論以譏陽城不能極諫卒以諫顯人皆謂城之不諫蓋有待而然退之不識其意而妄譏脩獨以謂不然當退之作論時城爲諫議大夫已五年後又二年始廷論陸贄及沮裴延齡作相欲裂其麻纔兩事爾當德宗時可謂多事矣授受失宜而叛將強臣羅列天下又多猜忌進任小人於此之時豈無一事可言而須七年耶當時之事豈無急於沮延齡論陸贄兩事也謂宜朝拜官而夕奏疏也幸而城爲諫官七年適遇延齡陸贄事一諫而罷以塞其責向使止五年六年而遂遷司業是終無一言而去也何所取哉今之居官者率三歲而一遷或一二歲甚者半歲而遷也此又非可以待乎七年也今天子躬親庶政化理清明雖爲無事然自千里詔

執事而拜是官者豈不欲聞正議而樂讜言乎然今未聞有所言說使天下知朝廷有正士而彰吾君有納諫之明也大布衣韋帶之士窮居草茅坐誦書史常恨不見用及用也又曰彼非我職不敢言或曰我位猶卑不得言得言矣又曰我有待是終無一人言也可不惜哉伏惟執事思天子所以見用之意懼君子百世之譏一陳昌言以塞重望且解洛之士大夫之惑則幸甚幸甚

與石推官書

前同年徐君行因得寓書論足下書之怪時僕有妹居襄城喪其夫匍匐將往視之故不能盡其所以云者而略陳焉足下雖不以僕爲狂愚而絕之復之以書然果未能諭僕之意非足下之不諭由僕聽之不審而論之之略之過也僕見足下書久矣不即有云而今乃云者何耶始見之疑乎不能書又疑乎忽而

不學夫書一藝爾人或不能與忽不學時不必論是以默默然及來京師見二像石本及聞說者云足下不欲同俗而力爲之如前所陳者是誠可諍矣然後一進其說及得足下書自謂不能與前所聞者異然後知所聽之不審也然足下於僕之言亦似未審者足下謂世之善書者能鍾王虞柳不過一藝巳之所學乃堯舜周孔之道不必善書又云因僕之言欲勉學之者此皆非也夫所謂鍾王虞柳之書者非獨足下薄之僕固亦薄之矣世之有好學其書而悅之者與嗜飲茗閱圖畫無異但其性之一僻耳豈君子之所務乎然至於書則不可無法古之始有文字也務乎記事而因物取類爲其象故周禮六藝有六書之學其點畫曲直有其說楊子曰斷木爲棋梡革爲鞠亦皆有法焉而况書乎今雖隸字巳變於古而變古爲隸者非聖人不足師法然其點畫曲直猶有準則如毋母彳亻之相近易之則亂

而不可讀矣今足下以其直者爲斜以其方者爲圓而曰我第行堯舜周孔之道此甚不可也譬如設饌於案加帽於首正襟而坐然後食者此世人常耳若其納足於帽反衣而衣坐乎案上以飯實酒巵而食曰我行堯舜周孔之道者以此之於世可乎不可也則書雖末事而當從常法不可以爲怪亦猶是矣然足下了不省僕之意凡僕之所陳者非論書之善否但患乎近怪自異以惑後生也若果不能又何必學僕豈區區勸足下以學書者乎足下又云我實有獨異於世者以疾釋老斥文章之彫刻者此又大不可也夫釋老惑者之所爲彫刻文章薄者之所爲足下安知世無明誠篤厚君子之不爲乎足下自以爲異是待天下無君子之與己同也仲尼曰後生可畏安知來者之不如今也是則仲尼一言不敢遺天下之後生足下一言待天下以無君子此故所謂大不可也夫士之不爲釋老與不彫刻文

章者譬如爲吏而不受貨財蓋道當爾不足恃以爲賢也

答吳充秀才書

前辱示書及文三篇發而讀之浩乎若千萬言之多及少定而視焉纔數百言爾非夫辭豐意雄霈然有不可禦之勢何以至此然猶自患倀倀莫有開之使前者此好學之謙言也脩材不足用於時仕不足榮於世其毀譽不足輕重氣力不足動人世之欲假譽以爲重借力而後進者奚取於脩焉先輩學精文雄其施於時又非待脩譽而爲重借力而後進者也然而惠然見臨若有所責得非急於謀道不擇其人而問焉者歟夫學者未始不爲而至者鮮焉非道之於人遠也學者有所溺焉爾蓋文之爲言難工而可喜易說而自足世之學者往往溺之一有工焉則曰吾學足矣甚者至棄百事不關于心曰吾文士也職於文而已此其所以至之鮮也昔孔子老而歸魯六經之作數年

之頃爾然讀易者如無春秋讀書者如無詩何其用功少而能極其至如是也聖人之文雖不可及然大抵道勝者文不難而自至也故孟子皇皇不暇著書荀卿蓋亦晚而有作若子雲仲淹方勉焉以模言語此道未足而彊言者也後之惑者徒見前世之文傳以爲學者文而已故用力愈勤而愈不至此足下所謂終日不出於軒序不能縱横皆如意者道未足也若道之充焉雖行乎天地入乎淵泉無不之也先輩之文浩乎霈然可謂善矣而又志於爲道猶自以爲未廣若不止焉孟荀可至而不難也脩學道而不至者焉幸不甘於所悦而溺於所止因吾子之能不自止又以勵脩之少進焉幸甚幸甚

上歐陽内翰書　　蘇明允

洵布衣窮居常竊歎以天下之人不能皆賢不能皆不肖故賢人君子之處於世合必離離必合往者天子方有意於治而范

公在相府富公爲樞密副使執事與余公蔡公爲諫官尹公馳騁上下用力於兵革之地方是之時天下之人毛髮絲粟之才紛紛然而起合而爲一而洵也自度其愚魯無用之身不足以自奮於其間退而養其心幸其道之將成而可以復見於當世之賢人君子不幸道未成而范公西富公北執事與余公蔡公分散四出而尹公亦失勢奔走於小官洵時在京師親見其事忽忽仰天歎息以爲斯人之去而道雖成不復足以爲榮也既而自思念往者衆君子之進於朝其始也必有善人焉推之今也亦必有小人焉推之今世無復有善人也則已如其不然也吾何憂焉姑養其心使其道大有所成而待之何傷退而處十年雖未敢自謂其道有成矣然浩浩乎其胸中若與曩者異而余公適有成功於南方執事與蔡公復相繼登於朝富公復自外入爲宰相喜且相賀以爲道既以粗成而果將有以發之也

旣又反而思其嚮之所慕望愛悅之而不得見之者六人今將徃見之矣而六人者已有范公尹公二人亡焉則又爲之潸然出涕以悲嗚呼二人者不可復見矣而所恃以慰此心者猶有四人也則又以自解思其止於四人也則又汲汲欲一識其面以發其心之所欲言而富公又爲天子之宰相遠方寒士未可遽以言通於前余公蔡公遠者又在萬里外獨執事在朝廷之間而其位差不甚貴可以叫呼扳援聞之以言飢寒衰老又痼而留之使不克自致於執事之庭夫以慕望愛悅其人之心十年而不得見其人已死如范公尹公二人者則四人者之中非其勢不可遽以言通者何可以不能自徃而遽已也執事之文章天下之人莫不知之然竊以爲洵之知之特深愈於天下之人何者孟子之文語約而意盡不爲巉刻斬絶之言而其鋒不可犯韓子之文如大江大河渾浩流轉魚黿蛟龍萬怪惶惑而

抑遏蔽掩不使自露而人望見其淵然之光蒼然之色亦自畏避不敢迫視執事之文紆餘委備往復百折而條達疏暢無所間斷氣盡語極急言竭論容與簡易無艱難勞苦之態此三者皆斷然自爲一家之文也惟李翺之文其味黯然而長其光油然而幽俯仰揖讓有執事之態陸贄之文遣言措意切近的當有執事之實而執事之才又自有過人者蓋執事之文非孟子韓子之文而歐陽子之文也夫樂道人之善而不爲諂者以其人誠足以當之也彼不知者則以爲譽人以求其悅也夫譽人以求其悅已洵亦不爲也而其所以道執事光明盛大之德而不自知止者亦欲執事之知其知我也雖然執事之名滿於天下雖不見其文而固已知有歐陽子矣而洵也不幸墮在草野泥塗之中而其知道之心又迂而粗而欲徒手奉咫尺之書自託於執事將使執事何從而知之何從而信之哉洵少年不

學生二十五年始知讀書從士君子遊年旣已晚而不遂刻意厲行以古人自期而視與已同列者皆不勝已則遂以爲可矣其多困益甚然後取古人之文而讀之始覺其出言用意與已大異時復内顧自思其才則又似夫不遂止於是而已者由是盡燒曩時所爲文數百篇取論語孟子韓子及他聖人賢人之文而介然端坐終日以讀之者七八年方其始也入其中而惶然博觀於其外而駭然以驚及其久也讀之益精而其胷中豁然以明若人之言固當然者然猶未敢自出其言也時旣久胷中之言日益多不能自制試出而書之已而再三讀之渾渾乎覺其來之易矣然猶未敢以爲是也近所爲洪範論史論凡六篇執事觀其如何嘻區區而自言不知者又將以爲自譽以求人之知已也惟執事思其十年之心如是之不偶然也而察之

寄歐陽舍人書　曾子固

去秋人還蒙賜書及所譔先大父墓碑銘反覆觀誦感與慚幷夫銘誌之著于世義近於史而亦有與史異者蓋史之於善惡無所不書而銘者蓋古之人有功德材行志義之美者懼後世之不知則必銘而見之或納于廟或存于墓一也苟其人之惡則于銘乎何有此其所以與史異也其辭之作所以使死者無有所憾生者得致其嚴而善人喜於見傳則勇於自立惡人無有所紀則以愧而懼至于通材達識義烈節士嘉言善狀皆見于篇則足爲後法警勸之道非近乎史其將安近及世之衰爲人之子孫者一欲襃揚其親而不本乎理故雖惡人皆務勒銘以誇後世立言者既莫之拒而不爲又以其子孫之所請也書其惡焉則人情之所不得於是乎銘始不實後之作銘者常觀其人苟託之非人則書之非公與是則不足以行世而傳後故千百年來公卿大夫至于里巷之士莫不有銘而傳者蓋少其

故非他託之非人書之非公與是故也然則孰爲其人而能盡公與是歟非畜道德而能文章者無以爲也蓋有道德者之於惡人則不受而銘之於衆人則能辨焉而人之行有情善而迹非有意姦而外淑有善惡相懸而不可以實指有實大於名有名侈於實猶之用人非畜道德者惡能辨之不惑議之不狥不惑不狥則公且是矣而其辭之不工則世猶不傳於是又在其文章兼勝焉故曰非畜道德而能文章者無以爲也豈非然哉然畜道德而能文章者雖或並世而有亦或數十年或一二百年而有之其傳之難如此其遇之難又如此若先生之道德文章固所謂數百年而有者也先祖之言行卓卓幸遇而得銘其公與是其傳世行後無疑也而世之學者每觀傳記所書古人之事至其所可感則往往衋然不知涕之流落也況其子孫也哉況鞏也哉其追睎祖德而思所以傳之之繇則知先生推一

賜於鞏而及其三世其感與報宜若何而圖之抑又思若鞏之淺薄滯拙而先生進之先祖之屯蹷否塞以死而先生顯之則世之魁閎豪傑不世出之士其誰不願進於門潛遁幽抑之士其誰不有望於世善誰不勇而惡誰不愧以懼爲人之父祖者孰不欲教其子孫爲人之子孫者孰不欲寵榮其父祖此數美者一歸於先生既拜賜之辱且敢進其所以然所諭世族之次敢不承教而加詳焉愧甚不宣

與呂微仲書　　張横渠

浮屠明鬼謂有識之死受生循環亦出莊說之流遂厭苦求免可謂知乎以人生爲妄見可謂知人乎天人一理輒生取捨可謂知天乎孔孟所謂天彼所謂道惑者指游魂爲變爲輪回未之思也大學當先知天德知天德則知聖人知鬼神今浮屠極論要歸必謂生死轉流非得道不免謂之悟道可乎悟則有

命有義均死生一天人推知晝夜陰陽道體之不二自其說熾傳中國儒者未容窺聖學門墻已爲引取淪胥其間指爲大道乃其俗達之天下致善惡知愚男女臧獲人人著信使英才間氣生則溺耳目恬習之事長則師世儒崇尚之言遂冥然被驅因謂聖人可不脩而至大道可不學而知故未識聖人心已謂不必事其迹未見君子志已謂不必事其文此人倫所以不察庶物所以不明治所以忽德所以亂異言滿耳上無禮以防其僞下無學以稽其弊自古詖淫邪遁之詞翕然並興一出於佛氏之門者千五百年向非獨立不懼精一自信有大過人之才何以正立其間與之較是非計得失末簡見發狂言當爲浩歎所恨不如佛氏之著明也未盡更冀開諭傾俟

答朱長文書　　程伊川

相去之遠未知何日復爲會合人事固難前期也中前奉書以

足下心虛氣損奉勸勿多作詩文而見答之辭乃曰爲學上能探古先之陳迹綜群言之是非欲其心通而默識之固未能也又曰使後人見之猶庶幾曰不忘乎善也苟不如是誠懼没世而無聞焉此爲學之末宜兄之見責也使吾日聞夫子之道而忘乎此豈不善哉此疑未得爲至當之言也頃於朋友間其問不切者未嘗輙語也以足下處疾罕與人接渴聞議論之益故因此可論而爲吾弟盡其說庶幾有小補也向之云無多爲文與詩者非止爲傷心氣也直以不當輕作爾聖賢之言不得已也蓋有是言則是理明無是言則天下之理有闕焉如彼耒耜陶冶之器一不制則生人之道有不足矣聖賢之言雖欲已得乎然其包涵盡天下之理亦甚約也後之人始執卷則以文章爲先平生所爲動多於聖人然有之無所補無之靡所闕乃無用之贅言也不止贅而已既不得其要則離真失正反害於道

必矣詩之盛莫如唐唐人善論文莫如韓愈愈之所稱獨高李杜二子之詩存者千篇皆吾弟所見也可考而知矣苟足下所作皆合於道足以輔翼聖人爲教於後乃聖賢事業何得爲學之末乎顧何敢以此奉責又言欲使後人見其不忘乎善人能爲合道之文者知道者也在知道者所以爲文之心乃非區區懼其無聞于後欲使後人見其不忘乎善而巳此乃世人之私心也夫子疾沒世而名不稱焉疾沒身無善可稱云爾非謂疾無名也名者可以屬中人君子所存非所汲汲又云上能探古先之陳迹綜群言之是非欲其心通默識固未能也夫心通乎道然後能辨是非如持權衡以較輕重孟子所謂知言是也揆之以道則是非了然不待精思而後見也學者當以道爲本心不通於道而較古人之是非猶不持權衡而酌輕重竭其目力勞其心智雖使時中亦古人所謂億則屢中君子不貴也臨紙

遽書故言無次序辭過煩矣理或未安却請示下足以代面語

上林秀州書　陳無已

宗周之制士見于大夫卿公介以厚其別辭以正其名贄以效其情儀以致其敬四者備矣謂之禮成士相見如女之從人有願見之心而無自行之義必有紹介爲之前焉所以別嫌而愼微也故曰介以厚其別名以舉事詞以導名名者先王所以定名分也名正則詞不悖分定則名不犯故曰詞以正其名言不足以盡意名不可以過情又爲之贄以成其終故授受焉介以通名儐以將命勤亦至矣然因人而後達也禮莫重於自盡故祭主於盟婚主於迎賓主於贄故曰贄以效其情誠發于心而諭于身達于容色故又有儀焉詞以三請贄以三獻三揖而升三拜而出禮煩則泰簡則野三者禮之中也故曰儀以致其敬是以貴不夌賤下不援上謹其分守順于時命志不屈而身不

辱而成其善當是之世豈特士之自賢蓋亦有禮焉之節也夫周之制禮其所爲防至矣及其晩世禮存而俗變猶自市而失身況於禮之亡乎自周之禮亡士知免者寡矣世無君子明禮以正之旣相循以爲常而史官又載其事故其弊習而不自知也師道鄙人也然有聞於南豐先生不敢不勉也先生謂師道曰子見林秀州乎曰未也先生曰行矣師道承命以來謹因先生而請焉詩文二卷敬以自效不敢以爲能也謹僂待命惟閣下賜之

與秦少游書

時章惇爲相招之不見迂齋云委曲而不失正嚴厲而不傷和深得不惡而嚴之道

辱書諭以章公降屈年德以禮見招不佞何以得此豈俟嘗欺之邪公卿不下士尚矣乃特見於今而親於其身幸孰大焉愚

雖不足以齒士猶當從侯之後順下風以成公之名然先王之制士不傳贄爲臣則不見於王公夫相見所以成禮而其弊必至於自鬻故先王謹其始以爲之防而爲士者世守焉師道於公前有貴賤之嫌後無平生之舊公雖可見禮可去乎且公之見招豈以能守區區之禮乎若昧冒法義聞命走門則失其所以見招公又何取焉雖然有一於此幸公之他日成功謝事幅巾東歸師道當御款段乘下澤侯公於上東門外尚未晚也拳拳之懷願因侯以聞焉

答李推官書　張文潛

迂齋云曲盡作文之妙

南來多事久廢讀書昨送簡人還忽辱惠及所作病暑賦及雜詩等誦末愛歎既有以起其竭涸之思而又喜世之學者比來稍稍追求古人之文章述作體製往往已有所到也耒不才少

時喜爲文詞與人游又喜論文字謂之嗜好則可以爲能文則世自有人決不在我足下與耒平居飲酒笑語忘去屑屑而忽持大軸細書題官位姓名如卑賤之見尊貴此何爲者豈妄以耒爲知文謬爲恭敬若請教者乎欲持納而貪於愛玩勢不可得捨惟怛然不以自寧而旣辱勤厚而不敢隱其所知於左右也足下之文可謂奇矣捐去文字常體力爲瓌奇險怪務欲使人讀之如見數千歲前科斗鳥跡所記弦匏之歌鍾鼎之文也足下之所嗜者如此固無不善者抑耒之所聞所謂能文者豈謂其能奇哉能文者固不能以奇爲主也夫文何爲而設也知理者不能言世之能言者多矣而文者獨傳豈獨傳哉因其能文也而言益工因其言工而理益明是以聖人貴之自六經以下至於諸子百氏騷人辨士論述大抵皆將以爲寓理之具也是故理勝者文不期工而工理愧者巧爲粉澤而隙間百出

此猶兩人持牒而訟直者操筆不待累累讀之如破竹橫斜反覆自中節目曲者雖使假詞於子貢問字於楊雄如列五味而不能調和食之於口無一可愜何況使人玩味之乎故學文之端急於明理夫不知爲文者無所復道如知文而不務理求文之工世未嘗有是也夫決水於江河淮海也水順道而行滔滔汩汩日夜不止衝砥柱絶呂梁放於江湖而納之海其舒爲淪漣鼓爲濤波激之爲風飈怒之爲雷霆蛟龍魚黿噴薄出沒是水之奇變也而水初豈如此哉順道而決之因其所遇而變生焉溝瀆東決而西竭下滿而上虛日夜激之欲見其奇彼其所至者蛙蛭之玩耳江河淮海之水理達之文也不求奇而奇至矣激溝瀆而求水之奇此無見於理而欲以言語句讀奇之文也六經之文莫奇於易莫簡於春秋夫豈以奇與簡爲務哉勢自然耳傳曰吉人之辭寡彼豈惡繁而好寡哉雖欲爲繁而不

可得也自唐以來至今文人好奇者不一甚者或爲鈌句斷章使脉理不屬又取古書訓詁希於見聞者衣被而說合之或得其字不得其句或得其句不知其章反覆咀嚼卒亦無有此最文之陋也足下之文雖不若此然其意靡靡似主於奇矣故預爲足下陳之願無以僕之言質俚而不省也

寄周子充尚書　張敬夫

垂諭或謂人患不知道知則無不能行此語誠未定知有精粗行有淺深然知常在先固有知之而不能行者矣未有不知而能行者也語所謂知及之仁不能守之是知而不能行也所謂知之者不如好之者好之者不如樂之者是不知則無由能行而樂也且以孝於親一事論之自其粗者知有冬溫夏凊昏定晨省則當行溫凊定省行之又知其有進於此者則又從而行之知之進則行愈有所施行之力則知愈有所進以至聖人人

倫之至其等級固遠其曲折固多然亦必由是而循循可至焉蓋致知力行兩者工夫互相發也尋常與朋友講論思意欲其據所知者而行之行而思之庶幾所涉之實而思慮之開明不然貪高慕遠莫能有之然有所謂知之至者則其行自不能已然須致知力行工夫至到而後及此如顏子是也彼所謂欲罷不能者知之至而自不能已也若學者以想像臆度或一知半解爲知道而曰知之則無不能行是妄而已曾晳詠歸之語亦可謂見道體矣而孟子猶以其行不掩爲狂而況下此者哉

與邢邦用　　呂伯恭

其春來爲建寧之行與朱元晦相聚四十餘日後同出至鵝湖二陸及子澄皆集甚有講論之益自此却無出入可閉戶讀書也前書所論甚多近已爲子靜言之講貫紬繹乃百代爲學通法學者緣此支離泛濫自是人病非是法病見此而欲盡廢之

正是因噎廢食然學者苟徒能言其非未能反已就實悠悠汩汩無所底止是又適以堅彼之自信已尊兄以爲如何

與陳同父

人至辱示字欣審秋晩氣清尊候萬福其官次粗遣而沈迷書冊中他無所預粗可藏拙但冗食極不遑安耳垂諭備悉雅意再三玩繹辭氣樂和殊少感慨悲壯之意極以爲喜驅山塞海未足爲勇惟收斂不可斂之氣伏槽安流乃真有力者也人回匆匆作此他祈厚爲道義護愛

謝人求哀辭書　林子中

嘗聞君子無苟於人患其非情也昔孔子猶曰吾惡夫涕之無從其於其氏之葬爲非其故不得與執紼之後使爲之詞其將何情以稱哀之無從小人所不敢爲者何足以辱命

文章辨體卷之二十八

海虞後學吳訥編集

書三

賀陳丞相俊卿　朱晦庵

恭聞制書延拜進秉國鈞凡在陶鎔孰不欣賴伏惟明公以大忠壯節早負天下之望自知政事賛襄密勿凡所論執皆繫安危至其甚者輙以身之去就爭之雖未即從而天子之信公也益篤天下之望公也益深懔懔然惟懼其一旦必去而不可留也夫明公所以得此於上下者豈徒然哉今也進而位乎天子之宰中外之望莫不欣然咸曰陳公前日之言天下之言也爭之不得危於去矣而今乃爲相則是天子有味乎陳公之言而將卒從之也陳公其必以是要說上前而決辭受之幾矣且天下之事其大且急者又不特此陳公果不得謝而立乎其位必

且次第爲上言之爲上行之其不黙然而受厖然而居也明矣熹雖至愚亦有是説然今也聽於下風亦既餘月政令之出黜陟之施未有卓然大異於前日則是明公蓋未嘗以中外之望於公者自任而苟焉以就其位矣熹受知之深竊所愧歎未知明公且將何以善其後也請得少效其愚而明公擇焉蓋聞古之君子居大臣之位者其於天下之事知之不惑任之有餘則汲汲乎及其時而勇爲之知有所未明力有所不足則咨訪講求以進其知扳援汲引以求其助如救火追亡尤不敢以少緩上不敢愚其君以爲不足與言仁義下不敢鄙其民以爲不足以興教化中不敢薄其士大夫以爲不足共成事功一日立乎其位則一日業乎其官一日不得乎其官則不敢一日立乎其位有所愛而不肯爲者私也有所畏而不敢爲者亦私也屹然中立無一毫私情之累而惟知爲其職之所當爲者夫如是是

以志足以行道道足以濟時而於大臣之責可以無愧不審明公圖所以善其後者其有合於此乎其有近於此乎無乃復有進於此者而熹之愚不足以知之乎願亟圖之庶乎猶足以終慰天下之望毋使前日之欣然者更爲今日之悒然也抑熹又有請焉蓋熹嘗辱明公賜之書矣其言有曰前輩爲大臣不過持循法度主張公道知無不言復君以德公行賞罰進賢退不肖而已今日事有至難風俗敗壞官吏苟且彊敵在前邊備未立如之何其可爲也熹愚不肖深有所疑蓋凡明公之所易者皆古人之所難而明公所難者乃古人之所易也反復思慮不得其說將以質之左右而未暇也今者敢因脩慶而冒以爲請伏惟明公試反諸心而以事理之輕重本末權之誠知夫眞難易之所在而有以用其心焉則亦無難之不易矣詩曰伐柯伐柯其則不遠願明公留意則天下幸甚

與史大保 浩

熹竊聞頃者几杖造朝禮際隆洽蓋自祖宗盛時所以褒崇故老報答元勳未有若斯之盛者也自是以來人無愚智莫不咨嗟歎息以爲聖王尊師重道之意若此其厚而以明公平日自任之重上之知其所以報此殊遇者必當有以度越前人決不肯爲張禹孔光以及近世之以明良慶會自居者之遺臭於無窮也今者變異重仍虜情叵測當宁側席有識寒心熹愚竊謂元老大臣同國休戚告猷之會誠有未有急於斯時者明公不能及此發口一言則永無報效之期終懷寵利之愧矣故願深察愚言亟召門下直諒多聞之士曲加訪問俾盡其說兼總條疏悉以上聞於以報塞恩遇慰答群情追配前修一洗疑論計無便於此者不審明公亦有意乎狂瞽妄發惟明公有以寬之

答梁丞相 克家

熹伏讀賜敎盛德不居退託愚懦仰惟明公之心正大光明表裏洞徹無一毫有我自私之意而熹以妄庸受知之久又勤下問至於如此亦豈能嘿然自閉一無所進以效其尺寸之愚哉但以正此退藏不當出位是以於政體之是非人材之邪正一毫不敢有所陳說而獨請以王通所謂願君侯正身以統天下者敬爲明公誦之其言雖近其指則遠伏惟明公於此試留意焉廣引人材勤攻己闕使凡政事之出於我者無一疵之可指則上以正君下以正人將無所求而不得如其不然則事之小不正者積之之多亦足以害吾之大正使吾至大至剛之氣日有所屈於中而德望威名日有所損於外是則且將見正於人之不暇尚何望其能有正君定國之功哉今天心未豫而民力已殫國威未振而虜情叵測惟明公於此深念而亟圖之則熹也受賜多矣狂言犯分亦惟高明有以寬之

與龔參政茂良

熹竊觀古之君子有志於天下者莫不以致天下之賢爲急而其所以急於求賢者非欲使之綴緝言語譽道功德以爲一時觀聽之美而已蓋將以廣其見聞之所不及思慮之所不至且慮夫處己接物之間或有未盡善者而將使之有以正之也是以其求之不得不博其禮之不得不厚其待之不得不誠必使天下之賢識與不識莫不樂自致於吾前以輔吾過然後吾之德業得以無媿乎隱微而寖極乎光大耳然彼賢者其明既足以燭事理之微其守既足以遵聖賢之轍則其自處必高而不能同流合汙以求譽自待必厚而不能陳詞飾說以自媒自信必篤而不能趨走唯諾以苟容也是以王公大人雖有好賢樂善之誠而未必得聞其姓名識其面目盡其心志之底蘊又況初無此意而其所取特在乎文字言語之間乎恭惟明公以厚

德重望爲海内所宗仰者有年矣而天下之賢士大夫似未得盡出於門下也豈明公所以好之者未至歟所以求之者未力歟所以待之者未盡歟此則必有可得而言之者矣蓋好士而取之文字言語之間則道學德行之士吾不得而聞之矣求士而取之投書獻啓之流則自重有恥之士吾不得而見之矣待士而雜之妄庸便佞之伍則志節慷慨之士寧有長揖而去耳而況乎所謂對偶駢儷諛佞無實以求悅乎世俗之文又文字之末流非徒有志於高遠者鄙之而不爲若乃文士之有識者亦未有肯深留意於其間者也而間者竊聽於下風似聞明公專欲以此評天下之士若其果然則熹竊以爲誤矣江右舊多文士而近歲以來行誼志節之有聞者亦彬彬焉惟明公留意取其彊明正直者以自輔而又表其惇厚廉退者以厲俗毋先文藝以後器識則陳太傅不得專美於前而天下之士亦庶乎

不失望於明公矣衰病發伏所欲面論者非一而不獲前姑進其大者如此若蒙采擇則熹所不及言者必有輕千里而告於明公者矣

與呂伯恭二

綱目近亦重脩及三之一條例整頓視前加密異時須求一爲褁括但恐不欲入此千古是非林中擔當一分然其大義例熹已執其咎但恐微細事情有所漏落所以須明者一爲過目耳文海條例甚當但一種文勝而義理乖僻者恐不可取其只爲虛文而不說義理者卻不妨耳佛老文字須如歐陽公登眞觀記曾子固仙都觀菜園記之屬乃可入其他贊邪害正者文詞雖工恐皆不可取也蓋此書一成便爲永遠傳布司去取之權者其所擔當亦不減綱目非細事也況在今日將以爲從容說議開發聰明之助尤不雜置異端邪說於其間也

熹昨見奇鄉敬扣之以比日講授次第聞只令諸生讀左氏及諸賢奏疏至於諸經論孟則恐學者徒務空言而不以告也不知是否若果如此則恐未安蓋爲學之序爲已而後可以及人達理而後可以制事故程夫子教人先讀論孟次及諸經然後看史其序不可亂也若恐其徒務空言但當就論孟經書中教以躬行之意庶不相遠至於左氏奏疏之言則皆時事利害而非學者切身之急務也其爲空言亦益甚矣而欲使之從事其間而得躬行之實不亦背馳之甚乎愚見如此不敢不獻所疑惟高明裁之

與張敬夫

昨見共父家問以爲二先生集中誤字老兄以爲嘗經文定之手更不可改愚意未曉所謂夫文定固有不可改者如尊君父攘夷狄討亂臣誅賊子之大倫大法雖聖賢復出不能改也若

文字之訛安知非當時所傳亦有未盡善者而未得善本以正歟至所特改數處竊以義理求之恐亦不若先生舊文之善若如老兄所論則是伊川所謂昔所未遑今不得復作前所未安後不得復正者又將起於今日矣已作共父書詳言之復此具禀更望虛心平氣去彼我之嫌而專以義理求之則於取舍從違之間知所處矣道術衰微俗學淺陋極矣振起之任平日深於吾兄望之忽聞此論大以爲憂若每事自主張如此則必無好問察言之理將來任事必有不滿人意處而其流風餘弊又將傳於後學非適一時之害也只如近世諸先達聞道固有淺深涵養固有厚薄擴充運用固有廣狹然亦不能不各有偏倚處但公吾心以玩其氣象自見有當矯革處不可以火濟火以水濟水而益其疾也熹聞道雖晚賴老兄提掖之賜今幸略窺彷彿然於此不能無疑不敢自鄙外於明哲故敢控瀝一盡所

言不審尊意以爲如何其詳則又具於其父書中幸取而并觀之無怪其詞之太直也

答陳同甫

來教累紙縱横奇偉神怪百出不可正視雖使孟子復生亦無所容其喙況於愚昧蹇劣又老兄所謂賤儒者復安能措一詞於其間哉然於鄙意實有所未安者不敢雷同曲相阿狥請復陳其一二而明者聽之也來教云云其說雖多然其大槩不過推尊漢唐以爲與三代不異貶抑三代以爲與漢唐不殊而其所以爲說者則不過以爲古今異宜聖賢之事不可盡以爲法但有救時之志除亂之功則其所爲雖不盡合義理亦自不妨爲一世英雄然又不肯說此不是義理故又須說天地人並立爲三不應天地獨運而人爲有息今既天地常存即是漢唐之君只消如此已能做得人底事業而天地有所賴以至今其前

後反復雖縷縷多端要皆以證成此說而已若熹之愚則其所見固不能不與此異然於其間又有不能不同者今請因其所同而核其所異則夫毫釐之差千里之繆將有可得而言者矣來書心無常泯法無常廢一段乃一書之關鍵鄙意所同未有多於此段者也而其所異亦未有甚於此段者也蓋有是人則有是心有是心則有是法固無常泯常廢之理但謂之無常泯即是有時而泯矣但謂之無常廢即是有時而廢矣蓋天理人欲之並行其或斷或續固宜如此至若論其本然之妙則唯有天理而無人欲是以聖人之教必欲其盡去人欲而復全天理也若心則欲其常不泯而不恃其不常泯也法則欲其常不廢而不恃其不常廢也所謂人心惟危道心惟微惟精惟一允執厥中者堯舜禹相傳之密旨也夫人自有生而梏於形體之私則固不能無人心矣然而必有得乎天地之正則又不能無道心矣日

用之間二者並行迭爲勝負而一身之是非得失天下之治亂安危莫不係焉是以欲其擇之精而不使人心得以雜乎道心欲其守之一而不使天理得以流於人欲則凡其所行無一事之不得其中而於天下國家無所處而不當夫豈任人心之自危而以有時而泯者爲當然任道心之自微而幸其須臾之不常泯也哉夫堯舜禹之所以相傳者既如此矣至於湯武則聞而知之而又反之以至於此者也夫子之所以傳之顔淵曾參者此也曾子之所以傳之子思孟軻者亦此也故其言曰一日克己復禮天下歸仁焉又曰吾道一以貫之又曰道不可須臾離也可離非道也是故君子戒謹乎其所不覩恐懼乎其所不聞又曰其爲氣也至大至剛以直養而無害則塞乎天地之間此其相傳之妙儒者相與謹守而共學焉以爲天下雖大而所以治之者不外乎此然自孟氏既没而世不復知有此學一時

英雄豪傑之士或以資質之美計慮之精一言一行偶合於道者蓋亦有之而其所以爲之田地根本者則固未免乎利欲之私也而世之學者稍有才氣便自不肯低心下意做儒家事業聖學功夫又見有此一種道理不要十分是當不礙諸般作爲便可立大功名取大富貴於是心以爲利爭欲慕而爲之然又不可全然不顧義理便於此等去處指其須臾之間偶未泯滅底道理以爲只此便可與堯舜三代比隆而不察其所以爲之田地根本者之無有是處也夫三才之所以爲三才者固未嘗有二道然天地無心而人有欲是以天地之運行無窮而在人者有時而不相似蓋義理之心頃刻不存則人道息人道息則天地之用雖未嘗已而其在我者則固即此而不行矣不可但見其穹然者常運乎上頽然者常在乎下便以爲人道無時不立而天地賴之以存之驗也夫謂道之存亡在人而不可舍人

以爲道者正以道未嘗亡而人之所以體之者有至有不至耳非謂苟有是身則道自存必無是身然後道乃亡也天下固不能人人爲堯然必堯之道行然後人紀可脩天地可立也天下固不能人人皆桀然亦不必人人皆桀而後人紀不可脩天地不可立也但主張此道之人一念之間不似堯而似桀即此一念之間便是架漏度日牽補過時矣且曰心不常泯而未免有時之或泯則又豈非所謂半生半死之蟲哉蓋道未嘗息而人自息之所謂非道亡也幽厲不由也正謂此耳惟聖盡倫惟王盡制非常人所及然立心之本當以盡者爲法而不當以不盡者爲準故曰不以舜之所以事堯事君不敬其君者也不以堯之所以治民治民賊其民者也而況謂其非盡欺人以爲倫非盡罔世以爲制是則雖以來書之辯固不謂其絕無欺人罔世之心矣欺人者人亦欺之罔人者人亦罔之此漢唐之治所以

雖極其盛而人不心服終不能無愧於三代之盛時也夫人只是這箇人道只是這箇道豈有三代漢唐之別但以儒者之學不傳而堯舜禹湯文武以來轉相授受之心不明於天下故漢唐之君雖或不能無暗合之時而其全體却只在利欲上此其所以堯舜三代自堯舜三代漢祖唐宗自漢祖唐宗終不能合而為一也今若必欲撤去限隔無古無今則莫若深考堯舜相傳之心法湯武反之之功夫以為準則而求諸身却就漢祖唐宗心術微處痛加繩削取其偶合而察其所自來黜其悖戾而究其所從起庶幾天地之常經古今之通義有以得於我不當坐談既往之迹追飾已然之非便指其偶同者以謂全體而謂其真不異於古之聖賢也且如約法三章固善矣而卒不能除三族之令一時功臣無不夷滅除亂之志固善矣而不免竊取宮人私侍其父其他亂倫逆理之事往往皆身犯之蓋舉其始

總而言其合於義理者常少而不合者常多合於義理者常小而其不合者常大但後之觀者於此根本功夫自有欠闕故不知其非而以爲無害於理抑或以爲雖害於理而不害其獲禽之多也觀其所謂學成人而不必於儒攙金銀銅鐵爲一器而主於適用則亦可見其立心之本在於功利有非辯說所能文者矣夫成人之道以儒者之學求之則夫子所謂成人也不以儒者之學求之則吾恐其畔棄繩墨脫略規矩進不得爲君子退不得爲小人正如攙金銀銅鐵爲一器不惟壞却金銀而銅鐵亦不得盡其銅鐵之用也荀卿固譏游夏之賤儒矣不以大儒目周公乎孔子固稱管仲之功矣不曰小器而不知禮乎人也之說古注得之若管仲爲當得一箇人則是以子產之徒爲當不得一箇人矣聖人詞氣之際不應如此之粗厲而鄙也其它瑣屑不能盡究但不傳之絕學一事却恐更須討論方見得

從上諸聖相傳心法而於後世之事有以裁之而不失其正若不見得却是自家耳目不高聞見不的其所謂洪者乃混雜而非真洪所謂慣者乃流殉而非真慣竊恐後生傳聞輕相染習使義利之别不明舜蹠之塗不判駭流俗之觀聽壞學者之心術不惟老兄爲有識所議而朋友亦且陷於收司連坐之法此熹之所深憂而甚懼者故敢極言以求定論若猶未以爲然即不若姑置是事而且求諸身不必徒爲譊譊無益於道且使卞莊子之徒得以竊笑於旁而陰行其計也

又

示喻縷縷備悉雅意區區鄙見常竊以爲亘古亘今只是一理順之者成逆之者敗固非古之聖賢所能獨爲而後世之所謂英雄豪傑者亦未有能舍此理而得有所建立成就者也但古之聖賢從本根上便有惟精惟一功夫所以能執其中徹頭徹

尾無不盡善後來所謂英雄則未嘗有此功夫但在利欲場中頭出頭沒其資美者乃能有所暗合而隨其分數之多少以有所立然其或中或否不能盡善則一而已來喻所謂三代做得盡漢唐做得不盡者正謂此也然但論其盡與不盡而不論其所以盡與不盡却將聖人事業去就利欲場中比並較量見有所彷彿相似便謂聖人樣子不過如此則所謂毫釐之差千里之繆者其在此矣且如管仲之功伊呂以下誰能及之但其心乃利欲之心迹乃利欲之迹是以聖人雖稱其功而孟子董子皆秉法義以裁之不少假借蓋聖人之目固大心固平然於本根親切之地天理人欲之分則有毫釐必計絲髮不差者此在後之賢所以宻傳謹守以待後來惟恐其一旦舍吾道義之正以狥彼利欲之私也今不講此而遽欲大其目平其心以斷千古之是非宜其指鐵爲金認賊爲子而不自知其非也若夫點

鐵成金之譬施之有教無類遷善改過之事則可至於古今已往之迹則其爲金爲鐵固有定形而非後人口舌議論所能改易久矣今乃欲追點功利之鐵以成道義之金不惟費却閑心力無補於既往正恐礙却正知見有害於方來也若謂漢唐以下便是真金則固無待於點化而其實又有大不然者蓋聖人者金中之金也學聖人而不至者金中猶有鐵也漢祖唐宗用心行事之合理者鐵中之金也曹操劉裕之徒則鐵而已矣夫金中之金乃天命之固然非由外鑠淘擇不净猶有可憾今乃無故必欲棄舍自家光明寶藏而奔走道路向鐵鑪邊查礦中撥取零金不亦誤乎帝王本無異道王通分作兩三等已非知道之言且其爲道行之則是今莫之禦而不爲乃謂不得已而用兩漢之制此皆卑陋之說不足援以爲據若果見得不傳底絕學自無此蔽矣今日許多閑議論皆原於此學之不明顧乃

以爲笆籬邊物而不之省其爲喚銀作鐵亦已甚矣來諭又謂凡所以爲此論者正欲發儒者之所未備以塞後世英雄之口而奪之氣使知千塗萬轍卒走聖人樣子不得以愚觀之正恐不須如此費力但要自家見得道理分明守得正當後世到此地者自然若合符節不假言傳其不到者又何足與之爭耶況此等議論正是推波助瀾縱風止燎使彼益輕聖賢而愈無忌憚又何足以閉其口而奪其氣乎抱膝吟亦未遑致思兼是前論未定恐未必能發明賢者之用心又成虛設於此不疑則前所云者便是一篇不押韻無音律底好詩自不須更作也如何如何

與汪尚書

去春賜教語及蘇學以爲世人讀之止取文章之妙初不於此求道則其失自可置之夫學者之求道固不於蘇氏之文矣然

既取其文則文之所迹有邪有正有是有非亦皆有道焉固求道者之所不可不講也講去其非以存其是則道固於此乎在而何不可之有若曰惟其文之取而不復議其理之是非則是道自道文自文也道外有物固不足以爲道且文而無理又安足以爲文乎蓋道無適而不存者也故即文以講道則文與道兩得而一以貫之否則亦將兩失之矣中無主外無擇其不爲浮誇險詖所入而亂其知思也者幾希況彼之所以自任者不但曰文章而已既亡以考其得失則其肆然而談道德於天下夫亦孰能禦之愚見如此累蒙敎告終不能移也又蒙喻及二程之於濂溪亦若横渠之於范文正耳先覺相傳之秘非後學所能窺測誦其詩讀其書則周范之造詣固殊而程張之契悟亦異如曰仲尼顔子所樂吟風弄月以歸皆是當時口傳心授的當親切處後來二先生舉以後學亦不將作第二義看然則行

狀所謂反求之六經然後得之者特語夫功用之大全耳至其入處則自濂溪不可誣也若横渠之於文正則異於是蓋當時粗發其端而已受學乃先生自言此豈自誣者耶大抵近世諸公知濂溪甚淺如呂氏童蒙訓記其嘗著通書而曰用意高遠夫通書太極之說所以明天理之根源究萬物之終始豈用意而爲之又何高下遠近之可道哉近林黄中自九江寄其所撰祠堂記文極論濂字偏旁以爲害道尤可駭歎而通書之後次序不倫載蒲宗孟碣銘全文爲害又甚以書曉之度未易入見諒於此别爲序次而刋之恐却不難辨也春陵記文亦不可解此道之衰未有甚於今日柰何柰何

答鞏仲至

偶記頃年學道未能專一之時亦嘗間考詩之原委因知古今之詩凡有三變蓋自書傳所記虞夏以來下及漢魏自爲一等

自晉宋間顏謝以後下及唐初自爲一等自沈宋以後定著律詩下及今日又爲一等然自唐初以前其爲詩者固有高下而法猶未變至律詩出而後詩之與法始皆大變以至今日益巧益密而無復古人之風矣故嘗妄欲抄取經史諸書所載韻語下及文選漢魏古詞以盡乎郭景純陶淵明之所作自爲一編而附于三百篇楚辭之後以爲詩之根本準則又於其下二等之中擇其近於古者各爲一編以爲之羽翼輿衛其不合者則悉去之不使其接於吾之耳目而入於吾之胷次要使方寸之中無一字世俗言語意思則其爲詩不期於高遠而自高遠矣然顧爲學之務有急於此者亦復自知材力短弱決不能追古人而與之並遂悉棄去不能復爲況今老病百念休歇寧尚復語此乎然感左右見顧之重若以爲可語此者故聊復言之恐或可以少助百尺竿頭更進一步之勢也來喻所云潄六藝之芳

潤以求真濟此誠極至之論然恐亦須先識得古今體製雅俗鄉背仍更洗滌得盡腸胃間夙生葷血脂膏然後此語方有所措如其未然竊恐纖濁爲主芳潤入不得也近世詩人而緣不曾透得此關而規規於近局故其所就皆不滿人意無足深論然既就其中而論之則又互有短長不可一槩抑此伸彼況權度未審其所去取又或未盡合天下之公也此說甚長非書可究它時或得面論庶幾可盡

答章秀才論詩　洪武宋景濂

濂白秀才足下承書知學詩不倦且疑歷代詩人皆不相師旁引曲證疊疊數百言自以爲確乎弗拔之論濂竊以謂世人善論詩者其有出於足下乎雖然不敢從也濂非能詩者自漢魏以至今諸家之什不可謂不攻習也薦紳先生之前亦不可謂不磨切也揆於足下之論容或有未盡者請以所聞質之三百

篇勿論已姑以漢言之蘇子卿李少卿非作者之首乎觀二子之所著紆曲悽惋實宗國風與楚人之辭二子既歿繼者絶少下逮建安黄初曹子建父子起而振之劉公幹王仲宣力從而輔翼之正始之間嵇阮又疊作詩道於是乎大盛然皆師少卿馳騁於風雅者也自是厥後至音衰微至太康復中興陸士衡兄弟則倣子建潘安仁張茂先張景陽則學仲宣左太冲張季鷹則法公幹獨陶元亮天分之高其先雖出於太冲景陽究其所自得直超建安而上之高情逸韻殆猶太羹充鉶不假鹽醯而至味自存者也元嘉以還三謝顔鮑爲之首三謝亦本子建而雜叅於郭景純延之則迷士衡明遠則效景陽而氣骨淵然駸駸有西漢風餘或傷於刻鏤而乏雄渾之氣較之太康則有間矣永明而下抑又甚焉沈休文拘於聲韻王元長局於褊迫江文通過於摹擬陰子堅涉於淺易何仲言流於瑣碎至於徐

孝穆庾子山一以婉麗爲宗詩之變極矣然而諸人雖或遠式子建越石近宗靈運玄暉方之元嘉則又有不逮者焉唐初承陳隋之弊多遵徐庾遂至頹靡不振張子壽蘇廷碩張道濟相繼而興各以風雅爲師而盧昇之王子安務欲凌跨三謝劉希夷王昌齡沈雲卿宋少連亦欲蹴駕江薛固無不可者柰何溺於久習終不能改其舊甚至以律法相高益有四聲八病之嫌矣惟陳伯玉痛懲其弊專師漢魏而友景純淵明可謂挺然不群之士復古之功於是爲大開元天寶中杜子美復繼出上薄風雅下該沈宋才奪蘇李氣吞曹劉掩顏謝之孤高雜徐庾之流麗眞所謂集大成者而諸作皆廢矣並時而作有李太白宗風騷及建安七子其格極高其變化若神龍之不可羈有王摩詰依倣淵明雖運辭清雅而萎弱少風骨有韋應物祖襲靈運能一寄穠鮮於簡淡之中淵明以來蓋一人而已他如岑參高

達夫劉長卿孟浩然元次山之屬咸以興寄相高取法建安至於大曆之際錢郎遠師沈宋而苗崔盧耿吉李諸家亦皆本伯玉而宗黃初詩道於是爲最盛韓栁起於元和之間韓初效建安晚自成家勢若掀雷挾電撑決於天地之垠栁斟酌陶謝之中而措辭幻眇清妍應物而下亦一人而已元白近於輕俗王張過於浮麗要皆同師於古樂府賈浪仙獨變入僻以矯艶於元白劉夢得步驟少陵而氣韻不足杜牧之沈涵靈運而句意尚奇孟東野陰祖沈謝而流於蹇澁盧仝劉义自出新意而涉於怪詭至於李長吉温飛卿李商隱段成式專誇靡曼雖人人各有所師而詩之變又極矣比之大曆尚有所不逮况厠之開元哉過此以往若朱慶餘項子遷李文山鄭守愚杜彦之吳子華輩則又駁乎不足議也宋初襲晚唐五季之弊天聖以來晏同叔錢希聖劉子儀楊大年數人亦思有以革之第皆師於義

山全乖古雅之風迨王元之以邁世之豪俯就繩尺以樂天爲法歐陽永叔痛矯西崑以退之爲宗蘇子美梅聖俞介乎其間梅之覃思精微學孟東野蘇之筆力横絶宗杜子美亦頗號爲詩道中興至若王禹玉之踵微之盛公量之祖應物石延年之效牧之王介甫之原三謝雖不絶似皆嘗得其髣髴者元祐之間蘇黄挺出雖曰共師李杜而競以已意相高而衆作又廢矣自此以後詩人迭起或波瀾富而句律踈或煆煉精而情性遠大抵不出於二家觀於蘇門四學士及江西宗派諸詩蓋可見矣陳去非雖晚出乃能因崔德符而歸宿於少陵有不爲流俗之所移易馴至隆興乾道之時尤延之之清婉楊廷秀之深刻范至能之宏麗陸務觀之敷腴亦皆有可觀者然終不離天聖元祐之故步去盛唐爲益遠下至蕭趙二氏氣局荒頽而音節促迫則其變又極矣由此觀之詩之格律崇卑固若隨世而變

遷然謂其皆不相師可乎第所相師者或有異焉其上焉者師其意辭固不似而氣象無不同其下焉者師其辭辭則似矣求其精神之所寓固未嘗近也然惟深於此與者乃能察知爾雖然爲詩當自名家然後可傳於不朽若體規畫圓準方作矩終爲人之臣僕尚烏可謂之詩哉何者詩乃吟詠情性之具而所謂風雅頌者皆出於吾之一心特因事感觸而成非智力之所能增損也古之人其初雖有所沿襲末後自成一家言又豈規規然必於相師者哉嗚呼此未可爲初學道也近來學者類多自高操觚未能成章輒闊視前古爲無物且揚言曰曹劉李杜蘇黃諸作雖佳不必師吾即師師吾心耳故其所作往往猖狂無倫以揚沙走石爲豪而不復知有冲和純粹之音可勝歎哉可勝歎哉濂非能詩者因足下之言姑誦所聞惟足下裁擇焉

答程伯大論文　朱元會

古今能言之士孰不欲雄峙百代之上而垂聲乎百世之下哉然而卒抱奇志而不見泯泯以老死者何其多也豈非才識之不逮故不能成一家之言以至此耳三代之後卓然成一家之言者才十數人而止其餘皆磨滅澌盡則信乎得之於天者非超然而不群則難乎其以文章自命矣比辱賜書大抵未能達夫雄深雅健之作而務爲浮薄靡麗之文而已此甚不可也僕聞古之爲文者必本於經而根於道其紀志表傳記序銘贊則各有其體而不可以淆焉而莫之辨也至其發言遣辭又奚以剽賊爲工哉今不本於經不根於道而雜出於百家傳記之説則其立論不自其大而自其細固已自小矣尚何能與古人齊驅而並駕哉老蘇之文頗挫曲折蒼然鬱然鑱刻峭厲幾不可與爭鋒然而有識之士猶有譏焉者良以立其論之駁而不能盡合乎聖人之道也今無蘇公之才而立論又下蘇公遠甚則何

望其言之立而不仆耶古之用兵其合散進退出奇制勝固神速變化而不可測也至其部伍行陣之法則繩繩乎其弗可以亂爲文而不以法是猶用師而不以律矣古之論文必有體製而後工拙譬諸梓人之作室也其棟梁榱桷之任雖不能以大相遠也而王公大人之居與浮屠老子之廬官司之署庶民之室其制度固懸絕而不相侔也使記也而與序無異焉則庶民之室將同於浮屠老子之祠亦可乎鑄劍而肖於刀且猶不可斲車而肖於舟奚可乎韓子之於文也惟陳言之務去今雖全未能如韓子亦宜少刋落矣乃悉古書奇字而駢集鱗次焉不幾於天吳紫鳳顛倒短褐也耶蘇子謂錦繡綺縠服之美者也然尺寸而割之錯雜而紐之以爲服則綈繒之不若今先生乃欲集群英以爲華爲卉其亦異於作者之見矣世有窶人爲覘其鄰之富也日夜攻鑽而剽之幸而得其貨寶財賄以爲計得

矣一日徼者獲之則薾然盜也今爲文者至死不悟且役役焉割裂而綴輯之則其氣固已薾然矣又何能渾浩如江河而有排戛之力哉且古之爲文非有心於文也若風之於水適相遭而文生也故鼓之而爲濤舍之而爲漪蹙之而爲縠澄之而爲練激之而爲珠璣非水也風也二者適相遭而文生也天之於物也獨不然乎纖者穠者冊者堊者莫不極其美麗而造物者豈物物而彫之哉物各付物而天下之巧莫加焉彼有昧於此者三年而刻葉且文猶樂也大古之音和平雅淡而風俗以淳人心以正桑間濮上淫哇煩趣而人心風俗蕩而忘返使先生而與聞制作將安取乎則何獨疑於文也先生教之曰苟無毛嬙西施之美質則不能不借夫粉黛之假以掩其陋是朽木可得而彫糞土之墻可得而圬矣無鹽天下知其惡也被珠璣曳羅綺不足以欺天下之目使天下而皆瞽也則可奈之何天下

之不皆瞽也先生殆未覩夫正色也先生又謂吾五常論其猶玄耶太玄擬易而作然易出於造化之自然而玄出於智慮之私而已故不能免夫牽合艱難之態先儒固已譏其勞且拙矣故今去雄千餘年而卒無好之者今先生乃欲著書以擬玄吾恐其不堪爲覆瓿用矣先生又謂吾嘗作詩命其集曰胡盧且魯論詩序言詩之用若彼其博也而先生直以資人之笑視古詩之風亦少貶矣此亦好怪之過也先生卒敎之曰其觀吾文也還以一言庶有以知吾子之是是非非也宋之季年文章敗壞極矣遺風餘習入人之深若黑之不可以白當此之時非返之則不足追乎古先生之心自以爲過之矣而烏知其異於彼也先生之文始欲其奇也而卒以拙始欲其麗也而卒以惡始欲其雄也而卒以弱其風格言論莫不叛於古矣則亦難乎擴而言之矣且先生既與吾異則僕雖言之而無當於其心矣僕

欲挽先生於迷途則願悉吐出其中之蘊取韓孟文日夜誦之覺巳之見與向者異焉然後一吐其詞庶有合乎僕於學廢棄之日常多加以怠惰不力然於作者之風致竊有見焉故敢畧陳其說其然之耶其不然之耶迷悟之機判於此矣幸毋忽

與秦裕伯書　吳魯客

海甯拜景容徵君足下曩年行李去時承惠字戒别尋至河口追餞不及泝流至下洞竟不得見而還自後煙塵蔽隔音問難通遂有山河之異聞太夫人捐館驚怛殊甚奔慰莫由近日乃知從者在金陵適使者至見招云因足下稱說嗟乎足下乃有不知僕者耶僕無意用世乆矣老母年垂九十病癈逾年起止非人不可僕奔竄之餘得軟脚疾是亦幾癈今鬚髮盡皓無一莖黑者一房九口無先疇足賴二先弟房下嫠婦癡子七人是果誰仰哉六喪積年未舉每一興念五内摧碎惟足下爲僕念

此又凡今日求退者足下當力佑成之勿奪其志新朝苟欲倡名義厚風俗則何必一切招之使來乎辱足下知舊故布衷曲足下幸自愛勿撓微志不宜

文章辨體卷之二十八

（明）吴訥輯

文章辨體

3

國家圖書館出版社

第三册目録

卷二十九

記一

漢光武東封泰山記……一
桃花源記　陶淵明……二
縉雲縣城隍神記　李陽冰……四
道州刺史廳壁記　元結……四
汴州東西水門記　韓愈……五
燕喜亭記　韓愈……六
畫記　韓愈……八
新修滕王閣記　韓愈……一〇
永州新堂記　柳宗元……一二
零陵郡復穴記　柳宗元……一三
永州龍興寺東丘記　柳宗元……一四
永州鐵爐步志　柳宗元……一五
游黄溪記　柳宗元……一六
始得西山宴游記　柳宗元……一八
鈷鉧潭記　柳宗元……一九
鈷鉧潭西小丘記　柳宗元……二〇
至小丘西小石潭記　柳宗元……二一
袁家渴記　柳宗元……二二
石渠記　柳宗元……二三
石澗記　柳宗元……二三
小石城山記　柳宗元……二四
柳州東亭記　柳宗元……二五
柳州山水近治可游者記　柳宗元……二六
廬山草堂記　白居易……二七

衛公故物記　韋端符……三〇

卷三十

記二

待漏院記　王禹偁……三三
竹樓記　王禹偁……三五
庭莎記　晏殊……三六
岳陽樓記　范仲淹……三七
桐廬郡嚴先生祠堂記　范仲淹……三九
畫舫齋記　歐陽脩……四〇
豐樂亭記　歐陽脩……四一
醉翁亭記　歐陽脩……四三
相州畫錦堂記　歐陽脩……四四
真州東園記　歐陽脩……四六
先秦古器記　劉敞……四八
諫院題名記　司馬光……四八
獨樂園記　司馬光……四九
信州興造記　王安石……五一
桂州新城記　王安石……五三
木假山記　蘇洵……五五
蘇氏族譜亭記　蘇洵……五六
吴郡州學六經閣記　張伯玉……五八
袁州學記　李覯……五九
擬峴臺記　曾鞏……六一
道山亭記　曾鞏……六二
學舍記　曾鞏……六五
醒心亭記　曾鞏……六六
義田記　錢公輔……六八
李氏山房藏書記　蘇軾……七〇
靈壁張氏園亭記　蘇軾……七二
蓋公堂記　蘇軾……七三
喜雨亭記　蘇軾……七五
遺老齋記　蘇轍……七七

卷三十一

記三

養魚記　程頤……………………七九
重修御史臺記　曾肇……………八〇
思亭記　陳師道…………………八三
進學齋記　張耒…………………八四
徽州婺源縣學藏書閣記　朱熹…八七
百丈山記　朱熹…………………八九
雲谷記　朱熹……………………九一
名堂室記　朱熹…………………九七
平江府常熟縣學吴公祠記　朱熹…九九
金壇縣丞廳壁記　劉宰……………一〇二
退齋記　劉因………………………一〇三
游高氏園記　劉因…………………一〇五
蕺隱記　戴表元……………………一〇六
凝道山房記　吴澂…………………一〇八
西陽宫記　吴澂……………………一一〇
默齋記　趙孟頫……………………一一三
古愚齋記　胡助……………………一一五
此君軒記　程鉅夫…………………一一六
克復堂記　虞集……………………一一七
誠存堂記　虞集……………………一一九
建都水分監記　揭傒斯……………一二〇
圭塘記　歐陽玄……………………一二三
沈氏義莊記　黄溍…………………一二六
耕讀堂記　鄭玉……………………一二七
秋亭記　陳旅………………………一二八
雪所記　陳旅………………………一三〇
寶經堂記　程文……………………一三一
樂道齋記　胡翰……………………一三四
宋九賢遺像記　宋濂………………一三六
慈孝庵記　宋濂……………………一三八
知學齋記　王禕……………………一四〇
游白鹿洞記　王禕…………………一四四

南康六老堂記　王褘……一四六
國子學同官記　蘇伯衡……一四八
芸香樓記　謝肅……一五一
石經堂記　朱右……一五三
筆議軒記　貝瓊……一五四

卷三十二

序一

詩大序　卜子夏……一五七
泛沔州城南郎官湖詩序　李白……一五八
陰陽書序　吕才……一五九
送孟東野序　韓愈……一六一
送許郢州序　韓愈……一六三
送董邵南序　韓愈……一六五
贈崔復州序　韓愈……一六六
贈張童子序　韓愈……一六七
送浮屠文暢師序　韓愈……一六九
送廖道士序　韓愈……一七一
送王秀才序　韓愈……一七二
送王秀才序　韓愈……一七二
送幽州李端公序　韓愈……一七四
送殷員外序　韓愈……一七四
送楊少尹序　韓愈……一七五
送石處士序　韓愈……一七七
送温處士赴河陽軍序　韓愈……一七九
韋侍講盛山十二詩序　韓愈……一八〇
送李願歸盤谷序　韓愈……一八一
送薛存義之任序　柳宗元……一八三
序飲　柳宗元……一八四
送詩人廖有方序　柳宗元……一八五
唐九老詩并序　白居易……一八六
柳柳州集後序　司空圖……一八七

卷三十三

序二

重修說文序　徐鉉……一八九
唐柳先生文集後序　穆脩……一九一
集古目録序　歐陽脩……一九三
送徐無黨南歸序　歐陽脩……一九五
章望之字序　歐陽脩……一九七
删正黄庭經序　歐陽脩……一九八
送王陶序　歐陽脩……二〇〇
睢陽五老圖詩并序　錢明逸……二〇二
送湖南使君序　劉敞……二〇四
洛陽耆英會序　司馬光……二〇五
送陳升之序　王安石……二〇八
送孫正之序　王安石……二〇九
故蹟遺文序　王回……二一一
列女傳目録序　曾鞏……二一二
戰國策目録序　曾鞏……二一五
陳書目録序　曾鞏……二一七
南齊書目録序　曾鞏……二一九
新序目録序　曾鞏……二二二
梁書目録序　曾鞏……二二四
相國寺維摩院聽琴序　曾鞏……二二六
送周屯田序　曾鞏……二二九
送江任序　曾鞏……二三〇
譜例序　蘇洵……二三二
送石昌言舍人北使引　蘇洵……二三三
蘇氏族譜引　蘇洵……二三五
仲兄郎中字序　蘇洵……二三六
六一居士集序　蘇軾……二三八
章公甫字序　章望之……二四〇
送秦少章赴臨安簿序　張耒……二四三
王平甫文集後序　陳師道……二四五

卷三十四

序三

泉州同安縣學故書目序　朱熹……二四七
贈徐師表序　朱熹……二四八
送郭拱辰序　朱熹……二四八
黄子厚詩序　朱熹……二四九
贈相士序　吕祖謙……二五二
序江漢先生死生　姚燧……二五三
元學士文稿序　吴澂……二五五
莊周夢蝶圖序　劉因……二五六
李仲淵御史行齋謾稿序　程鉅夫……二五八
送屠存博之婺州序　戴表元……二六〇
贈黄彦實序　戴表元……二六二
忠史序　歐陽玄……二六四
孔氏譜序　揭傒斯……二六六
南昌劉應文文稿序　虞集……二六七
安先生文集序　虞集……二七〇
文丞相傳序　許有壬……二七二
古詩考録後序　吴萊……二七四
司馬子微天隱子注後序　吴萊……二七六
釋迦方域志後序　吴萊……二七八
桑海遺録序　吴萊……二八二
送俞時中北上叙　任士林……二八五
金石例序　柳貫……二八六
送葛子熙之武昌學録序　鄭玉……二八七
王生歸儒序　葉致中……二八九
送甘允從甫北上序　陳旅……二九一
送劉粹衷赴旌德令序　陳旅……二九二
孟君文集序　程以文……二九四
書則序　韓明善……二九五
風水問答序　胡翰……二九七
趙氏合族詩序　胡翰……二九九
洪武聖政記序　宋濂……三〇二
大明日曆序　宋濂……三〇四

送胡先生還金華序　蘇伯衡……三〇六
送朱先生赴京考禮序　謝肅……三〇八
虞先生游咏圖序　張則明……三一一

卷三十五

論一

過秦論　賈誼……三一三
論限民名田　董仲舒……三一六
論春秋　司馬遷……三一七
論項羽　司馬遷……三一九
論商鞅　司馬遷……三一九
論藺相如　司馬遷……三二〇
异姓諸侯王論　班固……三二〇
游俠論　荀悦……三二一
典論論文　魏文帝……三二二
徙戎論　江統……三二四
争臣論　韓愈……三二六
守道論　柳宗元……三三〇
漢昭論　李德裕……三三一
文章論　李德裕……三三二
論相　杜牧……三三四
張辟强論　李德裕……三三五

卷三十六

論二

本論上　歐陽脩……三三七
本論下　歐陽脩……三四一
一行傳論　歐陽脩……三四四
伶官傳論　歐陽脩……三四五
朋黨論　歐陽脩……三四七
泰誓論　歐陽脩……三四九
春秋論　歐陽脩……三五一
辨惑論　石介……三五九
葬論　司馬光……三六〇

管仲論　蘇洵……三六二
備亂論　鄭獬……三六五
唐論　曾鞏……三六七
范增論　蘇軾……三六九
荀卿論　蘇軾……三七一
韓非論　蘇軾……三七三
論造化之迹　胡寅……三七五
風水論　羅大經……三七六
擇日論　沈顔……三七八
六經論　宋濂……三七九
又　王褘……三八一
四子論　王褘……三八四
養生論　梁寅……三八五
論志　朱右……三八九

卷三十七

説

師説　韓愈……三九一
雜説四首　韓愈……三九二
原晋亂説　楊夔……三九五
漢史贊桑弘羊説　張彧……三九五
朝日説　柳宗元……三九七
捕蛇者説　柳宗元……三九八
羆説　柳宗元……三九九
怪説　石介……四〇〇
雜説　歐陽脩……四〇二
名二子説　蘇洵……四〇三
稼説送張琥　蘇軾……四〇四
雜説　蘇軾……四〇五
顔真卿守平原説　蘇軾……四〇七
葬説　程頤……四〇七
跪坐拜説　朱熹……四〇八

觀心說　朱熹……四一一
譜諜說　呂祖謙……四一三
辯說　許衡……四一五
唯諾說　劉因……四一六
唯諾後說　劉因……四一六
無極而太極說　吴澂……四一七
不敢稱人字說　宋濂……四一九

解

獲麟解　韓愈……四二〇
命解　李翱……四二一
碑解　宋孫何……四二一
七儒解　宋濂……四二五

卷三十八

辨

諱辨　韓愈……四二九
桐葉封弟辨　柳宗元……四三一
辨鶡冠子　柳宗元……四三二
正統辨　楊維楨……四三二
祿命辨　宋濂……四四一

卷三十九

原

原道　韓愈……四四七
原性　韓愈……四五二
原毁　韓愈……四五四
原人　韓愈……四五六
原鬼　韓愈……四五七
原過　王安石……四五八
勢原　李清臣……四五九
文原　宋濂……四六三
畫原　宋濂……四六八
原儒　王禕……四七一
原諫　王禕……四七四

戒

戒子　諸葛亮……四七七
戒子儼等　陶淵明……四七七
遺戒子孫　姚崇……四七九
三戒　柳宗元……四七九
敵戒　柳宗元……四八一
行舟戒　江休復……四八二
嫌戒　王回……四八三
女戒　張載……四八三
戒子孫　柳玭……四八四
言戒　司馬光……四八五
事神戒　司馬光……四八五

卷四十

題跋

讀荀　韓愈……四八七
讀儀禮　韓愈……四八八
讀鶡冠子　韓愈……四八八
讀韓愈所著毛穎傳後題　柳宗元……四八八
書處州孔子廟碑陰　杜牧……四九〇
書鄭綮傳　徐積……四九二
跋放生池碑　歐陽脩……四九三
跋平泉草木記　歐陽脩……四九四
跋唐華陽頌　歐陽脩……四九五
跋唐人書楊公史傳記　歐陽脩……四九六
讀孟嘗君傳　王安石……四九六
書黃子思詩集後　蘇軾……四九七
題唐氏六家書後　蘇軾……四九八
書魏鄭公傳後　曾鞏……五〇〇
題摹燕郭尚父圖　黃庭堅……五〇二
跋韓愈送窮文　黃庭堅……五〇三
書洛陽名園記後　李格非……五〇三
書五代郭崇韜卷後　張耒……五〇四
書布衾銘後　陸游……五〇五

讀唐志　朱熹……五〇五
讀大紀　朱熹……五〇九
跋朱喻二公法帖　朱熹……五一二
跋唐人暮雨牧牛圖　朱熹……五一二
跋向伯元遺戒　朱熹……五一三
跋程沙隨帖　朱熹……五一四
跋病翁先生詩　朱熹……五一四
書廖德明仁壽廬條約後　朱熹……五一五
題贈地理卷後　張栻……五一七
讀漢書　黃東發……五一八
三山郡泮五賢祠記後語　熊去非……五一九
讀藥書漫記　劉因……五二五
題倪生蘭亭卷　柳貫……五二六
讀禹貢　朱右……五二七
跋三官祠記　宋濂……五二八
書穆陵遺骼　宋濂……五二九
讀宋徽宗本紀　宋濂……五二九
書徐進善三命辨後　蘇伯衡……五三一
書蘇伯脩御史斷獄記後　劉基……五三三
題王右軍蘭亭帖　劉基……五三四

卷四十一

雜著

詰鳳　陳黯……五三五
拜禹言　李翺……五三六
鞭賈　柳宗元……五三六
跛奚移文　黃庭堅……五三八
責沈貽知默侄　陳瓘……五四〇
字朱元晦祝祠　劉子翬……五四二
正紀　胡翰……五四三
尚賢　胡翰……五四七
慎習　胡翰……五五二
皇初　胡翰……五五六
師儉訓　蘇伯衡……五六一

文統　朱右……五六三
史概　朱右……五六五

卷四十二

箴

周虞人箴　左丘明……五六九
大僕箴　揚雄……五六九
廷尉箴　揚雄……五七〇
宗正箴　揚雄……五七〇
大司農箴　揚雄……五七一
將作大匠箴　揚雄……五七一
大理箴　崔駰……五七二
諫大夫箴　崔寔……五七三
女史箴　張華……五七三
大寶箴　張藴古……五七四
丹扆箴六首　李德裕……五七六
五箴　韓愈……五七八
視聽言動四箴　程頤……五八〇
敬齋箴　朱熹……五八二
夜氣箴　真德秀……五八三
廉仁公勤四箴　王邁……五八四
夙興夜寐箴　陳柏……五八五

銘

周武王諸銘　周武王……五八六
鼎銘　正考父……五八八
鼎銘　衛孔悝……五八八
井銘　李尤……五八八
小車銘　李尤……五八八
漏刻銘　李尤……五八九
高祖沛泗水亭碑銘　班固……五八九
封燕然山銘　班固……五九〇
座右銘　崔瑗……五九一
劍閣銘　張載……五九一
瘞硯銘　韓愈……五九二

武岡銘　柳宗元……五九二
井銘　柳宗元……五九四
門銘　盧仝……五九五
陋室銘　劉禹錫……五九五
几銘　陳堯佐……五九五
擊蛇笏銘　石介……五九六
槃水銘　司馬光……五九八
司馬公布衾銘　范純仁……五九八
徐州蓮花漏銘　蘇軾……五九八
三槐堂銘　蘇軾……六〇〇
邁硯銘　蘇軾……六〇二
黄樓銘　陳師道……六〇二
家藏古硯銘　唐庚……六〇四
講座銘　朱熹……六〇四
四齋銘　朱熹……六〇五
茅齋銘　魏華父……六〇六

文章辨體卷之二十九

海虞後學吳訥編集

記一

漢光武東封泰山記

維建武三十有二年二月皇帝東廵狩至於岱宗柴望秩於山川班于群神遂覲東后從臣太尉熹行司徒事特進高密侯禹等漢賓二王之後在位孔子之後褒成侯序在東后蕃王十二咸來助祭昔在帝堯聰明睿微讓與舜氏後裔握機王莽以舅后之家三司鼎足冢宰之權勢依託周公霍光輔幼歸政之義遂以篡叛僭號自立宗廟隳壞社稷喪亡不得血食十有八年楊徐青三州首亂兵革橫行延及荆州豪傑并兼百里屯聚往往僭號北夷作寇千里無煙無雞鳴狗吠之聲皇天睠顧皇帝以匹庶受命中興年二十八載興兵起是以中次誅討十有餘

年罪人則斯得黎庶得居爾田安爾宅書同文車同軌人同倫舟輿所通人迹所至靡不貢職建明堂立辟雍起靈臺設庠序同律度量衡修五禮五玉三帛二牲一死贄吏各修職復于舊典在位三十有二年年六十二乾乾日昃不敢荒寧涉危歷險親巡黎元恭肅神祇惠恤耆老理庶遵古聰允明恕皇帝唯慎河圖雒書正文是月辛卯柴登封泰山甲午禪于梁陰以承靈瑞以爲兆民永茲一宇垂于後昆百寮從臣郡守師士咸蒙祉福永永無極秦相李斯燔詩書樂崩禮壞建武元年巳前文書散亡舊典不具不能明經文以章句細微相況八十一卷明者爲驗又其十卷皆不昭晳子貢欲去告朔之餼羊子曰賜也爾愛其羊我愛其禮後有聖人正失誤刻石記

桃花源記

晉陶淵明

東坡曰世傳桃源事多過其實考淵明所記止

言先世避秦亂來此則漁人所見是其子孫非秦人不死者也使武陵太守得至則化爲爭奪之場久矣嘗意天壤間若此者甚衆不獨桃源

晉太元中武陵人捕魚爲業緣溪行忘路之遠近忽逢桃花林夾岸數百步中無雜樹芳華鮮美落英繽紛漁人甚異之復行前欲窮其林林盡水源便得一山山有小口髣髴若有光便捨船從口入初極狹纔通人復行數十步豁然開朗土地平曠屋舍儼然有良田美池桑竹之屬阡陌交通雞犬相聞其中往來種作男女衣著悉如外人黃髮童髫並怡然自樂見漁人乃大驚問所從來具答之便要還家爲設酒殺雞作食村中聞有此人咸來問訊自云先世避秦時亂率妻子邑人來此絕境不復出焉遂與外人間隔問今是何世乃不知有漢無論魏晉此人一一爲具言所聞皆歎惋餘人各復延至其家皆出酒食停數

日辭去此中人語云不足爲外人知道也既得其船便扶向路處處誌之及郡下詣太守說如此太守即遣人隨其尋向所誌遂迷不復得路南陽劉子驥高尚士也聞之欣然規往未果尋病終後無問津者

縉雲縣城隍神記

唐李陽冰

城隍神祀典無之吳越有之風俗水旱疾疫必禱焉有唐乾元二年秋七月不雨八月既望縉雲縣令李陽冰躬祈於神與神約曰五日不雨將焚其廟及期大雨合境告足具官與耆耋群吏乃自西谷遷廟於山巔以荅神休云

道州刺史廳壁記

元次山

天下太平方千里之内生植齒類刺史能存亡休戚之天下兵興方千里之内能保黎庶能攘患難在刺史耳若無文武才略若不清廉肅下若不明惠公直則一州生類皆受其害於戲自

至此州見井邑丘墟生民幾盡試問其故不覺涕下前政刺史或有貪猥惛弱不分是非但以衣服飲食為事數年之間蒼生蒙以私欲侵奪兼之公家驅迫非姦惡彊富殆無存者問之耆老前後刺史能恤養貧弱專守法令有徐公履道李公庾而已徧問諸公善或不及徐李二公惡有不堪說者故爲此記與刺史作戒自至州已來諸公改授遷黜年月則舊記存焉

汴州東西水門記　韓退之

貞元十四年正月戊子隴西公命作東西水門越三月辛巳朔水門成三日癸未大合樂設水嬉會監軍軍司馬賓佐僚屬將校熊羆之士肅四方之賓客以落之士女龢會闐郭溢郛既卒事其從事昌黎韓愈請記成績其詞曰

維汴州河水自中注厥初距河爲城其不合者誕寘聯鎖于河宵浮晝湛舟不潛通然其襟抱虧疏風氣宣洩邑居弗寧訛言

屢騰歷載已來孰寃孰思皇帝御天下十有八載此邦之人遭逢疾威嚚童嗷嘑切衆阻兵懔懔栗栗若墜若覆時維隴西公受命作藩爰自洛京單車來臨遂拯其危遂去其疵弗肅弗厲薰爲大和神應祥福五穀穰熟既庶而豐人力有餘監軍是咨司馬是謀乃作水門爲邦之郛以固風氣以閑寇偷黃流渾渾飛閣渠渠因而飾之匪爲觀遊天子之武維隴西公是布天子之文維隴西公是宣河之沄沄源于崑崙天子萬祀公多受祉乃伐山石刻之日月尚俾來者知作之所始

燕喜亭記

太原王弘中在連州與學佛人景常元慧游異日從二人者行於其居之後丘荒之間上高而望得異處焉斬茅而嘉樹列發石而清泉激輦糞壤燔椔翳却立而視之出者突然成丘陷者呀然成谷窪者爲池而缺者爲洞若有鬼神異物陰來相之自

是弘中與二人者晨往而夕忘歸焉乃立屋以避風雨寒暑既成愈請名之其丘曰竢德之丘蔽於古而顯於今有竢之道也其石谷曰謙受之谷瀑曰振鷺之瀑谷言德瀑言容也其土谷曰黃金之谷瀑曰秩秩之瀑谷言容瀑言德也洞曰寒居之洞志其入時也池曰君子之池虛以鍾其美盈以出其惡也泉之源曰天澤之泉出高而施下也合而名之以屋曰㷼喜之亭取詩所謂魯侯㷼喜者頌也於是州民之老聞而相與觀焉曰吾州之山水名天下然而無與㷼喜者比經營於其側者相接也而莫直其地凡天作而地藏之以遺其人乎弘中自吏部郎貶秩而來次其道途所經自藍田入商洛涉淅湍臨漢水升峴首以望方城出荆門下岷江過洞庭上湘水行衡山之下繇郴踰嶺蝯狖所家魚龍所宮極幽遐瑰詭之觀宜其於山水飫聞而厭見也今其意乃若不足傳曰智者樂水仁者樂山弘中之德

與其所好可謂協矣智以謀之仁以居之吾知其去是而羽儀於天朝也不遠矣刻石以記

畫記

雜古今人物小畫共一卷騎而立者五人騎而被甲載兵立者十人一人騎執大旗前立騎而被甲載兵行且下牽者十人騎且負者二人騎執器者二人騎擁田犬者一人騎而牽者二人騎而驅者三人執羈靮立者二人騎而下倚馬臂隼而立者一人騎而驅涉者二人徒而驅牧者二人坐而指使者二人甲冑手弓矢鈇鉞植者七人甲冑執幟植者十人負者七人偃寢休者二人甲冑坐睡者一人方涉者一人坐而脫足者一人寒附火者一人雜執器物役者八人奉壺矢者一人舍而具食者十有一人挹且注者四人牛牽者二人驢驅者四人一人杖而負者婦人以孺子載而可見者六人載而上下者三人孺子戲者

九人凡人之事三十有二爲人大小百二十有三而莫有同者焉馬大者九匹於馬之中又有上者下者行者牽者涉者陸者翹者顧者鳴者寢者訛者立者人立者齕者飲者溲者陟者降者痒磨樹者噓者嗅者喜相戲者怒相踶齧者秣者騎者驟者走者載服物者載狐兔者凡馬之事二十有七爲馬大小八十有三而莫有同者焉牛大小十一頭橐駝三頭驢如橐駝之數而加其一焉隼一犬羊狐兔麋鹿共三十旃車三兩雜兵器弓矢旌旗刀劍矛楯弓服矢房甲冑之屬缾盂簦笠筐筥錡釜飲食服用之器壺矢博弈之具二百五十有一皆曲極其妙貞元甲戌年余在京師甚無事同居有獨孤生申叔者始得此畫而與余彈棊余幸勝而獲焉意甚惜之以爲非一工人之所能運思蓋聚集衆工人之所長耳雖百金不願易也明年出京師至河陽與二三客論畫品格因出而觀之座有趙侍御者君子人

也見之戚然若有感然少而進曰噫余之手摸也亡之且二十年矣余少時常有志乎茲事得國本絶人事而摸得之遊閩中而喪焉居閑處獨時往來余懷也以其始爲之勞而夙好之篤也今雖遇之力不能爲已且命工人存其大都焉余既甚愛之又感趙君之事因以贈之而記其人物之形狀與數而時觀之以自釋焉

新修滕王閣記

愈少時則聞江南多臨觀之美而滕王閣獨爲第一有瓌偉絶特之稱及得三王所爲序賦記等壯其文辭益欲往一觀而讀之以忘吾憂繫官于朝願莫之遂十四年以言事斥守揭陽便道取疾以至海上又不得過南昌而觀所謂滕王閣者其冬以天子進大號加恩區内移刺袁州袁州南昌爲屬邑私喜幸自語以爲當得躬詣大府受約束於下執事及其無事且還儻得

一至其處竊寄目償所願焉至州之七月詔以中書舍人太原王公爲御史中丞觀察江南西道洪江饒虔吉信撫袁悉屬治所八州之人前所不便及所願欲而不得者公至之日皆罷行之大者驛聞小者立變春生秋殺陽開陰閉令修於庭戶數日之閒而人自得於湖山千里之外吾雖欲出意見論利害聽命於幕下而吾州乃無一事可假而行者又安得捨己所事以勤館人則滕王閣又無因而至焉矣其歲九月人吏浹和公與監軍使燕于此閣文武賓士皆與在席酒半合辭言曰此屋不修且壞前公爲從事此邦適理新之公所爲文實書在壁今三十年而公來爲邦伯適及期月公又來燕于此公烏得無情哉公應曰諾於是棟楹梁桷板檻之腐黑撓折者蓋瓦級甎之破缺者赤白之漫漶不鮮者治之則已無侈前人無廢後觀工既訖功公以衆飲而以書命愈曰子其爲我記之愈既以未得造觀

爲歎竊喜載名其上詞列三王之次有榮耀焉乃不辭而承公命其江山之好登望之樂雖老矣如獲從公遊尚能爲公賦之

永州新堂記　柳子厚

將爲穹谷嵁巖淵池於郊邑之中則必輦山石溝澗壑凌絶嶮阻疲極人力乃可以有爲也然而求天作地生之狀咸無得焉逸其人因其地全其天昔之所難今於是乎在永州實惟先疑之麓其始度土者環山爲城有石焉翳于奥草有泉焉伏于土塗蛇虺之所蟠狸鼠之所游茂樹惡木嘉葩毒卉亂雜而爭植號爲穢墟韋公之來既逾月理甚無事望其地且異之始命芟其蕪行其塗積之丘如蠲之瀏如既焚既釃奇勢迭出清濁質美惡異位視其植則清秀敷舒視其蓄則溶漾紆餘怪石然周于四隅或列或跪或立或仆竅穴逶邃堆阜突怒乃作宇以爲觀游凡其物類無不合形輔勢效伎於堂廡之下外之

連山高原林麓之崖間側隱顯邐延野綠遠混天碧咸會於譙門之内已乃延客入觀繼以宴娛或贊且賀曰見公之作知公之志公之因土而得勝豈不欲因俗以成化公之擇惡而取美豈不欲除殘而佑仁公之蠲濁而流清豈不欲廢貪而立廉公之居高以望遠豈不欲家撫而戶曉夫然則是堂也豈獨草木土石水泉之適歟山原林麓之觀歟將使繼公之理者視其細知其大也宗元請志諸石措諸壁編以爲二千石楷法

零陵郡復穴記

石鍾乳餌之最良者也楚越之山多產焉于連于韶者獨名於世連之人告盡焉者五載矣以貢則買諸他部今刺史崔公至逾月穴人來以乳復告邦人悅是祥也雜然謠曰甿之熙熙崔公之來公化所徹土石蒙烈以爲不信起視乳穴穴人笑之曰是惡知所謂祥耶嚮吾以刺史之貪戾嗜利徒吾役而不吾貨

也吾是以病而紿焉今吾刺史令明而志潔先賴而後力欺誣屏息信順休洽吾以是誠告焉且夫乳穴必在深山窮林冰雪之所儲豺虎之所廬由而入者觸昏霧扞龍蛇束火以知其物縻繩以志其返其勤若是出又不得吾直吾用是安得不以盡告今令人而乃誠吾告故也何祥之爲士聞之曰謠者之祥也乃其所謂怪者也笑者之非祥也乃其所謂真祥者也君子之祥也以政不以怪誠乎物而信乎道人樂用命熙熙然以效其有斯其爲政也而獨非祥也歟

永州龍興寺東丘記

游之適大率有二曠如也奥如也如斯而已其地之凌阻峭出幽鬱寥廓悠長則於曠宜抵丘垤伏灌莽迫遽廻合則於奥宜因其曠雖增以崇臺延閣廻環日星臨瞰風雨不可病其敞也因其奥雖增以茂樹藂石穹若洞谷蓊若林麓不可病其邃也

今所謂東丘者奥之宜者也其始龕之外弃地余得而合焉以屬於堂之北陲凡坳窪坻岸之狀無廢其故屏以密竹聯以曲梁桂檜松杉楩柟之植幾三百本嘉卉美石又經緯之俛入綠縟幽蔭薈蔚步武錯迕不知所出温風不爍清氣自至水亭陿室曲有奥趣然而至焉者往往以邃爲病噫龍興永之嘉寺也登高殿可以望南極闢大門可以瞰湘流若是其曠也而於是小丘又將披而攘之則吾所謂游有二者無乃闕焉而喪其地之宜乎丘之幽幽可以處休丘之窅窅可以觀妙溽暑遁去兹丘之下大和不遷兹丘之顛與乎兹丘孰從我游余無召公之德懼翦伐之及也故書以祈後君子

永州鐵爐步志

江之滸凡舟可縻而上下者曰步永州北郭有步曰鐵爐步余乘舟來居九年往來求其所以爲鐵爐者無有問之人曰蓋嘗

有鍛鐵者居其人去而爐毀者不知年矣獨有其號冐而存余曰嘻世固有事去名存而冐焉若是耶歩之人曰子何獨怪是今世有負其姓而立於天下者曰吾門大他不我敵也問其位與德曰乆矣其先也然而彼猶曰我大世亦曰某氏大其冐於號有以異於玆歩者乎向使有聞玆步之號而不足釜錡錢鎛刀鈇者懷價而來能有得其欲乎則求位與德於彼其不可得亦猶是也位存焉而德無有猶不足以大其門然且樂爲之下子胡不怪彼而獨怪於是大者桀冐禹紂冐湯幽厲冐文武以傲天下由不推知其本而姑大其故號以至於敗爲世笑僇斯可以甚懼若求玆步之實而不得釜錡錢鎛刀鈇者則去而之他又何害乎子之驚於是末矣余以爲古有太史觀民風采民言若是者則有得矣嘉其言可采書以爲志

游黃溪記

北之晉西適豳東極吳南至楚越之交其間名山水而州者以百數永最善環永之治百里北至于浯溪西至于湘之源南至于瀧泉東至于黃溪東屯其間名山水而村者以百數黃溪最善黃溪距州治七十里由東屯南行六百步至黃神祠祠之上兩山牆立如丹碧之華葉駢植與山升降其缺者為崖峭巖窟水之中皆小石平布黃神之上揭水八十步至初潭最奇麗殆不可狀其略若剖大甕側立千尺溪水即焉黛蓄膏渟來若白虹沉沉無聲有魚數百尾方來會石下南去又行百步至第二潭石皆巍然臨峻流若頦頷齗齶其下大石離列可坐飲食有鳥赤首烏翼大如鵠方東嚮立自是又南數里地皆一狀樹益壯石益瘦水鳴皆鏘然又南一里至大冥之川山舒水緩有土田始黃神為人時居其地傳者曰黃神王姓莽之世也莽既死神更號黃氏逃來擇其深峭者潛焉始莽嘗曰余黃虞之後也

故號其女曰黃皇室主黃與王聲相邇而又有本其所以傳言者益驗神旣居是民咸安焉以爲有道死乃俎豆之爲立祠後稍徙近乎民今祠在山陰溪水上元和八年五月十六日旣歸爲記以啓後之好游者

始得西山宴游記

自余爲僇人居是州恒惴慄其隟也則施施而行漫漫而游日與其徒上高山入深林窮廻溪幽泉怪石無遠不到到則披草而坐傾壺而醉醉則更相枕以卧意有所極夢亦同趣覺而起起而歸以爲凡是州之山有異態者皆我有也而未始知西山之怪特今年九月二十八日因坐法華西亭望西山始指異之遂命僕過湘江緣染溪斫榛莽焚茅茷窮山之高而止攀援而登箕踞而遨則凡數州之土壤皆在衽席之下其高下之勢岈然洼然若垤若穴尺寸千里攢蹙累積莫得遯隱縈青繚白外

與天際四望如一然後知是山之特出不與培塿爲類悠悠乎與灝氣俱而莫得其涯洋洋乎與造物者遊而不知其所窮引觴滿酌頹然就醉不知日之入蒼然暮色自遠而至至無所見而猶不欲歸心凝形釋與萬物冥合然後知吾嚮之未始游游於是乎始故爲之文以志是歲元和四年也

鈷鉧潭記

鈷鉧潭在西山西其始蓋冉水自南奔注抵山石屈折東流其顛委勢峻盪擊益暴齧其涯故旁廣而中深畢至石乃止流沫成輪然後徐行其清而平者且十畝有樹環焉有泉懸焉其上有居者以予之亟游也旦款門來告曰不勝官租私券之委積既芟山而更居願以潭上田貿財以緩禍予樂而如其言則崇其臺延其檻行其泉於高者墜之潭有聲潨然尤與中秋觀月爲宜於以見天之高氣之迥孰使予樂居夷而忘故土者非茲

潭也歟

鈷鉧潭西小丘記

得西山後八日尋山口西北道二百步又得鈷鉧潭西二十五步當湍而浚者爲魚梁梁之上有丘焉生竹樹其石之突怒偃蹇負土而出爭爲奇壯者殆不可數其嶔然相累而下者若牛馬之飲于溪其衝然角列而上者若熊羆之登于山丘之小不能一畝可以籠而有之問其主曰唐氏之弃地貨而不售問其價曰止四百余憐而售之李深源元克已時同遊皆大喜出自意外即更取器用剷刈穢草伐去惡木烈火而焚之嘉木立美竹露奇石顯由其中以望則山之高雲之浮溪之流鳥獸魚之遨遊舉熙熙然迴巧獻技以效茲丘之下枕席而卧則清泠之狀與目謀瀯瀯之聲與耳謀悠然而虚者與神謀淵然而靜者與心謀不帀旬而得異地者二雖古好事之士或未能至焉噫

以茲丘之勝致之灃鎬鄠杜則貴游之士爭買者日增千金而愈不可得今弃是州也農夫漁夫過而陋之賈四百連歲不能售而我與深源克己獨喜得之是其果有遭乎書於石所以賀茲丘之遭也

至小丘西小石潭記

從小丘西行百二十步隔篁竹聞水聲如鳴佩環心樂之伐竹取道下見小潭水尤清洌泉石以爲底近岸卷石底以出爲坻爲嶼爲嵁爲巖青樹翠蔓蒙絡搖綴參差披拂潭中魚可百許頭皆若空遊無所依日光下澈影布石上怡然不動俶爾遠逝往來翕忽似與遊者相樂潭西南而望斗折蛇行明滅可見其岸勢犬牙差互不可知其源坐潭上四面竹樹環合寂寥無人淒神寒骨悄愴幽邃以其境過清不可久居乃記之而去同遊者吳武陵龔古余弟宗玄隸而從者崔氏二小生曰恕己曰奉壹

袁家渴記

由冉溪西南水行十里山水之可取者五莫若鈷鉧潭由溪口而西陸行可取者八九莫若西山由朝陽巖東南水行至蕪江可取者三莫若袁家渴皆永中幽麗其處也楚越之間方言謂水之反流者爲渴音若衣褐之褐渴上與南館高嶂合下與百家瀨合其中重洲小溪澄潭淺渚間厠曲折平者深黑峻者沸白舟行若窮忽又無際有小山出水中山皆美石上生青叢冬夏常蔚然其旁多巖洞其下多白礫其樹多楓柟石楠楩櫧樟柚草則蘭芷又有異卉類合歡而蔓生轇轕水石每風自四山而下振動大木掩苒衆草紛紅駭緑蓊葧香氣衝濤旋瀨退貯谿谷揺颺葳蕤與時推移其大都如此余無以窮其狀永之人未甞遊焉余得之不敢專也出而傳於世其地世主袁氏故以名焉

石渠記

自渴西南行不能百步得石渠民橋其上有泉幽幽然其鳴乍大乍細渠之廣或咫尺或倍尺其長可十許步其流抵大石伏出其下踰石而往有石泓昌蒲被之青鮮環周又折西行旁陷巖石下北墮小潭潭幅員減百尺清深多儵魚又北曲行紆餘睨若無窮然卒入于渴其側皆詭石怪木奇卉美箭可列坐而庥焉風搖其顛韻動崖谷視之既靜其聽既遠予從州牧得之攬去翳朽決疏土石既崇而焚既釃而盈惜其未始有傳焉者故累記其所屬遺之其人書之其陽俾後好事者求之得以易元和七年正月八日蠲渠至大石十月十九日踰石得石泓小潭渠之美於是始窮也

石澗記

石渠之事既窮上由橋西北下土山之陰民又橋焉其水之大

倍石渠三之亘石爲底達于兩涯若床若堂若陳筵席若限閫奥水平布其上流若織文響若操琴揭跣而往折竹掃陳葉排腐木可羅胡床十八九居之交絡之流觸激之音皆在床下翠羽之木龍鱗之石均蔭其上古之人其有樂乎此耶後之來者有能追余之踐履耶得意之日與石渠同由渴而來者先石渠後石澗由百家瀨上而來者先石澗後石渠澗之可窮者皆出石城村東南其間可樂者數焉其上深山幽林逾峭險道狹不可窮也

小石城山記

自西山道口徑北踰黃茅嶺而下有二道其一西出尋之無所得其一少北而東不過四十丈土斷而川分有積石橫當其垠其上爲睥睨梁欐之形其旁出堡塢有若門焉窺之正黑投以小石洞然有水聲其響之激越良久乃已環之可上望甚遠無

土壤而生嘉樹美箭益奇而堅其趾數偃仰類智者所施設也噫吾疑造物者之有無久矣及是愈以爲誠有又怪其不爲之於中州而列是夷狄更千百年不得一售其伎是固勞而無用神者儻不宜如是則其果無乎或曰以慰夫賢而辱於此者或曰其氣之靈不爲偉人而獨爲是物故楚之南少人而多石是二者余未信之

柳州東亭記

出州南譙門左行二十六步有棄地在道南南值江西際垂楊傳置東曰東館其内草木猥奧有崖谷傾亞缺圮豕得以爲囿蛇得以爲藪人莫能居至是始命披制蠲疏樹以竹箭松檉桂檜栢杉易爲堂亭峭爲杠梁下上徊翔前出兩翼憑空拒江江化爲湖衆山横環嶛濶瀴灣當邑居之劇而忘乎人間斯亦奇矣乃取館之北宇右闢之以爲夕室取傳置之東宇左闢之以

爲朝室又北闢之以爲陰室作屋于北墉下以爲陽室作斯亭于中以爲中室朝室以夕居之夕室以朝居之中室日中而居之陰室以違溫風焉陽室以違淒風焉若無寒暑也則朝夕復其號既成作石于中室書以告後之人庶勿壞

柳州山水近治可遊者記

古之州治在潯水南山石間今徙在水北直平四十里南北東西皆水匯北有雙山夾道嶄然曰背石山有支川東流入于潯水潯水因是北而東盡大壁下其壁曰龍壁其下多秀石可硯南絕水有山無麓廣百尋高五丈下上若一曰甑山山之南皆大山多奇又南且西曰駕鶴山壯聳環立古州治負焉有泉在坎下常盈而不流南有山正方而崇類屏者曰屏山其西曰四姥山皆獨立不倚北流潯水瀨下又西曰仙弈之山山之西可上其上有穴穴有屏有室有宇其宇下有流石成形如肺肝如

茄房或積于下如人如禽如器物甚衆東西九十尺南北少半東登入小穴常有四尺則廓然甚大無竅正黑燭之高僅見其宇皆流石怪狀由屏南室中入小穴倍常而上始黑已而大明爲上室由上室而上有穴北出之乃臨大野飛鳥皆視其背其始登者得石枰於上黑肌而赤脉十有八道可奕故以云其山多檉多櫧多篔簹之竹多橐吾其鳥多秭歸石魚之山全石無大草木山小而高其形如立魚在多秭歸西有穴類仙奕入其穴東出其西北靈泉在東趾下有麓環之泉大類轂雷鳴西奔二十尺有洄在石澗因伏無所見多緑青之魚及石鯽多鯈雷山兩崖皆東西雷水出焉蓄崖中曰雷塘能出雲氣作雷雨變見有光禱用俎魚豆彘脩形糈稌酒陰虞則應在立魚南其閒多美山無名而深峨山在野中無麓峨水出焉東流入于潯水

廬山草堂記

白樂天

匡廬奇秀甲天下山山北峯曰香爐峯北寺曰遺愛介峯寺間其境勝絕又甲廬山元和十一年秋大原人白樂天見而愛之若遠行客過故鄉戀戀不能去因面峯腋寺作爲草堂明年春草堂成三間兩柱二室四牖廣袤豐殺一稱心力洞北戶來陰風防徂暑也敞南甍納陽日備祁寒也木斵而已不加丹墻圬而已不加白砌階用石冪窗用紙竹簾紵幃率稱是焉堂中設木榻四素屏二漆琴一張儒道佛書各三兩卷樂天旣來爲主仰觀山俯聽泉旁睨竹樹雲石自辰及酉應接不暇俄而物誘氣隨外適內和一宿體寧再宿心恬三宿後頹然嗒然不知其然而然自問其故荅曰是居也前有平地輪廣十丈中有平臺半平地臺南有方池倍平臺環池多山竹野卉池中生白蓮白魚又南北石澗夾澗有一松老杉大僅十尺餘高不知幾百尺脩柯戛雲低枝拂潭如幢豎如蓋張如龍蛇走松下多灌叢蘿

蔦葉蔓駢織承翳日月光不到地成夏風氣如八九月詩下鋪白石爲出入道堂北五步據層崖積石嵌空垤堄雜木異草蓋覆其上綠陰蒙蒙朱實離離不識其名四時一色又有飛泉植茗就以烹燀好事者見可以永日堂東瀑布水懸三尺瀉階隅落石渠昏曉如練色夜中如環珮琴筑聲堂西倚北崖右趾以剖竹架空引崖上泉脉分綫懸自簷注砌纍纍如貫珠霏微如雨露滴瀝飄灑隨風遠去其四旁耳目杖屨可及者春有錦繡谷花夏有石門澗雲秋有虎溪月冬有鑪峯雪陰晴顯晦昏旦含吐千變萬狀不可殫紀覼縷而言故云甲廬山者噫凡人豐一屋華一簣而起居其間尚不免有驕矜之態今我爲是物主物至致知各以類至又安得不外適内和體寧心恬哉昔永遠宗雷輩十八人同入此山老死不返去我千載我知其必以是哉矧余自思從幼迨老若白屋若朱門凡所止雖有一日二日

聊覆簣土爲臺聚拳石爲山環斗水爲池其喜山水病癖如此一日蹇剝來佐江郡郡守以優容撫我廬山以靈勝待我是天與我時地與我所卒獲所好又何求焉尚以冗員所羈餘累未盡或往或來未遑寧處待余異日弟妹婚嫁畢司馬歲秩滿出處行止得以自遂則必左手引妻子右手抱琴書終老於斯以成就我平生之志清泉白石實聞此言時三月二十七日始居新堂四月九日與河南元集虛范陽張允中南陽張深之東西二林長老湊朗滿晦堅等凡十有二人具齋施茶菓以落之

衛公故物記　　韋端符

三年冬端符於三原令座中揖其群官有客曰某丞李謂端符曰是衛公之胄也其家傳賜書與他服器十餘物者訖識端符即丞居爲客謁丞延入就次端符因跪請曰籍君僕射公之嗣固願見僕射公之烈之多其事辭雖史記或闕畧具天下耳舌

矣聞君世傳文帝詔與公服物者願得以觀丞慘然曰諾即其家偃僂踵步奉賜書一函他物一器出發視有玉帶一首末爲玉十有三方者七挫兩隅者六每綴環焉爲附而固者以金丞曰傳云環者列佩用也玉之粹者若含怡然澤者若煥釋然公擒蕭銑時高祖所賜于闐獻三帶其一也素錦袍一其襟袂促小裁制絶巧密光爛爛如波旁出紫文綾襖一促製小袖如袍其爲文林樹於上其下有馳馬射者又雜爲狻猊虎貔橐駞者靴袴一往來爲鉤屬鏁鎩文疑非華人所爲也自始傳于今莫能名其物象笏一差狹不類今笏者佩筆一奇木爲管韜刻飾以金別爲金環以限難其間韜者火鏡二大觿一小觿一笇囊二椰盃一蓋嘗佩於玉帶環者十三物亡其五有存者八大帝爲兒時與公子某年上下文帝命居宮中侍吾兒戲即賜以皇子服物黄綾袍緋綾袍皆爲龍鸞文素錦襖綷五彩爲花若鳥

者素錦半袖小笏皆緻巧功良令工之爲不能也文帝賜書二十通多言征討事厚勞苦信必威賞而已其兵事節度皆付公吾不從中理也暨公疾親詔書數四其一曰有晝夜視公病大老嫗令一人來吾欲熟知公起居狀丞曰權文公視此詔常泣曰君臣之際乃如是耶端符既畢觀中若有物擊惻其心者於玉帶見遠方致物而上不專有以賜有功也於文錦衆物克其時之工志功不志靡也於賜公子以皇子衣服見視臣如友而猶兒也於詔征討見擇將材付將職也上嘗不曲制其事旁他可動哉於問公疾見上念憫公如家人之視子姪也公之勞烈如是其大固有以感之獨推期運吾不信也丞曰子觀吾故物異他人之觀一似動色隱心者於霜露變時每閱省是物人雅謂子工文辭幸爲記吾得觀以慰吾慕思也故曰記衞公故物

文章辨體卷之二十九

文章辨體卷之三十

海虞後學吴訥編集

記

待漏院記　宋王元之

迂齋云句句見待漏意是時五代氣習未除未免稍俳然詞嚴氣正亦自得體

天道不言而品物亨歲功成者何謂也四時之吏五行之佐宣其氣矣聖人不言而百姓親萬邦寧者何謂也三公論道六卿分職張其教矣是知君逸於上臣勞於下法乎天也古之善相天下者咎夔至房魏可數也是不獨有其德亦皆務於勤爾況夙興夜寐以事一人卿大夫猶然況宰相乎朝廷自國初因舊制設宰臣待漏院于丹鳳門之右示勤政也至若北闕向曙東方未明相君啓行煌煌火城相君至止噦噦鑾聲金門未闢玉

漏猶滴撤盖下車于焉以息待漏之際相君其有思乎其或兆
民未安思所泰之四夷未附思所來之兵革未息何以弭之田
疇多蕪何以闢之賢人在野我將進之佞臣立朝我將斥之六
氣不和災眚荐至願避位以禳之五刑未措欺詐日生請脩德
以釐之憂心忡忡待旦而入九門既啓四聰甚邇相君言焉時
君納焉皇風於是乎清夷蒼生以之而富庶若然總百官食萬
錢非幸也宜也其或私讎未復思所逐之舊恩未報思所榮之
子女玉帛何以致之車馬玩器何以取之姦人附勢我將陟之
直士抗言我將黜之三時告災上有憂色構巧詞以悅之群吏
弄法吾聞怨言進諂容以媚之私心慆慆假寐而坐九門既開
重瞳屢回相君言焉時君惑焉政柄於是乎隳哉帝位以之而
危矣若然則死下獄投遠方非不幸也亦宜也是知一國之政
萬人之命懸於宰相可不慎歟復有無毁無譽旅進旅退竊位

而苟禄備員而全身者亦無所取焉棘寺小吏王禹偁爲文請誌院壁用規于執政者

竹樓記

東萊云嘗聞王荆公稱竹樓記勝歐陽醉翁亭記或以爲不然蓋荆公論文先體製而後工拙以此觀之則優竹樓而劣醉翁亭記是荆公之言不疑也

黄岡之地多竹大者如椽竹工破之刳去其節用代陶瓦比屋皆是以其價廉而工省也子城西北隅雉堞圮毁蓁莽荒穢因作小竹樓二間與月波樓通遠吞山光平挹江瀨幽閴遼夐不可具狀夏宜急雨有瀑布聲冬宜密雪有碎玉聲宜鼓琴琴調虛暢宜詠詩詩韻清絶宜圍棊子聲丁丁然宜投壺矢聲錚錚然皆竹樓之所助也公退之暇披鶴氅衣戴華陽巾手執周易

一卷焚香默坐銷遣世慮江山之外第見風帆沙鳥煙雲竹木而已待其酒力醒茶煙歇送夕陽迎素月亦謫居之勝槩也彼齊雲落星高則高矣井幹麗譙華則華矣止于貯妓女藏歌舞非騷人之事吾所不取吾聞竹工云竹之爲瓦僅十稔若重覆之得二十稔噫吾以至道乙未歲自翰林出滁上丙申移廣陵丁酉又入西掖戊戌歲除日有齊安之命己亥閏三月到任四年之間奔走不暇未知明年又在何處豈懼竹樓之易朽乎幸後之人與我同志嗣而葺之庶斯樓之不朽也

庭莎記

晏同叔

介清思堂中讌亭之間隙地其從七八步其横南八步北十步以人跡之罕踐有莎生焉守護之卒皆疲癃者芟薙之役勞於夏畦蓋是草耐水旱樂延蔓雖拔心隕葉弗之絶也予既悅草之蕃廡而又憫卒之勤瘁思唐人賦詠間多有種莎之說且兹

地宛在崇墉車馬不至哉匏不設柔木嘉卉難於豐茂非是堂也無所宜焉於是傍西墉畫脩徑布武之外悉為莎場分命騶人散取增殖凡三日乃備擾之以冊稽漸之以甘井光風四泛纖塵不驚嗟夫萬彙之多萬情之廣大含元氣細入無間罔不稟和罔不期適因乘而晦用其次區別而顯仁措置有規生成有術失之則斁獲之則康茲一物也從可知矣乃今遂二性之域去兩傷之患假籍吟諷無施不諧然而人所好尚世多同異平津客館尋為馬廐東灌學舍間充園蔬彼經濟所先而汙隆匪一矧茲近玩庸冀永年是用刊辭琬琰庶通賢君子知所留意倘與我同好庶幾不翦也

岳陽樓記　　范希文

迂齋云首尾布置與中間狀物之妙固不可及然最妙處在臨了一轉語乃知此老胸襟宇量直與

岳陽洞庭同其廣大

慶曆四年春滕子京謫守巴陵郡越明年政通人和百廢具興乃重脩岳陽樓增其舊制刻唐賢今人詩賦于其上屬予作文以記之予觀夫巴陵勝狀在洞庭一湖銜遠山吞長江浩浩湯湯橫無際涯朝暉夕陰氣象萬千此則岳陽樓之大觀也前人之述備矣然則北通巫峽南極瀟湘遷客騷人多會於此覽物之情得無異乎若夫霪雨霏霏連月不開陰風怒號濁浪排空日月隱耀山岳潛形商旅不行檣傾楫摧薄暮冥冥虎嘯猿啼登斯樓也則有去國懷鄉憂讒畏譏滿目蕭然感極而悲者矣至若春和景明波瀾不驚上下天光一碧萬頃沙鷗翔集錦鱗游泳岸芷汀蘭郁郁青青而或長煙一空皓月千里浮光躍金靜影沉璧漁歌互荅此樂何極登斯樓也則有心曠神怡寵辱偕忘把酒臨風其喜洋洋者矣嗟夫予嘗求古仁人之心或異

二者之爲何哉不以物喜不以已悲居廟堂之高則憂其民處江湖之遠則憂其君是進亦憂退亦憂然則何時而樂邪其必曰先天下之憂而憂後天下之樂而樂乎噫微斯人吾誰與歸

桐廬郡嚴先生祠堂記

疊山云字少意多文簡理詳有關世教非徒作也

先生光武之故人也相尚以道及帝握赤符乘六龍得聖人之時臣妾億兆天下孰加焉惟先生以節高之既而動星象歸江湖得聖人之清泥塗軒冕天下孰加焉惟光武以禮下之在蠱之上九衆方有爲而獨不事王侯高尚其事先生以之在屯之初九陽德方亨而能以貴下賤大得民也光武以之蓋先生之心出乎日月之上光武之器包乎天地之外微先生不能成光武之大微光武豈能遂先生之高哉而使貪夫廉懦夫立是有大功於名教也仲淹來守是邦始構堂而奠焉乃復爲其後

者四家以奉祠事又從而歌曰

雲山蒼蒼江水泱泱先生之風山高水長

畫舫齋記　　歐陽永叔

予至滑之三月即其署東偏之室治爲燕私之居而名曰畫舫齋其廣一室其深七室以戶相通凡入予室者如入乎舟中其温室之奥則穴其上以爲明其虚室之疏以達則欄檻其兩旁以爲坐立之倚凡偃休於吾齋者又如偃休乎舟中山石崷崒佳花美木之植列於兩簷之外又似泛乎中流而左山右林之相映皆可愛者故因以舟名焉周易之象至於履陷蹈難必曰以川蓋舟之爲物所以濟險難而非安居之用也今予治齋於署以爲燕安而反以舟名之豈不悖哉矧予又嘗以罪謫走江湖間自汴絶淮浮于大江至于巴峽轉而以入于漢沔計其水行幾萬餘里其羈窮不幸而卒遭風波之恐往往叫號神明以

脱須臾之命者數矣當其恐時顧視前後凡舟之人非爲商賈則必仕宦因竊自歎以爲非冒利與不得已者孰肯至是哉賴天之惠全活其生今得除去宿負列官于朝以來是州飽廩食而安署居追思曩時山川所歷舟檝之危蛟鼉之出沒波濤之洶欻宜其寢驚而夢愕而乃忘其險阻猶以舟名其齋豈真樂於舟居者邪然予聞古之人有逃世遠去江湖之上終身而不肯反者其必有所樂也苟非冒利於險有罪而不得已使順風恬波傲然枕席之上一日而千里則舟之行豈不樂哉顧予誠有所未暇而舫者宴嬉之舟也姑以名予齋奚曰不宜予友蔡君謨善大書頗怪偉將乞其大字以題於楹懼其疑予之所以名齋者故具以告又因以置于壁

豐樂亭記

脩既治滁之明年夏始飲滁水而甘問諸滁人得於州南百步

之近其上豐山聳然而特立下則幽谷窈然而深藏中有清泉
滃然而仰出俯仰左右顧而樂之於是踈泉鑿石闢地以爲亭
而與滁人往游其間滁於五代干戈之際用武之地也昔太祖
皇帝嘗以周師破李景兵十五萬於清流山下生擒其將皇甫
暉姚鳳於滁東門外遂以平滁脩嘗考其山川按其圖記升高
以望清流之關欲求暉鳳就擒之所而故老皆無在者蓋天下
之平久矣自唐失其政海內分裂豪傑並起而爭所在爲敵國
者何可勝數及宋受天命聖人出而四海一嚮之憑恃險阻剗
削消磨百年間漠然徒見山高而水清欲問其事而遺老盡矣
今滁介於江淮之間舟車商賈四方賓客之所不至民生不見
外事而安於畎畝衣食以樂生送死而孰知上之功德休養生
息涵煦百年之深也脩之來此樂其地僻而事簡又愛其俗之
安閒既得斯泉於山谷之間乃日與滁人仰而望山俯而聽泉

擷幽芳而蔭喬木風霜氷雪刻露清秀四時之景無不可愛又幸其民樂其歲物之豐成而喜與予游也因爲本其山川道其風俗之美而使民知所以安此豐年之樂者幸生無事之時也夫宣上恩德以與民共樂刺史事也遂以名其亭焉

醉翁亭記

環滁皆山也其西南諸峯林壑尤美望之蔚然而深秀者琅邪山也山行六七里漸聞水聲潺潺而瀉出于兩峯之間者讓泉也峯回路轉有亭翼然臨于泉上者醉翁亭也作亭者誰山之僧曰智僊也名之者誰太守自謂也太守與客來飲于比飲少輙醉而年又最高故自號曰醉翁也醉翁之意不在酒在乎山水之間也山水之樂得之心而寓之酒也若夫日出而林霏開雲歸而巖穴暝晦明變化者山間之朝暮也野芳發而幽香佳木秀而繁陰風霜高潔水落而石出者山間之四時也朝而往

暮而歸四時之景不同而樂亦無窮也至于負者歌于塗行者休于樹前者呼後者應傴僂提携往來而不絕者滁人遊也臨谿而漁谿深而魚肥釀泉爲酒泉香而酒洌山肴野蔌雜然而前陳者太守宴也宴酣之樂非絲非竹射者中奕者勝觥籌交錯起坐而諠譁者衆賓歡也蒼顔白髮頽然乎其間者太守醉也已而夕陽在山人影散亂太守歸而賓客從也樹林陰翳鳴聲上下遊人去而禽鳥樂也然而禽獸知山林之樂而不知人之樂人知從太守遊而樂而不知太守之樂其樂也醉能同其樂醒能述以文者太守也太守謂誰廬陵歐陽脩也

相州晝錦堂記

仕宦而至將相富貴而歸故鄉此人情之所榮而今昔之所同也蓋士方窮時困阨閭里庸人孺子皆得易而侮之若季子不禮於其嫂買臣見棄於其妻一旦高車駟馬旗旄導前而騎卒

擁後夾道之人相與駢肩累迹瞻望咨嗟而所謂庸夫愚婦者奔走駭汗羞愧俯伏以自悔罪於車塵馬足之間此一介之士得志當時而意氣之盛昔人比之衣錦之榮也惟大丞相衛國公則不然公相人也世有令德爲時名卿自公少時已擢高科登顯仕海内之士聞下風而望餘光者蓋亦有年矣所謂將相而富貴皆公所素有宜非如窮阨之人僥倖得志於時出於庸夫愚婦之不意以驚駭而夸耀之也然則高牙大纛不足爲公榮桓圭衮冕不足爲公貴惟德被生民而功施社稷勒之金石播之聲詩以耀後世而垂無窮此公之志而士亦以此望於公也豈止夸一時而榮一鄉哉公在至和中嘗以武康之節來治於相乃作晝錦之堂于後圃既又刻詩於石以遺相人其言以快恩讐矜名譽爲可薄蓋不以昔人所夸者爲榮而以爲戒於此見公之視富貴爲何如而其志豈易量哉故能出入將相勤

勞王家而夷險一節至於臨大事決大議垂紳正笏不動聲氣而措天下於泰山之安可謂社稷之臣矣其豐功盛烈所以銘彝鼎而被弦歌者乃邦家之光非閭里之榮也余雖不獲登公之堂幸嘗竊誦公之詩樂公之志有成而喜爲天下道也於是乎書

眞州東園記

眞爲州當東南之水會故爲江淮兩浙荆湖發運使之治所龍圖閣直學士施君正臣侍御史許君子春之爲使也得監察御史裏行馬君仲塗爲其判官三人者樂其相得之歡而因其暇日得州之監軍廢營以作東園而日往遊焉歲秋八月子春以其職事走京師圖其所謂東園者來以示予曰園之廣百畝而流水横其前清池浸其右高臺起其北臺吾望以拂雲之亭池吾俯以澄虛之閣水吾泛以畫舫之舟敞其中以爲清讌之堂

闢其後以爲賓射之圃芙蕖芰荷之的歷幽蘭白芷之芬芳與
夫佳花美木列植而交陰此前日之蒼烟白露而荆棘也高甍
巨桷水光日影動揺而下上其寬閑深靚可以答遠響而生清
風此前日之頽垣斷壍而荒墟也嘉時令節州人士女嘯歌而
管弦此前日之晦冥風雨鼪鼯鳥獸之嗥音也吾於是信有力
焉凡圖之所載蓋其一二之略也若乃升于高以望江山之遠
近嬉于水而逐魚鳥之浮沉其物象意趣登臨之樂覽者各自
得焉凡工之所不能畫者吾亦不能言也其爲我書其大槩焉
又曰真天下之衝也四方之賓客往來者吾與之共樂于此豈
獨私吾三人者哉然而池臺日益以新草樹日益以茂四方之
士無日而不來而吾三人者有時而皆去也豈不眷眷於是哉
不爲之記則後孰知其自吾三人者始也予以謂三君子之材
賢足以相濟而又協乎其職知所後先使上下給足而東南六

路之人無辛苦愁怨之聲然後休其餘閑又與四方之賢士大夫共樂于此是皆可嘉也乃爲之書

先秦古器記　劉原父

先秦古器十有一物制作精巧有款識皆科斗書爲古學者莫能盡通以他書參之乃十得五六就其可知者校其世或出周文武時於今盖二千有餘歲矣嗟乎三王之事萬不存一詩書所記聖王所立有可長太息者矣獨器也乎哉兑之戈和之弓離磬崇鼎三代傳以爲寶非賴其用也亦云上古而已矣孔子曰多見而識之知之次也衆不可盖安知天下無能盡辨之者哉使工模其文刻於石又并圖其象以俟好古博雅君子焉終此意者禮家明其制度小學正其文字譜諜次其世謚迺爲能盡之

諫院題名記　司馬君實

迂齋云首尾二百來字而包括無餘識治體明職守筆力高簡可以想見其人

古者諫無官自公卿大夫至於工商無不得諫者漢興以來始置官夫以天下之政四海之衆得失利病萃于一官使言之其爲任亦重矣居是官者當志其大捨其細先其急後其緩專利國家而不爲身謀彼汲汲於名者猶汲汲於利也其間相去何遠哉天禧初真宗詔置諫官六員責其職事慶曆中錢君始書其名於版光恐久而漫滅嘉祐八年刻著于石後之人將歷指其名而議之曰某也忠某也詐某也直某也回嗚呼可不懼哉

獨樂園記

熙寧四年迂叟始家洛六年買田二十畝於尊賢坊北關以爲園其中爲堂聚書至五千卷命之曰讀書堂堂南屋一區引水北流貫宇下中央爲沼方深各三尺疏水爲五派注沼中狀若

虎爪自沼北伏流出北階懸注庭下狀若象鼻自是分而爲二渠繞庭四隅會于西北而出命之曰弄水軒堂北爲沼中央有島島上植竹圓周三丈狀若玉玦攬結其杪如漁人之廬命之曰釣魚庵沼北橫屋六楹厚其墉茨以禦烈日開戶東出南北列軒牖以延凉颸前後多植美竹爲清暑之所命之曰種竹齋沼東治地爲百有二十畦雜蒔草藥辨其名物而揭之畦北植竹方徑丈狀若棊局屈其杪交相掩以爲屋植竹於其前夾道如步廊皆以蔓藥覆之四周植木藥爲藩援命之曰採藥圃圃南爲六欄芍藥牡丹雜花各居其二每種止植兩本識其名狀而已不求多也欄北爲亭命之曰澆花亭洛城距山不遠而林薄茂密常若不得見乃於園中築臺作屋其上以望萬安轘轅至於大室命之曰見山臺迂叟平日讀書上師聖人下友群賢窺仁義之原探禮樂之緒所病者學之未至夫又何求於人何

待於外哉志倦體疲則投竿取魚執衽採藥決渠灌花操斧剖竹濯熱盥手臨高縱目逍遥相羊唯意所適明月時至清風自來行無所牽止無所柅耳目肺腸悉爲巳有踽踽焉洋洋焉不知天壤之間復有何樂可代此也因而命之曰獨樂

信州興造記　王介甫

晋陵張公治信之明年皇祐二年也姦強怙彔隱詘發舒既政大行民以寧息夏六月乙亥大水公徙囚於高獄命百隸戒不共有常誅夜漏半水破城滅府寺包人民廬居公趨譙門坐其下敕吏士以桴收民鰥寡孤獨老癃與所徙之囚咸得不死丙子水降公從賓佐按行隱度符縣調富民水之所不至者出錢戶七百八十收佛寺之積材一千一百三十二不足前此公所命出粟以賙貧民者三十三人自言曰食新矣賙可以已願輸粟直以佐材費於是募人城水之所入垣郡府之缺考監軍之

室司理之獄營州之西北亢爽之墟以宅屯駐之師除其故營以時教士刺伐坐作之法故所無也作驛曰饒陽作宅曰回車築二亭於南門之外左曰仁右曰智山水之所附也梁四十有二舟于兩亭之間以通車徒之道築一亭於州門之左曰宴月之所以屬賓也凡爲城垣九千尺爲屋八以楹數之得五百五十二自七月甲午卒九月丙戌爲日五十二爲夫一萬一千四百二十五中家以下見城郭室屋之完而不知材之所出見徒之合散而不見役使之及已凡故之所有必具其無也乃今有之公所以救灾補敗之政如此其賢於世吏則遠矣今州縣之灾相屬民未病灾也且有治灾之政出焉施舍之不適裒取之不中元姦宿豪舞手以乘民而民始病矣吏乃始警然自德民相與誹且笑而不知也吏而不知爲政其重困民多如此此予所以哀民而閔吏之不學也由是而言則爲公之民不幸而遇

害灾其宜庶乎無憾乎

桂州新城記

儂智高反南方出入十有二州而十有二州之守吏或死或不死而無一人能守其州者豈其材皆不足歟蓋夫城郭之不設兵甲之不戒雖有智勇猶不能勝一日之變也唯天子亦以爲任其罪者非獨吏故特推恩褒廣死節而一切貸其失職於是遂選士大夫所論以爲能者付之經畧而今尚書工部侍郎余公當廣西焉寇平之明年蠻越接和乃大城桂州其木甓瓦石之材以枚數之至四百萬有奇用人之力以工數之至二十餘萬凡所以守之具無一求而不給者焉以至和元年八月始作而以二年之六月成夫其爲役亦大矣蓋公之信於民也久而費之欲以衛其體勞之欲以休其力以故爲是有大費與大勞而人莫或以爲勤也古者君臣父子夫婦兄弟朋友之禮失則

夷狄橫而窺中國方是時中國非無城郭也卒於陵夷毀頓陷滅而不救然則城郭者先王有之而非所以恃爲存也及至喟然覺寤興起舊政則城郭之脩也又嘗不敢以爲後蓋有其患而圖之無其具有其具而守之非其人有其人而治之非其法能以久存而不敗者皆未之聞也故文王之起也有四夷之難則城于朔方而以南仲宣王之起也有諸侯之患則城于東方而以仲山甫此二臣之德傚于其君於其爲國之本末與其所先後可謂知之矣慮之以悄悄之勞而發之以赫赫之名承之以翼翼之勤而續之以明明之功卒所以攘夷狄而中國之全安者蓋其君臣如此而守衛之有其具也今余公亦以文武之材當明天子承平日久欲補弊立廢之時鎮撫一方脩扞其民其勤於今與周之南仲仲山甫蓋等矣是宜有紀也故其將吏相與謀而來取文將鑱之城隅而以告後之人焉

木假山記

木之生或櫱而殤或拱而夭幸而至於任爲棟梁則伐不幸而爲風之所拔水之所漂或破折或腐幸而得不破折不腐則爲人所材而有斧斤之患其最幸者漂沉汩沒於湍沙之間不知其幾百年而激射齧食之餘或髣髴於山者則爲好事者取去彊之以爲山然後可脫泥沙而遠斧斤而荒江之濆如此者幾何不爲好事者之所見而爲樵夫野人之所薪者何可勝數則其最幸者之中又有不幸者焉余家有三峯余每思之則恐其有數存乎其間且其櫱而不殤拱而不夭任爲棟梁而不伐風拔水漂而不破折不腐不破折不腐而不爲人之所材以及於斧斤出於湍沙之間而不爲樵夫野人之所薪而後得至于此則其理似不偶然也然余愛之非徒愛其似山而又有所感焉非徒愛之而又有所敬焉余見中峯魁岸踞肆意氣端重若有

以服其旁之二峯二峯莊栗刻削凛乎不可犯雖其勢服於中峯而岌然决無阿附意吁其可敬也夫其可以有所感也夫

蘇氏族譜亭記

匹夫而化鄉人者吾聞其語矣國有君邑有大夫而爭訟者訴於其門鄉有庠里有學而學道者赴於其家鄉人有爲不善於室者父兄輒相與恐曰吾夫子無乃聞之嗚呼彼獨何脩而得此哉意者其積之有本末而施之有次第耶今吾族人猶有聚者不過百人而歲時蜡社不能相與盡其懽忻愛洽稍遠至不相往來是無以示吾鄉黨隣里也乃作蘇氏族譜立亭於高祖墓塋之西南而刻石焉既而告之曰凡在此者死必赴冠娶必告少而孤則老者字之貧而無歸則富者收之而不然者族人之所共誚責也歲正月相與拜奠于墓下既奠列坐于亭其老者顧少者而歎曰是不及見吾鄉鄰風俗之美矣自吾少時見

有爲不義者則衆相與疾之如見怪物焉慄焉而不寧其後少衰也又相與笑之今也則相與安之耳是起於其人也夫其人者是鄉之望人也而大亂吾俗焉是故其誘人也速其爲害也深自斯人之逐其兄之遺孤子而不䘏也而骨肉之恩薄自斯人之多取其先人之貲田而欺其諸孤子也而孝悌之行缺自斯人之爲其諸孤子之所訟也而禮義之節廢自斯人以妾加其妻也而嫡庶之別混自斯人之篤於聲色而父子雜處讙譁不嚴也而閨門之政亂自斯人之貪財無厭惟富者之爲賢也而廉恥之路塞此六行者吾往時所謂大慙而不容者也今無知之人皆曰某人何人也猶且爲之其輿馬赫奕婢妾靚麗足以蕩惑里巷之小人其官爵貨力足以搖動官府其矯詐脩飾言語足以欺罔君子是州里之大盜也吾不敢以告鄉人而私以戒族人也髣髴於斯人之一節者願無過吾門也予聞之懼

而請書焉老人曰書其事而闕其姓名使他人觀之則不知其爲誰而夫人之觀之則面熱内慙汗出而食不下也且無彰之庶其有悔乎予曰然乃記之

吴郡州學六經閣記　張伯玉

六經閣諸子百家皆在焉不書尊經也吴郡州學始由高平范公經緝之至今尚書富郎中十年更八政學始大成而六經閣又建先時書籍草創未暇完緝厨之後廡澤地汙晦日滋散脫觀者惻然至是富公始與吴邑長洲二大夫以學本之餘錢僦之市材直公堂之南臨泮池構層屋起夏六月乙酉止秋八月甲申凡旬有七浹計庸千有二百作楹十有六棟三架霤八桷三百八十有四二戸六牖梯衡桀棁圬墁陶甓稱是析於乆故奕而不庳酌於道故文而不華經南嚮史西嚮子集東嚮標之以油素揭之以油黄澤然區處如蛟龍之鱗麗如日月之在紀

不可得而亂矣古者聖人之設教也本庠序之風師儒之說始於邦達於鄉至於室莫不有學故其習之也易其得之也深其教不肅而成不煩而治或優而柔之俾自得之萬世之後尊三王四代法者無他教化之本末馴漸也然則觀是閣者知六經之在則知有聖人之道知有聖人之道則知有朝廷之化其爲惡也無所從其爲善也有所歸雖不欲徙善遠罪納諸大和不可召康公之詩曰豈弟君子來游來歌子思子之說云布在方冊人存則政舉凡百君子繇斯道活斯民暢皇極序彝倫者捨此而安適焉諸儒謂伯玉嘗從事此州游學滋久宜刊樂石賡幾永永無忽

袁州學記　李泰伯

皇帝二十有三年制詔州縣立學惟時守令有哲有愚有屈力殫慮祗順德意有假官借師苟具文書或連數城亡弦誦聲倡

而不和教尼不行三十有二年范陽祖君某知袁州始至進諸生知學宮闕狀大懼人才放失儒效闊疏亡以稱上意旨通判潁川陳君某聞而是之議以克合相舊夫子廟陜隘不足改爲迺營治之東北隅厥土燥剛厥位面陽厥材孔良瓦甓黝堊丹漆舉以法故殿堂室房廡門各得其度百爾器備並手偕作工善吏勤晨夜展力越明年成舍菜且有日盱江李覯諗于衆曰惟四代之學攷諸經可見已秦以山西鏖六國欲帝萬世劉氏一呼而關門不守武夫健將賣降恐後何耶詩書之道廢人唯見利而不聞義焉耳孝武乘豐富世祖出戎行皆孳孳學術俗化之厚延于靈獻草茅危言者折首而不悔功烈震主者聞命而釋兵群雄相視不敢去臣位尚數十年教道之結人心如此今代遭聖神爾袁得賢君俾爾由庠序踐古人之迹天下治則譚禮樂以陶吾民一有不幸猶當伏大節爲臣死忠爲子死孝

使人有所賴且有所法是惟朝家教學之意若其弄筆以徼利達而已豈徒二三子之羞抑爲國者之憂

擬峴臺記

曾子固

尚書司門員外郎晋國裴君治撫之二年因城之東隅作臺以遊而命之曰擬峴臺謂其山谿之形擬乎峴山也數與其屬與州之寄客者遊而間獨求記於予初州之東其城因大丘其隍因大谿其隅因客土以出谿上其外連山高陵野林荒墟遠近高下壯大閎廓怪奇可喜之觀環撫之東南者可坐而見也然而雨隳潦毀蓋藏棄委於榛藂茀草之間未有即而愛之者君得之而喜增甓與土易其破缺去榛與草發其亢爽緜其横檻覆以高甍因而爲臺以脱埃氛絶煩囂出雲氣而臨風雨然後谿之平沙漫流微風遠響與夫浪波洶湧破山拔木之奔放高桅勁艣沙禽水獸下上而浮沉者皆出乎履舄之下山之蒼顔

秀壁巔崖拔出挾光景而薄星辰至於平岡長陸虎豹踞而龍蛇走與荒蹊聚落樹陰晻曖遊人行旅隱見而繼續者皆出乎衽席之內若夫雲煙開歛日光出没四時朝暮雨暘明晦變化之不同則雖覽之不厭而雖有智者亦不能窮其狀也或飲者淋漓歌者激烈或靚觀微步旁皇徙倚則得於耳目與得之於心者雖所寓之樂有殊而亦各適其適也撫非通道故貴人蓄賈之遊不至多良田故水旱螟蝗之菑少其民樂於耕桑以自足故牛馬之牧於山谷者不收五穀之積於郊野者不垣而宴然不知枹鼓之警發召之役也君既因其土俗而治以簡靜得以休其暇日而寓其樂於此州人士女樂其安且治而又得遊觀之美亦將同其樂也故予爲之記其成之年月日嘉祐二年之某月某日也

道山亭記

閩故隸周者七至秦開其地列於中國始并爲閩中郡自粤之太末與吳之豫章爲其通路其路在閩者陸出則阸於兩山之間山相屬無間斷累數驛乃一得平地小爲縣大爲州然其四顧亦山也其塗或逆坂如緣絙或垂崖如一髪或側徑鉤出於不測之谿上皆石芒峭發擇地然後可投步負戴者雖其土人猶側足然後能進非其土人罕不躓也其谿行則水皆爲高瀉下石錯出其間如林森立如士騎滿野千里下上不見首尾水行其隙間或衡縮蟉糅或逆走旁射其狀若蚓結若蟲鏤其旋若輪其激若矢舟泝沿者投便利失毫分輙破溺雖其土長川居之人非生而習水事者不敢以舟楫自任也其水陸之險如此漢嘗處其衆江淮之間而虚其地蓋以其陿多阻豈虛也哉福州治候官於閩爲土中所謂閩中也其地於閩爲最平以廣四出之山皆遠而長江在其南大海在其東其城之内外皆涂

旁有溝溝通潮汐舟載者晝夜屬于門庭麓多桀木而匠多良能人以屋室鉅麗相矜雖下貧必豐其居而佛老子之徒其宮又特盛城中三山西曰閩山東曰九仙山北曰粤王山三山者鼎趾立其附山蓋佛老子之宮以數十百其瓌詭殊絶之狀蓋已盡人力光祿卿直昭文館程公爲是州得閩山嶔崟之際爲亭於其處其山川之勝城邑之大宮室之榮不下簟席而盡於四矚程公以謂在江海之上爲登覽之觀可比於道家所謂蓬萊方丈瀛洲之山故名之曰道山之亭閩以險且遠故仕者常憚往程公能因其地之善以寓其耳目之樂非獨忘其遠且險又將抗其思於埃壒之外其志壯哉程公於是州以治行聞既新其城又新其學而其餘功又及於此蓋其歲滿就更廣州拜諫議大夫又拜給事中集賢殿脩撰今爲越州字公闢名師孟云

學舍記

予幼則從先生受書然是時方樂與家童子嬉戲上下未知好也十六七時闚六經之言與古今文章有過人者知好之則於是銳意欲與之並而是時家事亦滋出自斯以來西北則行陳蔡譙苦與睢汴淮泗出于京師東方則絶江舟漕河之渠踰五湖並封禺會稽之山出于東海上南方則載大江臨夏口而望洞庭轉彭蠡上庾嶺繇真陽之瀧至南海上此予之所步世而奔走也蛟魚洶湧湍石之川巔崖莽林貙虺之聚與夫雨暘寒燠風波霧毒不測之危此予之所單遊遠寓而冐犯以勤也衣食藥物廬舍器用箕筥碎細之闕此予之所經營以養也天傾地壞殊州獨哭數千里之遠抱喪而南積時之勞乃畢大事此予之所遘禍而憂艱也弟婚妹嫁四時之祠與夫蜀人外親之問王事之輸此予之所皇皇而不足也予於是力疲意耗而又

多疾言之所序蓋其一二之觕也得其間時挾書以學於夫爲身治人世用之損益考觀講解有不能至者故不得專力盡思琢彫文章以載私心難見之情而追古今之作者爲並以足予之所好慕此予之所自視而嗟也今天子至和之初予之侵擾多事故益甚予之力無以爲乃休於家而即其旁之草舍以學或疾其卑或議其隘者予顧而笑曰是予之宜也予之勞心困形以役於事者有以爲之矣予之卑巷窮廬冗衣礱飯芑莧之羹隱約而安者固予之所以遂其志而有待也予之疾則有之可以進於道者學之有不至至於文章平生之所好慕爲之有不暇也若夫土堅木好高大之觀固世之聰明豪儁挾長而有力者所得爲若予之拙豈能易而志彼哉遂歷道其少長出處與夫好慕之心以爲學舍記

醒心亭記

滁州之西南泉水之涯歐陽公作州之二年構亭曰豐樂自爲記以見其名之意既又直豐樂之東幾百步得山之高構亭曰醒心使鞏記之凡公與州之賓客者遊焉則必即豐樂以飲或醉且勞矣則必即醒心而望以見夫群山之相環雲煙之相滋曠野之無窮草樹衆而泉石嘉使目新乎其所覩耳新乎其所聞則其心灑然而醒更欲久而忘歸也故即其事之所以然而爲名取韓子退之北湖之詩云噫其可謂善取樂於山泉之間矣雖然公之樂吾能言之吾君優游而無爲於上吾民給足而無憾於下天下之學者皆爲材且良夷狄鳥獸草木之生者皆得其宜公樂也一山之隅一泉之旁豈公樂哉乃公所以寄意於此也若公之賢韓子沒數百年而始有之今同遊之賓客尚未知公之難遇也後百千年有慕公之爲人而覽公之迹思欲見之有不可及之歎然後知公之難遇也則凡同遊於此者其

可不喜且幸歟而筆也又得以文詞託名於公文之次其文不喜且幸歟

義田記

錢公輔

范文正公蘇人也平生好施與擇其親而貧疏而賢者咸施之方貴顯時置負郭常稔之田千畝號曰義田以養濟羣族之人口有食歲有衣嫁娶婚葬皆有贍擇族之長而賢者主其計而時其出納焉日食人一升歲衣人一縑嫁女者五十千再嫁者三十千娶婦者三十千再娶者十五千葬者如再嫁之數葬幼者十千族之聚者九十口歲入粳稻八百斛以其所入給其所聚沛然有餘而無窮仕而家居俟代者與焉仕而居官者罷其給此其大較也初公之未貴顯也有志於是矣而力未逮者三十年旣而爲西帥及參大政於是始有祿賜之入而終其志公旣沒後世子孫脩其業承其志如公之存也公雖位充祿厚而貧終

其身歿之日身無以爲斂子無以爲喪惟以施賢活族之義遺其子而已昔晏平仲弊車羸馬桓子曰是隱君之賜也晏子曰自臣之貴父之族無不乘車者母之族無不足於衣食者妻之族無凍餒者齊國之士待臣而舉火者三百餘人以此爲隱君之賜乎彰君之賜乎於是齊侯以晏子之觴而觴桓子予嘗愛晏子好仁齊侯知賢而桓子服義也又愛晏子之仁有等級而言有次也先父族次母族次妻族而後及其疎遠之賢孟子曰親親而仁民仁民而愛物晏子爲近之觀文正公之義其與晏子比肩矣然晏子仁止生前而文正公之義垂於身後其規摹遠舉又疑過之嗚呼世之都三公位享萬鍾祿其邸第之雄車輿之飾聲色之多妻孥之富止乎一己而族之人不得其門而入者豈少哉況於施賢乎其下爲卿大夫爲士廩稍之充奉養之厚止乎一己族之人瓢囊爲溝中瘠者豈少哉況於他人乎

是皆公之罪人也公之忠義滿朝廷事業滿邊陲功名滿天下後必有史官書之者予可畧也獨高其義因以遺於世云

李氏山房藏書記　蘇子瞻

象犀珠玉怪珍之物有悅於人之耳目而不適於用金石草木絲麻五穀六材有適於用而用之則弊取之則竭悅於人之耳目而適於用用之而不弊取之而不竭賢不肖之所得各因其才仁智之所見各隨其分才分不同而求無不獲者惟書乎自孔子聖人其學必始於觀書當是時惟周之柱下史聃爲多書韓宣子適魯然後見易象與魯春秋季札聘於上國然後得聞詩之風雅頌而楚獨有左史倚相能讀三墳五典八索九丘士之生於是時得見六經者蓋無幾其學可謂難矣而皆習於禮樂深於道德非後世君子所及自秦漢以來作者益衆紙與字畫日趨於簡便而書益多世莫不有然學者益以苟簡何哉余

猶及見老儒先生自言其少時欲求史記漢書而不可得幸而
得之皆手自書日夜讀誦惟恐不及近歲市人轉相摹刻諸子
百家之書日傳萬紙學者之於書多且易致如此其文詞學術
當倍蓰於昔人而後生科舉之士皆束書不觀遊談無根此又
何也余友李公擇少時讀書於廬山五老峯下白石菴之僧舍
公擇既去而山中之人思之指其所居爲李氏山房藏書凡九
千餘卷公擇既已涉其流探其源採剝其華實而咀嚼其膏味
以爲己有發於文詞見於行事以聞名於當世矣而書固自如
也未嘗少損將以遺來者供其無窮之求而各足其才分之所
當得是以不藏於家而藏於其故所居之僧舍此仁者之心也
余既衰且病無所用於世惟得數年之閑盡讀其所未見之書
而廬山固所願遊而不得者蓋將老焉盡發公擇之藏拾其餘
棄以自補庶有益乎而公擇求余文以爲記乃爲一言使來者

知昔之君子見書之難而今之學者有書而不讀爲可惜也

靈壁張氏園亭記

道京師而東水浮濁流陸走黃塵陂田蒼莽行者倦厭凡八百里始得靈壁張氏之園於汴水之陽其外脩竹森然以高喬木蓊然以深其中因汴之餘浸以爲陂池取山之怪石以爲巖阜蒲葦蓮芡有江湖之思椅桐檜栢有山林之氣奇花美草有京洛之態華堂厦屋有吳蜀之巧其深可以隱其富可以養果蔬可以飽鄰里魚鼈筍茹可以餽四方之賓客余自彭城移守吳興由宋登舟三宿而至其下肩輿叩門見張氏之子碩碩求余文以記維張氏世有顯人自其伯父殿中君與其先人通州府君始家靈壁而爲此園作蘭皐之亭以養其親其後出仕於朝名聞一時推其餘力日增治之於今五十餘年矣其木皆十圍岸谷隱然凡園之百物無一不可人意者信其用力之多且久

也古之君子不必仕不必不仕必仕則忘其身必不仕則忘其君譬之飲食適於飢飽而已然士罕能蹈其義赴其節處者安於故而難出出者狃於利而忘返於是有遠親絶俗之譏懷祿苟安之弊今張氏之先君所以爲其子孫之計慮者遠且周是故築室藝園於汴泗之間舟車冠蓋之衝凡朝夕之奉燕遊之樂不求而足使其子孫開門而出仕則跬步市朝之上閉門而歸隱則俯仰山林之下於以養生治性行義求志無適而不可故其子孫仕者皆有循吏良能之稱處者皆有節士廉退之行蓋其先君子之澤也余爲彭城二年樂其上風將去不忍而彭城之父老亦莫余厭也將買田於泗水之上而老焉南望靈壁鷄犬之聲相聞幅巾杖屨歲時往來於張氏之園以與子孫遊將必有日矣

盖公堂記

始吾居鄉有病寒而欬者問諸醫醫以爲蠱不治且殺人取其百金而治之飮以蠱藥攻伐其腎腸燒灼其體膚禁切其飮食之美者朞月而百疾作內熱惡寒而欬不已纍然真蠱者也又求於醫醫以爲熱授之以寒藥旦朝吐之暮夜下之於是始不能食懼而反之則鍾乳烏喙雜然並進而漂疽癰疥眩瞀之狀無所不至三易醫而疾愈甚里父老敎曰是醫之辠藥之過子何疾之有人之生也以氣爲主食爲輔今子終日藥不釋口臭味亂於外而百毒戰於內勞其主隔其輔是以病也子退而休之謝醫却藥而進所嗜氣完而食美矣則夫藥之良者可以一飮而效從之朞月而病良已昔之爲國者亦然吾觀夫秦自孝公以來至于始皇立法更制以鐫磨鍛鍊其民可謂極矣蕭何曹參親見其斲喪之禍而收其民於百戰之餘知其厭苦憔悴無聊而不可與有爲也是以一切與之休息而天下安始參

爲齊相召長老諸先生問所以安集百姓而齊故諸儒以百數言人人殊參未知所定聞膠西有蓋公善治黄老言使人請之蓋公爲言治道貴清静而民自定推此類具言之參以是避正堂以舍蓋公用其言而齊大治其後以其所以治齊者治天下天下至今稱賢焉吾爲膠西守知公之爲邦人也求其墳墓子孫而不可得慨然懷之師其言想見其爲人庶幾復見如公者治新寢於黄堂之北易其弊陋達其壅蔽重門洞開盡城之南北相望如引繩名之曰蓋公堂時從賓客僚吏遊息其間而不敢居以待如公者焉夫曹參爲漢宗臣而蓋公爲之師可謂盛矣而史不記其所終豈非古之至人得道而不死者歟膠西東並海南放于九僊北屬之牢山其中多隱君子可聞而不可見可見而不可致安知蓋公不往來其間乎吾何足以見之

喜雨亭記

亭以所名志喜也古者有喜則以名物示不忘也周公得禾以
名其書漢武得鼎以名其年叔孫勝敵以名其子其喜之大小
不齊其示不忘一也余至扶風之明年始治官舍爲亭於堂
之北鑿池其南引流種樹以爲休息之所是歲之春雨麥於
岐山之陽其占爲有年既而彌月不雨民方以爲憂越三月乙
卯乃雨甲子又雨民以爲未足丁卯大雨三日乃止官吏相與
慶於庭商賈相與歌於市農夫相與抃於野憂者以樂病者以
愈而吾亭適成於是舉酒於亭上以屬客而告之曰五日不雨
可乎曰五日不雨則無麥十日不雨可乎曰十日不雨則無禾
無麥無禾歲且荐饑獄訟繁興而盜賊滋熾則吾與二三子雖
欲優游以樂於此亭其可得耶今天不遺斯民始旱而賜之以
雨使吾與二三子得相與優游而樂於此亭者皆雨之賜也其
又可忘耶既以名亭又從而歌之曰使天而雨珠寒者不得以

爲禱使天而雨玉飢者不得以爲粟一雨三日繄誰之力民曰太守太守不有歸之天子天子曰不然歸之造物造物不自以爲功歸之太空太空冥冥不可得而名吾以名吾亭

遺老齋記

蘇子由

庚辰之冬余蒙恩歸自南荒客於潁川思歸而不能諸子憂之曰父老矣而居室未完吾儕之責也則相與卜築五年而有成其南脩竹古柏蕭然如野人之家乃闢其四楹加明牕曲檻爲燕居之齋齋成求所以名之余曰予潁濱遺老也盍以遺老名之汝曹志之予幼從事於詩書凡世人之所能茫然不知也年二十有三朝廷方求直言有以予應詔者予采道路之言論宮掖之祕自謂必以此獲罪而有司果以爲不遜上獨不許曰吾以直言求士士以直言告我今而黜之天下其謂我何宰相不得已寘之下第自是流落凡二十餘年及宣后臨朝擢爲右司

諫凡有所言多聽納者不五年而與聞國政蓋予之遭遇者再皆古之人希有然其間與世俗相從事之不如意者十常六七雖號爲得志而實不得予聞之樂莫善於如意憂莫慘於不如意今予退居一室之間杜門却掃不與物接心之所可未嘗不行心所不可未嘗不止行止未嘗少不如意則予平生之樂未有善於今日者也汝曹志之學道而求寡過如予今日之處遺老齋可也

文章辨體卷之三十

文章辨體卷之三十一

海虞後學吳訥編集

記三

養魚記　　程正叔

書齋之前有石盆池家人買魚子食猫見其㖃沫也不忍因擇可生者得百餘養其中大者如指細者如箸支頤而觀之者竟日始舍之洋洋然魚之得其所也終觀之戚戚焉吾之感於中也吾讀古聖人書觀古聖人之政禁數罟不得入洿池魚尾不盈尺不中殺市不得鬻人不得食聖人之仁養物而不傷也如是物獲如是則吾人之樂其生遂其性宜如何哉思是魚之於是時寧有是困耶推是魚孰不可耶魚乎魚乎細鈎密網吾不得禁之於彼炮燔咀嚼吾得免爾於此吾知江海之大足使爾遂其性思置汝於彼而未得其路徒能以斗斛之水生汝之命

生汝誠吾心汝得生已多萬類天地中吾心將柰何魚乎魚乎感吾心之戚戚者豈止魚而已乎因作養魚記

重修御史臺記

曾子開

元祐三年新作御史臺成詔臣肇爲之記臣惟御史見於周掌贊書受灋令而已戰國以對執灋亦記事之職也至秦漢始置大夫位亞丞相副曰中丞督部刺史受公卿奏事舉劾按章其屬有侍御史出討姦猾治大獄於是專繩糾之任厥後政事歸尚書而御史與尚書謁者並爲三臺大夫更爲三公而中丞爲臺率與尚書令司隸校尉朝會皆專席爲三獨坐隋唐復置大夫天下有寃而無告者得與中書門下省詰之謂之三司自是御史益爲雄峻其屬則有殿中監察并侍御史爲三院侍御史一人知雜事橫榻而坐謂之南牀皆專彈劾不言事本朝因之至真宗皇帝增置言事御史其後皆得言事大則御史相率廷

辯小則人得自達故其任視前世爲尤重列聖相繼皆假以寬仁使得自竭是以風采所加百僚震肅朝廷倚而益尊初本朝雖因唐制然以大夫爲無官不治臺事以郎中員外郎兼侍御史知雜事以貳中丞以太常博士以上爲三院未至者則爲御史裏行監察故事内監尚書六曹外巡按郡縣久之亦廢至神宗皇帝大正官名始歸大夫職以侍御史治雜事罷御史裏行而復六察官分守既定廼相官府蓋御史臺建於宣化坊自開寶五年纔有東西獄七年雷德驤分判三院事請於上而大之屋不及百楹天禧二年復詔增廣遂至三百六十楹訖于元豐垂七十年寢以圮壞神宗皇帝俾圖程工以授有司舊闕大夫聽事踵鄰都制度闕門北鄉取陰殺之義又形勢庳下無以重威至是命置大夫聽事闕門東鄉增庳爲崇培下爲高其規模宏遠矣今上即政務先慈儉土木之勤咸詔勿事惟臺之建實

遵先訓猶以大夫虛員姑省營築闕門北鄉仍故不改經度損益斷自聖心以元祐二年六月己亥始事三年八月庚辰卒功用人力十萬五千爲屋三百五十一　櫺門闔眈眈堂室渠渠長貳佐屬視事燕休翼翼申申各適所宜吏舍囚圄深靚嚴固案牘簿書棲列有序所以觀示都邑表正憲度揆諸典章於是爲稱昔周人考室見於風雅魯國作門記諸春秋後世傳誦爲載籍首恭惟神宗皇帝受命承序十有九年建立經常皆應古義好惡無私賞罰不僭而綱紀是張宮室弗營池籞苟完而府寺是崇故能垂情風憲之司以啓後嗣之意二聖恭己開闢言路聰無不開明無不燭士有以言獲福不聞忠以取禍耳目之地寵遇莫抗故能新是棟宇以成前人之志是宜著在文字刻之金石以度越周魯垂休無窮顧臣之愚何足以稱明詔之萬一哉雖然臣嘗聞之責人非難責己惟難御史責人者也將相大

臣非其人百官有司失其職天下之有敗法亂紀服讒蒐慝者御史皆得以責之然則御史獨無責乎哉居其位有所不知知之有所不言言之有所不行行之而君子病焉小人幸焉此御史之責也御史雖不自責天下得以責之惟其不難於責己則施於責人能稱其任矣能稱其任然後危冠盛服崇墉峻宇游焉息焉可以無媿苟異於是得無餒於中哉臣故不自揆輒因承詔誦其所聞以告在位者使有以仰稱列聖褒大崇顯之意焉

思亭記

陳無已

甄故徐富家至甄君始以明經教授鄉稱善人而家益貧更數十歲不克葬乞貸邑里葬其父母昆弟凡幾喪邑人憐之多助之者既葬益樹以木作室其旁而問名於余余以謂目之所視而思從之視干戈則思鬬視刀鋸則思懼視廟社則思敬視第

宅則思安夫人存好惡喜懼之心物至而思固其理也今夫升高以望松梓下丘壠而行墟墓之間棘荆莽然狐兎之跡交道其有不思其親者乎請名之曰思亭親者人所不忘也而君子慎之故爲墓於郊而封溝之爲廟於家而嘗禘之爲衰爲忌而悲哀之所以存其思也其可忘乎雖然自親而下至于服盡服盡則情盡情盡則忘之矣夫自吾之親而至于忘之者遠故也此亭之所以作也凡君之子孫登斯亭者其有忘乎因其親以廣其思其有不興乎君曰博哉子之言也吾其庶乎曰未也賢不肖異思後豈不有望其木思以爲材視其榛棘思以爲薪登其丘墓思發其所藏者乎於是遽然流涕以泣曰未也吾爲子記之使君之子孫誦其文者視其美以爲勸視其惡以爲戒其可免哉君攬涕而謝曰免矣遂爲之記

進學齋記　　張文潛

古之君子無須臾而不學故其爲德無須臾而不進雞鳴而興暮夜而休一日之間出則涖官治民事師友對賓客入則事其親撫其家教其幼賤振其族姻與夫誦說講辯上世聖賢之言語文章制度服物而燕樂則有琴瑟有樽俎揖俯升降酬酢相侑勉勉汲汲無須臾之間不習其事學其理通其曲折而服其訓戒蓋其學無頃刻而去其心非特其迹然也安居無事精思而深念矯揉其志調服其血氣觀天地之道察萬物之理以究道德之微妙而通性命死生之始終者亦未始有頃刻之休是故其德日進而不可止蓋自其不息而察之則豈特日進也哉晝之所達過其旦夜之所得加於晡豈特旦暮晡夜之別哉一語一默一起居而新故不相襲矣自其爲士而至聖人如日之運於天小之爲旦夜中昃之變大之爲寒暑春秋之異然微細而察之則雖求毫釐絲忽之間而不可得嗚呼士之欲進於道

其勤苦勉強蓋必如是而後至則亦已勞矣後世之士其不至於聖人也亦可知矣古之君子飲食遊觀疾病死生之際未嘗不在於學士會食而問殺烝則飲食之際未嘗不在學也曾晳風乎舞雩詠而歸則遊觀之際未嘗不在學也曾子病而易大夫之簀則疾病之際未嘗不在學也今之所謂學者既剽盜其皮膚攘掇其土苴比於古之人大可愧矣然少而習之未幾見而自以爲業成者十九也冠而仕則冠而棄之壯而仕則壯而棄之以其滅裂苟偷之習而亟捨於既仕之日故後世之君子大抵從仕數年則言語笑貌嗜慾玩習之際比之進取初以儒自名者固已大異矣古之君子其學也內以脩身外以治人所學愈高所治益脩而成功愈崇是故君子立於世則天下被其福嗚呼三代之衰儒者之功不大見於世而生民之望於君子者未能厭滿其欲豈非士之學未至而道未立哉嗟乎民之休戚係

於道學之成否則夫爲士者可不勉歟元豐之乙丑余官於咸平治其所居之西即其舊而完之既潔以新矣於是悉取詩書古史陳於其中有誦習之牖有休偃之席暑則啓扉寒則塞向朝夕處乎其中取書而讀之其甚倦也則即席以休以深思其平日之所得無一日而不在是也余惰者也故取古之道而名之曰進學而書其說庶朝夕得以自警焉

徽州婺源縣學藏書閣記　朱晦庵

道之在天下其實原於天命之性而行於君臣父子兄弟夫婦朋友之閒其文則出於聖人之手而存於易書詩禮春秋孔孟氏之籍本末相須人言相發皆不可以一日而廢焉者也蓋天理民彝自然之物則其大倫大法之所在固有不依文字而立者然古之聖人欲明是道於天下而垂之萬世則其精微曲折之際非託於文字亦不能以自傳也故自伏羲以降列聖繼作

至于孔子然後所以垂世立教之具粲然大備天下後世之人自非生知之聖則必由是以窮其理然後知有所至而力行以終之固未有飽食安坐無所猷爲而忽然知之兀然得之者也故傳說之告高宗曰學于古訓乃有獲而孔子之教人亦曰好古敏以求之是則君子所以爲學致道之方其亦可知也已然自秦漢以來士之所求乎書者類以記誦剽掠爲功而不及乎窮理脩身之要其過之者則遂絶學捐書而相與馳騖乎荒虚浮誕之域蓋二者之蔽不同而於古人之意則胥失之矣嗚呼道之所以不明不行其不以此與婺源學官講堂之上有重屋焉牓曰藏書而未有以藏莆田林侯虙知縣事始出其所寶大帝石經今上神筆以塡之而又益廣市書凡千四百餘卷列庋其上俾肄業者得以講教而誦習焉熹故邑人也而客於閩玆以事歸而拜於其學則林侯巳去而仕於朝矣學者猶指其書

以相語感歎久之一旦遂相率而踵門謂熹盍記其事且曰此年以來鄉人子弟願學者衆而病未知所以學也子誠未忘先人之國獨不能因是而一言以曉之哉熹對曰必欲記賢大夫之績以詔後學垂方來則有邑之先生君子在熹無所辱命顧父兄子弟之言又熹之所不忍違者其敢不敬而諾諸於是竊記所聞如此以告鄉人之願學者使知讀書求道之不可已而盡心焉以善其身齊其家而及於鄉達之天下傳之後世且以信林侯之德於無窮也是爲記云

百丈山記

登百丈山三里許右俯絕壑左控垂崖疊石爲磴十餘級乃得度山之勝蓋自此始循磴而東即得小澗石梁跨於其上皆蒼藤古木雖盛夏亭午無暑氣水清澈自高淙下其聲濺濺然度石梁循兩崖曲折而上得山門小屋三間不能容十許人然前

矙澗水後臨石池風來兩間終日不絕門内跨池又爲石梁度而北躡石梯數級入菴菴纔老屋數間卑痺迫隘無足觀獨其西閣爲勝水自西谷循石罅奔射出閣下南與東谷水並注池中自池而出乃爲前所謂小澗者閣據其上流當水石峻激相搏處最爲可玩乃壁其後無所睹獨夜卧其上則枕席之下終夕潺潺久而益悲爲可愛耳出山門而東十許步得石臺其臨峭岸深昧險絶於林薄間東南望見瀑布自前巖穴瀵湧而出投空下數十尺其沫乃如散珠噴霧日光燭之璀璨奪目不可正視臺當山西南缺前揖蘆山一峯獨秀出而數百里間峯巒高下亦皆歷歷在眼日薄西山餘光橫照紫翠重疊不可殫數旦起下視白雲滿川如海波起伏而遠近諸山出其中者皆若飛浮來往或湧或没頃刻萬變臺東徑斷鄉人鑿石容磴以度而作神祠於東水旱禱焉畏險者或不敢度然山之可觀者至

是則亦窮矣余與劉充父平父呂叔敬表弟徐周賓游之既皆賦詩以紀其勝余又敘次其詳如此而最其可觀者石磴小澗山門石臺西閣瀑布也因各别爲小詩以識其處呈同游諸君又以告夫欲往而未能者

雲谷記

雲谷在建陽縣西北七十里蘆山之巔處地最高而群峯上蟠中阜下踞内寬外密自爲一區雖當晴晝白雲坌入則咫尺不可辨眩忽變化則又廓然莫知其所如往乾道庚寅予始得之因作草堂其間牓曰晦菴谷中水西南流七里所至安將院東茂樹交陰澗中巨石相倚水行其間奔迫澎湃聲震山谷自外來者至此則已神觀蕭爽覺與人境隔異故牓之曰南澗以識遊者之所始循澗北上山益深樹益老澗多石底高下斗絕曲折回互水皆自高瀉下長者一二丈短亦不下數尺或詭匿側

出層累相承數級而下時有支澗自兩旁山谷橫注其中亦皆噴薄濺灑可觀行里餘俛入薈翳百餘步巨石臨水可距而息澗西危石側立蘚封蔓絡佳木異草上偃旁綴水出其下淙散激射於澗中特為幽麗下流曲折十數騰處沸湧西抵橫石如齟齬者乃曳而長演迤徐去欲為小亭臨之取陸士衡招隱詩語命以鳴玉而未暇也自此北去歷懸水三四處高者至五六丈聚散廣狹各有姿態皆可為亭以賞其趣又北捨澗循山折而東行腳底草樹膠葛不可知其淺深其下水聲如雷計應猶有佳處而亦未暇尋也行數百步得石壁高廣皆百餘尺瀑布當中而下遠望如垂練視澗中諸懸水為最長徑當其委跳擲而度回視所歷群山皆撫其頂獨西北望半山立石叢[illegible]谷對子巖者槎牙突兀如在天表然石瀑窮源北入雲谷則又已俯而視矣地勢高下大略於此可見谷口距狹為關已限內外兩

翼爲軒牕可、坐可臥以息遊者外植叢篁內疏蓮沼梁木跨之植杉繞徑西循小山而上以達于中阜沼上田數畝其東欲作田舍數間名以雲莊徑緣中阜之足北入泉峽歷石池山檻藥圃井泉東寮之西折旋南入竹中得草堂三間所謂晦菴也山楹前直兩峯峭聳傑立下瞰石池東起層嶂其脅可耕者數十畝寮有道流居之自中阜以東可食之地無不闢也草堂前隙地數丈右臂繞前起爲小山植以椿桂蘭蕙俏蒨岑蔚南峯出其背孤圓貞秀莫與爲擬其左亦皆茂樹脩竹翠密環擁不見間隙俯仰其間不自知其身之高地之迥直可以旁日月而臨風雨也堂後結草爲廬稍上山頂北望俯見武夷諸峯欲作亭以望度風高不可久乃作石臺名以懷仙小山之東徑繞山腹穿竹樹南出而西下視山前村墟井落隱隱猶可指數然亦不容置屋復作臺名以揮手南循岡脊下得橫徑徑南即谷口小山其上小平田町即以祈年因命之曰雲社徑東屬杉徑西入西崦西崦有數十畝亦有道流結茅以耕其間曰西寮其西山之脊蟠繞東下與南峯西垂相齧而谷口小山介居其間如巨人垂手拱玩珠璧兩原之水合於其前出爲南澗東寮北有桃蹊竹塢漆園度北嶺有茶坡東北行攀危石履側徑行東峰之顛下而復上乃至絕頂平處劣丈餘四隤皆巉削下數百丈使人眩視悸不自保然俯而四瞰面各數百里連峯有無遠近環合彩翠雲濤昏旦萬狀亦非世人耳目所嘗見也予嘗名湘西嶽麓之頂曰赫曦臺張伯和父爲大書其牓至是而知彼爲不足以當之將移刻以侈其勝絕頂北下有魏林橫帶半巖木氣辛烈可已痞疾疑即方家所用阿魏者林下巖中滴水成坎大如桮椀不竭不溢里人謂之聖濟水旱禱焉又下爲北澗有巨石二對立澗旁嶙峋嵌萃古木彌覆藤卉蒙絡最爲山北奇處

里人名其左曰仁右曰義歲時奉祠如法聞自是東北去有瀑布出油幢峰下石崖懸下水瀉空中數十丈勢尤奇壯東南别谷有石室三皆可居其一尤勝北兩房中通側戶旁近水泉可引以漱濯然皆未暇往觀自東嶂南出小嶺下數畝村民以遠贔屭下瞰絶壑古木叢生樛枝横出是爲中溪别徑下入村落其中路及始入南澗西崖小瀑之源各有石田數畝村民以遠且瘠棄不耕皆以貲獲之歲給守者以餘奉增葺費勢若可以無求於外而是者盖此山自西北横出以其脊爲崇安建陽南北之竟環數百里之山未有高焉者也此谷自下而上得五之四其曠然者可望其奥然者可居昔有王君子思者棄官棲遁學練形辟穀之法數年而去今東寮即其居之遺址也然地高氣寒又多烈風飛雲所霑器用衣巾皆濕如沐非志完神王氣盛而骨強者不敢久居其四面而登皆緣崖壁援蘿葛崎嶇數

里非雅意林泉不憚勞苦者則亦不能至也自予家西南來猶八十餘里以故它人絶不能來而予亦歲不過一再至獨友人蔡季通家山北二十餘里得數往來其間自始營葺迄今有成皆其力也然予常自念自今以往十年之外嫁娶亦當粗畢即斷家事滅景此山是時山之林薄當益深茂水石當益幽勝館宇當益完美耕山釣水養性讀書彈琴鼓缶以詠先王之風亦足以樂而忘死矣顧今誠有所未暇姑記其山水之勝如此并爲之詩將使畫者圖之時覽觀焉以自慰也山楹所面雙峯之下昔有方士吕翁居之死而不腐其地亦孤絶殊勝本屬山北民家今亦得之名曰休菴蓋凡耕且食於吾山者皆翁之徒也往往淳質清淨能勞筋骨以自給人或犯之不校也有少年棄妻子從之問其所授受笑不肯言然久益堅苦無怨悔之色嗚呼是其絶滅倫類雖不免得罪於先王之教然其視世之貪利

冒色湛溺而不厭者則既賢矣因附記之且以自警云

名堂室記

紫陽山在徽州其里嘗有隱君子居焉今其上有老子祠先君子故家婺源少而學於郡學因往遊而樂之既來閩中思之獨不置故嘗以紫陽書堂者刻其印章蓋其意未嘗一日而忘歸也既而卒不能歸將没始命其孤熹來居潭溪之上今三十年矣貧病苟活既不能反其故鄉又不能大其閭閈以奉先祀然不敢忘先君子之志敬以印章所刻牓其所居之聽事庶幾所謂樂樂其所自生禮不忘其本者後世猶有考焉先君子每曰病其卞急害道尉尤溪時嘗取古人佩韋之義牓其聽事東偏之室曰韋齋以燕處而讀書焉延平羅公先生仲素實記之而沙陽曹君令德又爲之銘官署中更盗火無復遺跡近歲熹之友石君子重知縣事始復牓焉且刻記銘于石以示後來惟先

君子之志不可以不傳于家而熹之躁迫滋甚尤不可以忘先人之戒則又取而揭之於寢以自鞭策且示子孫盖聽事寢堂家之正處今皆以先君子之命命之嗚呼熹其敢不夙興夜寢陟降在茲無或不虔以忝先訓晦堂者燕居之所也熹生十有四年而先君子棄諸孤遺命來學於籍溪胡公先生草堂屏山二劉先生之門先生飲食教誨之皆無不至而屏山獨嘗字而祝之曰木晦於根春容曄敷人晦於身神明內腴後事延平李公先生先生所以教熹者盖不異乎三先生之說而其所謂晦者則猶屏山之志也熹雖不能踐修服行是以顛沛今乃以是名堂以示不敢忘諸先生之教且志吾晦而自今以始請得復從事於斯焉堂旁兩夾室暇日默坐讀書其間名其左曰敬齋右曰義齋盖熹嘗讀易而得其兩言曰敬以直內義以方外以爲爲學之要無以易此而未知其所以用力之方也及讀中庸見

其所論修道之教而必以戒慎恐懼爲始然後得夫所以持敬之本又讀大學見其所論明德之序而必以格物致知爲先然後得夫所以明義之端既而觀夫二者之功一動一静交相爲用又有合乎周子太極之論然後又知天下之理幽明鉅細遠近淺深無不貫乎一者樂而玩之固足以終吾身而不厭又何暇夫外慕哉因以敬義云者名吾二齋且歷叙所以名夫堂室之意以見熹之所以受命於父師與其區區講學之所逮聞者如此書之屋壁出入觀省以自詔云

平江府常熟縣學吳公祠記

平江府常熟縣學吳公祠者孔門高第弟子言偃子游之祀也按太史公記孔門諸子多東州之士獨公爲吳人而此縣有巷名子游有橋名文學相傳至今圖經又言公之故宅在縣西北而舊井存焉則今雖不復可見而公爲此縣之人蓋不誣矣然

自孔子之没以至于今千有六百餘年郡縣之學通祀先聖公雖以列得從腏食而其鄉邑乃未有能表其事而出之者慶元三年七月知縣事通直郎會稽孫應時乃始即其學宫講堂之東偏作爲此堂以奉祠事是歲中冬長日之至躬率邑之學士大夫及其子弟奠爵釋菜以安其靈而以書來曰願有記也熹惟三代之前帝王之興率在中土以故德行道藝之教其行於近者著而人之觀感服習以入焉者深若夫句吴之墟則在虞夏五服是爲要荒之外爰自太伯采藥荆蠻始得其民而端委以臨之然亦僅没其身而虞仲之後相傳累世乃能有以自通於上國其俗蓋亦朴鄙而不文矣公生其間乃獨能悦周公仲尼之道而北學於中國身通受業遂因文學以得聖人之一體豈不可謂豪傑之士哉今以論語考其話言類皆簡易疎通高暢宏達其曰本之則無者雖若見詘於子夏然要爲知有本也

則其所謂文學固宜有以異乎今世之學矣既又考其行事則武城之政不小其邑而必以詩書禮樂爲先務其視有勇足民之效蓋有不足爲者至使聖師爲之莞爾而笑則其與之之意豈淺淺哉及其取人則又以二事之細而得滅明之賢亦其意氣之感默有以相契者以故近世論者意其爲人必當敏於聞道而不滯於形器豈所謂南方之學得其精華者乃自古而已然也耶矧今全吳通爲畿輔文物之盛絕異曩時孫君於此又能舉千載之闕遺稽古崇德以勵其學者則武城弦歌之意於是乎在故熹喜聞其事而樂爲之書至於孔門設科之法與公之言所謂本所謂道及其所以取人者則願諸生相與勉焉以進其實使此邑之人百世之下復有如公者出而又有以一洒夫媮懦僤事無廉耻而耆飲食之譏焉是則孫君之志而亦熹之願也公之追爵自唐開元始封吳侯我朝政和禮書已號丹陽

公而紹興御贊猶有唐封至淳熙間所盻位次又攺稱吳公云

金壇縣丞廳壁記　劉潛夫

丞以貳其長自省府寺監皆然獨邑乎哉然丞邑者卒以位偪爲嫌以涉筆占位爲常視其長之得失邑之治否皆若已無與焉者豈非以唐韓文公爲崔斯立作記有取於吟哦自適而然歟余觀斯立之爲人蓋寄懷事外而虛言以爲欺者文公之記抑有譏焉不然則爲解嘲云爾而來者不察顧謂爲職之宜然其然歟未食焉而怠其事文公乃述王承福之言以爲官守者戒而又述斯立之語以開之其然歟趙君全質之丞金壇異於是余居田間雖罕與有位者接然得之輿論其受輸也平故民不殘其出納常平也謹故民有恃又其嚴於律己而義利之間甚辨和以接物而上下之交無間言暇日以壁間刋前人名氏歲久無餘將礱石以繼俾余記更端之由余以君之事足爲來

者則故不辭而爲之書君名彥相今官承直郎盖魏王宮潁川郡王七世孫眞不負丞者云

退齋記

劉夢吉

老氏其知道之體乎道之體本静出物而不出於物制物而不爲物所制以一制萬變者也以理之相對勢之相尋數之相爲流易者而觀之凡事物之肖夫道之體者皆灑然而無所累變通而不可窮也彼老氏則實見夫此者吾亦有取于老氏之見夫此也雖然惟竊是以濟其術而自利則有以害夫吾之義也下將以上也後將以先也止將以富也儉將以廣也哀將以勝也慈將以勇也不足將以無損不敢將以來活也無私將以成其私也不大將以全其大也柔弱將以不爲物所勝也不自貴將以貴也無以生將以生也知窪必盈於是乎窪知弊必新於是乎弊知少必得於是乎少知樸素之可以文於是乎爲樸素

知谿谷之可以受於是乎爲谿谷知皦之勢必汙盈之勢必溢銳之勢必折於是乎爲嬰兒爲處子爲昏悶晦寂曰忿曰武曰争曰伐曰矜凡物得以病之者皆闇焉而不出知而示之愚辨而示之訥巧而示之拙雄而示之雌榮而示之辱雖出一言而不令盡其言事則未極而先止也故開物之所始成物之所終皆捭焉而不與而置巳於可以先可以後可以上可以下可以進退可以左右之地方始而逆其終未入而圖其出據會而要其歸闔虆而收其利而又使人不見其跡焉雖天地之相盪相生相使相形相倚相伏之不可測者亦莫不在其術中而況於人乎故欲親而不得親欲疎而不得疎欲貴而不得貴欲賤而不得賤欲利而不得利欲害而不得害其關鍵槖籥不可窺而知其機紐本根不可索而得其恍惚杳冥不可形象而搏執也嗚呼挾是術以往則莫不以一身之利害而節量天下之休戚

其終必至於誤國而害民然而特立於萬物之表而不受其責焉而彼方以孔孟之時義程朱之名理自居不疑而人亦莫知奪之也中山滕君仲禮早以學行知名而爲人則慷慨有才節者也以退名其所居之室旣以寧失於有所不爲戒在於無妄之往自銘矣而人請予文以記之予固知仲禮之不爲老氏之退者然亦豈直失于有所不爲者也夫有所不爲者蔽焉而不知擧變焉而不知通固滯焉而不知所以化而其終亦至於誤國而害民然要之則知不足而已矣而人亦得而責之而彼亦無所逃其責焉非如爲老氏者之以術欺世而以術自免也予喜仲禮之退而又欲其愼其所以退也故極言二者之失

游高氏園記

園依保城東北隅周垣東就城隱映靜深分布穠秀保舊多名園近皆廢毁今爲郡人所觀賞者惟是予暇日游焉甚樂園之

堂其最高敞者尚書張亹符題爲翠錦或者指之謂予曰此貴家其氏之樓也今甫四五十年耳已撤而爲是矣嘻人其愚哉非不見之復爲是也奚益予聞之大以爲不然夫天地之理生生不息而已矣凡所有生雖天地亦不能使之久存也若天地之心見其不能使之久存也而遂不復生焉則生理從而息矣成毀也代謝也理勢相因而然也人非不知其然也而爲之不已者氣機使之焉耳若前人慮其不能久存也而遂不爲之後人創前人之不能久有也而亦不復爲之如是則天地之間化爲草莽灰燼之區也久矣君與我安得兹游之樂乎天地間凡人力之所爲皆氣機之所使既成而毀毀而復新亦生生不息之理耳安用歎邪予既曉或者復私記其說

蕺隱記　　　戴帥初

蕺之爲州當東南水陸之衝輕舟迅飛勁騎疾奔可以朝荆吴

莫矜晉異時干名逐利者家金張而人陶頓不獲也而江湖之士有游觀之好者於山慕雲門禹穴於水誇鑑湖若耶又往往多壯荒墟僻塢人煙散朗之處而蕺山附州城之東偏雖越人未嘗有知而游者問山之所以得名蓋昔者越王句踐嘗於此采蕺焉既而王内史逸少居之既而爲戒珠寺則越人雖有游者而亦已忘其爲蕺山久矣有儒者王庭吉家於其山之陽而名讀書之齋曰蕺隱余聞而異之又他日過之蕺山者去其家尚半里然郊原曠空旁無蔽遮自其家望之適如承塵負扆凡山中之雲煙卉木花鳥陰陽寒暑昏旦百物之變攬之如屏帷之飾几席之翫是誠可以逃喧囂遺榮辱而隱焉而庭吉於越中爲故家清門自其先文昌公以進士第一人起家子孫累葉輕軒裳而重名節薄田園而厚文墨故如庭吉之年華器幹皆非可以無用於世而方讙讙然慕爲山人處士宜乎數千年之

遺歡墜賞日千萬人過之而不顧者一日閑門而能居有之也嗚呼樂哉雖然庭吉之樂必有以養之也夫隱之至者無名而蕺山之爲庭吉隱必將或爲庭吉而顯也余自丁丑歲三至越其始至也儒者吾見其矯然如楚兩龔之介而立也其再至也吾見其倏然如東方曼倩之通而峭也其三至也吾見其如栁士師之和而守也若是者蓋皆隱也庭吉其歸而益求之古之學道之士能不以外物而動揺其靈臺者顧其中常休休焉居處玩悦之具是養其耳目支體而已矣不可恃也庭吉曰願受教因書於其齋以爲記

凝道山房記　吴幼清

永平鄭侯鵬南嚴重清謹爲時名流而不以所能自足也謂仕必資於學學必志於道别業在滕州築山房爲游居之所取子思子之語而扁之曰凝道不遠二千里走書徵言於予夫世之

成室屋者往往有記記者紀其棟宇之規制營構之歲月而已稍能文辭者可命也而奚以余言爲俟之意蓋不以予嘗講聞於儒先之緒論而欲俾言其所謂凝道者乎嗚呼道不易言也言之易者未必真有見也非真有見而言是妄言也而予何敢夫子曰爲之難言之得無訒乎雖然俟之意不可以不答也詎容已於言哉請言其似道在天地間猶水之在大海道之中有人猶水之中有器浸灌此器者水也納受此水者器也水中之器或沉或浮而器中之水或入或出器與水未合一也水在器中凝而爲氷則器與氷未不相離而水爲器所有矣人之於道猶是也有以凝之則道在我無以凝之則道自道我自我道豈我之有哉人之生也或智或愚或賢或不肖均具此性則均受此道不於賢智而豐不於愚不肖而嗇也愚不肖之不賢智者者何也能凝不能凝之異耳嗚呼子思子言道所以有貴於能

凝者歟凝之之方尊德性而道問學也德性者我得此道以爲性尊之如父母尊之如神明則存而不失養而不害矣然又有進修之功焉蓋德性之内無所不備而理之固然不可不知也事之當然不可不行也欲知所固然欲行所當然舍學問奚可德性一而學問之目八子思子言之詳矣不待予言也廣大精微高明中庸故也新也厚也禮也皆德性之固然當然者盡之極之温之知之問學以進吾所知也致之道之敦之崇之問學以修吾所行也尊德性一乎敬而道問學兼乎知與行一者立其本兼者互相發也問學之力到功深則德性之體全用博道之所以凝也夫雖然此非可以虛言言亦在夫實爲之而已矣斯道也人人可得而有也況如侯之卓卓者哉其凝之也予將驗侯之所爲侯名雲翼今爲江南行御史臺都事

西陽宮記

文章之傳世雖聖賢之餘事然其盛衰絕續之際寔關繫乎天地之正氣周秦以前尚矣先漢賈馬二子以來八百餘年而後唐有韓子韓子以來二百餘年而後宋有歐陽子天之生斯人也固不數也是以百世之下萬口一辭稱爲文章之宗工尊其文則尊其人尊其人則敬其親苟敬其親也則其敬無乎不在而况其墳墓所在乎此余所以不能自已於西陽宮之記也西陽宮者何歐陽子之親之墳墓所托也昔韓子三歲而孤先世墳墓在河陽時或往省歐陽子四歲而孤二親俱葬吉永豐之瀧崗終身不能一至葢其考崇公官於綿而生子官於泰而遂終妣越國太夫人鄭氏以其子依叔父隨州推官越一年崇公歸葬于吉葬後還隨歐陽子年二十預隨州貢年二十四登進士科歷仕多在江北及留中朝年四十六而太夫人終次年歸附崇公之兆葬後還潁崇公之葬距越國之葬四十年越國之葬

距文忠之薨又二十年六十年間欲如韓子之三省墳墓而不可得其墳墓之託幸有西陽宫焉宫在永豐沙溪鎮之南舊名西陽觀莫詳何代肇創朱至和乙未道士彭世昌起廢掘地得鍾識云貞觀三年乙丑西陽觀鍾崇公諱觀聲異而字同乃請于朝改觀爲宫宫之後有祠堂合祀崇公文子仟表世次二碑竪于一亭中間祠堂弊里人陳氏新之淳熙丙午誠齋楊先生爲之記其後堂復弊陳氏子孫重葺咸淳丙寅巽齋歐陽先生爲之記莆陽方侯崧卿守吉出錢十萬命邑尉陳元勲脩築瀧崗阡之門與墻紹熙辛亥艮齋謝先生記其事尤爲該備獨西陽無片文可稽祠堂初記丙午至今一百四十四年矣祠堂續記丙寅至今亦且六十四年矣而宫之道士鞠文質始遣其徒蕭民瞻來請記建宫本末民瞻之言曰宫面山枕溪拱抱明秀金華桃源翼其左龍圖鳳閣峙其右地之廣袤六畝而縮禮神

安衆室屋具完宋南渡後道士賜紫者四劉師禹陳宗益彭宗彦曾若拙也田之歲入米以斗計三百而贏則宫之可藉以永久宜也而余切有慨焉嘗聞諸禮士之去國止之者曰奈何去墳墓也子路去魯顔子俾之哭墓而後行然則古人未嘗不以不得守其墳墓爲戚也而唐宋二大文人栖栖無所依歸末年就京就潁而家悉不得歸近墳墓豈其心之所樂哉今瀧岡之阡歲時展省如其子孫者西陽道士據禮之常揆義之正雖若可慊倘非歐陽子之文上配韓子如麗天之星光于下土與天無極人之尊仰推之以愛敬其親者亦將與天而無極則亦何以能使其親之得此於人哉夫能使其親之得此於人也其不謂之孝子哉夫得謂之孝子也而但謂歐陽子爲文人可乎哉噫此余所以不能自已於西陽宫之記也

默齋記　　趙子昂

華陰楊君士桓名所居室曰默齋而屬余爲記余嘗試爲之說曰言者心之所發也人心之動必形於言故凡有動於中者雖不欲言言而欲一類不可得也故喜則言便怒則言躁悲則言慘憂則言塞忿則言煩戲則言甘氣直者剛以達謀深者險而詭德厚者簡而中資美者清而高峻者必暴而支者必疑此類之所可推而君子亦以是觀人焉傳曰言行君子之樞機樞機之發榮辱之主也一言可以爲榮一言可以爲辱言固不可不慎也而亦不能無言也今子以默自名豈遂欲無言乎夫陰者陽之基也靜者動之代也陰不極則陽不生靜不極不能以致動今夫雷霆之震驚凡天地之間萬物之衆蠉動喘息有知無知者殊皆皷舞動盪氣達而甲拆其功若是然而至於秋冬之交則嘿然皆無有者一或發聲則妖異隨之矣向使雷霆日日而鳴則吾見萬物英華將不歛英華之不歛則生意幾息又何

望於遂其性哉君子之道或默或語陰陽之義也孔子曰夫人不言言必有中老子曰大辨若訥是故人患不能默耳不患不能言也苟能默矣於言乎何有平居恂恂如不能言及夫臨大事決大議一言而人無異辭此古所謂能默者也而非無言之謂也士桓其勉之哉

古愚齋記　　胡古愚

世之目無能者曰愚嗟乎愚果若是哉顏子終日不違如愚甯武子其愚不可及楊子又以晁錯爲愚夫如是愚果易得哉傳曰古之愚也直今之愚也詐嗟乎孰知後世固不以直爲愚而類以詐爲智若漢之汲長孺以直諫不容於時武帝惡其戇非所謂古之愚者耶公孫丞相之曲學阿世務飾詐以釣名非所謂今之愚者耶柳宗元文學爲唐名儒而黨於叔文身落南荒悲鳴山水間自以爲愚柳爲古之愚乎抑爲今之愚乎余性質

直漫不趨俗好凡世所謂愚者莫予若也然好讀古聖賢書因揭所居之齋曰古愚而翰林待制周公景遠爲余書焉余欲學顏子之愚則亞聖工夫非造次可到欲學武子之愚則今非可愚之時也若栁子之愚固有所激而不可學者若晁錯之愚又不善用以及於禍則余豈願學哉乃所願庶幾古之愚黷之戇耳觀其正色立朝守節不撓耿然如夏日秋霜不可狎玩千載而下使人興起愚戇者固如是乎余生三十有三年惟尚友於古人不求合於今世流俗往往笑其愚而侮之者有焉雖然余豈以是易其心哉益求問學以充此愚益抱耿介以守此愚務乎內不務乎外取其實不取其名雖未敢自謂如古之愚然亦庶乎非今之愚也恐來者不知所以名齋之意遂書其說於壁

此君軒記　　程鉅夫

古之爵五等而有土有民者曰君非有土有民而蒙是號必其

德有可尚者也人而能是亦希矣竹物也而何以得此稱於子猷哉竹之德固可尚心虛而神清貫四時而不改也晉人尚雅趣頗以不事事爲清虛吁比德於竹者如斯而已乎吾至宮借宅於人而植竹於西軒之外復借子猷所以號竹者名吾軒吁吾軒借於人也軒之名借於人也皆非吾所自有也獨所以如竹者非可借於人而意子猷或未之知然則子猷之君此君亦借耳借歟非歟是未可知也吾將問之此君

克復堂記

虞伯生

克己復禮之說在聖門惟顏子得聞之當是時七十子者蓋有不及盡聞者矣後學小子迺得誦其言於方冊之中聞其說於千載之下豈非幸歟蓋嘗反而求之沈冥於物欲之塗者固無與乎此也而知致力焉者僅足以爲原憲之所難而已其拔本塞源脱然不遠而能復者世甚鮮也然則苟有志於聖賢者

舍此奚適矣然而難言也昔者程伯子少而好獵及見周子而有得焉自以爲此好絶於胷中矣而周子曰是何言之易也後十餘年程子見獵者於道旁不覺有喜意夫然後知周子識察之精也嗚呼自顔子而降若程子之高明而敦厚純粹而精微一人而已其爲學也必不爲原氏之剛制也明矣其十數年間豈無所用其功哉而是好也深潛密伏於纖微之際不能不發見於造次之間噫亦微矣鄉非周子識察之精固不足以知其必動於十數年之前非程子致察之密亦何足以自覺其動於十數年之後是固不可與迂生曲學者論也而衆人乃欲以鹵莽苟且之功庶幾近似其萬一可乎不可乎此則予之所甚懼而旦暮不忘者也國子伴讀掌儀康生敏以克復名其堂而來求文以爲記予既嘉其慕尚之高遠而又懼其易之也故著其說使寘諸壁間因得以觀覽而資其行遠升高之一助也

誠存堂記

昔者君子之言居也宅曰安宅居曰廣居泰哉其所以自處者乎何其安重尊高之若是也竊意君子之所以爲安重尊高者固無待於外而上棟下宇盍得以休其體而致其養夫豈苟然也哉集賢待制鄱陽周君之爲堂也築必固材必美攻斲必純澤構締必堅緻曲執必周正戶牖必疏達溫凊必宜適待其後之人必久而無斁凡作室之道備矣及其成也曾不以是自佚方挈挈然以誠存題之此其意豈淺淺者顧使集爲之記集何足以知之嘗試即堂而言之仰升俯降卑高之位定矣處深鄉明內外之辨嚴矣左揖右讓少長之叙列矣以祀以養以宴以食父兄宗族之親在是矣鄉黨僚友之情可得而洽矣靜以養動以思朝以興夕以寧皦皦乎燭之而弗迷也粲粲乎列之而有文也循乎其行之無忤步也確乎其歸之無異本也繹繹乎

其繼也渾渾乎其無窾郤之有待於彌縫也若是者庶乎其名義之近之也乎而集又何足以言之大江之南鄱爲大郡物殷而家給土木之盛甲乙爲比而又以文雅相尚抑豈無以美名表其居者乎誇者已張譽者以末未有反身切求若是其實而大者也集又安敢不爲之記也借乎集之不足以知之不知以言之也謹記之曰周氏誠存之堂作以某歲成以某歲名之者集言大學士姚公端甫題之者集賢侍講學士趙公子昂也

建都水分監記

揭曼碩

會通河成之四年始建都水分監于東阿之景德鎮掌凡河渠壩牐之政令以通朝貢漕天下實京師地高平則水疾泄故爲堨以蓄之水積則立機引繩以輓其舟之下上謂之壩地下迤則水疾涸故爲防以節之水溢則縋起懸版以通其舟之往來謂之牐皆置吏以司其飛輓啓閉之節而聽其獄訟焉雨潦將

降則命積土壤具畚鍤以備奔軼衝射水將涸則發徒以道于閼
滯塞崩潰時而巡行周視以察其用命不用命而賞罰之故監
之責重以煩延祐六年秋九月河南張侯仲仁以歷佐詹事翰
林太醫三院皆能其官且周知渠事選任都水丞冬十有一月
分司東阿詔凡河渠之政毋襲故扭私毋怛勢怛威惟宜適從
敢有撓法亂政雖天子使五品以上以名聞其下隨以輕重論
刑毋有所貸侯北自末濟渠南至河東極汶泗之源滯疏決防
凡千九百餘所咸底于理退即所署治文書庳冗險陋吏側立
無所爰告于衆曰余承命來此惟恪恭是圖顧以函丈之室制
千里之政役徒百工何所受職下官群吏何所聽令卿遂之老
州邑之長何所禀政荆揚兗豫數千里供億之吏何所視禁
山戎島夷遐徼絕域朝貢之使何所爲禮朝廷重使何所止舍
乃會財于庫協謀于吏攻石伐材爲堂于故署之西偏隅隩廓

深周阿崇穹藻繢之麗文不勝質几席之美物不踰軏左庖右庫整密峻完前列吏舍于兩廂次樹洛魏曹濮三役之肆于重門之内後置使客之館皆環拱内向有翼有嚴外臨方池長堤隱虹又折而西達于大逵高柳布陰周垣繚城遐邇縱觀仰愕俯歎其言曰惟侯明慎周敏惟公罔私故役大而民弗知功成而監丞尊監丞尊而政丞行斯河渠之利永世攸賴爰稽在昔自丞相忠武王建議于江表初平之日少監馬之貞奏功于海内一家之時自時厥後分治于茲者鮮不著勤焯勞載于簡書而公署之役乃以待侯侯非樂後其居榮其名以夸其民所以正官守肅上下崇本而立政也誠宜為而不敢後惟國家一日不可去河渠之利河渠之政一日不可授非其人若侯者其人矣是役也首事于侯至之明年某月日卒事于至治元年某月日合内外之屋餘八十楹是歲九月記

圭塘記

歐陽原功

圭塘者中丞許公別墅之所營也塘之上有亭有堂有臺而總曰圭塘者斯塘之景可以都別墅之勝也曰圭塘何塘之形本豐而末攢象圭之終葵者因命之曰圭也塘舊爲膚氏業在鄴城西距許公有壬居可二里許公間居出舊所賜金買之塘可五畝強餘地通二十畝而廣取道將至別墅夾道植柳名曰巷巷鞏折而至門門扁曰圭塘入有壘石假山假山之後有菊壇古有盟誓者爲壇藝菊而壇盟晚節也壇之北有堂三間東西舍各一中堂扁曰景延慕延篤之賢也延傳在范史人品與徐孺子郭林宗相亞而能研窮諸經雅奧又佀過之景本訓大近世好稱推慕循他經傳曰善曰多曰嘉三字皆靜脩辭者作動字用蓋善即獎多即善嘉即歎詠也堂之前稍東有安石榴一株因之爲安石院其西南隅爲臺其顛甾石爲楯名之曰冷然

漢人言神君至則冷然以風登者憑高而望近則趙魏平陸千里遠則西北太行諸山令人泠然有御風往還之意也然後荊壇之東別闢一逕稍北別爲衡門入門循逕而西至圭塘水深可舟滿塘皆蓮作亭于中絕流爲甬道達亭上亭成有蓮一帶兩花生之因名曰嘉蓮塘四圍樹以梅竹松菊桃李爲三逕而重行四時香色相禪人行蔽虧間波無樹陰人影間錯如游罨畫溪也亭之西爲雙洲洲對峙中有通道自亭至洲爲納橋晝納而夜撤也舟穩若畫舫或篙或棹性來塘間惟意所適公昆弟翁季賓客留連觴詠竟日忘歸城中之人見公出必之圭塘往往載酒攜樂而從酒酣賦詩度曲頃刻成什已而倡和盈卷傳之四方於是唐王氏輞川宋洪氏盤洲不是過也歲庚寅冬附書江右賈客劉敬忠不遠數千里至清劉山中屬余記之書至日適有召命迫促就道諾之而未暇作也壬辰秋叔子可行

來京師奉圖及書徵貢而余已被吉賜歸矣將行乃記之昔魏君立沼上顧鴻鴈麋鹿謂孟子曰賢者亦樂此乎對曰賢者而後樂此不賢者雖有此不樂也孟子斯言雖以發其陳善之端而理實然也賢者心不役物故觸目之勝能會以心不賢者追知所謂領悟哉抑君子有九能謂之德音然後可爲大夫建邦能命龜作器能銘升高能賦皆是也公於是役也位置之巧營繕之工使司卜築於有邦神必協之繇矣觀其華扁疊見佳篇立成作器而銘升高而賦孰能加焉世之豪有力者倣公爲園池無禁也公之賢之能不易致乎余之記斯塘獨美公有大夫之能以濟賢者之樂雖盛於一時而事有傳之百世者雖然賢能之於斯世不克盡力乎竹帛而致美乎林塘愚不識司造之生賢能使之用而使之止是歟故願陳君子出處之大義以告圭塘之主人云

沈氏義莊記

黃晋卿

湖之歸安東七十里是爲花城爲其鄉之望者曰沈君家故業儒君之父處士公遺外聲利不有仕禄而樂出私財以振人之急謂親親仁民宜有本末次第首圖創義莊以教養其族人未及就緒而没君以爲前人之志不可不續爰以至順辛未捐田五畝建義塾搆殿宇妥先聖先師像其中以春秋備釋奠之儀闢講舍齋廬延宿儒之師而聚族之子弟俾隨才以受業鄉人來學者弗拒也尋復以至正乙酉捐田五百畝即義塾之南立義莊屋以間計者若干歲取其田之所入以實之擇族中之長且賢者同主其出納貧無以給昏喪諸費者量厚薄之宜制隆殺之等而周給焉大抵本於昔人之成規而微有所損益懼來者弗克嗣其事則以聞于外宰相執政及部使者咸使如所請沈君既求里之寓公記其義塾而義莊未之有記乃序次其事

以屬筆於余古之有國家者必度田授民以厚其生立宗收族以教之親愛自其法不行於世而民之失其養者日多風俗亦日衰薄然而萬古一心萬心一理田制壞而此心不與之俱壞宗道廢而此心不與之俱廢仁人君子苟充其一念之良心推吾有餘資彼不足使得遂其生而發其油然親愛之心豈非禮之以義起者哉是則生乎千載之下猶爲三代之民也傳曰一家仁一國興仁一家讓一國興讓有能慕沈君之爲而興起焉將見各人親其親而周宇之内無一夫不獲其所矣子子孫孫勿替引之善繼善述者所宜盡心也戚戚兄弟莫遠具邇秉彝之良心誰獨無之予弗辭而爲之記者匪徒以勗沈君之後人纂承而弗墜亦以爲富而好禮者之勸也

耕讀堂記

鄭子美

鮑生淶築室於所居之前爲委積之所暇則弦歌其中名以耕

讀請記於予予未有以記也客有疑鮑生者問於予曰耕田農夫野人之事讀書士君子之所以爲學也鮑君欲比而同之不亦難乎予曰噫子之言謬矣夫古之時一夫受田百畝無不耕之士家有塾黨有庠術有序無不學之人秦廢井田開阡陌焚詩書坑學士先王之道熄矣漢興雖致隆平之治卒不能以復淳古之風而士農分矣於是從事於學者則不知稼穡之艱難從事於農者則不知禮義之所從出後世有能晝耕夜讀以盡人道之常者人至以爲異而稱之其去古道益遠矣鮑生從予遊粗知好古人之道故能耕田以養其親讀書以脩其身使比屋之人皆如鮑生皆盡耕田之力皆有讀書之功則人情自厚風俗自淳雖復三代之制不難矣子何疑焉鮑生進曰先生斯言非記乎請書而刻之屋壁

秋亭記　陳衆仲

余識桂莊企顏於其從弟德明氏之館企顏村茂喜讀書未嘗有紛華之慨一日出李昭文所書秋亭二字謂余曰故燕城南邊多隙壤吾宅在焉秋亭則吾圃中之小亭清泉流其北廢壘峙其南若山然吾仕而歸則服勤於樹藝之事臨流濯足而休于斯亭則與客論遺經以究理義之奧或對酒雅歌吹簫以寫其爽猶之悰亭無時不宜而獨以秋言者則以爲京師之名園美地佳花勝卉皆有力者之所能致而花卉盛時車馬日集則又皆富者之專賞也吾不得與焉然而秋風搖落之餘園空池冷游者亦無寓其目矣顧吾亭前之松檜則鬱乎其青亭後之竹則猗乎其綠丹楓緗菊之錯出於其左右是吾亭於秋爲獨宜蓋貧賤之所遭亘不足於暄妍之姿而富貴之所樂者曾不足以禦夫霜日之變故吾雖不得於彼寧甘處吾之所能有者焉豳風之詩不以正月首章而數以七月言者所以虞卒歲而謹

始於此也世之人當春夏之時亦有凉秋之思者乎企顔所居金源氏之遺址蓋昔日繁華之地也庸詎知後人之因寂寞而爲亭以行其秋乎企顔之所以秋名其亭所思者遠矣企顔名師孟今爲方城主簿云

雪所記

中書左司都事李君仲賢治琴書之室于所居之南因以娱賓客也室無斲雕藻繪之觀以素楮承塵而旁施于四壁户牖入是室者晃然如在雪中及題室曰雪所至元再元之五年十有一月五日雪止余適至其所客有問於予曰冬者民隩之時也仲賢顧欲所乎雪何哉予應之曰子不見夫綏綏而下璀璀而集者乎山川原野城郭邑屋以至荒絶無人之境未嘗有所不被拂焉而瑩潴焉而穢黷焉而莫名其類者皆轉而爲瓊瑶之田玕琪之圃是能以皎皎潔潔而變乎世之汙濁者雪何與人

人哉且玄陰塞乎九埜微陽錮乎厚坤層氷嵯峨凍木僵立於斯時也山澤之氣盎然上行布爲大雲散爲蜚霙乘回風於曲戶映明月於廣樹有以見陰陽之和致五穀之精著見於閉藏之日所謂豐年之兆太平之象也雪何負於人哉仲賢以明粹之姿清白之操戢斂華要及物之志行矣今處學相之地前履正路以皎皎潔潔而變乎世之汙濁者不在仲賢乎佐天子贊大臣燮理陰陽以登豐年之慶太平者又不在仲賢乎然則雪何所不止在茲室矣余惟恐是所之不大也而客以爲疑仲賢聞而笑曰子之言過高非吾之所知也雖然不敢不勉也卒爲我記因書與客言者識諸壁

寶經堂記　　程以文

世以珠玉爲寶以丹砂空青金膏水碧爲物外之奇寶未嘗以經爲寶也聖人之大寶曰位諸侯之寶三土地人民政事卜人

寶龜武夫寶刀劒士有文房之寶楚國之於善晉公子之於仁親鄭子產之於不貪皆以所貴重者寶之亦未聞寶經者也故贈太常院判楊公之家獨以寶經名其堂楊公之言曰經者聖人傳道之書以爲教於天下儒者相與世守之天下之貴重莫尚焉則亦儒者之寶也易以道陰陽書以道政事詩以道性情春秋以道名分四者經之大者也天地之大日月之明四時之運行萬物之化生二帝之所讓三王之所因五伯之所爭奥之爲仁義道德顯之爲禮樂刑政莫不於是焉徵之信乎百王之大法萬世之權衡也哉是故易之教行則陰陽理而天道昭矣書之教行則政事舉而世道隆矣詩之教行則性情正而人道得矣春秋之教行則名分立而王道著矣有天下國家者得之則興失之則傾豈非至貴重而可寶者歟舉天下將無以尚之又惡得而不寶之也世之人惟知珠玉丹砂空青金膏水碧之

爲寶也故寶之不知聖人之經故不知寶也聖人之經有甚於珠玉丹砂空青金膏水碧之寶苟知寶聖人之經則世之寶不足寶矣世之寶不足寶而後聖人之經始寶於天下吾自先世以來寶之至於今日又將傳諸子孫是以有此堂也盜賊過之而不顧勢利臨之而不奪厚其藏而人不以爲貪用之終身而無憂其爲寶也不既大矣乎公由宣文閣博士遷國子司業請書而揭諸堂上以示德訓文竊以爲今之世迺有楊公者何其好惡與人殊也人之所重我之所輕人之所輕我之所重林回棄千金之璧負赤子而趨璧爲輕赤子重也諸將爭走秦府庫蕭何獨收圖籍圖籍爲重府庫輕也明輕重之等識去取之義非知道者其誰能之楊公其亦高世之士哉宜乎卓然名家爲時儒宗振光揚聲享有禄爵也昔韋元成父子俱以明經致位丞相鄒魯諺曰遺子黄金滿籯不如教子一經寶經之意其兆

於此矣文又以期楊氏之遠也是堂也儲書萬卷諸子百氏無不有曰寶經尊經也大常學者稱之靜適先生

樂道齋記

洪武胡仲申

斯君文壽來自行御史臺留郡邸搢紳與之游者稱君之美而告於余曰斯君國學生也以才能推擇爲時用其志未嘗不在詩書俎豆間故有齋曰樂道願先生一言以相其志余聞之駭且愧鄙人於道未欵啓也斯君之所樂者鄙人何足以知之將以言其麤也則鄙人之屐迹未嘗及君之門目未嘗擊其輪奐之美二者何居雖然昔者嘗私淑之矣天下之可以快耳目娛心志者其爲物至夥而君子弗好之弗好之則弗樂之君子之所樂者雖重珪累組不足以爲貴萬鍾千駟不足以爲富君子所樂者舉天下之物不足以踰之先乎天地而不見其始後乎天地而不見其終行乎日用而無乎不在是故三皇得之以立

人極五帝得之以顯人文禹得之以紹舜湯得之以華夏文武得之以造周伊尹得之於野成湯舉之顏淵得之於陋巷孔子稱之孔子得之而人莫知之故孔子得之最深而不知老之將至孔子之徒既殁由是而得者鮮矣更千五百年而周茂叔令其門弟子求之其弟子程伯淳求之其後朱仲晦繼之然皆引而不發由是而知者鮮矣吾嘗求之天地天地高厚而無窮於是而求之日月日月循環而無端於是而求之四時四時變化而不測於是而求之萬物萬物生生而無息於是而求之吾身吾身至近若或得之耳目視聽熒于聲色口悅芻豢體好安逸於是克而治之心通乎神性命乎天至微至賾無物不該於是存而養之克治存養日求不足於是而勉強以繼之勉強猶人也非天也故求三十年矣志勤力勤而未之憮也今君乃得以名其齋其盎若飲醇酎乎酒若聆廣樂乎若登春臺而熙熙乎

若游康衢而皞皞以爲徒乎是未可知也吾又烏足擬諸形容哉爲我謝斯君國家軍旅之事方興而君車馬有行色余不敢請問也君子先天下之憂而憂後天下之樂而樂古之義也君奉職思其居以報國家天下安而後臣子得遂其私他日退而燕處是齋由余言以求余之所不言其尚何如哉其尚何以哉

宋九賢遺像記　宋景濂

濂溪周子顔玉潔額以下漸廣至顴而微收然顴下豐腴脩目末微聳須疏朗微長頰上稍有髯三山帽後有帶紫衣褒袖緣以皂白内服緣如之白裳無緣舄赤袖而立清明高遠不可測其端倪明道程子色微蒼其瑩貌長微有顴眉目清峻氣象粹夷髯四垂過領袍土黄色無緣内服領以白皂縚帽簷高白履和氣充浹望之崇深伊川程子貌勁實顴微收色白黄而澹目有稜角髯白而稍短在頰者乃短而翩翩若飛動帽袍與履咸

如明道儼而立剛方莊重凜然不可犯康節衍子色微紫廣顙身頎然有顴特然其下癯骨爽而神清須長過領內服皂領有襄圍之袍緇履如伊川聳肩低袖手立而睨視坦而莊和而能恭横渠張子面目以下微滿而後收色黃須少短微濃衣帽類康節履亦如之高拱正立氣質剛毅德盛而貌嚴溫國公司馬子色黃貌癯目峻準直須疎而微長半白在耳下者亦半垂耳輪闊微向面幅巾深衣大帶加組方履黑質白絇繶純綦前微下而張拱揖露袪外有至誠一德不以富貴動其心之意晦庵朱子貌長而豐色紅潤髮白者半目小而秀末脩類魚尾望之若英特而溫煦之氣可掬須少而棘亦強半白鼻與兩顴微齄齄微紅右列黑子七如北斗狀五大二小六在眉目旁一在顴別一在唇下須側耳微聳毫生竅前冠緇布冠巾以紗上衣皆白以皂緣之裳則否束緇帶躡方履履如溫公拱手立舒而能

恭南軒張子姿貌恢偉眉目森秀白而潤豐下少須神采煒然椰冠紗巾道服青皂緣繫以縚履白坦蕩明白使人望而敬之東萊呂子形貌豐偉顔色溫粹眉厚而秀髭淺而清衣道服皂緑冠幅巾躡皂履望之似嚴毅就之如入春風中金華宋濂曰天生九賢盖將以明斯道也今九原不可作矣濂竊思之而無以寄其遐情輒因世傳家廟像影參以諸家所載作九賢遺像記時而觀之則夫道德冲和之容儼然於心目之間至欲執鞭從之有不可得於戲九賢亦夫人也

慈孝庵記

古者萬民之墓地同於一處故設墓大夫正其昭穆之位掌其爵等小大之數分其地使各有區域而得以族葬之自世道既降而相墓巫之説興謂枯骴足以覆燾乎後昆謂禍福賤貴盡繫乎岡巒之離合丘陵之佪嚮一以此鉗劫愚俗而專竊墓大

夫之政柄世之欲葬其親者輒斂容屏氣伺候巫之顔色巫曰此可葬雖踰都越邑匍匐而從事巫曰不可葬雖近在居室之傍百利所集者亦割忍而爲去之致使父子兄弟本一氣也一在天之南一在地之北吾不知其何説也安得卓識者出相與攻其謬妄也哉余方爲斯歎而同里張君榮忽以書來曰吾父毋既没葬於家東北一里黄塢之原既而吾兄又捐館舍吾則以謂吾兄父毋之子也其生未嘗頃刻離膝下死後而他瘞之死者無知則已脫或有知焉吾恐其心當愀然不寧也迺於父毋之側攻位而藏之吾父毋藏於是吾兄復藏於是吾夫婦幸未死他日或溘先朝露去將焉之又於兄之側十步預作二竁以俟而别建庵廬號曰慈孝俾學佛者守之吾知父子之親如是而已巫之言雖巧如簧吾固掩耳而弗願有聞也嗚呼余嘗歎人之所見不能盡同故雖有藴於中而不敢揚言於人竊不

自意張君之見已能與余同推而至於四海之廣九州之衆其見之同者又惡知無其人耶使同者至於十百焉或千萬焉則巫之舌不能勝而古者族葬之説可以漸復矣矧中原士大夫家多以昭穆序葬唯其行汚於先人者始異其兆域其衣冠之蟬聯在在有之人之富貴利達其不繫於地也昭昭矣柰之何怵於淫書末伎而眩惑於是非也嗚呼若張君者其可謂卓識之士非耶庸因請記庵之成緒而攄其所見如此知言之士必有取焉庵之經始以巳酉正月落成以五月張君名榮字叔茂金華蓮塘人

知學齋記　王子充

人不可以不學而非所當學不可以爲學知所當學而學焉斯可以言學矣所當學者何聖人之道是也聖賢遠矣而其典籍具在其言可考其道可求勉焉以至也知其學而學焉雖未至

於聖賢蓋亦聖賢之徒也夫人莫不有是性也有是性則有是才盡其性而充其才者聖賢之所以爲學也性者萬物之一原非有我之得私也盡性則理之在我者無不明而視天下無一物之非我矣子思曰唯天下至誠爲能盡其性能盡其性則能盡人之性能盡人之性則能盡物之性夫謂之盡人盡物之性則天下含智之人肖翹之物舉必待我以遂其生樂其所矣所以然者由我之盡性而又由我之才有以應之也是故家國天下之事衆多不易爲也而所以品節彌綸之者非才則莫有以應之周子曰才與誠合則周天下之治也蓋盡諸已而及乎人物者性之所以盡也盡乎人物而本諸一已者才之所以充也性出於天才出於氣而氣亦天也盡其性充其才則有以合乎天矣合乎天而無間焉則與天爲一矣而其至於是也亦本於誠而已矣是故盡性至命未有不本於孝弟也窮神知化未有

不由通於禮樂也大至於位天地育萬物而實不外乎屋漏之無愧妙極乎危微執中之奥而實不離乎匹夫匹婦之所知自小學以底大成本末雖殊而無二致自一己以對天下體用雖别而皆一理所推者廣而所守者可謂簡所行者若近而易知而所任者不可不謂遠且重也此聖賢之學所以爲天地立心爲生民立命爲往聖繼絶學爲萬世開太平者也堯舜禹湯文武之爲君臯陶伊傅周召之爲臣孔子顔曾思孟之所以爲教者其不以此也歟嗚呼三代以還聖賢之學於是不明不行也久矣當戰國時蘇張以縱横之學行管商以功利之學顯申韓以刑名之學見楊墨以異端之學名及漢有黄老清淨之學有專門訓詁之學有災異之學有讖緯之學至晋有清虚之學至梁有佛氏之學至于隋唐又有習爲辭章之學百家之所立各奮其私説一代之所尚皆徇爲時好道術爲天下裂至于宋盖

千數百年其間如荀卿楊雄董仲舒賈誼王通韓愈氏歐陽脩氏庶幾明聖賢之學矣而其道不大顯諸葛亮陸贄范仲淹司馬光蓋欲行其學矣而亦未能以有爲也惟舂陵周子者出始有以上續千載不傳之緒河南兩程子承之而後二帝三王以來傳心之妙經世之規煥然復明於世關西張子因之崇執禮之教考三代以示方來推一鄉以達天下皆可謂卓哉聖賢之學者矣迨考亭朱子又集其大成以折衷之廣漢張子東萊呂子皆同心僇力以閑先聖之道而當其時江西有易簡之學永嘉有經制之學永康有事功之學雖其爲說不能有同而要皆不詭於道者豈不皆可謂聖賢之學矣乎易曰智周乎萬物而道濟天下故不過此聖賢之學所以爲盛也知足以知一偏而不足以盡萬物之理道足以爲一方而不足以適天下之用此百家之所立一代之所尚其學所以不足貴也人莫不有耳目

肺腸也而莫不誘於高遠蔽於淺陋天之與我可以爲聖賢者不能以自信也有能知性之具於己者不可不盡才之盡乎人者不可不充篤信實踐而本之以誠焉雖未至於聖賢豈不可謂聖賢之學者歟吾友天台徐君大章非其學不學而慨然有志於聖賢之道者也故名其所居之室曰知學嗟乎君子之於學豈徒知之而已乎知之則必能好之好之則必將至之以不止勉焉以求其至可也吾故推本聖賢之學與大章商略之大章亦尚有以教我而同底于成哉

游白鹿洞記

余到郡已數月欲至白鹿洞甚渴左右謂余言往時荆棘塞路不可往頃因伐大木往者衆路乃始通然路上虎縱横苟欲往非多擁騶從不可用是欲行輒復止會行省檄郡府取大木余因挾星子令及都昌主簿彭能領丁夫與同往去郡北十五

里至羅漢寺路分兩峧由東入棲賢谷西則至白鹿洞也比至兩山勢回合當其合處澗水出焉過澗逾小嶺嶺有鈌若關門然入關路循澗北並入轉澗南北良田也約三二里乃至書院遺址正當五老峯下書院燬已十五年樹生瓦礫間大且數圍前有石橋曰桃流過桃流則從列女廟登北岡岡上有大杉木六七百年物也有司今盡伐爲御殿物矣於是書院所存者獨此二橋從卒指殿堂齋廡及風泉雲壑樓故處以告甚歷歷慨想昔日規制不可見惟聞山鳥相呼鳴山谷虛餘韻悠揚恍類弦歌聲或云從此右折東南逾重岡行二三里乃至所謂白鹿洞却從洞後復右折陟嶺乃可到尋真觀望水簾也不果往徘徊久之而還按白鹿洞唐李渤讀書處也南唐昇元中始即其地爲學給田以養其徒所謂廬山國學也宋初天下未有學惟有四書院睢陽石鼓岳麓及白鹿洞也太平興國二年嘗賜白

鹿洞九經當時學者數百人至崇寧末乃盡廢及淳熙七年考亭朱文公爲郡始斥其舊而大之又定爲學規示學者來學者益衆而白鹿洞之盛出他書院右自後守其成規二百年如一日也而聰廢今乃如此余亦無如之何也余嘗怪世之爲佛老氏之學者其宮室一廢壞輒脩舉之不旋踵豈佛老氏之學能盛於儒者哉蓋爲其徒者有勤行之意堅持之操能必其成故也至於世儒習聖人之道常懈散不自振不能以有爲而聖人之道顧因委棄鬱塞而不得行嗚呼此其弊也非一日之積矣予於是蓋重歎之也

南康大老堂記

彭蠡之上有山巍然而起蜒然而止者曰廬山禹貢所謂敷淺原也後世匡俗結廬居之故名廬阜或云古有匡先生隱其上故後名匡廬而世又稱之爲廬山也蓋自昆侖分支南爲衡嶽

以作鎮荆楚旣又分支者二東南爲五嶺而東北廬山山之延
袤非甚廣也凝峙非極高也而扶輿旁薄之氣來之悠遠聚之
頓特鍾英精粹結體巉峭故望重於世而昔人以衡廬並稱之
然其陰土燥石枯岡阜並出以扼大江東來之勢是爲九江其
陽則千巖萬壑土木秀潤是爲南康富山之西來也其勢方崇
而遽止爲峯者五嶄然雄絶爲五老峯五峯之麓散爲群岡蜿
蜒南行二十里前臨彭蠡乃止其中一岡所止獨稍後南康郡
治焉即郡治而望之其左旁諸岡遡流前揖而右抱狀若城郭
五老列其後如屏障然相傳郡故濵湖爲治其徙置今所實始
於考亭先生朱夫子先生以淳熙六年來爲守八年去官二年
之間政效大著其遺愛之在人餘蹟之在物距今二百年故未
泯也先生之去後人尊賢尚德之意無所表見乃作堂聽事之
東名之曰六老蓋以先生配五老而爲六也嗚呼自天地開闢

即有茲峯而南康由路爲府前後爲守者不知幾何人而後人獨以先生與諸峯並稱是區區者誰實使之故嘗聞之堯舜禹湯文武周公相傳之道至於孔子乃集其大成孔子一再爲曾子子思孟子而遂絶周子二程子復續其傳而道以南至於朱子又集其大成朱子之道所謂窮天地亘古今而永長存者以之配茲峯而爲稱固出於人心之實見非偶然也夫何十年以來兵火荐臻郡治廢毁久不加理禕來同知府事乃請于行中書省得民屋之沒官者五楹間建之於廳事之後因仍六老之名名之詩曰高山仰止景行行止固亦承學區區之志也是役也前知府呂侯明今知府孟侯欽及通判羅君順理經歷徐君泰知事姬君權皆協力贊成之歲丁未夏四月十三日則成之年月日也

國子學同官記　蘇平仲

乙巳秋

詔即應天府學爲國子學設師弟子員其博士助教正録非有

德望邃於經術者不得登用維時博士則

上親擢金華許君存仁爲之丙午春以章貢劉君宗弼爲博士臨安李君宗表河南張君用周濟寧潘君文秀爲助教高昌完君彥明爲學正廣信鄭君一中金陵杜君叔循爲學録臨江張君以誠爲典膳其夏用周除淮安衛參謀其秋彥明除建平知縣以誠除管瀆場管勾其冬一中除上海縣丞繼用周則廣平郭君可久繼彥明則南昌李君克正繼以誠則章貢呂君仲善繼一中則東陽張君孟兼而余以七月忝授學録丁未秋學陞正四品始設祭酒司業典簿員即拜存仁祭酒宗弼司業錢塘陳彥博由元翰林編脩署典簿浚儀陳君子方由元進士署博士棣州高君仲暉由

太子伴讀署助教而余亦忝進學正補余處則吳興張君伯淵也其後存仁謫韶州宗秀拜浙江按察僉事子方拜江西按察僉事彥博遷太常博士宗表以事罷去叔循遷太常贊禮仲暉陞磨勘司令伯淵陞磨勘司丞仲善陞太常典簿士亞兼陞祠部主事余轉翰林國史院編脩官辭疾不上今在官者祭酒則梁先生以

太子賓客兼博士則汴梁李君叔允典簿則濟南周君中助教則上蔡朱君原禮合文秀可允克正爲七人而叔允原禮入東宮兼伴讀云自余爲國子官屬於斯之二十一人者皆獲托官聯而與之遊亦一時之幸哉然甫六年而升沉出處去就離合不齊已若是況於他日乎此余之所以慨然也因爲之記歸田後時覽觀其姓氏庶用自慰焉來者尚考其平生以議擬其得失亦未必不有取於斯也梁先生名貞字叔亨會稽人劉君名

丞亞周君名循理潘君名時英郭君名永高君名暉朱君名明復完君名完哲鄭君名貫杜君名環其名如其字者許君名君汴梁李君及東陽臨江兩張君名宗義則浚儀陳君名世昌則錢塘陳君名濟則河南張君名溥則吳興張君曄者臨安李君名也宗順者南昌李君名也余名伯衡字平仲眉山人

芸香樓記

謝原功

吾邑徐君季子購書之多也作樓以藏名之曰芸香而屬記於余余嘗登所謂芸香樓者即季子縱觀群書蓋閱月而不能徧信乎其多書也夫多書而不能徧觀則蠹易以生蠹生而不以芸香辟之則文殘字缺無完書矣然則書之完者固有賴於芸香也此斯樓所以名歟夫樓者藏書者也芸香者辟書之蠹者也而書者道之所載者也載道何書乎經史百氏皆是也古者三皇之立極也二帝之敷教也三王之尚忠質文也五伯之假

仁也其禮樂刑政顧弗布於易書詩春秋乎君子即遺經則知夫皇帝王伯之道有隆汚也雖伯如漢雜夷如唐倣先王而事未備如宋與夫秦項之暴殘新室晉隋之篡弑戰國七雄三國南北朝五季之分裂僭奪顧弗紀於諸史乎君子即諸史則知夫百代之於道有得失也嗚呼斯道之傳自皇而帝而王至于孔子不得君師之位以撥亂反正而行其禮樂刑政於天下也於是繫易序書刪詩作春秋以爲百王法然繼春秋而爲史惟朱子綱目筆削之公不爽其法而馬遷先黄老後六經班固輕仁義賤守節司馬統魏歐陽以周亂唐固無取也繼易書詩孔子而言性惟孟氏周子二程張朱以仁義禮智爲固有而氣質則不齊能發其奥而荀卿所謂惡楊雄所謂善惡混韓愈所謂有三品固無取也夫無取也者豈非以其講道未明而論著不能不謬於聖人乎是以君子之所學則願學孔子也孔子已殁

學之奈何即其書明其道反之其身可也如是則進而得政可復三代退而立言足訓萬世蓋無非斯道之所發也豈彼俗儒所能與於此哉吾知季子不以此而易彼也不然讀書雖多亦不足尚況藏書乎余願從季子之後而勉力焉因書以爲芸香樓記

石經堂記

朱伯賢

石經堂者河南褚奐士文之所築也士文博雅好古尤精篆隸法有時名築堂古吳山之勝蓄圖書載籍及古法書名刻庋而藏之題其額曰石經表所尚也夫聖人之道具在於經彝倫之懿昭如日月炳炳與天地相終始誠可尚已周轍既東遭秦虐燄漢興博士經生掇拾煨燼之餘斯文益未喪也蔡邕以東觀議郎銳志復古乃與其徒陽賜韓說單颺正定舛謬手書刻石天下後世抑何幸歟石經初置東觀學者歆嚮北齊徙于鄴隋

復徙長安至唐初十亡八九距今又七百餘年矣世之好事者所藏隻字片幅多至三二卷況皆脫散弗全讀不能句所寶者唯字畫耳會稽蓬萊閣舊有石經遺字碑亦破缺磨滅乃後人翻本非東觀故物也予他所見筆法點畫往往亦各異體先輩嘗攷石經蓋當時能者所書而邕綜裁是正非盡出邕手識者以爲確論梁武評邕書骨氣洞達爽爽如有神唐張懷瓘評書至八分唯邕一人皆以其所見筆意字法論也褚君於隸既工宜尊石經以表名堂之義顧不韙歟嗟夫實以名著名由實生人心所尚唯懼弗彰故姬公得嘉禾以名其書漢武得鼎以名其年有由然矣褚君得石經以名堂不既安矣乎遂爲之記

筆議軒記　貝廷臣

瓊從銕崖楊公在錢唐時公讀遼金宋三史慨然有志取朱子

義例作宋史綱目且命瓊曰宋南北三百年間載籍視前代尤繁爾及諸門生當與吾共成之瓊因告曰孔子作春秋雖據舊史而十二公之事有得於見聞及傳聞之辭故筆削褒貶一斷於心而垂法萬世今生百年之後而欲窺定百年之前宜不易也昔歐陽子居史館嘗論本朝之史有可書而不得書有欲書而不敢書史官務脩前事不及詳於見聞而趙元昊自僭叛至稱臣一事不書他可知矣由是觀之當時君臣善惡功過廢置百事關大體者舉不得直書爲勸戒乃據以定褒貶惡敢犯天下不韙之罪哉公以爲然且曰考之書質之人當必爲之尋値兵變流離散處閱十五年復會於雲間公又曰吾宋史綱目已有成書中又有可論者未敢出也嗚呼公之學下上古今貫穿百家其論事直而不詭足以追遠遷董而其慎重如此一日何溪彭宗璉氏過瓊淸江讀書所求記所謂筆議軒者而公且以

宋太祖之禍爲趙普之罪高宗不復中原爲張浚之罪以至韓通李筠李重進以下凡五十餘人悉授之俾有所論焉因觀所著則皆祖於龍川水心而其言鑿鑿合於人心天理之正使死者復生亦不爲過可見其爲有識之士而權衡素定於胷中故敢爲予之所不敢爲也龍川論唐己未庚申之變太宗忍於同氣此天實爲之而非其過可謂曲文其短而乖於誼宗璉於建隆二年杜后疾革一事不特誅后私其所出且誅太祖不知公義趙普無忠告之言君子固無以易之矣其全書既出獲盡觀前古得失之大義豈非幸歟雖然天禍人刑亦作史者所畏蓋必有如歐陽子所陳者宗璉其戒之哉故樂爲之記而首舉其與公前所言者云

文章辨體卷之三十一

文章辨體卷之三十二

海虞後學吴訥編集

序一

詩大序　　卜子夏

關雎后妃之德也風之始也所以風化天下而正夫婦也故用之鄉人焉用之邦國焉風風也教也風以動之教以化之詩者志之所之也在心爲志發言爲詩情動於中而形於言言之不足故嗟歎之嗟歎之不足故永歌之永歌之不足不知手之舞之足之蹈之也情發於聲聲成文謂之音治世之音安以樂其政和亂世之音怨以怒其政乖亡國之音哀以思其民困故正得失動天地感鬼神莫近於詩先王以是經夫婦成孝敬厚人倫美教化移風俗故詩有六義焉一曰風二曰賦三曰比四曰興五曰雅六曰頌上以風化下下以風刺上主文而譎諫言之

者無罪聞之者足以自戒故曰風至于王道衰禮義廢政教失國異政家殊俗而變風變雅作矣國史明乎得失之跡傷人倫之廢哀刑政之苛吟詠情性以風其上達於事變而懷其舊俗者也故變風發乎情止乎禮義發乎情民之性也止乎禮義先王之澤也是以一國之事繫一人之本謂之風言天下之事形四方之風謂之雅雅者正也言王政之所由廢興也政有小大故有小雅焉有大雅焉頌者美盛德之形容以其成功告於神明者也是謂四始詩之至也然則關雎麟趾之化王者之風故繫之周公南言化自北而南也鵲巢騶虞之德諸侯之風也先王之所以教故繫之召公周南召南正始之道王化之基是以關雎樂得淑女以配君子憂在進賢不淫其色哀窈窕思賢才而無傷善之心焉是關雎之義也

泛沔州城南郎官湖詩序　唐李太白

乾元歲秋八月自遷於夜郎遇故人尚書郎張謂出使夏口沔州牧杜公漢陽宰王公觴于江城之南湖夜永月朗清光可掇張公乃顧白曰此湖古來賢豪遊者非一而枉踐佳境寂寥無聞夫子可爲我標之嘉名以傳不朽白因舉酒酹水號之曰郎官湖亦由鄭圃之有僕射陂也席上文士輔翼岑靜以爲知言乃命賦詩紀事刻石湖側將與大別山共相磨滅焉

陰陽書序

呂才

宅經之書近世巫覡妄分五姓如張王爲商武庾爲羽似取諧韻至於以柳爲宮以趙爲角又復不類或同出一姓分屬宮商或複姓數字莫辯徵羽此則事不稽古義理乖僻者也至若祿命之書多言或中人乃信之然長平坑卒未聞共犯三刑南陽貴士何必俱當六合今亦有同年同祿而貴賤懸殊共命共胎而夭壽更異按魯莊公法應貧賤又尪弱短陋惟得長壽秦始

皇法無官爵縱得祿少奴婢爲人無始有終漢武帝後魏孝文帝皆法無官爵宋武帝祿與命並當空亡唯長子雖有次子法當早夭皆祿命不驗之著明者也若夫葬法孝經云卜其宅兆而安厝之蓋以窀穸既終永安體魄而朝市遷變泉石交侵不可前知故謀之龜筮近歲或選年月或相墓田以爲一事失所禍及死生按禮天子諸侯大夫葬皆有月數是古人不擇年月也春秋九月丁巳葬定公雨不克葬戊午日下昃乃克葬是不擇日也鄭葬簡公司墓之室當路毀之則日中而窆子產不毀是不擇時也古之葬者皆於國都之北兆域有常處是不擇地也今葬書以爲子孫富貴貧賤壽夭皆因卜葬所致夫子文爲令尹而三巳柳下惠爲士師而三黜計其丘隴未嘗改移而野俗無識妖巫妄言遂於擗踊之際擇葬地以希官爵荼毒之秋選日時以規財利或云辰日不可哭泣遂莞爾而對乎客或云

同屬忌於臨壙遂吉服不送其親傷教敗禮莫斯爲甚也

送孟東野序　韓退之

疊山云此序凡六百二十餘字而鳴字三十有九讀者不覺其繁盖其句法變化凡二十九樣有頓挫有升降有起伏有抑揚如層峰疊巒驚濤怒浪愈讀愈可喜

大凡物不得其平則鳴草木之無聲風撓之鳴水之無聲風蕩之鳴其躍也或激之其趨也或梗之其沸也或炙之金石之無聲或擊之鳴人之於言也亦然有不得已者而後言其謌也有思其哭也有懷凡出乎口而爲聲者其皆有弗平者乎樂也者鬱於中而泄於外者也擇其善鳴者而假之鳴金石絲竹匏土革木八者物之善鳴者也維天之於時也亦然擇其善鳴者而假之鳴是故以鳥鳴春以雷鳴夏以蟲鳴秋以風鳴冬四時之

相推敚其必有不得其平者乎其於人也亦然人聲之精者爲言文辭之於言又其精也尤擇其善鳴者而假之鳴其在唐虞咎陶禹其善鳴者也而假以鳴夔弗能以文辭鳴又自假於韶以鳴夏之時五子以其歌鳴伊尹鳴殷周公鳴周凡載於詩書六藝皆鳴之善者也周之衰孔子之徒鳴之其聲大而遠傳曰天將以夫子爲木鐸其弗信矣乎其末也莊周以其荒唐之辭鳴楚大國也其亡也以屈原鳴臧孫辰孟軻荀卿以道鳴者也楊朱墨翟管夷吾晏嬰老聃申不害韓非眘到田駢鄒衍尸佼孫武張儀蘇秦之屬皆以其術鳴秦之興李斯鳴之漢之時司馬遷相如楊雄最其善鳴者也其下魏晉氏鳴者不及於古然亦未嘗絕也就其善鳴者其聲清以浮其節數以急其辭淫以哀其志弛以肆其爲言也亂雜而無章將天醜其德莫之顧邪何爲乎不鳴其善鳴者也唐之有天下陳子昂蘇源明元結李

白杜甫李觀皆以其所能鳴其存而在下者孟郊東野始以詩鳴其高出魏晋不懈而及於古其他浸淫乎漢氏矣從吾游者李翺張籍其尤也三子者之鳴信善矣抑不知天將和其聲而使鳴國家之盛邪抑將窮餓其身思愁其心腸而使自鳴其不幸邪三子者之命則懸乎天矣其在上也奚以喜其在下也奚以悲東野之役於江南也有若不釋然者故吾道其命於天者以解之

送許郢州序

疊山云于頔乃一貪酷吏韓公作序以諷諫雖以刺史觀察對説下字皆有權度一私於其民一急於其賦可見刺史之仁觀察之不仁辭意輕重不待校量而知末又勸刺史寬其縣其議公平其意圓備矣

愈嘗以書自通於于公累數百言其大要言先達之士得人而託之則道德彰而名問流後進之士得人而託之則事業顯而爵位通下有矜乎能上有矜乎位雖恒相求而不相遇于公不以其言爲不可復書曰足下之言是也于公身居方伯之尊蓄不世之材而能與卑鄙庸陋相應答如影響是非忠乎君而樂乎善以國家之務爲己任者乎愈雖不敢私其大恩抑不可不謂之知己恒矜而誦之情已至而事不從小人之所不爲也故於使君之行道刺史之事以爲于公贈凡天下之事成於自同而敗於自異爲刺史者恒私於其民不以實應乎府爲觀察使者恒急於其賦不以情信乎州縣是刺史不安其官觀察使不得其政財已竭而斂不休人已窮而賦愈急其不去爲盜也亦卒矣誠使刺史不私於其民觀察使不急於其賦刺史曰吾州之民天下之民也惠不可以獨厚觀察使亦曰某州之民天下

之民也歛不可以獨急如是而政不均令不行者未之有也其前之言者于公既已信而行之矣今之言者其有不信乎縣之於州猶州之於府也有以事乎上有以臨乎下同則成異則敗者皆然也非使君之賢其誰能信之愈於使君非燕游一朝之好也故其贈行不以頌而規

送董邵南序

西山云此篇言燕趙之士仁義出於其性乃是反其辭以深譏其不臣而習亂之意故其卒章又為道上威德以招徠其旨微矣

燕趙古稱多感慨悲歌之士董生舉進士連不得志於有司懷抱利器鬱鬱適茲土吾知其必有合也董生勉乎哉夫以子之不遇時苟慕義彊仁者愛惜焉矧燕趙之士出乎其性者哉然吾嘗聞風俗與化移易吾惡知其今之不異於古所云邪聊以

吾子之行卜之也董生勉乎哉吾因子有所感矣爲我弔望諸君之墓而觀於市復有昔時屠狗者乎爲我謝曰明天子在上可以出而仕矣

贈崔復州序

有地數百里趨走之吏自長史司馬已下數十人其祿足以仁其三族及其朋友故舊樂乎心則一境之人喜不樂乎心則一境之人懼丈夫官至刺史亦榮矣雖然幽遠之小民其足跡未嘗至城邑苟有不得其所能自直於鄉里之吏者鮮矣況能自辨於縣吏乎能自辨於縣吏者鮮矣況能自辨於刺史之庭乎由是刺史有所不聞小民有所不宜賦有常民產無恒水旱癘疫之不期民之豐約懸於州縣令不以言連帥不以信民就窮而斂愈急吾見刺史之難爲也崔君爲復州其連帥則于公崔君之仁足以蘇復人于公之賢足以庸崔君有刺史之榮而無

其難爲者將在於此乎愈嘗辱于公之知而舊游于崔君慶後
人之將蒙其休澤也於是乎言

贈張童子序

迂齋云想當時贈童子者惟褒美耳童子得此一
鞭安得不進進於善哉

天下之以明二經舉於禮部者歲至三千人始自縣考試定其可舉者然後升於州若府其不能中科者不與是數焉州若府總其屬之所升又考試之如縣加察詳焉定其可舉者然後貢於天子而升之有司其不能中科者不與是數焉謂之鄉貢有司者總州府之所升而考試之加察詳焉第其可進者以名上於天子而藏之屬之吏部歲不及二百人謂之出身能在是選者厥惟艱哉二經章句僅數十萬言其傳注在外皆誦之又約知其大說繇是舉者或遠至十餘年然後與夫三千之數而升

於禮部矣又或遠至十餘年然後與夫二百之數而進於吏部矣班白之老半焉昏塞不能及者皆不在是限有終身不得與者焉張童子生九年自州縣達禮部一舉而進立於二百名之列又二年益通二經有司復上其事繇是拜衛兵曹之命人皆謂童子耳目明達神氣以靈余亦偉童子之獨出于等夷也童子請於其官之長隨父而寧母歲八月自京師道陝南至虢東及洛師北過太河之陽九月始來及鄭自朝之聞人以及五都之伯長群吏皆厚其餼賂或作詞詩以嘉童子童子亦榮矣雖然愈將進童子於道使人謂童子求益者非欲速成者夫少之與長也異觀少之時人惟童子之異及其長也將責成人之禮焉成人之禮非盡於童子所能而已也然則童子宜暫息乎其已學者而勤乎未學者可也愈與童子俱陸公之門人也慕回路二子之相請贈與處也故有以贈童子

送浮屠文暢師序

疊山云中間自民之初生而下義理最精亦切近人情然只是原道中議論而無一語相似此韓文之所以爲奇特也

人固有儒名而墨行者問其名則是校其行則非可以與之游乎如有墨名而儒行者問之名則非校其行而是可以與之游乎揚子雲稱在門牆則揮之在夷狄則進之吾取以爲法焉浮屠師文暢喜文章其周遊天下凡有行必請於搢紳先生以求咏歌其所志貞元十九年春將行東南柳君宗元爲之請解其裝得所得叙詩累百餘篇非至篤好其何能致多如是邪惜其無以聖人之道告之者而徒擧浮屠之說贈焉夫文暢浮屠也如欲聞浮屠之說當自就其師而問之何故謁吾徒而來請也彼見吾君臣父子之懿文物事爲之盛其心有慕焉拘其法而

未能入故樂聞其説而請之如吾徒者宜當告之以二帝三王之道日月星辰之行天地之所以著鬼神之所以幽人物之所以蕃江河之所以流而語之不當又爲浮屠之説而瀆告之也民之初生固若禽獸夷狄然聖人者立然后知宮居而粒食親親而尊尊生者養而死者藏是故道莫大乎仁義教莫正乎禮樂刑政施之於天下萬物得其宜措之於其躬體安而氣平堯以是傳之舜舜以是傳之禹禹以是傳之湯湯以是傳之文武文武以是傳之周公孔子書之於册中國之人世守之今浮屠者孰爲而孰傳之邪夫鳥俛而啄仰而四顧夫獸深居而簡出懼物爲之已害也猶且不脱焉弱之肉彊之食今吾與文暢安居而暇食優游以生死與禽獸異者寧可不知其所自邪夫不知者非其人之罪也知而不爲者惑也悦乎故不能即乎新者弱也知而不以告人者不仁也告而不以實者不信也余既重

郴請又嘉浮屠能喜文辭於是乎言

送廖道士序

五岳於中州衡山最遠南方之山巍然高大者以百數獨衡爲宗最遠而獨爲宗其神必靈衡之南八九百里地益高山益峻水清而益駛其最高而橫絶南北者嶺郴之爲州在嶺之上測其高下得三之二焉中州清淑之氣於是焉窮氣之所窮盛而不過必蜿蟺扶輿磅礴而鬱積衡山之神既靈而郴之爲州又當中州清淑之氣蜿蟺扶輿磅礴而鬱積其水土之所生神氣之所感白金水銀丹砂石英鍾乳橘柚之包竹箭之美千尋之名材不能獨當也意必有魁奇忠信材德之民生其間而吾又未見也其無乃迷惑溺沒於佛老之學而不出邪廖師郴民而學於衡山氣專而容寂多藝而善遊豈吾所謂魁奇而沒溺者邪廖師善知人若不在其身必在其所與遊訪之而不吾告何

也於其别申以問之

送王秀才序

吾少時讀醉鄉記私恠隱居者無所累於世而猶有是言豈誠旨於味邪及讀阮籍陶潛詩乃知彼雖偃蹇不欲與世接然猶未能平其心或爲事物是非相感發於是有託而逃焉者也若顔氏子操瓢與簞曾參歌聲若出金石彼得聖人而師之汲汲每若不可及其於外也固不暇尚何麴糵之託而昬冥之逃邪吾又以爲悲醉鄉之徒不遇也建中初天子嗣位有意貞觀開元之丕績在廷之臣爭言事當此時醉鄉之後世又以直廢吾既悲醉鄉之辭而又嘉良臣之烈思識其子孫今子之來見我也無所挾吾猶將張之况文與行不失其世守渾然端且厚惜乎吾力不能振之而其言不見信於世也於其行姑與之飲酒

送王秀才序

吾常以爲孔子之道大而能博門弟子不能徧觀而盡識也故學焉而皆得其性之所近其後離散分處諸侯之國又各以所能授弟子原遠而末益分盖子夏之學其後有田子方子方之後流而爲莊周故周之書喜稱子方之爲人荀卿之書語聖人必曰孔子子弓子弓之事業不傳惟太史公書弟子傳有姓名字曰馯臂子弓子弓受易於商瞿孟軻師子思子思之學蓋出曾子自孔子没群弟子莫不有書獨孟氏之傳得其宗故吾少而樂觀焉太原王塤示予所爲文好舉孟子之所道者與之言信悦孟子而屢贊其文辭夫沿河而下苟不止雖有遲疾必至於海如不得其道也雖疾不止終莫幸而至焉故學者必慎其所道道於楊墨老莊佛之學而欲之聖人之道猶航斷港絶潢以望至於海也故求觀聖人之道必自孟子始今塤之所由既幾於知道如又得其船與檝知沿而不止嗚呼其可量也哉

送幽州李端公序

元年今相國李公爲吏部員外郎愈嘗與偕朝道語幽州司徒公之賢曰某前年被詔告禮幽州入其地迓勞之使里至每進益恭及郊司徒公紅帓首鞾袴握刀左右雜佩弓韔服矢插房俯立迎道左某禮辭曰公天子之宰禮不可如是及府又以其服即事某又曰公三公不可以將服承命卒不得辭上堂即客階坐必東向愈曰國家失太平今六十年夫十日十二子相配數窮六十其將復平平必自幽州始亂之所出也今天子大聖司徒公勤於禮庶幾帥先河南北之將來覲奉職如開元時乎李公曰然今李公旣朝夕左右必數數爲上言元年之言殆合矣端公歲時來壽其親東都東都之大夫士莫不拜于門其爲人佐甚忠意欲司徒公功名流千萬歲請以愈言爲使歸之獻

送殷員外序

唐受天命爲天子凡四方萬國不問海内外無小大咸臣順於朝時節貢水土百物大者特來小者附集元和睿聖文武皇帝既嗣位悉治方内就法度十二年詔曰四方萬國惟回鶻於唐最親奉職尤謹丞相其選宗室四品一人特節往賜君長告之朕意又選學有經法通知時事者一人與之爲貳由是殷侯侑自大常博士遷尚書虞部員外郎兼侍御史朱衣象笏承命以行朝之大夫莫不出餞酒半右庶子韓愈執盞言曰殷大夫今人適數百里出門惘惘有離别可憐之色持被入直三省丁寧顧婢子語刺刺不能休今子使萬里外國獨無幾微出於言面豈不真知輕重大丈夫哉丞相以子應詔真誠知人士不通經果不足用於是相屬爲詩以道其行云

送楊少尹序

疊山云序有氣力有光焰頓挫豪宕讀之使人快

意可以發人才思

昔疏廣受二子以年老一朝辭位而去于時公卿設供張祖道都門外車數百兩道路觀者多歎息泣下共言其賢漢史旣傳其事而後世工畫者又圖其迹至今照人耳目赫赫若前日事國子司業楊君巨源方以能詩訓後進一旦以年滿七十亦白丞相去歸其鄉世常說古今人不相及今楊與二疏其意豈異也予忝在公卿後遇病不能出不知楊侯去時城門外送者幾人車幾兩馬幾疋道邊觀者亦有歎息知其爲賢否而太史氏又能張大其事爲傳繼二疏蹤跡否不落莫否見今世無工畫者畫與不畫固不論也然吾聞楊侯之去丞相有愛而惜之者白以爲其都少尹不絕其禄又爲歌詩以勸之京師之長於詩者亦屬而和之又不知當時二疏之去有是事否古今人同不同未可知也中世士大夫以官爲家罷則無所於歸楊侯始冠

舉於其鄉歌鹿鳴而來也今之歸指其樹曰某樹吾先人之所種也某水某丘吾童子時所釣遊也鄉人莫不加敬誡子孫以楊侯不去其鄉爲法古之所謂鄉先生沒而可祭於社者其在斯人歟其在斯人歟

送石處士序

河陽軍節度御史大夫烏公爲節度之三月求士於從事之賢者有薦石先生者公曰先生何如曰先生居嵩邙瀍穀之間冬一裘夏一葛食朝夕飯一盂蔬一盤人與之錢則辭請與出游未嘗以事辭勸之仕不應坐一室左右圖書與之語道理辨古今事當否論人高下事後當成敗若河決下流而東注若駟馬駕輕車就熟路而王良造父爲之先後也若燭照數計而龜卜也大夫曰先生有以自老無求於人其肯爲其來邪從事曰大夫文武忠孝求士爲國不私於家方今寇聚於恒師環其疆農

不耕收財粟殫亡吾所處地歸輸之塗治法征謀宜有所出先生仁且勇若以義請而疆委重焉其何說之辭於是譔書詞具馬幣卜日以授使者求先生之廬而請焉先生不告於妻子不謀於朋友冠帶出見客拜受書禮於門内宵則沐浴戒行事載書册問道所由告行於常所來往晨則畢至張上東門外酒三行且起有執爵而言者曰大夫眞能以義取人先生眞能以道自任决去就爲先生别又酌而祝曰凡去就出處何常惟義之歸遂以爲先生壽又酌而祝曰使大夫恒無變其初無務富其家而飢其師無甘受佞人而外敬正士無昧於諂言惟先生是聽以能有成功保天子之寵命又祝曰使先生無圖利於大夫而私便其身圖先生起拜祝辭曰敢不敬蚤夜以求從祝規於是東都之人士咸知大夫與先生果能相與以有成也遂各爲歌詩六韻退愈爲之序云

送温處士赴河陽軍序

伯樂一過冀北之野而馬群遂空夫冀北馬多天下伯樂雖善知馬安能空其群邪解之者曰吾所謂空非無馬也無良馬也伯樂知馬遇其良輒取之群無留良馬苟無良雖謂無馬不爲虛語矣東都固士大夫之冀北也恃才能深藏而不市者洛之北涯曰石生其南涯曰温生大夫烏公以鈇鉞鎮河陽之三月以石生爲才以禮爲羅羅而致之幕下未數月也以温生爲才於是以石生爲媒以禮爲羅又羅而致之幕下東都雖信多才士朝取一人焉拔其尤暮取一人焉拔其尤自居守河南尹以及百司之執事與吾輩二縣之大夫政有所不通事有所可疑奚所諮而處焉士大夫之去位而巷處者誰與嬉遊小子後生於何考德而問業焉搢紳之東西行過是都者無所禮於其廬若是而稱曰大夫烏公一鎮河陽而東都處士之廬無人焉豈

不可也夫南面而聽天下其所託重而恃力者惟相與將耳相爲天子得人於朝廷將爲天子得文武士於幕下求內外無治不可得也愈縻於兹不能自引去資二生以待老今皆爲有力者奪之其何能無介然於懷邪生既至拜公於軍門其爲吾以前所稱爲天下賀以後所稱爲吾致私怨於盡取也留守相公首爲四韻詩歌其事愈因推其意而序之

韋侍講盛山十二詩序

韋侯昔以考功副郎守盛山人謂韋侯美士考功顯曹盛山僻郡奪所宜處納之惡地以枉其材韋侯將怨且不釋矣或曰不然夫得利則躍躍以喜不利則戚戚以泣若不可生者豈韋侯謂哉韋侯讀六藝之文以探周公孔子之意又妙能爲辭章可謂儒者夫儒者之於患難苟非其自取之其拒而不受於懷也若築河堤以障屋霤其容而消之也若水之於海冰之於夏日

其訛而忘之以文辭也若奏金石以破蟋蟀之鳴蟲飛之聲况一不快於考功盛山一出入息之間哉未幾果有以韋侯所爲十二詩遺余者其意方且以入谿谷上巖石追逐雲月不足日爲事讀而歌詠之令人欲弃百事往而與之游不知其出於巴東以屬朐䏰也于時應而和者凡十人及此年韋侯爲中書舍人侍講六經禁中和者通州元司馬爲宰相洋州許使君爲京兆忠州白使君爲中書舍人李使君爲諫議大夫黔府嚴中丞爲祕書監温司馬爲起居舍人皆集闕下於是盛山十二詩與其和者大行於時聯爲大卷家有之焉慕而爲者將日益多則分爲別卷韋侯俾余題其首

送李愿歸盤谷序

迂齋云一節是形容得意人一節是形容閑居人一節是形容奔走伺候人却結在人賢不肖何如也

一句上終篇全舉李愿說話自說只數語其實非

李愿言此是一格式

太行之陽有盤谷盤谷之間泉甘而土肥草木藂茂居民鮮少或曰謂其環兩山之間故曰盤或曰是谷也宅幽而勢阻隱者之所盤旋友人李愿居之愿之言曰人之稱大丈夫者我知之矣利澤施于人名聲昭于旹坐于廟朝進退百官而佐天子出令其在外則樹旗旄羅弓矢武夫前呵從者塞途供給之人各執其物夾道而疾馳喜有賞怒有刑才畯滿前道古今而譽盛德入耳而不煩曲眉豐頰清聲而便體秀外而惠中飄輕裾翳長袖粉白黛綠者列屋而閒居妬寵而負恃爭妍而取憐大丈夫之遇知於天子用力於當世者之所爲也吾非惡此而逃之是有命焉不可幸而致也窮居而閑處升高而望遠坐茂樹以終日濯清泉以自潔採於山美可茹釣於水鮮可食起居無時

惟適之安與其有譽於其前孰若無毀於其後與其有樂於其身孰若無憂於其心車服不維刀鋸不加理亂不知黜陟不聞大丈夫不遇於時之所爲也我則行之伺候於公卿之門奔走於形勢之途足將進而趦趄口將言而囁嚅處穢汙而不羞觸刑辟而誅戮徼倖於萬一老死而後止者其於爲人賢不肖何如也昌黎韓愈聞其言而壯之與之酒而爲之歌曰盤之中維子之宫盤之土可以稼盤之泉可濯可湘盤之阻誰爭子所窈而深廓其有容繚而曲如往而復嗟盤之樂兮樂且無殃虎豹遠跡兮蛟龍遁藏鬼神守護兮呵禁不祥飲則食兮壽而康無不足兮奚所望膏吾車兮秣吾馬從子于盤兮終吾生以徜徉

送薛存義之任序　　柳子厚

疊山云章法句法字法皆好轉換多關鎖緊嚴而優柔理長而味永

河東薛存義將行柳子載肉于俎崇酒于觴追而送之江滸飲食之且告曰凡吏于土者若知其職乎盖民之役非以役民而已也凡民之食于土者出其十一傭乎吏使司平於我也今受其直怠其事者天下皆然豈唯怠之又從而盜之向使傭一夫於家受若直怠若事又盜若貨器則必甚怒而黜罰之矣今天下多類此而民莫敢肆其怒與黜罰何哉勢不同而理同如吾民何有達於理者得不恐而畏乎存義假令零陵二年矣蚤作而夜思勤力而勞心訟者平賦者均老弱無懷詐暴憎其爲不虛取直也的矣其知恐而畏也審矣吾賤且辱不得與考績幽明之説於其往也故賞以酒肉而重以辭

序飲

買小丘一日鋤理二日洗滌遂置酒溪石上鄉之爲記所謂牛馬之飲者離坐其背實觴而流之接取以飲乃置監史而令曰

當飲者舉籌之十寸者三逆而投之能不洄于洑不止于坻不沉于底者過不飲而洄而止而沉者飲如籌之數既或投之則旋眩滑汩若舞若躍速者遲者去者住者衆皆據石注視歡抃以助其勢卒然而逝乃得無事於是或一飲或再飲客有婁生圖南者其投之也一洄一止一沉獨三飲衆乃大笑驩甚余病痞不能飲至是醉焉遂損益其令以窮日夜而不知歸吾聞昔之飲酒者有揖讓酬酢百拜以爲禮者有呌號屢舞如沸如羹以爲極者有裸裎袒裼以爲達者有資絲竹金石之樂以爲和者有以促數糺逖而爲密者今則舉異是焉故捨百拜而禮無呌號而極不袒裼而達非金石而和去糺逖而密簡而同肆而恭衎衎而從容於以合山水之樂成君子之心宜也作序飲以貽後之人

送詩人廖有方序

交州多南金珠璣玳瑁象犀其產皆奇怪至於草木亦殊異吾嘗怪陽德之炳耀獨發於紛葩瓌麗而罕鍾乎人今廖生剛健重厚孝悌信讓以質乎中而文乎外為唐詩有大雅之道夫固鍾於陽德者耶是世之所罕也今之世恒人其於紛葩瓌麗則凡知貴之矣其亦有貴廖生者耶果能是則吾不謂之恒人也實亦世之所罕也

唐九老詩并序　白樂天

會昌五年三月二十四日胡吉劉鄭盧張等六賢皆多年壽予亦次焉於東都弊居履道坊合尚齒之會七老相顧既醉且歡靜而思之此會希有因各賦七言四韻詩一章以記之或傳諸好事者其年夏又有二老年貌絕倫同歸故鄉亦來斯會續命具姓名年齒寫其形貌附于圖右仍以一絕贈之云雪作鬚眉雲作衣遼東華表暮雙歸當時一鶴尤希有何況今逢兩令威

時秘書狄兼謨河南尹盧貞以年未及七十雖與會而不及列云

前懷州司馬安定胡杲年八十九
衛尉卿致仕馮翊吉旼年八十八
前磁州刺史廣平劉真年八十七
前龍武軍長史滎陽鄭據年八十五
前侍御史内供奉官范陽盧真年八十三
前永州刺史清河張渾年七十七
刑部尚書致仕白居易年七十四

柳柳州集後序　司空圖

金之精麤攷其聲皆可辨也豈清於磬而渾於鍾哉然則作者爲文爲詩才格亦可見豈當善於彼而不善於此耶愚觀文人之爲詩詩人之爲文始皆繫其所尚旣專則搜研愈至故能衒

其工於不朽亦猶力巨而鬬者所持之器各異而皆能濟勝以爲勍敵也愚嘗覽韓吏部歌詩累百首其驅駕氣勢若掀雷挾電撐抉於天地之垠物狀其變不得鼓舞而徇其呼吸也其次皇甫祠部文集外所作亦爲遒逸非無意於深窰蓋或未遑耳今於華下方得柳詩味其探搜之致亦深遠矣俾其窮而克壽抗精極思則固非瑣瑣者輕可擬議其優劣又嘗覩杜子美祭太尉房公文李太白佛寺碑賛宏拔清厲乃其歌詩也張曲江五言沈鬱亦其文筆也豈相傷哉噫後之學者褊淺片詞隻句未能自辨已側目相詆訾矣因題柳集之末庶俾後之詮評者罔惑偏說以盖其全工云

文章辨體卷之三十二

文章辨體卷之三十三

海虞後學吳訥編集

序二

重修說文序　宋徐鉉

臣徐鉉等奉詔校定許慎說文十四篇并序目一篇凡萬六百餘字聖人之旨蓋云備矣稽夫八卦既畫萬象既分則文字爲之大輅載籍爲之六轡先王教化所以行於百代及物之功與造化均不可忽也雖復五帝之後改易殊體六國之世文字異形然猶存篆籀之迹不失形類之本及暴秦苛政散隸聿興便於末俗人競師法古文既絕譌僞日滋至漢宣帝時始命諸儒修倉頡之法亦不能復故光武時馬援上疏論文字之譌謬其言詳矣及和帝時申命賈逵修理舊文於是許慎采史籀李斯楊雄之書博訪通人考之於賈逵作說文解字至安帝十五年

始奏上之而隸書行之已久習之益工加以行草八分紛然間出返以篆籀爲奇怪不復經心至於六籍舊文相承傳寫多求便俗漸失本原爾雅所載草木魚鳥之名肆意增益不可觀矣諸儒傳釋亦非精究小學之徒莫能矯正唐大曆中李陽冰篆迹殊絕獨冠古今自云斯翁之後直至小生此言爲不妄矣於是刊定說文修正筆法學者師慕篆籀中興然頗排斥許氏自爲臆說夫以師心之見破先儒之祖述豈聖人之意乎今之爲字學者亦多從陽冰之新義所謂貴耳賤目也唐末喪亂經籍道息皇宋膺運二聖繼明人文國典粲然光被興崇學校登進群才以爲文字者六藝之本固當率由古法乃詔取許慎說文解字精加詳校垂憲百代臣等愚陋敢竭所聞蓋篆書堙替爲日已久凡傳寫說文者皆非其人故錯亂遺脫不可盡究今以集書正副本及群臣家藏者備加詳考有許慎注義序例中所

載而諸部不見審知漏落悉從補録復有經典相承傳寫及時俗要用而説文不載者承詔皆附益之以廣篆籀之路亦皆形聲相從不違六書之義者其間説文具有正體而時俗譌變者則具於注中其有義理乖舛違戾六書者並序列於後俾夫學者無或致疑大抵此書務援古以正今不狥今而違古若乃高文大冊則宜以篆籀著之金石至於常行簡牘則草隸足矣又許慎注解詞簡義奥不可周知陽氷之後諸儒箋述有可取者亦復附益猶有未盡則臣等粗爲訓釋以成一家之書説文之時未有反切後人附益互有異同孫愐唐韻行之已久今並以孫愐音切爲定庶夫學者有所適從食時而成既異淮南之敏縣金於市曾非吕氏之精塵瀆聖明若臨氷谷

唐柳先生文集後序

穆伯長

唐之文章初未去周隋五代之氣中間稱得李杜其才始用爲

勝而號專雄謌詩道未極其渾備至韓柳氏起然後能大吐古人之文其言與仁義相華實而不雜如韓元和聖德柳平淮西雅章之類皆辭嚴義偉製述如經能崒然聳唐德於盛漢之表蔑愧讓者非二先生之文則誰與予少嗜觀二家之文常病柳不全見於世出人間者殘落纔百餘篇韓則雖目其全至所缺墜亡字失句獨於集家爲甚志欲補得其正而傳之多從好事者訪善本前後累數十得所長輒加注竄遇行四方遠道或他書不暇持獨齎韓以自隨幸會人所寶有就假取正凡用力於斯已踰二紀韓文始幾定而惟柳之道疑其未克光明於時何故伏其文而不大燿也求索之莫獲則既已矣於懷不圖晚節遂見其書聯爲八九大編夔州前序其首以卷別者凡四十有五真配韓之鉅文與書字甚樸不類今蹟盖往昔之藏書也從考覽之或卒卷莫迎其誤脫有一二廢字由其陳故劘滅讀無

甚害更資斫證就真爾因按其舊録爲別本與隴西李之才參讀累月詳而後止嗚呼天厚予嗜多矣始而饜我以韓既而飫我以柳謂天不吾厚豈不誣也哉世之學者如不志於古則已苟志於古求踐立言之域捨二先生而不由雖曰能之非予所敢知也

集古目録序

歐陽永叔

物常聚於所好而常得於有力之强有力而不好好之而無力雖近且易有不能致之象犀虎豹蠻夷山海殺人之獸然其齒角皮革可聚而有也玉出崑崙流沙萬里之外經十餘譯乃至乎中國珠出南海常生深淵採者腰絙而入水形色非人往往不出則下飽蛟魚金礦乎山鑿深而穴遠篝火餱糧而進其崖崩窟塞則遂葬於其中者率數百人其遠且難而又多死禍常如此然而金玉珠璣世常兼聚而有也凡物好之而有力則無

不至也湯盤孔鼎岐陽之鼓岱山鄒嶧會稽之刻石與夫漢魏已來聖君賢士桓碑彝器銘詩序記下至古文籀篆分隸諸家之字書皆三代以來至寶怪奇偉麗工妙可喜之物其去人不遠其取之無禍然而風霜兵火湮淪磨滅散棄於山崖墟莽之間未嘗收拾者由世之好者少也幸而有好之者又其力或不足故僅得其一二而不能使其聚也夫力莫如好好莫如一予性顓而嗜古凡世人之所貪者皆無欲於其間故得一其所好於斯好之已篤則力雖未足猶能致之故上自周穆王以來下更秦漢隋唐五代外至四海九州名山大澤窮崖絕谷荒林破塚神仙鬼物詭怪所傳莫不皆有以為集古錄以謂傳寫失真故因其石本軸而藏之有卷秩次第而無時世之先後蓋其取多而未已故隨其所得而錄之又以謂聚多而終必散乃撮其大要別為錄目因并載夫可與史傳正其闕謬者以傳後學庶

益於多聞或譏予曰物多則其勢難聚聚久而無不散何必區區於是哉予對曰足吾所好玩而老焉可也象犀金玉之聚其能果不散乎予因未能以此而易彼也

送徐無黨南歸序

草木鳥獸之爲物衆人之爲人其爲生雖異而爲死則同一歸於腐壞澌盡泯滅而已而衆人之中有聖賢者固亦生且死於其間而獨異於草木鳥獸衆人者雖死而不朽愈遠而彌存也其所以爲聖賢者修之於身施之於事見之於言是三者所以能不朽而存也修於身者無所不獲施於事者有得有不得焉其見於言者則又有能有不能也施於事矣不見於言可也自詩書史記所傳其人豈必皆能言之士哉修於身矣而不施於事不見於言亦可也孔子弟子有能政事者矣有能言語者矣若顏回者在陋巷曲肱饑臥而已其羣居則默然終日如愚人

然自當時群弟子皆推尊之以爲不敢望而及而後世更百千歲亦未有能及之者其不朽而存者固不待施於事況於言乎予讀班固藝文志唐四庫書目見其所列自三代秦漢以來著書之士多者至百餘篇少者猶三四十篇其人不可勝數而散亡磨滅百不一二存焉予竊悲其人文章麗矣言語工矣無異草木榮華之飄風鳥獸好音之過耳也方其用心與力之勞亦何異衆人之汲汲營營而忽焉以死者雖有遲有速而卒與三者同歸於泯滅夫言之不可恃也蓋如此今之學者莫不慕古聖賢之不朽而勤一世以盡心於文字間者皆可悲也東陽徐生少從予學爲文章稍稍見稱於人既去而與群士試於禮部得高第由是知名其文辭日進如水涌而山出予欲摧其盛氣而勉其思也故於其歸告以是言然予固亦喜爲文辭者亦因以自警焉

章望之字序

校書郎章君嘗以其名望之來請字曰願有所教使得以勉焉而自勗者予爲之字曰表民而告之曰古之君子所以異乎衆人者言出而爲民信事行而爲世法其動作容貌皆可以表於民也故紘綖冕弁以爲首容佩玉玦環以爲行容衣裳黼黻以爲身容手有手容足有足容揖讓登降獻酬俯仰莫不有容又見其寬柔溫厚剛嚴果毅之色以爲仁義之容服其服載其章立乎朝廷而正君臣出入宗廟而臨大事儼然人皆望而畏之曰此吾民之所尊也非民之知尊君子而君子者能自修而尊者也然而行不充于內德不備於人雖盛其服文其容民不尊也名山大川一方之望也山川之岳瀆天下之望也故君子之賢於一鄉者一鄉之望也賢於一國者一國之望也名烈著于天下者天下之望也功德被于後世者萬世之望也孝慈友悌

達于一鄉古所謂鄉先生者一鄉之望也春秋之賢大夫若隨之季良鄭之子產者一國之望也位乎中而奸臣賊子不敢竊發于外如漢之大將軍出入將相朝廷以爲輕重天下繫其安危如唐之裴丞相者天下之望也其人已沒其事已久聞其名想其人若不可及者夔龍稷契是也其功可以及百世其道可以師百王雖有賢聖莫敢過之者周孔是也此萬世之望而皆所以爲民之表也傳曰其在賢者識其大者遠者章君儒其衣冠氣剛色仁好學而有志其絜然修乎其外而輝然充乎其內以發乎文辭則又辯博放肆而無涯是數者皆可以自擇而勉焉者也是固能識夫遠大者矣雖予何以勖焉第因其志廣其說以塞請

刪正黃庭經序

無僊子者不知爲何人也無姓名無爵里世莫得而名之其自

號爲無僊子者以警世人之學僊者也其爲言曰自古有道無僊而後世之人知有道而不得其道不知無僊而妄學僊此我之所哀也道者自然之道也生而必死亦自然之理也以自然之道養自然之生不自戕賊夭閼而盡其天年此自古聖智之所同也禹走天下乘四載治百川可謂勞其形矣而壽百年顔子蕭然臥於陋巷簞食瓢飲外不誘於物内不動於心可謂至樂矣而年不及三十斯二人者皆古之仁人也勞其形者長年安其樂者短命蓋命有長短稟之於天非人力之所能爲也惟不自戕賊而各盡其天年則二人之所同也此所謂以自然之道養自然之生後世貪生之徒爲養生之術者無所不至至茹草木服金石吸日月之精光又有以謂此外物不足恃而反求諸内者於是息慮絶欲鍊精氣勤吐納專於内守以養其神其術雖本於貪生及其至也尚或可以全形而却疾猶愈於肆欲

稱情以害其生者是謂養内之術故上智任之自然其次養内以却疾最下妄意而貪生世傳黄庭經者魏晋間道士養生之書也其說專於養内多奇怪故其傳之久則易爲訛舛今家家異本莫可考正無僊子既甚好古家多集録古書文字以爲翫好之娱有黄庭經石本者乃永和十三年晋人所書其文頗簡以較今世俗所傳者獨爲有理疑得其眞於是喟然嘆曰吾欲曉世以無僊而止人之學者吾力顧未能也吾視世人執奇恠訛舛之書欲生而反害其生者可不哀哉矧以我翫好之餘拯世人之謬惑何惜而不爲乃爲刪正諸家之異一以永和石本爲定其難曉之言略爲注解庶幾不爲訛謬之説惑世以害生是亦不爲無益若大雅君子則豈取於此

送王陶序

六經皆載聖人之道而具者聖人之用吉凶得失動静進退易

之事也其所以爲之用者剛與柔也乾健坤順剛柔之大用也至於八卦之變六爻之錯剛與柔迭居其位而吉亨利無咎凶厲悔吝之象生焉蓋剛爲陽爲德爲君子柔爲陰爲險爲小人自乾之初九爲姤而上至於剝其卦五皆陰剝陽之卦也小人之道長君子静以退之時也自坤之初六爲復而上至於夬其卦五皆剛夬柔之卦也小人之道消君子動以進而用事之時也夫剛之爲德君子之常用也庛民利物功莫大焉其爲卦也過泰之三而四爲大壯五爲夬壯者壯也夬者决也四陽雖盛而猶有二陰然陽衆而陰寡則可用壯以攻之故其卦爲壯五陽而一陰陰不足爲直可决之而已故其卦爲夬然則君子之用其剛也審其力視其時知陰險小人之必可去然後以壯而决之夫勇者可犯也彊者可詘也聖人於壯夬之用必有戒焉故大壯之彖辭曰大壯利正其象辭曰君子非禮弗履夬之彖

辭曰健而說夬而和其象辭曰居德則忌以明夫剛之不可獨任也故復始而亨臨浸而長泰交而泰壯以衆攻其寡夬乘其衰而夬之夫君子之用其剛也有漸而不失其時又不獨任必以正以禮以說以和而濟之則功可成此君子動以進而用事之方也大原王陶字樂道好剛之士也常嫉世陰險之小人多居京師不妄與人遊力學好古以自信自守今其初仕於易得君子動以進之象故予爲剛說以贈之大壯之初九曰壯于趾征凶夬之初九亦曰壯于趾往不勝爲咎以此見聖人之戒用剛也不獨著于彖象而又常深戒於其初嗚呼世之君子少而小人多君之力學好剛以蓄其志未始施之於事也今其往尤宜慎乎其初

睢陽五老圖詩并序　錢明逸

夫蹈榮名而保終吉都貴勢而躋遐耇白首一節人生所難今

致政宫師相國杜公雅度敏識圭璋巖廟清德令望龜準當世功成自引得謝君門視所難得者則安享之謂所難行者則恬居之燕申睢陽與賓客太原王公故衛尉河東畢卿兵部沛國朱公駕部始平馮公咸以老年挂冠優游鄉梓暇日宴集爲五老會賦詩酬唱怡然相得宋人形于繪事以紀其盛昔唐白樂天居洛陽爲九老會于今圖識相傳以爲勝事距玆數百載無能紹者以今况昔則休烈鉅美過之明逸游公之門久矣以鄉閭世契倍厚常品今假守留鑰日登趨舘因得圖像占述序引以代鄉校詠謡之萬一云

太子太師致仕祁國公杜衍八十歲

禮部侍郎致仕王渙九十歲

司農卿致仕畢世長九十四歲

兵部郎中致仕朱貫八十八歲

駕部郎中致仕馮平八十七歲

送湖南使君序

劉原父

苗民之頑不率帝命蓋自古記之矣以堯爲君以舜爲相而有三危之誅以舜爲君以禹爲相而有群后之師此非其德不至力不足也不得已也然則聖朝獨得已而已之乎夫蠻夷異類其暴虎也其貪狠也其捷猱狖也山林之與居鳥獸之與群其險阻幽絕非人境也然而驅中國之士衣三注之甲負弩荷戈加粮糗其上夜則冒霧露晝則負赤日日夜不休與之馳逐是以難也然則雖欲急成功安可得哉今者上策莫若修堯舜之義明布其德而物將自服其次嚴兵以守之絕其抄畧之路而勿爲深入之師其次誘而放之使去其穴則固可取也若夫耻不能追而探其巢不爲致人而致於人釁於勇而嗇於禍可進而不可退是以師僥倖也非國家之利也願使君不爲昔者三

苗之事益賛于禹故其功烈垂於後世而莫得過焉世不可誣安知後來者之非益也在使君所以達之而已何畏乎有苗

洛陽耆英會序

司馬君實

昔白樂天在洛與高年者八人遊時人慕之爲九老圖傳於世宋興洛中諸公繼而爲之者凡再矣皆圖形普明僧舍普明樂天之故第也元豐中文潞公留守西都韓國富公納政在里第自餘士夫以老自逸於樂者於時爲多潞公謂韓公曰凡所爲慕於樂天者以其志趣高逸也奚必數與地之襲焉一旦悉集士大夫老而賢者於韓公之第置酒相樂賓主凡十有一人既而圖形妙覺僧舍時人謂之洛陽耆英會孔子曰好賢如緇衣取其敝又改爲樂善無厭也二公寅亮三朝爲國元老入賛萬機出綏四方上則固社稷尊宗廟下則肥百工和萬民天子心膂股肱耳目天下所取平其勳業閎大顯融豈樂天所能庶幾

然猶慕效樂天所爲汲汲如恐不及豈非樂善無厭者與又洛中舊俗燕私相聚尚齒不尚官自樂天之會已然是日復行之斯乃風化之本可頌也宣徽王公方留守其都聞之以書請於潞公曰某亦家洛位與年不居數客之後顧以官守不得執卮酒在坐良以爲恨願寓名其間幸無我遺其爲諸公嘉羨如此光未及七十用狄監盧尹故事亦預於會潞公命光序其事不敢辭時五年正月壬辰也

開府儀同三司守司徒武寧軍節度使致仕韓國公富弼字彥國年七十九

河南節度使開府儀同三司守太尉判河南府兼西京留守司事潞國公文彥博字寬夫年七十七

司封郎中致仕席汝言字君從年七十七

太常少卿致仕王尚恭字安之年七十六

太常少卿致仕趙丙字南正年七十五

祕書監致仕劉几字伯壽年七十五

衛州防禦使致仕馮行巳字肅之年七十五

太中大夫充天章閣待制提舉崇福宫楚建中字正叔年七十三

司農少卿致仕王慎言字不疑年七十二

太中大夫提舉崇福宫張問字昌言年七十

龍圖閣直學士通議大夫提舉崇福宫張燾字景元年七十

宣徽南院使檢校太尉判大名府王拱辰字君貺年七十

端明殿學士兼翰林侍讀學士太中大夫司馬光年六十四

會約

序齒不序官

爲具務簡素

朝夕食各不過五味

菜果脯醢之類各不過三十器

酒巡無算深淺自斟主人不勸客亦不辭逐巡無下酒時作

菜羹不禁

召客共一簡客注可否於字下不別作簡或因事分簡者聽

會日早赴不待促

違約者每事罰一巨觥

送陳升之序　王介甫

今世所謂良大夫者有之矣皆曰是宜任大臣之事者作而任大臣之事則上下一失望何哉人之材有小大而志有遠近也彼其任者小而責之近則煦煦然仁而有餘於仁矣孑孑然義而有餘於義矣人見其仁義有餘也則曰是其任者小而責之近任將有大此者然上下竢之云爾然後作而任大臣之事作

而任大臣之事宜有大此者焉然則煦煦然而已矣孑孑然而已矣故上下一失望豈惟失望哉後日誠有堪大臣之事其名實柔然於上上必懲前日之所娭而逆疑焉暴於下下必懲前日之所娭而逆疑焉上下交疑誠有堪大臣之事者而莫之或任幸欲任則左右小人得引前日之所娭懲之矣噫聖人謂知人難君子惡名之溢於實爲此則柰何亦精之而已矣惡之則柰何亦充之而已矣知譽而不能精之惡之而不能充之其亦殆哉予在揚州朝之人過者多堪大臣之事可信而望者陳升之而已矣今去官於宿州予不知復幾何時乃一見之也予知升之作而任大臣之事固有時矣煦煦然仁而已矣孑孑然義而已矣非予所以望於升之也

送孫正之序

時然而然衆人也已然而然君子也已然而然非私已也聖人

之道在焉爾夫君子有窮苦顛跌不肯一失詘已以從時者不以時勝道也故其得志於君則變時而之道若反手然彼其術素修而志素定也時乎楊墨已不然者孟軻氏而已時乎佛老已不然者韓愈氏而已如孟軻韓愈者可謂術素修而志素定也不以時勝道也惜也不得志於君使真儒之效不白於當世然其於衆也卓矣嗚呼予觀今之世圓冠峩如大裙襜如坐而堯言起而舜趨不以孟韓之心爲心者果異衆人乎予官於揚得友曰孫正之行古之道又善爲古文予知其能以孟韓之心爲心而不已者也夫越人之望燕爲絕域也北轅而首之苟不已無不至孟韓之道去吾黨豈若越人之望燕哉以正之之不已而不至焉予未之信也一日得志於吾君而真儒之效不白於當世予亦未之信也正之之兄官於温奉其親以行將從之先爲言以處予予欲默安得而默也

故蹟遺文序

王深甫

傳古者莫壽於竹帛而世以金石爲最壽者惑於外也彼徒見其剛堅之質大書而顯刻之安於屋壁山巖之中藏覆遮護國有官守家有子孫外物莫能尋其隙而傷則以爲傳於萬世不朽矣然而存於今者六經百氏之文皆竹帛所載而其被於金石者以爲最壽者所存無幾往往復斷剥缺訛非反質於竹帛所載六經百氏之文則不可得而讀其不載於竹帛而名迹遂因而泯没者可勝道哉其官守子孫今誰國而誰家也由此觀之萬物未有恃其久而全者夫金石誠壽者而人力不足以保於其外竹帛之壽固不如金石人知其不可恃也然竹帛之壽雖復萬世猶今日也則金石之壽尚何以較其短長哉予嘗閱古鍾鼎碑碣之文以證諸史及他傳記其褒頌功德雖不可盡信而於年月名氏山川風俗與其一時之文采制度有得其詳

而史傳追述乃其概耳惜乎曩所聞者今已磨㓕殆盡而今所見者後數百年不知又磨㓕幾何也故采其完可讀者首尾編之因次吾說爲序號曰故蹟遺文夫古之文以竹帛傳既壽於金石矣而今之文以紙傳又便於竹帛便則傳之者益衆而此書之壽其可究哉特不知後之人能不以吾說而廢否

列女傳目録序　曾子固

劉向所敘列女傳凡八篇事具漢書向列傳而隋書及崇文總目皆稱向列女傳十五篇曹大家注以頌義考之葢大家所注離其七篇爲十四與頌義凡十五篇而益以陳嬰母及東漢已來凡十六事非向書本然也葢向舊書之亡久矣嘉祐中集賢校理蘇頌始以頌義篇次復定其書爲八篇與十五篇者並藏於館閣而隋書以頌義爲劉歆作與向列傳不合今驗頌義之文葢向之自敘又藝文志有向列女傳頌圖明非歆作也自唐

之亂古書之在者少矣而唐志録列女傳凡十六家曹大家注十五篇者亦無録然其書今在則古書之或有録而亡或無録而在者亦衆矣非可惜哉今校讎其八篇及十五篇者已定可繕寫初漢承秦之敝風俗已大壞矣而成帝後宫趙衛之屬尤自放向以謂王政必自内始故列古女善惡所以致興亡者以戒天子此向述作之大意也其言大任之娠文王也目不視惡色耳不聽淫聲口不出惡言又以謂古之人胎教者皆如此夫能正其視聽言動者此大人之事而有道者之所畏也顧令天子之女子能之何其盛也以臣所聞蓋爲之師傅保姆之助詩書圖史之戒珩璜琚瑀之節威儀動作之度其教之者有此具然古之君子未嘗不以身化也故家人之義歸於反身二南之業本於文王豈自外至哉世皆知文王之所以興能得内助而不知其所以然者蓋本於文王之躬化故内則后妃有關雎之

行外則群臣有二南之美與之相成其推而及遠則商辛之昏俗江漢之小國兎罝之野人莫不好善而不自知此所謂身修故國家天下治者也後世自問學之士多徇於外物而不安其守其室家既不見可法故競於邪侈豈獨無相成之道哉士之苟於自恕顧利冒恥而不知反己者往往以家自累故也故曰身不行道不行於妻子信哉如此人者非素處顯也然去二南之風亦已遠矣況於南鄉天下之主哉向之所述勸戒之意可謂篤矣然向號博極群書而此傳稱詩芣苢柏舟大車之類與今序詩者之說尤乖異蓋不可考至於式微之一篇又以謂二人之作豈其所取者博故不能無失歟其言象計謀殺舜所以自脫者頗合於孟子然此傳或有之而孟子所不道者蓋亦不足道也凡後世諸儒之言經傳者故多如此覽者采其有補而擇其是非可也故爲之叙論以發其端云

戰國策目録序

劉向所定戰國策三十三篇崇文總目稱十一篇者闕臣訪之士大夫家始盡得其書正其誤謬而疑其不可考者然後戰國策三十三篇復完叙曰向叙此書言周之先明教化修法度所以大治及其後謀詐用而仁義之路塞所以大亂其說既美矣卒以謂此書戰國之謀士度時君之所能行不得不然則可謂惑於流俗而不篤於自信者也夫孔孟之時去周之初數百歲其舊法已亡舊俗已熄久矣二子乃獨明先王之道以謂不可改者豈將彊天下之主以後世之所不可為哉亦將因其所遇之時所遭之變而為當時之法使不失乎先王之意而已二帝三王之治其變固殊其法固異而其為國家天下之意本末先後未嘗不同也二子之道如是而已蓋法者所以適變也不必盡同道者所以立本也不可不一此理之不易者也故二子者

守此豈好爲異論哉能勿苟而已矣可謂不惑乎流俗而篤於自信者也戰國之游士則不然不知道之可信而樂於說之易合其設心注意偷爲不切之計而已故論詐之便而諱其敗言戰之士而蔽其患其相率而爲之者莫不有利焉而不勝其害也有得焉而不勝其失也卒至蘇秦商鞅孫臏吴起李斯之徒以亡其身而諸侯及秦用之者亦滅其國其爲世之大禍明矣而俗猶莫之寤也惟先王之道因時適變爲法不同而考之無疵用之無敝故古之聖賢未有以此而易彼也或曰邪說之害正也宜放而絶之則此書之不泯其可乎對曰君子之禁邪說也固將明其說於天下使當世之人皆知其說之不可從然後以禁則齊使後世之人皆知其說之不可爲然後以戒則明豈必滅其籍哉放而絶之莫善於是是以孟子之書有爲神農之言者有爲墨子之言者皆著而非之至於此書之作則上繼春

秋下至楚漢之起二百五十年之間載其行事固不得而廢也此書有高誘注者二十一篇或曰三十二篇崇文總目存者八篇今存者十篇云

陳書目録序

陳書六本紀三十列傳凡三十六篇唐散騎常侍姚思廉譔始思廉父察梁陳之史官也録二代之事未就而陳亡隋文帝見察甚重之每就察訪梁陳故事因以所論載每一篇成輒奏之而文帝亦遺虞世基就察求其書又未就而察死察之將死屬思廉以繼其業唐興武德五年高祖以自魏以來二百餘歲世統數更史事放逸乃詔論次而思廉遂受詔爲陳書久之猶不就貞觀三年遂詔論譔於祕書内省十年正月壬子始上之觀察等之爲此書歷三世傳父子更數十歲而後乃成蓋其難如此然及其既成與宋魏齊梁等書世亦傳之者少故學者於其

行事之迹亦罕得而詳也而其書亦以罕傳則自秘府所藏往往脫誤嘉祐六年八月始詔校讎使可鏤板行之天下而臣等言梁陳等書缺獨館閣所藏恐不足以定著願詔京師及州縣藏書之家使悉上之先皇帝爲下其事至七年冬稍稍始集臣等以相校至八年七月陳書三十六篇者始校定可傳之學者其疑者亦不敢損益特各疏于篇末其書舊無目列傳名氏多闕謬因別爲目録一篇使覽者得詳焉夫陳之爲陳蓋偷爲一切之計非有先王經紀禮義風俗之美制治之法可章示後世然而兼權尚計明於任使恭儉愛人則其始之所以興惑於邪臣溺於嬖妾忘患縱欲則其終之所以亡興亡之端莫非自已致者至於有所因造以爲號令威行職官州郡之制雖其事已淺然亦各施於一時皆學者之所不可不考也而當時之士爭奪詐爲苟得偷合之徒尚不得不列以爲世戒而況於壞亂之

中倉惶之際士之安貧樂義取舍去就不爲患禍勢利動其心者亦不絕於其間若此人者可謂篤於善矣蓋古人之所思見而不可得風雨之詩所爲作者安可使之泯泯不少概見於天下哉則陳之史其可廢乎蓋此書成之既難其後又久不顯及宋興已百年古文遺事靡不畢講而始得盛行於天下列於學者其傳之之難又如此豈非遭遇固自有時也哉

南齊書目録序

南齊書八紀十一志四十列傳合五十九篇梁蕭子顯撰始江淹已爲十志沈約又爲齊紀而子顯自表武帝別爲此書臣等因校正其訛謬而叙其篇目曰將以是非得失興壞理亂之故而爲法戒則必得其所言而後能傳於久此史之所以作也然而所言不得其人則失其意或亂其實或析理之不通或設辭之不善故雖有殊功韙德非常之迹將闇而不章鬱而不發而

檮杌嵬瑣姦回凶慝之形可幸而掩也嘗試論之古之所謂良史者其明必足以周萬事之理其道必足以適天下之用其智必足以通難知之意其文必足以發難顯之情然後其任可得而稱也何以知其然邪昔者唐虞有神明之性有微妙之德使由之者不能知知之者不能名以爲治天下之本號令之所布法度之所設其言至約其體至備以爲治天下之具而爲二典者推而明之所記者豈獨其迹邪幷與其深微之意而傳之大小精粗無不盡也本末先後無不白也使誦其說者如出乎其時求其指者如即乎其人是可不謂明足以周萬事之理道足以適天下之用知足以通難知之意文足以發難顯之情者乎則方是之時豈特任政者皆天下之士哉蓋執簡操筆而隨者亦皆聖人之徒也兩漢以來爲史者去之遠矣司馬遷從五帝三王既沒數千載之後秦火之餘因散絕殘脫之經以及傳記

百家之說區區掇拾以集著其善惡之迹興廢之端凡創己意以爲本紀世家八書列傳之文斯亦可謂奇矣然而蔽害天下之聖法是非顛倒而采摭謬亂者亦豈少哉是豈可不謂明不足以周萬事之理道不足以適天下之用智不足以通難知之意文不足以發難顯之情者乎夫自三代以後爲史者如遷之文亦不可不謂儁偉拔出之材非常之士也然顧以謂不足以發難顯之情者何哉蓋聖賢之高致遷固有不能達其情而見之於後者矣故不得而與之也遷之得失如此況其他邪至於宋齊梁陳後魏後周之書蓋無以議爲也子顯之於斯文喜自馳騁其更改破析刻離藻績之變尤多而其文益下豈夫材固不可以彊而有邪數世之史既然故其辭迹曖昧雖有隨世以就功名之君相與合謀之臣未有赫然得其傾動天下之耳目播天下之口者也而一時偷奪傾危悖理反義之人亦幸而不暴

著於世豈非所託不得其人故邪可不惜哉蓋史者所以明夫治天下之道也故爲之者亦必天下之材然後其任可得而稱也豈可忽哉豈可忽哉

新序目録序

劉向所集次新序三十篇目録一篇隋唐之世尚爲全書今可見者十篇而已臣既考正其文字因爲其序論曰古之治天下者一道德同風俗蓋九州之廣萬民之衆千歲之遠其教已明其習已成之後所守者一道所傳者一説而已故詩書之文歴世數十作者非一而其言未嘗不相爲始終化之如此其至也當是之時異行者有誅異言者有禁防之又如此其備也故二帝三王之際及其中間嘗更衰亂而餘澤未熄之時百家衆説未有能出於其間者也及周之末世先王之教化法度既廢餘澤既熄世之治方術者各得其一偏故人奮其私智宅尚其私

學者遂蠭起於中國皆明其所長而昧其短矜其所得而諱其失天下之士各自爲方而不能相通世之人不復知夫學之有統道之有歸也先王之遺文雖在皆絀而不講況至於秦爲世之所大禁哉漢興六藝皆得於斷絶殘脫之餘世復無明先王之道以一之者諸儒尚見傳記百家之言皆悅而嚮之故先王之道爲衆說之所蔽闇而不明鬱而不發而怪奇可喜之論各師異見皆自名家者誕漫於中國一切不異於周之末世其弊至於今尚在也自斯以來天下學者知折衷於聖人而能純於道德之美者揚雄氏而止耳如向之徒皆不免乎爲衆說之所蔽而不知有所折衷者也孟子曰待文王而興者凡民也豪傑之士雖無文王猶興漢之士豈特無明先王之道而興之者哉亦其出於是時者豪傑之士少故不能特起於流俗之中絶學之後也葢向之序此書於今爲最近古雖不能無失然遠至舜禹

而次及於周秦以來古人之嘉言善行亦往往而在也要在慎取之而已故臣旣惜其不可見者而校其可見者特詳焉亦足以知臣之攻其失者豈好辯哉臣之所不得已也

梁書目録序

梁書六本紀五十列傳合五十六篇唐正觀三年詔右散騎常侍姚思廉者梁史官察之子推其父意又頗采諸儒謝吳等所記以成此書臣等旣校正其文字又集次爲目録一篇而叙之曰自先王之道不明百家並起佛最晚出爲中國之患而在梁爲尤甚故不得而不論也蓋佛之徒自以謂吾之所得者内而世之論佛者皆外也故不可詘雖然彼惡睹聖人之内哉書曰思曰睿睿作聖蓋思者所以致其知也能致其知者察三材之道辨萬物之理小大精粗無不盡也此之謂窮理知之至也知至矣則在我者之足貴在彼者之不足玩未有不能明之者也

有知之之明而不能好之未可也故加之誠心以好之有好之之心而不能樂之未可也故加之至意以樂之能樂之則能安之矣如是則萬物之自外至者安能累我哉萬物之所不能累故吾之所以盡其性也能盡其性則誠矣誠者成也不惑也既誠矣必充之使可大焉既大矣必推之使可化焉能化矣則含智之民肖翹之物有待於我者莫不由之以全其性遂其宜而吾之用與天地參矣德如此其至也而應乎外者未嘗不與人同此吾之道所以爲天下之通道也故與之爲衣冠飲食冠婚喪祭之具而由之以教其爲君臣父子兄弟夫婦者莫不一出乎人情與之同其吉凶而防其憂患者莫不一出乎人理故與之處而安且治之所集也危且亂之所去也與之處者其具如此使之化者其德如彼可不謂聖矣乎既聖矣則無思也其至者循理而已無爲也其動者應物而已是以覆露乎萬物鼓舞

乎群衆而未有能測之者也可不謂神矣乎神也者至妙而不息者也此聖人之内也聖人者道之極也佛之説其有以易此乎求其有以易此者故其所以爲失也夫得於内者未有不可行於外也有不可行於外者斯不得於内矣易曰智周乎萬物而道濟天下故不過此聖人所以兩得之也知足以知一偏而不足以盡萬事之理道足以爲一方而不足以通天下之用此百家之所以兩失之也佛之失其不以此乎則佛之徒自以謂得諸内者亦謂妄矣夫學史者將以明一代之得失也臣等故因梁之事而爲著聖人之所以得及佛之所以失以得之者使知君子之所以距佛者非外而有志於内者庶不以此而易彼也

相國寺維摩院聽琴序

古者學士之於六藝射能弧矢之事矣又當善其揖讓之節御能車馬之事矣又當善其驅馳之節書非能肆筆而已又當辨

其體而皆通其意數非能布策而已又當知其用而各盡其法而五禮之威儀至於三千六樂之節文可謂微且多矣噫何其煩且勞如是然古之學者必能此亦可謂難矣然習其射御於禮習其干戈於樂則少於學長於朝其於武備固修矣其於家有塾於黨有庠於鄉有序於國有學於教有師於視聽言動有其容於衣冠飲食有其度几杖有銘盤杅有戒在輿有和鸞之聲行步有佩玉之音燕處有雅頌之樂而非其故琴瑟未嘗去於前也蓋其出入進退俯仰左右接於耳目動於四體達於其心者所以養之至如此其詳且密也雖然此尚爲有待於外者爾若夫三材萬物之理性命之際力學以求之深思以索之使知其要識其微而齋戒以守之以盡其材成其德至合於天地而後已者又當得之於心夫豈非難哉噫古之學者其役之於内外持其心養其性者至於如此此君子所以愛日而自強不

息以求至乎極也然其習之有素閑之有具如此則求其放心伐其邪氣而成文武之材就道德之實者可謂易矣孔子曰興於詩立於禮成於樂蓋樂者所以感人之心而使之化故曰成於樂昔舜命夔典樂教冑子曰直而溫寬而栗剛而無虐簡而無傲則樂者非獨去邪又所以救其性之偏而納之中也故和鸞佩玉雅頌琴瑟之音非其故不去於前豈虛也哉今學士大夫之於持其心養其性凡有待於外者皆不能具得之於內者又亦皆略其事可謂簡且易矣然所以求其放心伐其邪氣而成文武之材就道德之實豈不難哉此予所以懼不至於君子而入於小人也夫有待於外者余既力不足而於琴竊有志焉久矣然患其莫余授也治平三年夏得洪君於京師始合同舍之士聽其琴於相國寺之維摩院洪君之於琴非特能其音又能其意者也予將就學焉故道予之所慕於古者庶乎其有以

自發也同舍之士丁寳臣元珍鄭穆閎中孫覺莘老林希子中而予曾鞏子固也洪君名規字方叔以文學吏事稱於世云、

送周屯田序

士大夫仕登朝廷年七十上書去其位天子官其一子而聽之亦可謂榮矣然而有若不釋然者余爲之言曰古之士大夫倦而歸者安居几杖膳羞被服百物之珍好自若天子養以燕饗飲食鄉射之禮自比子弟袒韝鞠脀以薦其物諮其辭說不於庠序則於朝廷時節之賜與縉紳之禮於其家者不以朝則以夕上之聽其休爲不敢勤以事下之自老於無爲以尊榮也今一日辭事還其廬徒御散矣賓客去矣百物之順其欲者不足人之群嬉屬好之交不與約居而獨游散棄乎山墟林莽陋巷窮閭之間如此其於長者薄也亦曷能使其不欿然於心邪雖然不及乎尊事可以委蛇其身而益閑不享乎珍好可以窒煩

除薄而益安不去乎深山長谷豈不足以易其庠序之位不居其榮豈有患夫其庠哉然則古之所以殷勤奉老者皆世之任事者所自爲於士之倦而歸者顧爲煩且勞也今之置古事者顧有司爲少耳士之老於其家者獨得其自肆也然則何爲動其意邪余爲之言者尚書屯田員外郎周君中復周君與先人俱天聖二年進士與余舊且好也既爲之辨其不釋然者又欲其有以處而樂也讀余言者可無異周君而病今之失矣

送江任序

均之爲吏或中州之人用於荒邊側境山區海聚之間蠻夷異域之處或燕荆越蜀海外萬里之人用於中州以至四遐之鄉相易而往其山行水涉沙莽之馳往往風霜冰雪瘴霧之毒之所侵加蛇龍虺蜴虎豹之群之所抵觸衝波急洑隤崖落石之所覆壓其進也莫不籝粮舉藥選舟易馬刀兵曹伍而後動戒

朝奔夜變更寒暑而後至至則宮廬器械被服飲食之具土風氣候之宜與夫人民謠俗語言習尚之務其變難遵其情難得也則多愁居惕處歎息而思歸及其久也所習已安所蔽已解則歲月有期引而去矣故不得專一精思修治其以宣布天子及下之仁爲後世可守之法也或九州之人各用於其土不在西封在東境士不必勤舟車輿馬不必力而已傳其都邑坐其堂奥道途所次升降之倦凌冒之虞無有接於其形動於其慮至則耳目鼻口百體之所養如不出乎其家父兄六親故舊之人朝夕相見如不出乎其里山川之形土田市井風謠俗習辭説之變利害得失善惡之條貫非其童子之所聞則其少長之所游覽非其自得則其鄉先生老者之所告也所居已安所有事之宜皆已習熟如此故能專慮致勞營職事以宣上恩而修百姓之急其施爲先後不待旁諮久察而與奪損益之幾已斷

於胷中矣豈類夫孤客遠寓之憂而以苟且決事哉臨川江君爲洪之豐城此兩縣者牛羊之牧相交樹木果蔬五穀之壟相入也所謂九州之人各用於其土者孰近於此既已得其所處之樂而厭聞飫聽其民人之事而江君又有聰明敏急之才絜廉之行以行其政吾知其不去圖書議論之適賓客之好而所爲有餘矣益縣之治則民自得於大山深谷之中而州以無爲於上吾將見江西之幕府無南嚮而慮者矣於其行書以送之

譜例序

蘇明允

古者諸侯世國卿大夫世家死者有廟生者有宗以相次也是以百世而不相忘此非獨賢士大夫尊祖而貴宗蓋其昭穆存乎其廟遷毀之主存乎其太祖之室其族人相與爲服死喪嫁娶相告而不絕則其勢將自至於不忘也自秦漢以來仕者不世然其賢人君子猶能識其先人或至百世而不絕無廟無宗

而祖宗不忘宗族不散其勢宜忘而獨存則由有譜之力蓋自唐衰譜牒廢絶士大夫不講而世人不載於是乎由賤而貴者恥言其先由貧而富者不録其祖而譜遂大廢昔者洵嘗自先子之日而咨考焉由今而上得五世由五世而上得一世一世之上失其次而其本出於趙郡之蘇以爲蘇氏族譜他日歐陽公見而歎曰吾嘗爲之矣出而觀之有異法焉曰是不可使獨吾二人爲之將天下舉不可無也洵於是又爲太宗譜法以盡譜之變而并載歐陽氏之譜以爲譜例附以歐陽公題劉氏碑後之文以告當世之君子蓋將有從焉者

送石昌言舍人北使引

昌言舉進士時吾始數歲未學也憶與群兒戲先府君側昌言從旁取棗栗啖我家居相近又以親戚故甚狎昌言舉進士日有名吾後漸長亦稍知讀書學句讀屬對聲律未成而廢昌言

聞吾廢學雖不言察其意甚恨後十餘年昌言及第第四人守官四方不相聞吾日以壯大乃能感悔摧折復學又數年遊京師見昌言長安相與勞苦如平生歡出文十數首昌言甚喜稱善吾晚學無師雖日爲文中心自慚及聞昌言說乃頗自喜今十餘年又來京師而昌言官兩制乃爲天子出使萬里外彊悍不屈之虜建大旆從騎數百送車千乘出都門意氣慨然自思爲兒時見昌言先府君旁安知其至此富貴不足怪吾於昌言獨自有感也大丈夫生不爲將得爲使折衝口舌之間足矣往年彭任從富公還爲我言曰既出境宿驛亭聞介馬數萬騎馳過劍槊相摩終夜有聲從者怛然失色及明視道上馬迹尚心掉不自禁凡虜所以誇耀中國者多此類也中國之人不測也故或至於震懼而失辭以爲夷狄笑嗚呼何其不思之甚也昔者奉春君使冒頓壯士大馬皆匿不見是以有平城之役今之

匈奴吾知其無能爲也孟子曰說大人則藐之况於夷狄請以爲贈

蘇氏族譜引

蘇氏族譜譜蘇氏之族也蘇氏出于高陽而蔓延於天下唐神龍初長史味道刺眉州卒于官一子留于眉眉之有蘇氏自是始而譜不及者親盡也親盡則曷爲不及譜爲親作也凡子得書而孫不得書者何也以著代也自吾之父以至吾之高祖仕不仕娶某氏享年幾某日卒皆書而他不書者何也詳吾之所自出也自吾之父以至吾之高祖皆曰諱某而他則遂名之何也尊吾之所自出也譜爲蘇氏作而獨吾之所自出得詳與尊何也譜吾作也嗚呼觀吾之譜者孝悌之心可以油然而生矣情見于親親見于服服始于衰而至於緦麻而至於無服無服則親盡親盡則情盡情盡則喜不慶憂不弔喜不慶憂不弔則

途人也吾所相與也如途人者其初兄弟也兄弟其初一人之身也悲夫一人之身分而至於途人吾譜之所以作也其意曰分至於途人者勢也勢吾無如之何也已幸其未至於途人也使之無至於忽忘焉可也嗚呼觀吾之譜者孝悌之心可以油然而生矣系之以詩曰

吾父之子今爲吾兄吾疾在身兄呻不寧數世之後不知何人彼死而生不爲戚欣兄弟之親如足于手其能幾何彼不相能彼獨何心

仲兄郎中字序

洵讀易至渙之六四曰渙其群元吉曰嗟夫群者聖人之所欲渙以混一天下者也蓋余仲兄名渙而字公群則是以聖人之所欲解散滌蕩者以自命也而可乎他日以告兄曰子可無爲我易之洵曰唯既而又曰請以文甫易之如何且兄嘗見夫水

之與風乎油然而行淵然而留渟洄汪洋滿而上浮者是水也而風實起之蓬蓬然而發乎大空不終日而行乎四方蕩乎其無形飄乎其遠來既往而不知其迹之所存者風也而水實形之今夫風水之相遭乎大澤之陂也紆餘委蛇蜿蜒淪漣安而相推怒而相陵舒而如雲蹙而如鱗疾而如馳徐而如徊揖讓旋辟相顧而不前其繁如縠其亂如霧紛紜鬱擾百里若一汩乎順流至乎滄海之濱滂薄洶湧號怒相軋交橫綢繆放乎空虛綷乎無垠橫流逆折潰旋傾側宛轉膠戾回者如輪縈者如帶直者如燧奔者如焱跳者如鷺投者如鯉殊狀異態而風水之極觀備矣故曰風行水上渙此亦天下之至文也然而此二物者豈有求於文哉無意乎相求不期乎相遭而文生焉是其爲文也非風之文也二物者非能爲文而不能不爲文也物之相使而文出於其間也故此天下之至文也今夫玉非不溫然

美矣而不得以爲文刻鏤組繡非不文矣而不可與論乎自然故夫天下之無營而文生之者惟水與風而已昔者君子之處於世不求有功不得已而功成則天下以爲賢不求有言不得已而言出則天下以爲口實嗚呼此不可與他人道

六一居士集序　蘇子瞻

夫言有大而非誇達者信之衆人疑焉孔子曰天之將喪斯文也後死者不得與於斯文也孟子曰禹抑洪水孔子作春秋而予距楊墨蓋以是配禹也文章之得喪何與於天而禹之功與天地並孔子孟子以空言配之不已夸乎自春秋作而亂臣賊子懼孟子之言行而楊墨之道廢天下以爲是固然而不知其功孟子既沒有申商韓非之學違道而趨利殘民以厚主其說至陋也而士以是罔其上上之人僥倖一切之功靡然從之而世無大人先生如孔子孟子者惟其本末權其禍福之輕重以

救其惑故其學遂行秦以是喪天下陵夷至於勝廣劉項之禍死者十八九天下蕭然洪水之患蓋不至此也方秦之未得志也使復有一孟子則申韓爲空言作於其心害於其事作於其事害於其政者必不至若是烈也使楊墨得志於天下其禍豈減於申韓哉由此言之雖以孟子配禹可也太史公曰蓋公言黄老賈誼晁錯明申韓錯不足道也而誼亦爲之余於是知邪説之移人雖豪傑之士有不免者況衆人乎自漢以來道術不出於孔氏而亂天下者多矣晋以老莊亡梁以佛亡莫或正之五百餘年而後得韓愈學者以愈配孟子蓋庶幾焉愈之後二百餘年而後得歐陽子其學推韓愈孟子以達於孔氏著禮樂仁義之實以合於大道其言簡而明信而通引物連類折之於至理以服人心故天下翕然師尊之自歐陽子之存世之不説者譁而攻之能折困其身而不能屈其言士無賢不肖不謀而

同曰歐陽子今之韓愈也宋興七十餘年民不知兵富而教之至天聖景祐極矣而斯文終有愧於古士亦因陋守舊論卑而氣弱自歐陽子出天下爭自濯磨以通經學古爲高以救時行道爲賢以犯顏納說爲忠長育成就至嘉祐末號稱多士歐陽子之功爲多嗚呼此豈人力也哉非天其孰能使之歐陽子沒十餘年士始爲新學以佛老之似亂周孔之實識者憂之賴天子明聖詔修取士法風厲學者專治孔氏黜異端然後風俗一變考論師友淵源所自復知誦習歐陽子之書予得其詩文七百六十六篇於其子棐乃次而論之曰歐陽子論大道似韓愈論事似陸贄記事似司馬遷詩賦似李白此非余言也天下之言也歐陽子諱修字永叔既老自謂六一居士云

章公甫字序　章望之

古之人有聖智者出然後制器濟用以爲天下利而洪荒之風

華矣前聖作之後聖因之以至于多且備宮室棟宇養生之大物也丘墓宗廟奉死之大歸也城郭溝池守國之大防也車輅所以行陸也舟梁所以行水也險阻由是而通耒耜鎡錤筐筥杵臼所以資農作也簿槌以時蠶機杼以成絲絲麻布帛所以資女功也衣食由是而有鈇鉞干戈介冑矛戟所以衛兵人也常旂旟旐所以表師帥也鼓鼙鐃鐲所以警進退也姦暴由是而戢罔罟畢翳所以給畋漁也災害由是而除衣裳韠舄所以周身也冕弁巾冠所以飾首也天子之鎮圭諸侯之五瑞所以班國也佩玉於身觿以衝牙組綬咸異所以節行也貴賤由是而辨喪期有數喪制有別齊斬苴枲以杖屨輤其隆以日月致其殺所以厚人道也孝思由是而篤珪璧琮璜凡用玉者所以禮神修好也誠慤由是而交鼎鼐錡釜所以致烹飪也俎豆簠簋所以旅飲食也爵勺尊彝所以尊酒醴也賓祭由是而供金

石絲竹匏土革木舞以干戚羽旄象其君德所以諧音樂也和樂由是而合莞簟几杖所以佚四體也尊少由是而分射侯既抗正鵠既設弓矢以中所以習射也禮容由是而考節符印璽所以孚遠近也命令由是而質府庫之藏鍵閉筦籥以固之所以謹出納也詐僞由是而察五行之産五材之用或文也或素也或有象也或貴其聲也或貴其色也或貴其物也或貴其德也視其所施而已大小有宜上下有稱於以尊尊而親親老老而賓賓敬鬼神而利民事國家制度於是乎始罔淫爲異器以啓奇邪是以作而可法用而可觀惟度量權衡齊衆之器也多寡天下之物誠信天下之民本之同律參之度數以適規矩方圜以定準繩平直法於王府同於四海之内凡出於人力者莫不得所以程百器以役百工是以先王務審之今吾族子者衡其名矣子平其字矣嘗得進士第冠多士於天子之廷是尊儒

之重選也六替而拜四官籍在外朝職在書府出守大邦世人猶以爲淹相見於江之南固請於予曰爲我推衡平之義而易字焉予不得其辭而告之曰衡平而物得輕重物得輕重而民得其情天下之公所由出也字曰公甫可乎公甫曰衡也不得叔父之言爲不自安今朋友以謂衡也者將告之曰是吾叔父之言也

送秦少章赴臨安簿序　張文潛

詩不云乎蒹葭蒼蒼白露爲霜夫物不受變則材不成人不涉難則智不明季秋之月天地始肅寒氣欲至方是時天地之間凢植物出於春夏雨露之餘華澤充溢支節美茂及繁霜夜零旦起而視之如戰敗之軍卷旗棄鼓裹瘡而馳吏士無人色豈特如是而已於是天地閉塞而成冬則摧敗拉毀之者過半其爲變亦酷矣然自是弱者堅虛者實津者燥皆斂藏其英華於

腹心而各效其成深山之木上撓青雲下庇千人者莫不病焉況所謂蒹葭者乎然匠石操斧以游於林一舉而盡之以充棟渠桷杙輪輿輹輻巨細強弱無一不勝其任者此之謂損之而益敗之而成虐之而樂者是也吾黨有秦少章者自余爲太學官時以其文章示余慨然告我曰惟家貧奉命于大人而勉爲科舉之文也異時率其意爲詩章古文往往清麗奇偉工於舉業百倍元祐六年及第調臨安主簿舉子中第可少樂矣而秦子每見余輒不樂余問其故秦子曰余世之介士也性所不樂不能爲言所不合不能交飲食起居動靜百爲不能勉以隨人今一爲吏皆失巳而惟物之應少自偃蹇禍悔嚮至異時一身資養於父母今則婦子仰食於我欲不爲吏亦不可得自今以往如沐漆而求解矣余解之曰子之前日春夏之草木也今日之病子者蒹葭之霜也凡人性惟安之求夫安者天下之大患

也遷之爲貴重耳不十九年於外則歸不能覊子胥不奔則不能入郢二子者方其覊窮憂患之時蹙益其所短而進其所不能者非如學於口耳者之淺淺也自今吾子思前之所爲其可悔者衆矣其所知益加多矣反身而安之則行於天下無可憚者矣能推食與人者嘗饑者也賜之車馬而辭焉者不畏徒步者也苟畏饑而惡步則將有苟得之心焉爲害不既多乎故隕霜不殺者物之災也逸樂終身者非人之福也

王平甫文集後序

陳無已

歐陽永叔謂梅聖俞曰世謂詩能窮人非詩之窮窮則工也聖俞以詩名家仕不前人年不後人可謂窮矣其同時有王平甫臨川人也年過四十始名薦書群下士歷年未幾復觧章綬歸田里其窮甚矣而文義蔚然又能於詩惟其窮愈甚故其得愈多信所謂人窮而後工也雖然天之命物用之不全實者不華

淵者不陸物之不全物之理也盡天下之美則於貴富不得兼而有也詩之窮人又可信矣方平甫之時其志抑而不伸其才積而不發其號位勢力不足動人而人聞其聲家有其書旁行於一時而下達於千世雖其怨敵不敢議也則詩能達人矣未見其窮也夫士之行世窮達不足論論其所傳而已平甫孝悌于家信于友勇於義而好仁不特文之可傳也向使平甫用力于世薦聲詩於郊廟施典策於朝廷而事負其言後矣其前則并其可傳而棄之平生之學可謂勤矣天下之譽可謂盛矣一朝而失之豈不哀哉南豐先生既叙其文以詔學者先生之沒彭城陳師道因而伸之以通于世誠悲不敏其能使人後其所利而隆其所棄者耶因先生之言以致其志又以自勵云爾

文章辨體卷之三十三

文章辨體卷之三十四

海虞後學吳訥編集

序三

泉州同安縣學故書目序　朱晦庵

同安學故有官書一匱無籍記文書官吏傳以相承不復省至熹始發視則皆故弊殘脫無復次第獨視其終篇皆有識焉者曰宣德郎祕書丞知縣事林姓而名亡矣按縣治壁記及故廟學記林君名濆字道源以治平四年爲是縣明年熈寧初元始新廟學聚圖書是歲戊申距今紹興二十五年乙亥纔八十有八年不幸遭官師之解弛吏水火盜竊之餘其磨滅而僅存者止是耳而使之與埃塵蟲鼠共敝於故箱敗篋之間以至於泯泯無餘而後已其亦不仁也哉因爲之料簡其可讀者得凡六種一百九十一卷又下書募民間得故所藏去者復二種二

十六卷更爲裝褫爲若干卷著之籍記而善藏之如故加嚴焉復具刻著卷目次第闕其所失亡者揭之使此縣之人於林君之德尚有考也而熹所聚書因亦附見其後云

贈徐師表序

南浦徐君師表論五行精極建安今年新進士數人大抵皆其所嘗稱許序引具存可覆視也一日見予屏山之下因以所知十餘人者驗之壽夭窮達之間中者八九以是知諸君之譽徐君也不爲妄而徐君之得諸人也不爲幸其挾諸人者不爲誇矣將行求予言以贈予惟人之所賦厚薄淹速有不可易者如此而學士大夫猶欲以智力求之至於義理之所當爲君子所不謂命則又未聞其有必爲者何哉徐君之所從遊多吾黨之士坐語從容試以是說諗之庶乎其有益也

送郭拱辰序

世之傳神寫照者能稍得其形似已得稱爲良工今郭君拱辰叔瞻乃能并與其精神意趣而盡得之斯亦奇矣予頃見友人林權之游誠之稱其爲人而招之不至今歲惠然來自昭武里中士夫數人欲觀其能或一寫而肖或稍稍損益卒無不似而風神氣韻妙得其天致有可笑者爲予作大小二象宛然麋鹿之姿林野之性持以示人計雖相聞而不相識者亦有以知其爲予也然予方將東游鴈蕩窺龍湫登玉霄以望蓬萊西歷麻源經玉笥據祝融之絕頂以臨洞庭風濤之壯北出九江上廬阜入虎溪訪陶翁之遺跡然後歸而思自休焉彼當有隱君子者世人所不得見而予幸將見之欲圖其形以歸而郭君以歲晚思親不能久從予游矣予於是有遺恨焉因其告行書以爲贈

黃子厚詩序

余年十五六時與子厚相遇於屏山劉氏之齋館俱事病翁先

生子厚少余一歲讀書爲文畧相上下猶或有時從余切嗟以進其所不及後三四年余猶故也而子厚一旦忽踴躍驟進若不可以尋尺計出語落筆輙驚坐人余固歎其超然不可追逐而流輩中亦鮮有能及之者自爾二十餘年子厚之詩文日益工琴書日益妙而余日益昏惰乃不能及常人亦且自念其所曠闕又有急於此者因遂絶意壹以頑鄙自安固不暇復與子厚度長絜大於文字間矣旣而子厚一再徙家崇安浦城會聚稍希濶然每得其詩文筆札必爲之把玩賞歎移日不能去手葢子厚之文學太史公其詩學屈宋曹劉而下及於韋應物視柳子厚猶以爲雜用今體不好也其隸古尤得魏晉以前筆意大抵氣韻豪爽而趣味幽潔蕭然無一點世俗氣中年不得志於場屋遂發憤謝去杜門讀書清坐竟日間輙曳杖行吟田野間望山臨水以自適其於騷詞能以楚聲古韻爲之節族抑揚

高下俛仰疾徐之間凌厲頓挫幽渺回斡聞者爲之感激慨歎或至泣下由是其詩日以高古遂與世亢至不復可以示人或者得之亦不省其爲何等語也獨余猶以舊習未忘之故頗能識其用意深處葢未嘗不三復而深悲之以爲子厚豈其坐此以窮然亦不意其遂窮以死也衰暮疾痛餘日幾何而交舊零落無復可與語此者方將訪其遺稾櫝而藏之以爲後世必有能好之者而一日三山許閎生來訪袖出子厚手書所爲若干篇別抄又若干篇以示余其間葢又有所未見者然後益知子厚晚歲之詩其變化開闔恍惚微妙又不止余昔日之所知也爲之執卷流涕而識其後如此子厚名銖姓黃氏世家建之甌寧中徙潁昌且再世毋孫讀書能文昆弟皆有異材而子厚所立卓然尤足以自表見顧乃不遇而阨窮以死是可悲也許生嘗學詩於子厚得其戶牖收拾遺文其多乃至於此拳拳綴緝

師死而不忍倍之是又可嘉也已

贈相士序　　呂伯恭

自孔子前相術固已槩見於世若周叔服相孫叔敖之二子一言其必食子一言其必收子是以相而預言人之福也子文及叔向毋見越椒伯石之始生一言其必滅若敖氏一言其必喪羊舌氏是以相而預言人之禍也數十年之後福焉而福禍焉而禍無一不合誇於口者有之筆於書者有之孔子未嘗過而問焉孔子周流天下當時之人每以相術窺之有曰顙類堯也有曰肩類子產也孔子與門人弟子聞之不過付之一笑耳荀卿以大儒而著非相之論何也吾夫子之門盖自有相殆非世俗所論之相書也申申夭夭此孔門相容貌之術誾誾侃侃此孔門相言語之術翼如襜如即孔門相步趨之術勃如躩如即孔門相顔色之術一部一位一占一候毫釐不差李咸唐舉許

負之術至是皆末矣曾子傳此相書以相人故發而爲言動容貌之論子思傳此相書以相人故發而爲動乎四體之論孟子傳此相書以相人故發而爲眸子瞭眊之論荀卿得孔門之相書將心醉服膺之不暇何暇非他人之相書耶

序江漢先生死生　元姚端甫

其歲乙未王師徇地漢上軍法凡城邑以兵得者悉阬之德安由嘗逆戰其斬刈首馘動以十億計先公受詔凡儒服挂俘籍者皆出之得故江漢先生先生見公戎服而髯不以華人士子遇之至帳中見陳琴書愕然曰回紇亦知事此耶公爲之一莞與之言信奇士即出所爲文若干篇以九族殫殘不欲北因與公訣蘄死公止共宿實羈戒之既覺月色爛然惟寢衣留故所公遽鞍馬周號積屍間無有也行及水裔見已被髮脫屨仰天而祝蓋少須臾蹈水未入也公曰果天不生君與衆已同禍矣

其全之則上承千百年之祀下垂千百世之緒者將不在是身耶徒死無義可保吾而北無他也至燕名益大著北方經學實賴嗚之游其門者將百人多達材其間燧生也後不及拜其履前獲識其子卿月者七年矣凡再見之初以府僚見之洛陽雖嘗以好兄余猶未語此今以憲屬來鄧始及之且德先公不忘也燧曰嗚呼自先公言之先既受詔出之軍中而使之死不以命非善其職且儒同出者將千數纔得如先生一人而使之泯沒無聞非崇其道此公所懼而必生之也自先生觀之孰親於其七尺之軀而大其所關人持瓦缶將敗之猶有惜而不果者必茹毒罹禍不可一日居故忍而爲此其處非不思也中夜以興蹀膏血以鬬魑魅徑林莽以觸虎豹而始及水仰天而視其行非不決也夫思而後行行之以決則其勢多難奪於中路使非先公自行而他人赴之能捨所忍爲以回其復生之志收其

已逝之魄反就是一日不可居之禍毒乎由是言之先生之死求以無辱不以全歸其生也不以有赴而以知已此其胸中揆制一時相爲高下之權衡也然古之人爲知已死者有之無有爲知已而生者先生以古人所不爲者報之先公而先公所受先生也已多矣奚德哉卿月與余相視一泫卿月帰序所與言者贈之

元學士文藁序　吳幼清

儒者以文章爲小伎然而豈易能哉能之不易而或視以爲易焉昌黎韓子之所不取也且其爲不易何耶未可以一言盡也非學非識不足以厚其本也非才非氣不足以利其用也四者有一之不備又其能以純備乎或失則易或失則艱或失則淺或失則晦或失則狂或失則萎或失則俚或失則靡故曰不易能也學士清河元復初自少負才氣蓋其得於天者異於人而

又浸淫乎羣經蒐獵乎百家以資益其學增廣其識類不與人人同既而仕於内外應天下之務接天下之人其所資益增廣者又豈但紙上之陳言而已故其文脫去時流畦徑而能進古作者之道正矣而非易奇矣而其艱明而非淺深而非晦不狂亦不萎不俚亦不靡也登昌黎韓子之堂者不於斯人而有望與予與之交也久今由湖廣參政赴集賢學士之召與予遇於江州出示近藁三軼所得有加於前予非能文者喜談文者也於斯時也而有共談之人如之何而不喜也雖然無迷其途無絶其原願共服膺韓子之言以終其身

莊周夢蝶圖序　劉夢吉

周寓言夢為蝴蝶予不知何所謂也說者以為齊物意者以蝶也周也皆幻也幻則無適而不可也無適而不可者乃其所以為齊也謂之齊謂之無適而不可固也然周烏足以知之周之

學縱横之變也盖失志於當時而欲求全於亂世然其才高意廣有不能自已者是以見夫天地如是之大也古今如是之遠也聖賢之功業如是之廣且盛也而已以耿焉之身横於紛紛萬物間無幾時也復以是非可否繩於外得喪壽夭因於内而不知義命以處之思以詭夫家人時俗而爲朝夕苟安之計而不可得姑渾淪空洞舉事物而納之幻或庶幾焉得以猖狂恣肆於其間以妄自表于天地萬物之外也以是觀之雖所謂幻者亦未必真見其爲幻也幻且不知又惡知夫吾之所謂齊也又惡知夫吾之所謂無適而不可也吾之所謂齊也吾之所謂無適而不可也有道以爲之主焉故大行而不加窮居而不損隨時變易遇物賦形安往而不齊安往而不可也此吾之所謂齊與可者必循序窮理而後可以言之周則不然一舉而納事物於幻而謂窈冥恍惚中自有所謂道者存焉噫鹵莽厭煩者

孰不樂其易而爲之得罪於名教失志於當時者孰不利其說而趨之在正始熈寧之徒固不足道而世之所謂大儒一遇困折而姑藉其說以自遣者亦時有之要之皆不知義命而已矣雖然周已矣其遺說亦其夢中之一栩栩也吾從而辯之宜無與於周矣然以周觀之則不若休之以天均故即其圖而戲之曰圖汝者畫辯汝者書書與畫無知也圖汝者之心及吾之辯汝之心未發無有也既發亦無有也以其無所知無所有者而觀之安有彼是既無彼是安有是非周而有知則必曰吾惡乎知之使讀者作色於前發笑於後乃所以齊之也圖周者皐落楊内翰而序圖者劉其繼序而題詠者京師之才大夫也

李仲淵御史行齋謾藁序　程鉅夫

自予識御史李君仲淵而後知天下真有以古文爲任者邪說興而大道廢議論勝而文氣卑其來久矣古人一章一句該體

用具本末備終始猶有餘後世累千萬言欲究其理而不足非文之至也耶若原道原人太極圖說通書西銘等作方可稱繼三代者然必如是而爲文則天下之文廢矣又豈通論哉作述之體既殊古今之尚亦異學足紹先聖之道言足垂將來之法而已豈必模三墳擬大誥而後爲古乎此仲淵之所憂而吾之所以知仲淵也仲淵材峻而氣渾學富而行實其爲政簡而敬和而平以扶綱常任教化爲本至其不可奪則卓然有古遺直之風故其文精鑿沉鬱不假議論而理自見不托迂怪而格自奇其本則六經其辭則雜出西漢而下其可任以古人者仲淵其人乎然文之盛衰世道之占也我朝之盛自古所未有獨於文若未及者豈倡之者未至而學之者未力耶今天子方以復古爲已任於上弘其風浚其流儃焉而任於其下者非我輩之責耶而吾老矣仲淵不可辭也仲淵名原道亳人有集曰行齋

謾藁見示屬予以序不勝狐裘羔袖之愧

送屠存博之婺州序　戴師初

古之君子可以仕乎曰可以仕而可以不仕者也今之君子不可以仕乎曰不可以仕而不可以不仕者也可以仕而可以不仕何也其材與學可以仕而其身可以不仕者也不可以仕而不可以不仕何也其材與學不可以仕而其身不可以不仕者也古之君子其得材也厚矣其師良其學之之法備上之人時其可仕也然後仕之然而不必皆仕也不必皆仕而爲民則亦無不樂也今之君子其材不及古矣師不必皆良也學之之法不必皆備也其可仕也上之人不必皆仕之也然而皆有欲仕之心焉以爲不仕而爲民則其身將不免於累也故古之君子可以仕而仕則仕者皆爲賢公卿大夫可以不仕而不仕則不仕者皆爲良民今之君子其仕者既無以心服不仕者而其不

仕者至於無以自容其身今古之不齊與其俗之靜躁人之治亂如斯而已矣杭有吾黨屠君約字存博學古人之道而其材能爲今人之所難能生於紛囂長於家華而闔門哦書耳目不亂取所得於書之清切雄快者發之於歌謡布之於翰墨有騷人貞士之趣年四十矣當路數授以官翺翔而不就迨于今茲又板之爲婺學正始拜而行斯人也使之不仕知其能靜使之仕知其能治者乎然予於存博猶有欲言焉盍存博之可仕者以其材與學而不可以不仕者猶以其身乎夫人之生於世勞矣其不勞者非人道也古之爲民無刑獄卒至之憂無賦役淹久之苦人知其可羡如彼也然其筋骸膚體疲於田疇而拘於耒耜狎習於風寒暑濕之事與今之農夫正等耳居之久也以百里奚甯越之賢不免於叩牛而嗟釋鋤而起他可知已今之民一名爲儒則其處也唾壺而麈尾其出也高車而肥馬乃有

古時已仕在官者之所不及至於在家庭爲子弟僕役在道塗爲必賤負戴在庠序爲生徒肄習其勞逸萬萬相遠於古人又未論也論已仕者之當勞較於未仕者之責愈難也未仕者之責止其身已仕者之責及其人爲官吏者治人以政爲師長者教人以道也嗟乎存博知大道之難於政身之可憂輕於人今之勞也猶逸於古其有泰然於心也乎哉存博行矣異時婺學稱東南經術淵府正余前所云師良而法備者也今猶有爲東萊公之學而不變者乎存博問而求之求之而得其人則以余說質之又歸而教余焉

贈黃彥實序

自老莊氏憂身厭世有不願爲材之意而世之闒茸晦昧者託而逃焉烏乎是何不仁已甚耶天之生人苟不使材者率之則如勿生而已耳材聰目材明人之不可無耳目者以其非是二

物則往往骨而入於水火今曰我之耳不願爲聽我之目不願爲明其不爲廢人乎若曰聰不至於聽鬪蟻明不至於燭淵魚則悤於聰明之過之論而非以聰明爲不美而不爲也畜馬願其善走畜劍願其善割者馬之材在走劍之材在割也有惡馬之騾劒之銛寧得土馬木劒焉不可也余少壯時州之慈谿有黄東發先生以經術行義政業爲江南名卿緑桑梓故每與評騭古近人物以爲士之生斯世誠不可無材盍當其時方以閥閱科舉取士幸有父兄之素場屋之目則攀援而試之試之以文墨記覽錢穀獄訟之類俱不可則名曰道德展脅雅揖垂紳緩趨浮沉談笑羣衆中不失繩墨即咎責不加而品級馴致惟先生蚤起寒遠實用所能取之於人寸量尺叙然後至故其語執之良堅後生晚學化之皆矯然有自勵之色而先生歸而私督其家庭子弟者尤嚴於他人先生沒後二十年家單仕絶西

辟不立平時炎門赫族勢當同漸同盡而其子弟乃於中間方以材著大德辛丑之夏遇宣城教官字彥實者于杭間之先大夫乃東發翁也行藏本末無不習聞之古人之學問文獻無不貫淹以至於雄詞雅章機春轂奔奇聞異解蹊通部屬一一去人遠甚茲非天之所生而家庭之所成者邪以斯人之窮望於吾徒甚急今即用材又可得不用為邪雖然古人之材因事而見其未有事也若無材然彥實之刱與焉惟謹毋使人畏其銛且驟而益務藏聰明以待事至而出之何如回宣城王敬仲兄弟尤余所材也亦以是質之

忠史序　　歐陽原功

忠也者盡己之名也天以事物當然之理賦於人人盡其所當然者而無憾焉是之謂忠今語人曰臣事君以忠與忠恕之忠同則莫不駭然以為非而實然也或曰臣盡臣道於君忠矣子

盡子道於父何獨曰孝乎曰不然也禮記所爲内盡於巳而外順於道忠臣以事其君孝子以事其親其本一也此即吾說也然則上盡其所當然於其下其名曰何曰盡有不敢不勉之義上下之間必有别也故盡之對爲推推即恕矣程子嘗爲忠恕一也事上之道莫若忠使下之道莫若恕後儒疑之未喻此也人生而靜動與物接即有盡巳不盡巳二者出乎其間識者知其然固無一息而非吾效忠之時也是道也所以事君所以事天詩曰昊天曰明及爾出王昊天曰旦及爾游衍亶其嚴乎番易楊玄翁有見於此久矣大父通守在軒先生當宋季官守以直聞難以死節著玄翁慨慕先志作忠史十餘年成書於是上下數千年臣子大義粲然畢具微而一言一行苟無媿於盡巳者悉録之又微而裔夷小邦婦人女子之操不遺也又極而心跡形侶之間皆有以覈其實是非枉直瞭然不繆於古人何其

至公而當也嗚呼自忠之爲說不明士大夫平居無涵養省察之功蒞事無鞠躬盡瘁之志立朝無直言敢諫之風至於臨難死節能保其必然也耶嗚呼宇宙間此道明即天地變化草木蕃不明即天地閉賢人隱甚可畏也余爲國子博士時職當校讎書既表章之猶懇玄翁著書之志未白也故述忠說於斯嗚呼是書果行於世也夫書之幸也夫世之幸也夫年月日具官歐陽玄序

孔氏譜序　　　揭曼碩

孔氏世家一卷其派之在江西而顯者是爲臨江三孔三孔之子孫曰克巳者是爲先聖五十五世孫繇江西不遠三千里拜曲阜林廟且因以考訂其譜諜而收其所未續者遂携之至于京師以示諸學孔子者俾斯得與觀焉於是肅然敬悚然懇進而告之曰凡天下之受姓命氏未有非聖賢之後者也凡有導

祖敬宗之心未有不知重其譜諜者也然徒知重其譜諜而不知求夫尊祖敬宗之實猶無譜諜也猶非其子孫也而况孔子之世家乎夫孔子魯之陪臣也去今七百有餘歲矣天下至今誦其書講其道祀之以天子之禮樂戴之如天地仰之如日月親之如父母者果何以致是乎哉衢路庸衆尋常之人一有不合於孔子之教者猶得指而議之而况其子孫乎其爲孔氏之子孫亦難矣故籠天下之陸海不足以爲其富極天下之爵禄不足以爲其貴窮天下之奇珍異器不足以爲其實其可富可貴可實者在闡乃祖之道而已凡學孔子者猶必以是爲務而况其子孫乎夫譜其譜者尊祖之器也道其道者尊祖之實也敬之勉之勿徒艳其虛器而號於衆曰吾先聖之子孫也吾懼其有議其後者矣子其慎之某日月具官揭傒斯序

南昌劉應文文藁序　　虞伯生

江西之境其山奇秀而水清寫委折演注至於南昌則山益壯水益大故生人稟是氣者多能文章而其爲文又能脫畧其鄙樸之質振作其委靡之體故言文者未有先於江西然習俗之弊其上者常以怪詭險澁斷絕起頓揮霍閃避爲能事以竊取莊子釋氏緒餘造語至不可解爲絕妙其次者汎取耳聞經史子傳下逮小說無問類不類勦剽近似而雜舉之以多爲博而蔓延草積如醉夢人聽之終日不能了了而下者迺突兀其首尾輕懷其情狀若俳優諧謔立此應彼以文爲事嗚呼此何爲者哉大抵其人於學無所聞於德無所蓄假以文其寡陋而從之者亦樂其易能無怪其禍之至此不可收拾也嗚呼文章者未暇縱論古今天下也即江西論之歐陽文忠公王文公曾南豐非其人乎執筆之君子亦嘗取其書而讀之凡巳之所爲合於此三君子否也苟不合則巳之謬可知巳而曾不出此何也

蓋三君子之文非徒然也非止發於天資而已也其通今博古養德制行所從來者遠矣宜乎樂爲寡陋而爲能者不知思也此三君子之文循不足以知之況三君子之上有當知者尚遠也豈復知之乎知此而欲以文自命則亦惜乎秀氣之委者矣悲夫豈獨學者之咎哉豈獨學者之咎哉南昌劉君資深少於余一歲相好也不遠萬里以其子應文來教觀資深之意深有望於其子矣余觀應文之筆端清而不險徤而不怒其建中於有司而分教一郡宜矣信乎山水秀潤之所鍾者誠有可望者也然余聞之傳曰觀乎會通以行其典禮非觀乎會通則固陋而已夫正其所已能而進其所未能君子之道也余僑居江西三十年矣是亦江西之人於江西得無情乎矧吾丈人之子余安得不以憂吾江西之文敝者而告之應文願應文之勉之也

安先生文集序

默菴集者詩文凡若干篇藁城安君敬仲之所作其門人趙郡蘇天爵之所輯録者也既繕寫乃來告曰昔容城劉静修先生得朱子之書於江南因以之遡乎周邵程張之傳以求達夫論語大學中庸孟子之説古所謂聞而知之者此其人歟聞其風而慕焉者敬仲也與静修之居間數百里耳然而未嘗見焉徒因其門人烏叔備承問其説以爲學則是敬仲之於静修益亦聞而知之者乎願序而傳焉嗟乎知之爲知有未易一槩言者聖賢之道大矣世之豪傑能因其才識之所至而知其所及者其人豈易得哉昔者天下方一朔南會同縉紳先生固有得朱子之書而尊信表章之者今其言衣被四海家藏而人道之其功固不細矣而静修之言曰老氏者以術欺世而自免者也陰用其説者莫不以一身之利害而節量天下之休戚其終必至

於誤國而害民然而特立於萬物之表而不受其責焉而自以孔孟之時義程朱之名理自居而人莫知奪之也觀其考察於異端幾微之辨其精如此則其下視一世之苟且汙濁者不啻蟣蝝之細大彘之穢豈不信然敬仲氏終身師慕之則其所見何可量哉然靜修門人嘗有與予同爲國學官者從問其師說不予告也退而求諸其書見其告先聖文曰因蚤躁狂若將有志中實脆留未立已頽揆厥無成實由貪儒時馳景去凛不自容顧念初心怳焉如失觀乎此言則靜修道德之所至可見矣噫吾道之大豈委靡不振鹵莽依託者所可竊假於斯哉其必有振出之豪傑而後可也以予觀于國朝混一之初北方之學者高明堅勇孰有過於靜修者哉誠使天假之年遂志以優入不然使得親炙朱子以極其變化充擴之妙則所以發揮斯文者當不止是哉又嘗求敬仲於其書矣其告先聖文曰追憶舊

聞卒究前業洒掃應對謹行信言餘力學文窮理盡性循循有序發軔聖途以存諸心以行諸已以及於物以化於鄉然則敬仲得於朱子之端緒平實切密何可及也誠使得見靜修廓之以高明厲之以奮發則劉氏之學不既昌大於時已乎惜乎靜修既不見朱子而敬仲又不獲親於靜修二君子者皆未中壽而卒豈非天乎予與敬仲年相若也少則持未成之學以出及粗聞用力之要而氣血向衰凜然有不及之歎視敬仲之蚤有譽於當世寧無慨然者乎若蘇生之拳拳於其師之遺書如此益可見其取友之端矣是皆予之所敬畏而感發者故題以爲序

文丞相傳序　許有壬

宋養士三百年得人之盛軼唐漢而過之遠矣盛時忠賢雜遝人有餘力及天命已去人心已離有挺然獨出於百萬億生民之上而振舉其已墜續其已絶使一時天下之人後乎百世之

下洞知君臣大義之不可廢人心天理之未嘗泯其有功於名教爲何如哉丞相文公少年趠厲有經濟之志中爲賈沮徊翔外僚其以兵入援也大事去矣其付以鈞軸也降表具矣其往而議和也萬萬一有濟爾平生定力萬變不渝父母有疾雖不可爲無不用醫藥之理公之語公之心也是以當死不死可爲即爲逸于淮振于海其不可爲矣則惟有死爾可死矣而又不死非有它也等一死爾昔則在巳今則在天一旦就義視如歸焉光明俊偉俯視一世顧膚敏裸將之士不知爲何物也推此志也雖與嵩華爭高可也宋之亡守節不屈者有之而未有有爲若公者士固不可以成敗論也然則收宋三百年養士之功者公一人爾孫富爲湖廣省檢校官始出遼陽儒學副提舉劉岳申所爲傳將刻之梓俾有壬序之有壬早讀吟嘯集指南録見公自述甚明三十年前游京師故老能言公者尚多而訝其

傳之未見于世也伏讀慷慨惜京師故老之不及見也公之事業在天地間炳如日星自不容泯而史之取信世之取法則有待於是焉若富也可謂能後者已

古詩考録後序

吳立夫

予嘗從黄子學詩黄子集漢魏以來古詩凡數十百篇詩之作尚矣蓋古今之言詩者異焉古之言詩主於聲今之言詩主於辭辭者聲之寓也昔者孔子自衛反魯乃與魯太師言樂樂既正矣而後雅頌各得其所史遷則曰古詩三百餘篇聖人特取其三百而被之弦歌所謂洋洋盈耳者不獨主於聲也或因其斷章取義而欲以導其言語之所發或本其直指全體而務以約其性情之無邪是又不以其辭哉制氏世世在大樂官蓋頗識其鐘鼓之鏗鏘而不能言其義鹿鳴騶虞伐檀文王四調循得爲漢雅樂之所肄且混於趙燕楚代之謳者無幾自其辭言

古今義理之極致一也自其聲言則樂師矇瞍之任未必能勝夫齊魯韓毛四家之訓詁者也雖然古之安樂怨怒哀思之音蓋將因其辭之所寓者而盡見之故當時之聞韶者則從容和緩觀武者則發揚蹈厲是獨非以其聲辭之俱備然哉自漢魏以來誠不可以望古三百篇至於上下千有餘載作者間出如以其聲則沈休文之樂志王僧虔之技録自能辯之苟以其辭則今無越乎黄子之所集者吾猶恐古之言詩不專主於聲而今之言詩亦不專主於辭也何則古之言詩本無定聲亦無定韻聲取其諧韻取其協平固未始常爲平仄固未始常爲仄清固未始不叶爲濁濁固未始不叶爲清自近世王元長沈休文之徒始著四聲定八病無復古人深意新安吳棫材老乃用是而補音補韻先儒亦嘗取是而叶詩叶離騷盖古今之字文不同南北之語言或異而音韻隨之是雖不待於叶而自能叶焉

者也故當觀其辭然則古之言詩者辭而言樂者則聲也采詩之官不置樂府之署不設吾無以聲爲也若夫今之言詩既曰古近二體古體吾不敢知而近體乃謂之爲律者何也又安得不求夫聲辭之俱備而後爲至哉考乎古者考此足矣試以是而復之黄子序于木綿

司馬子微天隱子注後序

司馬子微天隱子注一卷八篇天隱子亡其姓族邑里或曰子微託之者也夫黄老之説始自黄帝老子太史公老子列傳則稱其以自隱無名爲務至其道乃曰無爲自化清淨自正無他異也當漢初黄老盛行至武帝又好神仙文成五利之徒迂誕恠譎之士神光巨跡千變百幻雖嘗一致橋山之祠欲追黄帝之遺風者獨不及老子神仙方技豈又與道家戾歟東漢以來世之儒者方以天文封候爲内學而爲天子公卿之所賓禮甚

則唱於鬼道左慈啓之葛玄紹之玄之後則有鄭君鄭君之後則有葛洪葛洪之後則有陶弘景洪與弘景本儒者當天下多故欲自縱於方外逸民之間一傳而王遠之再傳而潘師正三傳而吳筠司馬子微考其學今天隱子之所述已盡之矣予觀天隱子冲澹而閑曠虛靚而寡欲黃老之遺論耳然而龍虎鉛汞抽添吐納之事未之及也豈或秘而不言歟夫以老子之修道養壽雖太史公猶不盡信又況後世之迂誣怪譎者可必得而悉徵之歟自今道家而言彼謂性宗儒者則曰此心也必主於覺彼謂命宗儒者則曰此氣也必保其純一天人達性命因其血肉口鼻之粗而得與造化溟涬同入於無盡盡之妙此古之人所以長生而不死者豈或別有其術歟不然天隱子之學亦止於是而已歟或曰孔子嘗師老子吾聖人蓋尸假者也特以語怪而不言故曰述而不作敏而好古竊比於我老彭老則

老聃彭則彭祖也雖然老子東周一柱下史耳幽王時有伯陽父顯于時有史儋本是二人且不與老子同時老子固壽矣太史公欲合伯陽父史儋爲一人且爲老子則亦疑弗能定也彭祖本大彭氏國陸終氏第三子當堯時始封又國語曰大彭豕韋則商滅之注謂在武丁時自堯至武丁中興上下且七八百年亦無緣大彭之國自興至滅止當彭祖一世世之言彭祖壽者吾又可得而必信之歟蓋孔子所言老彭自是商之賢大夫不謂老聃彭祖也老子嘗問禮矣彭祖者竟何爲耶豈或果有養生之說耶嗚呼吾聖人未嘗言養生然亦未嘗不養生禮者所以節其動容周旋樂者所以發於詠歌舞蹈禮樂不可斯須去身無非養也固未嘗以養生言也天地陰陽開闢屈伸之變亦何所不有夫又何謂乎尸假矣哉

釋迦方域志後序

終南山僧道宣嘗著釋迦方域志二卷言西域諸國佛經行乞食營建塔廟處與其風土物產甚悉唐藝文志載其目予始從學佛者游頗究其所爲志者蓋漢之初世烏孫大月氏本在敦煌祁連間匈奴冒頓攻大月氏大月氏西走破塞王奪居其地而塞王南君罽賓塞種分散自疏勒以西休循捐毒之屬皆故塞種類師古曰塞今釋種也塞釋聲相近大月氏既居故塞王地烏孫昆莫又擊破之而大月氏西徙大夏故烏孫民有塞種大月氏種休循捐毒國絕小依葱嶺而居民俗衣服又多類烏孫張騫云在大夏時賈人往市身毒得邛竹杖蜀布身毒居大夏東南有蜀物度去蜀不遠上乃令自蜀發間使四道並出指求身毒卒爲西南夷所閉不得通李奇曰身毒一名天篤卽今浮屠胡也按此身毒塞種之捐毒也捐毒治衍敦谷西北至大宛九百二十里西至大夏千有六百一十里故大夏賈人云在

其東南虛稱里數至於百千欲以誇漢使爲遠實一國也漢西域傳止載捐毒而張騫傳乃引身毒要之烏孫所治赤谷本塞王故國東去長安八千九百里而近漢擊匈奴收休屠王祭天金人金人蓋今佛氏遺像休屠王漢張掖郡地將近故塞國也而身毒及東漢又稱天竺摩騰竺法蘭之徒始持白氈之像及所譯四十二章到洛楚王英乃首盛齋戒之祀范曄曰佛道神化興自身毒二漢方志莫有稱者然則身毒本葱嶺間小國後漸大或爲他國所併仍冒舊國之號葱嶺以西乃爲塞種葱嶺以東多是雜胡亦不待辨而可知也及唐之盛天竺有五方制萬里號爲大國東天竺乃與雪山吐蕃分界北天竺直接突厥塞王所君罽賓隋唐之間別曰漕或曰矩吒且在西天竺之列東南海外扶南林邑又南天竺之隣境也今方域志殊不詳始本塞種獨稱中印度印度天竺之梵言猶捐毒也至謂其道則

巳幾徧天地之所覆載與夫貫古今而不可終窮者吁怪矣哉先王之世道德同風俗一文爲制度悉巳定竒言鬼行淫巧異技之人卒不自容於執法之吏去古日遠民不見聖甚則立枯抱石以爲行髡首祼身以爲飾或曰是方外之士也至於傷教害義亂大倫而猶不少顧及漢而後天竺浮屠之教熾然乘之達賢君子反受其法又衣以老莊列子之告且曰史蘇嘗紀其異矣仲尼亦嘗許其聖矣何不可者吁西極之多幻也世之政教陵夷民惟異物之是遷宋何承天善天文星曆而胡僧所論冬至日晷與天竺占異周白蘇秖婆善胡琵琶一均之中間有七聲則又得之西域於是西京龜兹之樂陳於立部婆羅門九執之曆厠於大衍甚者周孔與釋迦並稱亦毋慮乎書華旁行而與韋編鐵擿之經混爲一録也雖然天地之一氣旣眹而萬形有變化容者羽者毛者鱗者介者根荄者浮生者而恒出入

於一機區已別矣安在其精靈之起滅因報之相尋哉夫何造化之功用陰陽之屈伸又與吾儒惑也傳曰五帝以前無傳人又曰六合之外聖人存而不議今浮屠氏乃索言之始於無所始也窮於無所窮也殆有出於心志耳目之所不能及者吁恠矣哉自漢宣元以後西域服從於是土地山川王侯户數道里遠近詳實可考隋唐之世裴矩賈躭則又皆圖而志之若夫道宣之作本爲其徒設也吾見其與前史有異故特爲紀地理者述其槩焉

桑海遺録序

頃予嘗從鄉先生學見福唐劉汝鈞貽書括蒼吳思齊論文丞相事云自江西初起崎嶇山谷購募義徒畊甿洞丁造轅門請申佽不啻數萬而尹玉鞏爲驍將大衣冠指麾衆皆詬闕感泣求效死已而當國二揆交沮用兵帥無宣諭卒無犒賞盤桓月

餘僅令守姑蘇一路張彥提重兵居毗陵且有叛志尹王竟以
絕太湖梠橋首尾不救而溺死未幾獨松告急朝廷四詔政府
六書趣弃聊攝援根本一日一夜倉皇就道及至行都而獨松
潰以破陷復令駐兵餘杭守獨松朝議不一衆心離散會有尹
京之命餘慶遽奪其印不予漢輔遁德剛遁北軍入城與權又
絕江遁乃即日拜樞使又拜右揆補與權處且令往軍前講解
毅然請行及被囚以北中道奔迸收集亡散無兵無粮大勢去
矣帝覇交馳正僞吏作是不一姓當世之爲大臣元老者視易
姓如閒傳郵況當滄海横流之際而彼以異姓未深得朝廷事
椎如隻手障之至死不屈徵箕二子有愧色於宗國矣其書大
畧如此予後又見淮陰龔開所作文宋瑞陸秀夫二傳蓋益詳
焉方唐末五代之季藩鎭跋扈武臣驕矜君臣父子之義不明
而土地甲兵之强類無不欲黃屋左纛自爲者先宋知其然一

旦戕大位即罷諸節度兵符遽用儒臣以爲始終不足以盡復平石晉所割之境土迨乎宣和衰亂北兵南下急若建瓴曾不得乘一障設一候而遂至奔亡不守後宋再造東南區區山海之間内政不修外猶恃夫江淮以爲固久之南北夾攻汴蔡之藩籬自撤其蔽荆襄受圍鄂渚有警巴蜀侵陷廣西之烽燧不絶此其國勢垂盡殆如囊中探丸圍中逐鹿無復有潜藏隱伏地矣所可幸者天下學士大夫二三百年祖宗培養作成之澤薰蒸者久忠臣義子或死節或死事卒之宋瑞秀夫前後死國精忠激烈誠有在於天地而不在於古今者嗚呼吳晉陳隋之變豈復有一人若是哉龔開者字聖予少嘗與秀夫同居廣陵幕府及世已改多往來故京家益貧故人賓客候問日至立則沮洳坐無几席一子名浚每俯伏榻上就其背按紙作唐馬圖風騣霧鬣豪骭蘭筋備盡諸態一持出人輙以數十金易得之

藉是故不飢然竟無所求於人而死志節既峻儀觀甚偉文章議論愈高古爲此三傳類司馬遷班固陳壽以下不及也此亦無負於秀夫者哉予故私列二傳以發其端詢之故老徵之雜記題曰桑海遺録且以待太史氏之采擇

送俞時中北上叙

任叔實

俞時中將行友人餞於北門之外任士林執醆言曰士有襲家學以爲珍負材識以爲文其氣充焉其聲先焉然而仕循循進無異常人曾不得超越寥廓而窺光天衢豈天下廣大以名進吏部夫人而能爲賢乎將蟄爾聲抑爾氣不使激昂於時一以于格律之公乎抑道寒士薄未嘗日造中州上國屈折王公之前拜自獻以成其身乎不然棟梁者未之收而桷榱之用將無自而振乎今之世雖多賢不能盂子也亦明矣而子又非蟄爾聲抑爾氣使不自耀者則餘二者爲之决矣然嘗觀昌黎韓子

作張籍李翺之徒遂亦名世然蘇氏之聞亦待歐陽子之門而大吾起視江海三十年無祚舉事負材抱氣凡可爲張籍李翺者不少矣果誰爲之宗依耶蘇氏父子雖不迄再見而振動其聲耀使天下士皆願出其門有如歐陽公灼然復可見乎不也吾固不得而窺也子行道中州造上國拜自獻以成其身將亦子之取也仰視清列棟梁者收乎豈猶曰未也則子其桷榱以進天循曰需之盖吾不信也

金石例序　柳道傳

六經唯春秋有例謂其以一字制褒貶可舉此而通彼也史氏用其法載言紀事故亦有凡有例然春秋寓聖王經世之大權太史公倣之以爲史記徒例云乎哉自先秦兩漢而下論譔功業爲銘爲誄著之金石其斧衮侔乎春秋其銖量槩乎史氏使無例以爲之統紀則漫且靡矣金石例之作其殆得諸此乎昔

予入教國子潘文簡公以集賢侍讀學士領大司成每休暇造公見其簡冊紛披筆墨交錯即問公此何爲曰吾脩金石例彙聚既繁資取亦富固若是耳予甚疑焉以爲言之精者爲文推原事始究極物變抑揚開闔傍通互用求之於例例盡則止孰若求之無例之例爲有得乎方將從公䆪疑而公歿矣後十年公嗣子同知嘉定州事某出斯文將刻梓以承公志請予序予葢始得而觀之斯例也先括例次類例取於韓氏者十常八九謂韓之文起八代之衰而反之於正有春秋屬辭比事之教而例在其中矣懿哉公之用心也降今而後治金伐石誅德銘功示一王之製作秉景鑠於無窮則斯例之傳其亦有功於韓哉由是充之雖至於春秋史記可也

送葛子熈之武昌學録序　　鄭子美

臨川葛君子熈將之武昌録學事挾太史危君太樸之書過予

黄山之下留連累日將别徵言以爲贈予語之曰予家新安朱子之鄉也子家臨川陸子之鄉也請各誦其所聞可乎方二先生相望而起也以倡明道學爲已任陸氏之稱朱氏曰江東之學朱氏之稱陸氏曰江西之學兩家學者各尊所聞各行所知今二百餘年卒未能有同之者以予觀之陸子之質高明故好簡易朱子之質篤實故好邃密蓋各因其質之所近而爲學故所入之塗有不同爾及其至也三綱五常仁義道德豈有不同者哉况同是堯舜同非桀紂同尊周孔同排釋老同以天理爲公同以人欲爲私大本達道無有不同者乎後之學者不求其所以同惟求其所以異江東之指江西則曰此怪誕之行也江西之指江東則曰此支離之説也而其異益甚矣此豈善學聖賢者哉朱子之説教人爲學之常也陸子之説高才獨得之妙也二家之學亦各不能無弊焉陸氏之學其流弊也如釋子之

談空說妙至於鹵莽滅裂而不能盡夫致知之功朱氏之學其流弊也如俗儒之尋行數墨至於頹惰委靡而無收其力行之效然豈二先生立言垂教之罪哉蓋後之學者之流弊云爾嗚呼孟子歿千四百年而後周子生焉周子之學親傳之於二程夫子無不同也及二先生出而後道學之傳始有不同者焉周程之同以太極圖也朱陸之異亦以太極圖也一圖異同之間二先生之學從可知矣子之教於武昌也其爲朱氏之說乎抑爲陸氏之說乎幸誦其所聞以教我

王生歸儒序　　葉致中

能言距楊墨者孟子謂之聖人之徒夫徒距之而輒與之若是其重則逃乎彼而來歸者得無與其賢哉吾友王生故縉紳名家幼失所怙其族人舍之逍遙觀爲道士既而來學於余聰悟警敏若聖賢之書諸子史傳既習聞之乃慉然曰家素以儒科

顯不幸而中微而不肖者幸生以粗有識知乃棄去從老氏恐非先人遺意也乃解其冠裳謝其師歸讀書于其家別業於是吾黨儒者無論疏遠咸嘉尚之至有禮延之俾淑其子弟者嗚呼昔太史公著六家序說曰儒者博而寡要勞而無功又曰道家者流因陰陽之大順采儒墨之善撮名法之要絀聰明去健羨兼五家之長爲足以爲理夫太史公之論若是王生爲其徒矣習聞其學矣乃能尚吾儒之教奮爾來歸爲儒門弟子師則視夫能言距楊墨者其輕重爲何如識者必有以辨之乃有請余言以美其志者予曰儒者之道何道也儒者即天地以爲道也天尊而地卑君臣之位也天生而地成父子之繼也一陰而一陽夫婦之配也日月星宿四時寒暑其比並其先後小大朋友長幼之則也觀乎流行之有序發生之有和禮與樂可行矣察乎天之經地之緯明乎陽之舒陰之慘政與刑可作也聖人

者出仰觀俯察立爲經制莫非以天地之道以爲道人之爲人者生於斯長於斯而待盡於斯固不能外天地之道以爲道不能外天地之道以爲道又惡能絶君臣父子舍禮樂刑政以爲理哉知乎此則太史氏之説然乎否乎雖然彼瞶然者無所知無足與適也知而不之信信而不擇其所從知猶不知爾若生者可謂能賢也哉生雖貧志不屈身不汙爲吾道自樹立遂吾人倫長吾恩愛朋徒來從窮則相切磋以自善達則大行以兼善不其偉乎於是有以吾言爲足以輔吾教且有以達其志遂書以爲序

送甘允從南北上序　　陳衆仲

天可得而知乎曰天難知而理可尋霜未隕而裘褐製日未入而膏燭具何也人知燠寒晝夜之必相代而至也夫既知其必相代而至也而或戚戚於未至或用其智力以求其所不必至

是皆謂之不能知天陳留甘允從甫年少富才華天曆中遭逢聖明得在延閣從縉紳先生纂經世大典方進用俄子病去久之來江南補行省掾又拓落不耦於是閉門讀書治文章窮巷草滅屨而允從之學大進矣夫畜之厚者其用舒鬱之久者其達茂允從去此其將有得於天乎天何心哉盈虛消息相推而至者天不能嗇於人而人不能辭之於天也今中書左丞耿公器識宏朗位高而禮恭海内之士咸願進見冀得展布尺寸況允從有知遇之素顧不得少自見於宰物之地乎吾知允從將有得於天者殆亦於是乎卜之嗚呼余閲世深矣事皆不足據惟天最可信允從其行矣哉

送劉粹東赴旌德令序

劉君粹衷之爲旌德令也客有過余言曰粹衷名進士其爲人也和而易宜在舘閣爲文章徒容縉紳間柰何治縣縣難治也

必有彊明之才而後可以剸劇粹東柰何治縣乎應之曰予以後世之吏求粹東乎世以彊明稱者未必良吏也彊而無以養之必嚴刻明而不善用必苛察以嚴刻苛察而施諸政亦難爲下矣大抵若是者皆急於近名近名非良吏也古之君子未嘗有心於治人而人未嘗不治於君子誠以待物則物無不孚公以涖事則事無不當君子之身禮樂之器也政教修禮樂之用行焉禮樂之用行民將不治而化矣是可與嚴刻苛察者言哉孔子曰斯民也三代之所以直道而行也蓋民不難治後世無善治之吏於是乎有難治之民及其難治而又急之則所治者與治之者俱困矣詩不云乎豈弟君子民之父母孰謂和易者不足以治縣夫麟儀儀鳳師師不鷙不儛飛者走者莫不爲之先後麟鳳亦何用鷙與儛哉粹東方將爲麟鳳於旌德旌德之人方將先後之不暇而予以向者之言惑之無乃不可乎客唯

而去明日粹衷來別因述與客言者爲粹衷道之

孟君文集序　　程以文

文者車也故善御車者必範其馳驅善爲文者必正其法度爲文而不正其法度猶以詭遇御車而不能行遠也審矣況虛其載乎今世人莫不能爲文大槩有三托物連類因事賦情語麗辭贍悅可人意是曰應世之文識高志遠議論卓絶發菽粟之至味振金石之逸響使一世之人皆服曰名世之文編之乎詩書之册而不愧措之乎天地之間而不疑聖人復生不易吾言千載之下有好之者所謂傳世之文也有志於文者亦莫不欲傳世而至於名世者已不可多得往往應世而止耳然則文豈易言哉山高而雲興焉井深而泉冽焉枝葉暢茂其本百圍盖積於中者厚則發於外者大如斯而已矣平昌孟君善爲文往年讀其擬古數篇不知其生於今也來京師始得請教門下因

又得其巳亥集者讀者彌月而後巳其文有先秦戰國之風馳騁上下縱橫捭闔極其變而不失其正如王良造父之御然余益以喜其合於法度也孟君舉進士於鄉嘗佐使者行治所歷天下十七八雄才大畧見諸行事之實而發爲文辭又不符於空言如是而進之名當時而傳後世豈有難耶然而世之人知其人而未知其文也其文特餘事爾非其志之所存也其志之所存固將有所大用也豈文乎哉余既手録數篇以自矜式復叙其集而歸之雖然孟君之文後當有大賢君子表章之惡以余言爲哉讀孟君之文而徵余言或者知其不誣也孟君名昉字天暐今某官云

書則序　　韓明善

書果有則乎書心畫也短長瘠肥體人人殊未可以一律拘也書果無則乎古之學者殫精神靡歲月臨模倣效終老而不厭

亦必有其道矣蓋書者聚一以成形形質既具性情見焉異者其體同者其理也能盡其理可以爲則矣三代之時書以記事未始以點畫較工拙也然而鼎彝銘誌之文俯仰向背精入芒髮是豈有意於工也哉亦盡其理不能不工耳秦漢而下以書名者何可勝數盡書之理者惟鍾王逸少數人而已其殘縑敗楮刓碑斷碣幸存於世者皆爲人所寶愛觀其霞分雲駛龍跳虎躍變化倏霍莫適控搏可喜可玩可怖可愕而不可測識意非法度所可拘攣徐而察之俯仰向背之理若合符契後之學者互相憲述隨其所至而各有成下至黃太史米南宮書體尤縱肆而法度極森嚴故皆可以擅名於後世由是而降人益事書其貪善書者又好爲甚高之論以爲師心自用足以成家何必爲是拘拘也其形質性情蹶蠡昏惑前不則乎古後不足爲來者則書道之中絕以是也夫今承旨趙公以翰墨爲天

下倡學者翕然而景從趙君仲德嘗請書法之要公謂當則古無徒取法於今人也仲德於是取古人評書要語輯爲一書名曰書則以成趙公之意而惠學者以指南也好事者將取而刻諸梓仲德俾余爲之序夫書者六藝之一儒者所當事也書有自然之理理之所在學者則焉射之正也車之軌也砭劑之俞榮也是書傳學者之厚幸非與仲德又謂余嘗取先儒讀書之法令粹爲編未成成且併刻之嗟夫考古昔之言以求事物之則經籍所載盡儒者事也豈惟書哉趙君其進於是矣因併誌其語於篇端

風水問答序　洪武胡仲申

烏傷朱君彥修故文懿先生之高弟弟子也少讀書從先生游最久嘗有志當世充賦有司不合退而業醫猶幸而濡沫及人也著書數萬言曰格致餘論人多傳之而君之醫遂名海右又

以陰陽家多忌諱不知稽諸古也復著書數千言曰風水問答書成示余雙溪之上推其用心可謂至矣易曰仰以觀於天文俯以察於地理天確然在上其文著矣地隤然在下其理微矣著者觀之微者察之知乎此者知乎幽明之故非聖人孰與焉而漢魏以來言地理者往往溺於形法之末則既失矣至其爲書若宅經葬經之屬又多秘而亡逸不傳則失之愈遠矣朱君力辨之以爲人之生也合宗族以居爲宗室以處審曲面勢得則吉不得則凶其理較然及其死也宗祖之神上參于天舉而葬者枯骨耳積歲之久并已朽矣安知禍福於人貴賤於人壽夭於人哉故葬不擇地而居必度室據往事以明方今出入詩書之間固儒者之言也昔者先王辨方正位體國經野土宜之法用之以相民宅土圭之法用之以求地中皆爲都邑宮室設也而冢人墓大夫之職公墓以昭穆邦墓以族葬借欲擇之其兆

域禁令孰得而犯之以是知君之言爲得也惜其書不見於二百年之前紹興山陵改卜之議晦菴朱子以忠賈禍夫以一世豪傑之才千古聖賢之學萃乎其人覩於天下之義理多矣而篤惟蔡元定之說是信者果何也哉吾邦自何文定公得朱子之學於勉齋四傳而爲文懿君受業先生之門討其平日之所討論亦嘗有及於斯乎不然則是書成於先生未易簀之日必能是正其說傳信於人而顧使翰得而讀之豈知言哉且翰先人之葬今十年矣襄事之初匍匐將命而不暇擇嘗傷然於先儒土厚水深之言於是得君之書欣然如獲拱璧千里有余禎者以是術遊江湖間邵菴虞公深敬信之其著書曰地理十準虞公稱其有得於管輅王吉之傳力詆曾楊之非而不倍指蒙非輅所作則與翰同一感也書之于篇末君其幸終有以教之

趙氏合族詩序

天下之生皆同胞也而吾觀之一邑之間爲秦越者不知其幾焉一鄉之間爲秦越者不知其幾焉甚則一室之人猶秦越也喟然思之何其相去遠乎哉意者不幸生今之時民不見德其少恩固宜則求諸古而觀之賈誼稱庶人父子之間借耰取箕遽有德色誶語以相夷則當時之爲萬石君者蓋少而如誼所言者家自爲秦越也吾猶以爲漢承秦敝其少恩去禮義固宜則又益求諸古而觀之有周之興可謂美矣而葛藟之詩有終遠兄弟之歎杕杜之詩有獨行踽踽之怨其宗族兄弟既不足恃欲得他人而親之又終莫之顧而比焉以文武成康泰和之風陵夷至於如此則所爲秉彝好德者其心安在哉天理微而已私錮之耳吾豈以是誣斯世之民乎金華吾里也比歲兵興吾從事於外間而歸省先墓見其故人長老朋友間未嘗不雍雍然過叔友家數相勞問見其長者少者益怡怡也范先生曰

趙氏合族以居矣長曰伯明次曰叔友又次爲叔誠其先人弃
諸孤之日皆幼也家落食指衆懼不足給又歲頻苦兵革人思
逃難故其兄弟散而居之逮今二十年叔友既買池合葬其先
世之喪積其所有卜居雙溪之南復迎其兄命其弟同室廬以
處合釜爨以食有無相通而欣戚無間也此於名教盖有繫焉
余聞而嘉之今天下之人心　習於故常風靡波蕩非有先王九兩
之法以聯屬之必大　何入於禁[redacted]不得已而後有司舉刑
罰以繩削之苟　人之家不待壯而出分
貧者至老而無　不見讓以是爲固然耳
則今叔友之是　兄弟之間將有油然而
不能已者庸　是心天下爲公大道
之所不在於　猶後而見之乎今以孝義聞天
下稱浦陽鄭　而興起焉鄉人歌誦

之訖莪如也　者爲戒則先生之
言傳信於　詩敘

洪武聖政記序　宋景濂

自古帝王創業垂統方有事於征伐而於彌綸天下之治其勢或未遑及其大統既集亦不過振厥宏綱而萬目未盡舉焉如漢之高帝得國最正雖曰算無遺策而施之政令猶乏精詳故史臣贊之亦但云規模宏遠而已夫以高帝之雄傑尚如此則其餘從可知矣洪惟
皇上以布衣受天命蓋與高帝同雖當開拓土疆之際停戈講藝息焉論道夜以繼日無一時之寧迨夫正
天位朝萬國孳孳圖治恒若不足於是綱舉於上目備於下誠有非高帝所可及是故郊廟以及百神之祭禮文咸秩則祀事嚴矣　御極之日即立儲位以正青宮則大本定矣衆建諸王

列封功臣則大分昭矣兵戎之衆自京師達於郡府率皆設衛權一出於朝廷而爲將者不得私而軍政肅矣中外官有定制一革冗濫之弊而倖位絶矣冠服有别防範有嚴而民志自定無僭侈矣他如申禁令覈實效育人材優前代正禮儀之失去海嶽之封嚴宫闈之法厲忠節之訓劾積歲之姦如斯之類不一而足或前王所未行或行之有未至者皆焕然有條可以垂法後世此其故何哉盖自近代以來習俗圯壞殆將百年而天生大有爲之君首出庶物一新舊染之俗與民更始是故睿思所斷動契典則度越千古咸無與讓此正所謂錫勇智而正萬邦也臣備位詞林以文字爲職業親見盛德大業日新月著於是與僚屬謀取其有關政要者編集成書别爲上下卷凡七類合若干條名曰洪武聖政記然而天之高明也萬物莫不覆焉地之博厚也萬物無不載焉聖人之作也萬物咸欣覩焉故凡

金科之頒玉條之列者之於簡書列之於琬琰傳之於聖子神孫者將與天地相爲無窮書曰惟天聰明惟聖時憲詩曰詒厥孫謀以燕翼子此之謂矣其所以致四海雍熙之治比隆於唐虞三代者豈不在於茲乎臣不佞請以是序于篇端極知僭踰無任隕越之至

大明日曆序

洪武七年歲在甲寅夏五月朔日新修大明日曆成粤從
皇上興臨濠践
天位以至六年癸丑冬十又二月凡戒飭之諄複征伐之次第禮樂之沿革刑政之設施羣臣之功過四夷之朝貢莫不具載合一百卷藏諸金匱副在秘書甲寅以後則歲再修而續藏焉嗚呼惟天立辟惟辟奉天其能混合三光五嶽之氣者蓋可數也然挺生於南服而致一統華夷之盛自天開地闢以來惟

皇上爲然其功高萬古一也元季繹騷奮起於民間以圖自全
初無黄屋左纛之念繼而生民塗炭始取土地羣雄之手而安
輯之較之於古如漢高帝其得國之正二也平生用兵百戰百
勝未嘗摧衂以至繼天出治經綸大經皆由一心運量文臣武
將不過仰受成筭而已其獨禀全智三也欽畏天地一動一靜
森若神明在上及至郊祀存於心月有赫其臨甚至不敢仰視
惠鮮小民復恐一夫不獲其所貪墨吏及豪黠之徒有加害者
必威之以刑其敬天勤民四也
后妃居中不預一髪之政外戚亦循理畏法無敢恃寵以病民
寺人之徒惟給事掃除之役此皆古昔所深患今絶無之其家
法之嚴五也兵戎國之大權悉歸之於朝廷有事征伐則
詔大帥佩將印領之暨旋則上章綬歸士卒單身還第其兵政
有統六也嗚呼

帝力難名度越前王不可以一二識也今日曆所書籌畧之運功業之著規摹之宏遠其本盍原於此矣然而史事甚重古稱直筆不溢美不隱惡務合乎天理人心之公無其事而曲書之者固非也有其事而失書者尤非也况英明之主不世出而記注之官遷易不常無以究夫聖德之高深臣同暨瀛幸獲日侍燕閑十有餘年知之深故察之精察之精則其書也頗謂得其實而無愧兹因日曆成書謹揭其大要於首簡使他日修實録者有所採掇庶幾傳信於千萬世也

送胡先生還金華序　蘇平仲

前年秋伯衡以非材忝教成均會許先生爲大司成相與甚親且樂也未數月而張君孟兼亦來爲學録吾三人者婺人也人已愛慕婺多士友矣及

天子招延儒臣纂脩元史而宋先生以前起居注來胡先生以前郡博士繼來王先生以漳州通守又繼來相見益親且樂三人者亦婺人也人皆謂婺信多士友而伯衡與諸先生亦自慶夫會合之盛焉夫士君子出而宦遊其所至之處一旦遇夫同郡邑井里之人爲樂固無以加也而况於其所遇者有親戚之好有同門之雅又皆以文字爲職業議論沾濡翰墨輝映有相觀相長之道其樂何可量哉許先生歸且踰年今史書告成胡先生復引年固辭而歸則於伯衡私心如之何其不憮然也雖然尚論東南文獻之邦未有先於吾婺者也其人材之衆學術之懿蓋自昔然矣柰何比年迫於公私之多故非其父兄之甚賢教有所不暇非其子弟有超卓之才傑特之見不能終學者亦多矣他日求士於婺萬一如求釜錡錢鎛刀斧於鐵爐步則豈不大可愧乎伯衡竊懼焉幸而教于鄉閭若古之所謂父師

火師者有許先生乃今胡先生又歸推夙傳於先正者以淑之二三子薰蒸而成就夫何難焉則人材秀出足爲邦家之光猶及見之其樂又可量哉此伯衡於先生之歸始則慊然而更以喜也昔仲尼念吾黨小子之狂簡於是乎歸而裁之今二先生固不敢自同仲尼然二先生學仲尼者也仲尼之於魯二先生之於婺其爲父母之邦同也而婺亦伯衡父毋邦也則以仲尼之所以造魯諸生者而造婺之諸生不惟二先生是望而望之誰哉先生歸會許先生於四賢精舍幸爲伯衡謝焉

送朱先生赴京考禮序

自三代禮樂蕩滅于秦至漢代秦而帝去先王未遐宜可以復其禮樂而爲治於天下矣然高帝不學而佐非眞儒故其爲治不能復禮樂於三代殆亦叔孫通之責哉方叔孫通說帝之起朝儀也帝曰度吾所能行者爲之不過謂定君臣之位而已固

未及乎先王之禮樂以達于天下也而叔孫通遂以興禮樂爲名廣徵魯諸生是以有兩生不肯行曰禮樂積德百年而後可興至哉乎其言之也夫德先王所以化天下之本而禮樂其具也有其具無其本固不可也而高帝寬仁長者其豈無本乎曰固矣然漢承秦變古之後以古變秦其惟三代之禮樂乎公三代之禮而教民以中襲三代之樂而教民以和使中和之氣充塞天地則萬物不疵而王道成矣王道成然後損益三代以作漢之禮樂則漢其三代矣乎是或兩生之所蘊也惜乎叔孫通學不足以與此不能終致兩生乃率諸生曁帝左右去三代之難采先秦之易以雜就其尊君抑臣之儀緜蕝而習之及帝既行曩之醉呼拔劍者莫不震肅而帝亦起皇帝爲貴之歎則叔孫通亦可謂達時之務矣然使四百年之漢遂以爲禮樂止於如是而治化卒無以及乎先王者叔孫通之責也此異時賈誼

仲舒王吉劉向之徒所爲發憤而增歎豈獨今日兩生之不肎行邪是故無兩生天下萬世無禮樂無叔孫通則漢亦無君臣之儀而漢儀固不足以當先王之禮樂也後世君相之圖治者其可不知夫學乎今

皇帝緝熙聖學治倣先王混一初元命中書暨翰林太常率諸儒定擬三禮明年再命集議禮樂又明年徧徵在野道德文章之士相與攷訂之將以成一代之制也而吾鄉朱伯賢先生實在徵焉先生生東南游西北遭時多故歸隱山林飯疏飲水益力於學以學之爲王者事也故其論道德必歸之于三代之選其論文章必歸之於三代之英則今也應徵其能不援三代禮樂以爲

國朝之治具乎雖然兩生不肎爲漢行先生爲

國朝起是

國朝之德之盛軼於漢而叔孫通之學不足以爾今之侍從大臣也先生盍亦據兩生之所蘊使三代禮樂不得復于漢者而復于今日焉則賈誼仲舒王吉劉向之徒將不復發憤增歎於異時矣非先生其孰能與於此哉告行之日書以爲贈

虞先生遊詠圖序

張則明

常熟州治去西北若干步爲海虞山山行若干步爲東南前峯又若干步爲維摩嶺由是躋重巒踰疊巘西亘十餘里峻極拂水岩然後漸趨於平壤焉且長江大湖映帶前後琳宮梵宇隱見林薄烟雨間其狀蓋與羅浮匡廬相爲髣髴觀者往往慨於所遇獨予以羈旅未獲造之去年冬十二月廿又五日海陵李君克斂來遊遂率所知者凡六人相與具杖屨取山經訪招真仙館登望湖亭吊仲雍故丘謁龍毋祠旁及仙姑水簾諸洞逍遥空青寒翠之外始盡得其形勝既而退集周鍊師山房行酒

賦詩君以山中古跡命題會席前有萬年枝翹翠可愛遂取古人好風吹動萬年枝一句各探一字爲韻詩既成友人陸子善氏顧謂予曰諸君多江海之士是集不易得也願寫山爲圖附詩其上以識其事予其序之余聞晉永和九年羣賢會于會稽山陰之蘭亭列坐曲水一觴一詠放浪形骸之外右軍王羲之爲記録其所述一時風流詞翰至今以爲盛談每誦其文竊慨寥寥千載之下無復能繼之者嘗謂斯遊敢以晉人風度爲比哉然是圖也青山白雲他日異域時一展玩其水其丘如在吾目某題某詠如見其人視晉諸公所以興懷陳迹將不獨出其闕典歟衆曰然於是作匡山遊詠圖序偕遊者金華時某巴西鄧某邑人趙某陸某即子善也鍊師周某也余則永嘉張著也

文章辨體卷之三十五

海虞後學吳訥編集

論一

過秦論

西山真氏曰：誼之論秦，備述本末，而斷以兩言，可謂至矣。然其意以攻守爲二塗，豈知三代之得天下與守天下，初無二道乎？此誼之學所以不醇也。

秦孝公據殽函之固，擁雍州之地，君臣固守以窺周室，有席卷天下、包舉宇内、囊括四海之意，并吞八荒之心。當是時也，商君佐之，内立法度，務耕織，修守戰之具，外連衡而鬭諸侯。於是秦人拱手而取西河之外。孝公既没，惠文、武、昭襄蒙故業，因遺策，南取漢中，西舉巴蜀，東割膏腴之地，收要害之郡。諸侯恐懼，會盟而謀弱秦，不愛珍器重寶肥饒之地，以致天下之士，合從締交相與爲一當此之時齊有孟嘗趙有平原楚有春申魏有信陵此四君者皆明智而忠信寬厚而愛人尊賢而重士約從離横兼韓魏燕趙宋衛中山之衆於是六國之士有甯越徐尚蘇秦杜赫之屬爲之謀齊明周最陳軫昭滑樓緩翟景蘇厲樂毅之徒通其意吳起孫臏帶佗兒良王廖田忌廉頗趙奢之倫制其兵嘗以什倍之地百萬之衆叩關而攻秦秦人開關而延敵九國之師逡巡遁逃而不敢進秦無亡矢遺鏃之費而天下諸侯已困矣於是從散約解爭割地而賂秦秦有餘力而制其弊追亡逐北伏尸百萬流血漂櫓因利乘便宰割天下分裂河山彊國請伏弱國入朝施及孝文王莊襄王享國之日淺國家無事及至始皇奮六世之餘烈振長策而御宇内吞二周而亡諸侯履至尊而制六合執敲朴以鞭笞天下威振四海南取百越之也以爲桂林象郡百越之君俛首係頸委命下吏乃使蒙恬北

築長城而守藩籬却匈奴七百餘里胡人不敢南下而牧馬士不敢彎弓而報怨於是廢先王之道燔百家之言以愚黔首隳名城殺豪傑收天下之兵聚之咸陽銷鋒鍉鑄以爲金人十二以弱天下之民然後踐華爲城因河爲池據億丈之城臨不測之谿以爲固良將勁弩守要害之處信臣精卒陳利兵而誰何天下已定始皇之心自以爲關中之固金城千里子孫帝王萬世之業也始皇既没餘威震于殊俗然而陳涉甕牖繩樞之子氓隷之人而遷徙之徒也材能不及中庸非有仲尼墨翟之賢陶朱猗頓之富躡足行伍之間俛起阡陌之中率罷弊之卒將數百之衆轉而攻秦斬木爲兵揭竿爲旗天下雲會而響應嬴粮而景從山東豪俊遂並起而亡秦族矣且夫天下非小弱也雍州之地殽函之固自若也陳涉之位不尊於齊楚趙燕韓魏宋衛中山之君也鉏耰棘矜不銛於鉤戟長鎩也謫戍之衆非

抗於九國之師也深謀遠慮行軍用兵之道非及曩時之士也然而成敗異變功業相反試使山東之國與陳涉度長絜大比權量力則不可同年而語矣然秦以區區之地致萬乘之權招八州而朝同列百有餘年然後以六合爲家殽函爲宫一夫作難而七廟隳身死人手爲天下笑何也仁義不施而攻守之勢異也

論限民名田　董仲舒

古者稅民不過什一其求易共使民不過三日其力易足民則內足以養老盡孝外足以事上共稅下足以畜妻子極愛故民說從上至秦不然用商鞅之法改帝王之制除井田民得賣買富者田連阡陌貧者亡立錐之地又顓川澤之利管山林之饒荒淫越制踰侈相高邑有人君之尊里有公侯之富小民安得不困又加月爲更卒已復爲正一歲屯戍一歲力役三十倍於古田租口賦鹽鐵之利二十倍於古耕豪民之田見稅什五貧民常衣牛馬之衣

食犬彘之食重以貪暴之吏刑戮妄加民愁亡聊亡逃山林轉爲盜賊赭衣半道斷獄歲以千萬數漢興循而未改古井田法雖難卒行宜少近古限民名田以贍不足塞并兼之路鹽鐵皆歸於民去奴婢除專殺之威薄賦斂省繇役以寬民力然後可善治也

論春秋

上大夫壺遂曰昔孔子何爲作春秋哉太史公曰余聞之董生周道廢孔子爲魯司寇諸侯害之大夫壅之孔子知時之不用道之不行也是非二百四十二年之中以爲天下儀表貶諸侯討大夫以達王事而已矣子曰我欲載之空言不如見之於行事之深切著明也春秋上明三王之道下辨人事之經紀別嫌疑明是非定猶與善善惡惡賢賢賤不肖存亡國繼絶世補弊起廢王道之大者也易著天地陰陽四時五行故長於變禮綱紀人倫故長於行書記先王之事故長於政詩記山川谿谷禽

獸草木牝牡雌雄故長於風樂樂所以立故長於和春秋辯是非故長於治人是故禮以節人樂以發和書以道事詩以達意易以道化春秋以道義撥亂世反之正莫近於春秋春秋文成數萬其指數千萬物之散聚皆在春秋春秋之中弒君三十六亡國五十二諸侯奔走不得保社稷者不可勝數察其所以皆失其本已故易曰差以毫釐謬以千里故臣弒君子弒父非一朝一夕之故其漸久矣有國者不可以不知春秋前有讒而不見後有賊而不知爲人臣者不可以不知春秋守經事而不知其宜遭變事而不知其權爲人君父而不通於春秋之義者必蒙首惡之名爲人臣子而不通於春秋之義者必陷簒弒誅死之罪其實皆以善爲之而不知其義被之空言不敢辭夫不通禮義之指至於君不君臣不臣父不父子不子夫君不君則犯臣不臣則誅父不父則無道子不子則不孝此四行者天下之大

過也以天下之大過予之受而不敢辭故春秋者禮義之太宗也

論項羽

司馬子長

吾聞之周生曰舜目蓋重瞳子又聞項羽亦重瞳子羽豈其苗裔邪何其興之暴也夫秦失其政陳涉首難豪傑蠭起相與並爭不可勝數然羽非有尺寸乘勢起隴畝之中三年遂將五諸侯滅秦分裂天下而封王侯政由羽出號爲霸王位雖不終近古以來未嘗有也及羽背關懷楚放逐義帝而自立怨王侯叛已難矣自矜功伐奮其私智而不師古謂霸王之業欲以左征經營天下五年卒亡其國身死東城尚不覺寤而不自責過矣乃引天亡我非用兵之罪也豈不謬哉

論商鞅

商君其天資刻薄人也跡其欲干孝公以帝王術挾持浮說非其質矣且所因由嬖臣及得用刑公子虔欺魏將功不師趙良

之言亦足發明商君之少恩矣余嘗讀商君開塞耕戰書與其人行事相類卒受惡名於秦有以也夫

論藺相如

知死必勇非死者難也處死者難方藺相如引璧睨柱及叱秦王左右勢不過誅然士或怯懦而不敢發相如一奮其氣威信敵國退而讓頗名重太山其處智勇可謂兼之矣

異姓諸侯王論　班孟堅

昔詩書述虞夏之際舜禹受禪積德累功洽於百姓攝位行政考之於天經數十年然後在位殷周之王乃繇卨稷修仁行義歷十餘世至於湯武然後放殺秦起襄公章文繆獻孝昭嚴稍蠶食六國百有餘載至始皇迺并天下以德若彼用力如此其艱難也秦既稱帝患周之敗以爲起於處士橫議諸侯力爭四夷交侵以弱見奪於是削去五等墮城銷刃箝語燒書內鋤雄

後外壤胡粵用壹威權爲萬世安然十餘年間猛敵橫發乎不虞適戍彊於五伯閭閻偪於戎狄響應憯於謗議奮臂威於甲兵鄉秦之禁適所以資豪傑而速自斃也是以漢亡尺土之階繇一劒之任五載而成帝業書傳所記未嘗有焉何則古世相革皆承聖王之烈今漢獨收孤秦之弊鐫金石者難爲功摧枯朽者易爲力其執然也故據漢受命譜十八王月而列之天下一統迺以年數訖于孝文異姓盡矣

游俠論

荀仲豫

世有三遊德之賊也立氣執作威福結私交以立強於世者謂之遊俠飾辯辭設詐謀馳逐於天下以要時埶者謂之遊說色取仁以合時好連黨類立虛譽以爲權利者謂之遊行此三者傷道害德敗法惑世亂之所由生也國有四民各修其業不由四民以業者謂之姦民姦民不生王道乃成凡此三遊生於季

世制度不立綱紀弛廢以毀譽爲榮辱以喜怒爲賞罰是以犇走馳騁越職僭度飾華廢實競趣時利簡父兄之尊而崇賓客之禮薄骨肉之恩而篤朋友之愛忘修身之道而求衆人之譽割衣食之業以供饗宴之好苞苴盈於門庭聘問交於道路書記繁於公文私務衆於官事於是流俗成而正道壞矣是以聖王在上經國序民正其制度善惡要於功罪而不淫於毀譽聽其言而責其事舉其名而指其實故虛僞之行不得設誣罔之辭不得行有罪惡者無僥倖無罪過者不憂懼請謁無所行貨賂無所用養之以仁惠文之以禮樂則風俗定而大化成矣

典論論文　　魏文帝

文人相輕自古而然傅毅之於班固伯仲之間耳而固小之與弟超書曰武仲以能屬文爲蘭臺令史下筆不能自休夫人善於自見而文非一體鮮能備善是以各以所長相輕所短里語

曰家有弊帚享之千金斯不自見之患也今之文人魯國孔融文舉廣陵陳琳孔璋山陽王粲仲宣北海徐幹偉長陳留阮瑀元瑜汝南應瑒德璉東平劉楨公幹斯七子者於學無所遺於辭無所假咸以自騁驥騄於千里仰齊足而並馳以此相服亦良難矣蓋君子審己以度人故能免於斯累而作論文王粲長於辭賦徐幹時有齊齊俗文氣舒緩氣然粲之匹也如粲之初征登樓槐賦征思幹之玄猿漏卮圓扇橘賦雖張蔡不過也然於他文未能稱是琳瑀之章表書記今之雋也應瑒和而不壯劉楨壯而不密孔融體氣高妙有過人者然不能持論理不勝辭至於雜以嘲戲及其所善揚班儔也常人貴遠賤近向聲背實又患闇於自見謂己爲賢夫文本同而末異蓋奏議宜雅書論宜理銘誄尚實詩賦欲麗此四科不同故能之者偏也唯通才能備其體文以氣爲主氣之清濁有體不可力彊而致譬諸音樂曲

度雖均節奏同檢至於引氣不齊巧拙有素雖在父兄不能以移子弟蓋文章經國之大業不朽之盛事年壽有時而盡榮樂止乎其身二者必至之常期未若文章之無窮是以古之作者寄身於翰墨見意於篇籍不假良史之辭不託飛馳之勢而聲名自傳於後故西伯幽而演易周旦顯而制禮不以隱約而弗務不以康樂而加思夫然則古人賤尺壁而重寸陰懼乎時之過已而人多不彊力貧賤則懾於飢寒富貴則流於逸樂遂營目前之務而遺千載之功日月逝於上體貌衰於下忽然與萬物遷化斯亦志士之大痛也融等已逝唯幹著論成一家言

徙戎論

晋江統

論曰四夷之中戎狄為甚弱則畏服彊則侵叛是以有道之君待之有備禦之有常雖稽顙執贄而邊城不弛固守彊暴為寇而兵甲不加遠征期令境内獲安彊埸不侵而已及至周室失

統諸侯專征戎狄乘間得入中國或招誘安撫以爲已用自四夷交侵中國錯居及秦始皇并天下兵威旁達攘胡走越當是時中國無復四夷也漢建武中馬援領隴西太守討叛羌徙其餘種於關中居馮翊河東空地數歲之後族類蕃息永初叛亂夷夏俱斃自此之後餘燼不盡小有際會輙復侵叛魏武帝徙武都氐於秦川以禦蜀蓋權宜之計今已受其斃矣夫關中帝王所居未聞戎狄宜在此土也非我族類其心必異而士庶翫習侮其輕弱以貪悍之性挾憤怒之情候隙乘便輙爲橫逆此必然之埶也今宜及兵威方盛因其死亡流散與關中之人戶爲仇讐之際徙諸羌著先零罕开析支之地徙諸氐出還隴右著陰平武都之界廩其道路之粮令足自致各附本種反其舊土使屬國撫夷就安集之戎晉不雜並得其所縱有猾夏之心絶遠中國隔閡山河爲害不廣矣并州之胡本匈奴桀惡之寇

也建安中使右賢王去卑誘質呼廚泉聽其部落散居六郡今爲五部戶至數萬驍勇便利倍於氐羌若有不虞則并州之域可爲寒心正始中毋丘儉討句驪徙其餘種於滎陽戶落今以千計數世之後必至殷熾今百姓失職猶或亡叛犬馬肥充則有噬齧況於夷狄能不爲變但顧其微弱耳夫爲邦者憂不在寡而在不安以四海之廣士民之富豈須夷虜在內然後取足哉此等皆可申諭發遣還其本域慰彼土思惠此中國於計爲長也

爭臣論　唐韓退之

或問諫議大夫陽城於愈可以爲有道之士乎哉學廣而聞多不求聞於人也行古人之道居於晉之鄙晉之鄙人薰其德而善良者幾千人大臣聞而薦之天子以爲諫議大夫人皆以爲華陽子不色喜居於位五年矣視其德如在野彼豈以富貴移

易其心哉愈應之曰是易所謂恒其德貞而夫子凶者也惡得爲有道之士乎哉在易蠱之上九云不事王侯高尚其事蹇之六二則曰王臣蹇蹇匪躬之故夫不以所居之時不一而所蹈之德不同也若蠱之上九居無用之地而致匪躬之節以蹇之六二在王臣之位而高不事之心則冒進之患生曠官之刺興志不可則而尤不終無也今陽子在位不爲不久矣聞天下之得失不爲不熟矣天子待之不爲不加矣而未嘗一言及於政視政之得失若越人視秦人之肥瘠忽焉不加喜戚於其心問其官則曰諫議也問其祿則曰下大夫之秩也問其政則曰我不知也有道之士固如是乎哉且吾聞之有官守者不得其職則去有言責者不得其言則去今陽子以爲得其言乎哉得其言而不言與不得其言而不去無一可者也陽子將爲祿仕乎古之人有云仕不爲貧而有時乎爲貧謂祿仕者也宜乎辭

尊而居卑辭富而居貧若抱關擊柝者可也蓋孔子嘗爲委吏矣嘗爲乘田矣亦不敢曠其職必曰會計當而已矣必曰牛羊遂而已矣若陽子之秩祿不爲卑且貧章章明矣而如此其可乎哉或曰否非若此也夫陽子惡訕上者惡爲人臣招其君之過而以爲名者故雖諫且議使人不得而知焉書曰爾有嘉謨嘉猷則入告爾后于内爾乃順之于外曰斯謨斯猷惟我后之德夫陽子之用心亦若此者愈應之曰若陽子之用心如此滋所謂惑者矣入則諫其君出不使人知者大臣宰相者之事非陽子之所宜行也夫陽子本以布衣隱於蓬蒿之下主上嘉其誼擢在此位官以諫爲名誠宜有以奉其職使四方後代知朝廷有直言骨鯁之臣天子有不僭賞從諫如流之美庶巖穴之士聞而慕之束帶結髮願進於闕下而伸其辭說致吾君於堯舜熙鴻號於無窮也若書所謂則大臣宰相之事非陽子之所

宜行也且陽子之心將使君人者惡聞其過乎是啓之也或曰陽子之不求聞而人聞之不求用而君用之不得已而起守其道而不變何子過之深也愈曰自古聖人賢士皆非有求於聞用也閔其時之不平人之不乂得其道不敢獨善其身而必以兼濟天下也孜孜矻矻死而後已故禹過家門不入孔席不暇暖而墨突不得黔彼二聖一賢者豈不知自安佚之爲樂哉誠畏天命而悲人窮也夫天授人以賢聖才能豈使自有餘而已誠欲以補其不足者也耳目之於身也耳司聞而目司見聽其是非視其險易然後身得安焉聖賢者時人之耳目也時人者聖賢之身也且陽子之不賢則將役於賢以奉其上矣若果賢則固畏天命而閔人窮也惡得以自暇逸乎哉或曰吾聞君子不欲加諸人而惡訐以爲直者若吾子之論直則直矣無乃傷于德而費於辭乎好盡言以招人過國武子之所以見殺於齊

也吾子其亦聞乎愈曰君子居其位則思死其官未得位則思修其辭以明其道我將以明道也非以爲直而加人也且國武子不能得善人而好盡言於亂國是以見殺傳曰惟善人能受盡言謂其聞而能改之也子告我曰陽子可以爲有道之士也今雖不能及已陽子將不得爲善人乎哉

守道論

柳子厚

或問曰守道不如守官何如對曰是非聖人之言傳之者誤也官也者道之器也離之非也未有守官而失道守道而失官之事者是固非聖人言乃傳之者誤也夫皮冠者是虞人之物也物者道之準也守其物由其準而後其道存焉苟舍之是失道也凡聖人之所以爲經紀爲名物無非道者命之曰官官是以行吾道云爾是故立之君臣官府衣裳輿馬章綬之數會朝表著周旋行列之等是道之所存也則又示之典命書制符璽奏

復之文叅伍般輔陪臺之役是道之所曰也則又勸之以爵祿慶賞之美懲之以黜遠鞭扑桔拲斬殺之慘是道之所行也故自天子至于庶民咸守其經分而無有失道者和之至也失其物去其隼道從而喪矣易其小者而大者亦從而喪矣古者居其位思死其官可易而失之哉禮記曰道合則服從不可則去孟子曰有官守者不得其職則去然則失其道而居其官者古之人不與也是故在上不爲抗在下不爲損失人者不爲不仁函人者不爲仁率其職司其局交相致以全其工也易位而處各安其分而道達於天下也且夫官所以行道也而曰守道不如守官蓋亦喪其本矣未有守官而失道守道而失官之事者也是非聖人之言傳之者誤也果矣

漢昭論

李文饒

人君之德莫大於至明明以照姦則百邪不能蔽矣漢昭帝是

也年十四而知燕王書詐後有譖霍光者輒怒曰敢有譖毀者坐之周成王有懋德矣高祖文景俱不如也成王聞管蔡流言覩召公不悅遂使周公狼跋而東鴟鴞之詩作矣漢高聞陳平去魏背楚欲捨腹心臣漢文惑季布使酒難近罷歸股肱郡疑賈生擅權紛亂復疎賢士景帝信讒誅晁錯兵觧遂戮三公所謂執狐疑之心來讒賊之口向使昭帝得伊吕之佐則成康不足侔矣惜哉霍光不學亡術未稱其德然輕徭薄賦與人休息匈奴和親百姓克實議鹽鐵而罷榷酤亦信任忠臣之效也年纔弱冠而殂功德未盡可以痛矣

文章論

魏文典論稱文以氣爲主氣之清濁有體斯言盡之矣然氣不可以不貫不貫則雖有英詞麗藻如編珠綴玉不得爲金璞之寳矣鼓氣以勢壯爲美勢亦不可以不息不息則流宕而忘返亦

猶絲竹繁奏必有希聲窈眇聽之者悅聞如川流迅激必有洄洑逶迤觀之者不厭兄翰嘗言文章如千兵萬馬風恬雨霽寂無人聲蓋謂是也近世誥命唯蘇廷碩敘事之外自謂文章才實有餘用之不竭沈休文獨以音韻爲切重輕爲難語雖甚工旨則未遠夫荆璧不能無瑕隋珠不能無類文旨高妙豈有音韻爲病哉此可以言規矩之內未可以言文章外意也較其師友則魏文與王陳應劉討論之矣江南惟於五言爲妙故休文長於音韻而謂靈均以來此秘未覩不亦誣人甚矣古人辭高者蓋以言妙而工適情不取於音韻意盡而止成篇不拘於隻耦文選詩有五韻七韻十一韻十三韻二十韻者今之文自四韻六韻以至百韻無有隻韻者故篇無足曲詞寡累句譬諸音樂古辭如金石琴瑟尚於至音今文如絲竹鞞鼓迫於促節即知聲律之爲弊也甚矣世有非文章者曰詞不出於風雅思不

越於離騷摸寫古人何足貴也余言譬諸日月雖終古常見而光景常新此所以爲靈物也余嘗爲文箴今載於此曰文之爲物自然靈氣惚怳而來不思而至杼軸得之澹而無味琢刻藻繪彌不足貴如彼璞玉磨礱成器奢者爲之錯以金翠美質既雕良寶斯棄此爲文之大旨也

論相　　杜牧之

呂公善相人言女呂后當大貴宜以配季季後爲天子呂后復稱制天下王呂氏子弟悉以大國隋文帝相工來和輩數人亦言當爲帝者後篡竊果得之誠相法之不謬矣呂氏自稱制通爲后凡二十餘年間隋氏自篡至滅凡三十六年間男女族屬殺滅殆盡當秦末呂氏大族也周末楊氏爲八柱國公侯相襲久矣一旦以一女子一男子偷竊位號不三二十年間壯老嬰兒皆不得其死不知一女子爲呂氏之福耶爲禍耶一男子爲

楊氏之禍耶爲福耶得一時之貴滅百世之族彼知相法者當曰此必爲呂氏楊氏之禍乃可爲善相人矣今斷一指得四海庶人不欲爲況以一女子一男子易一族哉余讀荀卿非相因感呂氏楊氏知卿爲大儒矣

張辟彊論　李文饒

楊子美辟彊之覺陳平非也若以童子慣敏善揣呂氏之情竒之可也若以爲反道合權以安社稷不其悖哉授兵產祿幾危劉氏皆因辟彊啓之向使留侯尚在必執戈逐之將爲戮矣觀高祖遺言呂后制其大事可謂謀無遺策矣以王陵有廷諍之節置以爲相謂周勃堪寄託之任令本兵柄況外有齊楚淮南盤石之固內有朱虛東牟肺腑之親是時產祿皆匹夫耳呂后雖心不在哀將相何至危懼必當憂傷不食自促其壽豈能爲將相之害哉漢高曰非劉氏而王者天下共擊之此慮屬在呂

宗矣何日肯之厥後稱制八年産祿之封植固矣若平勃二人
溘先朝露則劉氏之業必歸吕宗及吕后之殁劫酈高以紿吕
祿計亦窘矣周勃雖入北軍尚不敢公言誅吕豈不艱哉賴産
祿皆徒隸之人非英傑之士儻才出於世豈受其紿詭哉嗟乎
與其圖之於難豈若制之於易由是而言平勃用辟强之計斯
爲謬矣留侯破産以報韓結客以沮秦招四皓以安太子所爲
必仗義居正由此知不尚權譎明矣

文章辨體卷之三十五

文章辨體卷之三十六

海虞後學吳訥編集

論二

本論上　　宋歐陽永叔

佛法爲中國患千餘歲世之卓然不惑而有力者莫不欲去之已嘗去矣而復大集攻之暫破而愈堅撲之未滅而愈熾遂至於無可奈何是果不可去邪蓋亦未知其方也夫醫者之於疾也必推其病之所自來而治其受病之處病之中人乘乎氣虚而入焉則善醫者不攻其疾而務養其氣氣實則病去此自然之效也故救天下之患者亦必推其患之所自來而治其受患之處佛爲夷狄去中國最遠而有佛固已久矣堯舜三代之際王政修明禮義之敎充於天下於此之時雖有佛無由而入及三代衰王政缺禮義廢後二百餘年而佛至乎中國由是言之

佛所以爲吾患者乘其缺廢之時而來此其受患之本也補其缺修其廢使王政明而禮義充則雖有佛無所施於吾民矣此亦自然之勢也昔堯舜三代之政設爲井田之法籍天下之人計其口而皆受之田凡人之力能勝耕者莫不有田而耕之斂以什一差其征賦以督其不勤使天下之人力皆盡於南畝而不暇乎其他然又懼其勞且怠而入於邪僻也於是爲制牲牢酒醴以養其體絃匏俎豆以悅其耳目於其不耕休力之時而教之以禮故因其田獵而爲蒐狩之禮因其嫁娶而爲婚姻之禮因其死葬而爲喪祭之禮因其飲食羣聚而爲鄉射之禮非徒以防其亂又因而教之使知尊卑長幼凡人之大倫也故凡養生送死之道皆因其欲而爲之制飾之物采而文焉所以悅之使其易趣也順其情性而節焉所以防之使其不過也然猶懼其未也又爲立學以講明之故上自天子之郊下至鄉黨莫

不有學擇民之聰明者而習焉使相告語而誘勸其愚惰嗚呼何其備也蓋堯舜三代之爲政如此其慮民之意甚精治民之具甚備防民之術甚周誘民之道甚篤行之以勤而被於物者洽浸之以漸而入於人者深故民之生也不用力乎南畝則從事於禮樂之際不在其家則在乎庠序之間耳聞目見無非仁義禮樂而趣之不知其倦終身不見異物又奚暇夫外慕哉故曰雖有佛無由而入者謂有此具也及周之衰秦并天下盡去三代之法而王道中絶後之有天下者不能勉強其爲治之具不備防民之術不周佛於此時乗間而出千有餘歳之間佛之來者益衆吾之所爲者日益壞井田最先廢而兼并游惰之姦起其後所謂蒐狩婚姻喪祭鄉射之禮凡所以教民之具相次而盡廢然後民之姦者有暇而爲他其良者泯然不見禮義之及巳夫姦民有餘力則思爲邪僻良民不見禮義則莫知所趣

佛於此時乘其隙方鼓其雄誕之說而牽之則民不得不從而歸矣又況王公大人往往倡而驅之曰佛是真可歸依者然則吾民何疑而不歸焉幸而有一不惑者方艴然而怒曰佛何爲者吾將操戈而逐之又曰吾將有說以排之夫千歲之患徧於天下豈一人一日之可爲民之沉酣入於骨髓非口舌之可勝然則將柰何曰莫若修其本以勝之昔戰國之時楊墨交亂孟子患之而專言仁義故仁義之說勝則楊墨之學廢漢之時百家並興董生患之而退修孔氏之道故孔氏之道明而百家息此所謂修其本以勝之之效也今八尺之夫被甲荷戟勇蓋三軍然而見佛則拜聞佛之說則有畏慕之誠者何也彼誠壯佼其中心茫然無所守而然也一介之士眇然柔懦進趨畏怯然而聞有道佛者則義形於色非徒不爲之屈又欲驅而絕之者何也彼無他焉學問明而禮義熟中心有所守以勝之也然則

禮義者勝佛之本也今一介之士知禮義者尚能不爲之屈使天下皆知禮義則勝之矣此自然之勢也

本論下

昔荀卿子之說以爲人性本惡著書一篇以持其論予始愛之及見世人之歸佛者然後知荀卿之說謬焉甚矣人之性善也彼爲佛者棄其父子絶其夫婦於人之性甚戾又有蠶食蟲蠹之弊然而民皆相率而歸焉者以佛有爲善之說故也嗚呼誠使吾民曉然知禮義之爲善則安知不相率而從哉奈何教之諭之之不至也佛之說熟於人耳入乎其心久矣至於禮義之事則未嘗見聞今將號於衆曰禁汝之佛而爲吾禮義則民將駭而走矣莫若爲之以漸使其不知而趣焉可也蓋鯀之治水也鄣之故其害益暴及禹之治水也道之則其患息蓋患深勢盛則難與敵莫若馴致而去之易也今堯舜三代之政其說尚

傳其具皆在誠能講而修之行之以勤而浸之以漸使民皆樂而趣焉則充行乎天下而佛無所施矣傳曰物莫能兩大自然之勢也奚必曰火其書而廬其居哉昔者戎狄蠻夷雜居九州之間所謂徐戎白狄荆蠻淮夷之類是也三代既衰若此之類並侵於中國故秦以西戎據宗周吳楚之國皆僭稱王春秋書用鄫子傳記被髮於伊川而仲尼亦以不左衽為幸當是之時佛雖不來中國幾何其不夷狄也以是而言王道不明而仁義廢則夷狄之患至矣及孔子作中秋尊中國而賤夷狄然後王道復明方今九州之民莫不右衽而冠帶其為患者特佛爾其所以勝之之道非有甚高難行之說也患乎忽而不為爾夫郊天祀地與乎宗廟社稷朝廷之儀皆天子之大禮也今皆舉而行之至於所謂蒐狩婚姻喪祭鄉社之禮此郡縣有司之事也在乎講明而頒布之爾然非行之以勤浸之以漸則不能入於

人而成化自古王者之政必世而後仁今之議者將曰佛來千餘歲有力者尚無可奈何何用此迂緩之說爲是則以一日之功不速就而棄必世之功不爲也可不惜哉孔子歎爲俑者不仁蓋歎乎啓其漸而至於用殉也然則爲佛者不猶甚於作俑乎當其始來未見其害引而內之今之爲害著矣非待先覺之明而後見也然而恬然不以爲怪者何哉夫物極則反數窮則變此理之常也今佛之盛久矣乘其窮極之時可以反而變之不難也昔三代之爲政皆聖人之事業及其久也必有弊故三代之術皆變其質文而相救就使佛爲聖人及其弊也猶將救之況其非聖者乎夫姦邪之士見信於人者彼雖小人必有所長以取信是以古之人君惑之至於亂亡而不悟今佛之法可謂姦且邪矣蓋其爲說亦有可以惑人者使世之君子雖見其弊而不思救豈又善惑者歟抑亦不得而救之之術也救之莫

若修其本以勝之捨是而將有爲雖賁育之勇孟軻之辯太公之陰謀吾見其力未及施言未及出計未及行而先陷於禍敗矣何則患深勢盛難與敵非馴致而爲之莫能也故曰修其本以勝之作本論

一行傳論

嗚呼五代之亂極矣傳所謂天地閉賢人隱之時歟當此之時臣弑其君子弑其父而搢紳之士安其祿而立其朝充然無復廉恥之色者皆是也吾以謂自古忠臣義士多出於亂世而怪當時有道者何少也豈果無其人哉雖曰干戈興學校廢而禮義衰風俗隳壞至於如此然自古天下未嘗無人也吾意有潔身自負之士嫉世遠去而不可見者自古材賢有韞於中而不見於外或窮居陋巷委身草莽雖顔子之行不遇仲尼而名不彰況世變多故而君子道消之時乎吾又以謂必有其材能修

節義而沉淪于下泯沒而無聞者求之傳記而亂世崩離文字殘缺不可復得然僅得者四五人而已處乎山林而羣麋鹿雖不足以爲中道然與其食人之祿俛首而包羞孰若無愧於其心放身而自得吾得二人焉曰鄭遨張薦明勢利不屈其心去就不違其義吾得一人焉曰石昂苟利於君以忠獲罪而何必自明有至死而不言者此古之義士也吾得一人焉程福贇五代之亂君不君臣不臣父不父子不子至於兄弟夫婦人倫之際無不大壞而天理幾乎其滅矣於此之時能以孝悌自修於一鄉而風行於天下者猶或有之然其事迹不著而無可紀次獨其名氏或因見於書者然亦不敢沒而其略可錄者吾得一人焉曰李自倫作一行傳

伶官傳論

嗚呼盛衰之理雖曰天命豈非人事哉原莊宗之所以得天下

與其所以失之者可以知之矣世言晉王之將終也以三矢賜莊宗而告之曰梁吾仇也燕王吾所立契丹與吾約爲兄弟而皆背晉以歸梁此三者吾遺恨也與爾三矢爾其無忘乃父之志莊宗受而藏之于廟其後用兵則遣從事以一少牢告廟請其矢盛以錦囊負而前驅及凱旋而納之方其係燕父子以組函梁君臣之首入于太廟還矢先王而告以成功其意氣之盛可謂壯哉及仇讎已滅天下已定一夫夜呼亂者四應蒼皇東出未及見賊而士卒離散君臣相顧不知所歸至於誓天斷髮泣下沾襟何其衰也豈得之難而失之易歟抑本其成敗之迹而皆自於人歟書曰滿招損謙得益憂勞可以興國逸豫可以亡身自然之理也故方其盛也舉天下之豪傑莫能與之爭及其衰也數十伶人困之而身死國滅爲天下笑夫禍患常積於忽微而智勇多困於所溺豈獨伶人也哉

朋黨論

臣聞朋黨之說自古有之惟幸人君辨其君子小人而已大凡君子與君子以同道爲朋小人與小人以同利爲朋此自然之理也然臣謂小人無朋惟君子則有之其故何哉小人所好者利祿也所貪者財貨也當其同利之時暫相黨引以爲朋者僞也及其見利而爭先或利盡而交踈則反相賊害雖其兄弟親戚不能相保故臣謂小人無朋其暫爲朋者僞也君子則不然所守者道義所行者忠信所惜者名節以之修身則同道而相益以之事國則同心而共濟終始如一此君子之朋也故爲人君者但當退小人之僞朋用君子之真朋也則天下治矣堯之時小人共工驩兜等四人爲一朋君子八元八凱十六人爲一朋舜佐堯退四凶小人之朋而進元凱君子之朋堯之天下大治及舜自爲天子而皐夔稷契等二十二人並列于朝更相稱

美更相推讓凡二十二人爲一朋而舜皆用之天下亦大治書曰紂有臣億萬惟億萬心予有臣三千惟一心紂之時億萬人各異心可謂不爲朋矣然紂以亡國周武王之臣三千人爲一大朋而周用以興後漢獻帝時盡取天下名士囚禁之目爲黨人及黃巾賊起漢室大亂後方悔盡解黨人而釋之然已無救矣唐之晚年漸起朋黨之論及昭宗時盡殺朝之名士或投之黃河曰此輩清流可投濁流而唐遂亡矣夫前世之主能使人人異心不爲朋莫如紂能禁絕善人爲朋莫如漢獻帝能誅戮清流之朋莫如唐昭宗之世然皆亂亡其國更相稱美推讓而不自疑莫如舜之二十二臣舜亦不疑而皆用之然而後世不誚舜爲二十二臣朋黨所欺而稱舜爲聰明之聖者以能辨君子與小人也周武之世舉其國之臣三千人共爲一朋自古爲朋之多且大莫如周然周由此而興者善人雖多而不厭也嗟

乎夫興亡治亂之迹爲人君者可以鑒矣

秦誓論

書稱商始咎周以乘黎乘黎者西伯也西伯以征伐黎侯爲職事其伐黎而勝也商人已疑其難制而惡之使西伯赫然見其不臣之狀與商並立而稱王如此十年商人反晏然不以爲怪其父師老臣如祖伊微子之徒亦默然相與熟視而無一言此豈近於人情邪由是言之謂西伯受命稱王十年者妄說也以紂之雄猜暴虐嘗醢九侯而脯鄂侯矣西伯聞之竊嘆遂執而囚之幾不免死至其叛已不臣而自王乃反優容而不問者十年此豈近於人情邪由是言之謂西伯受命稱王十年者妄說也孔子曰三分天下有其二以服事商使西伯不稱臣而稱王安能服事於商乎且謂西伯稱王者起於何說而孔子之言萬世之信也由是言之謂西伯受命稱王十年者妄說也伯夷叔

齊古之知義之士也方其讓國而去顧天下皆莫可歸聞西伯之賢共往歸之當是時紂雖無道天子也天子在上諸侯不稱臣而稱王是僭叛之國也然二子不以爲非依之久而不去至武王伐紂始以爲非而棄去彼二子者顧天下莫可歸卒依僭叛之國而不去不非其父而非其子此豈近於人情邪由是言之謂西伯受命稱王十年者妄說也書之泰誓稱十有一年說者因以謂自文王受命九年及武王居喪二年并數之爾是以西伯聽虞芮之訟謂之受命以爲元年此又妄說也古者人君即位必稱元年常事爾不以爲重也後世曲學之士說春秋始以改元爲重事然則果常事歟固不足道也果重事歟西伯即位已改元矣中間不宜改元而又改元至武王即位宜改元而反不改元乃上冒先君之元年并其居喪稱十一年及其滅商而得天下其事大於聽訟遠矣又不改元由是言之謂西伯以

受命之年爲元年者妄說也後之學者知西伯生不稱王而中間不再改元則詩書所載文武之事粲然明白而不誣矣或曰然則武王畢喪伐紂而泰誓曷爲稱十有一年對曰畢喪伐紂出諸家之小說而泰誓六經之明文也昔者孔子當衰周之際患衆說紛紜以惑亂世於是退而修六經以爲後世法及孔子既沒去聖稍遠而衆說復與六經相亂自漢以來莫能辨正今有卓然之士一取信乎六經則泰誓者武王之事也十有一年者武王即位之十有一年爾復何疑哉司馬遷作周本紀雖曰武王即位九年祭於文王之墓然後治兵于盟津至作伯夷列傳則又載父死不葬之說皆不可爲信是以吾無取焉取信于書可也

春秋論一

事有不幸出於久遠而傳乎二說則奚從曰從其一之可信者

然則安知其可信者而從之曰從其人而信之可也衆人之說如彼君子之說如此則捨衆人而從君子君子博學而多聞矣然其傳不能無失也君子之說如彼聖人之說如此則捨君子而從聖人此舉世之人皆知其然而學春秋者獨異乎孔子聖人也萬世取信一人而已若公羊高穀梁赤左氏（一本氏作丘明）三子者博學而多聞矣其傳不能無失者也孔子之於經三子之於傳有所不同則學者寧捨經而從傳不信孔子而信三子甚哉其惑也經於魯隱公之事書曰公及邾儀父盟于蔑其卒也書曰公薨孔子始終謂之公三子者曰非公也是攝也學者不從孔子謂之公而從三子謂之攝其於晉靈公之事孔子書曰趙盾弒其君夷皐三子者曰非趙盾也是趙穿也學者不從孔子信爲趙盾而從三子信爲趙穿其於許悼公之事書曰許世子止弒其君買三子者曰非弒之也買病死而止不嘗藥耳學者

不從孔子信爲弒君而從三子信爲不嘗藥其捨經而從傳者何哉經簡而直傳新而奇簡直無悅耳之言新奇多可喜之論是以學者樂聞而易惑也予非敢曰不惑然信於孔子而篤者也經之所書予所信也經所不言予不知也難者曰子之言有激而云爾夫三子者皆學乎聖人而傳所以述經也經文隱而意深三子者從而發之故經有不言傳得而詳爾非爲二說也予曰經所不書三子者何從而知其然也曰推其前後而知之且其有所傳而得也國君必即位而隱不書即位此傳得知其攝也弒君者不復見經而盾復見經此傳得知弒君非盾也君弒賊不討則不書葬而許悼公書葬此傳得知世子止之非實弒也經文隱矣傳曲而暢之學者以謂三子之說聖人之深意也是以從之耳非謂捨孔子而信三子也予曰然則妄意聖人而惑學者三子之過而已使學者必信乎三子予不能奪也使

其惟是之求則予不得不爲之辯

春秋論二

孔子何爲而修春秋正名以定分求情而責實別是非明善惡此春秋之所以作也自周衰以來臣弑其君子弑其父諸侯之國相屠戮而爭爲君者天下皆是也當是之時有一人焉能好廉而知讓立乎爭國之亂世而懷讓國之高節孔子得之於經宜如何而別白之宜如何而褒顯之其肯沒其攝位之實而雷同衆君誣以爲公乎所謂攝者臣行君事之名也伊尹周公共和之臣嘗攝矣不聞商周之人謂之王也使息姑實攝而稱號無異於正君則名分不正而是非不別夫攝者心不欲爲君而身假行君事雖行君事而其實非君也今書曰公則是息姑心不欲之實不爲之而孔子加之失其本心誣以虛名而沒其實善夫不求其情不責其實而善惡不明如此則孔子之意疏而

春秋繆矣春秋辭有同異尤謹嚴而簡約所以別嫌明微愼重而取信其於是非善惡難明之際聖人所盡心也息姑之攝也會盟征伐賞刑祭祀皆出於己舉魯之人皆聽命於己其不爲正君者幾何惟不有其名爾使其名實皆在己則何從而知其攝也故息姑之攝與不攝惟在爲公與不爲公別嫌明微繫此而已且其有讓桓之志未及行而見殺其生也志不克伸其死也被虛名而違本意則息姑之恨何申於後世乎其甚高之節難明之善亦何望於春秋乎今說春秋者皆以名字氏族與奪爲輕重故曰一字爲褒貶且公之爲字豈不重於名字氏族乎孔子於名字氏族不妄以加人其肯以公妄加於人而沒其善一作實乎以此而言隱實爲攝則孔子決不書曰公孔子書爲公則隱決非攝難者曰然則何爲不書即位曰惠公之終不見其事則隱之始立亦不可知孔子從二百年後得其遺書而修之

闕其所不知所以傳信也難者又曰謂爲攝者左氏耳公羊穀梁皆以爲假立以待桓也故得以假稱公子曰凡魯之事出於已舉魯之人聽於已生稱曰公死書曰薨何從而知其假

春秋論三

弒逆大惡也其爲罪也莫贖其於人也不容其在法也無赦法施於人雖小必慎况舉大法而加大惡乎既輙加之又輙赦之則自侮其法而人不畏春秋用法不如是之輕易也三子說春秋書趙盾以不討賊故加之大惡既而以盾非實弒則又復見于經以明盾之無罪是輙加之而輙赦之爾以盾爲無弒心乎其可輕以大惡加之以盾不討賊情可責而宜加之乎則其後頑然未嘗討賊既不改過以自贖何爲遽赦使同無罪之人其於進退皆不可此非春秋意也趙穿弒君大惡也盾不討賊不能爲君復讎而失刑於下二者輕重不較可知就使盾爲可責

然穿焉得免也今免首罪爲善人使無辜者受大惡此决知其
不然也春秋之法使爲惡者不得幸免疑似者有所辨明所謂
是非之公也據三子之説初靈公欲殺盾盾走而免穿盾族也
遂弑而盾不討其迹涉於與弑矣此疑似難明之事聖人尤當
求情責實以明白之使盾果有弑心乎則自然罪在盾矣不得
曰爲法受惡而稱其賢也使果有弑心乎則當爲之辨明必先
正穿之惡使罪有所歸然後責盾縱賊則穿之大惡不可幸而
免盾之疑似之迹獲辨而不討之責亦不得辭如此則是非善
惡明矣今爲惡者獲免而疑似之人陷于大惡此决知其不然
也若曰盾不討賊有幸弑之心與自弑同故寧捨穿而罪盾此
乃逆詐用情之吏矯激之爲爾非孔子忠恕春秋以正道治人
之法也孔子患舊史是非錯亂而善惡不明所以修春秋就令
舊史如此其肯從而不正之乎其肯從而稱美又教人以越境

逃惡乎此可知其繆傳也問者曰然則夷臯弑之曰孔子所書是矣趙盾弑其君也今有一人焉父病躬進藥而不嘗又有一人焉父病而不躬進藥而二父皆死又有一人焉操刃而殺其父使吏治之是三人者其罪同乎曰雖庸吏猶知其不可同也躬藥而不知嘗者有愛父之孝心而不習於禮是可哀也無罪之人爾不躬藥者誠不孝矣雖無愛親之心然未有殺父之意使善治獄者猶當與操刃殊科況以躬藥之孝反與操刃同其罪乎此庸吏之不爲也然則許世子止實不嘗藥則孔子不書曰弑君孔子書爲弑君則止決非不嘗藥難者曰聖人借止以垂教爾對曰不然非所謂借止以垂教者不過欲人之知嘗藥耳聖人一言明以告人則萬世法也何以加孝子以大惡之名而嘗藥之事卒不見于文使後世但知止爲弑君而莫知藥之當嘗也教未可垂而已陷人於大惡矣聖人垂教不如是之

迂也果曰責止不如是之刻也難者曰然則盾曷爲復見于經許悼公曷爲書葬曰弒君之臣不見經此自三子說爾果聖人法乎悼公之葬且安知其不討賊而書葬也自止以弒見經後四年吳敗許師又十有八年當定公之四年許男始見于經而不名許之書于經者略矣止之事迹不可得而知也難者曰三子之說非其臆出也其得於所傳如此然則所傳者皆不可信乎曰傳聞何可盡信公羊穀梁以君氏卒爲正卿左氏以君氏卒爲隱毋一以爲男子一以爲婦人得於所傳者蓋如是是可盡信乎

辨惑論　石守道

吾聞天地間必然無者有三無神仙無黃金術無佛然此三者舉世人皆惑之以爲必有故甘心樂死而求之然吾以爲必無者吾有以知之大凡窮天下而奉之者一人也莫崇於一人莫

貴於一人無求不得其欲無取不得其志天地兩間苟所有者惟不索焉索之莫不獲也秦始皇之求爲仙漢武帝之求爲黃金蕭武帝之求爲佛勤已至矣而秦始皇帝遠遊死蕭武帝餓死漢武帝鑄金不成死推是而言吾知必無神仙也必無佛也必無黃金術也

葬論

司馬君實

葬者藏也孝子不忍其親之暴露故斂而藏之齎送不必厚厚者有損無益古人論之詳矣今人葬不厚於古而拘於陰陽禁忌則甚焉古者雖卜宅卜日盖謀人事之便然後質諸蓍龜庶無後艱耳無常地與常日也今之葬書乃相山川岡畝之形勢考歲月日時之支干以爲子孫貴賤貧富壽夭賢愚皆繫焉非此地不可葬也舉世惑而信之於是喪親者往往久而不葬問之曰歲月未利也又曰未有吉地也又曰遊宦遠方未得歸也

又曰貧未能辦葬具也至有終身累世而不葬遂棄失尸柩不知其處者嗚呼可不令人深歎愍矣哉人所貴於身後有子孫者爲能藏其形骸也其所爲乃如是曷若無子孫死於道路猶有仁者見而殣之耶先王制禮葬期遠不過七月今世著令自王公以下皆三月而葬又禮未葬不變服食粥居倚廬哀親之未有所歸也既葬然後漸有變除今之人背禮違法未葬而除喪從宦四方食稻衣錦飲酒作樂其心安乎人之貴賤貧富壽夭繫於天賢愚繫於人固無關預於葬就使皆如葬師之言爲人子者方當哀窮之際何忍不顧其親之暴露乃欲自營福利邪昔者吾諸祖之葬也家甚貧不能具棺槨自太尉公而下始有棺槨然金銀珠玉之物未嘗以錙銖入於壙中將葬太尉公族人皆曰葬者家之大事柰何不詢陰陽此必不可吾兄伯康無如之何乃曰詢於陰陽則可矣安得良葬師而詢之族人曰

近村有張生者良師也數縣皆用之兄乃召張生許以錢貳萬張生野夫也世爲葬師爲野人葬所得不過千錢聞之大喜兄曰汝能用吾言吾俾爾葬不用吾言將求他師張師曰惟命是聽於是兄自以巳意處歲月日時及壙之淺深廣狹道路所從出皆取便於事者使張生以葬書緣飾之曰大吉以示族人族人皆悅無違異者今吾兄年七十九以列卿致仕吾年六十六忝備侍從宗族之從仕者二十有三人視他人之謹用葬書未必勝吾家也前年吾妻死棺成而歛裝辦而行壙成而葬未嘗以一言詢陰陽家迄今亦無他故吾嘗疾陰陽家立邪說以惑衆爲世患於喪家尤甚頃爲諫官嘗奏乞禁天下葬書當時執政莫以爲意今著兹論庶俾後之子孫葬必以時欲知葬具之不必厚視吾祖欲知葬書不足信視吾家

管仲論

蘇明允

管仲相威公伯諸侯攘戎狄終其身齊國富强諸侯不叛管仲死豎刀易牙開方用威公薨於亂五公子爭立其禍蔓延訖簡公齊無寧歲夫功之成非成於成之日蓋必有所由起禍之作不作於作之日亦必有所由兆則齊之治也吾不曰管仲而曰鮑叔及其亂也吾不曰豎刀易牙開方而曰管仲何則豎刀易牙開方三子彼固亂人國者顧其用之者威公也夫有舜而後知放四凶有仲尼而後知去少正卯彼威公何爲也顧其使威公得用三子者管仲也仲之疾也公問之相當是時也吾以仲且舉天下之賢者以對而其言乃不過曰豎刀易牙開方三子非人情不可近而已嗚呼仲以爲威公果能不用三子矣乎仲與威公處幾年矣亦知威公之爲人矣乎威公聲不絶乎耳色不絶乎目而非三子者則無以遂其欲彼其初之所以不用者徒以有仲焉耳一日無仲則三子者可以彈冠而相慶矣仲以

爲將死之言可以縶威公之手足耶夫齊國不患有三子而患無仲有仲則三子者三匹夫耳不然天下豈少三子之徒哉雖威公幸而聽仲誅三人而其餘者仲能悉數而去之耶嗚呼仲可謂不知本者矣因威公之問舉天下之賢者以自代則仲雖死而齊國未爲無仲也夫何患三子者不言可也五伯莫盛於威文文公之才不過威公其臣又皆不及仲靈公之虐不如孝公之寬厚文公死諸侯不敢叛晉晉襲文公之餘威得爲諸侯之盟主百餘年何者其君雖不肖而尚有老成人焉威公之薨也一亂塗地無惑也彼獨恃一管仲而仲則死矣夫天下未嘗無賢者蓋有有臣而無君者矣威公在焉而曰天下不復有管仲者無不信也仲之書有記其將死論鮑叔賔胥無之爲人且各疏其短是其心以爲是數子者皆不足以托國而又逆知其將死則其書誕謾不足信也吾觀史魚以不能進蘧伯玉而退

彌子瑕故有身後之諫蕭何且死舉曹參以自代大臣之用心固宜如此也一國以一人興以一人亡賢者不愁其身之死而憂其國之衰故必復有賢者而後有以死彼管仲者何以死哉

備亂論

鄭毅夫

備天下之亂者古今大勢可見已而未能有善備者也始周之諸侯相禽獮剖而爲六國卒併於秦秦以諸侯之亡周也乃爲之備諸侯一剗其根蘖而郡縣之遂至天下無一繩之維諸侯則不作而其末乃有布衣之禍故高祖不由尺土奮起於風埃之中五載而成帝業漢以郡縣之亡秦也則又爲之備郡縣而又裂其土地以封諸侯王盤踞過強卒用不終布衣則不作而其末乃有外戚之禍賊莽竊其隙遂盗有漢璽及光武之再開闢以外戚之亡西京也則又爲之備外戚乃不復委重宰相而尊用臺閣三公拱袂而守虛器外戚則不作而其末乃有閹豎

之禍積其殘暴酷烈而終之董卓天下遂睽而爲三魏氏以閹竪之亡漢也則又爲之備閹竪肅掃刈之一歸其房闥之後閹竪則不作而其末乃有強臣之禍故司馬父子襲據大柄更四世而殫其國晉氏以強臣之亡魏也則又爲之備強臣而培植其宗族雖愚兒懦子皆付以大國強臣則不作而其末乃有宗室之禍朝而爲帝暮爲囚虜五湖乘之遂荒中國彌漫橫流以至于唐太宗乃頗究覽其失得而爲之大備焉及其末也則又有藩鎮之禍梁唐晉漢周皆以藩鎮而更爲帝夫歷世之亂考其所以備之者不爲不至窒一穴穿一穴而禍亂之不息也蓋未嘗取天下之公制而獨以己之私者備之耳成湯周武以諸侯得天下而商周未嘗輒廢諸侯豈非用天下之公制者耶惟其公也故後世之長久繇秦而來獨汲汲備其私者又矯者過

嗚呼不得聖人之法而備之奚有不速斃者耶

唐論

曾子固

成康歿而民生不見先王之治日入於亂以至於秦盡除前聖數千載之法天下既攻秦而亡之以歸於漢漢之爲漢更二十四君東西再有天下垂四百年然大抵多用秦法其改更秦事亦多附已之意非放先王之法而有天下之志也有天下之志者文帝而已然而天下之材不足故仁聞雖美矣而當世之法度亦不能放於三代漢之亡而強者遂分天下之地晉與隋雖能合天下於一然而合之未久而已亡其餘不足議也代隋者唐更十八君垂三百年而其治莫盛於太宗太宗之爲君也詘已從諫仁心愛人可謂有天下之志以租庸任民以府衛任兵以職事任官以材能任職以興義任俗以尊本任衆賦役有定制兵農有定業官無虛名職無廢事人習於善行離於末作使之操於上者要而不煩取於下者寡而易供民有農之實而兵

之備存兵有兵之名而農之利在事之分有歸而祿之出不浮材之品不遺而治之體相承其廉耻日以篤其田野日以闢其法修則安且治廢則危且亂可謂有天下之材行之數歲粟米之賤斗至數錢居者有餘蓄行者有餘資人人自厚幾於刑措可謂有治天下之效夫有天下之志有天下之材又有治天下之效然而不得與先王並者法度之行擬之先王未備也禮樂之具田疇之制庠序之教擬之先王未備也躬親行陣之間戰必勝攻必克天下莫不以爲武而非先王之所尚也四夷萬國古所未及以政者莫不服從天下莫不以爲盛而非先王之所務也太宗之爲政於天下者得失如此由唐虞之治五百餘年而有湯之治由湯之治五百餘年而有文武之治由文武之治千有餘年而始有太宗之爲君有天下之志有天下之材又有治天下之效然而又以其未備也不得與先王並而稱極治之

時是則人生於文武之前者率五百餘年而一遇治世生於文武之後者千有餘年而未遇極治之時也非獨民之生於是時者之不幸也士之生於文武之前者如舜禹之於唐八元八凱之於舜伊尹之於湯太公之於文武率五百餘年而遇生於文武之後者千有餘年雖孔子之聖孟軻之賢而不遇雖太宗之爲君而未可以必得志於其時也是亦士之生於是時者之不幸也故述其是非得失之迹非獨爲人君者可以考焉士之有志於道而欲仕於上者可以鑒矣

范增論　蘇子瞻

漢用陳平計間踈楚君臣項羽疑范增與漢有私奪其權增大怒曰天下事大定矣君王自爲之願賜骸骨歸卒伍歸未至彭城疽發背死蘇子曰增之去善矣不去羽必殺增獨恨其不早爾然則當以何事去增勸羽殺沛公羽不聽終以此失天下當

於是去邪曰否增之欲殺沛公人臣之分也羽之不殺猶有人君之度也增曷爲以此去哉易曰知幾其神乎詩曰相彼雨雪先集維霰增之去當於羽殺卿子冠軍時也陳涉之得民也以項燕扶蘇項氏之興也以立楚懷王孫心而諸侯叛之也以殺義帝且義帝之立增爲謀主矣義帝之存亡豈獨楚之盛衰亦增之所與同禍福也未有義帝亡而增獨能久存者也羽之殺卿子冠軍也是弒義帝之兆也其弒義帝則疑增之本也豈必待陳平哉物必先腐也而後蟲生之人必先疑也而後讒入之陳平雖智安能間無疑之主哉吾嘗論義帝天下之賢主也獨遣沛公入關而不遣項羽識卿子冠軍於稠人之中而擢以爲上將不賢而能如是乎羽既矯殺卿子冠軍義帝必不能堪非羽弒帝則帝殺羽不待智者而後知也增始勸項梁立義帝諸侯以此服從中道而弒之非增之意也夫豈獨非其意將必力

爭之而不聽也不用其言而殺其所立羽之疑增必自是始矣方羽殺卿子冠軍增與羽比肩而事義帝君臣之分未定也爲增計者力能誅羽則誅之不能則去之豈不毅然大丈夫也哉增年已七十合則留不合則去不以此時明去就之分而欲仕羽以成功陋矣雖然增高帝之所畏也增不去項羽不亡嗚呼增亦人傑也哉

荀卿論

嘗讀孔子世家觀其言語文章循循莫不有規矩不敢放言高論言必稱先王然後知聖人憂天下之深也茫乎不知其畔岸而非遠也浩乎不知其津涯而非深也其所言者匹夫匹婦之所共知而所行者聖人有所不能盡也嗚呼是亦足矣使後世有能盡吾說者雖爲聖人無難而不能者不失爲寡過而已矣子路之勇子貢之辨冉有之智此三者皆天下之所謂難能而

可貴者也然三子者每不爲夫子之所悅顔淵默然不見其所能若無以異於衆人者而夫子亟稱之且夫學聖人者豈必其言之云爾哉亦觀其意之所嚮而已夫子以爲後世必有不足行其說者矣必其竊其說而爲不義者矣是故其言平易正直而不敢爲非常可喜也論要在於不可易也昔者常怪李斯事荀卿既而焚滅其書大變古先聖人之法於其師之道不啻若寇讎及今觀荀卿之書然後知李斯之所以事秦者皆出於荀卿而不足怪也荀卿者喜爲異說而不讓敢爲高論而不顧者也其言愚人之所驚小人之所喜也子思孟軻世之所謂賢人君子也荀卿獨曰亂天下者子思孟軻也天下之人如此其衆也仁人義士如此其多也荀卿獨曰人性惡桀紂性也堯舜僞也由是觀之意其爲人必也剛愎不遜而自許太過彼李斯者又特甚者耳今夫小人之爲不善猶必有所顧忌是以夏商之

亡桀紂之殘暴而先王之法度禮樂刑政猶未至於絕滅而不可考者是桀紂猶有所存而不敢盡廢也彼李斯者獨能奮而不顧焚燒夫子之六經烹滅三代之諸侯破壞周公之井田此亦必有所恃者矣彼見其師歷詆天下之賢人以自是其愚以爲古先聖王皆無足法者不知荀卿特以快一時之論而荀卿亦不知其禍之至於此也其父殺人報仇其子必且行劫荀卿明王道述禮樂而李斯以其學亂天下其高談異論有以激之也孔孟之論未嘗異也而天下卒無有及者苟天下果無有及者則尚安以求異爲哉

韓非論

聖人之所爲惡夫異端盡力而排之者非異端之能亂天下而天下之亂所由出也昔周之衰有老聃莊周列禦寇之徒更爲虛無淡泊之言而治其猖狂浮游之說紛紜顛倒而卒歸於無

有由其道者蕩然莫得其當是以忘乎富貴之樂而齊乎死生之分此不得志於天下高世遠舉之人所以放心而無憂雖非聖人之道而其用意固亦無惡於天下自老聃之死百餘年有商鞅韓非著書言天下無若刑名之嚴及秦用之終於勝廣之亂教化不足而法有餘秦以不祀而天下被其毒後世之學者知申韓之罪而不知老聃莊周之使然何者仁義之道起於夫婦父子兄弟相愛之間而禮法刑政之原出於君臣上下相忌之際相愛則有所不忍相忌則有所不敢不敢與不忍之心合而後聖人之道得存乎其中今老聃莊周論君臣父子之間汎汎乎若萍浮於江湖而適相值也夫是父不足愛而君不足忌不忌其君不愛其父則仁不足以懷義不足以勸禮樂不足以化此四者皆不足用而欲置天下於無有夫無有豈誠足以治天下哉商鞅韓非求爲其説而不得得其所以輕天下齊萬物

之術是以政爲殘忍而無疑今夫不忍殺人而不足以爲仁而仁亦不足以治民則是殺人不足以爲不仁而不仁亦不足以亂天下如此則舉天下惟君之所爲刀鋸斧鉞何施而不可昔者夫子未嘗一日易其言雖天下之小物亦莫不有所畏今其視天下耿然若不足爲者此其所以輕殺人歟太史遷曰申子卑卑施於名實韓子引繩墨切事情明是非其極慘礉少恩皆原於道德之意嘗讀而思之事固有不相謀而相感者莊老之後其禍爲申韓自三代之衰至于今凡所以亂聖人之道者其弊固已多矣而未知其所終柰何其不爲之所也

論造化之迹　胡明仲

或謂雷霆何爲而然者有形耶有神耶曰古人未之言也然先達大儒亦嘗明其理矣蓋天地之間無非陰陽聚散闔闢之所爲此可以神言不可以形論非如異學所謂龍車石斧鬼鼓火

鞕怪誕之難信也故其言曰陰氣凝聚陽在內而不得出則奮擊而爲雷霆雖聖人復起不能易矣凡聲陽也光亦陽也光發而聲隨之陽氣奮擊欲出之勢也雷緩小則震亦緩小電迅大則震亦迅大震電交至見必有雨震而不電電而不震則無雨由陰氣凝聚之有疎緩迅密也曰世人所得雷斧者何物也曰此猶星隕而爲石也本乎天者氣而非形偶隕於地則成形矣然而不盡然也曰雷之破山壞廟折樹殺人者何謂也曰先儒以爲陰陽之怒氣也氣鬱而怒方爾奮擊偶或值之則遭震矣然而不盡然也曰電之閃鑠激疾如金蛇飛騰之狀何謂也曰光之發也惟光爾適映雲際則如是不當乎雲之際而在同雲之中則無此矣凡天地造化之迹苟不以理推則必入于幻怪誕僞之說而終不能明故君子窮理之爲要也

風水論

羅大經

古人建都邑立室家未有不擇地者如詩所謂望楚與堂降觀于桑度其隰原觀其流泉書所謂達觀于新邑營卜瀍澗之東西盖自三代時已然矣余行天下凡通都會府山水固皆翕聚至於百家之邑十室之市亦必倚山帶溪氣象回合若風氣虧疎山水飛走則必無人烟之聚此誠不可不擇也乃若葬者藏也藏者欲人之不得見也古人之所謂卜其宅兆者乃孝子慈孫之謹重親之遺體使異日不爲城邑道路溝渠耳借曰精擇亦不過欲其山水迴合草木茂盛使親之遺體得安耳豈藉此以求子孫富貴乎郭璞謂本骸乘氣遺體受蔭此說殊未通夫銅山西崩靈鍾東應木生于山栗芽于室此乃活氣相感也今枯骨朽腐不知痛痒積日累月化爲朽壤矣豈能與生者相感以致禍福乎此决無之理也世之人惑璞之說有貪求吉地未能愜意至數十年不葬其親者有既葬以爲不吉一掘未已至

再至三者有因買地致訟棺未入土而家已蕭條者有兄弟數人惑於各房風水之說至於骨肉化爲仇讐者凡此皆璞之書爲之也且人之生貧富貴賤賢愚壽夭禀賦已定謂之天命不可改也豈冢中枯骨所能轉移乎若如璞之說則上天之命反制於一杯之土矣楊誠齋嘗言郭璞精於風水宜妙選吉地以福其身利其子孫然璞身不免於刑戮子孫卒以衰微則其說已不驗於其身矣而後方且誦其遺書而尊信之不已惑乎

擇日論　沈顔

古者國家將有事乎戎祀必先擇時日以定其期是用備物於有司習儀於禮寺俾臻其慮而戒其誠非所以定吉凶決勝負也後之惑者不詳其故推考時日妄生穿鑿斯風不革拘忌益深致使凡庶之家將欲開一溝隍折一葭葦必待擇日而後爲之構一衡宇雍一榛蕪必審方位而後爲之且吉凶由人焉係

時日故吉人凶其吉凶人吉其凶一之於人之所爲而已矣惑者不知其在人也有一不吉則歸罪於時日矣且以不諫之將不練之士有能以日時勝者乎不耕之士不貲之穀有能以日時種者乎是皆不能也則時日於人何有哉

六經論

洪武宋景濂

六經皆心學也心中之理無不具故六經之言無不該六經所以筆吾心之理者也是故說天莫辨乎易由吾心即太極也說事莫辨乎書由吾心政事之府也說志莫辨乎詩由吾心統性情也說理莫辨乎春秋由吾心分善惡也說體莫辨乎禮由吾心有天序也導民莫過乎樂由吾心備人和也人無二心六經無二理因心有是理故經有是言心譬則形而經譬則影也無是形則無是影無是心則無是經其道不亦較然矣乎然而聖人一心皆理也衆人理雖本具而欲則害之蓋有不得全其正

者故聖人復因其心之所有而以六經教之其人之温柔敦厚則有得於詩之教焉疏通知遠則有得於書之教焉廣博易良則有得於樂之教焉絜靜精微則有得於易之教焉恭儉莊敬則有得於禮之教焉屬辭比事則有得於春秋之教焉然雖有是六者之不同無非教之以復其本心之正也嗚呼聖人之道唯在乎治心心一正則衆事無不正猶將百萬之卒在於一帥帥正則靡不從令不正則奔潰角逐無所不至矣尚何望其能却敵哉大哉心乎正則正邪則亂不可不慎也秦漢以來心學不傳往往馳騖於外不知六經實本於吾之一心所以高者淪於虛遠而不返卑者安於淺陋而不辭上下相習如出一轍可勝嘆哉然此亦皆吾儒之過也京房溺於名數世豈復有易孔鄭專於訓詁世豈復有書詩董仲舒流於災異世豈復有春秋樂固亡矣至於小大戴氏之所記亦多未醇世又豈復有全禮

藏經既不明心則不正心既不正則鄉閭安得有善俗國家安得有善治乎惟善學者脫略傳註獨抱遺經而體驗之一言一辭皆使與心相涵始焉則戞乎其難入中焉則浸漬而漸有所得終焉則經與心一不知心之爲經經之爲心也何也六經者所以筆吾心中所具之理故也周孔之所以聖顔曾之所以賢初豈能加毫末於心哉不過能盡之而已今之人不可謂不學經也而卒不及古人者無他以心與經如氷炭之不相入也察其所圖不過剽裂文義以資進士之計然固不知經之爲何物也經而至此可不謂之一戹矣乎雖然經有顯晦心無古今天下豈無豪傑之士以心感心於千載之上者哉

又　　王子充

六經聖人之用也聖人之爲道不使有諸已而已也固將推而見諸用以輔相乎天地之宜財成乎民物之性而彌綸維持乎

世故所謂爲天地立極爲生民立命爲萬世開太平者也是故易者聖人原陰陽之動靜推造化之變通以爲卜筮之具其用在乎使人趨吉而避凶書者聖人序唐虞以來帝王政事號令之因革以爲設施之具其用在乎使人圖治而立政詩者聖人采王朝列國風雅之正變本其性情之所發以爲諷刺之具其用在乎使人懲惡而勸善禮極乎天地朝廷宗廟以及人之大倫其威儀等殺秩然有序聖人定之以爲品節之具其用在乎明幽顯辨上下樂以達天地之和以飾化萬物其聲音情文翕然以合聖人協之以爲和樂之具其用在乎象功德格神人春秋之義尊王抑霸内夏外夷誅亂賊絶僭竊聖人直書其事志善惡列是非以爲賞罰之具其用在乎其義不謀利明道不計功由是論之則六經者聖人致治之要術經世之大法措諸實用爲國家天下者所不可一日以或廢也孔子嘗曰我欲託諸

空言不如載諸行事之深切著明也後世學者因以謂聖人未嘗見諸其行而惟六經是作顧遂以空言視六經而訓詁講說之徒又從以浮辭曲辨淆亂之其獘至于今幾二千年於是聖人致治經世之用微矣嗚呼聖人之用載於六經如日月之明四時之信萬世無以替也天地之所以位萬物之所以育世故之所以久長而不壞者緊孰使之然也或曰六經聖人之心學也易有先天後天之卦乃聖人之心畫書有危微精一之訓乃聖人之心法詩者心之所發而禮由心制樂由心生者也春秋又史外傳心之典也又曰說天莫辨乎易由吾心即太極也說事莫辨乎書由吾心政事之府也說志莫辨乎詩由吾心統性情也說理莫辨乎春秋由吾心分善惡也說體莫辨乎禮由吾心有天序也道民莫過乎樂由吾心備人和也心中之理無不具故六經之言無不該也然則以聖人之心言六經者經其內

以聖人之用言六經則經其外矣心者其本而用者其末矣舍内而言外棄本而取末果可以論六經乎曰非然也心固内也而經則不可以内外分内外一體也而尤不可以本末論聖人之道藴諸心而不及於用者有之矣未有措諸用而不本於心者也况乎六經爲書本末兼該體用畢備吾即聖人之用以言之則聖人之道爲易明而聖人之心爲易見本體之全固在是矣若六徒言乎心而不及乎用者有體無用之學佛老氏之所爲道也豈所以言聖人之經哉

四子論

四子論語大學中庸孟子也論語孔子及門人問答之微言而記于曾子有子之門人太學亦孔氏遺書其經一章孔子之言而曾子所記傳十章則曾子之言而門人記之中庸三十三章子思之之作孟子七篇孟子所著或曰其門人之所述也論語先漢時已行蕭

望之張禹皆以傳授而諸儒多爲之註大學中庸二篇在小戴記中註之者鄭玄也孟子初列於諸子及趙岐註之後遂顯矣爰自近世大儒河南程子實始尊信大學中庸而表章之論語孟子亦各有論說至新安朱子始合四書謂之四子論語孟子則爲之註大學中庸則爲之章句或問自朱子之說行而舊說盡廢矣於是四子者與六經皆並行而教學之序莫先焉然而先儒之論以謂治六經者必先通乎四書四書通則六經可不治而通也至於六經四書所以相通之類則未有明言之者以予論之治易必問中庸始治書必自大學始治春秋必自孟子始治詩及禮樂必自論語始是故易以明陰陽之變推性命之原然必本之於太極太極卽减也而中庸首言性命終言天道人道必推極於至誠故曰治易必始於中庸也書以紀政事之實載國家天下之故然必先之以德峻德一德三德是也而大學自修身以至治國平天下

亦本原于明德故曰治書必始於大學也春秋以貴王賤霸誅亂討賊其要則在乎正誼不謀利明道不計功而孟子尊王道卑霸烈闢異端距邪說其與時君言每先義而後利故曰治春秋必始於孟子也詩以道性情而論語之言詩有曰關雎樂而不淫哀而不傷又曰可以興可以羣可以怨禮以謹節文而論語之言禮自鄉黨以至於朝廷莫不具焉樂以象功德而論語之言樂自韶舞以及翕純皦繹之說莫不備焉故曰治詩及禮樂必始於論語也此四子六經相通之類然也雖然總而論之四子本一理也六經亦一理也漢儒有言論語者五經之管轄六藝之喉衿孟子之書則而象之嗟乎豈獨論語孟子為然乎故自陰陽性命道德之精微至于人倫日用家國天下之所當然以盡乎名物度數之詳四子六經皆同一理也統宗會元而要之于至當之歸存乎人焉爾

養生論

梁孟敬

人之生也參天地而爲三其身亦一天地而小者也天地之大而不能不終也則人之賦形天地之間者其必有終亦宜矣然其生也既異於物則亦久於物者也故人之壽至於百歲其大限然也善養生者或過乎百歲其不善養者皆自促其生也善養之矣而亦或早終則其生氣之受有不及者也而謂人之爲仙其壽可數百千歲者吾既未之見則固未之信也夫天之生物者其性也其燭而爲日月爲列宿虛而爲風濡而爲雨露凝而爲雪霰爲霜雹怒而爲雷電蒙而爲雲霧是皆其情也人之得天之生理者其性也其適意而喜不適意而怒中不忍而哀中無主而懼見所美而愛見不美而惡求其所願而欲是亦其情也夫情也者貴合於中而不可以過天之情過則爲水旱饑饉疫癘凶札斯天之失其常者矣人之情過則爲淫邪放恣暴虐昏謬斯亦人之失其常者矣聖人者天下之主也故純德以

合天而天道以順君子者或不能善天下而能善其身故修德以俟天而吾身以安衆人者不能善其身而縱於欲以悖夫天德而促其生世之善養生者大槩先於治七情舍夫七情而後有神秘之術者吾不知也聖賢之學所以修其身者亦莫先於治七情是聖賢之學即養生之術也或曰山澤之士屏華遺紛居閑處幽寂寞寡慮優游無爲得以治夫七情而全其天性固爲善矣其出而事君理民者將欲勵其忠貞對其勲名則擾而非静勞而非逸或至於耗其精而竭其神則生奚以養曰所謂養生者唯視其當爲者爲之爾固非悖乎天以私其身也苟能循乎中適乎義雖不幸而隕其軀其夭也亦壽也不循乎中不適乎義雖幸而全其軀其壽也亦夭也故治夫七情者奚窮達之異七情既治可以養德可以養智可以養生養德而身修養智而官理養生而壽固斯一舉而三得者也故凡有官守者知

吾身之疾唯在於多欲必屏其欲以瘳其疾則夫三德三行者其六脉之和也稽經史務學問諸方之良也古之賢者以爲則不賢以爲監五藥之善也至於車馬聲色服飾器玩凡其可美可嗜者皆物之毒者也固宜一切忌之矣吾身之疾既瘳然后於喜怒哀樂愛惡一循夫理而不至於過中焉是於疾去之後慎而又慎日養之以粱肉而助乎吾身之元氣也如是則上能佐身以永享天祿下能導民以躋于仁壽而已亦獲福考終矣孰謂養生之術非達者之宜乎聖賢之學所以可貴者此也

論志

朱伯賢

志也者心之主氣之帥萬事之樞機也非志心不自立氣不自行事不自成是志者又主乎心而造就萬事之柄也故君子莫先於立志志一則心不二志定則氣以從志堅則事乃濟志其可不尚乎伊尹志在致君卒肇商祀張良志在報韓卒成漢業

鄧禹志垂竹帛卒興南陽狄仁傑志復唐室卒摧僭周之數子者志立於事爲之先志遂乎功成之後非志前定其孰能成蓋天之功以信天下後世乎予聞志仁義者其德著志功名者其業崇志富貴者其勢廣在視夫所志何如爾志驕侈則心肆志吝嗇則心鄙志盤佚則心馳志昏惰則心弛亦視夫所志何如爾志趨一定物莫能動導莫得入唐虞之讓弗易也晉楚之富弗移賁育之勇弗奪也甚哉志之繫於人也大矣故古君子之觀人先視其志之所存則其所就小大遠近斷可議矣作論志

文章辨體卷之三十六

文章辨體卷之三十七

海虞後學吳訥編集

說

師說

唐韓退之

古之學者必有師師者所以傳道受業解惑也人非生而知之者孰能無惑惑而不從師其爲惑也終不解矣生乎吾前其聞道也固先乎吾吾從而師之生乎吾後其聞道也亦先乎吾吾從而師之吾師道也夫庸知其年之先後生於吾乎是故無貴無賤無長無少道之所存師之所存也嗟乎師道之不傳也久矣欲人之無惑也難矣古之聖人其出人也遠矣猶且從師而問焉今之衆人其下聖人也亦遠矣而恥學於師是故聖益聖愚益愚聖人之所以爲聖愚人之所以爲愚其皆出於此乎愛其子擇師而教之於其身也則恥師焉惑矣彼童子之師授之

書而習其句讀者非吾所謂傳其道解其惑者也句讀之不知惑之不解或師焉或不焉小學而大遺吾未見其明也巫醫樂師百工之人不恥相師士大夫之族曰師曰弟子云者則羣聚而笑之問之則曰彼與彼年相若也道相似也位卑則足羞官盛則近諛嗚呼師道之不復可知矣巫醫樂師百工之人君子不齒今其智乃反不能及其可怪也歟聖人無常師孔子師郯子萇弘師襄老聃郯子之徒其賢不及孔子孔子三人行必有我師是故弟子不必不如師師不必賢於弟子聞道有先後術業有專攻如是而已李氏子蟠年十七好古文六藝經傳皆通習之不拘於時學於余余嘉其能行古道作師說以貽之

雜說四首

龍噓氣成雲雲固弗靈於龍也然龍乘是氣茫洋窮乎玄間薄日月伏光景感震電神變化水下土汨陵谷雲亦靈怪矣哉雲

龍之所能使爲靈也若龍之靈則非雲之所能使爲靈也然龍弗得雲無以神其靈矣失其所憑依信不可歟異哉其所憑依乃其所自爲也易曰雲從龍既曰龍雲從之矣

善醫者不視人之瘠肥察其脉之病否而已矣善計天下者不視天下之安危察其綱紀之理亂而已矣天下者人也安危者肥瘠也紀綱者脉也脉不病雖瘠不害脉病而肥者死矣通於此說者其知所以爲天下乎夏殷周之衰也諸侯作而戰伐日行矣傳數十王而天下不傾者紀綱存焉耳秦之王天下也無分勢於諸侯聚兵而焚之傳二世而天下傾者紀綱亡焉耳是故四支雖無故不足恃也脉而已矣四海雖無事不足矜也紀綱而已矣憂其所可恃懼其所可矜善醫善計者謂之天扶與之易曰視履考祥善醫善計者爲之

談生之爲崔山君傳稱鶴言者豈不怪哉然吾觀於人其能盡

吾性而不類於禽獸異物者希矣將憤世嫉邪長往而不來者之所爲乎昔之聖者其首有若牛者其形有若蛇者其喙有若鳥者其貌有若蒙倛者彼皆貌似而心不同焉可謂之非人邪即有平脅曼膚顏如渥丹美而狠者貌則人其心則禽獸又惡可謂之人邪然則觀貌之是非不若論其心與其行事之可否爲不失也怪神之事孔子之徒不言余將特取其憤世嫉邪而作之故題之云爾

世有伯樂然後有千里馬千里馬常有而伯樂不常有故雖有名馬祇辱於奴隸人之手駢死於槽櫪之間不以千里稱也馬之千里者一食或盡粟一石食馬者不知其能千里而食也是馬也雖有千里之能食不飽力不足才美不外見且欲與常馬等不可得安求其能千里也策之不以其道食之不能盡其材鳴之而不能通其意執策而臨之曰天下無良馬嗚呼其真無

馬邪其真不識馬邪

原晋亂說　楊夔

晋室南遷制度草刱承永嘉之後囂風未除廷臣中猶以謝鯤輕佻王澄曠誕競相祖習以爲高達卞壷厲色於朝曰帝祚流移社稷傾蕩職茲浮僞致此隳敗猶欲崇慕虛誕汙蠹時風奏請鞫之以正頹俗王導庾亮抑之而止噫西晋之亂百代所悲移都江左是潔源端本之日也猶乃翼虛駕僞崇扇佻薄躡諸敗跡踵其覆轍以此刱立朝綱基構王業何異登膠船而汎巨浸操朽索以馭奔駟乎設或行卞壺之奏黜屏浮僞登進淳實左右大法維持紀綱則晋祚亦未可量也其後王敦作逆蘇峻繼亂余以爲晋之亂不自敦峻而稔於導亮

漢吏賛桑弘羊說　張彧

班固稱弘羊擢於賈豎方以版築飯牛且謂漢之得人於茲爲

盛又與仲舒石建汲黯日磾等二十餘人並論而談殆不然矣夫君人者務於得賢故不隔卑鄙將慮賢者之處賤不謂賤者之必賢今乃欲以伊尹負鼎取類於庖人太公坐釣求備於魚叟不亦遠哉且上之所欲人必有成之者故曹伯好田則公孫彊出陳侯好色則儀行父至殷辛淫酗則惡來革進周厲貪虐則榮夷公起漢武殘剥四海則桑弘羊擢其所由來者久矣書曰遜于汝志必求諸非道抑爲此也季孫用田賦孔子曰而過之以其踰周公之制也而況攘臂抵掌力爲天下聚歛之人乎義也者君子所死生而小人之所不及利也者小人之所赴蹈而君子之所不忍爲漢武必欲行先王之道守高祖之法則焉用弘羊欲奪萬姓之利閉生人之資則天下市井小人皆能之矣亦何獨弘羊乎害爲盜者藝愈精而罪愈重盜愈利而主愈害弘羊害心計斡鹽鐵析秋毫令吏坐販不顧王者之體府庫

盈而王澤竭一身幸而四海窮於弘羊之計則得矣漢亦何負於弘羊哉卜式潔己自守不及時政知弘羊罪欲烹以致雨孟堅躬修國史垂法來代柰何以錐刀異類齒得人之倫一言不智其若是乎

朝日說

柳子厚

柳子爲御史主祀事將朝日其僚問曰古之名曰朝日而已今而曰祀朝日何也余曰古之記者則朝拜之云也今而加祀焉者則朝旦之云也今之所云非也問者曰以夕而偶諸朝或者今之是乎余曰夕之名則朝拜之偶也古者旦見曰朝暮見曰夕故詩曰邦君諸侯莫肯朝夕左氏傳曰百官承事朝而不夕禮記曰日入而夕又曰朝不廢朝暮不廢夕晉侯將殺豎襄叔向夕楚子之留乾谿右尹子革夕齊之亂子我夕趙文子礱其椽張老夕智襄子爲室美士茁夕皆暮見也漢儀夕則兩郎向

瑣闈拜謂之夕郎亦出是名也故曰大采朝日小采夕月又曰春朝朝日秋夕夕月若是其類足矣又加祀焉葢不學者爲之也僚曰欲子之書其說吾將施于世可乎余從之

捕蛇者說　柳子厚

永州之野產異蛇黑質而白章觸草木盡死以齧人無禦之者然而得腊之以爲餌可以已大風攣踠瘻癘去死肌殺三蟲其始太醫以王命聚之歲賦其二募有能捕之者當其租入永之人爭奔走焉有蔣氏者專其利三世矣問之則曰吾祖死於是吾父死於是今吾嗣爲之十二年幾死者數矣言之貌若甚慼者余悲之且曰若毒之乎余將告于莅事者更若役復若賦則何如蔣氏大戚汪然出涕曰君將哀而生之乎則吾斯役之不幸未若復吾賦不幸之甚也嚮吾不爲斯役則久已病矣自吾氏三世居是鄉積於今六十歲矣而鄉鄰之生日蹙殫其地之

出竭其廬之入號呼而轉徙飢渴而頓踣觸風雨犯寒暑呼嘘毒癘往往而死者相藉也曩與吾祖居者今其室十無一焉與吾父居者今其室十無二三焉與吾居十二年者今其室十無四五焉非死而徙爾而吾以捕蛇獨存悍吏之來吾鄉叫囂乎東西隳突乎南北譁然而駭者雖雞狗不得寧焉吾恂恂而起視其缶而吾蛇尚存則弛然而臥謹食之時而獻焉退而甘食其土之有以盡吾齒蓋一歲之犯死者二焉其餘則熙熙而樂豈若吾鄉鄰之旦旦有是哉今雖死乎此比吾鄉鄰之死則已後矣又安敢毒耶余聞而愈悲孔子曰苛政猛於虎吾嘗疑乎是今以蔣氏觀之猶信嗚呼孰知賦斂之毒有甚是蛇者乎故爲之說以俟夫觀人風者得焉

羆說

鹿畏貙貙畏虎虎畏羆羆之狀被髮人立絶有力而甚害人焉

楚之南有獵者能吹竹爲百獸之音昔云持弓矢罌火而即之山爲鹿鳴以感其類伺其至發火而射之貙聞其鹿也趍而至其人恐因爲虎而駭之貙走而虎至愈恐則又爲羆虎亦亡去羆聞而求其類至則人也捽搏挽裂而食之今夫不善内而恃外者未有不爲羆之食也

怪說

宋石守道

三才位焉各有常道反厥常道則謂之怪矣夫三光代明四時代終天之常道也日月爲薄蝕五星爲彗孛可怪也夫五嶽安焉四瀆流焉地之常道也山爲之崩川爲之竭可怪也夫君南面臣北面君臣之道也父坐子立父子之道也而臣抗於君子敵於父可怪也夫中國聖人之所常治也四民之所常居也衣冠之所常聚也而髡髮左衽不士不農不工不商爲夷者半中國可怪也夫中國道德之所治也禮樂之所施也五常之所被

也而汗漫不經之教行焉妖誕幻惑之説滿焉可怪也夫天子七廟諸侯五廟大夫三廟士一廟庶人祭于寢所以不忘孝也而忘而祖廢而祭去事夷狄之鬼可怪也夫法施於民則祀之以死勤事則祀之以勞定國則祀之能禦大菑則祀之能捍大患則祀之棄能殖百穀祀以爲稷后土能平九州祀以爲社帝嚳堯舜禹湯文武有功烈於民者及夫日月星辰民所瞻仰也山林川谷丘陵民所取材也非此族也不在祀典而老觀佛寺徧滿天下可怪也人君見一日蝕一星縮一風雨不調順一草木不生殖則能知其爲天地之怪也乃避寢減膳徹樂恐懼責已修德以禳除焉彼其滅君臣之道絶父子之親棄道德悖禮樂裂五常遷四民之常居毀中國之衣冠去祖宗而祀夷狄汗漫不經之教行妖誕幻惑之説滿則反不知爲怪既不能禳除之又崇奉焉時人見一狐媚一鵲噪一梟鳴一雉入則能知其

爲人之怪也乃咯呪祈祭以厭勝焉其孫其子其父其母忘而宗祖去而父母離而常業裂而常服則反不知其怪既不能厭勝之又尊異焉愈可怪也甚矣中國之多怪也人不爲怪者幾少矣噫一日蝕一星縮則天爲之不明一山崩一川竭則地爲之不寧釋老之爲怪也千有餘年矣中國蠹壞亦千有餘年矣不知更千餘年釋老之怪也如何中國之蠹壞也如何堯舜禹湯文武周公孔子不生吁

雜説　歐陽永叔

星殞于地腥礦頑醜化爲惡石其昭然在上而萬物仰之者精氣之聚爾及其斃也瓦礫之不若也人之死骨肉臭腐螻蟻之食爾其貴乎萬物者亦精氣也其精氣不奪于物則蘊而爲思慮發而爲事業者而爲文章昭乎百世之上而仰乎百世之下非如星之精氣隨其斃而滅也可不貴哉而生也利慾以昏耗

之死也臭腐而棄之而惑者方曰足乎利慾所以厚吾身吾於是乎有感

天西行日月五星皆東行日一歲而一周月疾於日一月而一周天又疾於月一日而一周星有遲有速有逆有順是四者各自行而若不相爲謀其動而不勞運而不已自古以來未嘗一刻息也是何爲哉夫四者所以相須而成晝夜四時寒暑者也一刻而息則四時不得其平萬物不得其生葢其所任者重矣人之所以有君子也其任亦重矣萬世之所治萬物之所利故曰自彊不息又曰死而後已者其知所任矣然則君子之學也其可一日而息乎吾於是乎有感

名二子說　蘇明允

輪輻蓋軫皆有職乎車而軾獨若無所爲者雖然去軾則吾未見其爲完車也軾乎吾懼汝之不外飾也天下之車莫不由轍

而言車之功轍不與焉雖然車仆馬斃而患不及轍是轍者禍福之間轍乎吾知免矣

稼說送張琥　蘇子瞻

曷嘗觀於富人之稼乎其田美而多其食足而有餘其田美而多則可以更休而地力得完其食足而有餘則種之常不後時而斂之常及其熟故富人之稼常美少秕而多實久藏而不腐今吾十口之家而共百畝之田寸寸而取之日夜以望之鋤耰銍艾相尋於其上者如魚鱗而地力竭矣種之常不及時而斂之常不待其熟此豈能復有美稼哉古之人其才非有以大過今之人也其平居所以自養而不敢輕用以待其成者閔閔焉如嬰兒之望長也弱者養之以至於剛虛者養之以至於充三十而後仕五十而後爵信於久屈之中而用於至足之後流於既溢之餘而發於持滿之末此古之人所以大過人而今之君

子所以不及也吾少也有志於學不幸而早得與吾子同年吾子之得亦不可謂不早也吾今雖欲自以爲不足而衆且妄推之矣嗚呼吾子其去此而務學也哉博觀而約取厚積而薄發吾告子止於此矣子歸過京師而問焉有曰轍子由者吾弟也其亦以是語之

雜說

吾文如萬斛泉源不擇地皆可出在平地滔滔汩汩雖一日千里無難及其與山石曲折隨物賦形而不可知也所可知者常行於所當行常止於不可不止如是而已矣其它雖吾亦不能知也

漢仍秦法至重高惠固非虐主然習所見以爲常不知其重也至孝文始罷肉刑與參夷之誅景帝復孥戮晁錯武帝罪戾有增無損宣帝治尚嚴因武之舊至王嘉爲相始輕減法律遂至

東京因而不改班固不記其事事見梁統傳固可謂疏略矣嘉賢相也輕刑又其盛德之事可不記乎統乃言高惠文帝以重法興哀平以輕法衰因上書乞增重法律賴當時不從其議此如人年少時不節酒色而安老後雖節而病見此便謂酒色可以延年可乎統亦東京名臣一出此言遂獲罪于天其子松竦皆以非命而死冀卒滅族嗚呼悲夫疏而不漏可不懼哉

脉之難明古今所病也至虚有盛候太實有羸狀差之毫釐疑似之間便有生死禍福之異此古今所病也疾不可不謁醫而醫之明脉者盖少夫輪扁不時有天下未嘗徒行和扁不世出病者終不徒死亦因其長而護其短耳士大夫多秘所患治脉驗之靈否使索病於冥漠之中辯虛實冷熱於疑似之間醫不幸而失不肯自謂失也則巧飾遂非以全其名至於不救是固難治也間有騃愿者或用主人之言亦須參以所見兩存而雜治以

故藥不效此世之患而莫之悟也吾平生求醫必於平時默驗其工拙至於有疾必先盡告以所患而後求胗使醫了然知患之所在然後求之脉虛實冷熱先定於胷中則脉之疑似不能亂也故雖中醫治吾疾常愈吾求病愈而已豈以困醫爲事哉

顔眞卿守平原說

古之任人無内外輕重之異故雖漢宣之急賢蕭望之之得君猶更出治民然後大用非獨歷試人材亦以維持四方均内外勢也唐至中世重内輕外大臣非以罪不出守郡雖藩鎭師守亦以不如寺監僚佐故郡縣多不得人祿山之亂河北二十四郡一朝降賊獨有一顔眞卿而明皇初不識也此重内輕外之獘不可不爲鑒戒

葬說　程正叔

卜其宅兆卜其地之美惡也非陰陽家所謂禍福者也地之美者則其神靈安其子孫盛若培壅其根而枝葉茂理固然矣地

之惡者則反是然則曷謂地之美者土色之光潤草木之茂盛乃其驗也父祖子孫同氣彼安則此安彼危則此危亦其理也而拘忌者惑以擇地之方位決日之吉凶不亦泥乎甚者不以奉先爲計而專以利後爲慮尤非孝子安厝之用心也惟五患者不得不愼須使異日不爲道路不爲城郭不爲溝池不爲貴勢所奪不爲耕犂所及五患旣愼則又鑿地必四五丈遇石必更穿之防水潤也旣葬則以松脂塗棺槨石灰封墓門此其大略也若夫精畫則又在審思慮矣其各葬者出不得已後不可遷就同葬矣至於年祀寖遠曾高不辯亦在盡誠各具棺槨葬之不須假夢寐蓍龜而決也葬之穴尊者居中左昭右穆而次後則或東或西亦左右相對而啓穴也出毋不合葬亦不合祭棄女還家以殤穴葬之

跪拜坐說　朱晦庵

古人之坐者兩膝著地因反其蹠而坐於其上正如今之胡跪者其爲肅拜則又拱兩手而下之至地也其爲頓首則又以頭頓于手上也其爲稽首則又郤其手而以頭著地亦如今之禮拜者皆因跪而益致其恭也故儀禮曰坐取爵曰坐尊爵禮記曰坐而遷之曰一坐再至曰武坐輊右軒左老子曰坐進此道之類凡言坐者皆謂跪也若漢文帝與賈生語不覺膝之前於席管寧坐不箕股榻當膝處皆穿皆其明驗然記又云授立不跪授坐不立莊子亦云跪坐而進之則跪與坐又似有小異處疑跪有危義故兩膝著地伸腰及股而勢危者爲跪兩膝著地以尻著蹠而稍安者爲坐也又詩云不遑啓居而其傳以啓爲跪爾雅以妥爲安而疏以爲安定之坐夫以啓對居而訓啓爲跪則居之爲坐可見以妥爲安定之坐則跪之爲危坐亦可知蓋兩事相似但一危一安爲小不同耳至於拜之爲禮亦無所

考但杜子美說太祝九拜處解奇拜云拜時先屈一膝今之雅拜也夫特以先屈一膝爲雅拜則他拜皆當齊屈兩膝如今之禮拜明矣凡此三事書傳皆無明文亦不知其自何時而變而今人有不察也頃年屬錢子言作白鹿禮殿欲據開元禮不爲塑像而臨祭設位子言不以爲然而必以塑像爲問予既略爲考禮如前之云又記少時聞之先人云嘗至鄭州謁列子祠見其塑像席地而坐則亦并以告之以爲必不得已而爲塑像則當放此以免於蘇子俯伏匍匐之譏子言又不謂然會予亦辭江東之節遂不能強然至今以爲恨也其後乃聞成都府學有漢時禮殿諸像皆席地而跪坐文翁猶是當時琢石所爲尤足据信不知蘇公蜀人何以不見而云爾也及楊方子直入蜀帥幕府因使訪焉則果如所聞者且爲放文翁石像爲小土偶以來而塑手不精或者猶意其或爲加趺也去年又以屬蜀漕楊

王休子美今乃幷得先聖先師三像木刻精好視其坐後兩蹠隱然見於帷裳之下然後審其所以坐者果爲跪而無疑也惜乎白鹿塑像之時不得此證以曉子言使東南學者未得復見古人之象以革千載之繆爲之喟然太息姑記本末寫寄洞學諸生使書而揭之廟門之左以俟來者考焉

觀心說

或問佛者有觀心之說然乎曰心者人之所以主乎身者也一而不二者也爲主而不爲客者也命物而不命於物者也故以心觀物則物之理得今復有物以反觀乎心則是此心之外復有一心而能管乎此心也然則所謂心者爲一耶爲二耶爲主耶爲客耶爲命物者耶爲命於物者耶此亦不待校而審其言之繆矣或者曰若子之言則聖賢所謂精一所謂操存所謂盡心知性存心養性所謂見其參於前倚於衡者皆何謂哉應之

曰此言之相似而不同正苗莠朱紫之間而學者之所當辯者也夫謂人心之危者人欲之萌也道心之微者天理之奧也心則一也以正不正而異其名耳惟精惟一則居其正審其差者也絀其異而反其同者也能如是則信執其中而無過不及之偏矣非以道爲一心人爲一心而又有一心以精一之也夫謂操而存者非以彼操此而存之也舍而亡者非以彼舍此而亡之也心而自操則亡者存舍而不操則存者亡耳然其操之也亦曰不使旦晝之所爲得以梏亡其仁義之良心云爾非塊然兀坐以守其炯然不用之知覺而謂之操存也若盡心之云者則格物窮理廓然貫通而有以極夫心之所具之理也存心云者則敬以直內義以方外若前所謂精一操存之道也故盡其心而可以知性知天以其體之不蔽而有以究夫理之自然也存心而可以養性事天以其體之不失而有以順夫理之自然

也是豈以心盡心以心存心如兩物之相持而不相舍哉若參前倚衡之云者則爲忠信篤敬而發也蓋曰忠信篤敬不忘乎心則無所適而不見其在是云爾亦非有以見夫心之謂也且身在此而心參於前身在輿而心倚於衡是果何理也耶大抵聖人之學本心以窮理而順理以應物如身使臂如臂使指其道夷而通其居廣而安其理實而行自然釋氏之學以心求心以心使心如口齕口如目視目其機危而迫其途險而塞其理虛而其勢逆蓋其言雖有若相似者而其實之不同蓋如此也然非夫審思明辯之君子其亦孰能無惑於斯耶

譜諜說　　矣仲　　呂伯恭

三代之時曰姓者統其祖考之所自出者也百世而不變者也曰氏者別其子孫之所自分者也數世而一變者也天子建德因生以賜姓其得姓雖一而子孫別而爲氏者不勝其多焉有

以王父之字爲氏者矣有以先世之謚爲氏者矣有以所居之官爲氏者矣有以始封之邑爲氏者矣枝分派別千塗萬轍初若參錯紛亂而難考及徐而視之有綱有條猶指諸掌焉孟仲季臧東門子叔同出於魯也游國封印公父伯張同出於鄭也向華蕩樂鱗魚仲老同出於宋也欒高崔國叔仲東郭同出於齊也尋其流可以知其源尋其葉可以知其根抑何易邪自秦漢以來氏族之制出於上之所賜下之所更者絶無而僅有落於世守一氏傳千餘年而不變者天下皆是也其變非若古之屢其列非若古之多可謂簡而易知者矣然罕有能辯氏族之源者王之氏一也吾不知出於元城之王邪宜春之王邪卬城之王邪劉之氏一也吾不知出於陶唐之劉邪奉春之劉邪元海之劉邪其能明辯而不惑者鮮矣氏之馬者未必能辯其爲馬服之馬及馬矢之馬也氏之石者未必能辯其周衛之石及

後趙之右也古之氏族繁而知之者反多今之氏族簡而知之者反少蓋由譜諜之明與廢而已是以知譜諜之學不可不講

辯說

元許仲平

辯欲其信也辯而後信不若不辯而信辯而不信亦未若不辯之爲愈也辯之要在於自克自克則喻喻則無事於辯矣偶或未曉則盡其心審其說懇以導之猶或未曉不强也幸而開悟則歸美而加敬焉晦其迹使人不知其出於己也此辯之審也雖然辯出於不得已得已而不肯自已者是易言也易言則難信難信則人亦不信病其不信也力辨之辨之愈力而愈不信較勝不已至于忿爭敵日益多力日益困至其敗也猶悔辨之不至此豈辨之不至辨之已甚也吾竊嘆憫思有以告之未識其果信否也既而悔之以楔出楔以酒投酒是亦得已而不肯自已者五十步百步又奚辨爲姑記其說時用自省

唯諾說

劉夢吉

唯恭於諾何也曰各有所施也呼之則其音必内故唯以趨赴之若取物而奉之也命之則其聲必外故諾以承受之若與物而受之也失其所施則文理從而亂矣豈但是乎凡物無無對者無無陰陽者而聲亦然其意象之清濁闔闢亦莫不合也姑以進退存亡吉凶消長體之則可見矣此天機之所發而禮樂之所由生雖天地亦不知其所以然者豈但人乎物之聲亦然豈但聲乎凡形色氣味皆然也而況古今之時變事物之倫理聖人何嘗加損於其間哉雖然如此理而宰此事者心焉而已矣必盡心也然後聲爲律而身爲度苟爲不然幾何其不爲無適非道之道作用是性之性也

唯諾後說

天之聲清而上地之聲濁而下形感而聲出焉理於是乎在來

之聲必來去之聲必去事感而聲出焉理亦於是乎在初無心曰天地去來也至於一草一木其聲亦必象其形曰對有植立之象焉曰枝有散殊之象焉至於曰鵝曰鴨曰鷄曰雀曰鴉之類則又因其聲而聲焉者也鶗鴂所以協鵝也喈喈所以協鷄也言語生於有聲之後而其理具於有聲之前有聲之後則亡今方域日益不同人惟見其不同而不知其同也知其同則知五方之所以說唯諾者不但說唯諾也授坐而立授立而跪齟齬於其形也當唯而諾當諾而唯齟齬於其聲也聖人之所以制禮者非誠有制也特知之焉爾

無極而太極說

吳幼清

太極者何也曰道也道而稱之曰太極何也曰假借之辭也道不可名也故假借可名之器以名之也以其天地萬物之所共由也則名之曰道道者大路也以其條派縷脉之微密也則名

之曰理理者玉膚也皆假借而爲稱者也真實無妄曰誠全體自然曰天主宰造化曰帝妙用不測曰神賦與萬物曰命物受以生曰性得此性曰德具於心曰神天地萬物之統會曰太極道也理也誠也天也帝也神也命也性也德也仁也太極也名雖不同其實一也極屋棟之名也屋之脊檁曰棟就一屋而言惟脊檁至高至上無以加之故曰極而凡物之統會處因假借其義而名爲極焉辰極皇極之類是也道者天地萬物之統會至尊至貴無以加者故以假借屋棟之名而稱之曰極也然則何以謂之太曰太之爲言大之至甚也夫屋極者屋棟爲一屋之極而已辰極者北辰爲天體之極而已皇極者人君一身爲天下衆人之極而已以至設官爲民之極京師爲四方之極皆不過指一物一處而言也道者天地萬物之極也雖假借極之一字強爲稱而曾何足以擬議其彷彿哉故又盡其辭而曰太

極者蓋曰此極乃甚大之極非若一物一處之極也然彼一物一處之極極之小者耳此天地萬物之極極之至大者也故曰太極邵子曰道爲太極太祖問曰何物最大答曰道理最大其斯之謂歟然則何以謂之無極曰道爲天地萬物之體而無體爲之太極而非有一物在一處可得而指名之也故曰無極易曰神無方易無體詩曰上天之載無聲無臭其斯之謂歟然則無極而太極何也曰屋極辰極皇極民極四方之極凡物之號爲極者皆有可得而指名者也是則有所謂極也道也者無形無象無可執者雖稱曰極而無所謂極也雖無所謂極而實爲天地萬物之極故曰無極而太極

不敢稱人字說

洪武宋景濂

古之人生子三月而名年二十加布於其首始字之字之所以尊其名也亦周禮之彌文也後世於字之外又加别稱果禮意

乎孫於祖禰例稱字如儀禮所載是也弟子於師例稱字如孟子稱仲尼是也非惟此然也降及中世有字其諸父者矣有字其諸祖者矣夫人之尊者莫逾於祖並父師又其次焉尚皆字而不避益字之乃尊之也自諂諛卑佞之習勝天下之人眴眴焉不敢字其友者亦有之矣世之不古若矣嗚呼世之不古若者豈獨此哉

解

獲麟解

唐韓退之

麟之為靈昭昭也詠於詩書於春秋雜出於傳記百家之書雖婦人小子皆知其為祥也然麟之為物不畜於家不恒有於天下其為形也不類非若馬牛犬豕豺狼麋鹿然然則雖有麟不可知其為麟也角者吾知其為牛鬣者吾知其為馬犬豕豺狼麋鹿吾知其為犬豕豺狼麋鹿惟麟也不可知不可知則其謂之不祥也亦宜雖然麟之出必有聖人在乎位麟為聖人出也聖人者必知麟麟之果不為不祥也又曰麟之所以為麟者以

德不以形若麟之出不待聖人則謂之不祥也亦宜

命解

李習之

或曰貴與富在我而已以智求則得之不求則不得也何命之爲或曰不然求之有不得而不求有得之者皆命也人事何爲二子出或問曰二者之言其孰是也對曰是皆陷人於不善之言也以智而求之者盜耕人之田者也皆以爲命者弗耕而望收也吾無取焉爾循其方由其道雖祿之千乘之富舉而立諸卿大夫之上受而不辭非曰貪也私已者寡而利於天下者多故不辭也何命之有焉如取之不循其道雖一飲之細也猶不可受況富貴之大耶非廉也利於人者鮮而賊於道者多故弗爲也何智之有焉然則君子之術其亦可知也

碑解

宋孫何

進士鮑源以文見借有碑二十首與之語頗熟東漢李唐之故

事借其安於所習猶有未變乎俗尚者作碑解以晛之碑非文章之名也蓋後假以載其銘耳銘之不能盡者復前之以序而編録者通謂之文斯失矣陸機曰碑披文而相質則本末無據焉銘之所始蓋始於論撰祖考稱述器用因其鐫刻而垂乎鑒誡也銘之於嘉量者曰量銘斯可也謂其文爲量不可也銘之於景鍾曰鍾銘斯可矣謂其文爲鍾不可也銘之於廟鼎者曰鼎銘斯可矣謂其文爲鼎不可也古者盤盂几杖皆可銘就而稱之曰盤銘盂銘几銘杖銘則庶幾乎正若指其文曰盤曰盂曰几曰杖則三尺童子皆將笑之今人之爲碑亦由是矣天下皆踵乎失故襲不知其非也蔡邕有黄鉞銘不謂其文爲黄鉞也崔瑗有坐右銘不謂其文爲坐右也檀弓曰公室視豐碑三家視桓楹釋者曰豐碑斵大木爲之桓楹者形如大楹謂之桓植喪大記曰君葬四綍二碑大夫葬二綍二碑又曰凡封用綍去

碑釋者曰碑桓楹也樹之於壙之前後以紼繞之間之轆轤輓棺而下之用綍去碑者縱下之時也祭義曰祭之日君牽牲既入廟門麗于碑釋者曰麗繫也謂牽牲入廟繫著中庭碑也或曰以紖貫碑中也聘禮曰賓自碑內聽命又曰東西北上碑南釋者曰宮必有碑所以識日景引陰陽也考是四說則古之所謂碑者乃葬祭饗聘之際所植一大木耳而其字從石者將取其堅且久乎然未聞勒銘於上者也今喪葬令其螭首龜趺泊丈尺品秩之制又易之以石者後儒增耳堯舜夏商周之盛六經所載皆無刻石之事管子稱無懷氏封泰山刻石紀功者出自寓言不足傳信又世稱周宣王蒐于岐陽命從臣刻石今謂之石鼓或曰獵碣泊延陵墓表俚俗目爲夫子十字碑者其事皆不經見吾無取焉司馬遷著始皇本紀著其登嶧山上會稽其辭止言刻石頌德或曰立石紀頌亦無勒碑之說今或謂之

嶧山碑者乃野人之言耳漢班固有泗水亭長碑文蔡邕有郭有道陳太丘碑文其文皆有序冠篇末則亂之以銘未嘗序碑之材而爲文章之名也彼士衡未知何從而得之由魏而下迄乎李唐立碑者不可勝數大抵皆約班蔡而爲者也雖失聖人述作之意然猶髣髴乎古迨李翱爲高愍女碑羅隱爲三叔碑梅先生碑則所謂序與銘皆混而不分集列其目亦不復曰文考其實又未嘗勒之於石是直以繞紼麗牲之具而名其文矣孰甚焉復古之士不當如此貽誤千載職機之由今之人爲文揄揚前哲謂之贊可也警策官守謂之箴可也鍼砭史闕謂之論可也辨析政事謂之議可也裸獻宗廟謂之頌可也陶冶情性謂之訶詩可也何必區區於不經之題而專以碑爲也設若依違時尚不欲全咈乎譊譊者則如班蔡之作存序與銘通謂之文亦其次也夫子曰必也正名乎又曰名不正則言不順君

子之於名不可斯須而不正也況歷代之誤終身之惑可不革乎何始寓家於穎以涉道循浚嘗適野見荀陳古碑數四皆完其上若貫索之爲者走而問故起居郎張公覿公曰此無足異也蓋漢實去聖未遠猶有古豐碑之象耳後之碑則不然矣五載前接柳先生仲塗仲塗又具道前事適與何合且大噱昔人之好爲碑者久欲發揮其説以詒同志自念資望至淺未必能見信於人又近世多以是作相高而夸爲大言苟從而明之則謗將叢起故蓄之而不發以生力古嗜學偶泥於衆好其兄又於何爲進士同年故爲生一二而辨之噫古今之疑文章之失尚有大於此者甚衆吾徒樂因循而憚改作多謂其事之故然生第勉而思之則所得不獨在於碑矣

七儒解

洪武宋景濂

儒者非一也世之人不察也有游俠之儒有文史之儒有曠達

之儒有智數之儒有章句之儒有事功之儒有道德之儒儒者非一也世之人不察也能察之然後可入道也威以制之術以凌之才以駕之強以勝之和以誘之盛信以結之夫是之謂游俠之儒上自羲軒下迄近代載籍之繁浩如烟海莫不擷其玄精嚅其芳腴搜其闕逸略其粗滓約其枝蔓引觚吐辭頃刻萬言而不之止夫是之謂文史之儒三才以之混也萬物以之齊也名理以之假也塗轍以之寓也雖有智者莫測其所存夫是之謂曠達之儒沉鷙寡言逆料事機巽然凝然規然幽然黎濛然逮逮然察察然獵獵然千變萬化不可規度夫是之謂智數之儒業擅專門伐異黨同以言求句以句求章以章求意無高而弗窮無遠而弗即無微而弗探無滯而弗宣無幽而弗燭夫是之謂章句之儒謀事則鄉方畧馭師則審勞佚使民則謹畜積治國則嚴政令服衆則信刑賞務使澤布當時烈垂後世夫

是之謂事功之儒備陰陽之和而不知其純焉涵鬼神之秘而不知其深焉達萬物之理而不知其遠焉言足以爲世法行足以爲世表而人莫得而名焉夫是之謂道德之儒儒者非一也世之人不察也能察之然後可入道也游俠之儒田仲王孟是也弗要于理惟氣之使不可以入道也文史之儒司馬遷班固是也浮文勝質纖巧斲朴不可以入道也曠達之儒莊周列禦寇是也肆情縱誕滅絶人紀不可以入道也智數之儒張良陳平是也出入機慮或流譎詐不可以入道也章句之儒毛萇鄭玄是也羣合傳會有乖墳典不可以入道也事功之儒管仲晏嬰是也跡存經世心則有假不可以入道也道德之儒孔子是也千萬世之所宗也我所願則學孔子也其道則仁義禮智信也其倫則父子君臣夫婦長幼朋友也其事易知且易行也能行之則身可修也家可齊也國可治也天下可平也我所願則

學孔子也今指三尺之童子而問之則曰我學孔子也求其知孔子之道者雖班白之人無有也嗚呼上戴天下履地中函人一也天不足爲高地不足爲厚人不足爲小此儒者之道所以與天地並立而爲三也司馬遷以儒與五家並列荀卿謂儒有小大楊雄謂通天地人曰儒者皆要不足以知儒也必學至孔子然後無媿於儒之名也然則儒亦有異乎曰有之位不同也三皇儒而皇五帝儒而帝三王儒而王皐陶伊傅周召儒而臣孔子儒而師其道則未嘗不同也雖然自有生民以來未有盛於孔子者也我所願則學孔子也

文章辨體卷之三十七

文章辨體卷之三十八

海虞後學吳訥編集

辨

諱辨

疊山謝氏曰一篇辨明理强氣直意高辭嚴最不可及者有道理可以折服人矣全不直說破盡是設疑佯爲兩可之辭待智者自擇此別是一樣文法

愈與李賀書勸賀舉進士賀舉進士有名與爭名者毁之曰賀父名晉肅賀不舉進士爲是勸之舉者爲非聽者不察也和而唱之同然一辭皇甫湜曰若不明白子與賀且得罪愈曰然律曰二名不偏諱釋之者曰謂若言徵不稱在言在不稱徵是也律曰不諱嫌名釋之者曰謂若禹與雨丘與蓲之類是也今賀

父名晋肅賀舉進士爲犯二名律乎爲犯嫌名律乎父名晋肅子不得舉進士若父名仁子不得爲人乎夫諱始於何時作法制以教天下者非周公孔子歟周公作詩不諱孔子不偏諱二名春秋不譏不諱嫌名康王釗之孫實爲昭王曾參之父名晳曾子不諱昔周之時有騏期漢之時有杜度此其子宜如何諱將諱其嫌遂諱其姓乎將不諱其嫌者乎漢諱武帝名徹爲通不聞又諱車轍之轍爲某字也諱呂后名雉爲野鷄不聞又諱治天下之治爲某字也今上章及詔不聞諱滸勢秉饑也惟宦官宫妾乃不敢言諭及饑以爲觸犯士君子言語行事宜何所法守也今考之於經質之於律稽之以國家之典賀舉進士爲可邪爲不可邪凡事父母得如曾參可以無譏矣作人得如周公孔子亦可以止矣今世之士不務行曾參周公孔子之行而諱親之名則務勝於曾參周公孔子亦見其惑也夫周公孔子

曾參卒不可勝勝周公孔子曾參乃比於宦者宮妾則是宦者宮妾之孝於其親賢於周公孔子曾參者耶

桐葉封弟辨　柳子厚

古之傳者有言成王以桐葉與小弱弟戲曰以封汝周公入賀王曰戲也周公曰天子不可戲乃封小弱弟於唐吾意不然王之弟當封也周曰宜以時言於王不待其戲而賀以成之也不當封耶周公乃成其不中之戲以地以人與小弱者爲之主其得爲聖乎且周公以王之言不可苟焉而已必從而成之耶設有不幸王以桐葉戲婦寺亦將舉而從之乎凡王者之德在行之何若設未得其當雖十易之不爲病要於其當不可使易也而況以其戲乎若戲而必行之是周公教王遂過也吾意周公輔成王宜以道從容優樂要歸之大中而已必不逢其失而爲之辭又不當束縛之馳驟之使若牛馬然急則敗矣且家人父

子尚不能以此自克況號爲君臣者耶是直小丈夫缺缺者之事非周公所宜用故不可信或曰封唐叔史佚成之

辨鶡冠子

晦翁云退之議論正規模闊然不如子厚較精密如辨鶡冠子并列子在莊子前及非國語皆是

余讀賈誼鵩賦嘉其詞而學者以爲盡出鶡冠子余往來京師求鶡冠子無所見至長沙始得其書而讀之盡鄙淺言也唯誼所引用爲美餘無可者吾意好事者僞爲其書反用鵩賦以文飾之非誼有所取之決也太史公伯夷列傳稱賈子曰貪夫殉財烈士殉名夸者死權不稱鶡冠子遷號爲博極群書假令當時有其書遷豈不見耶假令眞有鶡冠子書亦必不取鵩賦以充入之者何以知其然耶曰不類

正統辨

元楊廉夫

正統之說何自而起乎起於夏后傳國湯武革世皆出於天命人心之公也統出於天命人心之公則三代而下曆數之相仍者可以妄歸於人乎故正統之義立於聖人之經以扶萬世之綱常聖人之經春秋是也春秋萬代史宗也首書王正於魯史之元年者大一統也五伯之權非不強於王也而春秋必黜之不使奸此統也吳楚之號非不竊於王也而春秋必外之不使僭此統也然則統之所在不得以割據之地僭僞之名而論之也尚矣先正論統於漢之後者不以劉蜀之祚促與其地之偏而奪其統之正者春秋之義也彼志三國降昭烈以儕吳魏使漢嗣之正下與漢賊並稱此春秋之罪人矣復有作元經自謂法春秋者而又帝北魏黜江左其失與志三國者等爾以致尊昭烈續江左兩魏之名不正而言不順者大正於宋朱氏之綱目焉或問朱氏述綱目主意曰在正統故綱目之挈統者在蜀

晉而抑統者則秦昭襄唐武氏也至不得已以始皇之廿六年
而始繼周漢始於高帝之五年而不始於降秦晉始於平吳而
不始於泰和唐始於群盜既夷之後而不始於武德之元又所
以法於春秋之大一統然則今日之修遼金宋三史者宜莫嚴
於正統與大一統之辯矣自我世祖皇帝立國史院嘗命承旨
百一王公修遼金二史矣宋亡又命詞臣通修三史矣延祐天
曆之間屢勤詔旨而三史卒無成書者豈不以三史正統之議
未決乎夫其議未決者又豈不以宋渡于南之後拘於遼金之
抗於北乎吾嘗究契丹之有國矣自灰牛氏之部落始廣其初
枯骨化形戴豬服豕荒唐怪誕中國之人所不道也八部之雄
至阿保機披其黨而自尊迨耶律光而其勢浸盛契丹之號立
於梁貞明之初大遼之號改于漢天福之日自阿保機訖于天
祚凡九主歷二百一十有五年大遼固唐之邊夷也乘唐之衰

草竊而起石晉氏通之且割幽燕以與之遂得窺覦中夏而石晉氏不得不亡矣而議者以遼承晉統吾不知其何統也金之有國始於完顏氏實又臣屬於契丹者也至阿骨打苟逃性命於道宗之世遂敢萌人臣之將而篡有其國僭稱國號於宋重和之元相傳九主凡歷一百一十有七年而議者又以金之平遼克宋帝有中原而謂接遼宋之統吾又不知其何統也議者又謂完顏氏世爲君長保有肅慎至太祖時南北爲敵國素非君臣遼祖神冊之際宋祖未生遼祖比宋前興五十餘年而宋嘗遣使卑詞以告和結爲兄弟晚年遼爲翁而宋爲孫矣此其說之曲而陋者也漢之匈奴唐之突厥不皆興於漢唐之前乎而漢唐又與之通和矣吳魏之於蜀也亦一時角立而不相統攝者也而秉史筆者必以匈奴突厥爲紀傳而以漢唐爲正統必以吳魏爲分繫而以蜀爲正統何也天理人心之公閱萬世

而不可泯者也議者之論五代又以朱梁氏爲篡逆不當合爲五代史其說似矣吾又不知朱晃之篡克用氏父子以爲僞矣契丹氏背唐兄弟之約而稱臣於梁非逆黨乎春秋誅逆重誅其黨契丹氏之誅當何如哉且石敬塘事唐不受其命而篡其國亦非正矣契丹氏虜出帝改晋爲遼漢興而人心應漢謂之承晋又可乎縱承晋也謂之統可乎又謂北漢四主遠兼郭周宋至興國四年始受其降遂以周爲閏以宋統不爲受周禪之正也吁苟以五代之統論之則南唐李昪嘗立大唐宗廟而自稱爲憲宗五代之孫矣宋於開寶八年滅南唐則宋統繼唐不優於繼漢繼周乎但五代皆閏也吾無取其統吁天之曆數自有歸代之正閏不可紊千載曆數之統不必以承先朝續亡主爲正則宋興不必以膺周之禪接漢接唐之閏爲統也宋不必膺周接唐以爲統則遂爲歐陽子不定五代爲南史爲宋膺周

禪之張本者皆非矣當唐明宗之祝天自以夷虜不任社稷生靈之主願天早生聖人自是天人交感而宋太祖生矣天厭禍亂之極使之君主中國朱氏綱目於五代之年皆細注於歲之下其遺意固有待於宋矣有待於宋則直以宋接唐統之正矣而又何計其受周禪與否乎中遭陽九之厄而天猶不泯其社稷瓜瓞之系在江之南子孫享國又凡百有五十有五年金泰和之議以靖康爲遊魂餘魄比之昭烈在蜀則泰和之議固知宋有遺統在江之左矣而金欲承其未絕爲得統可乎好黨君子遂斥紹興爲僞宋吁吾不忍道矣張邦昌迎康邸之書曰由康邸之舊藩嗣宋朝之大統漢家之厄十世而光武中興獻公之子九人而重耳尚在兹惟天意夫豈人謀是書也邦昌肯以靖康之後爲遊魂餘魄而代有其國乎邦昌不得革宋則金不得以承宋是則後宋之與前宋即東漢西漢之比爾又非劉蜀

牛晉族屬疏遠牛馬疑迷者之可以同日語也論正閏者猶以正統在蜀正朔相承在江東矧嗣祚親切比諸光武重耳者乎而又可以僞斥之乎此宜不得以渡南爲南史也明矣我世祖平宋之時有過唐不及漢宋統當絕我統當續之喻是世祖以曆數之正統歸之於宋而以今日接宋統之正自屬也當時一二大臣又有奏言曰其國可滅其史不可滅也是又以編年之統在宋矣論而至此則中華之統正而大者皆不在遼金而在於天付生靈之主也昭昭矣然則論我元之大一統者當在平宋而不在平遼與今之日又可推矣夫何今之君子昧於春秋大一統之旨而急於我元開國之年遂欲接遼以爲統至於咈天數之符悖世祖君臣之喻逆萬世是非之公論而不恤吁不以天數之正華統之大屬之我元承乎有宋如宋之承唐唐之承隋承晉承漢也而妄分閏代之承欲以荒夷非統之統屬之

我元吾又不知今之君子待今日爲何時待今聖人爲何君也
哉嗚呼春秋大一統之義吾已悉之請復以成周之大統明之
於今日也文王在諸侯位凡五十年至三分天下有其二遂誕
受天命以撫方夏然猶九年而大統未集必至武王十有三年
伐紂有天下商命始革而大統始集焉盖革命之事間不容髮
一日之命未絶則一日之統未集當日之命絶則當日之統集
也宋命一日而未革則我元之大統亦一日而未集也成周不
急於文王五十年武王三十年而集天下之大統則我元又豈
急於太祖開國五十年及世祖十有七年而集天下之大統哉
抑又論之道統者治統之所在也堯以是傳之舜舜以是傳之
禹湯禹湯以是傳之文武周公孔子孔子没幾不得其傳百有
餘年而孟子傳焉孟子没又幾不得其傳千有餘年而濂洛周
程諸子傳焉及平中立楊氏而吾道南矣既而宋亦南渡矣楊氏

之傳爲豫章羅氏延平李氏及於新安朱子朱子沒而其傳及我朝許文正公此歷代道統之源委也然則道統不在遼金而在宋而後及於我朝君子可以觀治統之所在矣嗚呼世隔而後其議公事久而後其論定故前代之史必修於異代之君子以其議公而論定也晉史修於唐唐史修於宋則宋史之修而在今日而無讓矣而今日之君子又不以議公論定者自任而又諉曰付公論於後之儒者吾不知後之儒者又何儒也嗚呼司馬遷易編年爲紀傳破春秋之大法唐儒蕭茂挺能議之孰謂林林鉅儒之中而無一蕭茂挺其人乎此草野有識之士之所甚惜而不能倡其言於上也故私著其說爲宋遼金正統辯以俟千載綱目君子云若其推子午卯酉及五運之王以分正統之說者此日家小技之論王勃皃輩之佞其君者爾君子不取也吾無以爲論

禄命辨

洪武宋景濂

三命之說古有之乎曰無有也曰世之相傳有黃帝風后三命一家而河上公實能言之信乎曰吾聞黃帝探五行之精占斗剛所建命大撓作甲子矣所以定歲月推時候以示民用也他未之前聞也曰然則假以占命果起於何時乎曰詩云我辰安在鄭氏謂六物之吉凶王充論衡云見骨體而知命禄覩命禄而知骨體皆是物也況小運之法本許慎說文巳字之訓空亡之說原司馬遷史記孤虛之術蓋以五行甲子推人休咎其術之行已久矣非如呂才所稱起於司馬季主也沿及後世臨孝恭有禄命書陶弘景有三命抄畧唐人習者頗衆而張一行桑道茂李虛中咸精其書虛中之後唯徐子平尤造其閫奧也曰十一曜之說古有之乎曰無有也書云在璇璣玉衡以齊七政所謂七政日月水火木金土也而無紫氣月孛羅睺計都也星

孛數見於春秋或見大辰或入北斗紫氣則載之史冊與氛祲同占羅睺計都者蝕神首尾也又謂之交初交中之神初中者交食之會也借此以測日月之蝕也唐貞元初李弼乾始推十一星行曆鮑該曹士蔿皆業之士蔿又作羅計二隱曜立成曆起元和元年及至五代王朴著欽天曆且謂蝕神首尾頗行之民間小曆而已若吳伯善若甄鸞若劉孝孫若張冑玄之所造但云七曜而不聞有十一星也曰然則假之以占命又起於何時乎曰洪範云月之從星則以風雨伶州鳩云武王伐殷歲在鶉火月在天駟則以星占國亦已久矣而未必用之占命也曰以星占命奈何曰予嘗聞之於師其說多本於都利聿斯經都利益都賴也西域康居城當都賴水上則今所傳聿斯經者婆羅門術也李弼乾實婆羅門伎士而羅睺計都亦胡梵之語其術蓋出於西域無疑晁公武謂爲天竺梵學者於此徵之尤信

也曰術之緣起則吾既得聞命矣然亦巧發而奇中乎曰有固有之而不可泥也何也且以甲子幹枝推人所生歲月展轉相配其數極于七百二十以七百二十之年月加之七百二十之日時其數終於五十一萬八千四百夫以天下之廣兆民之衆林林而生者不可以數計日有十二時未必一時唯生一人也以此觀之同時而生者不必何其吉凶之不相同哉吕才有云長平坑卒未應共犯三刑南陽貴士何必俱當六合誠足以破其外戾矣三命之說予不能以盡信者此也天以二十八宿爲體體則爲經有定所而不可易以五星爲用用則爲緯恒絡繹乎其間或遲或留或伏或逆固有常度而可以理測苟謂躔某宿則吉歷某宫則凶猶或可言也設其星有變其行不依常經而犯乎河漢内外諸星又將何以占之哉或如前所謂主同一時者其躔次無不同吉與凶又何懸絶哉夫萬物皆出於五行

安有五行之外又有四餘土木行度最遲而爲吉凶者久故有餘氣而氣爲木之餘計爲土之餘猶或可言也水之餘則孛火之餘則羅果何所取義哉水火土木然矣奈何金獨無餘氣乎或謂相生故有而相尅故無亦非通論也况孛乃妖星或有或無而氣羅計三者本非星也不知何以有躔度之詳哉十一曜之說予不能盡信者此也曰秦漢以來諸儒推十二國分野十二次度數及所入州郡躔次毫釐若無差忒者旣可占國豈不能占人乎曰天運地維動靜不同故先正云有分星而無分野占國者不可盡泥也占國者不可盡泥况占命乎曰五星之精發乎地而昭乎天其分配十曰十二子名雖殊而理則同也人資天地以生山林之民毛而方謂得木氣之多也川澤之民黑而津謂得水氣之多也得火氣之多則丘陵之民專而長也得金氣之多則墳衍之民晳而瘠也至於豐肉而庳則得土氣之

多而所謂原隰之民也然則彼皆非歟曰五土有異而民生以之此固然也人之賦氣有薄厚短長而貴富賤貧壽夭六者隨之吾不能必也亦非曰者之所能測也蹈道而修德服仁而惇義此吾之所當爲也不待古者之言而後知之也予身修矣倘貧賤如原憲短命如顔淵雖昔楚之富趙孟之貴彭鏗之壽有不能及者矣命則付之於天道則貴成於已吾之所知者如斯而已矣不然委命而廢人自畫攫人之金而陷於桎梏則曰我之命當爾也怠窳偷生而不嗜學至老死而無聞則曰我之命當爾也剛愎自任操刃而殺人柔暗無識投繯而絶命則又曰我之命當爾也其可乎哉其可乎哉所以先王知山川異制民生異俗剛柔緩急遲速異齊五味異和器械異度衣服異宜於是修其教不易其俗齊其政不易其宜所以卒歸於雍熙之治也昔者鄭大夫裨竈言鄭當火請以瓘斝玉瓚禳之子産不之

與已而果然竈復云不用吾言鄭又將火子產曰天道遠人道邇非所及也鄭卒不復火嗚呼此不亦祿命之似乎吾知盡夫人道而已爾曰近世大儒於祿命家無不嗜談而樂道之者而子一切屏絕之其亦有所本乎曰有子罕言命

文章辨體卷之三十八

文章辨體卷之三十九

海虞後學吳訥編集

原

原道

唐韓退之

程子曰韓子云堯以是傳之舜舜以是傳之禹禹以是傳之湯湯以是傳之文武周公文武周公傳之孔子孔子傳之孟軻軻之死不得其傳焉此語非是蹈襲前人又非鑿空撰得出必有所見若無所見不知言所傳者何事又曰韓子論孟子甚善非見得孟子意亦道不到

愽愛之謂仁行而宜之之謂義由是而之焉之謂道足乎已無待於外之謂德仁與義爲定名道與德爲虛位故道有君子有小人而德有凶有吉老子之小仁義非毁之也其見者小也坐

井而觀天曰天小者非天小也彼以煦煦爲仁孑孑爲義其小之也則宜其所謂道道其所道非吾所謂道也其所謂德德其所德非吾所謂德也凡吾所謂道德云者合仁與義言之也天下之公言也老子之所謂道德云者去仁與義言之也一人之私言也周道衰孔子没火于秦黄老于漢佛于晋魏梁隋之間其言道德仁義者不入于楊則入于墨不入于老則入于佛入于彼必出于此入者主之出者奴之入者附之出者汙之噫後之人其欲聞仁義道德之説孰從而聽之老者曰孔子吾師之弟子也佛者曰孔子吾師之弟子也爲孔子者習聞其説樂其誕而自小也亦曰吾師亦嘗云爾不惟舉之於其口而又筆之於其書噫後之人雖欲聞仁義道德之説其孰從而求之甚矣人之好怪也不求其端不訊其末惟怪之欲聞古之爲民者四今之爲民者六古之教者處其一今之教者處其三農之家一而

食粟之家六工之家一而用器之家六賈之家一而資焉之家六奈之何民不窮且盜也古之時人之害多矣有聖人者立然後教之以相生養之道爲之君爲之師驅其蟲蛇禽獸而處之中土寒然後爲之衣飢然後爲之食木處而顛土處而病也然後爲之宮室爲之工以贍其器用爲之賈以通其有無爲之醫藥以濟其夭死爲之葬埋祭祀以長其恩愛爲之禮以次其先後爲之樂以宣其壹鬱爲之政以率其怠勸爲之刑以鋤其強梗相欺也爲之符璽斗斛權衡以信之相奪也爲之城郭甲兵以守之害至而爲之備患生而爲之防今其言曰聖人不死大盜不止剖斗折衡而民不爭嗚呼其亦不思而已矣如古之無聖人人之類滅久矣何也無羽毛鱗介以居寒熱也無爪牙以爭食也是故君者出令者也臣者行君之令而致之民者也民者出粟米麻絲作器皿通貨財以事其上者也君不出令則失

其所以爲君臣不行君之令而致之民民不出粟米麻絲作器皿通財貨以事其上則誅今其法曰必棄而君臣去而父子禁而相生養之道以求其所謂清淨寂滅者嗚呼其亦幸而出於三代之後不見黜於禹湯文武周公孔子也其亦不幸而不出於三代之前不見正於禹湯文武周公孔子也帝之與王其號名殊其所以爲聖一也夏葛而冬裘渴飲而飢食其事殊其所以爲智一也今其言曰曷不爲太古之無事是亦責冬之裘者曰曷不爲葛之之易也責飢之食者曰曷不爲飲之之易也傳曰古之欲明明德於天下者先治其國欲治其國者先齊其家欲齊其家者先脩其身欲脩其身者先正其心欲正其心者先誠其意然則古之所謂正心而誠意者將以有爲也今也欲治其心而外天下國家滅其天常子焉而不父其父臣焉而不君其君民焉而不事其事孔子之作春秋也諸侯用夷禮則夷之

夷而進於中國則中國之經曰夷狄之有君不如諸夏之亡詩曰戎狄是膺荆舒是懲今也舉夷狄之法而加之先王之教之上幾何其不胥而爲夷也夫所謂先王之教者何也博愛之謂仁行而宜之之謂義由是而之焉之謂道足乎已無待於外之謂德其文詩書易春秋其法禮樂刑政其民士農工賈其位君臣父子師友賓主昆弟夫婦其服麻絲其居宫室其食粟米果蔬魚肉其爲道易明而其爲教易行也是故以之爲已則順而祥以之爲人則愛而公以之爲心則和而平以之爲天下國家無所處而不當是故生則得其情死則得其常郊焉而天人格廟焉而人鬼饗曰斯道也何道也曰斯吾所謂道也非向所謂老與佛之道也堯以是傳之舜舜以是傳之禹禹以是傳之湯湯以是傳之文武周公文武周公傳之孔子孔子傳之孟軻軻之死不得其傳焉荀與楊也擇焉而不精語焉而不詳由周公

而上上而爲君故其事行由周公而下下而爲臣故其説長然則如之何而可也曰不塞不流不止不行人其人火其書廬其居明先王之道以道之鰥寡孤獨廢疾者有養也其亦庶乎其可也

原性

晦翁云此篇之言過荀揚遠甚其言五性尤善但三品之説太拘又不知性之本善而其所以或善或惡者由其氣稟之不同爲未盡耳

性也者與生俱生也情也者接於物而生也性之品有三而其所以爲性者五情之品有三而其所以爲情者七曰何也曰性之品有上中下三上焉者善焉而已矣中焉者可導而上下也下焉者惡焉而已矣其所以爲性者五曰仁曰禮曰信曰義曰智上焉者之於五也主於一而行於四中焉者之於五也一不

少有焉則少反焉其於四也混下焉者之於五也反於一而悖於四性之於情視其品情之品有上中下三其所以爲情者七曰喜曰怒曰哀曰懼曰愛曰惡曰欲上焉者之於七也動而處其中中焉者之於七也有所甚有所亡然而求合其中者也下焉者之於七也亡則甚直情而行者也情之於性視其品孟子之言性曰人之性善荀子之言性曰人之性惡楊子之言性曰人之性善惡混夫始善而進惡與始惡而進善與始也混而今也善惡皆舉其中而遺其上下者也得其一而失其二者也叔魚之生也其母視之知其必以賄死楊食我之生也叔向之母聞其號也知必滅其宗越椒之生也子文以爲大慼知若敖氏之鬼不食也人之性果善乎后稷之生也其母無災其始匍匐也則岐岐然嶷嶷然文王之在母也母不憂既生也傅不勤既學也師不煩人之性果惡乎堯之朱舜之均文王之管蔡習非

不善也而卒爲姦瞽叟之舜鯀之禹習非不惡也而卒爲聖人之性善惡果混乎故曰三子之言也舉其中而遺其上下者也得其一而失其二者也曰然則性之上下者其終不可移乎曰上之性就學而愈明下之性畏威而寡罪是故上者可教而下者可制也其品則孔子謂不移也曰今之言性者異於此何也曰今之言者雜佛老而言也雜佛老而言也者奚言而不異

原毀

古之君子其責己也重以周其待人也輕以約重以周故不怠輕以約故人樂爲善聞古之人有舜者其爲人也仁義人也求其所以爲舜者責於己曰彼人也予人也彼能是而我乃不能是早夜以思去其不如舜者就其如舜者聞古之人有周公者其爲人也多才與藝人也求其所以爲周公者責於己曰彼人也予人也彼能是而我乃不能是早夜以思去其不如周公者

就其如周公者舜大聖人也後世無及焉周公大聖人也後世無及焉是人也乃曰不如舜不如周公吾之病也是不亦責於身者重以周乎其於人也曰彼人也能有是是足爲良人矣能善是是足爲藝人矣取其一不責其二即其新不究其舊恐恐然懼其人之不得爲善之利一善易脩也一藝易能也其於人也乃曰能有是是亦足矣曰能善是是亦足矣不亦待於人者輕以約乎今之君子則不然其責人也詳其待己也廉詳故人難於爲善廉故自取也少己未有善曰我善是是亦足矣己未有能曰我能是是亦足矣外以欺於人內以欺於心未少有得而止矣不亦待其身者已廉乎其於人也曰彼雖能是其人不足稱也彼雖善是其用不足稱也舉其一不計其十究其舊不圖其新恐恐然惟懼其人之有聞也是不亦責於人者已詳乎夫是之謂不以衆人待其身而以聖人望於人吾未見其尊己

也雖然爲是者有本有原怠與忌之謂也怠者不能修忌者畏人修吾嘗試之矣嘗試語於衆曰某良士某良士其應者必其人之與也不然則其所疎遠不與同其利者也不然則其畏也不若是強者必怒於言懦者必怒於色矣又嘗語於衆曰某非良士某非良士其不應者必其人之與也不然則其所疎遠不與同其利者也不然則其畏也不若是強者必悅於言懦者必悅於色矣是故事修而謗興德高而毀來嗚呼士之處此世而望名譽之光道德之行難已將有作於上者得吾說而存之其國家可幾而理歟

原人

形於上者謂之天形於下者謂之地命於其兩間者謂之人形於上日月星辰皆天也形於下草木山川皆地也命於其兩間夷狄禽獸皆人也曰然則吾謂禽獸人可乎曰非也指山而

問焉曰山乎曰山可也山有草木禽獸皆舉之矣指山之一草而問焉曰山乎曰山則不可故天道亂而日月星辰不得其行地道亂而草木山川不得其平人道亂而夷狄禽獸不得其情天者日月星辰之主也地者草木山川之主也人者夷狄禽獸之主也主而暴之不得其為主之道矣是故聖人一視而同仁篤近而舉遠

原鬼

有嘯於梁從而燭之無見也斯鬼乎曰非也鬼無聲有立於堂從而視之無見也斯鬼乎曰非也鬼無形有觸吾躬從而執之無得也斯鬼乎曰非也鬼無聲與形安有氣曰鬼無聲也無形也無氣也果無鬼乎曰有形而無聲者物有之矣土石是也有聲而無形者物有之矣風霆是也有聲與形者物有之矣人獸是也無聲與形者物有之矣鬼神是也曰然則有怪而與民物

接者何也曰是有二有鬼有物漠然無形與聲者鬼之常也民有忤於天有違於民有爽於物逆於倫而感於氣於是乎鬼有形於形有憑於聲以應之而下殃禍焉皆民之爲之也其旣也又反乎其常曰何謂物曰成於形與聲者土石風霆人獸是也反乎無聲與形者鬼神是也不能有形與聲不能無形與聲者物怪是也故其作而接於民也無恒故有動於民而爲禍亦有動於民而爲福亦有動於民而莫之爲禍福適丁民之有是時也作原鬼

原過　王介甫

天有過乎有之陵歷鬭蝕是也地有過乎有之崩弛竭塞是也天地舉有過卒不累覆且載者何善復常也人介乎天地之間則固不能無過卒不害聖且賢者何亦善復常也故太甲思庸孔子曰勿憚改過楊雄貴遷善皆是術也予之朋有過而悔悔

而能改人則曰是向之從事云爾今從事與向之從事弗類非其性也飾表以疑世也夫豈知言哉天播五行於萬靈人固備而不思則失思而不行則廢一日咎前之非沛然思而行之是失而復得廢而復舉也顧曰非其性是率天下而戕性也且如人有財見奪於盜已而得之曰非夫人之財向奪於盜矣可歟不可也財之在已固不若性之爲已有也財失復得曰非其財且不可性失復得曰非其性可乎

勢原

李淸臣

君之所以安危國之所以存亡治亂令之所以行不行勢也不善知勢不能爲創業之君不知勢之可畏而失其所以審度將順不可以爲持成之君經治之臣故善用國者勢而已矣理勢循則行忤則變動則險止則平輕能重緩能速故物有至小而力不可勝既事有至易而功不可勝原發如毫芒針端而巨若

丘阜本在拱把而遠際窮髮者勢也如户之運也如車之馳也如弓之圓也如矢之激也如衡以一權而舉數倍之重也水之注於卑澤也火之燎於風中也兵之奮寡而走衆也人之乘高而制下也勢也豈惟萬物爲然今夫一人而勝天下之大制天下之衆兼聽天下之廣沛焉有餘非勢而何如也故明者用勢闇者用於勢明者提至要之處特其關紐制其樞機動靜在我開闔在我弛張在我一教一令一賞一罰必輔之以形勢故教之而行者易令之而從者速賞一而千萬人勸罰一而千萬人懼仁少而悅者多義近而服者遠無他理勢爲之也教令賞罰仁義而無形勢之輔必且人人而治之矣人人而治之教之行也必艱令之出也必煩天下之善有餘而賞不足天下之惡有餘而罰不足天下之民無窮而仁義不足無他理勢不先也夫千世之君可僂指而數之矣或善或惡或仁或義其間差不能

銖寸而功名輙相倍蓰禍福輙相百萬者無他形勢之異使然者成湯祝獸綱而歸者三十六國文王葬枯骨而天下三分有其二千世之君德有及於此者矣而湯文用此收天下之助其從民情而集天下之勢也方形勢之在桀紂夏臺之囚羑里之獄如拘匹夫及善惡之暴也形勢之變而遷也如林之師而莫敢射車中之木主故天下之勢安則動難動則安難當其安也垂紳端委深拱於堂奧戶牖之內而高論治古之上尊明如天日閎隱如雷霆煦煦如雨露肅肅如風霜指顧叱咤而天下莫不趍走鞭笞海外之蠻夷若制童妾雖有劉項之魁雄曹馬之姦桀必且老死民籍而不敢唱及乎昏懦爲之也席先王之位傳先王之民朝有遺臣故老事有綱目軌度先王之澤未涸天下之勢未運自視其安也以爲無有危事也任一喜怒從一嗜慾矣而患未切已也以爲可爲而無傷也習知天下之尊服已

也以為人終莫敢蹙路馬之芻觸囿兎之毛也欵頻關紐嬉弄樞機動靜不以時開闔不以法張弛不以節淫樂在宮中而怨毒滿天下略易在一朝而禍患遺千日民心之他屬也君柄之旁落也勢之翻然而離也雖欲安之亦不可能也竊譬之山之高厚也萬夫之不能墮壞也朽壤生乎中巋石震乎上及其傾也人力不能枝柱而維持也非天事也勢也故前聖創業起令之利變昔之害所以治天下之具甚備憂天下之慮甚深綴民心而久天下之勢堅完固密為不可拔及其久未嘗無罅缺蠹漏也然而其剥也亦有漸矣在後聖時節其勢而繕之耳汰則約之危則平之擾則靜之微則養之弱則扶之急則縱之緩則持之塞則導之使萬事之理百物之節皆不至於窮極而大變則勢久而長無危亡之形矣故勢之在我也我蓄積之固執之審則發弗便則居故勢為我使而天下莫能逆也若一失其要則

橫肆奔悍於外不可復之雖有天下一旦驅擠排壓而什矣臣故曰如户之運也如車之馳也如弓之圓也如矢之激也如一權而舉數倍之重也如水之注於卑澤也如原火之燎於風中也如兵之奮寡而走衆也如人之乘高而制下也其動不可不謹也人主知勢則處治如將亂處存如將亡處安如將危而亂與危亡亦且不至臣故作勢原

文原

洪武宋景濂

余諱人以文生相命丈夫七尺之軀其所學者獨文乎哉予之所謂文者乃堯舜文王孔子之文非流俗之文也學之固宜浦江鄭楷義烏王紳及楷之弟柏嘗從余學已知以道爲文因作文原二篇以貽之

其上篇曰人文之顯始於何時實肇於庖犧之世庖犧仰觀俯察畫奇偶以象陰陽變而通之生生不窮遂成天地自然之文

非惟至道含括無遺而其制器尚象亦非文不能成如垂衣裳而治取諸乾坤上棟下宇而取諸大壯書契之造而取諸夬舟楫牛馬之利而取諸渙隨杵臼棺槨之制而取諸小過大過重門擊柝以取諸豫弧矢之用以取諸睽何莫非粲然之文自是推而行之天衷民彝之叙禮樂刑政之施師旅征伐之法井牧州里之辨華夷内外之别復皆則而象之故凡有關民用及一切彌綸範圍之具悉囿乎文非文之外别有其他也然而事爲既著無以紀載之則不能以行遠始托諸辭翰以昭其文略舉一二言之禹敷土隨山刊木奠高山大川既成功也然後筆之爲禹貢之文周之聘覲宴享饋食昏喪諸禮其升降揖讓之節既行之矣然後筆之爲儀禮之文孔子居鄉黨容色言動之間從容中道門人弟子既習見之矣然後筆之爲鄉黨之文其他格言大訓亦莫不然必有其實而後隨之初未嘗以徒言爲也

譬猶聆衆樂於洞庭之野而後知其音聲之抑揚綴兆之舒疾也者大射於矍相之圃而後見觀者如堵墻序點之揚觶也苟喻度而臆决之終不近也昔者游夏以文學名謂觀其會通而酌其損益之宜而已非專指乎辭翰之文也嗚呼吾之所謂文者天生之地載之聖人宣之本建則其末治體著則其用章斯所謂乘陰陽之大化正三綱而齊六紀者也亘宇宙之始終類萬物而周八極者也嗚呼非知經天緯地之文者惡足以語此其下篇曰爲文必在養氣氣與天地同苟能克之則可三配序靈管攝萬彙不然則一介之小夫爾君子所以攻內不攻外圖大不圖小也力可以舉鼎人之所難也而烏獲能之君子不貴之者以其局乎小也智可以搏虎人之所難也而馮婦能之君子不貴之者以其騖乎外也氣得其養無所不周無所不及也攬而爲文無所不參無所不包也九天之屬其高不可窺八柱

之列其厚不可測吾文之量得之俔僁傀淵運行不息基地萬燚躔次弗紊吾文之[illegible]得之昆侖玄圃之崇清增城九重之嚴邃吾文之峻得之南桂北瀚東瀛西濱杳眇而無際涵負而不竭魚龍生焉波濤興焉吾文之深得之雷霆鼓舞之風雲翕張之雨露潤澤之鬼神恍惚曾莫窮其端倪吾文之變化得之上下之間自色自形羽而飛足而奔潛而泳植而茂若洪若纖若高若卑不可以數計吾文之隨物賦形得之嗚呼斯文也聖人得之則傳之萬世爲經賢人得之則放諸四海而準輔相天地而不過昭明日月而不忒調燮四時而無愆此豈非文之至者乎大道堙微文氣日削鶩乎外而不攻其內局乎小而不圖其大此無他四瑕八冥九蠹有以累之也何謂四瑕雅鄭不分之謂荒本末不比之謂斷筋骸不束之謂緩旨趣不超之謂凡是四者賊文之形也何謂八冥訐者將以賊夫誠擠者將以蝕夫

圞庸者將以混夫奇瘠者將以勝夫腴猏者將以亂夫精碎者將以害夫完陋者將以革夫㑺昧者將以損夫明是八者傷文之膏髓也何謂九蠹滑其眞散其神糅其氛徇其私滅其智麗其蔽違其天昧其幾爽其貞是九者死文之心也有一於此則心受死而文喪矣春葩秋卉之爭麗也鳶嘵林而蛩吟砌也水湧蹄涔而火炫螢尾也衣被土偶而不能視聽也蟣蠓死生於甕盎不知四海之大六合之廣也斯皆不知養氣之故也嗚呼人能養氣則情深而文明氣盛而化神當與天地同功也與天地同功而其智卒歸之一介小夫不亦可悲也哉

余既作文原上下篇言雖大而非夸唯智者然後能擇焉

去古遠矣世之論文者有二曰載道曰紀事紀事之文當本之司馬遷班固至載道之文舍六籍吾將焉從雖然六籍者本與根也遷固者枝與葉也此固近代唐子西之論

而余之所見則有異是也六籍之外當以孟子爲宗韓子次之歐陽子又次之此則國之通衢無榛荆之塞無蛇虎之禍可以直趨聖賢之大道去此則曲狹僻徑耳犖确邪蹊耳胡可行哉余竊怪世之爲文者不爲不多騁新奇者鉤摘隱伏變更庸常甚至不可句讀且曰不詰曲聱牙非古文也樂陳腐者一假場屋委靡之文紛糅龐雜略不見端緒且曰不淺易輕順非古文也予皆不知其何說大抵爲文者欲其辭達而道明耳吾道既明何問其餘哉雖然道未易明也必能知言養氣始爲得之予復悲世之爲文者不知其故頗能操觚遣辭毅然以文章家自居所以益摧落而不自振也今以二三子所學日進於道聊相與一言之

畫原

史皇與蒼頡皆古聖人也蒼頡造書史皇制畫書與畫非異道也其初一致也天地初開萬物化生自色自形總總林林莫得而名也雖天地亦不知其所以名也有聖人者出正名萬物同者謂何卑者謂何動者謂何植者謂何然後可得而知之也於是上而日月風霆雨露霜雪之形下而河海山嶽草木鳥獸之著中而人事離合物理盈虚之分神而變之化而宜之固已達民用而盡物情然而非書則無以紀載非畫則無以彰施斯二者其亦殊途而同歸乎吾故曰書與畫非異道也其初一致也且書以代結繩功信偉矣至於章服之有制畫衣冠以示警飾車輅之等威表旟旐之後先所以彌綸其治具匡贊其政原者又烏可以廢之哉畫繢之事統爲冬官而春官外史專掌書令其意可見矣况六書首之以象形象形乃繪事之權輿形不能盡象而後諧之以聲聲不能以盡諧而後會之以意意不能以

盡會而後指之以事事不能以盡指而後轉注假借之法興焉書者所以濟畫之不足者也使畫而可盡則無事乎書矣吾故曰書與畫非異道也其初一致也古之善繪者或畫詩或圖孝經或貌爾雅或像論語暨春秋或著易象皆附經而行猶未失其物也下逮漢魏晉梁之間講學之有圖問禮之有圖列女仁智之有圖致使圖史並傳助名教而翼彝倫亦有可觀者焉世道日降人心寖不古若往往溺志於車馬士女之華怡神於花鳥蟲魚之麗游情於山林水石之幽而古之意益衰矣是故顧陸以來是一變也閻吳之後又一變也至於關李范三家者出又一變也譬之學書者古籀篆隸之茫昧而唯俗書之姿媚者是躭是玩豈其初意之使然哉雖然非有卓然拔俗之資亦未易言此也南徐徐景暘攻書史善吟古今詩信為才大夫也旁通繪事有士韻而無俗姿一時賢公卿皆與之游名稱籍甚有

薦于朝者景暘以母老不仕乎尤愛景暘者於其別去故作畫原以贈焉嗚呼易有之聖人有以見天下之賾而擬諸其形容象其物宜是故謂之象然則象之事又有包乎陰陽之妙理者誠可謂至重矣景暘其知所重乎哉

原儒

王子充

儒之名何自而立乎儒者成德之稱蓋其稱肇於孔子至荀卿氏論之爲悉而其後復有八儒之目及秦漢以下儒之名雖一其學則析而爲三有記誦之學有詞章之學有聖賢之學士之爲其學者其爲道舉不易也而其尤難者莫難於聖賢之學矣聖賢之所以爲學者何也必其性之盡於內者有以立其本而才之應於外者足以措諸用也方其幼也禮樂射御之節書數之文無弗學也凡知類入德之方亦既習而通之矣比其長也三才萬物之理必推而究其極也推其理所以致其知也致其

知者思也思則有以明諸心矣仁義禮知心之所具之性也心之明則性之盡也盡性則理之具於我者無不明而視天下無一物之非我矣故曰惟天下至誠爲能盡其性能盡其性則能盡人之性能盡人之性則能盡物之性也夫能盡其性則大本立矣而推而至於盡人物之性又由其才有以應之也故自日用之間以及乎參天地贊化育所以品節彌綸之者非才莫有以應之才之周事之所以成也此其所以小可以爲國家天下之用而大可以用天下國家也故曰才與誠合則周天下之治也是故天下之理無不有以明諸心者性之盡於內而推巳以及乎人物使天下皆有以待於我者才之應於外也夫有以盡於內未有不能應於外者也不能應於外由不能盡於內矣故自格物致知誠意正心以至齊家治國平天下皆一本也自本諸身以至證諸庶民考諸三王建諸天地質諸鬼神俟諸後聖

無二用也其本末體用以內外之兼至者誠也內而性之盡者其本既立矣外而才之應者其用復周焉誠之至也此所謂聖賢之學者也嗚呼周公仲尼已矣孟軻以後自荀卿楊雄已不能臻乎此而董仲舒韓愈僅庶幾焉於是聖賢之學不明也久矣蓋千數百年而周邵張程諸君子者出始有以爲其學而周公孔子不傳之緒乃續焉本諸易詩書語孟以明時用春秋以驗行事三禮以節人情而後知人所以官兩儀裕萬物者在此而不在彼五三六經不爲虛言而匹夫匹婦皆可以與知迨考亭朱子廣漢張子東萊吕子又皆同心僇力以倡其學至是而聖賢傳心精微之本經世博大之用發揮無餘蘊矣然至於今未久也而其學已不復傳凡今世之所謂儒者剽掠纖瑣緣飾淺陋曰我儒者辭章之學也穿鑿虛遠傳會乖離曰我儒者記誦之學也而人亦曰此所以爲儒也嗟乎昔之稱詞章者唐之

燕許宋之楊億其詞章蓋誠足以華國也昔之稱記誦者漢之馬鄭宋之劉敞其記誦蓋誠足以窮經也使若人也其記誦詞章而止若是焉固亦何取其爲儒名耶是故吾所謂聖賢之學者皆古之眞儒而今世之稱記誦詞章者其不爲孔子之所謂小人儒荀卿之所謂賤儒者幾希吾友鄭君仲舒儒者也其所謂儒志乎聖賢之學者也是吾斯之謂儒而非今世之所謂儒也鄭君游京師受知今相國遂入經筵爲檢討儒者之用庶幾有以自見者乎吾故於其別也言以贈之作原儒

原諫

人君之職莫急於納諫人臣之職莫先於進諫納諫難矣而進諫爲尤難進諫之道有二曰諷諫曰直諫諷諫固難而直諫又難也是故引義托物從容開譬不動聲色而其說已行悟主意於片言置君德於無過者諷諫之謂也危言切論銜鯁骨披逆

鱗正色而不阿犯顏而不忌必窮其說乃已雖殺身而不顧者直諫之謂也禮上諷諫而下直諫豈不以謂諷諫以悟主將君臣兩全其美名直諫以匡君則君或至於遂非臣或至於蹈禍是君蒙拒諫之惡而臣獲盡忠之害也故曰人君之納諫爲難而人臣之進諫爲尤難進諫之道諷諫固難而直諫又難也雖然爲人臣而事明君諷諫直諫蓋無施不可不足爲難也苟事暗主而用直諫則鮮有不及其身而況於諷諫其將君之何於是二者之諫均爲難矣嗚呼唐虞三代遠矣近而論之漢唐之世號能納諫者莫如文帝太宗爲盛矣文帝寬仁盡下群臣雖切諫常假借納用之若馮唐之論頗牧張釋之之論嗇夫所謂諷諫也及賈誼論時事則流涕痛哭袁盎引卻慎夫人坐指人彘爲說所謂直諫也而文帝皆容受之太宗英明能斷從諫如流導臣下而使之言如魏徵之言昭陵王珪之論盧江所謂諷

諫也及徵跡十漸極陳時政得失祖孝孫謂陛下負臣臣不負陛下所謂直諫也而太宗靡不優納焉是則以直諫諷諫施之明君固無乎不可也若夫蕭望之張猛京房言石顯於元帝王章言王鳳於成帝王嘉鄭崇言董賢於哀帝李膺陳蕃范滂之徒言閹宦於靈帝長孫無忌褚遂良上官儀言武氏於高宗張柬之輩言韋氏於中宗孟昭圖言田令孜於僖宗然皆不免於殺身是事暗君固無事於諷諫而因直諫以蹈禍亦理之所必至矣嗚呼知無不諫而諫之以直者人臣之分也傷於直而蹈禍不測使其君蒙拒諫之惡而已獲盡忠之害者非人臣之得已也自古無道之君其過行非一端也而莫甚於拒諫言而殺諫臣拒一諫言殺一諫臣其事若未害也而家國之敗亡輒不旋踵殆如燭照而龜卜不亦深可戒哉和陽王先生夙有大志負氣節而敢言者也今權居諫諍之職士大夫咸曰先生遇明

生諷諫直諫將無施而不可矣金華王禕厚與先生游因原夫諫之所爲難者爲文以贈之嗚呼言其所以難則其所以不難者固有望於先生也夫

戒

戒子　漢諸葛孔明

晦翁曰静以致遠蓋静便養得根本深固自能致遠西山云孔明戒子書朱子取載于小學書中真格言也

君子之行静以脩身儉以養德非澹泊無以明志非寧静無以致遠夫學須静也才須學也非學無以廣才非静無以成學慆慢則不能研精險躁則不能理性年與時馳意與歲去遂成枯落悲歎窮廬將復何及也

戒子儼等　晉陶淵明

東坡曰吾於淵明豈獨好其詩哉此詩蓋實録也
吾真有此病而不蚤自知半世出仕以犯大患此
所以深愧淵明欲以晚節師範其萬一也

告儼俟份佚佟天地賦命生必有死自古賢聖誰能獨免子夏有言死生有命富貴在天吾年過五十少而窮苦每以家敝東西游走性剛才拙與物多忤自量爲已必貽俗患使汝等幼而飢寒余嘗感孺仲賢妻之言敗絮自擁何慙兒子但恨隣靡二仲室無萊婦抱茲苦心良獨内愧少學琴書愛閑靜開卷有得便欣然忘食見樹木交蔭時鳥變聲亦復歡然常言五六月中北窻下卧遇涼風暫至自謂是羲皇上人意淺識罕謂斯言可保日月遂往機巧好踈緬求在昔眇然如何疾患以來漸就衰損親舊不遺每以藥石見救自恐大分將有限也汝輩稚小家貧每役柴水之勞何時可免念之在心若何可言然汝等雖曰

同生當思四海皆兄弟之義鮑叔管仲分財無猜歸生伍舉班荆道舊遂能以敗爲成因喪立功他人尚爾況同父之人哉潁川韓元長漢末名士身處卿佐七十而終兄弟同居至于没齒濟北氾稚春晉時操行人也七世同財家人無怨色詩曰高山仰止景行行止雖不能爾至心尚之汝其慎哉吾復何言

遺戒子孫　唐姚元之

佛以清淨慈悲爲本而愚者寫經造像冀以求福昔周毁經像而修甲兵齊崇塔廟而弛刑政一朝合戰齊滅周興汝曹勿效兒女子終身不寤追薦冥福道士見僧獲利效其所爲尤不可延之於家永爲後法

三戒并序　柳子厚

吾恒惡世之人不知推己之本而乘物以逞或依勢以干非其類出技以怒强竊時以肆暴然卒迨于禍有客談麋驢鼠三物

以其事作三戒

臨江之麋

臨江之人畋得麋麑畜之入門群犬垂涎揚尾皆來其人怒怛之自是日抱就犬習示之使勿動稍使與之戲積久犬皆如人意麑稍大忘已之麋也以爲犬良我友抵觸偃仆益狎犬畏主人與之俯仰甚善然時啖其舌三年麋出門外見外犬在道甚衆走欲與爲戲外犬見而喜且怒共殺食之狼籍道上麋至死不悟

黔之驢

黔無驢有好事者船載以入至則無可用放之山下虎見之庬然大物也以爲神蔽林間窺之稍出近之憖憖然莫相知他日驢一鳴虎大駭遠遁以爲且噬已也甚恐然往來視之覺無異能者益習其聲又近出前後終不敢搏稍近益狎蕩倚衝冒驢

不勝怒蹄之虎因喜計之曰技止此耳因跳踉大㘅斷其喉盡其肉乃去噫形之尨也類有德聲之宏也類有能向不出其技虎雖猛疑畏卒不敢取今若是焉悲夫

永某氏之鼠

永有某氏者畏日拘忌異甚以爲已生歲直子鼠子神也因愛鼠不畜猫犬禁僮勿擊鼠倉廩庖厨悉以恣鼠不問由是鼠相告皆來某氏飽食而無禍某氏室無完器椸無完衣飲食大率鼠之餘也晝累累與人兼行夜則竊齧鬬暴其聲萬狀不可以寢終不厭數歲某氏徙居他州後人來歸鼠爲態如故其人曰是陰類惡物也盗暴尤甚且何以至是乎哉假五六猫闔門撤瓦灌穴購僮羅捕之殺鼠如丘棄之隱處臰數月乃已嗚呼彼以其飽食無禍爲可恒也哉

敵戒

皆知敵之仇而不知爲益之尤皆知敵之害而不知爲利之大秦有六國兢兢以強六國既除訑訑乃亡晉敗楚鄢范文爲患厲之不圖舉國造怨孟孫惡臧孟死臧恤藥石去矣吾亡無日智能知之猶卒以危矧今之人曾不自思敵存而懼敵去而舞廢備是盈祗益爲瘉敵存滅禍敵去召過有能知此道大名播懲病克壽矜壯死暴縱欲不戒匪愚伊耄我作戒詩思者無咎

行舟戒　　宋江休復

景祐丁丑歲夏六月浮汴而東將至驛名青陽者風甚不可行舟橫竹箭之中屢矣柂者不能制其後檣者無以翼其傍遽泊於上風多其紼纚以維之固其椽杙以繫之蕩動頓掣惴惴然慮飄於東岸責其人置舟危地對曰若據便地則乘流而止順風而過者必有衝擊排蹙之患姑處此以避其鋭焉於是斷者續之挺者椓之恐懼警戒卒以無患彼揚帆乘勢嚮我延頸而

羨之者斂溺不救摧撞相倚退而念曰今日之風我之患卒以全彼之利遂以傾利害不同而吉凶相詭時耶理耶或曰止者易為工進者難為巧彼知順風之可乘不知疾風之不可乘得勢者不戒臨危者能懼是以禍福殊焉因志之以為行舟戒

嫌戒　王深甫

禮謹於別嫌疑夫嫌疑者豈有其實然我以為嫌疑之謂也我以為嫌疑則人必有嫌疑之者然而世多忽焉而不戒者何也恃其情不至於是也情不至於是有人焉伺間躡其迹而議之則奚說而可辭與其亦受之而已矣夫人亦好多言矣完然者尚欲指其缺也况自投於嫌疑之地欲免得乎此君子所以貴由禮也

女戒　張橫渠

婦道之常順惟厥正婦正柔順是曰天明天始顯明是其帝命命汝使順嘉爾

婉婉克安爾親，往之爾家。呂氏 汝家 克施克勤 能行孝 順爲勤 爾順惟何無違夫子 夫子 婿也 無然臯臯 臯臯 難與言也 無然訿訿 訿訿 難共事也 彼是而違爾焉作非 違是 則非 彼舊而革爾焉作儀 改舊 乃汝 妄立 制度 惟非惟儀女生則戒 在毛詩 斯干篇 王姬肅雍酒食是議 周王之 女亦然 貽爾五物以銘爾心錫爾佩巾墨子誨言銅爾提匜謹爾賔薦 賔客 祭祀 玉爾奩具素爾藻絢 藻妝 絢可 飾衣 太華 枕爾文竹席爾吳筦念爾書訓 因枕文 思訓 思爾退安 安爾退 居之席 彼實有室 男當 有室 爾勿從室 不得從而 有其室也 遜爾提提 遜退也 提提謹 安也 爾生引逸 引長也 逸樂也

戒子孫

柳直清

夫門地高者一事墜先訓則異它人雖生可以苟爵位死不可見祖先地下門高則自驕族盛則人窺嫉實藝懿行人未必信纖瑕微累十手爭指脩巳不得不至爲學不得不堅士君子於世巳無能而望它人用巳無善而望它人愛猶農夫鹵莽種之

而怨天澤不潤雖欲弗餒可乎余幼聞先公僕射言立己以孝悌爲基恭默爲本畏法爲務勤儉爲法肥家以忍順保交以簡恭廣記如不及求名如儻來莅官則潔己省事而後可以言家法家法備然後可以言養人直不近禍廉不沾名憂與禍不偕潔與富不並董生有云弔者在門賀者在閭言有憂則恐懼恐懼則福至又曰賀者在門弔者在閭言受福則驕奢驕奢則禍至故世族遠長與命位豐約不假問龜蓍星數在處心行事而已先君兄弟三人俱居清列非速客不二羮胾夕食齕蔔匏而已皆保重名於世名門右族莫不由祖考忠孝勤儉以成立之莫不由子孫頑率奢傲以覆墜之成立之難如升天覆墜之易如燎毛余家本以學識禮法稱於士林夫行道之人德行文學爲根株正直剛毅爲柯葉有根無葉或可俟時有葉無根膏雨所不能活也至於孝慈友悌忠信篤行乃食之醯醬可一日無

哉

言戒　　　　司馬君實

迂叟曰言不可不重也子不見鍾鼓乎大鍾鼓扣之則鳴鏗鍧鞺鞳人不以爲異也若不扣而自鳴人孰不謂之妖邪可以言而不言猶扣之而不鳴也亦爲廢鍾鼓也

事神戒

或問迂叟事神乎曰事神或曰何神之事曰事心神或曰其事之何如曰至簡矣不黍稷不犧牲惟不欺之爲用君子上戴天下履地中函心雖欲欺之其可得乎

文章辨體卷之三十九

文章辨體卷之四十

海虞後學吳訥編集

題跋

讀荀

唐韓退之

始吾讀孟軻書然後知孔子之道尊聖人之道易行王易王霸易霸也以爲孔子之徒沒尊聖人者孟氏而已晩得楊雄書益尊信孟氏因雄書而孟氏益尊則雄者亦聖人之徒歟聖人之道不傳于世周之衰好事者各以其說干時君紛紛籍籍相亂六經與百家之說錯雜然老師大儒猶在火于秦黃老于漢其存而醇者孟軻氏而止耳楊雄氏而止耳及得荀氏書於是又知有荀氏者也考其辭時若不粹要其歸與孔子異者鮮矣抑猶在軻雄之間乎孔子刪詩書筆削春秋合於道者著之離於道者黜去之故詩書春秋無疵余欲削荀氏之不合者附于聖

人之籍亦孔子之志歟孟氏醇乎醇者也荀與楊大醇而小疵

讀儀禮

余嘗苦儀禮難讀又其行乎今者蓋寡沿襲不同復之無由考于今誠無所用之然文王周公之法制粗在於是孔子曰吾從周謂其文章之盛也古書之存者希矣百氏雜家尚有可取況聖人之制度耶於是掇其大要奇辭奥旨著于篇學者可觀焉惜乎吾不及其時進退揖讓于其間嗚呼盛哉

讀鶡冠子

鶡冠子十有九篇其詞雜黃老刑名其博選篇四稽五至之說當矣使其人遇時援其道而施於國家功德豈少哉學問篇稱賤生於無所用中流失船一壺千金者余三讀其辭而悲之

讀韓愈所著毛穎傳後題　柳子厚

自吾居夷不與中州人通書有來南者時言韓愈爲毛穎傳不

能舉其辭而獨大笑以爲怪而吾久不克見楊子誨之來始持其書索而讀之若捕龍蛇搏虎豹急與之角而力不敢暇信韓子之怪於文也世之模擬竄竊取青配白肥皮厚肉柔筋脆骨而以爲辭者之讀之也其大笑固宜世人笑之也不以其俳乎而俳又非聖人之所棄者詩曰善戲謔兮不爲虐兮大史公書有滑稽列傳皆取乎有益於世者也故學者終日討說荅問呻吟習復應對進退掬溜播灑則罷憊而廢亂故有息焉游焉之說不學操縵不能安弦有所拘者有所縱也大羹玄酒體節之薦味之至者而又說以奇異小蟲水草樝梨橘柚苦鹹酸辛雖蜇吻裂鼻縮舌澀齒而咸有篤好之者文王之昌蒲葅屈到之芰曾晳之羊棗然後盡天下之奇味以足於口獨文異乎韓子之爲也亦將弛焉而不爲虐歟息焉游焉而有所縱歟盡六藝之奇味以足其口歟而不若是則韓子之辭若壅大川焉其必

決而放諸陸不可以不陳也且凡古今是非六藝百家大細穿穴用而不遺者毛穎之功也韓子窮古書好斯文嘉穎之能盡其意故奮而爲之傳以發其鬱積而學者得之勵其有益於世歟是其言也固與異世者語而貪常嗜瑣者呫呫然動其喙亦勞甚矣乎

書處州孔子廟碑陰　　杜牧之

天不生孔子於中國中國當何如曰不夷狄如也荀卿祖夫子李斯事荀卿一日宰天下盡誘夫子之徒與書坑而焚之曰徒能亂人不若刑名獄吏治世之資也彼商鞅者能耕能戰能行其法基秦爲強曰彼仁義蝨官也可以置之自董仲舒劉向皆言司馬遷良史也而遷以儒分之爲九曰博而寡要勞而無功不如道家者流也自有天地以來人無有不死者海上迂怪之士特出言曰黃帝煉丹砂爲黃金以餌之晝日乘龍上天誠

得其藥可如皇帝以燕昭王之賢破強齊幾於覇秦始皇漢武帝之雄材滅六強國辟四夷盡非凡主也皆惑其說耗天下損骨肉而不辭至死而不悟莫尊於天地莫嚴於宗廟社稷梁武帝起爲梁國者以筍脯麵牲爲薦祀之禮曰佛之教牲不可殺以天子尊捨身爲其奴散髮布地親命其徒踐之有天地日月爲之主陰陽鬼神爲之佐夫子巍然統而辨之復引堯舜禹湯文武周公爲之助則其徒不爲劣其治不爲僻彼四君二臣不爲無知一旦不信背而之他仍族滅之黨不生夫子紛紜冥昧百家鬬起是己所是非己所非天下隨其時而宗之誰敢非之縱有非之而非之者欲何所依據而爲其辭是楊墨騈愼已降百家之徒廟貌而血食十年一變法百年一改教橫斜高下不知止洎彼夷狄者爲夷狄之俗一定而不易若不生夫子是知是知其必不夷狄如也韓吏部夫子廟碑曰天下通祀惟社稷與夫子

社稷壇而不屋取異代爲配未若夫子巍然當坐用王者禮以門人爲配自天子至於庶人親北面師之夫子以德社稷以功固有次第哉因引孟子曰生人以來未有如夫子者也自古稱夫子者多矣稱夫子之德莫如孟子稱夫子之尊莫如韓吏部故書其碑陰云

書鄭綮傳

宋徐仲車

天下之所恃而爲安危者誰乎曰宰相焉耳故自朝廷百執事至於州縣之吏不幸而一非其人不過敗其一局之事耳至於宰相者其人一非則天下殆矣雖亡宗赤族何益於敗蓋宰相以一身而當天下之責其道甚難然人皆易之何也曰不知量也今有馬其行不過百里驅而倍之則且病矣龠合升斗之量各有所受一以龠合而加之斗升之上則溢矣况斗升而受一斛之量乎故一邑之才施之一郡則不可也其以一郡之才而當天下之責可乎此黄覇之所以得令名於前而見譏於後也

況遂不追霸者乎甚矣人之不知量也嗚呼其難若此而人皆易之何也曰好之也尊官重禄固人之所好也不知是不足充其好快其欲彼安肯曰吾不才耶吾辱其位者耶其禍敗隨之耶取天下之笑耶爲萬世之羞耶甚者亡人之國危人之天下不顧也豈止所謂不知量者耶安得知量者見之乎予讀陳平傳嘉平知其任讀鄭君傳愛君知其量嗚呼如君者豈易得哉豈易得哉

跋放生池碑

歐陽永叔

右放生池碑不著書撰人名氏放生池唐世處處有之王者仁澤及於草木昆蟲使一物必遂其生而不爲私惠也惟天地生萬物所以資於人然代天而治物者常爲之節使其足用而取之不過故物得遂其生而不夭三代之政如斯而已易大傳曰庖犧氏之王也能通神明之德以類萬物之情作結繩而爲網

罟以佃以漁蓋言其始敎民取物資生而爲萬世之利此所以爲聖人也浮屠氏之說乃謂殺物者有罪而放生者得福苟如其言則庖犧氏遂爲人間之聖人地下之罪人矣

跋平泉草木記

右平泉草木記李德裕撰余嘗讀鬼谷子書見其馳說諸侯之國必視其爲人材性賢愚剛柔緩急而因其好惡喜懼憂樂而押闔之陽開陰塞變化無窮顧天下諸侯無不在其術中者惟不見其所好者不可得而說也以此知君子宜愼其好蓋泊然無欲而禍福不能動利害不能誘此鬼谷之術所不能爲者聖賢之高致也其次簡其所欲不溺於所好斯可矣若德裕者處富貴招權利而好奇貪得之心不已至或疲弊精神於草木斯其所以敗也其遺戒有云壞一草一木者非吾子孫此又近乎愚矣

跋唐華陽頌

右華陽頌唐玄宗詔附玄宗尊號曰聖文神武皇帝可謂盛矣而其自稱曰上清弟子者何其陋哉方其肆情奢淫以極富貴之樂蓋竆天下之力不足以贍其欲使神僊道家之事爲不無亦非其所可冀矧其實無可得哉甚矣佛老之爲世惑也佛之徒曰無生者是畏死之論也老之徒曰不死者是貪生之說也彼其所以貪畏之意篤則棄萬物絶人倫而爲之然而終於無所得者何哉死生天地之常理畏者不可以苟免貪者不可以苟得也惟積習之久者成其邪妄之心佛之徒有臨死而不懼者妄意乎無生之可樂而以其所樂勝其所可畏也老之徒有死者則相與諱之曰彼超去矣彼解化矣厚自誣而託之不可詰或曰彼術未至故死爾前者苟以遂其非後者從而惑之以爲誠然也佛老二者同出於貪而所習則異然皆必棄萬事絶

人理而爲之其貪於彼者厚則捨於此者果若玄宗者方溺於此而慕於彼不勝其勞是真可笑也

跋唐人書楊公史傳記

右楊公史傳記文字訛缺原作者之意所以刻之金石者欲爲公不朽計也碑無年月不知何時然其字畫之法廼唐人所書爾今纔幾時而磨滅若此然則金石果能傳不朽邪楊公之所以不朽者果待金石之傳邪凡物有形必有終弊自古聖賢之傳也非皆託於物固能無窮也乃知爲善之堅堅於金石也

讀孟嘗君傳　王介甫

疊山云筆力簡而健得意處只在擅齊之強以下數語然亦是祖述退之祭田橫墓文

世皆稱孟嘗君能得士士以故歸之而卒賴其力以脫於虎豹之秦嗟乎孟嘗君特鷄鳴狗盜之雄耳豈足以言得士不然擅

齊之疆得一士焉宜可以南面而制秦尚何取鷄鳴狗盜之力哉夫鷄狗盜之出其門此士之所以不至也

書黃子思詩集後　蘇子瞻

予嘗論書以謂鍾王之迹蕭散簡遠妙在筆畫之外至唐顏柳始集古今筆法而盡發之極書之變天下翕然以爲宗師而鍾王之法益微至於詩亦然蘇李之天成曹劉之自得陶謝之超然蓋亦至矣而李太白杜子美以英偉絶世之姿凌跨百代古今詩人盡廢然魏晋以來高風絶塵亦少衰矣李杜之後詩人繼作雖間有遠韻而才不逮意獨韋應物柳宗元發纖穠於簡古寄至味於澹泊非餘子所及也唐末司空圖崎嶇亂兵之間而詩文高雅猶有承平之遺風其論詩曰梅止於酸鹽止於鹹飲食不可無鹽梅而其美常在鹹酸之外蓋自列其詩之有得於文字之表者二十四韻恨當時不識其妙予三復其言而悲

之閩人黄子思慶曆皇祐間號能文者予嘗誦其詩每得佳句妙語反覆數四乃識其所謂信乎表聖之言美在鹹酸之外可以一唱而三歎也予既與其子幾道其孫師是游得窺其家集而子思篤行高志爲吏有異材見於墓誌詳矣予不復論獨評其爲詩如此

題唐氏六家書後

永禪師書骨氣深穩體兼衆妙精能之至反造疎淡如觀陶彭澤詩初若散緩不收反復不已乃識其奇趣今法帖中有云不具釋智永白者誤收在逸少部中然亦非禪師書也云謹此代申此唐末五代流俗之語耳而書亦不工歐陽率更書妍緊拔群尤工於小楷高麗遣使購其書高祖歎曰觀其書以爲魁梧奇偉人也此非知書者凡書象其爲人率更貌寒寢敏悟絶人今觀其書勁嶮刻厲正稱其貌耳褚河南書清遠蕭散微雜隸

體古之論書者兼論其平生苟非其人雖工不貴也河南固忠臣但有譖殺劉洎一事使人怏怏然余嘗考其實恐劉洎末年褊忿實有伊霍之語非譖也若不然馬周明其無此語太宗獨誅洎而不問周何哉此殆天后朝許李所誣而史官不能辨也張長史草書頹然天放畧有點畫處而意態自足號稱神逸今世稱善草書者或不能真行此大妄也真生行行生草真如立行如行草如走未有未能行立而能走者也今長安又有長史真書郎官石柱記作字簡遠如晉宋間人顔魯公書雄秀獨出一變古法如杜子美詩格力天縱奄有漢魏晉宋以來風流後之作者殆難復措手柳少師書本出於顔而能自出新意一字百金非虛語也其言心正則筆正者非獨諷諫理固然也世之小人書字雖工而其人情終有睢盱側媚之態不知人情隨想而見如列子所謂竊斧者乎抑真爾也然至使人見其書而猶

憎之則其人可知矣余謫居黃州唐林夫自湖口以書遺余云吾家有此六人書子爲我畧評之而書其後林夫之書過我遠矣而反求余何哉此又未可曉也

書魏鄭公傳後

曾子固

予觀太宗常屈己以從羣臣之議而魏鄭公之徒喜遭其時感知己之遇事之大小無不諫諍雖其忠誠自至亦得君以然也則思唐之所以治太宗之所以稱賢主而前世之君不及者其淵源皆出於此也能知其有此者以其書存也及觀鄭公以諫諍事付史官而太宗怒之薄其恩禮失終始之義則未嘗不反覆嗟惜恨其不思而益知鄭公之賢焉夫君之使臣與臣之事君者何大公至正之道而已矣大公至正之道非滅人言以掩己過取小諒以私其君此其不可者也又有甚不可者夫以諫諍爲當掩是以諫諍爲非美也則後世誰復當諫諍乎況前代

之君有納諫之美而後世不見則非惟失一時之公又將使後世之君謂前代無諫諍之事是啓其怠且忌矣大宗末年群下旣知此意而不言漸不知天下之得失至於遼東之敗而始恨鄭公不在世未嘗知其悔之萌芽出於此也夫伊尹周公何如人也伊尹周公之諫切其君者其言至深而其事至迫也存之於書未嘗稱焉至今稱太甲成王以爲賢君而伊尹周公爲良相者以其書可見矣令當時削而棄之成區區之小讓則後世何所攀依而諫又何以知其賢且良歟桀紂幽厲始皇之亡則其臣之諫諍無見焉非其史之遺乃天下不敢言而然也則諫諍之無傳此乃數君之所以益暴其惡于后世而已矣或曰春秋之法爲尊親賢者諱與此戾也夫春秋之所諱者惡也納諫諍豈惡乎然則焚藁者非歟曰焚藁者誰歟非伊尹周公爲之也近世取區區之小亮者爲之耳其事又未之見也何則以焚

其藁爲掩君之過而使後世傳之則是使後世不見藁之是非而必其過當在於君美常在於已也豈愛其君之謂歟孔光之去其藁藁之所言其在正邪未可知也其焚之而惑後世庸詎知非謀已之姦謀乎或曰造辟而言詭辭而出異乎此曰此非聖人之所曾言也今萬一有是理亦謂君臣之間議論之際不欲漏其言於一時之人耳豈杜其告萬世也噫以誠信待已而事其君而不欺乎萬世者鄭公也益知其賢云豈非然哉豈非然哉

題摹燕郭尚文圖　黃魯直

凡書畫當觀韻往時李伯時爲余作李廣奪胡兒馬挾兒南馳取胡兒弓引滿以擬追騎觀箭鋒所直發之人馬皆應弦也伯時笑曰使俗子爲之當作中箭追騎矣余因此深悟畫格此與文章同一關紐但難得人入神會耳

跋韓退之送窮文

送窮文蓋出於楊子雲逐貧賦制度始終極相似而逐貧賦類俳至退之亦諧戲而語稍莊文采過逐貧矣大槩擬前人文章如子雲解嘲擬宋玉答客難退之進學解擬子雲解嘲柳子厚晉問擬枚乘七發皆文章之美也至於追逐前人不能出其範圍雖班孟堅之賓戲崔伯度之達旨蔡伯喈之釋誨僅可觀焉況下者乎

書洛陽名園記後

李格非

洛陽處天下之中挾殽黽之阻當秦隴之襟喉而趙魏之走集蓋四方必爭之地也天下常無事則已有事則洛陽必先受兵余故嘗曰洛陽之盛衰者天下治亂之候也方唐貞觀開元之間公卿貴戚開館列第於東都者號千有餘邸及其亂離繼以五季之酷其池塘竹樹兵車蹂蹴廢而為丘墟高亭大樹煙火

焚燎化而爲灰燼與唐共滅而俱亡者無餘處矣余故嘗曰園囿之興廢者洛陽盛衰之候也且天下之治亂候於洛陽之盛衰而知洛陽之盛衰候於園囿之興廢而得則名園記之作余豈徒然哉嗚呼公卿大夫方進於朝放乎以一己之私自爲而忘天下之治忽欲退享此得乎唐之末路是矣

書五代郭崇韜卷後　張文潛

自古大臣權勢已隆極富貴已亢滿前無所希則必退爲身慮自非大姦雄包異志與夫甚庸駑昏闇茸鮮有不然者然其爲慮也實難不憂思之不深計之不工然異日釁之所起往往自夫至深至工是故莫若以正夫正者操術簡而周至者爲緒多而拙夫正者無所事計也行所當然雖怨仇不敢議之况繼之者賢乎郭崇韜於五代亦聰明權智之士也佐莊宗決策滅梁遂一天下自見功高權重姦人議己而莊宗之昏爲不足賴也

乃爲自安之計時劉氏有寵莊宗嬖之因請立爲后而中莊宗之欲又結劉氏之援此於劉氏爲莫大之恩而莊宗日以昏湎内聽婦言其爲計宜無如是之良者然卒之殺崇韜者劉氏也使崇韜繆計不過劉氏不能有所助而已豈知身死其手哉好謀之士敗於謀好辯之士窮於辯惟道德之士爲無所窮而禍福之變豈思慮能究之哉

書布衾銘後　　陸務觀

公孫丞相布被人曰詐司馬丞相亦布被人曰儉布被可能也使人曰儉不曰詐不可能也

讀唐志　　朱晦庵

歐陽子曰三代而上治出於一而禮樂達於天下三代而下治出於二而禮樂爲虛名此古今不易之至論也然彼知政事禮樂之不可不出於一而未知道德文章之尤不可使出於二也

夫古之聖賢其文可謂盛矣然初豈有意學爲如是之文哉有是實於中則必有是文於外如天有是氣則必有日月星辰之光耀地有是形則必有山川草木之行列聖賢之心旣有是精明神粹之實以旁薄充塞乎其内則其著見於外者亦必自然條理分明光輝發越而不可揜蓋不必託於言語著於簡册而後謂之文但自一身接於萬事凡其語默動静人所可得而見者無所適而非文也姑舉其最而言則易之卦畫詩之歌詠書之記言春秋之述事與夫禮之威儀樂之節奏皆已列爲六經而垂萬世其文之盛後世固莫能及然其所以盛而不可及者豈無所自來而世亦莫之識也故夫子之言曰文王旣沒文不在兹乎蓋雖已決知不得辭其責矣然猶若逡巡顧望而不能無所疑也至於推其所以興衰則又以爲是皆出於天命之所爲而非人力之所及此其體之甚重夫豈世俗所爲文者所能

嘗哉孟軻氏沒聖學失傳天下之士背本趨末不求知道養德以充其內而汲汲乎徒以文章爲事業然在戰國之時若申商孫吳之術蘇張范蔡之辨列禦寇莊周荀況之言屈平之賦以至秦漢之間韓非李斯陸生賈傅董相史遷劉向班固下至嚴安徐樂之流猶皆先有其實而後託之於言唯其無本而不能一出於道是以君子猶或羞之及至宋玉相如王褒楊雄之徒則一以浮華爲上而無實之可言矣雄之大玄法言蓋亦長楊羽獵之流而粗變其音節初非實爲明道講學而作也東京以降訖于隋唐數百年間愈下愈衰則其去道益遠而無實之文亦無足論韓愈氏出始覺其陋慨然號於一世欲去陳言以追詩書六藝之作而其弊精神糜歲月又有甚於前世諸人之所爲者然猶幸其略知不根無實之不足恃因是頗泝其原而適有會焉於是原道諸篇始作而其言曰根之茂者其實遂膏之

沃者其光曄仁義之人其言藹如也其徒和之亦曰未有不深於道而能文者則亦庶幾其賢矣然今讀其書則其出於諂諛戲豫放浪而無實者自不爲少若夫所原之道則亦徒能言其大體而未見其行探討服行之效使其言之爲文者皆必由是以出也故其論古人則又直以屈原孟軻馬遷相如楊雄爲一等而猶不及於董賈其論當世之弊則但以詞不巳出而遂有神徂聖伏之歎至於其徒之論亦但以摽掠潛竊爲文之病大振頽風教人自爲爲韓之功則其師生之間傳受之際蓋未免裂道與文以爲兩物而於其輕重緩急本末賓主之分又未免於倒懸而逆置之也自是以來又復衰歇數十百年而後歐陽子出其文之妙蓋巳不愧於韓氏而其曰治出於一云者則自荀楊以下皆不能及而韓亦未有聞焉是則疑若幾於道矣然考其終身之言與其行事之實則恐其亦未免於韓氏之病也

抑又嘗以其徒之說考之則誦其言者旣曰吾老將休付子斯文矣而又必曰吾所謂文必與道俱其推尊之也旣曰今之韓愈矣而又必引夫文不在茲者以張其說由前之說則道之與文吾不知其果爲一耶爲二耶由後之說則文王孔子之文吾又不知其與韓歐之文果若是其班乎否也嗚呼學之不講久矣習俗之謬其可勝言也哉吾讀唐書而有感因書其說以訂之

讀大紀

宇宙之間一理而已天得之而爲天地得之而爲地而凡生於天地之間者又各得之以爲性其張之爲三綱其紀之爲五常蓋皆此理之流行無所適而不在若其消息盈虛循環不已則自未始有物之前以至人消物盡之後終則復始始復有終又未嘗有頃刻之或停也儒者於此旣有以得於心之本然矣則

其內外精粗自不容有纖毫之間而其所以脩己治人垂世立教者亦不容其有纖毫造作輕重之私焉是以因其自然之理而成自然之功則有以參天地贊化育而幽明巨細無一物之遺也若夫釋氏則自其因地之初而與此理已背馳矣乃欲其所見之不差所行之不繆則豈可得哉蓋其所以爲學之本心正爲惡此理之充塞無間而使己不得一席無理之地以自安厭此理之流行不息而使己不得一息無理之時以自肆也是以叛君親棄妻子入山林捐軀命以求其所謂空無寂滅之地而逃焉其量亦已隘而其勢亦已逆矣然以其立心之堅苦用力之精專亦有以大過人者故能卒如所欲而實有見焉但以其言行求之則其所見雖自以爲至玄極妙有不可以思慮言語到者而於吾之所謂窮天地亘古今本然不可易之實理則反瞢然其一無所覩也雖自以爲直指人心而實不識心雖自

以爲見性成佛而實不識性是以殄滅彝倫墮於禽獸之域而猶不自知其有罪蓋其實見之差有以陷之非其心之不然而故欲爲是以惑世而罔人也至其爲說之窮然後乃有不舍一法之論則似始有爲是遁詞以蓋前失之意然亦其秉彝之善有終不可得而殄滅者是以剪伐之餘而猶有此之僅存又以牽於實見之差是以有其意而無其理能言之而卒不能有以踐其言也凡釋氏之所以爲釋氏者始終本末不過如此蓋亦無足言矣然以其有空寂之說而不累於物欲也則世之所謂賢者好之矣以其有玄妙之說而不滞於形器也則世之所謂智者悅之矣以其有生死輪迴之說而自謂可以不淪於罪苦也則天下之傭奴爨婢黥髡盜賊亦匍匐而歸之矣此其爲說所以張皇輝赫震耀千古而爲吾徒者方且蠢蠢焉鞠躬屏氣爲之奔走服役之不暇也幸而一有間世之傑乃能不爲之屈

而有聲罪致討之心焉然又不能究其實見之差而詆以爲幻見空說不能正之以天理全體之大而偏引交通生育之一說以爲主則旣不得其要領矣而徒欲以戎狄之醜號加之其爲吾徒又未嘗敎之以内修自治之實而徒驕之以中華列聖之可以爲重則吾恐其不唯無以坐收摧陷廓清之功或乃往遺之禽而反爲吾黨之詬也嗚呼惜哉

跋朱喻二公法帖

學書莫盛於唐然人各以其所長自見而漢魏之楷法遂廢入本朝來名勝相傳亦不過以唐人爲法至於黃米而欹傾側媚狂怪怒張之勢極矣近歲朱鴻臚喻工部者出乃能超然遠覽追迹元常於千載之上斯已奇矣故嘗集其墨刻以爲此卷而尤以樂毅書相鶴經爲絶倫不知鑒賞之士以爲如何也

跋唐人暮雨牧牛圖

予老於農圃日親犂耙故雖不識畫而知此畫之爲眞牛也彼其前者趾顧而徐行後者驤首而騰赴目光烱然眞若相語以雨而相速以歸者覽者未必知也良工獨苦詎不信然延平余無競出示此卷卷中有劉忠定鄒忠公題字覽之竦足使人起敬而龍山老人又先君所選士而余所嘗趨走焉者也俛仰存沒爲之慨然因識其後而歸之

跋向伯元遺戒

自佛教入中國上自朝廷下達閭巷治喪禮者一用其法老子之徒厭苦岑寂輒亦傚其所爲鄙陋不經可怪可笑而習俗靡然恬不覺悟在唐唯姚文獻公在今朝則司馬文正公關洛程張諸君子以及此世張忠獻公始斥不用然未能盡障其横流也近故朝議大夫向公伯元少受學於胡文定公晚年退處于家尊聞行知不知老而少懈及啓手足親書幅紙戒其子孫勿

爲世俗所謂道塲者筆畫端好詞意謹嚴與平日不少異諸孫士伯等奉承遺指不敢失墮既又謀刻諸石以詒久遠間以視熹熹竊以爲此書之行可爲世法觀者誠能因而推之盡袪末俗之陋以求先王之禮而審行之則斯言也不但爲向氏一門之訓而已因識其後以發之

跋程沙隨帖

唐肅宗中興之業上比漢東京固有愧而下方晋元帝則有餘矣故許右丞之言如此蓋亦有激而云者然元次山之詞歌功而不頌德則豈可謂無意也哉至山谷之詩推見至隱以明君臣父子之訓是乃萬世不可易之大防與一時謀利計功之言蓋不可同年而語矣近歲復有詒子妄爲刻畫以謗後之甚說之陋又許公所不道直可付一笑云

跋病翁先生詩

此病翁先生少時所作聞箏詩也規模意態全是學文選樂府諸篇不雜近世俗體故氣韻高古而音節華暢一時輩流少能及之逮其晚歲筆力老健出入衆作自成一家則已稍變此體矣然余嘗以爲天下萬事皆有一定之法學之者須循序而漸進如學詩則且當以此等爲法庶幾不失古人本分體製向後若能成就變化固未易量然變亦大是難事若果然變而不失其正則縱横妙用何所不可不幸一失其正却似反不若守古本舊法以終其身之爲穩也李杜韓柳初亦皆學選詩者然杜韓變多而柳李變少變不可學而不變可學故自其變者而學之不若自其不變者而學之乃魯男子學柳下惠之意也嗚呼學者其無惑於不煩繩削之説而輕爲放肆以自欺也哉

書廖德明仁壽廬條約後

匹夫單行而遇疾病無有妻拏之養親舊之託與夫室廬枕席

之具醫藥食飲之須則其輿曳驅馳暴露飢渴而轉于溝壑也必矣先王之政道路廬舍委積之法至詳至悉而不聞其及此豈有司者固失其傳邪國朝受命覆冒區宇涵育黎元百有餘年至於崇寧大觀之間功成治定惠澤洋溢隆盛極矣而上聖之心猶軫一失不獲始詔州縣立安濟坊居養院以收䘏疾病癃老之人德至渥矣中以多虞不無廢缺近歲以來頗復修舉而莆之爲郡縣者猶未暇也今其大夫廖君德明獨有感焉乃即縣南爲舍一區牓曰仁壽之廬使凡道路往來疾病之民咸得以託宿而就哺又請於郡得廢寺之産歲入粟若干斛者以供藥餌給奉守猶恨其力之不足而恐其惠之不廣也乃叙其本末而爲之條約間以示余請記其事以告後人冀有以卒成其志而不壞於久遠也余惟廖君於此實舉先朝已墜之典以活中路無告之人固學道愛人之君子所樂聞而願聽者又何

待於余言哉姑爲書其條約之後俾并刻焉庶幾來者尚可考也

題贈地理卷後　張敬夫

景純葬書東漢以前無有也今之談地理者率以爲印龜然富貴利達當自致未可專以地理言夫景純既能知水之爲陸乃不能逆善其先人之窀穸以自全何哉蓋吉凶由人盡信書則不如無書且以不才之子不學之儒有能以地理而取科第者乎不仁之人不善之家有能以地理而保生產者乎不業之農不耕之田有能以地理而成穀實者乎苟不求諸我而徒求諸富貴利達之報於彼終無已夫建溪吳叔靖學景純之學游士夫間然叔靖固非誤人者正恐人不自脩反誤叔靖耳語曰吉人凶其吉凶人吉其凶叔靖以此語人必以余言爲然而汲汲乎人事之自脩則叔靖之術因是而益驗矣

讀漢書　　黃東發

貨殖傳首所叙備極古今之變可謂本本原原之論矣讀之令人三歎所傳自計然以來固以紀事變之始而以子贛參其間則不可之大者也夫子所稱貨殖云者若曰富貴在天有志於道者所不必問而賜乃未能忘情焉則於進學有妨未至於顏子之庶焉耳豈若後世生產作業孜孜於利者哉且以子贛孔門高弟而下與區區頫拾仰取者同科以纖瑕而汚拱璧又豈所以爲賢者諱耶雖然以贛之賢而微有貨殖之心已爲班氏所辱如此爲吾徒者亦可以戒矣

雋不疑剛而能斷其引蒯聵以折戾太子特一時應卒之機耳於經義則未合蓋昭帝親受先帝天下太子久廢君臣之分久定使戾園在亦不過退就藩邸奉朝請耳與衛輒不受命而自立以子拒父者非類也

三山郡泮五賢祠記後語　熊去非

僕於鼇峰創小精黌中爲夫子燕居配以顔曾思孟次以周程張朱或曰文公竹林精舍以六君子從祀先朝取其法行之太學達于郡縣今邵馬二賢不與無乃非文公初意邪曰從祀之典凡先儒有功聖門者咸在若配食非得夫聖統正傳者不與也此五先生吾無閒然矣若邵馬張呂諸賢固已秩在從祀文公賛六君子乃一時景行先哲之盛心竹林祠又增延平先生爲七賢以致尊師之意是故各有攸當非可以此爲擬也輒申其義一尊道有祠爲道統設也古者建學立師教學爲先而所學則以道德功言爲重而道總名也太上立德其次立功其次立言是皆非有得於道不可立德者道之本也立功者道之用也立言者所以載道之文也言學而無見於道則不足以爲學言道而無見乎道之全體亦不足爲道矣是

故一善之德亦可以言立德一時之功亦可以言立功一語之有關於世敎亦可以爲立言而皆無見乎道體之全則不足與乎道統之正矣今觀六經之文皆德被生民功加萬世堯舜禹湯文武周公孔子之傳在是自是之後四代禮樂之具惟顔氏有之晚年則惟曾子所傳獨得其宗曾傳之思思傳之孟大學中庸七篇之書具見道喪千載直至濂溪明道伊川橫渠晦庵五先生而後此道大明于世而其學皆足以爲天地立心生民立極往聖繼絶學萬世開太平其立德立功立言未有大於此者矣若夫康節涑水謂非世之大賢不可而其學視此有間矣駕風鞭霆之英傑非可準繩規矩之君子同科空中樓閣自是宇宙間一卓偉之見觀其玩視古今游戲物外出言制行不免近於高曠非可爲世崇法也若涑水之方行苦節制行非

不誠一而前輩謂欠那致知一段如尊楊雄而疑孟子黜漢統而帝曹魏自有不可揜者故五先生直可以繼顔曾思孟之次配食夫子而邵馬則仍舊從祀之典可也

一孔庭之祀按貞觀二十一年顔回以下次以左丘明等二十二人升侑尼父開元八年始塑十哲繪七十弟子及二十二賢于壁二十七年又以曾參而下止六十七人遂以杜佑通典所載益以林放等五人以足七十二人之數此不過唐禮官一時建議世仍唐制至今按爲定式竊謂學者尊事聖賢春秋享祭非但崇飾俎豆姑以盡報本之心必其平時真有信慕服行之素則斯道氣脉相屬今姓名眛眛尋常方冊之間耳目尚有不接一旦對越之際肸蠁豈易遽通此文公竹林之祀所以止於顔曾思孟配饗六君子從祀今所在書院按此爲法亦恐其煩也程子本言

十哲世俗之論予之晝寢㑣裒求之聚斂具臣已見責於聖門況顏子既升配饗又增子張爲十哲果何義耶十哲之外若南宮括宓子賤蘧伯玉曾皙漆雕開澹臺滅明原憲有若公西赤之徒班班見於傳記此其當正者一又七十二賢之下益以諸儒二十二人此唐禮官見其六經三傳曾有訓詁之勞故悉從而位置之不復甄別西都承秦絕學若伏生之書毛萇之詩大小戴之禮左氏公穀之春秋與鄭孔諸儒之傳疏雖不無同異謂其無羽翼聖經之功不可也學必根理文必稱行馬融爲竇憲作奏草誣陷忠良漢祚以傾平日聚徒著書竟亦何用杜預建短喪之議自背於春秋王弼尚老莊之學自背於易凡若此類訓詁何取此其當正者三又如孟氏之說無傳濂洛奏興之前寥寥千載獨一董仲舒學最正行最醇顧不得秩在從

祀而楊雄美新投閣不能損綱目莽大夫之書荀况以性爲惡以禮爲僞大本已失至今二人上與孟子同列下猶不失與王通韓愈並稱此其當正者三宋諸儒如康節涑水南軒東萊四賢固已在從祀泝其淵源豈無尚有當攷論者道無二統不合不公誠有作者表章正學統一聖真首之京師逹之郡縣大明學校祀典一正天下人心凡若此類首宜損益决不可以唐開元一時禮官無識之輕議遂以爲千萬世不刊之定典也

一或謂程張坐次以竹林之祠爲定固不以家庭之私妨學校之公矣然則顔曾子思以坐像配享堂上顔路曾晳伯魚以立像從祀廡下或者疑焉曰是不可以此爲斷矣學莫大於明人倫人倫莫大於父子子坐堂上父立廡下非人道一日可安也且子雖齊聖不先父食必仍今之制則

宜別設一室以齊國公叔梁紇居中南面顔路曾皙孔鯉孟孫氏侑食西嚮春秋二祀先聖酌獻之時以齒德尊者爲分獻官行禮齊國之前配位如之兩廡更不設位如此則可以示有尊而教民孝矣有王者作禮當損益不可瀆也

一京師天子祀典宜自伏羲神農黄帝堯舜禹湯文武自前民開物至後天致用道德功言載之六經誠後世天子公卿所宜取法者也若以伏羲爲道之祖神農黄帝堯舜禹湯文武各以次而列焉皐陶伊尹大公望皆見而知者周公則不惟爲法于天下而易詩書所載與夫周禮儀禮皆可傳於後世至若稷之立極契之敷教夷之降典益之賛德傅説之論學箕子之陳範是皆可以與享於先王者天子公卿所宜師式也以此秩祀天子之學宜之若孔子實兼祖述憲章之任其爲天下萬世通祀則自天子下達矣

讀藥書漫記　　元劉夢吉

人秉是氣以爲五臟百骸之身者形實相孚而氣亦流通其聲色氣味之接乎人之口鼻耳目者雖若泯然然其在我而同其類者固已胎焉而相合異其類者固已怫然而相戾雖其人之身亦不得而自知也如飲藥者以枯木腐骨蕩爲齏粉相錯合以飲之而亦各隨其氣類而知焉蓋其原一也故先儒爲酸木味木根立地中似骨故骨以酸養之金味辛金之纏合異物似筋故筋以辛養之鹹水也似脉若火也似氣甘土也似肉其形固已與類矣而其氣安得不與之流通也推而言之其吉凶之於善惡亦類也

天生此一世人而一世事固能辦也蓋亦足乎已而無待於外也嶺南多毒而有金蛇白藥以治毒湖南多氣而有薑橘茱萸以治氣魚鱉螺蜆治濕氣而生於水麝香羚羊治石毒而生於

山蓋不能有以勝彼之氣則不能生於其氣之中而物之與是氣俱生者固必使有用於是氣也猶朱子謂天將降亂必生弭亂之人以擬其後以此觀之世固無無用之人人固無不可處之世也

題倪生蘭亭卷　　柳道傳

貞觀間蘭亭始出趙模諸葛政馮承素韓政實專臨搨之事而褚河南虞永興諸公又別臨之乃若蔡君謨薛紹彭黄魯直米元章之在宋尤以此爲慱雅中一竒事定武本最先入石而於其間又有肥本瘦本五字損本不損本之異自重鐫别刻相望而起歐六一集古録跋尾凡九首而尤有取於蜀實月本不少董家聚古法書蘭亭本多至三百賈魏公亦数十本如王枕則以燈影縮而少之者耳世之考論蘭亭往往以蟹眼懸針金龜八字細疊杵痕决其真贗是未必然臨書如傳神寫照區區求

之形似抑已末矣昔予嘗從縉紳先生備論茲事因俔生仲權以此卷相示姑即其所聞試一論之

讀禹貢

洪武朱伯賢

愚讀禹貢而知聖人之書法謹而有辨也其載九州山川地理曲折及貢賦封域之事言簡義密詞嚴意周一字之間含蓄無盡如書山川廣平曰原下濕曰隰山南曰陽水北曰汭地高曰丘再成曰陶高平曰陸瀦水曰澤其土色無塊曰壤土黏曰埴脉起曰墳青黑曰黎玄而疏曰壚其草木少長曰夭上竦曰喬繇言其茂條言其長叢生而積曰包其水道因水入水曰達循行水涯曰沿舟行水上曰浮絶水而渡曰逾曰亂大水合小水謂之過小水合大水謂之入二水勢均相入謂之會會而合于一謂之同其治功除木曰刊祭山曰旅致功曰績可種曰藝可治曰乂順其道曰從得其正曰殷經始治之謂之載已盡平治

謂之旣其賦法最薄曰貞雜出曰錯其貢法常獻曰貢器盛曰篚包裹曰包待命曰錫非一物曰錯凡例不過四十而千萬世之豐功盛德盡在是矣因詮次之以便覽者

跋三官祠記

宋景濂

右揭文安公所造曲阿三官祠記道士白虛顥俾予識其後按漢熹平間漢中有張脩爲太平道張角張魯爲五斗米道而魯尤盛蓋自其祖陵父衡造符書於蜀鶴鳴山制鬼卒祭酒等號分領部衆有疾者令其自首書氏名及服罪之意作三通其一上之天著山上其一薶之地其一沉之水謂之天地水三官三官之名實昉於此也大至高者天至厚者地水縱大亦兩間一物爾何得與天地抗哉今並稱之爲三是必有其說矣公執文章政柄呼喩一世乃議不及此而鋪張鬼神之情狀一切歸諸道家公之立言誠未易窺測哉虛顥往南陽見著絳帊頭鼓瑟焚

香者幸以公文問之

書穆陵遺骼

矧至元二十年甲申僧嗣古妙高上言欲毁宋會稽諸陵江南總攝楊輦真加與丞相桑哥相表裏爲姦明年乙酉正月奏請二僧言發諸陵寶器以諸帝遺骨建浮屠塔於杭之故宮截理宗頂以爲飲器大明洪武二年己酉正月戊午

皇帝御劄丞相李善長遣工部主事谷秉毅北平大都督府及守臣吳勉索飲器於西僧汝納鑒藏深惠付應天府守臣夏思忠以四月癸酉瘞諸南門高座寺之西北明年庚戌六月庚辰

上覽浙江行省進宋諸陵圖遂命藏諸舊穴嗚呼

上之德可謂至矣哉

讀宋徽宗本記

徽宗爰自端邸入正宸極呼吸雷風舒慘陽陰赫然有爲聞于

天下於是叙復正人宏開言路意臻時雍之治以復祖宗之舊會未旋踵卒改所圖委政姦回托國閹竪鼎軸非據節鉞妄加狐貍嘷於闕庭鬼蜮潛於宮掖置編類之局樹黨人之碑倡言紹述擠陷忠良百僚側足四國寒心群兇方爲得志力陳豐豫之說開大晟府以制雅樂用魏漢津而鑄九鼎文飾太平詐言符瑞八寶誕受玄圭肇錫金芝出于簷脊祥麟毓於牛腹由是侈心寖生邪欲轉熾大興土木之役創運花石之綱艮岳排空絳霄凌漢殫極工藝之巧鈎致珍恠之物君臣酣飲上下荒淫俾晝作夜以亂爲治至同臣庶之服恣行期門之事燕之妖人乘釁蠱惑帝聰天神降于坤寧璇宮遍于寰宇玄科秘籙方崇醮祠之儀大虛金壇遂定道階之品其視法獘令乖民生塗炭將驕卒弛邊備摧落縱有耳而不聞雖有奏而弗鑒皇天震怒災異洊臻黑眚見於禁禦赤氣亘於紫宮大水冐於都城妖狐

升於御榻咸謂適然益開戎釁滅天祚而亡兄弟之國結女貞而進虎狼之虜卒起狡謀遂成反噬張瑴之降始受粘罕之師已出肆其封豕之威如蹈無人之境蹂踐我檀薊侵軼我代朔攻擣我太原圍逼我京闕三鎮之割方急六賊之誅已緩及夫金兵再出力遂不支瓦解土崩魚爛河決宮闕淪辱宗室剪夷哭聲振天赤血滿地翠華北狩遠臻漠北之區父老見思徒洒山東之淚自非義士集勤王之師謀臣建南渡之策則九廟神靈不血食矣嗟夫成湯務德帝命式於九圍紂爲不道身死周人之手聞以一人治天下未聞以天下奉一人奈何窮奢極侈毒痡四海百萬生靈彼實何辜其身亡國破爲萬世笑非不幸也宜也傳曰惟命不惟常道善則得之不善則失之可不畏哉

書徐進善三命辨後　蘇平仲

以五十一萬八千四百之四柱包括天下古今生人之命蓋坊

於虛中夫造化之妙其變莫測雖聖人有所不能知而欲以有限之數推無窮之命誠哉難乎矣其四柱同其賢愚異者有之其四柱同其貴賤異者有之其四柱同其脩短異者有之其四柱同其休咎異者有之存乎世運焉爾存乎地域焉爾存乎氣候焉爾存乎禀賦焉爾否泰理亂升降消長此之謂世運五方九州山川限隔此之謂地域一時離爲八刻一刻離爲初中末此之謂氣候受形之初胎氣所鍾此之謂禀賦禀賦有厚薄氣候有早晚地域有南北世運有盛衰明盛衰之機別南北之辨早晚之節權厚薄之等以斷賢愚貴賤脩短休咎之故此談命者之所以徵也豈惟四柱哉豈惟四柱哉原性讀書而邃於方技進善之論如彼余之說如此原性其亦能折衷之也

書蘇伯脩御史斷獄記後 元至正中作　劉伯温

往歲朝廷慮天下斷獄之未審用中書御史臺議遣官審覆論

報僕時居山間聞人言之山嶽震疊如雷雨之將至陰風鳴條飛電爍目豪氓猾吏竄伏如鼠俱自期不能免而銜冤抱痛之民莫不伸眉引項若槁葉之待滋潤及其至則風止雨霽望者如敗軍之歸而畏者如鷹隼之脱絛而得扶搖也則怪而問于老成更事之人咸曰斯大獄必視成案苟無其隙不得而更焉因退自大息曰苟如是烏用是審覆者爲哉於是大信刀筆之真能生死人矣既又聞諸人曰非朝廷意也奉命者之不恪耳及觀國子博士黄先生所叙御史蘇公慮囚湖北所平反事曷嘗拘於成案哉然後知賢人所爲固與衆人異矣夫以一湖北之地公一巡歷而所平反者八事所擿豪右之持吏而尼法者又數事豈他道之無冤民耶無蘇公而已矣僕往嘗觀于牧民之以簡訟名者之其庭草生于階視其几塵積于牘徐而訪于其鄉察其田里之間則強梁横行怨聲盈路問其故曰官不受

詞無所訴受之而已矣大吏至則曰官能不生事民譁非官罪也則皆扶出之訴者悉含詬去則轉以相告無復來者由是卒獲簡訟之名嗚呼輿圖廣矣不皆得蘇公彼上報于朝者又將獲俻事之賞矣然後怨憤之氣拗而爲鬬殺激而爲盜賊鬱而爲災沴上應乎天誰之咎哉嗚呼使人人如蘇公刑期于無刑不難矣明天子在上庶其見之則求諸老成以爲典刑舍是編其奚適哉

題王右軍蘭亭帖

王右軍抱濟世之才而不用觀其與桓温戒謝萬之語可以知其人矣放浪山水抑豈其本心哉臨文感痛良有以也而獨以能書稱於後世悲夫

文章辨體卷之四十

文章辨體卷之四十一

海虞後學吳訥編集

雜著

詰鳳

唐陳黯

楊雄云君子在治若鳳在亂若鳳謂隱見之得宜也迨覽其劇秦美新則有異乎是雄仕漢遇新室之亂旣不能去之又懼禍及乃爲斯文以媚而取容嗚呼鳳固若是耶果若是則鳳遇繒繳而猶徊翔其間耶君子之仕也所以行道道之不行也則可以明其節彼莽之不臣雄時在列宜以君臣之義與古之理匡救之以行其道苟畏其威愛其死則可抜簪高謝以明其節詎有苟祿貪生徇非飾詐廣引秦過以喻惡德則是稔其篡逆也與古之持顛危死名節者背而馳也嚮者所著若鳳之説得不爲誣鳳也哉雞常禽也曉晦而不迷其候鳳靈鳥也在亂而不

知其時耶噫言之不思有如是耶或曰古人臨危制變亦權道也雄知莽之不可匡也故矯爲其辭姑務脫禍是亦權也何過之深歟曰不然夫權者聖人有焉所以不失其道未見捨其道而從其權昔仲尼仕魯以季桓子荒齊樂知其不可匡也乃去之曾不聞矯爲其辭以求庸於魯雄慕仲尼之教以著書立言爲事夫立言者豈不欲人之從教耶且已不能信又况求信於人乎語曰君子先言而後從之斯言可欺也哉

拜禹言　李翺

貞元十五年六月二十九日隴西李翺敬再拜禹之堂下自賓階升北面立弗敢歎弗敢祈退降復敬再拜哭而歸且歌曰惟天地之無窮哀人生之長勤往者予弗及來者吾弗聞已而已而

鞭賈　柳子厚

市之鬻鞭者人問之其賈宜五十必曰五萬復之以五十則伏而笑以五百則小怒五千則大怒必五萬而後可有富者子適市買鞭出五萬持以夸余視其首則拳蹙而不遂視其握則蹇仄而不植其行水者一去一來不相承其節朽黑而無文材指之滅爪而不得其所窮舉之翲然若揮虛焉余曰子何取於是而不愛五萬曰吾愛其黃而澤且賈者云余乃召僮爚湯以濯之則遬然枯蒼然白嚮之黃者梔也澤者蠟也富者不悅然猶持之三年後出東郊爭道長樂坂下馬相踶因大擊鞭折而爲五六馬踶不已墜於地傷焉視其內則空空然其理若糞壤無所賴者今之梔其貌蠟其言以求賈技於朝者當其分則善一誤而過其分則喜當其分則反怒曰余曷不至於公卿然而至焉者亦良多矣居無事雖過三年不害當其有事驅之於陳力之列以御乎物以夫空空之內糞壤之理而以責其大擊之效

惡有不折其用而獲墜傷之患乎

跛奚移文

宋黃魯植

凢人物生世靡不有用在用之盡其所能爾山谷跛奚文蓋以風切當世司用人之柄者云

女弟阿通歸李安詩爲置婢無所得迺得跛奚蹣跚離蹝不利走趨頷出屋櫓足逹戶樞三嘔挽不來兩嘔推不去主人不悅厨人罵怒黃子笑之曰堯牽羊而舜鞭之羊不得食堯舜俱疲百羊在谷牧一童子草露晞而出草露濕而歸不亡一羊在其指撝故曰使人也器之物有所不可則亦有所宜警夜偷者不以馬司晝漏者不以雞準繩規矩異用殊施天傾西北地缺東南尺有所不逮寸有所覃子不通之則屨不可運土簣不可當屨坐而睨之大小俱廢子如通之則瞽者之耳聾者之目絕利一源收功十百事固有積於一則盡善徧用智則無功有所不

能乃有所大能焉呼蹴奚來前吾爲若語之汝能與壯士拔距乎能與群徂賦茅乎能與八駿取路乎能逐三窟狡兎乎皆曰不能曰是固不能闉門之內固無所事此今將語若可爲者汝無狀於行當任坐作不得頑癡自今謹飭晨入庖舍滌鎗侖釜料簡蔬茹留精黜捅臠肉法欲方膾魚法欲長麪溲如截坊煮餅滌注湯和麋勿投醯虀臼晚用薑葱漆不欲集旋俎不欲黃飯不欲著牙揚盆勿駐沙進火守烓水沃沸咢酙酌虀芼生熟必告姨⿰女監臨食爬垢撩髮⿱桀糸揩䑛杓嘬㦰懷骨事無小大盡當闢白食了滌器三正三反抆拭盥潔寢匙覆椀陶瓦緐素視在謹數兄弟爲行牲牝相當日中事間浣衣漱襦器襪器淨謹循其袀素衣當白染衣增色梔鬱爲黃紅螺蚜光挼藍杵草茅鬼稾皁漿腴粉白無不媚好燥濕處亭尉帖坦平來往之役資宅使令牛羊下來喚雞棲桀撐拒門關閑護草竊飲飯猫犬烟塞

鼠穴几烏攫肉猫觸鬬犬舐鎗鼠窺甌皆汝之罪也春蠶三卧升簇自累七晝七夜無得停火紵麻藤葛蕉維絺綌錫疎手作無有停時紾緝偷工夫一日得半工一縷亦有餘暑時蘊蒸扇凉窗冰薰艾出蚊求盤去蠅果生守樹果熟守莒執弓懷彈驅嚇飛鳥無得吭嘗日使殘少姆嫗罵譏瘧痢泄嘔天寒置籠衣食畢烘搔痒抑痛炙手搁凍無事倚牆鞻履可作堂上吽呼傳聲代諾截長續短凫鶴皆憂持勤補拙與巧者儔凡前之爲汝能之不跛奚對曰我缺於足猶全於手如前之爲雖勞何咎黄子曰若是則不旣有用矣乎皆應曰然無不意滿

責沈貽知默姪　陳了翁

適越而北轅越不可至徙越人而置於齊里則越語可易而爲齊然則氣質一定不能易其習者非以其不學歟氣質之用狹道學之力大天氣而地質無物不然人藐乎其間亦一物耳物

與物奚以相遠或哲或愚不係其習乎思誠之道莫先於學務學之要在於求師顏子之不遷不貳得於孔子睎顏之人將孰師焉葉公門孔子於子路子路不對夫葉公有知人之明有謀國之忠愛賢而得民慎微而憂遠其事皆有可稽其遺語之記於緇衣者亦可覩焉楚國之賢誰出其右子路非慢賢者也魯有仲尼而彼不知焉則於其問也何足對哉陳良楚產也而能使北方之學者莫或先之故孟子以良爲豪傑之士爲其能悅周公孔子之道而已不知仲尼則雖賢如子高亦孔門之所不對也爲事而稽古者可不鑑哉予元豐乙丑爲貢院點檢官適與校書郎范公醇夫同舍公嘗論顏子之不遷不貳惟伯淳有之予問公曰伯淳誰也公默然久之曰不知有程伯淳耶予謝曰生長東南實未知也時予年二十九矣自是以來常以寡陋自愧得其傳者如楊中立先生亦未之識也崇寧初兄子漸就學其門時予在合浦始

獲通問予之内訟改過賴其一言漸於是時亦以所聞警予之繆予始忽其言久而後知其爲藥石也今漸來天台考其學益進問其言益可喜陶染薰鑄有自來矣舉修步於南溟觀洪瀾於北壑此可遠之基也始之不謀何以得此古之善學者心遠而莫禦然後氣融而無間物格而不二然後養熟而道凝山上有木其進也漸合抱之幹豈一朝一夕之可俟哉人之患在不立其基基立而不勉亦何以愈於彼乎物之終始可不嚴哉予以多言取禍尚未誅殛戴恩自幸不知歲月之久而生死之有二也既老且病手痺目昏簡編筆硯殆將捐棄今於漸之行不能忘言作責沈以貽之喜漸之能謀其始而篤之使有成也

字朱元晦祝詞　劉屏山

冠而欽名粤惟古制朱氏子熹幼而騰異交朋尚焉請祝以字字以元晦表名之義木晦於根春容曄敷人晦於身神明内腴

昔者曾子稱其友曰有若無實若虛不斥厥名而傳於書雖百世之遠也揣其氣象知顏氏如愚迹參並遊英馳俊驅豈無他人夫誰敢居自諸子言志回欲無伐一宣於聲終身弗越陋巷闇然其光烈烈從事於茲惟參也無慚貫道雖一省身則三夾輔孔門翺翔兩驂學的欲工吾知斯之爲指南惟先吏部文儒之粹虙炳有珍文華其繼來茲講磨融融意意眞聰廓開如原之方駃望洋淼瀰老成縮氣古人不云乎純亦不已悵友道之衰變切切而唯唯子德不日新則時予之耻勿謂此耳充之則充借曰合矣宜養於蒙言而思毖動而思蹟凜乎惴惴惟顏曾是畏

正紀

洪武胡仲伸

六合之大萬民之衆有紀焉而後持之何紀也曰天紀也地紀也人紀也天紀不正不足以爲君地紀不正不足以爲國人紀

不正不足以爲天下何謂天紀天子無所受命者也其所受命者天也故國君受命於天子天子受命於天義至公也堯有天下七十載而得舜舜有天下五十載而得禹舜以德禹以功其得天下也不曰堯舜與之而曰天與之也由禹之後桀承其紀而自絶於天故湯放之由湯之後紂承其紀而又絶於天故武王伐之天下不以湯武爲簒而曰此天吏也天之所廢孰能興之天之所興又可廢乎皆歷數也虞夏商周之取與異道皆推至誠以順天者也而後世欲以詐力爲之始亂天下之大義矣何謂地紀中國之與夷狄内外之辨也以中國治中國以夷狄治夷狄勢至順也自三危積石負終南地絡之陰抵大華而北逾大河並太行抵恒山之右循塞垣至於濊貊朝鮮是謂北紀胡門也自岷山嶓冢負地絡之陽並南山抵上洛而南逾江漢至於荆衡循嶺徼至于百粤是謂南紀越門也其間包有冀兗

青徐荆揚豫梁雍之地上黨天下之脊也弘農分陝兩河之會也其外四夷居之風氣不同習俗亦異虞有三苗之叛周有昆夷之患雖有聖人不能使之同仁從其族類可也而後務勤遠畧欲以冠帶治之始失天下之大勢矣非一朝一夕之故也由漢之後汨天之紀者莫曹操若也由晉之後汨地之紀者莫劉淵若也魏晉之事衰世之事也以唐高祖太宗之爲君而不能挈天下歸之正者何也高祖起兵晉陽下西河取臨汾鼓行而入長安除暴隋之禁約法十有二條民懷其德威震海内與漢何異哉漢王即位汜水之上蕭王即位鄗南君子與之唐受隋禪獨不與焉非有惡於唐也楊廣殺父與君天下之首惡也與天下誅之大義也不知出此而從事於繁文僞飾猶竊人之鐘自掩其耳知其不可而猶爲之是以魏晉自處矣太宗承武德之後以百戰之師命李靖等將之擒頡利降伊吾平党項西通

吐蕃回紇南致謝元深空人之國俘人之衆驁然自以秦始皇漢武帝不若也魏徵言之不聽顔師古李百藥言之又不聽好須臾之名忽將來之患卒從温彦博之議虚漠南之境徙其部落居吾内地留其君長備吾屯衛而帝加號天可汗刻之璽書是以夷狄自處矣以夷狄處者以夷狄與之以魏晋處者以魏晋與之春秋之義也蓋將以正天地之紀也天地之紀不正雖有人紀君臣也父子也夫婦也朋友之交也長幼之序也何自而立哉而人紀之在天下固有不可泯焉者也當魏晋之初毛玠荀彧雖以操之奉獻帝爲扶弘義示至公爲當時之士如甘寧周瑜金禕耿紀之徒奮不與之淵雖尊漢安樂自謂漢氏之甥而孔恂逆知其奸睦夸不仕其朝忠臣孝子遭時多難未嘗不駢首接跡於當世鼎鑊在前而不辟刀鋸在後而不顧吾以是知生人之紀未嘗泯也有能正者豈難也哉故天下莫要於

人紀莫嚴於地紀莫尊於天紀亂其一則其二隨之亂其二則三者夷矣漢不亂則操固漢之征西也晉不殘則淵固晉之都尉也天地之紀不正由生人之紀先紊之也非秦隋之亂漢高帝唐太宗亦何自而興哉漢承秦之變變而近正者也唐承隋之變變而不善正者也二紀之立其堯舜禹湯文武之世乎善爲天下者亦法乎堯舜禹湯文武而已矣

尚賢

人君兼天下之所有以貴則天下莫與侔其勢也以富則天下莫與較其利也以權則天下生殺之所由懸也何求而不得何爲而不成而必有待於賢者知天下不可自用也人雖聰明睿知一堵之外目有所不見十室之間耳有所不聞萬鈞之重力有所不舉百工之事能有所不通況天下大器也舉天下之大器重任也而三代王者或以不明而克綏先祿或以幼冲而弘

濟多難或負過人之才強力辨捷而遂亡國喪家不保其身豈
天下之大器重任材力者有所不堪而幼冲不明者豈能勝哉
大甲成王以有伊尹周公爲之輔佐故天下不勞而治夏癸商
辛有終古龍逢而不能聽有膠鬲商容而不能用故天下不治
而底于滅亡用得其人則大甲之不明成王之幼冲可以遷善
改過緝熙光明而爲令主不得其人而自用之則雖夏癸之勇
力商辛之辨捷負過人之才而不免爲獨夫得失之幾不可不
審也亡國之人非盡不肖輿王之臣非必皆賢天之生才何代
無之伊尹仲虺巫咸甘盤傳說非盡生於亳邑也閎夭泰顛散
宜生南宫适大公望畢公毛公非盡出於豐鎬也亦非素有位
而貴也遇之以其道則耕築漁釣遠近田野海濵之人皆起而
任公卿大夫之責伊尹傳說大公望之於商周是也遇之不以
其道雖千乘之國萬鍾之粟曾不足以延縉紳游談之士孟軻

氏之於齊梁是也道合則合道離則離去就之義不可苟也至
治之世以德相尚天下無不可仕之國故君爲官擇人而臣無
擇官士患德不脩不患無聞也患業不廣不患無位也德脩而
業廣矣雖欲處衡門而樂考槃也詢衆庶者在閭其能舍乎興
賢能者在鄉其能不舉乎由鄉而達於諸侯貢于天子之廷三
適者受上賞不賢者貶爵土則諸侯之責重矣賢者受之以官
大賢授大官能者任之以事大能任大事則天子之任又重矣
商周之盛上無曠官下無遺才其君臣遇合葢如此周德既衰
春秋戰國之際不能統一於是君擇臣而臣亦擇君以事之然
猶以義相尚侯嬴魏夷門監也而魏之公子枉車騎虛左迎之
毛遂趙下士也而楚烈王願奉社稷歃血聽之魯仲連東海布
衣也居邯鄲圍城之中不肯西面而帝秦人以爲天下士也暨
然負其高世之志伸大義於諸侯之上漢唐數百年之盛未有

皆其風烈者高帝太宗解衣輟哺傾身散財從海内之士舉天下於反掌之間傳世永久當是時也曰奇士者有矣曰國士者有矣求所謂天下士果何人哉士氣卑而主勢崇偈偈焉以權利相任使其人固有不屑者矣如魯兩生野王二老世豈盡知之乎夫揭數尺之竿懸尋丈之緡鉤螾爲餌而投之河海所得者鰌鮒之肉耳吞舟之魚終不足致也其爲術亦疏矣人主之心其精神念慮與天地相酧酢苟積至誠廓至公求天下之賢以寅亮天工孰不風動而應之於下天下至廣人才至衆其要莫先於論相相之賢否官之得失所係也官之得失政之隆替所係也由君子言之是猶後世之論相也未能盡古之道也治天下有本君之謂也治天下有要賢之謂也其本正者天下不勞而治其要得者天下之本不勞而正漢唐之君莫或知之其有天下非不求賢也其求而用之者不過以郡國之政有不舉

耳朝廷之治有不備耳公卿大夫之職有不稱耳未嘗知正天下之本也爲公卿大夫者亦以爲能寄郡國之政佐朝廷之治於職足矣未有能正天下之本者也王伯之畧混聖賢之道塞非此其故乎盖至趙宋而後世之君子有以此爲任者而其主不能擇也帝王之大經大本託之空言而無補當此之時得君專且久者皆時匪人假儒術以濟其奸者也易言拔茅連茹泰之君子以此進其君子否之小人亦以此進其小人二者迭爲消長故知人之難非獨難於君子而深難於小人至於君子之小人則又難也其言辨其行堅其見聞之博足以出人之不能其情貌之深足以欺人之不測其知術之巧足以移人所好而不悟其才藝之美足以行人所難而不憚其名君子實則戾也辨之不早去之不果植爲朋黨惡知其非君子也雖有君子横罹口語又惡知其非小人也知人則哲帝陶唐氏猶難之共工

崇伯之屬衆所共賢者也而帝獨以爲非賢其後果不賢也於是去之而帝之庭無惡人矣於是禹皐陶爲帝臣者皆得著其成績人主欲進賢而不能遠小人不足以言知人不知人不足以言得人非常之士待非常之主然後用之天降時雨山川出雲於此時也蓋必有之矣其與於此時予必得而見之矣

愼習

天下之勢窮則變由治而趨亂者其變易雖一愉人懷之而有餘由亂而趨治者其變難雖合天下之智力爲之而不足由秦以來天下之變數矣議者莫不慨然欲追復先王之舊歷漢唐千數百年而卒循乎秦人之敝者此豈其勢難而力不足哉荀卿子曰法後王一天下制度又曰法二後王謂之不雅蓋卿有以啓之也自卿之論興其徒李斯用之以相秦凡可以變古者莫不假秦之柄奮其恣睢之心而爲之雖商鞅之刻薄不若是

之烈也鞅廢井田止秦之土地改法令止秦之人民而斯也尊主爲皇帝擧天下以爲郡縣擧天下不復有井田夷其城郭銷其兵刃人主之勢孤立於上而怨起於下計無所出益倒行而逆施之燔詩書以塗民之耳目黜儒術以滅天下之口說聽守者律令也所師者刀筆吏也其變既極其習既成秦亡而漢承之聖王之繼亂世掃除其迹而悉去之崇教化而興起之此其幾也陳經立紀以爲萬世法程此又一幾也高帝以寬仁定天下規模宏遠矣然未嘗有一於此其後賈誼言之於文帝董仲舒言之於武帝皆不能用又其後王吉言之而宣帝恬不以爲意觀高帝命叔孫博士之言今度吾所能行爲之天下事孰非人主所能者柰何帝之自畫如此而群臣不足佐之創業之君後昆所取法由是而文帝有卑之無甚高之喻宣帝有漢家自有制度之語當更化而不更化當改制而不改制一切緣秦之

故雜伯以爲治逮于中興光武以吏事責公卿顯宗以耳目爲明察文法密而職任遠辨急過而恩意少雖從事儒雅投戈講藝臨雍拜老有緝熙揖讓之風未能盡更化改制之實也故朱浮言罷斥之擾於前陳寵建輕刑之議於後建初之政所以濟永平之失也之數君者在當時號爲賢主且去古未遠而因陋就簡未嘗取先王之法一試爲之爲之而不效舍之可也不爲而舍之烏知其不可乎蓋其溺於所習者久矣辟之戎人生於戎夷人生於夷少長所濡染者皆夷戎也中國之禮義未嘗接焉雖知其美不能使之一朝去其夷戎之俗此豈其性殊哉習固使之耳古今之相去何以異此有能善變其習者果孰禦之魏晉之衰天下之亂極矣元魏起代北其先土托后跋之裔也其人民被旃控弦之屬也與漢不侔矣宜未易以禮法理也而孝文遷都洛邑挈其人民而居之均田別里崇祀建學國人莫

不有忭心焉獨排衆議而咨之王肅李安世之流釋胡服而爲冠帶絶北俗以事詩書王通氏曰中國之道不墜孝文之力也豈不信乎及隋之衰天下又大亂而唐承之太宗却封倫之對從魏徵之勸貞觀之初力行仁義其爲化也得矣制官以六典制兵以府衛制民以均田制賦以租庸調其爲制也備矣行之數歲家給人足行旅不齎糧外戶不待閉方制四夷之外太平之效可謂盛矣故宋儒以爲由文武之治千有餘歲而有太宗之爲若方之於漢其寬仁孰與高帝其玄默孰與文帝其所以致此有由其不惑於後世之論能自拔於秦漢之習也向使孝文無卓然之見必爲之志雖得中國終於戎翟而止耳使太宗有躬行之實名世之佐擧唐之治又豈殷周之不若乎故俗之不淳不患也刑之不措不患也功之不遂不患也而患無必爲之志躬行之實持之者未久也惟聖爲能盡倫惟王爲能盡制

三代之興其王皆聖人也其所以爲天下者莫不本諸天理要諸人心大法之則大治小法之則小治苟以爲遠則莫之法也其道固存其意猶可識也春秋譏變法而大復古聖人豈好爲異哉懼後世不知有先王之法故假筆削力爭之然猶懼不勝況順而下之是猶決江河而放之陸孰必胥溺而已耳故余不責斯之不師古而深悼況之法後王由其有以啓之也君子度已以繩接人用枻夫與世遷徙而偃仰者戰國之遺習也卿之意不過如此學術不醇而遂以毒天下大史公曰法後王何也以其近已而俗變相類議卑而易行也天下有能知其近而相類者爲不可法也卑而易行者爲不可行也則秦人之敝去矣非聖人其孰能之

皇初

天地之初未始有物也馮馮翼翼由一而二二氣則一睢睢盱

旰由二而三三才則一天下同由之謂道同得之謂德同善之謂性同靈之謂心道一也人皆由之而有不由者焉德一也人皆得之而有不得者焉性一也人皆善而有不善者焉此人也非天也心不能盡性則不能盡德矣不能盡德則不能盡道矣故雖天也莫與能焉而成能者聖人也此聖人所以爲萬世開太平也鴻荒之世天地草昧民物雜糅穴居野處雖蚑息蠉動之屬不異也而不以爲墊毛血食飲雖鷙擊獷搏之屬不異也而不以爲臊蒙以羽革草木而不以爲野瘞以積薪而不以爲薄約以結繩而不以爲愚其民安之免於飢寒而不及於災患斯可矣五龍燧人彼十有七氏者何氏也九頭攝提彼十紀者又何紀也其人果聖而世果治也歟宜於此有以變而通之矣何不委其人於顓蒙倥侗之域累數十萬年同於禽犢而不少極之豈天生民立君之意乎必不然矣世雖傳之聖人不言也聖

人不言者蓋無稽而慎之也道本於三王德著於五帝法備於三王過此以往未之能尚也德固道也而法亦道也所因者異耳山川之風氣不同五方之民異俗古今之風氣不侔歷代之治豈宜其要皆所以納民於道也庖犧氏神農氏軒轅氏繼天而王畫卦以開物備物以致用民利賴之其具不過網罟耒耜而畋漁農父之所務也其制不過宮室舟車關市弧矢杵臼而工商武夫之所能也方其未創之時民固無所措其心思手足之力矣故必聖人而後爲之爲之不足必聖人而後繼之因時變通不變不通也書契之作法之始也衣裳之治德之昭也其化神而民宜有善而不知天下同歸於道泯乎其迹矣軒轅之後是爲五帝歷少昊高陽高辛而至唐虞唐虞之帝爲堯舜聖聖相承疇咨都俞南面以臨群臣其治猶黃帝也而政教禮樂之在天下有皋陶稷契以任之有伯夷后夔之屬以典之而又

以伯禹總焉雖有洪水之災四凶之惡不勞而治帝何爲哉天下同歸於德雖莫之名焉而煥乎其文矣有虞之後夏后氏承帝執中之傳以功踐帝之位九土既平九疇既錫彝倫攸叙三年而天下遂於仁不得賢而與之而其子啓能敬承父道以天下與其子猶與賢也及啓之身有扈不服于甘之役大戰而後服之欲如有虞之世不可得矣父子相繼所以止天下之亂是乃變而通之也夏德既衰商人繼之商德既衰周人繼之南巢之放湯有慙德牧野之師武王以爲有光焉則居之不疑矣無復商人之意矣其順天應人則一也故爲臣易位天下不以爲非是亦變而通之也撥亂世而反之正天下同歸於義義形而法益備矣禹之興也承乎虞而不及虞者也文王之興承乎商而進乎商者也皆三代之盛王也其道同其德異者有之其德同其法異者有之其法同其制異者有之存乎其人焉爾存乎

其世焉爾消息者候之徵也淳龐者俗之判也理亂者變之象也質文者治之體也損益者制之宜也變通者權之用也神化者用之妙也通乎消息之候審乎淳龐之俗明乎理亂之幾別乎質文之體損益變通合乎神化之妙此聖人之所同也及周之衰王降而爲伯伯降而爲戰國諸子分裂聖人之道人驚其私智異說掎挈是非梟亂名實世患苦之雖爲諸子者亦病焉於是刑名農墨之家崇儉質尚功實而老子貴清淨將棄仁義蔑禮法與天下共反其朴於太古之時意在懲周之弊而非大公至正之道也漢用其術文景之世天下無事最爲有効而非二帝三皇之所尚也聖人之道辟之天地明之爲日月潤之爲雨露變之爲風霆爲鬼神莫不由天地以成化竅之爲山川微之爲草木爲昆虫莫不由天地以成體而天地之所以爲天地者易簡而已矣聖人在位大之爲朝廷之遜禪父子之繼立變

之爲征討君臣之革命皆天命所當然重之爲郊廟社稷之事公卿大夫賢不肖之黜陟下至閭伍井牧之賦庠序之教關市權衡度量之制刑賞之具禮樂之用皆民生之不可去者也聖人何容心哉亦行其所無事而已矣故聖人之心天地之心也聖人之性天地之性也聖人以其心溥萬物而物無不平以其性盡萬物而物無不成非固詠之也有生者各一其性有知者各一其心聲氣之同捷於桴鼓念慮之孚堅於金石故曰天地感而萬物化生聖人感人心而天下和平聖人之化如神而人不與知焉聖人之化如天而神不與能焉蕩蕩乎平平乎皇極之道也而非老氏者之所謂道也皇極之道立天下之治得矣茍不爲皇猶當爲帝茍不爲帝猶當爲王是三王不足四而五帝不足六也

師儉訓

蘇平仲

惟義門鄭君仲德旣嗣總家政乃至于師儉堂登進厥家人用告之曰予弟予姪予子予孫感聽予訓昔漢相鄭侯置田宅必在窮鄉作室不對垣墉曰令後世賢師吾儉乃爾攸聞亦爾攸師嗚呼惟爾攸師豈惟鄭侯之儉哉古之人茅茨不翦土階土鉶則有若唐堯乃不可不師卑宮室惡衣服菲飲食則有若夏禹乃不可不師嗚呼惟堯惟禹時乃聖人猶儉若茲惟予曁爾矧曰庶人柰何弗儉思夫儉若車之柅若馬之靮車以柅上馬以靮閑人而無儉情之從欲于何其制相古今邦君及卿士及百姓罔有克儉而或不吉罔有不克儉而或不凶今予與爾其無胥曰儉無益亦無胥曰不儉無愆尚胥夙夜慎哉嗚呼先祖有訓曰毋縱奢侈以干天刑每旦颺之厥惟舊矣今予曷又若茲汝訓惟我鄭氏肇我家于茲自彼有宋我九世祖爰始誕爲義聚越五世廼克臻大競又五世廼底于今今予與汝攸居攸

用厥室廬暨厥什器罔匪先祖之遺無有刻鏤無有奇巧斯其咸見之不惟遺我後嗣者若兹我聞先祖之自奉至于裳衣至于飲食廼亦無有輕肥惟我先祖豈曰無耳目口鼻之欲亦惟不敢不于儉德是尚是若是庸是迪以制厥心以慎厥身惟若兹故在我後嗣賴之式克有今日周人有言曰世祿之家鮮克由禮敝化奢麗萬世同流予其可不創于時予其敢不訓汝惟儉之用爾曷永念之升降在兹則其無滅義無肆欲無怙侈無耽樂凡厥服食器用以至于百爲與其過乎奢寧過于儉去厥泰亦去其或不泰然從厥約以從其所未約嗚呼爾克用予訓爾廼克協于先祖爾亦式克師古之人是之謂義門之彥周還師儉堂無靦面目惟爾後人廼亦永有師師厥家人皆曰汝敢不恭再拜趨出仲德廼屬眉山蘇伯衡書諸冊具訓于子孫

文統　朱伯賢

文與三才並貫三才而一之者文也日月星漢天文也川嶽草木地文也民彝典章人文也顯三才之道文莫大焉羲軒之文見諸圖畫唐虞稽古典議三代具諸書詩禮春秋遭秦燔滅其幸存者猶章章可考故易以圖象其文奧書道政事其文雅詩發性情其文婉禮辨等威其文理春秋斷以義其文嚴然皆言近而指遠辭約而義周固千萬世之常經不可尚已孔思得其宗言醇以至孟軻識其大言正以辨若左氏之誇莊周多誕荀卿多雜屈宋多怨其文猶近古世稱作者漢興賈誼董仲舒劉向窺見圖經冥闡其道相如楊雄大昌厥辭然皆有志于斯文者獨司馬遷父子頗采經傳國史集群哲之大成紬一家言載諸簡編爲史氏宗其文雄深多奇班固繼作頗就雅馴以倡來學二氏之文遂爲後世之準程也魏晉日流委靡唐韓愈上窺姚姒馳騁馬班本經參史制爲文章追配古作宋歐陽修又起

而繼之文統於是乎有在其間柳宗元王安石曾鞏蘇軾亦皆遠追秦漢羽翼韓歐然未免互有優劣烏虖文豈易言哉餘姚景德輝氏明經稽史有志於斯嘗與予劇論文章家體裁及諸子造詣淺深且欲求其宗緒作文統以復之當有知言者正焉

史槩

古者伏羲氏作書契制文字軒轅之世倉頡主書史唐虞置史官三墳五典八索九丘即古史也夏終古商高勢皆太史也周官有太史小史内志皆掌史事至於列國亦然如晉之乘楚之檮杌魯之春秋是也吾夫子因魯史脩春秋二百四十二年行事始加筆削垂鑒將來漢司馬遷父子頗紬金匱石室之藏兼采詩書左傳國語世本戰國策楚漢春秋史記自五帝訖漢武爲本記十二表十書八世家三十傳七十共一百三十篇成一家言其文雄深多苛卓然爲史氏宗百代史官不能易其法後

漢班固續父彪作西漢書起高帝終孝平凡二百一十年爲本紀十二表八志十列傳七十無世家而有外戚傳自武帝以前頗本於遷其文雅馴後人亦以爲法宋范曄作後漢書起光武凡九紀別爲皇后紀二傳則增立黨錮宦者文苑獨行方術逸民列女等篇但文氣萎下紀述膚陋不免識者之議東晉陳壽集三國舊史撰三國志以魏接漢統屬吳爲傳則大失春秋旨矣習鑿齒嘗著晉漢春秋起光武至晉文平蜀乃爲漢亡惜其書不傳也唐貞觀中太宗以晉史何法盛等十八家制作未善乃勑史官房玄齡褚遂良許敬宗更加纂脩爲紀十志二十列傳七十載紀三十又命李淳風敬播等十三人分掌著述類例多出敬播天文律歷則淳風爲之當時作者有江左餘風文多駢儷非作史之體故太宗親撰四贊以息浮議齊沈約撰宋書梁蕭子顯撰齊書貞觀姚思廉受詔續父察撰梁陳書魏徵裁

其總論北齊魏收撰北魏書唐李百藥撰北齊書唐初令狐德棻岑文本撰北周書顏師古孔穎達魏徵撰隋書房玄齡總之六朝以來天下參隔互相牴牾唐李延壽續父業論撰南史起宋盡陳又撰北史起魏盡隋共一百八十篇今行于世司馬公謂延壽書亦近世佳史陳壽之後可以亞之五代晉劉昫嘗撰唐史今謂之舊唐書宋仁宗詔歐陽脩宋祁刪修記志表歐陽主之列傳宋祁主之凡十有七年始成天文律歷五行志則劉羲叟方鎮百官則梅堯臣禮儀兵志則王景彝故其成書不無差異古之修史多出一家司馬遷班固姚思廉李延壽皆父子相繼論撰積數十年然後書成是以通知本末事實貫穿不相牴牾其他則未能免也唯五代史宋仁宗以盧多遜所修失實命歐陽修復加刪述爲本紀五攺后妃爲家人傳五臣傳五又別立死節死事一行義兒伶官宦者雜傳七考三世家十一四

夷附録三其立例皆寓褒貶爲法甚精書藏舊史之半而事蹟稍增議者以爲功不下馬遷而筆力馳騁又無駁雜之病紀例精容則不及耳公亦自謂伶官傳豈下於滑稽哉誠無憾矣宋鄭樵博雅多聞留心史學謂班固不能繼述父志以續馬遷斷漢爲書無復因承古人損益會通之道自此失矣於是總十七史作通志刪其繁文去其重複存華取實自成一家學者便之此史家之大畧也若宋司馬光通鑑朱熹綱目則又資治道存鑒戒之書然紀載事實則全史不可廢也予嘗纂輯馬班歐陽論贊爲三史鈎玄又頗欲知諸史書大要姑稽所聞作史槪

文章辨體卷之四十一

文章辨體卷之四十二

海虞後學吳訥編集

箴

周虞人箴　左傳

芒芒禹迹畫爲九州經啓九道民有寢廟獸有茂草各有攸處德用不擾在帝夷羿冒于原獸忘其國恤而思其麀牡武不可重用不恢于夏家獸人司原敢告僕夫

太僕箴　漢楊子雲

肅肅太僕車馬是供鏘鏘和鸞駕彼時龍昔在上帝巡狩四宅王用三驅前禽是射紂作不令武王征殷檀車孔夏四騵孔昕僕夫執轡戢騂載駰我輿云安我馬惟閑雖馳雖驅匪逸匪慾昔有淫羿馳騁忘歸景公千駟而淫於齊詩好牡馬牧於駉野輦車就牧而詩人興魯廄焚問人仲尼厚醜孟子盖惡廄多肥

馬而野有餓莩僕臣司駕敢告執皂

廷尉箴

天降五刑惟夏之績亂茲平民不回不辟昔在蚩尤爰作淫刑延于苗民夏氏（一作天下）不寧穆王耄荒甫侯伊謀五刑訓天周以阜基厥後凌遲上帝不蠲周輕其制秦繁其辜五刑紛紛靡遏靡止寇賊滿山刑者半道昔唐虞象刑天民是全紂作炮烙墜民于淵故有國者無云何謂是刖是劓無云何害是剥是剖（一作割）惟虐惟殺人莫予柰般以刑顛秦以酷敗獄臣司理敢告執謁

宗正箴

巍巍帝堯欽親九族經哲宗伯禮有攸訓屬有攸籍各有育于世以不錯昔在夏時少康不恭有仍二女五子家降晉獻悖統來宣亂序齊桓不衞而忘其宗緒周譏戎女魯僖子同高作泰祟而扶蘇被凶宗廟荒墟魂靈靡附伯臣司宗敢告執主

大司農箴

時惟大農爰司金穀自京徂荒粒民是斛斂自厥初實施厥食厥僚后稷有無遷易實均實贏惟都作程齊求衣食厥民攸生上稽二帝下閱三王什一而征爲民作常遠近貢篚百姓不忘帝王之盛咸在農殖季周爛漫而東作不勑膏腴不穫庶物並荒府藏單虛靡積靡倉陵遲衰微姬卒以雍秦收大半二世不廖泣血之末海內無聊農臣司均敢告執繇

將作大匠箴

侃侃將作經構宮室墻以禦風宇以蔽日寒暑攸除鳥鼠攸除王有宮殿民有宅居昔在帝堯茅茨土階夏卑宮觀在彼溝洫桀作瑤臺紂爲琁臺人力不堪而帝業不卒詩詠宣王由儉改奢觀豐上六大屋小家春秋譏刺書彼泉臺兩觀雉門而魯以不恢或作長府而閔子不仁秦築驪阿嬴姓以顛故人君無云

我貴樓題是遂毋云我富淫作極遊在彼墻屋而忘其國戮作
臣司匠敢告執猷

大理箴

邈矣皋陶翊唐作士設為犴狴九州允理如石之平如淵之清三槐九棘以質以聽罪人斯殛凶旅斯并㷊乂帝載旁施作明昔在仲尼哀矜聖人子罕禮刑衛人釋艱釋之其忠勳亮孝文于公哀寡定國廣門負矣邈矣舊訓不遵主慢臣驕虐用其民賞以崇欲刑以肆忿辛紂作炮烙周人減辟夏作淫刑湯誓其軍衛鞅酷烈卒殪于秦不疑如害禍不及身嗟茲大理慎于爾官賞不可不思斷不可不慶或有忠能避害或有孝而見殘吴沉子胥殷剖比干莫遂爾情是截是刑無遂爾志以速以殛天鑒在顏無細不録福善災惡其傚甚速理臣司律敢告執獄

諫大夫箴

於昭上帝迪並既哲匪于水鑒惟人是察處有誦訓出有旅賁木鐸之求爰納道人各有攸諷政以不分昔在大禹拜承昌言癸辛暴戾虐及于天逢于周厲慢德不蠲咆哮胥讒人謗乃作不顧厥愆是討是格庶類不堪流之彘宅防人之口譬諸防川豈不速止潰乃潺湲潺湲尚塞言壅為賊默默之患用顛厥國諫臣司議敢告有翼

女史箴

晉張茂先

茫茫造化二儀既分散氣流形既陶既甄在帝庖犧肇經天人爰始夫婦以及君臣家道以正王猷有倫婦德尚柔含章貞吉婉嫕淑慎正位居室施衿結褵虔恭中饋肅慎爾儀式瞻清懿樊姬感莊不食鮮禽衛女矯桓耳忘和音志厲義高而二主易心玄熊攀檻馮媛趨進夫豈無畏知死不悋班妾有辭割驩同

輦夫豈不懷防微慮遠道罔隆而不殺物無盛而不衰日中則昃月滿則微崇由塵積替若駭機人咸知飾其容而莫知飾其性性之不飾或愆禮正斧之藻之克念作聖出其言善千里應之苟違斯義則同衾以疑夫出言如微而榮辱由茲勿謂幽昧靈監無象勿謂玄漠神聽無響無矜爾榮天道惡盈無恃爾貴隆隆者墜鑒于小星戒彼攸遂比心螽斯則繁爾類驩不可以黷寵不可以專專實生慢愛極則遷致盈必損理有固然美者自美翩以取尤冶容求好君子所讎結恩而絕職此之由故曰翼翼矜矜福所以興靖恭自思榮顯所期女史司箴敢告庶姬

大寶箴　唐張蘊古

今來古往俯察仰觀惟辟作福惟君實難主普天之下處王公之上任土貢其所求具寮陳其所唱是故恐懼之心日弛邪僻之情轉放豈知事起乎所忽禍生乎無妄固以聖人受命拯溺

享屯歸罪於已因心於民大明無私照至公無私親故以一人
治天下不以天下奉一人禮以禁其奢樂以防其佚左言而右
事出警而入蹕四時調其慘舒三光同其得失故身爲之度而
聲爲之律勿謂無知居高聽卑勿謂何害積小就大樂不可極
樂極生哀欲不可縱縱欲成災壯九重於內所居不過容膝彼
昏不知瑤其臺而瓊其室羅八珍於前所食不過適口唯狂罔
念丘其糟而池其酒勿內荒於色勿外荒於禽勿貴難得貨勿
聽亡國音內荒伐人性外荒蕩人心難得之貨侈亡國之音淫
勿謂我尊而傲賢慢士勿謂我智而拒諫矜已聞之夏后據饋
頻起亦有魏帝牽裾不止安彼反側如春陽秋露巍巍蕩蕩恢
漢高大度撫茲庶事如履薄臨深戰戰慄慄用周文小心詩之
不識不知書之無偏無黨一彼此於胸臆捐好惡於心想衆棄
而後加刑衆悅而後行賞弱其強而治其亂伸其屈而直其枉

故曰如衡如石不定物以限物之懸者輕重自見如水如鏡不示物以情物之鑑者妍蚩自生勿渾渾而濁勿皎皎而清勿汶汶而闇勿察察而明雖冕旒蔽目而視於未形雖黈纊塞耳而聽於無聲縱心乎湛然之域遊神於至道之精知之者應洪纖而効響酌之者隨深淺而皆盈故曰天之經地之寧王之貞四時不言而代序萬物無言而化成豈知帝力而天下和平吾王撥亂戡以智力民懼其威未懷其德我皇撫運扇以淳風民懷其始未保其終爰述金鏡窮神盡聖使人以心應言以行包括治體抑揚詞令天下爲公一人有慶開羅起祝援琴命詩一日二日念茲在茲惟人所召自天祐之諍臣司直敢告前疑

丹扆箴六首并序　李德裕

臣聞詩云心乎愛矣遐不謂矣此古之賢人所以篤於事君者也夫跡疏而言親者危地遠而意忠者忤然臣竊念板自先聖

偏荷寵光若不愛君以忠則是上負靈鑒臣頃事先朝屬多陰沴嘗著大明賦以諷頗蒙先朝嘉納臣今日盡節明主亦由是心昔張敞之守遠郡梅福之在遐徼尚竭誠盡規不避尤悔况臣嘗學舊史頗知箴諷雖在疏遠猶思獻替謹稽首上丹扆六箴具列於後仰塵睿覽伏積兢惶

宵衣箴

先王德政昧爽以俟鷄鳴既盈日出而視伯禹大聖寸陰爲貴光武至仁反支不忌無俾姜后獨去簪珥彤管記言克念前志

正服箴

聖人作服法象可觀雖在宴游尚不懐安汲黯莊色能正不冠楊阜慨然亦譏縹紈四時所御各有其官非此勿服惟辟所難

罷獻箴

漢文罷獻詔還騄駬鑾輅徐驅焉用千里厥後令王亦能恭巳

翟裘既焚筒布則毀道德爲麗慈儉爲美不過天道斯爲至理

納誨箴

惟后納誨以求厥中從善如流乃能成功漢騖沉湎舉白浮鍾魏叡侈忲凌霄作官忠雖不忤而善亦從以視爲瑱是謂塞聽

辨邪箴

居上處深在察微萌雖有讒慝不能蔽明漢之孝昭叡過周成上書知詐照姦得情燕蓋既折王猷治平百代之後乃流淑聲

防微箴

天子知孝敬遵王度安必思危乃無遺慮亂臣猖獗非可遽數玄服莫辨觸瑟始仆栢谷微行豺豕塞路覩貌獻飧斯可戒懼

五箴并序　韓退之

人患不知其過既知之不能改是無勇也余生三十有八年髮之短者日益白齒之摇者日益脫聰明不及於前時道德日負

於初心其不至於君子而卒爲小人也昭昭矣作五箴以訟其惡云

游箴

余少之時將求多能蚤夜以孜孜余今之特既飽而嬉蚤夜以無爲嗚呼余乎其無知乎君子之棄而小人之歸乎

言箴

不知言之人烏可與言知言之人默然而其意已傳幕中之辯人反以汝爲叛臺中之評人反以汝爲傾汝不懲邪而呶呶以害其生邪

行箴

行與義乖言與法違後雖無害汝可以悔行也無邪言也無頗死而不死汝悔而何宜悔而休汝惡曷瘳宜休而悔汝善安在悔不可追悔不可爲思而斯得汝則弗思

好惡箴

無善而好不觀其道無悖而惡不詳其故前之所好今見其尤從也爲比捨也爲讐前之所惡今見其臧從也爲愧捨也爲狂維僻維比維狂維愧於身不祥於德不義不義不祥維惡之大幾如是爲而不顛沛齒之尚少庸有不思今其老矣不慎胡爲

知名箴

內不足者急於人知霈焉有餘厥聞四馳今日告汝知名之法勿病無聞病其曄曄昔者子路惟恐有聞赫然千載德譽愈尊矜汝文章負汝言語乘人不能揜以自取汝非其父汝非其師不請而教誰云不欺欺以買憎揜以媒怨汝曾不寤以及於難小人在辱亦克知悔及其既寧終莫能戒既出汝心又銘汝前汝如不顧禍亦宜然

視聽言動四箴有序　宋程伊川

顏子問克己復禮之目夫子曰非禮勿視非禮勿聽非禮勿言非禮勿動四者身之用也由乎中而應乎外制於外所以養其中也顏子事斯語所以進於聖人後之學聖人者宜服膺而勿失也作四箴以自警云

視箴

心兮本虛應物無跡操之有要視爲之則蔽交於前其中則遷制之於外以安其內克己復禮久而誠矣

聽箴

人有秉彝本乎天性知誘物化遂亡其正卓彼先覺知止有定閑邪存誠非理勿聽

言箴

人心之動因言以宣發禁躁妄內斯靜專矧是樞機興戎出好吉凶榮辱惟其所召傷易則誕傷煩則支己肆物忤出悖來違

非法不道欽哉訓辭

動箴

哲人之幾誠之於思志士厲行守之於爲順禮則裕從欲惟危造次克念戰兢自持習與性成聖賢同歸

敬齋箴

草廬曰箴凡十章章四句其一言靜無違其二言動無違其三言表之正其四言裏之正其五言心之無適而達於事其六言事之主一而本於心其七總前六章其八言心不能無適之病其九言事不能主一之病其十總結一篇其言持敬工夫周且悉矣

正其衣冠尊其瞻視潛心以居對越上帝足容必重手容必恭擇地而蹈折旋蟻封出門如賓承事如祭戰戰兢兢罔敢或易守口如瓶防意如城洞洞屬屬罔敢或輕不西以東不南以北

當事而存靡他其適弗貳于二弗參以三惟心惟一萬變是監從事於斯是曰持敬動靜無違表裏交正須臾有間私欲萬端不火而熱不氷而寒毫釐有差天壤易處三綱旣淪九法亦斁於乎小子念哉敬哉墨卿司戒敢靈臺

夜氣箴

子盍觀夫冬之爲氣乎木歸其根蟄坯其封凝然寂然不見兆眹而造化發育之妙實胚胎乎其中蓋闔者闢之基貞者元之本而艮所以爲物之始終夫一晝一夜者三百六旬之積故冬四時之夜而夜乃一日之冬天壤之間群動俱閴窈然如未判之鴻濛維人之身嚮晦宴息亦當以造物而爲宗必齋其心必肅其躬不敢弛然自放於牀笫之上使慢易非辟得以賊吾之衷雖終日乾乾靡容一息之間斷而昏冥易忽之際尤當致戒謹之功蓋安其身所以爲朝聽晝訪之地而夜氣深厚則仁義

之心亦浩乎其不窮本旣立矣而又致察於事物周旋之頃敬義夾持動靜交養則人欲無隙之可入天理皦乎其昭融然知及之而仁弗能守之亦空言其奚庸爰作箴以自砭常凜凜乎瘝恫

廉仁公勤四箴　王實之

律己以廉　以下四箴皆真西山命名

惟士之廉猶女之潔苟一毫之點汚爲終身之玷缺毋謂暗室昭昭四知汝不自愛心之神明其可欺黃金五六馱胡椒八百斛生不足以爲榮千載之後有餘戮彼美君子一鶴一琴望之凜然清風古今

撫民以仁

古者於民饑溺由己心誠求之如保赤子嗚呼入室笑語飲醲嚙肥出行敲朴曾痛癢之不知人心不仁一至於斯淑問之澤

百世猶祀酷吏之後今其餘幾誰甘小人而不爲君子

厚姻婭近小人尹氏不平於秉均開誠心布公道武侯所以獨優於王佐故曰本心日月私欲食之大道康莊偏見窒之聽信偏則枉直而惠姦喜怒偏則賞僭而刑濫惟公生明偏則生闇

涖事以勤

爾服之華爾饌之豐凡縷絲而顆粟皆民力乎爾供仕焉而曠厥官食焉而怠其事稍有人言胡不自愧昔者君子靡素其餐炎汗浹背日不辭難警枕計功夜不遑安誰爲我師一范一韓

夙興夜寐箴　南塘陳茂卿

鷄鳴而寤思慮漸馳盍於其間澹以整之或省舊愆或細新得次第條理瞭然默識本既立矣昧爽乃興盥櫛衣冠端坐斂形提掇此心皦如出日嚴肅整齊虛明靜一迺啓方策對越聖賢

夫子在坐顏曾後先聖師所言親切敬聽弟子問辯反覆紬訂事至斯應則驗于爲明命赫然常目在之事應既已我則如故方寸湛然凝神息慮動靜循環惟心是監靜存動察勿貳勿參讀書之餘間以游泳發舒精神休養性情日昃人倦昏氣易乘齋莊正齊振拔精明夜久斯寢齊手斂足不作思惟心神歸宿養以夜氣貞則復元念茲在茲日夕乾乾

銘

周武王諸銘 出大戴禮

安樂必敬無行可悔一反一側亦不可不志所監不遠在爾所代 右席銘

皇皇惟敬口生𠮟口戕口 右机銘

見爾前慮爾後 右鑑銘

與其溺於人寧溺於淵溺於淵猶可游也溺於人不可救也

毋曰胡殘其禍將然毋曰胡害其禍將大毋曰胡傷其禍將長　右盥盤銘

右楹銘

惡乎危於忿懥惡乎失道於嗜欲於乎相忘乎富貴　右杖銘

火滅修容慎戒必恭則壽言至夜滅火解帶以寢當恭慎也　右帶銘

慎之勞勞則富　右履銘

戒之憍憍則逃　右觴豆銘

夫名難得而易失無懃弗志而曰我知之乎無勤弗及而曰我杖之乎若風將至必先搖搖雖有聖人弗能為謀也　右戶銘

隨天之時以地之財敬祀皇天敬以先時　右牖銘

帶之以為服動必行德行德則興倍德則崩　右劍銘

屈伸之義廢興之行無忘自過　右弓銘

造矛造矛少間弗忍終身之羞　右矛銘

鼎銘　宋正考父

一命而僂再命而傴三命而俯循牆而走饘於是鬻於是以糊其口

鼎銘　衛孔悝

六月丁亥公假于太廟公曰叔舅乃祖莊叔左右成公成公乃命莊叔隨難於漢陽卽宮于宗周奔走無射啓右獻公獻公乃命成叔纂乃祖服乃考文叔興舊嗜欲作率慶士躬恤衛國其勤公家夙夜不解民咸曰休哉公曰叔舅予汝銘若纂乃考服悝拜稽首曰對揚以辟之勤大命施于烝彝鼎

井銘　漢李尤

井之所向寒泉冽清法律取象不槩自平多取不損少汲不盈執憲若斯何有邪傾

小車銘

圓蓋象天方軫則地輪法陰陽動不相離

漏刻銘

昔在先聖配天垂則仰鑒七曜俯順坤德乃建日官俾立漏刻昏明既序景曜不忒唐命羲和敬授人時懸象著明序以崇熙季末不虔德衰于兹挈壺失職刺流在詩

高祖沛泗水亭碑銘

皇皇聖漢兆自沛豐乾降著符精感赤龍承累流裔襲唐末風寸木尺土無竢斯亭建號宣基維以沛公揚威斬蛇金精摧傷涉關陵郊係獲秦王應門造勢斗璧納忠天期乗祚受爵漢中勒陳東征剟擒三秦靈神威佑洪灕是乗漢軍敗歌楚衆易心誅項討羽諸夏以康陳張畫策蕭勃翼終出爵褒賢列士封功炎火之德彌光以明源清流潔本盛末榮叙將十八贊述股肱休勛顯祚永永無疆國寧家安我君是升根生葉茂舊邑是仍

於皇舊宷苗嗣是承天之福祐萬年是與

封燕然山銘

維永元元年秋七月有漢車騎將軍某寅亮聖皇登翼王室納于大麓惟清緝熙乃與執金吾耿秉述職巡禦治兵于朔方鷹揚之校螭虎之士爰該六師暨南單于東胡烏桓西戎氐羌侯王君長之群驍騎十萬元戎輕武長轂四分雷輜蔽路萬有三千餘乘勒以八陣涖以威神玄甲耀日朱旗絳天遂凌高闕下鷄鹿經磧鹵絕大漠斬温禺以釁鼓血尸逐以染鍔然後四校横徂星流彗掃蕭條萬里野無遺寇於是域滅區殫反旆而旋考傳驗圖窮覽其山川遂踰涿邪跨安侯乘燕然躡冒頓之區落焚老上之龍庭將上以攄高文之宿憤光祖宗之玄靈下以安固後嗣恢拓境宇振大漢之天聲兹可謂一勞而久逸暫費而永寧也乃遂封山刊石昭銘盛德其辭曰

鑠王師兮征荒裔勦凶虐兮截海外夐其邈兮亘地界封神丘兮建隆嵑僊帝載兮振萬世

座右銘

崔子玉

無道人之短無說己之長施人慎勿念受施慎勿忘世譽不足慕唯仁爲紀綱隱心而後動謗議庸何傷無使名過實守愚聖所臧在涅貴不淄曖曖内含光柔弱生之徒老氏誡剛彊行行鄙夫志悠悠故難量慎言節飲食知足勝不祥行之苟有恒久久自芬芳

劒閣銘

晋張孟陽

巖巖梁山積石峩峩遠屬荆衡近綴岷嶓南通邛僰北達褒斜狹過彭碣高踰嵩華惟蜀之門作固作鎮是曰劒閣壁立千仞窮地之險極路之峻世濁則逆道清斯順閉由往漢開自有晋秦得百二并吞諸侯齊得十二田生獻籌矧茲狹隘土之外區

一人荷戟萬夫趑趄形勝之地匪親勿居昔在武侯中流而喜山河之固見屈吳起興實在德險亦難恃洞庭孟門二國不祀自古迄今天命匪易憑阻作昏鮮不敗績公孫述旣滅劉禪氏㘅璧覆車之軌無或重跡勒銘山阿敢告梁益

瘞硯銘　唐韓退之

隴西李觀元賓始從進士貢在京師或貽之硯旣四年悲歡窮泰未嘗廢其用凡與之試藝春官實二年登上第行于褒谷役者劉胤誤墜之地毀焉乃匣歸埋于京師里中昌黎韓愈其友人也贊且識云

土乎質陶乎成器復其質非生死類全斯用毀不忍棄埋而識之仁之義硯乎硯與瓦礫異

武岡銘并序

元和七年四月黔巫東鄙蠻獠雜擾盜弄庫兵賊脅守帥南鈎

牂牁外誘西原置魁立帥殺牲盟誓洞窟竹麓嘯呼成群皇帝下銅獸符發庸蜀荆漢南越東甌之師四面討問畏罪憑阻逃遁不即誅時惟潭部戎師御史中丞柳公綽練立將校提卒五百屯于武岡不震不驚如山如林告天子威命明白信順亂人大恐視公之師如百萬視公之令如風雷怨號呻吟喜有攸訴投刃頓伏願完父子卒爲忠信奉職輸賦進比華人無敢不龔母弟生壻繼來于潭咸至天廷皇帝休嘉式新厥命兇渠同惡革面向化如醉之醒如狂之寤公爲藥石俾復其性詔書顯異進臨江漢益兵三倍爲時碩臣殿于大邦文儒申申有此武功於是夷人始復聞公之去相與高蹈涕泣若寒去裘昔公不夸首級爲己能力專務敎誨俾邦斯平我老洎幼由公之仁小不爲虺蜮大不爲鯨鯢恩重事特不遷而遠莫可追已願銘武岡以慰我思以昭我類以示我子孫彌億萬年俾我奉國如今之

誠鄰之我懷如公之勤其辭曰

黔山之嶺巫水之磻魚駭而離獸犯而殘戶恐谷竄披攘仍亂王師來誅斯死以緩公明不疑公信不欺援師定命俾邦克正皇仁天施我反其性我塗四闔公示之門我愚抵死公示之恩旣骨而完旣亡而存奉公之訓貽我子孫我始蠡賊由公而仁我始冦讎由公而親山畋澤獻輸賦于都陶穴刋木室我婣族烹牲是祀公受介福揲蓍以古公宜百祿皇懋公功陟于大邦遠哉去我誰嗣其良有宂之丹有犀之頑匪曰余固公不可賂祝鄰之德恒遵公則易余之世永謹邦制南夷作詩刻示來裔

井銘

始州之人各以罌甒負江水莫克井飲崖岸峻厚旱則水益遠人陟降大艱雨多塗則滑而顛恒惟咨嗟怨惑訛言終不能就元和十一年三月朔命爲井城北隍上未晦果寒食洌而多泉邑

人以灌其土堅埴其利悠久其深八尋有二尺銘曰
盈以其神其來不窮惠我後之人噫疇肯似于政其來日新

門銘　盧仝

貪殘姦酗狡佞訐慢身之八殺背惠恃己狎不肖妬賢才命之
四孽有是有此余敢辭無是無此余之師一日不見余心思思
其人懼其人其交其難敢告于門

陋室銘　劉禹錫

山不在高有僊則名水不在深有龍則靈斯是陋室惟吾德馨
苔痕上堦綠草色入簾青談笑有鴻儒往來無白丁可以調素
琴閱金經無絲竹之亂耳無案牘之勞形南陽諸葛廬西蜀子
雲亭孔子云何陋之有

几銘

親仁可以自託友賢可以自扶求仁得仁必馳必驅君憑几以

召憑几而呼則仁賢斯遯厮佞來廷嗚呼賢既遯身即孤

擊蛇笏銘

石守道

天地至大有邪氣干於其間爲凶暴爲殘賊聽其肆行如天地邪育之而莫禦也人生寔靈或異類出於其表爲妖怪信其異端如人蔽覆之而莫靈也祥符某年寧州天慶觀眞武像下有蛇妖極怪異郡刺史日兩至於其庭朝馬舉州人內外遠近罔不駭奔於門以覲恭莊肅祇無敢怠者今龍圖待御孔公時佐幕在是邪亦隨郡刺史於其庭公曰明則有禮樂幽則有鬼神是蛇不以誣乎惑吾民亂吾俗殺無赦以手板擊其首遂斃於前則蛇無異焉郡刺史暨州內外遠近庶民昭然若發蒙見青天覩白日故不能肆其凶殘而成其妖惑易曰是故知鬼神之情狀公之謂乎夫天地間有純剛至正之氣或鍾於物或鍾於人人有死物有盡此氣不滅烈烈然彌亘億萬世而長在在堯

時爲指佞草在魯爲孔子誅少正卯刃在齊在晉爲董史筆在漢武帝爲東方朔戟在成帝朝爲朱雲劍在東漢爲張綱輪在唐爲韓愈論佛骨表逐鱷魚文爲段太尉擊朱泚笏今爲公擊蛇笏故佞人去堯德聰少正卯戮孔法舉罪趙盾晉人懼辟崔子齊刑明距董偃折張禹刎梁冀漢室乂佛老微聖德行鱷魚徙潮士風振恠蛇死妖氣散噫天地鍾純剛至正之氣在公之笏豈徒斃一蛇而已軒陛之下有罔上欺君先意順旨者公以此笏指之廟堂之上有蔽賢蒙惡遠法亂紀者公以此笏麾之朝廷之内有諛容佞色附邪背正者公以此笏擊之夫如是則軒陛之下不仁者去廟堂之上無姦臣朝廷之内無佞人則笏之功也豈止在一蛇公以笏爲仕笏得公而用公方爲朝廷正人笏方爲公之良器敢稱德于公作笏銘曰

至正之氣天地則有笏惟靈物笏乃能受笏之爲物純剛正直

公惟正人公乃能得笏之在公能破淫妖公之在朝讒人乃消靈氣未竭斯笏不折正道未亡斯笏不藏惟公寶之烈烈其光

槃水銘　司馬君實

槃水之盈止之則平平而後清清而後明勿使小欹小欹則傾傾不可收用毀其成烏呼奉之可不兢兢

司馬公布衾銘　范堯夫

藜藿之甘綈布之温名敎之樂德義之尊求之孔易享之常安錦繡之奢膏粱之珍權寵之盛利慾之繁苦難其得危辱旋臻舍難取易去危就安至愚且知士寧不然顔樂簞瓢萬世師模紂居瓊臺死爲獨夫君子以儉爲德小人以侈喪軀然則斯衾之陋其可忽諸

徐州蓮花漏銘　蘇子瞻

故龍圖閣直學士禮部侍郎燕公肅以創物之智聞於天下作

蓮花漏世服其精凡公所臨必爲之今州郡往往而在雖有巧者莫敢損益而徐州獨用瞽人衛朴所造廢法而任意有壺而無箭自以無目而廢天下之視使守者伺其滿則决之而更注人莫不笑之國子博士傅君楊公之外曾孫得其法爲詳其通守是邦也實始改作而請銘於軾銘曰

人之所信者手足耳目也目識多寡手知輕重然人未有以手量而目計者必付之於度量與權衡豈不自信而信物蓋以爲無意無我然後得萬物之情故天地之寒暑日月之晦明昆侖旁薄於三十八萬七千里之外而不能逃於三尺之箭五斗之缾雖疾雷霾風雨雪晝晦而遲速有度不加虧贏使凡爲吏者如缾之受水不過其量如水之浮箭不失其平如箭之升降也視時之上下降不爲辱升不爲榮則民將靡然而心服而寄我以死生矣

三槐堂銘

天可必乎賢者不必貴仁者不必壽天不可必乎仁者必有後二者將安取衷哉吾聞之申包胥曰人衆者勝天天定亦能勝人世之論天者皆不待其定而求之故以天爲茫茫善者以怠惡者以肆盜跖之壽孔顔之厄此皆天之未定者也松栢生於山林其始也困於蓬蒿厄於牛羊而其終也貫四時閲千歲而不改者其天定也善惡之報至於子孫而其定也久矣吾以所見所聞所傳聞考之而其可必也審矣國之將興必有世德之臣厚施而不食其報然後其子孫能與守文太平之主共天下之福故兵部侍郎晋國王公顯於漢周之際歷事太祖太宗文武忠孝天下望以爲相而公卒以直道不容於時蓋嘗手植三槐於庭曰吾子孫必有爲三公者已而其子魏國文正公相眞宗皇帝於景德祥符之間朝廷清明天下無事之時享其福禄

禁名者十有八年今夫寓物於人明日而取之有得有否而晋公脩德於身責報於天取必於數十年之後如持左契交手相付吾是以知天之果可必也吾不及見魏公而見其子懿敏公以直諫事仁宗皇帝出入待從將帥三十餘年位不滿其德天將復興王氏也歟何其子孫之多賢也世有以晋公比李栖筠者其雄才直氣真不相上下而栖筠之子吉甫其孫德裕功名富貴畧與王氏等而忠信仁厚不及魏公父子由此觀之王氏之福蓋未艾也懿敏公之子鞏與吾遊好德而文以世其家吾是以銘之銘曰

嗚呼休哉魏公之業與槐俱萌封植之勤必世乃成既相真宗四方砥平歸視其家槐陰滿庭吾儕小人朝不及夕相時射利皇卹厥德庶幾僥倖不種而穫不有君子其何能國王城之東晋公所廬鬱鬱三槐惟德之符嗚呼休哉

邁硯銘

以此進道常若渴以此求進常若驚以此治財常思予以此書
獄常思生

黃樓銘有序　　陳無己

凞寧十年京東路安撫使臣某轉運使臣某判官臣某稽首言
河決澶州南傾淮泗彭城當其衝夾以連山扼以呂梁流泄不
時盈溢千里平地水深丈餘下顧城中井出脉發東薄西隅西
入通洫南懷水垣上惡不支百有餘日而後已守臣蘇軾深惟
流亡爲天子憂夙夜不怠以勞其人與懷戍兵固弊應卒外爲
長捷乘高如虹以殺其怒内爲大堤附城如環以待其潰築二
防於南門之外以通南山以安危疑發倉庾明勸禁以惠困窮
以督盜賊宣布恩澤巡行内外吏民嚮化與於事功法施四邑
誠格百神可謂有功矣宜有褒嘉以勸郡縣十月二日甲子奏

京師明年元豐正月甲子制誥諭意臣軾惟念祇承謨訓人神同力敢自爲功以速大戾而明揚褒大無以報稱乃作黄樓於東門具刻明詔以承天休而明德意使其客陳師道又爲之銘臣師道伏惟吕尚南仲内撫百姓外平諸侯詩美文武尹甫召虎南伐淮夷北伐玁狁功歌宣王君能使人以盡其才臣能有功以報其上古之義也臣師道又惟感而通之者道也行而化之者德也制法明教者政也治人成功者事也昔之詩人歌其政事則并其道德而傳之後王有作可舉而行顧臣之愚何與於此誠樂君臣之盡道云臣不佞冒死上黄樓銘其詞曰

皇治惟戒修明法度協和陰陽十有一年天災時行河失其防齊魯梁楚千里四遠潰亂散亡皇仁隠憂臨遣信臣以惠東方羸老不窮安慰撫養發散積倉流人如歸居人忘危完聚靡傷天敘地平明聖成能人神效祥靈平告成百穀豐盈萬邦樂康

郡縣祗畏允迪聖謨終事無荒謨功不居歸休臣民邇昭遠揚守臣拜手夸大休嘉使民不忘敢作黃樓以臨泗上述脩故當庚臣無佞原始念終銘之石章以告成功以揚德聲永永無疆

家藏古硯銘　唐子西

硯與筆墨蓋器類也出處相近任用寵遇相近也獨壽夭不相近也筆之壽以日計墨之壽以月計硯之壽以世計其故何也其爲體也筆取鋭墨次之硯鈍者也豈非鈍者壽而鋭者夭乎其爲用也筆取動墨次之硯靜者也豈非靜者壽而動者夭乎吾於是得養生焉以鈍爲體以靜爲用或曰壽夭數也非鈍鋭動靜所制借令筆不鋭不動吾知其不能與硯久遠也雖然寧爲此勿爲彼也銘曰

不能鋭因以鈍爲體不能動因以靜爲用唯其然是以能永年

講座銘　朱晦庵

紹興二十三年新安朱熹仲晦來爲吏同安兼領其學事越明年五月新作講座以臨諸生顧其所以作之意不可以不銘銘曰師道絶塞以圯其居今其言言亦莫我敢都前聖後師文不在茲如或見之有儼其思立之堂壇惟以有嚴厥臨孔昭式訛爾瞻

四齋銘

志道

曰趨而挹者孰履而持曰飢而寒者誰食而衣故道也者不可須臾離乎不志於道獨罔罔其何之

據德

語道術則無往而不通談性命則疑獨而難窮惟其厚於外而薄於内故無地以崇之

依仁

舉之莫能勝行之莫能至雖欲依之安得而依之爲仁由已而

由人乎哉雖欲遊之安得而遊之

游藝

禮云樂云御射書數俯仰自得心安體舒是之謂游以游以居嗚呼游乎非有得於内孰能如此其從容而有餘乎

茅齋銘　　魏華父

茅之爲物可植可茜可藉可罬可包可束堅剛潔白君子之屬肆古宫室編茅架木土階簡簡清廟肅肅侯直分社農綯乘屋上下同然儉而易足匪惟著儉抑亦觀德於泰象陽於詩比玉厖茸之分考工所録迨其流弊文題刻桷去潔尚華損剛從欲趙君之居澗泉之目章泉之詩古義是篤睹名知訓我銘維告

文章辨體

（明）吴訥 輯

4

國家圖書館出版社

第四册目録

卷四十三

頌

聖主得賢臣頌　王褒……一
趙充國頌　揚雄……三
漢高祖功臣頌　陸機……三
中興頌　元結……八
伯夷頌　韓愈……九
子產不毁鄉校頌　韓愈……一一
錢鄧州不燒楮鏹頌　吕南公……一一
平江漢頌　宋濂……一二

贊

贊文帝　班固……一八
贊武帝　班固……一八
贊昭帝　班固……一九
贊宣帝　班固……一九
贊蒯通等　班固……二〇
東方朔畫像贊　夏侯孝若……二〇
凌烟閣勳臣贊　吕温……二二
河間獻王贊　司馬光……三五
晉蔡謨贊　王回……三七
嵇紹贊　王回……三八
王元之畫像贊　蘇軾……三八
無爲贊　司馬光……四〇
濂溪先生贊　朱熹……四〇
明道先生贊　朱熹……四〇
伊川先生贊　朱熹……四〇

康節先生贊　朱熹……四一
橫渠先生贊　朱熹……四一
涑水先生贊　朱熹……四一
書畫像自警　朱熹……四一
晦庵先生像贊　趙汝騰……四二
又　吴澂……四二
書畫像自警　劉因……四二
魯齋許文正公像贊　宋濂……四二
陸秀夫像贊　宋濂……四三
宗忠簡公小傳贊　王褘……四三
婁貞公贊　宋濂……四四

卷四十四

七體

七發八首　枚乘……四五
晉問　柳宗元……五三
七觀　袁桷……六二
志釋寄胡仲申　宋濂……七〇
文訓　王褘……七七

問對

對楚王問　宋玉……八六
答客難　東方朔……八七
難蜀父老　司馬相如……八八
進學解　韓愈……九二
設漁者對智伯　柳宗元……九四
推命對　王安石……九六
問養生　蘇軾……九八
三問對　宋濂……九九
問刑　蘇伯衡……一〇七
土偶對　貝瓊……一一一

卷四十五

傳

孟子荀卿列傳　司馬遷……一一三

董仲舒傳　班固……一一六
黃憲列傳　范蔚宗……一一九
五柳先生傳　陶淵明……一二一
圬者王承福傳　韓愈……一二一
太學生何蕃傳　韓愈……一二四
毛穎傳　韓愈……一二五
種樹郭槖駝傳　柳宗元……一二八
梓人傳　柳宗元……一二九
六一居士傳　歐陽脩……一三三
趙延嗣傳　石介……一三五
無名公傳　邵雍……一三七
曹氏女傳　章望之……一三八
謝翺傳　胡翰……一三九

行狀

贈太傅董公行狀　韓愈……一四二
段太尉逸事狀　柳宗元……一四九

卷四十六

謚法

周公謚法　司馬遷……一五三
序論　鄭樵……一五九
後論　鄭樵……一六〇

謚議

晋太宰何曾謚議　秦秀……一六二
晋賈充謚議……一六三
唐文貞楊綰謚議代答蘇瑞駁議
梁肅……一六三
唐丞相江陵尹御史大夫呂諲謚議
獨孤及……一六六
駁議呂諲　嚴郢……一六七
重議呂諲　獨孤及……一六九
重議郭知運　獨孤及……一七二
陳執中謚榮靈議　韓維……一七四
歐陽文忠公謚議　李清臣……一七五

淵穎吳先生私謚議　宋濂……一七七

卷四十七

碑

曹娥碑　邯鄲淳……一七九
桐柏廟碑　王延壽……一八〇
平淮西碑　韓愈……一八一
南海神廟碑　韓愈……一八六
魏博節度觀察使沂國公先廟碑銘
　韓愈……一八九
箕子碑　柳宗元……一九二
梅先生碑　羅隱……一九三
壽域碑　王禹偁……一九四
表忠觀碑　蘇軾……一九五
潮州韓文公廟碑　蘇軾……一九九
旌忠愍節廟碑　朱熹……二〇二
譚節婦碑　曹裕……二〇五
汴梁廟學碑　姚燧……二〇七
大明敕建太學之碑　宋訥……二一一

卷四十八

墓碑

郭有道碑文　蔡邕……二一五
河間相張平子碑　崔瑗……二一六
曹成王碑　韓愈……二一八
唐故相權公墓碑　韓愈……二二二
范文正公神道碑銘　歐陽脩……二二五
梅侍讀神道碑銘　王安石……二三二
司馬溫公神道碑　蘇軾……二三四
開平忠武王神道碑銘　宋濂……二四二
故中順大夫禮部侍郎曾公神道碑銘
　宋濂……二五一

墓碣

唐河中府法曹張君墓碣銘　韓愈……二五九

故御史周君碣　柳宗元……………………二六一

墓表
唐故給事中皇太子侍讀陸文通先生墓表
柳宗元……………………二六一
石曼卿墓表　歐陽脩……………………二六三
太常博士周君墓表　歐陽脩……………………二六六
瀧岡阡表　歐陽脩……………………二六八
處士徵君墓表　王安石……………………二七二
程伯淳墓表　程頤……………………二七三
屏山先生劉公墓表　朱熹……………………二七四

卷四十九

墓誌　墓記　埋銘
劉先生夫人墓誌　任彦升……………………二七九
貞曜先生墓誌　韓愈……………………二七九
試大理評事王君墓誌銘　韓愈……………………二八一
柳宗元墓誌銘　韓愈……………………二八三
唐正議大夫尚書左丞孔公墓誌銘
韓愈……………………二八六
殿中少監馬君墓誌　韓愈……………………二九〇
南陽樊紹述墓誌銘　韓愈……………………二九一
故幽州節度判官贈給事中清河張君
墓誌銘　韓愈……………………二九三
李元賓墓銘　韓愈……………………二九五
施先生墓銘　韓愈……………………二九六
試大理評事胡君墓銘　韓愈……………………二九七
故襄陽丞趙君墓誌　柳宗元……………………二九七
覃季子墓銘　柳宗元……………………二九九
唐工部員外郎杜甫墓誌銘　元稹……………………三〇〇
徐文質墓誌銘　穆脩……………………三〇三
孫明復墓誌銘　歐陽脩……………………三〇四
黄夢升墓誌銘　歐陽脩……………………三〇七
蘇子美墓誌銘　歐陽脩……………………三〇九
梅聖俞墓誌銘　歐陽脩……………………三一二

南陽郡君謝氏墓誌銘　歐陽脩……三一四
葛源墓誌銘　王安石……三一六
陳比部墓誌銘　王安石……三一九
節度推官陳君墓誌銘　王安石……三二二
邵康節先生墓誌銘　程顥……三二三
壽安縣君錢氏墓誌銘　曾鞏……三二六
事考吏部員外郎史館校勘府君遷墓記　朱熹……三二八
女巳埋銘　朱熹……三二九
新安王生墓銘　劉因……三三〇

卷五十

誄辭

王仲宣誄　曹植……三三一

哀辭

哀陸長源鄭通誠辭　白居易……三三三
獨孤申叔哀辭　韓愈……三三四
歐陽生哀辭　韓愈……三三四
鍾子翼哀詞　蘇軾……三三七
過楊忠襄墓哀辭　游酢……三三八
蓉峰處士宋公哀頌　徐一夔……三四一

祭文

祭程氏妹文　陶淵明……三四三
祭顔光禄文　王僧達……三四三
潮州祭神文　韓愈……三四四
袁州祭神文三首　韓愈……三四五
祭柳宗元文　韓愈……三四六
祭十二郎文　韓愈……三四七
祭郴州李使君文　韓愈……三五〇
禡牙文　柳宗元……三五二
禜門文　柳宗元……三五三
祭石曼卿文　歐陽脩……三五三
祭歐陽文忠公文　蘇軾……三五四
滄州精舍告先聖文　朱熹……三五五

焚黄文　朱熹……三五六
祭張敬夫殿撰文　朱熹……三五六
祭吕伯恭著作文　朱熹……三五八
祭朱文公文　劉克莊……三六〇

文章辨體外集

目録……三六三

卷一

連珠

演連珠　陸機……三八七
又　徐鉉……三八九
又　晏殊……三九〇
又　宋庠……三九〇
又　劉攽……三九〇
又　宋濂……三九〇
又　王褘……三九三

判

安北副都護連帥愛與人弈棊聞寇至
不輟御史以逗撓糾察　鄭少微……三九六
甲將死命其子以嬖妾爲殉其子嫁之或
非其違父之命子云不敢陷父於惡
白居易……三九七
丁去官而受舊屬饋與或告其違法訴
云家口已離本任　余靖……三九七
儀禮司失儀　宋訥……三九八

律賦

省試明水賦　韓愈……三九八
長嘯却胡胡騎賦　范鎮……四〇〇
金在鎔賦　范仲淹……四〇一

卷二

律詩一

五言

杜少府之任蜀川　王勃……四〇三
聖泉宴　王勃……四〇三
春晚山莊　駱賓王……四〇三
文翁講堂　盧照鄰……四〇四
暉上人獨坐亭　陳子昂……四〇四
春日登九華觀　陳子昂……四〇四
和韋承慶過義陽公主山池　杜審言……四〇四
早春游望　杜審言……四〇四
游少林寺　沈佺期……四〇五
新年作　宋之問……四〇五
與諸子登峴山　孟浩然……四〇五
歲除有懷　孟浩然……四〇五
晚泊尋陽望香爐峰作　孟浩然……四〇六
贈崔秋浦　李白……四〇六
送友人　李白……四〇六
登兖州城樓　杜甫……四〇六
春日懷李白　杜甫……四〇七
故武衛將軍挽詞　杜甫……四〇七
春望　杜甫……四〇七
哭長孫侍御　杜甫……四〇七
留別賈嚴二閣老兩院補闕得聞字　杜甫……四〇七
獨酌成詩　杜甫……四〇八
晚出左掖　杜甫……四〇八
春宿左省　杜甫……四〇八
端午日賜衣　杜甫……四〇八
初月　杜甫……四〇九
游修覺寺　杜甫……四〇九
後游　杜甫……四〇九
爲農　杜甫……四〇九
寄楊五桂州譚　杜甫……四一〇

漫成　杜甫……四一〇
春夜喜雨　杜甫……四一〇
草堂即事　杜甫……四一〇
客亭　杜甫……四一〇
涪江泛舟送韋班歸京得山字　杜甫……四一一
送元二適江左　杜甫……四一一
嚴鄭公宅同咏竹得香字　杜甫……四一一
吾宗　杜甫……四一一
不離西閣　杜甫……四一二
茅屋檢校收稻　杜甫……四一二
人日　杜甫……四一二
江漢　杜甫……四一二
登岳陽樓　杜甫……四一三
同崔員外秋宵寓直　王維……四一三
送丘爲下第歸江東　王維……四一三
終南别業　王維……四一三
南州有贈二首　賈至……四一三
贈杜二拾遺　高適……四一四
送張子尉南海　岑參……四一四
送王士録事赴虢州　岑參……四一四
晚發五谿　岑參……四一五
泊楊子岸　祖咏……四一五
送李給事歸徐州覲省　孫逖……四一五
送溧水唐明府　韋應物……四一五
咏山泉　儲光羲……四一五
次北固山下　王灣……四一六
山行　殷遥……四一六
送韓司直　皇甫冉……四一六
晚至華陰　皇甫曾……四一六
題破山寺　常建……四一七
酬劉員外見寄　嚴維……四一七
松江獨宿　劉長卿……四一七
仲夏江陰客舍寄裴明府　李嘉祐……四一七
酬暢當……四一八

同梁鍠文宴　錢起……四一八
喜外弟盧綸見宿　司空曙……四一八
雲陽館與韓紳宿別　司空曙……四一八
送別錢起　郎士元……四一八
岳州逢司空曙　李端……四一九
除夜宿石頭驛　戴叔倫……四一九
別友人　戴叔倫……四一九
早行寄朱山人放　戴叔倫……四一九
聞笛　戎昱……四二〇
醉後憶山中人　王建……四二〇
酬韓庶子　張籍……四二〇
新秋寄樂天　劉禹錫……四二〇
北固晚眺　竇常……四二一
送可久歸越中　賈島……四二一
送人入蜀　李遠……四二一
孤山寺　張祐……四二一
鄠北李生　李才江……四二一
甘露寺　孫魴……四二二
池上　白居易……四二二
旅游傷春　李昌符……四二二
寄友人　張蠙……四二二
商山早行　温庭筠……四二三
長安春日　曹松……四二三
客中　于武陵……四二三
南游有感　于武陵……四二三
送鄭宥入蜀　李頻……四二四
途中別孫璐　方干……四二四
春宮　杜荀鶴……四二四
孤鴈　崔塗……四二四
韋處士山居　許渾……四二四
秋夜泛舟　劉方平……四二五
春日卧病書懷　劉商……四二五
中秋月　王禹偁……四二五
春日登樓懷歸　寇準……四二五

江行　江爲……四二五
八月十四夜月　范仲淹……四二六
秋懷　歐陽脩……四二六
廣愛寺朱瑶畫　蘇軾……四二六
閒居有感　李宗易……四二七
巖桂　朱熹……四二七
九日　朱熹……四二七
舟達黄溪　姚燧……四二七
泊舟湘岸　李材……四二七
送蘇子寧赴嶺北行省郎中　袁桷……四二八
名酒　虞集……四二八
贈方韶父處士　楊載……四二八
南康夜泊聞廬阜鐘聲　揭傒斯……四二八
次王御史韵　薩都剌……四二九
雨花臺　達德越士……四二九
桃源圖　傅若金……四二九
曉出錢塘門　成廷圭……四二九
書懷　王冕……四三〇
寄方壺道人　詹同……四三〇
郡齋偶賦　王褘……四三〇
夜宿江夏將往衡湘留贈親友　魏觀……四三〇
贈友　楊訓文……四三〇
題孫子讓山水　劉丞直……四三一
題劉汝弼東源小隱圖　蘇伯衡……四三一
登聚寶山分韵得春字　張孟兼……四三一
得鄉書　劉仔肩……四三一
雪夜宿翰林院呈危宋二院長　高啓……四三二
答高廉同飲後見寄　高啓……四三二
晚望　劉崧……四三二
江村雜興　楊基……四三二

卷三

律詩二

七言

三陽石淙侍宴應制　宋之問……四三三
奉和春日幸望春宮應制　張説……四三三
登黃鶴樓　崔顥……四三三
登鳳凰臺　李白……四三四
題東溪公幽居　李白……四三四
秋興　杜甫……四三四
詠懷古迹　杜甫……四三六
奉和賈至舍人早朝大明宮　杜甫……四三七
宣政殿退朝晚出左掖　杜甫……四三八
紫宸殿退朝口號　杜甫……四三八
曲江　杜甫……四三八
嚴中丞枉駕見過　杜甫……四三九
贈獻納起居田舍人澄　杜甫……四三九
蜀相　杜甫……四三九
九日宴藍田崔氏莊　杜甫……四四〇
至日遣興寄北省舊閣老兩院故人　杜甫……四四〇
臘日　杜甫……四四〇
陪李七司馬皁江上觀造竹橋　杜甫……四四一
客至　杜甫……四四一
狂夫　杜甫……四四一
燕子來舟中作　杜甫……四四二
寒食舟中作　杜甫……四四二
江村　杜甫……四四二
卜居　杜甫……四四二
題省中壁　杜甫……四四三
秋風　杜甫……四四三
暮歸　杜甫……四四三
柏學士茅屋　杜甫……四四四
早朝大明宮　賈至……四四四
和賈舍人早朝　王維……四四四

酬郭給事　王維……四四五
和賈至舍人早朝　岑參……四四五
和王員外雪後早朝　岑參……四四五
送王李二少府貶峽　高適……四四六
送魏萬之京　李頎……四四六
寄司勳盧員外　李頎……四四六
杜員外兄示詩因作此寄上　郭受……四四六
早朝寄所知　皇甫曾……四四七
同温丹徒登萬歲樓　皇甫冉……四四七
送李録事歸襄陽　劉長卿……四四七
和李員外扈從幸温泉宫　錢起……四四八
長安春望　盧綸……四四八
元日早朝　楊巨源……四四八
題仙游觀　韓翃……四四九
朝下寄韓舍人　耿湋……四四九
别舍弟宗一　柳宗元……四四九
登柳州城樓寄漳汀封連四州　柳宗元……四五〇
寒食内宴　張籍……四五〇
酬嚴司空見寄　武元衡……四五〇
元日樓前觀仗　薛逢……四五〇
登洛陽城　許渾……四五一
金陵懷古　許渾……四五一
凌歊臺　許渾……四五一
凌歊臺送韋秀才　許渾……四五二
京口寄友人　許渾……四五二
晚自朝臺至韋隱居郊園　許渾……四五二
四皓廟　許渾……四五三
錦瑟　李商隱……四五三
茂陵　李商隱……四五三
馬嵬　李商隱……四五四
籌筆驛　李商隱……四五四
隋宫　李商隱……四五四
酬張芬赦後見寄　司空曙……四五四
過陳琳墓　温庭筠……四五五

和樂天早春見寄　元稹……四五五
鄂州寓嚴澗宅　元稹……四五五
寄樂天　元稹……四五六
和趙相公登鸛雀樓　殷堯藩……四五六
咸陽懷古　劉滄……四五六
長洲懷古　劉滄……四五七
煬帝行宮　劉滄……四五七
廢宅　吴融……四五七
龍泉寺絶頂　方干……四五八
江亭春霽　李郢……四五八
江亭秋霽　李郢……四五八
寒食　來鵬……四五八
病起　來鵬……四五九
九日齊山登高　杜牧……四五九
春日長安即事　崔魯……四五九
送友人游江南　耿湋……四六〇
尋郭道士不遇　白居易……四六〇
長安秋夕　趙嘏……四六〇
春夕旅懷　崔塗……四六一
早秋京口贈張侍御　李嘉祐……四六一
夏夜宿表兄家話舊　竇叔向……四六一
早朝五門西望　王建……四六二
西塞懷古　劉禹錫……四六二
春夜偶作　寇準……四六二
梅花　林逋……四六二
小園梅花　林逋……四六三
内直對月　歐陽脩……四六三
葛溪驛　王安石……四六三
恭和御製上元觀燈　王珪……四六四
郊行即事　程顥……四六四
出潁口初見淮山　蘇軾……四六四
玉堂夜直　蘇軾……四六五
病後登快哉亭　賀鑄……四六五
夢山中故人　朱熹……四六五

前村見梅　朱熹……四六六
歌風臺　吴澂……四六六
和姚子敬秋興　趙孟頫……四六六
玉堂讀卷　虞集……四六七
送韓伯高僉憲淛西　虞集……四六七
題文忠臣廟　虞集……四六八
答李本録詩　虞集……四六八
題黄君秋江釣月圖　范椁……四六八
送白無咎太守之郡　范椁……四六九
宗陽宫望月分韻得聲字　楊載……四六九
遣興　楊載……四六九
憶昨　揭傒斯……四七〇
二　揭傒斯……四七〇
夢武昌　揭傒斯……四七〇
元日和裴都事朝回　李材……四七一
過杭州鳳凰山　陳孚……四七一
粤王臺懷古　薩都剌……四七一
上尊號日聽詔寄供奉　合哈布哈……四七一
宿崇仁峽　傅若金……四七二
駕發　傅若金……四七二
題丁文苑同年哀詞後　黄溍……四七二
憶友人　黄溍……四七三
題遠碧樓　張翥……四七三
舟發淛江夜泊廟山驛　張翥……四七三
梅花　高啓……四七四
駕幸鍾山應制　詹同……四七六
康郎山應制　夏煜……四七六
采石　楊訓文……四七六
春游　吴志淳……四七七
金山寺　劉丞直……四七七
湖中翫月　張紳……四七八
七月三十日祖母初度時年八十九
楊基……四七八

排律

五言

三月曲水宴　王勃……四七八
西使兼孟學士南游　盧照隣……四七九
靈隱寺　駱賓王……四七九
同韋舍人早朝　沈佺期……四七九
春日歸山寄孟浩然　李白……四八〇
行次昭陵　杜甫……四八〇
奉贈韋左丞丈二十二韻　杜甫……四八一
重經昭陵　杜甫……四八一
投贈哥舒開府翰二十韻　杜甫……四八二
上韋左相　杜甫……四八二
寄李十二白　杜甫……四八三
奉和上巳禊飲應制　王維……四八四
送秘書晁監歸日本　王維……四八四
杜中丞書院新移小竹　王建……四八五
和席八十二韻　韓愈……四八五
和崔舍人咏月　韓愈……四八五
春雪間早梅　韓愈……四八六
春雪　韓愈……四八七
韶州裴長史寄道州吕八大使二十韻見及因拾其餘韻疇焉凡韶州所用者置不取其聲律言數如之　柳宗元……四八七
群玉殿賜宴　歐陽脩……四八八
春雪用韓昌黎韵同彭應之作　朱熹……四八八
孝宗挽歌詩　朱熹……四八九
義門鄭氏麟溪集　吴當……四九〇
正月十一日朝回即事　虞集……四九一
夏水　高啓……四九一
奉題王會圖　王褘……四九二

七言

清明　杜甫……四九二
又　杜甫……四九三

送裴相公上太原　王建……四九三
送鞠希仁赴邵陽縣丞兼寄楊秀才
　傅若金……四九四
送王知縣上計朝京　謝肅……四九四

卷四

絶句

五言

夜送趙縱　楊炯……四九五
普安建陰題壁　王勃……四九五
臨江　王勃……四九五
贈李十四　王勃……四九五
翫初月　駱賓王……四九五
在軍登城樓　駱賓王……四九六
途中寒食　宋之問……四九六
別杜審言　宋之問……四九六
雜詩　王維……四九六
別輞川別業　王縉……四九六
長安道　儲光義……四九六
春曉　孟浩然……四九七
古意　崔國輔……四九七
見渭水思秦川　岑參……四九七
絶句　杜甫……四九七
武侯廟　杜甫……四九八
八陣圖　杜甫……四九八
對雪獻從兄虞城宰　李白……四九八
答友人贈烏紗帽　李白……四九八
長信宮　劉方平……四九八
送王司直　皇甫曾……四九九
逢雪宿芙蓉山　劉長卿……四九九
秋夜寄丘二十二員外　韋應物……四九九
同褒子秋齋獨宿　韋應物……四九九
贈別司空曙　盧綸……四九九
秋夜　耿湋……四九九

江行無題　錢起……四九九
翫花與衛象同醉　司空曙……五〇〇
送人下第　李端……五〇〇
登樓　暢當……五〇〇
贈李唐山人　戴叔倫……五〇〇
惜春　李益……五〇〇
夏日作　武元衡……五〇〇
江雪　柳宗元……五〇一
新嫁娘　王建……五〇一
秋風　劉禹錫……五〇一
松江夜泊　鮑當……五〇一
江上漁者　范仲淹……五〇一
遠山　歐陽脩……五〇一
夏夜小亭有懷　梅堯臣……五〇一
遺老齋　蘇轍……五〇二
蠶婦　張俞……五〇二
和劉德明以夏雲多奇峰爲韵　朱熹……五〇二
春日　劉因……五〇二
石鼎聯句圖　劉因……五〇三
采薇圖　盧摯……五〇三
題江州庾樓　賀復孫……五〇三
病中　薩都剌……五〇三
古意　傅若金……五〇三
烟波亭　吳琳……五〇三
題江岫圖　熊鼎……五〇四
紅梅　牛諒……五〇四
秋夜　吳雲……五〇四
丁未初至南京登鳳凰臺　謝肅……五〇四
嘆墻下草　高啓……五〇四
赴京道中逢還鄉友　高啓……五〇四
聞鴈　楊基……五〇五

六言

田園樂　王維……五〇五

送鄭二之茅山　皇甫冉……五〇五
奉寄皇甫冉　張繼……五〇五
尋張逸人山居　劉長卿……五〇六
歸山　顧逋翁……五〇六
題舒州山谷寺石牛洞　王安石……五〇六
獨坐　文同……五〇六
登山望海　張耒……五〇六
鉛山立春　朱熹……五〇六
題孤山放鶴圖　趙孟頫……五〇七
題江山烟雨圖　虞集……五〇七
題聶空山扇　虞集……五〇七
楊氏山莊　高啓……五〇七
陶秘書廣陵送別圖　高啓……五〇七
七言
回鄉偶書　賀知章……五〇七
聞王昌齡左遷龍標　李白……五〇八
絶句　杜甫……五〇八
投簡梓州幕府兼韋十郎官　杜甫……五〇八
江南逢李龜年　杜甫……五〇八
春夜洛城聞笛　李白……五〇九
寄江上段十六　王維……五〇九
九日憶山東兄弟　王維……五〇九
送李侍郎赴常州　賈至……五〇九
送李浦之京　王昌齡……五一〇
除夜　高適……五一〇
逢入京使　岑參……五一〇
春夢　岑參……五一〇
題張山人壁　張謂……五一〇
送魏十六還蘇州　皇甫冉……五一一
楓橋夜泊　張繼……五一一
送裴郎中貶吉州　劉長卿……五一一
滁州西澗　韋應物……五一一
九日　韋應物……五一二
村南逢病叟　盧綸……五一二

送齊山人　韓翃……五一二
歸鴈　錢起……五一二
聽鄰家吹笙　郎士元……五一三
江村即事　司空曙……五一三
湘南即事　戴叔倫……五一三
對月答元明府　戴叔倫……五一三
旅次寄湖南張郎中　戎昱……五一三
山中　顧逋翁……五一四
和練師索秀才楊柳　楊巨源……五一四
柳州二月榕葉盡落偶題　柳宗元……五一四
夏書偶作　柳宗元……五一四
伏翼西洞送人　陳羽……五一五
焚書坑　章碣……五一五
訪隱者不遇　竇鞏……五一五
宮中詞　王建……五一五
綺繡宮　王建……五一六
秋思　張籍……五一六
感春　張籍……五一六
烏衣巷　劉禹錫……五一七
石頭城　劉禹錫……五一七
聽舊宮人穆氏歌　劉禹錫……五一七
登樂游原　杜牧……五一七
漢江　杜牧……五一七
赤壁　杜牧……五一八
宮怨　杜牧……五一八
送隱者　杜牧……五一八
宮詞　李商隱……五一八
江南春　杜牧……五一九
懷吳中馮秀才　杜牧……五一九
華清宮　杜常……五一九
送元史君自楚移越　劉商……五一九
題鶴林寺　李涉……五二〇
過南鄰花園　雍陶……五二〇
宿嘉陵驛　雍陶……五二〇

寄襄陽章孝孫　雍陶……五二〇
秋思　許渾……五二〇
曲江春望　唐彦謙……五二一
丹陽送韋參軍　嚴維……五二一
旅懷　杜荀鶴……五二一
南莊春晚　李群玉……五二一
十日菊　鄭谷……五二二
寄維陽故人　張喬……五二二
宿杭州虚白堂　李郢……五二二
晴景　王駕……五二二
重贈商玲瓏兼寄樂天　元稹……五二三
經汾陽舊宅　趙嘏……五二三
老圃堂　薛能……五二三
偶興　羅隱……五二三
三月晦日贈劉評事　賈島……五二三
己亥歲　曹松……五二四
賈生　劉言……五二四
春　高蟾……五二四
繡嶺宫　李洞……五二四
清明　王禹偁……五二五
泊舟　蘇舜欽……五二五
書河上亭壁　寇準……五二五
自作壽堂因作一絶誌之　林逋……五二五
樵者　歐陽脩……五二六
杏花　王安石……五二六
偶成　程顥……五二六
中秋月　蘇軾……五二六
召試學士院　王欽臣……五二六
題宣州後堂壁　張耒……五二七
武夷棹歌　朱熹……五二七
銅雀瓦　劉因……五二九
日南感懷　陳孚……五二九
絶句　趙孟頫……五二九
吟人　滕賓……五三〇

題陶淵明像　鄧文原……………………五三〇
以瓊扇一握奉致黄明府　范梈…………五三〇
題鄭子真畫像　楊載……………………五三〇
送上黨長　虞集…………………………五三〇
御溝春日偶成　馬祖常…………………五三一
陳平章席上題琵琶亭　龍觀復…………五三一
題青山白雲圖　黄溍……………………五三一
宫詞　薩都剌……………………………五三一
絶句　泰不花……………………………五三二
南歸偶書　余闕…………………………五三二
題淵明小像　貢師泰……………………五三三
題徽宗畫梔子白頭翁　成廷珪…………五三三
春夜　成廷珪……………………………五三三
畫梅　王冕………………………………五三三
題枯枝寒禽　詹同………………………五三三
南京别王道士　危素……………………五三四
過南湖戲折藕花　吴植…………………五三四
芙蓉野鴨圖　顧觀………………………五三四
題山居圖　鄭沂…………………………五三四
觀剥棗　楊基……………………………五三五
將赴金陵始出閶門夜泊　高啓…………五三五
漫興　張孟兼……………………………五三五
過渭門亂石灘　鄒立誠…………………五三五

聯句詩

夏夜李尚書筵送宇文石首赴縣
杜甫………………………………………五三六
城南聯句　韓愈　孟郊…………………五三七
鬥雞聯句　韓愈　孟郊…………………五四二
風琴聯句　謝絳　梅堯臣………………五四三
病栢聯句　高啓…………………………五四三

雜體詩

三五七言懷友　李白……………………五四五
首尾吟　邵雍……………………………五四五
集句　王安石……………………………五四五

戲贈湛源　王安石……五四五
與北山道人　王安石……五四五
示蔡天啓　王安石……五四六
送吴顯道　王安石……五四六
星名二十八宿歌贈晁無咎　黄庭堅……五四六
人名和蕭十六　孔平仲……五四七
郡名呈吕元均　孔平仲……五四八
藥名荆州即事　黄庭堅……五四八
建除重贈徐天隱　黄庭堅……五四九
八音答黄魯直　晁補之……五四九
藥名離合　孔平仲……五四九
回紋泊鴈　王安石……五五〇
五雜組　孔平仲……五五〇
了語不了語　蘇舜欽……五五〇
難易言　蘇舜欽……五五一
一字至十字咏竹　文同……五五一
讀十二辰詩卷掇其餘作此　朱熹……五五二
四禽言　梅堯臣……五五二
又　蘇軾……五五三
五禽言和王仲衡尚書　朱熹……五五三
四禽言　梁棟……五五四

卷五

近代詞曲

菩薩蠻　李白……五五五
錦纏道·春景　宋祁……五五五
漁家傲·秋思　范仲淹……五五五
浪淘沙·懷舊　歐陽脩……五五六
桂枝香·金陵懷古　王安石……五五六
水調歌頭·中秋　蘇軾……五五六
南鄉子·九日　蘇軾……五五七
念奴嬌·赤壁懷古　蘇軾……五五七
蝶戀花·離别　蘇軾……五五八
滿庭芳·自嘆　蘇軾……五五八

水調歌頭・春行　黃庭堅……五五八
瑞鶴仙・醉翁亭　黃庭堅……五五九
西江月・勸酒　黃庭堅……五五九
踏莎行・賞春　黃庭堅……五五九
西江月・警世　朱敦儒……五六〇
孤鸞・早梅　朱敦儒……五六〇
青玉案・雪　陳瓘……五六〇
滿江紅・隱逸・幽居　呂本中……五六一
蝶戀花・警世　秦觀……五六一
玉燭新・梅　周邦彥……五六一
點絳唇　汪藻……五六二
念奴嬌・洞庭　張孝祥……五六二
蝶戀花・元日立春　辛棄疾……五六三
沁園春　退閑……五六三
水調歌頭・九日　韓元吉……五六三
天仙子・水閣　沈會宗……五六四
次袁機仲韻水調歌頭　朱熹……五六四
用傅安道和朱希真梅詞韻　朱熹……五六四
隱括杜牧之齊山詩作水調歌頭　朱熹……五六五
沁園春題睢陽雙廟　文天祥……五六五
無俗念　虞集……五六六

附録

渭城曲　王維……五六六
竹枝　劉禹錫……五六七
楊柳　白居易……五六八

文章辨體卷之四十三

海虞後學吳訥編集

頌

聖主得賢臣頌　　漢王子淵

夫荷旃被毳者難與道純緜之麗密羹藜唅糗者不足與論太牢之滋味今臣僻在西蜀生於窮巷之中長於蓬茨之下無有游觀廣覽之知顧有至愚極陋之累不足以塞厚望應明旨雖然敢不略陳愚心而杼情素夫賢者國家之器用也所任賢則趨舍省而功施普器用利則用力少而就效衆故工人之用鈍器也勞筋苦骨終日矻矻及至巧冶鑄干將清水淬其鋒越砥斂其鍔水斷蛟龍陸剸犀革使離婁督繩公輸削墨雖崇臺五層延袤百丈而不溷者工用相得也庸人之御駑馬亦傷吻弊筴而不進及王良執靶韓哀附輿過都越國蹶如歷塊追奔電

逐遺風周流八極萬里一息何其遼哉人馬相得也故服絺綌之凉者不苦盛暑之鬱燠襲狐狢之煖者不憂至寒之凄滄何則有其具者易其備賢人君子亦聖王之所以易海内也故君人者勤於求賢而逸於得人人臣亦然昔賢者之未遭遇也圖事揆策則君不用其謀陳見悃誠則上不然其信進仕不得施效斥逐又非其愆是故伊尹勤於鼎俎太公困於牛刀百里自鬻甯子飯牛罹此患也及其遇明君遭聖主也運籌合上意諫諍則見聽進退則關其忠任職得行其術故世必有聖智之君而後有賢明之臣虎嘯而風列龍興而致雲蟋蟀俟秋吟蜉蝣出以陰明明在朝穆穆布列聚精會神相得益章故聖主必待賢臣而弘功業俊士亦俟明主以顯其德上下俱欲懽然交欣千載一會論説無疑翼乎如鴻毛遇順風沛乎若巨魚縱大壑化溢四表橫被無窮休徵自至壽考無疆何必偃仰詘信若彭

祖呴噓呼吸如喬松眇然絕俗離世哉

趙充國頌　楊子雲

明靈惟宣戎有先零先零猖狂侵漢西疆漢命虎臣惟後將軍整我六師是討是震既臨其域諭以威德有守矜功謂之弗克請奮其旅于罕之羌天子命我從之鮮陽營平守節屢奏封章料敵制勝威謀靡亢遂克西戎還師于京鬼方賓服罔有不庭昔周之宣有方有虎詩人歌功乃列于雅在漢中興充國作武赳赳桓桓亦紹厥後

漢高祖功臣頌　晋陸士衡

相國酇文終侯沛蕭何相國平陽懿侯沛曹參太子少傅留文成侯韓張良丞相曲逆獻侯陽武陳平楚王淮陰韓信梁王昌彭越淮南王六黥布趙景王大梁張耳韓王韓信燕王豐盧綰長沙文王吳芮荊王沛劉賈太傅安國懿侯王陵左丞相絳武

侯沛周勃相國武陽侯沛樊噲右丞相曲周景侯高陽酈商太僕汝陰文侯沛夏侯嬰丞相潁陰懿侯雎陽灌嬰代丞相陽陵景侯魏傅寬車騎將軍信武肅侯靳歙大行廣野君高陽酈食其中郎建信侯齊劉敬太中大夫楚陸賈太子太傅稷嗣君薛叔孫通魏無知護軍中尉隨何新城三老董公轅生將軍紀信御史大夫沛周苛平國君侯公右三十一人與定天下安社稷者也頌曰

芒芒宇宙上墋下黷波振四海塵飛五嶽九服徘徊三靈改卜赫矣高祖肇載天祿沈跡中鄉飛名帝録慶雲應輝皇階授木龍興泗濱虎嘯豐谷彤雲晝聚素靈夜哭金精仍頹朱光以渥萬邦宅心駿民效足堂堂蕭公何王跡是因綢繆叡后無競惟人外濟六師内撫三秦拔奇夷難邁德振民軆國畫制上穆下親名蓋群后是謂宗臣平陽曹參樂道在變則通爰淵爰嘿有

此武功長驅河朔電擊壤東協策淮陰亞跡蕭公文成張良作師通幽洞冥永言配命因心則靈窮神觀化望影揣情鬼無隱謀物無遁形武關是闢鴻門是寧隨難滎陽即謀下邑銷印基廢推齊勸立運籌固陵定策東襲三王從風五侯允集霸楚寔喪皇漢凱入怡顏高覽弭翼鳳戢託跡黃老辭世却粒曲逆陳平宏遠好謀能深游精杳漠神迹是尋重玄匪奧九地匪沈伐謀先兆擠響于音奇謀六奮嘉慮四廻規主於足離項于懷格人乃謝楚翼是推韓王窘執胡馬洞開迎文以謀哭高以哀灼灼淮陰信韓靈武冠世策出無方思入神契奮臂雲興騰跡虎噬陵險必夷摧剛則脆肇謀漢濱還定渭表京索既扼引師北討濟河夷魏登山滅趙威亮火烈勢踰風埽拾代如遺偃齊猶草二州肅清四邦咸舉乃眷北燕遂表東海克滅龍且爰取其旅劉項懸命人謀是與念功惟德辭通絕楚彭越觀時韜迹匿光人具

爾膽翼爾鷹揚威凌楚域質委漢王靖難河濟即宫舊梁烈烈黥布眈眈其聏名冠疆楚鋒猶駭電覩幾蟬蛻悟王革面肇彼梟風翻爲我扇天命方輯王在東夏矯矯三雄至于垓下元凶既夷寵禄來假保大全祚非德孰可謀之不臧舍福取禍張耳之賢有聲梁魏士也罔極自詒伊媿俯思舊恩仰察五緯脫跡違難披榛來洎改策西秦報辱北冀悴葉更輝枯條以肄王信韓孽宅土開疆我圖爾才越遷晋陽盧綰自微婉孌我皇跨功踰德祚爾輝章人之貪禍寧爲亂亡吳芮之王祚由梅鋗功微勢弱世載忠賢肅肅荆王（劉賈）董我王軍我圖四方殷薦其勳庸親作勞舊楚是分往踐厥宇大啓淮濆安國（王陵）違親悠悠我思依依哲母既明且慈引身伏劒永言固之淑人君子寔邦之基義形於色憤發于辭主亡與亡末命是期絳侯（周勃）質木多略寡言曾是忠勇惟帝攸歎雲騖靈丘景逸上蘭平代禽豨奄有燕

韓寧亂以武斃呂以權滌穢紫宮徵帝太原實惟太尉劉宗以
安挾功震主自古所難勳耀上代身終下藩舞陽樊噲道迎延帝
幽藪宣力王室匪惟厥武揔干鴻門披闥帝宇聳顏誚項掩淚
寤主曲周酈商之進干其哲允俾率爾徒從王于征振威龍蛻攄
武庸城六師寔因克荼禽黥猗歟汝陰夏侯嬰綽綽有裕戎軒肇
跡荷策來附馬煩轡殆不釋擁樹皇儲時乂平城有謀頼陰灌嬰
銑敏屢為軍鋒奮戈東城禽項定功秉風藉響高步長江收吳
引淮光啓于東陽陵傅寛之勳元帥是承信武靳歙薄代揚節江陵
夷王殄國俾亂作懲恢恢廣野酈食其誕節令圖進謁嘉謀退守
名都東規白馬北距飛狐即倉敖庾據險三塗轄軒東踐漢風
載徂身死于齊非說之辜我皇寔念言祚爾孤建信劉敬委輅披
褐獻寶精明周漢銓時論道移帝伊洛定都酆鎬柔遠鎮邇寔
敬攸考抑抑陸生賈知言之貫往制勁越來訪皇漢附會平勃

夷凶剪亂所謂伊人邦家之彥百王之極舊章靡存漢德雖朗
朝儀則昏稷嗣（叔孫通）制禮下肅上尊穆穆帝典煥其盈門風睎
三代憲流後昆無知（魏）叡敏獨昭奇跡察侔蕭相貺同師錫隨
何辯達因資於敵紆漢披楚唯生之績蟠蟠董叟謀我平陰三
軍縞素天下歸心轅生秀朗沈心善照漢旆南振楚威自撓大
略淵回元功響效邈哉惟人何識之妙紀信誑項軺軒是乘攝
齊赴節用死孰懲身與烟消名與風興周苛慷慨心若懷冰形
可以暴志不可凌貞軌偕沒亮跡雙升帝疇爾庸後嗣是膺天
地雖順王心有違懷親望楚永言長悲侯公伏軾皇媼來歸是
謂平國寵命有輝震風過物清濁效響大人于興利在攸往弘
海者川崇山惟壤韶濩錯音袞龍比象明明衆哲同濟天網釼
宣其利鑒獻其朗文武四充漢祚克廣悠悠遐風千載是仰

中興頌并序

唐元次山

天寶十四年安祿山陷洛陽明年陷長安天子幸蜀太子即位於靈武明年皇帝移軍鳳翔其年復兩京上皇還京師於戲前伐帝王有盛德大業者必見於歌頌若今歌頌大業刻之金石非老於文學其誰宜爲頌曰

噫嘻前朝孽臣姦驕爲昏爲妖邊將騁兵毒亂國經群生失寧大駕南巡百寮竄身奉賊稱臣天將昌唐繄睨我皇匹馬北方獨立一呼千旗萬旟戎卒前驅我師其東儲皇撫戎蕩攘群兇復服指期曾不踰時有國無之事有至難宗廟再安二聖重歡地闢天開蠲除袄災瑞慶大來兇徒逆儔涵濡天休死生堪羞功勞位尊忠烈名存澤流子孫盛德之興山高日升萬福是膺能令大君聲容沄沄不在斯文湘江東西中直浯溪石崖天齊可磨可鐫刊此頌焉何千萬年

伯夷頌　　韓退之

士之特立獨行適於義而已不顧人之是非皆豪傑之士信道篤而自知明者也一家非之力行而不惑者寡矣至於一國一州非之力行而不惑者蓋天下一人而已矣若至於舉世非之力行而不惑者則千百年乃一人而已耳若伯夷者窮天地亘萬世而不顧者也昭乎日月不足爲明崒乎泰山不足爲高巍乎天地不足爲容也當殷之亡周之興微子賢也抱祭器而去之武王周公聖也從天下之賢士與天下之諸侯而往攻之未嘗聞有非之者也彼伯夷叔齊者乃獨以爲不可殷既滅矣天下宗周彼二子乃獨恥食其粟餓死而不顧繇是而言夫豈有求而爲哉信道篤而自知明也今世之所謂士者一凡人譽之則自以爲有餘一凡人沮之則自以爲不足彼獨非聖人而自是如此夫聖人乃萬世之標準也余故曰若伯夷者特立獨行窮天地亘萬世而不顧者也雖然微二子亂臣賊子接跡於後

世矣

子産不毁鄉校頌

我思古人伊鄭之僑以禮相國人未安其教遊於鄉之校衆口嚻嚻或謂子産毁鄉校則止曰何患焉可以成美夫豈多言亦各其志善也吾行不善吾避維善維否我於此視川不可防言不可弭下塞上聾邦其傾矣既鄉校不毁而鄭國以理在周之興養老乞言及其已衰謗者使監成敗之迹昭哉可觀維是子産執政之式維其不遇化止一國誠率是道相天下君交暢旁達施及無垠於虖四海所以不理有君無臣誰其嗣之我思古人

錢鄧州不燒楮鏹頌　宋吕南公

嗚虖士誠知修耶内不欺諸已外不欺諸人可與修已已嗚虖士誠有立耶上不媿於天下不怍於地中不負於神可謂士君子已凡唯知修至於可立而不欺不媿者其備如此雖天地神

明我斯天地神明已豈又卹卹於諸餘哉世衰道隱士心險惑稔匿自危則區區於禍福以壯其毒聞古之用幣以禮神祇後之罪士爲多則假之以請禱禳祈假之不已則繼楮代焉而弗支是故罪者滿世而莫救其誅肅肅鄧州唯道之谿識獨超於衆謬行不徇於時流孰巫祝之足因而禧祥之苟求益清修而不媿則萬福之來酬是何楮鏹之不然而名位之優優嗚呼豈第君子求福不回誰其嗣之宋有人猗

平江漢頌

洪武宋景濂

天命

皇帝爲億兆生民主旌麾所向悉臣悉庭初以一旅之師與濠泗間遂撫淮南平江東攻浙東西下之版圖所入方數千里定都江左發政施仁戴白之叟垂髫之童涵泳至化皞皞熙熙如承平時于時陳友諒據有江漢之地僭居大號賊殺其主飾修

豢銜虐駈烝黎如蹈水火不自度力又集蜂蟻之衆直窺豫章三月不解皇赫斯怒乃召群臣于庭而告之曰陳虜不道敢屢予侮昔者蕩搖我邊方侵軼我姑孰伺偵我金陵賴爾一二臣隣之力攻而敗之予亦親覆其穴巢中宵竄走假息武昌予不忍追殲之兾其悔禍以自逭於天刑癸卯之夏乃復圍我豫章是其凶德無厭自取殄滅此天亡之時天之明威予不敢不順唯爾熊羆之臣不二心之士尚弼予以成厥功群臣曰都於是右丞臣達叅知政事臣遇春帳前親兵指揮使臣國勝同知樞密院事臣永忠同知樞密院事臣通海備厥戎器簡厥師徒以俟七月癸酉上躬擐甲冑禡纛龍江帥樓船數百蔽江而上陳虜大讋解圍而逃丁亥與我師遇鄱陽湖之康即山戊子

上分舟師爲十一屯命達遇春永忠突入虜陣呼聲動天地矢

鋒雨集砲聲雷鍧波濤起立飛火照耀百里之内水色盡赤焚溺死者動一二萬流屍如蟻滿望無際己丑焚僞平章册割戮餘二千辛卯復酣戰虜將張定邊素號梟猛上親禦之將士皆死戰歷一二時遇春等左右夾擊殺士卒無算張中矢百餘而退潜保鞋山不敢吐氣我師亦據湖口扼彼喉衿列栅南北江岸置火筏中流水陸嚴戒以俟其弊八月虜食盡遣舟五百艘掠粮都昌又爲我大將所獲壬戌虜計窮冒死突出將上趨九江

上命諸將一時俱合其大戰如戊子自辰達酉督戰益急友諒中飛矢斃于舟中癸亥降其衆五萬

上命釋之不戮一人凱歌而旋舳艫相銜旌旗飛翻不疾不徐委蛇而來萬姓歡迎俯伏道左山川草木皆有喜氣告廟飲至行賞論功賜遇春田若干沐忠田若干其餘將士賚金綺有差

臣稽在昔曹操治水軍八十萬來攻孫權而周瑜黃蓋敗之於赤壁符堅發長安戎卒六十餘萬騎二十七萬以侵晋而謝石敗之於淝水然赤壁不過一焚而走淝水亦不過軍亂而奔初未嘗大戰也史臣且書之以爲千古美談矧今湖口之捷血戰累日天地爲之晦冥日月爲之無光山河爲之震盪其神功駿烈炳耀鏗鍧與天無極較之二國未足多讓而歌詠不作非甚缺典歟臣謹備著其事撰爲頌詞一通以流鴻績於無窮以俟太史氏之采録云其詞曰

天眷有德實爲

哲皇肆其神略以靖寇攘義旄東指罔敢弗恭風烈虎嘯雲游龍驤長淮既歸江左攸屬浙之東西樹侯置牧乃建國家以奠南服以懷中原以控西蜀蠢尔小醜敢讐大邦集其兇頑鋒蝟斧螗輕渉我疆以跳以踉亦既剪劉僵骸覆江訓齊六軍直傾

其穴釋而弗誅俾自懲刱闔胡不然後豕其咥翹其蟲臂當吾
車轍
皇用震怒歷告在庭是決不悛命將往征爾選舟師爾整甲兵
漕爾糗粮各鏊爾誠搖兒在申夷則之月禡牙江濵
皇秉巨鉞以誓以戒以速其發紀律精明飆火奮激旟旐揚揚
艤艭將將亍戈洸洸鎧冑明明載怒載厲載飛載颺雄威所吞
巳無荆湘既與虜逢大呼衝擊藥騰蒸礮星流火戟虐燄電奔
巨轟雷劈殺氣冥蒙不辨咫尺矢鋒所貫什伍聯聯縱橫交紐
命隕弗顛攢槍湊颿筍束蝟編流尸塞川舟行弗前虜魄既褫
扶創而逃聚於湖奥僅存喘息我方植柵江之南北火筏在流
掩蔽如翼越歷四旬飛走途窮將冒萬死以絕其衝我師見之
千艫如龍似兎之走而鷹之從酣戰六時由辰達酉僕姑一發
殪此酋首貫睛及顱什若枯椰大憝既除餘不能醜遞相告言

我誠不振我華我頑我歸至仁孰謂培塿可高嶙峋其

來降來臣

皇曰俞哉汝俘兮受宥汝弗劉兮汝父母汝凍兮衣汝飢兮哺

昔何昏迷今始徹蔀奏凱而旋騎吹鬱搖形於樂歌節以鐲鐃

飲至于廟頒賞于朝帛堆其家肉登其庖都人聚觀舉手加額

或嘆或謳有聲嘖嘖干戈相尋匪一朝夕自今昇平可坐而笑惟

皇神武動則克之群策盡屈四方式之惟

皇寬慈降則釋之義聲動盪疇能敵之惟

皇明斷遇事即決洞見千里不隔一髮所以西征成此駿烈小

大畢朝孰敢肆孽在昔赤壁洎乎合淝事以幸集尚傳策書況

茲之功俊偉赫熹揆古無讓可無詠詩臣雖微賤文字是職對揚

皇休并獻臣臆三代以還用仁興國

皇宜遵行永作民極

贊

贊文帝　漢班孟堅

孝文皇帝即位二十三年宮室苑囿車騎服御無所增益有不便輒弛以利民嘗欲作露臺召匠計之直百金上曰百金中人十家之產也吾奉先帝宮室常恐羞之何以臺爲身衣弋綈所幸愼夫人衣不曳地帷帳無文繡以示敦樸爲天下先治霸陵皆瓦器不得以金銀銅錫爲飾因其山不起墳南越尉佗自立爲帝召貴佗兄弟以德懷之佗遂稱臣與匈奴結和親後而背約入盜令邊備守不發兵深入恐煩百姓吳王詐病不朝賜以几杖群臣袁盎等諫說雖切常假借納用焉張武等受賂金錢覺更加賞賜以媿其心專務以德化民是以海內殷富興於禮義斷獄數百幾致刑措嗚呼仁哉

贊武帝

漢承百王之弊高祖撥亂反正文景務在養民至于稽古禮文

之事猶多闕焉孝武初立卓然罷黜百家表章六經遂疇咨海内舉其俊茂與之立功興太學修郊祀改正朔定曆數協音律作詩樂建封禪禮百神紹周後號令文章煥然可述後嗣得遵洪業而有三代之風如武帝之雄材大略不改文景之恭儉以濟斯民雖詩書所稱何有加焉

贊昭帝

昔周成以孺子繼統而有管蔡四國流言之變孝昭幼年即位亦有燕蓋上官逆亂之謀成王不疑周公孝宣委任霍光各因其時以成名大矣哉承孝武奢侈餘敝師旅之後海内虚耗戸口减半光知時務之要輕繇薄賦與民休息至始元元鳳之間匈奴和親百姓充實舉賢良文學問民所疾苦議鹽鐵而罷榷酤尊號曰昭不亦宜乎

贊宣帝

孝宣之治信賞必罰綜核名實政事文學法理之士咸精其能至於技巧工匠器械自元成間鮮能及之亦足以知吏稱其職民安其業也遭值匈奴乖亂推亡固存信威北夷單于慕義稽首稱藩功光祖宗業垂後嗣可謂中興侔德殷宗周宣矣

贊蒯通等

仲尼惡利口之覆邦家蒯通一説而喪三儁其得不亨者幸也伍被安於危國身爲謀主忠不終而詐讐誅夷不亦宜乎書放四罪詩歌青蠅春秋以來禍敗多矣昔子翬謀桓而魯隱危欒書構郤而晉厲弒豎牛奔仲叔孫卒郈伯毀季昭公逐費忌納女楚建走宰嚭譖胥夫差喪李園進妹春申斃上官訴屈懷王執趙高敗斯二世縊伊戾坎盟宋痤死江充造蠱太子殺息夫作姦東平誅皆自小覆大繇踈陷親可不懼哉可不懼哉

東方朔畫像贊　晉夏侯孝若

大夫諱朔字曼倩平原厭次人也魏建安中分厭次爲樂陵郡故爲郡人事漢武帝漢書具載其事先生瓌瑋博達思周變通以爲濁世不可以富貴也故薄游以取位苟出不可以直道也故頡頏以傲世傲世不可以垂訓也故正諫以明節明節不可以久安也故詼諧以取容潔其道而穢其迹清其質而濁其文弛張而不爲邪進退而不離群若乃遠心曠度贍智宏材倜儻博物觸類多能合變以明筭幽賛以知來自三墳五典八索九丘陰陽圖緯之學百家衆流之論周給敏捷之辯支離覆逆之數經脉藥石之藝射御書計之數乃研精而究其理不習而盡其功經目而諷於口過耳而闇於心夫其明濟開豁包含弘大陵轢卿相嘲哂豪傑籠罩靡前跆籍貴勢出不休顯賤不憂戚雄節邁倫高氣蓋世可謂拔乎其萃游方之外者已談者又以先生嘘吸中和吐故納新蟬蛻龍變棄俗登仙神交造化靈爲

星辰此又奇怪惚恍不可備論者也大人來守此國僕自京都言歸定省覲先生之縣邑想先生之高風徘徊路寢見先生之遺像道遥城郭觀先生之祠宇慨然有懷乃作頌焉其辭曰

矯矯先生肥遁居貞退不終否進亦避榮臨世濯足希古振纓涅而無滓既濁能清無滓伊何高明克柔能清伊何視汙若浮樂在必行處儉罔憂跨世陵時遠蹈獨游瞻望往代爰想遐蹤邈邈先生其道猶龍染迹朝隱和而不同栖遲下位聊以從容我來自東言適茲邑敬問墟墳企佇原隰墟墓徒存精靈永戢民思其軌祠宇斯立徘徊寺寢遺像在圖周旋祠宇庭序荒蕪榱棟傾落草萊弗除肅肅先生豈焉是居是居弗形悠悠我情昔在有德罔不遺靈天秩有禮神監孔明彷彿風塵用垂頌聲

凌烟閣勳臣贊并序　唐呂和叔

我二后受成命撫興運軋坤軸撼乾樞鼓元氣而雷域中騰百

川而雨天下雷收雨霽如再開闢蕩焉與太極同功貞觀十七年太宗以功成治定秉爲而不有之道讓德于祖考推勞于群臣念匡濟於艱難感風雲於疇昔乃詔有司擬其形容圖畫於凌烟閣者二十有四人葢象乎二十四氣之佐天昭勳德也昔者舜以五臣致理周以十亂反正高祖以三傑作漢光武以二十八將中興若夫錯綜勳賢牢籠今古雄四代而高視者其惟聖唐乎至若唐莒公劉渝公之倫探元符建帝圖首戴神堯舉晋陽而活天下此則大禹之拯溺也魏鄭公以致君爲已任諫若不及謇謇左右秉心宣猷此則咎繇之颺言也虞永興糺合群儒旁求百代明備王禮克諧帝樂使我大國煥乎其有文章此則臾夔之制作也長孫趙公舉大義除二兇安宗廟定社稷以振我丕赫無疆之休此則周公之匡救也英衛受天勇智雄武佐聖鼓行海內麾定四方此則太公之鷹揚也房杜玄機朗

識並運帷幄神發響效謨成天功此則蕭何之指蹤張子房之决勝也尉遲秦程剛毅木訥氣鎮三軍力崩大敵匹馬孤劒爲王前驅此則吳漢之樸忠賈復之雄勇也其餘皆榱棟殊材黼黻異制儔諸古烈罔有慚德皇王之際於斯爲盛其始也文爲經武爲緯智斯作忠斯述其末也大不偪小不遏退者全來者達控而縱之使自用之推而引之使自盡之不設籠檻以觀遼廓之致不頓轡鎖以極權奇之變執一德而衆力展懸大信而群情竭高祖聚之以義太宗用之以道高宗終之以仁傳聖萬代享其功利此非盛歟昔陸機褒宏爲晋人而歌功於漢魏作者猶或稱之况乎遊聖代觀國光目睨凌烟而頌聲不作其不揣賤劣有斐然之志輙畫所蓄各爲贊一章上以見王業之艱難中以明聖賢之相須次以朗前哲之光韻末以聳後人之誠節侯君集張亮負勳跋扈自陷大逆敢没其名用彰天刑使我

伐勞懷貳者懼春秋之義異姓爲後故以河間元王爲贊首云

河間元王孝恭

太極構天本乎一氣大人創業資我族類堂堂河間仁勇是經遹駿有聲爲唐宗英綦隋天亡群盜猖狂我伐用張時維哲王武有烈光爲瓜翼肺腸經綸八方自南徂東晏海登江使父兄帝天下化家爲邦用竭爾力寵臻其極言不伐色不德以遜以默柔嘉惟則佐高祖建大勳如周旦奭與太宗守大成如漢間平宜君宜王盤石無疆

房梁公玄齡

梁公先覺龍臥待君長彗流光掃天布新義雷師興公躍其鱗杖策千里來謁帝閽婉婉梁公實懿實聰實光實融羽義翼忠若鸞若鴻大風動地儒服從容靜運胷中弛張折衝左右太宗夷屯廓蒙定高祖功告武功成翊開太平我雖忘勞時靡有爭

網羅遺賢推轂群英玉不韜輝蘭無沈馨飛鴻出冥振鷺在庭濟濟多士太宗以寧公無事矣闕衮有補惟仲山甫經營四方方叔召虎大邦鈞軸至則委汝閑居台輔撝默自處亦莫敢余侮高朗令終嗚呼梁公

杜萊公如晦

穆穆萊公奇姿粹靈蘊元和氣爲大國楨乘時恹能唐室大開故人相攜直上泰堦夏爲陰陽迭作日月佐明四海贊育萬物王度是欽如玉如金德音愔愔萬有千古永稱房杜如周申甫

魏鄭公徵

堂堂魏公崇節大志喬幹直聳摩天自致遭風雲時得覇王器一言委質有死無二撫我則后各盡其志沈浮變通吾道不窮龍戰既息皇建其極俾補衮職其繩則直諤諤嶷嶷危言正色保太宗德弼違替否日月不蝕黜漢覇雜行周王道人或有言

秉德不撓禮與樂崇德洽道豐保合太和昭明有融起四年中
復三代風言出化成神哉厥功尹躬佐商有耻于湯公以其志
匡飾聖唐爲唐宗臣致唐無疆末式萬邦

長孫趙公無忌

趙國之先發祥朔土乃祖乃父受天之祐有女而聖爲天下母
有子而賢爲唐室輔聖賢同氣千載一覯丕顯趙公允文允武
克忠克仁實有大勳高祖受命太宗歸尊翼翼乾乾恪居于藩
群孽亂嗣爭窺神器鴻業將墜公揭大義一匡天地人到如今
家受其賜帝將傳聖爰有顧命汝忠汝誠莫與汝京與我聖子
守唐太平公相高宗有太宗遺風刑措財豐八方來同和氣大
融妖星襲月禍起中宮公將正之以王帝躬力屈群邪誠阻天
聰黜非其尤令問無窮

唐莒公儉

歲寒陰凝氷雪皚皚有鳥擇木先陽春來誰歟莒公王佐之材聞運未開登潛龍臺代萬姓請命與天爲媒扶龍而興振起雲雷權輿地圖經始唐基始覆一簣欻焉巍巍易失者時難知惟幾知幾其神莒公元勲

劉渝公政會

河出崑崙來潤中夏連山合沓横擁其泒巨靈欻然手擘太華決流東注功並造化粤我聖唐將舉晉陽帝命是將往拯溺于四方亦既載旆亦既秉鉞強兇當路拒不得發渝公慷慨感義激節用奇制變大事立決雷奮霆越天衢八達則莫我敢遏如巨靈破山河勢始豁赫矣渝公與神齊烈跡如仙掌烱烱不滅

李衛公靖

有隋之末群盗熾爇帝怒震發五星從太白渙照參野將有聖人兵定天下金精下射猛毅感激李公矯矯從此奮之躍于中

原王者則獲壯士不死唐威載赫帝曰汝傑致天之罰手付金鉞俾往式遏不庭則殺如飈發發如火烈烈摧枯爍雪應鼓如截遠若荆巫險若江湖強若匈奴莫不率從莫不震恭車書混同氣祲蕩空衛疾之功功則維何威明惠和策勇駕智長驅仁義仁義曠蕩帝王之將萬古昌瞻鐵山巉巉

李英公勣

横流莫極大亂無象英公傑出應運爲將與楚楚覇與漢漢王天時人事隨我所向長蛇縱蠹東據河洛婪婪封豕來濟同惡號吼連聲如雷如霆萬里震驚時維英公諒我太宗斬豕以鉞取蛇千穴群穢殄滅乃定九鼎乃開明堂奄有大邦金甲同光告成于王皇業用昌帝命英公北伐獫狁雷鼓殷殷旄頭幾殞掃雲黒山布唐陽春五原草録不見南牧島夷未庭天子親征其鋒維英莫拒莫抗是震是蕩破東海浪天下既和解鞍投戈

衮服委他華髪皤皤終始三朝無玷可磨

劉䕫公弘基

䕫公崢嶸金虎之精應時而生與運俱行揔帝元戎震唐天聲瞋目張膽前無金城别建龍節中分虎旅啓行萬里乘氣一鼓劒揮雷霆旆卷風雨先驅咸陽鎻定天府天府既定唐集大命入揚王庭出權兵柄薄伐獫狁朔風不競徂征島夷東海如鏡義始忠卒元勲之盛

長孫邳公順德

泰山木明雲鬱幽崖日觀赫開舒爲丹霞昔我太原賢傑潛屯帝出于震爛其盈門邳公炳焉實耀其間功參造物謀恊先天執殳前驅捧轂南轅以勞以舊佐命之元

虞永興公世南

英英永興華德素行以文富國以道佐命天下既定爲唐儒宗

東觀石渠始生古風秉精繹思假道書圃馳驅百代出入三古問羲黄心聽堯舜語歸來帝前獻可替否帝告永興與鴻碩之倫闡六籍三墳建樂章禮文先師是宗先聖是崇於廓辟雍辟雍洸洸天子所臨或絃或歌講古述今其徒八千纓弁森森獄貊羞髩咸詠德音羽林孤兒亦垂青襟洋洋聲教無遠不洎日月所照皆成文字鬱開古始掃蕩英英永興宜曰文懿

尉遲鄂公敬德

侁侁鄂公百鍊龍泉沈翳未宣氣衝斗間佩非其人躍入大川神武獲焉提之上天天地之内指麾無前能威虎力隱若敵國剛毅木訥安劉必勃武德之屯手拔禍根掃除氛昏捧出日月擢于天門功成名遂高謝戎事烈烈猛志化爲和氣深地高堂頤性保命胥瓊飲露静奏清商爲臣勵事君鄂公之志之仁

蕭宋公璟

隋氏不君忠賢莫用桐生朝陽有集惟鳳捨彼頹厦鬱爲新棟路車玄袞開國有宋武德之暮群孽内熾巍巍宋公聳節高歩不吐不茹不來不去屹屹中立爲天一柱從容而言社稷遂安持誠秉忠光輔三君激濁揚清欲人如身道至廣莫我放我勲群境至大不容纖塵雪山倚空氷鑒照人耿介絶倫爲唐貞臣

張鄭公公謹

有倬鄭公仡仡而貞侁侁而仁實太宗信臣有宗守藩内難未夷圖之則安捨之則危帝臨安危機以懼以疑以蓍爲先知是筮是咨鄭公毅然排闥折蓍杭憤正詞用人事定天意身爲元龜不知不識順帝之則以定社稷鄭公之力公之云亡帝念其勤若痛在身天懐發中哭不避辰君臣之間瓊古未聞

屈突蔣公通

五運相推上火革期隋化爲唐忠臣不知猶驅義徒奮拒王師
指心誓天摩頸待時入歸有德四海皆叛春日滿川流氷未泮
亡家徇國方寸不亂力屈勢窮排空洛輸東南慟哭聲盡魂斷
伏忠就擒萬國瞻漢帝曰爾通古之烈士孝于其親誰不欲子
俾族于蔣授以師紀感恩不死宣力如彼佐唐扶隋名教之美

高申公士廉

維嶽降神佐唐生申忠貞自天孝友如春德爲邦基仁厚人倫
肅肅雍雍貞王者臣慶因歸妹光延天配婚媾之中雲龍潛會
建功南海廓我無外諒我撥亂弼文開泰湯被庸蜀荐鍾虎季
文公之化若掃于地申公攸徂有教無類父子兄弟望風相媲
教與儒雅大復禮義西南頌聲到今不墜名登元勲理冠群吏
全材大器於樂厥懿

殷鄖公開山

溫溫殷公初居懦夫銅印試吏褎衣爲儒大風驅雲忽與之俱遭逢眞宰參造化謨天地既闢厥功有赫從王龔行佐帝光宅遠展驥足高揮鳳翮以永終譽書于竹帛

秦胡公叔寶

洛汭之役龍戰未決秦公應變臨陣電拔銳氣盡來我盈彼竭成敗反掌存亡俄忽虎來風壯鶩轉山沒遂作心膂爰從討伐崩圍陷陣火進氷烈翕如鷙擊縱若鯨突功成國定萬古壯骨

程盧公知節

盧公倬然動軼幾先轉禍爲福攀龍上天繽翻鵬翼橫風乃夆桓桓將軍大敵則勇雷崩山谷虓虎頓伏颷倒溟波鯨鯢蹉跎見危而進當死不讓干城三朝身老氣壯

段褒公志玄

褒公虎臣先運而臻謁帝太原許唐以身擁劍駕車騰風躍雲

積忠累仁光有厥勳建旄北伐細柳宵屯風謐霜凝嚴扃達晨天子之使駐車軍門安衆秉威此眞將軍侁侁桓桓克壯有聞

許譙公紹

群動相食血流中原譙公夷陵豺虎爲鄰列境連城火炎烟昏皎其一邦如玉不焚三光忽開萬象皆新誰有天下平生故人引忠歸城豹變蠖伸金石之契移爲君臣弈弈煌煌爲龍爲光元戎大行大旆央央式遏大江奄征南方恩斯勤斯兩不可忘

河間獻王贊　宋司馬君實

周室衰道德壞五帝三王之文飄淪散失棄置不省重以暴秦害聖典疾格言燔詩書屠術士稱禮樂者謂之狂惑行仁義者謂之妖妄必薙獮先聖之道響絕迹盡然後慊其志雖有好古君子心誦腹藏壁扃巖鐍齊秦之險以通於漢者萬無一二漢初挾書之律尚存久雖除之亦未尊録謂之餘事而已則我先

王之道齗齗其不息者無幾矣河間獻王生爲帝子幼爲人君是時列國諸侯苟不以宮室相高狗馬相尚則裒姦聚猾僭逆妄圖唯獻王厲節治身愛古博雅專以聖人法度遺落爲憂聚殘補缺校實取正得周官左氏春秋毛氏詩而立之周禮者周公之大典毛氏言詩最密左氏與春秋爲表裏三者不出六藝不明噫微獻王則六藝其遂墮乎故其功烈至今賴之且夫觀其人之所好足以知其心王侯貴人不好侈靡而喜書者固鮮矣不喜浮辯之書而樂正道知之明而信之篤守之純而行之勤者百無一二焉武帝雖好儒好其名而不知其實慕其華而廢其質是以好儒愈於文景而德業後之景帝之子十有四人栗太子廢而獻王最長嚮若遵大義屬重器用其德施其志必無神仙祠祀之煩宮室觀遊之費窮兵黷武之勞賦役轉輸之敝宜其仁豐義洽風移俗變煥然帝王之治復還其必賢於文

景遠矣嗟乎天實不欲禮樂復興邪抑四海自不幸而已矣

晉蔡謨贊

王深甫

晉自武帝酒色無度王公貴人競以酒色相侈而王愷石崇尤甚愷使美人行酒勸客飲不盡輒殺美人崇常夜飲裴綽乘醉竊卧崇妾中明旦裴家遣車迎綽綽上車馳去崇大怒立殺數妾將訟綽於朝綽兄楷書請綽曰吾弟酒狂海内足知足下飲以狂藥而反責之禮邪崇方慕楷欲交之亦憚其辭直乃止其後度江諸君家往往猶襲故態紀瞻爲尚書置酒請王導等觀妓瞻愛妾能歌新聲左僕射護軍將軍周顗乗酒於衆中挑之而不得有司劾顗荒酒失儀元帝特詔宥焉是時在位葢不以淫醟爲恥如此蔡謨獨好禮自勑嘗請丞相導導方作妓設牀席謨不悦而去導亦不留客也謨曾孫廓廓子興宗仍以好禮自勑達於朝雖時淫暴不敢稍侵媟之人稱其家風云贊曰

古者牀第音之言不踰閫而賓主燕享所以觀禮樂講仁義也烏為男女亡辨晝夜荒蠱群於禽獸而反為樂與此屠餘所以知中山之亡夫永嘉之亂又驗矣而渡江君臣猶不知以此相儆豈以風俗之敗非召亂之著者邪嗚呼迷哉而蔡氏出於其間獨能世學好禮違而不汙君子哉

嵇紹贊

世皆以嵇紹死得其所褒之予固愛斯人行於亂世不汙而能卒以忠為烈非其積累明於仁義孰能自信如此耶吾獨怪康與晉實皆為魏臣其誅也豈犯有司特晉方謀篡魏忌其賢而見圖故康誅而魏亦自亡若紹可為兼父與君之仇者也力不能報猶且避之天下顧臣其子孫而為之死豈不謬哉

王元之畫像贊　蘇子瞻

傳曰不有君子其能國乎予嘗三復斯言未嘗不流涕大息也

如漢汲黯蕭望之李固吳張昭唐魏鄭公狄仁傑皆以身徇義招之不來麾之不去正色而立于朝則豺狼狐狸自相吞噬故能消禍於未形救危於將亡使皆如公孫丞相張禹胡廣雖累千百緩急豈可望哉故翰林王公元之以雄文直道獨立當世足以追配此六君子者方是時朝廷清明無大姦慝然公猶不容於中耿然如秋霜夏日不可狎玩至於三黜以死有如不幸而處於衆邪之間安危之際則公之所爲必將驚世絶俗使斗筲穿窬之流心破膽裂豈特如此而已乎予過蘇州虎丘寺見公之畫像想其遺風餘烈願爲執鞭而不可得其後爲徐州而公之曾孫汾爲兗州以公墓碑示余乃追爲之贊以附其家傳云維昔聖賢患莫己知公遇太宗允也其時帝欲用公公不少貶三黜窮山之死靡憾咸平以來獨爲名臣一時之屈萬世之信紛紛鄙夫亦拜公像何以占之有泚其顙公能泚之不能已

之茫茫九原憂莫起之

無爲贊　　司馬君實

爲黄老者以心如死灰形如槁木爲無爲迂叟以爲不然作無爲贊

治心以正保躬以静進退有義得失有命守道在己成功在天無復何爲莫非自然

濂溪先生贊　　朱晦庵

道喪千載聖遠言堙不有先覺孰開我人書不盡言圖不盡意風月無邊庭草交翠

明道先生贊

揚休山立玉色金聲元氣之會渾然天成瑞日祥雲和風甘雨龍德正中厥施斯普

伊川先生贊

規負矩方繩直準平幺矣君子展也大成布帛之文菽粟之味
知德者希孰識其貴

康節先生賛

天挺人豪英邁蓋世駕風鞭霆歷覽無際手探月窟足躡天根
閑中古今醉裏乾坤

横渠先生賛

早悦孫吳晚逃佛老勇撤臯比一變至道精思力踐妙契疾書
訂頑之訓示我廣居

涑水先生賛

篤學力行清修苦節有德有言有功有烈深衣大帶張拱徐趨
遺象凜然可肅薄夫

書畫象自警

從容乎禮法之場沈潛乎仁義之府是予蓋將有意焉而力莫

能與也佩先師之格言奉前烈之餘矩惟闇然而日修或庶幾乎斯語

晦庵先生像贊　趙汝騰

理明義精德盛仁熟折衷群言如射中鵠絶學㭊航斯文菽粟在慶元初中行獨復

又　元吳幼清

按趙吳贊辭意弗同讀者宜深玩焉

理義密微蠶絲牛毛心胷恢廓海闊天高豪傑之才聖賢之學景星慶雲泰山喬岳

書畫像自警　劉夢吉

所以承先世之統者如是其孤所以當衆人之望者如是其虛嗚呼危乎不有以持之其何以居

魯齋許文正公像贊

濂洛之學傳自武夷重徽疊照日星昭垂逮我許公尊聞行知若親摳衣寒泉之麓張皇幽眇鑿析毫絲如皐陶淑問畢其情辭如后羿注矢不失其馳既入閫域遂升堂基橫經冑監衿佩鏘如袪其人私牖其天彝釋其偏岐挽其九衢德成材達昭用于時黼黻帝治甄陶泰熙明體適用公實庶幾無德弗報四海祝尸嗚呼許公百世之師

陸秀夫像贊

身抱龍髯兮眼不見水鳳闕雖遐兮龍堂則邇王雪皦如兮肯汚泥滓赤日出海兮爾心不死

宗忠簡公小傳贊　王子充

贊曰高宗之南渡也中原之事一委於忠簡及中原尅復而高宗乃無有北還意忠簡以中原無所倚因請以信王榛為兵馬大元帥信王榛者高宗親弟也黃潛善汪伯彥輩輒譖其有異

圖遂有門下之命雖曰尊任之然實奪之權家傳國史皆不書其事蓋諱之也嗚呼高宗之無意於中原固不足論使忠簡而緩死則神州全璧社稷長靈實嘉賴之矣然則盛衰之際庸非天乎

婁貞公贊

原武婁宗仁當天后政嚴之時獨以寬厚聞其弟守代州宗仁教以唾面自乾至今爲善者師焉因贊之以自勗贊曰

我言之恌斯辱之招我行弗足或貽其辱二者無失其至由外内省不疚我則何罪我面彼唾乃彼之愆我何潔之正使自乾孰忿是秉攘袂而鬭孰量之弘受詬如頌是非苟譏不亦殆而微公之師吾誰與歸

文章辨體卷之四十三

文章辨體卷之四十四

海虞後學吳訥編集

七體

七發八首　漢枚叔

文選注云叔初爲吳王濞郎中令吳王反乘諫不從乃事梁孝王恐孝王反故作七發以諫之其曰八首者上一首是序中六首是所諫末一首始濞正道以干之假立楚太子及吳客以爲語端云

楚太子有疾而吳客往問之曰伏聞太子玉體不安亦少間乎太子曰憊謹謝客客因稱曰今時天下安寧四字和平太子方富於年意者久耽安樂日夜無極邪氣襲逆中若結轖紛屯澹淡嘘唏煩酲惕惕怵怵卧不得瞑虚中重聽惡聞人聲精神越渫百病咸生聰明眩曜悅怒不平久執不廢大命乃傾太子

豈有是乎太子曰謹謝客賴君之力時時有之然未至於是也
客曰今夫貴人之子必宮居而閨處内有保母外有傅父欲交
無所飲食則温淳甘膬脭醲肥厚衣裳則雜遝曼煖燂爍熱暑
雖有金石之堅猶將銷鑠而挺解也況其在筋骨之間乎哉故
曰縱耳目之欲恣支體之安者傷血脉之和且夫出輿入輦命
曰蹷痿之機洞房清宮命曰寒熱之媒皓齒蛾眉命曰伐性之
斧甘脆肥醲命曰腐腸之藥今太子膚色靡曼四支委隨筋骨
挺解血脉淫濯手足惰窳越女侍前齊姬奉後往來游讌縱恣
乎曲房隱間之中此甘餐毒藥戲猛獸之爪牙也所從來者至
深遠矣淹滯永久而不廢雖令扁鵲治内巫咸治外尚何及哉今
如太子之病者獨宜世之君子博見強識承間語事變度易意
常無離側以爲羽翼淹沈之樂浩唐之心遁佚之志其奚由至
哉太子曰諾病已請事此言客曰今太子之病可無藥石針刺

灸療而已可以要言妙道說而去也不欲聞之乎太子曰僕願聞之

客曰龍門之桐高百尺而無枝中鬱結之輪菌根扶疏以分離上有千仞之峰下臨百尺之谿湍流遡波又澹淡之其根半死半生冬則烈風漂霰飛雪之所激也夏則雷霆霹靂之所感也朝則鸝黃鳱鴠鳴焉暮則羈雌迷鳥宿焉獨鵠晨號乎其上鵾鷄哀鳴翔乎其下於是背秋涉冬使琴摯斫斬以爲琴野繭之絲以爲絃孤子之鉤以爲隱九寡之珥以爲約使師堂操暢伯子牙爲之歌歌曰麥秀蔪兮雉朝飛向虛壑兮背槁槐依絕區兮臨迴溪飛鳥聞之翕翼而不能去野獸聞之垂耳而不能行蚑蟜螻蟻聞之挂喙而不能前此亦天下之至悲也太子能彊起聽之乎太子曰僕病未能也

客曰犓牛之腴菜以筍蒲肥狗之和冒以山膚楚苗之食安胡之飯摶之不解一啜而散於是使伊尹煎熬易牙調和熊蹯之

臑勺藥之醬薄耆之炙鮮鯉之鱠秋黃之蘇白露之茹蘭英之酒酌以滌口山梁之餐豢豹之胎小飯大歠如湯沃雪此亦天下之至美也太子能彊起嘗之乎太子曰僕病未能也

客曰鍾岱之牡齒至之車前似飛鳥後類駏虛穱麥服處躁中煩外羈堅轡附易路於是伯樂相其前王良造父爲之御秦缺樓季爲之右此兩人者馬佚能止之車覆能起之於是使射千鎰之重爭千里之逐此亦天下之至駿也太子能彊起乘之乎

太子曰僕病未能也

客曰既登景夷之臺南望荆山北望汝海左江右湖其樂無有於是使博辯之士原本山川極命草木比物屬事離辭連類浮游覽觀乃下置酒於虞懷之宮連廊四注臺城層構紛紜玄綠輦道邪交黃池紆曲溷章白鷺孔鳥鶤鵠鵷鶵鵁鶄翠鬣紫纓螭龍德牧邕邕群鳴陽魚騰躍奮翼振鱗漃漻薵蓼蔓草芳苓

女桑河柳素葉紫莖苗松豫章條上造天梧桐并閭極望成林衆芳芬鬱亂於五風從容猗靡消息陽陰列坐縱酒蕩樂娛心景春佐酒杜連理音滋味雜陳肴糅錯該練色娛目流聲悅耳於是乃發激楚之結風揚鄭衛之皓樂使先施徵舒陽文段干吳娃閭娵傅予之徒雜裾垂髾目窕心與揄流波雜杜若蒙清塵被蘭澤嬿服而御此亦天下之靡麗皓侈廣博之樂也太子能彊起游乎太子曰僕病未能也

客曰將爲太子馴騏驥之馬駕飛軨之輿乘牡駿之乘右夏服之勁箭左烏號之雕弓游涉乎雲林周馳乎蘭澤弭節乎江潯掩青蘋游清風陶陽氣蕩春心逐狡獸集輕禽於是極犬馬之才困野獸之足窮相御之智巧恐虎豹慴鷙鳥逐馬鳴鑣魚跨麋角履游麕兎蹈踐麖鹿汗流沫墜寃伏陵窘無創而死者固足充後乘矣此校獵之至壯也太子能彊起游乎太子曰僕病

未能也然陽氣見於眉宇之間侵淫而上幾滿大宅客見太子有悅色遂推而進之曰冥火薄天兵車雷運旌旗偃蹇羽旄肅紛馳騁角逐慕味爭先徼墨廣博觀望之有圻純粹全犧獻之公門太子曰善願復聞之客曰未既於是榛林深澤煙雲闇莫兕虎並作毅武孔猛袒裼身薄白刃磑磑矛戟交錯收獲掌功賞賜金帛掩蘋肆若爲牧人席旨酒嘉殽羞炰膾炙以御賓客涌觴並起動心驚耳誠必不悔决絕以諾貞信之色形于金石高歌陳唱萬歲無斁此真太子之所喜也能彊起而游乎太子曰僕甚願從直恐爲諸大夫累耳然而有起色矣

客曰將以八月之望與諸侯遠方交游兄弟並往觀濤乎廣陵之曲江至則未見濤之形也徒觀水力之所到則卹然足以駭矣觀其所駕軼者所擢拔者所揚汩者所温汾者所滌汔者雖有心略辭給固未能縷形其所由然也怳兮忽兮聊兮慄兮混

汩汩兮忽兮慌兮俶兮儻兮浩瀇瀁兮慌曠曠兮秉意乎南山
通望乎東海虹洞兮蒼天極慮乎崖涘流攬無窮歸神日母汩
乘流而下降兮或不知其所止或紛紜其流折兮忽繆往而不
來臨朱汜而遠逝兮中虛煩而益怠莫離散而發曙兮內存心
而自持於是澡槩胷中灑練五藏澹澉手足頮濯髮齒揄弃恬
怠輸寫淟濁分決狐疑發皇耳目當是之時雖有淹病滯疾猶
將伸傴起躄發瞽披聾而觀望之也況直眇小煩懣酲醲病酒
之徒哉故曰發蒙解惑不足以言也太子曰善然則濤何氣哉
客曰不記也然聞師曰似神而非者三疾雷聞百里江水逆流
海水上潮山出內雲日夜不止衍溢漂疾波涌而濤起其始起
也洪淋淋焉若白鷺之下翔其少進也浩浩溰溰如素車白馬
帷蓋之張其波涌而雲亂擾擾焉如三軍之騰裝其旁作而奔
起也飄飄焉如輕車之勒兵六駕蛟龍附從太白純馳浩蜺前

後絡繹顒顒卬卬椐椐彊彊莘莘將將壁壘重堅沓雜似軍行訇隱匈礚軋盤涌裔原不可當觀其兩傍則滂渤怫鬱闇漠感突上擊下律有似勇壯之卒突怒而無畏蹈壁衝津窮曲隨隈踰岸出追遇者死當者壞初發乎或圍之津涯荄軫谷分迴翔青篾銜枚檀桓弭節伍子之山通厲骨母之場淩赤岸篲扶桑橫奔似雷行誠奮厥武如振如怒沌沌渾渾狀如奔馬混混庉庉聲如雷鼓發怒庢沓清升踰跇侯波奮振合戰於藉藉之口鳥不及飛魚不及迴獸不及走紛紛翼翼波涌雲亂蕩取南山背擊北岸覆虧丘陵平夷西畔險險戲戲崩壞陂池決勝乃罷瀄汩潺湲披揚流灑橫暴之極魚鼈失勢顛倒偃側沋沋湲湲蒲伏連延神物怪疑不可勝言直使人踣焉洄闇悽愴焉此天下怪異詭觀也太子能彊起觀之乎太子曰僕病未能也

客曰將爲太子奏方術之士有資略者若莊周魏牟楊朱墨翟

便蜎詹何之倫使之論天下之精微理萬物之是非孔老覽觀孟子持籌而筭之萬不失一此亦天下要言妙道也太子豈欲聞之乎於是太子據几而起曰渙乎若一聽聖人辯士之言涊然汗出霍然病已

晋問

唐柳子厚

晁無咎曰枚乘七發蓋以微諷吳王濞毋反子厚晋問亦七蓋效枚作以諷當世薄事役而隆道實云

吳子問於柳先生曰先生晋人也晋之故宜知之曰然然則吾願聞之可乎曰可晋之故封太行掎之首陽起之黄河迤之大陸靡之或巍而高或呀而淵景霍汾澮以經其壖若化若遷鈎嬰蟬聯然後融爲平川而侯之都居大夫之邑建焉其高壯則騰突撑拒聱岈鬱怒若熊羆之咆虎豹之嗥終立而不去攫秦搏齊當者失據燕狄惴怯若夘就壓振振業業覰闞蹀戸愓君

僕妾其按衍則平盈旋緣紆徐夷延若飛翥之翔舞洄水之容與以稼則碩以植則茂以牧則蕃以畜則庶而人用是富而邦以之阜其河則濬源崑崙入于天淵出乎無門行乎無垠自匈奴而南以介西鄙衝奔太華運肘東指混潰后土濆濁麋沸黿鼉詭怪于于汩汩騰倒駃越委泊涯涘呀呷欲納摧雜失墜其所盪激則連山參差廣野壞裂轟雷努風撼鴿于巎崩石之所轉躍大木之所擢拔瀨洴洞踏者彌數千里若萬夫之斬伐而其舳艫之所負橦檣之所御鱗川林嶔蘟雲逌雨瞬目而下者榛榛沄沄百舍一赴若是何如吳子曰先生之言豐厚險固誠晉之美矣然晉人之言表裏山河者備敗而已非以爲榮觀顯大也吳起所謂在德不在險皆晉人之籍也願聞其他

先生曰大鹵之金棠谿之工火化水淬器備以充爲棘爲矛爲鎩爲鉤爲鏑爲鍭出太白徵蓐收召招搖伏蚩尤肅肅褷褷合

衆靈而成之博者狹者曲者直者岐者勁者長者短者攢之如星奮之如霆運之如縈浩浩弈弈淋淋滌滌熒熒的的若雪山氷谷之積觀者膽掉目出寒液當空發耀英精互繞晃蕩洞射天氣晝白日規爲小鑠雲破霄跕墜飛鳥亏人之亏函人之甲膠角百選犀兕七屬乃使跟超掖夾之倫服而持之南瞰諸華北讋群夷技擊節制聞於天下是爲善師延目而望之固以拳拘喘汗免胄肉袒進不敢降退不敢竄者是何如吳子曰夫兵之用由德則吉由暴則凶是又不可爲美觀也先軫曰師直爲壯曲爲老况徒以堅甲利刃之爲上哉

先生曰晉國多馬屈馬是産土寒氣勁崖拆谷裂草木短縮鳥獸墜匿而馬蕃焉師師兟兟溶溶沄沄轠轠轔轔或赤或黃或玄或蒼或驔或駹黭然而陰炳然而陽若旌旆旂幟之煌煌乍進乍止乍伏乍起乍奔乍躓若江漢之水疾風驅濤擊山盪壑

雲沸而不止群飲源槁廻食野赭浴川蹙浪噴震播灑潰潰焉若海神駕雪而來下覩其四散惝怳開合萬狀喜者鵲厲怒者人搏决然坌躍千里相角風騣霧鬣斷山抉壑耳擢層雲腹掐衆木寂寥遠游不夕而復攫地跳梁堅骨髗筋交頸互齧鬬目相馴聚渡更虚昂首張斷其小者則連牽繳繞仰乳俯齕蟻雜蠡集啾啾濼濼旅走叢立其材之可者收歛攻教掉手飛麾指毛命物百步就羈韁以奇息御以至良超以范鞅軒以欒鍼以佃以戎獸獲敵摧若是何如吳子曰恃險與馬者子不聞乎故曰冀之北土馬之所生是不一姓請置此而新其說

先生曰晋之北山有異材梓匠工師之爲宫室求大木者天下皆歸焉仲冬既至寒氣凝成外凋内貞瀋液不行乃堅乃良萬工舉斧以入必求諸巖崖之嶔傾磵壑之紆縈凌巑岏之杪顛漱泉源之淦瀯根絞怪石不土而植千尋百圍與石同色羅剝

而伐者頭抗河漢刃披虹霓聲振連巒柹塡層谿丁丁登登硍硍稜稜若兵車之乘凌其嚮之所應則潰潰淵淵洶洶虋虋若騫若崩若螭龍之鬬風霆相騰其殊而下者札嶘捎殺摧崪坱圠霞坂雹裂又似共工觸不周而天柱折鵾鶴鶖鶬號鳴飛翔貙豻虎兕奔觸龖慄伏無所入遯無所脫然後斷度收羅捎危顛芟繁柯乘水潦之波以入于河而流焉盪突硉兀轉騰冐沒類秦神驅石以梁大海抵曲鱗蹙匯流雷解前者汩越後者迫隘乃下夫龍門之懸水摺拉頽踏捽首軒尾頂入重淵不知其幾百里也濤波之旋滔山觸天既渟既平彌望悠焉良久乃始昂屹涌溢挺拔而出林立峰崪穿雲蔽日渙然自撓復就行列渾渾而去以至其所唯良工之指顧叢臺阿房長樂未央建章昭陽之墜麗詭特皆是之自出若是何如吳子曰吾聞君子患無德不患無土患無土不患無人患無人不患無宮室患無宮

室不患材之不已有先生之所陳四累之下也且褫祁既成諸侯叛之

先生曰河魚之大上迎濤波羅𦅾津涯千里雷馳重馬輕車遂以君命矢而縱觀焉大罟斷流脩網亘山罩𦊆麗罣織紝其間巨舟軒昂仡仡迴環水師更呼聲裂商顏於是鼓譟沓集而從之抳龍吭拔鯨鰭戮白黿逐毒螭叱馮夷立水湄搜攬流離擲縮推移罙會網蹙騰天彌圍棹擗擁蹢以登夫歷山之垂如川之歸如山之崔如雲之披其有乘化會神振拔漣淪擒奇文出怪鱗騰飛濤而上逸生電雷於龍門者猶仰綸飛繳頓踏而取之莫不脫角裂翼呀嚇匍匐復就鸞切莫保龍籍具糅五味布列雕俎風雲失勢沮散遠去若夫魦鱨鮪鯉鰋鱧魴鱮之瑣屑蔑裂者夫故不足悉數漏脫紘目養之水府而三河之人則已塡溢饜飫腥膏烏鹵聞膾炙之美則掩鼻蹙頞賤甚糞土而莫

顧者也若是何如吳子曰一時之觀不足以夸後世口舌之味不足以利百姓姑欲聞其上者

先生曰猗氏之鹽晉寶之大也人之賴之與穀同化若神造非人力之功也但至其所則見溝塍畦畹之交錯輪囷若稼若圃敞兮勻勻渙兮鱗鱗邐邐彌紛矗不知其垠俄然決源釃流交灌互澍若枝若股委屈延布脈寫膏浸渫濕滑汩瀰高掩庫漫壠冒塊決決沒沒遠近混會抵值堤防瀯瀛沛濊偃然成淵漭然成川觀之者徒見浩浩之水而莫知其以及神液陰漉甘鹵密起孕靈富媪不愛其美無聲無形熛結迅詭迴眸一瞬積雪百里皛皛纍纍奮儨離析鍛圭椎璧眩轉的皪乍似隕星及地明滅相射氷裂雹碎巃嵸增益大者印纍小者珠剖涌者如坻坳者如缶日晶熠熤螢駭雷走亘步盈車方尺數千於是裒斂合集舉而堆之皓皓乎懸圃之巍巍皦乎溔乎狂山太白之淋漓

駭化變之神奇卒不可推也然後驢驘牛馬之運西出秦隴南過樊鄧北極燕代東逾周宋家獲作醎之利人被六氣之用和鈞兵食以征以貢其賚天下也與海分功可謂有濟矣若是何如吳子曰魏絳之言曰近寶則公室乃貧豈謂是邪雖然此可以利民矣而未爲民利也先生曰願聞民利吳子曰安其常而得所欲服其教而便於己百貨通行而不知所自來老幼親戚相保而無德之者不苦兵形不疾賦力所謂民利民自利者是也

先生曰文公之霸也援秦破楚囊括齊宋曹衛解裂魯鄭震怒定周于溫奉冊受錫夾輔糾逖以爲侯伯齊盟踐土低昂玉帛天子恃焉以有諸侯諸侯恃焉以有其國百姓恃焉以有其妻子而食其力叛者力取附者仁撫推德義立信讓示必行明所嚮違禁止一好尚春秋之事公侯大夫策文馬馳軒車出入環連貫于國都則有五筵之堂九几之室大小定位左右有秩會

牢餼饋交錯文質饗餐有嘉樂宴有庭實登降好賦犧象畢出犒
勞贈賄率禮無失六卿理兵太戎小戎鍾鼓丁寧以討不共車
埒萬乘卒半天下鼓之則震旆之則畏其號令之動若水之源
若輪之旋莫不如志當此之時咸能驩娛以奉其上故其民至
于今好義而任力此以民力自固假仁義而用天下其遺風尚
有存者若是可以為民利也乎吳子曰近之矣然猶未也彼霸者
之為心也引大利以自嚮而援他人之力以自為固而民乃後焉
非不知而化不令而一異乎五帝之陳者故曰近之矣猶未也
先生曰三河古帝王之更都焉而平陽堯之所理也有茅茨采
椽土型之度故其人至于今儉嗇有溫恭克讓之德故其人至
于今善讓有師錫僉曰疇咨之道故其人至于今好謀而深有
百獸率舞鳳凰來儀於變時雍之美故其人至于今和而不怒
有昌言儆戒之訓故其人至于今憂思而畏禍有無為不言垂

衣裳之化故其人至于今恬以愉此堯之遺風也願以聞於子何如吳子離席而立拱而言曰美矣善矣其蔑有加矣此固吾之所欲聞也夫儉則人用足而不淫讓則遵分而進善其道不鬬諆則通於遠而周於事和則仁之質戒則義之實恬以愉則安而久於其道也至乎哉今主上方致太平動以堯於准先生之言道之奧者若果有貢於上則吾知其易易焉也與晉國之風以一諸天下如斯而已矣敬再拜受賜

七觀有序

元袁伯長

翰林承旨程公鉅夫建藏書山房於麻源令桷賦其事遂倣劉氏七略作七觀云

翰林先生納榮息機謝白玉之堂將歸乎麻源之山房越公孫懷牘濡頴託物喻志考圖審曲若鑑之納視言忘而意消類別而理備有郢大夫癯然褐衣目不接乎黼黻耳無聞於律呂[illegible]

而言曰登高能賦淫曼荒忽智專者魂強形滯者物逐昔吳州來觀詩東魯言有度徵有據厲階於枚生濫觴於曹王先生楚產也雲夢汗漫巫峽巑岏胸藏腹蟠公孫不足以教我先生殺青南山積簡羽稜若網有綱若壘有繩舉凡暢微我其聆諸

越公孫曰太素烟熅清濁奠儀雨風露雷動植攸孳辯方審良民用不疵六氣以沴日夭其世彼諄諄者皇曰汝命實長厥土燥剛相其溫涼我生命在天順以受年巖居谷飲中道以隕執書以觀有滌洗瀾陋彭鏗之逆理兮何縱恣而益顏言技可以進道兮吾當繇是以返觀納腸補臟憯忍莫竟石立土踊孛彗迕逆吾猶以爲天地之病脩身俟命道之大經先生之正也大夫曰神之所行何體何方拘者爲儒請更端以告僕夫

越公孫曰靈曜宣精五紀順明察幽考微法天以行形氣芸芸吉凶畀高觀象以分韜兮靈根感不以言繇動彰靜百神受祜

虛者爲音質者爲數昔后稷氏之職黍稷薿薿智者過謀故盡
其地力民日作曆相攸食墨風雨斯蔽連雲及業飛不得垂喙
履不得仰視旁營萬家地記萌芽赭衣價蹶而淮水復絕鑄禺
伏姦能流于淵吁嗟而求桑林之羞要荒櫌馴王會盈庭獻琛
效珍物不可枚陳雞豚以時父恬孫嬉何勤邊蔑思屈曲洲島
家累千金資先生昔居列仙之館據要集思謂象以理明妖由
人興守諄芸法清寧却走馬于郊謝重譯之雉陋三春之茅熙
熙陶陶舒舒夭夭不言而歲成無營而事貞夫子不云乎一致
而百慮其是之謂乎郢大夫曰泚觀博聞於道彌損願滌耳以
扶其蘊

越公孫曰粤昔尼父唯俎豆是斅擊刺坐作因民以教蒐苗獮
狩車徒卒究厥令輿圖八表同曆四貉交軌月竁風丘冰天桂
海馳心望雲請命欵塞千廬星環八屯山列羽林繙經飛騎鼓

笈然而樂成者難與圖事守文者不足與智嘗聞之兵農同封耕戰同功魚麗鴈行敵莫我敢當府散籍移萬姓流離強帥拉脅外寢懵肌竿不可拄支後王鑒觀法日以繁龐者罷者恇者羸者駢頭引吭食粟而嬉開門納兵百郡是師何草廬高吟崎嶇雜耕何杜氏之子傳癖孔深而緩帶以征射以容觀劒以氣言批亢擣虛孰知其隅折衝厭難莫窮其畔至君握玄圖視龜文縱橫起止與易象相表裏者驟語之吾懼大夫之竦眙也大夫曰兵者不祥之器未效此知也

越公孫曰炳靈心君闢乾闔坤情聲相宣立度出均招招鴻藻緗縹是存敢先論楚材而言之漻漻乎形畏垢而將翥也霏霏乎睫承露而欲訴也荒蹊斷葦燐滅沒而凝聚也織文揚徽攬芳菲而雜組也少焉商飈號鳴金石琮琤逐虎搏兕鞲鶻鏇鷹寄恭蒼於一瞬秉扶搖以孤征絭緩攣以就日愴倏淪乎西傾

噫悲何爲哉古有巖居之士抱奇抉幽漱芳深林恝寂湅流澹乎其若遺窈兮其若留鉤盤助之爲回旋虛牝答之爲獻酬猿三疊而墮淚鶴九轉而凝愁鉤玄採微迄無終窮瑶席敷張高歌慷慨語初麗而終放託餘韻於宮商然此其戔戔者耳擿拾蒼雅刮磨詰益微粲貝編飛英露溥何譏乎肉食之鄙猶鄭穆而魯桓也大夫不聞之乎鍾石絲竹各隨其聽隆汙有時其所遭者命摩盪噓與吸呼羲娥矢爲帝詞叶爲賡歌五嶽贊襄伯靈護呵不棘不莢如砥如磨發潛漏泉掖民陽春瑰逸爲新簡絜爲貞列若石居別若渭分雍容者珩璜冲遠者英莖縷絕而緒續醴甘而膏清昔之擅名偉者恥兮其不能以十百程也浮聲切響直意寄志澎湃訇溘滔滔莫止據理者夸飾言者哇嫫毋兮姑射鉛刀兮鏌鎁騫莫任兮奈何大夫曰文章與政通玉署之職也文勝質則史吏言其大者

越公孫曰矻矻中壘校讎言靡寧世本年紀繫于麟經捨相府圖書泯其緯經炳麟金匱汔罔敢配廼司馬氏決榛鋤翳麗者爲譏激者爲刺升涉世家表籍作記言諸侯無史史立周圯鄙需畫墁削章刪凡爝火並曰卒澌盡莫傳昂昂荀袁辭約義完何班范家至耿光綿綿相繼擬述百世一律素王簡編如日在天熒煌高張孰敢附肩鴻化以漓研探益疲纖者闒者虁者濫者洪涊畏禍希企市價諂不表直俚不師雅若聾鼓鍾若盲策馬元經附譌唐曆受呵後有紀略迄莫同科尹石猛志證古比事百不一試歐陽氏出方名山所藏復大同而小異勢不兩立其曾史之謂厥今繫諜川盈記註櫛比故志存廢興之源典章酌損益之致登瑶山而神駭遊鄧林而目眯般倕効吁隨和發洑操觚之士吾將見其心赧而神悖也先生登祕丘覽群玉積石倉標朱目墨兵筆削融液乎粹精囿赫胥鄰大庭大夫宜從下

風而乞靈也大夫曰皇王惟熙帝霸孔熾我心增悲韓愈不爲史名以四馳何庸知焉

越公孫曰煌煌古帝別生聚方煥乎陶唐五服正邦五典率常導之無違民用熙熙授之以時聿來孜孜降于三王厥緒日孳集成于蒼姬黼黻憲章金石命令緝熙太和宣照群姓纖鉅之備粲乎其有秩也豐殺之制屹乎其有截也三光重輝百辟拱列歲時易象而浸淫櫱芽弱者綴旒強者鋋戈智者探囊勇者拔河搏犀象屠蛟鼉飛矢請命旁午係車熒乎浮雲迅乎奔塵炙轂滑稽之士紛然而並陳棄仁恩假鬼神混君臣各馳騁而懷新數千百年人亡而詭具勞乎離婁不足以一視也爾乎王良不足以一御也其聚大可病者恬泊守真可以養身不可以治民絕性棄命黔首蠢病孟軻氏有作吾見其髡鉗而舌咋也言未既大夫曰天藏山中瑾瑜匿瑕聞以辯之厥德日華儒者

詬病卒不能以勝何道最高子盍陳之毋激毋勦

越公孫曰古昔顓童受業閭塾書數首通訓故是屬聲歌象舞目接身服相親有恒日用不瀆後帝不相襲緣祀與文八音寥寥五禮紜紜鏗鏘莫明而聚訟若棼鄭説乖誤後圖踵循象制益湮周官別出議者欲一緐紊謬錯操網而入林適越而轅北也類禮孔勤五厄莫存後有倣補去取未就卒乘虬驂雲孛以文合聲以音比旁行敷落侏離狄鞮文軏同文不能以一致孔壁莫推二經蕃廡聱牙爲今簡儷爲古謂道統是傳曷敢有語詩基文王而周召先興首章異同衆詤沸騰風雅變言美者爲訾直者爲詆魯頌紀異秦誓告終何後學瞢瞢迄莫之通麟麟魯經議口法吏謂齊晉無褒而日月具刺紛若蠭蝟耿若糠粃不虛其心不明厥治遺珠抱疑探篋積毀然此特人文之經緯政治之用體也三聖述作包河總洛二儀生於心萬化制乎神

迎之而莫親拒之而彌存疑者逐者愕者困者湛兮消兮委兮昭兮沈思遺物形離超兮激迴飈兮閴而寥兮縱雲翺兮憺兮儒先從我招兮郢大夫曰始吾見公孫疲銳若不足突梯若避辱靡精槁神何斷斷然也今知子矣永譽處矣吾與翰林先生徜徉此土小年大年猶以爲朝暮也

志釋寄胡仲申　洪武宋景濂

華容孝廉與廣平文學遇于神明之臺孝廉問曰予締子交已越二紀其貌固狎其志則未之聞也子能爲我揚搉古今而釋之乎文學曰走也不敏長自嵓穴鶴毳編穤土芝組食動趾跟蹁蹮辭讓吃忽挾緗縹去歷都邑見者大噱指爲木刻錯愕周章無地寄迹獨孝廉煖我以溫顏前我以重席迪我以三古之芳猷期我以九能之至域拜孝廉之貺厚矣孝廉有問敢對以臆寓形霄壤不翅蔑蒙時幻歲遷雷滅鳥空唯極所適其樂則

鴻出游大澤才騫氣雄鼻尖出火耳後生風金張前驅許史後從牽黃臂蒼箙矢韔弓仰落雙雕俯搤長熊毛血旁灑塵坌四封入據邃館庭實惟供壘尊旁午豆俎衡從肉腴含春酎暈移童嚚周八音律合六同部分立坐筵布西東綠華白台南威紫衡嬖輔奇牙瓌質姣容歌喉撼塵舞神翩龍其有事固日新而弗足也竊有志焉孝廉能許之乎孝廉曰欲敗度縱敗禮古人所戒子豈宜蹈之願聞其他

文學曰班生投毫令名煌燿終童請纓其齒甚少不有熠熠孰潛其燐非勒名於燕然必建標於粵徼軒冕以之蟬聯紳笏以之姱嫽衛霍擁軨樊陳執櫜公子掃門王孫媚竈霜露系乎吹噓予奪視其愠笑其悅也若孟勞之出魯襪其重也如天球之鎮周廟天下學士揮汗爲雨聯袂成帷莫不仰遺光而企末照其視處環堵厄蔾藿擊壺而越吟倚柱而吳嘯畢畢南陽之畊

落落滋泉之釣口心共語影形相弔不亦大有徑庭乎孝廉曰
功高者身危位隆者名喪此衆人之所嗜而君子之所慎也
文學曰神封靈壤作鎮下方會稽衡華沂岱嶽常霍及鑿門分布
九疆總三條於中區限兩界於外邦他若滄漲蕩浮清翰混茫包
天裹地循環相通湯叶其間恠偉靡可數詳天孫岳長水伯瀆宗叶莊
昴宿寶符之貴玄龜青鯉之章金篋玉策之探日月珪璧之藏或
隱而晦或露而彰走將簡徒御戒樓航濯足於咸池晞髮於搏桑
豁氛埃於人寰發忠信於天光蒼水之使稷丘之君庶一問之勺
鼎湖而想遺弓履河洛而思聖勳也孝廉曰山川形勝固足以廓
子耳目㠯于文辭然非至焉子毋徒取則於太史遷也更請大之
文學曰去聖逾遠學術紛披控名責實禮度是師上下有叙隆
殺異宜苛察繳繞弗失絲釐貴儉兼愛上賢右鬼采椽不斲型
簋唯土嗇然自守與孔齊軌權事制宜詭行遁辭移陰轉陽入

神出奇變化闔闢千目莫窺秉要執本立爲經制法無常形事無成勢洞究群情爲萬物主儀節或愆峻刑弼之肅如晨霜犯者裂肌仲鞅非到裌之以馳因彼天時以施教令若儀若象測度以定紀綱載明是謂大順食天所寓邦本所資山澤平地相厥攸宜八政之首著于經彝揣摩國紀宣明帝治或合或兼本末畢具凡有猷爲罔越憲制若是喧豗泣㷉訊雷震撼乎四極充斥乎九垓渢渢乎海水起立而應龍天飛也戔戔乎五兵雜陳而神授握機也芒芒乎曠野萬里而列井布棊也走欲徧索其說而試之不識可乎孝廉曰夫子沒而微言絕諸子百氏人人殊未有能一之者也

文學曰戡定惟武亦國之程其書漫衍四類是繩陰陽權謀伎巧勢形其目胪列繙繙繽繽九宮八門六甲五神軍執兵鈐星式雷經金雞玉狗風角鳥情制器尚精動合神機胄鎧羅陳戈

戟交施渠答距堙鷙寘扶胥象車雀杏行馬飛梟武衡大櫓雝耳長殳雲火萬炬渾脫全軀策全器良其用益張營祭六形旂按五方天地定位風雲流行龍虎騰趠鳥蛇翼驤正正奇奇巍巍堂堂赫赫赩赩稜稜璜璜以守則固以擊則揚或追北於函谷或喋血於太行或徇地於臨菑或陷堅於昆陽是亦英雄之壯觀也走竊樂之不知饑渴之在已也孝廉曰兵者不祥之器聖人不得已而用之子服儒衣談儒書又焉用爾爲

文學曰粤厥軒轅游心太初上超鴻流下入泖瀰有竊其餘亦神其軀文賓寢生師皇馬醫玉杜丹砂騎鳴龍師木羊葛由神泉鹿皮折足山圖赭衣服閭女丸素書赤斧碧雞朱璜瘕脫玄俗質虛心存冲寥跡入佹奇五性既絶九患亦除三階有嚴七變無虧身升紫宮位紀琳書陰隆伏骨目烱四規執東象之玉文契九赤之班符御躋虛之龍轙服太極之麟芝入火不爇入水不濡入

石不閡入木不拘雲臥天行神潛靈飛是蓋與天爲徒又不特致治於無爲也當闢我石室寢我世機服我胎息殺我蟲尸洗伐我毛髓銷解我膚肌都銅狄而摩挲約令威而來歸不知能成其志否乎孝廉曰聖人不師仙使其可爲則周孔爲之矣

文學曰茫茫遺文或僞或真學徒巧辯或正或舛先出者堙後出者存何老生怨尤而異師是嗔藏之名山編簡乃完何傳授有緒而魚魯或殘汲冢一啓蟲書再覩何怪言放紛而弗齊于古緯候相傳內學是尊何列國寶書而盡閟其文僭辭竊義聾俗篤世日新月巧動莫之制衡錯攡瑩方州部家何立言艱深而莫究津涯始生終通生育及資何其象不一而數皆尤爲原熒卝家名性氣體何圖指佹殊而重摹迭擬觸類而言何莫非此沾沾動喙徒見其鄙走將鉤其麗鴻掠其纖微懸空明之金鑑悍無適於姸媸能若是是亦足矣孝廉曰此粗近之然墆於

傳註童習白紛若華蟫死生其間亦奚益哉
文學曰孟軻氏沒世乏真儒師師萌庬倀倀奚歸孰廓我矇孰
砭我愚群言孔多槷真者誰欲操腐艦以泛具區欲絡肓象以
駕鼓車縱有智巧寧不殆而嗚呼噫嚱一何寥乎九聖之神於
昭於天九聖之心存之於文又何昭乎嗚呼噫嚱蕡葹盈室何
有芳蓀繁星爛霄孰知朝暾寧不使我怊怊而悜悜乎帝降民
衷德與天一胡不自貴龍藻是溺顛倒首足淆混白黑棄其璞
槃寶厥瓦鬲拊膺自傷淚血交積誓剷宿穢以刻未習駕春陵
以爲舟鼓闗洛而爲檝張武夷以爲颿期洙泗之可涉夙興夜
寐偟偟業業凛然如上帝之在目睫若是何如孝廉曰此僕素
昔之所究心者也辛與子同之於是執手降臺相視而笑笑已
繼之以歌曰真儒不生世陰陰兮擿埴索塗愈幽深兮烱其靈
根無古今兮超彼九玄離濁氛兮攀淵追騫棄赤鱗兮文之典

喪貧以身兮任重道遠何時而止兮朝斯夕斯相期於没齒兮

文訓

王子充

華川王生學文於豫章黄太史公三年而不得其要倀倀焉食而不知其味皇皇焉寢而不安其居望望焉如有求而不獲也太史公一日進生而訓之曰子之學文有年于兹志則勤矣吾聞天地之間有至文焉子豈嘗知之乎夫雲漢昭回日星宣朗烟霞卷舒風霆鼓蕩者天文之所以暢山嶽錯峙江河流行鳥獸蕃衍草木茂榮者地文之所以成天地之文不能以自私誕賦於人人則受之故聖賢者出以及瓌人畯士相繼代作莫不大肆於厥辭蓋自孔氏以來兹道大闡家脩人勵致力於斯其間鞠明究曛疲弊歲月刓精竭思耗費簡札者紛趍而競馳孰不欲争裂綺繡互攀日月高視萬物之表雄峙百代之下卓然而有爲然而躑躅而不進戫骸而不振思窮力憊吞志而没者

往往而是而能登名文章之籙者其實無幾則所謂至文者固夫人所罕知是故文有大體文有要理執其理則可以折衷乎群言據其體則可以剬裁乎衆製然必用之以才主之以氣才以爲之先驅氣以爲之内衛推而致之一本於道無雜而無弊惟能有是則統宗會元出神入天惟其意之所欲言而言之靡不如其意斯爲文之至乎凡吾之說子豈嘗知之苟知之其試以語我

生曰文之爲物貴適時好粲然相接合喜投樂有如正始不完文氣遂偏俗尚化遷而俳偶之臼興焉四屬六比駢諧儷聯抽黃對白調朱施鉛五采相宣八音相便握摛穠纖喚弄寒暄豐腴醲酣眩麗媚妍珠璣溢緘繪彖滿篇凡慶函與賀牘咸累幅而疊番王公之門下逮閭閻彝儀縟典往來交際率奉之以周旋又如大雅既遠詩歌日變玉臺西崑其流也漸支爲詞曲爭嫩競豔字分重輕句協長短浮聲切響清濁和間羽振宫潛商

流徵泛笙簧觸手錦繪迷眄風月留連鶯花夌亂振妙韻於沉冥託能辭於淸婉性情因之而暢宣光景因之而呈獻好會睽離歡欣悲歎莫不假是以託情固無間於貴賤也若是者其爲文何如太史公曰古語變而四六古聲變而詞曲文之弊也甚矣請置勿道爲言其他

生曰命鄉選士之法廢而科舉乃興以文取士設爲範程漢有射策唐有明經復有詩賦逮宋日益增經衍爲義而三篇以明賦本於律而八韻以成咸各專其科各精其能其義則意融旨切言粹辭達枝語蔓引叢論英發剗聖秘而立辯斡天機而生詭其賦則句鍊字戛音叢韻軋藻秀春擷花艷晴掇校姸醜於錙銖品抑揚於毫髮它若宏詞制舉大科別設文法靡不該文格罔弗列又必學稱博極才號閎傑乃能攻其業凡習於斯者皆賈勇詞場角雄藝闈不厲兵而白戰爭奪弧而先拔若工若

拙三年是力若勝若劣一日而決及其中文衡入文轂則遂闈
棘聲徹榜金名揭上賢書於天府承洪恩於帝闕乃躋膴仕乃
展遐轍若卿若相鮮不由茲而出矣上以此而求賢士以此而
致身文之用世不可誣也歟太史公曰科舉之文趍時好以取
世資特干祿營寵之具耳學古之君子恥言之
生曰文之古者昔登諸金石記誌頌銘具有成式或鍾鼎是勒或
琬琰是刻或鐫于麗牲懸繂之碑或鑱在封嶽磨厓之壁莫不
炫燿崇勳烜焯茂德載丕丕之嘉猷紀赫赫之休績煞皆一筆
之力九鼎可扛一字之價千金是直爾其宏奧之思雅健之姿
瑰瑋之辭擅撫馬班凌厲蔡陳蹂躪柳韓玉釆金聲焜焜煌煌
鍧鍧鏘鏘袞章黼紋炳炳焞焞繽繽紜紜詭煞而蛟龍翔蔚煞
而虎鳳昂翕煞而律呂張正音諧韹韺變態類雲霆勁氣排甲
兵況其以之而開褰幽閟以之而著宣遐遠以之而綿延煞非儒林

宗匠藝營宿將道德爲世之模楷名位爲國之儀朢堂堂焉章章焉檀鴻筆攬魁柄稱文章之大家者孰當仁而不讓宜其媲美古昔傳信今後照四裔以無倫垂千載而不朽此其爲文也不幾於古乎太史公曰文至於是謂之古宜也雖然其爲用殆不止是已生曰朝廷之上有巨文焉典謨誓誥制冊令詔謂爲王言渙爲大號而帝王之制作存焉灝灝噩噩渾渾洋洋稜厲蓬孛揮霍奮揚或溫潤而精粹或宏偉而秀雄或嚴肅而簡重或衍裕而深長經緯天地橐籥陰陽黼黻萬化轇轕三光封職則氣含陰雨之潤授官則義炳重離之明勑戒則吐星漢之華治戎則揚洊雷之轟肆赦則垂滋於春露明罰則示烈於秋霜一字之褒沛澮泉於下地一言之感被挾纊於黎蒸朝出九重暮行四方如風動而草偃如山鳴而谷應奮迅乎寓外旁薄乎域中鼓舞乎夷夏陶鎔乎帝皇文章之用蓋與造化而侔功矣若是何如太史公曰易曰王

言如絲其出如綸詩曰辭之輯矣民之協矣辭之繹矣民之莫矣文之爲用誠莫盛於此矣姑舍是豈無復有可聞者乎

生曰文之難者莫難於史故良史之才古今或無皇道帝德王略霸圖運祚興衰治道隆汚將相卿士武烈文謨賢智忠孝兇慝姦諛天文五行地理河渠禮樂兵刑食貨賦租選舉職官冕服車輿蠻夷戎狄遐方異區恍惚詭變俗怪習殊凡一代之本末皆史乎載故曰史者一代之成書是故事以實之辭以給之法以立之例以律之作史之要必備乎此然非其能足以通古今之體明足以周萬事之理智足以究難知之意文足以發難顯之義者曾焉得以稱良史盖自紀表志傳之制馬遷創始班固繼作綱領昭昭條理鑿鑿三代而下史才如二子者可謂特起挺出儁偉超卓後之爲者世仍代襲率莫外乎其榘矱論者以謂遷固之書其與善者也隱而彰其懲惡也直而寬其賤夷

也簡而明其防僭也微而嚴是皆合乎聖人之旨意而非庸史之敢干及乎范曄陳壽之流則遂肆意妄篹曲筆濫箋曖昧其本旨而義駁以偏破碎其大體而辭譾以纖捉乎曄壽之不若者則又卑陋而無足觀矣故史所以明乎治天下之道而爲之者亦必天下之才然後勝其任茲其所謂難乎太史公曰噫史之爲文誠難乎盡美矣文而爲史誠極天下之任矣抑吾聞之文有二有紀事之文有載道之文史者紀事之文於道則未也生曰聖人既沒道術爲天下裂諸子者出各設戶分門立言以爲文是故管夷吾氏以覇略爲文鄧析氏以兩可辯說爲文老聃氏以秉要執本持謙處卑爲文列禦寇氏以黃老清淨無爲爲文墨翟氏以貴儉兼愛上賢明鬼非命上同爲文公孫龍氏以堅白名實爲文莊周氏以通天下之統序萬物之性達死生之變爲文愼到氏以刑名之學爲文申不害氏韓非氏復流於

深刻之文尹文氏又合黃老刑名爲文鬼谷氏以捭闔爲文蘇秦氏張儀氏因肆爲縱横之文孫武氏吳起氏以軍形兵勢圖國料敵爲文荀卿氏揚雄氏則以明先聖之學爲文淮南氏則以總統道德仁義而蹈虛守静出入經道爲文凡若此者殆不可遽數也雖其文人人殊而其於道未始不有明焉譬猶水火相滅亦以相生和敬相反亦以相成易所謂天下一致而百慮同歸而殊途者言本於一揆而已文以載道其此之謂乎太史公曰諸子之文皆以明乎道固也然而各引一端各據一偏未嘗窺夫道之大全人奮其私智家尚其私談支離頗僻馳騁鑿穿道之大義益以乖大體益以淺矣此固學術之弊而道之所以不傳也

生曰聖人之文厥有六經易以顯陰陽詩以道性情書以紀政事之實春秋以示賞罰之明禮以謹節文之上下樂以著氣運之虧盈凡聖賢傳心之要帝王經世之具所以建天衷奠民極

立天下之大本成天下之大法者皆於是乎有徵斯蓋群聖之淵源九流之權衡百王之憲度萬世之準繩猶之天焉則昭雲漢而揭日星布烟霞而鼓風霆猶之地焉則山嶽峙而江河行鳥獸蕃而草木榮故聖人者參天地以爲文而六經配天地以爲名自書契以來載籍以往悉莫與之京斯其爲文不亦可以爲載道之稱也乎太史公瞿然而驚喟然而歎曰盡之矣其蔑有加矣此固載道之器而聖人之至文矣嗟乎世之學者無志乎文則已苟有志焉舍是無以議爲矣是故本之詩以求其恒本之易以求其變本之書以求其質本之春秋以求其斷本之樂以求其通本之禮以求其辯夫如是則六經之文爲我之文而吾之文一本於道矣故曰經者載道之文文之至者也後聖復作其蔑以加之矣今子之及乎此則於文也其進孰禦焉特在加之意而已矣生於是再拜謝曰謹受教敢不拳拳服膺是

則是効以無忝夫子之訓告

問對

對楚王問　　楚宋玉

楚襄王問於宋玉曰先生其有遺行與何士民衆庶不譽之甚也宋玉對曰唯然有之願大王寛其罪使得畢其辭客有歌於郢中者其始曰下里巴人國中屬而和者數千人其爲陽阿薤露國中屬而和者數百人其爲陽春白雪國中屬而和者數十人引商刻羽雜以流徵國中屬而和者不過數人而已是以其曲彌高其和彌寡故鳥有鳳而魚有鯤鳳凰上擊九千里絶雲霓負蒼天足亂浮雲翺翔乎杳冥之上夫藩籬之鷃豈能與之料天地之高哉鯤魚朝發崑崙之墟暴鬐於碣石暮宿於孟諸夫尺澤之鯢豈能與之量江海之大哉故非獨鳥有鳳而魚有鯤也士亦有之夫聖人瑰意琦行超然獨處世俗之民又安知臣之所爲哉

荅客難　漢東方曼倩

客難東方朔曰蘇秦張儀一當萬乘之主而身都卿相之位澤及後世今子大夫脩先王之術慕聖人之義諷誦詩書百家之言好學樂道之效明白甚矣自以智能海內無雙可謂博聞辯智矣然悉力盡忠以事聖帝曠日持久官不過侍郎位不過執戟意者尚有遺行邪東方先生仰而應之曰夫蘇秦張儀之時周室大壞諸侯不朝并爲十二國未有雌雄得士者彊失士者亡故談說行焉身處尊位子孫長享今則不然聖帝流德天下震慴諸侯賓服威振四夷連四海之外以爲帶安於覆盂天下平均合爲一家動發舉事猶運之掌賢與不肖何以異哉遵天之道順地之理物無不得其所故綏之則安動之則苦尊之則爲將卑之則爲虜抗之則在青雲之上抑之則在深淵之下用之則爲虎不用則爲鼠雖欲盡節效情安知前後使蘇秦張儀

與僕並生於今之世曾不得掌故安敢望侍郎乎故曰時異事異雖然安可以不務修身乎哉苟能修身何患不榮傳曰天不爲人之惡寒而輟其冬地不爲人之惡險而輟其廣君子不爲小人之匈匈而易其行天有常度地有常形君子有常行君子道其常小人計其功詩曰禮義之不愆何恤人之言水至清則無魚人至察則無徒冕而前旒所以蔽明黈纊充耳所以塞聰明有所不見聰有所不聞舉大德赦小過枉而直之使自得之優而柔之使自求之揆而度之使自索之蓋聖人之教化如此欲其自得之自得之則敏且廣矣子何怪之邪語曰以管窺天以蠡測海以筳撞鍾豈能通其條貫考其文理發其音聲哉

難蜀父老　司馬長卿

漢興七十有八載德茂存乎六世威武紛紛湛恩汪濊群生澍濡洋溢乎方外於是乃命使西征隨流而攘風之所被罔不披

靡因朝冉從駹定笮存邛略斯榆舉苞蒲結軌還轅東鄉將報至于蜀都耆老大夫縉紳先生之徒二十有七人儼然造焉辭畢進曰蓋聞天子之牧夷狄也其義羈縻勿絶而已今罷三郡之士通夜郎之塗三年於茲而功不竟士卒勞倦萬民不贍今又接之以西夷百姓力屈恐不能卒業此亦使者之累也竊爲左右患之且夫邛笮西夷之與中國並也歷年茲多不可記已仁者不以德來強者不以力并意者其殆不可乎今割齊民以附夷狄敝所恃以事無用鄙人固陋不識所謂使者曰烏謂此乎必若所云則是蜀不變服而巴不化俗也僕常惡聞若說然斯事體大固非觀者之所覯也余之行急其詳不可得聞已請爲大夫粗陳其略蓋世必有非常之人然後有非常之事有非常之事然後有非常之功夫非常者固常人之所異也故曰非常之原黎民懼焉及臻厥成天下晏如也昔者洪水沸出氾

濫衍溢民人升降移徙崎嶇而不安夏后氏慼之乃堙洪塞源決江疏河灑沈澹災東歸之於海而天下永寧當斯之勤豈惟民哉心煩於慮而身親其勞躬腠胝無胈膚不生毛故休烈顯乎無窮聲稱浹乎于茲且夫賢君之踐位也豈特委瑣齷齪拘文牽俗循誦習傳當世取說云爾哉必將崇論閎議創業垂統爲萬世規故馳騖乎兼容并包而勤思乎參天二地且詩不云乎普天之下莫非王土率土之濱莫非王臣是以六合之內八方之外浸淫衍溢懷生之物有不浸潤於澤者賢君耻之今封疆之內冠帶之倫咸獲嘉祉靡有闕遺矣而夷狄殊俗之國遼絶異黨之域舟車不通人跡罕至政教未加流風猶微內之則時犯義侵禮於邊境外之則邪行橫作放殺其上君臣易位尊卑失序父老不辜幼孤爲奴虜係縲號泣內嚮而怨曰蓋聞中國有至仁焉德洋恩普物靡不得其所今獨曷爲遺已舉踵思

慕若枯旱之望雨戾夫爲之垂涕況乎上聖又烏能已故北出師以討強胡南馳使以誚勁越四面風德二方之君鱗集仰流願得受號者以億計故乃關沫若徼牂牁鏤靈山梁孫原創道德之塗垂仁義之統將博恩廣施遠撫長駕使疏逖不閉曶爽暗昧得燿乎光明以偃甲兵於此而息討伐於彼遐邇一體中外禔福不亦康乎夫拯民於沈溺奉至尊之休德反衰世之陵夷繼周氏之絕業天子之急務也百姓雖勞又惡可以已哉且夫王者固未有不始於憂勤而終於佚樂者也然則受命之符合在於此方將增太山之封加梁父之事鳴和鸞揚樂頌上咸五下登三觀者未覩指聽者未聞音猶焦朋已翔乎寥廓而羅者猶視乎藪澤悲夫於是諸大夫芒然喪其所懷來失厥所以進喟然並稱曰允哉漢德此鄙人之所願聞也百姓雖勞請以身先之敞罔靡徙遷延而辭避

進學解

唐韓退之

國子先生晨入太學招諸生立館下誨之曰業精于勤荒于嬉行成于思毀于隨方今聖賢相逢治具畢張拔去凶邪登崇畯良占小善者率以録名一藝者無不庸爬羅剔抉刮垢磨光蓋有幸而獲選孰云多而不揚諸生業患不能精無患有司之不明行患不能成無患有司之不公言未既有笑于列者曰先生欺余哉弟子事先生于兹有年矣先生口不絕吟於六藝之文手不停披於百家之編記事者必提其要纂言者必鉤其玄貪多務得細大不捐焚膏油以繼晷恒兀兀以窮年先生之於業可謂勤矣觝排異端攘斥佛老補苴罅漏張皇幽眇尋墜緒之茫茫獨旁搜而遠紹障百川而東之迴狂瀾於既倒先生之於儒可謂有勞矣沈浸醲郁含英咀華作爲文章其書滿家上規姚姒渾渾無涯周誥殷盤佶屈聱牙春秋謹嚴左氏浮誇易奇

而法詩正而葩下逮莊騷太史所録子雲相如同工異曲先生之於文可謂閎其中而肆其外矣少始知學勇於敢爲長通於方左右具宜先生之於爲人可謂成矣然而公不見信於人私不見助於友跋前躓後動輒得咎暫爲御史遂竄南夷三年博士冗不見治命與仇謀取敗幾時冬暖而兒號寒年豐而妻啼飢頭童齒豁竟死何裨不知慮此而反教人爲先生曰吁子來前夫大木爲杗細木爲桷欂櫨侏儒椳闑扂楔各得其宜施以成室者匠氏之工也玉札丹砂赤箭青芝牛溲馬勃敗鼓之皮俱收並蓄待用無遺者醫師之良也登明選公雜進巧拙紆餘爲妍卓犖爲傑校短量長惟器是適者宰相之方也昔者孟軻好辯孔道以明轍環天下卒老于行荀卿守正大論是弘逃讒于楚廢死蘭陵是二儒者吐辭爲經舉足爲法絶類離倫優入聖域其遇於世何如也今先生學雖勤而不繇其統言雖多而

不要其中文雖奇而不濟於用行雖修而不顯於衆猶且月費俸錢歲靡廪祿子不知耕婦不知織乘馬從徒安坐而食踵常途之役役窺陳編以盜竊然而聖主不加誅宰臣不見斥茲非其幸歟動而得謗名亦隨之投閑置散乃分之宜若夫商財賄之有亡計班資之崇庳忘己量之所稱指前人之瑕疵是所謂詰匠氏之不以杙爲楹而訾醫師以昌陽引年欲進其豨苓也

設漁者對智伯　　柳子厚

智氏既滅范中行志益大合韓魏圍趙水晉陽智伯瑶乘舟以臨趙且又往來觀水之所自務速取焉群漁者有一人坐漁智伯怪之問焉曰若漁幾何曰臣始漁於河中漁於海今主大茲始臣是以來曰若之漁何如曰臣幼而好漁始臣之漁於河有魦鱮鱣鰋者不能自食以好臣之餌日收者百焉臣以爲小去而之龍門之下伺大鮪之來也從魴鯉數萬垂涎流沫後者得

食焉然其飢也亦返吞其後愈肆其力逆流而上慕為螭龍及夫抵大石亂飛濤折鰭禿翼顛倒頓踣順流而下宛禿胃憒環坻淑而不能出罾之從魚之大者幸而啄食之臣亦徒手得焉猶以為小聞古之漁有任公子者其得益大於是去而之海上北浮於碣石求大鯨焉臣之具未及施見大鯨驅群蛟逐肥魚於渤海之尾震動大海簸掉巨島一啜而食若舟者數十勇而未已貪而不能止北蹷於碣石槁焉罾之以為食者及相與食之臣亦徒手得焉猶以為小聞古之漁有太公者其得益大釣而得文王於是舍而來智伯曰今若遇我也如何漁者曰罾者臣巳言其端矣始晉之侈家若欒氏祁氏郤氏羊舌氏以十數不能自保以貪晉國之利而不見其害主之家與五卿嘗裂而食之矣是無異魦鱮鱣鰋也腦流骨腐於主之故鼎可以懲矣然而猶不肯寤又有大者焉若范氏中行氏貪人之土田侵人

之勢力慕爲諸侯而不見其害主與三卿又裂而食之矣脫其鱗鱠其肉刳其腸斷其首而弃之遺胔莫不備俎豆是無異夫大鮪也可以懲矣然而猶不肯寤又有大者焉吞范中行以益其肥猶以爲不足力愈大而求食愈無饜驅韓魏以爲群鮫以逐趙之肥魚而不見其害貪肥之勢將不止於趙臣見韓魏懼其將及也亦幸主之感於晉陽其目動矣而主乃傲然以爲咸在機俎之上方磨其舌抑臣有恐焉今輔果舍族而退不肯同禍叚規怨深而造謀主之不寤臣恐主爲大鯨首解於邯鄲鬣摧於安邑胷披於上黨尾斷於中山之外而腸流於大陸爲鼃黽以充三家子孫之腹臣所以大懼不然主之勇力強大於文王何有智伯不悅終以不寤於是韓魏與趙合滅智氏其地三分

推命對　宋王介甫

吳里有善推命知貴賤禍福者或俾予問之予辭焉他日復以

請予對曰夫貴若賤天所爲也賢不肖吾所爲也吾所爲者吾能自知之天所爲者吾獨懵乎哉吾賢歟可以位公卿歟則萬鍾之祿固有焉不幸而貧且賤則時也吾不賢歟不可以位公卿歟則簞食豆羹無歉焉若幸而富且貴則咎也此吾知之無疑奚宰於彼者哉且禍與福君子置諸外焉君子居必仁行必義反仁義而福君子不有也由仁義而禍君子不屑也是故文王拘羑里孔子畏於匡彼聖人之智豈不能脫禍患哉蓋道之存焉耳曰子以爲貴若賤天所爲也然世賢而賤不肖而貴者亦天所爲歟曰非也人不能合於天耳夫天之生斯人也使賢者治不賢故賢者宜貴不賢者宜賤天之道也擇而行之者人之謂也天人之道合則賢者貴不肖者賤天人之道悖則賢者賤而不肖者貴也天人之道悖合相半則賢不肖或貴或賤堯舜之世元凱用而四凶殛是天人之道合也桀紂之世飛廉進

而三仁退是天人之道悖也漢魏而下賢不肖或貴或賤是天人之道悖合相半也蓋天之命一而人之時不能率合焉故君子修身以俟命守道以任時貴賤禍福之來不能沮也子不力於仁義以信其中而屑屑焉甘意於誕謾虛怪之說不已溺哉

問養生　蘇子瞻

余問養生於吳子得二言焉曰和曰安何謂和曰子不見天地之爲寒暑乎寒暑之極至於折膠流金而物不以爲病其變者微也寒暑之變晝與日俱逝夜與月並馳俯仰之間屢變而人不知者微之至和之極也使此二極者相尋而狎至則人之死久矣何謂安曰吾嘗自牢山浮海達于淮遇大風焉舟中之人如附於桔槔而與之上下如蹈車輪而行反逆眩亂不可止而吾飲食起居如他日吾非有異術也惟莫與之爭而聽其所爲故凡病我者舉非物也食中有蛆人之見者必嘔也其不見而

食者未嘗嘔也請察其所從生論八珍者必嚥言糞穢者必唾二者未嘗與我接也唾與嚥何從生哉果生於物乎果生於我乎知其生於我也則雖與之接而不變安之至也安則物之感我者輕和則我之應物者順外輕内順而生理備矣吴子古之静者也其觀於物也審矣是以私識其言而時省觀焉

三問對有序　洪武宋景濂

宋儒蔡沈嘗著三問辭旨邃密初讀之未甚喻沈潛之久似或窺見其髣髴者因援柳宗元天對例作三問對知道者正焉可也

冲漠無朕漫無理乎

玄機未兆萬象已具未應非先既應非後

一動一静機孰爲乎分陰分陽其無滯乎

動静之機根於太極二氣循環其變化何息

無形無兆曷塗轍乎有儀有象孰樞紐乎
理無形兆氣其塗轍氣有儀象理其樞紐理曰太極氣曰
陰陽體立用行而厥道斯章
或爲之先其大本乎或爲之後其往復乎
大本者理往復者氣理氣相須而後先難議
氣之未形極不先乎形形已著極安處乎
無極之眞浩浩無垠在乎物先行乎物後而何可岐分
動固非極靜爲極乎用固非極體爲極乎
陽動陰靜靜體動用極妙厥中非一偏可定
惟寂惟寞其無對乎惟動惟作各完具乎
道固立于獨亦與器對物之動作又各以類配
無極之極果無極乎有極之極果有極乎
果無極耶萬理斯囿果有極耶初無形段無乃無形有則

有理胡金溪横議紛擾不巳
亭亭當當别一物乎層層重重推無盡乎
極固中也難以中名易道生生而奇偶以形
動静無端曷無端乎陰陽無始曷無始乎
陰陽循環動静互根後觀無後前瞻無前
推之於前其有合乎引之於後其有離乎
形氣未凝其理弗眛形氣巳凝理行其内
混而誠復反于一乎闢而誠通迸爲萬乎
利貞誠復混爲一本元亨誠通闢爲萬殊
離器語道其虚無乎離道語器其土苴乎
器載乎道道寓乎器闇者不知歧而爲二
生生不窮與不窮乎廣大不禦與不禦乎
氣不窮禦理斡其樞絶如影形一息不離

右第一問十四條

人極之立命之性乎

人性云善受厥天命人極因以立天下由定

帝之降衷其有常乎人之受中其有則乎

上帝降衷至理弗易下民受中厥性有定

大哉乾元資以始乎至哉坤元資以生乎

資乾以始受天之氣資坤以生賦質于地

合虛與氣有是名乎與道爲體有是實乎

理氣脗合性名斯顯與道同體性實易辨

仁義禮知根於心乎剛柔善惡中而已乎

性根於心理無不善剛柔失中氣則有偏而胡可一焉

萬物一源何通塞乎四端具有何明暗乎

性原於天四端具見氣則不齊有通塞明暗

高明中通稟於陽乎卑暗偏塞稟於陰乎

高卑明暗知愚斯分中偏通塞人物各異濁陰清陽而氣稟攸繫

理無不善氣不善乎善固性也惡非性乎

性固皆善氣或有偏能變其氣性即此全非兩物可言

理附於氣能無偏乎氣原於理不可反乎

由氣不齊理或隨偏理正氣隨惡乎不變

論性論氣二之可乎曰惡曰混豈其然乎

性氣兼論二之不是曰惡與混荀楊之蔽

生之謂性其作用乎生之謂性其氣質乎

以氣言性告子以之身毒氏與其說愈滋生乃氣所爲必有秉彝

有形有色其窒塞乎無善無惡其芒昧乎

形色之理實曰天性謂性無善惡荆舒之病
同出於理何相近乎各受其成無相遠乎
氣禀雖殊初亦不遠何人各受形知愚乃見
成性存存成者性乎所性不存其天乎
性雖成全操之勿失以性分言性與天一
右第二問十四條
五性之仁善之長乎
元該四德仁統五常天人雖異一理則同
心之全德本末貫乎偏言一事受之理乎
以仁專言四者具舉以仁偏言各一而已
義禮知信別其目乎怵惕惻隱迹其端乎
仁無不包四者其目愛之理顯惻隱其端
性情之妙生之道乎禮樂之著生之序乎

心之生道德妙性情曰序曰和亦生道所形

入孝出弟其爲本乎切問近思在其中乎

孝弟之道行仁本根内外交進而仁道可存

爲仁由己其存心乎求其放心非居敬乎

心德曰仁持敬以存之若心如游騎何貴學爲

何事非仁一念差乎無時非仁終食違乎

仁道周流貫該動静存之操之而間斷是警

克己復禮乾之道乎主敬行恕坤之道乎

唯乾之健顔子似之唯坤之順仲弓類之

與物爲一特其量乎利澤及人特其功乎

與物爲一仁之量弘利澤及人仁之功著若指名仁則遠

迷厥義

仁固能覺覺即仁乎仁固能愛愛即仁乎

覺乃知用覺難名仁愛乃仁用必有其體存

推己及物其恕己乎以己及物其仁己乎

仁動以天恕推乎仁自然使然等級不倫

人欲淨盡天理完乎天理流行仁體著乎

欲淨理完仁體昭著天理即仁安有二致

內外合德其具舉乎終始爲一其不已乎

至聖體仁內外兼極天德流運斯須不息

博施濟衆必也聖乎肫肫浩浩達天德乎

博施濟衆行仁極功體仁之至其德與天同

右第三問十四條

既質以言屏息而聽神若荅曰子之所信乃所可疑子之所疑

乃所可信何必古初何必往聖反子身心厥有明證毫分縷析

亦得其病三者語一一語可竟易不云乎窮理盡性以至於命

發問之微大易是參首理次性與命而三既疑既質復假神以荅其編既竭其理愈昭晰正學失傳異議交横伊洛之興懸日月于寘武夷世適唯九峯是承會粹群言以牖我明以作我準程

問刑

蘇子仲

或問曰聖人尚德不尚刑信歟曰信然則帝舜何爲殛鯀流共工放驩兜竄三苗周公何爲戮蜚廉殺武庚致辟管蔡曰德其本也刑其末也是故不得已而後用刑初未嘗以之專造天下也而聖人至於無已而用刑也必本之以欽恤行之以哀矜欽恤仁也哀矜恕也恕故不喜刻而致深也仁故不加之罪而求其死也是故聖人之刑不徒曰刑而曰義刑聖人之殺不徒曰殺而曰義殺義者宜也在下者非不宜於天理不宜於人情不見刑見殺也在上者非宜於天理宜於人情不刑之殺之也宜於天理人情而後刑

之殺之雖刑之殺之而無愧焉不宜於天理人情而後見刑見殺雖見刑見殺而不怨焉是故義殺舉而天下莫不畏威矣義刑施而天下莫不遠罪矣帝舜在位所殛竄流放者鯀共工驩兜三苗而已不聞宅有所殛竄流放也周公相周所殺戮致辟者管蔡武庚管蔡而已不聞宅有所殺戮致辟也蓋德以刑而輔刑以德而去此所謂聖人尚德而不尚刑也不尚刑體天也故曰天齊于民俾我一日不尚刑昌國也故曰式敬爾由獄以長我王國周道既衰判爲十二析爲七國而刑日非古矣至于秦而極焉商鞅倡之李斯和之趙高從臾之呂政力行之胡亥成就之有夷族之刑有偶語之刑有腹誹之刑有督責之刑有相收司坐之刑有見知故縱之刑刑人半於道上而尸積於市咸陵自是以來有國家者耳目習熟謂刑不重姦慝不息也謂刑不重號令不行也謂刑不重紀綱不存也謂刑不重遠近不肅也故雖仁人之議刑寧過於重

雖仁君之用刑寧安於重往往以刑而鼓其勢以刑而作其威以刑而濟其怒以刑而繩其下甚者則以刑爲嬉而廣堂之上郡邑之間朝夕之所務無非刑者夫刑故聖人之所不廢也曷嘗以專造天下而後世柰何獨盡心焉其刑其殺果義乎果非義乎果無愧乎果無怨乎曰然則三代以上刑愈省而犯者愈寡三代以下刑愈繁而犯者愈衆何歟曰古之刑用必得其當無罪有罪生死殊塗人心灼然知所好惡則安得不愛重其性命如泰山也後之刑用不得其當有罪無罪同歸于戮人心惛然莫知所趍舍則安得不輕視其死生猶朝暮也是故人之重性命於泰山而重犯法者由在上者視之重故亦自重也人之輕死生於朝暮而輕犯法者由在上者視之輕故亦自輕也夫不此之思而戻戻焉有疾視其臣民之心而惟恐其刑之不勝也前刀鋸而後鼎鑊左鞭撻而右桎梏使無辜之徒駢首接迹以就一死豈刑期無刑之道哉孔子

曰道之以政齊之以刑民免而無耻道之以德齊之以禮有耻且格則人之善惡顧所以道之者何如耳又安用多殺爲且牛羊犬彘鷄豚魚鼈人資焉以養生者也其於人也異類聖人之殺之猶有所不忍也而用之必以禮焉殺之必以時焉何至爲民父母視其同類曾牛羊犬彘雞豚魚鼈之不若而忍於旦旦劓之刖之誅之夷之也雖能使人屏氣股慄不能自必其性命而於國脉亦已傷矣昔人有云刑以勢行其濫也甚勢以刑張其亡也速故嬴秦以刑懼天下傳國二世成周刑措不用歷年八百自古有國者其於社稷之靈長則皆欲同周之曆其於刑之輕用則不免効秦之尤此吾每覩前史未嘗不嘆其何心也曰然則如之何而用刑曰明德義以訓之謹好尚以儀之旌善良以勸之申命令以救之而猶有不率不悛者焉於是擇其尤無賴者誅一以儆百是之謂張其勢以德不以刑用其刑以義不以勢

土偶對

貝廷臣

岸海有古祠奉捍沙神者余暇日過之循其垣則惡木枓然而烏鳶噪其顛入其戶則毒草茀然而蛇虺蟠乎中有屋焉仆而不支有像焉剥而不完老巫揖而進曰是祠閱五百春秋矣嘗能以禍福恐乎人有疾必禱水旱必禱海賈泝濤往來者必禱神皆答之如響百穀歲登無蜚蝗霜雹大疫之災人既樂業至者如歸由是翦荊棘而宮室之或光怪夜見髣髴金支翠旗自天而降而日有事於是者麕至及其廢也咸玩而侮之神亦不能禍福於人豈盛衰關於造物者乎余曰嘻是土木而衣冠也昔非神也而神之者人也今非弗神也而人弗之神也若何怪焉是夕宿于祠之旁有介而弁者見於夢曰吾既辱子子何毀之過邪子見吾土木而衣冠也獨不見衣冠而土木乎小而爲邑邑有令大而爲郡郡有守其爲禍福甚於神也罷軟者苟祿

貪縱者敗法非守令而土木與內附百姓外柔四夷生殺繫其喜怒黜陟繇其向背執天子之柄而位百僚之首不啻神之魁然而貴者也出則陳兵而驅入則複壁而居目瞽而黑白相混耳塞而淫雅不殊非宰相而土木與吾假丹青之飾而託乎太陰使玩者有時而懼彼肖天像地握珠玉被錦繡且悵悵焉尸居而鬼躁未始見德於人子奚不以誚吾者誚彼與萬金雖積不救燃臍之禍三窟徒營豈免排墻之厄吾恐棟焚而及巢燕基圮而殃穴蟻其不爲吾祠之毀者幾希余應之曰汝之所斥者似矣而非其實也昭昭者或愚皎皎者或汚安知其力足有爲而時不可爲乎介者又曰胡廣歷六帝而無稱於時一盧懷慎耳張華裴頠禍至而不圖一曹爽兄弟耳人物不同而同爲土木余無以詰覺而識其語將獻諸上懼執政者不悦也故凡

文章辨體卷之四十四

文章辨體卷之四十五

海虞後學吳訥編集

傳

孟子荀卿列傳　漢司馬子長

太史公曰余讀孟子書至梁惠王問何以利吾國未嘗不廢書而歎也曰嗟乎利誠亂之始也夫子罕言利者常防其原也故曰放於利而行多怨自天子至於庶人好利之弊何以異哉孟子騶人也受業子思之門人道既通游事齊宣王宣王不能用適梁梁惠王不果所言則見以爲迂遠而闊於事情當是之時秦用商君富國強兵楚魏用吳起戰勝弱敵齊威王宣王用孫子田忌之徒而諸侯東面朝齊天下方務於合從連衡以攻伐爲賢而孟軻乃述唐虞三代之德是以所如者不合退而與萬章之徒序詩書述仲尼之意作孟子七篇其後有騶子之屬齊

有三騶子其前鄒忌以鼓琴干威王因及國政封爲成侯而受相印先孟子其次騶衍後孟子騶衍睹有國者益淫侈不能尚德若大雅整之於身施及黎庶矣乃深觀陰陽消息而作怪迂之變終始大聖之篇十餘萬言其語閎大不經必先驗小物推而大之至於無垠先序今以上至黃帝學者所共術大並世盛衰因載其禨祥度制推而遠之至天地未生窈冥不可考而原也先列中國名山大川通谷禽獸水土所殖物類所珍因而推之及海外人之所不能睹稱引天地剖判以來五德轉移治各有宜而符應若茲以爲儒者所謂中國者於天下乃八十一分居其一分耳中國名曰赤縣神州赤縣神州內有九州禹之序九州是也不得爲州數中國外如赤縣神州者九乃所謂九州也於是有裨海環之人民禽獸莫能相通者如一區中者乃爲一州如此者九乃有大瀛海環其外天地之際焉其術皆此類

也然要其歸必止乎仁義節儉君臣上下六親之施始也濫耳王公大人初見其術懼然顧化其後不能行之是以騶子重於齊適梁惠王郊迎執賓主之禮適趙平原君側行撇席如燕昭王擁篲先驅請列弟子之座而受業築碣石宮身親往師之作主運其游諸侯見尊禮如此豈與仲尼菜色陳蔡孟軻困於齊梁同乎哉故武王以仁義伐紂而王伯夷餓不食周粟衛靈公問陳而孔子不答梁惠王謀欲攻趙孟軻稱大王去邠此豈有意阿世俗苟合而已哉持方枘欲内圜鑿其能入乎或曰伊尹負鼎而勉湯以王百里奚飯牛車下而繆公用霸作先合然後引之大道騶衍其言雖不軌儻亦有牛鼎之意乎自騶衍與齊之稷下先生如淳于髡慎到環淵接子田駢騶奭之徒各著書言治亂之事以干世主豈可勝道哉荀卿趙人年五十始來游學於齊騶衍之術迂大而閎辯奭也文具難施淳于髡久與處

時有得善言故齊人頌曰談天衍雕龍奭炙轂過髡田駢之屬皆已死齊襄王時而荀卿最爲老師齊尚脩列大夫之缺而荀卿三爲祭酒焉齊人或讒荀卿乃適楚而春申君以爲蘭陵令春申君死而荀卿廢因家蘭陵李斯嘗爲弟子已而相秦荀卿嫉濁世之政亡國亂君相屬不遂大道而營於巫祝信禨祥鄙儒小拘如莊周等又滑稽亂俗於是推儒墨道德之行事興壞序列著數萬言而卒因葬蘭陵而趙亦有公孫龍爲堅白異同之辯劇子之言魏有李悝盡地力之教楚有尸子長盧阿之吁子焉自孟子至於吁子世多有其書故不論其傳云蓋墨翟宋之大夫善守禦爲節用或曰並孔子時或曰在其後

董仲舒傳　班孟堅

董仲舒廣川人也少治春秋孝景時爲博士下帷講誦弟子傳以久次相授業或莫見其面蓋三年不窺園其精如此進退容

止非禮不行學士皆師尊之武帝即位舉賢良文學之士前後百數而仲舒以賢良對策焉云云對既畢天子以仲舒爲江都相事易王易王帝兄素驕好勇仲舒以禮誼匡王王敬重焉久之王問仲舒曰粵王句踐與大夫泄庸種蠡謀伐吳遂滅之孔子稱殷有三仁寡人亦以爲粵有三仁桓公決疑於管仲寡人決於君仲舒對曰臣愚不足以奉大對聞昔魯君問柳下惠吾欲伐齊何如柳下惠曰不可歸而有憂色曰吾聞伐國不問仁人此言何爲至於我哉徒見問耳且猶羞之況設詐以伐吳虖繇此言之粵本無一仁夫仁人者正其誼不謀其利明其道不計其功是以仲尼之門五尺之童羞稱五伯爲其先詐力而後仁誼也苟爲詐而已故不足稱於大君子之門也五伯比於他諸侯爲賢其比三王猶武夫之與美玉也王曰善仲舒治國以春秋災異之變推陰陽所以錯行故求雨閉諸陽縱諸陰其止

雨反是行之一國未嘗不得所欲中廢爲中大夫先是遼東高
廟長陵高園殿災仲舒居家推說其意屮槀未上主父偃候仲
舒私見嫉之竊其書而奏焉上召視諸儒仲舒弟子呂步舒不
知其師書以爲大愚於是下仲舒吏當死詔赦之仲舒遂不敢
復言災異仲舒爲人廉直是時方外攘四夷公孫弘治春秋不
如仲舒而弘希世用事位至公卿仲舒以弘爲從諛弘嫉之膠
西王亦上兄也尤縱恣數害吏二千石弘乃言於上曰獨董仲
舒可使相膠西王膠西王聞仲舒大儒善待之仲舒恐久獲辠
病免凡相兩國輒事驕王正身以率下數上疏諫爭教令國中
所居而治及出位歸居終不問家產業以脩學著書爲事仲舒
在家朝廷如有大議使使者及廷尉張湯就其家而問之其對
皆有明灋自武帝初立魏其武安侯爲相而隆儒矣及仲舒對
冊推明孔氏抑黜百家立學校之官州郡舉茂材孝廉皆自仲

舒發之年老以壽終於家家徙茂陵子及孫皆以學至大官贊曰劉向稱仲舒有王佐之材雖伊吕亡以加筦晏之屬伯者之佐殆不及也至向子歆以爲伊吕乃聖人之耦王者不得則不興故顔淵死孔子曰噫天喪余唯此一人爲能當之自宰我子贛子游子夏不與焉仲舒遭漢承秦滅學之後六經離析下帷發憤潛心大業令後學者有所統壹爲群儒首然考其師友淵源所漸猶未及虖游夏而曰筦晏不及伊吕不加過矣至向曾孫龔篤論君子也以歆之言爲然

黄憲列傳

宋范蔚宗

黄憲字叔度汝南慎陽人也世貧賤父爲牛醫潁川荀淑至慎陽遇憲於逆旅時年十四淑竦然異之揖與語移日不能去謂憲曰子吾之師表也既而前至袁閎所未及勞問逆曰子國有顔子寧識之乎閎曰見吾叔度邪是時同郡戴良才高倨傲而

見憲未嘗不正容及歸罔然若有失也其母問曰汝復從牛醫兒來邪對曰良不見叔度不自以爲不及旣覩其人則瞻之在前忽焉在後固難得而測矣同郡陳蕃周舉常相謂曰時月之間不見黃生則鄙吝之萌復存乎心及蕃爲三公臨朝歎曰叔度若在吾不敢先佩印綬矣太守王龔在郡禮進賢達多所降致卒不能屈憲郭林宗少游汝南先過袁閎而退進往從憲累日方還或以問林宗曰奉高之器譬諸氿濫雖清而易挹叔度汪汪若千頃波澄之不清淆之不濁不可量也憲初舉孝廉又辟公府友人勸其仕憲亦不拒之暫到京師而還竟無所就年四十八終天下號曰徵君

論曰黃憲言論風旨無所傳聞然士君子見之者靡不服深遠去鄙吝將以道周性全無德而稱乎余曾祖穆侯以爲憲隤然其處順淵乎其似道淺深莫臻其分清濁未議其方若及門於

孔氏其殆庶乎故嘗著論云

五柳先生傳　　　晉陶淵明

先生不知何許人亦不詳其姓字宅邊有五柳樹因以爲號焉閑靖少言不慕榮利好讀書不求甚解每有意便會欣然忘食性嗜酒家貧不常得親舊知其如此或置酒而招之飲輒盡期在必醉既醉而退曾不悋情去留環堵蕭然不蔽風日短褐結穿簞瓢屢空晏如也常著文章自娛頗示己志忘懷得失以此自終

贊曰黔婁有言不戚戚於貧賤不汲汲於富貴極其言斯若人之儔乎酣觴賦詩以樂其志無懷氏之民歟葛天氏之民歟

圬者王承福傳　　　唐韓退之

圬之爲技賤且勞者也有業之其色若自得者聽其言約而盡問之王其姓承福其名世爲京兆長安農夫天寶之亂發人爲

兵持弓矢十三年有官勳棄之來歸喪其土田手鏝衣食餘三十年舍於市之主人而歸其屋食之當焉視時屋食之貴賤而上下其圬之傭以償之有餘則以與道路之廢疾餓者焉又曰粟稼而生者也若布與帛必蠶績而後成者也其他所以養生之具皆待人力而後完吾皆賴之然人不可徧為宜乎各致其能以相生也故君者理我所以生者也而百官者承君之化者也任有小大惟其所能若器皿焉食焉而怠其事必有天殃故吾不敢一日捨鏝以嬉夫鏝易能可力焉又誠有功取其直雖勞無愧吾心安焉夫力易強而有功也心難強而有智也用力者使於人用心者使人亦其宜也吾特擇其易為而無愧者取焉嘻吾操鏝以入貴富之家有年矣有一至者焉又往過之則為墟矣有再至三至者焉而往過之則為墟矣問之其鄰或曰噫刑戮也或曰身既死而其子孫不能有也或曰死而歸之官

也吾以是觀之非所謂食焉怠其事而得天殃者耶非強心以智而不足不擇其才之稱否而冒之者耶非多行可愧知其不可而強爲之者耶將貴富難守薄功而厚饗之者耶抑豐悴有時一去一來而不可常者耶吾之心憫焉是故擇其力之可能者行焉樂富貴而悲貧賤我豈異於人哉又曰功大者其所以自奉也博妻與子皆養於我者也吾能薄而功小不有之可也又吾所謂勞力者若立吾家而力不足則心又勞也一身而二任焉雖聖者不可能也愈始聞而惑之又從而思之蓋賢者也蓋所謂獨善其身者也然吾有譏焉謂其自爲也過多其爲人也過少其學楊朱之道者耶楊之道不肯拔我一毛而利天下而夫人以有家爲勞心不肯一動其心以畜其妻子其肯勞其心以爲人乎哉雖然其賢於世之患不得之而患失之者以濟其生之欲貪邪而亡道以喪其身者其亦遠矣又其言有可以

警余者故余爲之傳而自鑒焉

太學生何蕃傳

太學生何蕃入太學者二十餘年矣歲舉進士學成行尊自太學諸生推頌不敢與蕃齒相與言於助教傳士以狀申於司業祭酒司業祭酒撰次蕃之群行焯焯者數十餘事以之升於禮部而以聞於天子京師諸生以薦蕃名文說者不可選紀公卿大夫知蕃者比肩立莫爲禮部爲禮部者率蕃所不合者以是無成功蕃淮南人父母具全初入太學歲率一歸父母止之其後間一二歲乃一歸又止之不歸者五歲矣蕃純孝人也閔親之老不自克一日揖諸生歸養于和州諸生不能止乃閉蕃空舍中於是太學六館之士百餘人又以蕃之義行言於司業陽先生城請諭留蕃於是太學闕祭酒會陽先生出道州不果留歐陽詹生言曰蕃仁勇人也或者曰蕃居太學諸生不爲非義

葬死者之無歸哀其孤而字焉惠之大小必以力復斯其所謂仁歟蕃之力不任其體其貌不任其心吾不知其勇也歐陽詹生曰朱泚之亂太學諸生舉將從之來請起蕃蕃正色叱之六館之士不從亂茲非其勇歟惜乎蕃之居下其可以施於人者不流也譬之水其爲澤不爲川乎川者高澤者卑高者流卑者止是故蕃之仁義充諸心行諸太學積者多施者不遐也天將雨水氣上無擇於川澤澗谿之高下然則澤之道其亦有施乎抑有待於彼者歟故凡貧賤之士必有待然後能有所立獨何蕃歟吾是以言之無亦使其無傳焉

毛穎傳

毛穎者中山人也其先明眎佐禹治東方土養萬物有功因封於卯地死爲十二神嘗曰吾子孫神明之後不可與物同當吐而生已而果然明眎八世孫𩡷世傳當殷時居中山得神仙之

術能匿光使物竊姮娥騎蟾蜍入月其後代遂隱不仕云居東郭者曰毚狡而善走與韓盧爭能盧不及盧怒與宋鵲謀而殺之醢其家秦始皇時蒙將軍恬南伐楚次中山將大獵以懼楚召左右庶長與軍尉以連山筮之得天與人文之兆筮者賀曰今日之獲不角不牙衣褐之徒缺口而長鬚八竅而趺居獨取其毛簡牘是資天下其同書秦其遂兼諸侯乎遂獵圍毛氏之族拔其豪載穎而歸獻俘于章臺宮聚其族而加束縛焉秦皇帝使恬賜之湯沐而封諸管城號曰管城子日見親寵任事穎爲人强記而便敏自結繩之代以及秦事無不纂録陰陽卜筮占相醫方族氏山經地志字書圖畫九流百家天人之書及至浮圖老子外國之說皆所詳悉又通於當代之務官府簿書市井貨錢注記惟上所使自秦皇帝及太子扶蘇胡亥丞相斯中車府令高下及國人無不愛重又善隨人意正直邪曲巧拙一

隨其人雖見廢棄終默不洩惟不喜武士然見請亦時往累拜中書令與上益狎上嘗呼爲中書君上親決事以衡石自程雖宮人不得立左右獨穎與執燭者常侍上休方罷穎與絳人陳玄弘農陶泓及會稽褚先生友善相推致其出處必偕上召穎三人者不待詔輒俱往上未嘗怪焉後因進見上將有任使拂拭之因免冠謝上見其髮禿又所摹書不能稱上意上嘻笑曰中書君老而禿不任吾用吾嘗謂君中書君今不中書邪對曰臣所謂盡心者因不復召歸封邑終于管城其子孫甚多散處中國夷狄皆冒管城惟居中山者能繼父祖業

太史公曰毛氏有兩族其一姬姓文王之子封於毛所謂魯衛毛聃者也戰國時有毛公毛遂獨中山之族不知其本所出子孫最爲蕃昌春秋之成見絕於孔子而非其罪及蒙將軍拔中山之豪始皇封諸管城世遂有名而姬姓之毛無聞穎始以俘

見卒見任使秦之滅諸侯頴與有功賞不酬勞以老見疎秦真少恩哉

種樹郭橐駝傳

柳子厚

郭橐駝不知始何名病僂隆然伏行有類橐駝者故鄉人號之駝駝聞之曰甚善名我固當因捨其名亦自謂橐駝云其鄉曰豐樂鄉在長安西駝業種樹凡長安豪富人爲觀游及賣果者皆爭迎取養視駝所種樹或移徙無不活且碩茂蚤實以蕃他植者雖窺伺傚慕莫能如也有問之對曰橐駝非能使木壽且孳也能順木之天以致其性焉爾凡植木之性其本欲舒其培欲平其土欲故其築欲密既然已勿動勿慮去不復顧其蒔也若子其置也若棄則其天者全而其性得矣故吾不害其長而已非有能碩茂之也不抑耗其實而已非有能蚤而蕃之也他植者則不然根拳而土易其培之也若不過焉則不及苟有能

反是者則又愛之太恩憂之太勤旦視而暮撫已去而復顧甚者爪其膚以驗其生枯搖其本以觀其踈密而木之性日以離矣雖曰愛之其實害之雖曰憂之其實讐之故不我若也吾又何能爲哉問者曰以子之道移之官理可乎駝曰我知種樹而已理非吾業也然吾居鄉見長人者好煩其令若甚憐焉而卒以禍旦暮吏來而呼曰官命促爾耕勗爾植督爾穫蚤繅而緒蚤織而縷字而幼孩遂而鷄豚鳴鼓而聚之擊木而召之吾小人輟飧饔以勞吏者且不得暇又何以蕃吾生而安吾性耶故病且怠若是則與吾業者其亦有類乎問者嘻曰不亦善夫吾問養樹得養人術傳其事以爲官戒也

梓人傳

裴封叔之第在光德里有梓人款其門願傭隙宇而處焉所職尋引規矩繩墨家不居礱斲之器問其能曰吾善度材視棟宇

之制高深圓方短長之宜吾指使而群工役焉捨我衆莫能就一宇故食於官府吾受禄三倍作於私家吾收其直太半焉他日入其室其牀闕足而不能理曰將求他工余甚笑之謂其無能而貪禄嗜貨者其後京兆尹將飾官署余往過焉委群材會衆工或執斧斤或執刀鋸皆環立嚮之梓人左持引右執杖而中處焉量棟宇之任視木之能舉揮其杖曰斧彼執斧者奔而右顧而指曰鋸彼執鋸者趨而左俄而斤者斲刀者削皆視其色俟其言莫敢自斷者其不勝任怒而退之亦莫敢慍焉畫宮於堵盈尺而曲盡其制計其毫釐而構大厦無進退焉既成書於上棟曰某年某月某日某建則其姓字也凡執用之工不在列余圜視大駭然後知其術之工大矣繼而嘆曰彼將捨其手藝專其心智而能知體要者歟吾聞勞心者役人勞力者役於人彼其勞心者歟能者用而智者謀彼其智者歟是足爲佐天

子相天下法矣物莫近乎此也彼爲天下者本於人其執彼者
爲徒隸爲鄉師里胥其上爲下士又其上爲中士爲上士又其
上爲大夫爲卿爲公離而爲六職判而爲百役外薄四海有方
伯連率郡有守邑有宰皆有佐政其下有胥吏又其下皆有嗇
夫版尹以就役焉猶衆工之各有執伎以食力也彼佐天子相
天下者舉而加焉指而使焉條其綱紀而盈縮焉齊其法制而
整頓焉猶梓人之有規矩繩墨以定制也擇天下之士使稱其
職居天下之人使安其業視都知野視野知國視國知天下其
遠邇細大可手據其圖而究焉猶梓人畫宮於堵而績于成也
能者進而由之使無所德不能者退而休之亦莫敢慍不衒能
不矜名不親小勞不侵衆官日與天下之英才討論其大經猶
梓人之善運衆工而不伐藝也夫然後相道得而萬國理矣相
道既得萬國既理天下舉首而望曰吾相之功也後之人循跡

而慕曰彼相之才也士或談殷周之理者曰伊傅周召其百執事之勤勞而不得紀焉猶梓人自名其功而執用者不列也大哉相乎通是道者所謂相而已矣其不知體要者反此以恪勤爲公以簿書爲尊衒能矜名親小勞侵衆官竊取六職百役之事聽聽於府庭而遺其大者遠者焉所謂不通是道者也猶梓人而不知繩墨之曲直規矩之方圓尋引之短長姑奪衆工之斧斤刀鋸以佐其藝又不能備其工以至敗績用而無所成也不亦繆歟或曰彼主爲室者儻或發其私智牽制梓人之慮奪其世守而道謀是用雖不能成功豈其罪耶亦在任之而已余曰不然夫繩墨誠陳規矩誠設高者不可抑而下也狹者不可張而廣也由我則固不由我則圮彼將樂去固而就圮也則卷其術默其智悠爾而去不屈吾道是誠良梓人耳其或嗜其貨利忍而不能捨也喪其制量屈而不能守也棟橈屋壞則曰非

我罪也可乎哉可乎哉余謂梓人之道類於相故書而藏之梓人蓋古之審曲面勢者今謂之都料匠云余所遇者楊氏潛其名

六一居士傳

宋歐陽永叔

六一居士初謫滁山自號醉翁既老而衰且病將退於潁水之上則又更號六一居士客有問曰六一何謂也居士曰吾家藏書一萬卷集錄三代以來金石遺文一千卷有琴一張有棊一局而常置酒一壺客曰是爲五一爾奈何居士曰以吾一翁老於此五物之間是豈不爲六一乎客笑曰子欲逃名者乎而屢易其號此莊生所謂畏影而走乎日中者也今將見子疾走大喘渴死而名不得逃也居士曰吾固知名之不可逃然亦知夫不必逃也吾爲此名聊亦志吾之樂爾客曰其樂如何居士曰吾之樂可勝道哉方其得意於五物也泰山在前而不見疾雷

破柱而不驚雖響九奏於洞庭之野閱大戰於涿鹿之原未足喻其樂且適也然常患不得極吾樂於其間者世事之爲吾累者衆也其大者有二焉軒裳珪組勞吾形于外憂患思慮勞吾心於內使吾形不病而已悴心未老而先衰尚何暇於五物哉雖然吾自乞其身於朝者三年矣一日天子惻然哀之賜其骸骨使得與此五物偕返於田廬庶幾償其夙願焉此吾之所以志也客復笑曰子知軒裳珪組之累其形而不知五物之累其心乎居士曰不然累於彼者已勞矣又多憂累於此者既佚矣幸無患吾其何擇哉於是與客俱起握手大笑曰置之區區不足較也已而歎曰夫士少而仕老而休蓋有不待七十者矣吾素慕之宜去一也吾嘗用於時矣而訖無稱焉宜去二也壯猶如此今既老且病矣乃以難強之筋骸貪過分之榮祿是將違其素志而自食其言宜去三也吾負三宜去雖無五物其去宜

矣復何道哉

趙延嗣傳　石守道

今三司嗣相工部郎中劉公隨嘗稱趙鄰幾舍人死遺三孤女一老乳母内無兄弟外無期功強近之親無宅一區無田一壥以爲養有趙延嗣者僕於舍人顧是諸孤義不可去竭力庇養之負擔霑體塗足不避寒暑如是凡十年如一日事三孤女使其女與同處延嗣未嘗至其門初寓於宋三女既長延嗣走京師見宋翰林白楊侍郎徽之因發聲哭哭止具道趙氏之孤且年長將嫁二公驚媿謝曰吾不及汝吾被服儒衣冠讀誦六經學慕古人與舍人友舍人之孤吾等不能恤汝能養之吾不及汝遠矣二公因爲迎入京師與宅居之徐相與求良士爲壻長配樞密直學士戚公綸猶子職方郎中維之子太廟齋郎舜卿次並適屯田員外郎張君文昺之子鄉貢進士季倫三女皆歸

延嗣始去趙氏門延嗣可以謂之賢僕夫矣石介曰若然則延嗣有古君子之行古烈士之操古仁人之心豈特僕夫之賢天下之賢也昔在漢有爲翟公之客者翟公免客皆去延嗣獨不去復爲養其孤雖去千載客視延嗣亦當羞於地下矣曾有顏叔子者嘗獨居一室中夜暴風雨隣家女投叔子使執燭以達曉以免其嫌後人稱其廉延嗣親養三孤女長且適人終不識其面其節豈下叔子哉唐韓吏部凡嫁內外及友朋孤子僅十人天下服其義延嗣嫁趙氏三女無少吏部者噫翟公之客皆當時士大夫視延嗣遠不及矣叔子魯賢者吏部唐大儒延嗣爲賤僕夫其風操凜焉其行義卓焉與顏侔韓並延嗣可謂僕名而儒行者矣吁僕名儒行見之延嗣夫儒名而僕行者或有其人焉得不愧於延嗣哉故延嗣所爲如此有可以厲天下因傳之云

無名公傳

邵堯夫

夫無名者不可得而名也凡物有形則可器可器斯可名然則斯人無體乎曰有體有體而無跡者也斯人無用乎曰有用有用而無心者也夫有跡有心者斯可得而知也無跡無心者雖鬼神亦不可得而知不可得而名而況於人乎故其詩曰思慮未起鬼神莫知不由乎我更由乎誰能造萬物者天地也能造天地者太極也太極者其可得而知乎故強名之曰太極太極者其無名之謂乎故嘗自爲之贊曰借爾面貌假爾形骸弄丸餘暇閑往閑來人告之以脩福對曰吾未嘗不爲善人告之以禳災對曰吾未嘗妄祭故詩曰禍如許免人須諂福若待求天可量又曰中孚起信寧煩禱無妄生災不易禳性喜飲酒嘗命之曰太和湯詩曰不佞禪伯不諛方士不出戶庭直際天地家素業爲儒口未嘗不言儒言身未嘗不行儒行故其詩曰心無

妄思足無妄走人無妄交物無妄受炎炎論之甘處其陋綽綽言之無出其右義軒之書未嘗去手堯舜之談未嘗虛口當中和天同樂易友吟自在詩飲歡喜酒百年升平不爲不偶七十康強不爲不壽此其無名公之行乎

曹氏女傳　章望之

曹氏者吾同郡尚書郎脩古之幼女也公天聖中累更御史持憲無阿回言事失職知閩之興化軍朞年而卒曹氏以室居未嫁父既沒其故僚率吏民錢三十萬致之柩前曰以供窆葬之用夫人陳氏將受之女曰制家之用惟其家之酌初吾父入司朝廷出蒞民政約於奉身廉於臨人今其亡矣葬之豐儉請以吾家具之苟將受私遺焉惟他人忍之我弗忍也毋因是請而使辭焉其故僚復謂之曰葬先公弗資是則亦聞命矣願以異日嫁公女焉可無拒也女曰俾用於喪尚不敢取今欲備吾之

嫁是使妾幸父喪而自醜也人之聞之謂如何哉吉凶有常禮男女有常位妾有大罰父沒而喪存焉不以此時哀戚而遽謀嫁幣不亦亂常禮乎以室中而受門外之私賄不亦亂常位乎妾不才以先人之靈幸而卒有所歸則有妾之紡績之備何敢以是自誘哉願弗聞二三君子之命也遂不受夫婦人事勤儉恭謹則良矣曾無賢者之責也此何特異也彼貪殘之夫好財瀆貨死則已爾惡復悔悟耶方朝廷發貪冒之禁防制執事之人如維縶之械繫之尚有濫狀相望於敗辱者爲不少矣卒惟無怍焉有如曹氏專脩父志而不有所累孰謂曹氏不賢也哉孟子曰聞伯夷之風者頑夫廉懦夫有立志曹氏近之矣雖然厚於義而薄於利者人之常行也詩書不聞而尚廉篤孝固賢矣其里人曾孝基得斯說來告則未知其年與名

謝翺傳

洪武胡仲申

謝翺字皐羽建寧人也家故饒於財父鑰居喪哀毁人稱其孝宋咸淳初翺試進士不第慨然求諸古以文章名家元兵取宋宋相文天祥仵走江上逾海至閩檄州郡大舉勤王之師翺傾家貲率鄉兵數百人赴難遂參軍事天祥轉戰閩廣至潮陽被執翺匿民間流離久之間行抵勾越多閥閱故大族而王監簿諸人方延致游士日以賦詠相娛樂翺時出所長諸公見者皆自以爲不及不知其爲天祥客也然終不自明且念久不去人將虞我矣乃去而之越之南鄙依浦陽江方鳳時永康吴思齊亦依鳳居三人無變志又皆高年遂俱客吴氏里中得其餘日以自適一不問當世事翺嘗上會稽循山左右窺祐思諸陵西走吴會東入鄞過蛟門臨大海所至歔欷流涕晚愛睦州山水浮七里瀨登嚴光釣臺北向舉酒以竹如意擊石歌曰魂歸徠兮何極魂去兮關水黑化爲朱鳥兮有噣焉食歌已失聲哭人

莫詰其誰何唯鳳與思齊深悲之初江端友呂居仁朱翌辟地白雲源源故方干所居在釣臺之南翱率其徒游焉願即此爲葬地作許劒録及翱居錢唐病革語其妻劉曰我死必以骨歸方鳳葬我許劒之地鳳聞計訖如其言鳳字韶卿由太學生授容州教授治毛氏詩陳宜中當國禮下之命其二子大登小登受業焉同郡黄溍柳貫皆出其門好奬拔士有一善未嘗不與之進思齊字子善其學本之外祖陳亮用蔭補官攝嘉興丞數以書干宋臣用事者言賈似道母喪不宜賜鹵簿責文及翁顧忌爭不力猶不爭耳又言御史俞浙以論謝堂去職宰相附貴戚塞言路如朝廷何思齊雖有寒疾耳聾遇事不以富移不爲貧屈自號全歸子云

嫣仲子曰翰少客浦陽望仙華寶掌諸山從搢紳學者問翱時事未嘗不喟然爲之太息於是訪其論著之文翱有晞髮集鳳

有巖南集思齋有全歸集三家者惟鄴集備焉其辭隱其指微大要類其行事是時元新有天下士大夫於宋事多諱書之鄴江任士林稱鄴善哭如唐衢豈其情哉豈其情哉

行狀

贈太傅董公行狀　　唐韓退之

公諱晉字混成河中虞鄉萬歲里人少以明經上第宣皇帝居原州公在原州宰相以公善爲文任翰林之選聞召見拜祕書省校書郎入翰林爲學士三年出入左右天子以爲謹愿賜緋魚袋累升爲衛尉寺丞出翰林以疾辭拜汾州司馬崔圓爲揚州詔以公爲圓節度判官攝殿中侍御史以軍事如京師朝天子識之拜殿中侍御史内供奉由殿中爲侍御史入尚書省爲主客員外郎由主客爲祠部郎中先皇帝時兵部侍郎李涵如回紇立可敦詔公兼侍御史賜紫金魚袋爲涵判官回紇之人

來曰唐之復土疆取回紇力焉約我爲市馬既入歸我賄不足我於使人乎取之涵懼不敢對視公公與之言曰我之復土疆爾信有力焉吾非無馬而與爾爲市爲賜不既多乎爾之馬歲至吾數皮而歸資邊吏請致詰也天子念爾有勞故下詔禁侵犯諸戎畏我大國之爾與也莫敢校焉爾之父子寧而畜馬蕃者非我誰使之於是其衆皆環公拜既又相率南向序拜皆兩舉手曰不敢復有意大國自回紇歸拜司勳郎中未嘗言回紇之事遷祕書少監歷太府太常二寺亞卿爲左金吾衛將軍今上即位以大行皇帝山陵出財賦拜太府卿由太府爲左散騎常侍兼御史中丞知臺事三司使選擢才俊有威風始公爲金吾未盡一月拜太府九日又爲中丞朝夕入議事於是宰相請以公爲華州刺史拜華州刺史潼關防禦鎮國軍使朱泚之亂加御史大夫詔至于上所又拜國子祭酒兼御史大夫宣慰恒

州於是朱滔自范陽以回紇之師助亂人大恐公既至恒州即日奉詔出兵與滔戰大破走之還至河中李懷光反上如梁州懷光所率皆朔方兵公知其謀與朱泚合也患之造懷光言曰公之功天下無與敵公之過未有聞於人某至上所言公之情上寬明將無不赦宥焉乃能爲朱泚臣乎彼爲臣而背其君苟得志於公何有且公既爲太尉矣彼雖寵公何以加此彼不能事君能以臣事公乎公能事彼而有不能事君乎彼知天下之怒朝夕戮死者也故求其同罪而與之比公何所利焉公之敵彼有餘力不如明告之絕而起兵襲取之清宮而迎天子庶人服而請罪有司雖有大過猶將揜焉如公則誰敢議語已懷光拜曰天賜公活懷光之命喜且泣公亦泣則又語其將卒如語懷光者將卒呼曰天賜公活吾三軍之命拜且泣公亦泣故懷光卒不與朱泚當是時懷光幾不反公氣仁語若不能出口及

當事乃更疏亮捷給其詞忠其容貌溫然故有言於人無不信明年上復京師拜左金吾衛大將軍由大金吾爲尚書左丞又爲太常卿由太常拜門下侍郎平章事在宰相位凡五年所奏於上前者皆二帝三王之道由秦漢以降未嘗言退歸未嘗言所言於上者於人子弟有私問者公曰宰相所職繫天下天下安危宰相之能與否可見欲知宰相之能與否如此視之其可凡所謀議於上前者不足道也故其事卒不聞以疾病辭於上前者不記退以表辭者八方許之拜禮部尚書制曰事上盡大臣之節又曰一心奉公於是天下知公之有言於上也初公爲宰相時五月朔會朝天子在位公卿百執事在廷侍中贊百僚賀中書侍郎平章事竇參攝中書令當傳詔疾作不能事凡將大朝會當事者既受命皆先日習儀于時未有詔公卿相顧公逡巡進北面言曰攝中書令臣某病不能事臣請代某事於是

南面宣致詔詞事已復位進退甚詳爲禮部四年拜兵部尚書入謝上語閒曰晏復有入謝者上喜曰董某疾且損矣出語人曰董公且復相既二日拜東都留守判東都尚書省事充東都畿汝州都防禦使兼御史大夫仍爲兵部尚書由留守未盡五月拜檢校尚書左僕射同中書門下平章事汴州刺史宣武節度副大使知節度事管內支度營田汴宋亳潁等州觀察處置等使汴州自大曆來多兵事劉玄佐益其師至十萬玄佐死子士寧代之畋遊無度其將李萬榮乘其畋也逐之萬榮爲節度一年其將韓惟清張彥林作亂求殺萬榮不剋三年萬榮病風昏不知事其子乃復欲爲士寧之故監軍使俱文珍與其將鄧惟恭執之歸京師而萬榮死詔未至惟恭權軍事公既受命遂行劉宗經韋弘景韓愈實從不以兵衛及鄭州逆者不至鄭州人爲公懼或勸公止以待有自汴州出者言於公曰不可入公

不對遂行宿圃田明日食中牟逆者至宿入角明日惟恭及諸
將至遂逆以入及郛三軍緣道讙聲庶人壯者呼老者泣婦人
啼遂入以居初玄佐死吳湊代之及鞏聞亂歸士寧萬榮皆自
爲而後命軍士將以爲常故惟恭亦有志以公之速也不及謀
遂出逆既而私其人觀公之所爲以告曰公無爲惟恭喜知公
之無害已也委心焉進見公者退皆曰公仁人也聞公言者皆
曰公仁人也環以相告故太和初玄佐遇軍士厚士寧懼復加
厚焉至萬榮如士寧志及韓張亂又加厚以懷之至于惟恭每
加厚焉故士卒驕不能禦則置腹心之士幕於公庭廡下挾弓
執劒以須日出而入前者去日入而出後者至寒暑時至則加
勞賜酒肉公至之明日皆罷之貞元十二年七月也八月上命
汝州刺史陸長源爲御史大夫行軍司馬楊凝自左司郎中爲
檢校吏部郎中觀察判官杜倫自前殿中侍御史爲檢校工部

員外郎節度判官孟叔度自殿中侍御史爲檢校金部員外郎支度營田判官職事脩人俗化嘉禾生白鵲集蒼烏來巢嘉瓜同蔕聯實四方至者歸以告其帥小大威懷有所疑輙使來問有交惡者公與平之累請朝不許及有疾又請之且曰人心易動軍旅多虞及臣之生計不先定至于他日事或難期猶不許十五年二月三日薨于位上三日罷朝贈太傅使吏部員外郎楊於陵來祭弔其子贈布帛米有加公之將薨也命其子三日斂既斂而行於行之四日汴州亂故君子以公爲知人公之薨也汴州人歌之曰濁流洋洋有闢其郛闐道讙呼公來之初今公之歸公在喪車又歌曰公既來止東人以完今公殁矣人誰與安始公爲華州亦有惠愛人思之公居處恭無妾媵不飲酒不諂笑好惡無所偏與人交泊如也未嘗言兵有問者曰吾志於教化享年七十六階累升爲金紫光禄大夫勳累升爲上柱

國爵累升爲隴西郡開國公娶南陽張氏夫人後娶京兆韋氏夫人皆先公終四子全道溪全素瀣全道爲祕書省著作郎溪爲祕書省祕書郎全素爲大理評事瀣爲太常寺太祝皆善士有學行謹具歷官行事狀請牒考功拜太常議諡牒史館編録

段太尉逸事狀　柳子厚

太尉始爲涇州刺史時汾陽王以副元帥居蒲王子晞爲尚書領行營節度使寓軍邠州縱士卒無賴邠人偷嗜暴惡者率以貨竄名軍伍中則肆志吏不得問日群行丐取於市不嗛輒奮擊折人手足椎釜鬲甕盎盈道上袒臂徐去至撞殺孕婦人邠寧節度使白孝德以王故戚不敢言太尉自州以狀白府願計事至則曰天子以生人分公理公見人被暴害因恬然且大亂若何孝德曰願奉教太尉曰某爲涇州甚適少事今不忍人無寇暴死以亂天子邊事公誠以都虞候命某者能爲公已亂使

公之人不得害孝德曰幸甚如太尉請既署一月晞軍士十七人入市取酒又以刃刺酒翁壞釀器酒流溝中太尉列卒取十七人皆斷頭注槊上植市門外晞一營大譟盡甲孝德震恐召太尉曰將柰何太尉曰無傷也請辭於軍孝德使數十人從太尉太尉盡辭去解佩刀選老躄者一人持馬至晞門下甲者出太尉笑且入曰殺一老卒何甲也吾戴吾頭來矣甲者愕因諭曰尚書固負若屬耶副元帥固負若屬耶柰何欲以亂敗郭氏爲白尚書出聽我言晞出見太尉太尉曰副元帥勳塞天地當務始終今尚書恣卒爲暴暴且亂亂天子邊欲誰歸罪且及副元帥今邠人惡子弟以貨竄名軍籍中殺害人如是不止幾日不大亂大亂由尚書出人皆曰尚書倚副元帥不戢士然則郭氏功名其與存者幾何言未畢晞再拜曰公幸教晞以道恩甚大願奉軍以從顧叱左右曰皆解甲散還火伍中敢譁者死太

尉曰吾未晡食請假設草具既食曰吾疾作願留宿門下命持馬者去旦日來遂臥軍中晞不解衣戒候卒擊柝衛太尉旦俱至孝德所謝不能請改過邠州由是無禍先是太尉在涇州爲營田官涇大將焦令諶取人田自占數十頃給與農曰且熟歸我半是歲大旱野無草農以告諶諶曰我知入數而已不知旱也督責益急且飢死無以償即告太尉太尉判狀辭甚巽使人求諭諶諶盛怒召農者曰我畏段某耶何敢言我取判鋪背上以大杖擊二十垂死輿來庭中太尉大泣曰乃我困汝即自取水洗去血裂裳衣瘡手注善藥旦夕自哺農者然後食取騎馬賣市穀代償使勿知淮西寓軍帥尹少榮剛直士也入見諶大罵曰汝誠人耶涇州野如赭人且飢死而必得穀又用大杖擊無罪者段公仁信大人也而汝不知敬今段公唯一馬賤賣市穀入汝汝又取不耻凡爲人傲天災犯大人擊無罪者又取仁

者穀使主人出無馬汝將何以視天地尚不愧奴隸耶諶雖暴抗然聞言則大愧流汗不能食曰吾終不可以見段公一夕自恨死

及太尉自涇州以司農徵戒其族過岐朱泚幸致貨幣慎勿納及過泚固致大綾三百疋太尉壻韋晤堅拒不得命至都太尉怒曰果不用吾言晤謝曰處賤無以拒也太尉曰然終不以在吾第以如司農治事堂棲之梁木上泚反太尉終吏以告泚泚取視其故封識具存元和九年月日永州司馬柳宗元謹上史館今之稱太尉大節者出入以爲武人一時奮不慮死以取名天下不知太尉之所立如是宗元嘗出入岐周邠斄間過眞定北上馬嶺歷亭鄣堡戍竊好問老校退卒能言其事太尉爲人姁姁常低首拱手行步言氣卑弱未嘗以色待物人視之儒者也遇不可必達其志決非偶然者會州刺史陸公來言信行直備得太尉遺事覆校無疑或恐尚逸墜未集太史氏敢以狀私於執事

四十五卷

文章辨體卷之四十六

海虞後學吳訥編集

謚法

周公謚法

惟周公旦太公望開嗣王業建功于牧野終將葬乃制謚法遂叙謚法謚者行之迹也號者功之表也車服位之章也是以大行受大名細行受小名行出於己名生於人（名謂謚號）民無能名曰神（不名一善下俱不注）一德不懈曰簡（一不委曲）靖民則法曰皇（靖安）平易不訾曰簡（不信訾毀）德象天地曰帝（同於天地）尊賢貴義曰恭（尊事賢人寵貴義士）仁義歸往曰王（民往歸之）敬事供上曰恭（恭奉也）立志及衆曰公（志無私也）尊賢敬讓曰恭（敬有德讓有功）執應八方曰侯（所執行八方應之也）既過能改曰恭（言自知也）賞慶刑威曰君（能行四者）執事堅固曰恭（守正不移）從之成群曰君（民從之）愛民長弟曰恭（順長接弟）揚善賦簡曰聖（所稱得人所善得實所賦得簡）執禮御賓

曰恭（迎待賓也）敬賓厚禮曰聖（厚於禮）庇親之闕曰恭（修德以益之）照臨四方曰明（以明照之）尊賢讓善曰恭（不專己善推之於人）譖訴不行曰明（逆知之故不行）威儀悉備曰欽（威則可畏儀則可象）經緯天地曰文（成其道）大慮靜民曰定（思樹惠也）道德博聞曰文（無不知）純行不爽曰定（行一不傷）學勤好問曰文（不恥下問）安民大慮曰定（以慮安民）慈惠愛民曰文（惠以成政）安民法古曰定（不失舊意）愍民惠禮曰文（惠而有禮）闢地有德曰襄（取之以義）賜民爵位曰文（與同升）甲冑有勞曰襄（亟征伐）綏柔士民曰德（安民以居安士以事）小心畏忌曰僖（思所當忌）諫爭不威曰德（不以威拒諫）有伐而還曰釐（知難而退）剛強直理曰武（剛無欲強不屈直正直理忠恕也）質淵受諫曰僖（深故能受）威強敵德曰武（與有德者敵）溫柔賢善曰懿（性能純淑）克定禍亂曰武（以兵征故能定）心能制義曰度（制事得宜）刑民克服曰武（法以正民能使服也）聰明叡哲曰獻（有通知之聰）夸志多窮曰武（大志行兵多所窮極）智質有聖曰獻（有所通而無蔽）安民立政曰成（政以安定）五宗安之曰孝（五世之宗）源淵流通曰康（性無忌）慈惠愛親曰孝

周愛親族溫柔好樂曰康好豐年勤民事協時肇享曰孝協合肇始秉德不回曰孝順於德而不違安樂撫民曰康無四方之虞合民安樂曰康富而教之執心克莊曰齊能自嚴布德執義曰穆穆純也資輔就共曰齊資輔佐而供成中情見貌曰穆性公露甄心動懼曰頃甄精容儀恭美曰昭有儀可象行恭可美敏以敬慎曰頃疾於所敬昭德有勞曰昭能勞謙柔德安衆曰靖成衆使安聖聞周達曰昭聖聖通合恭己鮮言曰靖恭己正身少記而中治而無眚曰平無災罪也寬樂令終曰靖性寬樂義以善自終執事有制曰平不任意威德剛武曰圉禦亂患布綱治紀曰平施之政事彌年壽考曰胡久也由義而濟曰景用義而成保民耆艾曰胡六十曰耆七十曰艾耆意大慮曰景耆彊也彊毅果敢曰剛強於仁義剛果曰毅布義行剛曰景以剛行義追補前過曰剛勤善以補過清白守節曰貞行清白執志固猛以剛果曰威猛則少寬果敢行大慮克就曰貞能大慮非正而何不隱無屈曰貞恒然無私彊毅執正曰威問正言無邪闢土服遠曰桓以武正定治典不殺曰祁秉常不衰克敬動民曰桓敬以使之大慮行節

曰孝言成其節闢土兼國曰桓兼人故啓上治民克盡曰使克盡恩惠能思辯
衆曰元別之使各有次好和不爭曰安生而少斷行義說民曰元民說其義道德
純一曰思道大而德一始建國都曰元非善之長何以始之大省兆民曰思大親
民而不殺主義行德曰元以義爲主行德政外內思索曰思言求善聖善周聞
曰宣聞謂所聞善事也追悔前過曰思思而能改兵革亟作曰莊以數征爲嚴行
見中外曰慤表裏如一叡圉克服曰莊通邊圉使能服狀古述今曰譽立言之稱
勝敵志強曰莊不撓故勝昭功寧民曰商明有功者死於原野曰莊非嚴何以
死難克殺秉政曰夷秉政不任賢屢征殺伐曰莊以嚴整之安心好靜曰夷
不爽政武而不遂曰莊武功不成執義揚善曰德稱人之善柔質慈民曰惠
知其性慈仁短折曰懷短未六十折未三十愛民好與曰惠與謂施述義不克
曰丁不能成義夙夜警戒曰敬敬身急戒夙夜恭事曰敬敬以莅事有功安民
曰烈以武立功象方益平曰敬法常而知秉德尊業曰烈業以通德爲而能尊合善
典法曰敬非敬何以善之剛克爲伐曰翼伐功也剛德克就曰肅成其敬使爲終

思慮深遠曰翼好遠思也執心決斷曰肅言嚴果外內貞復曰白正而復終
始一不生其國曰聲生於外家不勤成名曰靈任本性不見賢思齊未家短折曰
殤未家未娶死而志成曰靈志事不悋命愛民好治曰戴好民治也死見神能
曰靈有鬼不為厲曲禮不愆曰戴無過亂而不損曰靈不能以治損亂短折不
成曰殤有知而夭殤好祭鬼神曰靈瀆鬼神不致遠隱拂不成曰隱不以隱括改其
性極知鬼事曰靈其智能聽徹之不顯尸國曰隱以間主國見美堅長曰隱
美過其令殺戮無辜曰厲賊良善人官人應實曰知能官人愎佷遂過曰刺去諫
曰愎反是曰佷肆行勞祀曰悼放心勞於淫祀言不修德不思忘愛曰刺忘其愛已者也年
中蚤夭曰悼年不稱志早孤短折曰哀早未知人事凶年無穀曰荒不務耕稼
好變動民曰躁數移徙也外內縱亂曰荒家不治官不治不悔前過曰戾知而
不改好樂怠政曰荒淫於聲樂怠於政事怙威肆行曰醜肆意行威在國遭憂曰
愍仍多大喪壅遏不通曰幽弱損不凌在國逢難曰愍逢兵寇之事早孤鋪位
曰幽鋪位即位而卒禍亂方作曰愍國無政動長亂動祭亂常曰幽易神之班使民

悲傷曰愍苛政賊害柔質受諫曰慧以虛受人貞心大度曰匡心正而明察也名實不爽曰質不爽應也德正應和曰莫相正其德應其和溫良好樂曰良言其人可好可樂施勤無私曰類無私惟義所在慈和徧服曰順能使人皆服其慈和思慮果遠曰明自任多近於專愽聞多能曰憲雖多能不至於大道嗇於賜與曰愛言貪悋滿志多窮曰惑自足者必不惑也危身奉上曰忠險不辭難思慮不爽曰厚不差所思而得克威捷行曰魏有威而敏行好內遠禮曰煬朋淫於家不奉禮克威惠禮曰魏雖威不逆禮不怠政外交曰攜不自明而恃外交也去禮遠衆曰煬教誨不倦曰長以道教之疏遠繼位曰紹非其次第偶得之也肇敏行成曰直始疾行成言不深也彰義揜過曰堅明義以蓋前過內外賓服曰正言以正服之華言無實曰夸恢誕好廉自克曰節自勝其情欲逆天虐民曰抗背尊大而逆之好更改舊曰易變故改常名與實爽曰繆言名美而實傷愛民在刑曰克道之以政齊之以法擇善而從曰比比方善而從之除殘去虐曰湯亂而不損爲靈隱哀也景武也施德爲文除惡爲武辟地爲襄服遠爲桓剛克爲

傳柔克爲懿履正爲莊有過爲僖施而不成爲宣惠無内德爲獻治而生眚爲平亂而不損爲靈由義而濟爲景餘皆彖也

序論

鄭樵

法之爲謚者取一文耳非有説也謚法行而其説紛紛其書見於世者有周公謚法有春秋謚法有廣謚有今文尚書有大戴記有世本有獨斷有劉熙之書有來奥之書有沈約之書有賀琛之書有王彦威之書有蘇冕之書有扈蒙之書有蘇洵之書其實皆由漢魏以來儒生取古人之謚而釋以己説集而爲法也故蘇氏曰周公之法反取賀琛之新法而載之書是知世之謚法其名尤古者益非古法也今考周公之書所用後人之語甚多是皆爲謚法者展轉相因言文雜揉無足取也惟沈約之書博採古今銓次有紀然亦無所建明至蘇氏承詔編定六家謚法乃取周公春秋廣謚沈約賀琛扈蒙之書斷然有所去取

其善惡有一成之論實前人所不及也皇也帝也王也公也侯也君也師也長也胥也實尊卑之號上下之稱且生有爵死有謚以是爲謚未之敢聞也若帝王可以爲謚則天子亦可以爲謚矣若公侯可以爲謚則卿大夫亦可以爲謚矣若師長可以爲謚則父兄亦可以爲謚矣無義之談莫此爲甚經幾百年間而後蘇子闢之堯取累土以命名舜取穠華以命名禹取於獸湯取於水桀以喬木紂以繹絲是非已之所更必父兄之所命也且生有爵死有謚以是爲謚未之敢聞也蘇氏未暇及臣不敢後焉謹條其可用者二百十謚分爲三類只以一文見義無事乎文之廣無事乎説之繁庶乎表裏蘇氏之學是亦典禮之大者

後論

語曰孔文子何以謂之文也子曰敏而好學不恥下問是以謂

之文也然則文子之謚初無謚法仲尼則因問而即其人之行事以釋之奈何先立其法必使人之曲中也規矩本爲方圓設而非豫爲小大剸量使制器者範圍於此況所作之法只採經傳之言其間有大不通理處子曰敏而好學不耻下問是以謂之文而云敏而好學曰文可也孟子曰陳善閉邪謂之敬而云陳善閉邪曰敬可也易之益曰君子見善則遷有過則改而云遷善改過曰益可也左氏曰共用之謂勇而云率義共用曰勇可也奈何詩曰哿矣能言巧言如流曰哿可乎書曰賓于四門四門穆穆而云闢于四門曰穆可乎傳曰季子生而有文在其手曰友遂命之而云有文在手曰友何義也書曰乃聖乃神乃武乃文而云乃聖乃神曰武何義也詩序曰太平之君子能持盈守成而云持盈守滿曰成何義也至於終始如一者則謂之終爲人所渴望者則謂之渴於義安乎取竝后匹嫡之義而爲

竝取牝鷄之晨惟家之索義而爲索是可用乎千百年間學者見之禮官博士行之而斷無以爲非者

謚議

晋太宰何曾謚議

秦玄良

故太宰何曾雖階世族之胤而少以高亮嚴肅顯登王朝然資性驕奢不循軌則詩云節彼南山惟石巖巖赫赫師尹人具爾瞻言其德行高峻動必以禮耳丘明有言儉德之恭侈惡之大也大晋受命勞謙隱約曾受寵二代顯赫累世暨乎耳順之年身兼三公之位食大國之租荷保傅之貴方之古人責深負重雖鞠躬盡死猶不稱位而乃驕奢過度名被九域以古義言之非惟失輔相之宜實壞人倫之教近世以來宰臣輔相未有受垢辱之聲被有司之劾而蒙恩貸若曾者也周公弔二季之陵遲哀大教之不行於是作謚以紀其終曾參奉之啓手歸全易

賞而没蓋明慎終死而後已齊之史民亂世陪臣耳猶書君賊累死不懲况於皇代守典之官敢畏彊盛而不盡禮管子有言禮義廉耻是謂四維四維不張國乃滅亡宰相大臣人之表儀若生極其情死又無貶是則帝室無正刑也王公貴人復何畏哉所謂四維復何寄乎謹按謚法名與實爽曰繆怙亂肆行曰醜宜謚繆醜

晋賈充謚議

賈充無子舍宗族弗立而以異姓外孫韓謐爲後悖禮溺情以亂大倫昔鄫養外孫莒公子爲後春秋書莒人滅鄫聖人豈不知外孫親邪但以義推之則無父子之親而絶祖宗之祀謚法昏亂紀度曰荒請謚爲荒

唐文貞楊綰謚議代答蘇瑞駮議　梁肅

議曰有國之典存以位敘其德没以謚易其名名之小大視德

之美惡蓋書其善著而略其微要其終而明其義故曰謚以尊名節以一惠恥名之浮於行也楊文貞體淳素之質協時中之德愛自下列至于宰司秉心不渝動必由道與夫立功立事開物濟衆不同日語矣而清儉厲俗明哲保身曰文與貞在我惟允秉公議者其誰曰不然今奉符謂公與元載交游嘗為載薦引載之咎惡悉歸於公斯乃昧於觀行定謚之義且非君子成人之美也請區而評之昔荀爽為董卓所舉致位三公及卓數亂漢政可謂甚矣而漢史曾不以卓之過累於慈明晏子陳氏俱事齊侯陳志邪而晏志正春秋亦不以陳之惡延於平仲是知道不必合事不必周則載之於公其事可見況當載秉鈞而公不參大政載以時望累我我則靜而守中因踈為簡適見清節及夫載覆且餗公膺大任任職日淺屢以疾辭位且不安安可以啓悟而責之乎昔季文子相三君無食粟之馬衣帛之妾君

子以爲忠楊公以大名厚位出入三朝無宅一區無馬一駟志於清白交不諂瀆可不謂貞乎掌訓誥秉銓衡處成均貳宗伯潤色王度無替厥美加以敏而好學見善如不及可不謂文乎謹按謚法貞之例有三清白守節曰貞大慮克就曰貞憂國忘死曰貞文之義有六經緯天地曰文道德博聞曰文慜人按禮曰文不恥下問曰文慈惠愛人曰文修德來遠曰文名旣不備事亦殊貫又安可以二王三恪私廟家祭之嫌併責於一名哉若其美果在一名則士文伯孔文子且無經天緯地之文孟武伯甯武子又非克定禍亂之武若以廢禮不稱其名則臧孫辰縱逆祀不得謚文管夷吾臺門反坫不得謚敬是知議名之道取其所長則捨其所短志其大行則遺其小節使善惡決於一字褒貶垂於將來蓋先王制謚之方也若綜覈名實形於公論宜取坦然明白彰於遐邇者今或秉人之意肆誣謗之辭所謂

抉瑕剌骨之說非正議也且人無全能才不必備以鄭公徵立言正色恥君不如堯舜其節大矣而昧於知人許公瓌固執條詔廷沮邪計其志明矣終不能守故春秋爲賢者諱過傳稱不以一眚掩大德語曰無求備於一人蓋二公所以爲文貞也謹上參典禮近考故事楊公之名請如前議

唐丞相江陵尹御史大夫呂諲謚議　獨孤至之

呂諲任職從政聰敏肅給能以才智潤飾吏道至德中與三司同鞫大獄獨引律文附會經義而平反之當時卒用中典諲參其論在台司齪齪雖無匪躬之能然平章法度守而勿失其爲荆一年有成號令明具賦斂均一物有制而事有倫大抵以威信爲主戮陳希昂按申大芝之奸而三楚之人悅服厥功茂焉自至德已來荷推轂受脤之寄處方面者數十輩而將不驕卒不墮政修人和如諲者蓋鮮矣豈不以人散久矣而兵未戢挹

濁流者難俟清整棼絲者難爲工諲當此時能以慈惠易其疾苦且訓其三軍如臂使指闔境無拔葵唱棗之盜而楚人到于今猶歌詠之其識略必有過人者雖欲勿褒之其可乎按謚法威德克就曰肅禁暴威也愛人德也考禮議名而擬諸形容請謚曰肅謹議

駁議呂諲　　奉符令

伏以故相國江陵尹兼御史大夫贈吏部尚書呂公諲昔事先朝累當大任至德之初天步艱難公首披荊榛扈蹕靈武忘軀進忠一日三接先朝察匪躬之節納沃心之議爰立作相弼諧神人其嘉謀嘉猷獻可替否之迹入則造膝出則詭辭溫樹不言難可得而知也至有爛焉明白欲蓋而彰者請區而載之乾元收復之際兩都衣冠多繫於三司詔獄御史中丞崔器議事失入時宰苗太師崔趙公等雖廷諍之然未堅決公有犯無

隱引經正辭上是其言刑爲之省所活者蓋數百人明主收雷電之威聖朝行寬大之典者緊公之力也古者進賢受上賞書不云乎咎繇曰都在知人公践台衡專以推賢任人爲務故相國房公琯故吏部侍郎韋公陟入登右職皆公之由令相國黄門侍郎杜公之涖江陵也公薦在方面之任令相國中書侍郎元公之在度支也公咨以幕府之政曾未數歳而二相接武於上台天地交泰聖賢相得庶績咸熈五典克從者資公之舉善也則子皮之舉子產鮑叔之舉管仲蕭何之舉曹參武侯之舉蔣琬方之前人我有餘地其在荆南也戢兵和衆令行禁止理績爲天下最雖古之羊杜無得而踰今太常議荆南之政詳矣而曰在台司凝凝無匪躬之節者乃抉瑕掩瑜之論非中適之言也國家故事宰臣之謚皆有二字以彰善旌德焉夫以呂公文能無害武能禁暴貞則幹事忠則利人盛烈弘規不可備舉

傳叙八元之德曰忠肅恭懿君以美謚擬於形容請謚呂公曰
忠肅謹議

重議呂諲

傳士獨孤及議曰呂諲任宰相日淺當時會肅宗躬親庶政群臣畏威奉職而已雖有謨謀於巖廊之上莫由有知之者其荆門之政為人由巳略見於事其恩惠被於物風謠存乎人故人得而稱之議名之際敢不闕其所疑而録其尤者著有司之職也其閲實訟猷在未執政之前疊議之詳矣敢辱再告至若推進名賢使登大任既同温室之樹且行狀所不載孔子曰君子於其所不知蓋闕如也故不書令奉符令必用二字且以忠配肅謹按舊儀凡殁者之故吏得以行狀請謚於尚書省而考行定謚則有司存延辯可否宜在衆議今駮議撰謚異同之説並故吏專之伏恐亂庖人尸祝之分違公器不私之誠且非唐虞

師錫僉曰之道昔周道衰孔子作春秋以繩當代而亂臣賊子懼謚法亦春秋之微旨也在懲惡勸善不在哀榮在議美惡不在字多文王伐崇周公殺三監誅淮夷晉重耳一戰而霸諸侯武功盛矣而皆謚曰文以冀缺之恪德臨事甯俞之忠於其國隨會之納諫不忘其師言身不失其友其文德豈不優乎而並謚曰武固知書法者必稱其大而略其細故言文不言武言武不言文三代巳下朴散禮壞乃有二字之謚二字謚非古也其源生于衰周施及戰國之君漢興蕭何張良霍去病霍光俱以文武大略佐漢時致太平其事業不一謂一名不足以紀其善於是乎有文終文成景桓宣成之謚雖瀆禮甚矣然猶褒不失人唐興參用周漢之制謂魏徵以王道佐時近文直言極諫愛君而忘身近貞二德並優廢一莫可故曰文貞公謂蕭瑀端直鯁亮近貞性多猜貳近褊言褊則失其謇正稱貞則失其忝狹

非一言所能名故曰貞褊公其餘舉凡推類大抵准此皆有爲疊爲之也若跡無殊途事歸一貫則直以一字目之故杜如晦謚成封德彝謚明王珪謚懿陳叔達謚忠溫彦博謚恭岑文本謚憲韋巨源謚昭唐休璟謚忠魏知古謚忠崔日用謚昭其流不可悉數此並當時赫赫以功名居宰相位者謚不過一字不聞其子孫佐吏有以字少稱屈者由此言之二字不必爲褒一字不必爲貶若褒貶果在字數則是堯舜禹湯文武成康不如周威烈王也齊桓晋文不如趙武靈魏安釐秦莊襄楚者烈也杜如晦王珪以下或成或明或懿或憲不如蕭瑀之貞褊也歷考古訓及貞觀以來制度似皆不然今奉符所議云國家故事宰相必以二字謚未知所出何品式請具回示謹當以爲按據若忠者臣事君之常道苟靖恭于位誰則非忠非有炳然之異則不以爲謚如議獄緩死任賢舉善德之美者然肅者威德克

就之名足以表之矣月令曰孟秋天地始肅詩曰曷不肅雍又肅肅王命仲山甫將之肅嚴也敬也忠之屬也天地不肅則歲不成宗廟不肅則禮不立軍旅不肅則人不服肅之時義大矣哉以謚之從政也威能閑邪德可濟衆故以肅易名而忠在其中矣亦猶隨會甯俞之不稱文豈必因而重之然後爲美魏晉以來以賈詡之籌筭賈逵之忠壯張既之政能程昱之智勇顧雍之審重王渾之器量劉惔之鑒裁庾翼之志略彼八君子者方之東平宜無慙德死之日並謚曰肅當代不以爲貶何嘗徵一字二字爲之升降乎謹上稽前典下據甲令叅之禮經而究其行事請依前謚曰肅謹議

重議　郭知運

博士獨孤及議曰禮時爲大順次之將葬易名時也有故闕禮追遠請謚順也假如諸侯五月而葬魯惠公之薨也有宋師至

隱公元年十月而改葬不以踰時廢禮又公叔戌請謚[illegible]前謹按禮經曾不言已葬則不可追謚況帝王殊塗不相沿襲新禮則死必有謚不云日月有時今請易名者五家無非葬後苗太師一年矣呂諲四年矣盧奕五年矣顏杲卿八年矣並荷褒寵無異同之論獨知運以其子不幸遂以過時見抑茍必以已葬未葬爲節則八年與五十年其緩一也而與奪殊制無乃不可乎議云已孤暴貴不爲父作謚此謂其父無位而子居大官不當以已之貴加榮於父也禮不云乎父爲士子爲大夫葬以士耳若知運者處方面之寄位列九卿茂勲崇名與衛霍侔飾終之禮宜加於他將一等豈待因依嗣子然後作謚今之征鎮者率多起屠販皂隸之中雖逢風雲化爲侯王其祖父爵位與知運齒者鮮矣奈何懼名器等於草芥以是殺禮竊謂近誣乾元以來累有詔追贈百官祖父內外文武具僚之先悉蒙

恩錫或音徽久殊或墓木已拱受大名貴位於九原者以萬數未嘗以歿代遠近爲限夫贈謚一也贈者一時之寵謚者不刊之令今以歲久而廢易名是王澤浹於天下而獨隔於一人也當開元二年吐蕃以舉國之師入五原塞擊拆之聲聞於秦雍知運與郭虔瓘討平之以張王室當時微知運則汧隴之西左衽是懼今朝廷方將命將帥以征不服討不庭宜褒之以勸握兵者安可以葬久而廢大典況夫謚法者蓋考其言行事業之邪正必以字褒貶之使生者聞美謚而慕覩惡謚而懼不待賞罰而賢不肖皆勸是一字之謚賢於三千之刑本非爲歿者之子孫以爲哀榮寵贈之具假令知運無子且未嘗立勳苟位至上將則謚不可廢豈以其子之存亡爲請謚之可否竊稽載籍徵諸舊章易名之禮請如前議謹議

陳執中謚榮靈議　宋韓持國

執中卒得以公卿子遭世承平因緣一時之言遂至貴顯皇祐之末天子以後宮之喪問所以葬祭之禮執中位爲上相不能總率群司考正儀典以承答天問知治喪皇儀非嬪御之禮追冊位號於宮闈有嫌建廟用樂踰祖宗舊制執中自而行之曾不愧憚遂使聖朝大典著非禮之舉此不忠之大者閨門之內禮分不明夫人正室疎薄自絀庶妾嬖人悍逸不制醜聲流布行路共知此又治家無足言者夫宰相所當秉道率禮以嗣天子正身齊家以儀百官執中不務出此而方杜門深居謝絕賓客曰我無私也我不黨也豈不陋哉謹按謚法寵禄光大曰榮不勤成名曰靈執中出入將相以一品就第可謂寵禄光大矣得位行政不爲不逢死之日賢士大夫無述焉可謂不勤成名矣請合二法謚曰榮靈

歐陽文忠公謚議　　李清臣

太子太師歐陽公歸老于其家以疾不起將葬行狀上尚書省移太常請謚太常合議曰公維聖宋賢臣一世學者之所師法明于道德見于文章究覽六經群史諸子百氏馳騁貫穿述作數十百萬言以傳先王之遺意其文卓然自成一家比司馬遷楊雄韓愈無所不及而有過之者方天下溺於末習爲章句聲律之時聞公之風一變爲古文咸知趨尚根本使朝廷文明不愧於三代漢唐者太師之功于教化治道爲最多如太師真可謂文矣博士李清臣得其議則閱讀行狀考按謚法曰唐韓愈李翺權德輿孫逖本朝楊億皆謚文太師固宜以文謚吏持衆議曰太常官長有曰文則信然不可易也然公平生好諫爭當加獻爲文獻無已則忠爲文忠衆相視曰其如何則又合議曰文獻疊犯廟謚固不可忠亦太師之大節太師常參天下政事進言仁宗乞早下詔立皇子使有明名定分以安人心及英宗

繼體今上即皇帝位兩預定策謀有安社稷功和裕內外周旋兩宮間迄于英宗之視政蓋太師天性正直心誠洞達明白無所斯隱不肯曲意順俗以求自便安好論列是非分别賢不肖不避人之怨誹沮疾亡身履危以爲朝廷立事按謚法道德博聞曰文廉方公正曰忠今加忠以麗文宜爲當衆以狀授清臣爲謚議清臣曰不敢於文而傳之以忠議者之盡也清臣其敢不從遂謚文忠謹議

淵頴吳先生私謚議

洪武宋景濂

傳曰物生而後有象象而後有滋滋而後有數數成而文見矣是則文者固囿乎天地之中而實能衛翼乎天地品裁六度叶和三靈敷陳五彝開道四德何莫非文之所爲而所謂文者非他道而已矣故聖人載之則爲經學聖人者必法經以爲文譬之於木經其區幹者歟文其柯條者歟安可以岐而二之也自

史氏失職以訓故列之儒林以辭章書之文苑雖欲昭後世之弊而失之古義益遠矣有如長卿書院山長吳公先生風裁峻明才猷允茂潄六藝之芳潤為一代之文英纂述之勤汗簡日積於詩書則科分脉絡而標其凡於春秋則朧略三傳而發其蘊於諸子則研覈真僞而極其言於三史則析分義例而嚴其斷藻繢所及無物不華汪如長江峻如喬嶽激如雷電和如春陽其妙用通于造化其變通莫拘若應龍之不可羈觀其所志直欲等秦漢而上之凡流俗剽竊無根之學孱弱不振之章皆不足闖其藩垣而逐其軌轍者也嗚呼盛哉門生學子僉曰經義玄深非淵而何文辭貞敏非潁而何於是私謚曰淵潁先生云門人金華宋濂等謹議

文章辨體卷之四十六

文章辨體卷之四十七

海虞後學吳訥編集

碑

曹娥碑

漢邯鄲淳（代度尚作）

孝女曹娥者上虞曹盱之女也其先與周同祖末胄荒流（一作沉）爰適厥居盱能撫節按歌婆娑樂神以漢安三年五月時迎伍君逆濤而上爲水所淹不得其屍時娥年十四號慕思盱哀吟澤畔旬有七日遂自投江死經五日抱父屍出以漢安迄于元嘉元年青龍在辛卯莫之有表度尚設祭誄之辭曰

鬱惟孝女曄曄之姿偏其反而令色孔儀窈窕淑女巧笑倩兮宜其家室在洽之陽大禮未施嗟喪慈父彼蒼伊何無父孰怙訴神告哀赴江永號視死如歸是以耿然輕絶投入沙泥翩翩孝女載沉載浮或泊洲渚或在中流或趨湍瀨或逐波濤千夫

失聲悼痛萬餘觀者塡道雲集路衢泣淚掩涕驚動國都是以衰姜哭市杞崩城隅或有刻面引鏡剺耳用刀坐臺待水抱樹而燒於戲孝女德茂此儔何者大國防禮自修豈況庶賤露屋草茅不扶自直不鏤自雕越梁過宋比之有殊哀此貞厲千載不渝嗚呼哀哉辭曰名勒金石質之乾坤歲數歷祀立廟起墳光於后土顯照天人生賤死貴利之義門何悵花落飄零早分葩艷窈窕永世配神若堯二女爲湘夫人特効髣髴以昭後昆

桐栢廟碑

王延壽

延熹六年正月八日乙酉南陽太守中山盧奴張君處正好禮尊敬神祀以淮出平氏始於大復潛行地中見於陽口立廟桐栢春秋宗奉災異告譴水旱請求位比諸侯聖漢所尊受珪上帝大常定甲郡守奉祀務潔沉祭從郭君以來二十餘年不復身到遣行承事簡各不敬明神弗歆災害以生五嶽合德仲尼

愼常若神在君準則太聖親之桐栢奉見廟祠崎嶇逼狹開拓神門立闕四達增廣墠場飾治華蓋高大殿宇穹齊傳館石獸表道靈龜十四衢廷弘敞宮廟嵩峻祗愼慶祀一年再至躬進牲牷執玉以沈為民祈福靈祇保祐天地清和異祥照格禽獸碩茂草木芬芳黎民豫祉民用作頌其辭曰　泫泫淮源聖禹所導湯湯其逝惟海是造疏穢濟遠柔順其道弱而能強仁而能武聖賢立式明哲取所定為四瀆與河合矩烈明府好古之則虔恭禮祀不愆其德惟前廢弛匪恭匪力災眚以興陰陽以忒陟彼高岡臻茲廟側肅肅其敬靈祇降福雍雍其和民用悅服穰穰其慶年穀豐植望君輿駕扶老攜息慕君塵軌奔走忘食懷君惠貺思君罔極于胥樂兮傳於萬億

平淮西碑　唐韓退之

天以唐克肖其德聖子神孫繼繼承承於千萬年敬戒不怠全

付所覆四海九州罔有內外悉主悉臣高祖太宗既除既治高宗中睿休養生息至于玄宗受報收功極熾而豐物衆地大孽牙其間肅宗代宗德祖順考以勤以容大慝適去稂莠不薅相臣將臣文恬武嬉習熟見聞以爲當然睿聖文武皇帝既受羣臣朝乃考圖數貢曰嗚呼天既全付予有家今傳次在予予不能事事其何以見于郊廟羣臣震懾奔走率職明年平夏又明年平蜀又明年平江東又明年平澤潞遂定易定致魏博貝衛澶相無不從志皇帝曰不可究武予其少息九年蔡將死蔡人立其子元濟以請不許遂燒武陽犯葉襄城以動東都放兵四劫皇帝歷問于朝一二臣外皆曰蔡帥之不廷授于今五十年傳三姓四將其樹本堅兵利卒頑不與他等因撫而有順且無事大官臆決唱聲萬口和附并爲一談牢不可破皇帝曰惟天惟祖宗所以付任予者庶其在此予何敢不力況一二臣同不

爲無助曰光顏汝爲陳許帥維是河東魏博郃陽三軍之在行者汝皆將之曰重胤汝故有河陽懷今益以汝維是朔方義成陝益鳳翔延慶七軍之在行者汝皆將之曰弘汝以卒萬二千屬而子公武往討之曰文通汝守壽維是宣武淮南宣歙浙西四軍之行于壽者汝皆將之曰道古汝其觀察鄂岳曰愬汝帥唐鄧隨各以其兵進戰曰度汝長御史其往視師曰度惟汝予同汝遂相予以賞罰用命不用命曰弘汝其以節都統諸軍曰守謙汝出入左右汝惟近臣其往撫師曰度汝其往衣服飲食予士無寒無飢以既厥事遂生蔡人賜汝節斧通天御帶衛卒三百凡茲廷臣汝擇自從惟其賢能無憚大吏庚申予其臨門送汝曰御史予閔士大夫戰甚苦自今以往非郊廟祠祀其無用樂顏胤武合攻其北大戰十六得柵城縣二十三降人卒四萬道古攻其東南八戰降萬三千再入申破其外城文通戰其

東十餘遇降萬二千愬入其西得賊將輒釋不殺用其策戰比
有功十二年八月丞相度至師都統弘責戰益急顔胤武合戰
益用命元濟盡并其衆洄曲以備十月壬申愬用所得賊將自
文城因天大雪疾馳百二十里用夜半到蔡破其門取元濟以
獻盡得其屬人卒辛巳丞相度入蔡以皇帝命赦其人淮西平
大饗賚功師還之日因以其食賜蔡人凡蔡卒三萬五千其不
樂爲兵願歸爲農者十九悉縱之斬元濟京師册功弘加侍中
愬爲左僕射帥山南東道顔胤皆加司空公武以散騎常侍帥
鄜坊丹延道古進大夫文通加散騎常侍丞相度朝京師道封
晋國公進階金紫光禄大夫以舊官相而以其副總爲工部尚
書領蔡任既還奏羣臣請紀聖功被之金石皇帝以命臣愈臣
愈再拜稽首而獻文曰

唐承天命遂臣萬邦孰居近土襲盜以狂往在玄宗崇極而圮

河北悍驕河南附起四聖不宥屢興師征有不能克益戍以兵
夫耕不食婦織不裳輸之以車為卒賜粮外多失朝曠不嶽狩
百隸怠官事亡其舊帝時繼位顧瞻咨嗟惟汝文武孰恤予家
既斬吳蜀旋取山東魏將首義六州降從淮蔡不順自以為強
提兵叫讙欲事故常始命討之遂連姦鄰陰遣刺客來賊相臣
方戰未利內驚京師羣公上言莫若惠來帝為不聞與神為謀
乃相同德以訖天誅乃敕顏胤愬武古通咸統於弘各奏汝功
三方分攻五萬其師大軍北乘厥數倍之常兵時曲軍士蠢蠢
既剪陵雲蔡一大窘勝之邵陵郾城來降自夏入秋復屯相望
兵頓不勵告功不時帝哀征夫命相往釐士飽而歌馬騰於槽
試之新城賊遇敗逃盡抽其有聚以防我西師躍入道無留者
頟頟蔡城其壃千里既入而有莫不順俟帝有恩言相度來宣
誅止其魁擇其下人蔡之卒夫投甲呼舞蔡之婦女迎門笑語

蔡人告飢船粟往哺蔡人告寒賜以繒布始時蔡人禁不往來今相從戲里門夜開始時蔡人進戰退戮今旰而起左飧右粥爲之擇人以收餘憊選吏賜牛教而不稅蔡人有言始迷不知今乃大覺羞前之爲蔡人有言天子明聖不順族誅順保性命汝不吾信視此蔡方孰爲不順往斧其吭凡叛有數聲勢相倚吾強不支汝弱奚恃其告而長而父而兄奔走偕來同我太平淮蔡爲亂天子伐之既伐而飢天子活之始議伐蔡卿士莫隨既伐四年小大並疑不赦不疑由天子明凡此蔡功惟斷乃成既定淮蔡四夷畢來遂開明堂坐以治之

南海神廟碑

海於天地間爲物最鉅自三代聖王莫不祀事考於傳記而南海神次最廣在北東西三神河伯之上號爲祝融天寶中天子以爲古爵莫貴於公侯故海嶽之祀犧幣之數放而依之所以

致崇極於大神今王亦爵也而禮海嶽尚循公侯之事虚王儀而不用非致崇極之意也由是册尊南海神爲廣利王祝號祭式與次俱升因其故易廟而新之在今廣州治之東南海道八十里扶胥之口黄木之灣常以立夏氣至命廣州刺史行事祠下事訖驛聞而刺史常節度五嶺諸軍仍觀察其郡邑於南方事無所不統地大以遠故常選用重人既貴而富且不習海事又當祀時海常多大風將往皆憂感既往觀顧怖悸故常以疾爲解而委事於其副其來已久故明宮齋廬上雨旁風無所盖障牲酒瘠酸取具臨時水陸之品狼籍籩豆薦祼興俯不中儀式吏滋不供神不顧享盲風怪雨發作無節人蒙其害元和十二年始詔用前尚書右丞國子祭酒魯國孔公爲廣州刺史兼御史大夫以殿南服公正直方嚴中心樂易祗慎所職治人以明事神以誠内外單盡不爲表襮至州之明年將夏祝册自京

師至吏以時告公乃齋祓視冊誓羣有司曰冊有皇帝名乃上所自署其文曰嗣天子某謹遣官某敬祭其恭且嚴如是敢有不承明日吾將宿廟下以供晨事明日吏以風雨白不聽於是州府文武吏士凡百數交謁吏諫皆揖而退公遂陞舟風雨少弛櫂夫奏功雲陰解駁日光穿漏波伏不興省牲之夕載暘載陰將事之夜天地開除月星明槪五鼓既作牽牛正中公乃盛服執笏以入即事文武賓屬俯首聽位各執其職牲肥酒香罇爵靜潔降登有數神具醉飽海之百靈祕怪慌惚畢出蜿蜿蜒蜒來享飲食闔廟旋艫祥飆送驅旗纛旄麾飛揚晻藹鐃鼓嘲轟高管噭譟武夫奮櫂工師唱和穹龜長魚踊躍後先乾端坤倪軒豁呈露祀之之歲風災熄滅人厭魚蟹五谷胥熟明年祀歸又廣廟宮而大之治其庭壇改作東西兩序齋庖之房百用具修明年其時公又固往不懈益虔歲仍大和耋艾歌詠始公

之至盡除他名之稅罷衣食於官之可去者四方之使不以資交以身爲帥燕享有時賞與有節公藏私畜上下與足於是免屬州負逋之緡錢廿有四萬米三萬二千斛賦金之州耗金一歲八百困不能償皆以丐之加西南守長之俸誅其尤無良不聽令者由是皆自重慎法人士之落南不能歸者與流徙之胄百廿八族用其才良而廪其無告者其女子可嫁與之錢財令無失時刑德並流方地數千里不識盜賊山行海宿不擇處所事神治人其可謂備至矣咸願刻廟石以著厥美乃繫以詩曰

南海陰墟祝融之宅即祀于旁帝命南伯吏惰不躬正自今公明用享錫右我家邦惟明天子惟愼厥使我公在官神人致喜海嶺之陬既足既濡胡不均弘俾執事樞公行勿遲公無遽歸匪我私公神人具依

魏博節度觀察使沂國公先廟碑銘

元和八年十一月壬子上命丞相元衡丞相吉甫丞相絳召太史尚書比部郎中韓愈至政事堂傳詔曰田弘正始有廟京師朕惟弘正先祖父厥心靡不嚮帝室訖不得施乃以教付厥子維弘正銜訓事嗣朝夕不怠以能迎天之休顯有丕功維父子繼忠孝予維寵嘉之是以命汝愈銘欽哉惟時臣愈承命悸恐明日詣東上閤門拜疏辭謝不報退伏念昔者魯僖公能遵其祖伯禽之烈周天子實命其史臣克作爲駉駜泮閟之詩使聲于其廟以假魯靈今天子嘉田侯服父訓不違用康靖我國家蓋寵銘之所以休寧田氏之祖考而臣適執筆隸太史奉明命其可以辭謹案魏博節度使銀青光祿大夫檢校工部尚書兼魏州大都督府長史御史大夫沂國公田弘正北平盧龍人故爲魏博諸將忠孝畏慎田季安卒其子幼弱用故事代父人吏不附迎弘正於其家使領軍事弘正籍其軍之衆與六州之人

還之朝廷悉除河北故事比諸州故得用爲帥已而復贈其父故滄洲刺史兵部尚書毋夫人鄭氏梁國太夫人得立廟祭三代曾祖都水使者府君祭初室祖安東司馬贈襄州刺史府君祭二室兵部府君祭東室其銘曰

唐繼古帝海外受制狎于大寧燕盜以驚群黨相維河北失平號登元和大聖載營風揮日舒咸順指令業業魏土嬰兒戲兵吏戒愁毒莫保署頸人曰田侯其德可倚吽噪奔趨秉門請起田侯攝事奉我天明束縛弓矢考校度程提壇籍戶來復邦經帝欽良臣曰維錫予嗟我六州姓復故初告慶于宗以降命書旌節有韜豹尾神旗纛兜戟纛以長魏師田侯稽首臣愚不肖治茲有成祖考之教帝曰俞哉維汝忠孝予思乃父追秩夏卿娩德娠賢梁國是榮田侯作廟相方視阯見于蓍龜祖考咸喜暨暨田侯兩有文武訖其外庸可作承輔咨汝田侯勿亟勿遲

覲饗式時爾祖爾思

箕子碑

謝疊山云篇終自當其周時示至以下其言論蓋

天地間有數之文不可多見也

凡大人之道有三一曰正蒙難二曰法授聖三曰化及民殷有仁人曰箕子實具茲道以立于世故孔子述六經之旨尤殷勤焉當紂之時大道悖亂天威之動不能戒聖人之言無所用進死以併命誠仁矣無益吾祀故不爲委身以存祀誠仁矣與亡吾國故不忍具是二道有行之者矣是用保其明哲與之俯仰晦是謨範辱於囚奴昏而無邪隤而不息故在易曰箕子之明夷正蒙難也及天命既改生人以正乃出大法用爲聖師周人得以序彝倫而立大典故在書曰以箕子歸作洪範法授聖也及封朝鮮推道訓俗惟德無陋惟人無遠用廣殷祀俾夷爲華

化及民也率是大道褻於厥躬天地變化我德其正其大人歟
於虖當其周時未至殷祀未殄比干已死微子已去向使紂惡
未稔而自斃武庚念亂以圖存國無其人誰與興理是故人事
之或然者也然則先生隱忍而爲此其有志於斯乎唐某年作
廟汲郡歲時致祀嘉先生獨列於易象作是頌云
蒙難以正授聖以謩宗祀用繁夷民其蘇憲憲大人顯晦不渝
聖人之仁道合隆汙明哲在躬不陋爲奴冲讓居禮不盈稱孤
高而無危卑不可踰非死非去有懷故都時詘而伸卒爲世模
易象是列文王爲徒大明宣昭崇祀式孚古闕頌辭繼在後儒

梅先生碑　羅隱

漢成帝時綱紐頹壞先生以書諫天子者再三夫大政雖去而
劍履間徒者猶數百位尚不能爲國家出力以斷佞臣頭復何
南昌故吏憤憤於其下得非南昌遠地也尉下寮也苟觸天子

網宊倖臣牙止於殛二狂人噬一單族而已彼公卿大臣有生殺喜怒之任有朋黨蕃衍之大出一言作一事必與妻子謀苟不便其家雖妾人婢子亦攖挽相制而況親戚乎況骨肉乎故雖有憂社稷心亦噤而不吐也嗚呼寵禄所以勸功而位大者不語朝廷事是知天下有道則正人在上天下無道則正人在下余讀先生書未嘗不爲漢朝公卿恨今南遊復過先生里吁何爲道之多也遂碑

壽域碑 并序　　宋王元之

古聖人之營壽域也非土木非板築不金乎域不湯乎池晝無鍵而闔夜無柝而擊東西不吾戎夷南北不吾蠻狄五嶽其雉堞四溟其溝湟天地離合我其扃鐍春秋啓閉我其門戶入是域也幼者蚩蚩壯者怡怡老者熈熈悉無中絶咸躋上壽故謂之壽域焉得非道爲土木德爲版築仁乎城義乎池慈乎雉堞

愛乎溝湟恭乎扃鐍儉乎門戶使風雨不能毀矢石不能攻高低仰老氏之臺廣狹法華胥之國崇崇焉屹屹焉信善建而不拔者也洎霸道既昌皇風不競則必灑法令爲風雨以驅之輿賦役爲矢石以攻之壽域之基忽焉委地於戲域之壞也若民命何于是賤穀帛貴金玉盜賊蠭起觳欲角張刑巢蔽空憲網絡野壽域之民有以法而死者開拓疆場肆放侵伐鋒鏑霜瑩卒乘鱗集鯨吞鼓顛蚕食張吻壽域之民有以兵而死者陰陽舛錯氣候勃亂冬燠夏凄烟蒸霧障興瘥作疹發癘成妖壽域之民有以夭而死者毒螫孔熾猛鷙勃興山貙搏人水蜮射影海躍蛟螭陸走蚖蝮壽域之民有以橫而死者由是王者患民之無壽也舉引年之典行養老之風乞言于東序典禮于南庠又謂老者非帛不煖于是乎錫之以繒絲非肉不飽于是乎錫之以餚胾非車不安于是乎錫之以几杖斯亦得其末而失其

本矣殊不知民之壽夭係君之政教其猶影響爾其或捐金于山沉珠于泉禁不急之務棄難得之貨君德尚儉人心返淳則無法死者矣干羽舞階戈矛倒載謹不祥之器崇止敵之基我國無外斯民不爭則無兵死者矣爕調律曆端正節候舉授時之典興除害之利六氣斯順兆人克寧則無夭死者矣貢金于遠方鑄鼎于中夏示不若之物免逢旃之患彼怪斯露厥人用康則無横死者矣夫如是則域不築而自成人不憂而自壽矣今我后道德慈愛行之于上法兵夭横絶之于下游游乎蕩蕩乎見壽域復成于今世矣某亦壽域中之一民耳知我帝力得無述焉碑者悲也悲域之中廢也頌域之再興也其辭曰

古之域築道樹德民欲夭兮安得今之域基姦扯賊民欲壽兮不獲我聖人兮復于古昔

表忠觀碑　蘇子瞻

文章精義云史記文法多有終篇惟作他人說末後自巳只說一句此碑蓋學此體

熙寧十年十月戊子資政殿大學士右諫議大夫知杭州軍州事臣抃言故吳越國王錢氏墳廟及其父祖妃夫人子孫之墳在錢塘者二十有六在臨安者十有一皆蕪廢不治父老過之有流涕者謹按故武肅王鏐始以鄉兵破走黃巢名聞江淮復以八郡兵討劉漢宏并越州以奉董昌而自居於杭及昌以越叛則誅昌而并越盡有浙東西之地傳其子文穆王元瓘至其孫忠顯王仁佐遂破李景兵取福州而仁佐之弟忠懿王俶又大出兵攻景以迎周世宗之師其後卒以國入覲三世四王與五代相終始天下大亂豪傑蜂起方是時以數州之地盜名字者不可勝數既覆其族延及于無辜之民罔有子遺而吳越地方千里帶甲十萬鑄山煑海象犀珠玉之富甲於天下然終不

失臣節貢獻相望於道是以其民至於老死不識兵革四時嬉遊歌鼓之聲相聞至于今不廢其有德於斯民甚厚皇宋受命四方僭亂以次削平而蜀江南負其嶮遠兵至城下力屈勢窮然後束手而河東劉氏百戰守死以抗王師積骸爲城釃血爲池竭天下之力僅乃克之獨吳越不待告命封府庫籍郡縣請吏于朝眎去其國如去傳舍其有功於朝廷甚大昔竇融以河西歸漢光武詔右扶風修理其父祖墳塋祠以太牢今錢氏功德殆過於融而未及百年墳廟不治行道嗟傷甚非所以勸奬忠臣慰荅民心之義也臣願以龍山廢佛祠曰妙因院者爲觀使錢氏之孫爲道士曰自然者居之凡墳廟之在錢塘者以付自然其在臨安者以付吳縣之淨土寺僧曰道微歲各度其徒一人使世掌之籍其地之所入以時修其祠宇封殖其草木有不治者縣令丞察之甚者易其人庶幾永終不墜以稱朝廷待

錢氏之意臣抃昧死以聞制曰可其妙因院賜名表忠觀銘曰
天目之山苕水出焉龍飛鳳舞萃于臨安篤生異人絕類離群
奮挺大呼從者如雲仰天誓江月星晦蒙強弩射潮江海爲東
殺宏誅昌奄有吳越金券玉冊虎符龍節大城其居包絡山川
左江右湖控引島蠻歲時歸休以燕父老曄如神人玉帶毬馬
四十一年寅畏小心厥篚相望大貝南金五朝昏亂罔堪託國
三王相承以待有德既獲所歸弗謀弗咨先王之志我維行之
天胙忠孝世有爵邑允文允武子孫千億帝謂守臣治其祠墳
毋俾樵牧愧其後昆龍山之陽巋焉新宮匪私于錢唯以勸忠
非忠無君非孝無親凡百有位視此刻文

潮州韓文公廟碑

匹夫而爲百世師一言而爲天下法是皆有以參天地之化關
盛衰之運其生也有自來其逝也有所爲矣故申呂自嶽降而

傳說爲列星古今所傳不可誣也孟子曰我善養吾浩然之氣是氣也寓於尋常之中而塞乎天地之間卒然遇之則王公失其貴晋楚失其富良平失其智賁育失其勇儀秦失其辯是孰使之然哉其必有不依形而立不恃力而行不待生而存不隨死而亡者矣故在天爲星辰在地爲河嶽幽則爲鬼神而明則復爲人此理之常無足怪者自東漢以來道喪文弊異端並起歷貞觀開元之盛輔以房杜姚宋而不能救獨韓文公起布衣談笑而麾之天下靡然從公復歸於正蓋三百年於此矣文起八代之衰而道濟天下之溺忠犯人主之怒而勇奪三軍之帥豈非參天地開盛衰浩然而獨存者乎蓋常論天人之辨以謂人無所不至惟天不容僞智可以欺王公不可以欺豚魚力可以得天下不可以得匹夫匹婦之心故公之精誠能開衡山之雲而不能回憲宗之惑能馴鰐魚之暴而不能弭皇甫鎛李逢

吉之謗能信於南海之民廟食百世而不能使其身一日安於
朝廷之上蓋其所能者天也其所不能者人也始潮人未知學
公命進士趙德爲之師自是潮之士皆篤於文行延及齊民至
于今號稱易治信乎孔子之言君子學道則愛人而小人學道
則易使也潮人之事公也飲食必祭水旱疾疫凡有求必禱焉
而廟在刺史公堂之後民以出入爲艱前守欲請諸朝作新廟
不果元祐五年朝散郎王君滌來守是邦凡所以養士治民者
一以公爲師民既悅服則出令曰願新公廟者聽民讙趨之卜
地於州城之南七里朞年而廟成或曰公去國萬里而謫于潮
不能一歲而歸沒而有知其不眷戀于潮審矣軾曰不然公之
神在天下者如水之在地中無所往而不在也而潮人獨信之
深思之至焄蒿悽愴若或見之譬如鑿井得泉而曰水專在是
豈理也哉元豐七年詔封公昌黎伯榜曰昌黎伯韓文公之廟

潮人請書其事于石因作詩以遺之使歌以祀公其詞曰
公昔騎龍白雲鄉手抉雲漢分天章天孫爲織雲錦裳飄然乘風來帝旁下與濁世掃粃糠西遊咸池畧扶桑草木衣被昭回光追逐李杜參翱翔汗流籍湜走且僵滅沒倒景不可望作書詆佛譏君王要觀南海窺衡湘歷舜九嶷弔英皇祝融先驅海若藏約束鮫鱷如驅羊鈞天無人帝悲傷謳吟下招遣巫陽犦牲鷄卜羞我觴於粲荔丹與蕉黄公不少留我涕滂翻然被髮下大荒

旌忠愍節廟碑　朱晦庵

紹熙三年十月己酉信州守臣王自中言臣幸得蒙恩剖符假守支郡視事之日考按圖牒竊見故簽書樞密院事張忠文公叔夜故知同州事鄭威愍公驤衣冠之藏皆在郡境葢聞在昔靖康之難虜騎長驅都城危迫四面勤王之兵逗遛却莫有

至者而忠文獨以南道之師千里赴難軍鋒銳甚每戰必克乃以廟筭猶豫卒不能有成功而崎嶇顛沛之餘竭力致死猶以以存宗社爲已任事復不就則遂閉口絶食而以身殉焉其後虜人分兵四闖關陝所向降下無不如意則又有如威愍者獨以孤城憊卒嬰其乘勝焱銳之鋒蔽遮三秦以備巡幸虜兵大至鄰援四絶知不能守而勇氣彌厲誓必與郡俱爲存亡城陷之日遂隕其生而不悔是其見危致命殺身成仁皆足以無愧於人臣之義是以聖朝痛悼褒恤屢加立廟賜名著在祀典蓋非獨以慰忠魂於地下實以昭示萬世臣子忠義之大訓而吏惰失職修奉弗虔忠文雖得即墓爲祠以嚴貌象然而僻在永豐靈鷲深山之中既無以修上恩厲衆志至於威愍葬祭在馮翊者道既阻絶而其故鄉玉山東郭有墳無廟則行路之人所爲愴惻而臣不佞尤竊懼焉謹已相地兩縣之境通涂之側出

留州錢屬吏鳩工度爲雙廟擬則巡遠庶幾有以揭虔妥靈表勸忠義仰稱建炎紹興明詔之遺旨謂宜假以光靈定其名號策書申命以詔無極臣不勝大願敢殊死請事下禮部太常合議條奏咸謂二臣之廟前已賜額宜因其故合而名之制詔禮官議是其以旌忠愍節之廟爲額於是尚書符郡主者施行如章而王侯已召還矣始侯既屬役於玉山令芮立言永豐令潘友文又以書來請銘於熹於是兩令課功作治如法復使人來申致侯命熹既樂道二公之事又重侯請乃序而詩之碑侯廟成釁而刻焉王侯字道夫永嘉人自少魁壘有奇節嘗爲壽皇聖帝極陳當世之務壽皇悅其言欲大用之而未及也是其爲政知所先務固宜如此其詩曰

皇皇治帝降衷下民君臣之義父子之仁臣之事君策名委質報生以死身豈遑恤若魚熊掌取舍之間是孰使之其性則然

棘林之生孰無此性利害劫之或失其正文武張公授命重圍擁孤弗遂視死如歸侃侃鄭公遥遥孤壘城亡與亡其節亦偉方時大變衆潰如川二公相望砥柱屹然慷慨臨危一心如水實全其天萬世不死招覔作主帝有閔書吏惰不稱神用弗居孰見孰聞孰嗟孰嘆孰烝孰嘗孰克用勸守侯請命奠此新宫煌煌巨扁合舊增崇麗牲有碑蟠螭龜負我其名之過者必下

譚節婦碑

元曹裕

人與天地並立而三豈偶然哉羣羣而生逐逐而死無得而稱者亦可悲矣惟節義之在天下雖匹夫匹婦之死而能動天地感鬼神貫金石變草木殆造物者藉之以神變化立人極也故萇弘之血曹娥之得父屍南霽雲之半箭班班史冊與天地相爲無窮至元十四年江南内附之後吉水新城中兵未息逃難者或依邑校覘自免有譚氏婦趙抱嬰兒隨舅姑同匿大成殿

悍卒至殺其舅姑欲犯之不可臨之以兵曰從我則生不從則
死婦罵曰吾舅死於汝吾姑又死於汝誓不辱與其不義而生
寧從舅姑以死遂與嬰兒俱遇害血被于兩楹之間者八塼去
今六十又六年矣宛然若寫影在地躰其畢具見者無不神竦
髮竪凛凛如有生氣先是有疑爲幻妄者磨以沙石不沒復煆
以熾炭火滅而迹愈現然後知節義之在天下有非人力所能
廢考於前史尤信至順中州侯郭成欲表而祠之未果而去職
至正二年寧徽寺知事王君克敬被旨來是州治田賦孟秋告
朔奠謁已與州長佐貳徘徊俯視咨嗟歎息顧謂判官陳抃曰
表節義有著令人倫風化與焉乃謀圖其迹於石而俾裕書其
槩惟隆古盛時禮化涵濡節義燦然於人心凡有血氣者與知
與行豈有他哉世降俗變逸居無教始有不忍言者况乎顛沛
流離之際而之一死靡他之念舍生取義之誠確乎其如此吾想

斯時城屠且燬蕩盡於閭閻者知幾何人未始有異也駢死於邑校者又幾何人亦未始有異也斯婦也罹鄉井之禍痛舅姑之隕其慷慨就死所謂得正而之此心固已質之聖人而無疑矣寃遊魄喪片地不磨洋洋在上寔監臨之豈非造物藉之以神變化而立人極也哉繼自今樹之風聲州之民閒居族處其必曰此婦人也遭時不幸室家不相保從一之義蹈白刃而不渝其流風餘韻至今尚能使人嚱吁興起今而幸生太平無事之世夫夫婦婦父父子子兄兄弟弟畊田鑿井休養生息所以樂其樂而利其利者誰之賜歟天理民彝萬世一同盍相與明綱常而崇禮讓以無負上之人風厲之心將見比屋可封則是舉也有關名教甚大亦可見二三君子知爲政之所先者矣

汴梁廟學碑　　姚端甫

自魯哀公十六年當周敬王四十一年壬戌孔子卒歷六國秦

漢至孝武即位之年辛丑爲三百四十年其聞而知者纔司馬遷一人而止耳既編其年與夫言行出處之槩爲世家又爲弟子傳載其居里問對與夫經事何君又考知其少孔子幾何歲皆孔門弟子與孟氏所未著其有功聖門眞非淺淺哉然猶病夫時有不一其說世家弟子葢三千焉身通六藝者七十二人而弟子傳則曰孔子曰受業身通者七十有七人皆異能之士也夫既曰身通六藝矣雖未盡合聖人爲教之本然而猶有所指名也其曰受業身通竟不發爲所通何業又曰皆異能之士聖人爲教於以修敘彝倫而容異能者于其間孔子自言七十有七人則七十二人者誰後是五人邪其爲傳先顏回曾參而後無繇蒧固已戾於明人倫其甚誤至以闞止子我爲宰予又曰孔子之所嚴事者於周則老子於衛蘧伯玉於楚老萊子於鄭子産於齊晏平仲於魯孟公綽孔子於公綽止稱其不欲與

優爲趙魏老子產有君子之道四其他不足者亦多也老萊子書今存其爲道術尚黃帝老子爲聖人所與者不經見子入太廟每事問況老子周守藏室之史問禮則有之使及見其書曰失道而後德失德而後仁失仁而後義失義而後禮已不知道德仁義禮根於人心之固有而貶爲示降之不同未必不見黜於孔子況其爲道乎哉惟蘧伯玉寡過未能爲不悖於聖學故與之特深至漢文翁圖石室列子七十二人中亦可灼其非師而實弟子云晏平仲者如遷之言足以暴其人賊賢之罪何也夫人既嚴事乎已苟於學術之僻歸宿之差何害於明告當欲封孔子尼谿之田乃說其君景公曰儒者滑稽不可軌法倨傲自順不可爲下崇喪遂哀破產厚葬不可爲俗游說乞貸不可爲國盛容飾繁登降累世不能殫其學當年不能究其禮非所以移齊俗而先細民也報人嚴事之道者固如是乎哉先儒嘗

疑晏子尚儉墨子欲貴其道取必如晏子之言不然何爲亦見墨子之書而遷辨之不明也又自叙曰儒者累世不能通其學當年不能究其禮博而寡要勞而少功由是知二語者非必一出晏子乃遷薄儒素定於胸中者也杜預春秋傳叙曰子路欲使門人爲臣孔子以爲欺天而云仲尼素王丘明素臣又非通論也其享配諸位答乎柳宗元序道州廟碑曰從於陳蔡亦各有號言出一時非盡其徒也于後失厥所謂妄異科等坐祀十人以爲哲豈夫子志哉况又祀無繇箴鯉於庭其失至於崇子而抑父又非遷之爲傳矣夫爲是學宮將以明人倫於天下而倒施錯置於數筵之地如此奚以爲訓又在在之廟皆泥像其中北史敢以造泥人銅人者同誅則泥人固非中土爲主以祀聖人法也後世莫覺其非亦化其道而爲之郡異縣殊不一其狀短長豐瘠老少美惡惟其工之巧拙是隨就使盡善亦豈其

生盛德之容甚非神而明之無聲無臭之道也曰是溺習之已然若何而變曰人臣有見上布是區區則可若夫議禮也制度考文也天子司之亦幸一旦追於稽古之事學禮之臣必有能策其一二得所當議者矣至元庚寅汴梁新廟成學錄劉元佐爲狀以其府諸公之意求記其由故燧首之以此是歲夏四月

前翰林直學士奉政大夫知制誥同修國史姚燧譔

太明勑建太學之碑　宋訥

洪武十四年夏

上詔羣臣曰王者受命武功文德相繼成治定天下以武治不以武也其崇文乎顧茲成均地隘而陋何以振文教朕相基於鷄鳴山下高爽平遠豈

天協朕心若藏此地俟興一代學乎羣臣稽首曰詔

皇上聖神斯文福也乃以

天子學制授諸冬官冬官臣恭奉明詔夙夜匪懈楩楠豫樟來積如阜鑿山載石輿土築基梓人效藝以宏其制又遣金吾前衛親軍指揮譚格督其工凡堂有七彝倫所以會講率性修道誠心正義崇志廣業則諸生肄業所也會饌有堂庖厨有室井甃以亭物貯以庫餼廩蔬園重門繚垣回廊儲書兩堂之間東西有館助教正録居焉東偏列室鱗次諸生處焉廟在學東凡以層基大成有門七十二賢有廡凡爲楹八百一十有奇壯麗咸稱自經始以來

大駕臨役者不一夫子而下像不土繪祀以神主數百年夷習乃革明年五月冬官奏廟學成十有一日

天子遣使祀先師以太牢禮畢胄子及民之俊秀登堂受業學之禮制備矣十又七日

上躬臨廟禮行酌獻再拜而退乃幸學學官率諸生進拜堂下

博士臣龔斅執經祭酒臣吳顒講經既畢萬衆是還此千載擴
儀講而行之斯文增重矣六月一日
上又賜勑文重諭冑子禁制防遏之法訓廸誘掖之意無不至
焉越一日
帝御奉天門詔臣訥文之于石臣拜手稽首不敢以不文辭承
命遂述興造始末爲之言曰孔子之道垂憲萬世帝王之興首
建太學蓋學所以扶天理淑人心也皇極由之而建大化由之
而運世道由之而清風化本原國家政務未有舍此而先者或
有未備則無以維三綱五常之具作人重道之心
聖天子位居君師續道統于堯舜禹湯文武建學定規高出前
古凡我登堂養正游藝之士斯弦斯誦相勉相誨無負教養則
正人端士業出而爲國家楨幹祚
聖子神孫之業萬世而無窮者當自今始顧臣膚陋敢不對揚

帝命式昭盛代之興文也拜手稽首而獻頌曰於惟
聖皇臣服萬方乘時經綸武偃文揚儲慶發祥載整乾綱乃相
學基鷄鳴山陽平遠高爽非麓非岡式輝景邑隱若天藏考制
定規
聖度舄量乃授工曹孰敢怠遑工師用勸效技允臧有廟有廡
有廊有堂鱗比而重龍起而翔登用儒臣教化昭彰佩服鏘鏘
弦誦洋洋正學有傳師道有常
萬乘來臨俎豆生光千載禮義一代典章躬親講道超軼百王
聖製昭宣啓迪激昂寵及青衿番範流芳材育化崇殷序周庠
立極作則遠紹虞唐德進英豪業修俊良股肱
明廷都俞巖廊以昌文化慶祚靈長願佑
皇圖萬世無疆

文章辨體卷之四十七

文章辨體卷之四十八

海虞後學吳訥編集

墓碑

郭有道碑文 并序

漢蔡伯喈

先生諱泰字林宗太原界休人也其先出自有周王季之穆有虢叔者寔有懿德文王咨焉建國命氏或謂之郭即其後也先生誕應天衷聰叡明哲孝友温恭仁篤慈惠夫其器量弘深姿度廣大浩浩焉汪汪焉奥乎不可測已若乃砥節礪行直道正辭貞固足以幹事隱括足以矯時遂考覽六經探綜圖緯周流華夏隨集帝學收文武之將墜拯微言之未絶于時纓緌之徒紳佩之士望形表而影附聆嘉聲而響和者猶百川之歸巨海鱗介之宗龜龍也爾乃潛隱衡門收朋勤誨童蒙賴焉用祛其蔽州郡聞德虛已備禮莫之能致群公休之遂辟司徒掾而舉

有道皆以疾辭將蹈鴻涯之遐跡紹巢許之絕軌翔區外以舒翼超天衢以高峙㝠命不融享年四十有二以建寧二年正月乙亥卒凡我四方同好之人永懷哀悼靡所寘念乃相與惟先生之德以謀不朽之事僉以爲先民既沒而德音猶存者亦賴之於見述也今其如何而闕斯禮於是樹碑表墓昭銘景行俾芳烈奮于百世令聞顯於無窮其辭曰

於休先生明德通玄純懿淑靈受之自天崇壯幽浚如山如淵禮樂是悅詩書是敦匪惟摭華乃尋厥根宮墻重仞允得其門懿乎其純確乎其操洋洋搢紳言觀其高棲遲泌丘善誘能教赫赫三事幾行其招委辭召貢保此清妙降年不永民斯悲悼爰勒茲銘摛其光耀嗟爾來世是則是效

河間相張平子碑　崔子玉

河間相張君南陽西鄂人諱衡字平子其先出自張老爲晉大

夫納規趙氏而反其侈書傳美之君天姿叡哲敏而好學如川之逝不舍晝夜是以道德漫流文章雲浮數術窮天地制作侔造化瓌辭麗說奇技偉藝磊落煥與神合契然而體性温良聲氣芬芳仁愛篤密與世無傷可謂淑人君子者矣初舉孝廉爲尚書侍郎遷太史令實掌重黎歷紀之度亦能焞燿敦大天明地德光照有漢遷公車司馬令侍中遂相河閒政以禮成民是用息遭命不永閽忽遷徂朝失良臣民隕令君天泯斯道世喪其文凡百君子靡不傷焉乃銘斯表以旌厥門其辭曰

於維張君資質懿豐德茂才美高朗顯融焉所不學亦何不師盈科而逝成章乃達一物不知實以爲恥聞一善言不勝其喜包羅品類亶受無形酌焉不竭冲而復盈亹亹其庶亹亹其幾膺數命世紹聖作師苟華必實令德惟恭柔嘉伊則孝友祇容允出在茲惟帝念功往才汝諧化洽民雝愍而不弔降此咎凶

哲人其萎罔不時恫紀于銘勒永終譽兮死而不朽芳烈著兮

曹成王碑　　唐韓退之

按此碑文不書卒葬年月日不書妻畧之也葢凡墓碑皆立在既葬之後此碑之立距王薨已二十五年葬時已自有志故此但書其大者耳大者謂世系也名字也功業也官位爵謚也所宜詳焉此墓碑之例也洪興祖云退之嘗言凡爲文辭宜畧識字如曹成王碑用剜蘱鏺掀掇筴跐等字是也

王姓李氏諱皐字子蘭謚曰成其先王明以太宗子國曹絕復封傳五王至成王成王嗣封在玄宗世葢於時年七十八紹爵三年而河南北兵作天下震擾王奉母大妃逃禍民伍得間走蜀從天子天子念之自都水使者拜左領軍衛將軍轉貳國子秘書王先生十年而失先王哭泣哀悲弔客不忍聞除痛刮磨

豪習委已於學稍長重知人情急世之要耻一不通侍太妃從
天子于蜀既孝既忠持官持身内外斬斬由是朝廷滋欲試之
於民上元元年除温州長史行刺史事江東新刳於兵郡旱飢
民交走死無弔王及州不解衣下令掊鎖擴門悉弃倉實與民
活數十萬人奏報升秩少府與平袁賊仍徙秘書兼州别駕部
告無事遷真于衡法成令修治出張施聲生勢長觀察使噎娟
不能出氣誣以過犯御史助之貶潮州刺史楊炎起道州相德
宗還王于衡以直前謾王之遣誣在理念太妃老將驚而戚出
則囚服就辯入則擁笏垂魚坦坦施施即貶于潮以遷入賀及
是然後跪謝告實初觀察使虐使將國良往戍界良以武岡叛
戍衆萬人斂兵荆黔洪桂伐之二年尤張於是以其帥湖南將
五萬士以討良爲事王至則屏兵投良以書中其忌諱良羞畏
乞降狐鼠進退王即假爲使者從一騎踔五百里抵良壁鞭其

門大呼我曹王來受良降良今安在良不得已錯愕迎拜盡降其軍太妃嫠王弃部隨喪之河南葬及荆被詔責還會梁崇義反王遂不敢辭以還升秩散騎常侍明年李希烈反遷御史大夫授節帥江西以討希烈命至王出止外舍禁無以家事關我哀兵大選江州羣能者職王親教之搏力勾卒嬴越之法曹誅五畀艦步二萬人以與賊遌嘬鋒蔡山踣之剜（烏官切）蘄之黃梅大鞣（如又切）長平鏺（音拍）廣濟掀蘄春撇蘄水掇黃岡筴（音夾）漢陽行跐（音紫）汊州還大䏝（搏切）蘄水界中披安三縣拔其州斬僞刺史標光之北山䂎（他合切）隨光化捁（音攪）其州十抽一推救兵州東北屬鄉還開軍受降大小之戰三十有二取五州十九縣民老幼婦女不驚市賈不變田之果穀下無一迹加銀青光祿大夫工部尚書改戶部再換節臨荆及襄真食三百王之在兵天子西巡于梁希烈北取汴鄭東略宋圍陳西取汝薄東都王坐南方北

向落其角距賊死咋不能入寸尺亡將卒十萬盡輸其南州王始政於溫終政於襄恒平物估賤斂貴出民用有經一吏軌民使令家聽户視姦宄無所宿府中不聞急步疾呼治民用兵各有條次世傳爲法任馬彛將愼將鍔將潛偕盡其力能薨贈右僕射元和初以子道古在朝更贈太子太師道古進士司門郎刺利隨唐睦徵爲少宗正兼御史中丞以節督黔中朝京師改命觀察鄂岳蘄沔安黄提其師以伐蔡且行泣曰先王討蔡實取沔蘄安黄寄惠未亡今余亦受命有事于蔡而四川適在吾封庸其有集先王薨於今二十五年吾昆弟在而墓碑不刻無文其實有待子無用辭乃序而詩之辭曰

大支十三曹於弟季或亡或微曹始就事曹之祖王畏塞絕遷零王黎公不聞僅存子父易封三王守名延延百載以有成王成王之作一自其躬文被明章武薦畯功蘇枯弱彊齦其姦猖

以報于宗以昭于王王亦有子處王之所唯舊之視蹶蹶陛陛
實取實似刻詩其碑爲示無止

唐故相權公墓碑

上之元和六年其相曰權公諱德輿字載之其本出自殷帝武丁武丁之子降封於權權江漢間國也周衰入楚爲權氏楚滅徙秦而居天水畧陽符秦之王中國其臣有安丘公翼者有大臣之言後六世至平凉公文誕爲唐上庸太守荆州大都督長史焯有聲烈平凉曾孫諱倕贈尚書禮部郎中以藝學與蘇源明相善卒官羽林軍録事叅軍於公爲王父郎中生贈太子太保諱皐以忠孝致大名去官累以官徵不起追謚貞孝是實生公公在相位三年其後以吏部尚書授節鎮山南年六十以薨贈尚書左僕射謚文公公生三歲知變四聲四歲能爲詩七歲而貞孝公卒來弔哭者見在顔色聲容皆相謂權氏世有其人

及長好學孝敬祥順貞元八年以前江西府監察御史徵拜博士朝士以得人相慶改左補闕章奏不絕譏排姦倖與楊城爲助轉起居舍人遂知制誥凡撰命詞九年以類集爲五十卷天下稱其能十八年以中書舍人典貢士拜尚書禮部侍郎薦士於公者其言可信不以其人布衣不用即不可信雖大官勢人交言一不以綴意奏廣歲所取進士明經在得人不以員推轉户兵吏三曹侍郎太子賓客復爲兵部遷太常卿天下愈推爲鉅人長德時天子以爲宰相宜參用道德人因拜禮部尚書同中書門下平章事公既謝辭不許其所設張舉措必本於寬大以幾教化多所助與維匡調娛不失其正中於和節不爲聲章因善與賢不矜主已以吏部尚書留守東都東方諸帥有利病不能自請者公常與疏陳不以露布復拜太常轉刑部尚書考定新舊令式爲三十編舉可長用其在山南河南勤于選付治

以和簡人以寧便以疾求還十三年某月甲子道薨于洋之白草奏至天子痛傷爲之不御朝郎官致贈錫官居野處上下弔哭皆曰善人死矣某年某月日葬河南北山在貞孝東五里公由陪屬升列年除歲遷以至公宰人皆喜聞若已與有無忌嫉者于頔坐子殺人失位自囚親戚莫敢過門省顧朝莫敢言者公將留守東都爲上言曰頔之罪既貰不竟宜因賜寬詔上曰然公爲吾行諭之頔以不憂死前後考第進士及庭所策試士踵相躡爲宰相達官與公相先後其餘布處臺閣外府凡百餘人自始學至疾未病未嘗一日去書不觀公既以能爲文辭擅聲於朝多銘卿大夫功德然其爲家不視簿書未嘗問有亡費不待餘公娶清河崔氏女其父造嘗相德宗號爲名臣既葬其子監察御史璩纍然服喪來有請乃作銘文曰

權在商周世無不存滅楚徙秦齏劉之間甘泉始侯以及安丘

詆訶浮屠皇極之扶貞孝之生鳳鳥不至爵位豈多半塗以殁
壽考豈多四十而逝惟其不有以惠厥後是生相君爲朝德首
行世祖之文世師之流連六官出入昇毗無黨無雠舉世莫疵
人所憚爲公勇爲之其所競馳公絕不窺孰克知之德將在斯
刻詩墓碑以永厥垂

范文正公神道碑銘　宋歐陽永叔

皇祐四年五月甲子資政殿學士尚書禮部侍郎汝南文正公
薨于徐州以其年十有二月壬申葬于河南尹樊里之萬安山
下公諱仲淹字希文五代之際世家蘇州事吳越太宗皇帝時
吳越獻其地公之皇考從錢俶朝京師後爲武寧軍掌書記以
卒公生二歲而孤母夫人貧無依再適長山朱氏既長知其世
家感泣去之南都入學舍掃一室晝夜講誦其起居飲食人所
不堪而公自刻益苦居五年大通六經之旨爲文章論說必本

於仁義祥符八年舉進士禮部選第一遂中乙科爲廣德軍司理參軍始歸迎其母以養及公既貴天子贈公曾祖蘇州糧料判官諱某爲太保祖祕書監諱某爲太傅考諱某爲太師妣謝氏爲吳國夫人公少有大節於富貴貧賤歡戚不一動其心而慨然有志於天下常自誦曰士當先天下之憂而憂後天下之樂而樂也其事上遇人一以自信不擇利害爲趨捨其所有爲必盡其方曰爲之自我者當如是其成與否有不在我者雖聖賢不能必吾豈苟哉天聖中晏丞相薦公文學以大理寺丞爲祕閣校理以言事忤章獻太后旨通判河中府久之上記其忠召拜右司諫當太后臨朝聽政時以至日大會前殿上將率百官爲壽有司已具公上疏言天子無北面且開後世弱人主以彊毋后之漸其事遂已又上書請還政天子不報及太后崩言事者希旨多求太后時事欲深治之公獨以謂太后受託先帝

保佑聖躬始終十年未見過失宜掩其小故以全大德初太后有遺命立楊太妃代爲太后公諫曰太后母號也自古無代立者由是罷其册命是歲大旱蝗奉使安撫東南使還會郭皇后廢率諫官御史伏閤爭不能得貶知睦州又徙蘇州歲餘即拜禮部員外郎天章閣待制召還益論時政闕失而大臣權倖多忌惡之居數月以公知開封府開封素號難治公治有聲事日益簡暇則益取古今治亂安危爲上開說又爲百官圖以獻曰任人各以其材而百職修堯舜之治不過此也因指其遷進遲速次序曰如此而可以爲公可以爲私亦不可以不察由是呂丞相怒至交論上前公求對辨語切坐落職知饒州明年呂公亦罷公徙潤州又徙越州而趙元昊反河西上復召相呂公乃以公爲陝西經略安撫副使遷龍圖閣直學士是時新失大將延州危公請自守鄜延扞賊乃知延州元昊遣人遺書以求和

公以謂無事請和難信且書有僭號不可以聞乃自爲書告以逆順成敗之説甚辨坐擅復書奪一官知耀州未逾月徙知慶州既而四路置帥以公爲環慶路經略安撫招討使兵馬都部署累遷諫議大夫樞密直學士公爲將務持重不急近功小利於延州築清澗城墾營田復承平永平廢寨熟羌歸業者數萬户於慶州城大順以據要害又城細腰胡蘆於是明珠滅臧等大族皆去賊爲中國用自邊制久隳至兵與將常不相識公始分延州兵爲六將訓練齊整諸路皆用以爲法公之所在賊不敢犯人或疑公見敵應變爲如何至其城大順也一旦引兵出諸將不知所向軍至柔遠始號令告其地處使往築城至於版築之用大小畢具而軍中初不知賊以騎三萬來爭公戒諸將戰而賊走追勿過河已而賊果走追者不渡而河外果有伏賊失計乃引去於是諸將皆服公爲不可及公待將吏必使畏法

而愛已所得賜齎皆以上意分賜諸將使自爲謝諸羌質子縱
其出入無一人逃者蕃酋來見召之臥内屏人撤衛與語不疑
公居三歲士勇邊實恩信大洽乃決策謀取横山復靈武而元
昊數遣使稱臣請和上亦召公歸矣初西人籍爲鄉兵者十數
萬既而黥以爲軍惟公所部但刺其手公去兵罷獨得復爲民
其於兩路既得熟羌爲用使以守邊因徙屯兵就食内地而紓
西人饋輓之勞其所設施去而人德之與守其法不敢變者至
今尤多自公坐呂公貶羣士大夫各持二公曲直呂公患之凡
直公者皆指爲黨或坐竄逐及呂公復相公亦再起被用於是
二公驩然相約戮力平賊天下之士皆以此多二公然朋黨之
論遂起而不能止上既賢公可大用故卒置羣議而用之慶曆
三年春召爲樞密副使五讓不許乃就道既至數月以爲參知
政事每進見必以太平責之公歎曰上之用我者至矣然事有

先後而革弊於久安非朝夕可也既而上再賜手詔趣使條天下事又開天章閣召見賜坐授以紙筆使疏于前公惶恐避席始退而條列時所宜先者十數事上之其詔天下興學取士先德行不專文辭革磨勘例遷以別能否減任子之數而除濫官用農桑考課守宰等事方施行而磨勘任子之法僥倖之人皆不便因相與騰口而嫉公者亦幸外有言喜爲之佐佑會邊奏有警公即請行乃以公爲河東陝西宣撫使至則上書願復守邊即拜資政殿學士知邠州兼陝西路安撫使其知政事纔一歲而罷有司悉奏罷公前所施行而復其故言者遂以危事中之賴上察其忠不聽是時夏人已稱臣公因以疾請鄧州守鄧三歲求知杭州又徙青州公益病又求知潁州肩舁至徐遂不起享年六十有四方公之病上賜藥存問既薨輟朝一日以其遺表無所請使就問其家所欲贈以兵部尚書所以哀卹之者

甚厚公爲人外和内剛樂善汎愛喪其毋時尚貧終身非賓客
食不重肉臨財好施意豁如也及退而視其私妻子僅給衣食
其爲政所至民多立祠畫像其行已臨事自山林處士里閭田
野之人外至夷狄莫不知其名字而樂道其事者甚衆及其世
次官爵誌于墓譜于家藏于有司者皆不論著著其繫天下國
家之大者亦公之志也歟銘曰

范於吳越世實陪臣儆納山川及其士民范始來北中間幾息
公奮自躬與時偕逢事有罪功言其違從豈公必能天子用公
其難其勞一其初終夏童跳邉乗吏殆安帝命公往問彼驕頑
有不聽順鋤其宄根公居三年怯勇隳完兒憐獸擾卒俾來臣
夏人在廷其事力議帝趣公來以就予治公拜稽首茲惟難哉
初匪其難在其終之羣言營營卒壞于成匪惡其成惟公是傾
不傾不危天子之明存有顯榮歿有贈謚藏其子孫寵及後世

惟百有位可勸無怠

梅侍讀神道碑銘　王介甫

此碑序畧銘詳葢效昌黎劉統軍碑例也

宋翰林侍讀學士正奉大夫行給事中知許州軍州事兼管內堤堰橋道勸農使上柱國南昌郡開國公食邑二千三百戶食實封六百戶賜紫金魚袋梅公之墓在宣州宣城縣長安鄉西山里公有五子曰臣德臣實臣輔臣清臣青臣今獨在爲尚書司門郎中以公行狀及樂安歐陽公之銘來請文以刻墓碑時熙寧元年八月四日也銘曰

公先梅伯後氏其國彌周涉秦不見史策有銷有福著漢名籍公福之孫詢字昌言三世弗仕陵陽之里公第廷中判官利豐再歲而權以丞將作以宰仁和人譽用多主推御史侍考進士一見天子以爲知己詔曰試哉遂試中書館之集賢賜服緋魚

於時繼遷兵我西鄙老弱餽守丁彊多事靈州告危帝視不怡
公請擇人使番羅支兵法所謂以夷攻夷帝曰誰可撫如臣者
曰予汝嘉聞陷奈何公拜且跪颺言而起苟紓西師臣不愛死
出書授之往諭爾謀至彊敕還會棄靈州帝察公藝可書帝制
相或止之留佐三司其後羅支果窘西賊論將料敵皆如所策
或從或違或擠或推牾合阻夷神者公尸黜之倅州用獄一眚
去杭而蘇列國東扉漕輸浙河就付將領三年告功僅得攸省
又以讒投守彼淮州有僚許公相得於此與之欣然樂以忘徙
使于湖北遷自濠梁又奪一官往裨于襄坐發驛馬給奔喪者
于鄂于蘇剖將之符握節關中使總其輸煌煌金章厥賜特殊
謀復靈武度兵葫蘆秦有將瑋詔公與俱會瑋召還公復淪胥
有反咸陽能名氏朱始雖弗察後捕而誅自懷徂池再副戎車
真宗新陟罪垢皆滌爲郎度支以將廣德外更四州楚壽陝制

乃還待制中糾獄刑有歸龍圖其唐殖殖就以學士專其閤道
輟之銓衡秉傳臨并趨從郎秩進直樞密趣歸封駁考國中失
中命選事得擢進黜加職待讀攺司羣牧移之審官審是在服
伐閱積遷給事于中告疾出許鼓歌從容方公少壯志立人上
談辭慨然帝悅而嚮及後晚出皆爲將相公則老矣將歸田里
康定辛巳六月十日公七十八以其官卒公開南昌勳爵第一
夫人曰劉不及郡封封君彭城其卒先公公卒明年季秋挾日
于州山西十祔而吉公有四子伯爲進士丞于殿中與仲前死
仲賜科名叔也皆丞將作殿中或糜或興有顯惟季時丞衛尉
今爲郎中論序初終實來求詩刻示無窮

司馬温公神道碑　蘇子瞻

上即位之三年朝廷清明百揆時叙民安其生風俗一變異時
薄夫鄙人皆洗心易德務爲忠厚人人自重恥言人過中國無

事四夷稽首請命惟西羌夏人叛服不常懷毒自疑數入爲寇上命諸將按兵不戰示以形勢不數月生致大首領鬼章青宜結闕下夏人數十萬寇涇原至鎮戎城下五日無所得一夕遁去而西羌兀征聲延以其族萬人來降黄河始決曹村既築靈平復決小吳横流五年朔方騷然而今歲之秋積雨彌月河不大溢及冬水入地益深有北流赴海復禹舊迹之勢凡上所欲不求而獲而其所惡不麾而去天下曉然知天意與上合庶幾復見至治之成家給人足刑措不用如咸平景德間也或以問臣軾安所施設而及此臣軾對曰在易大有上九自天祐之吉無不利孔子曰天之所助者順也人之所助者信也履信思乎順又以尚賢也是以自天祐之吉無不利今二聖躬信順以先天下而用司馬公以致天下士應是三德矣且以臣觀之公仁人也天相之矣何以知其然也曰公以文章名於世而以忠義

自結人主朝廷知之可也四方之人何自知之士大夫知之可也農商走卒何自知之中國知之可也九夷八蠻何自知之方其退居於洛耿然如顏子之在陋巷纍然如屈原之在陂澤其與民相忘也久矣而名震天下如雷霆如河漢如家至而日見之聞其名者雖愚無知如婦人孺子勇悍難化如軍伍夷狄以至於奸邪小人雖惡其害己仇而疾之者莫不歛衽變色咨嗟太息或至於流涕也元豐之末臣自登州入朝過八州以至京師民知其與公善也所在數千人聚而號呼於馬首曰寄謝司馬丞相愼毋去朝廷厚自愛以活百姓如是者蓋千餘里不絕至京師聞士大夫言公初入朝民擁其馬至不得行衛士見公擎跽流涕者不可勝數公懼而歸洛遼人夏人遣使入朝與吾使至虜中者虜必問公起居而遼人勑其邊吏曰中国相司馬矣愼毋生事開邊隙其後公薨京師之民罷市而往弔粥衣以

致奠巷哭以過車者盖以千萬數上命戸部侍郎趙瞻内侍省押班馮宗道護其喪歸葬瞻等既還皆言民哭公哀甚如哭其私親四方來會葬者盖數萬人而潁南封州父老相率致祭且作佛事以薦公者其詞尤哀炷薌於手頂以送公葬者凡百餘人而畫像以祠公者天下皆是也此豈人力也哉天相之也匹夫而能動天亦必有道矣非至誠一德其孰能使之記曰惟天下之至誠爲能盡其性則能盡人之性能盡人之性則能盡物之性能盡物之性則可以賛天地之化育矣書曰惟尹躬曁湯咸有一德克享天心又曰德惟一動罔不吉德二三動罔不凶或以千金與人而人不喜或以一言使人而人死之者誠與不誠故也稽天之潦不能終朝而一綫之溜可以達石者一與不一故也誠而一古之聖人不能加毫末於此矣而况公乎故臣論公之德至於感人心動天地巍巍如此而蔽之以二言曰誠

曰一公諱光字君實其先河内人晋安平獻王孚之後王之裔孫征東大將軍陽始葬今陜州夏縣涑水鄉子孫因家焉曾祖諱政以五代衰亂不仕贈太子太保祖諱炫舉進士試祕書省校書郎終於耀州富平縣令贈太子太傅考諱池寶元慶曆間名臣終於兵部郎中天章閣待制贈太師温國公曾祖妣薛氏祖妣皇父氏妣聶氏皆封温國太夫人公始以進士甲科事仁宗皇帝至天章閣待制知諫院始發大議乞立宗子爲後以安宗廟宰相韓琦等因其言遂定大計事英宗皇帝爲諫議大夫龍圖閣直學士論陜西刺義勇爲民患及内侍任守忠奸蠹乞斬以謝天下守忠竟以譴死又論濮安懿王當準先朝封贈期親尊屬故事天下義之事神宗皇帝爲翰林學士御史中丞西戎部將嵬名山欲以横山之衆降公極論其不可納後必爲邊患已而果然勸帝不受尊號遂爲萬世法及王安石爲相始行

青苗助役農田水利謂之新法公首言其害以身爭之當時士大夫不附安石言新法不便者皆倚公爲重帝以公爲樞密副使公以言不行不受命乃以爲端明殿學士出知永興軍遂以留司御史臺及提舉崇福宮退居於洛十有五年及上即位起公爲門下侍郎遷正議大夫遂拜左僕射公首更詔書以開言路分别邪正進退其甚者十餘人旋罷保甲保馬市易及諸道新行鹽鐵茶法最後遂罷助役青苗方議取士擇守令監司以養民期於富而教之凛凛嚮至治矣而公卧病以元祐元年九月丙辰朔薨于位享年六十八上感涕不已而方祀明堂禮成不賀二聖皆臨其喪哭之哀甚輟視朝贈太師温國公襚以一品禮服謚曰文正官其親屬十人公娶張氏禮部尚書存之女封清河郡君先公卒追封温國夫人子三人童唐皆早亡康今爲秘書省校書郎孫二人植桓皆承奉郎以元祐二年正月辛

西葬于陝之夏縣涑水南原之晁村上以御篆表其墓道曰忠清粹德之碑而其文以命臣軾臣蓋嘗爲公行狀而端明殿學士范鎮取以志其墓矣故其詳不復再見而獨論其大方議者徒見上進公之速用公之盡而不知神宗皇帝知公之深也自士庶人至于卿大夫相與爲賓師朋友道足以相信而權不足以相休戚然猶同已則親之異已則疎之未有聞過而喜受誨而不怒者也而况於君臣之間乎方熈寧中朝廷政事與公所言無一不相違者書數十上皆盡言不諱蓋自敵以下所不能堪而先帝安受之非特不怒而已乃欲以爲左右輔弼之臣至爲叙其所著書讀之於邇英閣不深知公而能如是乎二聖之知公也知之於既同而先帝之知公也知之於方異故臣以先帝爲難昔齊神武皇帝寢疾語其子世宗曰侯景專制河南十四年矣諸將皆莫能敵惟慕容紹宗可以制之我故不貴留以

遺汝而唐太宗亦謂高宗汝於李勣無恩我今責出之汝當授以僕射乃出勣爲疊州都督夫齊神武唐太宗雖未足以比隆先帝而紹宗與勣亦非公之流然古之人君所以爲其子孫長計遠慮者類皆如此寧其身不受知人之名而使其子專享得賢之利先帝知公如此而卒不盡用安知其意不出於此乎臣既書其事乃拜手頓首而作詩曰

於皇上帝子惠我民孰堪顧天惟聖與仁聖子受命如堯之初神毋詔之匪亟匪徐聖神無心孰左右之民自擇相我與授之其相惟何太師温公公來自西一馬二童萬人環之如渴赴泉孰不見公莫知我先二聖忌已惟公是式公亦無我惟民是度民曰樂哉既相司馬爾賈于塗我畊于野士曰旹哉既用君實我後子先時不可失公如麟鳳不鷙不搏羽毛畢朝雄狡率服爲政一年疢病半之功則多矣百年之思知公于異識公于微

匪公之思神考是懷天子萬年四夷來同薦于清廟神考之功

開平忠武王神道碑銘 有序　　洪武宋景濂

洪武二年巳酉秋七月七日銀青榮禄大夫上柱國中書平章軍國重事兼太子少保鄂國常公薨于軍中二十三日訃聞

皇帝爲之震悼罷朝在廷之臣莫不洒泣越明日詔中書定議

贈翊運推誠宣德靖遠功臣開府儀同三司上柱國太保中書右丞相追封開平王謚曰忠武八月朔日柩車至龍江

上往臨奠慟哭而還親爲擇地於鍾山草堂之原營建宅兆及棲靈之祠凡百須之具一給於官不以煩其家至冬十月九日始葬復推恩及其三代皆爲王爵生榮死哀可謂至矣

上猶念其功不置召臣濂于庭而謂之曰朕東撫高麗西抵吐蕃北際沙漠南來交阯占城莫不稽首奉命計其開拓之功以十分而言王蓋居其七八朕今手録戰伐次第以授爾尚爲文

勒諸豐碑以著王之功於無窮焉臣濂受詔而退謹再拜序而銘諸王諱遇春姓常氏濠州懷遠人世爲農家賦性剛毅膂力絶人歲壬辰羣雄並起江淮爲之鼎沸時王年二十有三爲羣盗劉聚所得聚覩王狀貌奇偉拔於行伍而信任之王毎出戰必鼓勇爭先聚深喜之王察聚所爲終不能有成欲擇所依乙未聞

上駐兵和州領衆數十人棄聚來歸居兩月餘請爲前部先鋒

上曰爾之來者爲士卒粮絶故就食耳爾自有主我安得而留之王請之再三至於涕泣

上曰爾姑從吾渡江俟克太平委身事吾未晚也夏六月

上先抵采石磯元兵陣於磯上而磯下巨舟如織相距僅三丈餘猝難登岸王乘快舸相繼而至

上麾之使前王即捨舟挺戈先登衆皆披靡遂拔采石乘勝取

太平從
上守禦乃始授總管府先鋒冬十月陞管軍總管丙申春二月
元中丞蠻子海牙復以兵屯采石南北不通
上慮將士雖渡河而其父母妻孥尚留淮西勢莫可致命王統
兵攻之王至設疑兵以分其勢而以正兵與之合及戰別出奇
兵擣敗之悉俘其精鋭自是元兵扼江之勢衰矣尋守溧陽攻
建康功爲諸將先三月從今大將軍右丞相徐公達克鎮江夏
四月授承信校尉領軍先鋒秋九月再攻常州會青軍叛去與
僞吳張士誠合徐公被圍於牛塘王與諸將力戰大敗其衆擒
士誠梟將張將軍冬十有一月除統軍大元帥丁酉春三月遂
克常州遷中翼大元帥夏四月從徐公下寧國秋八月克馬馱
沙冬十月取池州戊戌春權江南行中書省都督馬步水軍大
元帥冬十有二月

上親取婺州己亥夏四月轉鎮國上將軍同僉書江南等處行
樞密院事守婺城尋命攻衢州降之冬十月陞僉院十有二月
攻杭州庚子夏五月召還京師從徐公扳安慶趙普勝之水寨
時僞漢陳友諒揚言援安慶王策其必攻池州以羸弱守城伏
銳士於九華山明日友諒兵果來攻城伏兵四合俘殺萬餘人
六月友諒入太平犯龍灣王共謀擊敗之已而
上整舟師襲友諒留王守京師軍民無敢譁辛丑春三月拜江
南行中書省參知政事秋七月從
上取安慶破江州回守龍灣冬十有一月張士誠出兵寇長興
上時駐九江聞報還京師命王往援士誠兵敗俘殺五千餘人
壬寅春修安慶城羅友賢構亂據池州神山寨將與士誠通杭
歙震動冬王往攻之癸卯春正月擒斬羅友賢餘黨悉平三月
張士誠遣兵圍劉福通於安豐王從

上擊之將戰王突入其陣三戰三勝敵兵大敗而去俘獲士馬無算遂同徐公圍廬州凡三月城將下適陳友諒攻南昌王解圍而還秋七月從

上率諸將往援八月遇友諒於彭蠡湖之康郎山王與之聯舟大戰呼聲動天地無不一當百縱火焚僞平章舟風急火熾十里之間湖水盡赤敵將張定邊素號梟猛奮前迎戰王射之定邊中矢走友諒乃退保鞋山諸將以友諒兵尚強請縱其去王獨不言及我師出湖口皆言江流湍急欲放舟而下

上知其情命以舟扼上流王應之諸將乃遡流而上舟蔽江面控湖口者旬有五日友諒軍食乏出江求戰王遣火舟火筏衝之敵兵奔潰追北數十里與之酣戰自辰至未不解

上所乘舟及王舟皆膠於沙王既脫御舟而已舟被圍復力戰而脫於是友諒中流矢死士卒十萬皆降未幾其臣立友諒之

子理於武昌冬十月王帥師討之四面合圍甲辰春二月理銜璧出降荆湖之地望風皆附陞中書平章政事秋七月從徐公取廬州八月遂自將兵平臨江之沙坑麻嶺牛陂諸寨進取贛州乙巳春正月克之悉定南安南雄韶州夏五月還兵取安陸襄陽冬十月從徐公克泰州丙午春三月復從克高郵夏四月淮安濠泗徐宿安豐皆下秋八月諸將攻浙西師次太湖僞萬戶尹義等逆戰王擒之直趨湖州之毗山與敵兵水陸鏖戰敵兵大潰遂抵城下塞其四門晝夜環攻之僞丞相張士信悉發境中兵爲援屯於舊館出我師之背王統奇兵由大全港入結營東阡復出敵背且塡壅溝港絕其歸路士誠知事急出親兵拒鬬王一鼓勝之士誠復遣其將徐義統赤龍船親軍來援王復擊敗於烏鎮冬十月舊館降得兵六萬十有一月湖州亦下遂進圖平江丁未圍之益急士誠收合餘燼猶背城百戰

降其將士且盡秋九月始克之縛士誠來獻籍其兵二十有五萬乃加授中書平章軍國重事疏封鄂國進爵上公冬十月復授征虜副將軍同徐公奉命北伐戊申春正月

上即皇帝位國號大明改元洪武王與徐公下山東諸郡遂攻汴梁守臣李景昌遁進攻河南敵兵五萬屯于洛水之北將出迎戰王布陣既定單騎執弓矢衝入其隊敵發二十騎攢槊刺王王一箭中其前鋒大呼殺入悉獲其衆而河南諸城先後皆平

上幸汴京謀取燕都秋七月徐公與王渡大河河北諸郡又平八月二十燕都不戰而克元君北奔師次太原其守將廓廓帖木兒帥衆來禦其鋒銳甚王與徐公謀曰我騎兵雖集而步卒未至何以能戰莫若遣精騎夜劫其營其衆可亂衆亂主將可縛也徐公如王言廓廓帖木兒果中傷而遁己酉春正月進攻

大同竹貞棄城走河東又平遂西入秦張良弼遁李思齊迎降奉元鳳翔鞏昌臨洮又平夏五月元將也速兵侵通州有旨命王以所部軍東還拒之遂擣求平過惠州獲汪文清士馬以千計至大寧也速遁破開平元君又北奔追至北河俘其宗主三人及平章鼎住等凡得軍士萬人車萬兩馬三千牛五萬全師還燕次柳河川得疾而薨享年僅四十爾王之爲人守謙而不矜有功而無過運籌決勝之方不學而能其從大將軍東征西伐而能遵守節制及其自將兵則所至無不克捷由其智識明而才力雄故施之各得其宜嗚呼若王者可謂開國之殊勲者矣王之曾大父四三府君累贈銀青榮祿大夫柱國中書平章政事追封開平王謚莊簡妣張氏追封開平王夫人大父重五府君累贈儀同三司上柱國少保中書平章政事追封開平王謚安穆妣陳氏追封開平王夫人父六六府君累贈開府

儀同三司上柱國少保中書右丞相追封開平王謚靖懿妣高氏追封開平王夫人妻定遠藍氏封開平王夫人子男三人曰茂曰昇曰森皆

上所賜名女三人長許爲皇太子妃餘皆幼臣濂聞之昔日唐太宗起義兵而定天下當時有尉遲恭者棄劉武周仗劍來從其後輔成唐業而恭之功爲多於是生有鄂國之封歿有忠武之謚今王之功非恭所可及

上之所以遇王者封謚與之雖同而其王爵之加恩數優渥揆之于唐誠又過之史臣所謂君臣相遇千載一時者豈不異世而同符也哉是宜銘諸貞石傳之千萬世一以昭

聖天子垂念功臣如此之至一以著王之勳烈於不朽云銘曰

聖皇開天豪傑四從龍興而雲虎嘯而風義旗所指山嶽震動飈馳霆舂孰不神竦維忠武王其氣至剛仗劒來從飛渡大江

無堅不摧無敵不碎席卷長驅易如拾芥平吳定越帖荊撫淮威聲所加小大畢來齊魯既寧汴洛亦定直指幽燕不戰而勝元君遠遁六軍倒戈本根既撥何有條柯乃收晉冀乃清秦隴乃徇遼海人百其勇茫茫朔漠灤河所經誓將刬滌邊塵弗驚王之忠精上貫天日煒其有光亘古不殁幅員之廣漢唐莫過馬蹄所及王功爲多十五年間百戰百捷備殫勤勞光輔帝業翊運之勳靖遠之威在古或罕于今見之大功垂成王忽長逝當宁興哀如失一臂爰加恩寵用錫王封袞衣繡裳照耀泉宮天子曰噫未慊朕志其推爾爵上褒三世死生哀榮孰可比焉王雖云殁生氣凜然鍾山之陰隧道有石詞臣勒銘垂示千億

故中順大夫禮部侍郎曾公神道碑銘 有序

治古之時非惟道德純一而政教修明至於文學之彥亦精贍宏博足以爲經濟之用蓋自童丱之始十四經之文畫以歲月

期於默記又推之於遷固范曄諸書豈直覽之其默記亦如經基本既正而後徧觀歷代之史察其得失稽其異同會其綱紀知識益且至矣而又參於秦漢以來之子書古今議定之集錄探幽索微使無遁情於是道德性命之奧以至天文地理禮樂兵刑封建郊禖職官選舉學校財用貢賦戶口征役之屬無所不詰其極或廟堂之上有所建議必旁引曲證以白其疑不翅指諸掌之易也自貢舉法行學者知以摘經擬題爲志其所最切者唯四子一經之箋是鑽是窺餘則漫不加省與之交談兩目瞪然視舌本強不能對嗚呼一物不知儒者所耻孰謂如是之學其能有以濟世哉此濂銘亡友曾公之墓憤激于中而復繼之永嘅也公諱魯字得之曾其氏也孔門弟子郕公五十七代孫其居新淦吉陽里者已久世裔之傳與夫轉徙之詳昔以著於公之先塋茲不重載曾大父兼善宋贈大理評事祖天麒

宋宣教郎軍器監主簿父順元韶州路儒學教授妣劉氏公年七歲能暗誦九經壹字弗遺奉禮郎簡君正理欲以神童舉于朝其父力止之及齒稍長取三史日記之尋及其餘數千年間國體治亂人材忠佞制度沿革咸能言之有叩之者如山川出雲層見疊皺杳莫察其端倪公殊不以為足所藏子集動至數百家各攬其精而擷其華聞有僻書隱牒不憚道里之遠必購得之既得必篝燈讀之達旦不寐發為辭章麗蔚炳朗毅然有不可奪之氣廬陵劉提舉岳申與之語連日夜不休嘆曰不意後生中能至於斯也其將以文鳴乎杜內翰鄉之丈人行也公負笈從之游益充拓其所未至寤疑辨惑惟日不足遂以博極羣書稱于時公猶謂未要於至道述長書一通謁虞文靖公集於臨川虞公大悦曰昔程子與張敬夫年十六七脫然有志聖賢之道子能如是復何讓古人公年益十九矣由是益潛心濂

洛閩之學分別義理密如蠶絲牛毛而尤愛吳文正公澂之
書吳公亦居臨川其著書滿家無大無小公一一訪獲之玩繹
未嘗釋手久之充然有得盤桓林泉以道自娛若將終身焉至
正壬辰天下大亂州縣所在繹騷公召里諸豪集徒見持兵以
保障乎一方仍椎牛釃酒開陳逆順禍福言甚剴切衆皆聳耳
而聽卒無敢犯非義者人號曰君子鄉入 國朝有詔纂修元
史勅成一代之典遣使者起公于家公賛決部居補苴罅漏者
不一而足其功爲最多史成
上坐端門召諸史臣有白金束帛之賜公居其首焉公將乞身
還山會 朝廷開局編類禮書輿論以老成之士無踰於公者
共堅留之議禮之家有如聚訟自古難定於一公當羣言沸騰
之中揚言曰某禮宜據某書則是從某說則非有不服者爭相
辯詰公歷舉傳記答之各心醉而去俄遷入儀曹爲祠部主事

階承事郎時洪武二年十二月也常忠武王薨高麗王遣使來祭公索其文覩之使者靳不與公不可使者不得已出之外則襲以金龍黃帕內則不書洪武之號公責之曰龍帕固疑誤用若納貢稱藩而不奉正朔君臣之義果安在耶使者頓首謝過皆命易去之乃已安南來貢主客曹已受其表將入見公取其副覽之其王乃陳叔明公曰前王陳日熞爾今驟更名必有以也亟白尚書詰之使者不敢諱蓋日熞爲叔明所逼而死遂簒其位中心懷愳故託修貢以覘　朝廷之意

上聞之曰島夷何狡獪如此却其貢不受五年二月

上問丞相曰曾魯在禮部今何職耶對曰不過主事爾即日超六階拜中順大夫禮部侍郎公以順字犯父諱辭就朝請下階吏部以國法有定不之許倭夷入冦戍將每捕獲之

上憫其無知命儒臣草詔歸其俘公之所譔有中國一視同仁

之語

上悅曰頃觀陶凱文已起人意今魯復如此文運庶其昌乎凱禮部尚書也八月奉　旨考京畿鄉試入院之後忽吐血一升公猶力病閱卷不息自是遂奄奄不振九月膏露降鍾山羣臣咸見諸咏歌公獨譔賦以進十月

上將郊祀出宿齋宮　命取諸作使侍臣更番誦之至公獨曰此曾魯作邪援據既精鋪叙有法豈新進之可驟至哉十又一月疾逾篤上章乞骸骨甚至中書以聞

上惻然許之十又二月辛卯歸舟至南昌公謂次子圭曰吾命止明日不能至家矣然吾以一介草布之士受國寵恩位躋法從又得守正而斃死復何憾所憾者不見二孫之成立也即趣具觚翰爲書戒之壬辰次石政潭未歛袵而逝距家纔兩驛爾丙午至故居丁酉具棺歛擇地於縣南屛山之陽以六年某月

其甲子祔葬九世祖高安府君之塋從治命也公蓄德熙和人近之者温如春風不見忿戾之色然其人則山澤之癯身退然若不勝衣未嘗有所矯飾其處家也事親克孝父喪哀毁致疾踰年而後能起已而二兄諸姪相繼捐舘公收淚經紀凶事三年間葬十餘喪且撫存其孤惸惟恐或失其所生平輕財仗義喜周人之急四方賓客日登其門公倒屣迎之了無倦容嘗一試江西鄉闈有司寘諸乙榜人爲不平而公亦澹如也其出仕精白一心有知無不爲凡典禮涉於制度者必經公損益而後定雖古者吏牘之繁簡署字之上下人所不能知公獨稽諸書以爲決公誠所謂濟世之學者非邪公屬文不喜留藁其徒雖有所輯録猶未成書其自著書有六一居士集正訛南豐類藁辨誤藏于家他咸未脫藁當公修元史時濂實爲總裁及入南宫又有僚友之好故相知號爲冣深共坐官舍更析互辨每至

夜分嘆未學之空虛傷古道之寥落又復相視冁然一笑嚴陵徐尊生嘗有言曰南京有博學之士二人一以古爲筆一以筆爲古其意蓋指公與濂嗚呼尊生過矣濂也何人而敢上儷於公哉雖然公未嘗欲棄濂也相期他日幸歸休必胥會焉共成一書庶可藉手以見前賢公今不可作矣故因銘墓之文而屢興懷於治古之時也世之讀者必將深感焉公讀書之室曰守約齋學者遂稱爲守約先生享年五十四歲娶聶氏先二十年卒公再不納配一榻蕭然如山林枯槁之士人難之子男二人長塈今來請銘者次即圭出爲仲後女一人應眞適劉奉孫二人正龍夢龍銘曰

氣化糾纏人文昭宣萬類斯甄兮天設地施一偶一奇形聲相資兮載籍繽紛六藝攸尊各闢其門兮枝分葉敷散爲千塗混冥精桷兮彌綸大邦文物采章有變有常兮不生碩儒孰軋其

樞孰苞其腴兮王笥之陽神珠吐芒莫自翳藏兮大明麗天東帛箋箋蒐羅俊賢兮袞褒鉞誅寓於策書輿論所孚兮儀曹之升議禮稽經日維烝烝兮黼黻帝猷上窺殷周功在冊修兮所積之訦所發之深開陽闔陰兮正笏垂紳其色誾誾邦之老臣兮媢學邅邅其中杇然何翅霄淵兮天胡降喪一鑑之亡四國之傷兮其神上征化爲列星寒光晶熒兮下射屏山馬鬣桓桓名在不刊兮

墓碣

唐河中府法曹張君墓碣銘　韓退之

有女奴抱嬰兒來致其主夫人之語曰妾張圓之妻劉也妾夫嘗語妾云吾嘗獲私於夫子且曰夫子天下之名能文辭者凡所言必傳世行後今妾不幸夫逢盜死途中將以日月葬妾重哀其生志不就恐死遂泯泯敢以其稚子汴見先生將賜之銘

是其死不爲辱而名未長存所以蓋覆其遺胤子若孫且死萬一能有知將不悼其不幸於土中矣又白妻夫在嶺南時常疾病泣語曰吾志非不如古人吾才豈不如今人而至於是而死於是邪若爾吾哀必求夫子銘是爾與吾不朽也愈既哭弔辭遂叙次其族世名字事始終而銘曰

君字直之祖諱父孝新皆爲官汴宋間君嘗讀書爲文辭有氣有吏才嘗感激欲自奮拔尌功名以見世初舉進士再不第因去事宣武軍節度使得官至監察御史坐事貶嶺南再遷至河中府法曹參軍攝虞鄉令有能名進攝河東令又有名遂署河東從事絳州闕刺史攝絳州事能聞朝廷元和四年秋有事適東方既還八月壬辰死于汴城西雙丘年四十有七明年二月日葬河南偃師妻彭城人世有衣冠祖好順泗州刺史父泳卒蘄州別駕女四人男一人嬰兒汴也是爲銘

故御史周君碣　柳子厚

有唐貞臣汝南周氏諱某字某以諫死葬于某貞元十二年柳宗元立碣于其墓左在天寶年有以諂諛至相位賢臣放退公爲御史抗言以白其事得死于墀下史臣書之公之死而佞者始畏公議於虖古之不得其死者衆矣若公之死志匡王國氣震奸佞動獲其所斯蓋得其死者歟公之德之才洽於傳聞卒以不試而獨申其節猶能奮百代之上以爲世軌第令生於定哀之間則孔子不曰未見剛者出於秦楚之後則漢祖不曰安得猛士而存不及興王之用沒不遭聖人之歎誠立志者之所悼也故爲之銘銘曰

忠爲美道是履諫而死佞者止史之志石以紀爲臣軌

墓表

唐故給事中皇太子侍讀陸文通先生墓表

孔子作春秋千五百年以名爲傳者五家今用其三焉秉觚牘焦思慮以爲論注疏說者百千人矣攻訐很怒以辭氣相擊排冐沒者其爲書處則充棟宇出則汗牛馬或合而隱或乖而顯後之學者窮老盡氣左視右顧莫得而本則專其所學以訾其所異黨枯竹護朽骨以至于父子傷夷君臣詆悖者前世多有之甚矣聖人之難知也有矣郡人陸先生質以其師友天水啖助洎趙匡能知聖人之旨故春秋之言及是而光明使庸人小童皆可積學以入聖人之道傳聖人之教是其德豈不侈大矣哉先生字某既讀書得制作之本而獲其師友於是合古今散同異聯之以言累之以文蓋講道者二十年書而志之者又十餘年其事大備爲春秋集注十篇辯疑七篇微指二篇明章大中發露公器其道以生人爲主以堯舜爲的苞羅旁魄膠轕下上而不出於正其法以文武爲首以周公爲翼揖讓升降好惡

喜怒而不過乎物既成以授世之聰明之士使陳而明之故其書出焉而先生爲巨儒用是爲天子爭臣尚書郎國子博士給事中皇太子侍讀皆得其道刺二州守人知仁永貞年侍東宮言其所學爲古君臣圖以獻而道達乎上是歲嗣天子踐祚而理尊優師儒先生以疾聞臨問加禮某月日終于京師某月日葬于某郡某里嗚呼先生道之存也以書不及施於政道之行也以言不及覩其理門人世儒是以增慟將葬以先生爲能文聖人之書通于後世遂相與謚曰文通先生後若干祀有學其書者過其墓哀其道之所由乃作石以表碣

石曼卿墓表　宋歐陽永叔

曼卿諱延年姓石氏其上世爲幽州人幽州入于契丹其祖自成始以其族間走南歸天子嘉其來將禄之不可乃家于宋州之宋城父諱補之官至太常博士幽燕俗勁武而曼卿少以氣

自豪讀書不治章句獨慕古人奇節偉行非常之功視世俗屑屑無足動其意者自顧不合於時乃一混以酒然好劇飲大醉頹然自放由是益與時不合而人之從其遊者皆知愛曼卿落落可奇而不知其才之有以用也年四十八康定二年二月四日以太子中允秘閣校理卒于京師曼卿少舉進士不中真宗推恩三舉進士皆補奉職曼卿初不肯就張文節公素奇之謂曰母老乃擇祿耶曼卿矍然起就之遷殿直久之改太常寺太祝知濟州金鄉縣嘆曰此亦可以爲政也縣有治聲通判乾寧軍丁母永安縣君李氏憂服除通判永靜軍皆有能名充館閣校勘累遷大理寺丞通判海州還爲校理莊獻明肅太后臨朝曼卿上書請還政天子其後太后崩范諷以言見幸引嘗言太后事者遽得顯官欲引曼卿曼卿固止之乃已自契丹通中國德明盡有河西而臣屬遂務休兵養息天下然内外弛武三十

餘年曼卿上書言十事不報已而元昊反西方用兵始思其言召見稍用其説籍河北河東陝西之民得鄉兵數十萬曼卿奉使籍兵河東還稱旨賜緋衣銀魚天子方思盡其才而且病矣既而聞邊將有欲以鄉兵扞賊者笑曰此得吾粗也夫不教之兵勇怯相雜若怯者見敵而動則勇者亦牽而潰矣今或不暇教不若募其敢行者則人人皆勝兵也其視世事蔑若不足爲及聽其施設之方雖精思深慮不能過也狀貌偉然喜酒自豪若不可繩以法度退而質其平生趣舍大節無一悖于理者遇人無賢愚皆盡欣歡及閒而可否天下是非善惡當其意者無幾人其爲文章勁健稱其意氣有子濟滋天子聞其喪官其一子使禄其家既卒之三十七日葬于太清之先塋其友歐陽修表於其墓曰

嗚呼曼卿寧自混以爲高不必屈以合世可謂自重之士矣士

之所負者愈大則其自顧也愈重自顧愈重則其合愈難然欲與共大事立奇功非得難合自重之士不可爲也古之魁雄之人未始不負高世之志故寧或毀身汙迹卒困於無聞或老且死而幸一遇猶克少施於世若曼卿者非徒與世難合而不克所施亦其不幸不得至乎中壽其命也夫其可哀也夫

太常博士周君墓表

有篤行君子曰周君者孝於其親友於其兄弟居父母喪與其兄某弟某居于倚廬不飲酒食肉者三年其言必戚其哭必哀除喪而癯然不能勝人事者蓋久而後復自孔子在魯而魯人不能行三年之喪其弟子疑以爲問則非魯而他國可知也孔子歿而其後世又可知也今世之人知事其親者多矣或居喪而不哀者有矣生能事而死能哀或不知喪禮者有矣或知禮而以謂喪主於哀而已不必合於禮者有矣如周君者事生盡

孝居喪盡哀而以禮者也禮之失久矣喪禮尤廢也今之居喪
者惟仕宦婚嫁聽樂不爲此特法令之所禁爾其衰麻之數哭
泣之節居處之别飲食之變皆莫知夫有禮也在上位者不以
身率其下在下者無所望於其上其遂廢矣乎故吾於周君有
所取也君諱某字某某州某縣人也天聖二年舉進士累官至
太常博士歷連衡二州司理參軍桂州司録知高安寧化二縣
通判饒州未行以慶曆五年六月朔日卒于朝集之舍享年五
十有一皇祐五年某月日葬于道州永明縣紫微岡曾祖諱某
祖諱某父諱某贈官某母唐氏封某縣太君娶某氏封某縣君
君學長於毛鄭詩左氏春秋家貧不事生産喜聚書居官禄雖
薄常分俸以賙宗族朋友人有慢己者必厚爲禮以愧之其爲
吏所居皆有能政有文集二十卷君有子七人曰諭愚州司理
參軍曰詵湖州歸安主簿曰謐曰諷曰諲曰説曰誼皆未仕嗚

呼孝非一家之行也所以移於事君而忠仁於宗族而睦交於朋友而信始於一鄉推之四海表于金石示之後世而勸考君之所施者無不可以書也豈獨俾其子孫之不隕也哉

瀧岡阡表

按表表其先君墓道而以地書變例以致其尊也巖書立表之歲月朔日甲子重之也詳書已之勳階官封爵號食邑以著先德之所致也亦變例也

嗚呼惟我皇考崇公卜吉于瀧岡之六十年其子修始克表於其阡非敢緩也蓋有待也修不幸生四歲而孤太夫人守節自誓居貧自力於衣食以長以教俾至于成人太夫人告修曰汝父爲吏廉而好施與喜賓客其俸祿雖薄常不使有餘曰無以是爲我累故其亡也無一瓦之覆一壠之植以庇而爲生吾何恃而能自守邪吾於汝父知其一二以有待於汝也自吾爲汝

家婦不及事吾姑然知汝父之能養也汝孤而幼吾不能知汝之必有立然知汝父之必將有後也吾之始歸也汝父免於毋喪方逾年歲時祭祀則必涕泣曰祭而豐不如養之薄也間御酒食則又涕泣曰昔吾不足而今有餘其何及也吾始一二見之以爲新免於喪適然耳既而其後常然至其終身未嘗不然吾雖不及事姑而以此知汝父之能養也汝父爲吏嘗夜燭治官書屢廢而嘆吾問之則曰此死獄也我求其生不得爾吾曰生可求乎曰求其生而不得則死者與我皆無恨矧求而有得邪以其有得則是不求而死者恨也夫常求其生猶失之死而況常求其死也回顧乳者抱汝而立于旁因指而嘆曰術者謂我歲行在戌將死使其言然吾不及見兒之立也後當以我語告之其平居教他子弟常用此語吾耳熟焉故能詳也其施於外事吾不能知其居于家無所矜飾而所爲如此是真發於中

者邪嗚呼其心厚於仁者邪此吾知汝父之必將有後也汝其勉之夫養不必豐要於孝利雖不得博於物要其心之厚於仁吾不能教汝此汝父之志也修泣而志之不敢忘先公少孤力學咸平三年進士及第爲道州判官泗綿二州推官又爲泰州判官享年五十有九葬法溪之瀧岡太夫人姓鄭氏考諱德儀世爲河南名族太夫人恭儉仁愛而有禮初封福昌縣太君進封樂安安康彭城三郡太君自其家少賤時治其家以儉約其後常不使過之曰吾兒不能苟合於世儉薄所以居患難也其後修貶夷陵太夫人言笑自若曰汝家故貧賤也吾處之有素矣汝能安之吾亦安矣自先公之亡二十年修始得祿而養又十有二年列官于朝始得贈封其親又十年修爲龍圖閣直學士吏部郎中留守南京太夫人以疾卒于官舍享年七十有二又八年修以非才入副樞密遂參政事又七年而罷自登二府

天子推恩褒其三世蓋自嘉祐以來逢國大慶必加寵錫皇曾祖府君累贈金紫光禄大夫太師中書令曾祖妣累封楚國太夫人皇祖府君累贈金紫光禄大夫太師中書令兼尚書令祖妣累封吳國太夫人皇考崇公累贈金紫光禄大夫太師中書令兼尚書令皇妣累封越國太夫人今上初郊皇考賜爵爲崇國公太夫人進號韓國於是小子修泣而言曰嗚呼爲善無不報而遲速有時此理之常也惟我祖考積善成德宜享其隆雖不克有於其躬而賜爵受封顯榮褒大實有三朝之錫命是足以表見於後世而庇賴其子孫矣乃列其世譜具刻于碑既又載我皇考崇公遺訓太夫人之所以教而有待於修者並揭于阡俾知夫小子修之德薄能鮮遭時竊位而幸全大節不辱其先者其來有自熙寧三年歲次庚戌四月辛酉朔十五日乙亥男推誠保德崇仁翊戴功臣觀文殿學士特進行兵部尚書知

青州軍州事兼管内勸農使充京東東路安撫使上柱國樂安郡開國公食邑四千三百戶食實封一千二百戶修表

處士征君墓表

王介甫

淮之南有善士三人皆居於眞州之楊子杜君者寓於醫無貧富貴賤請之輒往與之財非義輒謝而不受時時窮空幾不能以自存而未嘗有不足之色蓋善言性命之理而其心曠然無累於物而予嘗與之語久之而不厭也徐君忠信篤實遇人至謹雖疾病召筮不正衣巾不見寓於筮日得百數十錢則止不更筮也能爲詩亦好屬文有集若干卷兩人者以醫筮故多爲賢士大夫所知而征君獨不聞於世征君者諱某字某事其母夫人至孝居鄉里恂恂恭謹樂振人之窮急而未嘗與人校曲直好蓄書能爲詩有子五人而教其三人爲進士某今爲某官某今爲某官某亦再貴於鄉征君與兩人者相爲友至驩而莫

迎也兩人者皆先征君以死而征君以某年某月某甲子終于家年七十七噫古者一鄉之善士必有以貴於一鄉一國之善士必有以貴於一國此道之亡也久矣余獨私愛夫三人者而樂爲好事者道之而征君之子又以請於是書以遺之使之鑱諸墓上杜君諱嬰字大和徐君諱仲堅字某

程伯淳墓表

程伊川

先生名顥字伯淳葬于伊川潞國太師題其墓曰明道先生弟頤序其所以而刻之石曰周公沒聖人之道不行孟軻死聖人之學不傳道不行百世無善治學不傳千載無眞儒無善治士猶得以明乎善治之道以淑諸人以傳諸後無眞儒天下貿貿焉莫知所之人欲肆而天理滅矣先生生千四百年之後得不傳之學於遺經志將以斯道覺斯民天不憖遺哲人早世鄉人士大夫相與議曰道之不明也久矣先生出倡聖學以示人辨

異端闢邪說開歷古之沉迷聖人之道得先生而後明爲功大矣於是帝師采衆議而爲之稱以表其墓學者之於道知所嚮然後見斯人之爲功知所至然後見斯名之稱情山可夷谷可堙明道之名亘萬世而長存勒石墓旁以詔後人

屏山先生劉公墓表　朱晦菴

屏山先生劉公既沒二十有一年一日其嗣子玶涕泣爲其故學者朱熹言曰玶不幸蚤孤先人葬既不及銘而墓道亦至今未克表大懼不孝獲戾幽明亟欲建石琢辭以覺于後而惟先人不及用於世其事業無得而稱唯道德之懿不可以不白而知者又益鮮未有所屬筆獨吾子嘗學於先人盍以所見聞者爲我書之熹竊伏原念所以得遊先生之門者具有顛末其於今日之誼固不敢辭而又有不敢不辭者蓋先人疾病時嘗顧語熹曰籍溪胡原仲白水劉致中屏山劉彥仲此三人者吾友

也其學皆有淵源吾所敬畏吾即死汝往父事之而惟其言之
聽則吾死不恨矣熹歆泣受言不敢忘既孤則奉以告于三君
子而禀學焉時先生之兄侍郎公尤以收卹孤窮爲已任以故
熹獨得朝夕於先生之側而先生亦不鄙其愚穉所以教示期
許皆非常人之事今乃幸得屬辭比事以相兹役顧恨弗獲其
何敢辭惟是駑劣老矣無聞蓋未有以副先生疇昔之意而慰
吾父泉壤之思其何能有以究闡幽微信示久遠此又熹之所
以不能不辭者則起拜辭謝不敢當而玶重以大誼要責於是
不得終辭而輙論次其事如左方謹按建之劉氏至忠顯公始
大公以節死于靖康之難而歸葬其鄉崇安縣拱辰山之南今
其墓西二十有五步少南丘焉則先生之所藏也先生忠顯公
之季子諱子翬而彥冲其字也世系本末具刻于忠顯之賜碑
此不復著先生少負奇材未冠遊太學聲譽出等夷以父任補

承務郎辟眞定幕府旋屬禍亂忠顯公薨京師先生痛憤家國非常之變執喪過禮哭墓三年服除通判興化軍事秩滿以最聞詔還涖故官先生始以哀毁致羸疾至是自以不復堪吏責遂丐閑局主管武夷山冲佑觀以歸世家屏山下潭溪之上有園林水石之勝於是俯仰其間盡弃人間事自號病翁獨居一室危坐或竟日夜嗒然無一言意有所得則筆之於書成咏歌焉以自適間數日輒一走拱辰墓下瞻望裴回涕泗嗚咽或累日而後返事繼毋呂夫人盡誠敬兄弟之間怡怡如也侍郎公之子珙幼開爽嗜學先生愛且奇之教以文行經業不少懈而必使務其遠者大者與胡劉二先生爲道義交相見講學外無一雜言它所與遊亦皆海内知名士靡不嘆服深遠自以爲不及而先生之心未嘗少自足雖聞常人有片言之善無不從容咨叩必竭兩端而後已至族黨後生來問學者則亦隨其然質

告語成就終日無倦色如是者蓋十有七年四爲崇道祠官累階右承議郎享年四十有七以紹興十七年十有二月丙申卒始得疾甚微卽入謁家廟泣別母夫人前徧以書告訣素所與往來者召珙付以家事指示葬處中外孤遺人人爲計久遠昏宦舍業之既已則日與學者論說修身求道之要作訓戒數百言彈琴賦詩澹然如平日熹時以童子侍疾一日請問先生平昔入道次第先生欣然告之曰吾少未聞道官莆田時以疾病始接佛老子之徒聞其所謂清淨寂滅者而心悅之以爲道在是矣比歸讀吾書而有契焉然後知吾道之大其體用之全乃如此抑吾於易得入得之門焉所謂不遠復者則吾之三字符也佩服周旋罔敢失墜於是嘗作復齋銘聖傳論以見吾志然吾忘吾言久矣今乃相爲言之汝尚勉哉熹頓首受教居兩日而先生沒所著書詩合爲文集二十卷娶陸氏封孺人先先生

十七年卒無子葬忠顯公墓東三十有五步有先生所紀其家世德善刻焉蓋先生不再聘則以侍郎公之幼子玶爲後今爲右修職郎實立此表焉方爲次其文而西府建安公亦以書來曰叔父之墓弗識玶則與有責焉熹讀之瞿然曰是乃吾之辠也乃亟起書石而系以銘銘曰

神光惚怳經緯萬方孰握其機而契其綱嗟惟先生立德之本既覺而存復則不遠亦曰干仕我止我行亦生而死我安且寧拱辰西南有銘斯碣嘉與後人仰止遺烈

文章辨體卷之四十八

文章辨體卷之四十九

海虞後學吳訥編集

墓誌　墓記　埋銘

劉先生夫人墓誌　梁任彥升

此誌載昭明文選有銘辭無序後昌黎亦有此體

既稱萊婦亦曰鴻妻復有令德一與之齊實佐君子簪蒿杖藜欣欣負載在冀之畦居室有行亟聞義讓禀訓丹陽弘風丞相籍甚二門風流遠尚肇允才淑閫德斯諒蕪沒鄭鄉寂寞楊冢參差孔對毫末成拱暫啓荒埏長扃幽隴夫貴妻尊匪爵而重

貞曜先生墓誌　唐韓退之

唐元和九年歲在甲午八月巳亥貞曜先生孟氏卒無子其配鄭氏以告愈走位哭且召張籍會哭明日使以錢如東都供葬事諸嘗與往來者咸來哭弔韓氏遂以書告興元尹故相餘慶

閏月樊宗師使來弔告葬期徵銘愈哭曰嗚呼吾尚忍銘吾友也夫興元人以幣如孟氏賻且來商家事樊子使來速銘曰不則無以掩諸幽乃序而銘之先生諱郊字東野父庭玢娶裴氏女而選爲崐山尉生先生及二季酆郢而卒先生生六七年端序則見長而愈騫涵而揉之内外完好色夷氣清可畏而親及其爲詩劌目鉥心刃迎縷解鉤章棘句掐擢胃腎神施鬼設間見層出唯其大翫於詞而與世抹摋人皆劫劫我獨有餘有以後時開先生者曰吾既擠而與之矣其猶足存邪年幾五十始以尊夫人之命來集京師從進士試既得即去間四年又來命選爲溧陽尉迎侍溧上去尉二年而故相鄭公尹河南奏爲水陸運從事試協律郎親拜其母於門内母卒五年而鄭公以節領興元軍奏爲其軍叅謀試大理評事挈其妻行之興元次于閿鄉暴疾卒年六十四買棺以斂以二人輿歸酆郢皆在江南

十月庚申樊子合凡贈賻而葬之洛陽東其先人墓在以餘財附其家而供祀將葬張籍曰先生揭德振華於古有光賢者故事有易名况士哉如曰貞曜先生則姓名字幸有載不待講說而明皆曰然遂用之初先生所與俱學同姓簡於世次爲叔父由給事中觀察浙東曰生吾不能舉死吾知恤其家銘曰

於戲貞曜維執不猗維出不訾維卒不施以昌其詩

試大理評事王君墓誌銘

君諱適姓王氏好讀書懷奇負氣不肯隨人後舉選見功業有道路可指取有名節可以戾契致困於無資地不能自出乃以干諸公貴人借助聲勢諸公貴人既志得皆樂熟軟媚耳目者不喜聞生語一見輒戒門以絕上初即位以四科募天下士君笑曰此非吾時邪即提所作書錄道歌吟趨直言試既至對語驚人不中第益困久之聞金吾李將軍年少喜士可撼乃踏門

告曰天下奇男子王適願見將軍白事一見語合意往來門下盧從史既節度昭義軍張甚奴視法度士欲聞無顧忌大語有以君生平告者即遣客鉤致君曰狂子不足以共事立謝客李將軍由是待益厚奏爲其衛胄曹參軍充引駕仗判官盡用其言將軍遷帥鳳翔君隨往攺試大理評事攝監察御史觀察判官櫛垢爬痒民獲蘇醒居歲餘如有所不樂一旦載妻子入閿鄉南山不顧中書舍人王涯獨孤郁吏部郎中張惟素比部郎中韓愈日發書問訊顧不可强起不即薦明年九月疾病輿醫京師某月某日卒年四十四十一月某日即葬京城西南長安縣界中曾祖爽洪州武寧令祖微右衛騎曹參軍父嵩蘇州崐山丞妻上谷侯氏處士高女高固奇士自方阿衡太師世莫能用吾言再試吏再怒去發狂投江水初處士將嫁其女懲曰吾以齟齬窮一女憐之必嫁官人不以與凡子君曰吾求婦氏久

矣唯此翁可人意且聞其女賢不可以失即謾謂媒嫗吾明經及第且選即官人侯翁女幸嫁若能令翁許我請進百金爲嫗謝諾許白翁翁曰誠官人邪取文書來君計窮吐實嫗曰無若翁大人不疑人欺我得一卷書粗若告身者我神以往翁見未必取眎幸而聽我行其謀翁望見文書銜袖果信不疑曰足矣以女與王氏生三子一男二女男三歲夭死長女嫁亳州永城尉姚侹其季始十歲銘曰

鼎也不可以柱車馬也不可使守閭佩玉長裾不利走趨秪繫其逢不繫巧愚不諧其須有銜不袪鑽石埋辭以列幽墟

柳子厚墓誌銘

子厚諱宗元七世祖慶爲拓跋魏侍中封濟陰公曾伯祖奭爲唐宰相與褚遂良韓瑗俱得罪武后死高宗朝皇考諱鎮以事母棄太常博士求爲縣令江南其後以不能媚權貴失御史權

貴人死乃復拜侍御史號爲剛直所與游皆當世名人子厚少精敏無不通達逮其父時雖少年已自成人能取進士第嶄然見頭角衆謂柳氏有子矣其後以博學宏詞授集賢殿正字儁傑廉悍議論證據今古出入經史百子踔厲風發率常屈其座人名聲大振一時皆慕與之交諸公要人爭欲令出我門下交口薦譽之貞元十九年由藍田尉拜監察御史順宗即位拜禮部員外郎遇用事者得罪例出爲刺史未至又例貶州司馬居閑益自刻苦務記覽爲詞章汎濫停蓄爲深博無涯涘而自肆於山水間元和中嘗例召至京師又偕出爲刺史而子厚得柳州既至歎曰是豈不足爲政邪因其土俗爲設教禁州人順賴其俗以男女質錢約不時贖子本相侔則沒爲奴婢子厚與設方計悉令贖歸其尤貧力不能者令書其傭足相當則使歸其質觀察使下其法於他州比一歲免而歸者且千人衡湘以南

爲進士者皆以子厚爲師其經承子厚口講指畫爲文詞者悉有法度可觀其召至京師而復爲刺史也中山劉夢得禹錫亦在遣中當詣播州子厚泣曰播州非人所居而夢得親在堂吾不忍夢得之窮無辭以白其大人且萬無母子俱往理請於朝將拜疏願以柳易播雖重得罪死不恨愚有以夢得事白上者夢得於是改刺連州嗚呼士窮乃見節義今夫平居里巷相慕悅酒食游戲相徵逐詡詡強笑語以相取下握手出肺肝相示指天日涕泣誓生死不相背負眞若可信一旦臨小利害僅如毛髮比反眼若不相識落陷穽不一引手救反擠之又下石焉者皆是也此宜禽獸夷狄所不忍爲而其人自視以爲得計聞子厚之風亦可以少媿矣子厚前時少年勇於爲人不自貴重顧藉謂功業可立就故坐廢退既退又無相知有氣力得位者推挽故卒死於窮裔材不爲世用道不行於時也使子厚在臺

省時自持其身已能如司馬刺史時亦自不斥斥時有人力能舉之且必復用不窮然子厚斥不久窮不極雖有出於人其文學辭章必不能自力以致必傳於後如今無疑也雖使子厚得所願爲將相於一時以彼易此孰得孰失必有能辨之者子厚以元和十四年十一月八日卒年四十七以十五年七月十日歸葬萬年先人墓側子厚有子男二人長曰周六始四歲季曰周七子厚卒乃生女子二人皆幼其得歸葬也費皆出觀察使河東裴君行立行立有節槩立然諾與子厚結交子厚亦爲之盡竟賴其力葬子厚於萬年之墓者舅弟盧遵遵涿人性謹順學問不厭自子厚之斥遵從而家焉逮其死不去既往葬子厚又將經紀其家庶幾有始終者銘曰

是惟子厚之室既固既安以利其嗣人

唐正議大夫尚書左丞孔公墓誌銘

孔子之後三十八世有孫曰戣字君嚴事唐爲尚書左丞年七十二三上書去官天子以爲禮部尚書祿之終身而不敢煩以政吏部侍郎韓愈常能其能謂曰公尚壯上三留奚去之果曰吾敢要君吾年至一宜去吾爲左丞不能進退郎官唯相之爲二宜去愈又曰古之老於鄉者將自佚非自苦閭井田宅具在親戚之不仕與倦而歸者不在東阡在北陌可杖屨來往也今異於是公誰與居且公雖貴而無留資何恃而歸曰吾負二宜去尚奚顧子言愈面歎曰公於是乎賢遠於人明日奏疏曰臣與孔戣同在南省數與相見戣爲人守節清苦論議正平年纔七十筋力耳目未覺衰老憂國忘家用意至到如戣輩在朝不過三數人陛下不宜苟順其求不留自助也不報明年長慶四年正月巳未公年七十四告薨於家贈兵部尚書公始以進士佐三府官至殿中侍御史元和元年以大理正徵累遷江州刺

史諫議大夫事有害於正者無所不言加皇太子侍讀改給事中言京兆尹阿縱罪人詔奪京兆尹三月之俸權知尚書右丞明年拜右丞改華州刺史明州歲貢海蟲淡菜蛤蚶可食之屬自海抵京師道路水陸遞夫積功歲爲四十三萬六千人奏疏罷之下邽令笞外按小兒繫御史獄公上疏理之詔釋下邽令而以華州刺史爲大理卿十二年自國子祭酒拜御史大夫嶺南節度使約以取足境內諸州負錢至二百萬悉放不收蕃舶之至泊步有下碇之稅始至有閱貨之燕犀珠磊落賄及僕隸公皆罷之絶海之商有死于吾地者官藏其貨滿三月無妻子之請者盡沒有之公曰海道以年計往復何月之拘苟有驗者悉推與之無筭遠近厚守宰俸而嚴其法嶺南以口爲貨其荒阻處父子相縛爲奴公一禁之有隨公吏得無名兒蓄不言官有訟者公召殺之山谷諸黄世自聚爲豪官吏厚薄緩急或

叛或從容桂二管利其虜掠請合兵討之冀一有功有所指取當是時天子以武定淮西河南北用事者以破諸黄爲類向意助之公屢言遠人急之則惜性命相屯聚爲寇緩之則自相怨恨而散此禽獸耳但可自計利害不足與論是非天子入先言遂歛兵江西岳鄂湖南嶺南會容桂之吏以討之被霧露毒相枕藉死百無一還安南乘勢殺都護李象古桂將裴行立容將楊旻皆無功數月自死嶺南囂然祠部歲下廣州祭南海廟廟入海口爲州者皆憚之不自奉事常稱疾命從事自代唯公歲常自行官吏刻石爲詩美之十五年遷尚書吏部侍郎公之北歸不載南物奴婢之籍不增一人長慶元年改右散騎常侍二年而爲尚書左丞曾祖諱務本滄州東光令祖諱如珪海州司户參軍贈尚書工部郎中皇考諱岑父秘書省著作佐郎贈尚書左僕射公夫人京兆韋氏父和大理評事有四子長曰温質

四門博士遵孺遵憲溫裕皆明經女子長嫁中書舍人平陽路隋其季者幼公之昆弟五人載戡戢戳公於次爲第二公之薨戢自湖南入爲少府監其年八月甲申戢與公子葬公于河南河陰廣武原先公僕射墓之左銘曰

孔世卅八吾見其孫白而長身寡笑與言其尚類也莫與之倫德則多有請考于文

殿中少監馬君墓誌

迂齋云敘事有法辭極簡嚴而意味深長結尾感悼之意見於言外三世皆有故舊故其言如此

君諱繼祖司徒贈太師北平莊武王之孫少府監贈太子少傅諱暢之子生四歲以門功拜太子舍人積三十四年五轉而至殿中少監年三十七以卒有男八人女二人始余初冠應進士貢在京師窮不自存以故人稚弟拜北平王於馬前王問而憐

之因得見於安邑里第王軫其寒飢賜食與衣召二子使爲之主其季遇我特厚少府監贈太子少傅者也姍抱幼子立側眉眼如畫髮漆黑肌肉玉雪可念殿中君也當是時見王於北亭猶高山深林龍虎變化不測傑魁人也退見少傅翠竹碧梧鸞鵠停峙能守其業者也幼子娟好靜秀瑤環瑜珥蘭茁其芽稱其家兒也後四五年吾成進士去而東遊哭北平王於客舍後十五六年吾爲尚書都官郎分司東都而分府少傅卒哭之又十餘年至今哭少監焉嗚呼吾未耄老自始至今未四十年而哭其祖子孫三世于人世何如也人欲久不死而觀居此世者何也

南陽樊紹述墓誌銘

歐陽公云退之爲紹述墓誌便似樊文其始出於史記相如傳絶似相如之文惟其過之故兼之也

樊紹述既卒且葬愈將銘之從其家求書得書號魁紀公者三十卷曰樊子者有三十卷春秋集傳十五卷表牋狀策書序傳記紀志說論今文讚銘凡二百九十一篇道路所遇及器物門里雜銘二百二十賦十詩七百一十九曰多矣哉古未嘗有也然而必出於己不襲蹈前人一言一句又何其難也必出入仁義其富若生蓄萬物必具海含地負放恣橫從無所統紀然而不煩於繩削而自合也嗚呼紹述於斯術其可謂至於斯極者矣生而其家貴富長而不有其藏一錢妻子告不足顧且笑曰我道蓋是也皆應曰然無不意滿嘗以金部郎中告哀南方還言某師不治罷之以此出爲綿州刺史一年徵拜左司郎中又出刺絳州綿絳之人至今皆曰於我有德以爲諫議大夫命且不遂病以卒年若干紹述諱宗師父諱倖嘗帥襄陽江陵官至右僕射贈某官祖某官諱泳自祖及紹述三世皆以軍謀堪將

帥集上第以進紹述無所不學於辭於聲尤得也在衆若無能
者嘗與觀樂問曰何如曰後當然已而果然銘曰
惟古於詞必已出降而不能乃剽賊後皆指前公相襲從漢迄
今用一律寥寥久哉莫覺屬神徂聖伏道絶塞既極乃通發紹
述文從字順各識職有欲求之此其躅

故幽州節度判官贈給事中清河張君墓誌銘

張君名徹字某以進士累官至范陽府監察御史長慶元年今
牛宰相爲御史中丞奏君名迹中御史選詔即以爲御史其府
惜不敢留遣之而密奏幽州將父子繼續不廷選且久今新收
臣又始至孤怯須強佐乃濟發半道有詔以君還之仍遷殿中
侍御史加賜朱衣銀魚至數日軍亂怨其府從事盡殺之而囚
其帥且相約張御史長者毋侮辱轢蹙我事無庸殺置之帥所
居月餘聞有中貴人自京師至君謂其帥公無負此土人上使

至可因請見自辨幸得脫免歸即推門求出守者以告其魁魁與其徒皆駭曰必張御史張御史忠義必爲其帥告此餘人不如遷之別館即與衆出君君出門罵衆曰汝何敢反前日吳元濟斬東市昨日李師道斬於軍中同惡者父母妻子皆屠死肉餧狗鼠鴟鴉汝何敢反汝何敢反行且罵衆畏惡其言不忍聞且虞生變即擊君以死君抵死口不絕罵衆皆曰義士義士或收瘞之以俟事聞天子壯之贈給事中其友侯雲長佐鄆使請於其帥馬僕射爲之選於軍中得故與君相知張恭李元實者使以幣請之范陽范陽人義而歸之以聞詔所在給船轝傳歸其家賜錢物以葬長慶四年四月某日其妻子以君之喪葬于某州某所君弟復亦進士佐汴宋得疾變易喪心驚惑不常君得閒即自視衣褥薄厚節其飲食而匕筯進養之禁其家無敢高語出聲醫餌之藥其物多空青雄黃諸奇怪物劑錢至十數

萬營治勤劇皆自君手不假之人家貧妻子常有飢色祖某某官父某某官妻韓氏禮部郎中某之孫汴州開封尉某之女於余爲叔父孫女君常從余學選於諸生而嫁與之孝順祇修羣女效其所爲男若干人曰某女子曰某銘曰

嗚呼徹也世慕顏以行子揭揭也噫唱以爲生子獨割也爲彼不清作玉雪也仁義以爲兵用不缺折也知死不失名得猛厲也自申于闇明莫之奪也我銘以貞之不肖者之呾也

李元賓墓銘

李觀字元賓其先隴西人也始來自江之東年二十四舉進士三年登上第又舉博學宏辭得太子校書一年年二十九客死于京師既斂之三日友人博陵崔弘禮葬之于國東門之外七里鄉曰慶義原曰嵩原友人韓愈書石以志之辭曰

已虖元賓壽也者吾不知其所慕天也者吾不知其所惡生而

不淑孰謂其壽死而不朽孰謂之夭已虖元賓才高乎當世而行出乎古人已虖元賓竟何爲哉竟何爲哉

施先生墓銘

貞元十八年十月十一日太學博士施先生士丐卒其寮太原郭伉買石誌其墓昌黎韓愈爲之辭曰

先生明毛鄭詩通春秋左氏傳善講說朝之賢士大夫從而執經考疑者繼於門太學生習毛鄭詩春秋左氏傳者皆其弟子貴游之子弟時先生之說二經來太學帖帖坐諸生下恐不卒得聞先生死二經生喪其師仕於學者亡其朋故自賢士大夫老師宿儒新進小生聞先生之死哭泣相弔歸衣服貨財先生年六十九在太學者十九年由四門助教爲太學助教由助教爲博士太學秩滿當去諸生輒拜疏乞留或留或遷凡十九年不離太學祖曰旭袁州宜春尉父曰諸豪州定遠丞妻曰太原

王氏先先生卒子曰友直明州鄮縣主簿曰友諒太廟齋郎系曰先生之祖氏自施父其後施常事孔子以彰讐爲博士延爲太尉太尉之孫始爲吴人曰然曰續亦載其跡先生之輿公車是召纂序前聞于光有耀古聖人言其旨密微箋注分羅顛倒是非聞先生講論如客得歸卑讓肫肫出言孔揚今其死矣誰嗣爲宗縣曰萬年原曰神禾高四尺者先生墓耶

試大理評事胡君墓銘

胡之氏别於陳明允先河東人世勤同戴厥身籍文譜進連倫惟明允加武資力牛虎橐不持吏夏陽有施爲去平陽民思悲河東士河陸原宜兹人肖厚完五十七不足年孤兒啼死下官毋弟證秩大夫撫君遺哭泣書友韓愈司馬徒作後銘系序初

故襄陽丞趙君墓誌　柳子厚

貞元十八年月日天水趙公矜年四十二客死于柳州官爲斂

葬于城北之野元和十三年孤來章始壯自襄州徒行求其葬不得徵書而名其人皆死無能知者來章日哭于野凡十九日唯人事之窮則庶於卜筮五月甲辰卜泰謝兆之曰金食其墨而火以貴其墓直丑在道之右南有貴神冢土是守乙巳于野宜遇西人深目而髯其得實因七日發之乃覩其神明日求諸野有叟荷杖而東者問之曰是故趙丞兒耶吾爲曹信是邇吾墓噫今則夷矣直社之北二百舉武吾爲子蘊焉辛亥啓土有木焉發之緋衣緅衾凡自家之物皆在州之人皆爲出涕誠來章之孝神付是叟以與龜偶不然其協焉如此哉六月某日就道月日葬于汝州龍城縣其城之原夫人河南源氏先歿而祔之矜之父曰漸南鄭尉祖曰倩之鄆州司馬曾祖曰弘安金紫光祿大夫國子祭酒始矜由明經爲舞陽主簿蔡帥反犯難來歸擢授襄城主簿賜緋魚袋後爲襄陽丞其墓自曾祖以下皆

族以位時宗元制柳用相其事哀而旌之以銘銘曰詷也挈之信也絕之有朱其紱神具列之懇懇來章神實恫汝錫之老叟告以兎語靈其鼓舞從而父祖孝斯有終宜福是與自越秦蓁羈鬼相望有子而孝獨歸故鄉涕盈其銘旌爾勿怠

覃季子墓銘

覃季子其人生愛書貧甚尨介特不苟受施讀經傳言其說數家推太史公班固書下到今橫豎鉤貫又且數十家通爲書號覃子史纂又取鬻老管莊子思晏孟子到今其術自儒墨名法至於徇蟲草木凡有益於世者爲子纂又百有若干家篇於閭不以仕爲事黜陵使取其書以氏名聞除太子校書某年月日死永州祁陽縣其鄉將死嘆曰寧有聞而窮乎將無聞而豐乎寧介而躓乎將溷而遂乎葬其鄉後若干年柳先生來永州戚其文不大於世求其墓以石銘銘曰

困其獨豐其等

唐工部員外郎杜甫墓誌銘 并序　　元微之

叙曰余讀詩至杜子美而知古人之才有所總萃焉始堯舜之君臣以賡歌相和是後詩人繼作歷夏殷周千餘年仲尼緝拾選練取其干預教化之尤者三百篇其餘無聞焉騷人作而怨憤之態繁然猶去風雅日近尚相比擬秦漢已還采詩之官既廢天下俗謠民謳歌頌諷賦曲度嬉戲之詞亦隨時間作至漢武帝賦栢梁詩而七言之體具蘇子卿李少卿之徒尤工爲五言雖句讀文律各異雅鄭之音亦詞意閑遠指事言情自非有爲而爲則文不妄作建安之後天下之士遭罹兵戰曹氏父子鞍馬間爲文往往橫槊賦詩故其遒文壯節抑揚怨哀悲離之作尤極於古晉世風槩稍存宋齊之間教失根本士以簡慢歙飾相尚文章以風容色澤放曠精清爲高蓋吟寫性靈流連光

景之文也意義格力無取焉陵遲至梁陳淫艷刻飾佻巧小碎之詞又宋齊之所不取唐興學官大振歷世之文能者互書而又沈宋之流研練精切穩順聲勢謂之爲律詩由是而後文變之體極焉而又好古者遺近務華者去實效齊梁則不逮於晉魏工樂府則力屈於五言律切於骨格不存閑暇則纖穠莫備至於子美所謂上薄風雅下該沈宋言奪蘇李氣吞曹劉掩顏謝之孤高雜徐庾之流麗盡得古今之體勢而兼昔人之所獨專矣如使仲尼考鍛其旨要尚不知貴其多乎哉苟以爲能所不能無可無不可則詩人已來未有如子美者是時山東人李白亦以奇文取稱時人謂之李杜余觀其壯浪縱恣擺去拘束模寫物象及樂府歌詩誠亦差肩於子美至若鋪陳終始排比聲韻大或千言次猶數百詞氣豪邁而風調清深屬對律切而脫棄凡近則李尚不能歷其藩翰況堂奧乎余嘗欲條析其文

體別相附與來者爲之準病懶未就爾適子美之孫嗣業啓子美之柩襄祔偃師途次于荊楚雅知余愛言其大父之爲文祈余爲誌辭不可絕余因系其官閥而銘其卒葬云系曰晉當陽侯杜氏下十世而生依藝令家於鞏依藝生審言審言善詩官至膳部員外郎審言生閑閑生甫爲奉天令甫字子美天寶中獻三大禮賦明皇奇之命宰相試文文善授率府冑曹屬京師亂步謁行在授左拾遺以直言失官出爲華州司功尋遷京兆功曹劍南節度使嚴武拔爲工部員外參謀軍事旋又棄其官扁舟下荊楚間竟以寓卒旅殯岳陽享年五十有九夫人弘農楊氏女父曰司農少卿怡四十九年終嗣子曰宗武病不克葬歿命其子嗣業以家貧無以給喪收拾乞丐焦勞晝夜去子美歿後餘四十年然後卒先人之志亦足爲難矣銘曰

惟元和之癸巳粤某月某日之佳辰合窆我杜子美於首陽之

山前嗚呼千歲而下曰此文先生之古墳

徐文質墓誌銘

宋穆伯長

進士徐孝山喪其父以其友張道卿所録父事來請曰孝山未即殞生尚惟喪事不可緩卜葬以某日月且迫敢託銘於先生用刻而納之以光永幽穸予閱其始卒乃謂曰是葬也盍得禮矣今貴家富族將葬必惑葬師說拘以歲月畏忌違禮過時久不克葬者多矣生能葬以其道正合士禮踰月之制安得拒而勿銘也君諱文質字處中其先祖父嘗寓藉并土之文水逮君之考循為晋人考生未齔而孤教育于季父會朝廷以兵取太原徙并民處之京輔考於時至京師遂家焉游太學爲生徒治春秋經傳前後四舉有司竟不及禄而終并俗剛厚而勤嗇能自節損以立衣食諸來徙之户初雖貧極者居久皆爲富室矧其宿有齋者故考亦用是而殖其家考之没貽其規法於君君

於此益爲之善守也初君亦嘗授經於儒官馬龜符有慕仕進心至親之喪顧無彊子弟可任懼覆先人遺業因刻力事生非慶吊大事不出門如此者葢有年天聖八年適五十忽得疾醫累月弗愈以是年七月日卒君凡四娶四男五女長子孝山次景山德山皆未及娶五女子亦幼在室孝山謀葬得其年八月之日藏君於東京之祥符縣開封鄉先墓之次斯實禮也銘曰

惟古之葬等級異宜日月有數舉無越斯末代不然惑於葬師陰陽拘忌率常過時其孰警此伊徐氏子以時而葬順禮之軌既合既祔有銘有紀如君之藏民亦鮮矣

孫明復墓誌銘

先生諱復字明復姓孫氏晉州平陽人也少舉進士不中退居泰山之陽學春秋著尊王發微魯多學者其尤賢而有道者石介自介而下皆以弟子事之先生年逾四十家貧不娶李丞相

廸將以其弟之女妻之先生疑焉介與群弟子進曰公卿不下士久矣今丞相不以先生貧賤而欲託以子是高先生之行義也先生宜因以成丞相之賢名於是乃許孔給事道輔爲人剛直嚴重不妄與人聞先生之風就見之介執杖屨侍左右先生坐則立升降拜則扶之及其往謝也亦然魯人既素高此兩人由是始識師弟子之禮莫不嘆嗟之而李丞相孔給事亦以此見稱於士大夫其後介爲學官語于朝曰先生非隱者也欲仕而未得其方也慶曆二年樞密副使范仲淹資政殿學士富弼言其道德經術宜在朝廷召拜校書郎國子監直講嘗召見邇英閣說書將以爲侍講而嫉之者言其講說多異先儒遂止七年徐州人孔直溫以任謀捕治索其家得詩有先生姓名坐貶監處州商稅徙泗州又徙知河南府長水縣簽署應天府判官公事通判陵州翰林學士趙槩等十餘人上言孫某行爲世法

經爲人師不宜棄之遠方乃復爲國子監直講居三歲以嘉祐二年七月某日以疾卒于家享年六十有六官至殿中丞先生在太學時爲大理評事天子臨幸賜以緋衣銀魚及聞其喪惻然予其家錢十萬而公卿大夫士友太學之諸生相與吊哭賻治其喪於是以某年某月某日葬先生於鄆州須城縣盧泉鄉之北邑原先生治春秋不惑傳註不爲曲說以亂經其言簡易於諸侯大夫功罪以考時之盛衰而推見王道之治亂得於經之本義爲多方其病時樞密使韓琦言之天子選書吏給紙筆命其門人祖無擇就其家得其書十有五篇錄之藏于祕閣先生一子大年尚幼銘曰

聖人既歿經更焚逃藏脫亂僅傳存衆說乘之汨其原怪迂百出雜僞眞後生牽卑習前聞似欲患之寡攻羣往往止燎以膏薪有勇夫子闢浮雲刮磨蔽蝕相吐吞日月卒復光破昏博哉

功利無窮垠有考其不在斯文

黄夢升墓誌銘

予友黄君夢升其先婺州金華人後徙洪州之分寧其曾祖諱某祖諱某父諱某皆不仕黄氏世爲江南大族自其祖父以來樂以家貲賑鄉里多聚書以招四方之士夢升兄弟皆好學尤以文章意氣自豪予少家隨夢升從其兄茂宗官于隨予爲童子立諸兄側見夢升年十七八眉目明秀善飲酒談笑予雖幼心已獨奇夢升後七年予與夢升偕舉進士於京師夢升得丙科初任興國軍永興主簿怏怏不得志以疾去久之復調江陵府公安主簿時予謫夷陵令遇之于江陵夢升顏色憔悴初不可識久而握手嘘嚱相飲以酒夜醉起舞歌呼大噱予益悲夢升志雖衰而少時意氣尚在也後二年予徙乾德令夢升復調南陽主簿又遇之于鄧間問其平生所爲文章幾何夢升慨然

嘆曰吾已諱之矣窮達有命非世之人不知我我羞道於世人也求之不肯出遂飲之酒復大醉起舞歌呼因笑曰子知我者乃肯出其文讀之博辯雄偉其意氣奔放猶不可禦予又益悲夢升志雖困而獨其文章未衰也是時謝希深出守鄧州尤喜稱道天下士予因手書夢升文一通欲以示希深未及而希深卒予亦去鄧後之守鄧者皆俗吏不復知夢升夢升素剛不苟合負其所有常怏怏無所施卒亦不得志死于南陽夢升諱注以寶元二年四月某日卒享年四十有二其平生所爲文曰破碎集公安集南陽集凡若干卷娶潘氏生四男二女將以某年某月日葬于董坊之先塋其弟渭泣而來告曰吾兄患世之莫吾知孰可爲其銘予素悲夢升者因爲之銘曰

予嘗讀夢升文至於哭其兄子庠之詞曰子之文章電激雷震雨雹忽止闃然滅泯未嘗不諷誦嘆息而不已嗟夫夢升曾

不及庠不震不驚鬱塞埋藏孰予其有不使其施吾不知所歸
咎徒爲夢升而悲

蘇子美墓誌銘

故湖州長史蘇君有賢妻杜氏自君之喪布衣蔬食居數歲提君之孤子歛其平生文章走南京號泣于其父曰吾夫屈於生猶可伸於死其父太子太師以告於予予爲集次其文而序之以著君之大節與其所以屈伸得失以深誚世之君子當爲國家樂育賢材者且悲君之不幸其妻卜以嘉祐元年十月某日葬君于潤州丹徒縣義里鄉檀山里石門村又號泣于其父曰吾夫屈於人間猶可伸於地下於是杜公及君之子必皆以書來乞銘以葬君諱舜欽字子美其上世居蜀後徙開封爲開封人自君之祖諱易簡以文章有名太宗時承旨翰林爲學士參知政事官至禮部侍郎父諱耆官至工部郎中直集賢院君少

以父蔭太廟齋郎調滎陽尉非所好也巳而鎖其廳去舉進士中第改光祿寺主簿知蒙城縣丁父憂服除知長垣縣遷大理評事監在京樓店務狀貌奇偉慷慨有大志少好古工爲文章所至皆有善政官于京師位雖卑數上疏論朝廷大事敢道人之所難言范文正公薦君召試得集賢校理自元昊反兵出無功而天下殆於久安尤困兵事天子奮然用三四大臣欲盡革衆弊以紓民於是時范文正公與今富丞相多所設施而小人不便顧人主方信用思有以撼動未得其根以君文正公之所薦而宰相杜公婿也乃以事申君坐監進奏院祠神奏用市故紙錢會客爲自盜除名君名重天下所會客皆一時賢俊悉坐貶逐然後中君者喜曰吾一舉網盡之矣其後三四大臣繼罷去天下事卒不復施爲君携妻子居蘇州買水石作滄浪亭日益讀書大涵肆於六經而時發其憤悶於歌詩至其所激往往

驚絶又喜行草書皆可愛故其雖短章醉墨落筆爭爲人所傳天下之士聞其名而慕見其所傳而喜往揖其貌而竦聽其論而驚以服久與其居而不能捨以去也居數年復得湖州長史慶曆八年十二月某日以疾卒於蘇州享年四十有一君先娶鄭氏後娶杜氏三子長曰泌將作監主簿次曰液曰激二女長適前進士陳紘次尚幼初君得罪時以奏用錢爲盜無敢辯其寃者自君卒後天子感悟凡所被逐之臣復召用皆顯列于朝而至今無復爲君言者宜其欲求伸於地下也宜予述其得罪以死之詳而使後世知其所以也既又長言以爲之辭庶幾并寫予之所以哀君者其辭曰

謂爲無力兮孰擊而去之謂爲有力兮胡不反子之歸豈彼能而此不爲善百譽而不進兮一毀終世以顛擠荒孰問兮杳難知嗟子之中兮有韞而無施文章發耀兮日星光輝雖冥其以

掩恨兮宜昭昭其永垂

梅聖俞墓誌銘

嘉祐五年京師大疫四月乙亥聖俞得疾臥城東汴陽坊明日朝之賢士大夫往問疾者騶呼屬路不絕城東之人市者廢行者不得往來咸驚顧相語曰茲坊所居大人誰邪何致客之多也居八日癸未聖俞卒於是賢士大夫又走弔哭如前日益多而其尤親且舊者相與聚而謀其後事自丞相以下皆有以賻卹其家粵六月某日其孤增載其柩南歸以某年某月某日葬于某所聖俞字也其名堯臣姓梅氏宣州宣城人也自其家世頗能詩而從父存以仕顯至聖俞遂以詩聞自武夫貴戚童兒野叟皆能道其名字雖妄愚人不能知詩義者直曰此世所貴也吾能得之用以自矜故求者日踵門而聖俞詩遂行天下其初喜為清麗閑肆平淡久則涵演深遠間亦琢刻以出怪巧然

氣完力餘益老以勁其應於人者多故辭非一體至於他文章皆可喜非如唐諸子號詩人者僻固而狹陋也聖俞為人仁厚樂易未嘗忤於物至其窮愁感憤有所罵譏笑謔一發於詩然用以為讙而不怨懟可謂君子者也初在河南王文康公見其文歎曰二百年無此作矣其後大臣屢薦宜在館閣嘗一召試賜進士出身餘輒不報嘉祐元年翰林學士趙槩等十餘人列言于朝曰梅某經行修明願留與國子諸生講論道德作為雅頌以歌詠聖化乃得國子監直講三年冬祫于太廟御史中丞韓絳言天子且親[redacted]當更制樂章以薦祖考[redacted]梅某為宜亦不報聖俞初以從父蔭補太廟齋郎歷桐城河南河陽三縣主簿以德興縣令知建德縣又知襄城縣監湖州鹽稅簽署忠武鎮安兩軍節度判官監永濟倉國子監直講累官至尚書都官員外郎嘗奏其所撰唐載二十六卷多補正舊史闕繆乃命編修

唐書書成未奏而卒享年五十有九曾祖諱某祖諱某皆不仕父諱某太子中舍致仕贈職方郎中母曰仙游縣太君束氏又曰清河縣太君張氏初娶謝氏再娶刁氏封某縣君子男五人曰增曰墀曰坰曰龜兒一早卒女二人長適太廟齋郎薛通次尚幼聖俞學長於毛氏詩爲小傳二十卷其文集四十卷注孫子十三卷余嘗論其詩曰世謂詩人少達而多窮蓋非詩[redacted]窮人殆窮者而後工也聖俞以爲知言銘曰

不戚其窮不困其鳴不躓于艱不履于傾養其和平以發厥聲震越渾鍠衆聽以驚以揚其清以播其英以成其名以告諸冥

南陽郡君謝氏墓誌銘

慶曆四年秋予友宛陵梅聖俞來自吳興出其哭内之詩而悲曰吾妻謝氏亡矣丐我以銘而葬焉予未暇作居一歲中書七八至未嘗不以謝氏銘爲言且曰吾妻故太子賓客諱濤之女

希深之妹也希深父子爲時聞人而世顯榮謝氏生於盛族年二十以歸吾凡十七年而卒卒之夕斂以嫁時之衣甚矣吾貧可知也然謝氏怡然處之治其家有常法其飲食器皿雖不及豐侈而必精以旨其衣無故新而澣濯縫紉必潔以完所至官舍雖庳陋而庭宇洒掃必肅以嚴其平居語言容止必怡以和吾窮於世久矣其出而幸與賢士大夫遊而樂入則見吾妻之怡怡而忘其憂使吾不以富貴貧賤累其心者抑吾妻之助也吾嘗與士大夫語謝氏多從戸屛竊聽之間則盡能商確其人才能賢否及時事之得失皆有條理吾官吳興或自外歸必問曰今日孰與飲而樂乎聞其賢者也則悅否則歎曰君所交皆一時賢雋今與是人飲而歡邪是歲南方旱仰見飛蝗而歎曰今西兵未解天下重困盜賊暴起於兩淮而天旱且蝗如此我爲婦人也而得君葬我幸矣其所以能安吾貧而不困者其性

識明而知道理多類此其生也迨吾之貧而没也又無以厚焉謂惟文字可以著其不朽且其平生尤知文章爲可貴殁而得此庶幾以慰其魂且塞予悲此吾所以請銘於子之懃也若此予忍不銘夫人享年三十七封南陽縣君二男一女以某年月日卒于高郵梅氏世葬宛陵以貧不能歸也某年月日葬潤州某縣銘曰

高崕斷谷兮京口之原山蒼水深兮土厚而堅居之可樂兮十者曰然骨肉雖土兮魂氣則天何必故鄉兮然後爲安

葛源墓誌銘　王介甫

葛公姓也源名也宗聖字也處州之麗水公所生也明州之鄞後所遷也貫曾大考遇大考也旺累贈都官郎中考也進士公所起也洪州左司理參軍吉州太和縣主簿江州德化縣分監興國茶場威武軍節度推官知廣州四會縣著作佐郎知開封

府雍丘縣秘書丞知泉州同安縣太常博士通判建州屯田員
外郎知慶成軍都官員外郎知南劍州司封員外郎祠部郎中
江浙荆湖福建廣南提點銀銅坑冶鑄錢度支郎中荆湖北路
提點刑獄此公之所閱官也州將之甥與異母兄毆人而甥殺
之州將賫公曰兩人者皆吾甥而殺人者乃其兄也我知之彼
大姓也無爲有司所誤不然此獄也將必覆公劾不爲變此公
之爲司理參軍也州符徙吉州行令事他日令始至大猾吏輒
誘民數百訟庭下誽變詐以動令如此數日令厭事則事常在
吏矣公至立訟者兩廡下取其狀視有如吏所爲者使自書所
訴不能書者吏受之往往不能如狀窮輒曰我不知爲此乃某
吏教我所爲悉捕劾致之法訟以故少吏亦終不得其意毛氏
寡婦教其子以恩義說之不得即使人徼捕得之與間語者驗
其對乃書寡婦告者也窮治具服爲私謀誣其子孫距州溪水

惡而歲租幾千萬石舟善敗民以輸爲愁公始議縣置倉以受輸則官漕之亦便州不聽公論之不已倉成至今賴其利此公之爲主簿也中貴人擊驛吏取所給過家以言府府不敢劾公曰中貴人何憚爲吾民而有陵之者吾亦耻之上書論其事中貴人坐絀此公之爲縣於雍丘也屬吏常有隙於公同進者因讒之公察其旨不聽以爲舉首此公之爲州於南劒也鑄錢歲十六萬其所施置後以爲法程此公之爲銀銅坑冶鑄錢也鄂州崇陽大姓與人妻謀而殺其夫州受賕出之公使再劾劾者又受賕獄如初而公終以爲不直其弟訴之轉運使雖他在事者亦莫不以爲寃復置之獄卒得其姦賕狀論如法此公之爲提點刑獄也甲子四百三十五公所享年也至和元年六月乙未卒之年月日也潤州之丹徒縣長樂鄉顯陽村公所葬也嘉祐元年十月壬申葬之年月日也鄉邑孫氏令祔以葬者公元

配也萬年縣君范陽盧氏公繼配也良肱良佐良嗣公子也妻太常博士黃知良曰金華縣君公女也起進士爲越州餘姚縣尉主公之喪而請銘以葬者良嗣也論次其所得於良嗣而爲之銘者臨川王安石也銘曰

士窶以養交兮弛官之不忌維公之所至兮樂職嗜事彼能顯聞兮公則不晰不銘示後兮孰勸爲瘁

陳比部墓誌銘

陳晉公有子五人其一人今宰相是也公晉公之中子而今宰相弟晉公諱恕事始卒在史官公諱某字某九歲用晉公恩守秘書省校書郞晉公薨恩改太常寺奉禮郞服除父之會封禪恩改大理評事監鳳翔府酒稅又會祀汾陰改衛尉寺丞歸以最升知邵武之邵武縣獻文章得試學士院宰相才之議與科名公固辭親在願得進官職也不願得科名從之通判秀州改

大理寺丞歸又獻文章表乞治劇郡得淮陽軍改太子中舍今
上即位恩加改殿中丞是歲賜緋衣銀魚知臨江軍還得睦州
薦者數人天子以公名屬審官又徙知遂州以齊國太夫人疾
辭還改虞部員外郎上便宜數事得引對因自賛天子欲稍進
用之而遭齊國太夫人之喪以去居無何睦州人王稷上書斥
公赦前數事服除猶坐是監虔州稅明道元年恩改比部員外
郎通判建州改駕部用舉者徙知吉州坐法免起爲比部監泗
州糧料院又坐法免起爲虞部監饒州錢監復得比部歸羇居
京師久之乃出監江陰軍酒稅道疾病上書自言先臣忝得幸
先皇帝至大臣臣偕先臣以得仕屢進所學蒙記識方壯少時
頗汲汲欲自奮收一日之効以卒事陛下之分而孤行單立無
黨友之助又薄命不幸數遭小人以見困蹙負先臣餘教辱陛
下器使之恩今老矣念終無以報盛德其心媿耻夙夜憂畏以

故得疾病且死無田園以歸無強有力子弟以養唯男一人世
昌去年爲進士得嘉慶院解臣兄在中書奏不得試禮部今
爲遠官去臣匆遽甚陛下憐之幸聽臣分司改世昌蘇常間一
官以卒養臣天地之賜也臣誠窮即無自言誰當爲臣言者乎
書入未報竟卒於江寧得年若干時某年月也夫人某氏子男
兩人世昌泉之晋江主簿次世長前死女二人皆已嫁主簿將
以某年月葬公某處葬有日使來乞銘初公爲臨江軍先君爲
之佐其後二十五年安石得主簿於淮南而兄事之仍世有好
義不可以辭無銘也公名臣子少壯得矣仕間以文藝自進意
自以爲且貴富世其家而遭平世槩以文法持臣下故其材不
得有所肆而卒以齟齬窮其感激怨懟往往見於文辭主簿離
其稾爲二十卷讀之知其心之所存也而其求分司語尤悲因
掇其大槩而存之噫其亦可悲也夫銘曰

於此有木焉一本而中分其材均對之時又均或斷而焚或剖以爲犧尊誰令然耶其偶然邪吾又何嗟

節度推官陳君墓誌銘

人之所難得乎天者聰明辯智敏給之材既得之矣能學問修爲以自稱而不弊於無窮之欲此亦天之所難得乎人者也天能以人之所難得者與人人欲以天之所難得者徇天而天不必假以年則其得有不假乎修爲其爲有不假乎成就此孔子所以嘆夫未見其止而惜之者也陳君諱之光字某年二十七爲武昌軍節度推官以卒自其爲兒童強記捷見能不勞而超其長者必長慨然慕古人所爲而又能學其文章既以進士起家則喜曰無事於詩賦矣以吾日力盡之於所好其庶乎吾可以成材於是悉橐其家書之官而蚤夜讀以思思而不得則又從其朋友講解至於通而後已其材與志如此使天必假以年

則其成就當何如哉然無幾何得疾病遂至於不起嗟乎此亦所謂未見其止而可惜者也君某州之某縣人曾祖曰某祖曰某考曰某以嘉祐某年某月某甲子其兄之方爲之卜某州某縣某鄉某所之原以葬而臨川王某爲銘曰

浮揚清明升氣之鄉沈翳濁黑降形之宅其升遠矣其孰能追其降在此有銘昭之

邵康節先生墓誌銘　程明道

熙寧丁巳孟秋癸丑堯夫先生疾終于家洛之人弔者相屬於塗其尤親且舊者又聚謀其所以葬先生之子泣以告曰昔先人有言誌於墓者必以屬吾伯淳噫先生知我者以是命我我何可辭謹按邵本姬姓系出召公故世爲燕人大王父令進以軍職逮事藝祖始家衡漳祖新父古皆隱德不仕母李氏其繼楊氏先生之幼從父徙共城晚遷河南葬其親於伊川遂爲河

南人先生生於祥符辛亥至是蓋六十七年矣雍先生之名而堯夫其字也娶王氏伯温仲良其二子也先生之官初舉遺逸試將作監主簿後又以爲潁州團練推官辭疾不赴先生始學於百原勤苦刻厲冬不爐夏不扇夜不就席者數年衛人賢之先生歎曰昔人尚友於古而吾未嘗及四方遽可已乎於是走吴適楚過齊魯客梁晋久之而歸曰道其在是矣蓋始有定居之意先生少時自雄其材慷慨有大志既學力慕高遠謂先王之事爲可必致及其學益老德益卲玩心高明觀天地之運化陰陽之消長以達乎萬物之變然後頹然其順浩然其歸在洛幾三十年始也蓬蓽環堵不蔽風雨躬爨以養其父母居之裕如講學於家未嘗強以語人而就問者日衆鄉里化之遠近尊之士人之道洛者有不之公府而必之先生之廬先生之德氣粹然望之可知其賢然不事表襮不設方畛正而不諒通而不

汙清而坦夷洞徹中外接人無貴賤親疏之門羣居燕飲笑語終日不敢甚異於人顧吾所樂如何耳病畏寒暑常以春秋時行遊城中士大夫家聽其車音倒屣迎致雖兒童奴隸皆知歡喜尊奉其與人言必依於孝弟忠信樂道人之善而未嘗及其惡故賢者悅其德不賢者服其化所以厚風俗成人材者先生之功多矣昔七十子學於仲尼其傳可見者惟曾子所以告子思子思所以授孟子者耳其餘門人各以其材之所宜爲學雖同尊聖人所因而入者門戶則衆矣况後此千餘歲師道不立學者莫知其從來獨先生之學爲有傳也先生得之於李挺之挺之得之於穆伯長推其源流遠有端緒今穆李之言及其事槩可見矣而先生淳一不雜汪洋浩大乃其所自得者多矣然而名其學者豈所謂門戶之衆各有所因而入者歟語成德者昔難其居若先生之道就所至而論之可謂安且成矣先生

有書六十卷命曰皇極經世古律詩二千篇題曰擊壤集先生之葬祔于先塋實其終之年孟冬丁酉也銘曰

嗚呼先生志豪力雄闊步長趨凌高厲空探幽索隱曲暢旁通在古或難先生從容有問有觀以沃以豐天不憖遺哲人之亡鳴皐在南伊流在東有寧一宮先生所終

壽安縣君錢氏墓誌銘　曾子固

劉凝之仕既齟齬退處廬山之陽初無一畝之宅一壟之田而凝之囂囂然樂若有餘者豈獨凝之能以義自勝哉亦其妻能安於理不戚戚於貧賤有以相之也凝之晚有宅於彭蠡之上有田於西澗之濱子進於朝廷薦於鄉閭凝之夫妻康寧壽考自肆於山川之間白髮皤然體不知駕乘之勞心不知機擭之畏世人之所慕者無慊焉世人之有所不能及者獨得也其夫婦如此可不謂賢哉熙寧九年凝之年七十有七哭其妻之喪

自爲狀次其葬之世出行事來乞銘余爲之因其言而識之曰夫人姓錢氏考內殿崇班穆祖考內園使昭晟曾祖考宣德軍節度使同中書門下平章事僎高祖吳越文穆王元瓘夫人色莊氣仁言動不失繩墨居族人長幼親踈間盡其宜事夫能成其志教子能成其效是皆可傳者也夫人年七十有三卒於四月之庚子而葬於其歲某月某甲子墓在南康軍西城之某原初以凝之恩封壽光縣君再以子恕恩封壽安縣君有子曰恕秘書丞曰格鄉貢進士皆以文學顯於世女嫁進士徐彥伯太子中允黄廉孫某某凝之名涣豫州某人今爲尚書屯田員外郎致仕銘曰

士不苟合安於賤貧其艱其豫繇媲有人維不終宴又壽以康有績孔展既展而藏世迫而求獨優以取世儒以虞獨肆而有士也則然女實作輔考則錢媛尚配千古

事考吏部員外郎史館校勘府君遷墓記　朱熹

先府君諱松字喬年姓朱氏徽州婺源人曾祖諱振祖諱森妣皆汪氏考諱某妣程氏三世皆不仕考妣以府君故贈承事郎孺人府君生於紹聖二年閏二月戊申性至孝有高志大節落筆語輒驚人任政和縣尉承事公卒貧不能歸因葬其邑而遊宦往來閩中始從龜山楊氏門人爲大學中庸之學調南劍州尤溪縣尉監泉州石井鎮循左從政郎紹興四年召試除秘書省正字丁内艱服除召對改宣教郎除秘書省校書郎遷著作佐郎尚書度支員外郎兼史館校勘歷司勳吏部兩曹皆領史職如故以史勞轉奉議郎以年勞轉承議郎丞相趙忠簡公張忠獻公皆深知府君未及用而去秦檜以是忌之而府君又方率同列極論和戎不便檜益怒出府君知饒州未赴請閒差主管台州崇道觀以十三年三月辛亥卒于建州城南之寓舍年

四十有七所爲文有韋齋集十三卷娶同郡祝氏諱某之女封孺人後二十七年卒男熹嘗爲佐廸功郎差充樞密院編修官女嫁右廸功郎長汀縣主簿劉子翔孫男塾埜在女巽兌皆幼府君將沒欲葬崇安之五夫卒之明年遂窆其里靈梵院側時熹幼未更事卜地不詳既懼體魄之不獲其安乃以乾道六年月日遷于里之白水鵞子峰下熹攀慕號殞痛貫心骨重惟先君既不得信其志以沒而熹又無所肖似不能有以顯揚萬分敢次敘姓系官閥志業梗槩刻而揜諸幽且將請之作者以表其隧昊天罔極嗚呼哀哉

女巳埋銘

朱氏女生癸巳因以名叔其字父晦翁母劉氏生四年呱失恃十有五適笄珥趙聘入奄然逝哀汝生婉而慧雖未學得翁意臨絶言孝友悌從毋藏亦其志父汝銘毋汝視汝有知尚無畏

新安王生墓銘

元劉夢吉

新安王綱居毋喪以哀毀致疾繼而其父病作而綱竟以憂終其師容城先生爲銘其墓其辭曰

禮之末制也人或徑情人之未知也禮有失平生制禮之後爲學禮之人不俯就之而夭禍是嬰如九原之可作將聲言以責生雖然出繼有嗣終養有兄生沒其壹事有過厚薄俗可驚吾當作銘

文章辨體卷之四十九

文章辨體卷之五十

海虞後學吳訥編集

誄辭

王仲宣誄　　魏曹子建

建安二十二年正月二十四日戊申魏故侍中關內侯王君卒嗚呼哀哉皇穹神察喆人是恃如何靈祇殲我吉士誰謂不痛早世即冥誰謂不傷華繁中零存亡分流夭遂同期朝聞夕没先民所思何用誄德表之素旗何以贈終哀以送之遂作誄曰猗歟侍中遠祖彌芳公高建業佐武伐商爵同齊魯邦祀絶亡流裔畢萬勳績惟光晋獻賜封于魏之疆天開之祚末胄稱王厥姓斯氏條分葉散世滋芳烈揚聲秦漢會遭陽九炎光中矇世祖撥亂爰建時雍三台樹位履道是鍾寵爵之加匪惠惟恭自君二祖爲光爲龍僉曰休哉宜翼漢邦或統大尉或掌司空

百揆惟敘五典克從天靜人和皇教遐通伊君顯考奕葉佐時
入管機密朝政以治出臨朔岱庶績咸熙君以淑懿繼此洪基
既有令德材技廣宣疆記洽聞幽讚微言文若春華思若涌泉
發言可詠下筆成篇何道不洽何藝不閑棋局逞巧博弈惟賢
皇家不造京室隕顛宰臣專制帝用西遷君乃羈旅離此阻難
翕然鳳舉遠竄荆蠻身窮志達居鄙行鮮振冠南嶽濯纓清川
潛處蓬室不干勢權我公奮鉞耀威南楚荆人或違陳戎講武
君乃義發筭我師旅高尚霸功投身帝宇斯言既發謀夫是與
是與伊何響我明德投戈編鄀稽顙漢北我公寔嘉表揚京國
金龜紫綬以彰勳則勳則伊何勞謙靡已憂世忘家殊客卓峙乃置
祭酒與軍行止筭無遺策畫無失理我王建國百司俊乂君以
顯舉秉機省闥載蟬珥貂朱衣皓帶入侍帷幄出擁華蓋榮耀
當世芳風晻藹嗟彼東夷憑江阻湖騷擾邊境勞我師徒光光

戎路霆駭風阻君侍華轂輝輝王塗恩榮憭附望彼來威如何不濟運極命衰寢疾彌留吉往凶歸嗚呼哀哉翩翩孤嗣號慟崩摧發軫北魏遠迄南淮經歷山河泣涕如頹哀風興感行雲徘徊游魚失浪歸鳥忘栖嗚呼哀哉吾與夫子義貫丹青好和琴瑟分過友生庶幾遐年攜手同征如何奄忽棄我夙零感昔宴會志各高厲子戲夫子金石難弊人命靡常吉凶異制此驩之人孰先隕越何寤夫子果乃先逝又論死生存亡數度子猶懷疑求之明據儻獨有靈游塊泰素我將假翼飄颻高舉超登景雲要子天路喪柩既臻將及魏京靈輀迴軌白驥悲鳴虛廓無見藏景蔽形孰云仲宣不聞其聲延首歎息雨泣交頸嗟乎夫子永安幽冥人誰不沒達士徇名生榮死哀亦孔之榮嗚呼哀哉

哀辭

哀陸長源鄭通誠辭　白樂天

伊大化之無形兮浩浩而茫茫中有禍兮若機之張梁之亂兮陸受其毒徐之難兮鄭罹其殃惟善人兮邦之紀綱邦之瘁兮正人先亡謂天之惡下民兮胡爲乎生此忠良謂天之愛下民兮胡爲乎生此豺狼我欲階冥冥問蒼蒼蒼蒼之不可問兮俾我心之蠹傷悲夫而今而後吾知夫天難忱而命靡常

獨孤申叔哀辭　唐韓退之

衆萬之生誰非天邪明昭昏蒙誰使然邪行何爲而怒居何故而憐邪胡喜厚其所可薄而恒不足於賢邪將下民之好惡與彼蒼懸邪抑蒼茫無端而暫寓其間邪死者無知吾爲子慟而已矣如有知也子其自知之矣濯濯其英曄曄其光如聞有聲如見其容嗚呼遠矣何日而忘

歐陽生哀辭

歐陽詹世居閩越自詹已上皆爲閩越官至州佐縣令者累累

有焉閩越地肥衍有山泉禽魚之樂雖有長材秀民通文書吏事與上國齒者未嘗肯出仕今上初故宰相常袞爲福建諸州觀察使治其地袞以文辭進有名於時又作大官臨莅其民鄉縣小民有能讀書作文辭者袞親與之爲客主之禮觀游宴饗必召與之時未幾皆化翕然詹于時獨秀出袞加敬愛諸生皆推服閩越之人舉進士繇詹始建中貞元間余就食江南未接人事往往聞詹名閭巷間詹之稱於江南也久貞元三年余始至京師舉進士聞詹名尤甚八年春遂與詹文辭同考試登第始相識自後詹歸閩中余或在京師他處不見詹久者惟詹歸閩中時爲然其他時與詹離率不歷歲移時則必合合必兩忘其趨久然後去故余與詹相知爲深詹事父母盡孝道仁於妻子於朋友義以誠氣醇以方容貌嶷嶷然其燕私善謔以和其文章切深喜往復善自道讀其書知其於慈孝最隆也十五年冬

余以徐州從事朝正於京師詹爲國子監四門助教將率其徒伏闕下舉余爲博士會監有獄不果上覩其心有益於余將忘其身之賤而爲之也嗚呼詹今其死矣詹閩越人也父母老矣捨朝夕之養以來京師其心將以有得於是而歸爲父母榮也雖其父母之心亦皆然詹在側雖無離憂其志不樂也詹在京師雖有離憂其志樂也若詹者所謂以志養志者歟詹雖未得位其名聲流於人人其德行信於朋友雖詹與其父母皆可無憾也詹之事業文章李翺既爲之傳故作哀辭以舒余哀以傳于後以遺其父母而解其悲哀以卒詹志云

求仕與友兮遠違其鄉父母之命兮子奉以行友則既獲兮祿實不豐以志爲養兮何有牛羊事實既修兮名譽又光父母忻忻兮常若在旁命雖云短兮其存者長終要必死兮願不永傷友朋親視兮藥物甚良飲食孔時兮所欲無妨壽命不齊兮人

道之常在側與遠兮非有不同山川阻深兮〻䰟魄流行祀祭則
及兮勿謂不通哭泣無益兮抑哀自彊推生知死兮以慰孝誠
嗚呼哀哉兮是亦難忘

鍾子翼哀詞 并序　　宋蘇子瞻

某年始十二先君宮師歸自江南曰吾南遊至虔有隱君子鍾
君與其弟槩從吾遊同登馬祖巖入天竺寺觀樂天墨迹吾不
飲酒君常置醴焉方是時先君未爲時所知旅遊萬里舍者常
爭席而君獨知敬異之其後五十有五年某自海南還過贛上
訪先君遺迹而故老皆無在者君之沒蓋三十有一年矣見其
子志仁志行志遠相持泣念無以致其哀者乃追作此詞君諱
棐字子翼博學篤行爲江南之秀歐陽永叔尹師魯余安道曾
子固皆知之然卒不遇以沒儂智高叛嶺南聲摇江西虔守曹
覲欲籍民財爲戰守備謀之於君君曰智高必不能過嶺無事

而籍民民懼且走觀曰如緩急何曰同舟遇風胡越可使爲左右手况吾民乎不幸而至於急則官與民爲一家夫孰非吾財者何以籍爲觀悟而止虔人以安其詞曰

崆峒摩天章貢激石致兩確高深相臨悍堅相排洶嶽嶽是故其民勇而尚氣巧鬬齗而其君子抗志厲節敏於學矯矯鍾君泳于德淵自澡濯貧不怨天賤不求人老愈慤嘉言一發排難解紛已殘剥吾先君子南遊萬里道阻邈如金未鎔木未繩墨玉未琢君於衆中一見定交陳禮樂曰子不飲我醪甚甘醲此獨覽觀江山扣歷泉石步犖确先君北歸君老于虔望南朔我來易世池臺既平墓木握三子有立移書問道過我數我亦白首感傷童心隕涕渥是身空虛俯仰變滅過電雹何以寓哀追頌德人詔後覺

過楊忠襄墓哀辭　　游九言

建炎己酉金虜寇江車駕幸越杜充以宰相總諸道兵鎮江左前執政李棁供饟事顯謨待制陳邦光守建康充懦不能戰閉壁莫敢出充與麾下數千人降虜北去虜入建康棁先降邦光亦降通判楊公邦乂獨不從大書其衣裾曰寧作趙氏鬼不爲他邦臣授其僕曰持此以見志吾死矣棁邦光擁公上馬野次俱見虜酋四太子者命之拜公叱曰我不降何拜虜莫敢迫縱歸明日遣其將張太師諭公授以舊官公以首觸階所求死虜大驚止之徐曰公所守固高然勢已去矣第歸審思之明日復來公亟移書其酋曰世豈有不畏死而可利動者幸速殺我又明日四太子觴二降人於堂上樂作召公立庭下公注視棁邦光曰天子以若扞城賊至不能抗又不守節更與共燕樂尚有面見我乎虜取幅紙書死活二字謂曰無多言即欲死書死字下則顧旁吏有筆者躍起奪而書曰死於是虜皆動色又使

引去明日再以見公遥望四太子遂大駡若夷狄而圖中原天寧久假汝行磔萬段尚安得汙我虜怒使人疾擊挺交下公駡不絶口見殺剖腹取其心明年虜去州以事上聞詔贈直秘閣官其子二人即死旁爲墓立廟謚忠襄公吉州人致和乙未進士後六十九年建州游某爲吏金陵再拜墓道嗟嘆而爲辭曰

山雲起兮陰陰木嘯風兮蕭森冐荒榛兮頹隧野鳥怨兮清音噫丙午兮燕安謌舊紳兮多盤繫苞桑兮弗戒渝舊好兮開邊釁孽生兮召戎頊大地兮塵蒙粲承平兮百載莽夷門兮廟宮我踰邠兮梁山蛇荐食兮江干擁貔貅兮首鼠紛雅拜兮後先獨立兮慨陳人自靖兮此身寧爲鬼兮趙氏肯涅緇兮虜庭肴醴飼兮苟哺弗自知兮貌頳握玉麟兮拜犬豕曾莫嗅兮羶腥豈曰余兮獨死汝尸坐兮偷生振英聲兮堦下氣烈動兮清寧凜名義兮身世九鼎重兮一羽輕翳翳兮幽藏頹陽照兮山荒髮

毛爪齒兮一世同腐廟貌圭衮兮千古之光春秋兮伐謝勿替兮蒸嘗

蓉峰處士宋公哀頌　　洪武徐大章

今上初天下既定會材與治以建丕圖首起今内翰宋公濂于金華山中置諸帷幄以備訪問已而職教東朝旋載筆後省公雄辭鉅筆足以名世而不自以爲高博物洽聞足以服衆而不自以爲足故自上以及在廷之臣莫不加敬不欲一日去左右而公之先府君蓉峰處士年已八袠矣自念親年日高遠違晨昏乃力懇于朝上憐之予告歸養於是公之去其親于茲三年矣既抵家日奉觴爲壽父子驩然居無幾何處士竟以遘疾遂棄榮養殆若有待者則公之急於乞養亦豈偶然哉是其至誠惻怛之心有以感致如此不然使不得奉湯藥於其親垂歿之時而其終天之

憾爲何如也一夔未嘗獲拜處士而親炙其德容辭氣及考其潛德與其所以毓祥而委祉者輒自誦曰處士之死可謂有不死者矣公哀不自已既自爲阡表復請大夫君子爲文辭以相其哀敢撫其槩而爲之頌焉處士諱文昭字文霆蓉峰處士前集賢院所錫號也頌曰

猗嗟處士葆貞毓醇氣沖以肅貌和以仁孝以事親誠以接物暴以義摧隣以恩恤維孝則純維誠則壹恩匪勉強義匪矯激猗嗟處士美集于躬宜耀于時而嗇其逢其蓄既厚其發斯豐是生令子蔚爲儒宗猗嗟處士人孰不死相其攸終與草木比惟處士之死令聞不已令聞不已惟曰有子寶婺之墟有嶄蓉峰仰止令德與峰俱崇於惟小子曷克形容于以播之用慰孝衷

祭文

祭程氏妹文

晉陶淵明

嗚呼哀哉寒往暑來日月寖疎梁塵委積庭草荒蕪寥寥空室哀哀遺孤肴觴虛奠人逝焉如誰無兄弟人亦同生嗟我與爾特百常情慈妣早世時尚孺嬰我年二六爾纔九齡爰從靡識撫髫相成咨爾令妹有德有操靖恭鮮言聞善則樂能正能和惟友惟孝行止中閨可象可傚我聞爲善慶自己蹈彼蒼何偏而不斯報昔在江陵重罹天罰兄弟索居乖隔楚越伊我與爾百哀是切黯黯高雲蕭蕭冬月白雲掩晨長風悲節感惟崩號興言泣血尋念平昔觸事未遠書疏猶存遺孤滿眼如何一往終天不返寂寂高堂何時復踐藐藐孤女曷依曷恃煢煢遊魂誰主誰祀奈何程妹於此永已死如有知相見蒿里嗚呼哀哉

祭顏光祿文

宋王僧達

嗚呼哀哉夫德以道樹禮以仁清惟君之懿早歲飛聲義窮幾

彖文蔽班楊性婞剛潔志度淵英登朝光國賁采之華才逼漢魏譽浹龜沙服爵帝典棲志雲阿清交素友旦景共波氣高叔夜嚴方仲舉逸翮獨鍛孤風絕侶流連酒德嘯歌琴緒游顧移年契闊宴處春風首時爰談爰賦秋露未凝歸神太素明發晨駕瞻廬望路心悽目泫情條雲互涼陰掩軒娥月寢耀微燈動光几牘誰炤衾衽長塵絲竹罷調擥悲蘭宇肴泐松嶠古來共盡牛山有淚非獨昊天殲我明懿以此忍哀敬陳奠饋申酌長懷顧望歔欷嗚呼哀哉

潮州祭神文　唐韓退之

維年月日潮州刺史韓愈謹以清酌服修之奠祈于太湖神之靈曰稻既穟矣而雨不得熟以穫也蠶起且眠矣而雨不得老以簇也歲且盡矣稻不可以復種而蠶不可以復育也農夫桑婦將無以應賦稅繼衣食也非神之不愛人刺史失所職也百

姓何罪使至極也神聽明而端一聽不可濫以惑也刺史不仁可坐以罪惟彼無辜惠以福也劃劙雲陰卷日月也幸身有衣口得食給神役也充上之須脫刑辟也選牲爲酒以報靈德也吹擊管鼓侑香潔也拜庭跪坐如法式也不信當治疾殃殛也神其尚饗

謹以柔毛剛鬣清酌庶羞之奠祭于城隍之神間者以淫雨將爲人災無以應貢賦供給神明上下獲罪罰之故乃以六月壬子奔走分告乞晴于爾明神明神閔人之不辜若饗若答糞除天地山川清風時興白日顯行蠶穀以登人不咨嗟惟神之恩夙夜不敢怠息謹卜良日躬率將吏薦茲血毛清酌嘉羞侑以音聲以謝神貺神其饗之

袁州祭神文三首

謹告于城隍神之靈刺史無治行無以媚于神祇天降之罰以

久不雨苗且盡死刺史雖得罪百姓何辜宜降疾咎于某躬身無令鰥寡蒙茲濫罰謹告

謹以少牢之奠祭于仰山之神曰神之所依者惟人人之所祀者惟神今既大旱嘉穀將盡人將無以爲命神亦將無所降依不敢不以告若守土有罪宜被疾殃於其身百姓可哀宜蒙恩閔以時賜雨使獲承祭不怠神亦永有飲食謹告

謹以少牢之奠祭于仰山之神曰田穀將死而神膏澤之百姓無所告而神恤之刺史有罪而神釋之敢不有薦也尚饗

祭柳子厚文

嗟嗟子厚而至然邪自古莫不然我又何嗟人之生世如夢一覺其間利害竟亦何校當且夢時有樂有悲及其既覺豈足追惟凡物之年不願爲材犧樽青黃乃木之災子之中棄天脫馬羈玉珮瓊琚大放厥辭富貴無能磨滅誰紀子之自著表表愈

偉不善爲斵血指汗顏巧匠旁觀縮手袖間子之文章而不用世乃令吾徒掌帝之制子之視人自以無前一斥不復群飛刺天嗟嗟子厚今也則亡臨絶之音一何琅琅徧告諸友以寄厥子不鄙謂余亦託以死凡今之交觀勢厚薄余豈可保能承子託非我知子子實命我猶有鬼神寧敢遺墮念子永歸無復來期設祭棺前矢心以辭嗚呼哀哉尚饗

祭十二郎文

年月日季父愈聞汝喪之七日乃能銜哀致誠使建中遠具時羞之奠告汝十二郎之靈嗚呼吾少孤及長不省所怙惟兄嫂是依中年兄殁南方吾與汝俱幼從嫂歸葬河陽既又與汝就食江南零丁孤苦未嘗一日相離也吾上有三兄皆不幸早世承先人後者在孫惟汝在子惟吾兩世一身形單影隻嫂常撫汝指吾而言曰韓氏兩世惟此而已汝時尤小當不復記憶吾

時雖能記憶亦未知其言之悲也吾年十九始來京城其後四年而歸視汝又四年吾往河陽省墳墓遇汝從嫂喪來葬又二年吾佐董丞相于汴州汝來省吾止一歲請歸取其孥明年丞相薨吾去汴州汝不果來是年吾佐戎徐州使取汝者始行吾又罷去汝又不果來吾念汝從于東東亦客也不可以久圖久遠者莫如西歸將成家而致汝嗚呼孰謂汝遽去吾而歿乎吾與汝俱少年以爲雖暫相別終當久與相處故捨汝而旅食京師以求斗斛之祿誠知其如此雖萬乘之公相吾不以一日輟汝而就也去年孟東野往吾書與汝曰吾年未四十而視茫茫而髮蒼蒼而齒牙動搖念諸父與諸兄皆康彊而早世如吾之衰者其能久存乎吾不可去汝不肯來恐旦暮死而汝抱無涯之戚也孰謂少者歿而長者存彊者夭而病者全乎嗚呼其信然也其夢邪其傳之非其真邪信也吾兄之盛德而夭其嗣乎

汝之純明而不克蒙其澤乎少者彊者而夭殁長者衰者而存全乎未可以爲信也夢也傳之非其真也東野之書耿蘭之報何爲而在吾側也嗚呼其信然矣吾兄之盛德而夭其嗣矣汝之純明宜業其家者不克蒙其澤矣所謂天者誠難測而神者誠難明矣所謂理者不可推而壽者不可知矣雖然吾自今年來蒼蒼者或化而爲白矣動摇者或脱而落矣毛血日益衰志氣日益微幾何不從汝而死也死而有知其幾何離其無知悲不幾時而不悲者無窮期矣汝之子始十歲吾之子始五歲少而彊者不可保如此孩提者又可冀其成立邪嗚呼哀哉汝去年書云比得軟脚病往往而劇吾曰是疾也江南之人常常有之未始以爲憂也嗚呼其竟以此而殞其生乎抑别有疾而至斯乎汝之書六月十七日也東野云汝殁以六月二日耿蘭之報無月日蓋東野之使者不知問家人以月日如耿蘭之報不知

嘗言月日東野與吾書乃問使者妄稱以應之耳其然乎其不然乎今吾使建中祭汝弔汝之孤與汝之乳母彼有食可守以待終喪則待終喪而取以來如不能守以終喪則遂取以來其餘奴婢並令守汝喪吾力能改葬終葬汝於先人之兆然後惟其所願嗚呼汝病吾不知時汝歿吾不知日生不能相養以共居歿不得撫汝以盡哀斂不憑其棺窆不臨其穴吾行負神明而使汝夭不孝不慈而不得與汝相養以生相守以死一在天之涯一在地之角生而影不與吾形相依死而魂不與吾夢相接吾實爲之其又何尤彼蒼者天曷其有極自今已往吾其無意於人世矣當求數頃之田於伊潁之上以得餘年教吾子與汝子幸其成長吾女與汝女待其嫁如此而已嗚呼言有窮而情不可終汝其知也邪其不知也邪嗚呼哀哉尚饗

祭郴州李使君文

嗚呼古語有之白頭如新傾盖若舊顧意氣之何如何日時之
足究當貞元之癸未陽皇歲而左授伏叢炎之下邑嗟名額而
位仆歷黃部而西邁遄清光於暫覯言莫交而情無由既不貫
而奚售哀窮遐方無徙孥肎憂以自副辱問訊之綢繆恒飽飢
而愈疲接雄詞於章句窺逸跡於篆籀苞黃甘而致貽獲紙筆
之雙貿投乂魚之短韻媿韜瑕而舉秀娭新命於衡陽費薪芻
於館候空大庭以見處憇水木之幽茂逞英心於縱博沃煩腸
以清酎航北湖之空明覿鱗介之驚透宴州樓之豁達衆管啾
而並奏得恩惠於新知脫窮愁於往陋輟行謀於俄頃見秋月
之三彂逮天書之下降猶低廻以宿留念暌離之在期謂此會
之難又授稿紵以託心于兹誠之不謬儻後日之北遷約窮歡
於一晝雖掾倅之酸寒要拔貧而爲富何人生之難信捐斯言
而莫就始訏信於暫疎遂承凶於不救見明旌之低昂尚遲疑

於別袖憶交酬而迭舞奠單杯而哭柩美夫君之爲政不撓志於讒搆遭唇舌之紛羅獨陵晨而孤雊彼險人之浮言雖百車其何訴洞古往而高觀固邪正之相寇幸鑒覩其始終敢不明白而蔽覆神乎來哉辭以爲侑尚饗

禡牙文

柳子厚

維年月日某官某以清酌少牢之奠禡于軍牙之神秦定百越漢開九郡自茲編列同于諸華天寶兆亂北方荐役惟是南方久稽討伐藩蠻怙險乳字生聚悖傲威命虐吏齊人黃姓陋蘗實恣暴盜僮壯殺老掠致使臣梟視洞窟以逃大戮今皇帝受天景命敷于有仁凡百凶毒罔不震伐齊魯誼殄趙魏顯化溥天之下咸順帝理唯是瑣恥尚恣昏頑致天震怒命底于罰官臣某欽率邦典統戎于征惟爾有神懋揚廼職敢告無縱詭類無劉我徒鏃刃鋒鍔畢集于兇躬鎧甲弓盾咸完于義軀焚煬

蕩沃往如行虛俾人懷于安以靖離之隅在是舉也往欽哉無作神羞急急如律令

禜門文

禜于城門之神惟神配陰含德司其翕闢能收水殄以佑成績滛雨斯降害于麰麥野夫與嗟官守增惕諸陰既閉休徵未復敬用瓢齊以展周索納其雲氣復我川澤惟神是依式佇來格

祭石曼卿文　　宋歐陽永叔

嗚呼曼卿生而爲英死而爲靈其同乎萬物生死而復歸於無物者暫聚之形不與萬物共盡而卓然其不朽者後世之名此自古聖賢莫不皆然而著在簡冊者昭如日星嗚呼曼卿吾不見子久矣猶能髣髴子之平生其軒昂磊落突兀崢嶸而埋藏於地下者意其不化爲朽壤而爲金玉之精不然生長松之千尺產靈芝而九莖奈何荒煙野蔓荊棘縱橫風淒露下走燐飛

螢但見牧童樵叟歌唫而上下與夫驚禽駭獸悲鳴躑躅而咿嚶今固如此更千秋而萬歲兮安知其不穴藏狐貉與鼯鼪此自古聖賢亦皆然兮獨不見夫纍纍乎曠野與荒城嗚呼曼卿盛衰之理吾固知其如此而感念疇昔悲涼悽愴不覺臨風而隕涕者有媿乎太上之忘情

祭歐陽文忠公文

蘇子瞻

嗚呼哀哉公之生於世六十有六年民有父母國有蓍龜斯文有傳學者有師君子有所恃而不恐小人有所畏而不爲譬如大川喬嶽不見其運動而功利之及於物者蓋不可以數計而周知今公之沒也赤子無所仰庇朝廷無所稽疑斯文化爲異端而學者至於用夷君子以爲無與爲善而小人沛然自以爲得時譬如深淵大澤龍亡而虎逝則變怪雜出舞鰌鱓而號狐狸昔公之未用也天下以爲病而其既用也則又以爲遲及其

釋位而去也莫不冀其復用至其請老而歸也莫不惆悵失望而猶庶幾於萬一者幸公之未衰孰謂公無復有意於斯世也奄一去而莫予追豈厭世溷濁潔身而逝乎將民之無祿而天莫之遺昔我先君懷寶遁世非公則莫能致而不肖無狀因緣出入受教於門下者十有六年於兹聞公之喪義當匍匐往弔而懷祿不去愧古人以忸怩緘詞千里以寓一哀而已矣蓋上以爲天下慟而下以哭吾私嗚呼哀哉

滄洲精舍告先聖文　朱熹

恭惟道統遠自羲軒集厥大成允屬元聖述古垂訓萬世作程三千其徒化若時雨維顏曾氏傳得其宗逮思及輿益以光大自時厥後口耳失真千有餘年乃曰有繼周程授受萬理一原曰邵曰張爰及司馬學雖殊轍道則同歸俾我後人如夜復旦熹以凡陋少蒙義方中靡常師晚逢有道載鑽載仰雖未有聞

賴天之靈幸無失墜逮玆退老同好咼來落此一丘羣居伊始探原推本敢昧厥初奠以告虔尚其昭格陟降廷止惠我光明傳之方來永永無斁今以吉日謹率諸生恭修釋菜之禮以先師兗國公顏氏郕侯曾氏沂水侯孔氏鄒國公孟氏配濂溪周先生明道程先生伊川程先生康節邵先生横渠張先生温國司馬文正公延平李先生從祀尚饗

焚黄文

曰者天子始見上帝於泰壇頒慶宇內凡有列於朝者皆得追榮其先以廣孝治故我皇考班通九列而皇妣號比郡封聖澤所加幽顯咸賴熹愚不肖久深不洎之悲祇奉制書徒切哀隕謹以清酌時羞涓日以告伏惟恩靈對此休命謹告

祭張敬夫殿撰文

嗚呼自孔孟之云遠聖學絶而莫繼得周翁與程子道乃抗而

不隊然微言之輟響今未及乎百歲士各私其所聞已不勝其
垂異嗟惟我之與兄脗志同而心契或面講而未窮又書傳而
不置是蓋有我之所是而兄以為非亦有兄之所然而我之所議
又有始所共鄉而終悟其偏亦有蚤所同擠而晚得其味蓋繳
紛往反者幾十餘年末乃同歸而一致由是上而天道之微遠
而聖言之祕近則進修之方大則行藏之義以兄之明固已洞
照而無遺若我之愚亦幸竊窺其一二然兄喬木之故家而我
衡茅之賤士兄高明而宏博我狷狹而迂滯故我嘗謂尤宜以
是而行之當時兄亦謂我盍以是而傳之來裔蓋雖隱顯之或
殊實則交須而共濟不惟相知之甚審抑亦自靖而無愧嗚呼
孰謂乃使兄終在外以違其心予亦見靡於斯而所願將不遂
也故使得問以就其書是亦任左肱而失右臂也傷哉吾道之
窮乎復何心於此世也惟修身補過以畢餘年庶有以見兄於

下地也聞兄之葬而不得臨獨南望長號以寄此酹也惟兄憐而鑒之尚陰有以輔予之志也嗚呼哀哉尚饗

祭呂伯恭著作文

嗚呼哀哉天降割于斯文何其酷耶往歲已奪吾敬夫今者伯恭胡爲又至於不淑耶道學將誰使之振君德將誰使之復耶後生將誰使之誨斯民將誰使之福耶經說將誰使之繼事記將誰使之續耶若我之愚則病將孰爲之箴而過將誰爲之督耶然則伯恭之亡曷爲而不使我失聲而驚呼號天而慟哭耶嗚呼伯恭有蓍龜之智而處之若愚有河漢之辨而守之若訥胸有雲夢之富而不以自多詞有黼黻之華而不易其出此固今人之所難而未足以議兄之彷彿也若乃孝友絶人而勉勵如弗及恬淡寡欲而持守不少懈盡言以納忠而羞爲訐兼義以飭躬而恥爲介是則古之君子尚或難之而吾伯恭猶欿然

而未肯以自大也蓋其德宇寬洪識量閎郭既海納而川停豈澄清而撓濁矧涵濡於先訓紹文獻於厥家又隆師而親友極探討之幽遐所以禀之既厚而養之深取之既博而成之粹宜所立之甚高亦無求而不備故其講道於家則時雨之化進位于朝則鴻羽之儀造辟陳謨則宣公獨御之對承詔奏篇則右尹祈昭之詩上方虛心而聽納衆亦注目其敷施何遭時之不遂遽縈疾而言歸慨一卧以三年尚左圖而右書聞逍遥以曳杖恍沂上之風雩衆咸喜其有瘳冀卒攄其素蘊不則傳道以著書抑亦後來之程準何此望之難必奄一夕而長終增有邦之殄瘁極吾黨之哀恫嗚呼哀哉我實無似忝辱與遊講摩深切情義綢繆粤前日之枉書尚粲然其手筆始言沈痼之難除猶幸死期之未即中語簡編之次第卒誇草樹之深幽謂昔臘歲而有約盍今命駕以來遊欣此旨之可懷懔訃音而偕至考

日月之幾何不旦莫之三四嗚呼伯恭而遽死耶吾道之衰乃至此耶既爲位以泄哀復緘辭以寓莫莫嗣歲之有間尚前言之可踐嗚呼哀哉尚饗

祭朱文公文　　劉潛夫

今天子讀四書傳註追懷儒宗親洒宸翰師垣公爵赫然光寵昔夫子追王於唐朝而兗鄒以下封爵皆後世有司所裁討未有議論定於當時襃崇發於獨斷如陛下之於先生者也敢因舍菜敬奉豆籩以告

浙江湖州府知府前陝西道監察御史徐洛　重刻

推官方敏

歸安縣儒學教諭楊子充

生員

施箕

嚴大節

施于家

沈繼龍

張朝雄
張嘉
陸秀
吳應堎
同校正

嘉靖三十四年六月望吉日

文章辨體卷之五十 終

文章辨體外集序題目録

海虞吳訥編述

第一卷

連珠

按晋傳玄曰連珠興於漢章帝之世班固賈逵亦嘗受詔作之蔡邕張華又嘗廣焉攷之文選止載陸士衡五十首而曰演連珠言演舊義以廣之也大抵連珠之文穿貫事理如珠在貫其辭麗其言約不直指事情必假物陳義以達其旨有合古詩風興之美其體則四六對偶而有韻自士衡後作者蓋鮮洪武初宋王二閣老有作亦如士衡之數今各録十餘篇寘于外集之首以爲嗜古君子之助且以著四六之所

始云

演連珠　陸士衡　又宋徐鉉　又晏同叔

又宋公序　又劉貢父　又十四首洪武宋景濂

又十七首王子充

判

按唐制凡選人入選其選之之法有四一曰身體貌豐偉二曰言言辭辨正三曰書楷法遒美四曰判文理優長四事皆可取則先德行德均以才才均以勞得者爲留不得者放蓋凡進士登第及諸科出身皆以此銓擇若陸宣公既登進士又以書判㧞萃補渭南尉是也宋代選人試判三道若二道全通一道稍次而文翰俱優爲上一道全通而二道稍次爲中三道全次而

文翰紕繆爲下其上者加階超資中者依資以敘下者殿一選如晦翁登第後銓試入中等始授同安主簿是已元世不用其制國朝設科第二場有判語以律條爲題其文亦用四六而以簡當爲貴今録以備一體云

安北副都護連帥與人奕棊鬭冠至不輟 唐鄭少微

甲將死命其子以孽妾爲殉其子嫁之 白樂天

丁去官受舊屬饋與 宋余安道

儀禮司失儀 洪武宋訥

律賦

律賦起於六朝而盛於唐宋凡取士以之命題每篇限以八韻而成要在音律諧協對偶精切爲工迨元氏場屋更用古賦繇是學者棄而弗習今録一二以備其體云

明水賦韓退之　長嘯却胡騎范景仁　金在鎔范希文

第二卷

律詩一

律詩始於唐而其盛亦莫過於唐考之唐初作者蓋鮮中唐以後若李太白韋應物猶尚古多律少至杜子美王摩詰則古律相半迨元和而降則近體盛而古作微矣大抵律詩拘於定體固弗若古體之高遠然對偶音律亦文辭之不可廢者故學之者當以子美爲宗其命辭用事聯對聲律須取温厚和平不失六義之正者爲矜式若換句拗體麤豪險怪者斯皆律體之變非學者所先也楊仲弘云凡作唐律起處要平直承處要舂容轉處要變化結處要淵永上下

要相聯首尾要相應最忌俗意俗字俗語俗韻

用工二十年始有所得嗚呼其可易而視之哉

五言

杜少府之任蜀川唐王子安　聖泉宴　春晚山莊駱賓王
文翁講堂　暉上人獨坐亭陳伯玉　春日登九華觀
和韋承慶過義陽公主山池杜必簡　早春遊望
遊少林寺沈雲卿　新年宋延清　與諸子登峴山孟浩然
歲除有懷　晚泊潯陽望香爐峯　贈崔秋浦李太白
送友人　登兗州城樓杜子美　春日懷李白
故武衛將軍挽詞　春望　哭長孫侍御
留別賈嚴二閣老兩院補闕得聞字　獨酌成詩
晚出左掖　春宿左省　端午日賜衣
初月　遊修覺寺　後遊

爲農　寄楊五桂州譚　漫成
春夜喜雨　草堂即事　客亭
涪江泛舟送韋班歸京得山字　送元二適江左
嚴鄭公宅同詠竹得香字　吾宗
不離西閣　茅屋檢校收稻　人日
江漢　登岳陽樓　同崔員外秋宵寓直 韓語
送丘爲下第歸江東　終南別業　南州有贈 賈幼鄰
贈杜二拾遺 高達夫　送張子尉南海 岑參　送王錄事赴虢州
晚發五谿　泊楊子岸 祖詠　送李給事歸徐州 孫逖
送唐明府 韋應物　詠山泉 儲光羲　次北固山下 王灣
山行 殷遙　送韓司直 皇甫茂正　晚至華陰 皇甫孝常
題破山寺 常建　酬劉員外 嚴正文　松江獨宿 劉文房
仲夏江陰客舍 李從　酬暢當　同梁鍠文宴 錢仲文

喜外弟盧綸見宿 司空文明　雲陽館與韓紳宿別
送別錢起 郎君胄　岳州逢司空曙 李端　除夜宿石頭驛 戴幼公
別友人　早行寄朱山人放　聞笛 戎昱
醉後憶山中人 王仲初　酬韓庶子 張文昌　新秋寄樂天 劉夢得
北固晚眺 竇常　送可久歸越中 賈浪仙　送人入蜀 李遠
孤山寺 張永吉　鄠北李生舍 李才江　甘露寺 孫魴
池上 白樂天　旅遊傷春 李昌符　寄友人 張正言
商山早行 溫飛卿　長安春日　客中
南游有感　送鄭宥入蜀 李頻　途中別孫璐 方雄飛
春宮 杜荀鶴　孤雁 崔塗　韋處士山居 許用晦
秋夜泛舟 劉方平　春日卧病書懷 劉子夏　中秋月 宋王元之
春日登樓懷歸 寇平仲　江行 江爲　八月十四夜月 范仲淹
秋懷 歐陽永叔　廣愛寺朱瑶畫 蘇子瞻　閑居有感 李宗易

巖桂 朱晦庵　九日　舟達黃溪 元姚端甫
泊舟湘岸 李材　送蘇子寧赴嶺北郎中 袁伯長
名酒 虞伯生　贈韶父處士 楊仲弘　南康夜泊聞廬阜鐘聲
次王御史韻 薩天錫　雨花臺 逹德越士　桃源圖 傅與礪
曉出錢塘門 戚廷圭　書懷 王元章　寄方壺道人 洪武詹同文
郡齋偶賦 王子充　將往衡湘留贈親友 魏杞山　贈友 楊克明
題孫子讓山水 劉宗弼　題劉汝弼東源小隱 蘇平仲　登聚寶山 張孟兼
得鄉書 劉汝弼　雪夜宿院呈院長 高季廸　答高廌同飲後見寄
晚望 劉子高　江村雜興 楊孟載

第三卷

律詩二

七言

三陽石淙侍宴應制 唐宋延清　奉和春日幸望春宮 張道濟

登黃鶴樓崔顥　登鳳凰臺李太白　題東溪公幽居
秋興八杜子美　詠懷古迹四　和賈至早朝大明宮
宣政殿退朝晚出左掖　紫宸殿退朝口號　曲江二
嚴中丞枉駕見過　贈田舍人澄　蜀相
九日宴藍田崔氏莊　至日遣興奉寄兩院故人　臘日
陪李七司馬皁江上觀打竹橋　客至
狂夫　燕子來舟中作　寒食舟中作
江村　卜居　題省中壁
秋風　暮歸　柏學士茅屋
早朝大明宮賈幼隣　和賈舍人早朝王摩詰　酬郭給事
和賈舍人早朝岑參　和王員外雪後早朝　送王李二少府貶峽高適
送魏萬之京李頎　寄司勳盧員外　杜員外示詩作此寄上郭受
早朝寄所知皇甫孝常　同溫丹徒登萬歲樓皇甫茂正　送李錄事歸襄陽

和扈從幸温泉宮 錢仲文　長安春望 盧綸　元日早朝 楊巨源
題仙遊觀 韓君平　朝下寄韓舍人 耿湋　別舍弟宗一 柳子厚
登柳州城樓寄漳汀封連四州　寒食內宴 張文昌
酬嚴司空見寄 武伯蒼　元日樓前觀仗 薛陶臣　登洛陽城 許用晦
金陵懷古　凌歊臺　送韋秀才
京口寄友人　晚至韋隱居郊園　四皓廟
錦瑟 李義山　茂陵　馬嵬
籌筆驛　隋宮　酬張芬見寄 司空文明
過陳琳墓 温飛卿　和樂天見寄 元微之　鄂州寓嚴澗宅
寄樂天　和趙相公登樓 殷堯藩　咸陽懷古 劉滄
長洲懷古　煬帝行宮　廢宅 吳子華
龍泉寺絕頂 方雄飛　江亭春霽 李郢　江亭秋霽
寒食 來鵬　病起　九日齊山登高 杜牧之

春日長安即事 崔曾　送友人遊江南 耿湋　尋郭道士不遇 白樂天
長安秋夕 趙承祐　春夕旅懷 崔塗　早秋贈張侍御 李從
夏夜宿表兄家 竇遺直　早朝五門西望 王仲初　西塞懷古 劉夢得
春夜偶作 宋寇平仲　梅花 林君復　小園梅花
内直對月 歐陽永叔　葛溪驛 王介甫　和御製上元觀燈 王禹玉
郊行即事 程明道　潁口初見淮山 蘇子瞻　玉堂夜直
病後登快哉亭 賀方回　夢山中故人 朱晦庵　前村見梅
歌風臺 元吳幼清　和姚子敬秋興四首 趙子昂　玉堂讀卷 虞伯生
送韓僉憲瀏西　題文忠臣廟　答李本録詩
題秋江釣月圖 范德機　送太守之郡　宗陽宫望月 楊仲弘
遣興　夢武昌　憶昨二首 揭曼碩　元日和裴都事韻 李孝摛
過杭州鳳凰山 陳剛中　粤王臺懷古 薩天錫　上尊號日聽詔
宿崇二峽 傅與礪　駕發　題丁文苑哀詞後 貢晉卿

憶友人　題遠碧樓張仲舉　舟發浙江泊廟山驛

梅花九首高季迪　駕幸鍾山應制詹同文　康郎山應制夏允中

采石楊克明　春遊二首吳主一　金山寺劉宗弼

湖中翫月張士行　祖母壽日楊孟載

排律

楊伯謙云唐初五言排律雖多然往往不純至中唐始盛若七言則作者絕少矣大抵排律若句鍊字鍜工巧易能唯抒情陳意全篇貫徹而不失倫次者爲難故山谷嘗云老杜贈韋左丞詩前輩録爲壓卷蓋其布置最爲得體如官府甲第廳堂房室各有定處不相淆亂也作者當以其言爲法

五言

三月曲水宴 唐王子安　西使兼孟學士南游 盧照鄰　靈隱寺 駱賓王
同韋舍人早朝 沈雲卿　春日寄孟浩然 李太白　行次昭陵 杜子美
贈韋左丞丈　重經昭陵　投贈哥舒開府翰
上韋左丞　寄李十二白　和禊飲應制 王摩詰
送晁監歸日本　書院新移小竹 王仲初　和席八十二韻 韓退之
和崔舍人詠夜　春雪間早梅　春雪
韶州裴長史寄道州呂八大使二十韻拾其餘韻 柳子厚
群玉殿賜宴 宋歐陽永叔　春雪用韓昌黎韻 朱晦菴　孝宗挽歌詩
鄭氏麟溪集 元吳伯尚　朝回即事 虞伯生　夏木 洪武高季迪
奉題王會圖 王子充

七言

清明二首 唐杜子美　送裴相公上太原 王仲初　送邵陽丞 元傅與礪
送王知縣 洪武謝原

第四卷

絕句

楊伯謙曰五言絕句盛唐初變六朝子夜體六言則王摩詰始効顧陸作七言唐初尚少中唐漸盛又按詩法源流云絕句者截句也後兩句對者是截律詩前四句前兩句對者是截後四句皆對者是截中四句皆不對者是截前後各兩句故唐人稱絕句爲律詩觀李漢編昌黎集凡絕句皆收入律詩内是也周伯弜又云絕句以第三句爲主須以實事寓意則轉換有力涵蓄無盡由是觀之絕句之法可見矣

五言

夜送趙縱唐楊炯

趙氏連城璧由來天下傳送君還舊府明月滿前川

普安建陰題壁安王子　臨江

贈李十四　翫初月駱賓王　登城樓
途中寒食宋延清　別杜審言　雜詩二王摩詰
別輞川別業王夏卿　長安道儲光羲　春曉孟浩然
古意崔國輔　思秦川岑參　絶句八首杜子美
武侯廟　八陣圖　對雪獻從兄李太白
答友人　長信宮劉方平　送王司直皇甫孝常
逢雪宿芙蓉山劉文房　寄丘員外韋應物　秋齋獨宿
贈司空曙盧允言　秋夜耿湋　江行無題錢仲文
翫花與衛象同醉司空文明　送人下第李端　登樓暢當
贈李唐山人戴幼公　惜春李君虞　夏日作武伯蒼
江雪柳子厚　新嫁娘王仲初　秋風劉夢得　松江夜泊宋鮑當　江上漁者范仲淹
遠山歐陽永叔　夏日有懷梅聖俞　遺老齋蘇子由
蠶婦張俞　和劉德明韻朱晦菴　春日元劉夢吉

石鼎聯句圖
采薇圖 盧處道
題江州庾樓 賀復孫
病中 薩天錫
古意 傅與礪
烟波亭 洪武吳朝錫
題江岫圖 熊伯穎
江梅 牛士良
秋夜二絕句 吳友雲
初至南京登鳳凰臺 謝原功
嘆墻下草 高季迪
赴京道中逢鄉友
聞鴈 楊孟載

六言

田園樂五首 唐王摩詰
送鄭二之茅山 皇甫茂政
奉寄皇甫冉 張懿孫
尋張逸人山居 劉文房
歸山 顧逋翁
題石牛洞 宋王介甫
獨坐 文與可
登山望海 張文潛
鉛山立春二 朱晦菴
題孤山放鶴圖 元趙子昂
題江山烟雨圖 虞伯生
題聶笠山扇
楊氏山莊 洪武高季迪
陶秘書廣陵送別圖

七言

回鄉偶書 唐賀季真
聞王昌齡左遷龍標 李太白

絶句杜子美　簡梓州幕府兼韋十郎官
江南逢李龜年　春夜洛城聞笛　寄段十六王摩詰
九日憶山東兄弟　送李侍郎赴常州賈幼隣　送李湳之京王少伯
除夜高達夫　逢入京使岑參　春夢
題張山人壁張正言　送魏十六還蘇州皇甫茂政
楓橋夜泊張懿孫　送裴郎中貶吉州劉文房　滁州西澗韋應物
九日　村南逢病叟盧允言　送齊山人韓君平
歸鴈錢仲文　聽鄰家吹笙郎君胄　江村即事司空文明
湘南即事戴幼公　對月答元明府　旅次寄張郎中戎昱
山中顧逋翁　和鍊師索楊柳楊景山　柳州二月偶題柳子厚
夏晝偶作　伏翼西洞送人陳羽　焚書坑賓曾卿
訪隱者不遇竇友封　宫中詞王仲初　綺繡宫
秋思張文昌　感春　烏衣巷

石頭城　聽舊宮人歌　登樂遊原杜牧之
漢江　赤壁　宮怨
送隱者　宮詞李義山　江南春
懷馮秀才　華清宮杜常　送元史君移越劉丫夏
題鶴林寺李涉　過南鄰花園雍國鈞　宿嘉陵驛
寄襄陽韋孝孫　秋思許用晦　曲江春望唐彥謙
丹陽送韋參軍嚴正文　旅懷杜荀鶴　南莊春晚
十月菊鄭守愚　寄維陽故人張喬　宿杭州虛白堂李郢
晴景王大用　重贈商玲瓏兼寄樂天元微之
經汾陽舊宅趙承祐　老圃堂薛大拙　偶興羅隱
三月晦日贈劉評事賈浪仙　巳亥歲曹松
賈生劉言　春高蟾　繡嶺宮李才江
清明宋王元之　泊舟蘇子美　書河上亭壁寇平仲

自作壽堂 林君復　樵者 歐陽永叔　杏花 王介甫
偶成 程明道　中秋月 蘇子瞻　召試學士院
題宣州後堂壁 張文潛　武夷棹歌十首 朱晦菴　銅雀瓦 元劉夢吉
日南感懷 陳剛中　絕句三首 趙子昂　吟人 滕賓
題陶淵明像 鄧善之　以扇致黃明府 范德機　題鄭子真畫像 楊仲弘
送上黨長 虞伯生　御溝春日偶成 馬伯庸　題琵琶亭 龍觀復
題青山白雲圖 黃晉卿　宮詞二首 薩天錫　絕句 泰兼善
南歸偶書 余廷心　題淵明小像 貢泰甫　題徽宗畫白頭翁 成庭珪
春夜　畫梅 王元章　題枯枝寒禽 洪武詹同文
南京別王道士 危太樸　過南湖戲折藕花 吳子立　芙蓉野鴨圖 顧利賓
題山居圖 鄭叔會　觀刹麥 楊孟載　赴金陵始出閶門夜泊
漫興 張孟兼　過渭門亂石灘二 鄭九思

聯句詩

按聯句始著於陶靖節集而盛於退之東野其體有人作四句相合成篇若靖節集中所載是也又有人作一聯若子美與李尚書之芳及其甥宇文彧聯句是也復有先出一句次者對之就出一句前人復對之相繼成章則昌黎東野城南之作是也其要在於對偶精切辭意均敵若出一手乃爲相稱山谷嘗云退之與孟郊意氣相入故能雜然成篇後人少聯句者蓋由筆力難相追爾

聯句 晉陶淵明　送宇文石首赴縣 杜子美　城南 韓退之 孟東野

鬬鷄　風琴聯句 宋謝希深 梅聖俞

病柏 高季迪等

雜體詩

昔柳柳州讀退之毛穎傳有曰善戲謔兮不爲虐兮學者終日討說習復則罷憊而廢亂故有息焉游焉之說譬諸飲食既薦味之至者而竒異苦醎酸辛之物雖螫吻裂鼻縮舌澀齒而咸有篤好之者獨文異乎予於是知雜體之詩類是也然其爲體厥各不同今總謂之雜者以其終非詩體之正也博雅之士其亦有所不費焉

三五七言懷友 唐李太白　首尾吟 宋邵堯夫　集句戲贈湛源等 王介甫
星名二十八宿歌贈晁無咎 黃魯直　人名和蕭十六 孔平仲
郡名呈呂元均　藥名荆州即事 黃魯直　建除贈徐天隱
八音答黃魯直 晁無咎　藥名離合四 孔平仲　回紋泊鴈 王介甫
五雜組四 孔平仲　了語不了語 蘇子美　難易言
一字至十字詠竹 文與可　讀十二辰詩擬其餘作 宋晦庵

四言 梅聖俞　又 蘇子瞻　五言和王仲衡 朱晦庵

四言 元梁棟

第五卷

近代詞曲

按歌曲源流云自古音樂廢後鄭衛夷狄之聲雜然並出至唐開元天寳中薰然成俗于時才士始依樂工按拍之聲被之以辭其句之長短各隨曲而度於是古昔聲依永之理愈失矣又按致堂胡先生曰近世歌曲以曲盡人情而得名故文章豪放之士鮮不寓意於此隨亦自掃其跡曰此謔浪游戲而已唐人爲之者衆至栁岐卿乃掩衆製而盡其妙篤好者以爲不可復加及眉山蘇氏出一洗綺羅香澤之態擺脫綢

繆宛轉之度使人登高望遠舉首高歌而逸懷浩氣起乎塵垢之表矣竊嘗因而思之凡文辭之有韻者皆可歌也第時有升降故言有雅俗調有古今爾昔在童稚時獲侍先生長者見其酒酣興發多依腔填詞以歌之歌畢顧謂幼稚者曰此宋代慢詞也當時大儒皆所不廢今間見草堂詩餘自元世套數諸曲盛行斯音日微矣迨予既長奔播南北鄉邑前輩零落殆盡所謂填詞慢調者今無復聞矣爰特輯唐宋以下辭意近於古雅者附諸外集之後竹枝柳枝亦不棄焉好古之士於此亦可以觀世變之不一云

菩薩蠻 唐李太白　錦纏道 春景 宋宋子京　漁家傲 秋思 范希文

浪淘沙懷舊歐陽永叔　桂枝香金陵懷古王介甫　水調歌頭中秋蘇子瞻
南鄉子九日　念奴嬌赤壁懷古　蝶戀花離別
滿庭芳自嘆　水調歌頭春竹黃山谷　瑞鶴仙醉翁亭
西江月勸酒　踏莎行賞春　西江月警世朱希真
孤鸞早梅　青玉案雪陳瑩中　滿江紅隱逸呂居仁
蝶戀花警世秦少游　玉燭新梅周美成　點絳唇汪彥章
念奴嬌洞庭張于湖　蝶戀花元日立春辛幼安　沁園春退閑
水調歌頭九日韓元咎　天仙子水閣沈會宗　袁機仲水調歌頭宋晦庵
用傅安道和朱希真梅詞韻　隱括杜牧之齊山詩作水調歌頭
沁園春題睢陽雙廟宋文宋瑞　無俗念元虞伯生

附録

渭城曲唐王摩詰　竹枝四劉夢得　楊柳四白樂天

文章辨體卷之一　外集

海虞後學吳訥編集

連珠

演連珠　晉陸士衡

臣聞日薄星迴穹天所以寄物山盈川冲后土所以播氣五行錯而致用四時違而成歲是以百官恪居以赴八音之離明君執契以要克諧之會　臣聞祿放於寵非隆家之舉官私於親非興邦之選是以三卿世及東國多衰弊之政五侯並軌西京有陵夷之運　臣聞鑒之積也無厚而照有重淵之深目之察也有畔而眡周天壤之際何則應事以精不以形造物以神不以器是以萬邦凱樂非悅鍾鼓之娛天下歸仁非感玉帛之惠　臣聞任重於力才盡則困用廣其器應博則凶是以物勝權而衡殆形過鏡則照窮故明主程才以效業貞臣底力

而辭豊　臣聞髦俊之才世所希之丘園之秀因時則揚是以大人基命不擢才於后土明主聿興不降佐於昊蒼　臣聞世之所遺未爲非寶主之所珍不必適治是以俊乂之藪希蒙翹車之招金碧之巖必辱鳳舉之使　臣聞應物有方居難則易藏器在身所乏者時是以充堂之芳非幽蘭所難繞梁之音實縈絃所思　臣聞利眼臨雲不能垂照朗璞蒙垢不能吐輝是以明哲之君時有蔽壅之累俊乂之臣屢抱後時之悲　臣聞郁烈之芳出於委灰繁會之音生於絕絃是以貞女要名於没世烈士赴節於當年　臣聞因雲灑潤則芬澤易流乘風載響則音徽自遠是以德教俟物而濟榮名緣時而顯　臣聞鑽燧吐火以續暘谷之晷揮翮生風而繼飛廉之功是以物有微而毗著事有瑣而助洪　臣聞絕節高唱非凡耳所悲肆義芳訊非庸聽所善是以南荊有寡和之歌東野

有不釋之辯　臣聞動循定檢天有可察應無常節身或難照是以望景揆日盈數可期撫臆論心有時而謬　臣聞絃有常音故曲終則改鏡無畜影故觸形則照是以虛己應物必究千變之容挾情適事不觀萬殊之妙　臣聞衝波安流則龍舟不能以漂震風洞發則夏屋有時而傾何則牽乎動則靜凝係乎靜則動貞是以淫風大行貞女蒙冶容之悔淳化殷流盜跖挾曾史之情　臣聞適物之技俯仰異用應事之器通塞異任是以烏棲雲而繳飛魚藏淵而網沈賁鼓密而含響朗笛疎而吐音　臣聞情見於物雖遠猶疎神藏於形雖近則密是以儀天步晷而脩短可量臨淵揆水而淺深難察

又　宋徐鉉

道不可以權行終則道喪情不可以苟合久則情疎是以兵諫愛君君安而忠敬已失同舟濟險險夷而取捨自殊

又　晏殊

時平德合秉均者積隱於幾先運極道消享位者譽隆於事外是以房杜之恩勤莫二無迹可尋郭裴之退出居多其名益大

又　宋公序

山有楩梓之材居山者芟草而舍田有禾稷之實力田者半菽而飽廐有驥騄之乘掌廐者羸股而步此所謂役於物者智不逮乎物也無木者有花樣之蔭無田者有嘉穀之享無廐者有上駟之御此所謂役物者智包乎物也故君子逸於用德小人勞於用力

又　劉貢父

蓋聞詭道取勝得以暫用懷惡致討未有能克是故以桀詐桀可容於徼幸用燕伐燕不足以相服

又　洪武宋景濂

蓋聞忠臣徇國不惜其軀命烈士愛君竟忘其首領是以左轂之鳴車右伏劒越甲之至雍門刎頸　蓋聞鷹鸇巢林鳥雀爲之不棲松栢在岡蒿艾爲之不植是以君子居鄉憸士革面正士立朝奸雄歛迹　蓋聞志於貞節者浮名不足以累其眞志於恬泊者好爵不可以亂其性是以子陵樂富春之耕干木辭於陵之聘　蓋聞天矩有定人謀莫移或順之而從吉或反之而致危是以鶴頸固長截之則恐鳧脛雖短續之則悲　蓋聞事貴審機行當寡尤大易愼辨早之誡春秋嚴謹始之謀微必訓於顯極鴻毋事於纖求是以蜰蠙一出潛魚盡怖霜鍾初動巢鳥咸憂　蓋聞體微而勁者或足以交戕形龐而武者或失於見制小大毋出於相刑剛弱乃拘於所畏是以豺舌雖狹而有殺虎之能鼠牙雖尖而有害象之技　蓋聞外味不加則形氣日削內養有道則神明自腴苟譬諸物若契以符

是以脾析一停犀牛即仆中夷既涸鱵刀成枯

蓋聞賞物在精取財有道毫髮異觀天淵殊造是以嶧陽之桐惟伯牙能知其良烏號之弓必由基方領其妙苟徒妄鬻而暗投啚若藏音而收耀

蓋聞青霞白鳳之文奚關治化黃馬碧雞之辨頗類俳優哀彌文之喪質致末俗之効尤是以六藝之科法莫嚴於炎漢三緘其言銘式播於成周

蓋聞負道推公者欲舉善以同人挾智自私者恒患賢之壓己以其量之隘弘驗其人之臧否是以五弓之陵莫齊泰華之岡一蹄之涔難媲滄溟之水

蓋聞九聖有作懸中天之兩曜七經垂訓燭萬古之重冥移擿埴以索塗咸履綦而蹈繩是以釆章文物因茲而昭煥禮義廉耻藉是以脩明

蓋聞正色在廷固資於謇諤媲容而諫尤貴於優柔盛怒無逆鱗之批易志有解頤之休是以叔向善辭故不殺摶鷃之豎晏嬰能諷故卒出斬竹之囚

蓋聞善行興邦嘉言作則法緣之以華姦人依之而建德是以聞一言之當如得萬人之兵獲一士之賢如得千乘之國

蓋聞至道玄妙非器象可局靈化潛融非軌轍可制若魚兎之已得則筌蹄之可離是以叶三才而貫十端宰一心而統萬彙

又　　　王子充

臣聞圓穹垂象列宿昭符北辰天樞至尊而不動中宮天極泰乙之常居是以人君居正所以建皇極王者宅中所以恢帝圖

臣聞人之於物最爲含靈聖之於人尤稱拔萃是以陰陽至妙而聖人之能運陰陽天地至大而聖人之能位天地道有隆汙惟聖人易汙而爲隆世有治亂惟聖人反亂而爲治

臣聞聖不自聖學焉是資說命肇遜敏之告周頌載緝熙之辭是以廣厦細氈引文儒而共講左圖右史含古訓其奚師

臣聞製器者兢兢業業用訖于有成奉器者洞洞屬屬乃保其無虞

是以天下大器不易于圖祖宗經營百年而不足子孫盡壞一日而有餘　臣聞臣有盡言必因君之善聽君將致理必賴臣之忠告蓋下之於上所要則微上之於下所求宜篤是以堯問衢室仄陋之謀是咨舜訪總章芻蕘之語俱録大禹一饋而十起周公一沐而三握　臣聞以寡就衆察有不偏以廣就約知無不真何則一人以二目視一國一國以萬目視一人是以居人上者雖獨必愼御群下者無微不親　臣聞赤子無它欲而必遂其所有欲赤子有不言而必會其所無言是以聖人之宰萬民務在通其志聖人之制萬物貴乎全其天　臣聞上天至公四序以成秋霜肅殺而木不怨落春風長養而草不謝榮是以聖王御世使民不矜涵之以德義不知其爲惠繩之以法律不知其爲刑　臣聞事以順爲便物以適爲安爲猨賜者非負之而升木爲魚德者非挈之而入淵是以夏蠲冬

懸民不以爲怨春貸秋賦民常以爲恩　臣聞綱以綱爲總服以領爲尊綱擧而目自張領振而裔乃循是以道者政之領聖人修道不修政吏者民之綱聖人治吏不治民　臣聞調弓者必弛張其絃鼓瑟者必推移其柱是以因時制宜將以通於俗觀變立法不徒泥於古三王殊事名施於後世五帝異道德覆於天下　臣聞竹律九寸可以推七十二候之氣運玉衡八尺可以驗九千萬里之天行是以人君致治之具甚約天下歸化之效孔宏何則十世百世之理萬世之理萬人千人之情一人之情　臣聞以色物毛澤買馬而不論其足力則毻無絕地以大小徑廣售玉而不論其質美則篋無連城是以以德求士致士之實效以才取士得士之虛名　臣聞尺有所短寸有所長攻其短則天下無全才錄其長則人才皆大方是以蕭曹斗筲英布刑墨其質本可都將相伯夷蹈義楊朱寖善

其能不足位公卿　臣聞易重咸恒詩首關雎陰教者天倫之模範内治者王化之權輿是以周家致理大姒之德既盛漢室搆亂呂氏之行元汙　臣聞君子無幸而有不幸小人有幸而無不幸是以福善禍淫者天道之常好善疾惡者民彝之秉　臣聞見禮而知政聞樂而知德是以觀世運之隆汙視文章爲準則和平渾厚質實瓌贍驗治道之方昌夸浮纖靡詭恠支離察政理之斯斁

判

安比副都護連帥愛與人奕棊聞寇至不輟御史以逗撓糾察　唐鄭少微

連帥職當邊徼任切爪牙不留意於軍容廼忘情於奴戲雖費禕不輟未可因循而陶侃既捐何勞徤羨一枰之上靡聞懷陣之心百戰之前不見臨戎之節御史秉驄按罪執簡彈違白以

群究實由連帥此而可捨法安用哉寘以逭撓雅符彝憲

甲將死命其子以嬖妾爲殉其子嫁之或非其違父之命子云不敢陷父於惡　白樂天

覩行慰心則禀父命辨惑執禮宜全子道甲立身失正没齒歸亂命子以邪生不戒之在色愛妾爲殉死而有害於人違則棄言順爲陷惡三年之道雖奉先而無改一言以失難致親於不義誠宜嫁是豈可順非況孝在慎終有同魏顆理命事殊改正未傷莊子難能宜忘在耳之言庶見因心之孝

丁去官而受舊屬饋與或告其違法訴云家口已離本任　宋金安道

食蘖養廉執心斯可及瓜受代改操則非安得因其去官遂不思於潔己丁也才高有位秩滿將遷飛鳳啣書亦既榮於寵命解龜罷政遂靡讓於好羞謂行邁之有期曾厭私而不懼況古

之循吏名列青編掛府丞之魚誠在涖官之日留壽春之犢實惟去任之晨何乃肆貪罔知守節歌鄧侯之五鼓曾是遵途持山陰之一錢當思厲俗徒欣苟得豈曰能謀重耳受飧蓋當於旅食叔向反錦益愧於公行如云不爾瑕疵則恐罔知紀極推恩布化未聞畫象之遺風黷貨啓姦遽恣貪狼之本性縱離境壞終喪廉隅減三等以定刑乃九章之垂統

儀禮司失儀　洪武宋訥

正朝廷莫嚴於禮法辨上下莫謹於威儀必先敬身方可率衆本司官某職當典禮自行失儀既不能律一己之乖違將何以肅百僚之視聽犯在所司宜如常律

律賦

省試明水賦玄化無宰至精感通　唐韓退之

古者聖人之制祭祀也必主忠信崇吉蠲不貴其豐乃或薦之

以水不可以黷斯用致之於天其事信美其義惟玄月實水精故求其本也明爲君德因取以名焉於是命烜氏候清夜或將祀圜丘於玄冬或將祭方澤於朱夏持鑑而精氣旁射照月而陰靈潛下視而不見謂合道於希夷挹之則盈方同功於造化應於有生於無形象未分徒騁離婁之目光華暗至如還合浦之珠既齊芳於酒醴詎比賤於潢汙明德惟馨玄功不宰于以表誠潔于以戒荒怠苟失其道殺牛之祭何爲如得其宜明水之薦斯在不引而自致不行而善至難辭麴糵之名實處樽罍之器降於圓魄殊匪金莖之露出自方諸乍似鮫人之淚將以賛于陰德非獨雅于陽燧夜寂天清煙消氣明桂華吐耀玉兎騰精聊設鑑以取水伊不注而能盈霏然垂象的爾而呈始莫漠而霜積漸微微而浪生豈不以德協于坎同類則感形藏在空氣應則通鶴鳴在陰之理不謬虎嘯于谷之義可崇足以驗

聖賢之無黨知天地之至公切比大羹之遺味𤣥希薦於廟中

長嘯却胡騎賦 淸嘯闗外胡騎潛去　宋范景仁

制勍者以靜善勝者不爭伊劉氏之長嘯却胡人之亂兵初歷歷以傳聞合圍風靡遂稍稍而引退一境塵清當其分晉室之憂勤守幷門之衝要邊寇衆至虜戰數挑勝不可以近決敵不可以前料凌雲棲幟誰爲趙壁之謀泝月登樓獨引蘇門之嘯出自予口期於衆聞徵角用更變宮商互分儼神意以不動服戎心而若醺終夜長吟故異雞鳴之客遠人咸聽遂收烏合之群是知安可破危利能圖害攻而至吾不爲之戚服而去吾不爲之泰亦猶雅歌之樂坐鎮軍中不假射聲之威横行塞外豈不以嘯本于發抑揚而自娛其雖爾衆顧視而如無既傾聽以知漢乃散逃而入胡若楚軍夜遁之時聞歌於四面殊漢將道窮之日振臂而一呼宜夫深謀者爲衆歸尚力者必自賢此亦

而得儁彼以彊而失利因惟口之出好去滿目之異類遂使本朝雙闕時有内面之人廣漠一隅不逢南牧之騎大哉人籟斯發邊兵遂潛蓋得先聲之術曾無黷武之嫌談笑而郤秦軍理宜共底偃息而藩魏室功亦難兼是何據一郡之尊懲百姓之助勢至小也以德而大嘯甚微也因誠以著使被髮之醜類咸審音而遠去夫如是則有天下之君曷爲西北之慮

金在鎔賦　金在良冶求鑄成器　　范希文

天生至寶時貴良金在鎔之姿可覩從革之用將臨燿燿騰精之由彼以披沙見尋藏山是務一則求之而未顯一則棄之而弗顧曷若動而愈出既踊躍以求伸用之則行必周流而可鑄美夫五行之粹三品之英昔麗水而隱晦今躍冶而光亨流形而不縮不盈出乎其類尚象而無小無大動則有成士有鍛鍊誠明範圍仁義俟明君之大用感良金而自試君人天地之鑪

乍躍洪爐之內縱橫成器當隨哲匠之心觀其大冶既陳滿籯斯在俄融融而委質忽曄曄而揚彩英華既發雙南之價彌高鼓鑄未停百鍊之功可待况乎六府會昌我稟其剛九牧納貢我稱其良因烈火而變化逐懿範而圓方如令區別妍媸願爲軒鑑儻使削平禍亂請就干將國之寶也有如此者欲致用於君子故假手於良冶時將禁害夏王之鼎可成君或好賢越相之容必寫是知金非工而弗用工非金而曷求觀此鎔金之義得乎爲政之謀君諭冶焉自得化人之旨民爲金也克明從上亦庶幾於國器

文章辨體卷之一

文章辨體卷之二　外集

海虞後學吳訥編集

律詩一

五言

杜少府之任蜀川　唐王子安

城闕輔三秦風煙望五津與君離別意同是宦游人海内存知己天涯若比鄰無爲在岐路兒女共霑巾

聖泉宴

披襟乘石磴列席俯春泉蘭氣熏山酌松聲韻野絃影飄垂葉外香度落花前興洽林塘晚重巖起夕烟

春晚山莊　駱賓王

顧步三春晚田園四望通遊絲横惹樹戲蝶亂依藂竹懶偏宜水花狂不待風唯餘詩酒意當了一生中

文翁講堂

錦里淹中館岷山稷下亭空梁無燕雀古壁有丹青槐落猶疑

市苔深不辨銘良哉二千石江漢表遺靈

暉上人獨坐亭　陳伯玉

鍾梵經行[redacted]香牀坐入禪巖亭交雜樹石瀨瀉鳴泉水月心方

寂雲霞思獨玄寧知人代裏疲病得攀緣

春日登九華觀

白玉仙臺古丹丘別望遥山川亂雲日樓榭入烟霄鶴舞千年

樹虹飛百尺橋還逢赤松子天路坐相邀

和韋承慶過義陽公主山池　杜必簡

逕轉孤峰逼橋危欹岸妨玉泉移酒味石髓換粳香綰霧青絲

弱牽風紫蔓長猶言宴樂少別向後池塘

早春遊望

獨有宦游人偏驚物候新雲霞出海曙梅柳度江春淑氣催黃鳥晴光轉緑蘋忽聞歌古調歸思欲霑巾

遊少林寺　沈雲卿

長歌遊寶地徙倚對珠林鴈塔風霜古龍池歲月深紺園澄夕霽碧殿下秋陰歸路烟霞晚山蟬處處吟

新年作　宋延清

鄉心新歲切天畔獨潸然老至居人下春歸在客先嶺猿同旦暮江柳共風煙已似長沙傅從今又幾年

與諸子登峴山　孟浩然

人事有代謝往來成古今江山留勝跡我輩復登臨水落魚梁淺天寒夢澤深羊公碑尚在讀罷一霑襟

歲除有懷

迢遞三巴路羈危萬里身亂山殘雪夜孤燭異鄉人漸與骨肉

遠轉於僮僕親那堪正漂泊來日歲華新

晚泊潯陽望香爐峰作

挂席幾千里名山都未逢泊舟潯陽郭始見香爐峰嘗讀遠公傳永懷塵外蹤東林精舍近日暮坐聞鍾

贈崔秋浦　李太白

崔令學陶令北牕常晝眠抱琴時弄月取意任無絃見客但傾酒爲官不愛錢東皐春事起種黍早歸田

送友人

青山横北郭白水遶東城此地一爲别孤蓬萬里征浮雲遊子意落日故人情揮手自兹去蕭蕭班馬鳴

登兖州城樓　杜子美

東郡趨庭日南樓縱目初浮雲連海岱平野入青徐孤嶂秦碑在荒城魯殿餘從來多古意臨眺獨躊躇

春日懷李白

白也詩無敵飄然思不群清新庾開府俊逸鮑參軍渭北春天樹江東日暮雲何時一樽酒重與細論文

故武衛將軍挽詞

嚴警當寒夜前軍落大星壯夫思敢決哀詔惜精靈王者今無戰書生已勒銘封侯意疏闊編簡為誰青

春望

國破山河在城春草木深感時花濺淚恨別鳥驚心烽火連三月家書抵萬金白頭搔更短渾欲不勝簪

哭長孫侍御

道為詩書重名因賦頌雄禮闈曾擢桂憲府舊乘驄流水生涯盡浮雲世事空惟餘舊臺柏蕭瑟九原中

留別賈嚴二閣老兩院補闕得聞字

田園須暫住戍馬惜離群去遠留詩別愁多任酒醺一秋常苦雨今日始無雲山路晴吹角那堪處處聞

獨酌成詩

燈花何太喜酒綠正相親醉裏從爲客詩成覺有神兵戈猶在眼儒術豈謀身苦被微官縛低頭愧野人

晩出左掖

晝刻傳呼淺春旗簇仗齊退朝花底散歸院柳邊迷樓雪融城濕宮雲去殿低避人焚諫草騎馬欲鷄栖

春宿左省

花隱掖垣暮啾啾棲鳥過星臨萬戶動月傍九霄多不寢聽金鑰因風想玉珂明朝有封事數問夜如何

端午日賜衣

宮衣亦有名端午被恩榮細葛含風軟香羅疊雪輕自天題處

濕當暑著來清意內稱長短終身荷聖情

初月

光細弦欲上影斜輪未安微升古塞外已隱暮雲端河漢不改
色關山空自寒庭前有白露暗滿菊花團

遊修覺寺

野寺江天豁山扉花竹幽詩應有神助吾得及春遊徑石相縈
帶川雲自去留禪枝宿衆鳥漂轉暮歸愁

後遊

寺憶曾遊處橋憐再渡時江山如有待花柳更無私野潤煙光
薄沙暄日色遲客愁全爲減捨此復何之

爲農

錦里煙塵外江村八九家圓荷浮小葉細麥落輕花卜宅從茲
老爲農去國賒遠慚勾漏令不得問丹砂

寄楊五桂州譚

五嶺皆炎熱宜人獨桂林梅花萬里外雪片一冬深聞此寬相憶爲邦復好音江邊送孫楚遠附白頭吟

漫成

江皐已仲春花下復清晨仰面貪看鳥回頭錯應人讀書難字過對酒滿壺頻近識峨嵋老知余懶是真

春夜喜雨

好雨知時節當春乃發生隨風潛入夜潤物細無聲野徑雲俱黑江船火獨明曉看紅濕處花重錦官城

草堂即事

荒村建子月獨樹老夫家雪裏江船渡風前逕竹斜寒魚依密藻宿鷺起圓沙蜀酒禁愁得無錢何處賒

客亭

秋窓猶曙色木落更天風日出寒山外江流宿霧中聖朝無棄物老病已成翁多少殘生事飄零任轉篷

涪江泛舟送韋班歸京得山字

追餞同舟日傷春一水間飄零爲客久衰老羨君還花雜重重樹雲輕處處山天涯故人少愁益鬢毛斑

送元二適江左

亂後今相見秋深復遠行風塵爲客日江海送君情晉室丹陽尹公孫白帝城經過自愛惜取次莫論兵

嚴鄭公宅同詠竹得香字

綠竹半含籜新梢纔出墻色侵書帙晚陰過酒鐏凉雨洗娟娟淨風吹細細香但令無翦伐會見拂雲長

吾宗

吾宗老孫子質朴古人風耕鑿安時論衣冠與世同在家常早

起憂國願年豐語及君臣際經書滿腹中

不離西閣

江柳非時發江花冷色頻地偏應有瘴臘近已含春失學從愚子無家住老身不知西閣意肯別定留人

茅屋檢校收稻

香稻三秋末平田百頃間喜無多屋宇幸不礙雲山御袂侵寒氣嘗新破旅顏紅鮮終日有玉粒未吾慳

人日

元日到人日未有不陰時氷雪鶯難至春寒花較遲雲隨白水落風振紫山悲蓬鬢稀疎久無勞比素絲

江漢

江漢思歸客乾坤一腐儒片雲天共遠永夜月同孤落日心猶壯秋風病欲蘇古來存老馬不必取長途

登岳陽樓

昔聞洞庭水今上岳陽樓吳楚東南坼乾坤日夜浮親朋無一字老病有孤舟戎馬關山北憑軒涕泗流

同崔員外秋宵寓直　王摩詰

建禮高秋夜承明候曉過九門寒漏徹萬井曙鍾多月迥藏珠斗雲消出絳河更慚衰朽質南陌共鳴珂

送丘爲下第歸江東

憐君不得意況復柳條春爲客黃金盡還家白髮新五湖三畝宅萬里一歸人知爾不能薦羞稱獻納臣

終南別業

中歲頗好道晚家南山陲興來每獨往勝事空自知行到水窮處坐看雲起時偶然值林叟談笑滯還期

南州有贈二首　賈幼隣

極浦三春草高樓萬里心楚山晴靄碧湘水暮流深忽與朝中舊同爲澤畔吟停盃試北望還欲淚霑襟

越井人南去湘川水北流江邊數盃酒海内一孤舟嶺嶠同仙客京華即舊遊春心將別恨萬里共悠悠

贈杜二拾遺　高達夫

傳道招提客詩書自討論佛香時入院僧飯屢過門聽法還應難尋經剩欲飜草玄今已畢此外復何言

送張子尉南海　岑參

不擇南州尉高堂有老親樓臺重蜃氣邑里雜鮫人海暗三山雨花明五嶺春此鄉多寶玉慎莫厭清貧

送王士録事赴虢州

早歲即相知嗟君最後時青雲仍未達黑髮欲成絲小店關門道長河華嶽祠弘農民吏待莫遣馬行遲

晚發五谿

客厭巴南地鄉鄰劍北天江村片雨外野寺夕陽邊芊葉藏山徑蘆花間渚田舟行未可住乘月且須牽

泊楊子岸　祖詠

纔入維楊郡鄉關北路遥林藏初霽雨風退欲歸潮江火明沙岸雲帆礙浦橋客衣今日薄寒氣近來饒

送李給事歸徐州覲省　孫逖

列位登青瑣還鄉服綵衣共言晨省日便是晝游歸春水經梁宋晴山入海沂莫愁東路遠四牡正騑騑

送溧水唐明府　韋應物

三為百里宰已過十餘年秖嘆官如舊旋聞邑屢遷魚鹽濱海利桑柘傍湖田到此安民俗琴堂又晏然

詠山泉　儲光羲

山中有流水借問不知名映地爲天色飛空作雨聲轉來深澗
滿分出小池平恬澹無人見年年長自清

次北固山下　王灣

客路青山外行舟綠水前潮平兩岸濶風正一帆懸海日生殘
夜江春入舊年鄉書何處達歸鴈洛陽邊

山行　殷遥

寂歷青山晚山行趣不稀野花成子落江燕引雛飛暗草薰苔
徑晴楊拂石磯俗人猶語此余亦轉忘歸

送韓司直　皇甫茂正

遊吳還適越來往任風波復送王孫去其如芳草何岸明殘雪
在潮滿夕陽多季子留遺廟停舟試一過

晚至華陰

臘盡促歸心行人及華陰雲霞仙掌出松栢古祠深野渡冰生

岸寒川燒隔林温泉看漸近宫樹晚沉沉

題破山寺　常建

清晨入古寺初日照高林竹徑通幽處禪房花木深山光悦鳥性潭影空人心萬籟此俱寂惟聞鍾磬音

酬劉員外見寄　嚴正文

蘇耽佐郡時近出白雲司藥補清羸疾牕吟絶妙辭柳塘春水慢花塢夕陽遲欲識懷君意朝朝訪楫師

松江獨宿　劉文房

洞庭初下葉孤客不勝愁明月天涯夜青山江上秋一官成白首萬里寄滄洲乆被浮名繫能無愧海鷗

仲夏江陰客舍寄裴明府　李從一

萬室邊江次孤城對海安朝霞晴作雨濕氣晚生寒苔色侵衣桁潮痕上井欄題詩招茂宰思尔欲辭官

酬暢當

同游漆沮後已是十年餘幾度曾相夢何時定得書月高城影盡霜重柳條踈且對樽中酒千般想未如

同梁鍠文宴　錢仲文

客到衡門下杯香蕙草時好風能自至明月不須期秋水翻荷影清霜脆柳枝微官是何物許可廢言詩

喜外弟盧綸見宿　司空文明

靜夜四無鄰荒居舊業貧雨中黄葉樹燈下白頭人以我獨沉久愧君相見頻平生自有分況是霍家親

雲陽館與韓紳宿別

故人江海別幾度隔山川乍見翻疑夢相悲各問年孤燈寒照雨深竹暗浮煙更有明朝恨離杯惜共傳

送別錢起　郎君胄

蟬聲不可聽落葉豈堪聞共是悲秋客那知此路分荒城背流水遠鴈入寒雲陶令門前菊餘花可贈君

岳州逢司空曙　李端

共有鬢年故相逢萬里餘新春兩行淚故國一封書夏口帆初落潯陽鴈正踈唯應執盃酒暫食漢江魚

除夜宿石頭驛　戴幼公

旅館誰相問寒燈獨可親一年將盡夜萬里未歸人寥落悲前事支離笑此身愁顏與衰鬢明日又逢春

別友人

擾擾倦行役相逢陳蔡間如何百年内不見一人閑對酒惜餘景問程愁亂山秋風萬里道又出穆陵關

早行寄朱山人放

山曉旅人去天高秋氣悲明河川上没芳草露中衰此別又萬

里少年能幾時心知剡谿路聊且寄前期

聞笛　戎昱

入夜思歸切笛聲清更哀愁人不願聽自到枕邊來風起塞雲斷夜深關月開平明獨惆悵落盡一庭梅

醉後憶山中人　王仲初

花開草復秋雲水自悠悠因醉蹔無事在生難免愁遇晴須看月聞徤且登樓暗想山中伴如今盡白頭

酬韓庶子　張文昌

西街幽僻處正與懶相宜尋寺獨行遠借書常送遲家貧無易事身病是閑時寂寞誰相問秪應君自知

新秋寄樂天　劉夢得

月露發光彩此時方見秋夜凉金氣應天靜火星流蟲響偏依井螢飛直過樓相知盡白首清景復追遊

北固晚眺　竇常

水國芒種後梅天風雨凉露蠶開晚簇江燕語危墻山址北來固潮頭西去長年年此登眺人事幾銷亡

送可久歸越中　賈浪仙

石頭城下泊北固暝鍾初汀鷺衝潮起船窓過月虛吳山侵越衆隋柳入唐疎日欲供調膳辟來何府書

送人入蜀　李遠

蜀客本多愁今君是勝遊碧藏雲外樹紅露驛邊樓杜宇呼名語巴江學字流不知煙雨夜何處夢刀州

孤山寺　張永吉

樓臺聳碧岑一徑入湖心不雨山長潤無雲水自陰斷橋荒蘚合空院落花深猶憶西窓夜鍾聲出北林

鄭北李生　李才江

圭峯秋後夜亂葉落寒虛四五百竿竹二三千卷書雲深猿盜栗雨霽蝗沾蔬只隔門前水如同萬里餘

甘露寺　孫魴

寒暄皆有景孤絕畫難形地拱千尋險天垂四面青晝燈籠鴈塔夜磬徹漁汀更愛僧房好波光滿戶庭

池上　白樂天

嫋嫋涼風動凄凄寒露零蘭衰花始白荷破葉猶青獨立棲沙鶴雙飛照水螢若爲寥落境仍值酒初醒

旅游傷春　李昌符

酒醉鄉關遠迢迢聽漏終曙分林影外春盡雨聲中鳥倦江村路花殘野岸風十年成底事羸馬厭西東

寄友人　張正言

世道復何如東西遠索居長疑即見面翻致久無書旬麥深藏

雉淮苔淺露魚相思不我會明月幾盈虛

商山早行　温飛卿

晨起動征鐸客行悲故鄉雞聲茅店月人迹板橋霜槲葉落山路枳花明驛墻因思杜陵夢鳧鴈滿回塘

長安春日

浩浩看花晨六街揚遠塵塵中一丈日誰是晏眠人御柳垂著水野鶯啼破春徒云多失意猶自惜離秦

客中　于武陵

楚人歌竹枝游子淚沾衣異國久爲客寒宵頻夢歸一封書未返千樹葉皆飛南過洞庭水更應消息稀

南游有感

杜陵無厚業不得駐車輪重到曾游處多非舊主人東風千里樹西日一洲蘋又度湘江去湘江水復春

送鄭有入蜀　李頻

寧親西陟險君去異王陽在世誰非客還家即是鄉劒門千轉盡巴水一支長請語愁猿道無煩促淚行

途中別孫璐　方雄飛

道路本無限又應何處逢流年莫虛擲華髮不相容野渡波搖月寒城雨翳鍾此心隨去馬迢遞過重峰

春宮　杜荀鶴

早被嬋娟誤欲妝臨鏡慵承恩不在貌教妾若為容風暖鳥聲碎日高花影重年年越溪女相憶採芙蓉

孤鴈　崔塗

幾行歸塞盡念爾獨何之暮雨相呼失寒塘欲下遲渚雲低暗度關月冷相隨未必逢矰繳孤飛自可疑

韋處士山居　許用晦

劚藥去還歸人家半掩扉山風藤子落溪雨豆花肥寺遠僧來
少橋危客過稀不聞砧杵動應解製荷衣

秋夜汎舟　劉方平

林塘夜汎舟蟲響荻颼颼萬影皆因月千聲各爲秋歲華空復
晚鄉思不堪愁西北浮雲起伊川何處流

春日卧病書懷　劉子夏

楚客經年病孤舟人事稀晚晴江柳變春暮塞鴻歸今日方知
命前年自覺非不能憂歲計無限故山薇

中秋月　宋王元之

何處見清輝登樓正午時莫辭終夕看動是隔年期冷濕流螢
草光凝曬鶴枝不禁雞唱曉輕別下天涯

春日登樓懷歸

高樓聊引望杳杳一川平野水無人渡孤舟盡日橫荒村生斷

靄古寺語流鶯舊業遙淸渭沉思忽自驚

江行　　江爲

越信隔年稀孤舟幾夢歸月寒花露重江晚水煙微岸直帆相望沙空鳥並飛何時洞庭上春雨滿簑衣

八月十四夜月　　范仲淹

光華豈不盛賞宴尚遲遲天意將圓夜人心待滿時已知千里共猶訝一分虧來夕如澄霽淸風不負期

秋懷　　歐陽永叔

節物豈不好秋懷何黯然西風酒旗市細雨菊花天感事悲霜鬢包羞食萬錢鹿車終自駕歸去潁東田

廣愛寺朱瑶畫　　蘇子瞻

朱瑶唐晚輩得法尚雄深滿寺空遺迹何人識苦心長廊歛雨脚破壁撼鍾音成壞無窮事他年復弔今

閑居有感　李宗易

進退荷君恩孤懷豈易論以閑消日月何力報乾坤架上書千卷花前酒一樽相持兩成癖此外盡忘言

巖桂　朱晦庵

山中緑玉樹蕭灑向秋深小閣芬微度書帷氣欲侵披懷清露曉遇賞夕嵐陰珍重王孫意天涯淚滿襟

九日

此日登高處千巖錦樹稠無人嘲落帽有客賦悲秋忽忽塵中老匆匆物外遊江湖空極目不盡古今愁

舟遶黄溪　元姚端甫

草木隨寒暑殊方榮悴同葦華兼露白楓葉未霜紅日月雙飛鳥江湖一病翁晚來沙嶼上愁坐獨書空

泊舟湘岸　李材

長沙今在眼青草舊知名二月風檣疾三湘雪浪平藤深帝子廟花發定王城莫艤江南岸啼鵑處處聲

送蘇子寧赴嶺北行省郎中　袁伯長

貂帽護寒沙氷天閲歲華斷溪駝聽水窖雪犬行車雲盡難尋鴈春深未識花昔人奇絶處八月解乗槎

名酒　虞伯生

名酒不可得幽華誰送來秋霜垂鬢髪夕照在樓臺盡日山公醉何年庾信廻喚人吹玉笛移席坐蒼苔

贈方韶父處士　楊仲弘

蜀郡蘇明允襄陽孟浩然成名兼二子得句詫群賢口絶人間事身如物外仙卓然能有此未信獨無傳

南康夜泊聞廬阜鍾聲　揭曼碩

廬山三百寺何處扣層雲宿鳥月下去歸人湖上聞入空應更

逈近瀑正難分遥想諸僧定香爐上夕熏

次王御史韻　　薩天錫

江村連日雪騎馬欲何之老樹昏鴉集寒塘落鴈遲松牕燈下酒竹屋夜深棋寄語王公子幽棲或可期

雨花臺　　逹德越士

漠漠平蕪碧蕭蕭亂葉紅褰衣上危石歘帽立西風日月奔馳外江山感慨中他鄉對零落莫放酒杯空

桃源圖　　傅與礪

聞說避秦地花開忘歲年偶逢漁父問長使世人傳丘壑渾疑幻林廬或近仙至今圖畫裏惆悵武陵船

曉出錢塘門　　成廷圭

出城聊適意草樹碧紛紛一雨破清曉四山生白雲僧樓緣嶺出樵徑過橋分明日重携酒來澆和靖墳

書懷　王元章

世情多曲折客况自堪憐聽雨愁如海懷人夜似年草肥燕地馬花老蜀山鵑冷淡無歸計蒼苔滿石田

寄方壺道人　洪武詹同文

海上神仙館天邊處士星卧雲歌酒德對雨著茶經石洞龍噓氣松巢鶴墜翎都將金玉句一一寫空青

郡齋偶賦　王子充

宦况眞蕭索虛齋足晝眠思親懷愛日閱史記疑年白髮生愁後黄華立醉邊風流陶靖節輸爾早歸田

夜宿江夏將往衡湘留贈親友　魏杞山

茅屋江聲合松舟月色遲把杯頻就席剪燭共題詩攬瑟清湘夜聞簫赤壁時美人千里外迢遞寄相思

贈友　楊克明

與子分携後星霜二十年重逢驚老大惜別更留連花落春江雨鵑啼緑樹烟幽懷浩難寫愁墮酒尊前

題孫子讓山水　劉宗弼

斜日在松杉千崖暝色酣山藏五柳宅路轉百花潭亂石明蒼玉遙峰露碧簪終希陪妙躅來此脫征驂

題劉汝弼東源小隱圖　蘇平仲

東源山水好聞說似終南種黍都爲酒誅茅小作庵過門人問字看竹客停驂亦有幽棲意遲歸我獨慙

登聚寳山分韻得春字　張孟謙

蹤跡憐身拙登臨縱目頻江山如好客花鳥故餘春落落行藏異悠悠歲月新數莖初白髪朝夕爲思親

得鄉書　劉汝弼

鄉書不忍看憂緒每多端鶴髪慈親老鶉衣稚子寒園田多獘

棄者舊半凋殘朝夕東歸念雲山正渺漫

雪夜宿翰林院呈危宋二院長　高季迪

偶伴王摩詰寒宵宿禁林院鈴風外靜宮漏雪中沉絳蠟銷吟燭青綾擁賜衾明朝陪賀瑞銀闕曉光深

荅高廉同飲後見寄

竹林清暑宴客散獨歸時愁記觀餘別醒慚醉後詩蟬催斜景急鳥度廣川遲何事聞鍾處勞君尚遠思

晚望　劉子高

山氣碧氤氳深林帶夕曛人歸孤嶂晚犬吠隔溪雲杉竹何年種烟塵此地分桃源寧異此猶恐世人聞

江村雜興　楊孟載

儀困非無舌顏空尚有田病多賒藥券貧乏買山錢白璧交徵日黄金寵賜年都將舊遊夢一咲野鷗前

卷二一終

文章辨體卷之三　外集

海虞後學吳訥編集

律詩二

七言

三陽石淙侍宴應制　唐宋延清

離宫祕苑勝瀛洲，別有仙人洞壑幽。巖邊樹色含風冷，石上泉聲帶雨秋。鳥向歌筵來度曲，雲依帳殿結爲樓。微臣昔忝方明御，今日還陪八駿遊。

奉和春日幸望春宫應制　張道濟

別館芳菲上苑東，飛花淡蕩御筵紅。城臨渭水天河淨，闕對南山雨露通。繞殿流鶯凡幾樹，當蹊亂蝶許多叢。春園既醉心和樂，共識皇恩造化同。

登黃鶴樓　崔顥

昔人已乘白雲去此地空餘黃鶴樓黃鶴一去不復返白雲千載空悠悠晴川歷歷漢陽樹芳草萋萋鸚鵡洲日暮鄉關何處是烟波江上使人愁

登鳳凰臺　李太白

鳳凰臺上鳳凰遊鳳去臺空江自流吳宮花草埋幽逕晉代衣冠成古丘三山半落青天外二水中分白鷺洲總爲浮雲能蔽日長安不見使人愁

題東溪公幽居

杜陵賢人清且廉東溪卜築歲將淹宅近東山同謝朓門垂碧柳似陶潛好鳥迎春歌後院飛花送酒舞前簷客到但知留一醉盤中秖有水精鹽

秋興　杜子美

玉露凋傷楓樹林巫山巫峽氣蕭森江間波浪兼天湧塞上風

雲接地陰叢菊兩開他日淚孤舟一繫故園心寒衣處處催刀
尺白帝城高急暮砧
夔府孤城落日斜每依南斗望京華聽猿實下三聲淚奉使虛
隨八月槎畫省香爐違伏枕山樓粉堞隱悲笳請看石上藤蘿
月已映洲前蘆荻花
千家山郭靜朝暉日日江樓坐翠微信宿漁人還汎汎清秋燕
子故飛飛匡衡抗疏功名薄劉向傳經心事違同學少年多不
賤五陵衣馬自輕肥
聞道長安似弈棋百年世事不勝悲王侯第宅皆新主文武衣
冠異昔時直北關山金鼓振征西車馬羽書遲魚龍寂寞秋江
冷故國平居有所思
蓬萊宮闕對南山承露金莖霄漢間西望瑤池降王母東來紫
氣滿函關雲移雉尾開宮扇日遶龍鱗識聖顏一臥滄江驚歲

晚幾回青鎖點朝班

瞿塘峽口曲江頭萬里風烟接素秋花蕚夾城通御氣芙蓉小苑入邊愁珠簾繡柱圍黃鵠錦纜牙檣起白鷗迴首可憐歌舞地秦中自古帝王州

昆明池水漢時功武帝旌旗在眼中織女機絲虛夜月石鯨鱗甲動秋風波漂菰米沉雲黑露冷蓮房墜粉紅關塞極天唯鳥道江湖滿地一漁翁

昆吾御宿自逶迤紫閣峰陰入渼陂香稻啄餘鸚鵡粒碧梧棲老鳳凰枝佳人拾翠春相問仙侶同舟晚更移綵筆昔曾干氣象白頭吟望苦低垂

詠懷古迹

搖落深知宋玉悲風流儒雅亦吾師悵望千秋一灑淚蕭條異代不同時江山故宅空文藻雲雨荒臺起夢思最是楚宮俱泯

滅舟人指點到今疑

群山萬壑赴荆門生長明妃尚有村一去紫臺連朔漠獨留青塚向黄昏畫圖省識春風面環珮空歸月夜魂千歲琵琶作胡語分明怨恨曲中論

蜀主窺吴幸三峽崩年亦在永安宮翠華想像空山裏玉殿虚無野寺中古廟杉松巢水鶴歲時伏臘走村翁武侯祠屋長鄰近一體君臣祭祀同

諸葛大名垂宇宙宗臣遺像肅清高三分割據紆籌策萬古雲霄一羽毛伯仲之間見伊吕指揮若定失蕭曹運移漢祚終難復志決身殲軍務勞

奉和賈至舍人早朝大明宮

五夜漏聲催曉箭九重春色醉仙桃旌旗日暖龍蛇動宮殿風微燕雀高朝罷香煙攜滿袖詩成珠玉在揮毫欲知世掌絲綸

美池上于今有鳳毛

宣政殿退朝晚出左掖

天門日射黄金榜春殿晴曛赤羽旗宫草微微承委珮鑪烟細細駐遊絲雲近蓬萊常五色雪殘鳷鵲亦多時侍臣緩步歸青鎖退食從容出每遲

紫宸殿退朝口號

戸外昭容紫袖垂雙瞻御座引朝儀香飄合殿春風轉花覆千官淑景移晝漏稀聞高閣報天顔有喜近臣知宫中每出歸東省會送夔龍集鳳池

曲江

一片花飛減却春風飄萬點正愁人且看欲盡花經眼莫厭傷多酒入脣江上小堂巢翡翠苑邊高塚卧麒麟細推物理須行樂何用浮名絆此身

朝回日日典春衣每日江頭盡醉歸酒債尋常行處有人生七十古來稀穿花蛺蝶深深見點水蜻蜓款款飛傳語風光共流轉暫時相賞莫相違

嚴中丞枉駕見過

元戎小隊出郊坰問柳尋花到野亭川合東西瞻使節地分南北任浮萍扁舟不獨如張翰皁帽應兼似管寧寂寞江天雲霧裏何人道有少微星

贈獻納起居田舍人澄

獻納司存雨露邊地分清切任才賢舍人退食收封事宮女開函近御筵曉漏追趨青瑣闥晴牕點檢白雲篇揚雄更有河東賦唯待吹噓送上天

蜀相

丞相祠堂何處尋錦官城外柏森森映階碧草自春色隔葉黃

鸝空好音三顧頻繁天下計兩朝開濟老臣心出師未捷身先死長使英雄淚滿襟

九日宴藍田崔氏莊

老去悲秋強自寬興來今日盡君歡羞將短髮還吹帽笑倩傍人爲正冠藍水遠從千澗落玉山高並兩峰寒明年此會知誰健醉把茱萸仔細看

至日遣興奉寄北省舊閣老兩院故人

憶昨逍遙供奉班去年今日侍龍顔麒麟不動爐烟上孔雀徐開扇影還玉几由來天北極朱衣只在殿中間孤城此日堪腸斷愁對黄雲雪滿山

臘日

臘日常年暖尚遥今年臘日凍全消侵凌雪色還萱草漏洩春光有柳條縱酒欲謀良夜醉還家初散紫宸朝口脂面藥隨恩

澤翠管銀罌下九霄　偕李七司馬阜江上觀造竹橋
伐竹爲橋結構同褰裳不涉往來通天寒白鶴歸華表日落青龍見水中顧我老非題柱客知君才是濟川功合歡却笑千年事驅石何時到海東

客至
舍南舍北皆春水但見群鷗日日來花徑不曾緣客掃蓬門今始爲君開盤飧市遠無兼味尊酒家貧只舊醅肯與鄰翁相對飲隔籬呼取盡餘杯

狂夫
萬里橋西一草堂百花潭水即滄浪風含翠篠娟娟淨雨裛紅蕖冉冉香厚祿故人書斷絕恒飢稚子色凄凉欲填溝壑唯疏放自笑狂夫老更狂

燕子來舟中作

湖南爲客動經春燕子銜泥兩度新舊入故園常識主如今社日遠看人可憐處處巢居室何異飄飄托此身暫語船檣還復去穿花落水益沾巾

寒食舟中作

佳辰強飲食猶寒隱几蕭條戴鶡冠春水船如天上坐老年花似霧中看娟娟戲蝶過閑幔片片輕鷗下急湍雲白山青萬餘里愁看直北是長安

江村

清江一曲抱村流長夏江邨事事幽自去自來堂上燕相親相近水中鷗老妻畫紙爲棊局稚子敲針作釣鉤多病所須唯藥物微軀此外更何求

卜居

浣花溪水水西頭主人爲卜林塘幽已知出郭少塵事更有澄江消客愁無數蜻蜓齊上下一雙鸂鶒對沉浮東行萬里堪乘興須向山陰上小舟

題省中壁

掖垣竹埤梧十尋洞門對雪常陰陰落花遊絲白日靜鳴鳩乳燕青春深腐儒衰晚謬通籍退食遲迴違寸心衮職曾無一字補許身愧比雙南金

秋風

秋風淅淅吹我衣東流之外西日微天青小城擣練急石古細路行人稀不知明月爲誰好蚤晚孤帆他夜歸會將白髮倚庭樹故園池臺今是非

暮歸

霜黃碧梧白鶴栖城上擊柝復烏啼客子入門月皎皎誰家擣

練風淒淒南渡桂水闕舟楫比歸秦川多鼓鞞年過半百不稱意明日看雲還杖藜

柏學士茅屋

碧山學士焚銀魚白馬卻走身巖居古人已用三冬足年少今開萬卷餘晴雲滿戶團傾蓋秋水浮階溜決渠富貴必從勤苦得男兒須讀五車書

早朝大明宮　賈幼鄰

銀燭朝天紫陌長禁城春色曉蒼蒼千條弱柳垂青瑣百囀流鶯遶建章劍佩聲隨玉墀步衣冠身惹御爐香共沐恩波鳳池裏朝朝染翰侍君王

和賈舍人早朝　王摩詰

絳幘雞人報曉籌尚衣方進翠雲裘九天閶闔開宮殿萬國衣冠拜冕旒日色纔臨仙掌動香烟欲傍衮龍浮朝罷須裁五色

詔佩聲歸到鳳池頭

酬郭給事

洞門高閣靄餘暉桃李陰陰柳絮飛禁裏疎鍾官舍晚省中啼鳥吏人稀晨搖玉佩趨金殿夕奉天書拜瑣闈强欲從軍無奈老將因卧病解朝衣

和賈至舍人早朝　岑参

鷄鳴紫陌曙光寒鶯囀皇州春色闌金闕曉鍾開萬戶玉階仙仗擁千官花迎劒佩星初落柳拂旌旗露未乾獨有鳳凰池上客陽春一曲和皆難

和王員外雪後早朝

長安雪後似春歸積素凝華炫曙暉色借玉珂迷曉騎光添銀燭晃朝衣西山落月臨天仗北闕晴雲捧禁闈聞道仙郎歌白雪由來此曲和人稀

送王李二少府貶峽　高達夫

嗟君此別意何如駐馬銜盃問謫居巫峽啼猨數行淚衡陽歸鴈幾封書青楓江上秋天遠白帝城邊古木疎聖代只今多雨露暫時分手莫躊躇

送魏萬之京　李頎

朝聞遊子唱離歌昨夜微霜初度河鴻鴈不堪愁裏聽雲山況是客中過關城曙色催寒近御苑砧聲向晚多莫是長安行樂處空令歲月易蹉跎

寄司勳盧員外

流澌八月下河陽草色新年發建章秦地立春傳太史漢宮題柱憶仙郎歸鴻欲度千門雪侍女新添五夜香早晚薦雄文似者故人今已賦長楊

杜員外兄示詩因作此寄上　郭受

新詩海内流傳久舊德朝中屬望勞郡邑地卑饒霧雨江湖天闊足風濤松醪酒熟傍看醉蓮葉舟輕自學操春興不知凡幾首衡陽紙價頓能高

早朝寄所知　皇甫孝常

長安雪後見歸鴻紫禁朝天拜舞同曙色漸分雙闕下漏聲遥在百花中爐烟乍起開仙仗玉佩成行引上公共荷發生同雨露不應黄葉久從風

同温丹徒登萬歲樓　皇甫茂政

高樓獨上思依依極浦遥山合翠微江客不堪頻北望塞鴻何事復南飛丹陽古渡寒烟積瓜步空洲遠樹稀聞道王師猶轉戰誰能談笑解重圍

送李録事歸襄陽　劉文房

十年多難與君同幾處移家逐轉蓬白首相逢征戰後青春已

過亂離中行人杳杳看西月歸馬蕭蕭向北風漢水楚雲千萬里天涯此別恨無窮

和李員外扈從幸温泉宮　錢仲文

未央月曉度踈鍾鳳輦時巡出九重雪霽山門迎瑞日雲開水殿候飛龍輕寒不入宮中樹佳氣常浮仗外峰遥羨枚皐扈仙蹕偏承霄漢渥恩濃

長安春望　盧允言

東風吹雨過青山却望千門草色閑家在夢中何日到春來江上幾人還川原繚繞浮雲外宮闕參差落照間誰念爲儒逢世難獨將衰鬢客秦關

元日早朝　楊景山

北極長尊仰聖時周家何用問元龜天顔入曙千官拜日色迎春萬物知閶闔迥臨黄道正衣冠高對碧山陲微臣願獻封人

祝壽酒年年太液池

題仙遊觀　韓君平

仙臺初見五城樓風物凄凄宿雨收山色遥連秦樹晚砧聲近報漢宮秋踈松影落空壇凈細草香生小洞幽何用別尋方外去人間亦自有丹丘

朝下寄韓舍人　耿湋

侍臣鳴珮出西曹鑾殿分階翊綵旄瑞氣迴浮青玉案日華遥上赤霜袍花間熖熖雲旗合鳥外亭亭露掌高肯念萬年芳樹裏隨風一葉在蓬蒿

別舍弟宗一　柳子厚

零落殘魂倍黯然雙垂別淚越江邊一身去國六千里萬死投荒十二年桂嶺瘴來雲似墨洞庭春盡水如天欲知此別相思夢長在荆門郢樹烟

登柳州城樓寄漳汀封連四州

城上高樓接大荒海天愁思正茫茫驚風亂颭芙蓉水密雨斜侵薜荔墻嶺樹重遮千里目江流曲似九回腸共來百粤文身地猶自音書滯一方

寒食内宴　張文昌

城闕沉沉向曉寒恩當令節賜餘歡瑞烟入處開三殿香雨微時引百官寳樹樓前分繡幙綵衣廊下映華欄宫筵戲樂年年別已得三回對御看

酬嚴司空見寄　武伯蒼

金貂再領三公府玉帳連封萬户侯簾捲青山巫峽曉牕開碧樹渚宫秋劉琨坐嘯風生席謝朓題詩月滿樓白雪調高歌不得美人南望翠蛾愁

元日樓前觀仗　薛陶臣

千門曙色瑣寒梅五夜疎鐘曉箭催寶馬占堤朝闕去香車爭路進名來天臨玉几班初合日照金雞仗欲回夜向紫微看北斗上林佳氣護樓臺

登洛陽城　　許用晦

禾黍離離半野蒿昔人城此豈知勞水聲東去市朝變山勢北來宮殿高鴉噪暮雲歸古堞鴈迷寒雨下空壕可憐緱嶺登仙子猶自吹笙醉碧桃

金陵懷古

玉樹歌殘王氣終景陽兵合戍樓空楸梧遠近千官塚禾黍高低六代宮石鷰拂雲晴亦雨江豚吹浪夜還風英雄一去豪華盡惟有青山似洛中

凌歊臺

宋祖凌歊樂未回三千歌舞宿層臺湘潭雲盡暮山出巴蜀雪

消春水來行殿有基荒薺合寢園無主野棠開百年便作萬年
計巖畔古碑空綠苔

凌歊臺送韋秀才

雲起高臺日未沉數村殘照半巖陰野蠶成繭桑柘盡谿鳥引
雛蒲稗深帆勢依依投極浦鐘聲杳杳隔前林故山迢遰故人
去一夜月明千里心

京口寄友人

吳門烟月昔同遊楓葉蘆花共客舟聚散有期雲北去浮沉無
計水東流一尊酒盡青山暮千里書回碧樹秋何處相思不相
見鳳樓宮闕楚江頭

晚自朝臺至韋隱居郊園

秋來鳧鴈下方塘繫馬朝臺步夕陽村逕繞山松葉暗柴門流
水稻花香雲連海氣琴書潤風帶潮聲枕簟凉西去磻谿猶萬

里可能番白待文王

四皓廟

桂香松暖廟門開獨瀉椒漿奠一盃秦法欲興鴻已去漢儲將廢鳳還來紫芝翳翳多青草白石蒼蒼半綠苔山下驛程南竄路不知冠蓋幾人回

錦瑟　李義山

錦瑟無端五十絃一絃一柱思華年莊生曉夢迷蝴蝶望帝春心託杜鵑滄海月明珠有淚藍田日暖玉生烟此情可待成追憶只是當時已惘然

茂陵

漢家天馬出蒲梢苜蓿榴花徧近郊内苑只知銜鳳觜屬車無復插雞翹玉桃偷得憐方朔金屋粧成貯阿嬌誰料蘇卿老歸國茂陵松栢雨蕭蕭

馬嵬

海外徒聞更九州他生未卜此生休空聞虎旅鳴宵柝無復雞人報曉籌此日六軍同駐馬當時七夕笑牽牛如何四紀爲天子不及盧家有莫愁

籌筆驛

魚鳥猶疑畏簡書風雲長爲護儲胥徒令上將揮神筆終見降王走傳車管樂有才終不忝關張無命欲何如他年錦里經祠廟梁甫吟成恨有餘

隋宮

紫泉宮殿鎖烟霞欲取蕪城作帝家玉璽不緣歸日角錦帆應是到天涯于今腐草無螢火終古垂楊有莫鴉地下若逢陳後主豈宜重問後庭花

酬張芬赦後見寄　司空文明

紫鳳朝銜五色書陽春忽布網羅除已將心變寒灰後豈得光生腐草餘建水風烟收客淚杜陵花竹夢郊居勞君故有詩相贈欲報瓊瑤愧不如

過陳琳墓　温飛卿

曾於青史見遺文今日飄零過古墳詞客有靈應識我霸才無主始怜君石麟埋沒藏秋草銅雀荒凉對暮雲莫怪臨風倍惆悵欲將書劒學從軍

和樂天早春見寄　元微之

雨香雲淡覺微和誰送春聲入棹歌萱近北堂穿土蚤柳偏東面受風多湖添水色消殘雪江送潮頭湧漫波同受新年不同賞無由縮地欲如何

鄂州寓巖澗宅

鳳有高梧鶴有松偶來江外寄行蹤花枝滿院空啼鳥塵榻無

人憶臥龍心想夜閑惟足夢眼看春盡不相逢何時最是思君處月入斜牕曉寺鐘

寄樂天

榮辱升沉影與身世情誰是舊雷陳惟應鮑叔偏憐我自保曾參不殺人山入白樓沙苑莫潮生滄海野塘春老逢佳景惟惆悵兩地各傷無限神

和趙相公登鸛雀樓　殷堯藩

危樓高架泬寥天上相閑登立綵旃樹色到京三百里河流歸漢幾千年晴峰聳日當周道秋穀垂花滿舜田雲路何人見高志最看西面赤欄前

咸陽懷古　劉滄

經過此地無窮事一望凄然感廢興渭水故都秦二世咸陽秋草漢諸陵天空絕塞聞邊鴈葉盡孤村見夜燈風景蒼蒼多少

恨寒山半出白雲層

長洲懷古

野燒空原盡荻灰吳王此地有樓臺千年事往人何在半夜月明潮自來白鳥影從江樹没清猿聲入楚雲哀停車日晚薦蘋藻風静寒塘花正開

煬帝行宮

此地曾經翠輦過浮雲流水竟如何香銷南國美人盡怨入東風芳草多殘柳宮前空露葉夕陽江上浩煙波行人遥起廣陵思古渡月明聞棹歌

廢宅　吳子華

風飄碧瓦雨摧垣却有鄰人爲鎖門幾樹好花閑白晝滿庭荒草易黄昏放魚池涸蛙爭聚棲燕梁空雀自喧不獨淒凉眼前事咸陽一火便成原

龍泉寺絕頂　方雄飛

未明先見海底日良久遠雞方報晨古樹含風常帶雨寒巖四月始知春中天氣爽星河近下界時豐雷雨均前後登臨思無盡年年改換往來人

江亭春霽　李郢

江蘺漠漠荇田田江上雲亭霽景鮮蜀客帆檣背歸燕楚山花木怨啼鵑春風掩映千門柳曉色淒涼萬井烟金磬冷冷水南寺上方臺殿翠微連

江亭秋霽

碧天涼冷鴈來疎閑看江雲思有餘秋館池亭荷葉後野人籬落豆花初無愁自得仙翁術多病能忘太史書聞説故園香稻熟片帆歸去就鱸魚

寒食　來鵬

獨把一盃山舘中每驚時節恨飄蓬侵堦草色連朝雨滿地梨花昨夜風蜀魄啼來春寂寞楚魂吟後月朦朧分明記得還家夢徐孺宅前湖水東

病起

春初一臥到秋深不見紅芳與綠陰窻下展書難久讀池邊扶杖欲閑吟藕穿平地生荷葉筍過東家作竹林在舍渾如遠鄉客詩僧酒伴鎮相尋

九日齊山登高　杜牧之

江涵秋影鴈初飛與客攜壺上翠微人世難逢開口笑菊花須插滿頭歸但將酩酊酬佳節不用登臨怨落暉古往今來只如此牛山何必獨沾衣

春日長安即事　崔魯

一百五日又欲來梨花梅花參差開行人自笑不歸去瘦馬獨

冷眞可哀杏酪漸香鄰舍粥榆烟將變舊爐灰玉樓春暖笙歌夜肯信愁腸日九回

送友人遊江南　　耿湋

遠別悠悠白髮新江潭何處是通津潮聲偏懼初來客海味惟甘久住人漠漠烟光漁浦晚青青草色定山春汀洲更有南回鴈亂起聯翩北向秦

尋郭道士不遇　　白樂天

郡中乞假來尋訪洞裏朝元去不逢看院只留雙白鶴入門唯見一青松藥爐有火丹應伏雲碓無人水自舂欲問參同契中事未知何日得相從

長安秋夕　　趙承祐

雲物淒涼拂曙流漢家宮闕動高秋殘星數點鴈橫塞長笛一聲人倚樓紫艶半開籬菊淨紅衣落盡渚蓮愁鱸魚正美不歸

去空戴南冠學楚囚

春夕旅懷　崔塗

水流花謝兩無情送盡東風過楚城蝴蝶夢中家萬里杜鵑枝上月三更故園書動經年別華髮春惟兩鬢生自是不歸歸便得五湖烟景有誰爭

早秋京口贈張侍御　李從一

移家避寇逐行舟厭見南徐江水流吳地征徭非舊日秣陵凋弊不宜秋千家閉戶無砧杵七夕何人望斗牛祇有同時驄馬客偏題尺牘問窮愁

夏夜宿表兄家話舊　竇遺直

夜合花開香滿庭夜深微雨醉初醒遠書珍重何曾達舊事淒涼不可聽去日兒童皆老大昔年親友半凋零明朝又是孤舟別愁見河橋酒幔青

早朝五門西望　王仲初

百官朝下五門西塵起春風滿御堤黃帕蓋鞍呈了馬紅羅纏項鬬回雞館松枝重墻頭出渠柳條長水面齊惟有教坊南草色古城陰處冷萋萋

西塞懷古　劉夢得

王濬樓船下益州金陵王氣漠然收千尋鐵鎖沉江底一片降旗出石頭人世幾回傷往事山形依舊枕寒流今逢四海為家日故壘蕭蕭蘆荻秋

春夜偶作　宋寇平仲

一夕衡門獨自開雨陰深巷少塵埃醉醒風傍池邊起坐久月從花上來何處夜歌初欲斷幾家春夢未知回因思此興無人共時復孤吟步綠苔

梅花　林君復

吟懷長恨負芳時，爲見梅花輒入詩。雪後園林纔半樹，水邊籬落忽横枝。人憐紅艷多應俗，天與清香似有私。堪笑胡雛亦風味，解將别調角中吹。

小園梅花

衆芳揺落獨暄妍，占盡東風向小園。踈影横斜水清淺，暗香浮動月黄昏。霜禽欲下先偷眼，粉蝶如知合斷魂。幸有微吟可相狎，不須檀板共金樽。

内直對月　歐陽永叔

禁署沉沉玉漏傳，月華雲表溢金盤。纖埃不隔光初滿，萬物無聲夜向闌。蓮燭燒殘愁夢斷，薫爐熏歇覺衣單。水精宮鎖黄金闕，故比人間分外寒。

葛溪驛　王介甫

缺月昏昏漏未央，一燈明滅照秋牀。病中最覺風露早，歸夢不

知山水長坐感歲時歌慷慨起看天地色悽涼鳴蟬更亂行人耳正抱疎桐葉半黃

恭和御製上元觀燈　王禹玉

雪消華月滿高臺萬燭當樓寶扇開雙鳳雲中扶輦下六鼇海上駕山來鎬宮春酒霑周燕汾水秋風陋漢材一曲昇平人共樂君王又進紫霞盃

郊行即事　程明道

芳原綠野恣行時春入遥山碧四圍興逐亂紅穿柳巷困臨流水坐苔磯莫辭酒盞十分醉只恐風花一片飛况是清明好天氣不妨游衍暮忘歸

出潁口初見淮山　蘇子瞻

我行日夜向江海楓葉蘆花秋興長平淮忽迷天遠近青山久與船低昂壽州已見白石塔短棹未轉黃茅岡波平風軟望不

到故人久立煙蒼茫

玉堂夜直

纖霰踈踈點玉堂詞頭夜下攬衣忙光分御燭星辰爛拜賜宮壺雨露香醉眼有花書字大老人無睡漏天長何時却遂桑榆暖社酒寒燈樂未央

病後登快哉亭　賀方回

經雨清蟬得意鳴紅塵開處見歸程病來把酒不知厭夢後倚樓無限情鴉帶殘枝投古刹草將野色入荒城故園又負黃華約但覺秋風鬢上生

夢山中故人　朱晦庵

風雨蕭蕭已送愁不堪懷抱更離憂故人只在千巖裏桂樹無端一夜秋把袖追歡勞夢寐舉杯相屬暫綢繆覺來却是天涯客簷響潺潺瀉未休

前村見梅

玉立寒煙寂寞濱仙姿蕭灑淨無塵千林搖落今如許一樹橫斜獨可人眞與雪霜娛晚景任從桃李殿殘春綠陰青子明年事衆口驚嗟鼎味新

歌風臺　元吳幼清

黄屋巍巍萬乘尊千秋遊子故鄉魂韓彭自取夷三族平勃猶堪托後昆湛露只今王迹熄歌風終古霸心存當時儒是規模遠願起河汾與細論

和姚子敬秋興　趙子昂

落日孤城動鼓鼙樓中畫角不勝吹山川蕭瑟秋雲淨草木凋傷暮雨悲多病長卿嘲暇日數奇李廣不逢時捲簾白水青山外隱几無言有所思

吳宮烟冷水空流慘淡風雲暗九秋禾黍故基曾駐輦芙蓉高

閣逈添愁繡檻錦柱蛟龍泣金沓瑶堦鹿豕遊宋玉平生㝡蕭
瑟欲將九辯賦離憂

銅雀春深漢苑空邯鄲月冷照秦宫烟花樓閣西風裏錦繡湖
山落照中河水南來非禹迹冀方北去有唐風溪城秋色催遲
暮愁對黄雲没斷鴻

搔首風塵雙短髩側身天地一儒冠中原人物思王猛江左功
臣愧謝安苜蓿秋高戎馬健江湖日短白鷗寒金樽緑酒無錢
共安得愁中却暫歡

玉堂讀卷　　　　虞伯生

玉堂策士詔儒臣御筆親題墨色新省樹坐移簾裏日宫壺馳
賜殿頭春虞廷制作夔龍盛漢代文章董賈醇書閣暮年偏感
遇但歌天保畣皇仁

送韓伯高僉憲淛西

五月樓船過大江海風吹雨灑船牕雲消虹蜺橫山閣潮落黿鼉避石矼闕下諫書誰第一濟南文士舊無雙湖陰暑退多魚鳥應勝愁吟對怒瀧

題文忠臣廟

徒把金戈挽落暉南冠不耐北風吹張良本爲韓仇出諸葛焉知漢祚衰雲暗鼎湖龍去遠月明華表鶴歸遲不須更上新亭望殆不如前灑淚旹

答李本録詩

老去逢春秪謾吟敢煩綵筆爲追尋玉堂天上成塵夢茆屋山中稱野心萬里雲霄歸鳥盡孤村風雨落花深文章傳世知何用空使高情慨古今

題黄君秋江釣月圖　范德機

舊識先生隱者流偶因圖畫想滄洲斷雲滿路碧空晚明月何

年青嶂秋世故風塵雙短屐生涯天地一孤舟何由白石空磯畔招得人間萬戶侯

送白無咎太守之郡

瀟灑中書舊省郎排雲曾攬舜衣裳一麾况復守名郡萬事不如歸故鄉馬首漸違燕闕雨鴈聲欲度晉城霜漢廷擇相皆良吏蚤奉潘輿謁建章

宗陽宮望月分韻得聲字　楊仲弘

老君臺上涼如水坐看氷輪轉二更大地山河微有影九天風露寂無聲蛟龍並起承金榜鸞鳳雙飛載玉笙不信弱流三萬里此身今夕到蓬瀛

遣興

庭樹號蟬日已凉塞雲橫鴈夜何長挾書萬里干明主仗劒三年別故鄉西北諸山連朔漠東南衆水隔荆楊淹留不去慚蘇

子莫遣貂裘壓雪霜

憶昨　揭曼碩

天曆年中祕閣開授經新拜育群材宮門待漏常先到講席收書每後回召試時蒙天語勞分題不待侍臣催滿頭白雪丹心在太液池邊只獨來

二

宮草葱茸禁樹齊日邊延顥對凝暉朝迎步輦花間立暮送回鑾柳下歸碧殿東臨瓊島近金河北引玉泉肥幾回弘慶門前路春氣濛濛欲濕衣

夢武昌

黃鶴樓前鸚鵡洲夢中渾似昔時遊蒼山斜入三湘路落日平鋪七澤流鼓角沉雄遥動地帆檣高下亂維舟故人雖在多分散獨向南池看白鷗

元日和裴都事朝回　　李子構

海上瓊樓接五城人間歌吹近蓬瀛雲移豹尾旌旗動日射螭頭劒佩明拜舞盡隨仙仗入退歸還認玉珂鳴欣欣百草含春意得傍東君煖處生

過杭州鳳凰山　　陳剛中

浮屠百尺聳亭亭日落鴉啼野蔓青故國盡消龍虎氣荒山空帶鳳凰形金根輦路迎禪駕玉樹歌臺語梵鈴惟有錢塘江上月年年隨雁過寒汀

粤王臺懷古　　薩天錫

粤王故國四圍山雲氣猶屯虎豹關銅獸暗隨秋露泣海鴉多背夕陽還一時人物風塵外千古英雄草莽間日暮鷓鴣啼更急荒臺野竹雨班班

上尊號日聽詔寄供奉

丹鳳啣書出内廷羽林環衛擁霓旌千官拜舞開仙仗四海謳歌荷聖情香霧細添宫柳碧日華遥射錦袍明侍臣亦有文園病卧聽龍墀鼓吹聲

宿崇仁峽　傅與礪

扁舟夜宿魚龍窟久客長懷虎豹關歲暮思家成白髮天涯持酒看青山張騫浪喜蒲萄入馬援終嫌薏苡還天子只今勞遣使將軍何日遂平蠻

駕發

天門曉啓黄金鎖路馬遥翻碧玉蹄銀燭熒熒花外出翠鞋冉冉柳邊迷千官劒佩屯雲合五衛旌旗擁日齊後夜龍沙駐清蹕侍臣不寢聽晨鷄

題丁文苑同年哀詞後　黄晋卿

自别瓊林雨露邊江湖目斷繡衣前禹門尚想龍初化遼海驚

聞鶴已仙烈日秋霜空耿耿重山宿草正芊芊不才後死知何
用坐對諸郎獨泫然

憶友人

無復高談慰索居壯心零落竟何如人間漫有金臺夢身後誰
傳玉枕書半畝蒼苔埋壁地一聲白雪斷絃初芙蓉峰下聞吹
笛淚滴春天草木疎

題遠碧樓　張仲舉

江上樓居景自清闌干朝暮倚陰晴數峰殘雨雲間濕一水斜
陽鳥外鳴樹隔釣歌分浦出風移帆影近窓行綵衣白髮宜春
酒更喜田園樂趣成

舟發瀏江夜泊廟山驛

風帆東上浪冥冥鐘鼓山前近驛亭江海秋生河漢白魚龍夜
没水雲青誰從三島求仙藥自信孤槎伴客星好喚吳兒叩舷

起浩歌呼酒月中聽

梅花　洪武高季廸

瓊姿只合在瑶臺誰向江南處處栽雪滿山中高士卧月明林下美人來寒依踈影蕭蕭竹春掩殘香漠漠苔自去何郎無好韻東風愁寂幾回開

縞袂相逢半是仙平生水竹有深緣將踈尚帶微經雨似暗還明遠在烟薄暝山家松樹下嫩寒江店杏花前秦人若解當時種不引漁郎入洞天

翠羽驚飛別樹頭冷香狼籍倩誰收騎驢客醉風吹帽放鶴人歸雪滿舟澹月微雲皆自憂空山流水獨成愁幾看孤影低回處只道花神夜出遊

淡淡霜華濕粉痕誰施綃帳護香温詩隨十里尋春路愁在三更桂月村飛去只憂雲作伴銷來肯信玉為瑰一尊欲訪羅浮

客落葉空山正掩門
雲霧爲屏雪作宮塵埃無路可能通春風未動枝先覺夜月初
來樹欲空翠袖佳人依竹下白衣宰相住山中寂寥此地君休
怨回首名園盡棘蓬
夢斷揚州閣掩塵幽期猶自屬詩人立殘孤影長過夜看到餘
芳不是春雲暖空山裁玉徧月寒深浦泣珠頻掀篷圖裏當時
見錯愛橫斜却未真
獨開無那只依依肯爲愁多減玉輝簾外鐘來初月上燈前角
斷忽霜飛行人水驛春全早啼鳥山墻晚半稀愧我素衣今已
化相逢遠自洛陽歸
最愛寒多最得陽仙遊長在白雲鄉春愁寂寞天應老夜色朦
朧月亦香楚客不吟江路寂吳王已醉苑臺荒枝頭誰見花驚
處嫋嫋微風簌簌霜

斷魂只有月明知無限春愁在一枝不共人言唯獨笑忽疑君到正相思歌殘别院燒燈夜粧罷深宫覽鏡時舊夢已隨流水遠山窓聊復伴題詩

駕幸鍾山應　制　　詹同文

大駕春晴臨寶地鍾山老翠擁金仙瑶花如雨三千界紫氣成龍五百年風送香烟浮袞服池涵樹影拂青天詞臣侍從何多幸安得詩才似湧泉

康郎山應　制　　夏允中

三軍戰罷日重輪好雨東來爲洗塵絶壁秋聲清漱玉白沙月色爛堆銀氣成龍虎知王者兆應熊羆得老臣半夜内官催草檄燭花影裏繡衣新

采石　　楊克明

騎鯨仙人海上歸至今草木猶清暉千山落日送樵笛萬里長

風吹客衣春空蛾眉浮翠黛夜光犀渚沉珠璣神遊故國應過此高冢臨流知是非

春遊　吳主一

湖上輕帆吹柳絲湖邊細雨濕花枝百年總有三萬日一日都來十二時杜老每尋林氏宅山翁偏愛習家池乘閑取醉真吾事度水看花也自奇

山中蘭麝香滿林故人清遊能遠尋燕來已覺社日近寒退始知春意深山光入眼疑遠翠華影到湖生夕陰慈雲只尺不一去薄暮還家空復吟

金山寺　劉宗獬

孤峰宛若巨鰲簪橫絕中流翠色深勢與波濤相上下影隨魚鳥共浮沉椒門風起雲翻墨瓜步潮回月湧金擬汲中泠觀歷鶴維舟三日阻登臨

湖中翫月　張士行

銀河千頃照神州此夕人間别是秋地與樓臺相上下天隨星斗共沉浮一塵不向空中住萬象都於物外求醉吸清華遊碧落更於何處覓瀛洲

七月三十日祖母初度時年八十九　楊孟載

白髮青瞳壽者身每逢佳節話咸淳百年未盡四千月來歲還周九十春遷客無家空望拜孤臣有表更誰陳今朝風雨茆茨底應對兒孫説遠人

排律

五言

三月曲水宴　唐王子安

彭澤官初去河陽賦始傳田園歸舊國詩酒間長筵列室窺丹洞分樓瞰紫烟縈回亘津渡出没控郊鄽鳳琴調上客龍轡儼

群仙松石偏宜古藤蘿不記年重簷交密樹複磴擁危泉抗石驕南嶺乘沙渺[illegible]川傳巖來築處磻溪入釣前日斜眞與遠幽楚思京蟬

西使兼孟學士南游　盧照鄰

地道巴陵北天山弱水東相看萬餘里共倚一征篷零雨悲王粲清尊別孔融裴回聞夜鶴悵望待秋鴻骨肉胡秦外風塵關塞中唯餘劍鋒在耿耿氣成虹

靈隱寺　駱賓王

鷲嶺鬱岧嶢龍宮鎖寂寥樓觀滄海日門對浙江潮桂子月中落天香雲外飄捫蘿登塔遠刳木取泉遥霜薄花更發冰輕葉互凋待入天合路看余度石橋

同韋舍人早朝　沈雲卿

閶闔連雲起巖廊拂霧開玉珂龍影度珠履鴈行來長樂宵鐘

盡明光曉奏催一經傳舊德五字擢英材儼若神仙去紛從霄漢回千春奉休歷分禁喜趨陪

春日歸山寄孟浩然　李太白

朱紱遺塵境青山謁梵筵金繩開覺路寶筏度迷川嶺樹攢飛栱巖花覆谷泉塔形標海月樓勢出江烟香氣三天下鐘聲萬壑連荷秋珠已滿松密蓋初圓鳥聚疑聞法龍參若護禪愧非流水韻叨入伯牙絃

行次昭陵　杜子美

舊俗疲庸主群雄問獨夫讖歸龍鳳質威定虎狼都天屬尊堯典神功協禹謨風雲隨絕足日月繼高衢文物多師古朝廷半老儒直詞寧戮辱賢路不崎嶇往者災猶降蒼生喘未蘇指揮安率土盪滌撫洪鑪壯士悲陵邑幽人拜鼎湖玉衣晨自舉鐵馬汗常趨松柏瞻虛殿塵沙立暝途寂寥開國日流恨滿山隅

奉贈韋左丞丈二十二韻

紈袴不餓死儒冠多誤身丈人試靜聽賤子請具陳甫昔少年日早充觀國賓讀書破萬卷下筆如有神賦料揚雄敵詩看子建親李邕求識面王翰願卜鄰自謂頗挺出立登要路津致君堯舜上再使風俗淳此意竟蕭條行謌非隱淪騎驢三十載旅食京華春朝扣富兒門暮隨肥馬塵殘盃與冷炙到處潛悲辛主上頃見徵欻然欲求伸青冥却垂翅蹭蹬無縱鱗甚愧丈人厚甚知丈人真每於百僚上猥誦佳句新竊效貢公喜難甘原憲貧焉能心怏怏秖是走踆踆今欲東入海即將西去秦尚憐終南山回首清渭濱常擬報一飯况懷辭大臣白鷗没浩蕩萬里誰能馴

重經昭陵

草昧英雄起謳歌曆數歸風塵三尺劒社稷一戎衣翼亮貞文

德丕承戢武威聖圖天廣大宗祀日光輝陵寢盤空曲熊羆守
翠微再窺松柏路還見五雲飛

投贈哥舒開府翰二十韻

今代麒麟閣何人第一功君王自神武駕馭必英雄開府當朝
傑論兵邁古風先鋒百勝在略地兩隅空青海無傳箭天山早
挂弓廉頗仍走敵魏絳已和戎每惜河湟棄新兼節制通智謀
垂睿想出入冠諸公日月低秦樹乾坤繞漢宮胡人愁逐北宛
馬又從東受命邊沙遠歸來御席同軒墀曾寵鶴畋獵舊非熊
茅土加名數山河誓始終策行遺戰伐契合動昭融勳業青冥
上交親氣槩中未爲珠履客已見白頭翁壯節初題柱生涯獨
轉蓬幾年春草歇今日暮途窮軍事留孫楚行間識呂蒙防身
一長劍將欲倚崆峒

上韋左相

鳳曆軒轅紀龍飛四十春八荒開壽域一氣轉洪鈞霖雨思賢
佐丹青憶老臣應圖求駿馬驚代得麒麟沙汰江河濁調和鼎
鼐新韋賢初相漢范叔已歸秦盛業今如此傳經固絕倫豫樟
深出地滄海濶無津北斗司喉舌東方領縉紳持衡留藻鑒聽
履上星辰獨步才超右餘波德照鄰聰明過管輅尺牘倒陳遵
豈是池中物由來席上珍廟堂知至理風俗盡還淳才傑俱登
用愚蒙但隱淪長卿多病久子夏索居貧回首驅流俗生涯似
衆人巫咸不可問鄒魯莫容身感激時將晚蒼茫興有神為公
歌此曲涕淚在衣巾

寄李十二白

昔年有狂客號爾謫仙人筆落驚風雨詩成泣鬼神聲名從此
大汨沒一朝伸文彩承殊渥流傳必絕倫龍舟移棹晚獸錦奪
袍新白日來深殿青雲滿後塵乞歸優詔許遇我宿心親未負

幽棲志兼全寵辱身劇談憐野逸嗜酒見天眞醉舞梁園夜行歌泗水春才高心不展道屈善無鄰處士禰衡俊諸生原憲貧稻粱求未足薏苡謗何頻五嶺炎蒸地三危放逐臣幾年遭鵩鳥獨泣向麒麟蘇武先還漢黄公豈事秦楚筵辭醴日梁獄上書辰已用當時法誰將此義陳老吟秋月下病起暮江濱莫怪恩波隔乘槎與問津

奉和上巳禊飲應制　王摩詰

長樂青門外宜春小苑東樓開萬戶上輦過百花中畫鷁移仙妓金貂列上公清歌邀落日妙舞向春風渭水明秦甸黄山入漢宮君王來祓禊灞滻亦朝宗

送祕書晁監歸日本

積水不可極安知滄海東九州何處遠萬里若乘空向國惟看日歸途但信風鼇身映天黑魚眼射波紅鄉樹扶桑外主人孤

島中別離方異域音信若爲通

杜中丞書院新移小竹　王仲初

此地本無竹遠從山寺移經年求養法隔日記澆時嫩緑卷新葉殘黃依故枝色經寒不動聲與靜相宜愛護出常數稀稠當自知貧家緣未有客散獨行遲

和席八十二韻　韓退之

絳闕銀河曙東風右掖春官隨名共美花與思俱新綺陌朝遊間綾衾夜直頻橫門開日月高閣切星辰庭變寒前草天銷霽後塵溝聲通苑急柳色壓城勻綸綍謀猷盛丹青步武親芳菲含斧藻光景暢形神傍砌看紅藥巡池詠白蘋多情懷酒伴餘事作詩人倚玉難藏拙吹竽久混真坐慚空白老江海未還身

和崔舍人詠月

三秋端正月今夜出東溟對日猶分勢騰天漸吐靈未高烝遠

氣半上霽孤形赫奕當躔次虛徐度杳冥長河晴散霧列宿曙分螢浩蕩英華溢瀟疎物象泠池邉臨倒照簷際送横經花樹參差見阜禽斷續聆牖光窺寂寞砧影伴娉停幽坐看侵戶閑吟愛滿庭輝斜通壁練彩碎射沙星清潔雲間路空凉水上亭淨看分顧兎細得數飄萍山翠相凝緑林煙共冪青過隅驚桂側當午覺輪停屬思摛霞錦追歡罄縹缾郡樓何處望隴笛此時聽右掖連台座重門限禁扃風臺觀滉瀁氷砌步青熒獨有虞庠客無由拾落蓂

春雪間早梅

梅將雪共春彩艷不相因逐吹能爭密排枝巧妬新誰令香滿座獨使淨無塵芳意饒呈瑞寒光助照人玲瓏開已徧點綴坐來頻那是俱疑似須知兩逼真熒煌初亂眼浩蕩忽迷神未許瓊花比從將玉樹親先期迎獻歲更伴占茲辰願得長輝映輕

微敢自珍

春雪

看雪乘清旦無人坐獨謠拂花輕尚起落地暖初銷已訝陵歌扇還來伴舞腰灑篁留密節着柳送長條入鏡鸞窺沼行天馬度橋徧階憐可掬滿樹戲成瑶江浪迎濤日風毛縱獵朝弄閑時細轉爭急忽驚飄城險疑懸布砧寒未擣綃莫愁陰景促夜色自相饒

韶州裴長史寄道州呂八大使二十韻見及因拾其餘韻酬焉凡韶州所用者置不取其聲律言數如之

柳子厚

金馬嘗齊入銅魚亦共頒疑山看積翠湞水想澄灣標榜同驚俗清明兩照姦乘軺參孔僅按節服侯狦賈傅辭寧切虞童髮未鬒秉心方的的騰口任嚬嚬聖理高懸象爰書降罰鍰德風

流海外和氣滿人寰禦魅恩猶貸思賢淚自潸在亡均寂寞零
落閒悍鰥夙志隨憂盡殘肌觸瘴痛月光搖淺瀨風韻碎枯菅
海俗衣猶卉山夷髻不鬟泥沙潛虺蜮榛莽闘豺貘循省誠知
懼安排秪自癎食貧甘莽鹵被褐謝斕斒遠物裁青蒻時珍饌
白鷳長捐楚客珮未賜大夫環異政徒云仰高蹤不可攀空勞
慰顑頷妍唱劇妖嫺

群玉殿賜宴　宋歐陽永叔

至治臻無事豐年樂有成圖書開祕府宴飲集群英論道皇墳
與貽謨寶訓明九重夕暇豫八體極研精筆力千鈞勁毫端萬
象生飛殘金灑落拜賜玉鏘鳴盛際崇儒學愚臣濫寵榮惟能
同舞獸聞樂識和聲

春雪用韓昌黎韻同彭應之作　朱晦庵

既有陽春曲那無白雪謠連天飛不斷著地煖還銷未掩高人

户難齊衲子腰稍閑銀世界漸長玉枝條與盡愁纏綖行迷認野橋酒腸渾欲凍吟筆爲誰揺殘臘成三白餘閒又一朝香隨梅蘂落輕伴栁花飄神女羞捐佩鮫人敢獻綃東皇應好事遊舍亦相饒

孝宗挽歌詩 有序

阜陵發引詔近臣進挽歌辭恭惟盛德大業不易形容方將攄竭鄙思以效萬一冥搜連日纔得四語忽被閔勞之詔遂不敢成章以進杜門累年每竊私恨戊午春大病瀕死黙念平生仰孤恩遇無路補報感激涕泗不能自已謹因舊篇續成十有六韻略叙本末以見孤臣亡狀死不忘君之意云

精一傳心妙文明撫運昌乾坤歸獨御日月要重光不值亡胡歲何由復漢疆遽移丹極仗更上白雲鄉九有哀同切孤臣淚

特滂詎因逢舜日曾得厠周行但憶形墀引頻趨黼座旁袞華叨假寵縞素識通喪似有塩梅契還嗟貝錦傷戴盆驚委照增秩待行香拜蹠攄丹悃衡程發皂囊神心應斗轉巽令亟風揚未答隆儒厚俄聞脫屣忙此生知夜已没世恨空長内難開新主遍歸立右廂因山方慘澹去國又愴惶疾病今如許形骸可自量報恩寧復日忍死續殘章

義門鄭氏麟溪集　元吳伯尚

故國衣冠地名家孝義門同居能九葉積學又諸孫時薦嚴宗祏晨羞列弟昆周旋俱典則辭氣總清溫白髮千金壽華筵九醞罇承顏惟豈弟服禮自朝昏里閈尊儒素閨門戒婦言進趨真有序雜杳更無喧藉甚群公譽猗歟薄俗敦鄰飢分粟布客至餽牢飧冉冉山陰棹原原谷口轅張琴春滿坐洗斝月臨軒置驛遺風久傳經古意存五倫嗟教弛百忍與誰論世已書連

屋秋仍稻滿村山莊交隳麃枌社宴鷄豚褒奏歸廷議桓楹表
國恩自多承雨露已足賁丘園私淑垂規範貽謀著本原後人
方食報逸翮藹孤騫仙籍通青瑣官曹近紫垣五雲來嶽鳳六
月起滇鯤從此公侯復終期福祉蕃高名千載事竹帛照乾坤

正月十一日朝回即事　虞伯生

宮樹春陰合霓旌拂曙來天光臨閣道雲氣轉蓬萊晝漏沉沉
鼓晨尊灩灩杯香霏簾底霧樂殷殿前雷祥瑞儀曹奏珍淳尚
食催舞庭分鷺序效獻過龍媒融雪微生草輕風不動埃老人
南極至王母上方回玉色何多喜金華得重陪裁詩賀新雨西
閣待門開

夏氷　洪武高季迪

寒收凝凍井曉薦納凉宮抱潔存天質銷炎奪化工氣蒸金盌
潤色映玉盤空弱藻含猶在纖塵隔未通非山寧可倚是水復

當融照夜何須月驚秋詎待風製屏應不隱作珮定難攻客貌
清誰並仙肌瑩自同宜涵筠簟素愁逼桂爐紅願解行人唱分
貽道路中

奉題王會圖　王子充

自昔輿王盛要荒敢後期梯航重九譯冠帶極群夷執贄稱周
貢來庭表漢儀紛然方物備各爾土風宜氈罽文揮霍珊瑚競
陸離象牙來赤土犀角出黃支畢獻俱珍異咸懷係撫綏同文
斯有象至治實維時紀事歸良史圖形屬畫師雖非眞髣髴絡
繹互參差不藉良工筆誰窮異域姿千年觀盛際允矣在今茲

七言

清明　唐杜子美

朝來新火起新煙湖色春光淨客船繡羽銜花他自得紅顏騎
竹我無緣胡童結束還難有楚女腰肢亦可憐不見定王城舊

處長懷賈傅井依然虛霑焦舉爲寒食實藉君平賣卜錢鍾鼎山林各天性濁醪麄飯任吾年

又

此身飄泊苦西東右臂偏枯半耳聾寂寂繫舟雙下淚悠悠伏枕左書空十年蹴踘將雛遠萬里鞦韆習俗同旅鴈上雲歸紫塞家人鑽火用青楓秦城樓閣煙花裏漢主山河錦繡中風水春來洞庭濶白蘋愁殺白頭翁

送裴相公上太原　王仲初

還攜堂印向并州將相兼權是武侯時難獨當天下事功成却進手中籌再三陳乞鑪煙裏前後分張玉案頭朱架早朝排立戟綠槐殘雨看張油遥知鴈塞從今好直到漁陽以北愁邊鋪恐廵旂盡換山城欲過舘重修千群白刃兵迎節十對紅妝妓打毬聖主分明教暫去不須高起見京樓

送鞠希仁赴邵陽縣丞兼寄楊秀才　元傅與礪

巴陵一別鴈來頻京國相逢燕賀新桂殿日浮金榜曙杏園雲散玉壺春董生對策眞能事韓固談詩耻後塵悄悄聞鷄持別袂蕭蕭跋馬送征輪荆衡地闊通南極幽薊天回倚北辰湖草欲青應進舫縣花初日肎懷人長卿實畏貧歸蜀季子徒聞早入秦爲報楊雄休識字少年直恐鬢成銀

送王知縣上計朝京　洪武謝原功

封章上計宜居最奉命朝天在及期金闕九重環象魏玉春一統豯華夷班聯簪笏揚休日樂聽簫韶錫宴時旣向楓宸沾聖澤好歸花縣慰民思殷勤農父耕田勸揖遜鄉人飲酒儀寡婦可煩孟嘗訴孝娥仍誄度公辭淳風百里眞堪復善政三年屬有爲莫道外官非近侍鍾山咫尺五雲飛

文章辨體卷之三

文章辨體卷之四　　海虞後學吳訥編集

絕句

五言

夜送趙縱　　唐楊炯

趙氏連城璧由來天下傳送君還舊府明月滿前川

晋安建陰題壁　　王子安

江漢深無極梁岷不可攀山川雲霧裏遊子幾時還

臨江

汎汎東流水飛飛北上塵歸驂將別棹俱是倦遊人

贈李十四

亂竹開三徑飛花滿四隣從來楊子宅別有尚玄人

翫初月　　駱賓王

思瀰光恒缺乘昏影暫流自能明似鏡何用曲如鈎

在軍登城樓

城上風威冷江中水氣寒戎衣何日定歌舞入長安

途中寒食　宋延清

馬上逢寒食途中屬暮春可憐江浦望不見洛橋人

別杜審言

卧病人事絶嗟君萬里行河橋不相送江樹遠含情

雜詩　王摩詰

家住孟津河門對孟津口常有江南船寄書家中否

君自故鄉來應知故鄉事來日綺窗前寒梅著花未

別輞川別業　王夏卿

山月曉仍在林風凉不絶殷勤如有情惆悵令人別

長安道　儲光羲

西行一千里瞑色生寒樹暗聞歌吹聲知是長安路

春曉　孟浩然

春眠不覺曉處處聞啼鳥夜來風雨聲花落知多少

古意　崔國輔

淨掃黃金階飛霜厚如雪下簾彈箜篌不忍見秋月

見渭水思秦川　岑參

渭水東流去何時到雍州憑添兩行淚寄向故園流

絶句　杜子美

日出籬東水雲生舍北泥竹高鳴翡翠沙僻舞鵾雞

藹藹花蕊亂飛飛蜂蝶多幽棲身懶動客至欲如何

鑿井交椶葉開渠斷竹根扁舟輕裊纜小逕曲通村

急雨捎溪足斜暉轉樹腰隔巢黃鳥並翻藻白魚跳

舍下筍穿壁庭中藤刺簷地晴絲冉冉江白草纖纖

江動月移石溪虛雲傍花鳥棲知故道帆過宿誰家
遲日江山麗春風花草香泥融飛燕子沙暖睡鴛鴦
江碧鳥逾白山青花欲燃今春看又過何日是歸年

武侯廟

遺廟丹青落空山草木長猶聞辭後主不復卧南陽

八陣圖

功盖三分國名成八陣圖江流石不轉遺恨失吞吳

對雪獻從兄虞城宰　李太白

昨夜梁園裏弟寒兄不知庭前看玉樹腸斷憶連枝

答友人贈烏紗帽

領得烏紗帽全勝白接䍦山人不照鏡稚子道相宜

長信宮　劉方平

夒裏君王近宮中河漢高秋風能再熱團扇不辭勞

送王司直　皇甫孝常

西塞雲山遠東風道路長人心勝潮水相送過潯陽

逢雪宿芙蓉山　劉文房

日暮蒼山遠天寒白屋貧柴門聞犬吠風雪夜歸人

秋夜寄丘二十二員外　韋應物

懷君屬秋夜散步詠涼天山空松子落幽人應未眠

同褒子秋齋獨宿

山月皎如燭霜風時動竹夜半鳥驚栖窗間人獨宿

贈別司空曙　盧允言

有月曾同賞無秋不共悲如何與君別又是菊花時

秋夜　耿湋

高秋夜分後遠客雁來時寂寂重門掩無人問所思

江行無題　錢仲文

斗轉月未落舟行夜已深有村知不遠風便數聲砧

翫花與衛象同醉　司空文明

蔟鬢千莖雪他鄉一樹花今朝與君醉忘却在長沙

送人下第　李端

獻策未得意驅車東出秦暮年千里客落日萬家春

登樓　暢當

迥臨飛鳥上高出世人間天勢圍平野河流入斷山

贈李唐山人　戴幼公

此意靜無事閉門風景遲柳條將白髮相對共垂絲

惜春　李君虞

畏老身全老逢春解惜春今年看花伴已少去年人

夏日作　武伯蒼

夜久喧聲息池臺惟月明無因駐清景日出事還生

江雪　　柳子厚

千山鳥飛絶萬徑人蹤滅孤舟簑笠翁獨釣寒江雪

新嫁娘　　王仲初

三日入厨下洗手作羮湯未諳姑食性先遣小姑嘗

秋風　　劉夢得

何處秋風至蕭蕭送鴈群朝來入高樹孤客最先聞

松江夜泊　　宋鮑當

舟閑人已息林際月微明一片清江水中涵萬古情

江上漁者　　范仲淹

江上往來人但愛鱸魚美君看一葉舟出没風波裏

遠山　　歐陽永叔

山色無遠近看山終日行峰巒隨處改行客不知名

夏夜小亭有懷　　梅聖俞

西南雨氣濃林上昏月色寒影不隨人寥寥空露白

遺老齋　蘇子由

久無叩門聲啄啄問何故田中有人至昨夜盈尺雨

蠶婦　張俞

昨日到城郭歸來淚滿巾遍身綺羅者不是養蠶人

和劉德明以夏雲多奇峯爲韻　朱晦菴

出山幾何時歸來便長夏端居心不怡散策長林下

爲客厭城市還家辭世紛朝昏何所見但有四山雲

閉門事幽討歲月忽已多客來無可問與君共絃歌

炎蒸不可柰雲氣滿前峰向夕風吹盡微聞遠寺鐘

干時本已懶胷次況云奇若問林中趣婆娑秖自知

春日　元劉夢吉

游絲困無力欲起重悠揚芳草落花滿相思春晝長

石鼎聯句圖

玩世如一鼎姓名誰得聞仙翁應自笑知我有鄒訢

采薇圖　盧處道

服藥求長年孰與孤竹子一食西山薇萬古猶不死

題江州庾樓　賀復孫

宿鳥歸未盡浮雲薄暮開淮山青數點不肯過江來

病中　薩天錫

病形如瘦鶴照影向清池自有冲霄志游魚莫見疑

古意　傅與礪

人言道路遠直傍天涯去頭上忽見天近於江南路

牽牛一水隔織女經年會咫尺闕相聞何况千山外

烟波亭　洪武吳朝錫

漢水連天濶江雲護曉寒青青山一點最好倚闌看

題江岫圖　熊伯頴

雲渚水初生寒雲落鴈聲片帆天共遠南望總關情

紅梅　牛士良

隴頭人未來江南春幾許惆悵玉簫聲吹落胭脂雨

秋夜　吴友雲

中秋不見月相思情未絶倦對讀書燈風來自吹滅

寒光滿天上明月在水中照我雙塘蓮葉葉生秋風

丁未初至南京登鳳凰臺　謝原功

城上青山合江中錦浪開紛紛六朝事獨倚鳳凰臺

歎墻下草　高季廸

青青墻下草經霜未枯槁雖是見春遲還免逢秋早

赴京道中逢還鄉友

我去君却歸相逢立途次欲寄故鄉言先詢上京事

聞鴈　楊孟載

天寒霜月苦人遠秋衣綻獨坐聽長更燈前一聲鴈

六言

田園樂　唐王摩詰

采菱渡頭風急策杖村西日斜杏樹壇邊漁父桃花源裏人家

萋萋春草秋緑落落長松夏寒牛羊自歸村巷童稚不識衣冠

山下孤烟遠村天邉獨樹高原一瓢顔回陋巷五柳先生對門

桃紅復含宿雨柳緑更帶朝烟花落家僮未掃鳥啼山客猶眠

酌酒會臨泉水抱琴好倚長松南園露葵朝折西舍黄粱夜舂

送鄭二之茅山　皇甫茂政

水流絶澗終日草長深山暮春吠犬鳴鷄幾處條桑種杏何人

奉寄皇甫冉　張懿孫

京口情人別久揚州估客來疎潮至潯陽回去相思何處通書

尋張逸人山居　劉文房
危石纔通鳥道空山更有人家桃源定在深處澗水浮來落花

歸山　顧逋翁
心事數莖白髮生涯一片青山空山有雪相待古道無人獨還

題舒州山谷寺石牛洞　宋王介甫
水泠泠而北出山靡靡以旁圍欲窮源而不得竟悵望以空歸

獨坐　文與可
不報門前賓客已收案上文書獨坐水邊林下宛如故里閑居

登山望海　張文潛
鳥去蒼烟古木人歸緑野孤舟信美雖非吾土消憂且復登樓

鉛山立春　朱晦菴
雪擁山腰洞口春回楚尾吳頭欲問閩天何處明朝嶺水南流
行盡風林雪徑依然水舘山村却是春風有脚今朝先到柴門

題孤山放鶴圖　元趙子昂
西湖清且漣漪扁舟時蕩晴暉處處青山獨往翩翩白鶴迎歸
昔年曾到孤山蒼藤古木高寒想見先生風致圖書留與人看

題江山烟雨圖　虞伯生
千村春水方生萬里歸帆如羽不知誰在層樓臥看江南烟雨

題聶空山扇
客來山雨鳴澗客去山翁醉眠花外春雲靄靄竹邊秋月娟娟

楊氏山莊　洪武高季迪
斜陽流水幾里啼鳥空林一家客去詩題柿葉僧來共煑藤花

陶秘書廣陵送別圖
暮雨潮生瓜步春山樹繞蕪城惆悵離舟欲發江南烟寺鐘聲

七言

回鄉偶書　唐賀季真

少小離鄉老大回鄉音無改鬢毛衰兒童相見不相識笑問客從何處來

聞王昌齡左遷龍標　李太白

楊花落盡子規啼聞道龍標過五溪我寄愁心與明月隨風直到夜郎西

絶句　杜子美

兩箇黄鸝鳴翠柳一行白鷺上青天窻含西嶺千秋雪門泊東吴萬里船

投簡梓州幕府兼簡韋十郎官

幕府郎官安穩無從來不奉一行書不知貧病關何事能使韋郎跡也疎

江南逢李龜年

岐王宅裏尋常見崔九堂前幾度聞正是江南好風景落花時

節又逢君

春夜洛城聞笛

誰家玉笛暗飛聲散入東風滿洛城此夜客中聞折柳何人不起故園情

寄江上叚十六　王摩詰

與君相見即相親聞道君家在孟津爲見行船試借問客中時有洛陽人

九日憶山東兄弟

獨在異鄉爲異客毎逢佳節倍思親遥知兄弟登高處徧插茱萸少一人

送李侍郎赴常州　賈幼隣

雪晴雲散北風寒楚水吳山道路難今日送君須盡醉明朝相憶路漫漫

送李浦之京　王少伯

故園今在灞陵西江畔逢君醉不迷小弟鄰莊尚漁獵一封書寄數行啼

除夜　高達夫

旅館寒燈獨不眠客心何事轉悽然故鄉今夜思千里秋鬢明朝又一年

逢入京使　岑參

故園東望路漫漫雙袖龍鍾淚不乾馬上相逢無紙筆憑君傳語報平安

春夢

洞房昨夜春風起遥憶美人湘江水枕上片時春夢中行盡江南數千里

題張山人壁　張正言

世人結交須黃金黃金不多交不深縱令然諾暫相許終是悠悠行路心

送魏十六還蘇州　皇甫茂政

秋夜沉沉此送君陰蟲切切不堪聞孤舟明日毗陵道回首姑蘇是白雲

楓橋夜泊　張懿孫

月落烏啼霜滿天江楓漁火對愁眠姑蘇城外寒山寺夜半鐘聲到客船

送裴郎中貶吉州　劉文房

猿啼客散滿江頭人自傷心水自流同作逐臣君更遠青山萬里一孤舟

滁州西澗　韋應物

獨憐幽草澗邊生上有黃鸝深處鳴春潮帶雨晚來急野渡無

人舟自横

九日

今朝把酒復惆悵憶在杜陵田舍時明年此日知何處世難還家未有期

村南逢病叟　盧允言

雙膝過顋頂在肩四鄰知姓不知年卧驅鳥雀惜禾黍猶恐諸孫無社錢

送齊山人　韓君平

舊事仙人白兎公棹頭歸去又乘風柴門流水依然在一路寒山萬木中

歸鴈　錢仲文

瀟湘何事等閑回水碧沙明兩岸苔二十五絃彈夜月不勝清怨却飛來

聽鄰家吹笙　郎君胄

鳳吹聲如隔采霞不知牆外是誰家重門深鎖無尋處疑有碧桃千樹花

江村即事　司空文明

罷釣歸來不繫船江村月落正堪眠縱然一夜風吹去只在蘆花淺水邊

湘南即事　戴幼公

盧橘花開楓葉衰出門何處望京師沅湘日夜東流去不爲愁人住少時

對月答元明府

山下孤城月上遲相留一醉本無期明年此夕遊何處縱有清光知對誰

旅次寄湖南張郎中　戎昱

寒江近石慢流聲燭影當窻亂月明歸夢不知湖水闊夜來還到洛陽城

山中　　顧逋翁

野人自愛山中宿况是葛洪丹井西庭前有箇長松樹夜半子規來上啼

和練師索秀才楊柳　　楊景山

水邊楊柳綠烟絲立馬煩君折一枝惟有東風最相惜殷勤更向手中吹

柳州二月榕葉盡落偶題　　柳子厚

宦情覊思共悽悽春半如秋意轉迷山城過雨百花盡榕葉滿庭鶯亂啼

夏晝偶作

南州溽暑醉如酒隱几熟眠開北牖日午獨覺無餘聲山童隔

竹敲茶臼

伏翼西洞送人　陳羽

洞裏春晴花正開看花出洞幾時回殷勤好去武陵客莫引世人相逐來

焚書坑　竇胄卿

竹帛烟消帝業虛關河空鎖祖龍居坑灰未冷山東亂劉項元來不讀書

訪隱者不遇　竇友封

籬外涓涓澗水流槿花半照夕陽收欲題名字知相訪又恐芭蕉不耐秋

宮中詞　王仲初

金吾除夜進儺名畫袴朱衣四隊行院院燒燈如白日沉香火底坐吹笙

樹頭樹底見殘紅一片西飛一片東自是桃花貪結子錯教人恨五更風

金殿當頭紫閣重仙人掌上玉芙蓉太平天子朝元日五色雲車駕六龍

綺繡宮

玉樓傾側粉墻空重疊青山繞故宮武帝去來紅袖盡野花黄蝶領春風

秋思　　張文昌

洛陽城裏見秋風欲作家書意萬重復恐忽忽説不盡行人臨發又開封

感春

遠客悠悠任病身誰家池上又逢春明年各自東西去此地看花是别人

烏衣巷

朱雀橋邊野草花烏衣巷口夕陽斜舊時王謝堂前燕飛入尋常百姓家

石頭城

山圍故國周遭在潮打空城寂寞回淮水東邊舊時月夜深還過女墻來

聽舊宮人穆氏歌

曾隨織女渡天河記得雲間第一歌休唱貞元供奉曲當時朝士已無多

登樂遊原　杜牧之

長空澹澹孤鳥沒萬古銷沉向此中看取漢家何似業五陵無樹起秋風

漢江

溶溶漾漾白鷗飛淥淨春深好染衣南去北來人自老夕陽長

送釣船歸

赤壁

折戟沉沙鐵未銷自將磨洗認前朝東風不與周郎便銅雀春

深鎖二喬

宮怨

監宮引出暫開門隨列雖朝不是恩銀鑰却收金鎖合月明花

落又黄昏

送隱者

無媒徑路草蕭蕭自古雲林遠市朝公道世間惟白髮貴人頭

上不曾饒

宮詞　李義山

君恩如水向東流得寵憂移失寵愁莫向尊前奏花落凉風只

在殿西頭

江南春

千里鶯啼緑映紅水村山郭酒旗風南朝四百八十寺多少樓臺烟雨中

懷吳中馮秀才

長洲苑外草蕭蕭却筭遊程歲月遥唯有别時今不忘暮烟秋雨過楓橋

華清宫　杜常

行盡江南數十程曉風殘月入華清朝元閣上西風急都入長楊作雨聲

送元史君自楚移越　劉子夏

露冕行春向若耶野人懷惠欲移家東風二月淮陰郡惟見棠梨一樹花

題鶴林寺　李涉

終日昏昏醉夢間忽聞春盡強登山因過竹院逢僧話又得浮生半日閑

過南鄰花園　雍國鈞

莫怪頻過有酒家多情長是惜年華春風堪賞還堪恨纔見開花又落花

宿嘉陵驛

離思茫茫正值秋每因風景却生愁今宵難作刀州夢月色江聲共一樓

寄襄陽章孝孫

青油幕下白雲邊日日空山夜夜泉聞說小齋多野意枳花陰裏麝香眠

秋思　許用晦

琪樹西風枕簟秋楚雲湘水憶同遊高歌一曲掩明鏡昨日少
年今白頭

曲江春望　唐彥謙

杏艷桃嬌奪晚霞樂遊無廟有年華漢朝冠蓋皆陵墓十里宜
春下苑花

丹陽送韋參軍　嚴正文

丹陽郭裏送行舟一別心知兩地秋日晚江南望江北寒鴉飛
盡水悠悠

旅懷　杜荀鶴

月華星彩坐來收嶽色江聲暗結愁半夜燈前十年事一時和
雨到心頭

南莊春晚　李文山

草暖沙長望去舟微茫烟浪向巴丘沅湘寂寂春歸盡水緑蘋

香人自愁

十日菊　　鄭守愚

節去蜂愁蝶不知曉庭還繞折殘枝自緣今日人心别未必秋香一夜衰

寄維陽故人　　張喬

離别河邊綰椰條千山萬水玉人遥月明記得相尋處城鎖東風十五橋

宿杭州虚白堂　　李郢

秋月斜明虚白堂寒蛩唧唧樹蒼蒼江風徹曉不得寐二十五聲秋點長

晴景　　王大用

雨前初見花間蘂雨後全無葉底花蛺蝶飛來過墻去却疑春色在鄰家

重贈商玲瓏兼寄樂天　元微之

休遣玲瓏唱我辭我辭多是寄君詩明朝又向江頭別月落潮平是去時

經汾陽舊宅　趙承祐

門前不改舊山河破虜曾輕馬伏波今日獨經歌舞地古槐疎冷夕陽多

老圃堂　薛大拙

邵平瓜地接吾廬穀雨乾時偶自鋤昨日春風欺不在就床吹落讀殘書

偶興　羅隱

逐隊隨行二十春曲江池畔避車塵如今贏得將衰老閑看人間得意人

三月晦日贈劉評事　賈浪仙

三月正當三十日風光別我苦吟身共君今夜不須睡未到曉鐘猶是春

己亥歲　曹松

澤國江山入戰圖生民何計樂樵蘇憑君莫話封侯事一將功成萬骨枯

賈生　劉言

宣室求賢訪逐臣賈生才調更無倫可憐夜半虛前席不問蒼生問鬼神

春　高蟾

明月斷魂清藹藹平蕪歸路綠迢迢人生莫遣頭如雪縱得春風亦不消

繡嶺宮　李才江

春草萋萋春水綠野棠開盡飄香玉繡嶺宮前鶴髮翁猶唱開

元太平曲

清明　宋王元之

無花無酒過清明興味蕭然似野僧昨日鄰家乞新火曉窓分與讀書燈

泊舟　蘇子美

春陰垂野草青青時有幽花一樹明晩泊孤舟古祠下滿川風雨看潮生

書河上亭壁　寇平仲

暮天寥落凍雲垂一望危亭欲下遅臨水數村誰畫得淺山寒雪未銷時

自作壽堂因作一絶誌之　林君復

湖外青山對結廬墳前修竹亦蕭踈茂陵宅日求遺槀猶喜曾無封禪書

樵者　歐陽永叔

雲際依依認舊林斷崖荒磴路難尋西山望見朝來雨南澗歸時渡處深

杏花　王介甫

垂楊一逕紫苔封人語蕭蕭院落中獨有杏花如喚客倚墻斜出數枝紅

偶成　程明道

雲淡風輕近午天望花隨柳過前川旁人不識予心樂將謂偷閑學少年

中秋月　蘇子瞻

暮雲收盡溢清寒銀漢無聲轉玉盤此生此夜不長好明月明年何處看

召試學士院　王欽臣

翠木陰陰白玉堂長年來此試文章日斜奏罷長楊賦閑拂塵
埃看畫墻

題宣州後堂壁　張文潛

過雨山亭暑氣微老人猶未試生衣滿園閑綠無人到盡日南
風燕子飛

武夷棹歌　朱晦菴

武夷山上有仙靈山下寒流曲曲清欲識箇中奇絕處櫂歌閑
聽兩三聲

一曲溪邊上釣船幔亭峰影蘸晴川虹橋一斷無消息萬壑千
巖鎖翠烟

二曲亭亭玉女峰插花臨水爲誰容道人不復荒臺夢興入前
山翠幾重

三曲君看架壑船不知停櫂幾何年桑田海水今如許泡沫風

燈敢自憐

四曲東西兩石巖巖花垂露碧毿毿金鷄叫罷無人見月滿空山水滿潭

五曲山高雲氣深長時烟雨暗平林林間有客無人識欸乃聲中萬古心

六曲蒼屏遶碧灣茅茨終日掩柴關客來倚櫂巖花落猿鳥不驚春意閑

七曲移船上碧灘隱屏仙掌更回看人言此處無佳景只有石堂空翠寒

八曲風烟勢欲開鼓樓巖下水縈回莫言此處無佳景自是遊人不上來

九曲將窮眼豁然桑麻雨露見平川漁郎更覓桃源路除是人間別有天

銅雀瓦　元劉夢吉

諸侯負漢已堪憐直筆何爲亦魏編却愛曹瞞臺上瓦至今猶屬建安年

日南感懷　陳剛中

老母粤南垂白髮病妻燕北待黄昏蠻烟瘴雨交州客三處相思一夢魂

絶句　趙子昂

春寒測測掩重門金鴨香殘火向温燕子不來花又落一庭風雨自黄昏

午枕花前簟欲流日催紅影上簾鈎窺人鳥唤悠揚夢隔水山供宛轉愁

庭槐風静午陰多睡起西窗日影過自笑老來無復夢閑看行蟻上南柯

吟人　　滕賓

吟人瘦倚曲闌干酒醒香銷午夢殘燕子不來春社去一簾疎雨杏花寒

題陶淵明像　　鄧善之

詩中甲子春秋筆籬下黄花雨露枝便向斜川頻載酒風光不似羲熙時

以瓊扇一握奉致黄明府　　范德機

拾得炎州月一團殷勤持贈比琅玕情知巳是秋風後留作明年九夏寒

題鄭子直畫像　　楊仲弘

躬耕谷口襍編氓寧肯懐金媚賊臣揚子解言如許事不知孰𢦤是何人

送上黨長　　虞伯生

春雨人參長紫苗縣庭無事坐終朝俯看雲氣千山表野有新田市有証

御溝春日偶成　馬伯庸

御溝流水曉潺潺直似長蛇曲似環流出宮墻纔咫尺便分天上與人間

陳平章席上題琵琶亭　龍覲復

老大蛾眉負所天空將遺恨寄哀絃夜深正好看明月却抱琵琶過別船

題青山白雲圖　黄晋卿

十年失脚走京塵忘却青山與白雲忽見畫圖疑是夢冷花涼葉思紛紛

宮詞　薩天錫

清夜宮車出建章紫衣小隊兩三行曲闌干外銀燈過照見芙

荅葉上霜

楊柳樓心月滿床錦屏繡褥夜生香不知門外春多少半醉移燈看海棠

絶句　泰兼善

繡簾鈎月夜生凉花霧陰陰入畫堂吹徹玉簫人未寢更添新火試沉香

金吾列侍擁旌旄五色雲深雉尾高視草詞臣方退食内官傳勑賜蒲萄

南歸偶書　余廷心

帝城南下望江城此去鄉關半月程同向春風折楊柳一般離别兩般情

二月不歸三月歸已將行篋捲征衣殷勤為報家園樹緩緩開花緩緩飛

題淵明小像　貢泰甫

竹杖芒鞋白鹿裘山中甲子幾春秋呼童點檢門前柳莫放飛花過石頭

題徽宗畫梔子白頭翁　成廷珪

梔子紅時人正愁故宫衰草不勝秋西風吹落青城月啼得山禽也白頭

春夜

酒兵無力破愁城春盡空山杜宇聲敲鈌唾壺眠不得半簾花影月三更

畫梅　王元章

我家洗硯池頭樹箇箇花開淡墨痕不要人誇好顏色只留清氣滿乾坤

題枯枝寒禽　洪武詹同文

王母宴歸西海上空留青鳥羽參差黃雲苦竹江南雪獨立寒條歲晚時

南京別王道士　危太樸

秦淮卧病惜春陰訪問深知故舊心千里家鄉漸投老雲山爛熳許相尋

過南湖戲折藕花　吳子立

秋日南湖戲采蓮鴛鴦飛上木蘭船一聲白紵知何處無復閒情似少年

芙蓉野鴨圖　顧利賓

欲采芙蓉寄遠情秋風江上錦爲城閒愁總付東流水來看鳧鷖弄晚晴

題山居圖　鄭叔魯

杜陵西上浣花莊茅屋低低在石傍最是可人三月節一山春

雨茯苓香

觀刹棗　楊子載

朱實離離雨更新行人敲剥走荆榛我來不忍臨風食爲憶當時種樹人

將赴金陵始出閶門夜泊　高季迪

烏啼霜月夜寥寥囘首離城尚未遥正是思家起頭夜遠鐘孤棹宿楓橋

烟月籠沙客未眠歌聲燈火酒家前如何纔出閶門宿已似秦淮夜泊船

漫興　張孟兼

梨花半開夜雨催無柰李花如雪堆門前美人不見來東風楊柳吹干廻

過滑門亂石灘　鄒九思

亂石波心一道開奔衝不得少縈廻篙人盡說舟行險未數瞿塘灔澦堆

輕棹歸經亂石灘森森劍戟立江干狂瀾百折從天瀉到此方知行路難

聯句詩

聯句

鳴鴈乘風飛去去當何極念彼窮居士如何不歎息 淵明 雖欲騰九萬扶搖竟何力遠招王子喬雲駕庶可飭 愔之 顧侶正徘徊離群翔天側霜露豈不切務從忘愛翼 循之 高柯濯條幹遠眺同天色思絕慶未看徒使生迷惑 淵明

夏夜李尚書筵送宇文石首赴縣　唐杜子美

愛客尚書重之官宅相賢 甫 酒香傾坐側帆影駐江邊 之芳 宅表郎官瑞鳧看令宰仙 或 雨稀雲葉斷夜久燭花偏 甫 數語欹

紗帽高文擲綵牋之芳與饒行處樂離惜醉中眠或單父長多暇河陽實少年甫客居逢自出爲別幾淒然之芳

城南聯句　　韓退之　孟東野

竹影金瑣碎郊泉音玉琮琤愈瑠璃翦木葉愈翡翠開園英流滑隨仄步郊搜尋得深行遥岑出寸碧愈遠目增雙明乾穟紛拄地郊化蟲枯挶莖木腐或垂耳愈草珠競駢睛浮虛有新斸郊摧扤饒孤撐囚飛黏網動愈盜啅接彈驚脫實自開坼郊牽柔誰繞縈禮鼠拱而立愈駭牛躅且鳴蔬甲喜臨社郊田毛樂寬征露螢不自暖愈凍蝶尚思輕宿羽有先曉郊食鱗時半橫萎翻紫角利愈荷折碧圓傾楚膩鱣鮪亂郊獠羞螺蠏并桑蠖見虛指愈宂貍聞鬬獰逗翳翅相筑郊擺幽尾交搒蔓涎角出縮愈樹啄頭敲鏗修箭裊金餌郊群鮮沸池羹岸殼坼玄兆愈野麰漸豐萌窖烟冪疏島郊沙篆印迴平瘃肌遭蚝刺愈啾耳聞

鷄生奇慮恣廻轉郊遐睎縱逸迎巔林戢遠睫愈縹氣夷空情
歸跡歸不得郊捨心捨還爭靈麻撮狗蝨愈村稚啼禽猩紅皺
臘檐瓦郊黄團繫門衡得雋蠅虎徤愈相殘雀豹趟束枯樵指
禿郊刈熟擔肩頳澁旋皮卷臠愈苦開腹彭亨機舂潺湲力郊
吹簌飄飆精賽饌木盤簇愈靸妖藤索絣荒學五六卷郊古藏
四三塋里儒拳足拜愈土怪閃眸偵蹹道補復破郊絲窠掃還
成暮堂蝙蝠沸愈破竈伊威盈追此訊前主郊荅云皆冢卿敗
壁剝寒月愈折篁嘯遺笙袿熏霏霏在郊碁跡微微呈劒石猶
竦檻愈猷材尚挐楹寶唾拾未盡郊玉啼墮猶鎗牕綃疑閟豔
愈粧燭已銷槃緑髮抽珉甃郊靑膚聳瑶楨白蛾飛舞地愈幽
蠹落書棚惟惜集嘉詠郊吐芳類鳴嚶窺奇摘海異愈恣韻激
天鯨腸胃繞萬象郊精神驅五兵蜀雄李杜拔愈嶽力雷車轟
大句斡玄造郊高言軋霄崢芒端轉寒燠愈神助溢杯觥巨細

各秉運愈 湍圜亦騰聲菱花咀粉蘂郊 削縷穿珠櫻綺語洗晴
雪愈 嬌辭哢雛鸎酣歡雜弁珥郊 繁價流金瓊菡萏寫江調郊
萎蕤綴藍瑛庖霜鱠玄鯽愈 淅玉炊香粳朝饌已百態郊 春醪
又千名哀匏蹙駃景愈 洌唱凝餘晶解魂不自主郊 痺肌坐空
瞠扳援賤蹊絕愈 炫曜仙選更藂巧競採笑郊 駢鮮互探嬰桑
變忽蕪蔓愈 樟裁浪登丁霞鬬詎能極郊 風期誰復賡皐區扶
帝壤愈 環蘊郁天京祥色被文彥郊 良才插杉欏隱伏饒氣象
愈 興潛示堆坑孽華露神物郊 擁終儲地禎訏謨壯締始愈 輔
弼登階清坌秀恣塡塞郊 呀靈畜渟澄益大聯漢魏愈 肇初邁
周嬴積昭涵德鏡郊 傳經麗金籯食家行鼎鼏愈 寵族飫弓旌
弈制盡從賜郊 殊私得逾程飛橋上架漢愈 繚岸俯規瀛瀟碧
遠輸委郊 湖嵌費攜挈菌苜從大漠愈 楓櫧至南荊嘉植鮮危
朽郊 膏理易滋榮懸長巧紐翠愈 象曲善攢蹄魚口星浮沒郊

馬毛錦班騂五方亂風土愈百種分鉏耕葩蘗相妬出郊非茸
共舒情類招臻倜詭愈翼萃伏衿纓危望跨飛動郊冥升躡登
閎春游轢靃靡愈彩伴颭嫈嫃遺燦飄的皪郊淑顏洞精誠嬌
應如在寤愈頹意若含酲鵕毦翔衣帶郊鶩肪截佩璜文昇相
照灼愈武勝屠攙搶割錦不酬價郊構雲有高營通波牣鱗介
䟽曉富蕭衡買養馴孔翠郊遠苞樹蕉栟鴻頭排刺芡愈鵠鴒
欑環橙鶩廣雜良牧郊蒙休賴先盟罷旄奉環衛愈守封踐忠
貞戢服朧明介郊朝冠飄彩紘爵勳逮僮隸愈簪笏自懷繃乳
下秀嶷嶷郊椒蕃泣喤喤貌鑑清溢匣愈眸光寒發硎館儒養
經史郊綴戚觴孫甥考鍾饋肴核愈戛鼓侑牢牲飛膳自北下
郊函珍極東亭如瓜煮大郊愈比線茹芳菁海嶽錯口腹郊趙
燕錫媌娙一笑釋仇恨愈百金交弟兄貨至貊戎市郊呼傳鸚
鴿令順居無鬼瞰愈抑橫免官評殺候肆凌翦郊籠原市罝紘

羽空顛雉鷃愈血路迸狐麖折足去踸踔蹙鬐怒鬡　躍犬疾
翥鳥愈呀鷹甚飢䖟筭蹄記功賞郊裂腦擒樘掁猛斃牛馬樂
愈妖殘梟鴝惸窟竆尚嗔視郊箭出方驚抨連箱載已實愈礙
轍棄仍羸喘覷鋒刃點郊困衝株栟直掃淨豁曠聰愈騁遥略
華萃饞杈飽活鬻郊惡嚼噂腥鯖歲律及郊至愈古音命韶韺
旗旆流日月郊帳廬扶棟甍磊落奠鴻甓愈參差席香萸玄祇
祉兆姓郊黑秬饎豐盛慶流蠲瘥癘愈威暢捎幢輣靈燔望高
冏郊龍駕聞鼓飌是惟禮之盛愈永用表其宏德孚厚生植郊
恩熙完刖剋宅土盡華族愈運田間強旰蔭庚森嶺檜郊啄場
翽祥鵬畦肥翦韭薤愈陶固收盆甕利養積餘徤郊孝思事嚴
枋掘雲破嵽嵲愈採月漉坳泓寺砌上明鏡郊僧盂敲曉鉦泥
像對騁怪愈鐵鐘孤春鍠瘿頸閙鳩鴿郊蜿垣亂蛛蠑甚黑老
蠶蠋愈麥黃韻鸝鶊韶曙遲勝賞郊賢朋戒先庚馳門塡偪仄

愈競墅輾砯砰碎纈紅滿杏郊稠凝碧浮錫蹴繩覩娥婺愈闘草擷璣珵粉汗澤廣額郊金星墮連瓔鼻偷困淑郁愈眼剽強盯䵷是節飽顏色郊茲彊稱都城書饒罄魚䕩愈紀盛播琴箏奚必事遠覿郊無端逐羈傖將身親魍魅愈浮跡侶鷗鶴腥味空奠屈郊天年徒羨彭驚魂見蛇蚓愈觸嗅值蝦蟛幸得履中氣郊忝從拂天棖歸私暫休暇愈驅明出庠黌鮮意竦輕暢郊連輝照瓊瑩陶暄逐風乙愈躍視舞晴蜻足勝自多詰郊心貪敵無勍始知樂名教愈何用苦拘停畢景任詩趣郊焉能守硜硜愈

鬭鷄聯句　同

大鷄昂然來小鷄竦而待愈崢嶸顛盛氣洗刷凝鮮彩郊高行若矜豪側睨如伺殆愈精光目相射劒戟心獨在郊既取冠爲冑復以距爲鐓天時得清寒地利挾爽塏愈磔毛各噤瘁怒癭

争碨磊俄膺忽爾低植立瞥而改郊膈膞戰聲喧繽翻落羽皠中休事未決小挫勢益倍愈妬腸務生敵賊性專相醢裂血失鳴聲啄殷甚飢餒郊對起何急驚隨旋誠巧紿毒手飽李陽神槌困朱亥愈惻心我以仁碎首爾何罪獨勝事有然旁驚汗流浼郊知雌欣動顏怯負愁看賄爭觀雲填道助叫波翻海愈事爪深難解嗔睛時未怠一噴一醒然再接再礪乃郊頭垂碎丹砂翼搨拖錦綵軒昂尚賈餘清厲比歸凱愈選俊感收毛受恩慙始隗英心甘鬬死義肉恥庖宰君看鬬雞篇短韻有可採郊

風琴聯句　謝希深　梅聖俞　宋謝希深

竅竹漏天風張絃擬嶧峒佳名從此得妙響未曾窮希深夜靜危臺上人閑皎月中依依聽不足秋露滿蘭叢聖俞

病栢聯句　洪武高季迪

與青城杜寅郯郡徐賁遊白蓮寺見病栢而作

抱質雖輪囷託根何坎坷寅死色見已深生意存獨頗啓老枿
焦半身餘葉禿偏髻賁恩謝漢陵春災非陸渾火寅柯傾瘇待
扶節漏瘡思褁啓下蜒封蚍蜉上穴綴蜾蠃賁風欺聲告哀雨
冐汗憎顆寅蟄空虺喜容攀脆猿愁墮啓將斷豈中梁欲剞詎
宜舸賁蓋瘁缺青葱梢枯辭猗儺寅乏子供爐焚無陰庇牀坐
啓蠹盡啄鳥饑巢傾躋雛跛賁臞形慘君瓩突腹腫如果寅藤
纏偶假粧蘚剝毎慙裸啓主惜覬匠顧樵竊避僧邏賁土瘠力
易衰若危勢難安寅殺懼苦霜仍鑿期甘露可啓成器未爲福
不材反逃禍賁依林尚支樽亞石猶磊砢寅閱歲失貞姿承陽
愧纖朵啓操辜孔語稱名負杜吟播賁敢要秦樹封孰效禹梅
鎖寅蟠深漫欲踞架重寧堪荷啓氣同生固均數異測誠叵賁
膏乾然不明脣墜掃還夥寅客怜吊賦悲僮棄培功惰啓終護
竟煩誰今看幸遭我賁

雜體詩

三五七言懷友　唐李太白

秋風清秋月明落葉聚還散寒鴉棲復驚相思相見知何日此時此夜難爲情

首尾吟　宋邵堯夫

堯夫非是愛吟詩詩是精神未耗時水竹清閑都占了鶯花富貴又兼之梧桐月向懷中照楊柳風來面上吹彼有許多閑捧擁堯夫非是愛吟詩

集句　王介甫

戲贈湛源

恰有三百青銅錢憑君爲筭小行年坐中亦有江南客自斷此生休問天

與北山道人

可惜昂藏一丈夫生來不讀半行書子雲識字終投閣幸是元無免破除

示蔡天啓

身着青衫騎白馬日馳三百尚嫌遲心源落落堪爲將却是君王未備知

送吳顯道

五湖大浪如銀山問君西遊何當還以手撫膺坐長歎空手無金行路難丈夫意有在吾徒且加餐屏風九疊雲錦長千峯如連環上有横河斷海之浮雲可望不可攀飛空結樓臺動影窈窕冲融閒沛然乘天遊下看塵世悲人寰泊舟潯陽郭去去翔寥廓君今年未成老翁衰老不復如今樂

星名二十八宿歌贈晁無咎　黄魯直

虎剥文章犀解角食未下亢奇禍作藥材根氐罹斸掘蜜蜂奪

房抱饑渴有心無心材慧死人言不如龜曳尾衛平吟口無南箕斗柄指日江使噫狐腋牛衣同一燠高丘無女甘獨宿虛名挽人受實禍累基既危安處我室中凝塵散髮坐四壁蠹蠹見天下奎蹄曲隈取脂澤婁豬艾豭彼何擇傾腸倒胃得相知貫日食昴終不疑古來畢命黃金臺佩君一言等觜觿月没參橫惜相違秋風金井梧桐落故人過半在鬼錄柳枝贈君當馬策歲晏星回觀盛德張弓射雉武且力白鷗之翼没江波抽絃去軫君謂何

人名和蕭十六　孔平仲

式微于歎歸期滯踈鐘皓月僧窻睡滿郭冊楓已送秋李白桃紅春又至綠楊朱户鎖娉婷燕趙壹笑誰相視紅顏回聘能溺人有若大川無際涘吾曹操行薄雲天去險就平當擇地嚴君平昔教諸子肯向贛江爲此事物捐仁義縱歡娛力與主張輿

廢墜不才彊使酬杜詩溺管寧能言鄙志

郡名呈呂元均

相人觀文遠要且視資貧酒酸本多甘絹敗爲少客公家渭川後端亮氣不屈播移雖裔土寧安如舊華優游歸孔聖坎壇笑趙壹黨夾等榮辱所遇順勞佚道閤接談賓文房散書帙當其泰定時海宇更無物耳目拜巳忘何心蘄冕黻忽聞韶曲奏更覺巴音失溫純比金玉淸越勝琴瑟似追少陵步眞得建安骨從今益淬厲及此舒長日唱酬安敢同心欽但齊栗

藥名荆州即事　黄魯直

四海無遠志一溪甘遂心牽牛避洗耳臥著桂枝陰前湖後湖水初夏半夏涼夜闌鄉夢破一鴈度衡陽無空青幕六一一排風開石友常思我預知子能來幽澗泉石綠閑門聞啄木運柴胡奴歸車前挂生鹿雨如覆盆來平地沒牛膝回望無夷陵天

南星丰濕

建除重贈徐天隱

建極臨萬邦稽古陛下聖除書日日下有耳家相慶滿意見升平父老扶杖聽平生所傳聞似仁祖德性定閉百世長櫜弓四夷靜執事當在朝官冷殊未稱破帽風欵欵簡易不驕乘危顛相扶持泉石共嘲詠成樂澗中阿傲世似未敬收潦下秋船期公拜嘉命開元正觀事身得見全盛閉門長蓬蒿或許老夫病

八音答黃魯直　晁無咎

金蘭況同心莫樂新相知石田罹清霜念此百草腓絲看煑繭吐士聽憤悱語竹馬非妙齡美人恐遲暮匏繫魯東家今君上天涯土膏待陽癉氣至如咄嗟華薄不可郭士迫下流惡木無松栢心蝎處螻蟻託

藥名離合　孔平仲

草滿南園緑青青復問紅花開不擇地錦繡逕相通
漿寒飲一石寒液和巖桂心渴望天南星河黎番地
參旗桂絲木通夕凉如水銀漢耿半天河橋瞋烟紫
雪片擁頹垣衣裘冷如甲香醪不滿榼藤枕敧殘膓

回紋泊鴈　王介甫

泊鴈鳴深渚收霞落晚川柝隨風斂陣樓映月低絃漠漠汀帆
轉幽幽岸火然韾危通細路溝曲繞平田

五雜組　孔平仲

五雜組番袞裳往復來就桀湯不獲已翦夏商
五雜組花木春往復來江湖人不獲已議和親
五雜組錦繡段往復來隨陽鴈不獲已猶仕宦
五雜組朝霞明往復來車馬行不獲已方用兵

了語不了語　蘇子美

公餗欲成怨覆鬲銀餅汲絶還沉井乳虎咆哮落深穽青萍一揮斷人頸　右了語

無言以手尋珮環寒暑迭運凋朱顔八駿踏地幾時徧六龍駕日何年閑　右不了語

難易言

擬把鉛刀伐丹桂欲坐眢井攀青天排羅嬰兒拒虓虎未若以道干貴權　右難

地上拾芥亦細碎掌裏數文猶苦辛脫使擿丸下峻坡未若以財而發身　右易

一字至十字詠竹　文與可

竹竹森寒潔緑湘江濱渭水曲帷幔翠錦戈矛蒼玉心虚異衆草節勁踰凡木化龍杖入仙陂呼鳳律鳴神谷月娥巾帔静苒苒風女笙竽清蔌蔌林間飲酒碎影搖罇石上圍棊輕陰覆局

屈大夫逐去徙悅椒蘭陶先生歸來但尋松菊若論檀欒之操無敵於君欲圖瀟灑之姿莫賢於僕

讀十二辰詩卷掇其餘作此　朱晦庵

夜聞空簞齧飢鼠曉駕羸牛耕廢圃時才虎圈聽豪夸舊業兎園嗟莽鹵君看蟄龍卧三冬頭角不與蛇爭雄毀車殺馬罷馳逐烹羊沽酒聊從容手種猴桃垂架綠養得鶤鷄鳴角角客來狗吠催煮茶不用東家買猪肉

四禽言　梅聖俞

泥滑滑苦竹岡雨蕭蕭馬上郎馬蹄凌兢雨又急此鳥爲君應斷腸○婆餅焦兒不食爾父向何之爾毋山頭化爲石山頭化石可奈何遂作微禽啼不息○提葫蘆沽美酒風爲賓樹爲友山花撩亂目前開勸爾今朝千萬壽○不如歸去春山暮萬木兮參天蜀天兮何處人言有翼可歸飛安用空啼向高樹

又　蘇子瞻

南山昨夜雨西溪不可渡溪邊布穀鳴勸我脫布袴不辭脫袴溪水寒水中照見催租瘢○去年麥不熟挾彈規我肉今年麥上塲處處有殘粟豐年無象何處尋聽取林間快活吟○力作力作蠶絲一百箔壠上麥頭昂林間桑子落願儂一箔千兩絲繅絲得蛹飼爾雛○姑惡姑惡姑不惡妾命薄君不見東海孝婦死作三年乾不如漢龐姑婦去却復還

五禽言和王仲衡尚書　朱晦庵

提葫蘆沽美酒春風浩蕩吹花柳不用沙頭雙玉瓶烏歌蝶舞爲君壽秪今一醉是君恩昨日之愁愁殺人○不如歸去孤城越絕三春暮故山只在白雲間望極雲深不知處不如歸去不如歸千仞岡頭一振衣○泥滑滑泥滑滑泰望雲荒鏡湖潤綠秧刺水水拍堤牙旗畫舸凌風發使君行樂三江頭泥滑水深

君莫憂○䏲袴䏲袴桑葉陰陰牆下路回頭忽憶舍中妻去年
已逐他人去舊袴䏲了却不辭新袴知教阿誰做○麥熟吟去
年種麥有德音秪今種熟誰快活種者已卧官牆陰仁公有政
惠存殁肯使催租更𤑔突

四禽言　　　　　　　　　　　　元梁棟

不如歸去錦官宫殿迷烟樹天津橋上一兩聲叫破中原無住
處不如歸去○行不得也哥哥湖南湖北春水多九疑山前叫
虞舜奈此乾坤無路何行不得也哥哥○䏲却布袴貧家能有
幾尺布閑機織盡無得裁可人不來廉叔度䏲却布袴○提壺
蘆提壺蘆今年酒賤頻頻沽衆人皆醉我亦醉哀哉誰問醒三
閭提壺蘆提壺蘆

文章辨體卷之五　外集

海虞後學吳訥編集

近代詞曲

菩薩蠻　唐李太白

平林漠漠烟如織寒山一帶傷心碧暝色入高樓有人樓上愁○玉階空佇立宿鳥歸飛急何處是歸程長亭連短亭

錦纏道春景　宋宋子京

燕子呢喃景色乍長春晝覩園林萬花如綉海棠經雨臙脂透柳展宮眉翠拂行人首○向郊原踏青恣歌携手醉醺醺尚尋芳酒問牧童遥指孤村道杏花深處那裏人家有

漁家傲秋思　范希文

塞下秋來風景異衡陽鴈去無留意四面邊聲連角起千嶂裏長烟落日孤城閉○濁酒一杯家萬里燕然未勒歸無計羌管

悠悠霜滿地人不寐將軍白髮征夫淚

浪淘沙 懷舊 歐陽永叔

把酒祝東風且共從容垂楊紫陌洛城東總是當年携手處遊遍芳叢○聚散苦匆匆此恨無窮今年花勝去年紅可惜明年花更好知與誰同

桂枝香 金陵懷古 王介甫

登臨送目正故國晚秋天氣初肅瀟灑澄江似練翠峰如簇征帆去棹殘陽裏背西風酒旗斜矗綵舟雲淡星河鷺起圖畫難足○念自昔豪華競逐恨門外樓頭悲恨相續千古憑高對此謾嗟榮辱六朝舊事隨流水但寒烟衰草凝綠至今商女時時尚歌後庭遺曲

水調歌頭 中秋 蘇子瞻

明月幾時有把酒問青天不知天上宮闕今夕是何年我欲乘

風歸去唯恐瓊樓玉宇高處不勝寒起舞弄清影何似在人間○轉朱閣低綺戶照無眠不應有恨何事長向別時圓人有悲歡離合月有陰晴圓缺此事古難全但願人長久千里共嬋娟

南鄉子　九日

霜降水痕收殘碧粼粼露遠洲酒力漸消風力軟颼颼破帽多情却戀頭○詩酒若為酬但把清樽斷送秋萬事到頭都是夢休休明日黃花蝶也愁

念奴嬌　赤壁懷古

大江東去浪淘盡千古風流人物故壘西邊人道是三國周郎赤壁亂石穿空驚濤拍岸捲起千堆雪江山如畫一時多少豪傑○遥想公瑾當年小喬初嫁了雄姿英發羽扇綸巾談笑間檣艣灰飛烟滅故國神遊多情應笑我早生華髮人生如夢一樽還酹江月

春事闌珊芳草歇客裏風光又過清明節小院黄昏人憶別落紅處聞啼鴂○咫尺江山分楚越目斷魂銷應是音塵絶夢破五更心欲折角聲吹落梅花月

蝶戀花離別

滿庭芳自嘆

蝸角虛名蠅頭微利算來著甚干忙事皆前定誰弱又誰強且趂閑身未老儘教我些子踈狂百年裏渾教是醉三萬六千場○思量能幾許憂愁風雨一半相妨又何須抵死説短論長幸對清風皎月苔茵展雲幙高張江南好千鍾美酒一曲滿庭芳

水調歌頭春行　黄山谷

瑶草一何碧春入武陵溪溪上桃花無數花上有黄鸝我欲穿花尋路直入白雲深處浩氣展虹蜺秪恐花深裏紅露濕人衣○坐白石欹玉枕拂金徽謫仙何處無人伴我白螺盃我爲靈

芝仙草不爲朱唇丹臉長嘯亦何爲醉舞下山去明月逐人歸

瑞鶴仙　醉翁亭

環滁皆山也望蔚然深秀琅邪山也山行六七里有翼然泉上醉翁亭也翁之意也得之心寓之酒也更野芳佳木風高石出景無窮也○游也山肴野蔌酒洌泉香沸觥籌也太守醉也諠譁衆賓歡也況宴之樂非絲非竹太守樂其樂也問當時太守謂誰醉翁是也

西江月　勸酒

斷送一生唯有破除萬事無過遠山橫黛蘸秋波不飲傍人笑我○花病等閒瘦弱春愁沒處遮攔杯行到手莫留殘不道月斜人散

踏莎行　賞春

臨水夭桃倚牆繁李長楊風掉青驄尾尊中有酒可酬春更尋

何處無愁地○明日重來落花如綺芭蕉漸著山公啓欲牋心事寄天公教人長壽花前醉

西江月 警世　朱希真

世事短如春夢人情薄似秋雲不須計較苦勞心萬事元來有命○幸遇三杯酒美況逢一朶花新片時歡笑且相親明日陰晴未定

孤鸞 早梅

天然標格是小萼堆紅芳姿凝白淡竚新粧淺點壽陽宮額東君想留厚意倩年年與傳消息昨夜前村雪裏有一枝先折○念故人何處水雲隔縱驛使相逢難寄春色試問丹青是怎生描得曉來一番雨過更那堪數聲羌笛歸去和羹未晚勸行人休摘

青玉案 雪

碧空黯淡同雲繞漸枕上風聲峭明透紗牕天欲曉珠簾纔轉美人驚報一夜青山老○使君命客金樽倒正千里瓊瑤未經掃歙壓江梅春信早十分農事滿城和氣管取來年好

滿江紅 隱逸 幽居　呂居仁

東里先生家何在山陰溪曲對一川平野數椽茅屋昨夜岡頭新雨過門前流水清如玉抱小橋回合柳參天搖新綠○疎籬下叢叢菊虛簷外蕭蕭竹嘆古今得失是非榮辱須信人生歸去好世間萬事何時足問此青春醞酒何如今朝熟

蝶戀花 警世　秦少游

鍾送黄昏鷄報曉昏曉相催世事何時了萬苦千愁人自老春來依舊生芳草○忙處人多閑處少閑處光陰幾箇人知道獨上小樓雲杳杳天涯一點青山小

玉燭新 梅　周美成

溪源新臘後見數朶江梅剪裁初就暈酥破玉芳英嫩故把春心輕漏前村昨夜想弄月黄昏時候孤岸峭疎影横斜濃香暗沾襟袖〇尊前賦與多才問嶺外風光故人知否壽陽謾鬬終不似照水一枝清瘦風嬌雨秀好亂插繁花盈首須信羌管無情看看又奏

點絳唇　汪彦章

新月娟娟夜寒江静山啣斗起來搔首梅影横窻瘦〇好箇霜天閑却傳杯手君知否亂鵶啼後歸興濃如酒

念奴嬌　洞庭　張于朔

洞庭青草近中秋更無一點風色玉界瓊田三萬頃著我扁舟一葉素月分暉銀河共影表裏俱澄澈油然心會妙處難與君説〇應念嶺海經年孤光自照肝肺皆氷雪短髮蕭騷襟袖冷穩泛滄浪空濶盡挹西江細傾北斗萬象爲賓客扣舷一笑不

知今夕何夕

蝶戀花 元日立春　　辛幼安

誰向椒盤簪綵勝整整韶華爭上春風鬢往日不堪重記省爲花長抱新春恨○春未來時先借問晚恨開遲早又飄零近今歲花期消息定只愁風雨無憑準

沁園春 退閑

三徑初成鶴怨猿驚稼軒未來甚雲山自許平生意氣衣冠人笑抵死塵埃意倦須還身閑要早豈爲蓴羹鱸鱠哉秋江上看驚弦鴈避駭浪船回○東岡更葺茅齋好都把軒窗臨水開要小舟行釣先應種柳疎籬護竹莫礙觀梅秋菊堪餐春蘭可佩留待先生手自栽沉吟久怕君恩未許此意徘徊

水調歌頭 九日　　韓無咎

今日我重九莫負菊花開試尋高處攜手躡屐上崔嵬放目蒼

崖萬仞雲護曉霜成陣知我與君來古寺倚修竹飛檻絕纖埃○笑談間風滿座酒盈杯仙人跨海休問隨處是蓬萊落日平原西望鼓角秋深悲壯戲馬但荒臺細把茱萸看一醉且徘徊

天仙子 水閣　沈會宗

景物因人成勝槩滿目更無塵可礙等閑簾幙小闌干衣未解心先快明月清風如有待○誰信門前車馬隘別是人間閑世界坐中無物不清凉山一帶水一泒流水白雲長自在

次袁機仲韻水調歌頭　朱晦菴

長記與君別丹鳳九重城歸來故里愁思悵望渺難平今夕不知何夕得共寒潭烟艇一笑俯空明有酒徑須醉無事莫關情○尋梅去疎竹外一枝橫與君吟弄風月端不負平生何處車塵不到有箇江天如許爭肯換浮名只恐買山隱却要鍊丹成

用傅安道和朱希眞梅詞韻

臨風一笑問群芳誰是眞香純白獨立無朋筭只有姑射山頭仙客絕艷誰憐貞心自保邈與塵緣隔天然殊勝不關風露氷雪○應笑俗李麄桃無言翻引得狂蜂輕蝶爭似黃昏閑弄影清淺一溪霜月畫角吹殘瑤臺夢斷直下成休歇綠陰青子莫教容易披折

檃括杜牧之齊山詩作水調歌頭

江水浸雲影鴻鴈欲南飛攜壺結客何處空翠渺烟霏塵世難逢一笑況有紫萸黃菊堪插滿頭歸風景今朝是身世昔人非○酬佳節須酩酊莫相違人生如寄何事辛苦怨斜暉無盡今來古往多少春花秋月那更有危機與問牛山客何必獨沾衣

沁園春題睢陽雙廟　文宋瑞

爲子死孝爲臣死忠死又何妨自光嶽氣分士無全節君臣義缺誰負剛腸罵賊睢陽愛君許遠留得聲名萬古香後來者無

二公之操百鍊之剛○人生翕歘云亡好烈烈轟轟做一場使當時賣國甘心降虜受人唾罵安得流芳古廟幽沉遺容儼雅枯木寒鴉幾夕陽郵亭下有奸雄過此子細思量

無俗念　元虞伯生

十年窗下見古今成敗幾多豪傑誰會誰能誰不濟故紙數行明滅亂葉西風遊絲春夢轉轉無休歇爲他憔悴不知有甚干涉○寥寥無住閑身盡虛空界一片中宵月雲去雲來無定相月亦本無圓缺非色非空非心非佛教我如何説不妨跬步蟾蜍飛上銀闕

附録

渭城曲　唐王摩詰

渭城一曰陽關王維之所作也本送人使安西詩彼遂被於歌

渭城朝雨浥輕塵客舍青青楊柳色新勸君更盡一杯酒西出陽關無故人

竹枝　劉夢得

竹枝本出於巴渝唐貞元中劉禹錫在沅湘以俚歌鄙陋乃依騷人九歌作竹枝新辭教里中兒歌之由是盛於貞元元和之間

白帝城頭春草生白鹽山下蜀江清南人上來歌一曲北人莫上動鄉情

日出三竿春霧消江頭蜀客駐蘭橈憑寄狂夫書一紙住在成都萬里橋

瞿塘嘈嘈十二灘此中道路古來難長恨人心不如水等閑平地起波瀾

楊柳青青江水平聞君江上唱歌聲東邊日出西邊雨道是無

晴還有晴

楊柳

楊柳枝白居易洛中所製也　白樂天

一樹春風萬萬枝嫩如金色軟於絲永豐西角荒園裏盡日無人屬阿誰

六幺水調家家唱白雪梅花處處吹古歌舊曲君休聽聽取新翻楊柳枝

陶令門前四五樹亞夫營裏百千條何似東都正二月黄金枝映洛陽橋

葉含濃露如啼眼枝嫋輕風似舞腰小樹不禁攀折苦乞君留取兩三條